Über dieses Buch

Nur wenige Figuren der Weltliteratur haben die Jahrhunderte überdauert wie das ungleiche Paar Don Quijote und Sancho Pansa. Mit der Geschichte vom ehrbaren Edelmann, dem die Lektüre der modischen Ritterromane zu Kopf gestiegen ist, schuf Cervantes einen unvergänglichen Kosmos menschlicher Verhaltensweisen.
Im ersten Teil des Romans bricht der „sinnreiche Junker" Don Quijote auf, um in heldenhaft-närrischen Taten als Beschützer der Armen und Verlassenen seinen Idealen von Gerechtigkeit und Liebe zum Sieg zu verhelfen. Bald gesellt sich ihm als Knappe Sancho Pansa hinzu, sein treuer Diener mit praktischem Lebenssinn. Obwohl Don Quijote bei seinen Abenteuern meist Schiffbruch erleidet und Prügel bezieht, bleibt er siegesgewiß und zuversichtlich, solange ihn die Liebe zur unbekannten Dulcinea immer wieder aufrichtet. Doch im zweiten Teil bahnt sich sein Niedergang an; im Widerspiel von Ideal und Wirklichkeit, von Narrheit und Vernunft wird die tragische Erfahrung der Unerfüllbarkeit von Idealen immer mehr zur Gewißheit. Don Quijotes Umwelt treibt solange das grausame Spiel mit seiner Narrheit, bis seine Trugwelt zusammenbricht. Seine grenzenlose Enttäuschung schlägt um in tödliche Krankheit. Doch indem er die entzauberte und trübselige Wirklichkeit erkennt, kehrt er zurück zu sich selbst und stirbt in heiterer Gelassenheit als Alonso Quijano der Gute.
Cervantes ließ in diesem 1605 und 1615 in zwei Teilen erschienenen Roman die ursprüngliche Idee einer bloßen Parodie auf den Ritterroman weit hinter sich und schuf voll schöpferischer Phantasie und vitaler Erzählfreude ein – wie es die Romantiker nannten – „Universalkunstwerk", das nicht nur im Lauf der Jahrhunderte zahllose Nachahmer gefunden hat, sondern in Literatur, Musik und bildender Kunst die schöpferische Phantasie zu vielfältiger Gestaltung anregte.

Literatur · Philosophie · Wissenschaft

Miguel de Cervantes Saavedra

Der sinnreiche Junker
Don Quijote
von der Mancha

Mit 24 Illustrationen von Grandville

Deutscher Taschenbuch Verlag

Vollständige Ausgabe. In der Übertragung von Ludwig Braunfels, durchgesehen von Adolf Spemann. Mit den Anmerkungen von Ludwig Braunfels, durchgesehen von Johannes Steiner. Mit einem Nachwort von Fritz Martini, einer Zeittafel und Literaturhinweisen sowie 24 Illustrationen von Grandville zu der Ausgabe von 1848.

Oktober 1979
8. Auflage Januar 1993
Deutscher Taschenbuch Verlag GmbH & Co. KG, München
Lizenzausgabe des Winkler Verlages, München
ISBN 3-538-05023-6
Umschlagtypographie: Celestino Piatti
Umschlagbild: Illustration von Grandville
Gesamtherstellung: Friedrich Pustet,
Graphischer Großbetrieb, Regensburg
Printed in Germany · ISBN 3-423-02060-1

ERSTES BUCH

Vorrede

Müßiger Leser! Ohne Eidschwur kannst du mir glauben, daß ich wünschte, dieses Buch, als der Sohn meines Geistes, wäre das schönste, stattlichste und geistreichste, das sich erdenken ließe. Allein ich konnte nicht wider das Gesetz der Natur aufkommen, in der ein jedes Ding seinesgleichen erzeugt. Und was konnte demnach mein unfruchtbarer und unausgebildeter Geist anderes erzeugen als die Geschichte eines trockenen, verrunzelten, grillenhaften Sohnes, voll von mannigfaltigen Gedanken, wie sie nie einem andern in den Sinn gekommen sind? Eben eines Sohnes, der im Gefängnis erzeugt wurde, wo jede Unbequemlichkeit ihren Sitz hat, jedes triste Gelärm zu Hause ist. Friedliche Muße, eine behagliche Stätte, die Lieblichkeit der Gefilde, die Heiterkeit des Himmels, das Murmeln der Quellen, die Ruhe des Geistes tragen viel dazu bei, daß die unfruchtbarsten Musen sich fruchtbar zeigen und dem Publikum Erzeugnisse bieten, die es mit Bewunderung und Freude erfüllen.

Es geschieht wohl, daß ein Vater einen häßlichen Sohn besitzt, der aller Grazie bar ist, und die Liebe, die er für ihn hat, legt ihm eine Binde um die Augen, daß er dessen Fehler nicht sieht, vielmehr sie für witzige und liebenswürdige Züge erachtet und sie seinen Freunden als scharfsinnige und anmutige Äußerungen erzählt. Jedoch ich, der ich zwar der Vater Don Quijotes scheine, aber nur sein Stiefvater bin, ich will nicht mit dem Strom der Gewohnheit schwimmen, noch dich, teurer Leser, schier mit Tränen in den Augen bitten, wie andre tun, daß du die Fehler, die du an diesem meinem Sohne finden magst, verzeihen oder nicht sehen wollest; denn du bist weder sein Verwandter noch sein Freund, hast deinen eignen Kopf und deinen freien Willen wie der Allertüchtigste auf Erden und sitzest in deinem Hause, darin du der Herr bist wie der König über seine Steuergelder, und weißt, was man gemeiniglich zu sagen pflegt: unter meinem Mantel kann ich den König umbringen. Alles dieses enthebt und befreit dich von jeder Rücksicht und Verpflichtung, und so kannst du von dieser Geschichte alles sagen, was dir gut dünkt, ohne zu besorgen, daß man dich schelte ob des Bösen, noch belohne ob des Guten, das du von ihr sagen magst.

Nur hätte ich sie dir gerne bar und nackt geben mögen, nicht aufgeputzt mit einer Vorrede und dem unzählbaren Haufen und Katalog der üblichen Sonette, Epigramme und Lobgedichte, die man den Büchern an den Eingang zu setzen pflegt. Denn ich kann dir sagen, obschon diese Geschichte zu schreiben mich manche Mühe gekostet hat, so erschien mir doch keine größer, als diese Vorrede auszuarbeiten, die du hier liesest. Oft nahm ich die Feder, um sie niederzuschreiben, und oft ließ ich sie wieder fallen, weil ich nicht wußte, was ich schreiben sollte. Und wie ich einmal so unschlüssig dasaß, mit dem Papier vor mir, die Feder hinter dem Ohr, den Ellbogen auf dem Schreibtisch und die Hand an der Wange, erwägend, was ich sagen sollte, da trat unversehens ein Freund von mir herein, ein Mann von Witz und großer Einsicht; und als er mich so nachdenklich sah, fragte er mich um die Ursache. Ich hielt nicht damit zurück und sagte ihm, ich dächte über die Vorrede nach, die ich zur Geschichte des Don Quijote schreiben müsse und um derentwillen ich mich in einem solchen Zustand befände, daß ich sie gar nicht schreiben und ebensowenig die Taten dieses so edlen Ritters ans Licht treten lassen wolle.

„Denn wie könnt Ihr verlangen, daß mich die Vorstellung: ‚Was wird jener alte Gesetzgeber, den man den großen Haufen nennt, dazu sagen?' nicht ratlos mache, wenn er sehen wird, daß nach so vielen Jahren, seit ich im Schweigen der Vergessenheit schlafe, ich jetzt mit all meinen Jahren auf dem Halse mit einer Mär hervortrete, die da so dürr ist wie Dünengras, aller Erfindung bar, mangelhaft im Stil, arm an geistreichem Spiel der Worte und aller Gelehrsamkeit und Wissenschaft entbehrend, ohne Zitate am Rand und ohne Notate am Schluß des Buches; dieweil doch, wie ich sehe, andre Bücher alles dies haben und, selbst wenn sie fabelhaften und weltlichen Inhaltes sind, so voll von Aussprüchen des Aristoteles, des Plato und der ganzen Schar von Philosophen einherstiegen, daß sie die Leser in Staunen setzen und daß diese deren Verfasser für belesene, gelehrte und wohlberedte Männer halten. Und wie erst, wenn sie die Heilige Schrift anführen! Man möchte nicht anders glauben, als daß sie lauter heilige Thomase sind oder andre Kirchenlehrer, und dabei beobachten sie die Schicklichkeit so geistvoll, daß, wenn sie in einer Zeile einen verliebten Bruder Liederlich gemalt haben, sie in der nächsten ein Stücklein christlicher Predigt hinschreiben, daß es ein Vergnügen und Genuß ist, es anzuhören oder zu lesen. Alles dessen muß mein Buch entbehren, denn ich habe nichts am Rand zu zitieren, nichts am Schluß zu notieren, und noch weniger weiß ich, welchen Autoren ich in meinem Buche folge, um sie, wie alle tun, nach dem Abc an den Eingang zu stellen, beim Aristoteles anfangend und endigend mit Xenophon und mit Zoilus oder Zeuxis – obschon der eine ein Lästermaul und der andre ein Maler war. Auch wird es meinem Buche an Sonetten zum Eingang fehlen, wenigstens an solchen, die von Herzogen, Marquesen, Grafen, Bischöfen, Edeldamen oder weltberühmten Poeten verfaßt wären. Freilich, wenn ich mir solche von zwei oder drei befreundeten Handwerksburschen erbäte, so weiß ich, sie würden sie mir geben, und zwar so gute, daß ihnen die jener Herren nicht gleichkämen, die am meisten Ruf in unsrem Spanien haben.

Kurz, werter Herr und Freund", fuhr ich fort, „ich habe beschlossen, daß der Herr Don Quijote in seinen Archiven in der Mancha begraben bleiben soll, bis der Himmel jemanden beschert, der ihn mit so vielen Dingen, die ihm jetzt fehlen, ausschmücke; denn ich fühle mich wegen meiner Unzulänglichkeit und meiner mangelhaften literarischen Bildung unfähig, hier abzuhelfen, und bin auch von Natur zu bequem und zu träge, um nach Autoren suchen zu gehen, die da sagen sollen, was ich für mich schon ohne sie sagen kann. Daher kommt's, daß ich so unschlüssig und aufgeregt war, wie Ihr mich gefunden habt; und sicher war der Grund, den ich Euch dargelegt habe, ein genügender, um mich in solche Zustände zu versetzen."

Als mein Freund das hörte, schlug er sich mit der flachen Hand an die Stirn, und in ein mächtiges Gelächter ausbrechend, sagte er zu mir: „Bei Gott, Gevatter, jetzt erst werde ich eines Irrtums völlig los, in dem ich die lange Zeit her lebte, seit ich Euch kenne, denn bisher hielt ich Euch immer in allen Euren Handlungen für verständig und besonnen. Aber jetzt sehe ich, daß Ihr so fern davon seid wie der Himmel von der Erde. Wie ist es möglich, daß Dinge von so geringer Bedeutung, und denen so leicht abzuhelfen ist, die Macht haben, einen so reifen Geist zu beirren und zu verwirren wie den Eurigen, der so dazu angetan ist, weit größere Schwierigkeiten zu bewältigen und aus dem Wege zu räumen? In Wahrheit, das kommt nicht vom Mangel an Geschick, sondern aus Überfluß an Trägheit und aus Denkfaulheit. Wollt Ihr sehen, ob ich die Wahrheit sage? Nun, so schenkt mir einige Aufmerksamkeit, und da werdet Ihr finden, wie ich im Handumdrehen all Eure Bedenklichkeiten zunichte mache und Euch alles das herbeischaffe, dessen Mangel, wie Ihr sagt, Euch so verlegen macht und entmutigt, daß Ihr es aufgebt, die Geschichte Eures berühmten Don Quijote, des Lichtes und Spiegels der gesamten fahrenden Ritterschaft, ans Licht der Welt treten zu lassen."

„Sagt", entgegnete ich ihm, als ich dies hörte, „auf welche Weise wollt Ihr die Leere meiner Besorgnis ausfüllen und Helle in das Chaos meiner Verlegenheit bringen?"

Darauf antwortete er: „Das erste, woran Ihr Euch stoßt, nämlich daß Sonette, Epigramme oder Lobgedichte Euch für den Eingang des Buches fehlen, und zwar solche, die von Personen von Ansehen und Adel herrühren – dem kann dadurch abgeholfen werden, daß Ihr selbst einige Mühe darauf wendet, sie anzufertigen, und nachher könnt Ihr sie taufen und jeden Namen, der Euch beliebt, daruntersetzen und könnt sie dem Priester Johannes aus Indien oder dem Kaiser von Trapezunt als Kinder unterschieben, da man von ihnen, wie ich weiß, Nachricht hat, sie seien berühmte Poeten gewesen; und wenn sie es auch nicht gewesen wären und wenn es dann ein paar Pedanten und Schwätzer gäbe, die hinterrücks nach Euch beißen und gegen Eure Angabe belfern wollten, so achtet das nicht eines Dreiers wert; denn wenn sie Euch auch die Lüge nachweisen, so werden sie Euch doch nicht die Hand abhauen, mit der Ihr's geschrieben habt.

Was nun den Punkt betrifft: am Rande die Bücher und Schriftsteller aufzuführen, woraus Ihr die Lehrsprüche und Kernworte entlehnt, die Ihr in Eurer Geschichte anwendet, so braucht es weiter nichts, als es so einzurichten, daß hie und da zu gelegener Zeit etliche Sprüche oder lateinische Brocken vorkommen, die Ihr etwa schon auswendig wißt oder die aufzusuchen Euch doch nur geringe Mühe kostet; wie zum Beispiel, wenn Ihr da, wo Ihr von Freiheit und Gefangenschaft handelt, folgendes hinschreibt:

Non bene pro toto libertas venditur auro –

und dann gleich am Rande den Horaz anführt, oder wer sonst es gesagt haben mag. Wenn Ihr etwa von der Gewalt des Todes handelt, dann gleich herbei mit:

Pallida mors aequo pulsat pede pauperum tabernas,
Regumque turres.

Wenn von der Freundschaft und Liebe, die Gott befiehlt gegen den Feind zu üben, dann gleich auf der Stelle in die Heilige Schrift hineingegriffen, was Ihr mit einem wenigen von Beflissenheit fertigbringen könnt, und entlehnt nichts Geringeres als Gottes eigene Worte: *Ego autem dico vobis: diligite inimicos vestros.* Wenn Ihr von bösen Gedanken handelt, so kommt mit dem Evangelium herbei: *De corde exeunt cogitationes malae.* Wenn von der Unbeständigkeit der Freunde, so ist Cato da, Euch sein Distichon zu geben:

> *Donec eris felix, multos numerabis amicos;*
> *Tempora si fuerint nubila, solus eris.*

Und mit diesen lateinischen Brocken und anderen der Art werden sie Euch doch zum mindesten für einen Grammatiker halten, was zu sein heutzutage nicht wenig Ehre und Vorteil bringt.

In betreff des Schreibens von Anmerkungen zu Ende des Buches, das könnt Ihr mit aller Sicherheit folgendergestalt machen: Wenn Ihr in Eurem Buch irgendeinen Riesen nennt, so richtet es so ein, daß es der Riese Goliath sei, und allein schon damit, was Euch soviel wie nichts kosten wird, habt Ihr eine große Anmerkung, denn Ihr könnt hinsetzen: *Der Riese Golías oder Goliath war ein Philister, den der Hirte David mit einem gewaltigen Steinwurf im Terebinthental tötete, wie solches im Buch der Könige berichtet wird, in dem und dem Kapitel, wo ihr es geschrieben finden könnt.*

Hierauf, um Euch als gelehrt in den schönen Wissenschaften und als welt- und länderkundigen Mann zu zeigen, legt es so an, daß in Eurer Geschichte der Fluß Tajo genannt werde, und gleich seht Ihr Euch wieder mit einer wundersamen Anmerkung versorgt, indem Ihr hinsetzt: *Der Fluß Tajo wurde nach einem spanischen Könige so benannt; er hat seinen Ursprung an dem und dem Ort und verliert sich im Großen Ozean, nachdem er die Mauern der berühmten Stadt Lissabon geküßt, und man meint, er führe Goldsand.* Wenn Ihr etwa von Räubern handelt, will ich Euch die Geschichte von Cacus geben, denn ich weiß sie auswendig. Wenn von leichtfertigen Weibern, so ist der Bischof von Mondoñedo zur Stelle, der Euch Lamia, Lais und Flora bieten wird, welche Anmerkung Euch ein großes Ansehen geben muß; wenn von grausamen, wird Euch Ovid die Medea hergeben. Wenn von Zauberinnen und Hexen, so hat Homer die Kalypso und Vergil die Kirke. Wenn von tapfern Feldherrn, so wird sich

Euch kein Geringerer als Julius Cäsar selbst in seinen *Kommentarien* darbieten und Plutarch Euch tausend Alexander geben. Wollt Ihr von der Liebe handeln, so werdet Ihr mittels eines Lots Kenntnis von der toskanischen Sprache auf Leone Ebreo stoßen, der Euch das Maß bis zum Überlaufen füllen kann. Und wenn Ihr nicht in fremde Lande gehen wollt, so habt Ihr in Eurem Hause den Fonseca *Von der Liebe zu Gott,* worin alles inbegriffen ist, was Ihr und der Allersinnreichste nur immer bei einem solchen Gegenstand zu wünschen vermögt. Kurz, es braucht weiter nichts, als daß Ihr Euch die Mühe gebt, diese Namen zu nennen oder diese Geschichten, die ich hier bezeichnet habe, in der Eurigen zu berühren, und mir laßt dann die Sorge, die Notate und Zitate beizusetzen; ich schwör Euch drauf, ich will Euch die Ränder füllen und noch ein Dutzend Blätter am Ende des Buches verbrauchen.

Kommen wir nun zu der Anführung der Schriftsteller, die bei den andern Büchern üblich ist und die zu Eurem Buch fehlt. Die Abhilfe dafür ist sehr leicht, denn Ihr habt nichts weiter zu tun als ein Buch herbeizusuchen, das sie alle von A bis Z, wie Ihr sagt, bereits angeführt hat. Nun wohl, dies nämliche Abc setzt Ihr in Euer Buch; denn wenn man auch daraus, daß Ihr so gar wenig nötig hattet, die vielen Schriftsteller zu benutzen, die Lüge deutlich ersieht, so liegt nichts daran; und vielleicht gibt's immerhin jemanden, der so einfältig ist, zu glauben, Ihr hättet in Eurer einfachen und schlichten Geschichte sie doch alle benutzt. Und wenn auch zu weiter nichts, so wird jener große Katalog von Schriftstellern wenigstens dazu dienen, dem Buch auf einen Schlag Ansehen zu verschaffen. Zudem wird sich nicht leicht einer finden, der sich an die Untersuchung begibt, ob Ihr ihnen gefolgt oder nicht gefolgt seid, da ihm gar nichts daran liegen kann. Und dies ist um so mehr der Fall, da, wenn ich recht verstehe, dies Euer Buch nicht eines jener Dinge nötig hat, die, wie Ihr sagt, ihm fehlen; denn das Ganze ist nur ein Angriff auf die Ritterbücher, an die Aristoteles nie gedacht, von denen der heilige Basilius nichts gesagt und bis zu denen Cicero sich nicht verstiegen hat; und ebensowenig gehört in den Kreis seiner erdichteten Narreteien die strenge Genauigkeit geschichtlicher Wahrheit wie die Beobachtung der Sterndeuterei; auch sind ihm von keinem Wert die geometrischen Messungen noch die Widerlegung der Beweisführungen, deren sich die Redekunst bedient. Ebensowenig soll es irgendwem etwas vorpredigen und so das Menschliche mit dem Göttlichen vermischen –

eine Art von Vermischung, die kein christlicher Geist zur Schau tragen soll. Ausschließlich soll es in allem, was es darstellt, sich der Nachahmung befleißigen, und um so vollkommener diese sein wird, um so besser wird ausfallen, was Ihr schreibt. Und da dies Euer Werk auf weiter nichts ausgeht, als das Ansehen und die Gunst zu zerstören, die die Ritterbücher in der Welt und bei der Masse genießen, so ist kein Grund, weshalb Ihr betteln gehen solltet um Kernsprüche der Weltweisen, um gute Lehren der Heiligen Schrift, Erfindungen der Dichter, hohe Worte der Redekünstler, Wunder der Heiligen; sondern Ihr habt nur darum bemüht zu sein, daß in schlichter Weise, mit bezeichnenden, anständigen und wohlgefügten Worten, Euer Stil und Satzbau klangvoll und anmutig dahinschreite; indem Ihr in allem, was Ihr erreichen könnt und was Euch möglich ist, Euern Endzweck getreulich darstellt und Eure Gedanken zum Verständnis bringt, ohne sie zu verwickeln und zu verdunkeln. Strebet auch danach, daß beim Lesen Eurer Geschichte der Schwermütige zum Lachen erregt werde, der Lachlustige noch stärker auflache, der Mann von einfachem Verstande nicht Überdruß empfinde, der Einsichtsvolle die Erfindung bewundere, der sinnig Ernste sie nicht mißachte und der Kenner nicht umhinkönne, sie zu loben. Mit einem Worte, richtet Euer Augenmerk darauf, das auf so schlechter Grundlage ruhende Gerüste jener Ritterbücher niederzureißen, die von so vielen verabscheut und von einer noch weit größeren Anzahl gepriesen werden; und wenn Ihr dieses Ziel erreicht, so werdet Ihr nichts Geringes erreicht haben."

Mit tiefem Schweigen saß ich und hörte meinem Freunde zu, und so tief prägten sich mir seine Worte ein, daß ich, ohne eine Widerrede zu versuchen, ihnen meine Gutheißung erteilte und mir vornahm, aus diesen selben Worten meine Vorrede zusammenzutragen. In ihr also wirst du, holder Leser, die Verständigkeit meines Freundes ersehen sowie mein gutes Glück, in einem so bedrängten Augenblicke einen solchen Ratgeber gefunden zu haben, und zugleich die Quelle deiner eigenen Befriedigung darüber, daß du die Geschichte des berühmten Don Quijote von der Mancha so lauter und so ganz ohne Abirrungen erhältst; des Mannes, von dem unter allen Bewohnern des Gefildes von Montiel die Meinung geht, daß er der keuscheste Liebhaber und der tapferste Ritter gewesen, den man von vielen Jahren her bis zu dieser Zeit in jenen Gegenden gesehen. Ich will den dir geleisteten Dienst, daß ich dich einen so edlen und ehrsamen Ritter kennen lehre, nicht zu hoch anschlagen; aber danken sollst du mir, daß du Bekanntschaft mit seinem Schildknappen, dem berühmten Sancho Pansa, machst, in welchem ich dir, nach meiner Ansicht, den Inbegriff aller knappenhaften Witze vorführe, die in dem Haufen der Ritterbücher sich zerstreut finden.

Und hiermit, Gott möge dir Heil gewähren und mich nicht vergessen. Leb wohl.

*Urganda die Unerkannte
an das Buch Don Quijote von der Mancha*

> Wenn zu Trefflichen zu ko-mmen
> Du, mein Buch, erstreben ka-nnst,
> Wird dir kein Gelbschnabel sa-gen,
> Daß du es nicht gut getro-ffen.
> Doch packt Ungeduld dich o-ft,
> Weil du Eseln wirst zu ei-gen,
> Wirst du sehn im Nu, daß kei-ner
> Auf den Kopf den Nagel tre-ffe,
> Ob er sich die Finger le-cke,
> Sich als Mann von Geist zu zei-gen.

> Und da die Erfahrung spri-cht:
> Wer an guten Baum sich le-hnt,
> Daß den guter Schatten de-ckt,
> Beut dein Stern in Béjar di-r
> Einen Baum, der königli-ch,
> Fürsten trägt als seine Frü-chte
> Und an dem ein Herzog blü-ht,
> Der ein neuer Alexa-nder;
> Wage dich in seinen Scha-tten,
> Denn dem Kühnen lacht das Glü-ck.

> Abenteuer sollst du si-ngen
> Eines Ritters aus der Ma-ncha,
> Dem der Bücher hohler Ta-nd,
> Die er las, den Kopf verwi-rrte.
> Frauen, Waffen, edle Ri-tter
> Hatten so ihn eingeno-mmen,
> Daß er wie Roland der to-lle
> Ganz von Liebeswut befa-ngen
> Sich errang mit starken A-rmen
> Dulcinea von Tobo-so.

Male du nicht eitle Bi-lder
Auf den Schild, denn wenn der he-ftige
Spieler stets auf Bilder se-tzt,
Wird er gegen As verli-eren.
Sei demütig in der Wi-dmung!
Und dann wird kein Spötter ru-fen:
Welch ein Konnetabel Lu-na,
Welch karthagischer Hanniba-l,
Welch ein König Franz in Spa-nien
Will noch übers Schicksal mu-rren!

Da der Himmel nicht gewo-llt,
Daß so viel Latein du wi-ssest
Als der Neger Juan Lati-no,
Meide du lateinische Bro-cken.
Nicht zitier mir Philoso-phen,
Sei nicht überfein haarspa-lterisch;
Sonst verzieht den Mund zum La-chen
Wer den Pfiff versteht, und ru-ft
Gellend dir ins Ohr den Spru-ch:
Warum Kniffe mir und Phra-sen?

Nicht beschreib in breitem Schwu-lst
Fremder Leute Lebensba-hn;
Weitab stehn und liegen la-sse
Dinge, die dem Leser Wu-rst.
Dem schlägt man auf die Kapu-ze,
Der zu breit sich macht mit Wi-tz,
Du arbeite nur und schwi-tze,
Zu erringen guten Ru-f;
Denn wer Albernheiten dru-ckt,
Leiht sie aus auf ewige Zi-nsen.

Merke dir: der ist ein Na-rr,
Der da unterm Glasdach wei-lt
Und trotzdem nach Steinen grei-ft
Und sie wirft auf Nachbars Da-ch.
Doch der Mann von Urteilskra-ft
Geht bei allem, was er schrei-bt,
Als wär Blei an seinen Bei-nen;
Und wer das Papier bedru-ckt,
Um Backfischchen zu erlu-sten,
Hat versimpelt seine Zei-t.

Amadís von Gallien an Don Quijote von der Mancha

Sonett

O du, in dem die Lieb Nachahmung weckte
Des Tränenlebens, das mich quält' und plagte,
Als auf dem Armutsfelsen ich verzagte,
Weil mich Entfernung und Verschmähung schreckte;

Du, der zum Trank der Augen Salzflut leckte
Und dem zur Mahlzeit, wenn dich Hunger nagte
Und Silber, Zinn und Kupfer dir versagte,
Die Erd auf harter Erd ein Tischchen deckte;

Leb du in Zuversicht, daß dir auf immer
– So lang zum mindsten, als die Feuerpferde
Apollos in der vierten Sphäre kreisen –

Dein Name hell wird sein von Ruhmesschimmer,
Dein Vaterland das erst' auf dieser Erde,
Dein Autor einzig unter allen Weisen.

Don Belianís von Griechenland an Don Quijote von der Mancha

Sonett

Ich brach, hieb, sprach, schlug Beulen, hab vollbracht
Mehr als der fahrenden Ritter ganz Geschlecht,
Kühn, brav, stolz, tausend Frevel schwer gerächt
Und hunderttausend wiedergutgemacht.

Der Ruhm verewigt meiner Taten Pracht;
Stets war mein Lieben sanft, freigebig, echt.
Im Zweikampf war ich jeder Pflicht gerecht;
Ein Riese galt als Zwerg mir in der Schlacht.

Zu Füßen mir hatt ich Fortuna liegen;
Am Stirnhaar hielt mein schlauer Sinn mit Spotte
Die kahle Glatze der Gelegenheit.

Doch hob sich auch mein Glück im steten Siegen
Über des Mondes Hörner – Don Quijote,
Auf deine Heldentaten hab ich Neid.

Die Dame Oriana an Dulcinea von Toboso

SONETT

O schöne Dulcinee! Hätt ich's vollbracht,
Mein Miraflores einst, mir zum Ergetzen
Und Labsal, nach Toboso zu versetzen,
Mit deinem Dorf zu tauschen Londons Pracht!

O zierte deine Denkart, deine Tracht
Mir Seel und Leib! wie froh würd ich mich schätzen,
Den Ritter, der beglückt in deinen Netzen,
Zu schaun im Kampfe gegen Übermacht!

Hätt ich's vollbracht, mit keuschem Sinn zu meiden
Herrn Amadís, wie du dem höflich feinen
Quijote dich entzogst trotz seinen Qualen!

Ich wär beneidet dann, statt zu beneiden,
Blieb froh statt traurig und genöß den reinen
Glücksbecher, ohne Zeche zu bezahlen.

*Gandalin, Schildknappe des Amadís von Gallien,
an Sancho Pansa, den Schildknappen Don Quijotes*

SONETT

Heil, edler Mann, dir! Als des Schicksals Macht
Dich mit dem Amt des Knappentums belohnt,
Hat's dich mit allem Pech so ganz verschont,
Daß deine Pflichten du mit Glanz vollbracht.

Jetzt wird nicht Sens und Spaten mehr verdacht
Den fahrenden Knappen, simpler Geist nun wohnt
Im Knappentum; der Hochmut, der den Mond
Mit Füßen treten will, wird ausgelacht.

Ich neide deinen Ruhm, dein Eselein;
Jedoch dein Zwerchsack, der dich kennen lehrt
Als höchst fürsichtig, geht mir noch darüber.

Heil nochmals dir, du Biedrer, dem allein
Hat unser spanischer Ovid gewährt
Ehrsamen Gruß mit einem Nasenstüber.

*Von dem Zierlichen, dem Poeten für Allerhand,
auf Sancho Pansa*

Sancho Pansa bin ich, Kna-ppe
Des Manchaners Don Quijo-te;
Einst hab ich Reißaus geno-mmen,
Meines Lebens klug zu wa-rten.
Villadiego sah das Ga-nze
Der Politik in der Le-hre,
Aus Gefahr sich fortzuste-hlen;
Also sagt die Celesti-na,
Die ein göttlich Buch mir schi-ene,
Wenn's nicht gar zu menschlich wä-re.

auf Rosinante

Des Babieca Enkelso-hn,
Rosinante hochberü-hmt,
Meine Schwächen abzubü-ßen,
Dient ich einem Don Quijo-te;
War im Langsamlaufen gro-ß;
Doch dem gaulhaft klugen Si-nn
Nie ein Gerstenkorn entgi-ng;
Was mich Lazarillo le-hrte,
Der, dem Blinden Wein zu ste-hlen,
Sich ins Maul den Strohhalm hi-elt.

Der rasende Roland an Don Quijote von der Mancha

SONETT

Du bist kein Großer zwar des Reichs, indessen
Muß man als Größten dich der Großen ehren,
Du Sieger, unbesiegt von ganzen Heeren;
Dir gleich zu sein, darf keiner sich vermessen.

Von Liebe zu Angelika besessen,
Zog rasend ich, Roldán, zu fernen Meeren,

Und Opfer bracht ich auf des Ruhms Altären,
Daß nie mein Name sinket in Vergessen.

Obschon du den Verstand wie ich verloren,
Kann ich dir gleich nicht sein; das Weltall schätzt
Weit höher deinen Ruf und deine Taten.

Mir wirst du gleich, wenn du den stolzen Mohren,
Den wilden Skythen bändigst, der uns jetzt
Gleich nennt im Lieben, das vom Glück verraten.

Der Sonnenritter an Don Quijote von der Mancha

Sonett

Nie hat mein Schwert so kühn wie deins gedroht,
Du span'scher Phöbus, du voll Lieb und Witz,
Und deinem Arm weicht meiner, der als Blitz
In Ost und West viel Feinde schlug zu Tod.

Den Thron verschmäht ich, den die Welt mir bot,
Verließ im Orient den Königssitz
Für Claridianas Anblick, denn mich litt's
Nur, wo ich sah mein holdes Morgenrot.

Heiß liebt ich sie, das hehre Wunderbild;
Als sie mich kalt verstieß, griff ich die Rotte
Der Höllen an, die ich mit Schrecken schlug.

Doch du, ein echter Gote, wild und mild,
Bist ewig groß durch Dulcinee, Quijote,
Und sie durch dich berühmt als keusch und klug.

Solisdan an Don Quijote von der Mancha

Sonett

Junger Quijote, so Ihr Euch geschwächt
Das Hirn und seid zur Narrenzunft gesprochen,
So sagt kein Mensch doch, daß Ihr was verbrochen,
Noch eines Schelmenstücks Euch habt erfrecht.

Wohl Eure Taten sitzen drob zu Recht.
Auf Ritterfahrt habt Frevel Ihr gerochen,
Und tausendmal zerschlugen Euch die Knochen
Manch böser Wicht und mannich loser Knecht.

Und so dich Dulcinee gen Euch erbost
Und tut Euch Leids und bringt Euch auf den Hund
Und Eurem Weh kein willig Labsal gibt,

In solchen Nöten sei Euch dies zum Trost:
Daß Sancho sich aufs Kuppeln nicht verstund,
Ein Dummkopf er, sie hart, Ihr nicht verliebt.

Zwiegespräch zwischen Babieca und Rosinante

SONETT

B. So hager, Rosinante, so verschlissen?
R. Weil's Arbeit stets und niemals Futter gab.
B. Wirft Euch der Dienst nicht Stroh und Gerste ab?

R. Mein Herr verabreicht mir nicht einen Bissen.

B. Ihr loser Knecht, schämt Euch in Eu'r Gewissen!
Ein Eselsmaul reißt seinen Herrn herab.
R. Er ist ein Esel von der Wieg ans Grab;
Seht nur, wie er der Liebe sich beflissen!

B. Ist Lieben Torheit? R. Doch nicht viel Vernunft.
B. Du bist ein Philosoph. R. Das kommt vom Hungern.
B. Verklagt den Diener, der auf Euch nichts wandte.

R. Wem sollt ich's klagen bei der Bettlerzunft,
Wo Herr und Diener in der Welt rumlungern
Und grad so schäbig sind wie Rosinante?

1. KAPITEL

*Welches vom Stand und der Lebensweise des berühmten
Junkers Don Quijote von der Mancha handelt*

An einem Orte der Mancha, an dessen Namen ich mich nicht erinnern will, lebte vor nicht langer Zeit ein Junker, einer von jenen, die einen Speer im Lanzengestell, eine alte Tartsche, einen hagern Gaul und einen Windhund zum Jagen haben. Eine Schüssel Suppe mit etwas mehr Kuh- als Hammelfleisch darin, die meisten Abende Fleischkuchen aus den Überbleibseln vom Mittag, jämmerliche Knochenreste am Samstag, Linsen am Freitag, ein Täubchen als Zugabe am Sonntag – das verzehrte volle Dreiviertel seines Einkommens; der Rest ging drauf für ein Wams von Plüsch, Hosen von Samt für die Feiertage mit zugehörigen Pantoffeln vom selben Stoff, und die Wochentage schätzte er sich's zur Ehre, sein einheimisches Bauerntuch zu tragen – aber vom feinsten! Er hatte bei sich eine Haushälterin, die über die Vierzig hinaus war, und eine Nichte, die noch nicht an die Zwanzig reichte; auch einen Diener für Feld und Haus, der ebensowohl den Gaul sattelte als die Gartenschere zur Hand nahm. Es streifte das Alter unsres Junkers an die fünfzig Jahre; er war von kräftiger Körperbeschaffenheit, hager am Leibe, dürr im Gesichte, ein eifriger Frühaufsteher und Freund der Jagd. Man behauptete, er habe den Zunamen Quijada oder Quesada geführt – denn hierin waltet einige Verschiedenheit in den Autoren, die über diesen Kasus schreiben –, wiewohl aus wahrscheinlichen Vermutungen sich annehmen läßt, daß er Quijano hieß. Aber dies ist von geringer Bedeutung für unsre Geschichte; genug, daß in deren Erzählung nicht um einen Punkt von der Wahrheit abgewichen wird.

Man muß nun wissen, daß dieser obbesagte Junker alle Stunden, wo er müßig war – und es waren dies die meisten des Jahres –, sich dem Lesen von Ritterbüchern hingab, mit so viel Neigung und Vergnügen, daß er fast ganz und gar die Übung der Jagd und selbst die Verwaltung seines Vermögens vergaß; und so weit ging darin seine Wißbegierde und törichte Leidenschaft, daß er viele Morgen Ackerfeld verkaufte, um Ritterbücher zum Lesen anzuschaffen; und so brachte er so viele ins Haus, als er ihrer nur bekommen konnte. Und von allen gefielen ihm keine so gut wie die von dem berühmten Feliciano de Silva verfaßten; denn die Klarheit seiner Prosa und die verwickelten Redensarten, die er anwendet, dünkten ihm wahre Kleinode; zumal wenn er ans Lesen jener Liebesreden und jener Briefe mit Herausforderungen kam, wo er an mancherlei Stellen geschrieben fand: *Der Sinn des Widersinns, den Ihr meinen Sinnen antut, schwächt meinen Sinn dergestalt, daß ein richtiger Sinn darin liegt, wenn ich über Eure Schönheit Klage führe.* Und ebenso, wenn er las: *... die hohen Himmel Eurer Göttlichkeit, die Euch in göttlicher Weise bei den Sternen festigen und Euch zur Verdienerin des Verdienstes machen, das Eure hohe Würde verdient.* Durch solche Redensarten verlor der arme Ritter den Verstand und studierte sich ab, um sie zu begreifen und aus ihnen den Sinn herauszuklauben, den ihnen Aristoteles selbst nicht abgewonnen noch sie verstanden hätte, wenn er auch zu diesem alleinigen Zweck aus dem Grab gestiegen wäre. Er war nicht sonderlich einverstanden mit den Wunden, welche Don Belianís austeilte und empfing; denn er dachte sich, wie große Ärzte ihn auch gepflegt hätten, so könnte er doch nicht anders als das Gesicht und den ganzen Körper voll Narben und Wundenmale haben. Aber bei alldem lobte er an dessen Verfasser, daß er sein Buch mit dem Versprechen jenes unbeendbaren Abenteuers beendet; und oftmals kam ihm der Wunsch, die Feder zu ergreifen und dem Buch einen Schluß zu geben, buchstäblich so, wie es dort versprochen wird; und ohne Zweifel hätte er es getan, ja er wäre damit zustande gekommen, wenn andere größere und ununterbrochen ihn beschäftigende Ideen es ihm nicht verwehrt hätten.

Vielmals hatte er mit dem Pfarrer seines Ortes – der war ein gelehrter Mann und hatte den Grad eines Lizentiaten zu Siguenza erlangt – Streit darüber, wer ein besserer Ritter gewesen, Palmerín von England oder Amadís von Gallien; aber Meister Nikolas, der Barbier desselbigen Ortes, sagte, es reiche keiner an den Sonnenritter, und wenn einer sich ihm vergleichen könne, so sei es Don Galaor, der Bruder des Amadís von Gallien, weil dessen Naturell sich mit allem zurechtfinde; er sei kein zimperlicher Rittersmann, auch nicht ein solcher Tränensack wie sein Bruder, und im Punkte der Tapferkeit stehe er nicht hinter ihm zurück.

Schließlich versenkte er sich so tief in seine Bücher, daß ihm die Nächte vom Zwielicht bis zum Zwielicht und die Tage von der Dämmerung bis zur Dämmerung über dem Lesen hingingen; und so, vom wenigen Schlafen und vom vielen Lesen, trocknete ihm das Hirn so aus, daß er zuletzt den Verstand verlor. Die Phantasie füllte sich ihm mit allem an, was er in den Büchern las, so mit Verzauberungen wie mit Kämpfen, Waffengängen, Herausforderungen, Wunden, süßem Gekose, Liebschaften, Seestürmen und unmöglichen Narreteien. Und so fest setzte es sich ihm in den Kopf, jener Wust hirnverrückter Erdichtungen, die er las, sei volle Wahrheit, daß es für ihn keine zweifellosere Geschichte auf Erden gab. Er pflegte zu sagen, der Cid Rui Diaz sei ein sehr tüchtiger Ritter gewesen, allein er könne nicht aufkommen gegen den Ritter vom flammenden Schwert, der mit einem einzigen Hieb zwei grimmige ungeheure Riesen mitten auseinandergehauen. Besser stand er sich mit Bernardo del Carpio, weil dieser in Roncesvalles den gefeiten Roldán getötet, indem er sich den Kunstgriff des Herkules zunutze machte, als dieser den Antäus, den Sohn der Erde, in seinen Armen erstickte. Viel Gutes sagte er von dem Riesen Morgante, weil dieser, obschon von jenem Geschlechte der Riesen, die sämtlich hochfahrende Grobiane sind, allein unter ihnen leutselig und wohlgezogen gewesen. Doch vor allen stand er sich gut mit Rinald von Montalbán, und ganz besonders, wenn er ihn aus seiner Burg ausreiten und alle, auf die er stieß, berauben sah und wenn derselbe drüben über See jenes Götzenbild des Mohammed raubte, das ganz von Gold war, wie eine Geschichte besagt. Gern hätte er, um dem Verräter Ganelon ein Schock Fußtritte versetzen zu dürfen, seine Haushälterin hergegeben und sogar seine Nichte obendrein.

Zuletzt, da es mit seinem Verstand völlig zu Ende gegangen, verfiel er auf den seltsamsten Gedanken, auf den jemals in der Welt ein Narr verfallen; nämlich es deuchte ihm angemessen und notwendig, sowohl zur Mehrung seiner Ehre als auch zum Dienste des Gemeinwesens, sich zum fahrenden Ritter zu machen und durch die ganze Welt mit Roß und Waffen zu ziehen, um Abenteuer zu suchen und all das zu üben, was, wie er gelesen, die fahrenden Ritter übten, das heißt jegliche Art von Unbill wiedergutzumachen und sich in Gelegenheiten und Gefahren zu begeben, durch deren Überwindung er ewigen Namen und Ruhm gewinnen würde. Der Arme sah sich schon in seiner Einbildung durch die Tapferkeit seines Armes allergeringsten Falles mit der Kaiserwürde von Trapezunt bekrönt; und demnach, in diesen so angenehmen Gedanken, hingerissen von dem wundersamen Reiz, den sie für ihn hatten, beeilte er sich, ins Werk zu setzen, was er ersehnte.

Und das erste, was er vornahm, war die Reinigung von Rüstungsstücken, die seinen Urgroßeltern gehört hatten und die, von Rost angegriffen und mit Schimmel überzogen, seit langen Zeiten in einen Winkel hingeworfen und vergessen waren. Er reinigte sie und machte sie zurecht, so gut er nur immer konnte. Doch nun sah er, daß sie an einem großen Mangel litten: es war nämlich kein Helm mit Visier dabei, sondern nur eine einfache Sturmhaube; aber dem half seine Erfindsamkeit ab, denn er machte aus Pappdeckel eine Art von Vorderhelm, der, in die Sturmhaube eingefügt, ihr den Anschein eines vollständigen Turnierhelms gab. Freilich wollte er dann auch erproben, ob der Helm stark genug sei und einen scharfen Hieb aushalten könne, zog sein Schwert und führte zwei Streiche darauf, und schon mit dem ersten zerstörte er in einem Augenblick, was er in einer Woche geschaffen hatte; und da konnte es nicht fehlen, daß ihm die Leichtigkeit mißfiel, mit der er ihn in Stücke geschlagen. Um sich nun vor dieser Gefahr zu bewahren, fing er den Vorderhelm aufs neue an und setzte Eisenstäbe innen hinein, dergestalt, daß er nun mit dessen Stärke zufrieden war; und ohne eine neue Probe damit anstellen zu wollen, erachtete und erklärte er ihn für einen ganz vortrefflichen Turnierhelm.

Jetzt ging er, alsbald nach seinem Gaule zu sehen, und obschon dieser an den Hufen mehr Steingallen hatte als ein Groschen Pfennige und mehr Gebresten als das Pferd Gonellas, das *tantum pellis et ossa fuit,* dünkte es ihm, daß weder der Bukephalos des Alexander noch der Babieca des Cid sich ihm gleichstellen könnten. Vier Tage vergingen ihm mit dem Nachdenken darüber, welchen Namen er ihm zuteilen sollte; sintemal – wie er sich selbst sagte – es nicht recht wäre, daß das Roß eines so berühmten Ritters, das auch schon an sich selbst so vortrefflich sei, ohne einen eigenen wohlbekannten Namen bliebe. Und so bemühte er sich, ihm einen solchen zu verleihen, der deutlich anzeige, was der Gaul vorher gewesen, ehe er eines fahrenden Ritters war, und was er jetzo sei; denn es sei doch in der Vernunft begründet, daß, wenn sein Herr einen andern Stand, auch das Roß einen andern Namen annehme und einen solchen erhalte, der ruhmvoll und hochtönend sei, wie es dem neuen Orden und Beruf zieme, zu dem er sich selbst bereits bekenne. Und so, nachdem er viele Namen sich ausgedacht, dann gestrichen und beseitigt, dann wieder in seinem Kopfe andre herbeigebracht, abermals verworfen und aufs neue in seiner Vorstellung und Phantasie zusammengestellt, kam er zuletzt darauf, ihn *Rosinante* zu heißen, ein nach seiner Meinung hoher und volltönender Name, bezeichnend für das, was er gewesen, als er noch ein Reitgaul nur war, bevor er zu der Bedeutung gekommen, die er jetzt besaß, nämlich allen Rossen der Welt als das Erste voranzugehen.

Nachdem er seinem Gaul einen Namen, und zwar so sehr zu seiner Zufriedenheit, gegeben, wollte er sich auch selbst einen beilegen, und mit diesem Gedanken verbrachte er wieder volle acht Tage; und zuletzt verfiel er darauf, sich *Don Quijote* zu nennen; woher denn, wie schon gesagt, die Verfasser dieser so wahren Geschichte Anlaß zu der Behauptung nahmen, er müsse ohne Zweifel Quijada geheißen haben und nicht Quesada, wie andre gewollt haben. Jedoch da er sich erinnerte, daß der tapfere Amadís sich nicht einfach damit begnügt hatte, ganz trocken Amadís zu heißen, sondern den Namen seines Königreichs und Vaterlands beifügte, um es berühmt zu machen, und sich Amadís von Gallien nannte, wollte er ebenso als ein guter Ritter seinem Namen den seiner Heimat beifügen und sich *Don Quijote von der Mancha* nennen; damit bezeichnete er nach seiner Meinung sein Geschlecht und Heimatland ganz lebenstreu und ehrte es hoch, indem er den Zunamen von ihm entlehnte.

Da er nun seine Waffen gereinigt, aus der Sturmhaube einen Turnierhelm gemacht, seinem Rosse einen Namen gegeben und sich selbst neu gefirmelt hatte, führte er sich zu Gemüt, daß ihm nichts andres mehr fehle, als eine Dame zu suchen, um sich in sie zu verlieben; denn der fahrende Ritter ohne Liebe sei ein Baum ohne Blätter und Frucht, ein Körper ohne Seele. Er sagte sich: Wenn ich um meiner argen Sünden willen oder durch mein gutes Glück draußen auf einen Riesen stoße, wie dies gewöhnlich den fahrenden Rittern begegnet, und ich werfe ihn mit einem Speerstoß darnieder oder haue ihn mitten Leibes auseinander, oder kurz, besiege ihn und zwinge ihn zu meinem Willen, wird es da nicht gut sein, eine Dame zu haben, der ich ihn zusenden kann, um sich ihr zu stellen, so daß er eintrete und sich auf die Knie niederlasse vor meiner süßen Herrin und mit demütiger und unterwürfiger Stimme sage: Ich bin der Riese Caraculiambro, Herr der Insel Malindrania, den im Einzelkampf der nie nach voller Gebühr gepriesene Ritter Don Quijote von der Mancha besiegt hat, als welcher mir befohlen, ich solle mich vor Euer Gnaden stellen, auf daß Euer Herrlichkeit über mich nach Dero Belieben verfüge?

O wie freute sich unser Ritter, als er diese Rede getan, und gar erst, als er gefunden, wem er den Namen seiner Dame zu geben hätte! Und es verhielt sich dies so – wie man glaubt –, daß an einem Ort in der Nachbarschaft des seinigen ein Bauernmädchen von recht gutem Aussehen lebte, in die er eine Zeitlang verliebt gewesen, obschon, wie man vernimmt, sie davon nie erfuhr noch acht darauf hatte. Sie nannte sich Aldonza Lorenzo, und dieser den Titel einer Herrin seiner Gedanken zu geben deuchte ihm wohlgetan. Er suchte für sie nach einem Namen, der vom seinigen nicht zu sehr abstäche und auf den einer Prinzessin und hohen Herrin hinwiese und abziele, und so nannte er sie endlich *Dulcinea von Toboso*, weil sie aus Toboso gebürtig war; ein Name, der nach seiner Meinung wohlklingend und etwas Besonderes war und zugleich bezeichnend wie alle übrigen, die er sich und allem, was ihn betraf, beigelegt hatte.

2. KAPITEL

Welches von der ersten Ausfahrt handelt, die der sinnreiche Don Quijote aus seiner Heimat tat

Nachdem er alle diese Vorkehrungen getroffen, wollte er nicht länger warten, sein Vorhaben ins Werk zu setzen; es drängte ihn dazu der Gedanke an die Entbehrung, die die Welt durch sein Zögern erleide, derart waren die Unbilden, denen er zu steuern, die Ungerechtigkeiten, die er zurechtzubringen, die Ungebühr, der er abzuhelfen, die Mißbräuche, die er wiedergutzumachen, kurz, die Pflichten, denen er zu genügen gedachte. Und so, ohne irgendeinem von seiner Absicht Kunde zu geben und ohne daß jemand ihn sah, bewehrte er sich eines Morgens vor Anbruch des Tages – es war einer der heißen Julitage – mit seiner ganzen Rüstung, stieg auf den Rosinante, nachdem er seinen zusammengeflickten Turnierhelm aufgesetzt, faßte seine Tartsche in den Arm, nahm seinen Speer und zog durch die Hinterpforte seines Hofes hinaus aufs Feld, mit gewaltiger Befriedigung und Herzensfreude darob, mit wie großer Leichtigkeit er sein löbliches Vorhaben auszuführen begonnen.

Aber kaum sah er sich in freiem Feld, als ihn ein schrecklicher Gedanke anfiel, und zwar ein solcher, der ihn beinahe dahin gebracht hätte, das angefangene Unternehmen wieder aufzugeben: nämlich der Gedanke, daß er nicht zum Ritter geschlagen sei und daß gemäß dem Gesetze des Rittertums er gegen keinen Ritter die Waffen führen könne noch dürfe; und wenn

er es sogar schon wäre, so müßte er doch eine weiße Rüstung tragen, ohne ein Abzeichen auf dem Schild, bis er sich eines durch seine Tapferkeit gewänne. Diese Erwägungen machten ihn in seinem Vorsatze wankend; aber da seine Torheit mehr vermochte als jeglicher Vernunftgrund, nahm er sich vor, sich von dem ersten besten, auf den er stieße, zum Ritter schlagen zu lassen, in Nachahmung vieler andern, die so getan, wie er in den Büchern gelesen hatte, die ihn in solche Geistesrichtung versetzt hatten. Was die weiße Rüstung betraf, so dachte er die seine, wenn er Gelegenheit habe, dergestalt zu putzen, daß sie weißer werde als ein Hermelin. Und damit beruhigte er sich und setzte seinen Weg fort, ohne einen andern einzuschlagen, als den sein Pferd wollte; denn er meinte, gerade darin bestünde das rechte Wesen der Abenteuer.

Wie nun unser funkelnagelneuer Abenteurer des Weges hinzog, pflog er ernsten Gespräches mit sich selbst und sagte: Wer zweifelt, daß in kommenden Zeiten, wann die wahrhafte Geschichte meiner ruhmvollen Taten dereinst ans Licht tritt, der weise Zauberer, der sie verfassen wird, wenn er an die Erzählung gelangt dieser meiner ersten Ausfahrt so frühmorgens, folgendermaßen hinschreibt: Kaum hatte der rotwangige Apollo über das Antlitz der großen weithingedehnten Erde die goldnen Fäden seiner schönen Haupthaare ausgebreitet und kaum hatten die kleinen buntfarbigen Vögelein mit ihren spitzigen Zungen und mit sanfter honigsüßer Harmonie das Kommen der rosigen Aurora begrüßt, welche, das weiche Lager des eifersüchtigen Gemahls verlassend, sich aus den Pforten und Erkern des Manchaner Horizontes hervor den Sterblichen zeigte, als der berühmte Ritter Don Quijote von der Mancha, die müßigen Daunen verlassend, auf seinen berühmten Hengst Rosinante stieg und des Weges zu ziehen begann über das alte weitbekannte Gefilde von Montiel. – Und in der Tat ritt er eben darüber hin.

Und er sagte weiter: Glücklich das Zeitalter und glücklich das Jahrhundert, wo dereinst ans Licht treten die ruhmvollen Taten mein, würdig, in Erz gegraben, in Marmor gemeißelt, auf Tafeln gemalt zu werden zum Angedenken in aller Zukunft! O du weiser Zauberer, wer auch immer du seiest, dem es zuteil werden soll, der Chronist dieser merkwürdigen Geschichte zu sein, ich bitte dich, meines guten Rosinante nicht zu vergessen, meines ewigen Gefährten auf all meinen Wegen und Bahnen.

Dann sagte er wieder, als wäre er wirklich verliebt: O Prinzessin Dulcinea, Herrin dieses mit Gefangenschaft bestrickten

Herzens! Große Unbill habt Ihr mir mir getan, mich abzuweisen und wegzustoßen mit der grausamen Strenge des Gebotes, daß ich vor Euer Huldseligkeit mich nicht mehr zeigen soll. Es beliebe Euch, Herrin, dieses Euch untertänigen Herzens zu gedenken, das so viele Nöten um Eurer Liebe willen erduldet.

An diese Ungereimtheiten reihte er noch vielfach andre an, alle in der Art jener, die seine Bücher ihn gelehrt, indem er ihre Sprache, soviel es ihm möglich war, nachahmte; und dabei ritt er so langsam fürbaß, und die Sonne stieg so eilig und mit solcher Glut herauf, daß es hingereicht hätte, ihm das Hirn breiweich zu schmelzen, wenn er welches gehabt hätte.

Beinahe diesen ganzen Tag zog er dahin, ohne daß ihm etwas begegnete, was zum Erzählen wäre, und darüber wollte er schier verzweifeln; denn gern hätte er gleich zur Stelle auf jemand treffen mögen, an dem er die Tapferkeit seines starken Armes erproben könnte.

Es gibt Schriftsteller, die da sagen, das erste Abenteuer, das ihm zustieß, sei das im Bergpaß Lápice gewesen; andre sagen, das mit den Windmühlen. Was ich jedoch über diesen Kasus ermitteln konnte und was ich in den Jahrbüchern der Mancha geschrieben fand, ist, daß er den ganzen Tag seines Weges zog und beim Herannahen des Abends er und sein Gaul erschöpft und bis zum Tode hungrig waren; und daß, nach allen Seiten hin spähend, ob er irgendeine Burg oder einen Hirtenpferch entdeckte, wo er eine Zuflucht finden und seinem großen Notstand abhelfen könnte, er nicht weit von dem Weg, den er ritt, eine Schenke erblickte. Da war ihm, als sähe er einen Stern, der ihn zur Pforte – wenn auch nicht in den Palast – seiner Erlösung leitete. Er beschleunigte seinen Ritt und langte eben zur Zeit an, wo es Abend wurde.

Hier standen von ungefähr an der Tür zwei junge Frauenzimmer, aus der Zahl jener, welche man *Die von der leichten Zunft* benennt; sie waren auf der Reise nach Sevilla mit Maultiertreibern, die zufällig diese Nacht in der Schenke Rast hielten. Und da es unsern Abenteurer bedünkte, alles, was er auch immer dachte, sah oder sich einbildete, sei so beschaffen und trage sich so zu wie die Dinge, die er gelesen hatte, so kam es ihm sogleich vor, da er die Schenke sah, sie sei eine Burg mit ihren vier Türmen und Turmhauben von glänzendem Silber, ohne daß ihr ihre Zugbrücke und ihr tiefer Graben fehlte, nebst allen jenen Zubehörungen, womit man dergleichen Burgen malt. Er ritt näher an die Schenke heran – die *ihm* eine Burg schien –, und eine kurze Strecke von ihr hielt er seinem Rosinante die Zügel an und wartete, daß irgendein Zwerg sich zwischen den Zinnen zeige, um mit einer Drommete oder dergleichen das Zeichen zu geben, daß ein Ritter der Burg nahe. Da er aber sah, daß man zögerte, und Rosinante nach dem Stall Eile hatte, ritt er vor die Tür der Schenke und erblickte die beiden liederlichen Dirnen, die dort standen und die ihm als zwei schöne Fräulein oder anmutvolle Edelfrauen erschienen, die vor der Burgpforte sich erlusten mochten.

Im selben Augenblicke geschah es zufällig, daß ein Schweinehirt, der eine Herde Schweine – denn es ist nicht zu ändern, so heißen sie einmal – von den Stoppelfeldern heimtrieb, in sein Horn stieß, auf welches Zeichen sie heimwärts ziehen; und augenblicklich stellte sich unserm Don Quijote alles dar, was er wünschte, nämlich daß ein Zwerg das Zeichen seiner Ankunft gebe. Und so, mit außerordentlicher Befriedigung, nahte er der Schenke und den Damen; diese aber, als sie einen in solcher Weise gerüsteten Mann, mit Speer und Tartsche, heranreiten sahen, wollten voller Angst in die Schenke hinein. Jedoch Don Quijote, der aus ihrer Flucht auf ihre Ängstlichkeit schloß, hob das Pappdeckelvisier empor, und sein dürres, bestäubtes Gesicht halb aufdeckend, sprach er zu ihnen mit freundlicher Gebärde und sachter Stimme: „Euer Gnaden wollen nicht zur Flucht sich wenden noch irgendeine Ungebühr befürchten, sintemal es dem Orden der Ritterschaft, der mein Beruf ist, nicht zukommt noch geziemend ist, solche irgendwem anzutun; wieviel weniger so hohen Jungfrauen, wie Euer edles Aussehen verkündigt."

Die Dirnen schauten ihn an und suchten mit den Augen hin und her nach seinem Gesicht, das das schlechte Visier zum Teil verdeckte; aber da sie sich Jungfrauen nennen hörten, ein so ganz außerhalb ihres Berufs liegendes Wort, konnten sie das Lachen nicht zurückhalten, und es war so arg, daß Don Quijote in Zorn geriet und ihnen sagte: „Gut steht Höflichkeit den Schönen, und zudem ist zu große Einfalt das Lachen, so aus unerheblicher Ursache entspringt. Indessen sage ich Euch das nicht, auf daß Ihr Euch etwa kränktet oder unfreundlichen Mut zeigtet; denn der meine steht auf andres nicht, als Euch zu Diensten zu sein."

Diese von den Damen nicht verstandene Sprache und die übel aussehende Gestalt unsres Ritters vermehrten bei ihnen das Lachen und dies Lachen bei ihm den Ärger, und er wäre vielleicht sehr weit gegangen, wenn im nämlichen Augenblick nicht der

Wirt gekommen wäre, ein Mann, der, weil sehr wohlbeleibt, sehr friedfertig war. Als dieser die seltsam entstellte Figur sah, bewehrt mit so schlecht zusammenpassenden Rüstungsstücken wie Zügel und Speer, Tartsche und Koller, war er ganz nahe daran, den Fräulein in den Äußerungen ihrer Heiterkeit Gesellschaft zu leisten; doch da er diese ganze Kriegsmaschinerie in der Tat fürchtete, entschied er sich dafür, ihn mit Höflichkeit anzureden, und somit sprach er zu ihm: „Wenn Euer Gnaden, Herr Ritter, Herberge sucht, so wird, mit Ausnahme des Bettes – denn in dieser Schenke gibt es keines –, alles andre sich hier im größten Überflusse finden."

Als Don Quijote das demütige Benehmen des Befehlshabers der Feste sah – denn dafür hielt er den Wirt und die Schenke –, antwortete er: „Für mich, Herr Kastellan, genügt jegliches, was es auch immer sei, denn

> Meine Zierat sind die Waffen,
> Und mein Ausruhn ist der Kampf,

und so weiter."

Der Wirt vermeinte, daß er ihn Kastellan geheißen, sei darum geschehen, weil er ihm einer von den *ehrlichen Kastilianern*, das ist Gaunern, geschienen, wiewohl er doch ein Andalusier war, freilich einer vom Strande von Sanlúcar, nicht weniger diebisch als Cacus und kein geringerer Schalk als ein Student oder ein Page. Und somit entgegnete er ihm: „Hiernach ist ohne Zweifel Euer Bette harter Felsen, Euer Schlaf ein stetes Wachen; und da dem so ist, so könnt Ihr getrost hier absteigen mit der Gewißheit, daß Ihr in dieser Hütte Gelegenheit und Gelegenheiten findet, um in einem ganzen Jahre, wieviel mehr in einer Nacht, nicht in Schlaf zu kommen."

Und so redend, hielt er Don Quijote den Steigbügel; der stieg mit vieler Schwierigkeit und Mühe ab, da er den ganzen Tag noch nichts über die Lippen gebracht hatte. Alsbald sagte er dem Wirt, er möchte ihm für sein Pferd besondre Fürsorge tragen, denn es sei das allerbeste Tier, das auf Erden sein Futter fresse. Der Wirt beschaute es, und es dünkte ihm lange nicht so preiswürdig, als Don Quijote sagte, ja nicht einmal halb so gut, und nachdem er es im Stall untergebracht, kam er wieder, um zu sehen, was sein Gast begehre. Diesem waren die Fräulein – die sich bereits mit ihm ausgesöhnt – im Begriffe, die Rüstung abzunehmen; doch obwohl sie ihm bereits das Koller von der Brust und das Schulterblech gelöst, verstanden und vermochten sie nimmer, ihm die Halsberge aus dem Verschluß zu bringen, noch ihm das nachgemachte Visier abzunehmen, welches er mit grünen Schnüren festgebunden trug; es wäre erforderlich gewesen, diese zu zerschneiden, weil man die Knoten nicht lösen konnte, aber er wollte unter keiner Bedingung dareinwilligen. Und so blieb er diesen ganzen Abend mit seinem Turnierhelm auf dem Kopfe, was die komischste und seltsamste Figur abgab, die zu erdenken war. Beim Abnehmen der Rüstung, da er sich einbildete, die Landstreicherinnen, die ihn entwehrten, seien vornehme Frauen, Damen aus dieser Burg, sprach er zu ihnen mit höchst anmutigem Gebaren:

> „Niemals ward annoch ein Ritter
> So wie jetzo Don Quijote
> Wohl bedient von holden Damen,
> Da er kam aus seinem Dorfe;
> Edle Fräulein pflagen sein,
> Und Prinzessen seines Rosses,

oder seines Rosinante; denn dies, meine Damen, ist der Name meines Pferdes und Don Quijote von der Mancha der meinige. Denn obschon ich mich nicht zu erkennen geben wollte, bis meine zu Eurem Dienst und Frommen vollführten Taten mich kundbar gemacht hätten, so ist doch der Drang, diese alte Romanze dem gegenwärtigen Zwecke anzupassen, Veranlassung geworden, daß Ihr meinen Namen lang vor der rechten Zeit erfahret. Allein der Tag wird kommen, wo Euer Erlaucht mir gebieten mögen und ich gehorchen und die Tapferkeit meines Armes den Wunsch offenbaren kann, den ich Euch zu dienen hege."

Die Mädchen, an solcherlei Redensarten nicht gewöhnt, erwiderten kein Wort; sie fragten ihn nur, ob er etwas zu essen wünsche. „Wohl möchte ich einen Imbiß nehmen, was es auch sei", antwortete Don Quijote; „denn wie ich merke, würde es mir sehr zustatten kommen."

Zufälligerweise war es gerade Freitag, und in der ganzen Schenke gab es nichts als geringen Vorrat von einem Fische, den man in Kastilien Stockfisch, in Andalusien Kabeljau, in andern Gegenden Laberdan, in wieder andern Forellchen nennt. Man fragte ihn, ob vielleicht Seine Gnaden Forellchen genießen möchten, da kein andrer Fisch ihm vorzusetzen da sei. „Wenn nur viele Forellchen da sind", erwiderte Don Quijote, „so können sie zusammen für eine Forelle dienen; denn es ist ganz dasselbe, wenn man mir acht Realen in Einzelstücken, wie wenn man mir ein Achtrealenstück gibt, um so mehr, da es doch sein könnte, daß es sich mit diesen Forellchen verhielte wie mit dem Kalbfleisch, das besser ist als Kuhfleisch, und mit dem Zicklein, das besser als der Geißbock. Aber sei es, wie es sei, es soll nur gleich kommen, denn die Mühsal und das Gewicht der Rüstung läßt sich nicht tragen ohne den Unterhalt des Magens."

Man stellte ihm den Tisch vor die Tür der Schenke, um der Kühle willen, und es brachte ihm der Wirt eine Portion des schlecht gewässerten und noch schlechter gekochten Stockfisches und ein Brot, so schwarz und schmierig wie seine Rüstung. Aber es war gar sehr zum Lachen, ihn essen zu sehen, denn da er den Helm auf dem Kopfe hatte und das Visier in die Höhe hielt, so konnte er nichts mit seinen eigenen Händen in den Mund stecken, wenn nicht ein andrer es ihm gab und hineinsteckte; und so pflag eine jener Damen dieses Dienstes. Jedoch ihm zu trinken zu geben war unmöglich und würde unmöglich geblieben sein, wenn der Wirt nicht ein Schilfrohr ausgehöhlt und ihm das eine Ende in den Mund gehalten und zum andern ihm den Wein eingegossen hätte. Und alles dies nahm er mit Geduld auf, damit er nur nicht die Schnüre seines Visiers zu zerschneiden brauchte.

Wie man so weit war, kam zufällig ein Schweinschneider vor die Schenke, und wie er anlangte, blies er vier- oder fünfmal auf seiner Rohrpfeife. Das bestärkte Don Quijote vollends darin, daß er in irgendeiner berühmten Burg sei und daß man ihn mit Tafelmusik bediene und daß der Stockfisch eine Forelle, das Brot Weizenbrot, die Dirnen edle Damen und der Wirt Burgvogt dieser Feste sei; und somit fand er seinen Entschluß und seine Ausfahrt wohlgelungen. Was ihn jedoch hierbei noch sehr quälte, war, sich noch nicht zum Ritter geschlagen zu sehen, weil es ihn bedünkte, er könne sich nicht rechtmäßig in irgendwelches Abenteuer einlassen, ohne vorher den Ritterorden zu empfangen.

3. KAPITEL

*Wo die anmutige Art und Weise erzählt wird, wie
Don Quijote zum Ritter geschlagen wurde*

Von diesem Gedanken gequält, kürzte er sein kneipenhaft mageres und kärgliches Mahl ab, und kaum war es beendet, rief er den Wirt, schloß sich mit ihm im Pferdestall ein, fiel vor ihm auf die Knie und sprach: „Nie werde ich von der Stelle aufstehen, wo ich liege, tapferer Ritter, bis Eure edle Sitte mir eine Gunst gewährt, die ich von Euch erbitten will und die zu Eurem Preise und zum Frommen des Menschengeschlechtes gereichen wird."

Der Wirt, der seinen Gast zu seinen Füßen sah und solcherlei Reden hörte, ward ganz betroffen, betrachtete ihn und wußte nicht, was tun oder sagen, und drang in ihn, sich zu erheben; aber er wollte durchaus nicht, bis der Wirt sich genötigt sah, ihm zu erklären, er gewähre ihm die Gunst, die er von ihm erbitte.

„Nichts Geringeres erwarte ich von Eurer hohen Großmut", antwortete Don Quijote, „und so sag ich Euch denn, daß die Gunst, die ich von Euch erbeten und die mir von Eurem Edelmute gewährt worden, darin besteht, daß Ihr morgen am Tage mich zum Ritter schlagen sollt. Diese Nacht werde ich in der Kapelle dieser Eurer Burg die Waffenwacht halten; und morgen, wie ich gesagt habe, wird erfüllt werden, was ich so sehr ersehne, damit ich, wie es sich gebührt, durch alle vier Weltteile ziehen kann, Abenteuer aufsuchend zum Frommen der Hilfsbedürftigen, wie es auferlegt ist dem Rittertum und den fahrenden Rittern, wie ich einer bin, deren Verlangen auf solcherlei Großtaten gerichtet ist."

Der Wirt, der, wie gesagt, etwas vom verschmitzten Schalk in sich trug und schon einigen Argwohn hatte, daß es seinem Gast am Verstand fehle, war, sobald er solche Reden von ihm gehört, auch sogleich völlig davon überzeugt; und damit er diesen Abend etwas zu lachen hätte, entschloß er sich, auf des Ritters Grillen einzugehen. Und so sagte er ihm, er treffe durchaus das Richtige mit seinem Begehr, und ein solches Vorhaben sei so vornehmen Rittern, wie er einer scheine und wie sein stattliches Aussehen verkünde, eigentümlich und naturgemäß. Er selbst habe ebenso in den Jahren seiner Jugend sich diesem ehrenvollen Berufe hingegeben und verschiedene Weltgegenden durchzogen, um auf *seine* Abenteuer auszugehen, ohne daß er die Fischervorstadt von Málaga und das Riaránsche Häuserviertel daselbst, den Kirchenplatz zu Sevilla, den Krämermarkt zu Segovia, den Olivenplatz zu Valencia, den kleinen Zwinger von Granada, den Strand von Sanlúcar, den Pferdebrunnenplatz zu Córdoba und die Kneipen von Toledo vernachlässigt hätte, nebst verschiedenen andren Gegenden, wo er die Leichtigkeit seiner Füße und Fertigkeit seiner Finger geübt, viel Unrechtes getan, viele Witwen in Versuchung geführt, manche Jungfrauen zu Fall gebracht, manche Unmündige hintergangen; endlich, er habe sich fast bei allen höheren und unteren Gerichten, die es in Spanien gibt, bekannt gemacht, und schließlich sei er zu dem Entschluß gekommen, sich in diese seine Burg zurückzuziehen, wo er von seinem Vermögen lebe und auch von fremden, und in selbiger nehme er alle fahrenden Ritter auf, von was Art und Stande sie auch immer seien, lediglich aus großer Zuneigung, die er zu ihnen hege, und damit sie zur Vergeltung seiner guten Absicht ihre Habe mit ihm teilten. Er sagte ihm ferner, in dieser seiner Burg gebe es keine Kapelle, die Waffenwacht zu halten, denn sie sei niedergerissen worden, um sie neu aufzubauen; aber im Notfalle, das wisse er, könne man die Wacht halten, wo man wolle, und diese Nacht könne er sie in einem Hofe der Burg halten; am Morgen, so es Gott beliebe, würden die gebührenden Feierlichkeiten in solcher Weise stattfinden, daß er des Ritterschlags teilhaftig werde und bleibe, und zwar als ein so echter Ritter, daß in der Welt nichts echter sein könne.

Dann befragte er ihn, ob er Geld bei sich führe. Don Quijote entgegnete, er habe keinen Pfennig in der Tasche, denn er habe nie in den Geschichten der fahrenden Ritter gelesen, daß irgendeiner Geld mitgenommen hätte.

Darauf versetzte der Wirt, er sei im Irrtum; denn zugegeben, daß es in den Geschichten nicht geschrieben stehe, weil deren Verfasser gemeint, es sei unnötig, so selbstverständliche Dinge, die bei sich zu haben so unerläßlich sei, wie Geld und reine Hemden, ausdrücklich zu erwähnen, so müsse man darum nicht glauben, daß sie dieselben nicht bei sich führten. Und also möge er für gewiß und erwiesen halten, daß alle fahrenden Ritter – von denen so viele Bücher angefüllt und vollgepfropft sind – wohlbeschlagene Börsen mit hinausnahmen, um allerhand Zufälligkeiten begegnen zu können, und daß sie imgleichen Hemden bei sich führten, auch ein klein Kästchen voll Salben, um die

Wunden zu pflegen, die sie empfingen. Denn nicht in jedem Falle habe es in den Gefilden und Einöden, wo sie kämpften und wundgeschlagen wurden, jemanden gegeben, der ihrer pflegte; wenn es nicht etwa der Fall war, daß sie irgendeinen weisen Zauberer zum Freunde hatten, der ihnen gleich zu Hilfe kam und in den Lüften auf einer Wolke eine Jungfrau oder einen Zwerg herbeibrachte, mit einer Flasche Wassers von solcher Kraft, daß sie, wenn sie einen Tropfen davon kosteten, gleich auf der Stelle von allen Hieben und Wunden geheilt waren, als wäre ihnen nie ein Leid geschehen. Aber stets, wenn das nicht zur Hand war, hielten die früheren Ritter es für das Richtige, daß ihre Schildknappen mit Geld versehen sein sollten, so auch mit andern notwendigen Dingen, wie Scharpie und Salben, um sich die Wunden zu verbinden. Und wenn es geschah, daß die besagten Ritter keine Knappen hatten – was wenige und seltene Fälle waren –, so führten sie selbst dies alles in einem sehr schmächtigen Mantelsäckchen, das beinahe gar nicht wie ein solches aussah, auf der Kruppe des Pferdes, so als ob es etwas andres von besonderer Wichtigkeit wäre; denn wenn nicht um solchen Behufes willen, war dies Mitnehmen von Mantelsäcken unter den fahrenden Rittern in der Regel nicht zulässig. Deshalb gebe er ihm den Rat – da er es ihm sogar befehlen könne als seinem Patenkind im Rittertum, was er ja so bald sein würde –, von jetzt hinfür nie ohne Geld und ohne die herkömmlichen Vorräte auszuziehen, und er würde, wenn er sich's am wenigsten versehe, finden, wie gut er damit fahre.

Don Quijote versprach ihm, mit aller Pünktlichkeit zu tun, was ihm angeraten worden. Und alsbald wurde Anordnung getroffen, daß er die Waffenwacht in einem zur Seite der Schenke befindlichen großen Hofe halten sollte. Er nahm all seine Rüstungsstücke zusammen, legte sie auf einen Trog, der vor einem Brunnen stand, und seine Tartsche an den Arm nehmend, ergriff er seinen Speer und begann mit edlem Anstand vor dem Troge auf und ab zu wandeln. Und gerade wie er dies Wandeln begann, da begann auch die Nacht hereinzubrechen.

Der Wirt erzählte allen, die in der Schenke waren, von der Narrheit seines Gastes, der Waffenwacht und dem Ritterschlag, den er erwarte. Verwundert über eine so seltsame Art von Verrücktheit, gingen sie hin, um ihn von ferne zu beobachten, und sahen, wie er mit gelassener Haltung bald auf und ab ging, bald an seinen Speer gelehnt, die Blicke auf die Rüstungsstücke richtete und sie eine geraume Zeit nicht aus den Augen ließ. Die

Nacht war indessen vollends hereingebrochen, und der Mond war von solcher Helle, daß er mit dem Gestirn, das sie ihm lieh, wetteifern konnte, so daß, was immer der angehende Ritter tat, von allen deutlich gesehen wurde.

Nun aber gelüstete es einen der Maultiertreiber, die sich in der Schenke aufhielten, seiner Koppel Tiere Wasser zu geben, und dazu war erforderlich, die Waffen Don Quijotes wegzunehmen, die auf dem Brunnentrog lagen. Der, als er jenen herankommen sah, sprach zu ihm mit lauter Stimme: „O du, wer auch immer du seiest, verwegener Ritter, der du herannahest, um die Waffen des tapfersten Abenteurers zu berühren, der da je sich mit einem Schwert umgürtet, siehe wohl zu, was du tust, und berühre sie nicht, wenn du nicht das Leben lassen willst zur Buße für deine Verwegenheit."

Der Treiber sorgte sich nicht um diese Worte – und es wäre besser gewesen, er hätte sich gesorgt, denn dann hätte er für sich gesorgt, ehe er in Sorge geriet –; vielmehr faßte er die Riemen und schleuderte die Rüstungsstücke eine weite Strecke von sich hinweg. Sowie Don Quijote dies gesehen, erhob er die Augen gen Himmel, und seine Gedanken – wie es sich kundgab – zu seiner Herrin Dulcinea wendend, sprach er: „Seid mir gegenwärtig, meine Herrin, bei diesem ersten Kampfe, der sich dieser Euch lehenspflichtigen Brust darbietet; es gebreche mir nicht in dieser ersten Gefährde Eure Gunst und Euer Schutz."

Diese und andre dergleichen Reden führend, ließ er die Tartsche los, hub den Speer mit beiden Händen und versetzte damit dem Maultiertreiber einen so gewaltigen Schlag auf den Kopf, daß er ihn zu Boden stürzte, so übel zugerichtet, daß, wenn er mit einem zweiten nachgefolgt wäre, der Mann keines kundigen Meisters zu seiner Heilung bedurft hätte. Dies getan, las er seine Rüstungsstücke zusammen und fing wieder an, mit derselben Ruhe wie vorher auf und ab zu wandeln.

Kurze Zeit darauf kam, ohne zu wissen, was vorgegangen – denn der Maultiertreiber lag noch betäubt da –, ein andrer mit derselben Absicht, seinen Mauleseln Wasser zu geben, und wie er hinging, die Waffen wegzunehmen, um den Brunnentrog abzuräumen, da, ohne daß Don Quijote diesmal ein Wort sprach oder Gunst und Schutz von jemand verlangte, ließ er abermals die Tartsche los, hub abermals den Speer, und wenn er diesen nicht in Stücke brach, so brach er doch den Kopf des Treibers in mehr als drei Stücke, denn er schlug ihn in *vier* auseinander. Bei dem Lärm kamen alle Insassen der Schenke herzu, und unter ihnen der

Wirt. Als Don Quijote dieses sah, faßte er die Tartsche in den Arm, nahm das Schwert zu Handen und rief: „O Herrin der Schönheit, Mut und Stärke dieses meines entkräfteten Herzens! Nun zur Stunde ist es Zeit, daß du die Augen deiner Hoheit auf diesen Ritter, deinen Gefangenen, richtest, der eines so großen Abenteuers in Erwartung steht."

Damit gewann er nach seiner Meinung so mächtigen Mut, daß er, wenn auch alle Eseltreiber der Welt ihn angegriffen, den Fuß nicht rückwärts gewendet hätte.

Die Reisegefährten der Verwundeten, die diese in solchem Zustand sahen, begannen von fern Steine auf Don Quijote regnen zu lassen; der aber deckte sich, so gut er konnte, mit seiner Tartsche und wagte sich nicht von dem Troge zu entfernen, weil die Waffen nicht unbewacht bleiben durften. Der Wirt schrie, sie sollten ihn gehen lassen, denn er habe ihnen bereits gesagt, daß der Mann verrückt sei, und als Verrückter würde er freigesprochen werden, selbst wenn er sie samt und sonders totschlüge. Auch Don Quijote schrie, aber viel lauter, schalt sie Meuchler und Verräter; der Burgherr sei ein feiger Wicht und von schlechter Art, da er zugebe, daß die fahrenden Ritter solchermaßen behandelt würden, und wenn er den Ritterorden schon empfangen hätte, so würde er ihm seinen Frevel zu Gemüte führen. „Aber *ihr* schmähliches, gemeines Gesindel, euer achte ich nicht im geringsten; werfet, nahet euch, kommt heran und greift mich feindlich an, soviel ihr es vermöget; ihr sollt die Zahlung sehen, die ihr für eure Torheit und Frechheit davontragt."

Das sagte er mit so viel Feuer und Entschlossenheit, daß er seinen Angreifern eine entsetzliche Furcht einflößte; und sowohl deshalb als auch auf das Zureden des Wirtes ließen sie endlich ab, auf ihn zu werfen, und er ließ es zu, die Verwundeten wegzuschaffen, und kehrte wieder zu seiner Waffenwacht mit derselben Ruhe und Gelassenheit wie zuvor.

Dem Wirt gefielen die Späße seines Gastes durchaus nicht, und er beschloß, es kurz zu machen und ihm den verwünschten Ritterschlag sogleich zu erteilen, ehe ein neues Unglück dazwischenkomme. Er trat also zu ihm heran und entschuldigte sich ob der Frechheit, welche dies niedrige Gesindel gegen ihn verübt habe, ohne daß er selbst irgend etwas davon gewußt; aber sie seien für ihr Unterfangen gehörig gezüchtigt. Er sagte ihm ferner, er habe ihm bereits mitgeteilt, daß in dieser Burg keine Kapelle sei; für das, was noch zu tun bleibe, sei sie auch nicht nötig. Der wesentliche Punkt, um die Ritterwürde zu empfangen, bestehe lediglich im Schlag auf den Nacken und auf die Schulter, nach dem, was er von den Ordensbräuchen in Erfahrung gebracht, und dies könne mitten auf freiem Felde vorgenommen werden; auch habe Don Quijote schon seine Schuldigkeit getan in betreff der Waffenwacht, die mit nur zwei Stunden abgetan werde; um so mehr, da er über vier dabei zugebracht habe.

All dieses glaubte ihm Don Quijote und erklärte, er stehe hier bereit, um ihm zu gehorsamen, er möge nur mit tunlichster Beschleunigung ein Ende machen; denn wenn er noch einmal angegriffen werde und sich dann schon zum Ritter geschlagen sehe, so gedenke er keinen Menschen in der Burg lebend zu lassen, ausgenommen die, so er, der Burgherr, ihm gebieten würde; die würde er aus Rücksicht auf ihn leben lassen.

So gewarnt und in Besorgnis vor solchen Taten, holte der Kastellan sofort ein Buch herbei, wo er die Streu und die Gerste eintrug, die er den Maultiertreibern verabreichte, und mit einem Endchen Licht, das ein Junge ihm hielt, und mit den beiden besagten Fräulein kam er zum Standort Don Quijotes, befahl ihm niederzuknien, las in seinem Schuldregister, als ob er ein fromm Gebet hersage, erhob mitten im Lesen die Hand und gab ihm einen kräftigen Streich auf den Nacken und danach einen sanften Schlag auf die Schulter mit seinem eignen Schwerte, wobei er immer zwischen den Zähnen murmelte, als ob er ein Gebet spräche. Dies vollbracht, gebot er einer der Damen, sie solle ihm das Schwert umgürten; sie tat es mit leichter Unbefangenheit und großer Zurückhaltung; denn deren bedurfte es nicht wenig, um nicht bei jedem Punkte der Feierlichkeiten vor Lachen zu platzen; allein die mannhaften Taten, die sie schon von dem angehenden Ritter gesehen, hielten ihre Lachlust in Schranken.

Beim Umgürten des Schwertes sagte ihm die gutherzige Dame: „Gott mache Euer Gnaden zu einem recht glücklichen Ritter und gebe Euch Glück in den Kämpfen."

Don Quijote fragte sie, wie sie heiße, damit er fürderhin wisse, wem er für diese empfangene Gnade verpflichtet sei; denn er gedenke ihr teil an der Ehre zu geben, die er durch seines Armes Kraft erringen würde.

Sie antwortete mit vieler Demut, sie heiße die Tolosa und sei die Tochter eines Flickschneiders, der aus Toledo gebürtig sei und unter den Buden von Sancho-Bienaya wohne; und wo auch immer sie sich aufhielte, würde sie ihm zu Diensten sein und ihn immer für ihren Herrn erachten.

Don Quijote entgegnete ihr, aus Liebe zu ihm solle sie ihm die

Gunst erweisen, sich hinfüro ein *Don* vorzusetzen und sich Doña Tolosa zu nennen. Sie versprach es ihm.

Die andre legte ihm den Sporn an, und es gab mit ihr ungefähr die nämliche Zwiesprache wie mit dem Schwertfräulein. Er fragte sie nach ihrem Namen; sie sagte, sie nenne sich die Müllerin und sei die Tochter eines ehrbaren Müllers aus Antequera. Auch sie bat der Ritter Don Quijote, sie solle sich das *Don* vorsetzen und sich Doña Müllerin nennen, wobei er ihr ebenfalls seinen Dienst und Dank anbot.

Als nun in Galopp und Hast die bis dahin nie gesehenen Feierlichkeiten abgetan waren, konnte Don Quijote die Stunde nicht erwarten, sich zu Pferde zu sehen und auf die Suche nach Abenteuern auszuziehen; und sogleich den Rosinante sattelnd, stieg er auf, umarmte seinen Wirt und sagte ihm, indem er ihm für die Gnade dankte, ihn zum Ritter geschlagen zu haben, so seltsamliche Dinge, daß es unmöglich gelingen kann, sie getreulich zu berichten. Der Wirt, um ihn nur bald außerhalb der Schenke zu sehen, antwortete mit ähnlichen Redensarten den seinigen, wenn auch in weit kürzern Worten; und ohne ihm die Gebühr für die Bewirtung abzufordern, ließ er ihn in Gottes Namen von dannen ziehen.

4. KAPITEL

Von dem, was unserm Ritter begegnete, als er
aus der Schenke schied

Es mochte um die Stunde des anbrechenden Tages sein, als Don Quijote aus der Schenke schied, so zufrieden, so frischen Mutes, so überglücklich, sich nun zum Ritter geschlagen zu sehen, daß ihm das Vergnügen aus allen Gliedern, ja aus dem Gurt seines Gaules herausplatzte. Aber da ihm die Ratschläge seines Wirtes ins Gedächtnis kamen in betreff der so notwendigen Vorräte, die er mitführen solle, insbesondere des Vorrats an Geld und Hemden, so beschloß er, nach Hause zurückzukehren und sich mit all diesem wie auch mit einem Schildknappen zu versehen, wobei er sich vorsetzte, einen Bauersmann in Dienst zu nehmen, seinen Ortsnachbar, der arm war und Kinder hatte, jedoch zu dem Knappenamte des Rittertums sehr tauglich war. In solchen Gedanken lenkte er den Rosinante seinem Dorfe zu, und dieser, den heimischen Futterplatz schon kennend, begann mit solcher Lust zu traben, daß es schien, als berührte er den Boden nicht mit seinen Füßen.

Der Junker hatte noch nicht viel des Weges zurückgelegt, da deuchte es ihm, als ob ihm zur rechten Hand, aus dem Dickicht eines dort befindlichen Gehölzes, ein schwaches Schreien heraus- dringe, wie von jemand, der wehklagte; und kaum hatte er es

vernommen, als er sprach: „Dank spende ich dem Himmel für die Gnade, so er mir tut, da er mir so bald Gelegenheiten vor die Augen stellt, wo ich erfüllen kann, was ich meinem Beruf schulde, und wo ich die Frucht meines tugendhaften Vorhaben pflücken kann. Diese Weherufe kommen ohne Zweifel von einem oder einer Hilfsbedürftigen, so meines Beistandes und Schutzes be- darf."

Und die Zügel wendend, lenkte er Rosinante nach der Stelle hin, wo ihm das Schreien herzukommen schien. Und als er wenige

Schritte in das Gehölz hineingeritten, sah er eine Stute an eine Eiche gebunden und an eine andre einen Jungen von etwa fünfzehn Jahren, entblößt von der Mitte des Leibes bis zu den Schultern; dieser war es, der das Geschrei ausstieß, und nicht ohne Grund, denn ein Bauer von kräftiger Gestalt war daran, ihm mit seinem Gurt zahlreiche Hiebe aufzumessen, und jeden Hieb begleitete er mit einer Verwarnung und einem Rate, denn er rief: „Die Zunge still, die Augen wach!" Und der Junge antwortete in einem fort: „Ach, Herr, ich will's nicht wieder tun; bei Christi Leiden, ich will's nicht wieder tun, ich verspreche Euch, von nun an mehr acht aufs Vieh zu haben."

Als Don Quijote sah, was vorging, rief er mit zürnender Stimme: „Zuchtloser Ritter, schlecht geziemt es, den anzugreifen, der sich nicht verteidigen kann; steigt zu Rosse und nehmt Euren Speer" – denn der Bauer hatte auch einen Speer an die Eiche gelehnt, wo die Stute mit den Zügeln angebunden war –, „da werd ich Euch zu erkennen geben, daß es der Feiglinge Gepflogenheit ist, so zu handeln wie Ihr."

Der Bauer, der diese Gestalt, mit Waffen umschanzt, über sich herkommen sah, wie sie den Speer über sein Gesicht hinschwang, hielt sich schon für tot und erwiderte mit begütigenden Worten: „Herr Ritter, dieser Junge, den ich da züchtige, ist ein Knecht von mir, der mir dazu dient, eine Herde Schafe zu hüten, die ich in dieser Gegend habe; er ist so unachtsam, daß mir jeden Tag eins fehlt, und weil ich seine Unachtsamkeit – oder seine Spitzbüberei – bestrafe, sagt er, ich tue es aus Knauserei, um ihm den Lohn, den ich ihm schulde, nicht zu zahlen; und bei Gott und meiner Seele, er lügt."

„Lügt? Das vor mir, nichtswürdiger Bauernkerl?" rief Don Quijote. „Bei der Sonne, die uns bescheint, ich bin drauf und dran, Euch mit diesem Speer durch und durch zu stechen. Zahlt ihm gleich ohne längere Widerrede; wo nicht, bei dem Gotte, der uns gebeut, so mach ich Euch auf der Stelle den Garaus und hau Euch zunichte. Bindet ihn sogleich los."

Der Bauer ließ den Kopf hängen, und ohne ein Wort zu entgegnen, band er seinen Knecht los. Don Quijote fragte diesen, wieviel ihm sein Herr schulde; er antwortete: „Neun Monate, zu sieben Realen jeden Monat." Don Quijote machte die Rechnung und fand, daß sie sich auf dreiundsechzig Realen belief, und sagte dem Bauer, er solle sie alsogleich aus dem Beutel ziehen, wenn er nicht darob des Todes sein wolle. Der furchtsame Bauer antwortete, bei den Nöten, in denen er sei, und bei dem Schwur, den er getan – und doch hatte er noch gar nicht geschworen! –, es seien nicht so viel Realen; denn es müßten ihm abgezogen und in Rechnung gestellt werden drei Paar Schuhe, die er ihm verabreicht habe, und ein Real für zwei Aderlässe, die man ihm gegeben, als er krank gewesen.

„Das ist alles ganz gut", entgegnete Don Quijote, „aber die Schuhe und die Aderlässe sollen für die Hiebe sein, die Ihr ihm ohne seine Schuld gegeben. Denn wenn er das Leder der von Euch bezahlten Schuhe zerrissen hat, so habt Ihr ihm sein eigenes Leder gegerbt und zerschlissen; und wenn ihm in seiner Krankheit der Bader Blut abgezapft hat, so habt Ihr es ihm bei gesundem Leibe abgezapft, so daß er in dieser Beziehung Euch nichts mehr schuldet."

„Das Unangenehme in der Sache, Herr Ritter, liegt darin, daß ich kein Geld bei mir habe; Andrés soll mit mir nach Hause kommen, und da werde ich ihm zahlen Real für Real."

„Ich noch mit ihm gehen?" sagte der Junge, „o weh! Lieber Herr, nicht im Traum tät ich das; denn sobald er sich allein mit mir sieht, wird er mir die Haut abziehen wie einem heiligen Bartholomäus."

„Solches wird er nicht tun", entgegnete Don Quijote. „Daß ich es ihm gebiete, ist hinreichend, damit er mir Gehorsam erweise, und sofern er bei dem Ritterorden, den er empfangen hat, mir es schwört, lasse ich ihn frei gehen und verbürge die Zahlung."

„Bedenke Euer Gnaden, Herr, was Ihr da saget", versetzte der Junge; „denn dieser mein Dienstherr ist kein Ritter, hat auch keinerlei Ritterorden empfangen; er ist Juan Haldudo der Reiche, Bürger zu Quintanar."

„Das tut wenig zur Sache", erwiderte Don Quijote, „denn es kann Haldudos geben, die Ritter sind; um so mehr, da jeder der Sohn seiner Taten ist."

„So ist's in Wahrheit", sagte Andrés darauf; „aber dieser mein Herr, welcher Taten Sohn ist er, da er mir meinen Lohn, meinen Schweiß und meine Arbeit, vorenthalten will?"

„Ich will Euch nichts vorenthalten, mein guter Andrés", antwortete der Bauer; „tut mir nur den Gefallen mitzugehen, und ich schwör Euch bei allen Ritterorden, die es in der Welt gibt, Euch zu bezahlen, wie ich gesagt, Real für Real und obendrein mit Zinseszinsen."

„Die Zinsen erlasse ich Euch", sagte Don Quijote; „gebt ihm sein Geld bar, damit begnüge ich mich, und bedenket wohl, daß Ihr es erfüllet, wie Ihr es geschworen habt; wenn nicht, so schwöre ich Euch mit demselben Eide, daß ich wiederkehre, um Euch aufzusuchen und zu züchtigen, und daß ich Euch finden werde, wenn Ihr Euch auch noch besser als eine Eidechse versteckt. Und wenn Ihr wissen wollt, wer Euch dieses gebietet, damit Ihr Euch um so ernstlicher verbunden fühlet, es zu erfüllen, so erfahret, daß ich der tapfre Don Quijote von der Mancha bin, der Abhelfer aller Unbilden und Widerrechtlichkeiten. Und somit Gott befohlen, und es komme das Versprochene und Beschworne nicht aus Euren Gedanken, bei Strafe der ausgesprochenen Strafe!"

Und dies sagend, spornte er seinen Rosinante, und in kurzer Zeit war er fern von ihnen.

Der Bauer folgte ihm mit den Augen, und als er bemerkte, daß der Ritter aus dem Gehölze hinaus und nicht mehr zu sehen war, wendete er sich zu seinem Knechte Andrés und sagte zu ihm: „Komme Er her, mein Sohn, ich will Ihm zahlen, was ich Ihm schulde, wie dieser Abhelfer aller Unbilden mir geboten hat."

„Da schwör ich drauf", entgegnete Andrés, „und sage, daß Ihr vernünftig handelt, das Gebot des wackern Ritters zu erfüllen; möge er tausend Jahr leben! Denn danach zu schließen, wie er tapfer ist und ein guter Richter, so wird er, so wahr Gott lebt, wenn Ihr mich nicht bezahlt, zurückkehren und ausführen, was er gesagt."

„Auch ich schwöre drauf", versetzte der Bauer; „aber ob meiner großen Liebe zu Ihm will ich die Schuld vergrößern, um die Bezahlung zu vergrößern."

Und er packte ihn am Arm und band ihn abermals an die Eiche und gab ihm da so viel Hiebe, daß er ihn fast für tot auf dem Platze ließ. „Rufe Er jetzt, Herr Andrés", sprach der Bauer, „den Abhelfer aller Unbilden, und Er wird sehen, wie er dieser Unbill nicht abhilft; zwar glaube ich, daß sie noch gar nicht vollendet ist, denn es kommt mir die Lust, Ihm lebendig die Haut abzuziehen, wie Er gefürchtet."

Indessen band er ihn endlich los und gab ihm die Erlaubnis, zu gehen und seinen Richter aufzusuchen, auf daß dieser das ausgesprochene Urteil vollstrecke.

Andrés zog nicht wenig erbost von dannen und schwur, den tapfern Don Quijote von der Mancha aufzusuchen und ihm Punkt für Punkt des Vorgefallenen zu erzählen, und sein Herr werde es ihm mit siebenfachem Ersatze zahlen müssen. Aber bei alledem ging er weinend von dannen, und sein Herr blieb lachend zurück.

Und auf solche Weise half der tapfere Don Quijote der Ungebühr ab; und höchst vergnügt über das Geschehene, dünkte es ihn, er habe seinem Rittertum einen äußerst glücklichen und erhabenen Anfang gegeben. Mit großer Selbstzufriedenheit zog er nach seinem Dorfe hin und sprach dabei halblaut: „Wohl kannst du dich glücklich nennen über alle Frauen, die heut über die Erde hinwandeln, o du vor allen Schönen schöne Dulcinea von Toboso, da es dir zum Lose fiel, all deinem Willen und Belieben einen so kriegskühnen und so berufenen Ritter unterwürfig und dienstbar zu haben, wie es Don Quijote von der Mancha ist und sein wird, welcher gestern, wie die ganze Welt weiß, den Ritterorden empfing und heute die größte Gewalttat und Unbill abgestellt hat, welche widerrechtlicher Sinn je erdachte und ein grausames Herz je verübte. Heute riß er die Geißel aus der Hand jenem mitleidlosen Bösewicht, der so ganz ohne Anlaß jenen zarten Prinzen geprügelt."

Indem gelangte er an einen Weg, der sich in vier teilte, und sogleich kamen ihm die Kreuzwege in den Sinn, wo die fahrenden Ritter sich der Überlegung hingaben, welchen dieser Wege sie einschlagen sollten; und um sie nachzuahmen, hielt er eine Zeitlang still, und nachdem er äußerst gründlich überlegt hatte, ließ er dem Rosinante den Zügel frei, dem Willen des Gaules den seinigen unterordnend; der aber folgte seinem ersten Vorhaben, nämlich den Weg nach seinem Stalle zu traben. Und als er etwa zwei Meilen geritten, erschaute Don Quijote eine große Schar von Leuten, die, wie man nachher erfuhr, toledanische Kaufleute waren, welche zum Einkauf von Seide nach Murcia reisten. Es waren ihrer sechs; sie zogen daher mit ihren Sonnenschirmen nebst vier Dienern zu Pferde und drei Maultierjungen zu Fuß. Kaum erblickte die Don Quijote, als er sich einbildete, es gebe dies wiederum ein Abenteuer, und da er in allem, soviel ihm möglich schien, die Begebnisse, die er in seinen Büchern gelesen, nachahmen wollte, so meinte er, da komme ihm ein solches gerade zupaß, um es ritterlich zu bestehen. Und so, mit stattlicher Haltung und Zuversichtlichkeit, setzte er sich stramm in den Steigbügeln, faßte den Speer fest, legte die Tartsche an die Brust, und inmitten des Weges haltend, wartete er, daß jene fahrenden Ritter herannahten – denn für solche hielt und erachtete er sie selbstverständlich –, und als sie so weit herangekommen, daß sie gesehen und gehört werden konnten, erhub Don Quijote seine Stimme und sprach mit stolzem Gebaren: „Alle Welt halte still, wenn nicht alle Welt bekennt, daß es in aller Welt kein schöneres Fräulein gibt als die Kaiserin der Mancha, die unvergleichliche Dulcinea von Toboso."

Beim Klang dieser Worte und beim Anblick der seltsamen Gestalt, die sie gesprochen hatte, hielten die Kaufleute an, und an der Gestalt und den Worten erkannten sie alsbald die Verrücktheit des Mannes, dem diese und jene angehörten. Indessen wollten sie gern ausführlicher erfahren, auf was jenes Bekenntnis abziele, das man von ihnen verlangte, und einer von ihnen, der zu Späßen gelaunt und ein äußerst gescheiter Kopf war, sprach zu ihm: „Herr Ritter, wir unsrenteils wissen nicht, wer die treffliche Dame ist, von der Ihr redet; zeigt sie uns, und wenn sie von so großer Schönheit ist, wie Ihr angebt, so werden wir gutwillig und ohne welchen Zwang das Bekenntnis der Tatsache ablegen, das uns von Eurer Seite abverlangt wird."

„Wenn ich sie euch zeigte", entgegnete Don Quijote, „was würdet ihr Großes damit tun, eine so offenkundige Wahrheit zu bekennen? Das Wesentliche in der Sache besteht gerade darin, daß ihr, ohne sie zu sehen, es glauben, bekennen, behaupten, beschwören und verfechten müsset; wo nicht, so seid ihr mit mir in Fehde, ungeschlachtes und übermütiges Volk; und ob ihr nun einer nach dem andern kommt, wie es die Regel des Rittertums erheischt, ob alle zusammen, wie es Gewohnheit und böslicher Brauch derer von eurem Gelichter ist, hier erwarte und erharre ich euch, vertrauend dem Rechte, das ich auf meiner Seite habe."

„Herr Ritter", erwiderte der Kaufmann, „ich bitt Euch flehentlich im Namen all dieser Prinzen, die wir hier sind, damit wir unser Gewissen nicht beschweren durch das Bekenntnis einer von uns nie gesehenen noch gehörten Sache, und zumal da letztere so sehr zur Beeinträchtigung der Kaiserinnen und Königinnen in den Landschaften Alcarria und Estremadura ist, daß Euer Gnaden geruhen möge, uns irgendein Bildnis dieser Dame zu zeigen, wenn es auch nur so groß wäre wie ein Weizenkorn, denn wenn man den Faden hat, kann man daran den Knäuel aufwickeln; und damit werden wir zufriedengestellt und beruhigt sein, und Euer Gnaden wird Genugtuung und Befriedigung zuteil werden. Ja, ich meine sogar, wir sind schon so sehr auf ihrer Seite, daß, wenn auch ihr Bild uns zeigen sollte, daß sie auf einem Auge schielt und aus dem andern ihr Zinnober und Schwefel fließt, wir trotz alledem, um Euer Gnaden gefällig zu sein, zu ihren Gunsten alles, was Ihr wollt, sagen werden."

„Nicht fließt von ihr, niederträchtiges Hundegezücht", antwortete Don Quijote von Zorn entflammt, „nicht fließt von ihr,

sag ich, was ihr da saget, sondern Ambra und Moschus auf Wangen weich wie Baumwollflocken, und sie ist weder scheel noch bucklig, sondern gerader als eine Spindel vom Guadarrama-Gebirg. Ihr aber sollt die ungeheure Lästerung büßen, die ihr gegen eine solche Schönheit ausgestoßen, wie die meiner Herrin ist."

Und dies sagend, stürzte er mit eingelegtem Speer auf den Sprecher los, mit solcher Wut und solchem Ingrimm, daß, wenn das gute Glück es nicht gefügt hätte, daß Rosinante auf halbem Weg strauchelte und fiel, es dem verwegenen Kaufmann übel ergangen wäre.

Rosinante stürzte, und sein Herr kugelte ein gutes Stück Weges weit über das Feld hin; er wollte sich wieder aufrichten und vermochte es nimmer; solche Hindernis und Beschwer verursachten ihm Speer, Tartsche, Sporen und Helm, nebst dem Gewicht der uralten Rüstung. Und während er sich abarbeitete, um aufzukommen, und nicht konnte, rief er in einem fort: „Fliehet nicht, feiges Volk, elendes Volk; bedenket, daß nicht durch meine Schuld, sondern die meines Pferdes ich hingestreckt hier liege."

Einer von den mitreisenden Maultierjungen – der gewiß nicht sehr wohlgesinnt war! – konnte, als er den armen Gestürzten solch hochmütige Reden führen hörte, es nicht länger ertragen, ohne ihm die Antwort auf die Rippen zu geben. Er eilte auf ihn zu und ergriff den Speer, und nachdem er ihn in Stücke zerbrochen, begann er mit einem dieser Stücke unsrem Don Quijote so viele Prügel zu geben, daß, ungeachtet und trotz seiner Rüstung, er ihn wie Weizen im Mühltrichter zermahlte. Seine Herren riefen ihm zu, er solle ihn nicht so arg prügeln, er solle von ihm ablassen; aber der Junge war einmal im Zug und wollte das Spiel nicht aufgeben, bis er den ganzen Rest seines Zornes auf die Karte gesetzt; er machte sich an die übrigen Bruchstücke des Speeres und zerbrach sie vollends auf dem gestürzten Jammermann, der bei dem ganzen Ungewitter von Prügeln, das auf ihn regnete, den Mund keinen Augenblick schloß und Drohungen ausstieß gegen Himmel und Erde und gegen die Wegelagerer, denn für das hielt er sie.

Der Junge ward endlich müde, und die Kaufleute verfolgten ihre Straße und nahmen für den ganzen Weg Stoff zum Plaudern über den armen Prügelhelden mit. Dieser, sobald er sich allein sah, versuchte aufs neue, ob er sich aufrichten könnte; allein wenn er es nicht konnte, da er gesund und wohlbehalten, wie sollte er es jetzt tun, zerdroschen und schier in Stücke zerschlagen? Und dennoch hielt er sich beglückt, denn es bedünkte ihn, es sei dies ein Mißgeschick, wie es der Beruf fahrender Ritter mit sich bringe, und er schrieb es gänzlich der Schuld seines Rosses zu. Und bei alledem wurde es ihm nicht möglich, sich aufzurichten, so zerbleut war er am ganzen Leibe.

5. KAPITEL

*Wo die Erzählung vom Mißgeschick unseres Ritters
fortgesetzt wird*

Da er nun sah, daß er sich schlechterdings nicht regen konnte, verfiel er darauf, zu seinem gewöhnlichen Hilfsmittel seine Zuflucht zu nehmen, nämlich an irgendeinen Vorgang aus seinen Büchern zu denken; und seine Torheit brachte ihm jenen mit Baldovinos und dem Markgrafen von Mantua ins Gedächtnis, als Carloto den ersteren verwundet im Waldgebirge liegenließ; eine Geschichte, die die Kinder auswendig wissen, die Jünglinge nicht vergessen haben, die Greise hochhalten und sogar glauben und die bei alledem um nichts wahrer ist als die Wunder Mohammeds. Diese also dünkte ihm auf den Fall, in dem er sich befand, genau zu passen; und so begann er mit Gebärden großen Schmerzes sich auf dem Boden zu wälzen und schwach aufatmend dasselbe zu sprechen, was, wie berichtet wird, der verwundete Ritter vom Walde sprach:

> O wo bist du, meine Herrin,
> Daß dich fühllos läßt mein Schmerz?
> Wohl magst du's nicht wissen, oder
> Falsch und treulos wär dein Herz.

Und solchergestalt fuhr er in der Romanze fort, bis zu jenen Versen, die da lauten:

> Mantuas edler Markgraf, du mein
> Ohm und angestammter Herr!

Und das Schicksal wollte, daß, wie er an diesen Vers gelangte, gerade ein Bauer aus seinem eignen Orte, sein Nachbar, vorüberkam, der eine Last Weizen in die Mühle gebracht hatte. Als dieser den Mann dort hingestreckt liegen sah, näherte er sich ihm und fragte ihn, wer er sei und was ihm denn weh tue, daß er so trübselig jammere. Ohne Zweifel meinte Don Quijote, jener sei der Markgraf von Mantua, sein Oheim, und so antwortete er ihm nichts andres, als daß er in seiner Romanze dort fortfuhr, wo er ihm Bericht über sein Unglück gab und über die Liebeswerbung des Kaisersohnes bei seiner Gemahlin, alles in derselben Weise, wie die Romanze es singt.

Der Bauer stand verwundert da, als er das unsinnige Zeug

hörte; er nahm ihm das Visier ab, das von den Prügeln schon in Stücke geschlagen war, reinigte ihm das Gesicht, das er voll Staubes hatte, und kaum hatte er es gereinigt, so erkannte er ihn und sprach zu ihm: „Herr Quijano" – denn so mußte er wohl geheißen haben, als er noch seinen Verstand hatte und noch nicht vom friedlichen Junker zum fahrenden Ritter befördert war –, „wer hat Euer Edlen solchermaßen zugerichtet?"

Allein auf alles, was er ihn fragte, fuhr der Junker nur mit seiner Romanze fort.

Da der gute Kerl das sah, nahm er ihm, so gut er konnte, den Koller und das Schulterblech ab, um zu sehen, ob er eine Wunde an sich trage; aber er sah weder Blut noch irgendein Wundenmal. Er brachte es fertig, ihn vom Boden aufzurichten, und mit nicht geringer Mühe hob er ihn auf seinen Esel, weil ihm dies bequemer zum Reiten dünkte. Er las die Waffen bis auf die letzten Lanzensplitter zusammen und band sie fest auf Rosinante; den nahm er am Zügel und den Esel am Halfter und wanderte nach seinem Dorfe, sehr nachdenklich darüber, daß er derlei Ungereimtheiten von Don Quijote zu hören bekam.

Nicht minder nachdenklich zog dieser dahin, der, weil ganz zerdroschen und zerschlagen, sich nicht recht auf dem Esel zu halten vermochte und von Zeit zu Zeit Seufzer zum Himmel schickte; dergestalt, daß er aufs neue den Bauern zur Frage veranlaßte, er möge ihm doch sagen, was ihm weh tue. Und es schien nicht anders, als ob der Teufel selbst die auf seine jetzigen Umstände passenden Geschichten ihm ins Gedächtnis brächte; denn in diesem Augenblick vergaß er des Baldovinos, und es fiel ihm der Mohr Abindarráez ein, als der Vogt von Antequera, Rodrigo von Narváez, ihn gefangennahm und ihn zur Haft nach seiner Vogtei führte. So geschah's, daß, als der Bauer ihn abermals fragte, wie er sich befinde und was ihm weh tue, er ihm mit den nämlichen Ausdrücken und Reden antwortete, die der gefangene Abencerraje dem Rodrigo von Narváez sagte, ganz in derselben Weise, wie er es in der Geschichte der *Diana* von Jorge von Montemayor gelesen hatte, wo es geschrieben steht, und er wendete sie so passend an, daß der Bauer des Teufels werden wollte, ein so endloses Gewebe von Albernheiten zu hören. Aus alledem ward dem Bauer klar, daß sein Nachbar verrückt sei, und er eilte, ins Dorf zu kommen, um des Überdrusses loszuwerden, den ihm Don Quijote mit seinem langen Gerede verursachte.

Zum Schlusse fügte der Ritter bei: „Es wisse Euer Gnaden, Herr Rodrigo von Narváez, daß diese schöne Jarifa, von der ich gesprochen, jetzt die reizende Dulcinea von Toboso ist, für welche ich die ruhmreichsten Rittertaten getan habe, tue und tun werde, die man in der Welt gesehen hat, jetzt vielleicht sehen mag und künftig sehen wird."

Darauf antwortete der Bauer: „Bedenke doch Euer Gnaden, Herr Junker, bei meiner armen Seele, daß ich weder Don Rodrigo von Narváez noch der Markgraf von Mantua bin, sondern Pedro Alonzo, Euer Ortsnachbar, und daß Euer Gnaden weder Baldovinos noch Abindarráez sind, sondern der ehrsame Junker Herr Quijano."

„Ich weiß, wer ich bin", sagte Don Quijote, „und weiß, daß ich nicht nur jeder der gedachten Helden sein kann, sondern auch sämtliche Pairs von Frankreich und selbst all die neun Söhne des Ruhms; denn all den Großtaten, die sie alle zusammen und jeder für sich vollbracht haben, werden die meinigen voranstehen."

Unter diesen Gesprächen und andern ähnlicher Art gelangten sie ans Dorf, zur Zeit, als der Abend kam; allein der Bauer wartete, bis es etwas dunkler wurde, damit man den zerbleuten Junker nicht so schlecht beritten sähe. Als nun die ihm passend scheinende Stunde gekommen, begab er sich ins Dorf und in Don Quijotes Haus, wo er alles im Aufruhr fand. Es waren da der Pfarrer und der Barbier des Ortes, die mit Don Quijote sehr befreundet waren, und die Haushälterin sagte ihnen eben mit lautem Schreien: „Was dünkt Euer Gnaden, Herr Lizentiat Pero Pérez" – denn so hieß der Pfarrer –, „von dem Unglück meines Herrn? Sechs Tage ist's her, daß weder er noch der Gaul, weder die Tartsche noch der Speer noch die Rüstung zu sehen sind. Ich Unglückselige! Ich denke mir, und so sicher ist's die Wahrheit, als ich geboren bin, um zu sterben, daß diese verwünschten Ritterbücher, die er hat und so regelmäßig zu lesen pflegt, ihm den Verstand verdreht haben; denn jetzt entsinne ich mich, daß ich ihn oftmals, wenn er so vor sich hinsprach, habe sagen hören, er wolle ein fahrender Ritter werden und draußen in der Welt herum auf Abenteuer ziehen. Daß doch dem Satanas und Barrabas alle derlei Bücher befohlen seien, die den feinsten Kopf, den es in der ganzen Mancha gab, zugrunde gerichtet haben!"

Die Nichte sagte dasselbe, ja noch mehr dazu: „Wisset, Meister Nikolas" – dies war der Name des Barbiers –, „daß es meinem Herrn vielmals geschah, in diesen verruchten Schlacht- und Abenteuerbüchern zwei Tage nebst den Nächten dazu in einem fort zu lesen, und nachher warf er das Buch aus den Händen weg und zog das Schwert und ging mit Hieben gegen die Wände an, und wenn er dann ganz abgemüdet war, sagte er, er habe vier Riesen, wie Türme so groß, umgebracht, und der Schweiß, den er vor Ermüdung ausschwitzte, der, sagte er, sei Blut von den Wunden, die er im Gefecht erhalten; und gleich trank er einen großen Krug kalten Wassers in sich hinein und war dann wieder gesund und beruhigt und sagte, dies Wasser sei ein gar köstlicher Trank, den ihm der weise Alquife gebracht, ein großer Zauberer und Freund von ihm. Aber ich selbst bin schuld an allem, weil ich euch Herren nicht von den Narreteien meines Herrn Oheims in Kenntnis gesetzt, damit ihr abgeholfen hättet, bevor es dahin kam, wohin es gekommen, und alle diese verfluchten Bücher – deren er viele besitzt – verbrannt hättet; denn wohl verdienen sie das Feuer, als wenn sie Ketzer wären."

„Das sag ich auch", sprach der Pfarrer, „und aufs Wort, es soll der morgende Tag nicht vergehen, ohne daß man über sie öffentliches Gericht halte und sie zum Feuer verurteilt werden, damit sie einem, der sie etwa künftig lesen würde, nicht Anlaß geben, zu tun, was mein lieber Freund getan haben muß."

All dieses hörten der Bauer und Don Quijote mit an, und nun begriff jener vollends die Krankheit seines Nachbarn. So begann er denn laut zu rufen: „Öffnet, ihr Herrschaften, dem Herrn Baldovinos und dem Herrn Markgrafen von Mantua, der hart verwundet daherkommt, und dem Herrn Mohren Abindarráez, den der tapfre Rodrigo von Narváez, der Vogt von Antequera, gefangen herführt."

Bei diesen Worten eilten sie alle heraus, und da die beiden Männer ihren Freund, die Frauen ihren Herrn und ihren Oheim erkannten – der noch nicht von dem Esel abgestiegen war, weil er nicht konnte –, liefen sie herbei, ihn zu umarmen. Er aber sagte: „Bleibt alle zurück, denn ich komme schwer verwundet daher durch meines Rosses Schuld; man bringe mich in mein Bett und rufe, sofern es möglich sein sollte, die weise Urganda, damit sie meine Wunden verbinde und pflege."

„Seht nur, zum Henker!" sagte hier die Haushälterin, „ob mir mein Herz es nicht richtig gesagt hat, wo es meinem Herrn fehlt. Gehe Euer Gnaden in Gottes Namen hinauf; denn ohne daß jene Purganda zu kommen braucht, werden wir Eure Wunden hier zu pflegen wissen. Verflucht, sag ich, seien noch einmal und noch hundertmal diese Ritterbücher, die Euer Gnaden so zugerichtet haben."

Sie brachten ihn sogleich zu Bette, und als sie ihm die Wunden untersuchen wollten, fanden sie keine; er aber sagte, es sei alles nur eine Quetschung, weil er mit seinem Gaul Rosinante einen großen Sturz getan, als er mit zehn Riesen gekämpft, den ungeschlachtesten und verwegensten, die man weit und breit auf Erden finden könne.

„Aha!" sagte der Pfarrer, „Riesen sind im Spiel? Beim Zeichen des heiligen Kreuzes, ich will sie morgen verbrennen, bevor der Abend kommt."

Man stellte dem Ritter hunderterlei Fragen, aber auf keine mochte er etwas andres erwidern, als daß man ihm zu essen geben und ihn schlafen lassen solle; denn das sei ihm das Nötigste. Es geschah also, und der Pfarrer erkundigte sich sehr ausführlich bei dem Bauern nach den Umständen, unter denen er Don Quijote gefunden habe. Dieser erzählte ihm alles, nebst dem Unsinn, den der Junker geäußert, als er ihn fand und als er ihn herbrachte, und dies verstärkte im Lizentiaten den Vorsatz, das zu tun, was er andern Tags wirklich ausführte, nämlich seinen Freund Meister Nikolas zu rufen und sich mit ihm in Don Quijotes Haus zu begeben.

6. Kapitel

Von der heiteren und gründlichen Untersuchung, welche der Pfarrer und der Barbier in der Bücherei unsres sinnreichen Junkers anstellten

Der aber schlief noch immer. Der Pfarrer forderte der Nichte die Schlüssel des Gemaches ab, wo die Bücher, die Anstifter des Unheils, sich befanden, und sie gab sie ihm mit gar vielem Vergnügen. Sie traten alle hinein, und die Haushälterin mit ihnen, und fanden mehr als hundert Bände großer, gut gebundener Bücher nebst andern, kleineren; und sobald die Haushälterin sie sah, ging sie in großer Eile wieder aus dem Zimmer hinaus, kehrte bald mit einem Näpfchen Weihwasser und einem Weihwedel zurück und sagte: „Nehmet, Euer Gnaden, Herr Lizentiat, besprengt dieses Zimmer, damit kein Zauberer von den vielen, die diese Bücher enthalten, hierbleibe und uns verzaubere, um uns zu strafen für die Strafe, mit der wir sie belegen wollen, indem wir sie aus der Welt schaffen."

Den Lizentiaten brachte die Einfalt der Haushälterin zum

Lachen, und er wies den Barbier an, er solle ihm von den Büchern eins nach dem andern reichen, um zu sehen, wovon sie handelten, da es doch sein könnte, daß man einige fände, welche die Strafe des Feuers nicht verdienten. „Nein", sagte die Nichte, „es ist kein Grund, irgendeines zu verschonen; denn sie alle sind die Unheilstifter gewesen. Am besten wird es sein, sie zum Fenster hinaus in den Vorhof zu schleudern, sie zu einem Haufen zu schichten und Feuer an sie zu legen oder, wenn nicht, sie in den großen Hof zu werfen; dort soll der Scheiterhaufen errichtet werden, und so wird der Rauch nicht beschwerlich fallen."

Das nämliche sagte die Haushälterin, so groß war das Verlangen, das die beiden nach dem Tode dieser unschuldigen Kindlein trugen. Allein der Pfarrer wollte nicht darauf eingehen, ohne wenigstens erst die Titel zu lesen.

Das erste, was ihm Meister Nikolas in die Hände gab, waren *Die vier Bücher des Amadís von Gallien*, und der Pfarrer sprach: „Es scheint hierbei etwas Wundersames zu walten; denn wie ich habe sagen hören, war dieses Werk das erste Ritterbuch, das in Spanien gedruckt wurde, und alle übrigen haben ihren Ausgang und Ursprung von diesem genommen; und also ist meine Meinung, daß wir den Amadís als den Irrlehrer und Stifter einer so schlimmen Sekte, ohne Zulassung irgendeines Milderungsgrundes, zum Feuer verurteilen müssen."

„Nein, Herr Pfarrer", entgegnete der Barbier, „denn ich habe auch sagen hören, es sei das beste aller Bücher, die in dieser Art verfaßt worden, und so muß ihm, als einzig in seiner Kunstgattung, Gnade zuteil werden."

„Das ist richtig", sagte der Pfarrer, „und aus diesem Grunde wird ihm für jetzt das Leben gewährt. Sehen wir jenes andere an, das neben ihm steht."

„Das", sagte der Barbier, „sind die *Geschichten von Esplandián*, dem ehelichen Sohn des Amadís von Gallien."

„Nun, in der Tat", versetzte der Pfarrer, „dem Sohne soll die Trefflichkeit des Vaters nicht zugute kommen; nehmt, Jungfer Haushälterin, öffnet das Fenster dort und werft ihn in den Hof; mit ihm soll die Aufschichtung des Scheiterhaufens begonnen werden, den wir errichten wollen."

Mit großem Behagen tat die Haushälterin also, und der gute von Esplandián nahm seinen Flug in den Hof und harrte daselbst in aller Geduld des Feuers, das ihm drohte.

„Weiter!" sprach der Pfarrer.

„Der hier kommt", sagte der Barbier, „ist *Amadís von Grie-*

chenland; ja alle auf dieser Seite, wie ich glaube, sind aus der nämlichen Sippschaft des *Amadís.*"

„So mögen sie alle in den Hof hinabwandern", sprach der Pfarrer; „denn um die Königin Pintiquiniestra verbrennen zu dürfen, nebst dem Schäfer Darinel und seinen Hirtengedichten und den verteufelten und verdrehten Redensarten ihres Verfassers, würde ich mit ihnen meinen eigenen Vater verbrennen, wenn er in der Gestalt eines fahrenden Ritters aufträte."

„Dieser Meinung bin ich auch", versetzte der Barbier.

„Und ich auch", fügte die Nichte bei.

„Da dem so ist", sprach die Haushälterin, „her damit und in den Hof mit ihnen!"

Man reichte sie ihr, es waren deren viele, und sie ersparte sich die Treppe und warf sie zum Fenster hinaus.

„Wer ist jenes Stückfaß?" fragte der Pfarrer.

„Es ist dies", antwortete der Barbier, *„Don Olivante de Laura."*

„Der Verfasser dieses Buches", sprach der Pfarrer, „war derselbe, welcher den *Blumengarten* schrieb, und in der Tat, ich könnte nicht entscheiden, welches von beiden Büchern wahrhafter, oder richtiger gesagt, minder lügenhaft ist; ich kann nur sagen, daß dieses, weil es ungereimt und frech, in den Hof wandern wird."

„Dieses folgende Buch ist *Florismarte von Hyrkanien*", sagte der Barbier.

„Ist der Herr Florismarte da?" entgegnete der Pfarrer. „Auf mein Wort denn, er soll baldigst seine Bestimmung im Hofe finden, trotz seiner wundersamen Geburt und seiner chimärischen Abenteuer; denn die Härte und Trockenheit seines Stils gestattet nichts anderes. In den Hof mit ihm und mit jenem andern, Jungfer Haushälterin."

„Mir recht, Herr Pfarrer", antwortete sie und vollstreckte mit vielen Freuden, was ihr aufgetragen worden.

„Dies ist *Der Ritter Platir*", sagte der Barbier.

„Es ist ein altes Buch", versetzte der Pfarrer, „und ich finde nichts darin, das Gnade verdiente; es begleite die andern ohne Widerrede."

Und so geschah es.

Ein andres Buch ward aufgeschlagen, und sie sahen, daß es den Titel hatte *Der Ritter vom Kreuz.*

„Um eines so heiligen Namens willen, wie dieses Buch trägt, hätte man ihm seine Dummheit verzeihen können; allein man pflegt auch zu sagen: ‚Hinter dem Kreuze lauert der Teufel.' Ins Feuer mit ihm!"

Der Barbier nahm ein andres Buch und sprach: "Dieses ist der *Spiegel des Rittertums*."

"Wohl kenn ich Seine Gnaden", sagte der Pfarrer. "Dort treten Herr Rinaldo von Montalbán auf mit seinen Freunden und Gefährten, die räuberischer sind als Cacus, und die zwölf Pairs mit dem wahrheitsliebenden Geschichtsschreiber Turpin; und wirklich, ich bin geneigt, sie zu nicht mehrerem als zu ewiger Verbannung zu verurteilen, wenn es auch nur deshalb wäre, weil sie einen Anteil an der Dichtung des berühmten Mateo Bojardo haben, aus welcher hinwiederum der christliche Dichter Ludovico Ariosto sein Gewebe entnommen. Und wenn ich *diesen* hier finde und er in einer anderen Sprache als der seinigen redet, so werde ich ihm keinerlei Achtung bezeigen; wenn er aber in seiner eigenen Zunge spricht, dann werde ich ihm mein Haupt mit Verehrung beugen."

"Wohl, ich habe ihn auf italienisch", sagte der Barbier, "aber ich verstehe ihn nicht."

"Es wäre auch nicht einmal gut, daß Ihr ihn verstündet", antwortete der Pfarrer, "und daher hätten wir es jenem Herrn Hauptmann gern erlassen, wenn er ihn nicht nach Spanien herübergebracht und zum Kastilier umgeschaffen hätte; denn er hat ihm viel von seinem ursprünglichen Werte benommen. Und dasselbe wird jedem begegnen, der in Versen geschriebene Werke in eine andere Sprache übertragen will; denn wie viele Sorgfalt er anwende und wieviel Geschicklichkeit er an den Tag lege, nie wird er die Vollendung erreichen, die sie in ihrer ersten Gestaltung besitzen. Ich bestimme also, daß dies Buch und alle, die über jene französischen Geschichten handeln, in eine trockene Brunnengrube geworfen und verwahrt werden sollen, bis man mit mehr Überlegung beurteilen kann, was mit ihnen zu tun ist; wobei ich jedoch einen gewissen *Bernardo del Carpio,* der sich in der Welt herumtreibt, und ein andres Buch, des Titels *Roncesvalles,* ausnehme; denn diese, sobald sie in meine Gewalt gelangen, sollen sogleich in die der Haushälterin kommen und aus dieser in die des Feuers, ohne Gnade und Erbarmen."

Dieses Urteil bestätigte der Barbier und erachtete es für recht und durchaus sachgemäß; denn ihm war wohl bewußt, daß der Pfarrer ein so guter Christ und so großer Freund der Wahrheit war, daß er um aller irdischen Dinge willen nie etwas als eben die Wahrheit gesagt hätte.

Und ein andres Buch aufschlagend, fand er, es sei *Palmerín de Oliva,* und nebenan stand eines, das *Palmerín von England* hieß. Als der Lizentiat das sah, sprach er: „Jenen Olivenbaum schlage man zu Splittern und verbrenne ihn, daß auch nicht die Asche von ihm übrigbleibe; aber jene Palme von England hebe man auf und bewahre sie als etwas Einziges, und man mache für sie ein solches Kästchen wie jenes, das Alexander unter der Beute des Darius fand und das er bestimmte, darin die Werke des Dichters Homer aufzubewahren. Dies Buch, Herr Gevatter, steht aus zwei Gründen in Hochachtung: der eine, weil es an sich ein sehr gutes Buch ist, der andere, weil der Ruf geht, daß ein geistvoller König von Portugal es verfaßt hat. Die sämtlichen Abenteuer im Schlosse der Prinzessin Miraguarda sind vortrefflich und mit großer Kunst entworfen; die Gespräche, in gutem Ton und klarem Stil, beobachten und bezwecken stets das für die sprechende Person Geziemende in angemessenster Weise und mit großem Verständnis. Ich tue sonach den Ausspruch, vorbehaltlich Eures Gutbefindens, Meister Nikolas, daß dieses Buch und *Amadís von Gallien* des Feuers ledig bleiben und die anderen ohne langes Probieren und Examinieren sämtlich umkommen sollen."

„Nein, Herr Gevatter", entgegnete der Barbier, „denn dieser, den ich hier habe, ist der weitberühmte *Don Belianís.*"

„*Der* freilich", versetzte der Pfarrer, „mit dem zweiten, dritten und vierten Teile, bedarf einiges Rhabarbers, um seinen übermäßigen Jähzorn abzuführen, und es ist unerläßlich, aus ihnen all jenes von der Burg des Ruhms und andere Ungereimtheiten von größerem Belang fortzuschaffen. Dazu wird ihnen dieselbe Frist gewährt wie für gerichtliche Vorladungen über See, und je nachdem sie sich bessern sollten, je nachdem wird ihnen Gnade oder Recht widerfahren. Und Ihr mittlerweile behaltet sie, Gevatter, in Eurem Hause, aber lasset niemand sie lesen."

„Dem stimme ich bei", sagte der Barbier. Und ohne sich mehr mit dem Durchsehen von Ritterbüchern langweilen zu wollen, wies der Pfarrer die Haushälterin an, sie solle alle die großen Bände nehmen und sie in den Hof werfen. Dies war nicht tauben Ohren gepredigt; denn die alte Jungfer hatte ohnehin noch größere Lust, die Bücher zu verbrennen, als ein ganzes Stück Leinwand für den Weber zurechtzumachen, und wäre es auch noch so groß und fein; sie ergriff etwa acht auf einmal und warf sie zum Fenster hinaus.

Da sie zu viele zusammen nahm, fiel ihr eins zu den Füßen des Barbiers nieder; den überkam das Verlangen zu sehen, von wem es sei, und er fand, daß es besagte: *Geschichte des berühmten Ritters Tirante des Weißen.*

„Helf mir Gott!" sprach der Pfarrer mit lautem Aufschrei. „So wäre denn Tirante der Weiße auch hier? Gebt mir ihn her, Gevatter, denn ich meine, ich habe in ihm einen Schatz von Vergnügen und eine Fundgrube von Zeitvertreib gefunden. Hier

finden sich Don Kyrieleisón von Montalbán, der tapfere Ritter, und sein Bruder Tomás von Montalbán und der Ritter Fonseca und der Kampf, den der Haudegen von Tirante gegen den Bullenbeißer bestand, und die klugen Einfälle des Fräuleins Meineslebenslust, nebst der Liebesmühe und der Heimtücke der Witwe Geruhsam, und die Frau Kaiserin, so in den Schildknappen Hippolyt verliebt ist. Ich sag Euch in Wahrheit, Herr Gevatter, daß es in seiner Art das beste Buch der Welt ist. Hier wenigstens essen doch die Ritter und schlafen und sterben in ihrem Bette und machen Testamente vor ihrem Tode, nebst andern Dingen, deren alle übrigen Bücher dieser Sorte ermangeln. Trotz alledem, sage ich Euch, verdiente der Verfasser, da er absichtlich so große Albernheiten geschrieben, daß man ihn, wenn auch nicht wie die andern zum Feuertode, doch wenigstens für zeitlebens auf die Galeeren schicken sollte. Nehmt ihn fort nach Hause und leset ihn, und Ihr werdet sehen, daß alles, was ich Euch von ihm gesagt habe, Wahrheit ist."

„So soll's geschehen", sagte der Barbier. „Aber was werden wir mit diesen kleinen Bänden anfangen, die noch übrig sind?"

„Diese", versetzte der Pfarrer, „dürften nicht Ritterbücher, sondern Dichtwerke sein."

Er schlug eines auf und sah, daß es *Die Diana* von Georg von Montemayor war, und sagte, in der Meinung, alle übrigen seien von derselben Art: „Diese verdienen nicht, verbrannt zu werden wie die andern; denn sie stiften nicht solchen Schaden und werden ihn nie stiften, wie ihn die Rittergeschichten angerichtet haben; sie sind Bücher von Verständnis und Einsicht, die keinem Dritten schaden können."

„Ach, Herr Pfarrer", versetzte die Nichte, „immerhin könnte Euer Gnaden sie verbrennen lassen wie die andern; denn es wäre nicht zu verwundern, daß meinen Oheim, wenn er von der Ritterkrankheit genesen, beim Lesen dieser Bücher die Lust ankäme, ein Schäfer zu werden und singend und musizierend durch die Wälder und Wiesen zu wandeln und, was noch schlimmer wäre, ein Dichter zu werden, was, wie die Leute sagen, eine unheilbare und ansteckende Krankheit sein soll."

„Dieses Mädchen redet die Wahrheit", sagte der Pfarrer, „und es wird gut sein, diese Gelegenheit und Veranlassung zum Straucheln unsrem Freunde vor den Füßen wegzuräumen. Und da wir mit der *Diana* Montemayors angefangen haben, so bin ich des Erachtens, daß man sie nicht verbrenne, sondern ihr alles wegschneide, was von der weisen Felicia und dem verzauberten Wasser handelt, sowie die meisten Verse in längeren Silbenmaßen, und es verbleibe ihm in Gottes Namen die Prosa und die Ehre, der erste in solcherlei Werken zu sein."

„Dies folgende", sagte der Barbier, „ist der zweite Teil der *Diana*, gewöhnlich *Die zweite Diana von dem Salmantiner* geheißen, und dieses ist ein andres, das denselben Titel trägt und dessen Verfasser Gil Polo ist."

„So soll die des Dichters aus Salamanca", antwortete der Pfarrer, „die Anzahl der zum Sturz in den Hof Verurteilten begleiten und vermehren, und die des Gil Polo soll aufbewahrt werden, als wenn sie von Apollo selbst wäre; und geht weiter, Herr Gevatter, denn es wird allgemach spät."

„Dieses Buch", sagte der Barbier, indem er ein anderes aufschlug, „heißt *Die zehen Bücher von den Schicksalen der Liebe,* verfaßt von Antonio de Lofraso, einem sardinischen Dichter."

„Bei den Weihen, die ich empfangen", versetzte der Pfarrer, „ich sag Euch, daß, seit Apollo Apollo ist und die Musen Musen und die Poeten Poeten, ein so unterhaltendes und närrisches Buch wie dies nicht geschrieben worden, und in seiner Weise ist es das beste und erlesenste von allen, die in dieser Dichtungsart ans Licht der Welt getreten sind; und wer es nicht gelesen hat, darf wohl glauben, daß er nie etwas Ergötzliches gelesen hat. Gebt mir es her, Gevatter, denn diesen Fund schätze ich höher, als wenn man mir einen Chorrock aus florentinischen Stücken geschenkt hätte."

Er legte es mit absonderlichem Vergnügen beiseite, und der Barbier fuhr fort: „Diese folgenden sind *Der Schäfer von Iberien,* die *Nymphen und Hirten des Henares* und die *Genesung von der Eifersucht.*"

„Wohl, da ist nichts weiter zu tun", sagte der Pfarrer, „als sie dem weltlichen Arm der Haushälterin zu übergeben, und man frage mich nicht nach dem Warum; denn das hieße, niemals zu Ende zu kommen."

„Dieses, das jetzt kommt, ist *Fílidas Schäfer.*"

„Der ist kein Schäfer", sagte der Pfarrer, „sondern ein höchst geistreicher Hofmann; man hebe es auf als ein kostbares Juwel."

„Dieses große, das hier kommt", sagte der Barbier, „betitelt sich *Schatz von Gedichten verschiedener Art.*"

„Wenn ihrer nicht so viele wären", bemerkte der Pfarrer, „würden sie in höherem Werte stehen; es wäre erforderlich, ihm das Unkraut auszujäten und es von einigen ordinären Sachen zu reinigen, die sich unter seinen großartigen Schönheiten finden. Es soll aufbewahrt werden, weil sein Verfasser mein Freund ist, und aus Rücksicht auf andere, bedeutsamere und erhabenere Werke, die er geschrieben."

„Dieses ist", fuhr der Barbier fort, „*Das Liederbuch des López Maldonado.*"

„Auch der Verfasser dieses Buches", entgegnete der Pfarrer, „ist ein großer Freund von mir, und in seinem Munde setzen seine Verse jeden, der sie hört, in bewunderndes Erstaunen, und so süß ist die Lieblichkeit seiner Stimme, daß, was aus seiner Kehle klingt, tief in die Seele dringt. Er ist etwas weitschweifig in den Hirtengedichten, aber des Guten kann man nie zuviel bringen; hebt es bei den auserwählten auf. Aber was für ein Buch ist jenes, das danebensteht?"

„*Die Galatea* von Miguel de Cervantes", sagte der Barbier.

„Viele Jahre ist es her, daß dieser Cervantes mir sehr befreundet ist, und ich weiß, daß er erfahrener ist im Leid als im Lied. Sein Buch hat einiges von guter Erfindung, legt einiges an und führt nichts durch. Man muß den zweiten Teil abwarten, den er verspricht; vielleicht wird er durch nachträgliche Besserung das milde Urteil völlig verdienen, das ihm jetzt versagt wird; und mittlerweile haltet ihn eingesperrt in Eurer Wohnung, Herr Gevatter!"

„Einverstanden", antwortete der Barbier. „Und hier kommen drei miteinander: *Die Araucana* von Don Alonso de Ercilla, *Die Austríada* von Juan Rufo, dem Stadtrat zu Córdoba, und *Der Monserrate* von dem valencianischen Dichter Christóbal de Virués."

„Alle diese drei Bücher", sagte der Pfarrer, „sind die besten, die in achtzeiligen Stanzen in spanischer Sprache geschrieben sind, und können sich mit den berühmtesten Italiens messen; sie sollen aufbewahrt werden als die reichsten Pfänder der Dichtkunst, die Spanien besitzt."

Der Pfarrer war es müde, noch länger Bücher anzusehen, und so verlangte er, alle übrigen sollten auf einen Schlag verbrannt werden; aber schon hatte der Barbier eines aufgeschlagen, welches den Titel trug: *Die Tränen der Angelika*.

„Tränen würde ich selber weinen", sagte der Pfarrer, als er den Namen hörte, „wenn ich angeordnet hätte, ein solches Buch zu verbrennen; denn sein Verfasser war einer der berühmtesten Dichter auf Erden und war auch in der Übersetzung einiger Ovidischer Erzählungen sehr glücklich."

7. KAPITEL

*Von der zweiten Ausfahrt unsres trefflichen Ritters
Don Quijote von der Mancha*

Wie man so weit war, begann Don Quijote mit lauter Stimme zu rufen: „Hier, hier, tapfere Ritter, hier ist's not, die Kraft eurer tapfern Arme zu zeigen; denn die Ritter vom Hofe tragen das Beste im Turnier davon!"

Um zu diesem Lärmen und Toben herbeizueilen, wurde mit der Prüfung der noch übrigen Bücher nicht fortgefahren, und so, glaubt man, wanderten sonder Untersuchung und Gehör ins Feuer die *Carolea*, *León der Löwe von Spanien* nebst den *Taten des Kaisers,* die Don Luis de Avila geschrieben, welche ohne Zweifel unter den übrigen gewesen sein mußten; und vielleicht, wenn der Pfarrer sie gesehen, hätten sie nicht eine so strenge Verurteilung erlitten.

Als sie zu Don Quijote kamen, war er schon vom Bette aufgestanden und fuhr mit seinem Geschrei und seinem Unsinn fort, führte Stiche und Hiebe nach allen Seiten und war so wach, als ob er nie geschlafen hätte. Sie umfaßten ihn mit den Armen und brachten ihn mit Gewalt ins Bett zurück; und sobald er sich ein wenig beruhigt hatte, wandte er sich zu dem Pfarrer und sagte ihm: „Sicherlich, Herr Erzbischof Turpin, ist es eine große Schande für uns, die wir uns die zwölf Pairs nennen, so mir nichts, dir nichts die Ritter vom Hofe den Sieg in diesem Turniere davontragen zu lassen, da doch wir fahrenden Ritter den Preis an den drei vorhergehenden Tagen gewonnen haben."

„Laßt gut sein, Herr Gevatter", sagte der Pfarrer, „Gott wird es schon gefallen, daß das Glück sich wieder ändere und morgen gewonnen werde, was heute verlorengeht; und seid für jetzt auf Eure Gesundheit bedacht; denn es bedünkt mich, daß Ihr übermäßig müde sein müßt, wenn Ihr nicht etwa wund geschlagen seid."

„Wund geschlagen nicht", sprach Don Quijote, „aber zerprügelt und zerschlagen; denn jener Bankert von Roldán hat mich mit einem Eichenstamme gedroschen, und all das aus Neid, weil er sieht, daß ich allein seinen hochmütigen Taten entgegentrete. Allein ich würde nicht Rinald von Montalbán heißen, wenn er, sobald ich mich von diesem Bette erhebe, mir es nicht zahlen soll, trotz all seiner Zauberkünste. Aber für jetzt bringe man mir zu essen; denn das, weiß ich, tut mir am meisten not, und was meine Rache betrifft, das bleibe mir anheimgestellt."

Sie taten also; sie gaben ihm zu essen, und er verfiel wieder in Schlaf und sie abermals in Verwunderung über seine Torheit.

Diese Nacht vertilgte die Haushälterin mit Feuer und Brand alle Bücher, soviel deren im Hofe und im ganzen Haus waren, und manche wohl mochten mit verbrennen, die verdienten, in unvergänglichen Archiven aufbewahrt zu werden; allein ihr Schicksal und die Trägheit des Untersuchungsrichters ließ es nicht zu, und so erfüllte sich an ihnen der Spruch, daß oftmals die Gerechten für die Sünder zahlen.

Eines der Mittel, welche der Pfarrer und der Barbier für jetzt gegen ihres Freundes Krankheit anwendeten, bestand darin, daß sie ihm das Gemach, wo die Bücher gestanden, vermauerten und mit einer Lehmwand verschlossen, damit er, wenn er wieder aufstünde, sie nicht mehr fände – weil vielleicht, wenn man die Ursache beseitigte, die Wirkung aufhören würde –, und sie wollten ihm sagen, ein Zauberer habe die Bücher und das Zimmer und alles auf und davon geführt. Und so ward es in großer Eile vollbracht.

Zwei Tage nachher stand Don Quijote auf, und das erste, was er tat, war, seinen Büchern einen Besuch zu machen, und da er das Gemach nicht fand, wo er es gelassen hatte, ging er von einer Stelle zur andern, es zu suchen. Er kam dahin, wo sonst die Türe war, und tastete nach ihr mit den Händen und drehte und verdrehte die Augen überallhin, ohne ein Wort zu sagen; nach einer guten Weile indessen fragte er seine Haushälterin, wohinaus denn das Gemach mit seinen Büchern liege.

Die Haushälterin, bereits wohlunterrichtet, was sie zu antworten habe, entgegnete ihm: „Was für ein Gemach oder was für ein Ding sonst sucht Euer Gnaden? Weder Gemach noch Bücher sind mehr in unserm Hause; denn all das hat der Teufel in eigner Person geholt."

„Es war kein Teufel", sagte die Nichte, „sondern ein Zauberer, der auf einer Wolke daherkam, die Nacht nach dem Tage, wo Euer Gnaden sich von hier entfernte; er kam auf einer Schlange geritten, stieg ab, ging ins Gemach hinein, und ich weiß nicht, was er darin tat; denn nach einer kurzen Weile flog er durchs Dach hinaus und ließ das Haus voll Rauch; und wie wir daran dachten, nachzusehen, was er getan, fanden wir kein Buch und kein Gemach mehr. Nur ist es mir und der Haushälterin noch sehr gut in Erinnerung, daß im Augenblick seines Abscheidens der böse Alte mit schallender Stimme rief, aus geheimer Feindschaft, die er gegen den Herrn dieser Bücher und dieses Gemaches hege, habe er in diesem Hause den Schaden angerichtet, den man nachher schon finden werde. Er sagte auch, er heiße ‚Der weise Muñatón'."

„Fristón, wird er gesagt haben", sprach Don Quijote.

„Ich weiß nicht", entgegnete die Haushälterin, „ob er sich Fristón oder Frißschon nannte; ich weiß nur, daß sein Name auf *on* ausging."

„So ist's", sagte Don Quijote; „denn der ist ein weiser Zauberer, ein großer Feind von mir, der deshalb böse Gesinnung gegen mich hegt, weil er durch seine Künste und Bücher erfahren hat, daß ich im Verlauf der Zeit mit einem Ritter im Zweikampf fechten soll, den er begünstigt, und daß ich ihn besiegen werde, ohne daß er es hindern kann; und darum müht er sich, mir alle Widerwärtigkeiten zuzufügen, die er vermag. Aber ich tue ihm zu wissen, daß er schwerlich dem widerstreben und entgehen kann, was der Himmel gefügt hat."

„Wer zweifelt daran?" sagte die Nichte. „Aber wer treibt Euer Gnaden, Herr Ohm, in all diese Streithändel hinein? Ist's nicht besser, friedlich in seinem Hause zu sitzen und nicht durch die Welt zu ziehen, um noch besser Brot als das beste zu suchen, ohne zu bedenken: Mancher zieht nach Wolle aus und kommt geschoren nach Haus."

„O Nichte mein", versetzte Don Quijote, „wie wenig Begriff hast du von solchen Dingen! Ehe man sich scheren soll, hab ich allen denen den Bart gerauft und ausgerissen, denen es einfallen könnte, mir an eines einzigen Haares Spitze zu rühren."

Sie wollten ihm nichts weiter entgegnen, weil sie sahen, daß sein Zorn aufzulodern begann.

Es geschah nun, daß er vierzehn Tage ganz ruhig zu Hause blieb, ohne irgendein Anzeichen zu geben, daß er mit seinen früheren Torheiten fortfahren wolle. In diesen Tagen führte er mit seinen beiden Gevattern, dem Pfarrer und dem Barbier, die ergötzlichsten Gespräche über seine Behauptung: wessen die Welt am meisten bedürfe, das seien die fahrenden Ritter, und in *ihm* werde das fahrende Rittertum wiederaufstehen. Der Pfarrer widersprach ihm ein paarmal, ein andermal stimmte er ihm zu, denn wenn er diesen Kunstgriff nicht anwendete, war es nicht möglich, mit ihm fertigzuwerden.

Während dieser Zeit suchte Don Quijote einen Ackersmann, seinen Ortsnachbar, zu gewinnen, einen guten Kerl – wenn man den gut nennen kann, dem es am Besten fehlt –, der aber sehr wenig Grütze im Kopf hatte. Und schließlich sagte er ihm so viel, redete ihm so viel ein und versprach ihm so viel, daß der arme Bauer sich entschloß, mit ihm von dannen zu ziehen und ihm als Schildknappe zu dienen.

Unter anderem sagte ihm Don Quijote, er solle sich nur frohen Mutes anschicken, mit ihm zu ziehen; denn vielleicht könnte ihm ein solch Abenteuer aufstoßen, daß er im Handumdrehen irgendwelche Insul gewänne und *ihn* als deren Statthalter einsetzte. Auf diese und andre solche Versprechungen hin verließ Sancho Pansa – denn so hieß der Bauer – Weib und Kind und trat in seines Nachbarn Dienst als Knappe.

Sogleich traf Don Quijote Anstalt, Geld aufzutreiben, und indem er einen Acker verkaufte und einen andren verpfändete und dabei alles verschleuderte, brachte er eine ziemliche Summe zusammen. Desgleichen versah er sich mit einem Rundschilde, den er sich von einem Freunde leihen ließ, und nachdem er seinen zerschlagenen Helm, so gut er konnte, hergerichtet, benachrichtigte er seinen Knappen Sancho von Tag und Stunde, wo er sich auf den Weg zu begeben gedachte, damit auch er sich mit allem versehe, was er am meisten zu bedürfen dächte; vor allem aber gab er ihm den Auftrag, einen Zwerchsack mitzunehmen. Sancho erwiderte, er würde allerdings einen solchen bei sich führen, und ebenso gedenke er auch einen Esel mitzunehmen, da er einen sehr guten habe; denn er für sein Teil sei nicht gewohnt, viel zu Fuße zu gehen.

In betreff des Esels hatte Don Quijote einiges Bedenken und überlegte hin und her, ob er sich irgendeines fahrenden Ritters entsinnen könne, der einen Schildknappen eselhaft beritten bei sich gehabt hätte; aber es kam ihm keiner in den Sinn. Jedoch trotz alledem entschied er sich dafür, daß Sancho ihn mitnehmen solle; nur nahm er sich vor, ihn mit einer ehrbaren Reitgelegenheit zu versehen, sobald die Möglichkeit sich böte, dem ersten ungebärdigen Ritter, auf den er stieße, das Pferd abzunehmen. Er versah sich auch mit Hemden und mit den andern Dingen, soviel ihm möglich, gemäß dem Rate, den der Wirt ihm gegeben.

Als all dies getan und zu Ende geführt war, zogen beide – Sancho Pansa, ohne von Kindern und Weib, Don Quijote, ohne von Haushälterin und Nichte Abschied zu nehmen – eines Nachts aus dem Dorfe von dannen, ohne daß jemand sie sah, und in dieser Nacht legten sie so viel Weges zurück, daß sie beim Morgengrauen sich für sicher hielten, man würde sie nicht finden, selbst wenn man auf die Suche nach ihnen ginge. Sancho Pansa zog auf seinem Esel einher wie ein Patriarch, mit seinem Zwerchsack und seiner Lederflasche und mit großem Sehnen, sich schon als Statthalter der Insul zu sehen, die sein Herr ihm versprochen hatte.

Don Quijote nahm zufällig dieselbe Richtung und Straße, die er bei seiner ersten Fahrt genommen, nämlich über das Gefilde von Montiel, das er mit minderer Beschwer als das vorige Mal durchzog, da es die Morgenstunde war und die Sonnenstrahlen sie nur schräg trafen, so daß sie von diesen nicht sehr belästigt wurden.

Hier nun sagte Sancho Pansa zu seinem Herrn: „Gnädiger Junker, fahrender Herr Ritter, sehet wohl zu, daß Euch nicht in Vergessenheit gerate, was Ihr mir von wegen der Insul versprochen habt; denn ich will schon verstehen, sie zu regieren, wie groß sie auch immer sein mag."

Darauf erwiderte ihm Don Quijote: „Du mußt wissen, Freund Sancho, daß es ein vielfach betätigter Brauch der alten fahrenden Ritter war, ihre Knappen zu Statthaltern der Insuln oder Königreiche zu machen, die sie gewannen, und ich habe mir vorgenommen, daß durch mich ein so preisenswürdiges Herkommen nicht in Abgang geraten soll; vielmehr gedenke ich in demselben noch viel weiter zu gehen. Denn jene haben in manchen Fällen, und vielleicht in den meisten, gewartet, bis ihre Knappen alt geworden, und nachdem sie schon müde waren, zu dienen und schlimme Tage und schlimmere Nächte zu ertragen, so verliehen sie ihnen ein Amt als Graf oder wenigstens als Markgraf über irgendein Tal oder einen Gau von größerer oder geringerer Bedeutung. Allein wenn du leben bleibst und ich leben bleibe, könnte es wohl geschehen, daß, ehe ein halb Dutzend Tage um sind, ich ein großes Königreich gewänne, zu dem noch ein paar andre als Nebenländer gehörten, und die kämen gerade zupaß, um dich zum König über eines derselben zu krönen. Und das brauchst du nicht für etwas Besonderes zu halten; denn es begegnen den besagten Rittern Vorfälle und Zufälle auf so unerhörte und ungeahnte Weise, daß ich mit Leichtigkeit dir sogar noch mehr geben könnte, als ich dir verspreche."

„Auf diese Art", entgegnete Sancho Pansa, „wenn ich durch eines der Wunder, wie sie Euer Gnaden erwähnt, König würde, dann brächte es Johanna Gutiérrez, meine Hausehre, mindestenfalls zur Königin und meine Kinder zu Prinzen?"

„Wer zweifelt daran?" antwortete Don Quijote.

„Ich zweifle daran", versetzte Sancho Pansa, „weil, ich habe so die Meinung, daß, wenn Gott auch Königreiche herabregnen ließe, doch keines auf den Kopf einer Gutiérrez passen würde. Wisset, Euer Gnaden, zur Königin ist sie keine zwei Pfennige wert; Gräfin stünde ihr schon besser, und selbst da müßte der liebe Himmel und guter Menschen Beistand das Beste tun."

„Befiehl das unserem Herrgott, Sancho", erwiderte Don Quijote. „Er wird ihr schon geben, was ihr am zuträglichsten ist. Aber werde du nicht so kleinmütig, daß du dich am Ende gar mit wenigerem begnügst, als Landvogt zu werden."

„Das werde ich nicht tun, gnädiger Herr", antwortete Sancho, „zumal ich in Euer Gnaden einen so hochgestellten Herrn habe, der in seiner Einsicht schon wissen wird, mir all das zu geben, was gut ist und was ich tragen kann."

8. KAPITEL

Von dem glücklichen Erfolg, den der mannhafte Don Quijote bei dem erschrecklichen und nie erhörten Kampf mit den Windmühlen davontrug, nebst andern Begebnissen, die eines ewigen Gedenkens würdig sind

Indem bekamen sie dreißig oder vierzig Windmühlen zu Gesicht, wie sie in dieser Gegend sich finden; und sobald Don Quijote sie erblickte, sprach er zu seinem Knappen: „Jetzt leitet das Glück unsere Angelegenheiten besser, als wir es nur immer zu wünschen vermöchten; denn dort siehst du, Freund Pansa, wie dreißig Riesen oder noch etliche mehr zum Vorschein kommen; mit denen denke ich einen Kampf zu fechten und ihnen allen das Leben zu nehmen. Mit ihrer Beute machen wir den Anfang, uns zu bereichern; denn das ist ein redlicher Krieg, und es geschieht Gott ein großer Dienst damit, so böses Gezücht vom Angesicht der Erde wegzufegen."

„Was für Riesen?" versetzte Sancho Pansa.

„Jene, die du dort siehst", antwortete sein Herr, „die mit den langen Armen, die bei manchen wohl an die zwei Meilen lang sind."

„Bedenket doch, Herr Ritter", entgegnete Sancho, „die dort sich zeigen, sind keine Riesen, sondern Windmühlen, und was

Euch bei ihnen wie Arme vorkommt, das sind die Flügel, die, vom Winde umgetrieben, den Mühlstein in Bewegung setzen."

„Wohl ist's ersichtlich", versetzte Don Quijote, „daß du in Sachen der Abenteuer nicht kundig bist; es sind Riesen, und wenn du Furcht hast, mach dich fort von hier und verrichte dein Gebet, während ich zu einem grimmen und ungleichen Kampf mit ihnen schreite."

Und dies sagend, gab er seinem Gaul Rosinante die Sporen, ohne auf die Worte zu achten, die ihm sein Knappe Sancho warnend zuschrie, es seien ohne allen Zweifel Windmühlen und nicht Riesen, die er angreifen wolle. Aber er war so fest davon überzeugt, es seien Riesen, daß er weder den Zuruf seines Knappen Sancho hörte noch selbst erkannte, was sie seien – obwohl er schon sehr nahe war –, vielmehr rief er mit lauter Stimme: „Fliehet nicht, feige niederträchtige Geschöpfe; denn *ein* Ritter allein ist es, der euch angreift."

Indem erhub sich ein leiser Wind, und die langen Flügel fingen an, sich zu bewegen. Sobald Don Quijote dies sah, sprach er: „Wohl, ob ihr auch mehr Arme als die des Riesen Briareus bewegtet, ihr sollt mir's doch bezahlen."

Und dies ausrufend und sich von ganzem Herzen seiner Herrin Dulcinea befehlend und sie bittend, ihm in so entscheidendem Augenblicke beizustehen, wohl gedeckt mit seinem Schilde, mit eingelegtem Speer, sprengte er an im vollsten Galopp Rosinantes und griff die erste Mühle vor ihm an; aber als er ihr einen Lanzenstoß auf den Flügel gab, drehte der Wind diesen mit solcher Gewalt herum, daß er den Speer in Stücke brach und Roß und Reiter mit sich fortriß, so daß sie gar übel zugerichtet übers Feld hinkugelten.

Sancho Pansa eilte im raschesten Trott seines Esels seinem Herrn beizustehen, und als er herzukam, fand er, daß Don Quijote sich nicht regen konnte, so gewaltig war der Stoß, mit dem Rosinante ihn niedergeworfen. „So helf mir Gott!" sprach Sancho, „hab ich's Euer Gnaden nicht gesagt, Ihr möchtet wohl bedenken, was Ihr tuet, es seien nur Windmühlen, und das könne nur der verkennen, der selbst Windmühlen im Kopf habe?"

„Schweig, Sancho", antwortete Don Quijote. „Denn die Dinge des Krieges, mehr als andere, sind fortwährendem Wechsel unterworfen; zumal ich meine, und gewiß verhält sich's so, daß jener weise Fristón, der mir das Zimmer und die Bücher entführte, diese Riesen in Windmühlen verwandelt hat, um mir den Ruhm ihrer Besiegung zu entziehen; solche Feindseligkeit hegt er gegen mich. Aber am Ende, am Ende werden seine bösen Künste wenig vermögen gegen die Macht meines Schwertes."

„Gott füge das so, er vermag's", entgegnete Sancho Pansa und half ihm, sich zu erheben; und der Ritter stieg wieder auf seinen Rosinante, der nahezu buglahm war.

Unter Gesprächen über das stattgehabte Abenteuer zogen sie nun des Weges weiter nach dem Gebirgspaß Lápice; denn dort, sagte Don Quijote, müßten sich, es sei nicht anders möglich, viele und mannigfache Abenteuer finden, weil es eine vielbegangene Örtlichkeit sei. Nur war er sehr betrübt, weil ihm der Speer zersplittert war; und seinem Knappen dies klagend, sprach er zu ihm: „Ich erinnere mich, gelesen zu haben, daß ein spanischer Ritter namens Diego Pérez de Vargas, als ihm in einer Schlacht das Schwert zerbrach, von einer Eiche einen gewichtigen Ast oder Stumpf losbrach und damit solcherlei Taten an jenem Tag verrichtete und damit auf so viele Mohren klopfte, daß ihm davon die Bezeichnung Machuca (Klopfedrauf) als Zuname blieb, und so nannte er wie seine Nachkommen sich von jenem Tage fürderhin Vargas y Machuca. Dies hab ich dir darum gesagt, weil ich beabsichtige, von der ersten Stechpalme oder Eiche, die sich mir darbeut, auch einen solchen und ebenso tüchtigen Ast abzureißen, und ich meine und gedenke, mit ihm solche Großtaten zu tun, daß du dich für hochbeglückt halten sollst, ihres Anblicks würdig erachtet und Zeuge von Dingen geworden zu sein, die kaum glaublich erscheinen."

„Das gebe Gott", sprach Sancho, „ich glaube alles, so wie Euer Gnaden es sagt; aber richtet Euch doch ein wenig gerade auf, denn mich dünkt, Ihr hängt nach einer Seite herüber, und das muß von der Quetschung beim Sturze sein."

„So ist's wirklich", antwortete Don Quijote; „und wenn ich ob des Schmerzes nicht wehklage, so ist es darum, weil es den fahrenden Rittern nicht vergönnt ist, ob irgendwelcher Wunde zu wehklagen, selbst wenn die Eingeweide aus ihr heraushängen sollten."

„Wenn es so ist, so habe ich nichts zu erwidern", entgegnete Sancho, „aber Gott weiß, ob ich mich freuen würde, wenn Euer Gnaden wehklagen wollte, wenn Euch etwas weh tut. Von mir kann ich versichern, ich werde über den kleinsten Schmerz, den ich fühlen mag, jammern, wenn nicht etwa der Punkt wegen des Nichtwehklagens sich auch von den Schildknappen der fahrenden Ritter versteht."

Don Quijote konnte nicht umhin, über die Einfalt seines

Schildknappen zu lachen, und so erklärte er ihm, er dürfe allerdings wehklagen, wie und wann er möge, wider Willen oder mit Willen; denn bis jetzt habe er nichts dagegen in den Ordnungen des Rittertums gelesen.

Sancho sagte ihm nun, er möge bedenken, daß es Essenszeit sei.

Sein Herr antwortete ihm, für jetzt tue das ihm selbst nicht not; er aber möchte essen, wann es ihn gelüste.

Auf diese Erlaubnis hin setzte sich Sancho, so gut er konnte, auf seinem Esel zurecht, nahm aus dem Zwerchsack, was er darein getan, und zog reitend und essend hinter seinem Herrn gar langsam einher und setzte von Zeit zu Zeit die Lederflasche mit so großem Wohlbehagen an den Mund, daß ihn der größte Feinschmecker unter den Schenkwirten von Málaga hätte beneiden mögen. Und während er solchergestalt hinzog und einen Schluck nach dem andern tat, kam ihm nichts von allem in den Sinn, was ihm sein Herr nur immer versprochen haben mochte, und er hielt es nicht für Mühsal, sondern für große Ergötzlichkeit, auf die Suche nach Abenteuern zu gehen, so gefahrvoll sie auch wären.

Schließlich verbrachten sie die Nacht unter Bäumen, und von einem derselben brach Don Quijote einen trockenen Ast ab, der ihm zur Not als Speer dienen konnte, und befestigte daran die Eisenspitze, die er von dem Schaft, der ihm in Stücke gegangen, löste.

Diese ganze Nacht schlief Don Quijote nicht und dachte an seine Herrin Dulcinea, um sich nach dem zu richten, was er in seinen Büchern gelesen, wo die Ritter viele Nächte schlaflos in Wäldern und Einöden zubrachten, mit Erinnerungen an ihre Gebieterinnen sich unterhaltend.

Nicht so verbrachte sie Sancho Pansa; denn da sein Magen voll war, und nicht mit Zichorienwasser, durchschlief er die ganze Nacht in einem Zuge, und wenn sein Herr ihn nicht gerufen hätte, wären die Sonnenstrahlen, die ihn ins Gesicht trafen, nicht imstande gewesen, ihn aufzuwecken, ebensowenig wie der Gesang der Vögel, die zahlreich und gar fröhlich die Ankunft des neuen Tages begrüßten. Beim Aufstehen machte er seiner Lederflasche einen Besuch und fand sie etwas schlaffer als den Abend vorher, und es ward ihm das Herz schwer, weil es ihn bedünkte, daß sie nicht einen solchen Weg einschlugen, wo diesem Mangel bald wieder abzuhelfen wäre.

Don Quijote wollte kein Frühstück zu sich nehmen, weil er, wie gesagt, des Sinnes war, sich mit süßen Erinnerungen zu nähren. Sie wandten sich wieder auf den bereits eingeschlagenen Weg nach dem Passe Lápice, und sie erblickten ihn ungefähr um die dritte Stunde des Mittags. „Hier", sprach Don Quijote, als er seiner ansichtig wurde, „hier können wir die Hände bis an den Ellenbogen in das stecken, was man Abenteuer nennt. Allein beachte wohl, daß du, wenn du mich in den größten Fährlichkeiten erblicken solltest, nicht Hand an dein Schwert legen darfst, um mich zu verteidigen, falls du nicht etwa siehst, daß, die mich angreifen, Pöbel und niederes Gesindel sind; denn in solchem Fall darfst du wohl mir zu Hilfe kommen. Jedoch wenn es Ritter sind, so ist es dir in keiner Weise statthaft noch durch die Gesetze des Rittertums vergönnt, mir beizustehen, bis du zum Ritter geschlagen bist."

„Sicherlich, Señor", erwiderte Sancho, „soll Euch hierin völlig gehorsamt werden, um so mehr, als ich von mir aus friedfertig bin und die größte Abneigung habe, mich in Händel und Streitigkeiten zu mischen. Zwar wenn es sich einmal darum handelt, mich zu verteidigen, da werd ich nicht viel Rücksicht auf diese Gesetze nehmen, da göttliche und menschliche Gesetze erlauben, daß jeder sich gegen den wehre, der ihm etwas zuleide tun will."

„Dagegen sage ich nichts", antwortete Don Quijote; „aber mir gegen Ritter beizustehen, in diesem Betreff mußt du deinen natürlichen Ungestüm in Schranken halten."

„Ich erkläre förmlich, daß ich so tun werde", erwiderte Sancho, „und daß ich diese Vorschrift so heilig halten will wie den Sonntag."

Als sie mitten in diesem Gespräche waren, ließen sich von fern auf der Straße zwei Brüder vom Benediktinerorden sehen; sie ritten auf Dromedaren, denn nicht kleiner als solche waren die beiden Maultiere, auf denen sie einherzogen. Sie trugen Reisebrillen und Sonnenschirme. Hinter ihnen kam eine Kutsche, begleitet von vier oder fünf Leuten zu Pferd und zwei Maultierjungen zu Fuß. In der Kutsche saß, wie man später erfuhr, eine Dame aus Biscaya; sie reiste nach Sevilla, wo sich ihr Mann befand, der in einem höchst ehrenvollen Amte nach Indien ging. Die Mönche reisten nicht mit ihr, obwohl sie desselben Weges zogen. Und kaum erblickte sie Don Quijote, als er seinem Knappen sagte: „Entweder ich täusche mich sehr, oder dies wird das prächtigste Abenteuer, das man je gesehen; denn diese schwarzen Gestalten, welche sich dort zeigen, müssen Zauberer sein, ja sind es ohne Zweifel, die eine geraubte Prinzessin in dieser Kutsche fortführen, und es tut not, mit all meinen Kräften dieser Ungebühr zu steuern."

„Das wird schlimmer als die Windmühlen", sagte Sancho; „bedenket, Señor, daß es Mönche vom Orden des heiligen Benedikt sind, und die Kutsche enthält jedenfalls nur Reisende. Bedenket, ich sage, bedenket ernstlich, was Ihr tut, damit der Teufel Euch nicht berücke."

„Ich habe dir schon gesagt", antwortete Don Quijote, „daß du im Punkte der Abenteuer nicht viel verstehst; was ich sage, ist wahr, und gleich sollst du es sehen."

Und dies sagend, ritt er vorwärts und hielt mitten auf dem Wege, den die Mönche einherzogen; und als sie so nahe waren, daß es ihn bedünkte, sie könnten hören, was er ihnen zu sagen habe, sprach er mit lauter Stimme: „Teuflisches, ungeschlachtes Volk, gleich auf der Stelle laßt die hohen Prinzessinnen frei, die ihr in dieser Kutsche bewältigt von dannen führt; wo nicht, so bereitet euch, augenblicklichen Tod zu empfahen, zur gerechten Strafe eurer bösen Taten."

Die Mönche hielten die Zügel an und waren hoch erstaunt sowohl über die Gestalt Don Quijotes als auch über seine Reden, und sie antworteten: „Herr Ritter, wir sind weder teuflisch noch ungeschlacht, sondern zwei Geistliche vom Benediktinerorden, die ihres Weges ziehen und nicht wissen, ob oder ob nicht in dieser Kutsche bewältigte Prinzessinnen fahren."

„Mit guten Worten kommt man mir nicht an; denn ich kenn euch schon, verlogenes Gesindel", sprach Don Quijote, und ohne eine weitere Antwort abzuwarten, sporrte er den Rosinante und sprengte mit gesenktem Speer gegen den nächsten Mönch an, mit solcher Wut und Tapferkeit, daß der Mönch, hätte er sich nicht vom Maultier herabgleiten lassen, unfreiwillig zu Boden geschleudert, ja schwer verwundet, wenn nicht gar tot hingestürzt wäre. Als der zweite Klosterbruder sah, in welcher Art man seinen Gefährten behandelte, drückte er seinem guten Maultier die Beine wider den mächtigen Leib und begann leichter als der Wind über das Gefilde hinzutraben.

Wie Sancho Pansa den Mönch am Boden liegen sah, stieg er behende von seinem Esel, stürzte auf ihn los und begann ihm die Kleider abzuziehen. Indem kamen die zwei Maultierjungen herbei und fragten ihn, warum er den Mönch entkleide. Sancho antwortete, das komme ihm von Rechts wegen zu, als Beute des Kampfes, den sein Herr Don Quijote siegreich bestanden habe. Die Jungen, die keinen Spaß verstanden und von Beute und

Kampf keinen Begriff hatten, warfen sich auf Sancho, dieweil sie sahen, daß Don Quijote sich bereits von dort weggewendet, um mit den Leuten in der Kutsche zu reden; sie rissen ihn zu Boden, rauften ihm den Bart, daß ihm kein Haar darin blieb, zerdroschen ihn mit Fußtritten und ließen ihn ohne Atem und Besinnung am Boden hingestreckt liegen.

Ohne einen Augenblick zu verziehen, stieg der Mönch wieder auf, voller Angst und Entsetzen und ohne einen Blutstropfen im Gesichte; und sobald er im Sattel saß, ritt er eiligst seinem Gefährten nach, der ein gutes Stück von da beobachtend hielt und zusah, welchen Ausgang die Schreckensgeschichte nehmen würde; und ohne das gänzliche Ende dieses Begebnisses abwarten zu wollen, ritten sie ihres Weges weiter und schlugen mehr Kreuze, als wenn sie den Teufel im Nacken gehabt hätten.

Don Quijote war derweilen, wie schon bemerkt, im Gespräch mit der Herrin des Wagens und sagte ihr: „Euere Huldseligkeit, Herrin mein, mag mit Eurem Selbst schalten, wie es Euch am ehesten zu Sinn kommen mag; denn allbereits liegt der Übermut Eurer Entführer am Boden, niedergeschmettert durch diesen meinen starken Arm. Und damit Ihr Euch nicht in Sehnsucht quält, den Namen Eures Befreiers zu erfahren, wisset, ich nenne mich Don Quijote von der Mancha, bin ein fahrender Ritter und Gefangener der unvergleichlichen und huldseligsten Doña Dulcinea von Toboso. Und zum Entgelt für die Guttat, so Ihr von mir empfangen habt, begehr ich nichts andres, denn daß Ihr Euch zurück nach Toboso wendet und Euch von meinethalben dieser hohen Frau stellet und ihr verkündet, was ich für Eure Befreiung vollbracht."

Alles, was Don Quijote sagte, vernahm ein Kammerjunker in Diensten der Dame, einer von denen, die die Kutsche geleiteten; es war ein Biskayer. Als dieser sah, daß der Ritter die Kutsche nicht vorüberlassen wollte, sondern verlangte, sie solle sogleich die Umkehr nach Toboso nehmen, ritt er auf Don Quijote zu, und ihn am Speer fassend, sprach er in schlechtem Kastilianisch und noch schlechterem Biskayisch: „Fort, Ritter, fort mit dem Gottseibeiuns; bei dem Gott, der mich geschaffen, wenn du nicht lassen Kutsche, ich bring um dir, wo wahr ist allhie Biskayer."

Don Quijote verstand ihn ganz gut und antwortete ihm mit großer Gelassenheit: „Wenn du ein Edelmann und Ritter wärest, wie du es nicht bist, so hätte ich dich bereits für deine Torheit und Vermessenheit bestraft, elendes Geschöpf!"

Darauf entgegnete der Biskayer: „Ich nicht Edelmann? Schwör

ich zu Gott, lügst so arg wie Christ; wenn wegwirfst Speer und ziehest Schwert, wirst sehen bald, wie Bach durch Katze schleifst; Biskayer zu See, Edelmann zu Land, Edelmann in Namen Teufels, und lügst du, wenn sagen anderes."

Don Quijote antwortete: „Das sollt Ihr zur Stunde ersehen, sagte Agrages", und den Speer zu Boden werfend, zog er sein Schwert, faßte seinen Schild in den Arm und drang auf den Biskayer ein, entschlossen, ihm das Leben zu nehmen.

Als der Biskayer ihn so auf sich zukommen sah, wäre er gern von seinem Maulesel herabgesprungen, auf welches als einen jener schlechten Mietklepper kein Verlaß war; doch konnte er in der Eile nichts anderes tun, als sein Schwert zu ziehen. Indessen geriet es ihm zum Glück, daß er gerade dicht neben der Kutsche hielt, so daß er aus ihr ein Kissen nehmen konnte, das ihm zum Schilde diente, und alsbald stürzten beide aufeinander los, als ob sie Todfeinde wären. Die andern hätten gern Frieden zwischen ihnen gestiftet; allein sie vermochten es nicht, denn der Biskayer sagte in seiner schlecht zusammengeflickten Redeweise, wenn sie ihn seinen Kampf nicht beenden ließen, würde er selber seine Gebieterin umbringen, samt allen, die ihn daran hindern wollten.

Die Dame im Wagen, verwundert und ängstlich ob der Dinge, die sie sah, winkte dem Kutscher, er solle ein wenig zur Seite fahren, und schaute von weitem dem heißen Kampfe zu, in dessen Verlauf der Biskayer dem Ritter eine so gewaltige Quart über den Schild hinüber auf das Schulterblatt schlug, daß sie ihn, ohne den Schutz seiner Wehr, bis zum Gürtel gespalten hätte.

Don Quijote, der die schmerzliche Wucht dieses ungeheuren Streiches fühlte, erhub einen mächtigen Aufschrei und rief: „O Herrin meiner Seele, Dulcinea, Blume der Huldseligkeit und Schönheit, stehet diesem Eurem Ritter bei, der, um Eurer großen Fürtrefflichkeit eine Genüge zu tun, sich in diesen harten Nöten befindet."

Dies sagen und das Schwert fest fassen, sich mit seinem Schilde wohl decken und auf den Biskayer anstürmen, das alles geschah in einem Augenblick, da er ernstlich vorhatte, alles auf einen einzigen Streich zu setzen. Der Biskayer, der ihn so auf sich eindringen sah, erkannte aus seiner kühnen Haltung seinen ingrimmigen Sinn und nahm sich vor, gleiche Tapferkeit zu zeigen wie Don Quijote; und so erwartete er ihn, mit seinem Kissen wohlgedeckt, ohne sein Maultier nach der einen oder anderen Seite hin wenden zu können, da es vor lauter Müdigkeit, und weil solcher Narreteien ungewohnt, nicht einen Schritt zu tun imstande war.

Es drang also, wie gesagt, Don Quijote auf den vorsichtigen Biskayer ein, mit hochgeschwungenem Schwert, entschlossen, ihn mitten auseinanderzuhauen, und der Biskayer erwartete ihn ebenso, das Schwert gehoben und mit seinem Kissen umpolstert, und alle ringsumher waren bang und gespannt, was sich aus den so mächtigen Streichen ergeben sollte, mit denen sie einander bedrohten; und die Dame in der Kutsche und ihre Dienerinnen taten tausend Gelübde und Verheißungen zu allen Heiligenbildern und Andachtsstätten in ganz Spanien, auf daß Gott ihren Kammerjunker und sie selbst von dieser so großen Gefahr befreie.

Es ist jammerschade, daß gerade bei dieser Stelle und Sachlage der Verfasser unserer Geschichte den Kampf in der Schwebe läßt, indem er sich damit entschuldigt, er habe von den Heldentaten Don Quijotes nicht mehr geschrieben gefunden, als bis hierher erzählt sei. Indessen hat der zweite Verfasser dieses Buches nicht glauben mögen, daß eine so interessante Geschichte ins Reich der Vergessenheit versinken könnte und daß die Literaten in der Mancha so wenig forschbegierig gewesen wären, daß sie nicht irgendwelche Papiere, die von diesem preiswürdigen Ritter handelten, in ihren Archiven oder Schreibpulten aufbewahrt haben sollten; und in dieser Voraussetzung verzweifelte er nicht daran, das Ende dieser anziehenden Geschichte aufzufinden. Und da ihm der Himmel gnädig war, fand er dasselbe wirklich auf die Weise, wie im folgenden Kapitel erzählt werden soll.

9. Kapitel

*Worin der erschreckliche Kampf zwischen dem tapferen
Biskayer und dem mannhaften Manchaner beschlossen
und beendet wird*

Im ersten Teil dieser Geschichte verließen wir den mutigen Biskayer und den preiswürdigen Don Quijote, die blanken Schwerter hochgeschwungen, wie eben jeder von ihnen einen wütigen Hieb hoch herab führen wollte, so gewaltig, daß, wenn er voll gesessen hätte, beide von oben bis unten zerteilt und zerspalten und wie ein Granatapfel auseinandergeschnitten worden wären. Und in diesem Augenblick, wo der Ausgang so ungewiß war, hörte die anmutige Geschichte auf und blieb ein Bruchstück, ohne daß ihr Verfasser uns Nachricht gegeben, wo das Mangelnde zu finden wäre.

Dies verursachte mir großen Unmut, und das Vergnügen über das wenige, das ich gelesen hatte, verwandelte sich in Mißvergnügen, wenn ich an den schwierigen Weg dachte, all das viele aufzufinden, das meines Bedünkens an der so reizenden Erzählung fehlte. Es schien mir unmöglich und wider jedes gute Herkommen, daß ein so trefflicher Ritter irgendeines weisen Zauberers ermangeln sollte, der es auf sich genommen hätte, seine nie erhörten Großtaten niederzuschreiben; Dinge, an denen es doch keinem gefehlt hat von den fahrenden Rittern,

> die, wie die Leute sagen,
> hinausziehn auf ihre Abenteuer.

Denn jeder von ihnen hatte einen oder zwei Zauberer oder weise Männer, wie sie zur Sache paßten, die nicht nur seine Handlungen aufschrieben, sondern auch seine geringsten Gedanken und Kindereien schilderten, so geheim sie auch waren; und ein so trefflicher Ritter konnte unmöglich so unglücklich sein, daß ihm fehlte, was Platir und andere seinesgleichen im Übermaß hatten. Und so konnte ich mich nicht dem Glauben zuwenden, daß eine so herrliche Geschichte unvollständig und verstümmelt geblieben, und ich warf die Schuld auf die Tücke der alles verschlingenden und aufzehrenden Zeit, die das Buch verborgen halte oder vernichtet habe. Anderseits bedünkte es mich, da unter seinen Büchern sich so neue gefunden wie die *Genesung von der Eifersucht* und *Die Nymphen und Hirten des Henares,* so müsse auch seine Geschichte aus neuerer Zeit sein und sich, auch wenn sie nicht niedergeschrieben wäre, in der Erinnerung der Leute aus seinem Dorf und der Nachbarschaft erhalten haben.

Dieser Gedanke brachte mich ganz durcheinander und machte mich um so begieriger, das ganze Leben und die Wunderwerke unsers preisenswerten Spaniers Don Quijote von der Mancha wahr und wahrhaftig zu erfahren, jenes Lichtes und Spiegels der Manchaner Ritterschaft, des ersten, der in unsern Tagen und in diesen so unglückseligen Zeiten die Last und Mühsal der Waffen des fahrenden Rittertums und des Berufes auf sich nahm, alle Ungebühr abzustellen, Witwen beizustehen, auch Jungfrauen zu schirmen von der Klasse derer, die mit der Reitpeitsche, auf ihren Zeltern, mit ihrer ganzen Jungfräulichkeit beladen, von Berg zu Berg und von Tal zu Tal zogen. Denn wenn nicht etwa ein schuftiger Lümmel oder ein gemeiner Kerl mit Axt und Eisenhut oder ein ungeschlachter Riese ihr Gewalt antat, so gab's in vergangenen Tagen manche Jungfrau, die nach Verfluß von achtzig Jahren, während welcher langen, langen Zeit sie nicht ein einzigmal unter Dach geschlafen, so völlig unberührt zu Grabe ging wie die Mutter, die sie geboren.

Ich sage also, mit Rücksicht auf dieses und viel andres ist unser herrlicher Don Quijote immerwährender und im Gedächtnis aufzubewahrender Lobpreisungen würdig, und solche darf man auch mir nicht versagen für die Mühe und Sorgfalt, die ich daran setzte, das Ende dieser ergötzlichen Geschichte aufzufinden. Freilich weiß ich wohl, wenn der Himmel, der Zufall und das Glück mir nicht beigestanden hätten, so würde jetzt die Welt alles Vergnügens und Zeitvertreibs verlustig gehn, das jeder, der sie mit Aufmerksamkeit lesen wird, während einiger Stunden genießen kann.

Mit dem Auffinden der Geschichte ging's aber folgendermaßen zu: Als ich mich eines Tages auf dem Alcaná in Toledo befand, kam ein Junge herzu und wollte einem Seidenhändler etliche geschriebene Hefte und alte Papiere verkaufen; und da es meine Liebhaberei ist, alles zu lesen, wären es auch nur Papierschnitzel von der Gasse, ließ ich mich von dieser angeborenen Neigung hinreißen, eines von den Heften zu nehmen, die der Junge verkaufen wollte, und sah, daß es arabische Schrift war, die ich zwar kannte, aber nicht zu lesen imstande war. Ich sah mich um, ob einer von jenen ein schlechtes Spanisch redenden Morisken in der Nähe wäre, damit er sie mir vorläse, und es hielt nicht schwer, hierfür einen Dolmetsch aufzutreiben; denn wenn ich mir solchen auch für eine bessere und ältere Sprache gesucht hätte, würde ich ihn ebenfalls dort gefunden haben. Kurz, der Zufall führte mir einen zu, und als ich ihm meinen Wunsch mitgeteilt und ihm das Buch in die Hand gegeben, schlug er es in der Mitte auf, und kaum hatte er ein wenig darin gelesen, so fing er an zu lachen. Ich fragte ihn, worüber er lache; er antwortete: „Über eine Bemerkung, die hier am Rand geschrieben steht." Ich bat ihn, sie mich hören zu lassen, und ohne mit seinem Lachen aufzuhören, sprach er: „Hier, wie ich gesagt, ist an den Rand geschrieben: ‚Diese Dulcinea von Toboso, die so oft in dieser Geschichte vorkommt, hatte, wie berichtet wird, unter allen Frauenzimmern in der Mancha die geschickteste Hand, Schweine einzusalzen.'"

Wie ich Dulcinea von Toboso nennen hörte, war ich voll Staunens und gespannter Erwartung; denn sogleich kam ich auf den Gedanken, daß diese alten Hefte die Geschichte des Don Quijote enthielten. In dieser Voraussetzung drängte ich ihn, mir schnell den Anfang zu lesen; er tat dies, indem er das Arabische aus dem Stegreif ins Kastilianische übertrug, und sagte mir, es laute: *Geschichte des Junkers Don Quijote von der Mancha, geschrieben von Sidi Hamét Benengelí, arabischem Geschichtsschreiber.* Ich bedurfte großer Selbstbeherrschung, um das freudige Gefühl zu verhehlen, das mich überkam, als der Titel des Buches mir in die Ohren klang; ich riß es gewaltsam dem Seidenhändler weg und kaufte dem Jungen die sämtlichen Papiere und Hefte für einen halben Real ab; wäre er aber gescheit gewesen und hätte gewußt, wie großes Verlangen ich danach trug, hätte er sich mehr als sechs Realen für den Kauf versprechen können und sie auch bekommen.

Sogleich entfernte ich mich mit dem Morisken durch den Kreuzgang der Domkirche, bat ihn, mir die Papiere, welche sämtlich von Don Quijote handelten, in die kastilianische Sprache zu übersetzen, ohne etwas auszulassen noch beizufügen, und bot ihm dafür eine Zahlung, wie er sie verlangen möchte. Er war mit einem halben Zentner Rosinen und zwei Scheffeln Weizen zufrieden und versprach, gut und treu und in kürzester Frist zu übersetzen. Doch um das Geschäft zu erleichtern und einen so guten Fund nicht aus der Hand zu lassen, nahm ich ihn zu mir ins Haus, wo er in etwas über anderthalb Monaten die ganze Geschichte so übertrug, wie sie hier erzählt werden soll.

In dem ersten Hefte war ganz naturgetreu Don Quijotes Kampf mit dem Biskayer dargestellt, in derselben Stellung, wie die Geschichte berichtet, mit hochgeschwungenen Schwertern, der eine mit seinem Schilde, der andre mit dem Kissen gedeckt, und das Maultier des Biskayers so nach dem Leben gemalt, daß es auf Bogenschußweite den Mietklepper erkennen ließ. Der Biskayer hatte zu seinen Füßen eine Inschrift, welche lautete: *Don Sancho de Azpeitia,* was jedenfalls sein Name sein mußte; und unter Rosinante sah man eine andre mit dem Namen *Don Quijote.* Rosinante war wunderbar getroffen, so lang und gestreckt, so dürr und hager, mit so herausstehendem Rückgrat und so entschieden schwindsüchtig, daß er deutlich und klar zeigte, wie wohlbedacht und passend der Name Rosinante ihm gegeben worden.

Neben ihm stand Sancho Pansa und hielt seinen Esel an der Halfter; zu dessen Füßen war ebenfalls ein Zettel, auf dem stand zu lesen: *Sancho Zancas* (Schiefbein, Dünnbein), offenbar weil er, wie das Bild zeigte, einen dicken Wanst, kurzen Wuchs und dünne Waden hatte, und deshalb wird man ihn auch Pansa (Wanst) und Zancas genannt haben, mit welchen beiden Zunamen ihn jezuweilen die Erzählung belegt. Es wären noch ein paar Nebensachen auf dem Bilde zu erwähnen, aber sie sind alle nicht besonders wichtig und haben keinen Wert für die wahrhaftige Darstellung unsrer Geschichte; und gewiß ist keine schlecht, falls sie nur wahrheitsgetreu ist.

Wenn man jedoch an dieser Geschichte im Punkte der Wahrheit etwas auszusetzen hätte, so könnte es schwerlich etwas andres sein, als daß ihr Verfasser ein Araber gewesen, weil das Lügen eine besondere Eigentümlichkeit dieser Nation ist. Indessen, da die Araber so feindseligen Sinnes gegen uns sind, so läßt sich voraussetzen, daß er eher zuwenig als zuviel gesagt, und so muß ich in der Tat urteilen; denn wo seine Feder sich ausführlich über das Lob eines so trefflichen Ritters verbreiten konnte und sollte, da scheint er es absichtlich mit Schweigen zu übergehen. Eine schlechte Handlungsweise, aus noch schlechterer Gesinnung hervorgehend; denn der Geschichtsschreiber muß und soll genau, wahrhaftig und nie leidenschaftlich sein; weder eigensüchtige Zwecke noch Furcht, weder Groll noch Zuneigung dürfen ihn vom Weg der Wahrheit abbringen, deren Mutter die Geschichte ist, die Nebenbuhlerin der Zeit, Aufbewahrerin der Taten, Zeugin der Vergangenheit, Vorbild und Belehrung der Gegenwart, Warnung der Zukunft. In dieser unsrer Geschichte, das weiß ich, wird man alles finden, was man nur immer in der ergötzlichsten wünschen kann, und wenn irgend etwas Gutes darin fehlen sollte, so bin ich überzeugt, es liegt die Schuld mehr an dem Hund von Verfasser als am Gegenstand. Und nun kurz: der zweite Teil, der Übersetzung zufolge, hub an wie nachstehend:

Die scharfschneidigen Schwerter der beiden mannhaften und ingrimmigen Kämpen, gezückt und geschwungen, schienen nicht anders als Himmel, Erde und Unterwelt zu bedrohen; so war der Männer kühne Haltung, so ihr Gebaren. Und der erste, der seinen Hieb niederfahren ließ, war der heißblütige Biskayer, und er schlug mit solcher Kraft und Wut, daß, wenn das Schwert sich nicht ihm mitten im Schwunge seitwärts gedreht hätte, dieser einzige Hieb hinreichend gewesen wäre, um dem harten Streit und allen Abenteuern unsers Ritters mit einem Male ein Ende zu machen. Aber das gute Glück, welches ihn zu größeren Dingen aufbewahrte, wendete das Schwert seines Gegners vom Ziel ab, so daß es, obschon es die linke Schulter traf, ihn nicht weiter schädigte, als daß es ihm von dieser ganzen Seite die Rüstung wegschlug, nachdem es ihm unterwegs einen großen Teil des Helms nebst dem halben Ohr abgerissen, was alles in grausigem Getrümmer zu Boden stürzte, so daß er sich gar übel zugerichtet fand.

Hilf Gott, wer lebt auf Erden, der nun vermöchte, nach Gebühr die Wut zu schildern, die das Herz unsers Manchaners durchdrang, als er sah, daß man ihm so mitspielte! Nur soviel sei gesagt, sie war so gewaltig, daß er sich aufs neue in den Bügeln erhob, das Schwert noch fester mit beiden Händen faßte und mit solchem Ingrimm auf den Biskayer losschlug und ihn voll auf Kissen und Kopf traf, daß die so gute Deckung ihm nichts half und ihm aus Nase und Mund und Ohr das Blut schoß, als wäre ein Berg auf ihn gestürzt, und daß er drauf und dran war, vom Maultier zu fallen, und er wäre auch gefallen, wenn er nicht dessen Hals umklammert hätte. Nichtsdestoweniger verloren die Füße den Steigbügel, er ließ die Arme sinken, und das Maultier, ob des furchtbaren Hiebes scheuend, lief querfeldein, bäumte sich und warf nach wenigen Sprüngen seinen Herrn zu Boden.

Mit großer Gelassenheit schaute ihm Don Quijote zu, und als er ihn fallen sah, sprang er von seinem Rosse, lief eilenden Fußes hin, hielt ihm die Spitze seines Schwertes auf die Augen und gebot ihm, sich zu ergeben; wo nicht, würde er ihm den Kopf abschlagen. Der Biskayer war so betäubt, daß er kein Wort erwidern konnte, und es wäre ihm übel ergangen, so blind vor Zorn war Don Quijote, wenn nicht die Damen in der Kutsche, die bisher dem Kampfe mit Angst und Entsetzen zugeschaut, zu dem Ritter hingeeilt wären und ihn inständig gebeten hätten, er möchte ihnen die große Gnade und Gunst erweisen, ihrem Kammerjunker das Leben zu schenken.

Don Quijote erwiderte hierauf mit großem Stolz und vieler Würde: „Sicherlich, huldselige Herrinnen, bin ich gern bereit zu gewähren, wessen ihr von mir begehret; aber es kann nur unter einer Bedingung und Vereinbarung geschehen, nämlich, daß dieser Ritter mir das Versprechen gibt, nach dem Orte Toboso zu gehen und sich der unvergleichlichen Doña Dulcinea von meinetwegen zu stellen, damit sie mit ihm schalte, wie ihr am besten gefällt und beliebt."

Die verängstigten und hilflosen Damen, ohne sich erst Don Quijotes Begehr zu überlegen und ohne zu fragen, wer Dulcinea wäre, versprachen ihm, ihr Begleiter werde alles tun, was von seinetwegen ihm geboten würde.

„Wohl, im Vertrauen auf diese Zusage werde ich ihm kein weiteres Leid antun, obschon er es um mich wohl verdient hätte."

10. KAPITEL

Von den anmutigen Gesprächen, die zwischen Don Quijote und seinem Schildknappen Sancho Pansa stattfanden

Unterdessen hatte sich Sancho, von den Dienern der Mönche ziemlich übel zugerichtet, wiederaufgerafft, hatte dem Kampfe seines Herrn achtsam zugeschaut und im Herzen zu Gott gebetet, er möchte den Ritter den Sieg und mit dem Sieg irgendwelche Insul gewinnen lassen, um ihn als deren Statthalter einzusetzen, wie er ihm versprochen. Wie er nun sah, daß der Waffenstreit zu Ende war und sein Herr wieder auf den Rosinante steigen wollte, eilte er hinzu, ihm den Steigbügel zu halten, und ehe der Ritter im Sattel war, warf er sich vor ihm auf die Knie, faßte ihn an der Hand, küßte sie und sprach: „Geruhe Euer Gnaden Señor Don Quijote, mir die Regierung über die Insul zu verleihen, die in diesem schweren Kampfe gewonnen worden; denn so groß sie auch sein mag, ich fühle mich mit genug Kraft gerüstet, um sie ebenso und ebensogut zu regieren als irgendeiner, der in der Welt jemals Insuln regiert hat."

Darauf antwortete Don Quijote: „Merke Er sich, Freund Sancho, daß dieses Abenteuer und andre ähnlicher Art keine Insuln-, sondern Kreuzwegs-Abenteuer sind, bei denen man nichts andres gewinnt, als daß man ein Ohr weniger und einen zerschlagenen Schädel davonträgt. Habe Er Geduld, denn es werden sich Abenteuer uns bieten, wo ich Ihn nicht nur zum Statthalter machen kann, sondern zu noch etwas Höherem."

Sancho bedankte sich höflich, küßte ihm nochmals die Hand und den Saum des Panzers und half ihm aufs Pferd; er aber bestieg seinen Esel und folgte seinem Herrn nach, der in weitausgreifendem Trabe, ohne sich von den Damen in der Kutsche zu verabschieden oder noch ein Wort mit ihnen zu wechseln, in ein nahe liegendes Gehölz einbog.

Sancho folgte ihm im vollsten Trott seines Esels, aber Rosinante hielt einen so guten Schritt ein, daß er besorgte zurückzubleiben und genötigt war, seinem Herrn laut zuzurufen, er möge auf ihn warten. Don Quijote tat also und hielt Rosinante am Zügel so lange an, bis ihn der ermüdete Schildknappe eingeholt. Der nun, als er ihn erreicht hatte, sagte: „Mich bedünkt, Señor, es wäre gescheit, in einer Kirche Zuflucht zu suchen; denn wenn ich ermesse, wie sehr der Mann, mit dem Ihr gefochten, übel zugerichtet ist, so wäre es nicht zuviel vorausgesetzt, daß man der Heiligen Brüderschaft den Fall zur Kenntnis brächte und uns gefangennähme, und wahrlich, wenn das geschieht, so werden wir gehörig zu schwitzen haben, bevor wir aus dem Gefängnis herauskommen."

„Schweig", versetzte Don Quijote, „wo hast du denn jemals gesehen oder gelesen, daß ein fahrender Ritter vor Gericht gestellt worden, so oftmals auch durch sein Schwert jemand wider Willen ins Gras gebissen?"

„Von Widerwillen weiß ich nichts", antwortete Sancho, „habe ihn auch niemals gegen jemand gehabt; ich weiß nur, daß die Heilige Brüderschaft sich mit denen zu tun macht, die sich im freien Feld schlagen, und auf das andre laß ich mich nicht ein."

„Nun, darum sei nur unbekümmert", entgegnete Don Quijote, „denn ich würde dich aus den Händen der Chaldäer, geschweige aus denen der Brüderschaft herausreißen. Aber sage mir, bei deinem Leben sage mir, hast du je einen mannhaften Ritter in allen bis heut entdeckten Landen des Erdkreises gesehen? Hast du in Geschichtsbüchern von einem andern gelesen, der kühneren Mut beim Angreifen hat oder gehabt hat, mehr

Festigkeit beim Beharren im Kampf, größeres Geschick im Dreinschlagen, mehr Gewandtheit beim Niederwerfen des Feindes?"

„Die Wahrheit wird eben die sein", antwortete Sancho, „daß ich niemals irgendeine Geschichte gelesen habe; denn ich kann weder lesen noch schreiben; aber darauf getrau ich mich zu wetten, daß ich zeit meines Lebens keinem vermesseneren Herrn als Euer Gnaden gedient habe, und wolle Gott, daß diese Vermessenheit ihre Bezahlung nicht da finde, wo ich gesagt habe. Um was ich aber Euer Gnaden bitte, ist, einen Verband anzulegen; denn es läuft Euch viel Blut aus dem einen Ohr, und ich habe hier Scharpie und etwas weiße Salbe im Zwerchsack."

„Alles dessen könnten wir entraten", entgegnete Don Quijote, „wenn ich daran gedacht hätte, eine Flasche von dem Balsam des Fierabrás zu bereiten; denn mit einem einzigen Tropfen könnte sich Zeit und Medizin ersparen lassen."

„Was für eine Flasche, was für ein Balsam ist das?" fragte Sancho Pansa.

„Es ist ein Balsam", antwortete Don Quijote, „von dem ich das Rezept im Kopf habe, bei dem man den Tod nicht zu befürchten hat und bei dem der Gedanke, an einer Verwundung zu sterben, gar nicht aufkommen kann. Wenn ich ihn also bereite und ihn dir übergebe, so hast du nichts weiter zu tun, als daß du, wenn du mich bei irgendeinem Kampf mitten auseinandergehauen siehst, wie das gar oft zu geschehen pflegt, mir die eine Hälfte des Körpers, die zu Boden gefallen ist, sachte und mit großer Fürsicht, ehe das Blut gerinnt, an die andre Hälfte, die im Sattel geblieben, ansetzest, wobei du achthaben mußt, sie genau und richtig aneinanderzufügen; unverzüglich gibst du mir zwei Schluck und nicht mehr von besagtem Balsam zu trinken, und du wirst sehen, gleich bin ich so gesund wie ein Fisch."

„Wenn das wirklich so ist", sagte Pansa, „so verzichte ich von diesem Augenblick an auf die Statthalterschaft der versprochenen Insul und begehre zum Lohn meiner vielen redlichen Dienste weiter nichts, als daß Euer Gnaden mir das Rezept dieses vortrefflichsten Trankes gibt; denn hier bin ich sicher, daß die Unze allenthalben mehr als zwei Realen wert sein muß, und mehr brauche ich nicht, um mein Leben in Ruhe und Ehren hinzubringen. Aber nun fragt sich's, ob die Bereitung viele Kosten macht."

„Für weniger als drei Realen lassen sich drei Maß herstellen", erwiderte Don Quijote.

„Gott verzeih mir meine Sünden!" rief Sancho, „worauf

warten denn Euer Gnaden, um ihn zu bereiten und mich es zu lehren?"

„Still, Freund", versetzte Don Quijote, „noch größere Geheimnisse denke ich dich zu lehren und noch größere Gnaden dir zu erweisen; doch für jetzt wollen wir uns den Verband anlegen, denn das Ohr tut mir weher, als mir lieb ist."

Sancho holte aus dem Zwerchsack Scharpie und Salbe hervor; als aber Don Quijote seinen zertrümmerten Helm zu sehen bekam, meinte er den Verstand zu verlieren, und die Hand auf den Schwertgriff legend, die Augen gen Himmel erhebend, sprach er: „Ich tue einen Eid zum Schöpfer aller Dinge und zu den heiligen vier Evangelien, als hätte ich sie ausführlichst geschrieben hier vor mir, ein Leben zu führen wie der große Markgraf von Mantua, als er den Tod seines Neffen Baldovinos zu rächen schwur, nämlich auf keinem Tischtuche sein Brot zu essen noch mit seinem Weibe der Kurzweil zu pflegen, nebst andren Dingen mehr, deren ich mich nicht entsinne, die ich aber hier ausdrücklich mit erwähnt haben will, bis ich vollständige Rache an dem geübt habe, der mir solcherlei Schmach angetan."

Als Sancho das hörte, sagte er: „Beachte Euer Gnaden, Señor Don Quijote, wenn der Ritter erfüllt hat, was Ihr ihm auferleget, nämlich sich meinem gnädigen Fräulein Dulcinea von Toboso zu stellen, so hat er ja alles vollbracht, was seine Pflicht war, und verdient weiter keine Strafe, wenn er nicht ein neues Vergehen verübt."

„Wohl gesprochen, du hast es ganz richtig getroffen", antwortete Don Quijote, „und so erkläre ich denn den Eidschwur für nichtig, insoweit er darauf zielte, aufs neue an ihm Rache zu üben; jedoch ich tue abermals und bestätige den Schwur, ein Leben zu führen, wie ich gesagt, bis dahin, daß ich einen ebensolchen und einen ebenso guten Streithelm, als dieser ist, irgendeinem Ritter mit Gewalt abnehme. Und denke nur nicht, daß ich das so ins Blaue hineinrede; nein, ich weiß schon, wen ich hierbei nachzuahmen habe; denn das nämliche hat sich buchstäblich so mit dem Helm des Mambrín zugetragen, der dem Sakripant so teuer zu stehen kam."

„Solche Eidschwüre solltet Ihr des Teufels sein lassen, Herre mein", versetzte Sancho; „sie gereichen der Gesundheit zum großen Schaden und dem Gewissen zur argen Beschwer. Oder meint Ihr nicht? Nun, so sagt mir gleich einmal, wenn wir vielleicht viele Tage lang keinen treffen, der mit einem Helm bewehrt ist, was sollen wir tun? Soll der Schwur dennoch gehalten werden, trotz so vieler Mißstände und Unbequemlichkeiten, als da sind: in den Kleidern schlafen und an keinem bewohnten Orte schlafen und tausend andre Kasteiungen, die jener alte Narr von Markgraf in seinem Eidschwur aufführte, welchen Euer Gnaden jetzt wieder in Kraft setzen will? Überleget Euch einmal gründlich, daß auf all diesen Wegen keine Leute in Rüstung einherziehen, sondern Maultiertreiber und Kärrner, die nicht nur Helme nie tragen, sondern sie vielleicht ihr Leben lang nicht haben nennen hören."

„Darin täuschest du dich", sagte Don Quijote, „nicht zwei Stunden werden wir uns auf diesen Kreuzwegen umgetrieben haben, so werden wir mehr Leute in Rüstung zu sehen bekommen, als einst gegen Albraca zogen, um Angelika die Schöne im Kampf zu gewinnen."

„Wohlan denn, es mag so sein", versetzte Sancho, „und wolle Gott, daß es uns gut geht und die Zeit bald kommt, jene Insul zu gewinnen, die mich so teuer zu stehen kommt, und dann mag ich meinetwegen gleich sterben."

„Ich sagte dir schon, Sancho, du brauchst dir darob keinerlei Sorge zu machen; denn wenn es auch an einer Insul fehlen sollte, so ist das Königreich Dänemark oder das Reich Soliadisa gleich zur Hand, die werden dir passen wie ein Ring am Finger; und zumal sie auf dem festen Lande liegen, mußt du darob um so vergnügter sein. Aber lassen wir das für die geeignete Zeit, und für jetzt sieh, ob du in deinem Zwerchsack etwas mitführst, das wir essen könnten; dann wollen wir alsbald auf die Suche nach einer Burg gehen, wo wir diese Nacht Wohnung nehmen und den besagten Balsam bereiten wollen; denn ich schwör dir's bei Gott, mein Ohr schmerzt mich gewaltig."

„Hier hab ich eine Zwiebel und etwas Käse und etliche Stücklein Brot, ich weiß nicht wieviel", erwiderte Sancho; „aber das sind keine Gerichte, wie sie sich für einen so gewaltigen Ritter wie Euer Gnaden schicken."

„Wie schlecht verstehst du dich darauf!" antwortete Don Quijote. „Ich tue dir zu wissen, daß es den fahrenden Rittern eine Ehre ist, einen ganzen Monat nichts zu essen, und selbst wenn sie essen, nur was ihnen gerade zuhanden kommt; und das würde dir außer Zweifel stehen, wenn du wie ich so viele Geschichten gelesen hättest. Und so viele es deren waren, so habe ich doch in keiner von allen berichtet gefunden, daß die fahrenden Ritter gegessen hätten, wenn es nicht durch Zufall oder bei köstlichen Festmahlen geschah, die man ihnen gab. Die andren Tage verbrachten sie mit Nichtigkeiten. Und wiewohl sich begreifen läßt, daß sie nicht ohne Essen und ohne Verrichtung aller andren natürlichen Bedürfnisse bestehen konnten, denn am Ende waren sie Menschen wie wir, so muß man auch begreifen, daß, sintemal sie den größten Teil ihres Lebens durch Wälder und Einöden und ohne einen Koch hinzogen, ihre gewöhnlichste Nahrung in ländlicher Kost, wie du sie mir jetzt anbietest, bestanden haben muß. Sonach, Freund Sancho, betrübe dich nicht über das, was mir gerade recht behagt; wolle du nicht eine neue Welt schaffen oder das fahrende Rittertum aus seinen Angeln heben."

„Verzeihe mir Euer Gnaden", sagte Sancho; „denn da ich weder lesen noch schreiben kann, wie ich Euch schon einmal gesagt, so kenne und begreife ich nicht die Regeln des Ritterhandwerks; und so will ich denn fürderhin den Zwerchsack mit allerlei trockenem Obst für Euer Gnaden versehen, der Ihr ein Ritter seid, und für mich, weil ich keiner bin, will ich andere Dinge, wie Geflügel und sonstige nahrhaftere Kost, vorsehen."

„Das sage ich nicht", entgegnete Don Quijote, „daß für die fahrenden Ritter ein Zwang bestehe, nichts andres als das besagte trockne Obst zu verzehren, sondern nur, daß ihre gewöhnliche Nahrung offenbar aus solchem bestehen mußte sowie aus gewissen Kräutern, so sie auf dem Felde fanden, die sie kannten und die auch ich kenne."

„Es ist eine treffliche Gabe", antwortete Sancho, „derlei Kräuter zu kennen; denn wie ich mir denke, wird's eines Tages nötig werden, diese Kenntnis zu benützen."

Und nun holte er hervor, was er, wie schon gesagt, bei sich hatte, und es aßen die beiden miteinander als ein paar friedliche gute Gesellen.

Jedoch vom Wunsche getrieben, eine Herberge für die Nacht aufzusuchen, beendeten sie in aller Kürze ihr armselig trocknes Mahl, saßen sofort auf und beeilten sich höchlich, einen bewohnten Ort zu erreichen, bevor es Nacht würde.

Aber es schwand ihnen das Tageslicht hinweg und damit auch die Hoffnung, das Ersehnte zu erreichen, gerade als sie bei ärmlichen Hütten von Ziegenhirten angelangt waren, und so beschlossen sie, die Nacht dort zuzubringen. Sosehr es dem guten Sancho verdrießlich war, zu keiner bewohnten Ortschaft gelangt zu sein, so sehr war es seinem Herrn vergnüglich, unter freiem Himmel zu schlafen; denn es bedünkte ihn, daß jeder solche Vorfall eine tatsächliche Ausübung des Besitzrechts sei, welche ihm den Beweis seines Rittertums erleichtern müsse.

11. Kapitel

Von dem, was Don Quijote mit den Ziegenhirten begegnete

Er wurde von den Ziegenhirten mit Freundlichkeit aufgenommen, und nachdem Sancho den Rosinante und sein Eselein, so gut er konnte, versorgt hatte, ging er dem Geruche nach, den etliche Stücke Ziegenfleisch von sich gaben, welche brodelnd in einem Kessel am Feuer standen; und wiewohl er gern auf der Stelle nachgesehen hätte, ob sie schon so weit wären, um sie aus dem Kessel in den Magen zu versetzen, so mußte er es doch unterlassen, weil die Hirten sie bereits vom Feuer wegnahmen, Schaffelle auf den Boden breiteten, schleunigst ihre ländliche Tafel zurichteten und die beiden mit freundlicher Bereitwilligkeit zu dem einluden, was sie vorzusetzen hatten. Sie lagerten sich zu sechsen – so viele waren ihrer zur Hütung bei den Ziegen – um die Felle her, nachdem sie zuvor Don Quijote mit bäurischen Höflichkeiten ersucht hatten, sich auf einen Kübel zu setzen, den sie zu diesem Zwecke umgestülpt und ihm hingestellt hatten. Don Quijote setzte sich, und Sancho blieb stehen, um ihm den Becher, der von Horn war, zu kredenzen.

Als ihn nun sein Herr stehen sah, sprach er zu ihm: „Auf daß du innewerdest, Sancho, wieviel Gutes das fahrende Rittertum in sich begreift und wie diejenigen, die in irgendwelcher Stellung in seinem Dienste arbeiten, bald dahin gelangen, bei der Welt in Ehre und Achtung zu stehen, so will ich, daß du hier an meiner Seite und in Gesellschaft dieser biederen Leute niedersitzest und daß du ganz eins und dasselbe mit mir seiest, der ich doch dein Brotherr und angeborener Gebieter bin, aus meiner Schüssel issest, und trinkest, woraus ich trinke; denn von der fahrenden Ritterschaft kann man dasselbe sagen wie von der Liebe: sie macht alle Dinge gleich."

„Große Gnade!" entgegnete Sancho; „allein ich kann Euer Gnaden sagen, wenn ich was Gutes zu essen hätte, so würde ich ebensogut und noch besser stehend und für mich allein essen, als wenn ich neben dem Kaiser säße. Ja, wenn ich die Wahrheit sagen soll, weit besser schmeckt mir, was ich in meinem Winkel ohne Umstände und Reverenz verzehre, wenn's auch nur Brot mit einer Zwiebel ist, als die Truthähne andrer Tafeln, wo ich genötigt wäre, hübsch langsam zu kauen, wenig zu trinken, mich jeden Augenblick abzuwischen, nicht zu niesen noch zu husten, wenn's mich ankommt, und noch andre Dinge zu unterlassen, die das Frei- und Alleinsein vergönnt. Sonach, edler Herre mein, diese Ehren, die Euer Gnaden mir dafür antun will, daß ich Diener und Genosse der fahrenden Ritterschaft bin, wie ich es denn als Euer Gnaden Schildknappe wirklich bin: verwandelt sie in etwas andres, das mir ersprießlicher und vorteilhafter sein würde; denn selbige Ehren, obschon ich sie für richtig empfangen annehme, ich verzichte darauf für alle Zeit von jetzt ab bis zum Ende der Welt."

„Trotz alledem mußt du dich setzen; denn wer sich erniedrigt, den wird Gott erhöhen." Und ihn am Arme fassend, nötigte er ihn, sich an seiner Seite niederzusetzen.

Die Ziegenhirten konnten das Kauderwelsch von Schildknappen und fahrenden Rittern nicht verstehen und taten nichts als essen und schweigen und ihren Gästen ins Gesicht sehen, wie sie mit viel Anstand und Appetit faustgroße Stücke hinunterschluckten.

Als man mit dem ersten Gang, der Fleischspeise, zu Ende war, schütteten sie einen großen Haufen getrockneter Eicheln auf die Schaffelle und setzten zugleich einen halben Käse auf, härter als Mörtel. Dabei blieb der Hornbecher nicht müßig; denn bald voll und bald leer, wie ein Eimer am Ziehbrunnen, ging er so häufig in die Runde, daß er von den zwei Schläuchen, die da zu sehen waren, einen mit Leichtigkeit leerte.

Nachdem Don Quijote seinen Magen gehörig befriedigt hatte, nahm er eine Handvoll Eicheln auf, betrachtete sie nachdenklich und erhob die Stimme zu folgender Rede: „Glückliche Jahrhunderte, glückliches Zeitalter, dem die Alten den Namen des Goldenen beilegten, und nicht deshalb, weil das Gold, das in unserm eisernen Zeitalter so hoch geschätzt wird, in jenem beglückteren ohne Mühe zu erlangen gewesen wäre, sondern weil die damals lebten, die beiden Worte *dein* und *mein* nicht kannten. In jenem Zeitalter der Unschuld waren alle Dinge gemeinsam. Keiner bedurfte, um seinen täglichen Unterhalt zu gewinnen, einer andern Mühsal, als die Hand in die Höhe zu strecken, um ihn von den mächtigen Eichen herabzuholen, die freigebig jeden zu ihren süßen gereiften Früchten einluden. Klare Quellen und rieselnde Bäche boten ihnen in herrlicher Fülle ihr wohlschmeckendes, kristallhelles Wasser. In den Spalten der Felsen, in den Höhlungen der Bäume hatten die sorgsamen klugen Bienen ihr Gemeinwesen eingerichtet und boten ohne Eigennutz einer jeglichen Hand die reiche Ernte ihrer köstlich süßen Arbeit. Die gewaltigen Korkbäume spendeten von selbst, ohne andre Bemühung als die ihrer freundlichen Bereitwilligkeit, ihre breite leichte Rinde, und mit dieser begannen die Menschen ihre auf rohen Pfählen ruhenden Häuser zu decken, lediglich zum Schutze gegen des Himmels Unfreundlichkeit. Alles war Friede damals, alles Freundschaft, alles Eintracht; noch hatte des gekrümmten Pfluges schwere Schar sich nicht erdreistet, die heiligen Eingeweide unsrer Urmutter zu zerreißen und zu durchfurchen; denn ohne Nötigung bot sie überall aus ihrem weiten fruchtbaren Schoße, was nur immer die Söhne, deren Eigentum sie damals war, zur Sättigung, Erhaltung und Ergötzung bedurften. Ja, damals wandelten die unschuldigen schönen Mägdlein von Tal zu Tal und von Hügel zu Hügel, das Haar in Flechten oder frei fliegend, ohne andre Bekleidung, als was erforderlich, um zu verschleiern, was die Ehrbarkeit zu verhüllen gebietet und stets geboten hat; und ihr Putz war nicht solcher Art, wie er jetzt bräuchlich, den der Purpur von Tyrus und die mit so mannigfachen Zubereitungen zermarterte Seide kostbar machen, sondern er bestand aus ineinandergeflochtenen Blättern von grünem Kletterkraut und Efeu, womit sie vielleicht ebenso prächtig und geschmückt einhergingen wie jetzt unsre Hofdamen mit den seltenen und erstaunlichen Erfindungen, die der müßige Drang nach Neuem sie gelehrt hat.

Damals schmückten sich die Liebesworte des Herzens mit derselben Einfachheit und Unschuld, wie das Herz sie gedacht, ohne nach künstlichen Wendungen und Redensarten zu suchen, um ihnen einen vornehmen Anstrich zu geben. Noch hatten Betrug, Arglist, Bosheit sich nicht unter Wahrheit und Einfalt gemischt. Die Gerechtigkeit hielt sich innerhalb ihrer eignen Grenzen, ohne daß die Herrschaft der Gunst oder des Eigennutzes sie zu stören oder zu verletzen wagte, welche jetzt das Recht so arg schädigen, verwirren und verfolgen. Das Gesetz der Willkür hatte sich noch nicht im Geiste des Richters festgesetzt; denn es gab damals nichts und niemanden zu richten. Die Jungfrauen und die Ehrbarkeit wandelten, wie ich gesagt, allerwegen einsam und allein, ohne Besorgnis, daß fremde Dreistigkeit und lüsterne Absicht sie schädigten, und Unkeuschheit entsprang bei ihnen nur aus ihrer Neigung und eignem freiem Willen. Jetzt aber, in diesen unsren abscheulichen Zeiten, ist keine sicher, wenn auch ein neues Labyrinth wie das kretische sie verbärge und verschlösse; denn auch hier dringt mit der Anreizung der verruchten Umwerbungen die Liebespest herein und bringt ihre ganze Enthaltsamkeit zum Scheitern. Ihnen zur Beschirmung wurde, da im

Fortgang der Zeiten die Schlechtigkeit stets höher wuchs, der Orden der fahrenden Ritter eingesetzt, um die Jungfrauen zu verteidigen, die Witwen zu schützen und den Waisen und Hilfsbedürftigen beizustehen. Zu diesem Orden gehöre auch ich, ihr guten Ziegenhirten, denen ich für die Gastlichkeit und freundliche Aufnahme, die ihr mir und meinem Schildknappen zuteil werden lasset, herzlich danke; denn obwohl nach dem Naturgesetz jeder Lebende verpflichtet ist, den fahrenden Rittern Gunst zu erweisen, so weiß ich doch, daß ihr, ohne diese Verpflichtung zu kennen, mich aufgenommen und wohl bewirtet habt; und darum ist es recht und billig, daß ich mit aller Freundlichkeit, deren ich fähig bin, die eure dankend anerkenne."

Diese lange Rede, welche ganz gut hätte unterbleiben können, hielt unser Ritter aus dem Anlaß, daß die ihm gespendeten Eicheln ihm das Goldne Zeitalter in Erinnerung brachten, und so gelüstete es ihn, diese zwecklosen Worte an die Ziegenhirten zu richten, welche ohne ein Wort der Erwiderung ihm mit offenem Munde und still vor Verwunderung zuhörten.

So schwieg auch Sancho und verzehrte Eicheln und besuchte gar häufig den zweiten Schlauch, den sie, um den Wein zu kühlen, an einer Korkeiche aufgehängt hatten.

Don Quijote brauchte mehr Zeit zum Reden als das Abendmahl, um zum Schluß zu kommen. Als dieses zu Ende war, sagte einer der Hirten: „Auf daß Euer Gnaden mit um so mehr Recht sagen könne, daß wir Euch, Herr fahrender Ritter, bereitwilligst und freundlichst aufnehmen, wollen wir Euch noch eine Lust und Ergötzlichkeit bereiten und einen unsrer Kameraden bitten, daß er Euch was singt. Er wird bald hier sein; er ist ein gar geschickter Bursche und gar sehr verliebt, und obendrein kann er lesen und schreiben und spielt die Fiedel, daß man sich nichts Schöneres wünschen kann."

Kaum hatte der Hirte ausgeredet, als der Ton der Fiedel zu ihren Ohren drang, und bald kam auch der Fiedelspieler selbst, ein Jüngling von etwa zweiundzwanzig Jahren und äußerst angenehmen Manieren. Seine Kameraden fragten ihn, ob er schon zu Abend gegessen, und da er mit Ja antwortete, sagte ihm der Hirte, der dem Ritter das Anerbieten gemacht hatte: „Demnach, Antonio, kannst du uns gewiß den Gefallen tun, ein wenig zu singen, damit hier unser Herr Gast sieht, daß es auch im Gebirg und Wald Leute gibt, die etwas von der Musik verstehen. Wir haben ihm von deinen Kunstfertigkeiten erzählt und wünschen, daß du sie ihm zeigst und ihm beweist, daß wir die Wahrheit gesagt; und so bitte ich dich denn bei deinem Leben, setz dich und sing uns das Lied von deiner Liebschaft, das dein Oheim, der Kaplan, verfaßt hat und das allen Leuten im Ort so gut gefallen hat."

„Sehr gern", erwiderte der Jüngling, und ohne sich lange bitten zu lassen, setzte er sich auf den Stumpf einer gestutzten Eiche, stimmte seine Fiedel und begann alsbald mit anmutigem Gebaren zu singen:

Antonio an Olalla

Ja, du liebst mich, und ich weiß es,
Wenn dein Mund auch schweigsam bliebe,
Deine Augen selbst nie sprachen,
Stumme Zungen sie der Liebe.

Da ich weiß, du bist verständig,
Mußt du wahrlich mich erkiesen,
Denn wenn Liebe recht erkannt wird,
Wird sie nie zurückgewiesen.

Manchmal hast du zwar, Olalla,
Mir gezeigt so rauhe Mienen,
Daß von Stein dein weißer Busen,
Und die Seel aus Erz erschienen.

Doch in deinem spröden Zürnen,
Das als Tugend wird gepriesen,
Hat gar manchmal mir die Hoffnung
Ihres Mantels Saum gewiesen.

Deinem Lockton fliegt mein Herz nach,
Dessen Glut nie konnte sinken,
Wenn du zürntest, und nie steigen,
Wenn Erhöhung schien zu winken.

Doch wenn holde Miene Lieb ist,
Dann schließ ich aus deinen Mienen,
Daß mein Hoffen an das Ziel kommt,
Das als Traumbild mir erschienen.

Und wenn treue Dienste helfen
Spröder Herzen Gunst erringen,

Muß gar manches, das ich tat,
Meiner Sache Hilfe bringen.

Oft ja sahst du, wenn Beachtung
Meinem Tun du hast geliehen,
Daß ich montags trug, was sonst mich
Freut' am Sonntag anzuziehen.

Weil sich Lieb und schmucke Kleidung
Immer gut zusammen schicken,
Wollt ich stets, daß deine Augen
Mich in feiner Tracht erblicken.

Wie ich tanzte dir zuliebe,
Kam, um Ständchen dir zu bringen,
Rühm ich nicht; du hörtest nachts oft
Bis zum Hahnenschrei mein Singen.

Nicht sag ich, wie deiner Schönheit
Ich manch Loblied angestimmt,
Daß, obwohl ich Wahrheit sprach,
Manche Maid mir drob ergrimmet.

Die aus Berrocal, Teresa,
Sprach, als ich dich jüngst gepriesen:
„Manch Verliebter sieht als Engel,
Was sich bald als Aff erwiesen.

Das kommt von erborgten Haaren
Und den Flittern, Bändern, Ringen
Und von den erlognen Reizen,
Die selbst Amor hintergingen."

Gleich straft ich sie Lügen; kam ihr
Vetter gleich, ihr beizuspringen,
Bot mir Kampf; du weißt, was *er* da
Und was *ich* vermocht im Ringen.

Nicht lieb ich so oberflächlich,
Nicht auch wag ich dich zu minnen
Von gemeiner Lüste wegen;
Tugendsamer ist mein Sinnen.

> Seidne Bande hat die Kirche,
> Gut, um sich darein zu schmiegen;
> Unters Joch leg deinen Nacken,
> Werd ich meinen drunter biegen.
>
> Sonst, beim größten Heilgen schwör ich,
> Wenn du deinem treuen Diener
> Absagst, zieh ich vom Gebirge
> Fort und werd ein Kapuziner.

Hiermit beschloß der Ziegenhirte sein Lied, und während Don Quijote ihn bat, noch etwas zu singen, wollte doch Sancho Pansa nichts davon wissen, weil er mehr Lust hatte zu schlafen, als Lieder zu hören. Und so sagte er denn zu seinem Herrn: „Euer Gnaden könnte sich wohl jetzt gleich niederlegen, wo Ihr diese Nacht zubringen sollt; denn die braven Leute haben den ganzen Tag über so viel Arbeit, daß sie ihnen nicht erlaubt, die Nächte mit Gesang zu verbringen."

„Ich verstehe dich schon", entgegnete Don Quijote, „und es ist mir ziemlich klar, daß deine Besuche beim Weinschlauch mehr mit Schlaf als mit Musik belohnt sein wollen."

„Es schmeckt gottlob uns allen gut", antwortete Sancho.

„Das leugne ich nicht", versetzte Don Quijote; „aber mache dir's bequem, wo du willst; denn denen von meinem Beruf ist es ziemlicher zu wachen, als zu schlafen. Jedoch bei alledem wär's gut, wenn du noch einmal nach meinem Ohre sähest; denn es schmerzt mich mehr als nötig."

Sancho tat, wie ihm befohlen, und als einer der Hirten die Wunde bemerkte, sagte er ihm, er möge nur unbesorgt sein; er wolle ein Mittel anwenden, womit sie leicht heilen würde. Er pflückte einige Blätter vom Rosmarin, der dort herum in Menge wuchs, kaute sie und mengte etwas Salz darunter, legte sie aufs Ohr und verband es sorgfältig, mit der Versicherung, daß er keines Heilmittels weiter bedürfe; und so war es in der Tat.

12. KAPITEL

Von dem, was ein Ziegenhirt der Tischgesellschaft Don Quijotes erzählte

Indem kam ein anderer Junge herzu, einer von denen, die ihnen die Lebensmittel aus dem Dorfe holten, und sagte: „Wißt ihr, was im Dorf vorgeht, Kameraden?"

„Wie können wir das wissen?" antwortete einer von ihnen.

„So hört denn", fuhr der Junge fort, „heute morgen ist der berühmte studierte Schäfer, der Grisóstomo, gestorben, und man munkelte, er sei aus Liebe zu jenem Teufelsmädchen gestorben, der Tochter des reichen Guillermo, derselben, die in Hirtentracht durch die abgelegenen Wildnisse dorten herumzieht."

„Du meinst wohl Marcela", sagte einer.

„Die mein ich", antwortete der Ziegenhirt, „und was das schönste ist, er hat in seinem Letzten Willen verordnet, man solle ihn im freien Feld begraben, als wäre er ein Mohr gewesen, und zwar unten am Felsen, wo die Quelle bei dem Korkbaum ist; denn wie es heißt – und sie erzählen, er selbst habe es gesagt –, ist das der Ort, wo er sie zum erstenmal gesehen. Und noch andere Dinge hat er bestimmt, die, wie die Geistlichen im Dorf sagen, nicht geschehen dürfen und die auch nicht recht sind; denn sie kommen einem vor wie Bräuche von Heiden. Auf all das aber entgegnet sein Herzensfreund, der Student Ambrosio, der auch die Hirtentracht wie er angelegt, daß alles so geschehen muß, ohne daß ein Tüpfelchen daran fehlt, wie es der Grisóstomo verordnet hinterlassen hat, und darüber ist der ganze Ort in Aufruhr. Aber wie die Leute sagen, wird zuletzt doch alles geschehen, was Ambrosio und alle die Schäfer, seine guten Freunde, wollen, und morgen kommen sie und wollen ihn mit großer Pracht begraben, an derselben Stelle, wie ich gesagt. Und ich denke mir, da gibt es viel zu sehen; ich wenigstens will nicht unterlassen hinzugehen, auch wenn ich wüßte, daß ich morgen nicht mehr ins Dorf zurück könnte."

„Wir alle tun das gleiche", erwiderten die Hirten und wollten das Los werfen, wer dableiben sollte, für alle andern die Ziegen zu hüten.

„Hast recht, Pedro", sprach einer von ihnen, „aber zu losen braucht ihr gar nicht; ich will für alle dableiben; und nicht aus tugendsamen Beweggründen oder Mangel an Neugier, sondern weil ich wegen des Splitters, den ich mir vor einigen Tagen in den Fuß gestochen habe, nicht gehen kann."

„Trotz alledem sind wir dir dankbar dafür", entgegnete Pedro.

Don Quijote fragte Pedro, wer jener Verstorbene und wer jene Schäferin sei. Darauf erwiderte Pedro, alles, was er wisse, sei, daß der Verstorbene ein reicher und vornehmer Herr gewesen, aus einem Dorfe dort im Gebirge; er sei lange Jahre in Salamanca Student gewesen und dann mit dem Ruf eines hochgelahrten und sehr belesenen Mannes in sein Dorf zurückgekommen. „Sonderlich, sagten die Leute, verstand er die Wissenschaften von den Sternen und wußte, was Sonne und Mond dort am Himmel treiben; denn er sagte uns jedesmal pünktlich die Hindernisse von Sonne und Mond."

„‚Finsternisse' heißt's, guter Freund, und nicht ‚Hindernisse', wenn diese beiden großen Himmelslichter sich verdunkeln", sagte Don Quijote.

Aber Pedro kümmerte sich nicht um Kleinigkeiten und fuhr mit seiner Erzählung fort: „So hat er auch proffenzeit, ob es eine gute Ernte oder ein Mistjahr gäbe."

„‚Mißjahr' wollt Ihr sagen", fiel Don Quijote ein.

„Mißjahr oder Mistjahr", antwortete Pedro, „kommt alles auf eins heraus. Und ich sag Euch, durch all das, was er ihnen sagte, wurde sein Vater samt Freunden steinreich; denn sie taten, was er ihnen riet, je nachdem er ihnen sagte: ‚Säet dieses Jahr Gerste und keinen Weizen; dieses Jahr könnt ihr Kichererbsen säen und keine Gerste; das nächste Jahr wird ein Jahr reichster Ölernte sein, in den drei folgenden wird man keinen Tropfen eintun.'"

„Diese Wissenschaft heißt man Astrologie", sagte Don Quijote.

„Ich weiß nicht, wie sie heißt", versetzte Pedro; „aber ich weiß, daß er alles das wußte und noch mehr. Kurz und gut, es gingen nicht viel Monate ins Land, seit er von Salamanca kam, da zeigte er sich auf einmal als Schäfer gekleidet mit seinem Krummstab und Schafpelz; den langen Rock, den er als ein studierter Mann trug, hatte er abgelegt, und zugleich mit ihm kleidete sich als Schäfer sein Herzensfreund Ambrosio, der beim Studieren sein Kamerad gewesen. Ich hab zu sagen vergessen, daß der Grisóstomo, der Verstorbene, ein großer Mann war im Dichten und Reimen, so daß er es war, der die Hirtenlieder für die Christnacht machte, auch Fronleichnamsstücke, die die Burschen aus unserem Ort aufführten, und jedermann sagte, sie wären über alle Maßen schön. Wie die Leute vom Ort plötzlich die beiden studierten Jünglinge in Schäfertracht erblickten, waren sie höchlich verwundert und konnten den Grund nicht erraten, der sie zu einer so sonderbaren Verwandlung bewogen hatte. Inzwischen war der Vater des Grisóstomo gestorben, und er erbte ein sehr großes Vermögen sowohl an fahrender Habe als auch an Grund und Boden und eine nicht geringe Menge von großem und kleinem Vieh und einen großen Haufen bares Geld; über alles das war er nun der uneingeschränkte Herr. Und in Wahrheit, er war das alles wert, denn er war ein guter Kamerad und war mildtätig und ein Freund der Redlichen und hatte ein Gesicht wie ein wahrer Segen Gottes. Später hat man in Erfahrung gebracht, daß er aus keiner andern Ursach seine Tracht veränderte, als weil er in diesen abgelegenen Gründen jener Marcela nachgehen wollte, die unser Junge vorher genannt hat; in die hatte sich der arme Kerl von Grisóstomo, der anjetzo tot ist, verliebt. Und jetzt will ich Euch sagen, denn es gehört sich, daß Ihr es wisset, wer dies Mägdlein ist, vielleicht, oder auch ganz gewiß, habt Ihr dergleichen Euer Lebtage nicht gehört, und wenn Ihr auch länger lebt als Jerusalem."

„Sagt ‚Methusalem'", versetzte Don Quijote, der die Wortverwechslung des Ziegenhirten nicht leiden mochte.

„Ach, das Jerusalem hat auch ein langes Leben gehabt", entgegnete Pedro, „und wenn es so geht, Herr, und Ihr mir jeden Ritt an den Worten mäkeln wollt, so werden wir in einem Jahr nicht fertig."

„Entschuldigt, guter Freund", entgegnete Don Quijote, „ich sagte es nur, weil ein so großer Unterschied zwischen Jerusalem und Methusalem ist; aber Eure Antwort war sehr gut, denn allerdings hat Jerusalem noch ein längeres Dasein als Methusalem. Und fahret nun mit Eurer Geschichte fort, ich will Euch in nichts mehr hineinreden."

„Ich sage also, liebster, bester Herr", sprach der Ziegenhirt, „daß in unserm Dorf ein Bauer lebte, der noch reicher war als Grisóstomos Vater; der hieß Guillermo, und ihm schenkte Gott neben dem vielen und großen Reichtum eine Tochter, deren Geburt die Mutter das Leben kostete; das war die bravste Frau, die man weit und breit im Lande finden mochte. Mir kommt's vor, ich sehe sie noch, mit jenem Gesicht, auf dem zu einer Seite die Sonne und zur andern der Mond leuchtete, und vor allem war sie fleißig zur Arbeit und eine Freundin der Armen, weshalb ich glaube, ihre Seele wohnt jetzt zur Stunde in jener Welt im Genusse von Gottes Seligkeit. Aus Schmerz über den Tod einer so vortrefflichen Frau starb ihr Mann Guillermo und ließ seine

Tochter Marcela unter der Vormundschaft ihres Oheims, eines Geistlichen, der in unserm Ort die Pfründe innehat. Das Kind wuchs zu solcher Schönheit heran, daß es uns an die erinnerte, die seine Mutter in so hohem Grade besessen, und bei alldem war doch das allgemeine Urteil, daß die der Tochter sie noch übertreffen werde. Und so ist's auch gekommen; denn als sie zum Alter von vierzehn bis fünfzehn Jahren gelangte, schaute sie keiner an, ohne daß er nicht Gott lobpries, der sie so schön geschaffen, und schier jeder war auf den Tod verliebt in sie. Ihr Oheim hielt sie unter guter Aufsicht und in großer Eingezogenheit; aber trotzdem verbreitete sich der Ruf ihrer absonderlichen Schönheit so sehr, daß um derentwillen sowohl als ihres großen Reichtums wegen nicht nur von den Leuten aus unserem Dorfe, sondern von denen aus der ganzen Gegend, viele Meilen in der Runde, und zwar von den angesehensten, der Oheim täglich angegangen, mit Bitten bestürmt und heftig gedrängt wurde, sie ihnen zum Weibe zu geben. Aber er, ein richtiger guter Christ, wenn er sie auch gern verheiratet hätte, als er sie in dem Alter dazu sah, wollte es nicht ohne ihre Einwilligung tun; gewißlich ohne daß er ein Auge auf den Vorteil und Erwerb hatte, den ihm die Verwaltung von Hab und Gut des Mädchens bot, wenn er ihre Verheiratung hinausschob. Und wahrlich, in mehr als einem Plauderkränzchen im Dorfe ist das zum Lobe des geistlichen Herrn gesagt worden. Ihr müßt nämlich wissen, fahrender Herr Ritter, daß in diesen kleinen Ortschaften über alles geschwatzt und alles bös mitgenommen wird; und seid überzeugt, wie ich es bin, daß der Geistliche über die Maßen brav sein muß, der seine Pfarrkinder nötigt, Gutes von ihm zu reden, zumal auf dem Lande."

„So ist's in Wahrheit", sagte Don Quijote, „und fahrt weiter fort; denn die Erzählung ist sehr anziehend, und Ihr, mein guter Pedro, erzählt sie so hübsch, daß man sein Wohlgefallen daran haben muß."

„Möge Gottes Wohlgefallen mir nicht gebrechen, denn das ist die Hauptsache. Und fürs übrige müßt Ihr wissen, daß, obschon der Oheim seiner Nichte Vorschläge tat und ihr die Vorzüge eines jeden ihrer vielen Freier im besondern auseinandersetzte und sie bat, zu heiraten und die Wahl nach ihrem Geschmack zu treffen, sie nie eine andre Antwort gab, als daß sie sich für jetzt nicht verheiraten wolle, und sie halte sich wegen ihrer großen Jugend nicht für geeignet, die Lasten der Ehe zu tragen. Auf diese dem Anscheine nach ganz triftigen Gründe hörte der Oheim mit seinem Zureden auf und wartete ab, bis sie etwas mehr in die Jahre käme und selbst nach ihrer Neigung einen Lebensgefährten wählen würde. Denn er sagte, und sagte sehr mit Recht, die Eltern sollten ihren Kindern nicht wider ihren Willen einen Hausstand gründen. Aber sieh da, ehe man sich's versieht, eines Tages kommt die launische Marcela in der Tracht einer Schäferin gegangen; und ohne daß ihr Oheim oder die Leute im Ort, die es ihr alle abrieten, etwas dagegen vermochten, fiel es ihr ein, mit den andern Mädchen vom Dorf aufs Feld zu gehen und ihre Herde selbst zu hüten. Und wie sie nun unter die Leute ging und man ihre Schönheit ohne Schleier erblickte, da kann ich gar nicht gebührend sagen, wieviel reiche Jünglinge, so Junker wie Bauern, seitdem die Tracht des Grisóstomo angenommen haben und überall auf der Flur umher ihr den Hof machen.

Zu denen, wie ich Euch schon gesagt, gehörte auch der Verstorbene, und die Leute sagten, er habe zuletzt aufgehört, sie zu lieben, und sie nur noch angebetet. Man muß aber nicht denken, daß Marcela, weil sie sich solcher Freiheit und solch zwanglosem Leben, wobei so wenige oder gar keine Zurückgezogenheit möglich, ergeben hat, darum irgendein Merkmal, auch nur mit dem geringsten Anschein, hätte sehen lassen, das ihrer Ehrbarkeit und Züchtigkeit zur Schädigung gereichte; vielmehr ist die Wachsamkeit, mit der sie ihre Ehre hütet, so groß und solcher Art, daß von allen, die ihr dienen und um sie werben, keiner sich je gerühmt hat noch in Wahrheit je rühmen kann, sie hätte ihm nur die kleinste Hoffnung vergönnt, seinen Wunsch zu erreichen. Denn sie will zwar die Gesellschaft und Unterhaltung mit den Hirten nicht fliehen noch vermeiden und behandelt sie höflich und freundlich; sobald aber einer von ihnen, wer auch immer, so weit geht und ihr seine Absichten entdeckt, seien sie auch so redlich und heilig, wie es das Begehren einer Heirat ist, schleudert sie ihn weit von sich weg, wie aus einer Wurfmaschine geschossen. Und mit dieser Art von Benehmen richtet sie mehr Schaden in diesem Lande an, als wenn die Pest darin einzöge. Denn ihre Umgänglichkeit und Schönheit verleitet die Herzen derer, die mit ihr verkehren, ihr Huldigung und Liebe zu widmen; aber die Verschmähung und Enttäuschung, die sie ihnen werden läßt, treibt die Leute der Verzweiflung entgegen, und so wissen sie nicht mehr, was sie ihr sagen sollen, außer sie mit lauter Stimme grausam und undankbar zu schelten, nebst andren Benennungen solcher Art; Ausdrücken, die ganz richtig ihre Gemütsart kennzeichnen. Wenn Ihr, Herr, Euch einmal hier verweiltet, würdet Ihr finden, wie die Berge und Täler hier widerhallen von den

Wehklagen der Verschmähten, die ihr nachlaufen. Nicht weit von hier ist ein Platz, wo etwa zwei Dutzend hoher Buchen stehen, und da ist keine, die nicht auf ihrer glatten Rinde den Namen Marcela eingegraben und eingezeichnet trägt, und hie und da ist eine Krone darüber in den Baum geschnitten, als ob der Verliebte sagen wollte, daß Marcela die Krone aller irdischen Schönheit trägt und verdient. Hier stößt ein Schäfer Seufzer aus, dort wehklagt ein andrer, an jener Stelle hört man verliebte Lieder, an dieser verzweiflungsvolle Trauergesänge. Es gibt manchen, der die ganze Nacht unter einer Eiche oder einem Felsgrat sitzen bleibt; und ohne daß er die tränenvollen Augen schließt, in seine Gedanken verloren und verzückt, hat ihn öfters die Sonne noch am Morgen dort gefunden; es gibt manchen, der, ohne seiner Qual einen Ausweg oder einen Augenblick Ruhe zu vergönnen, sich mitten in der Hitze des drückendsten Sommermittags auf den glühenden Sand hinstreckt und seine Klagen zum erbarmungsvollen Himmel schickt; und über diesen und über jenen und über all diese und all jene, frei und unbefangen, triumphiert die schöne Marcela. Und wir alle, die wir sie kennen, stehen in Erwartung, wo ihre Hoffart am Ende hinauswill und wer der Glückliche sein wird, der einen so schrecklichen Charakter bändigen und einer so außerordentlichen Schönheit Herr werden soll. Sintemal nun alles, was ich berichtet, so zweifellos wahr ist, so denke ich, es ist ebenso mit den Angaben über die Ursache vom Tode des Grisóstomo, die unser Bursche uns berichtet hat. Und so rat ich Euch, Señor, unterlasset nicht, Euch morgen bei seinem Begräbnis einzufinden; es ist gewiß sehr sehenswert; denn Grisóstomo hat viele Freunde, und von hier bis zu der Stelle, wo er begraben sein wollte, ist's keine halbe Meile."

„Ich halt es wohl im Sinn", sagte Don Quijote, „und danke Euch für das Vergnügen, das Ihr mir mit dem Vortrag einer so anziehenden Geschichte gewährt habt."

„Oh!" entgegnete der Hirt, „ich weiß lange nicht die Hälfte von all dem, was sich mit den Liebhabern der Marcela zugetragen hat; aber möglicherweise finden wir morgen unterwegs einen Schäfer, der uns alles erzählt. Jetzt aber wird's gut sein, wenn Ihr unter Dach und Fach schlafen geht; denn die Nachtluft könnte Eurer Wunde Schaden tun, wiewohl das Heilmittel, das Euch aufgelegt worden, derart ist, daß von keinem widrigen Zufall mehr etwas zu besorgen steht."

Sancho Pansa, der schon längst das lange Gerede des Hirten zum Teufel wünschte, bat auch seinerseits darum, sein Herr möge in Pedros Hütte schlafen gehen. So tat er es denn, und der größte Teil der Nacht verging ihm unter Gedanken an seine Gebieterin Dulcinea, in Nachahmung der Liebhaber Marcelas. Sancho Pansa machte sich's zwischen Rosinante und seinem Esel bequem und schlief, nicht wie ein verschmähter Liebhaber, sondern wie ein wohlzerprügelter Schildknappe.

13. Kapitel

Worin die Geschichte der Schäferin Marcela beschlossen wird, nebst andern Begebenheiten

Aber kaum begann der Tag sich an den Fenstern des Ostens zu zeigen, als fünfe von den sechs Ziegenhirten sich vom Lager erhoben und hingingen, Don Quijote zu wecken und ihn zu fragen, ob er noch immer des Vorhabens sei, zu dem vielbesprochenen Begräbnis des Grisóstomo zu gehen; dann würden sie ihm Gesellschaft leisten. Don Quijote, der nichts andres wünschte, stand auf und befahl Sancho, augenblicklich zu satteln und den Tieren Zaum und Halfter anzulegen; dieser tat es mit besonderer Eilfertigkeit, und ebenso eilig begaben sich alle auf den Weg. Und sie waren noch keine Viertelmeile gewandert, als sie beim Kreuzen eines Pfades etwa ein halb Dutzend Schäfer ihnen entgegenkommen sahen, alle in schwarzen Schafpelz gekleidet, das Haupt mit Zweigen von Zypressen und bitterm Oleander bekränzt. Jeder trug einen dicken Stab von der Stechpalme in Händen.

Mit ihnen zugleich kamen des Weges zwei Edelleute zu Pferd, in stattlicher Reisetracht, nebst drei Dienern zu Fuß, die ihr Gefolge bildeten. Als sie zusammentrafen, grüßten sie einander höflich, und da sie sich gegenseitig nach ihrem Reiseziel erkundigten, stellte es sich heraus, daß sie alle nach dem Ort der Bestattung wollten; und so zogen sie nun gemeinschaftlich des Weges weiter.

Einer von den Herren zu Pferd wandte sich an seinen Gefährten und sagte: „Mich dünkt, Señor Vivaldo, für eine ganz richtige Verwendung unserer Zeit müssen wir diesen Aufenthalt erachten, dem wir uns unterziehen, wenn wir diese merkwürdige Bestattung ansehen; denn sie kann nicht anders als merkwürdig ausfallen, nach den seltsamen Dingen, die diese Hirten uns von dem verstorbenen Schäfer wie von der todbringenden Schäferin erzählt haben."

„So bedünkt es auch mich", antwortete Vivaldo, „und ich sage, nicht nur einen Tag, sondern weitere vier Tage würde ich dranwenden, sie zu sehen."

Don Quijote fragte sie, was sie über Marcela und Grisóstomo gehört hätten. Der Reisegefährte erwiderte, diesen Morgen seien sie den Schäfern begegnet und hätten, da sie diese in so düsterer Tracht gesehen, gefragt, aus welchem Anlaß sie in solchem Aufzug einhergingen; einer von ihnen habe es ihnen berichtet und von dem seltsamen Wesen und der Schönheit einer Schäferin namens Marcela erzählt und von der Liebe zahlreicher Jünglinge, die um sie geworben, sowie vom Tode jenes Grisóstomo, zu dessen Begräbnis sie jetzt hinzögen. Kurz, er erzählte alles, was Don Quijote bereits über Grisóstomo gehört hatte.

Dieses Gespräch ward abgebrochen und ein anderes begonnen, indem der Fremde, der Vivaldo hieß, an Don Quijote die Frage richtete, was ihn veranlasse, dergestalt gerüstet eine so friedliche Gegend zu durchwandern.

Darauf antwortete Don Quijote: „Die Ausübung meines Berufes verwilligt und verstattet es mir nicht, daß ich in andrer Tracht einhergehe. Gute Tage haben, Wohlleben und Ruhe genießen, das ist für weichliche Höflinge erfunden; aber Mühsal, Rastlosigkeit und Waffen sind für diejenigen allein geschaffen, so die Welt fahrende Ritter nennt und unter welchen ich, obschon des Berufes unwürdig, der geringste bin von allen."

Kaum hörten sie das, als alle ihn auch schon für verrückt hielten; und da sie der Sache noch mehr auf den Grund kommen und erforschen wollten, welcher Art seine Verrücktheit sei, wandte sich Vivaldo wiederum an ihn und fragte, was mit den „fahrenden Rittern" gemeint sei.

„Haben denn Euer Gnaden", entgegnete Don Quijote, „niemals die Jahrbücher und Geschichten von England gelesen, worin von den ruhmreichen Taten des Königs Artur gehandelt wird, welchen wir in unserm heutigen Kastilianisch den König Artus nennen und von dem die alte Sage in dem ganzen Königreich Großbritannien geht, daß er nicht gestorben, sondern durch Zauberkunst in einen Raben verwandelt ist, und daß er im Lauf der Zeiten wieder zur Herrschaft kommen und Reich und Zepter wiedererlangen wird? Weshalb denn auch niemand nachweisen kann, daß von jener Zeit ab bis heute jemals ein Engländer einen Raben getötet hätte. Nun denn, zu Zeiten dieses edlen Königs wurde jener hochberühmte Orden der Ritter von der Tafelrunde gestiftet. Und damals trug sich, genau bis aufs Tüpfelchen, die Liebesgeschichte zu, die dort von Lanzelot vom See und der Königin Ginevra erzählt wird, wobei jene würdige Dame Quintañona Vermittlerin und Mitwisserin war; und daraus entstand dann jene allbekannte Romanze, an der sich unser Spanien so satt gesungen hat:

> Niemals ward annoch ein Ritter
> Also wohl bedient von Damen,
> Wie es wurde Lanzelot,
> Da er herkam aus Britannien –

samt jenem so süßen und lieblichen Verlauf seiner Liebes- und Heldentaten. Und seitdem hat von einem zum andern jener Orden des Rittertums sich weiter verbreitet und sich über viele und mannigfaltige Teile der Welt ausgedehnt; und zu ihm gehörten, durch ihre Taten vielberufen und weitbekannt, der mannhafte Amadís von Gallien mit all seinen Söhnen und Enkeln bis ins fünfte Glied und der tapfere Felixmarte von Hyrkanien und der nie nach Verdienst gepriesene Tirante der Weiße, und viel fehlt nicht, daß wir schier noch in unsern Tagen den unbesiegbar gewaltigen Ritter Don Belianís von Griechenland gesehen und gehört und Umgang mit ihm gepflogen. Das also, werte Herren, heißt zu den fahrenden Rittern gehören, und der Orden ihres Rittertums ist der, den ich erwähnte und dem, wie auch schon erwähnt, ich, obwohl ein sündhafter Mensch, zugeschworen bin; und der Beruf, zu dem sich die besagten Ritter bekannten, zu ihm bekenne auch ich mich, und so ziehe ich durch diese Einöden und Wüsteneien und suche Abenteuer, entschlossenen Sinnes, dem gefährlichsten, so das Schicksal mir darbietet, meinen Arm und mein ganzes Selbst zu widmen, zum Schutze der Schwachen und Hilfsbedürftigen."

Aus diesen seinen Reden wurde es den Reisenden vollends klar, wie es bei Don Quijote nicht richtig im Kopfe sei und welche Art von Narretei ihn beherrsche, und sie gerieten darüber in die nämliche Verwunderung wie alle, die zum erstenmal mit ihm bekannt wurden. Vivaldo, der ein gescheiter Kopf und fröhlichen Humors war, wollte sogleich, um den kurzen Weg, der nach Angabe der Leute ihnen noch bis zu dem felsigen Bestattungsort übrigblieb, ohne Langeweile zurückzulegen, dem Ritter Gelegenheit geben, in seiner Narretei noch weiter zu gehen. Und so sagte er ihm: „Mich bedünkt, Herr Ritter, daß Euer Gnaden sich einem äußerst strengen Berufe gewidmet hat, und ich bin des Glaubens, daß der Orden der Kartäuser minder streng ist."

„So streng mag er wohl sein", erwiderte Don Quijote; „aber ob so notwendig in der Welt, da bin ich nicht zwei Finger breit davon entfernt, es zu bezweifeln. Denn soll ich die Wahrheit sagen, so tut der Soldat, der ausführt, was sein Hauptmann ihm vorschreibt, nicht weniger als der Hauptmann selbst, der es ihm befiehlt. Damit will ich sagen, daß die Mönche in aller Friedlichkeit und Ruhe vom Himmel das Wohl der Erde erflehen; aber wir Soldaten und Ritter bringen zur Ausführung, was sie erbeten, indem wir alles Irdische mit der Kraft unsrer Arme und der Schneide unsres Schwertes verteidigen, und zwar nicht unter schützendem Dach, sondern unter freiem Himmel, ein Ziel den Sonnenstrahlen im Sommer und dem starrenden Frost im Winter. Sonach sind wir die Beamten Gottes auf Erden und der Arm, durch den hienieden seine Gerechtigkeit vollstreckt wird. Und da nun die Geschäfte des Krieges, und was ihn angeht und sich auf ihn bezieht, nicht anders als mit Schweiß und Arbeit und übermäßiger Mühsal betrieben werden können, so folgt daraus, daß, die ihn zum Beruf erkoren, ohne Zweifel größere Beschwer erdulden, als die in friedlicher Ruh und Stille dem Gebete zu Gott obliegen, daß er die Schwachen beschütze. Ich will nicht sagen, noch kommt es mir je in den Sinn, daß der Stand des fahrenden Ritters ein so tugendsamer sei wie der eines unter geweihtem Verschluß lebenden Klosterbruders; ich will nur aus dem, was ich zu erdulden habe, folgern, daß er ohne Zweifel mühseliger und mit Prügeln geplagter und hungriger und durstiger, jämmerlicher, zerlumpter und lausiger ist. Denn es ist unleugbar, die fahrenden Ritter der früheren Zeit erfuhren vielerlei Mißgeschick im Verlauf ihres Lebens. Und wenn etliche durch die Kraft ihres Armes zum Kaisertum aufstiegen, wahrlich, so kostete es sie ein gut Teil ihres Schweißes und Blutes; und wenn denen, die zu solchem Rang emporgelangt sind, Zauberer und Weise gefehlt hätten, um ihnen zu helfen, so hätten sie sich sicher um das Ziel ihrer Wünsche betrogen und in ihren Hoffnungen getäuscht gefunden."

„Dieser Meinung bin ich auch", sagte der Reisegefährte; „aber unter mancherlei anderem mißfällt mir namentlich etwas gar sehr. Nämlich wenn sie gerade im Begriffe sind, ein großes und gefährliches Abenteuer zu bestehen, wobei augenscheinliche Gefahr ist, das Leben zu verlieren, so kommt es ihnen im Augenblick, wo sie es bestehen wollen, nie in den Sinn, sich Gott zu empfehlen, wie jeder Christ bei solcherlei Gefahren zu tun verpflichtet ist, vielmehr empfehlen sie sich ihrer Dame mit solcher Inbrunst und Andacht, als wenn sie ihr Gott wäre; und das gehört zu den Dingen, die nach Heidentum schmecken, wie mich dünkt."

„Werter Herr", antwortete Don Quijote, „das kann unter keiner Bedingung anders sein, und übel fahren würde der Ritter, der anders handelte. Denn es ist nun einmal in Brauch und Übung bei der fahrenden Ritterschaft, daß der fahrende Ritter, sobald er an eine große Waffentat geht, seine Gebieterin vor Augen hat und die Blicke zärtlich und liebevoll auf sie richtet, als ob er sie bitte, ihm Huld und Schutz zu verleihen in der Fährlichkeit vor ungewissem Ausgang, die er zu bestehen sich anschickt. Und selbst wenn keiner ihn hört, ist er verpflichtet, ein paar Worte leise zwischen den Zähnen zu sprechen, in denen er sich ihr von ganzem Herzen empfiehlt; und davon gibt's unzählige Beispiele in den Geschichten. Und das hat man nicht so zu verstehen, daß die Ritter deshalb unterlassen sollen, sich Gott zu empfehlen; denn dazu bleibt ihnen Zeit und Gelegenheit im Verlauf des Waffenwerks."

„Trotz alledem", entgegnete der Reisende, „bleibt mir doch noch ein Bedenken. Ich habe nämlich oftmals gelesen, daß zwischen zwei fahrenden Rittern ein Wortwechsel sich entspinnt, und wie ein Wort das andre gibt, entbrennt der Zorn in ihnen, sie wenden die Rosse, nehmen eine tüchtige Strecke zum Anlauf, und ohne weiteres wenden sie wieder um, im vollsten Rennen ihrer Gäule, zum Ansturm gegeneinander, und mitten im Anrennen empfehlen sie sich ihren Damen. Und was sich dann beim Aufeinandertreffen zu begeben pflegt, ist, daß der eine, vom Speer des Gegners durch und durch gestochen, über die Kruppe des Pferdes herabstürzt; und dem andren auch geschieht es, daß er, wenn er sich nicht an der Mähne des seinigen festhielte, den Fall zu Boden nicht vermeiden könnte. Und da weiß ich nicht, wie der Tote eine Möglichkeit gefunden haben soll, sich im Verlauf eines so eilig abgemachten Waffenwerks Gott zu empfehlen. Besser wäre es gewesen, er hätte die Worte, die er im Rennen darauf verwendet, sich seiner Dame zu empfehlen, auf das verwendet, was er als Christ schuldig und verpflichtet war zu tun. Und dies um so mehr, als ich der Meinung bin, nicht alle fahrenden Ritter haben Damen, denen sie sich empfehlen können; denn nicht alle sind verliebt."

„Das ist unmöglich", antwortete Don Quijote. „Ich sage, unmöglich kann es einen fahrenden Ritter ohne Dame geben; denn denselbigen ist es so zu eigen und angeboren, verliebt zu sein, wie dem Himmel, Sterne zu haben, und zuverlässig hat man nie eine Geschichte gelesen, wo ein fahrender Ritter ohne Liebeshandel vorkäme, und im Fall es einen gäbe, so würde er gerade darum nicht für einen echten Ritter gehalten werden, sondern für einen Bastard, der in die Burg des besagten Rittertums nicht durch die Tür, sondern über die Mauer weg eingedrungen wäre wie ein Wegelagerer und Dieb."

„Trotz alledem", sagte der Reisegefährte, „bedünkt es mich, wenn ich mich recht entsinne, gelesen zu haben, daß Don Galaor, der Bruder des tapferen Amadís von Gallien, niemals eine bestimmte Geliebte hatte, der er sich hätte empfehlen können; und trotzdem ward er um nichts geringer geachtet und war ein höchst streitbarer, wohlberufener Ritter."

Darauf entgegnete Don Quijote: „Werter Herr, eine Schwalbe macht keinen Sommer, außerdem weiß ich, daß dieser Ritter insgeheim allerdings gar sehr verliebt war; nur war der Umstand, daß er alle, die ihm gefielen, gern hatte, seine angeborne Eigentümlichkeit, gegen die er nicht aufkommen konnte. Aber am Ende bleibt es doch völlig erwiesen, daß er eine einzige hatte, die er zur Herrin seiner Herzensneigungen erkoren, und dieser empfahl er sich ganz häufig und ganz im geheimen; denn er legte besonderen Wert darauf, ein das Geheimnis wahrender Rittersmann zu sein."

„Wenn es also zum Wesen der Sache gehört, daß jeder fahrende Ritter verliebt sein muß", sagte der Reisende, „so darf man sicherlich glauben, daß auch Euer Gnaden es ist, da Ihr zu diesem Stande gehört; und sollte es der Fall sein, daß Euer Gnaden keinen besonderen Wert darauf legt, alles so geheimzuhalten wie Don Galaor, so bitte ich Euch so inständig, als ich vermag, namens dieser ganzen Gesellschaft und meiner selbst, uns über Namen, Heimat, Stand und Schönheit Eurer Dame zu berichten; denn sie kann sich jedenfalls glücklich schätzen, wenn die ganze Welt erfährt, es sei ihr Huldigung und Liebe von einem solchen Ritter gewidmet, wie Euer Gnaden erscheint."

Hier stieß Don Quijote einen tiefen Seufzer aus und sprach: „Ich kann nicht versichern, ob die süße Feindin mein es gern sieht oder nicht, daß die Welt wisse, daß ich ihr huldige; ich kann nur sagen, als Antwort auf ein so höfliches Ersuchen, daß ihr Name Dulcinea ist; ihre Heimat Toboso, ein Ort in der Mancha; ihrem Stande nach muß sie mindestens eine Prinzessin sein, da sie meine Königin und Gebieterin ist; ihre Schönheit überirdisch, da in ihr zur Wahrheit werden all die unmöglichen und nur von kühner Phantasie erträumten Reize, womit die Dichter ihre Geliebten begabt haben. Ihre Haare sind Gold, ihre Stirn ein Paradiesgarten, ihre Brauen gewölbte Regenbogen, ihre Wangen Rosen, ihre Lippen Korallen, Perlen ihre Zähne, Alabaster ihr Hals, Marmor ihre Brust, Elfenbein ihre Hände, ihre Weiße ist Schnee, und die Teile, welche die Ehrbarkeit dem menschlichen Anblick verdeckt, sind der Art, daß, wie ich denke und urteile, nur eine feinsinnige Beobachtung sie zu preisen, doch nicht mit andern zu vergleichen imstande ist."

„Den Stammbaum, das Geschlecht, die Sippschaft wünschten wir zu erfahren", versetzte Vivaldo.

Worauf Don Quijote antwortete: „Sie ist nicht aus dem Geschlechte der alten römischen Curtius, Gajus und Scipio noch der neueren Colonna und Orsini, sie ist nicht vom Stamme der Moncada oder Requesens von Katalonien, ebensowenig der Rebella und Villanova von Valencia, der Palafoj, Nuza, Rocaberti, Corella, Luna, Alagón, Urrea, Fos und Gurrea von Aragón; der Cerda, Manrique, Mendoza und Guzmán von Kastilien, der Alencastro, Pallas und Meneses von Portugal; sondern sie ist vom Hause derer von Toboso von der Mancha, einem Geschlechte, das zwar ein neues, aber doch ein solches ist, daß es den erlauchtesten Familien künftiger Jahrhunderte einen edlen Ursprung gewähren kann. Und hiergegen soll mir niemand Widerspruch erheben, es sei denn unter der Bedingung, welche Zerbin an den Fuß des Siegesmals schrieb, das er aus den Waffen Rolands errichtet hatte:

> Es rühre keiner diese Waffen an,
> Der nicht Roldán im Streit bestehen kann."

„Obschon ich dem Geschlechte der Cachopines von Laredo angehöre", entgegnete der Reisegefährte, „will ich doch nicht wagen, es mit dem Hause derer von Toboso von der Mancha zu vergleichen; wiewohl – die Wahrheit zu sagen – ein solcher Geschlechtsname mir noch nie zu Ohren gekommen ist."

„Sonach wäre er Euch nicht zu Ohren gekommen?" erwiderte Don Quijote.

Mit großer Aufmerksamkeit hörten alle die übrigen Wanderer dem Gespräch der beiden zu, und selbst den Ziegenhirten und Schäfern wurde klar, an welch hohem Grad von Verrücktheit unser Don Quijote litt. Nur Sancho Pansa war des Glaubens, alles, was sein Herr sagte, sei volle Wahrheit, trotzdem er wußte, wer er war, und er ihn von Jugend auf kannte; nur woran er einigermaßen Anstand nahm, war, an die Sache mit der schönen Dulcinea von Toboso zu glauben; denn nie war ein solcher Name oder eine solche Prinzessin ihm zur Kenntnis gekommen, obschon er so nahe bei Toboso wohnte.

Unter solchen Gesprächen zogen sie des Weges, als sie sahen, daß aus einer Schlucht, die sich zwischen zwei hohen Bergen öffnete, etwa zwanzig Schäfer herabkamen, alle in schwarze Schafpelze gekleidet, den Kopf geschmückt mit Kränzen, die, wie man nachher in der Nähe sah, hier aus Taxus, dort aus Zypressenzweigen geflochten waren. Sechs von ihnen trugen eine Bahre, die mit einer Masse mannigfaltiger Blumen und Zweige bedeckt war. Bei diesem Anblick sprach einer der Ziegenhirten: „Die dort kommen, die tragen Grisóstomos Leiche, und am Fuß dieses Berges ist die Stelle, die er zu seinem Grabe bestimmt hat."

Sie beeilten sich daher, an den Ort zu gelangen, und sie kamen gerade hinzu, als die Träger die Bahre eben niedergesetzt hatten. Vier von ihnen waren beschäftigt, mit spitzen Pickeln die Gruft am Rande einer harten Felswand zu graben. Mit Höflichkeit begrüßten sich alle gegenseitig, und Don Quijote und seine Begleiter richteten sofort ihre ganze Aufmerksamkeit auf die Bahre und erblickten auf derselben, mit Blumen überdeckt, einen Leichnam in Schäfertracht, dem Anscheine nach im Alter von dreißig Jahren; und noch im Tode zeigte er, wie schön sein Antlitz und wie stattlich sein Aussehen im Leben gewesen war. Auf der Bahre lagen um ihn her einige Bücher und viele Papiere, teils offen und teils verschlossen. Sowohl die zuschauten als auch, die das Grab bereiteten, und alle andern, die zugegen waren, beobachteten ein wundersames Schweigen, bis einer der Träger zu dem andern sagte: „Seht wohl zu, Ambrosio, ob dies die Stelle ist, die Grisóstomo bezeichnet hat, da Ihr wollt, daß alles so ganz genau vollstreckt werde, was er in seinem Letzten Willen bestimmt hat."

„Hier ist die Stelle", antwortete Ambrosio, „denn hier hat mein unglücklicher Freund mir oft die Geschichte seines Mißgeschicks erzählt. Hier, sagte er mir, habe er zum erstenmal jene Todfeindin des menschlichen Geschlechts erblickt. Hier auch war's, wo er ihr zum erstenmal seine Gesinnungen offenbarte, die so rein waren wie reich an Liebe; und hier war's, wo Marcela zum letztenmal und unwiderruflich ihm kundgab, daß sie ihn verschmähe und alle Hoffnung ihm versagt sei, so daß er dem

Trauerspiel seines elenden Lebens ein Ende machte; und hier wollte er, zum Angedenken so großen Unglücks, in den Schoß der ewigen Vergessenheit versenkt werden."

Und sich zu Don Quijote und dessen Reisegefährten wendend, fuhr er folgendermaßen fort: „Dieser Körper, ihr Herren, den ihr mit Augen voll frommen Mitgefühls betrachtet, umschloß eine Seele, in welche der Himmel eine unendliche Fülle seiner reichsten Gaben gelegt. Dies ist der Körper jenes Grisóstomo, der einzig war an Geist, einzig an feiner Sitte, unvergleichlich an liebenswürdigem Wesen, ein Phönix in der Freundschaft, großmütig ohne Grenzen, würdevoll ohne Anmaßung, heiter, ohne zu niedrigem Scherz herabzusteigen, und, in einem Worte, der Erste in allem, was gut und edel, und ohnegleichen in allem, was unglücklich ist. Er liebte treu und wurde gehaßt; er betete an und ward verschmäht; er flehte zu einem reißenden Tier, er wollte einen Marmorblock rühren, er lief dem Winde nach, er erhob seine Stimme in der einsamen Öde, er weihte seine Dienste der Undankbarkeit, von der er als Lohn empfing, dem Tode zur Beute zu werden inmitten seiner Lebensbahn, der ihr Ende bereitet ward von einer Hirtin, die er bestrebt war unsterblich zu machen, auf daß sie im Angedenken der Menschen fortlebe; und das könnten wohl diese Blätter dartun, auf die ihr hinblickt, wenn er mir nicht geboten hätte, sie dem Feuer zu übergeben, sobald ich seinen Körper der Erde anvertraut habe."

„Da würdet Ihr mit größerer Härte und Grausamkeit gegen sie verfahren", sagte Vivaldo, „als ihr eigener Verfasser; denn es ist nicht gerecht noch verständig, den Willen eines Mannes zu vollziehen, dessen Anordnungen die Grenzen alles vernünftigen Denkens überschreiten. Auch Cäsar Augustus würde es nicht für recht erachtet haben, die Ausführung dessen zu gestatten, was der göttliche Mantuaner in seinem Letzten Willen verordnet hatte. Sonach, Señor Ambrosio, wenn Ihr den Körper Eures Freundes der Erde übergeben müßt, so wollet doch seine Schriften nicht der Vergessenheit übergeben; denn es ist nicht wohlgetan, daß Ihr, was er als ein schwergekränkter Mann verfügt hat, als ein unüberlegter vollstrecket. Verleihet vielmehr diesen Blättern Leben, damit sie es der Grausamkeit Marcelas auf ewig verleihen, um in den kommenden Zeiten den Lebenden zum Beispiel zu dienen, daß sie es meiden und scheuen, in solche Abgründe zu fallen. Denn ich und alle, die wir hier zugegen sind, wissen bereits die Geschichte dieses Eures durch Liebe in Verzweiflung gestürzten Freundes; wir kennen Eure Freundschaft und die Ursache seines Todes und die Verfügungen, die er bei seines Lebens Ende hinterlassen hat; eine jammervolle Geschichte, aus der man entnehmen kann, wie groß Marcelas Grausamkeit, Grisóstomos Liebe und die Treue Eurer Freundschaft gewesen und welches Ziel die erreichen, die mit verhängtem Zügel den Weg hinstürmen, den sinnlose Liebe ihnen vorzeichnet. Gestern abend erfuhren wir den Tod Grisóstomos, und daß er an diesem Orte bestattet werden solle, und deshalb haben wir, aus Neugier und aus schmerzlichem Mitgefühl, unsere gerade Straße verlassen und uns vorgenommen, mit unsern Augen zu sehen, was zu hören uns so sehr betrübt hatte. Zur Vergeltung nun für diese unsere Teilnahme und für den Wunsch, der in uns lebendig wurde, noch Hilfe zu leisten, wenn sie möglich wäre, bitten wir dich, Ambrosio, als verständigen Mann – ich wenigstens meinerseits gehe dich flehentlich an –: Laß ab von dem Vorhaben, diese Papiere zu verbrennen, und laß mich einige davon mit mir nehmen."

Und ohne die Antwort des Schäfers abzuwarten, streckte er die Hand aus und nahm einige von den zunächst liegenden Blättern. Wie Ambrosio das gewahrte, sprach er: „Aus schuldiger Höflichkeit will ich zugeben, daß Ihr die Blätter, die Ihr schon genommen, behalten möget; aber zu denken, daß ich darauf verzichte, die übrigen zu verbrennen, wäre ein eitler Gedanke."

Vivaldo, im lebhaften Wunsch, den Inhalt der Blätter kennenzulernen, faltete sofort eines auseinander und sah, daß die Überschrift lautete: *Gesang der Verzweiflung*. Das hörte Ambrosio und sprach: „Dies ist das letzte, was der Unglückliche geschrieben; und damit Ihr sehet, wie weit ihn sein Elend gebracht hat, leset es laut, daß man Euch hören kann; die Zeit, die man braucht, das Grab herzustellen, wird Euch dazu völlig ausreichen."

„Das will ich sehr gerne tun", sagte Vivaldo; und da die Anwesenden sämtlich den nämlichen Wunsch hegten, stellten sie sich in die Runde, und er las mit vernehmlicher Stimme das Gedicht vor, das folgendes aussagte:

14. KAPITEL

Welches Grisóstomos Gesang der Verzweiflung enthält, nebst andern unerwarteten Ereignissen

Grisóstomos Gesang

Da du es willst, daß rings von Mund zu Munde,
Von Volk zu Volk erschallt, grausame Schöne,
Wie hart dein Herz und wie es mir ergrimme,

So leih ich Schmerzenston mir aus dem Grunde
Der Hölle selbst, daß mir die grausen Töne
Entstellen den gewohnten Klang der Stimme.

Und meinem Wunsch gehorchend, der das schlimme
Geschick, so deine Frevel mir verheißen,
Laut künden will, wird wilder Schmerz erbrausen
Und wird mir, um zu steigern Qual und Grausen,
Vom blutgen Herzen Stücke mit sich reißen.

So höre denn; – nicht wohlgefügten Tönen
Sollst du Gehör leihn, nein, dem krassen Stöhnen
Des Jammers, der tief aus erkrankten Herzen
Hervor sich ringt mit Wahnsinn, mit Entsetzen,
Um mich zu letzen
                und dich doch zu schmerzen.

Des Wolfes fürchterlich Geheul, des Leuen
Gebrüll, das gräßliche Gezisch der schuppigen Schlange,
Aus fremden Untiers Schlund das heisere Bellen;

Und das Gekrächz der Krähen, die da dräuen,
Daß Unheil naht; die Stürm im Donnergange,
Wild kämpfend auf empörten Meereswellen;

Des Stiers Gebrülle, den im Kampf zu fällen
Dem Feind gelang; der Turteltaube Girren
Um ihres Gatten Tod; der düstre Sang der Eule,
Der vielbeneideten; das Angstgeheule
Verdammter Geister, die im Dunkel schwirren;

Mir sollen sich all diese Kläng entringen,
Mit meiner Seele ineinanderklingen
In einem Schrei, daß wirr zusammenbrechen
Die Sinne all; denn was mein Herz bedränge,
Heischt neue Klänge,
                um es auszusprechen.

Nicht soll des Vaters Tajo Sandgefilde
Mich hören, nicht der Bätis, der in Düften
Des Ölbaums hinwallt zu des Südens Pforten:

Ausklingen soll mein Schmerz, der grimme, wilde,
Auf hohen Felsen und in tiefen Klüften,
Von toter Zunge, in lebendigen Worten;

Oder in dunklen Tälern und an Orten,
In deren Öde Menschen nie verkehren
Oder die nie den Sonnenstrahl gewahren,
Oder wo wilder Bestien giftge Scharen
Sich an des flachen Nils Gestade nähren.

Und wenn auch nur in leblos öder Heide
Das Echo, aufeweckt von meinem Leide,
Verkündet deine Härte sondergleichen,
So wird es doch – ein Vorrecht meinem Wehe –
In Fern und Nähe
                rings die Welt durchstreichen.

Verschmähn bringt Tod; Verdacht, ob er vergebens
Sich regt, ob wahr, weiß die Geduld zu morden;
Tod bringt auch Eifersucht, die schlimmste Plage.

Zu lange Trennung nagt am Mark des Lebens;
Gegen die Angst, daß du vergessen worden,
Hilft auch kein sichres Hoffen beßrer Tage.

Dies all ist sichrer Tod. Ich aber frage:
Welch Wunder, daß ich fort mein Dasein führe,
Entfernt, verschmäht, von Eifersucht durchlodert!
Wahrheit der Argwohn, der mein Leben fodert!
In der Vergessenheit, an der ich schüre

Des Busens Glut, in soviel Qualen, nimmer
Ersah mein Blick der Hoffnung fernsten Schimmer,
Ich wage selbst nicht mehr, ihr nachzustreben,
Nein, um mich zu versenken in mein Leiden,
Schwör ich zu meiden
                sie fürs ganze Leben.

Kann man im selben Augenblicke hoffen
Und fürchten? Wer mag hoffen und vertrauen,
Wo für das Fürchten stärkere Gründe walten?

Vom Blick der nahenden Eifersucht getroffen,
Soll schließen ich mein Aug; ich muß sie schauen
Durch tausend Wunden, so die Seel zerspalten.

Wer wird dir nicht die Tür weit offenhalten,
Mißtrauen, wenn Mißachtung ihre Züge
Entschleiert zeigt, in jeder kleinsten Handlung
Verdacht zur Wahrheit wird, o schlimme Wandlung!
Und reine Wahrheit sich verkehrt zur Lüge?

Gib, Eifersucht, Tyrannin in den Landen
Der Liebe, einen Dolch! Mit Todesbanden,
Verschmähung, komm, mit festgedrehten Stricken!
Doch ach, schon fühl ich, wie Erinnerungen,
Die mich bezwungen,
                alles Leid ersticken.

Doch muß ich sterben. Und damit ich künftig
Nie Heil erhoffen darf in Tod und Leben,
Will ich festhalten meinen Wahn und sagen:

Daß, wer recht liebt, recht handelt und vernünftig;
Daß der am freisten, der zumeist ergeben
Sich von der Liebe läßt in Bande schlagen;

Daß dir, die Feindschaft stets zu mir getragen,
Schönheit der Seele wie des Leibs beschieden;
Daß ich's verschulde, wenn du mich vergessen;
Daß durch das Leid, das sie uns zugemessen,
Die Lieb ihr Reich hält in gerechtem Frieden.

Mit solchem Wahn und mit grausamem Strange
Das Ziel beschleunigend, zu dem seit lange
Dein Hohn mich führt, geb ich, dem Erdenqualme
Entrückt, den Lüften Leib und Seele, ohne
Daß einst mir lohne
            Lorbeer oder Palme.

Durch soviel Unrecht, das du mir erwiesest,
Gabst du das Recht mir und gabst mir die Lehre:
Sein Recht zu tun dem lang verhaßten Leben.

Sieh meines Herzens Wunden an, du liesest
Darin, wie freudevoll ich dir's gewähre,
Mich deinem Groll als Opfer hinzugeben.

Erkennst du dann vielleicht, mein treues Streben
War wert, daß deiner Augen Himmelshelle
Bei meinem Tod sich trübe – doch geschehe
Das nie! Dich rühre nie das kleinste Wehe,
Wenn ich mein Herze dir zur Beute fälle.

Nein, lachend, wenn zum Grab gehn meine Reste,
Zeig, daß mein letzter Tag dir wird zum Feste!
Doch töricht, daß ich solchen Rat verschwende;
Da es ja anerkannt, wie Ruhm und Ehre
Es dir gewähre,
            wenn so rasch mein Ende.

Nun kommt, 's ist Zeit, vom schwarzen Höllenpfade,
Kommt! Tantalus, der ewgen Dursts Geplagte,
Und Sisyphus, den Stein emporzuschwingen

Bemüht, Ixion unter seinem Rade,
Und Tithyus, der vom Geier stets Genagte,
Die Schwestern, die in ewger Mühsal ringen:

Laßt euren Jammerschrei herüberklingen
In meine Brust, kommt all mit dumpfer Klage,
Und – falls sie dem Verzweifelten gebühren –
Dem Leichnam Totenchöre aufzuführen,
Ob auch die Welt das Bahrtuch ihm versage.

Du, Höllenpförtner, auch mit den drei Rachen,
Ihr Ungeheuer, all ihr tausendfachen,
Eur Grundbaß klinge drein, der rauhe, harte;
Denn wert ist keiner beßren Leichenfeier
Ein toter Freier,
           den die Liebe narrte.

Lied der Verzweiflung, nun du von mir scheidest,
Glaub, daß du darum nicht Verlust erleidest;
Denn da dem Quell, draus deine Tön entspringen,
Mein Unglück wird zur reichern Glückesgabe,
Darfst du am Grabe
           selbst nicht traurig klingen.

Grisóstomos Gesang gefiel allen Zuhörern wohl; wiewohl der Vorleser sagte, das Gedicht scheine ihm nicht dem Bericht zu entsprechen, den er über Marcelas Züchtigkeit und Tugend vernommen, denn darin klage Grisóstomo über Eifersucht, Verdacht und Abwesenheit, alles zum Nachteil von Marcelas gutem Ruf und unbescholtenem Namen.

Darauf antwortete Ambrosio als der genaue Kenner der geheimsten Gedanken seines Freundes: „Damit Ihr, edler Herr, Euch wegen dieses Zweifels beruhigt, wird es Euch angenehm sein zu erfahren, daß der Unglückliche damals, da er dieses Gedicht schrieb, sich aus Marcelas Nähe fernhielt; er hatte sich freiwillig von ihr entfernt, um zu erproben, ob die Abwesenheit ihre gewöhnlichen Rechte bei ihm geltend machen würde. Und da es nichts gibt, was den entfernten Liebenden nicht quälte, und sich keine Besorgnis denken läßt, die ihn nicht ergriffe, so fühlte sich Grisóstomo gepeinigt von eingebildeter Eifersucht und von einem Argwohn, vor dem er sich ängstigte, als ob er wirklich in seiner Seele vorhanden wäre. Und so bleibt alles völlig in seiner Wahrheit, was der Ruf von Marcelas Tugend rühmt. Denn außer daß sie grausamen Sinnes ist und etwas Hoffart und sehr viel Geringschätzung an den Tag legt, darf und kann der Neid selbst ihr keinen Fehler anheften."

„So ist's in Wahrheit", erwiderte Vivaldo; und eben war er im Begriff, ein andres Blatt, das er gleichfalls aus dem Feuer gerettet, zu lesen, als eine wunderbare Erscheinung – so kam sie allen vor – ihn davon abhielt, welche unversehens sich den Blicken zeigte. Hoch oben nämlich auf dem Felsen, an dessen

Fuße man das Grab aufwarf, erschien die Schäferin Marcela in so hoher Schönheit, daß sie ihren Ruf noch weit überstrahlte. Die sie bis jetzt noch nicht gesehen hatten, schauten mit schweigender Bewunderung zu ihr hinauf, und die bereits ihres Anblicks gewohnt waren, blieben nicht weniger gefesselt als jene, die sie nie gesehen.

Aber kaum hatte Ambrosio sie gewahrt, als er mit Gebärden lebhafter Entrüstung ihr zurief: „Kommst du vielleicht, du grimmer Basilisk dieser Berge, um zu sehen, ob in deiner Gegenwart die Wunden dieses Unglücklichen, dem deine Grausamkeit das Leben geraubt, zu fließen beginnen, oder um von dieser Höhe wie ein anderer Nero gefühllos auf die Flammen seines brennenden Roms zu schauen oder um diesen unseligen Leichnam mit Füßen zu treten wie die undankbare Tochter den ihres Vaters Servius Tullius? Sag uns nur unverzüglich, warum du kommst oder was eigentlich dein Begehr ist; denn da ich weiß, daß alle Gedanken Grisóstomos nie einen Augenblick im Leben aufhörten, dir dienstbar zu sein, so will ich es bewirken, daß, obschon er selber tot, dir das ganze Denken und Wollen all derer zu Diensten sei, die seine Freunde waren."

„Ich komme keineswegs, Ambrosio", antwortete Marcela, „in einer Absicht, wie du deren manche genannt hast, sondern um mich selbst zu verteidigen und klarzumachen, wie vernunftwidrig sie alle denken, die mir an Grisóstomos Leiden und Tod schuld geben. Und so bitte ich euch alle, die ihr zugegen seid, mir Aufmerksamkeit zu schenken; denn es wird nicht vieler Zeit noch der Aufwendung vieler Worte bedürfen, um die Verständigen von einer wahren Tatsache zu überzeugen.

Der Himmel schuf mich, wie ihr es saget, schön, und von solcher Schönheit, daß sie, ohne daß ihr anders vermöchtet, euch zwinge, mich zu lieben; und um der Liebe willen, die ihr mir bezeigt, sagt ihr, ja fordert ihr, soll ich verpflichtet sein, euch zu lieben. Wohl kann ich mit dem natürlichen Verstande, den Gott mir gegeben, einsehen, daß alles Schöne liebenswert ist; aber das kann ich nicht begreifen, wieso aus dem einzigen Grunde, daß es geliebt wird, dasjenige, was man um seiner Schönheit willen liebt, auch verpflichtet sein soll, den Liebenden wiederzulieben. Zumal es sich ja ereignen könnte, daß der Liebhaber des Schönen häßlich wäre, und da das Häßliche Haß verdient, ziemt es einem Manne gar übel, dem Weibe zu sagen: Ich liebe dich, weil du schön bist; du mußt mich lieben, obschon ich häßlich bin. Aber gesetzt den Fall, es sei die

Schönheit beiderseits gleich, so müssen darum noch nicht die Neigungen beiderseits gleiche Wege verfolgen; denn nicht jede Schönheit erweckt Liebe, manche erfreut den Anblick und unterwirft sich nicht die Herzen. Wenn aber jede Schönheit Liebe erweckte und die Herzen unterwürfe, so würden die Neigungen in Wirrsal und ohne sichern Weg hin und her schwanken, so daß sie gar nicht wüßten, auf welches Ziel sie ausgehen sollten; denn da die schönen Menschen zahllos sind, müßten auch die Wünsche zahllos sein, und doch, wie ich sagen hörte, kann sich wahre Liebe nicht teilen und muß freiwillig sein und nicht erzwungen.

Da dem nun so ist – und ich bin überzeugt, es ist so –, warum wollt ihr, daß ich mein Herz mit Gewalt bezwinge, da ich doch durch nichts weiter verpflichtet bin, als daß ihr versichert, mich zu lieben? Wo nicht, so sagt mir doch: wenn der Himmel, wie er mich schön erschuf, mich häßlich geschaffen hätte, wäre es gerecht, wenn ich mich über euch beschwerte, weil ihr mich *nicht* liebtet? Außerdem müßt ihr erwägen, daß ich die Schönheit, die ich besitze, mir nicht selbst erkoren; wie sie eben ist, so hat der Himmel sie mir als Gnadengabe verliehen, ohne daß ich sie mir erbeten oder auserwählt habe. Und wie die Viper wegen des Giftes, das sie in sich trägt, obwohl sie damit tötet, keine Anschuldigung verdient, weil die Natur es ihr gegeben, so verdiene auch ich deshalb, weil ich schön bin, keinen Vorwurf; denn die Schönheit ist bei einem sittsamen Weibe wie das entfernte Feuer oder wie die scharfe Schwertklinge: jenes brennt und diese schneidet keinen, der ihnen nicht nahe kommt. Die Ehre, die Tugenden sind der Seele Zierden, ohne welche der Leib, mag er auch schön sein, nicht als schön betrachtet werden kann. Da nun Sittsamkeit eine der Tugenden ist, die den Leib am meisten zieren und verschönern, weshalb soll diejenige, die um ihrer Schönheit willen geliebt wird, die Tugenden aufgeben, um den Wünschen dessen zu entsprechen, der bloß seiner Neigung wegen mit allen Kräften und Künsten danach trachtet, sie ihr zu rauben? Frei bin ich geboren, und um in Freiheit leben zu können, hab ich die Einsamkeit der Fluren erkoren; die Bäume dieser Berghöhen sind meine Gesellschaft, die klaren Fluten dieser Bäche sind meine Spiegel; den Bäumen und Bächen geb ich teil an meinen Gedanken und meiner Schönheit. Ich bin ein entferntes Feuer, eine beiseite gelegte Schwertklinge. Die ich durch meinen Anblick mit Liebe erfüllte, hab ich durch meine Worte enttäuscht; und wenn Wünsche sich von Hoffnungen nähren, so habe ich weder Grisóstomo noch sonst jemandem irgendeine

Hoffnung gewährt, und so kann man wohl sagen, daß ihn eher sein eigensinniges Beharren als meine Grausamkeit getötet hat. Legt man mir aber zur Last, daß seine Absichten redlich waren und daß ich deshalb verpflichtet gewesen, ihnen Gehör zu geben, so sage ich: als an diesem nämlichen Orte, wo jetzt sein Grab gegraben wird, er mir das redliche Ziel seiner Wünsche offenbarte, erklärte ich ihm, daß die meinigen dahin gingen, in beständiger Einsamkeit zu leben und nur den Schoß der Erde dereinst die Frucht meiner Zurückgezogenheit, und was von meiner Schönheit alsdann noch übrig, genießen zu lassen. Und wenn er nun trotz dieser Aufklärung, der versagten Hoffnung zu Trotz, beharrlich bleiben und gegen den Wind segeln wollte, was Wunder, daß er mitten auf dem Meere seiner sinnlosen Torheit unterging? Hätt ich ihn hingehalten, so wäre ich falsch gewesen; hätt ich ihn zufriedengestellt, so hätte ich gegen meine bessere Überzeugung und Absicht gehandelt.

Er beharrte auf seinem Sinn, wiewohl über alles im klaren; er verzweifelte, ohne gehaßt zu werden: erwäget nun, ob es recht ist, seines Leidens Schuld mir aufzubürden. Es beschwere sich, wer getäuscht worden; es verzweifle, wem erweckte Hoffnungen fehlgeschlagen; den ich zu mir rufe, der hege Zuversicht; wem ich Zugang verstatte, der rühme sich dessen; aber es nenne nicht der mich grausam und Mörderin, dem ich nichts verspreche, den ich nicht täusche, nicht rufe, nicht zulasse. Der Himmel hat bis jetzt nicht gewollt, daß ich durch den Zwang des Geschickes liebe, und zu glauben, daß ich aus freier Wahl lieben werde, ist zwecklos. Diese allgemeine Absage diene allen, die mich zu ihrem eignen Besten umwerben; und fürderhin sei es klargestellt, daß, wenn jemand um meinetwillen sterben sollte, er nicht aus Eifersucht oder Zurücksetzung stirbt; denn wer keinen liebt, darf auch keinem Eifersucht einflößen, und Enttäuschung darf man nicht für Verschmähung erklären. Wer mich ein Untier, einen Basilisken nennt, der soll mich als etwas Schädliches und Böses meiden; wer mich undankbar nennt, soll mir nicht huldigen; wer unerkennbar, möge mich nicht kennenlernen; wer grausam, suche nicht meine Nähe: denn dies Untier, dieser Basilisk, diese Undankbare, diese Grausame, diese Unerkennbare wird nie und nimmermehr jene herbeiwünschen, ihnen huldigen, ihre Bekanntschaft und ihren Umgang suchen.

Wenn rastlose Leidenschaft und ungestümes Begehren Grisóstomo den Tod gebracht haben, warum soll mein sittsames Benehmen, meine züchtige Zurückhaltung beschuldigt werden? Wenn ich meine Reinheit im Verkehr mit den Bäumen des Waldes bewahre, wie kann der verlangen, daß ich sie opfere, der da verlangt, daß ich Verkehr mit Männern unterhalte? Ich besitze eigne Habe, wie ihr wisset, und begehre fremder nicht; ich bin freien Standes, und es behagt mir nicht, mich von jemand abhängig zu machen. Ich liebe und hasse niemand; nicht täusche ich daher diesen und werbe um jenen, nicht treibe ich Spiel mit dem einen noch Scherz mit dem andern. Der sittsame Umgang mit den Mägdlein dieser Dörfer und das Hüten meiner Ziegenherde ist meine Unterhaltung; meine Wünsche haben diese Berghöhen zur Grenze, und wenn sie je darüber hinausstreben, so geschieht es doch nur, um die Schönheit des Himmels zu betrachten, eine Beschäftigung, die die Seele zu ihrer ersten Wohnung zurückleitet."

Und mit diesen Worten, ohne eine Entgegnung hören zu wollen, wandte sie ihnen den Rücken und bog ins tiefste Dickicht eines nahen Bergwaldes ein, während sie alle Anwesenden in hohem Staunen über ihren Verstand und über ihre Schönheit zurückließ. Und einige aus der Zahl jener, die sich vom mächtigen Geschoß ihrer schönen Augenstrahlen getroffen fühlten, machten Miene, ihr zu folgen, ohne die unumwundene Absage, die sie vernommen, sich zunutze zu machen.

Sowie Don Quijote dies bemerkte, erachtete er hier sogleich die rechte Gelegenheit gekommen zur Übung seiner Ritterpflicht, bedrängten Jungfrauen beizustehen; und die Hand an den Knauf seines Schwertes legend, sprach er mit lauter, vernehmbarer Stimme: „Keiner, wes Standes und Ranges er auch sei, erkühne sich, der schönen Marcela zu folgen, bei Strafe, meinen wütigen Groll zu erfahren. Sie hat mit klaren, genügenden Gründen dargelegt, wie sie geringe oder gar keine Schuld an Grisóstomos Tode trägt und wie fern sie dem Gedanken steht, auf die Wünsche irgendeines ihrer Liebeswerber einzugehen; und aus sotanen Gründen ist es gebührend, daß, anstatt Marcela zu folgen und zu verfolgen, sie geehrt und hochgeschätzt werde von allen Redlichen auf dieser Erde, sintemal sie erweiset, daß auf selbiger sie allein es ist, die in so tugendsamen Gesinnungen lebt."

Ob es nun um der Drohungen Don Quijotes willen geschah oder weil Ambrosio sie ersuchte, bald zu Ende zu bringen, was sie ihrem guten Freunde schuldig waren, keiner von den Hirten rührte sich oder wich von der Stelle, bis das Grab fertiggegraben, Grisóstomos Papiere verbrannt und sein Leichnam – nicht ohne reichliche Tränen der Umstehenden – in die Erde versenkt worden. Dann verschlossen sie die Gruft einstweilen mit einem Felsblock, bis der Grabstein bereit wäre, den Ambrosio, wie er mitteilte, fertigen zu lassen gedachte, mit einer Inschrift, die folgendes aussagen sollte:

> Hier ruht aus ein liebend Herz,
> Und sie, die ihm schuf die Leiden,
> Da die Herd er ging zu weiden,
> Weidet sich an seinem Schmerz.
>
> Schön war, die den Tod ihm gab,
> Aber grausam ohnegleichen: –
> So führt nun in Amors Reichen
> Tyrannei den Herrscherstab.

Sodann streuten sie auf das Grab viele Blumen und Zweige, und nachdem sie alle ihrem Freunde Ambrosio ihr Beileid bezeigt, nahmen sie von ihm Abschied. So taten auch Vivaldo und sein Gefährte, und Don Quijote nahm Urlaub von seinen Wirten und den beiden Reisenden, welche ihn baten, mit ihnen nach Sevilla zu kommen, weil dieser Ort sich so dazu eigne, Abenteuer zu finden, daß sie sich in jeder Gasse und hinter jeder Ecke häufiger bieten als irgendwo auf Erden. Don Quijote dankte ihnen für den guten Rat und für den ihm bezeigten Willen, ihm förderlich zu sein, erklärte aber, daß er für jetzt nicht nach Sevilla gehen wolle und dürfe, bis er dieses ganze Gebirge von den Räubern und Wegelagerern gesäubert habe, mit denen es, wie es allgemein heiße, angefüllt sei.

Da die Reisenden sein edles Vorhaben ersahen, wollten sie nicht weiter in ihn dringen, sondern nahmen nochmals Abschied, verließen ihn und verfolgten ihren Weg weiter, wobei es ihnen nicht an Stoff zur Unterhaltung fehlte sowohl über Marcelas und Grisóstomos Geschichte als auch über die Narreteien Don Quijotes. Dieser indessen beschloß, die Hirtin Marcela aufzusuchen und alles ihr zu erbieten, was er zu ihrem Dienste vermöchte. Allein es erging ihm anders, als er dachte; wie dieses nun im Fortgang unserer wahrhaftigen Geschichte erzählt werden soll.

15. KAPITEL

*Worin das unglückliche Abenteuer erzählt wird, welches
Don Quijote begegnete, als er den ruchlosen Yanguesen begegnete*

Es erzählt der gelahrte Sidi Hamét Benengelí, daß Don Quijote, sobald er sich von seinen Wirten und von allen andern, die der Beerdigung des Schäfers Grisóstomo beigewohnt, verabschiedet hatte, sofort mit seinem Schildknappen den Weg in denselben Wald nahm, in welchen, wie sie gesehen, die Schäferin Marcela sich begeben hatte. Sie waren zwei Stunden lang darin umhergeschweift, hatten sie allerorten gesucht, ohne sie finden zu können, und gelangten endlich an eine Wiese voll frischen Grases, an der ein Bach vorbeifloß, so anmutig und kühl, daß er sie einlud, ja sie nötigte, hier die Stunden der Mittagshitze zu verbringen, die sich bereits mit drückender Gewalt einzustellen begann.

Don Quijote und Sancho stiegen ab, und das Grautier und Rosinante frei umher das reichlich vorhandene Gras abweiden lassend, gingen sie daran, alles Eßbare aus Sanchos Habersack in den Magen einzusacken, und ohne viel Umstände wurde, was darin war, in gemütlicher Eintracht und Kameradschaft von Herrn und Diener aufgegessen.

Sancho war es nicht zu Sinn gekommen, dem Rosinante eine Spannkette anzulegen; er war unbesorgt, da er den Gaul als ein so sanftes und so wenig brünstiges Tier kannte, daß alle Stuten von den Gehegen von Córdoba ihn nicht zu etwas Ungebührlichem hätten verleiten können.

Nun aber fügten es das Schicksal und der Teufel, der nicht immer schläft, daß eine Koppel galizischer Stuten in diesem Tale weidete, geführt von Treibern aus Yanguas, die die Gewohnheit haben, Mittagsruhe mit ihren Tieren an Orten, wo es Gras und Wasser gibt, zu halten; und der Platz, wo Don Quijote sich gelagert, war den Yanguesen sehr gelegen. Da geschah es denn, daß den Rosinante die Lust ankam, mit den jungen Galizierinnen zu kurzweilen, und gleich wie er sie witterte, ganz aus der Art schlagend, ohne seinen Herrn um Erlaubnis zu bitten, setzte er sich kecklich in einen kurzen Hundetrab und sprengte hin, um seinem Herzensdrang bei ihnen obzuliegen; aber die Stuten, die offenbar mehr Lust zur Weide als zu anderm hatten, empfingen ihn so mit Hufen und Zähnen, daß sie ihm alsbald den Gurt sprengten und er ohne Sattel und Bügel dastand. Was ihn dabei am schmerzlichsten berühren mußte, war, daß die Säumer, sobald sie sahen, daß ihren Stuten Gewalt geschehen sollte, mit Knütteln herzuliefen und ihm so viel Prügel aufzählten, daß sie ihn übel zugerichtet zu Boden streckten.

Don Quijote und Sancho, welche die Abprügelung Rosinantes mit angesehen, kamen jetzt keuchend herbei, und der Ritter sprach zu seinem Knappen: „Soviel ich sehe, Freund Sancho, sind dies nicht Ritter, sondern gemeines Volk und von niedriger Herkunft; ich sage dies, weil du hier mir allerdings beistehen kannst, die gebührende Rache zu nehmen für die Schmach, die vor unsern Augen Rosinante zugefügt worden."

„Was Teufel für Rache sollen wir nehmen", entgegnete Sancho, „wenn ihrer mehr als zwanzig und unser nur zwei sind, und vielleicht gar nur anderthalb?"

„Ich zähle für hundert", entgegnete Don Quijote. Und ohne mehr Worte zu verlieren, griff er zum Schwert und fiel über die Yanguesen her; und dasselbe tat Sancho Pansa, befeuert und angetrieben durch das Beispiel seines Herrn. Und gleich zum Beginn versetzte Don Quijote dem einen einen Hieb, der ihm den Lederkittel samt einem großen Teil der Schulter spaltete. Die Yanguesen, die von nur zwei Leuten sich mißhandelt sahen, während ihrer so viele waren, griffen zu ihren Knütteln, und die beiden in die Mitte nehmend, begannen sie mit gewaltigem Nachdruck und Ingrimm auf sie loszudreschen. Die Wahrheit verlangt zu sagen, daß sie schon mit dem zweiten Schlag Sancho zu Boden streckten und dem Ritter das nämliche geschah, ohne daß seine Gewandtheit oder sein mutiger Sinn ihm geholfen hätten, und sein Geschick wollte, daß er zu Rosinantes Füßen zu Fall kam, der sich noch nicht wiederaufgerichtet hatte. Woraus man denn ersehen kann, wie wütig die Knüttel in den Händen ergrimmter Bauern dreinschlagen.

Als nun die Yanguesen die arge Bescherung sahen, die sie hier angerichtet, packten sie mit größtmöglicher Schnelligkeit ihren Tieren die Traglasten wieder auf, verfolgten ihren Weg und ließen die beiden Abenteuergierigen in übler Verfassung und noch üblerem Gemütszustand liegen.

Der erste, der wieder zu sich kam, war Sancho Pansa, und da er sich neben seinem Herrn hingestreckt sah, sagte er mit schwacher, kläglicher Stimme: „Señor Don Quijote! Ach, Señor Don Quijote!"

„Was willst du, Freund Sancho?" versetzte Don Quijote mit demselben schwächlichen, jammervollen Ton wie Sancho.

„Ich möchte, wenn's möglich wäre", antwortete Sancho Pansa, „daß mir Euer Gnaden ein paar Tropfen von jenem Tranke des Schwerenbrast gäbe, wenn Ihr ihn hier zuhanden habt; vielleicht nützt er ebenso für zerschlagene Knochen wie für Hieb- und Stichwunden."

„Hätt ich ihn hier, ich Unseliger, was ginge uns dann ab?" entgegnete Don Quijote. „Aber ich schwöre dir, Sancho Pansa, auf fahrenden Ritters Wort, ehe zwei Tage ins Land gehen, wenn es das Glück nicht anders fügt, wird er in meinem Besitz sein, oder ich müßte keine Hand mehr regen können."

„So? In wieviel Tagen meinen denn Euer Gnaden, daß wir die Füße rühren können?" versetzte Sancho.

„Soviel mich angeht, muß ich sagen", antwortete der wohlzerdroschene Ritter Don Quijote, „daß ich diesen Tagen eine Frist nicht bestimmen kann. Aber ich trage Schuld an allem, ich durfte nicht zum Schwerte greifen gegen Leute, die nicht wie ich zum Ritter geschlagen sind; und so glaube ich, daß zur Strafe für diese Übertretung der Gesetze des Rittertums der Gott der Schlachten verstattet hat, daß mir diese Züchtigung zuteil geworden. Deshalb, Sancho Pansa, ist es gebührlich, daß du wohl auf das merkest, was ich dir jetzt sagen will; denn es ist hochwichtig für unser beider Wohlfahrt: wenn du nämlich siehst, daß solches Gesindel uns eine Unbill zufügt, so warte nicht ab, daß ich zum Schwert greife, denn das werde ich unter keinerlei Umständen tun, sondern lege du Hand ans Schwert und züchtige sie gehörig nach Herzenslust. Kommen ihnen aber Ritter zu Hilfe und Beistand, so werde ich dich zu verteidigen und sie aus aller Macht zu befehden wissen; denn du wirst schon an tausend Merkzeichen und Proben gesehen haben, wieweit die Gewalt dieses starken Armes reicht."

Mit solcher Hoffart hatte den armen Herrn die Besiegung des mannhaften Biskayers erfüllt.

Aber die Anweisung, die Don Quijote ihm gegeben, gefiel dem Knappen keineswegs so sehr, daß er eine Antwort darauf hätte unterlassen mögen. Und so sagte er: „Edler Herr, ich bin ein friedfertiger Mann, sanftmütig, geruhigen Sinnes, und weiß mich über jede Unbill hinwegzusetzen; denn ich habe Frau und Kinder zu ernähren und zu erziehen. Und so bitte auch ich Euer Gnaden, wohl darauf zu merken, denn vorschreiben kann ich ja nichts: daß ich unter keinerlei Umständen je zum Schwert greifen werde, weder gegen Bauern noch gegen Ritter, und daß ich von jetzt ab, bis ich vor Gott erscheine, jede Ungebühr verzeihe, die man mir angetan hat oder antun wird, einerlei ob, der mir sie angetan oder antut oder antun wird, vornehm oder gering, reich oder arm, adelig oder bürgerlich ist, ohne irgendeinen Stand oder Beruf auszunehmen."

Als sein Herr ihn so reden hörte, entgegnete er: „Ich möchte nur, daß ich Atem genug hätte, um ohne Beschwer reden zu können, und daß der Schmerz an der Rippe hier sich ein klein wenig lindern wollte, um dir klarzumachen, in welchem Irrtum du befangen bist. Gib acht, du sündiger Tropf: Wenn der Wind des Glückes, der uns bisher so zuwider war, sich zu unsern Gunsten dreht und uns die Segel unsres Wunsches schwellt, auf daß wir sicher und ohne Gegenwind noch Hindernis an einer der Insuln landen, die ich dir versprochen habe, wie würde es um dich stehen, wenn ich sie unterwürfe und dich zu ihrem Herrn einsetzte? Du wirst mir dieses ja zur Unmöglichkeit machen, weil du weder Ritter bist noch es werden willst und weil du weder Mut noch Willen hast, zugefügte Unbilden zu rächen und dein Fürstentum zu verteidigen. Denn du mußt wissen, in neu eroberten Reichen und Provinzen sind die Gemüter der Eingeborenen nie so ruhig noch so völlig auf seiten des neuen Herrn, daß man nicht stets besorgen müßte, daß sie irgendwelche Neuerung vornehmen wollen, um die Zustände wieder zu ändern und aufs neue, wie man sich ausdrückt, ihr Glück zu versuchen. Notwendig also muß der neue Besitzer den Verstand haben, sich richtig zu benehmen, und tapfern Mut, um bei jedem Vorkommnis zu Angriff und Abwehr bereit zu sein."

„Bei dem Vorkommnis von heute", antwortete Sancho, „hätte ich wohl den Verstand nebst dem tapfern Mut besitzen mögen, worüber Euer Gnaden sprechen; aber ich schwör's auf armen Mannes Wort, mir steht der Sinn mehr nach einem Pflaster als nach Unterhaltung. Seht zu, gnädiger Herr, ob Ihr Euch aufrichten könnt, und dann wollen wir Rosinante auf die Beine helfen, wiewohl er's nicht verdient. Nie hätt ich so was von Rosinante geglaubt; denn ich hielt ihn für einen keuschen, so friedfertigen Jungen wie mich selbst. Freilich, mit Recht sagt man, es braucht geraumer Zeit, um die Leute kennenzulernen, und nichts Gewisses gibt's in diesem Leben. Wer hätte gedacht, daß nach jenen so gewaltigen Schwerthieben, wie sie Euer Gnaden dem Unglücksmann, dem fahrenden Ritter von dazumal, versetzt hat, gleich darauf mit der Eilpost dieses gewaltige Unwetter von Prügeln kommen sollte, das sich über unsre Rücken entladen hat?"

„Jedenfalls muß der deinige, Sancho", entgegnete Don Quijote, „auf solche Ungewitter eingerichtet sein; jedoch der meinige, von Jugend auf an feine Leinwand und Batist gewöhnt, muß natürlich den Schmerz dieses Mißgeschicks weit mehr fühlen; und wäre es nicht darum, daß ich denke – was sage ich, denke? –, daß ich mit völliger Gewißheit weiß, wie solche Unannehmlichkeiten von dem Waffenhandwerk unzertrennlich sind, so möchte ich gleich vor lauter Ingrimm des Todes sein."

Darauf entgegnete der Schildknappe: „Werter Herr, da solcherlei Unannehmlichkeiten doch einmal die Ernte sind, die das Rittertum einheimst, so sagt mir, ob solche Ernten sehr häufig oder ob sie an ihre bestimmten Zeiten gebunden sind, wo sie eintreffen? Denn mich wahrlich will's bedünken, daß nach zwei Ernten wir für eine dritte nicht mehr nützlich sind, wenn Gott uns nicht mit seinem unendlichen Erbarmen beisteht."

„Du mußt dir zu Gemüte führen, Freund Sancho", erwiderte Don Quijote, „daß das Leben der fahrenden Ritter tausend Gefahren und Widerwärtigkeiten ausgesetzt ist und daß es darum nicht mehr noch minder in allernächster Möglichkeit steht, daß die fahrenden Ritter Könige und Kaiser werden, wie die Erfahrung an vielen und verschiedenen Rittern gezeigt hat, von deren Erlebnissen ich sichere Kunde habe. Und wenn der Schmerz es zuließe, könnte ich dir gleich von etlichen erzählen, die durch die Kraft ihres Armes allein zu den hohen Stufen emporgestiegen sind, wovon ich dir gesagt, und diese selben haben sich vorher und nachher in allerhand Nöten und Trübsalen befunden. Denn der tapfere Amadís von Gallien sah sich in der Gewalt seines Todfeindes Arcaláus, des Zauberers, von dem es für erwiesen gilt, daß er dem guten Ritter, als er ihn gefangen und an eine Säule in seinem Hof gebunden hatte, zweihundert Streiche und mehr mit dem Zaum seines Rosses aufmaß. Ja, es gibt einen Autor, der in geheimen Geschichten zu Hause ist und in nicht geringem Ansehen steht, der sagt, daß derselbe den Sonnenritter in einer gewissen Burg mittels einer gewissen Falltüre, die unter seinen Füßen zusammenstürzte, gefangennahm, und wie er hinabfiel, fand er sich in einem Abgrund tief unter der Erde an Händen und Füßen gebunden, und da gab man ihm eines jener Klistiere, wie man sie nennt, von Schneewasser und Sand, woran er beinahe des Todes geworden wäre; und wenn ihm nicht in dieser großen Not ein Zauberer, sein treuer Freund, Hilfe gebracht hätte, so wäre es dem armen Ritter gar übel ergangen. Sonach kann ich denn wohl unter soviel fürtrefflichen Männern auch mitgehen; denn größer sind die Unbilden, die sie erlitten haben, als die wir jetzt erleiden; und ich will dich nur gründlich belehren, daß Hiebe und Stiche, die man mit Werkzeugen empfängt, die zufällig zur Hand sind, die Ehre nicht kränken; dies steht im Gesetz des Zweikampfs mit ausdrücklichen Worten geschrieben. Wenn also ein Schuhmacher jemanden mit dem Leisten schlägt, den er in der Hand hat, so kann man, obwohl dieser wirklich aus einem Stück Holz geformt ist, darum noch keineswegs sagen, der damit Geschlagene sei geholzt worden. Dies tue ich dir kund, damit du nicht etwa denkst, daß wir, obschon in diesem Streite weidlich zerschlagen, deshalb eine Ehrenkränkung erlitten; denn die Waffen, die jene Leute führten und womit sie uns zerdroschen, waren nichts andres als die Knüppel, die sie in der Hand führten, und keiner von ihnen, soviel mir in der Erinnerung ist, hatte Stoßdegen, Schwert oder Dolch."

„Mir ließen sie keine Zeit, auf so vieles achtzugeben", entgegnete Sancho; „denn kaum legte ich Hand an mein mächtig Ritterschwert, da haben sie mich mit ihren Tannenstecken so auf die Schultern gesegnet, daß sie meinen Augen die Kraft zu sehen und meinen Beinen die Kraft zu stehen benahmen und mich hinwarfen, wo ich noch liege und wo der Gedanke, ob die Geschichte mit den Knüppelhieben eine Ehrenkränkung war oder nicht, mir keinen Kummer macht, wohl aber der Schmerz von den Schlägen; die werden mir im Angedenken wie auf dem Rücken fest eingeprägt bleiben."

„Trotz alledem tu ich dir zu wissen, Freund Pansa", erwiderte Don Quijote, „daß es kein Angedenken gibt, dem die Zeit nicht ein Ende macht, und keinen Schmerz, den der Tod nicht austilgt."

„So? Welch ein größeres Unglück kann es geben", versetzte Pansa, „als ein solches, das darauf warten muß, daß die Zeit es austilge und der Tod ihm ein Ende mache? Wenn dies unser Mißgeschick eins von denen wäre, die man mit ein paar Pflastern heilt, da wäre es noch nicht so arg; aber ich sehe es schon, alle Pflaster im Spital werden nicht ausreichen, um es nur auf den Weg der Besserung zu bringen."

„Laß ab von dergleichen", antwortete Don Quijote, „raffe dich aus deiner Schwäche zu neuen Kräften auf, so will auch ich tun; wir wollen einmal nachsehen, wie es mit Rosinante steht; denn wie mich bedünkt, ist dem armen Kerl nicht gerade der kleinste Teil an diesem Unheil zugefallen."

„Das ist nicht zu verwundern", entgegnete Sancho, „da er ja auch ein fahrender Ritter ist. Allein worüber ich mich wundere: mein Esel kommt davon mit gesunder Haut und wir mit geschundener Haut."

„Das Schicksal läßt bei allen Unfällen stets ein Pförtchen offen, durch das ihnen Abhilfe kommen kann", sagte Don Quijote; „ich meine nämlich, dies Tierlein kann wohl den Rosinante, der uns jetzt abgeht, ersetzen und mich von hier nach einer Burg tragen, allwo man meiner Wunden pflegen könnte. Zumal ich ein solches Reiten nicht für Unehre erachte, da ich mich erinnere gelesen zu haben, daß jener gute alte Silen, der

Führer und Erzieher des heitern Gottes der Fröhlichkeit, als er in die hunderttorige Stadt einzog, zu seinem großen Behagen auf einem gar schönen Esel ritt."

„Es wird wohl wahr sein", erwiderte Sancho, „er muß so geritten sein, wie Euer Gnaden sagt; aber es ist ein großer Unterschied, ob man reitet oder quer drüberhängend liegt wie ein Sack mit Kehricht."

Darauf versetzte Don Quijote: „Die Wunden, die man in Kämpfen empfängt, verleihen eher Ehre, als daß sie solche rauben. Sonach, Freund Pansa, keine Gegenrede mehr, sondern, wie ich dir gesagt, richte dich auf, so gut du kannst, und setze mich so, wie es dir am bequemsten ist, auf deinen Esel, und machen wir uns davon, ehe die Nacht kommt und uns in dieser Einöde überfällt."

„Aber ich habe Euer Gnaden sagen hören", entgegnete Pansa, „es sei der fahrenden Ritter Art, auf öder Heide und in Wüsteneien den meisten Teil des Jahres zu schlafen, und sie hielten dies für ein besonderes Glück."

„Das heißt", sagte Don Quijote, „wenn sie nicht anders können oder wenn sie verliebt sind; und dies ist so in Wahrheit begründet, daß es manchen Ritter gegeben hat, der auf einem Felsen im Sonnenbrand und im Schatten der Nacht und in allem Ungemach unter freiem Himmel zwei Jahre zubrachte, ohne daß seine Gebieterin darum wußte. Und einer von diesen war Amadís, als er unter dem Namen Dunkelschön auf dem Armutfelsen seinen Aufenthalt nahm, ich weiß nicht, ob acht Jahre oder acht Monde lang; denn ich bin nicht klar in der Rechnung; genug, er verweilte dorten, Buße zu tun für ich weiß nicht welche Widerwärtigkeit, die ihm das Fräulein Oriana angetan. Aber lassen wir das nun, Sancho, und komm zu Ende, bevor dem Esel auch ein Unglück widerfährt wie Rosinanten."

„Das wär ja der Teufel!" sprach Sancho; und mit einem Dutzend Ach und Weh und zwei Dutzend Seufzern und vier Dutzend Flüchen und Verwünschungen über den, so ihn hier hingebracht, erhob er sich, blieb aber auf halbem Wege zusammengekrümmt stehen wie ein türkischer Bogen, ohne daß er sich vollends aufrichten konnte. Aber bei all dieser Beschwer und Mühsal setzte er seinen Esel instand, der, ebenfalls die ungewöhnliche Freiheit dieses Tages benutzend, ein wenig weiter umhergeschweift war. Sodann half er dem Rosinante auf, der, wenn er eine Zunge gehabt hätte, sich zu beklagen, sicher nicht hinter Sancho noch seinem Herrn zurückgeblieben wäre.

Endlich brachte Sancho den Ritter auf den Esel, koppelte Rosinante hinter ihm fest, und den Esel an der Halfter führend, nahm er seinen Weg, so gut es ging, in der Richtung, wo er die Heerstraße vermutete; und er hatte noch keine halbe Meile zurückgelegt, als das Schicksal, das die Dinge zum Bessern zu lenken anfing, die Landstraße seinen Blicken darbot, an der er eine Schenke entdeckte, die aber ihm zum Ärger und dem Ritter zum Vergnügen durchaus eine Burg sein sollte. Sancho blieb dabei, es sei eine Schenke, und sein Herr, es sei nicht so, sondern eine Burg; und so lang dauerte der Streit, daß sie Zeit hatten hinzukommen, bevor er zu Ende war; und ohne weitere Prüfung der Sache begab sich Sancho mit seinem ganzen Zug in die Schenke.

16. Kapitel

Was dem sinnreichen Junker in der Schenke begegnete, die er für eine Burg hielt

Der Wirt, welcher Don Quijote quer über dem Esel liegen sah, fragte Sancho, was dem Mann fehle. Sancho antwortete ihm, es sei nichts, er habe nur einen Fall von einem Felsen getan und sich dabei den Rücken ein wenig gequetscht.

Der Wirt hatte eine Frau, die nicht des Charakters war wie sonst gewöhnlich die Leute dieses Gewerbes; denn sie war von Natur liebreich und mildtätig und hatte Mitgefühl mit dem Unglück ihrer Nebenmenschen. So kam sie denn gleich herbei, um des Ritters zu pflegen, und rief ihre Tochter, ein junges Mädchen von sehr hübschem Aussehen, ihr beim Verbinden ihres Gastes zu helfen.

In der Schenke diente auch eine Magd aus Asturien, breit von Angesicht, mit flachem Hinterkopf und stumpfer Nase; auf dem einen Auge war sie blind, mit dem andern sah sie nicht viel. Allerdings ersetzten die Reize ihrer Gestaltung die sonstigen Körperfehler; sie maß nicht ganz siebenviertel Ellen von den Füßen bis zum Kopf, und der Rücken, der sie ein bißchen schwer belastete, nötigte sie mehr, als ihr lieb war, zur Erde zu blicken. Diese liebliche Maid nun war der Tochter behilflich, und die beiden rüsteten dem Ritter ein elendes Bett auf einem Dachboden, der deutliche Spuren davon aufwies, daß er in früheren Zeiten lange Jahre hindurch als Strohspeicher gedient hatte. Daselbst hatte auch ein Maultiertreiber seine Schlafstätte; man hatte ihm sein Bett etwas entfernt von dem des Ritters aufgeschlagen, und obschon es nur aus den Sätteln und Decken seiner Saumtiere bestand, war es doch weit vorzüglicher als dasjenige Don Quijotes, welches nur auf zwei Bänken von ungleicher Höhe stand, vier ungehobelte Bretter hatte und darüber eine Matratze, die wie eine von Ratzen zernagte Matte aussah und dazu voller Knollen war, die man, wäre nicht durch ein paar Risse hindurch die Wolle zu sehen gewesen, beim Anfühlen für Kieselsteine halten mußte; ferner zwei Bettlaken wie aus dem steifen Leder eines Mohrenschilds und darüber eine Pferdedecke, deren Fäden man zählen konnte, ohne um einen in der Rechnung zu kurz zu kommen.

Auf dies verwünschte Bett nun legte sich Don Quijote, und alsbald bepflasterten ihn die Wirtin und ihre Tochter von oben bis unten, wobei ihnen Maritornes leuchtete, denn so hieß die Asturianerin; und als die Wirtin beim Auflegen der Pflaster Don Quijote so sehr mit Striemen bedeckt fand, meinte sie, das sehe mehr nach Schlägen aus als nach einem Fall.

„Schläge waren's nicht", sagte Sancho, „sondern der Felsen hatte viele Spitzen und viele Stellen zum Stolpern, und jede hat ihm ihren Striemen aufgemalt." Und er fuhr fort: „Richtet's doch so ein, Señora, daß etliche Scharpie übrigbleibt, es wird noch sonst einer da sein, der sie brauchen kann, denn auch mir tut es ein wenig im Kreuz weh."

„Sonach", entgegnete die Wirtin, „seid Ihr wohl auch gefallen?"

„Ich bin keineswegs gefallen", sagte Sancho Pansa, „sondern von dem Schrecken, meinen Herrn fallen zu sehen, tut mir der ganze Körper so weh, daß es mir ist, als wären mir tausend Prügel und mehr aufgezählt worden."

„Das kann wohl der Fall sein", sagte die Haustochter, „denn auch mir ist's oftmals vorgekommen, daß ich träumte, ich fiele von einem Turm herunter und fiele immer und käme nimmer unten auf dem Erdboden an, und daß ich, wenn ich dann vom Traum erwachte, mich so zerschlagen und abgemattet fand, als ob ich wirklich gefallen wäre."

„Da eben liegt der Hase im Pfeffer, Frau Wirtin", erwiderte Sancho Pansa; „denn ohne daß mir was träumte, vielmehr war ich so wach und wacher, als ich jetzt bin, hab ich kaum weniger Striemen auf meinen Körper bekommen als mein Herr Don Quijote."

„Wie heißt der Herr?" fragte die Asturianerin Maritornes.

„Don Quijote von der Mancha", antwortete Sancho Pansa, „und er ist ein abenteuernder Ritter und einer der besten und gewaltigsten, die man von langen Zeiten her bis jetzt in der Welt gesehen."

„Was ist denn ein abenteuernder Ritter?" fragte die Magd weiter.

„Seid Ihr so neu in der Welt, daß Ihr das nicht wißt?" entgegnete Sancho Pansa. „So wisset denn, mein Kind, daß ein abenteuernder Ritter ein Ding ist, das im Handumdrehen Prügel bekommt und Kaiser wird; heut ist er das unglücklichste Geschöpf, das hilfsbedürftigste auf Erden, und morgen hat er zwei, drei Königskronen seinem Schildknappen zu vergeben."

„Wie kommt's also", sagte hier die Wirtin, „da Ihr doch der Knappe dieses so trefflichen Herrn seid, daß Ihr nicht wenigstens eine Grafschaft irgendwo besitzet?"

„Dazu ist es noch zu früh", antwortete Sancho, „denn es ist erst einen Monat her, seit wir auf die Suche nach Abenteuern gehen; und bis jetzt ist uns noch kein rechtes, echtes in den Wurf gekommen, und es gibt Fälle, wo man ein Ding sucht und ein anderes findet. Aber wahr ist's, wenn Don Quijote, mein Herr, von seiner Wunde oder seinem Fall wieder genest und wenn ich nicht davon zum Krüppel werde, möchte ich meine Aussichten nicht gegen das vornehmste Rittergut in Spanien vertauschen."

Bei dieser ganzen Unterhaltung war Don Quijote ein sehr aufmerksamer Zuhörer; und nun setzte er sich im Bette aufrecht, so gut er konnte, nahm die Wirtin bei der Hand und sprach zu ihr: „Glaubet mir, huldselige Herrin, Ihr könnt Euch glücklich preisen, daß Ihr in dieser Eurer Burg Herberge gegeben meiner Person, als welche so geeigenschaftet ist, daß ich selbst sie nur deshalb nicht lobe, weil, wie man zu sagen pflegt, Eigenlob stinkt, aber mein Knappe wird Euch sagen, wer ich bin. Ich sage Euch nur dies: ewig wird der Dienst, so mir von Euch getan worden, in meinem Gedächtnis eingeschrieben bleiben, auf daß ich Euch Dank dafür erweise, solang mir das Leben andauern mag. Und wollte der hohe Himmel, daß die Liebe mich nicht so unter ihre Gebote gebeugt und den Blicken jener schönen Undankbaren so untertan gemacht hätte, die ich nur leise zwischen den Lippen nenne, dann wären jetzt die Augen dieses schönen Fräuleins die Herren meiner Freiheit."

Die Wirtin und ihre Tochter und das gute Ding von Maritornes waren ganz verwirrt, als sie die Worte des fahrenden

Ritters hörten, die sie geradeso verstanden, als hätte er Griechisch gesprochen, obschon sie doch so viel begriffen, daß alles auf Höflichkeiten und süße Redensarten hinauslief; und als Leute, die solcher Sprache nicht gewohnt waren, staunten sie ihn an und verwunderten sich und bewunderten ihn. Er dünkte sie ein ganz anderer Mann, als wie sie ihnen sonst vorkamen, sie dankten ihm für seine Höflichkeiten mit Worten aus dem Kneipenlexikon, verließen ihn dann, und die Asturianerin Maritornes verband Sancho, der es nicht weniger nötig hatte als sein Herr.

Der Maultiertreiber hatte sich mit der letzteren verabredet, sie wollten sich in dieser Nacht zusammen erlusten, und sie hatte ihm ihr Wort darauf gegeben, daß, sobald die Gäste zur Ruhe gegangen und ihre Herrschaft schliefe, sie ihn besuchen und ihm seine Wünsche in allem, was er von ihr begehre, befriedigen wolle. Und es wird von diesem wackern Mägdlein berichtet, daß sie ein derartiges Wort niemals gab, ohne es zu halten, selbst wenn sie es im dichten Wald und ohne Zeugen gegeben; denn sie war gar stolz auf ihren Adel, hielt es aber keineswegs für eine Schande, in der Schenke zu dienen, da, wie sie sagte, Unglück und traurige Lebensschicksale sie zu diesem niedern Beruf gebracht hätten.

Mitten in diesem Speicher, durch dessen Dach die Sterne schienen, stand zuerst das harte, enge, elende, vermaledeite Bett Don Quijotes, und nahe dabei hatte Sancho das seinige aufgeschlagen, das nur eine Matte von Schilf und eine Decke enthielt, welche sichtlich eher aus rauhem zerschlissenem Segeltuch als aus Wolle bestand. Nach diesen beiden Betten kam das des Maultiertreibers, hergerichtet, wie gesagt, aus den Saumsätteln und dem ganzen Aufputz seiner zwei besten Maulesel, deren er übrigens ein volles Dutzend hatte, alle mit glänzendem Fell, wohlgenährt und ganz vorzüglich. Denn er war einer der reichsten Säumer von Arévalo, wie der Verfasser dieser Geschichte berichtet, der seiner besondere Erwähnung tut, weil er ihn sehr gut kannte; man will sogar behaupten, er sei mit ihm weitläufig verwandt gewesen. Außerdem war Sidi Hamét Benengelí ein sehr gründlicher und in allem genauer Geschichtsschreiber, und das läßt sich deutlich ersehen, da er die bis hierher erzählten Umstände, wiewohl so geringfügig und unbedeutend, nicht mit Stillschweigen übergehen wollte. Daran kann sich mancher wichtigtuende Geschichtsschreiber ein Beispiel nehmen, der uns die Tatsachen so verstümmelt und kurz zusammengefaßt berichtet, daß wir sie kaum mit den Lippen zu kosten bekommen; wobei die Autoren aus Sorglosigkeit oder böser Absicht oder Unwissenheit das Wesentliche des Werkes im Tintenfaß stecken lassen. Da sei doch der Verfasser des *Tablante de Ricamonte* tausendmal gepriesen, wie nicht minder der jenes Buches, worin die Taten des Grafen Tomillas erzählt werden; und mit welcher Genauigkeit beschrieben diese all und jedes!

Sonach berichte ich nun, daß der Maultiertreiber, sobald er nach seinen Tieren gesehen und ihnen das zweite Futter gereicht hatte, sich auf seine Saumsättel streckte, in Erwartung seiner allzeit pünktlichen Maritornes. Sancho lag bereits wohlbepflastert in seinem Bett, und obschon er sich Mühe gab zu schlafen, wollten es ihm doch seine Rückenschmerzen nicht gestatten, und Don Quijote mit den seinigen lag mit offenen Augen da wie ein Hase. Die ganze Schenke war in Schweigen versunken, und nirgends war in ihr ein Licht zu sehen als das einer Lampe, die mitten im Torweg hing. Diese wundersame Ruhe und die Gewohnheit unsres Ritters, stets an die Begebnisse zu denken, die die Bücher, die Urheber seines Unglücks, bei jedem Schritt und Tritt erzählen, erzeugte jetzt in seiner Phantasie eine der seltsamsten Tollheiten, die in der Tat dem Menschen einfallen können. Und zwar bildete er sich ein, er sei in eine herrliche Burg gekommen – denn wie gesagt, Burgen waren in seiner Meinung alle Schenken, wo er Herberge nahm – und die Tochter des Schenkwirts sei die des Burgherrn, die, besiegt von seiner anmutigen Art, sich in ihn verliebt und verheißen habe, diese Nacht hinter dem Rücken ihrer Eltern zu ihm zu kommen, um eine gute Weile bei ihm zu liegen. Indem er nun sogleich dieses Hirngespinst, das er sich selbst gewoben, für wirklich und wahr hielt, fing er an, ängstlich besorgt zu werden und an die arge Notlage zu denken, in der sich seine Sittsamkeit demnächst befinden würde, und er nahm sich in seinem Herzen vor, keinen Treubruch gegen seine Herrin Dulcinea von Toboso zu begehen, wenn selbst die Königin Ginevra mit ihrer Kammerfrau Quintañona ihm vor die Augen träte.

Wie er nun über dies tolle Zeug nachdachte, nahte sich Zeit und Stunde – für ihn eine Unglücksstunde! –, wo die Asturianerin kommen wollte. Im Hemd und barfuß, das Haar in eine Barchenthaube gebunden, mit leise-vorsichtigen Schritten trat sie in die Kammer, wo die drei übernachteten, um ihren Maultiertreiber zu suchen. Allein kaum nahte sie der Tür, als schon Don Quijote ihres Kommens innewards, sich ungeachtet seiner Pflaster, unter beständigen Rückenschmerzen, im Bett aufrecht setzte und die Arme ausstreckte, um in ihnen seine holdselige Jungfrau, die Asturianerin, zu empfangen, die, ganz in sich gebückt und schweigend, mit vorgehaltenen Händen hinschlich, um ihren Geliebten zu finden. Sie stieß gegen Don Quijotes Arme; er faßte sie mit aller Macht am Handgelenk, und indem er sie an sich zog, ohne daß sie ein Wort zu sprechen wagte, nötigte er sie, auf dem Bette niederzusitzen. Er befühlte ihr sogleich das Hemd, und obschon es von Packleinwand war, schien es ihm vom feinsten, zartesten Batist; um das Handgelenk trug sie Glaskügelchen, für ihn hatten sie den Schimmer kostbarer orientalischer Perlen; ihre Haare, die nach Roßhaar aussahen, stellte er sich vor als Fäden glänzenden Goldes aus Arabien, deren lichter Schein den der Sonne selbst verdunkle; und ihr Atem, der ohne Zweifel nach übernächtigem Fleischsalat roch, dünkte ihm so köstlich, als hauche sie aus ihrem Munde süßen, würzigen Duft aus. Kurz, er malte sie sich in seiner Einbildung ganz nach demselben Muster und Aussehen, wie er es in seinen Büchern von jener Prinzessin gelesen hatte, die, besiegt von Liebe, mit all ihrem Schmucke kam, wie es dort beschrieben ist, den wund geschlagenen Ritter zu besuchen. Und so blind war der arme Junker, daß weder das Befühlen noch der Atem noch alles sonstige, was das gute Fräulein an sich hatte und was jeden andern als einen Maultiertreiber zum Erbrechen gebracht hätte, ihn zu enttäuschen vermochte. Vielmehr deuchte es ihm, er habe die Göttin der Schönheit in den Armen, und sie eng umfaßt haltend, begann er mit leiser und von Liebe bewegter Stimme zu ihr zu sprechen: „Wohl möcht ich mich in der Lage befinden, huldselige, erhabene Herrin, eine solche Gunst vergelten zu können, wie Ihr mir sie mit dem Anblick Eurer huldseligen Schönheit zu erweisen geruht; aber dem Schicksal, das nimmer müde wird, die besten Männer zu verfolgen, hat es beliebt, mich auf das Bett hinzustrecken, wo ich so zerschlagen und zermalmt liege, daß, wenn ich auch die Neigung fühlte, Eurer Neigung zu entsprechen, es unmöglich wäre. Und überdies gesellt sich zu dieser Unmöglichkeit eine noch größere, nämlich, daß ich meine Treue der unvergleichlichen Dulcinea von Toboso, der einzigen Herrin meiner geheimsten Gedanken, verpfändet habe. Wenn dies nicht dazwischenträte, so würde ich kein so einfältiger Ritter sein, die glückliche Gelegenheit, die Eure große Güte mir bieten wollte, ungenutzt vorüberzulassen."

Maritornes war voller Trübsal und schwitzte vor Angst, sich so von Don Quijote festgehalten zu sehen, und ohne seine Reden zu verstehen oder auch nur auf sie zu achten, suchte sie still und schweigsam sich von ihm loszumachen. Der gute Kerl von Maultiertreiber, den seine tugendlosen Begierden wachhielten, hatte seine Dirne im Augenblick, wo sie zur Tür hereintrat, gleich bemerkt und horchte gespannt auf alles, was Don Quijote sagte. Eifersüchtig, daß die Asturianerin ihm für einen andern das Wort gebrochen haben sollte, schlich er näher an des Ritters Bett heran und hielt sich ruhig, um zu erfahren, worauf diese Redensarten hinausgingen, die er nicht verstehen konnte. Als er aber sah, daß die Magd rang, um loszukommen, und Don Quijote sich abarbeitete, um sie festzuhalten, gefiel ihm der Spaß gar übel; er reckte den Arm hoch empor und ließ einen so furchtbaren Faustschlag herniederfahren auf die hagern Kinnbacken des verliebten Ritters, daß dessen Mund ganz im Blute schwamm; und damit noch nicht zufrieden, sprang er ihm auf die Rippen und stampfte mit den Füßen rascher, als wenn er im Trab liefe, von einer auf die andere, von der ersten bis zur letzten. Das Bett, etwas schwächlich und auf nicht sehr festen Grundlagen ruhend, konnte die hinzukommende Last des Säumers nicht aushalten und brach zusammen.

Von dem großen Lärm wachte der Wirt auf und kam gleich auf den Gedanken, es müßten das Händel sein, bei denen Maritornes beteiligt sei, weil sie, da er laut nach ihr gerufen, keine Antwort gab. Mit diesem Verdachte stand er auf, zündete ein Licht an und eilte dahin, wo er die Schlägerei gehört hatte.

Als die Magd ihren Herrn kommen sah und dessen fürchterliche Wut bemerkte, flüchtete sie in großer Angst und Aufregung ins Bett Sancho Pansas, der inzwischen eingeschlummert war und noch schlief, und kauerte sich da in einen Knäuel zusammen. Der Wirt kam mit den Worten herein: „Wo bist du, Metze? Gewiß ist das wieder einer von deinen Streichen!"

In diesem Augenblick erwachte Sancho, und da er den Klumpen fühlte, der schier auf ihm lag, dünkte es ihn, er habe das Alpdrücken, und er begann nach allen Seiten mit Fäusten um sich zu schlagen; und da er mit nicht wenigen von diesen Streichen auf Maritornes traf, so setzte diese in dem Schmerz, den sie fühlte, alle Scham beiseite und zahlte ihm das Empfangene mit so viel Schlägen heim, daß sie ihm zu seinem Ärger den Schlaf vollends vertrieb. Als er sich so mißhandelt sah und nicht einmal wußte, von wem, richtete er sich auf, so gut er's vermochte, und umfaßte Maritornes, und es erhub sich zwischen den beiden das hartnäckigste und komischste Scharmützel der Welt.

Als jetzt der Maultiertreiber beim Lichte des Wirts sah, wie es seiner Dame erging, ließ er von Don Quijote ab und stürzte herzu, ihr den nötigen Beistand zu leisten. Der Wirt kam in gleicher Eile, aber in ganz anderer Absicht, denn er wollte die Magd züchtigen, da er nicht zweifelte, sie allein habe zu dieser ganzen Musik den Anlaß gegeben. Und wie man zu sagen pflegt: Hund auf Katze, Katze auf Ratze, Ratze tot auf dem Platze, so schlug der Maultiertreiber auf Sancho, Sancho auf die Magd, die Magd auf ihn, der Wirt auf die Magd, und immer ein Schlag nach dem andern, und alle setzten ihre Arbeit so eilig fort, daß keiner einen Augenblick ausruhen mochte. Das schönste bei der Sache war, daß dem Wirte das Licht verlöschte, und wie sie nun im Dunkeln blieben, schlugen sie aufs Geratewohl so unbarmherzig aufeinander los, daß sie, wo sie nur immer mit der Faust hintrafen, nirgends einen heilen Fleck ließen.

Zufällig war in der nämlichen Schenke ein Landreiter, einer von denen, die zur so betitelten alten Brüderschaft von Toledo gehören, diese Nacht eingekehrt. Als dieser nun gleichfalls das ungewöhnliche Getobe dieser Schlägerei hörte, griff er nach seinem Amtsstab und der blechernen Büchse mit seiner Bestallung darin und tappte im Dunkeln in die Kammer hinein mit den Worten: „Achtung vor der Justiz! Achtung vor der Heiligen Brüderschaft!"

Der erste, der ihm in den Wurf kam, war der schwer durchwalkte Don Quijote, der in seinem zusammengebrochenen Bette dalag, rücklings mit aufgesperrtem Munde, ohne Bewußtsein; und vor sich hintastend, faßte er ihn am Barte und hörte dabei nicht auf zu rufen: „Achtung vor der Justiz!" Da er aber sah, daß der Mann, den er festhielt, sich nicht regte noch bewegte, meinte er, derselbe sei tot und die in der Kammer Befindlichen seien seine Mörder, und in diesem Verdacht erhub er die Stimme noch lauter und rief: „Man schließe die Tür der Schenke, man gebe acht, daß keiner von dannen gehe; denn hier haben sie einen Menschen totgeschlagen!"

Dieses Wort setzte alle urplötzlich in Schrecken, und jeder ließ die Schlacht so ruhen, wie sie im Augenblicke stand, wo ihm die Stimme ins Ohr klang. Der Wirt zog sich in sein Gemach, der Maultiertreiber auf seine Saumsättel, die Dirne in die Mägdekammer zurück; nur Don Quijote und Sancho, die Unglückseligen, konnten sich nicht von der Stelle bewegen, wo sie lagen.

Jetzt ließ der Landreiter Don Quijotes Bart los und ging nach Licht hinaus, um nach den Verbrechern zu fahnden; aber er fand keines, weil der Wirt bei dem Rückzug nach seinem Zimmer absichtlich die Lampe ausgelöscht hatte. So sah er sich genötigt, den Küchenherd aufzusuchen, wo er denn mit Aufwand vieler Mühe und Zeit sich eine andre Lampe anzündete.

17. Kapitel

Weiterer Verlauf der unzähligen Drangsale, die der mannhafte Don Quijote und sein wackerer Schildknappe in der Schenke zu bestehen hatten, die der Ritter zu seinem Unglück für eine Burg ansah

Jetzt war Don Quijote aus seiner Betäubung wieder erwacht, und mit demselben Ton der Stimme, womit er tags zuvor seinem Knappen zugerufen, als er „dorten in dem Tal der Knüppel" niedergestreckt lag, begann er jetzt wieder: „Sancho, guter Freund, schläfst du? Freund Sancho, schläfst du?"

„Was soll ich schlafen, ich Ärmster!" antwortete Sancho voll Verdruß und Ärger; „ist es doch nicht anders, als hätten diese Nacht alle Teufel ihr Spiel mit mir getrieben."

„Das darfst du wohl glauben, ohne Zweifel", entgegnete Don Quijote; „denn entweder verstehe ich mich nicht darauf, oder diese Burg ist verzaubert; du mußt nämlich wissen ... Doch was ich dir jetzt sagen will, das mußt du mir schwören bis nach meinem Tode geheimzuhalten."

„Wohl, ich schwöre es", erwiderte Sancho.

„Ich sage das", versetzte Don Quijote, „weil es mir zuwider ist, daß irgend jemand an seiner Ehre geschädigt werde."

„Ich sage ja, ich schwöre", sprach Sancho abermals, „daß ich es bis zum Ende Eurer Tage geheimhalten will, und wollte Gott, ich könnte es schon morgen offenbaren."

„Tu ich dir denn so viel Leides an", entgegnete Don Quijote, „daß du mich in so kurzer Zeit tot sehen möchtest?"

„Ich sag es nicht von dessentwegen", antwortete Sancho, „sondern weil es mir zuwider ist, die Sachen lange bei mir aufzuheben, und ich möchte sie mir nicht durch langes Aufbewahren verfaulen lassen."

„Aus welchem Grunde auch immer du dein Versprechen hältst", sagte Don Quijote, „ich verlasse mich immer am meisten auf deine Treue und Anständigkeit; und so sollst du denn erfahren, daß ein Abenteuer, eines der seltsamsten, die zu preisen mir je beschieden sein wird, diese Nacht mir begegnet ist. Und um dir es in Kürze zu erzählen, so sollst du wissen, daß vor wenigen Minuten die Tochter des Burgherrn hier zu mir gekommen, das reizendste, allerschönste Fräulein, das schier in allen Landen der Welt zu finden. Was könnte ich dir von der köstlichen Zier ihrer Person sagen? Was von ihrem herrlichen Geiste? Was von andern verborgenen Dingen, die ich, um meiner Gebieterin Dulcinea von Toboso die ihr schuldige Treue zu wahren, unberührt und in Stillschweigen begraben lasse! Nur das will ich dir sagen: weil der Himmel neidisch auf ein so großes Glück war, das ein günstiges Schicksal mir in die Hand gegeben, oder weil vielleicht – und das ist wohl das sicherste! – diese Burg, wie gesagt, verzaubert ist – zur selben Zeit, wo ich mit ihr im süßesten, liebeglühendsten Gespräche war, da kam unsichtbar, und ohne daß ich wußte woher, eine Hand, die zu irgendwelchem Arm irgendwelches ungeheuren Riesen gehörte, und versetzte mir einen solchen Faustschlag auf die Kinnbacken, daß sie ganz in Blut gebadet sind; und darauf zerprügelte er mich derart, daß ich jetzt schlimmer dran bin denn gestern, als die Pferdetreiber wegen Rosinantes Dreistigkeit uns die bewußte Ungebühr antaten; woraus ich denn schließe, daß der Schatz der Huldseligkeit dieses Fräuleins in der Hut irgendeines verzauberten Mohren stehen und nicht mir bestimmt sein muß."

„Auch mir nicht", entgegnete Sancho, „denn mich haben mehr als vierhundert Mohren so durchgewalkt, daß die Prügelei mit den Knüppeln dagegen purer Kuchen und Zuckerbrot war. Aber sagt mir doch, hochedler Herr, wie benennt Ihr denn dies herrliche, rare Abenteuer, nachdem es uns so bekommen ist, wie hier zu schauen? Freilich Euch nicht so übel wie mir, da Ihr in Eure Arme jene unvergleichliche Schönheit bekamt, die Ihr beschrieben habt; aber ich, was bekam ich als die schwersten Prügel, die ich, glaub ich, je in meinem Leben erhalten kann? Wehe mir und der Mutter, die mich geboren! Ich bin kein fahrender Ritter und gedenke es nie zu werden, und in allen Fällen, wo wir übel fahren, bin immer ich's, der am übelsten fährt!"

„Also auch du hast Prügel bekommen?" fragte Don Quijote.

„Wehe über meine ganze Sippschaft! Habe ich Euch nicht schon gesagt, daß dem so ist?" sprach Sancho.

„Mache dir darum keinen Kummer, Freund", erwiderte Don Quijote, „denn ich will nunmehr den köstlichen Balsam bereiten, mittels dessen wir in einem Nu heil sein werden."

In diesem Augenblick war endlich der Landreiter mit dem Anzünden seiner Lampe fertig geworden und kam herein, um sich nach dem Manne umzutun, den er für tot hielt; und sobald Sancho ihn hereinkommen sah und gewahrte, daß er im Hemde war, mit einem Tuch um den Kopf, die Lampe in der Hand und mit bitterböser Miene, fragte er seinen Herrn: „Ob das vielleicht der verzauberte Mohr ist, der noch einmal kommt, um uns Hiebe zu verabreichen, wenn er etliche noch auf Lager hat?"

„Der Mohr kann's nicht sein", antwortete Don Quijote, „denn die Verzauberten lassen sich von niemandem anschauen."

„Wenn sie sich nicht schauen lassen, so lassen sie sich fühlen", sagte Sancho; „wer nein sagt, dem kann mein Rücken davon erzählen."

„Auch der meinige könnte das", erwiderte Don Quijote; „aber es ist dies kein genügendes Merkzeichen, daß man ihn für den verzauberten Mohren halten sollte."

Der Landreiter trat näher, und als er sie in so ruhiger Unterhaltung fand, blieb er ganz verdutzt stehen. Allerdings lag Don Quijote noch ausgestreckt auf dem Rücken, ohne sich bewegen zu können, so zerschlagen und mit Pflastern bedeckt war er. Der Landreiter fragte ihn: „Nun, wie geht's, guter Junge?"

„Ich würde höflicher reden", antwortete Don Quijote, „wenn ich du wäre; spricht man hierzulande so mit fahrenden Rittern, du Lümmel?"

Der Landreiter konnte es nicht ertragen, sich von einem so jämmerlich aussehenden Menschen so grob behandelt zu sehen; er hob die Lampe mit all ihrem Öl hoch empor und schleuderte sie Don Quijote ins Gesicht, so daß er ihm den Schädel gar übel zurichtete. Da alles nun im Dunkeln blieb, entfernte er sich auf der Stelle, und Sancho Pansa sagte: „Ohne Zweifel, Herr Ritter, ist dies der verzauberte Mohr, und er muß gewiß den Schatz für andre aufbewahren, und für uns bewahrt er nur Hiebe mit der Faust und Schmisse mit der Lampe."

„So ist's", antwortete Don Quijote, „und man darf sich aus solchen Verzauberungs-Geschichten nicht viel machen, auch nicht sich darüber in Harnisch bringen oder ärgern lassen; denn da sie unsichtbar und bloße Phantome sind, würden wir doch keinen finden, an dem wir uns rächen könnten, so große Mühe wir uns auch darum gäben. Steh auf, Sancho, wenn du kannst, und rufe mir den Vogt dieser Burg und sorge dafür, daß ich etwas Öl, Wein, Salz und Rosmarin bekomme, um den heilsamen Balsam zu bereiten; in der Tat glaube ich, ich habe ihn jetzt sehr nötig;

denn es dringt mir viel Blut aus der Wunde, die dies Gespenst mir geschlagen hat."

Sancho erhob sich mit nicht geringem Schmerz in den Knochen und tappte im Dunkeln nach dem Zimmer des Wirts, und da er auf den Landreiter stieß, welcher lauschte, wie es mit seinem Gegner werden möchte, sprach er ihn mit den Worten an: „Lieber Herr, wer Ihr auch seid, erweist uns die Gnade und Wohltat, uns ein wenig Rosmarin, Öl, Salz und Wein zu geben; es ist dies nötig zur Medizin für einen der besten fahrenden Ritter auf Erden, welcher hier im Bette liegt, wund geschlagen von den Händen des verzauberten Mohren, der sich in dieser Schenke aufhält."

Als der Landreiter solcherlei Dinge hörte, hielt er ihn für einen verrückten Menschen, und da es jetzt schon zu tagen begann, öffnete er die Tür der Schenke, rief den Wirt und sagte ihm, was der gute Kerl verlange. Der Wirt versah ihn mit allem, was er wünschte, und Sancho brachte es zu Don Quijote, der dasaß und sich mit beiden Händen den Kopf hielt und über den Schmerz vom Wurf der Lampe klagte, der ihm doch weiter nichts als ein paar hochgeschwollene Beulen geschlagen hatte; was er für Blut hielt, war nur Schweiß, den er in der Beängstigung des über ihn hereingebrochenen Unwetters vergoß. Indessen, er nahm seine Heilmittel, schüttete sie zusammen, mischte sie tüchtig und ließ sie eine gute Weile kochen, bis ihm deuchte, sie seien nun fertig zum Gebrauch. Dann verlangte er eine Flasche, um den Trank einzufüllen, und da es eine solche in der Schenke nicht gab, entschloß er sich, ihn in einen für Öl bestimmten Topf oder Krug von Blech zu gießen, den ihm der Wirt aus Gefälligkeit zum Geschenk machte; und dann betete er über den Krug an die achtzig Vaterunser, ebenso viele Ave-Maria, Salve Regina und Credo, und zu jedem Wort schlug er ein Kreuz wie beim Segensprechen. Bei alledem waren Sancho, der Wirt und der Landreiter zugegen; denn der Maultiertreiber hatte sich sachte davongemacht, da er auf die Versorgung seiner Tiere bedacht war. Wie alles fertig war, wollte Don Quijote sofort die treffliche Wirkung, die er sich von diesem köstlichen Balsam versprach, an sich selbst erproben, und so trank er von dem, was in den Krug nicht hineingegangen und nach dem Kochen im Topfe zurückgeblieben war, ungefähr einen halben Schoppen. Und kaum hatte er es hinuntergeschluckt, so fing er an, sich dermaßen zu erbrechen, daß ihm nichts im Magen blieb, und mit der Beklemmung und Anstrengung des Erbrechens kam ihm ein reichlicher Schweiß, weshalb er verlangte, man solle ihn warm zudecken und allein lassen. Es geschah also, er fiel in Schlummer und blieb darin über drei Stunden; und nach deren Verfluß erwachte er, am ganzen Körper erleichtert, und fühlte solche Besserung in seinen zerschlagenen Gliedern, daß er sich für genesen hielt und nun wirklich daran glaubte, daß er den Balsam des Fierabrás richtig und wirklich erlangt habe und mit diesem Heilmittel hinfüro sonder Furcht an alle Streithändel, Kämpfe und Schlachten gehen könne, so gefahrvoll sie auch seien.

Sancho Pansa, der die Besserung seines Herrn gleichfalls für ein Wunder hielt, bat sich aus, was im Kruge war, und das war nicht wenig. Don Quijote überließ es ihm, Sancho nahm den Krug mit beiden Händen, und mit starkem Glauben und noch stärkerer Begier setzte er die Lippen an und goß sich kaum weniger ein als vorher sein Herr.

Nun war aber der Kasus dieser: der Magen des armen Sancho war ohne Zweifel nicht so reizbar wie der seines Herrn, und mithin, ehe es bei ihm zum Erbrechen kam, befielen ihn solche Beklemmungen und Übelkeiten mit so viel Angstschweiß und Ohnmachten, daß er ernstlich und wirklich glaubte, seine letzte Stunde sei da, und in seinem Jammer und Elend den Balsam verfluchte, samt dem Spitzbuben, der ihn ihm gegeben.

Als ihn Don Quijote in diesem Zustand sah, sprach er zu ihm: „Ich glaube, Sancho, all dies Leid kommt dir davon, daß du nicht zum Ritter geschlagen bist; denn ich bin der Meinung, dieser Trank muß denen nicht helfen, die es nicht sind."

„Wenn Euer Gnaden das wußte", entgegnete Sancho, „wehe über mich und meine ganze Sippschaft! Warum erlaubtet Ihr, daß ich ihn kostete?"

In demselben Augenblick tat der Trank seine Wirkung, und der arme Schildknappe begann sich aus beiden Kanälen so hastig zu entleeren, daß weder die Schilfmatte, auf die er sich wieder geworfen, noch die Decke von Segeltuch, die er über sich gezogen, jemals mehr zu brauchen waren. Er schwitzte und zerfloß ganz in Schweiß, mit solchen Krämpfen und Anfällen, daß nicht nur er, sondern alle glaubten, es ginge mit seinem Leben auf die Neige.

Dies Ungewitter und Elend hielt fast zwei Stunden an, nach deren Verfluß sich Sancho keineswegs wie sein Herr befand, sondern so zerschlagen und entkräftet, daß er sich nicht aufrecht halten konnte. Indessen wollte Don Quijote, der, wie gesagt, sich erleichtert und genesen fühlte, unverzüglich auf die Suche nach neuen Abenteuern gehn, indem es ihn bedünkte, alle die Zeit, die er hier am Ort zögere, werde der Welt und all denen, die in der Welt seines Schirms und Beistands bedürftig seien, wider Gebühr entzogen, zumal bei der Zuversicht und dem Vertrauen, das er auf seinen Balsam setzte. Und somit, von seinem Begehr angetrieben, sattelte er selbst den Rosinante, legte dem Esel die Decke auf und half auch dem Schildknappen, sich anzukleiden und sein Tier zu besteigen. Hierauf setzte er sich zu Pferd, und als er im Vorüberreiten in einem Winkel der Schenke einen Feldhüterspieß stehen sah, ergriff er ihn, um sich dessen als eines Ritterspeers zu bedienen. Alles, was sich in der Schenke befand – es waren mehr als zwanzig Personen –, stand da und schaute ihm zu; so auch stand und schaute die Wirtstochter, und er ebenfalls verwandte kein Auge von ihr und stieß von Zeit zu Zeit einen Seufzer aus, den er aus tiefstem Herzen heraufzuholen schien, und alle dachten, er seufze vor Schmerz ob seines zerprügelten Rückens, oder wenigstens dachten es diejenigen, die abends zuvor gesehen, wie er mit Pflastern belegt wurde.

Als beide nun auf ihren Tieren saßen, hielt Don Quijote am Tor der Schenke, rief den Wirt herzu und sagte ihm mit gelassener, würdevoller Stimme: „Zahlreich und sehr groß sind die Gnaden, Herr Burgvogt, die ich in dieser Eurer Burg empfangen, und ich fühle mich höchlich verpflichtet, sie Euch mein Leben lang zu verdanken. Wenn ich sie Euch damit heimzahlen kann, daß ich Euch an einem übermütigen Feind, der Euch etwelche Unbill angetan, Rache schaffe, so wisset: mein Beruf ist kein andrer, als den Schwachen beizustehn und die zu rächen, die Unrecht erleiden, und Treulosigkeit zu bestrafen. Forschet nach in Euren Erinnerungen, und wenn Ihr etwas von solcherlei Art mir anzuvertrauen habt, so braucht Ihr es nur zu sagen; denn bei dem Ritterorden, den ich empfangen, verheiße ich, Genugtuung und Vergeltung Euch ganz nach Eurem Begehr zu verschaffen."

Der Wirt antwortete ihm mit derselben Gelassenheit: „Herr Ritter, ich habe nicht nötig, daß Euer Gnaden mich ob irgendwelcher Unbill räche; denn wenn mir eine solche widerfährt, weiß ich schon eine Rache zu nehmen, wie sie mir beliebt; ich bedarf nichts weiter, als daß Euer Gnaden mir für die Nacht in dieser Schenke die Zeche zahlet sowohl für Stroh und Gerste, die Eure beiden Tiere bekamen, als auch für Abendessen und Betten."

„So ist dies also eine Schenke?" fragte Don Quijote hierauf.

„Und eine höchst angesehene", antwortete der Wirt.

„Bis jetzt lebte ich also im Irrtum", entgegnete Don Quijote, „denn ich glaubte wirklich, es sei eine Burg, und das keine geringe. Aber da es sich so verhält, daß es keine Burg, sondern eine Schenke ist, so kann eben für jetzt nichts geschehen, als daß Ihr von wegen der Zahlung mich entschuldigt; denn ich kann der Ordensregel der fahrenden Ritter nicht zuwiderhandeln, von welchen ich mit Gewißheit weiß – ohne daß ich bis jetzt etwas Gegenteiliges gelesen hätte –, daß sie niemals für Herberge oder sonst was in der Schenke, wo sie einkehrten, bezahlt haben. Denn von Gesetzes und Rechts wegen schuldet man ihnen jegliche gute Aufnahme, die ihnen zuteil wird, zum Entgelt für die unerträgliche Mühsal, die sie erdulden, indem sie auf Abenteuer ausziehen bei Nacht und bei Tag, im Winter und Sommer, zu Fuß und zu Pferd, mit Durst und Hunger, in Hitze und Kälte, allen Unbilden des Himmels und allem Ungemach der Erde ausgesetzt."

„Darum habe ich mich gar wenig zu kümmern", entgegnete der Wirt, „man zahle mir, was man mir schuldig ist, und lassen wir die Ritterschaft beiseite und die Unbilden und das Vergelten; einen Entgelt brauche ich nicht, mein Geld will ich haben und weiter nichts."

„Ihr seid ein alberner, nichtsnutziger Schenkwirt", entgegnete Don Quijote, gab Rosinante die Sporen, schwang seinen Spieß und ritt zur Schenke hinaus, ohne daß jemand ihn anhielt, und entfernte sich eine tüchtige Strecke, ohne acht darauf zu haben, ob sein Schildknappe ihm folge.

Der Wirt, der sah, wie er davonritt und nicht zahlte, machte sich an Sancho Pansa, um sein Geld zu bekommen. Der aber sagte, nachdem sein Herr nicht habe zahlen wollen, so werde auch er nicht zahlen; denn da er der Schildknappe eines fahrenden Ritters sei, so gelte dieselbe Regel und Rechtsordnung für ihn wie für seinen Herrn, nämlich durchaus nichts in Wirtshäusern und Schenken zu zahlen. Darüber wurde der Wirt sehr aufgebracht und drohte ihm, wenn er nicht zahle, so werde er sich sein Geld auf eine Weise verschaffen, daß es ihm übel bekommen solle. Sancho erwiderte ihm, nach den Gesetzen des Rittertums, das seinem Herrn zuteil geworden, würde er nicht einen einzigen Pfennig bezahlen, wenn es ihn auch das Leben kosten sollte; denn er wolle nicht daran schuld sein, daß der gute alte Brauch der fahrenden Ritter abkomme, noch solle irgendwelcher Knappe der besagten Ritter, der künftig auf die Welt kommen würde, sich über ihn beschweren und ihm die Verletzung eines so gerechten Gesetzes vorwerfen.

Nun wollte es der Unstern des unglücklichen Sancho, daß unter den Gästen der Schenke sich ein Tuchscherer aus Segovia, drei Nadler vom Pferdebrunnenplatz in Córdoba und zwei Trödler vom Markte zu Sevilla befanden, alles lustige Leute, wohlaufgelegt, schadenfroh und zu jedem Mutwillen gestimmt; alle diese, wie von einem Gedanken beseelt und angetrieben, gingen auf Sancho los und zogen ihn vom Esel herunter; einer von ihnen holte drinnen die Bettdecke des Wirts, und sie warfen ihn darauf. Als sie aber die Augen in die Höhe richteten, fanden sie, daß die Stubendecke für ihr Werk zu niedrig war; sie beschlossen mithin, in den Hof zu gehen, der nur den Himmel über sich hatte, und hier legten sie Sancho mitten auf die Bettdecke und begannen ihn in die Höhe zu schnellen und hatten ihren Spaß mit ihm wie mit einem Hunde auf Fastnacht.

Das Geschrei, das der arme gewippte Sancho ausstieß, war so

gewaltig, daß es zu den Ohren seines Herrn drang; dieser hielt an, um aufmerksam zu horchen, und glaubte schon, daß ein neues Abenteuer im Anzug sei, bis er zuletzt deutlich erkannte, es sei sein Schildknappe, der da so schreie. Sogleich wendete er um und eilte in einem schwächlichen Galopp zur Schenke; und da er sie

verschlossen fand, ritt er um sie herum, um eine Stelle aufzufinden, wo er hinein könne. Aber kaum war er zur Hofmauer gelangt, die nicht sehr hoch war, als er das arge Spiel erschaute, das man mit seinem Knappen trieb. Er sah ihn in den Lüften auf und nieder fliegen mit so viel Anmut und Behendigkeit, daß ich überzeugt bin, hätte sein grimmiger Zorn es ihm gestattet, so hätte er lachen müssen. Er versuchte, vom Sattel aus auf die Mauer zu steigen, aber er war so zerwalkt und zerschlagen, daß er nicht einmal absteigen konnte. Und so begann er vom Gaul herunter gegen die Burschen, die den guten Sancho wippten, so viel ehrenrührige Schmähungen und Schimpfworte auszustoßen, daß es unmöglich ist, sie alle niederzuschreiben. Allein sie hörten darum weder mit ihrem Gelächter noch mit ihrer Beschäftigung auf, sowenig Sancho in seinem Fluge sein Jammern ließ, in das er bald Drohungen, bald Bitten mischte. Aber alles das half ihm wenig, half ihm gar nichts, bis sie zuletzt aus lauter Ermüdung von ihm abließen.

Nun brachten sie ihm seinen Esel zur Stelle, setzten ihn darauf und legten ihm seinen Mantel um. Als das mitleidige Ding von Maritornes ihn so abgemattet sah, dünkte es sie gut, ihm mit einem Krug Wasser zu Hilfe zu kommen, und sie holte es ihm aus dem Brunnen, weil es da um so frischer war. Sancho nahm den Krug, aber als er ihn schon an den Mund setzte, hielt er wieder inne auf das laute Rufen seines Herrn, der ihm zuschrie: „Sancho, mein Sohn, trinke kein Wasser; mein Sohn, trinke es nicht, es ist dein Tod! Sieh, hier habe ich den benedeiten Balsam" – und er zeigte ihm den blechernen Krug mit dem Tranke –, „und mit zwei Tropfen, die du davon trinkst, wirst du sicher wiederum heil und gesund."

Auf diesen Zuruf sah Sancho ihn schief an und schrie noch lauter als sein Herr: „Ist es Euer Gnaden vielleicht schon aus dem Gedächtnis, daß ich kein Ritter bin, oder wollt Ihr, daß ich vollends herauswürgen soll, was ich von heut nacht her noch von Eingeweiden im Leib habe? Mag Euer Trank zu allen Teufeln gehen, und laßt mich in Ruhe."

Diese Worte enden und das Trinken anfangen war eins. Als er aber beim ersten Zuge spürte, daß es Wasser war, wollte er damit nicht fortfahren und bat die Maritornes, sie möchte ihm Wein bringen. Das tat sie denn auch äußerst gutwillig und zahlte mit ihrem eigenen Gelde; denn in der Tat sagt man von ihr, daß sie, obgleich sie ein derartiges Leben führte, doch Spuren und leise Züge eines christlichen Gemütes zeigte.

Mitten im Trinken setzte Sancho seinem Esel die Fersen in die Weichen, stieß das Tor der Schenke sperrangelweit auf und trabte hinaus, höchst zufrieden, daß er nichts bezahlt und seinen Willen durchgesetzt hatte, wenn auch auf Kosten seines gewöhnlichen Bürgen, nämlich seines Rückens. Allerdings blieb sein Zwerchsack zur Zahlung der Schuld beim Wirte zurück; allein Sancho merkte es nicht, in solcher Benommenheit zog er von dannen.

Der Wirt wollte das Tor fest verriegeln, sobald er Sancho draußen sah; aber die ihn gewippt hatten, gaben es nicht zu. Denn das waren Leute, die, auch wenn Don Quijote in Wahrheit ein fahrender Ritter von der Tafelrunde selbst gewesen wäre, darum doch keinen Deut auf ihn gegeben hätten.

18. Kapitel

Worin die Unterredung berichtet wird, welche Sancho Pansa mit seinem Herrn Don Quijote hatte, nebst anderen erzählenswerten Dingen

Als Sancho bei seinem Herrn anlangte, war er in so hohem Grade ermattet und entkräftet, daß er seinen Esel nicht einmal anzutreiben vermochte. Wie Don Quijote ihn in solchem Zustande sah, sprach er zu ihm: „Jetzt bin ich vollends überzeugt, Sancho, mein Guter, daß diese Burg oder Schenke verzaubert ist; denn jene, die in so scheußlicher Weise sich einen Zeitvertreib mit dir machten, was konnten sie sein als Spukgestalten und Wesen aus der andern Welt? Und ich behaupte das um so mehr, als ich fand, da ich über den Rand der Hofmauer hinüber den Auftritten deines schmerzlichen Trauerspiels zuschaute, daß es mir nicht möglich war, hinüberzukommen, und noch weniger, vom Rosinante abzusteigen, weil man mich ohne Zweifel verzaubert hatte. Sonst, ich schwör dir's, so wahr ich der bin, der ich bin: hätte ich hinaufklimmen oder absteigen gekonnt, ich hätte dich dergestalt gerächt, daß jene Menschen und Wegelagerer immerdar dieses Spaßes hätten gedenken müssen, obwohl ich wußte, daß ich damit den Gesetzen des Rittertums zuwiderhandelte, welche, wie ich schon oftmals gesagt, dem Ritter nicht gestatten, gegen jemanden, der kein Ritter ist, die Hand zu erheben, es sei denn zur Verteidigung seines Lebens und seiner Person im Falle dringender und äußerster Notwehr."

„Auch ich", versetzte Sancho, „hätte mich gerächt, wenn ich gekonnt hätte, ob zum Ritter geschlagen oder nicht geschlagen: aber ich konnte eben nicht. Jedoch bin ich der Überzeugung, daß diejenigen, die ihre Kurzweil mit mir trieben, weder Spukgestalten noch verzauberte Menschen waren, wie Euer Gnaden sagt, sondern Menschen von Fleisch und Blut wie wir, und jeder von ihnen, wie sie einander zuriefen, als sie mich wippten, hatte seinen Namen. Der eine hieß Pedro Martínez und der andre Tenorio Hernández, und der Wirt, hörte ich, hieß Juan Palomeque der Linkshänder. Sohin, gnädiger Herr, daß Ihr nicht über die Mauer springen und nicht vom Gaul absteigen konntet, das lag an anderm als an Verzauberungen. Und was ich mir aus alledem abnehme, ist, daß diese Abenteuer, auf die wir ausziehen, uns am Ende und zu guter Letzt in so viel Unglück bringen werden, daß wir nicht mehr wissen, wo unser rechter und wo unser linker Fuß ist. Ja, was besser und gescheiter wäre, das, nach meinem geringen Verstand, wäre, zu unserm Ort heimzukehren, jetzt, wo es Erntezeit ist, und nach unsern Angelegenheiten zu sehen, statt daß wir von Irland nach Wirrland und von Brechhausen nach Pechhausen ziehen, wie's im Sprichwort heißt."

„Wie wenig Verständnis hast du", antwortete Don Quijote, „in betreff des Ritterwesens! Schweig und habe Geduld; denn einst wird kommen der Tag, wo du mit eignen Augen siehst, welch ehrenvolle Sache es ist, diesen Beruf zu üben. Oder sage mir doch: Welch größeren Genuß kann es auf Erden geben, oder welch Vergnügen läßt sich dem vergleichen, eine Schlacht zu gewinnen und über seinen Feind zu triumphieren? Ohne Zweifel keines."

„So muß es wohl sein", versetzte Sancho, „wiewohl ich es nicht weiß; ich weiß nur, daß, seit wir fahrende Ritter sind oder seit Euer Gnaden es ist – denn ich habe keinen Grund, mich zu einer so ehrenwerten Gesellschaft zu zählen –, wir noch niemals eine Schlacht gewonnen haben, es sei denn die gegen den Biskayer, und auch aus dieser kam Euer Gnaden nur mit einem halben Helm und halben Ohr weniger davon. Von da an bis jetzt war alles nur Prügel und abermals Prügel, Faustschläge und abermals Faustschläge, wobei ich nur das voraus hatte, daß ich gewippt wurde und daß mir dies von verzauberten Personen widerfuhr, an denen ich mich nicht einmal rächen kann, um wenigstens zu erfahren, wie groß das Vergnügen ist, den Feind zu besiegen, wovon Euer Gnaden mir sagt."

„Das ist ja eben der Kummer, den ich empfinde und den auch du empfinden mußt, Sancho", antwortete Don Quijote; „aber hinfüro werde ich darauf Bedacht nehmen, stets ein so meisterlich gearbeitetes Schwert zur Hand zu haben, daß, wer es führt, keinerlei Verzauberung ausgesetzt ist. Vielleicht kann es auch geschehen, daß das Glück mir jenes Schwert beschert, das Amadís führte, als er sich den *Ritter vom flammenden Schwert* nannte;

das war eines der besten, so je ein Ritter auf Erden besaß; denn außerdem, daß ihm die besagte Zauberkraft innewohnte, schnitt es wie ein Schermesser, und es gab keine noch so feste und gefeite Rüstung, die ihm standhielt."

„Ich habe so viel Glück", sagte Sancho, „daß, wenn es geschähe und Euer Gnaden gelänge es, ein solches Schwert zu finden, so würde es doch am Ende wie der Balsam nur denen, die den Ritterschlag empfingen, dienen und frommen, und die Schildknappen, die mag der Jammer aufessen."

„Fürchte das nicht", sprach Don Quijote, „der Himmel wird es besser mit dir fügen."

Unter solchen Gesprächen zog Don Quijote mit seinem Schildknappen dahin; da sah er, daß ihnen auf ihrer Straße eine große, dichte Staubwolke entgegenkam, und bei diesem Anblick wandte er sich zu Sancho und sprach: „Das ist der Tag, o Sancho, an dem man erschauen wird, welches Glück mein Schicksal mir vorbehalten hat; das ist der Tag, sage ich, an dem sich so gewaltig wie je die Kraft meines Armes zeigen wird und an dem ich Taten zu tun gedenke, die alle kommenden Jahrhunderte hindurch im Buche des Ruhmes verzeichnet bleiben sollen. Siehst du die Staubwolke, die dorten sich erhebt, Sancho? Wohl, sie ist ganz und gar von einem großmächtigen Heere aufgewirbelt, das mit seinen mannigfachen unzähligen Mannschaften dort hergezogen kommt."

„Demnach müßten es zwei Heere sein", sagte Sancho; „denn dort erhebt sich gleichfalls von der entgegengesetzten Seite eine ähnliche Staubwolke."

Don Quijote schaute nochmals hin und sah, daß dem wirklich so war. Da freute er sich über die Maßen, da er nicht zweifelte, es seien zwei Kriegsheere, die da kämen, einander anzugreifen und inmitten dieser weiten Ebene sich zu schlagen. Denn er hatte zu jeder Stunde und Minute die Gedanken voll von jenen Kämpfen, Verzauberungen, Begebnissen, unsinnigen Unternehmungen, Liebschaften, Herausforderungen, die in den Ritterbüchern erzählt werden, und was er sprach, dachte und tat, lief alles auf dergleichen Dinge hinaus. Die Staubwolken aber, die er gesehen, waren von zwei großen Herden Schafen und Hämmeln aufgerührt, die von zwei verschiedenen Seiten her dieses selben Weges kamen, die man aber des Staubes wegen nicht erkennen konnte, bis sie ganz nahe gekommen. Don Quijote bestand mit solchem Nachdruck darauf, es seien gewaffnete Heere, daß Sancho es zuletzt wirklich glaubte und ihm sagte: „Gnädiger Herr, was aber sollen wir denn nun tun?"

„Was?" entgegnete Don Quijote, „den Bedrängten und Notleidenden beistehen und Hilfe leisten. Und du mußt wissen, Sancho: das Heer, das uns gerade entgegenkommt, das führt und leitet der große Kaiser Alifanfarón, Herr der großen Insel Trapobana; das andere, das mir im Rücken heranzieht, ist das seines Feindes, des Königs der Garamanten, Pentapolín mit dem aufgestreiften Arm, weil er stets mit entblößtem rechtem Arm in die Schlacht geht."

„Warum sind sich denn die beiden Herren einander so feind?" fragte Sancho.

„Sie sind einander feind", antwortete Don Quijote, „weil dieser Alifanfarón ein hartnäckiger Heide ist und sich in die Tochter des Pentapolín verliebt hat, die ein äußerst schönes und zudem sehr liebenswürdiges Fräulein ist; dazu ist sie eine Christin, und ihr Vater will sie dem heidnischen Könige nicht geben, wenn er nicht vorher dem Gesetze seines falschen Propheten Mohammed entsagt und sich zu *seinem* Glauben wendet."

„Bei meinem Barte", sagte Sancho, „ich will nicht gesund sein, wenn der Pentapolín nicht sehr wohl daran tut, und ich werd ihm beistehen, soviel ich nur vermag."

„Da wirst du tun, was deine Pflicht fordert, Sancho", sprach Don Quijote; „denn um an dergleichen Schlachten teilzunehmen, ist es nicht vonnöten, den Ritterschlag empfangen zu haben."

„Das begreife ich wohl", entgegnete Sancho. „Aber wo werden wir unsern Esel hintun, um sicher zu sein, daß wir ihn nach dem Handgemenge wiederfinden? Denn so beritten in die Schlacht zu ziehen ist, glaub ich, bis zum heutigen Tag nicht der Brauch."

„So ist's in Wirklichkeit", sagte Don Quijote. „Was du mit dem Tiere tun kannst, ist, es aufs Geratewohl laufen zu lassen, möge es sich nun verlieren oder nicht; denn wir werden so viel der Pferde haben, nachdem wir als Sieger aus der Schlacht gekehrt, daß sogar Rosinante Gefahr läuft, daß ich ihn vielleicht gegen ein andres Roß vertausche. Indessen habe jetzt acht auf meine Worte und schau auf, denn ich will dir über die vornehmsten Ritter berichten, die sich bei diesen zwei Heeren befinden; und auf daß du sie besser sehen und dir merken kannst, ziehen wir uns auf jenes Hügelchen zurück, das dort ansteigt; von da muß man beide Heere übersehen können."

Sie taten also und stellten sich auf einer Höhe auf, von welcher man die beiden Herden, die unserm Don Quijote zu Heeren wurden, recht gut gesehen hätte, wenn die von ihnen aufgerührten

Staubwolken nicht den beiden Beobachtern die Augen bis zur Blindheit getrübt hätten. Aber trotzdem in seiner Einbildung erschauend, was er nicht sah und was nicht vorhanden war, begann er mit lauter Stimme also zu sprechen: „Jener Ritter, den du dorten mit gelber Rüstung siehst, der im Schild einen gekrönten Löwen führt, der zu eines Fräuleins Füßen demutvoll liegt, ist der mannhafte Laurcalco, Herr der silbernen Brücke. Der dort mit der goldgeblümten Rüstung, der im Schilde drei silberne Kronen im blauen Felde führt, ist der furchtbare Micocolembo, Großfürst von Quirossia. Jener zu seiner Rechten, mit den riesenhaften Gliedern, ist der nie zagende Brandabarbarán von Boliche, Herr der drei Arabien, der mit einer Schlangenhaut bepanzert ist und als Schild eine Tür hat, welche, wie der Ruf sagt, von jenem Tempel stammt, den Simson zusammenriß, als er durch seinen eignen Tod an seinen Feinden Rache nahm. Aber wende deine Augen nach dieser andern Seite, und da wirst du vor dir und an der Spitze dieses andren Heeres den stets siegreichen und nie besiegten Timonel von Carcajona sehen, den Fürsten von Neu-Biscaya, dessen Rüstung in vier Farben geviertelt ist, Blau, Grün, Weiß und Gelb, und der im Schild eine goldene Katze im purpurnen Felde führt mit der Umschrift *Miau*, was der Anfang des Namens seiner Dame ist, welche, wie man wissen will, die unvergleichliche Miaulina ist, die Tochter des Herzogs Alfeñiquén von Algarbien. Jener dort, der den Rücken seines gewaltigen Streitrosses drückt und belastet, die Rüstung weiß wie Schnee, den Schild weiß und sonder Wappen und Zeichen, ist ein angehender Ritter, Franzose von Nation, namens Peter Papin, Herr der Herrschaften Utrique. Dieser andere, der seinem leichten Zebra die eisenbeschlagenen Fersen in die Flanken stößt und blaue Eisenhütlein im Wappen führt, ist der mächtige Herzog von Nerbio, Espartafilardo vom Busch, der als Sinnbild im Schilde eine Spargelstaude führt, mit der Devise auf kastilianisch: *Rastrea mi suerte* (Spüre meinem Geschicke nach)."

Und auf diese Weise nannte er nacheinander zahlreiche Ritter von den beiden Geschwadern, die er in seiner Einbildung schaute, und allen gab er ihre Rüstungen, Farben, Wappen und Sinnbilder aus dem Stegreif, fortgerissen von seiner erfinderischen, unerhörten Verrücktheit. Und ohne einzuhalten, fuhr er fort: „Dies Geschwader vor uns bilden und formen Leute verschiedener Volksstämme: hier sind die, welche die süßen Wasser des berühmten Xanthus trinken, die Bergbewohner, welche die Massylischen Gefilde umwandern, die, welche den Staub feinsten

Goldes im glücklichen Arabien sieben, die, so sich der herrlichen frischen Ufergelände des klaren Thermodon erfreuen, die den goldführenden Paktolus auf vielfach verschiedene Weise zur Ader lassen, die in ihren Versprechungen unzuverlässigen Numidier, die Perser, durch Bogen und Pfeile berühmt, die Parther und Meder, die im Fliehen fechten, die Araber mit beweglichen Wohnstätten, die Skythen, so grausam als hellfarbig, die Äthiopier mit durchbohrten Lippen und andere Völker ohne Zahl, deren Gesichtszüge ich kenne und sehe, wiewohl ich mich ihrer Namen nicht erinnere. In jener andern Schar zeigen sich die, so die kristallhellen Wellen des olivenreichen Bätis trinken, die, welche ihr Antlitz im Naß des immerdar reichen goldenen Tajo baden und erfrischen, die, welche der fruchtbringenden Wasser des göttlichen Genil sich erfreuen; die, deren Füße die tartessischen Fluren, an Triften reich, beschreiten, die, welche sich am elysäischen Gelände von Jérez ergötzen, die Manchaner, reich und mit blonden Ähren bekränzt; die im Eisenhemde einhergehen, alte Überbleibsel des gotischen Bluts; die im Pisuerga sich baden, der so berühmt ist durch die Weichheit seines Gewässers; die, so ihre Herde weiden auf den ausgedehnten Auen des vielgekrümmten Stromes Guadiana, der ob seines verborgenen Laufes berühmt; die, so zittern von der Kälte der waldigen Pyrenäen und vom Schnee des hochgipfligen Apennin; endlich alle, so ganz Europa enthält und umschließt."

Hilf, Himmel, wieviel Provinzen zählte er auf, wieviel Völkerschaften nannte er, wobei er einer jeden mit wunderbarer Fertigkeit die eigentümlichen Bezeichnungen lieh, die ihr zukamen, ganz vertieft und versunken in die Dinge, die er in seinen Lügengeschichten gelesen hatte. Sancho Pansa hing an des Ritters Lippen, ohne die seinigen zu einem Wort zu öffnen, nur hier und da den Kopf umwendend, um zu sehen, ob die Ritter und Riesen, die sein Herr nannte, auch ihm sichtbar würden; und da er nicht einen zu Gesicht bekam, sprach er zu ihm: „Gnädiger Herre, der Teufel soll's holen, weder Mensch noch Riese noch Ritter, soviel auch Euer Gnaden benamset, läßt sich weit und breit sehen; ich wenigstens erblicke keinen, es muß alles vielleicht nur Zauberei sein wie die Spukgestalten heut nacht."

„Wie kannst du das sagen?" entgegnete Don Quijote; „hörst du nicht das Wiehern der Rosse, das Blasen der Trompeten, das Rollen der Trommeln?"

„Ich höre nichts andres", antwortete Sancho, „als vielfaches Blöken von Schafen und Hämmeln."

Und so war's auch in der Tat; denn die beiden Herden kamen bereits näher.

„Die Furcht, die du fühlst, Sancho", sprach Don Quijote, „macht, daß du nicht recht siehst und hörst; denn eine der Wirkungen der Furcht ist, die Sinne zu verwirren, so daß die Dinge nicht als das erscheinen, was sie sind. Ist's der Fall, daß du so arge Angst hast, so zieh dich seitwärts und laß mich allein; denn allein schon bin ich Manns genug, um der Partei, der ich meinen Beistand gewähre, den Sieg zu verschaffen."

Und mit diesen Worten gab er Rosinanten die Sporen, und mit eingelegtem Speer stürmte er wie der Blitz den Hügel hinunter. Sancho schrie ihm nach: „Kehret um, Señor Don Quijote, denn ich schwör's zu Gott, es sind Hämmel und Schafe, die Ihr angreifen wollt; kehrt um! Weh über den Vater, der mich gezeugt! Was für Tollheit! Seht doch nur hin, es ist kein Riese da und kein Ritter, keine Katzen, keine Rüstungen, keine geviertelten und keine ganzen Schilde, keine Eisenhütlein, blaue nicht und nicht verteufelte; was tut Ihr? O ich armer Sünder gegen Gott und Menschen!"

Allein Don Quijote kehrte nicht um; vielmehr ritt er voran mit dem lauten Ruf: „Auf, ihr Ritter, die ihr unter dem Banner des mannhaften Kaisers Pentapolín mit dem aufgestreiften Arme dienet und fechtet, folgt mir alle, und ihr sollt sehen, wie leicht ich ihn an seinem Feinde Alifanfarón von Trapobana räche!"

Mit diesen Worten drang er mitten in die Schlachtschar der Schafe hinein und begann sie mit solcher Kühnheit und Entschlossenheit anzuspießen, als zückte er den Speer wirklich auf seine Todfeinde. Die Schafknechte und die Herren der Herde, die mit ihren Tieren daherkamen, schrien ihm zu, er solle davon ablassen; aber da sie sahen, daß sie nichts ausrichteten, zogen sie ihre Schleudern aus dem Gurt und begannen ihm die Ohren mit faustgroßen Steinen zu begrüßen. Don Quijote kümmerte sich nicht um die Steine, vielmehr sprengte er nach allen Seiten hin und her und rief: „Wo bist du, hochmütiger Alifanfarón? Komm heran! Her zu mir! Ein Ritter, ganz allein bin ich hier, will Mann gegen Mann deine Kraft erproben und will dir das Leben rauben, zum gerechten Lohn für den schlimmen Lohn, den du dem tapfern Pentapolín bezahlt, dem Garamanten!"

In diesem Augenblick kam ein Bachkiesel geflogen, traf ihn in die Seite und schlug ihm zwei Rippen in den Leib hinein. Als er sich so übel zugerichtet sah, zweifelte er nicht, er sei zu Tode getroffen oder doch schwer verwundet; da fiel ihm sein Trank ein, er zog sein Krüglein hervor, setzte es an den Mund und begann das heilsame Naß in den Magen zu gießen. Aber ehe er das ihm genügend scheinende Maß völlig heruntergeschüttet, kam wieder eine Krachmandel und traf ihn so voll auf Hand und Krug, daß sie diesen in Stücke zerbrach, unterwegs ihm drei oder vier Vorder- und Backenzähne ausschlug und ihm zwei Finger arg zerquetschte. Derartig war der erste Wurf und derartig der zweite, daß der arme Ritter nicht anders konnte: er mußte vom Pferde herab zu Boden stürzen. Die Hirten liefen auf ihn zu und glaubten, sie hätten ihn umgebracht; und so trieben sie denn in großer Eile ihre Herde zusammen, luden die toten Tiere auf, deren es über sieben waren, und ohne sich nach was anderm umzutun, zogen sie von dannen.

Während der ganzen Zeit stand Sancho auf dem Hügel und schaute den Tollheiten seines Herrn zu, raufte sich den Bart und verwünschte die Stunde und Minute, wo ihn das Schicksal mit seinem Herrn bekannt gemacht. Als er ihn nun auf dem Boden ausgestreckt liegen und die Schäfer schon entfernt sah, eilte er vom Hügel herab, näherte sich ihm und fand ihn in sehr üblem Zustand, wiewohl er das Bewußtsein nicht verloren. Da sprach Sancho zu ihm: „Hab ich's Euch nicht gesagt, Señor Don Quijote, Ihr solltet umkehren, weil die, so Ihr angreifen wolltet, keine Kriegsheere, sondern Schafherden wären?"

„Ja, auf solche Weise vermag jener Schurke von Zauberer, mein Feind, alles verschwinden zu lassen und umzugestalten! Du mußt wissen, Sancho, daß es den besagten Zauberern sehr leicht ist, alles vor uns erscheinen zu lassen, was sie wollen, und der Bösewicht, der mich verfolgt, neidisch auf den Ruhm, den er mich im Begriffe sah von diesem Kampfe zu gewinnen, hat die Feindesgeschwader in Schafherden verwandelt. Und wo du dies nicht glaubst, so mußt du, bei meinem Leben! eines tun, damit du deines Irrtums loswirst und siehst, daß volle Wahrheit ist, was ich sage: steig auf deinen Esel und reite ihnen sachte nach, und du wirst sehen, sobald sie sich ein weniges von hier entfernt haben, verwandeln sie sich wieder in ihr erstes Wesen, hören auf, Hämmel zu sein, und sie sind wieder echte, rechte Menschen, wie ich dir sie zuerst geschildert. Aber entferne dich nicht jetzt, denn ich habe deine Hilfe und Unterstützung nötig. Komm zu mir her und sieh nach, wieviel Backen- und Vorderzähne mir fehlen; denn es kommt mir vor, als wäre nicht einer mir im Munde übrig."

Sancho näherte sich seinem Herrn so dicht, daß er ihm beinahe mit den Augen in den Mund kam. Das geschah aber in dem Augenblick, wo der Balsam bereits in Don Quijotes Magen seine Wirkung getan, und gerade als Sancho sich näherte, um ihm in den Mund zu sehen, warf der Ritter mit größerer Gewalt, als eine Büchse schießt, alles aus, was er bei sich hatte, und schleuderte das Ganze dem mitleidigen Schildknappen ins Gesicht. „Heilige Mutter Gottes!" rief Sancho, „was ist mir da geschehen? Gewiß ist der Sündenmensch auf den Tod verwundet, da er Blut aus dem Munde bricht."

Aber indem er es sich etwas genauer betrachtete, merkte er an Farbe, Geschmack und Geruch, daß es keineswegs Blut, sondern der Balsam aus dem Kruge war, den er ihn hatte trinken sehen; und der Ekel, der ihn dabei befiel, war so groß, daß der Magen sich in ihm umdrehte und er sein ganzes Inneres auf seinen eigenen Herrn herausbrach; und beide sahen nun gar köstlich aus.

Sancho lief zu seinem Esel hin und wollte aus dem Zwerchsack etwas holen, um sich zu reinigen und seinen Herrn zu verbinden, und als er ihn nicht fand, war er nahe daran, den Verstand zu verlieren. Er verwünschte sich aufs neue und nahm sich im Herzen vor, seinen Herrn zu verlassen und in seine Heimat zurückzukehren, wenn er auch den Lohn für die gediente Zeit und die Aussicht auf die Statthalterschaft der versprochenen Insul verlieren müßte. Inzwischen erhub sich Don Quijote, und die linke Hand an den Mund haltend, damit die Zähne ihm nicht vollends herausfielen, faßte er mit der rechten die Zügel Rosinantes, der seinem Herrn bisher nicht von der Seite gewichen war – so treuen Gemütes und gutherzigen Charakters war er –, und wandte sich zu seinem Knappen hin, der dastand, über seinen Esel gelehnt, die Hand an der Wange, wie ein Mensch in tiefsten Gedanken. Und als Don Quijote ihn so dastehen sah, mit allen Zeichen großer Traurigkeit, sprach er zu ihm: „Wisse, Sancho, kein Mensch ist mehr als ein andrer, wenn er nicht mehr vollbringt als ein andrer. All diese Ungewitter, die uns treffen, sind Anzeichen, daß der Himmel sich bald aufheitert und unsre Angelegenheiten wieder gut gehen werden; denn es ist nicht möglich, daß Glück oder Unglück von Dauer sind. Daraus folgt, daß, nachdem das Unglück lange gedauert hat, das Glück jetzt nahe ist; und so darfst du dich nicht ob des Mißgeschicks betrüben, das mir begegnet, der du keinen Teil daran hast."

„Wie? Ich nicht?" antwortete Sancho. „War vielleicht der Mann, den sie gestern gewippt haben, ein andrer als der Sohn meines Vaters? Und der Zwerchsack, der mir heute fehlt mit all meinen Habseligkeiten, gehörte er einem andern als mir selbst?"

„Was? Der Zwerchsack mangelt dir, Sancho?" versetzte Don Quijote.

„Freilich mangelt er mir", antwortete Sancho.

„Demnach haben wir heute nichts zu essen", sprach Don Quijote.

„So würde es sein", erwiderte Sancho, „wenn es auf den Feldern hier an den Kräutern fehlte, die Euer Gnaden versichert zu kennen und mit denen sich stets derartigem Mangel abhelfen läßt bei den so sehr vom Unglück verfolgten fahrenden Rittern, wie Euer Gnaden einer ist."

„Bei alledem", antwortete Don Quijote, „nähme ich anitzo mit größerem Begehr ein Viertellaibchen Brot oder einen Laib und ein paar Heringe als alle Kräuter, die Dioskórides in seinem Buche beschreibt, selbst wenn Doktor Lagunas Kommentar beigebunden wäre. Aber sintemal es so ist, steig auf deinen Esel, Sancho, du Guter, und ziehe hinter mir drein; Gott, der Fürsorger aller Dinge auf Erden, wird uns nicht im Stiche lassen, zumal da wir so völlig in seinem Dienste wandeln, wie wir tun; denn er verläßt nicht die Mücken in der Luft noch die Würmlein auf dem Erdboden noch die junge Froschbrut im Wasser, und er ist so barmherzig, daß er seine Sonne aufgehen läßt über Gute und Böse und regnen über Ungerechte und Gerechte."

„Euer Gnaden", sprach Sancho, „taugte besser zum Prediger als zum fahrenden Ritter."

„Die fahrenden Ritter", erwiderte Don Quijote, „verstanden von allem und mußten von allem verstehen, Sancho. In alten Zeiten gab es manch fahrenden Ritter, der inmitten eines Heerlagers ebenso bereit war, eine Predigt oder Rede zu halten, als hätte er seine akademischen Grade auf der Hochschule zu Paris erhalten, woraus zu schließen, daß weder der Speer die Feder noch die Feder den Speer jemals stumpf gemacht hat."

„Nun gut, so sei es an dem, wie Euer Gnaden sagt", entgegnete Sancho. „Machen wir uns jetzt von dannen und sehen, wo wir diese Nacht herbergen, und wolle Gott, daß es ein Ort ist, wo es keine Bettdecken zum Wippen und keine Wipper gibt, keine Spukgestalten, keine verzauberten Mohren; denn wenn es dergleichen dort gibt, so laß ich alles im Stiche und gehe zum Teufel in die Hölle."

„Geh deinen Weg lieber zu Gott, mein Sohn", sprach Don Quijote, „und reite voran in jeder Richtung, die du willst; denn diesmal überlasse ich es deiner Wahl, uns Herberge zu nehmen. Doch gib einmal die Hand her und fühle mit dem Finger und sieh genau nach, wieviel Vorder- und Backenzähne mir auf der rechten Seite in der oberen Kinnlade fehlen; denn da fühl ich den Schmerz."

Sancho steckte ihm die Finger in den Mund, befühlte die Kinnlade und sprach: „Wieviel Backenzähne pflegte Euer Gnaden auf dieser Seite zu haben?"

„Vier", antwortete Don Quijote, „und alle außer dem Weisheitszahn ganz und gesund."

„Euer Gnaden bedenke wohl, was Ihr saget", entgegnete Sancho.

„Vier sag ich, wenn es nicht fünf waren", antwortete Don Quijote; „denn in meinem ganzen Leben ist mir weder Vorderzahn noch Backenzahn ausgefallen noch ausgezogen noch von Fäule oder Fluß angefressen worden."

„Nun denn, in der unteren Kinnlade habt Ihr auf dieser Seite nicht mehr als zwei Backenzähne und einen halben und in der obern keinen halben und keinen ganzen mehr; denn da ist alles glatt wie die flache Hand."

„Ich Unglückseliger!" sprach Don Quijote, als er die traurige Nachricht erfuhr, die ihm sein Knappe mitteilte; „lieber möchte ich, man hätte mir einen Arm abgeschlagen, nur müßte es nicht der sein, der das Schwert führt; denn ich tue dir zu wissen, Sancho, ein Mund ohne Backenzähne ist wie eine Mühle ohne Mühlstein, und ein Zahn ist weit höher zu schätzen als ein Diamant. Aber alledem sind wir ausgesetzt, die wir uns zum strengen Orden des Rittertums bekennen. Steig auf, Freund, und sei Wegeführer, ich werde dir folgen und gleichen Schritt nach deinem Belieben mit dir halten."

Sancho tat also; er nahm seinen Weg dahin, wo er Herberge zu finden dachte, ohne von der Landstraße abzuweichen, die dort viel begangen war. Als sie nun Schritt vor Schritt hinritten, denn Don Quijotes Zahnschmerz gestattete ihnen weder zu rasten noch an Eile zu denken, wollte Sancho ihn unterhalten und durch Gespräch zerstreuen; und unter mancherlei Dingen, die er ihm sagte, war auch das, was im folgenden Kapitel berichtet werden soll.

19. KAPITEL

Handelt von dem verständigen Gespräche, das Sancho mit seinem Herrn führte, und von dem Abenteuer, so dem Ritter mit einer Leiche begegnete, nebst andern großartigen Ereignissen

„Es will mich bedünken, mein edler Herr, daß all diese Unglücksfälle, die uns in den letzten Tagen zugestoßen sind, ganz gewiß die Strafe für die Sünde waren, so Euer Gnaden gegen die Pflichten Eures Rittertums begangen hat, indem Ihr den Eidschwur nicht gehalten, den Ihr getan, auf keinem Tischtuch Brot zu essen noch mit der Königin zu kurzweilen, samt alledem, was Euer Gnaden darauf noch weiter sagte und zu halten schwur, bis Ihr jenen Helm des Malandrin geraubt, oder wie der Mohr sonst heißt, ich erinnere mich nicht recht."

„Du hast sehr recht, Sancho", sprach Don Quijote, „aber um dir die Wahrheit zu sagen, es war mir aus dem Gedächtnis gekommen, und du kannst es ebenfalls für gewiß halten, daß um deiner Schuld willen, weil du mich nicht zur rechten Zeit daran erinnert hast, dir die Geschichte mit dem Wippen widerfahren ist. Aber ich will es wiedergutmachen; denn im Ritterorden gibt es Mittel und Wege, alles wieder auszugleichen."

„So? Hab etwa ich etwas geschworen?" erwiderte Sancho.

„Es kommt nicht darauf an, daß du nicht geschworen hast", sprach Don Quijote; „genug, daß ich einsehe, daß du als teilhaftig an der Sünde nicht sehr sicher bist, frei auszugehen. Aber ob so oder nicht so, es wird nicht übel sein, uns mit einem Sündenablaß zu versehen."

„Nun, wenn es so ist", sagte Sancho, „so möge Euer Gnaden acht haben, nicht abermals dieses zu vergessen wie jenes mit dem Eidschwur. Vielleicht kommt den Spukgestalten die Lust wieder, sich mit mir nochmals eine Ergötzlichkeit zu machen und gar mit Euer Gnaden selbst, wenn sie Euch so hartnäckig in der Sünde finden."

Unter diesen und andren Gesprächen wurden sie inmitten der Landstraße von der Nacht überfallen und hatten nicht und fanden nicht, wo sie ihr Haupt hinlegen sollten; und was die Sache erst recht Schlimmes hatte, war, daß sie schier Hungers starben, da mit dem Fehlen des Zwerchsacks ihnen ihre Speisekammer und ihr Mundvorrat fehlten. Und um das Unglück vollständig zu machen, stieß ihnen ein Abenteuer auf, das ohne Nachhilfe romanhafter Phantasie in Wirklichkeit wie ein solches aussah.

Die Nacht war nämlich mit ziemlicher Finsternis hereingebrochen, und trotzdem ritten sie des Weges fürbaß; denn Sancho meinte, da es eine Landstraße sei, würde er zwei, drei Meilen weiter zweifellos an derselben eine Schenke finden. Und wie sie dergestalt dahinzogen, die Nacht finster, der Schildknappe hungrig und der Herr voll Eßbegierde, sahen sie, daß auf derselben Straße, die sie ritten, ihnen eine große Menge Lichter entgegenkamen, die nicht anders denn wandelnde Sterne aussahen. Sancho fiel bei dem Anblick beinahe in Ohnmacht, und Don Quijote ward es nicht wohl bei der Sache; der eine zog seinem Esel die Halfter an, der andre seinem Gaul die Zügel, und so hielten sie still und beobachteten aufmerksam, was dies sein möchte. Und sie sahen, daß die Lichter ihnen näher kamen und immer größer schienen, je mehr sie heranzogen. Bei diesem Schauspiel begann Sancho zu zittern, als hätte er Quecksilber eingenommen, und dem Ritter stand das Haar zu Berge. Dieser indessen ermannte sich einigermaßen und sprach: „Ohne Zweifel, Sancho, muß dies ein sehr großes, ein sehr gefährliches Abenteuer sein, wo es vonnöten sein wird, all meine Mannhaftigkeit und Tapferkeit zu zeigen."

„Ich Unglückseliger!" entgegnete Sancho, „wenn etwa dies ein Abenteuer mit Geisterspuk sein sollte, wie mir es das Aussehen hat, wo soll man Rippen genug hernehmen, um das Abenteuer auszuhalten?"

„Mögen sie so viele Spukgeister sein, wie sie wollen", antwortete Don Quijote, „ich werde nicht gestatten, daß sie dir nur an ein Fädchen deines Gewandes rühren. Wenn die Spukgestalten neulich ihr Spiel mit dir getrieben, so war's, weil ich nicht über die Mauerbrüstung hinüberspringen konnte; jetzt aber befinden wir uns im freien Feld, wo ich mein Schwert nach Willkür schwingen kann."

„Und wenn sie Euch verzaubern und lähmen, wie sie es jüngst getan", sagte Sancho darauf, „was wird es frommen, im freien oder nicht freien Feld zu sein?"

„Trotz alledem", entgegnete Don Quijote, „bitte ich dich, Sancho, fasse rechten Mut; denn welchen ich habe, wird dich die Erfahrung lehren."

„Mut will ich schon fassen, wenn Gott will", antwortete Sancho.

Nun zogen sich die beiden seitwärts der Straße und beobachteten aufs neue mit Aufmerksamkeit, was jener Vorgang mit den wandelnden Lichtern bedeuten möchte. Gleich darauf erblickten sie viele Gestalten in weißen Hemden, und diese furchtbare Erscheinung gab dem Mute Sancho Pansas den letzten Stoß. Ihm klapperten die Zähne wie einem, den der Frost eines viertägigen Fiebers gepackt hat, und dies Klappern und Knirschen ward noch stärker, als die beiden deutlich erkannten, was es war; sie sahen nämlich gegen zwanzig Leute mit weißen Chorhemden, alle beritten, brennende Fackeln in den Händen, und hinter ihnen kam eine in Trauer gehüllte Tragbahre, welcher wieder sechs Berittene folgten, ebenfalls in Trauer gekleidet vom Kopf bis zu den Hufen ihrer Maultiere; denn an dem ruhigen Schritt, mit dem sie einherzogen, sah man wohl, daß es keine Pferde waren. Die Hemdenträger murmelten etwas vor sich hin mit leisem kläglichem Ton.

Diese seltsame Erscheinung, zu solcher Stunde und in so menschenleerer Gegend, war wohl genügend, um Sanchos Herz, ja auch das seines Herrn, mit Furcht zu erfüllen; und so hätte es allerdings bei Don Quijote sein können, da bei Sancho bereits der letzte Rest von Mut verlorengegangen. Allein seinem Herrn erging es jetzt umgekehrt, da gerade in diesem Augenblick in seinem Geiste mit Lebensfarben die Vorstellung auftauchte, es sei dies eines der Abenteuer aus seinen Büchern.

Nämlich die Sache gestaltete sich ihm so, als sei die Tragbahre eine Leichenbahre, auf der ein hart verwundeter oder erschlagener Ritter liegen müsse, den zu rächen ihm allein vorbehalten sei. Und ohne sonst etwas zu erwägen, legte er seinen Spieß ein, setzte sich im Sattel fest und stellte sich mit edlem Feuer und Anstand inmitten des Weges auf, wo die Hemdenmänner notwendig vorüber mußten. Und als er sie in seiner Nähe sah, erhob er die Stimme und sprach: „Haltet, ihr Ritter, wer ihr auch sein möget, und gebt mir Auskunft, wer ihr seid, woher ihr kommt, wohin ihr wollt und was ihr auf dieser Bahre traget; denn nach allen Anzeichen, entweder habt ihr oder man hat an euch eine Ungebühr verübt, und es ziemt sich und ist notwendig, daß ich es wisse, entweder um euch für das Böse zu züchtigen, das ihr getan, oder aber um euch zu rächen ob des Unrechts, so man euch getan."

„Wir müssen eilig weiter", antwortete einer von den Hemdenträgern, „denn das Wirtshaus ist fern, und wir können uns nicht damit aufhalten, Euch all die Auskunft zu erteilen, die Ihr verlangt."

Und seinem Maultier die Sporen gebend, ritt er weiter.

Don Quijote nahm die Antwort höchlich übel, und dem Maultier in die Zügel fallend, sprach er zu dem Reiter: „Haltet und seid höflicher und gebt mir Auskunft; wo nicht, seid ihr alle mit mir in Fehde."

Das Maultier war scheu, und so plötzlich am Zügel gefaßt, schreckte es zusammen, bäumte sich hoch auf und schleuderte seinen Reiter über die Kruppe zur Erde. Ein Bursche, der zu Fuße nebenherging, begann, als er den Hemdenträger fallen sah, auf Don Quijote zu schimpfen, und dieser, ohnehin schon in Zorn entbrannt, fällte, ohne weiter zuzuwarten, seinen Spieß, stürzte sich auf einen der in Trauer Gehüllten und warf ihn hart verwundet zu Boden, und wie er sich darauf gegen die andern wendete, war es wahrlich der Mühe wert, zu sehen, mit welcher Hurtigkeit er sie angriff und sie auseinanderjagte; es schien nicht anders, als wenn Rosinanten augenblicks Flügel gewachsen wären, so leicht und stolz trabte er einher. Die Männer mit den Hemden waren alle furchtsame, waffenlose Leute, und so ließen sie ohne Widerstreben und im Nu den Kampf beruhen und begannen mit ihren brennenden Fackeln über das Feld zu eilen, so daß sie den Teilnehmern an einem Maskenzuge glichen, wie sie in Nächten der Lustbarkeit und Festfreude umherstreifen. Auch die Leute in den Trauerkleidern, von heftiger Furcht befallen und wie gefangen in ihren Schleppen und Priesterröcken, konnten sich nicht von der Stelle regen, so daß Don Quijote sonder Fährlichkeit sie sämtlich durchbleute und sie sehr wider ihren Willen das Feld zu räumen zwang; denn alle glaubten, das sei kein Mensch, sondern ein Teufel aus der Hölle, aus der er herausgekommen, um ihnen die Leiche abzunehmen, die sie auf der Bahre trugen.

Bei all diesem war Sancho ein aufmerksamer Zuschauer, hoch erstaunt ob der Kühnheit seines Herrn, und sprach für sich: Ohne Zweifel ist dieser mein Gebieter so tapfer und mutig, wie er selber sagt.

Auf dem Boden lag eine brennende Fackel neben dem ersten, den sein Maultier abgeworfen; bei deren Licht konnte Don Quijote den Mann sehen, und sich ihm nähernd, setzte er ihm die Eisenspitze des Spießes aufs Gesicht und rief ihm zu, sich für geschlagen zu bekennen, sonst würde er ihn töten. Woraufhin der Gefallene die Antwort gab: „Geschlagen bin ich zur Genüge;

denn ich kann mich nicht bewegen, weil ich ein Bein gebrochen habe; ich flehe zu Euer Gnaden, wenn Ihr ein christlicher Ritter seid, mich nicht zu töten. Ihr würdet eine Sünde gegen die Kirche begehn; denn ich bin Lizentiat und habe die niederen Weihen empfangen."

„Wer Teufel hat Euch denn hierhergebracht", sagte Don Quijote, „da Ihr doch ein Mann der Kirche seid?"

„Wer, Señor?" entgegnete der Gefangene, „mein Unglück!"

„So droht Euch ein noch größeres", sagte Don Quijote, „wenn Ihr mir nicht auf alles Genüge tut, was ich Euch vorher gefragt."

„Euer Gnaden ist leicht Genüge getan", antwortete der Lizentiat, „und sonach sollt Ihr erfahren, daß ich, wenn ich auch hierzuvor mich einen Lizentiaten genannt, doch nur Baccalaureus bin und Alonso López heiße, aus Alcobendas gebürtig bin und aus der Stadt Baéza mit elf andern Geistlichen komme, eben jenen, welches die sind, die sich mit den Fackeln zur Flucht gewendet haben. Wir gehen nach der Stadt Segovia zur Begleitung einer Leiche, die auf dieser Tragbahre liegt und welche die eines Ritters ist, der in Baéza verstorben, wo er beigesetzt wurde. Jetzt, wie gesagt, führen wir seine Gebeine in sein Erbbegräbnis über; dasselbe ist in Segovia, von wo er gebürtig ist."

„Und wer hat ihn umgebracht?" fragte Don Quijote.

„Gott, vermittels eines pestartigen Fiebers, das ihn befiel", erwiderte der Baccalaureus.

„Demnach", versetzte Don Quijote, „hat mich unser Herrgott der Mühsal überhoben, die ich auf mich hätte nehmen müssen, ihn zu rächen, wenn ein anderer ihn umgebracht hätte. Aber da ihm der den Tod gesendet, der es so gewollt hat, so läßt sich nichts tun als stillschweigen und sich ducken; denn das nämliche würde ich selber tun, wenn er mich aus dem Leben abriefe. Und ich will, daß Euer Wohlehrwürden erfahre, daß ich ein Ritter aus der Mancha bin mit Namen Don Quijote und daß mein Beruf und mein Brauch ist, durch die Lande zu fahren, um alle Frevel und Verbrechen abzutun und alles Schlechte gut und alles Krumme gerade zu machen."

„Ich weiß nicht", entgegnete der Baccalaureus, „wie man das heißen kann, alles Krumme gerad machen; denn mich, der ich gerade war, habt Ihr krumm gemacht, da Ihr schuld seid, daß mein Bein entzwei ist, und es wird mein Leben lang nicht wieder ganz werden. Und daß Ihr Verbrechen abtut, soll heißen, daß Ihr viel im Zerbrechen tut und daß Ihr mich auf immerdar zu einem gebrochenen Mann gemacht; und indem ich Euch begegnet bin, der Ihr auf Abenteuer zieht, kommt mir dieser Abend teuer zu stehen."

„Nicht alles", antwortete ihm Don Quijote, „verläuft in gleicher Weise. Das Schlimme war, Herr Baccalaureus Alonso López, daß ihr des Nachts einherzoget, mit diesen Chorhemden bekleidet, mit brennenden Fackeln, Gebete murmelnd, in Trauer gehüllt, so daß man euch wirklich für nicht geheuer, für etwas aus der andern Welt halten mußte; und so konnte ich nicht umhin, meiner Pflicht gemäß zu handeln und euch anzugreifen. Ich hätte euch auch angegriffen, wenn ich sicher gewußt hätte, ihr wäret der Satan selbst und seine Teufel aus der Hölle; denn für solche hab ich euch beständig gehalten und erachtet."

„Da es mein Schicksal einmal so gewollt hat", sagte der Baccalaureus, „so bitte ich Euer Gnaden, fahrender Herr Ritter, durch den ich so übel gefahren bin, helft mir unter diesem Maultier hervor, das mich mit meinem einen Bein zwischen Steigbügel und Sattel eingeklemmt hält."

„Da hätte ich wahrlich bis morgen fortreden können!" sagte Don Quijote, „worauf habt Ihr denn gewartet, mir Eure Not zu klagen?"

Sogleich rief er Sancho Pansa herbei, aber der kümmerte sich nicht ums Kommen, da er eben damit beschäftigt war, einen Proviantesel zu plündern, den mit Eßwaren wohlbeladen die guten Herren mitführten. Sancho machte aus seinem Filzmantel einen Sack; raffte zusammen, soviel ihm möglich war und in die neue Reisetasche hineinging, packte alles auf sein Tier, und dann folgte er dem Zuruf seines Gebieters, half den Herrn Baccalaureus unter der Wucht des Maultiers hervorziehen, gab ihm die Fackel in die Hand, und Don Quijote sagte ihm, er möchte dieselbe Richtung wie seine Gefährten verfolgen und sie von seinetwegen um Verzeihung bitten ob der Unbill, die zu unterlassen nicht in seiner Macht gewesen sei.

Auch Sancho sprach zu ihm: „Wenn vielleicht jene Herren wissen wollen, wer der Held war, der sie so zugerichtet, so möget Ihr ihnen sagen: Es war der berühmte Don Quijote von der Mancha, der auch mit einem andern Namen der *Ritter von der traurigen Gestalt* genannt wird."

Hiermit machte sich der Baccalaureus davon, und Don Quijote fragte Sancho, was ihm jetzt eher als sonst Anlaß gegeben habe, ihn den Ritter von der traurigen Gestalt zu heißen.

„Ich will's Euch sagen", antwortete Sancho, „ich hab's getan, weil ich eine Zeitlang dastand, Euch beim Lichte der Fackel anzuschauen, die jener so übelfahrende Mann trägt, und in Wahrheit hat Euer Gnaden seit kurzer Zeit die jämmerlichste Gestalt, die ich je gesehen. Daran muß entweder die Ermattung von dem Kampfe schuld sein oder das Fehlen Eurer Vorder- und Backenzähne."

„Nicht dies ist es", entgegnete Don Quijote, „sondern den weisen Zauberer, der ohne Zweifel die Obliegenheit hat, die Geschichte meiner Taten zu schreiben, wird es bedünkt haben, daß ich gut daran tue, irgendeinen Beinamen anzunehmen, wie alle bisherigen Ritter einen solchen annahmen; einer hieß *Der vom flammenden Schwert,* einer *Der vom Einhorn,* dieser *Der von den Jungfrauen,* jener *Der vom Vogel Phönix,* der eine *Der Ritter vom Greif,* der andere *Der vom Tod,* und unter diesen Namen und Zeichen waren sie auf dem ganzen Erdenrunde bekannt. Und also sag ich, daß der bereits erwähnte Zauberer dir es in die Gedanken und auf die Zunge gelegt haben muß, jetzt gerade solltest du mich den Ritter von der traurigen Gestalt nennen, wie ich mich auch hinfüro zu nennen gedenke. Und damit der Name um so besser auf mich passe, bin ich willens, sobald Gelegenheit sich bietet, mir auf den Schild eine sehr traurige Gestalt malen zu lassen."

„Es ist nicht nötig, Zeit und Geld auf die Anfertigung einer solchen Gestalt zu verwenden", sagte Sancho; „Euer Gnaden brauchen weiter nichts als Eure eigne Gestalt sehen zu lassen und denen, die Euch anschauen, das Antlitz zuzuwenden; dann werden sie ohne weitere Umstände und ohne Bild und ohne Schild Euch Den von der traurigen Gestalt benamsen. Glaubt, ich sage Euch die Wahrheit; denn ich bin Euch gut dafür – aber das will ich nur im Scherz gesagt haben –, daß der Hunger und der Mangel an Zähnen Euch ein so jämmerliches Aussehen gibt, daß das traurige Gemälde wohl entbehrlich sein wird."

Don Quijote lachte über Sanchos Witz, aber trotzdem nahm er sich vor, sich mit diesem Namen zu nennen, sobald er seinen Ritterschild oder seine Tartsche, so wie er es sich ausgedacht, malen lassen könne. Dann sprach er: „Es ist mir klar, Sancho, ich bin im Kirchenbann, weil ich Hand an Heiliges gelegt, *juxta illud: si quis suadente diabolo et cetera,* obwohl ich weiß, daß ich nicht die Hand, sondern diesen Spieß anlegte. Zumal ich auch nicht glaubte, gegen Geistliche oder überhaupt Kirchliches vorzugehen, denn das alles achte und verehre ich als Katholik und getreuer Christ, der ich bin, sondern gegen Spukgestalten und Scheusale aus der andern Welt. Und selbst wenn dem so wäre, so habe ich noch im Gedächtnis, was sich mit dem Cid Ruy Diaz zutrug, als er den Sessel des Gesandten jenes Königs vor Seiner Heiligkeit dem Papste zerschmetterte, der ihn in Bann tat, und am selben Tage erschien der wackere Rodrigo von Vivár allen als ein höchst ehrenwerter tapferer Ritter."

Als der Baccalaureus dieses hörte, zog er von dannen, wie schon gesagt, ohne ihm ein Wort zu entgegnen. Don Quijote hätte gern nachgesehen, ob der Körper, den man auf der Bahre trug, nur aus den Gebeinen bestand oder was sonst; aber Sancho gab es nicht zu und sprach zu ihm: „Señor, Euer Gnaden hat dies schwere Abenteuer am gefahrlosesten unter allen bestanden, die ich bisher erlebte. Aber es könnte immerhin geschehen, und diese Leute, wiewohl besiegt und auseinandergejagt, kämen zur Überlegung, daß ein Mann allein ihr Besieger war, und würden, ärgerlich und beschämt darüber, sich wieder sammeln und uns aufsuchen und uns was zu raten aufgeben, daß wir daran zu denken hätten. Mein Esel ist wohlversorgt, das Gebirg nahe, der Hunger drückt uns; da gibt's nichts anderes zu tun, als uns in rascher Gangart zurückzuziehen, und dann, wie man sagt: Zum Grabe, wem der Leib tot, und wer am Leben, zum Laib Brot."

Und den Esel vor sich hertreibend, bat er seinen Herrn, ihm zu folgen; und dieser, da ihm Sancho recht zu haben schien, folgte ohne fernere Widerrede. Nach einer kurzen Strecke Wegs, die sie zwischen zwei Hügeln wanderten, fanden sie sich in einem räumigen, versteckten Tal, wo sie abstiegen und Sancho seinen Esel ablud, und hingestreckt in das grüne Gras, nahmen sie zu gleicher Zeit ihr Frühstück, Mittagessen, Vesperbrot und Abendmahl, alles das vom Hunger gewürzt, und befriedigten ihren Magen mit gar mancher kalten Speise, welche die geistlichen Begleiter des Verstorbenen – denn dergleichen Herren lassen es sich nicht leicht an etwas fehlen – auf ihrem Proviantesel mit sich geführt hatten.

Aber jetzt stieß ihnen ein neues Unglück zu, das Sancho für das ärgste von allen hielt; sie hatten nämlich weder Wein zu trinken noch auch nur Wasser, um die Lippen zu netzen. Wie sie sich so vom Durste gequält sahen, bemerkte Sancho, daß die Wiese, auf der sie lagerten, mit frischem zartem Gras über und über bewachsen war, und sprach, was im folgenden Kapitel gesagt werden soll.

20. Kapitel

Von dem noch nie erhörten und noch nie gesehenen Abenteuer, welches selbst der allervortrefflichste Ritter auf Erden nicht mit so wenig Gefahr bestanden hätte als der mannhafte Don Quijote von der Mancha

„Es ist nicht anders möglich, edler Herre mein, dieses Gras gibt Zeugnis, daß hier herum eine Quelle oder ein Bach sein muß, der das Gras befeuchtet, und sonach wird es gut sein, etwas weiterzuwandern; dann finden wir bald einen Ort, wo wir den schrecklichen Durst lindern können, der uns quält; denn der verursacht ohne Zweifel größere Pein als der Hunger."

Der Rat gefiel Don Quijote; er nahm Rosinante am Zügel, Sancho seinen Esel am Halfter, nachdem er auf denselben die Überbleibsel des Mahles geladen, und sie wanderten die Wiese tappend hinauf, da die Finsternis der Nacht sie durchaus nichts erkennen ließ. Sie hatten aber nicht zweihundert Schritte zurückgelegt, als zu ihren Ohren ein mächtiges Rauschen von Wasser drang, als ob es von gewaltigen hohen Felsenklippen herabstürze. Das Rauschen freute sie über die Maßen; aber als sie hielten und horchten, in welcher Richtung sich dies Rauschen hören lasse, da vernahmen sie plötzlich ein andres Getöse, das ihnen die Freude über das Wasser zu Wasser machte, besonders dem armen Sancho, der von Natur furchtsam und gar geringen Mutes war. Sie hörten nämlich ein taktmäßiges Stampfen, dazu ein gewisses Klirren von Eisen und Ketten, was im Verein mit dem wütigen Tosen des Wassers jedes andere Herz als das Don Quijotes mit Bangen erfüllt hätte. Die Nacht war, wie gesagt, finster, und sie waren eben in ein Wäldchen hochwipfliger Bäume gelangt, deren Blätter, von sanftem Winde bewegt, schauerlich leise rauschten, so daß die einsame Öde, die Lage des Ortes, die Finsternis, das Brausen des Wassers mit dem Surren der Blätter, alles, alles Grausen und Entsetzen weckte, zumal als sie bemerkten, daß weder das Stampfen aufhörte, noch der Wind ruhte, noch der Morgen herannahte, zu allen welchen Schrecknissen noch das kam, daß es ihnen durchaus unbekannt war, wo sie sich befanden.

Aber Don Quijote, im alleinigen Geleite seines unverzagten Herzens, sprang auf Rosinante, und seinen Schild an den Arm nehmend, schwang er seinen Spieß und sprach: „Sancho, mein

Freund, du mußt wissen, daß ich durch des Himmels Fügung in diesem eisernen Zeitalter zur Welt kam, um in ihm das Goldene zur Auferstehung zu wecken. Ich bin der, für den die Gefahren, die Großtaten, die Werke des Heldentums aufgespart sind; ich bin der, sage ich nochmals, durch den die Ritter der Tafelrunde, die zwölf Pairs von Frankreich und die neun Männer des Ruhms wiederauferstehen und welcher die Platir, die Tablante, Olivante und Tirante, die Sonnenritter und Belianís in Vergessenheit bringen wird, sowie die ganze Schar der berühmten fahrenden Ritter der vergangenen Zeit, indem ich in dieser jetzigen, in der ich lebe, solche gewaltigen Werke, außerordentlichen Dinge und Waffentaten vollbringen werde, daß sie die glänzendsten, welche jene Helden vollbracht, in Schatten stellen sollen. Du bemerkst wohl, biederer, pflichtgetreuer Knappe, die Finsternisse dieser Nacht und ihre seltsam tiefe Stille, das dumpfe verworrene Rauschen von diesen Bäumen herab, das erschreckliche Brausen dieses Wassers, das wir aufzusuchen kamen und das so gewaltig toset, als ob es von dem hohen Mondgebirge stürzte und herniederströmte; und endlich jenes unaufhörliche Stampfen und Hämmern, das uns an die Ohren pocht und sie zerquält. All dies zusammen wie jedes einzelne für sich wäre hinreichend, um Furcht, Schrecken und Entsetzen in die Brust des Gottes Mars selbst einzugießen, wieviel mehr also dessen, der solcher Begebnisse und Abenteuer nicht gewohnt ist. Wohlan, alles dies, was ich dir male, sind nur Reizmittel und Auferwecker meines Mutes, der bereits mich so erfüllt, daß das Herz mir schier den Busen sprengt vor Gier, mich in dieses Abenteuer zu stürzen, ob es sich auch noch so schwierig zeige. Mithin zieh dem Rosinante den Gurt etwas fester an und bleibe hier mit Gott und erwarte mich an dieser Stelle, bis drei Tage vorüber sind, und nicht länger. Kehre ich binnen dieser Frist nicht zurück, so kannst du dich nach unserm Dorfe heimwenden, und von da, um einen großen Dienst und ein gutes Werk an mir zu tun, gehst du nach Toboso, wo du meiner unvergleichlichen Herrin Dulcinea sagst, daß der Ritter, den sie in Banden hielt, gestorben, weil er sich an Taten wagte, die ihn würdig machen sollten, sich den ihrigen zu nennen."

Als Sancho diese Worte seines Herrn vernahm, brach er mit der denkbar größten Rührung in Tränen aus und sprach zu ihm: „Señor, ich weiß nicht, warum Euer Gnaden sich in dies so schreckliche Abenteuer stürzen will; es ist jetzt Nacht, hier sieht uns keiner; ganz gut können wir einen andern Weg einschlagen und der Gefahr ausweichen, sollten wir auch drei Tage lang nichts zu trinken bekommen. Und da niemand da ist, der uns sieht, ist um so sicherer niemand da, der uns der Feigheit bezichtigen kann. Zumal ich auch gar oft den Pfarrer unsres Orts, den Euer Gnaden ja sehr gut kennt, predigen hörte: Wer sich in Gefahr begibt, kommt darin um. Sonach ist es nicht recht, Gott zu versuchen mit einem so ungeheuren Wagnis, aus dem zu entrinnen nur durch ein Wunder möglich; und es ist schon genug an den Wundern, die der Himmel für Euer Gnaden getan, indem er Euch davor bewahrte, gewippt zu werden, wie es mir geschehen, und Euch siegreich, frei und mit heiler Haut aus der Mitte all der vielen Feinde, die die Leiche geleiteten, herausgerissen hat. Und wenn all dieses Euer hartes Herz nicht rührt und erweicht, so möge es sich rühren lassen durch den Gedanken, ja durch die Gewißheit, daß, sowie Euer Gnaden sich von hier entfernt, ich alsbald vor Angst meine Seele jedem beliebigen preisgebe, der Lust hat, sie zu holen. Ich zog aus meiner Heimat fort und verließ Kinder und Weib, um Euer Gnaden zu dienen, weil ich glaubte, herauf- und nicht herunterzukommen. Aber wie Habgier den Säckel sprengt, so ist nichts geworden aus meinen Hoffnungen; denn als ich gerade am zuversichtlichsten erwartete, die verwünschte und unglückselige Insul zu gewinnen, die Euer Gnaden mir versprochen hat, da seh ich, daß Ihr zur Vergütung und Entschädigung dafür mich jetzt in einer öden, von allem Menschenverkehr fern abliegenden Stätte verlassen wollt. Bei dem einzigen Gott, lieber Herre mein, wollet nicht solchergestalt an mir missetun. Wollt Ihr aber durchaus nicht ablassen, diese Tat zu wagen, so verschiebt es wenigstens bis morgen; denn wie mir die Erfahrung zeigt, die ich mir erwarb, als ich Schäfer war, muß es von jetzt bis zum Frührot nicht drei Stunden sein, da die Schnauze des kleinen Bären sich über unserm Kopfe befindet und die Mitternacht in der Linie des rechten Armes steht."

„Wie kannst du, Sancho", sprach Don Quijote, „sehen, wo jene Linie steht, noch wo die Schnauze oder wo der Kopf, wovon du sprichst, sich befindet, wenn die Nacht so finster ist, daß am ganzen Himmel nicht ein einziger Stern erscheint?"

„Das ist wahr", entgegnete Sancho, „aber die Furcht hat tausend Augen und sieht, was unter der Erde, wieviel mehr, was oben am Himmel ist, da man ja auch schon durch richtige Überlegung wissen kann, daß von jetzt bis zum Tage nur noch wenige Zeit fehlt."

„Mag fehlen, was da will", erwiderte Don Quijote, „von mir soll weder jetzt noch jemals gesagt werden, daß Tränen und Bitten mich von dem abgebracht haben, was zu tun ich nach Rittersitte verpflichtet war. Und so bitte ich dich, Sancho, zu schweigen; denn Gott, der mir es ins Herz gelegt, mich jetzt an dies so unerhörte und so schreckliche Abenteuer zu wagen, wird darauf bedacht sein, für mein Wohlergehen Sorge zu tragen und deinen traurigen Sinn zu trösten. Was du zu tun hast, ist, dem Rosinante den Gurt fest anzuziehen und hierzubleiben; denn sehr bald kehre ich wieder, lebend oder tot."

Als nun Sancho den letzten Entschluß seines Herrn vernahm und sah, wie wenig seine Tränen, Ratschläge und Bitten bei jenem vermochten, nahm er sich vor, seine Zuflucht zur List zu nehmen und ihn womöglich zu zwingen, bis zu Tagesanbruch zu warten. Während er also dem Rosinante den Gurt fester schnallte, schnürte er sachte und unvermerkt dem Gaul beide Beine mit der Halfter seines Esels zusammen, so daß Don Quijote, als er fortreiten wollte, dazu nicht imstande war, weil der Gaul sich nur in kurzen Sprüngen bewegen konnte. Als Sancho den guten Erfolg seines tückischen Anschlags gewahr wurde, sprach er: „Wohlan, Señor, der Himmel, von meinen Tränen und flehentlichen Bitten bewegt, hat es so gefügt, daß Rosinante sich nicht von der Stelle rühren kann, und wenn Ihr dennoch auf Eurem Sinn beharren und ihm Sporn und Peitsche geben wollt, so würde das heißen, das Geschick zu erzürnen und, wie man sagt, wider den Stachel zu löcken."

Don Quijote geriet darob in helle Verzweiflung, und je mehr er dem Gaul die Sporen einsetzte, um so weniger konnte er ihn von der Stelle bringen. Ohne daß er auf die Zusammenschnürung des Gaules kam, hielt er es nun für geraten, ruhig zu bleiben und abzuwarten, entweder bis der Tag käme oder bis Rosinante sich wieder frei bewegen könne; denn er zweifelte gar nicht daran, daß die Geschichte von etwas ganz anderem als von einem listigen Streich Sanchos herrühre. Und daher sagte er zu ihm: „Da es einmal so ist, Sancho, daß Rosinante sich nicht rühren kann, so bin ich es zufrieden, abzuwarten, bis die Morgenröte lacht, wiewohl ich weinen möchte über die Frist, die sie zu kommen zögert."

„Es ist kein Grund zu weinen", antwortete Sancho, „ich will Euer Gnaden mit Erzählen von allerhand Geschichten von jetzt bis zu Tagesanbruch unterhalten, wenn Ihr nicht etwa absteigen und Euch nach Brauch der fahrenden Ritter ein wenig aufs Gras werfen wollt, um zu schlafen, damit Ihr desto besser ausgeruht seid, wenn der Tag und mit ihm der Augenblick kommt, Euch an das Abenteuer ohnegleichen zu wagen, das Euer harret."

„Was heißest du absteigen, was heißest du schlafen?" sprach Don Quijote. „Gehöre ich etwa zu den Rittern, die in Gefahren der Ruhe pflegen? Schlafe du, der du zum Schlafen geboren bist, oder tue, was du sonst willst; ich aber werde tun, was meinem Vorhaben am besten ziemt."

„Erzürnt Euch nicht, werter Herre mein", entgegnete Sancho, „ich habe es nicht in solchem Sinne gesagt." Und sich dicht an ihn drängend, legte er die eine Hand auf den vordern, die andre auf den hintern Sattelbogen, so daß er den linken Schenkel seines Herrn umfaßt hielt, ohne daß er es wagte, sich um eines Fingers Breite von ihm zu entfernen; solche Angst empfand er ob der gewaltigen Stöße, die noch immer, einer nach dem andern, im Takt erschollen.

Jetzt sagte ihm Don Quijote, er solle irgendeine Geschichte erzählen, um ihn zu unterhalten, wie er es ihm versprochen habe; worauf Sancho erwiderte, er wolle es allerdings tun, das heißt, wenn es ihm die Angst vor dem, was er höre, gestatten würde. „Aber trotz alledem", so sprach er, „will ich mir Mühe geben, eine Geschichte vorzutragen, und wenn ich es fertigbringe, sie zu erzählen, und wenn ich nicht gestört werde, so ist es die beste unter allen Geschichten, und Ihr müßt gehörig aufmerken, denn ich fange jetzt an.

Es war einmal, das ist schon lange her, und wenn was Gutes kommt, so soll's für jedermann kommen, und alles Böse soll für den sein, der nach Bösem trachtet. Und hierbei merket wohl, lieber gnädiger Herr: die Alten setzten bei ihren Märlein nicht so mir nichts, dir nichts einen beliebigen Anfang, sondern das war immer ein Spruch von Cato, dem römischen Zänkerinus, und der lautet: Alles Böse für den, der nach Bösem trachtet. Und das paßt hier, wie ein Ring an den Finger paßt, das bedeutet, daß Ihr Euch in Ruhe faßt und nirgends hingeht, nach Bösem zu trachten, sondern daß wir auf einem andern Weg zurückkehren, sintemal uns keiner zwingt, diesen Weg zu verfolgen, wo tausend Ängste über uns hereinbrechen."

„Verfolge du deine Geschichte", sprach Don Quijote, „und für den Weg, den wir zu verfolgen haben, überlaß mir die Sorge."

„Ich sage also", fuhr Sancho fort, „in einem Ort in Estremadura war ein Zieger, ich meine einen, der die Ziegen hütete, welcher Zieger oder Ziegenhirt, wie ich in meiner Geschichte finde, Lope Ruiz hieß; und dieser Lope Ruiz war in eine Hirtin verliebt, die Torralba hieß, welche Hirtin, die da Torralba hieß, die Tochter eines reichen Herdenbesitzers war, welcher reiche Herdenbesitzer ..."

„Wenn du auf diese Weise deine Erzählung erzählst, Sancho", sprach Don Quijote, „und zweimal wiederholst, was du sagst, wirst du nicht in zwei Tagen fertig. Sag alles ordentlich, eins nach dem andern, und erzähl es wie ein vernünftiger Mensch. Wo nicht, sag lieber nichts."

„Auf die Art, wie ich's erzähle", antwortete Sancho, „werden bei mir zu Lande alle Märlein erzählt, und auf andre Art kann ich nicht erzählen, und Euer Gnaden tut nicht wohl daran, zu verlangen, daß ich einen neuen Brauch aufbringe."

„Sprich denn, wie du willst", entgegnete Don Quijote, „und da ich nach des Schicksals Willen nicht vermeiden kann, dich anzuhören, so fahre fort."

„Also, herzliebster Herre mein", fuhr Sancho fort, „wie ich schon gesagt, der Hirt war in Torralba, die Hirtin, verliebt, die war eine kugelrunde Dirne und spröde und hatte schier etwas vom Mannsbild an sich; denn sie hatte ein dünnes Schnurrbärtchen, ich meine, ich sehe sie noch vor mir."

„Also hast du sie gekannt?" fragte Don Quijote.

„Ich hab sie nicht gekannt", antwortete Sancho, „aber der mir diese Geschichte erzählt hat, der sagte mir, sie sei so gewißlich wahr, daß ich, wenn ich sie einem andern wiedererzählte, ganz wohl behaupten und beschwören könnte, ich hätte alles selber gesehen. Also wie ein Tag nach dem andern so kam und ging, so hat der Teufel, der niemals schläft und alles gern untereinanderbringt, es fertiggebracht, daß die Liebe, die der Hirt zur Hirtin trug, sich in Haß und feindseligen Sinn verwandelt hat, und die Ursache waren, wie böse Zungen sagen, eine schwere Menge Eifersüchteleien, zu denen sie ihm Anlaß gab, Dinge, die über die rechten Schranken hinausgingen und ans Verbotene grenzten; und der Hirte hatte von der Zeit an einen so großen Widerwillen gegen sie, daß er, um sie nicht mehr zu sehen, aus der Gegend wegziehen wollte, um wohin zu gehen, wo er sie nimmer vor die Augen bekäme. Die Torralba, als sie sich von Lope verschmäht sah, bekam sie ihn gleich sehr lieb, weit lieber als je zuvor."

„Das ist die eigentümliche Natur der Weiber", sagte Don Quijote, „den zu verschmähen, der liebend um sie wirbt, und den zu lieben, der sie haßt. Fahre fort, Sancho."

„Es geschah nun", sprach Sancho, „daß der Hirt seinen Entschluß ins Werk setzte, und seine Herde vor sich hertreibend, wanderte er durch das Gefilde von Estremadura, um nach den portugiesischen Landen hinüberzuziehen. Das hat die Torralba erfahren, ist hinter ihm hergewandert und ihm von weitem gefolgt, zu Fuß, ohne Strümpfe und Schuhe, mit einem Schäferstab in der Hand und einem Zwerchsack am Hals, worin sie, wie erzählt wird, ein Stückchen von einem Spiegel und einen halben Kamm trug und ein Töpfchen mit ich weiß nicht was für Schminke fürs Gesicht. Aber laßt sie bei sich tragen, was sie tragen mag, ich will mich jetzt nicht damit aufhalten, es näher zu ermitteln. Ich will nur sagen, daß man sagt, der Hirt kam mit seiner Herde hin, um über den Fluß Guadiana zu setzen, und der war um selbige Jahreszeit hoch angeschwollen und schier über seine Ufer getreten; und am Orte, wo er hinkam, war kein Boot und keine Fähre und kein Ferge, der ihn und seine Herde aufs andre Ufer hinüberbrächte, worüber er sich sehr betrübte; denn er sah, daß die Torralba schon ganz nahe war und ihm gewiß mit ihren Bitten und Tränen sehr beschwerlich fallen würde. Jedennoch, er tat sich lange umschauen, bis er zuletzt einen Fischer erblickte, der ein Boot bei sich hatte, und das war so klein, daß nur eine Person mit einer Ziege hineinging; aber trotzdem sprach er ihn an und wurde handelseinig mit ihm, er solle ihn übersetzen und die dreihundert Ziegen, die er bei sich hatte. Der Fischer stieg ins Boot und setzte eine Ziege über, fuhr zurück und setzte wieder eine über, fuhr abermals zurück und setzte abermals eine über; nun wolle Euer Gnaden genaue Rechnung über die Ziegen führen, die der Fischer nach und nach übersetzt; denn wenn sich Euch eine aus dem Gedächtnis verliert, so ist die Geschichte gleich aus, und es wird unmöglich, nur noch ein Wörtlein davon zu erzählen. Ich gehe also weiter und sage, der Landungsplatz auf dem andern Ufer war voller Kot und schlüpfrig, und der Fischer brachte lange zu mit dem Hinüber- und Herüberfahren; aber dessenungeachtet fuhr er zurück, um wieder eine Ziege zu holen, und wieder eine und nochmals eine."

„Nimm an, er habe sie alle übergesetzt", sagte Don Quijote, „und fahre nicht ewig so hinüber und wieder herüber, sonst wirst du in einem ganzen Jahr nicht fertig mit dem Übersetzen deiner Ziegen."

„Wieviel Ziegen sind nun jetzt hinüber?" fragte Sancho.

„Wie, zum Teufel, soll ich das wissen?" antwortete Don Quijote.

„Das eben habe ich ja gesagt, Ihr solltet genaue Rechnung führen; denn, bei Gott, die Erzählung ist aus, es läßt sich unmöglich fortfahren."

„Wie kann das sein?" entgegnete Don Quijote; „ist es denn so wesentlich bei der Geschichte, die übergesetzten Ziegen Stück für Stück zu wissen, daß du, wenn man sich um eine in der Zahl irrt, mit der Erzählung nicht fortfahren kannst?"

„Nein, Señor, ich kann's durchaus nicht", erwiderte Sancho; „denn als ich Euer Gnaden fragte, wieviel Ziegen hinüber seien, und Ihr mir antwortetet, Ihr wüßtet es nicht, im selben Augenblick ging mir alles aus dem Gedächtnis weg, was noch übrig zu sagen war, und wahrhaftig, es war höchst wertvoll und ergötzlich."

„Demnach", sagte Don Quijote, „ist's mit der Geschichte jetzt aus?"

„So aus ist's wie mit meiner Mutter selig", sprach Sancho.

„In Wahrheit sage ich dir", entgegnete Don Quijote, „du hast da eine ganz neue Mär oder Erzählung oder Geschichte vorgebracht, eine der merkwürdigsten in der Welt, die jemand zu erdenken vermöchte, und eine solche Art, sie zu erzählen und sie abzubrechen, wird man all seine Lebtage nicht so leicht wiederfinden und hat sie noch niemals gefunden. Ich habe in der Tat von deinem Scharfsinn nichts andres erwartet. Aber ich wundre mich nicht darüber; denn wohl mag dir das unaufhörliche Stampfen den Geist wirr gemacht haben."

„Das kann alles sein", antwortete Sancho, „aber ich weiß ganz sicher, in meiner Erzählung läßt sich nichts weiter sagen; denn wo der Irrtum im Zählen der Ziegen anfängt, da hört die Geschichte auf."

„Mag sie in Gottes Namen aufhören, wo sie will", sagte Don Quijote, „wir aber wollen zusehen, ob Rosinante sich jetzt von der Stelle rühren kann."

Er gab dem Gaul nun wiederum die Sporen, und der sprang wieder in kurzen Sätzen in die Höhe und blieb dann stehen, so festgebunden war er.

Jetzt aber – ob nun die Kühle des bereits nahenden Morgens daran schuld war oder ob Sancho am Abend allerlei Abführendes verspeist hatte oder ob es nur der naturgemäße Verlauf der Dinge war, was am ehesten glaublich ist –, jetzt kam ihn der Wunsch und Drang an, zu verrichten, was kein andrer für ihn verrichten konnte. Indessen war die Furcht, die in sein Herz eingezogen, so groß, daß er sich nicht getraute, von seines Herrn

Seite nur um die Breite des Schwarzen am Nagel zu weichen. Daß er aber daran dächte, von seinem Gelüste abzustehen, das war ebenso unmöglich. Was er nun tat, um aus der Klemme zu kommen, war dies: er nahm die rechte Hand vom hintern Sattelbogen weg und zog dann mit ihr behutsam und in aller Stille die laufende Schleife auf, die allein und ohne weiteres Hilfsmittel seine Hosen in die Höhe hielt, und sowie er sie gelöst, fielen die Hosen sofort herab und hingen um ihn her wie Beinschellen. Hierauf zog er, so gut es ging, das Hemd in die Höhe und streckte in die Lüfte zwei Sitzteile hinaus, die nicht allzu klein waren. Dieses vollbracht – und er glaubte, es sei damit das meiste bereits geschehen, was er zur Rettung aus diesen schrecklichen Bedrängnissen und Ängsten zu tun hatte –, überkam ihn eine andre, noch größere Besorgnis; es bedünkte ihn nämlich, er werde nicht ohne Geräusch und Lärm sein Geschäft verrichten können. Da begann er die Zähne zusammenzubeißen und die Schultern hochzuziehen und den Atem soweit nur möglich anzuhalten; aber unerachtet all dieser Vorsichtsmaßregeln war er so unglücklich, daß er zuletzt ein kleines Geräusch hören ließ, sehr verschieden von dem, das ihn so sehr in Besorgnis setzte.

Don Quijote hörte es und fragte: „Was für ein Getöne ist dieses, Sancho?"

„Ich weiß nicht, Señor", antwortete er, „das muß ein neues Begebnis sein; denn bei jedem Abenteuer ist es nicht geheuer, und Glück und Unglück fängt nimmer mit Kleinem an."

Jetzt begann er wieder sein Glück zu versuchen, und es gelang ihm so wohl, daß er ohne ein weiteres Geräusch und Getöse sich endlich von der Last befreit sah, die ihm so viele Not gemacht hatte. Aber da bei Don Quijote der Sinn des Geruchs so entwickelt war wie der des Gehörs und Sancho sich so dicht an ihn geheftet hielt, daß die Düfte beinahe in gerader Linie aufstiegen, so konnte es nicht fehlen, daß etwelche in des Ritters Nase drangen, und kaum war das geschehen, da kam er ihr schon zu Hilfe und klemmte sie zwischen die Finger und sprach mit näselndem Ton: „Mich bedünkt es, Sancho, du hast große Furcht."

„Freilich hab ich die; aber woran merkt das Euer Gnaden jetzt mehr als sonst?"

„Daran, daß du jetzt mehr als sonst riechst, und nicht nach Ambra", antwortete Don Quijote.

„Das kann wohl sein", sagte Sancho, „aber ich habe keine Schuld daran, sondern Ihr, der Ihr mich bei nachtschlafender

Zeit umherschleppt, ein Leben zu führen, wie ich platterdings nicht gewohnt bin."

„Ziehe dich drei, vier Schritte seitwärts, Freund", sprach Don Quijote – alles das, ohne die Finger von der Nase wegzunehmen –, „und hinfüro berücksichtige besser, wer du bist und was du mir schuldig bist; die häufigen Gespräche, die ich mit dir führe, haben diese Mißachtung erzeugt."

„Ich will wetten", entgegnete Sancho, „Euer Gnaden meint, ich hätte etwas mit mir vorgenommen, was ich nicht sollte."

„Es wird schlimmer, wenn man dran rührt", versetzte Don Quijote.

Mit diesen Gesprächen und andern ähnlicher Art verbrachten Herr und Diener die Nacht. Als aber Sancho bemerkte, daß der Morgen mit starken Schritten herankomme, schnürte er Rosinante mit größter Behutsamkeit los und band sich die Hosen fest. Wie Rosinante sich frei sah, schien er, wenn er auch von Hause aus keineswegs feurig war, sich doch einmal zu fühlen und stampfte etlichemal mit den Vorderfüßen, denn aufs Kurbettieren – er möge es nicht übelnehmen –, darauf verstand er sich nicht. Wie nun Don Quijote sah, daß Rosinante sich wieder rührte, hielt er es für ein gutes Zeichen, und zwar für das Zeichen, daß er sich an jenes erschreckliche Abenteuer wagen solle.

Inzwischen hatte die Morgenröte ihr Antlitz völlig entschleiert, die Gegenstände wurden deutlicher, und Don Quijote sah, daß er sich unter hohen Kastanienbäumen befand, die einen sehr dunklen Schatten warfen. Er hörte auch, daß das Stampfen nicht nachließ, aber er sah nicht, wer es veranlassen mochte, und so, ohne längeres Zögern, ließ er Rosinante die Sporen fühlen, und indem er nochmals von Sancho Abschied nahm, gebot er ihm, drei Tage höchstens seiner hier zu warten, wie er es ihm schon früher gesagt; und wenn er mit Schluß dieser Frist nicht zurückgekehrt sei, so möge er es als gewiß annehmen, es habe Gott beliebt, daß bei diesem gefahrvollen Abenteuer seine Tage zu Ende kommen sollten. Er wiederholte ihm die Meldung und Botschaft, die er von ihm seiner Herrin Dulcinea überbringen sollte; und bezüglich des Lohns für seine Dienste möge er keine Sorge haben, denn er habe, bevor er aus seinem Dorfe geschieden, sein Testament fertig hinterlassen, in dem Sancho sich für alles, was seinen Lohn betreffe, im Verhältnis zu seiner Dienstzeit befriedigt finden werde. Wenn aber Gott ihn aus dieser Gefahr heil und gesund und ohne Schädigung hervorgehen lasse, so könne er auf die versprochene Insul sicherer als sicher rechnen.

Aufs neue fing Sancho zu weinen an, als er aufs neue die betrübsamen Worte seines guten Gebieters vernahm, und entschloß sich, ihn bis zum letzten Ausgang und Ende dieses Handels nicht zu verlassen. (Aus Sanchos Tränen und so ehrenhaftem Entschluß folgert der Verfasser dieser Geschichte, er müsse von guter Art und altchristlichem Geblüt gewesen sein.)

Diese Gesinnungen rührten seinen Herrn einigermaßen, doch nicht so sehr, daß er irgend Schwäche gezeigt hätte; vielmehr sein Gefühl, so gut er konnte, verhehlend, schlug er den Weg nach der Gegend ein, woher das Getöse des Wassers und des Stampfens zu kommen schien. Sancho folgte ihm zu Fuß und führte, wie er zur Gewohnheit hatte, an der Halfter seinen Esel, den ewigen Genossen seiner glücklichen und unglücklichen Schicksale.

Als sie ein gut Stück Weges unter diesen Kastanienbäumen und schattigen Wipfeln zurückgelegt, gelangten sie auf einen kleinen Wiesenrain am Fuße hoher Felsen, von denen ein mächtiger Schwall Wassers herniederstürzte. Am Fuße der Felsen standen etliche schlecht aussehende Hütten, die eher Trümmer von Gebäuden als Häuser schienen, und sie hörten nun, daß aus deren Mitte das Gelärm und Getöse jenes Stampfens hervorscholl, das noch immer nicht aufhörte. Vor dem Tosen des Wassers und des Stampfens scheute Rosinante, und indem Don Quijote ihn beruhigte, ritt er Schritt vor Schritt zu den Häusern hin, wobei er sich seiner Gebieterin von ganzem Herzen empfahl und sie anflehte, ihm bei dieser erschrecklichen Kriegsfahrt und Rittertat beizustehen, und dabei sich auch Gott empfahl, daß er sein nicht vergesse. Sancho wich ihm nicht von der Seite und streckte zwischen Rosinantes Beinen den Hals und das Gesicht vor, soviel wie möglich, um zu sehen, ob er endlich entdecken könne, was ihn so in Spannung und Ängsten hielt.

Noch weitere hundert Schritte mochten sie zurückgelegt haben, da zeigte sich ihnen beim Umbiegen um eine Ecke unverdeckt und offenbar die eigentliche Ursache – eine andre konnte es nicht sein – jenes grausig schallenden und ihnen so entsetzlichen Getöses, das sie die ganze Nacht so in Spannung und Furcht gehalten; und es waren – wenn es dir, o Leser, nicht zum Verdruß und Ärgernis gereicht –, es waren sechs Stämpfel einer Walkmühle, die mit ihrem abwechselnden Auf- und Niederstoßen den Lärm verursachten.

Als Don Quijote sah, was es war, verstummte er und ward starr von oben bis unten. Sancho schaute ihn an und sah, daß er den Kopf auf die Brust hängen ließ, was deutlich verriet, daß er sich beschämt fühlte. Auch Don Quijote schaute seinen Knappen an und sah, daß er die Backen aufgeblasen und den Mund zum Lachen verzogen hatte, mit unverkennbarem Anzeichen, daß er herausplatzen wolle; und sein Trübsinn vermochte doch nicht so viel über ihn, daß er beim Anblick Sanchos das Lachen hätte unterdrücken können. Wie aber Sancho bemerkte, daß sein Herr den Anfang gemacht hatte, ließ er sich freien Lauf, so unaufhaltsam, daß er sich mit beiden Fäusten die Seiten halten mußte, um nicht vor Lachen zu bersten. Vielmal hielt er inne, und ebenso vielmal brach er wieder so gewaltsam wie zu Anfang in Lachen aus. Schon hierüber war Don Quijote des Teufels; aber es kam noch ärger, als er Sancho wie zum Hohn sagen hörte: „Du mußt wissen, Freund Sancho, daß ich durch des Himmels Fügung in diesem eisernen Zeitalter zur Welt kam, um in demselben das Goldne zur Auferstehung zu wecken; ich bin der, dem die Gefahren, die Großtaten, die Werke des Heldentums vorbehalten sind."

Und so wiederholte er nacheinander die sämtlichen oder doch die meisten Worte, die Don Quijote das erstemal, als sie das erschreckliche Stampfen hörten, gesprochen hatte.

Als nun Don Quijote sah, daß Sancho sich über ihn lustig machte, verdroß und erzürnte es ihn dermaßen, daß er seinen Spieß erhub und seinem Knappen zwei solche Schläge versetzte, daß, wenn dieser sie so, wie er sie auf den Rücken bekam, auf den Kopf bekommen hätte, der Ritter von der Verpflichtung, den Lohn zu zahlen, befreit gewesen wäre, es müßte denn an dessen Erben sein. Als Sancho merkte, daß er für seinen Scherz so bösen Ernst einheimste, bekam er Angst, sein Herr möchte darin noch weitergehen, und sprach mit großer Demut: „So beruhigt Euch doch, gnädiger Herre, ich machte bei Gott nur Spaß."

„So?" antwortete Don Quijote, „wenn Er Spaß macht, ich spaße nicht. Komm Er mal her, Bruder Lustig; meint Er etwa, wenn dies nicht Stämpfel einer Walkmühle gewesen wären, sondern sonst ein gefahrvolles Abenteuer, ich hätte nicht den Mut bewiesen, der zur Unternehmung und Vollführung eines solchen gehört? Bin ich als Ritter etwa verpflichtet, die Töne zu kennen und zu unterscheiden und zu wissen, welche von einer Walkmühle herrühren und welche nicht? Zumal es auch sein könnte, und es ist so in der Tat, daß ich in meinem Leben keine gesehen habe, während Er sie wohl gesehen haben muß als ein schlechter

Bauer, der Er ist, inmitten derselben geboren und erzogen. Andernfalls mache Er doch einmal, daß diese sechs Stämpfel sich in sechs Riesen verwandeln, und stelle sie mir vors Gesicht, einen nach dem andern oder alle zusammen, und wenn ich sie nicht alle niederwerfe, daß sie die Pfoten in die Luft hinaufstrecken, dann mache Er sich lustig über mich nach Belieben."

„Laßt genug sein, Herre mein", versetzte Sancho, „ich bekenne ja, daß ich im Scherze zu weit gegangen bin. Aber sagt mir doch jetzt, wo wir wieder gut miteinander sind, so wahr soll Euch Gott aus allen Abenteuern, die Euch aufstoßen, so heil und gesund heraushelfen, wie er Euch aus diesem geholfen: war's nicht zum Lachen und ist's nicht zum Lachen, wenn man es erzählt, wie große Angst wir hatten? Wenigstens wie ich meinesteils hatte; denn von Euer Gnaden weiß ich ja, Ihr kennt keine, Ihr wißt nicht, was Furcht und Schrecken ist."

„Ich stelle nicht in Abrede", entgegnete Don Quijote, „was uns begegnete, ist lachenswert; aber es ist nicht des Erzählens wert; denn nicht jedermann hat so viel Verstand, um eine Sache am richtigen Ende anzufassen."

„Wenigstens", versetzte Sancho, „verstanden Euer Gnaden Dero Spieß am richtigen Ende anzufassen und ihn mir richtig nach dem Kopf zu richten und mich freilich nur auf den Rücken zu treffen, Dank sei Gott und der hurtigen Vorsorge, mit der ich seitwärts auswich. Na ja, Ende gut, alles gut; und ich hab sagen hören, wen Gott lieb hat, den züchtigt er. Zudem heißt es, wenn vornehme Herren einem Diener ein böses Wort gesagt haben, pflegen sie ihm gleich darauf ein Paar Hosen zu schenken; aber ich weiß nicht, was sie ihm zu schenken pflegen, wenn sie ihn mit Prügeln beschenkt haben, falls nicht etwa die fahrenden Ritter Insuln schenken oder auch Königreiche auf dem festen Lande."

„Wohl könnten die Würfel so fallen", sprach Don Quijote, „daß alles, was du sagst, am Ende zur Wirklichkeit würde. Jetzt entschuldige, was geschehen, da du verständig bist und weißt, daß der Mensch die ersten Regungen nicht in der Gewalt hat. Und habe du hinfüro acht auf eines, daß du dich im Zaume haltest und unterlassest, in dreister Weise mit mir zu sprechen; denn in den Ritterbüchern allen, die ich gelesen – und die sind zahllos –, habe ich nie gefunden, daß irgendwelcher Schildknappe so viel mit seinem Herrn gesprochen wie du mit dem deinigen; und in Wahrheit, ich rechne dies dir und mir für einen großen Fehler an: dir, insofern du mir geringe Ehrerbietung erweisest, mir, insofern ich mir nicht höhere Ehrerbietung erweisen lasse. War doch Gandalin, der Schildknappe des Amadís von Gallien, Graf von der Festland-Insel, und man liest von ihm, wenn er mit seinem Herrn sprach, hatte er immer die Mütze in der Hand und more turquesco den Kopf geneigt und den Körper gebückt. Und dann, was sollen wir von Gasabál, dem Schildknappen Don Galaors, sagen, der so schweigsam war, daß, um uns den hohen Grad seines wundersamen Stillschweigens klarzumachen, sein Name in jener so großartigen wie wahrhaften Geschichte nur ein einziges Mal genannt wird! Aus all dem, was ich gesagt, wirst du schließen, Sancho, daß es unerläßlich ist, zwischen Herrn und Knecht, Gebieter und Diener, Ritter und Knappen einen Unterschied zu machen. Sonach wollen wir von heut an einander fürderhin mit mehr Achtung behandeln und uns nicht foppen; denn in welcher Weise auch immer ich mich über Ihn erzürnen mag, so wird es für den irdenen Topf immer schlimm ausgehen. Die Gnadenerweise und Vergabungen, die ich Ihm versprochen, werden schon zu ihrer Zeit kommen, und wenn sie nicht kommen sollten, so wird wenigstens der Dienstlohn nicht verlorengehen, wie ich Ihm schon gesagt habe."

„Alles das ist ganz gut, was Euer Gnaden sagt", sprach Sancho, „aber ich möchte wissen – falls etwa die Zeit für die Gnadenbeweise nicht kommen sollte und es nötig würde, die Zeit des Dienstlohns in Betracht zu ziehen –, wieviel der Schildknappe eines fahrenden Ritters in jenen Zeiten verdiente und ob sie auf den Monat eins wurden oder auf den Tag, wie ein Handlanger beim Maurer."

„Ich glaube nicht", sagte Don Quijote, „daß die besagten Schildknappen jemals um Lohn dienten, sondern nur auf das Belieben ihrer Herren; und wenn ich dir nun in dem verschlossenen Testament, das ich in meinem Hause zurückließ, einen Lohn ausgesetzt habe, so geschah es in Voraussicht kommender Möglichkeiten, weil ich noch nicht weiß, wie in diesen unsern unglückseligen Zeiten das Rittertum sich bewährt, und ich nicht möchte, daß um Kleinigkeiten meine Seele in jener Welt Pein erlitte; denn in dieser, mußt du wissen, Sancho, gibt es ohnehin keinen gefahrvolleren Beruf als den der abenteuernden Ritter."

„Allerdings ist dies wahr", sprach Sancho, „sintemal schon das bloße Gelärm der Stämpfel einer Walkmühle das Herz eines fahrenden Abenteurers von solcher Tapferkeit wie Euer Gnaden in Unruhe und Bestürzung bringen konnte. Aber Ihr könnt vollständig sicher sein, daß ich von jetzt an meine Lippen nicht mehr auftun will, um über irgend etwas, das Euer Gnaden betrifft, mir einen Scherz zu erlauben, nein, sondern nur um Euch als meinen Gebieter und angebornen Herrn zu ehren."

„Tue so", erwiderte Don Quijote, „auf daß du lange lebest auf Erden; denn nach Vater und Mutter muß man die Dienstherren ehren, als ob sie die Eltern selbst wären."

21. KAPITEL

Welches von dem großartigen Abenteuer mit dem Helme Mambrins handelt und wie derselbige zur reichen Beute gewonnen ward, benebst anderem, was unserm unbesieglichen Ritter zustieß

Indem begann es ein wenig zu regnen, und Sancho hätte es gern gesehen, sie wären in die Walkmühle eingekehrt; aber gegen diese hatte Don Quijote wegen des Schimpfes und Spottes von vorher einen solchen Widerwillen, daß er sie durchaus nicht betreten wollte. Sie bogen daher nach rechts ab und gerieten auf einen andern Weg, als den sie tags zuvor eingeschlagen hatten. Bald darauf bekam Don Quijote einen Reiter zu Gesicht, der auf dem Kopfe ein Ding trug, das wie Gold glänzte, und kaum hatte er ihn erblickt, da wandte er sich zu Sancho und sprach: „Es will mich bedünken, Sancho, es gibt kein Sprichwort, das nicht die Wahrheit sagt; denn alle sind sie Sprüche, die aus der Erfahrung selbst, der Mutter aller Wissenschaften, entnommen sind, namentlich jenes, das da lautet: ‚Wo eine Tür sich schließt, tut sich eine andre auf.' Ich sage dies deshalb: wenn das Glück diese Nacht uns seine Tür zuschloß, als wir es suchten und es uns mit den Mühlstämpfeln täuschte, so schließt es uns anjetzo eine andre weit auf zu einem andern, besseren, einem zweifelloseren Abenteuer, und wenn es mir nicht gelingt, durch diese Tür einzugehen, so wird die Schuld die meine sein, ohne daß ich sie auf meine geringe Kenntnis von Mühlstämpfeln oder auf die Dunkelheit der Nacht schieben darf. Und dies sag ich, weil, wenn ich mich nicht täusche, jemand auf uns zukommt, der den Helm des Mambrin auf dem Kopfe trägt, ob dessen ich den Schwur getan, den du kennst."

„Bedenke Euer Gnaden ernstlich, was Ihr sagt, und noch ernstlicher, was Ihr tut", sprach Sancho; „denn ich wünschte nicht, daß es wieder Mühlstämpfel wären, die uns den Verstand vollends zerstampften und zerschlügen."

„Hol dich der Teufel, Mensch!" versetzte Don Quijote; „was hat der Helm mit Mühlstämpfeln zu tun?"

„Ich weiß nicht", antwortete Sancho, „aber, meiner Treu, dürfte ich so viel reden, wie ich sonst pflegte, vielleicht gäb ich solche Gründe an, daß Euer Gnaden einsähen, wie Ihr in dem, was Ihr sagt, Euch geirrt habt."

„Wie kann ich darin irren, du Treuloser voller Bedenklichkeiten?" sprach Don Quijote. „Siehst du nicht jenen Ritter, der auf einem Apfelschimmel uns entgegenkommt und einen goldenen Helm auf dem Haupte trägt?"

„Was ich sehe und erspähe", entgegnete Sancho, „ist nichts andres als ein Mann auf einem Esel, dunkelgrau wie der meinige, der auf dem Kopfe etwas Glänzendes trägt."

„Das ist eben der Helm des Mambrin", sagte Don Quijote, „mach dich auf die Seite und laß mich allein mit ihm, da wirst du sehen, wie ich, ohne ein Wort zu reden, um Zeit zu ersparen, mit diesem Abenteuer zu Ende komme und der Helm mein wird, den ich so sehr ersehnt habe."

„Mich auf die Seite machen, das will ich schon besorgen", erwiderte Sancho, „aber Gott gebe, sag ich noch einmal, daß wir auf einen grünen Zweig kommen und nicht in die Walkmühle."

„Ich habe Ihm schon gesagt, guter Freund, Er soll mir nicht mehr, nicht einmal in Gedanken, die Geschichte mit der Walkmühle erwähnen", sprach Don Quijote, „sonst gelobe ich ... Ich will jetzt nichts weiter sagen, aber ich walke Ihm die Seele aus dem Leibe."

Sancho schwieg aus Furcht, sein Herr möchte das Gelöbnis in Ausführung bringen, das er ihm so mitten ins Gesicht geschleudert.

Es hatte aber mit dem von Don Quijote gesehenen Helm, Roß und Reiter folgende Bewandtnis:

In dieser Gegend befanden sich zwei Ortschaften, die eine so klein, daß sie weder Apotheke noch Barbier hatte, die andre, dicht dabeiliegende hingegen hatte beides, und so bediente der Barbier der größeren auch die kleinere. In der letzteren sollte ein Kranker zur Ader gelassen und einem andern der Bart geschoren werden, und deshalb kam der Barbier und hatte eine Bartschüssel von Messing bei sich. Das Schicksal wollte, daß es gerade zu regnen anfing, und damit sein Hut, der wohl neu sein mochte, keine Wasserflecken bekomme, stülpte er die Bartschüssel auf den Kopf, welche, weil sie sauber poliert war, eine halbe Meile weit glitzerte. Er ritt auf einem grauen Esel, wie Sancho gesagt hatte, und dies war der Anlaß, daß ein Apfelschimmel und ein Ritter und ein goldner Helm sich vor Don Quijotes Augen zeigten. Denn alles, was er sah, wußte er seinem wahnwitzigen Ritterwesen und seinen Phantasien von fahrenden Abenteurern, womit er so übel fuhr, mit großer Leichtigkeit anzupassen. Und als er sah, daß der arme Reiter näher kam, legte er den gesenkten Spieß ein, ohne sich in Worte mit ihm einzulassen, und sprengte im vollsten Lauf Rosinantes auf ihn zu in der Absicht, ihn durch und durch zu stoßen; und wie er ihn erreichte, rief er, ohne seinen rasenden Galopp zu mäßigen: „Verteidige dich, elendes Geschöpf, oder überantworte mir aus freien Stücken, was mir mit so großem Rechte gebührt."

Der Barbier, der, ohne dergleichen irgendwie geahnt oder befürchtet zu haben, sah, wie diese Spukgestalt über ihn herstürzte, hatte kein andres Mittel, sich vor dem Lanzenstoß zu wahren, als von seinem Esel herabzugleiten, und kaum hatte er den Boden berührt, da sprang er flüchtiger als ein Hirsch wieder auf und begann über das Blachfeld zu rennen, daß ihn der Wind nicht eingeholt hätte. Er ließ die Bartschüssel am Boden liegen; mit dieser begnügte sich Don Quijote und sagte, der Heide habe klug gehandelt und den Biber nachgeahmt, der, wenn er sich von den Jägern heftig bedrängt sieht, sich mit den Zähnen dasjenige abbeißt und wegreißt, wegen dessen, wie sein angeborner Instinkt ihn belehrt, er verfolgt wird. Er befahl Sancho, den Helm aufzuheben; dieser nahm ihn in die Hand und sprach: „Bei Gott, die Barbierschüssel ist nicht übel und ist ihre acht Realen so gut wie einen Pfennig wert."

Damit gab er sie seinem Herrn; der setzte sie gleich auf den Kopf, drehte sie von einer Seite auf die andre, suchte den unteren Verschluß und sprach, als er keinen daran fand: „Ohne Zweifel muß der Heide, nach dessen Maß dieser herrliche Turnierhelm ursprünglich geschmiedet worden, einen sehr großen Kopf gehabt haben, und das schlimmste ist, daß die untere Hälfte daran fehlt."

Als Sancho die Barbierschüssel einen Turnierhelm nennen hörte, konnte er das Lachen nicht unterdrücken; aber es kam ihm die Zornmütigkeit seines Herrn in den Sinn, und er hielt mitten in seiner Heiterkeit inne.

„Worüber lachst du, Sancho?" fragte Don Quijote.

„Ich lache", antwortete Sancho, „weil ich an den großen Kopf des Heiden denke, der diesen Helm besaß, welcher nichts anderm als einer Barbierschüssel aufs Haar gleichsieht."

„Weißt du, Sancho, wie ich es mir vorstelle? Daß dies herrliche Stück von dem gefeiten Helm durch irgendeinen merkwürdigen Zufall jemandem in die Hände gefallen ist, der seinen Wert nicht zu erkennen und nicht zu schätzen wußte. Jedoch in der Gewißheit, daß er vom feinsten Golde war, muß er, ohne zu ahnen, was er tat, die eine Hälfte eingeschmolzen haben, um sie zu Geld zu machen, und aus der andern Hälfte machte er, was den Anschein einer Barbierschüssel hat, wie du sagst. Doch sei dem, wie ihm wolle; mir, der ich den Helm kenne, macht seine Veränderung gar nichts aus; am ersten besten Ort, wo sich ein Schmied findet, will ich ihn so zurechtmachen lassen, daß ihm jener Helm nicht voranstehen, ja nicht gleichkommen soll, den der Gott der Schmiedekunst für den Gott der Schlachten gefertigt und geschmiedet hat. Mittlerweile werde ich ihn tragen, so gut es geht; denn etwas ist besser als nichts, zumal er jedenfalls hinreichen wird, mich vor einem Steinwurf zu schirmen."

„Das", sprach Sancho, „kann der Fall sein, wenn man nicht aus Schleudern wirft, wie es in der Schlacht zwischen den zwei Kriegsheeren geschah, wo sie Euer Gnaden auf die Backenzähne regneten und Euch das Krüglein zerbrachen, darin jener hochgebenedeite Trank war, der mich schier nötigte, die Eingeweide herauszubrechen."

„Es tut mir nicht besonders leid, daß er mir abhanden gekommen", sagte Don Quijote, „denn du weißt ja, Sancho, daß ich das Rezept dazu im Gedächtnis habe."

„Auch ich hab's im Gedächtnis", erwiderte Sancho, „aber wenn ich ihn jemals im Leben bereite oder versuche, das soll meine letzte Stunde sein; besonders da ich nicht gedenke, mich in Gelegenheiten einzulassen, wo ich ihn nötig haben könnte, vielmehr mit all meinen fünf Sinnen darauf achthaben und mich hüten will, daß ich Wunden weder schlage noch geschlagen bekomme. Ob ich etwa noch einmal gewippt werde, davon will ich nicht reden; denn vor dergleichen Unfällen kann man sich nicht gut wahren; und wenn sie eintreffen, läßt sich nichts tun, als die Schultern an den Kopf zu ziehen, den Atem an sich zu halten, die Augen zu schließen und sich gehn zu lassen, wohin das Schicksal und die Bettdecke uns schleudern will."

„Du bist ein schlechter Christ, Sancho", sprach Don Quijote, als er das hörte, „denn du vergissest nimmer die Kränkung, die man dir einmal angetan. Aber wisse, daß es die Art edler, großmütiger Herzen ist, Kindereien unbeachtet zu lassen. Welchen Fuß hat man dir gelähmt, welche Rippe dir zerbrochen, wo den Kopf dir zerschlagen, daß du den Possen, den man dir gespielt, nicht vergessen kannst? Denn alles wohl erwogen, war es doch nur Scherz und Zeitvertreib; und wenn ich es nicht dafür ansähe, wäre ich längst dorthin zurückgekehrt und hätte zur Rache für dich mehr Unheil angerichtet als die Griechen um der geraubten Helena willen, welche, wenn sie in der jetzigen Zeit oder meine Dulcinea in jener gelebt hätte, sicher gewesen wäre, keinen so großen Ruf der Schönheit zu erlangen, als sie besitzt."

Und hierbei stieß er Seufzer bis hoch in die Wolken aus.

Und Sancho sprach: „So mag's denn für Scherz hingehn, da aus der Rache doch kein Ernst werden kann. Aber ich weiß, wie der Ernst und wie der Scherz beschaffen war, und ich weiß auch, daß er niemals meinem Gedächtnis entschwinden wird, geradeso, wie man ihn niemals meinem Rücken wieder abnehmen kann.

Indes, lassen wir das beiseite und sagt mir, was wir mit diesem Apfelschimmel anfangen sollen, der wie ein grauer Esel aussieht, den jener Martin, den Euer Gnaden niedergeworfen, hier herrenlos im Stich gelassen. Denn nach der Eile zu schließen, mit der jener sich aus dem Staube machte und das Hasenpanier ergriff, hat er keine Lust, ihn jemals wiederzuholen, und bei meinem Bart, der Graue ist ein tüchtiges Tier."

„Nimmer bin ich dessen gewohnt", entgegnete Don Quijote, „die ich besiege zu plündern, noch ist es Ritterbrauch, ihnen das Roß zu nehmen und sie zu Fuße ziehen zu lassen, wenn nicht etwa der Sieger das seine im Kampf eingebüßt hat; denn in solchem Fall ist es verstattet, das des Besiegten zu nehmen als in ehrlicher Fehde gewonnen. Sonach, Sancho, laß diesen Gaul oder Esel oder für was du ihn sonst ausgeben willst; denn sobald sein Herr uns von hier entfernt sieht, wird er zurückkehren, ihn zu holen."

„Gott weiß", entgegnete Sancho, „wie gern ich ihn mitnehmen oder wenigstens gegen den meinigen vertauschen möchte, der mir lange nicht so gut scheint. Wahrlich, streng sind die Gesetze des Rittertums, da sie nicht einmal so weit zu gehen verstatten, daß man einen Esel gegen einen andern vertausche. Ich möchte aber wissen, ob ich nicht wenigstens das Geschirr vertauschen darf."

„Darin bin ich nicht ganz sicher", antwortete Don Quijote, „und im Zweifelsfall, bis ich einmal eines Bessern belehrt bin, sage ich, daß du es vertauschen magst, sofern du dessen dringend benötigt bist."

„So dringend bin ich dessen benötigt", erwiderte Sancho, „daß, wenn das Eselsgeschirr meiner eignen Person dienen sollte, ich es nicht nötiger haben könnte."

Und da er nun mit Berechtigung und Bestallung versehen war, nahm er alsogleich die mutatio capparum vor und putzte sein Tier aufs allerfeinste heraus, indem er es mit allen verfügbaren Vermögensteilen aus der Hinterlassenschaft des andern Esels bereicherte.

Dies vollbracht, frühstückten sie von den Überbleibseln, die sie aus dem Feldlager des Packesels erbeutet hatten. Sie tranken Wasser vom Bach der Walkmühle, ohne ihr das Gesicht zuzuwenden, so großen Widerwillen hatten sie gegen selbige wegen der Angst, in die sie die Stämpfel versetzt hatten.

Nachdem dergestalt der Zorn und auch die Schwermut gänzlich abgetan waren, stiegen sie auf, und ohne einen bestimmten

Weg einzuschlagen – weil es die Art der fahrenden Ritter ist, niemals eine bestimmte Richtung zu verfolgen –, ritten sie, wohin Rosinantes Belieben ging; denn dessen Willen zog stets den seines Herrn und auch den des Esels nach sich, welcher unverbrüchlich, wohin auch immer der Gaul voranschritt, ihm in redlicher Liebe und Brüderlichkeit folgte. Bei alledem gerieten sie wieder auf die Landstraße und zogen dieselbe entlang, aufs Geratewohl und ohne irgendeinen Plan.

Während sie so des Weges ritten, sprach Sancho zu seinem Herrn: „Señor, will mir Euer Gnaden die Vergünstigung zukommen lassen, daß ich eine kleine Zwiesprache mit Euch halte? Denn seit Ihr mir das harte Gebot des Stillschweigens auferlegtet, sind mir schon vier Gedanken und mehr im Magen verfault; und einen, den ich jetzt auf der Zungenspitze habe, den möchte ich nicht umkommen lassen."

„Sag ihn her", sprach Don Quijote, „und sei kurz in deinen Reden; denn keine ist angenehm, wenn sie weitschweifig ist."

„Ich sage also, Señor", versetzte Sancho, „seit einigen Tagen bis zum heutigen habe ich mir's überlegt, wie wenig man dabei Gewinn und Nutzen hat, auf die Suche nach diesen Abenteuern zu gehn, die Euer Gnaden diese Einöden und Kreuzwege entlang sucht. Denn hier, wenn Ihr auch die allergefährlichsten siegreich besteht und zu Ende führt, ist niemand da, sie zu sehen und zu erfahren; und so müssen sie in ewigem Stillschweigen verbleiben, zum Nachteil Eurer Absicht und all dessen, was sie verdienen. Demnach wäre es meines Erachtens weit eher geraten, unvorgreiflich Eurer bessern Beurteilung, wir sollten hinziehn, irgendeinem Kaiser oder sonst einem großen Fürsten zu dienen, der da einen Krieg auf dem Hals hätte und in dessen Diensten Euer Gnaden die Mannhaftigkeit Eurer Person, Eure große Kraft und Euren Verstand, der noch größer ist, an den Tag legen kann; und sobald der Herr, dem wir alsdann dienen würden, dies alles ersehen hat, so muß er uns notwendig belohnen, jeglichen nach seinen Verdiensten. Und dort wird's auch nicht an jemandem fehlen, der Eure Taten zum ewigen Gedächtnis schriftlich aufzeichnet. Von den meinigen sag ich nichts; denn die werden doch nicht über die Grenzen des Knappentums hinausgehn; obwohl ich sagen kann, wenn es in der Ritterschaft bräuchlich ist, Taten der Knappen zu beschreiben, so werden die meinigen auch nicht zwischen den Zeilen steckenbleiben."

„Du sprichst nicht übel", sagte Don Quijote. „Aber bevor man zu diesem Punkte kommt, ist es unerläßlich, durch die Welt zu streichen und gleichsam zur Beglaubigung seiner selbst auf Abenteuer zu ziehn, damit man, wenn etliche siegreich zu Ende geführt sind, einen solchen Namen und Ruf erlange, daß der Ritter, wenn er sich an den Hof irgendeines großen Monarchen begibt, schon durch seine Werke bekannt ist. Und kaum haben ihn dann die jungen Burschen durchs Stadttor einreiten gesehen, so laufen sie hinter ihm und um ihn her und schreien überall: Das ist der Ritter von der Sonne oder von der Schlange oder von sonst einem Abzeichen, unter dem er große Taten vollbracht hat. Das ist er, werden sie sagen, der im Kampfe Mann gegen Mann den Riesen Brocabruno, den Helden von großer Kraft, besiegt hat, der den Groß-Mamelucken von Persien aus der langen Verzauberung entzaubert hat, in der er schier neunhundert Jahre lag. So wird man vom einen zum andern seine Taten ausrufen gehn, und bei dem Lärm der Jungen und des andern Volkes wird sich der König jenes Reichs an den Fenstern seines königlichen Palastes zeigen, und sobald er den Ritter erblickt, wird er ihn an seiner Rüstung oder an dem Abzeichen auf seinem Schilde erkennen und notwendig rufen müssen: Auf, auf, hinaus, ihr meine Ritter, alle, die an meinem Hofe weilen, um die Blume der Ritterschaft, die da herannaht, zu begrüßen! Auf dieses Gebot werden alle hinauseilen, und der König wird bis zur Mitte der Treppe hinabschreiten und wird ihn innigst umarmen und wird ihn willkommen heißen mit einem Kuß aufs Angesicht. Dann führt er ihn sogleich an der Hand ins Gemach der Frau Königin, allwo der Ritter sie mit ihrer Prinzessin Tochter findet, welche notwendig eine der allerschönsten und vollendetsten Jungfrauen ist, die man weit und breit in den bis jetzt entdeckten Landen des Erdenrundes nur irgend mit harter Mühe aufzufinden vermöchte. Hierauf geschieht es unverzüglich, daß sie die Augen auf ihn wendet und er die seinigen auf sie, und jedes von beiden deucht dem andern eher etwas Göttliches als Irdisches, und ohne zu wissen, wie oder wieso, finden sie sich gefangen und verstrickt in das unlösliche Liebesnetz und in großen Herzensnöten, weil sie keine Mittel wissen, einander zu sprechen, um ihre Qualen und Gefühle zu offenbaren.

Von da wird man ihn ohne Zweifel in ein andres reich ausgeschmücktes Gemach des Palastes führen, wo man ihm die Waffen abnimmt und einen kostbaren Scharlachmantel zum Umlegen bringt, und wenn er in Waffen stattlich aussah, so erscheint er ebenso, ja noch stattlicher im ritterlichen Wams. Der Abend kommt, er speist mit König, Königin und Prinzessin; er wendet seine Augen nicht von ihr ab, er blickt sie verstohlen an, den Umstehenden unbemerkt, und sie tut dasselbe mit derselben Vorsicht, denn, wie gesagt, sie ist ein äußerst kluges Fräulein. Die Tafel wird aufgehoben, und plötzlich tritt zur Tür des Saales ein häßlicher, winziger Zwerg herein und hinter ihm zwischen zwei Riesen eine holdselige Dame, welche den Anwesenden ein gewisses Abenteuer mitteilt, das ein Zauberer in uralter Zeit angelegt hat, und wer es glücklich besteht, wird für den besten Ritter auf Erden erachtet werden. Sogleich gebeut der König allen, die zugegen, sich an dem Abenteuer zu versuchen. Aber keiner bringt es zum Ende und Abschluß außer dem fremden Ritter zu seines Ruhmes sonderlichem Frommen. Darob ist die Prinzessin hochvergnügt und erachtet sich beglückt und über alles Maß dafür belohnt, daß sie ihre Gedanken einem so hohen Ziele zugewendet und hingegeben hat. Das beste dabei ist, daß dieser König oder Fürst, oder was er sonst ist, einen äußerst hartnäckigen Krieg mit einem andern, ebenso mächtigen Herrn wie er zu führen hat, und der fremde Ritter, nachdem er ein paar Tage am Hof gewesen, bittet ihn um die Vergünstigung, ihm in dem besagten Krieg seine Dienste zu widmen. Der König gewährt sie ihm mit bereitwilliger Freundlichkeit, und der Ritter küßt ihm die Hand für die Gnade, so er ihm erweist.

In derselbigen Nacht verabschiedet er sich von seiner Gebieterin, der Prinzessin, im Garten, auf den ihr Schlafgemach geht, am Fenstergitter, wo er schon gar manchmal mit ihr gesprochen, wobei stets eine Zofe, die der Prinzessin großes Vertrauen besitzt, die Vermittlerin und Mitwisserin war. Er seufzt, sie fällt in Ohnmacht, die Zofe bringt Wasser, ist auch sehr bekümmert, weil der Morgen kommt und sie nicht möchte, daß sie entdeckt würden, um der Ehre ihrer Herrin willen. Zuletzt kommt die Prinzessin wieder zu sich und reicht durchs Gitter hindurch ihre weißen Hände dem Ritter. Der küßt sie tausend- und aber tausendmal und badet sie in seinen Tränen. Es wird unter beiden verabredet, auf welche Art sie sich ihre guten oder schlimmen Schicksale zu wissen tun wollen, und die Prinzessin bittet ihn, ja nur so kurz wie möglich auszubleiben. Er verheißt es ihr mit vielen Eidschwüren; er küßt ihr abermals die Hände und entfernt sich mit so vielem Schmerzgefühl, daß es ihn fast das Leben kostet.

Von hier aus geht er in sein Gemach, wirft sich aufs Bett, kann vor Schmerz ob seines Scheidens nicht schlafen, steht sehr früh am Morgen auf, geht, sich von König und Königin und Prinzessin zu verabschieden; er hört, nachdem er den beiden ersten Lebewohl gesagt, die Tochter Prinzessin sei unwohl und könne keinen Besuch empfangen. Der Ritter vermutet, der Schmerz ob seines Scheidens sei die Ursache. Das durchbohrt ihm das Herz, und wenig fehlt, daß er deutliche Zeichen seines Kummers gäbe. Die Zofe, die Vermittlerin, ist zugegen, sie merkt sich alles, geht und sagt es ihrer Herrin, die sie mit Tränen empfängt und ihr sagt: eine ihrer größten Kümmernisse sei, daß sie nicht wisse, wer ihr Ritter ist und ob er von königlichem Geschlecht ist oder nicht. Die Zofe versichert, solche Feinheit des Benehmens, solcher Adel der Sitte und solche Tapferkeit wie die ihres Ritters fänden sich nur bei einem Mann von ehrenreicher und königlicher Art. Die bekümmerte Prinzessin findet darin Trost und ist auch bestrebt, getröstet zu erscheinen, um sich bei ihren Eltern nicht in Verdacht zu bringen; und zwei Tage darauf zeigt sie sich wieder öffentlich.

Schon ist der Ritter von dannen gezogen, er kämpft im Kriege, besiegt den Feind des Königs, gewinnt viele Städte, triumphiert in vielen Schlachten. Er kehrt an den Hof zurück, sieht seine Gebieterin am gewohnten Fenstergitter, es wird verabredet, daß er sie zum Lohne seiner Dienste von ihrem Vater zur Gattin begehre. Der König will sie ihm nicht geben, weil er nicht weiß, wer der Ritter ist. Aber trotz alledem, ob sie nun entführt wird oder ob es auf irgendeine andre Weise geschieht, wird die Prinzessin am Ende seine Gattin, und am Ende muß ihr Vater es noch für ein großes Glück erachten. Denn am Ende kommt es an den Tag, selbiger Ritter ist der Sohn eines gewaltigen Königs, von welchem Reiche, weiß ich nicht; denn ich glaube, es wird wohl auf der Karte nicht zu finden sein. Der Vater der Prinzessin stirbt, sie erbt alles, kurz und gut, der Ritter wird König. Hier kommt es nun gleich zu den Gnadenerweisen für den Knappen und für alle, die ihm geholfen, zu einem so hohen Stand emporzugelangen; er verheiratet seinen Schildknappen mit einem Fräulein der Prinzessin, und ohne Zweifel wird dies die Zofe sein, die bei seinem Liebeshandel die Vermittlerin abgab, und sie ist die Tochter eines sehr hochgestellten Herzogs."

„So will ich's haben, und ehrlich Spiel!" sagte Sancho, „daran halte ich mich; denn alles muß bei Euer Gnaden, der Ihr Euch den Ritter von der traurigen Gestalt nennet, buchstäblich so eintreffen."

„Zweifle nicht daran", erwiderte Don Quijote; „denn auf dieselbe Weise und ganz mit demselben Verlauf der Dinge, wie ich dir dieses erzählt habe, stiegen und steigen noch die fahrenden Ritter empor zum Range von Königen und Kaisern. Jetzt fehlt nur noch, uns umzuschauen, welcher König unter Christen oder Heiden Krieg und eine schöne Tochter hat; aber wir haben Zeit, das zu bedenken, weil, wie ich dir gesagt, man erst Ruhm anderwärts erlangen muß, bevor man an den Hof geht. Auch mangelt mir noch etwas andres; denn gesetzt den Fall, es fände sich ein König mit Krieg und einer schönen Tochter und ich hätte unglaublichen Ruhm im ganzen Weltall erworben, so weiß ich doch nicht, wie es sich finden könnte, daß ich von königlichem Geschlecht oder zum wenigsten eines Kaisers Vetter im zweiten Grad wäre. Denn der König wird mir seine Tochter nicht zum Weibe geben wollen, wenn er dies nicht erst vollständig in Erfahrung gebracht hat, wie sehr auch immer meine Taten es verdienen, so daß ich um dieses Mangels willen fürchte zu verlieren, was mein Arm wohl verdient hat. Freilich bin ich ein Edelmann von anerkanntem Freigeschlecht, ein Mann von Vermögen und Grundeigentum, ein Mann, gegen den jeder Frevel gesetzlich mit fünfhundert Dukaten gebüßt wird; und es könnte sein, daß der Zauberer, der meine Geschichte schreibt, meine Verwandtschaft und Abstammung so gut ermittelte, daß ich mich zuletzt als eines Königs Urenkel oder Ururenkel herausstellte.

Denn ich muß dir zu wissen tun, Sancho, es gibt zweierlei Art von Familien und Geschlechtern auf der Welt; die eine Art entnimmt und leitet ihre Abstammung von Fürsten und Monarchen, und die Zeit hat sie nach und nach zunichte gemacht, und sie endigen in einer Spitze gleich einer Pyramide; die andre hat ihren Ursprung von geringen Leuten gehabt und steigt von Stufe zu Stufe, bis ihre Abkömmlinge zuletzt zu großen Herren werden. Sonach ist der Unterschied, daß die einen waren, was sie nicht mehr sind, und die andern sind, was sie vorher nicht waren; und ich könnte ja zu den letzteren gehören, so daß nach gründlicher Erforschung mein Ursprung vornehm und ruhmreich gewesen wäre, womit sich der König, der mein Schwiegervater werden soll, zufriedengeben müßte. Und wenn nicht, muß mich die Prinzessin so heiß lieben, daß sie trotz ihrem Vater, wenn sie auch klärlich wissen sollte, ich sei eines Wasserträgers Sohn, mich zu ihrem Herrn und Gemahl annehmen wird; und wo nicht, so tritt hier der Fall ein, daß ich sie entführe und sie hinbringe, wohin es mich gerade gelüstet, und die Zeit oder der Tod wird dem Zürnen ihrer Eltern ein Ende machen."

„Hier tritt dann wohl auch der Fall ein", sagte Sancho,

„wovon etliche Gottlose so reden: Erbitte nicht gütlich, was du mit Gewalt nehmen kannst. Zwar noch besser paßt es, zu sagen: Besser frei streifen durch Wald und Auen, als auf edle Fürbitten bauen. Ich meine nämlich, wenn der Herr König, Euer Gnaden Schwiegervater, sich nicht erweichen lassen will, Euch unsre erlauchte Prinzessin hinzugeben, so ist nichts andres zu tun, als, wie Euer Gnaden sagt, sie zu entführen und sie anderswohin zu bringen. Aber das Schlimme dabei ist, mittlerweile, bis Friede gemacht wird und das Königreich in Frieden genossen werden kann, so lange mag der arme Schildknappe in betreff der Gnadenerweise vor Jammer und Not vergehen, falls nicht etwa die Jungfrau Vermittlerin, die seine Frau werden soll, mit der Prinzessin von dannen zieht und er die Zeit seines Unglücks mit ihr zubringt, bis der Himmel andres über ihn verhängt; denn ich denke, sein Herr kann sie ihm auch auf der Stelle zur rechtmäßigen Gattin geben."

„Das kann keiner verwehren", sprach Don Quijote.

„Demnach, wenn es so geschehen kann", erwiderte Sancho, „so bleibt nichts übrig, als uns Gott zu befehlen und dem Schicksal seinen Lauf zu lassen und abzuwarten, wohin es die Dinge leiten mag."

„Gott füge das so", versetzte Don Quijote, „wie ich es wünsche und du es nötig hast, Sancho; und wer sich für einen Lumpen hält, der mag eben ein Lump bleiben."

„So soll es sein, bei Gott", sprach Sancho. „Ich aber bin ein Christ von altem Blut, und um ein Graf zu werden, ist mir das genug."

„Genug und mehr als genug", sprach Don Quijote; „und wärest du es sogar nicht, so tät es auch nichts zur Sache; denn wenn ich König bin, kann ich dir den Adel verleihen, ohne daß du ihn kaufst oder mir irgend Dienste dafür leistest. Und habe ich dich zum Grafen gemacht, sieh, da bist du von selbst ein Ritter, und die Leute mögen reden, was sie wollen, sie müssen dennoch, so hart es ihnen ankommt, dich mit dem Titel Euer Gnaden anreden."

„Und soll mich der und jener", sprach Sancho, „wie will ich meinen Kittel zu Ansehen bringen!"

„Titel mußt du sagen, nicht Kittel", bemerkte Don Quijote.

„Mag sein", entgegnete Sancho, „ich sage, ich will es schon recht machen. Denn so wahr ich lebe, ich bin eine Zeitlang Pedell bei einer Brüderschaft gewesen, und der Pedellenrock stand mir so gut, daß alle Leute sagten, ich sähe ganz danach aus, um der

Obere selbiger Brüderschaft werden zu können. Wie erst dann, wenn ich mir einen langen Herzogsrock um die Schultern hänge oder mich nach fremder Grafen Brauch in Gold und Perlen kleide? Gewiß kommen die Leute hundert Meilen weit her, mich zu sehen."

„Gut aussehen wirst du jedenfalls", sprach Don Quijote, „aber du wirst dir den Bart öfter scheren lassen müssen; denn wie du ihn jetzt trägst, dicht, struppig und unordentlich, wenn du ihn nicht alle zwei Tage mindestens mit dem Schermesser kürzest, sieht man auf einen Büchsenschuß weit, was du bist."

„Was ist denn da weiter", entgegnete Sancho, „als daß ich einen Barbier nehme und ihn mit Wochenlohn im Haus halte? Und sollte es nötig sein, so lasse ich ihn hinter mir hertraben wie den Stallmeister eines Großen."

„Ei, woher weißt du", fragte Don Quijote, „daß die Großen ihre Stallmeister hinter sich hertraben lassen?"

„Ich will's Euch sagen", antwortete Sancho. „In früheren Jahren war ich einmal einen Monat lang in der Residenz, und da sah ich einen Herrn, der war sehr klein, und die Leute sagten, er sei sehr groß; und sah, wie hinter ihm ein Mann zu Pferde kam, ihm immer dicht nachfolgte, mochte er sich hierhin oder dorthin wenden, so daß es gerade aussah, als wäre er sein Schwanz. Ich fragte, warum der Mann nicht neben ihm reite, sondern immer hinter ihm her; da hieß es, das sei sein Stallmeister, und es sei bei den Großen der Brauch, solche hinterherreiten zu lassen. Seit der Zeit weiß ich es so gründlich, daß ich's nie mehr vergessen habe."

„Ich muß sagen, daß du recht hast", sprach Don Quijote, „und daß du deinen Barbier ebenso mit dir nehmen kannst; denn die Bräuche sind nicht alle mit einemmal aufgekommen noch zugleich und zusammen erfunden worden, und du kannst der erste Graf sein, der seinen Barbier im Gefolge führt; und außerdem ist es eine Sache größeren Vertrauens, den Bart zu scheren, als ein Pferd zu satteln."

„Die Sache mit dem Barbier mag mir anheimgestellt bleiben", sagte Sancho, „und Euch, Herr Ritter, dafür zu sorgen, daß Ihr König werdet und mich zum Grafen macht."

„So sei es", antwortete Don Quijote; und wie er seine Augen aufhob, sah er, was im folgenden Kapitel gesagt werden soll.

22. Kapitel

Von der Befreiung, die Don Quijote vielen Unglücklichen zuteil werden ließ, welche man wider ihren Willen dahin führte, wohin sie lieber nicht wollten

Es erzählt Sidi Hamét Benengelí, der arabische Autor aus der Mancha, in dieser sehr bedeutsamen, hochtönenden und höchst bescheidenen, lieblichen und wundersamen Geschichte, daß, nachdem zwischen dem ruhmreichen Don Quijote von der Mancha und seinem Schildknappen Sancho Pansa die Unterhaltung stattgefunden, die am Schlusse des einundzwanzigsten Kapitels berichtet worden, Don Quijote seine Augen erhob und auf der Straße, die er zog, etwa zwölf Leute zu Fuß sich entgegenkommen sah, alle, wie die Kügelchen am Rosenkranz, an einer langen Kette mit den Hälsen aneinandergereiht und alle mit Handschellen gefesselt. Auch zogen mit ihnen daher zwei Männer zu Pferde und zwei zu Fuß; die Reiter trugen Musketen mit Radschlössern, die zu Fuß hatten Wurfspieße und Schwerter.

Sobald Sancho sie erblickte, sprach er: „Das ist eine Kette von Galeerensklaven, Zwangsarbeiter für den König, die auf die Galeeren kommen."

„Wie? Zwangsarbeiter?" fragte Don Quijote, „ist es möglich, daß der König irgendeinem Zwang antut?"

„Das sag ich nicht", antwortete Sancho, „sondern es sind Leute, die um ihrer Vergehungen willen gezwungen werden, dem König auf den Galeeren zu dienen."

„In einem Wort also", versetzte Don Quijote, „wie dem auch sei, diese Leute gehen nur gezwungen, wohin man sie führt, und nicht aus eignem Willen."

„So ist's", antwortete Sancho.

„Wohlan", sprach sein Herr, „so fällt dies in den Bereich meiner Aufgabe, Gewalttätigkeiten zu verhindern und den Bedrängten Hilfe und Beistand zu leisten."

„Beachte Euer Gnaden", sagte Sancho, „daß die Gerechtigkeit, das heißt der König selbst, solchen Leuten weder Zwang noch Gewalt antut, sondern sie züchtigt zum Entgelt für ihre Vergehungen."

Indem kam die Kette der Galeerensklaven heran, und Don Quijote bat die begleitenden Wächter mit äußerst höflichen Worten, sie möchten so gütig sein, ihn zu belehren und ihm die Ursache oder die Ursachen mitzuteilen, weshalb sie die Leute auf solche Weise dahinführten. Einer der berittenen Wächter antwortete, es seien Galeerensklaven, Leute, zu des Königs Diensten bestimmt, die auf die Galeeren kämen, und mehr sei nicht nötig zu sagen und mehr brauche er nicht zu wissen.

„Dessenungeachtet", entgegnete Don Quijote, „wünsche ich von jedem derselben die besondere Ursache seines Unglücks zu erfahren."

Diesen Worten fügte er noch andre und so höfliche bei, um sie zu der gewünschten Auskunft zu bewegen, daß der zweite von den berittenen Wächtern ihm sagte: „Obschon wir das Protokoll und die beglaubigte Urteilsabschrift für jeden dieser Elenden bei uns haben, so ist doch keine Zeit dazu, die Schriften hervorzuholen und zu lesen. Euer Gnaden möge näher herankommen und sie selber befragen. Sie werden schon alles sagen, wenn sie wollen, und sie werden wollen; denn es sind Leute, die Vergnügen daran haben, Schurkenstreiche zu begehen und zu erzählen."

Mit dieser Erlaubnis, die Don Quijote sich genommen hätte, wenn man sie ihm nicht gegeben, näherte er sich der Kette und fragte den ersten, um welcher Sünden willen es ihm so schlecht ergehe. Der Mann antwortete: weil er verliebt gewesen sei, ergehe es ihm jetzt so übel.

„Um nichts mehr?" versetzte Don Quijote. „Wenn man die Leute wegen Verliebtseins auf die Galeeren schickte, dann könnte ich schon seit manchem lieben Tag dort sitzen und rudern."

„Die Liebe ist nicht der Art, wie Euer Gnaden meint", sagte der Sträfling, „die meinige ging auf einen Waschkorb voll Weißzeug, den ich mit allen Kräften umfing, und hätte die Justiz mir ihn nicht mit Gewalt abgenommen, so hätte ich ihn mit meinem Willen bis zum heutigen Tage nicht fahrenlassen. Ich wurde auf frischer Tat ergriffen, es war also kein Grund zur Folter, der Prozeß war bald zu Ende geführt, man salbte mir den Rücken mit einem Hundert und gab mir als Zugabe drei Jahre Wasserkur, und damit war die Sache fertig."

„Was heißt Wasserkur?" fragte Don Quijote.

„Wasserkur heißt Galeerenstrafe", antwortete der Züchtling, ein Junge von etwa vierundzwanzig Jahren und gebürtig aus Piedrahita, wie er angab.

Dieselbe Frage richtete Don Quijote an den zweiten, der kein Wort erwiderte, so traurig und schwermütig schritt er einher. Aber der erste antwortete für ihn und sprach: „Dieser, Señor, befindet sich hier, weil er ein Kanarienvogel ist, ich meine, weil er ein Musiker und Sänger war."

„Wie das?" erwiderte Don Quijote, „kommt man auch wegen Musik und Gesang auf die Galeeren?"

„Allerdings, Señor", versetzte der Sträfling, „denn es gibt nichts Schlimmeres, als wenn man in der Not singt."

„Weit eher", erwiderte Don Quijote, „habe ich noch sagen hören: Lied versüßt Leid."

„Hier ist's umgekehrt", sagte der Sträfling, „wer einmal singt, hat sein Leben lang zu weinen."

„Das verstehe ich nicht", sprach Don Quijote.

Aber einer der Wächter sagte ihm: „Herr Ritter, in der Not singen heißt bei diesem unheiligen Volk: unter der Folter eingestehen. Dieser Sünder wurde auf die Folter gelegt, und er hat sein Verbrechen bekannt; er hat Fleisch geklaut, das heißt Vieh gestohlen, und da er eingestand, wurde er zu sechs Jahren Galeere verurteilt, ungerechnet zweihundert Streiche, die er bereits auf dem Rücken mitbringt. Er geht immer in sich gekehrt und trübsinnig einher, weil die andern Spitzbuben, sowohl die dort geblieben als auch die hier an der Kette gehen, ihn mißhandeln, ihn schlechtmachen, verhöhnen und verachten, weil er eingestanden hat und nicht den Mut besaß, nein zu sagen; denn sie sagen, das Nein habe auch nicht mehr Silben als das Ja, und ein Verbrecher habe schon Glücks genug, wenn über Leben und Tod seine eigne Zunge und nicht die von Zeugen und Beweisen zu entscheiden hat, und ich meinesteils bin der Meinung, daß sie hierin nicht gerade auf dem Holzweg sind."

„Auch ich bin dieser Meinung", entgegnete Don Quijote und ging weiter zum dritten und fragte ihn das nämliche wie die andern.

Der Gefragte antwortete ihm sofort und mit großer Dreistigkeit: „Ich gehe auf zehn Jahre in die edle Wasserkur, weil mir zehn Dukaten fehlten."

„Ich würde Euch sehr gern zwanzig geben", sagte Don Quijote, „um Euch aus diesem bösen Handel herauszuhelfen."

„Das kommt mir vor", entgegnete der Sträfling, „wie wenn einer mitten auf hoher See Geld hat und doch Hungers stirbt, weil er keine Möglichkeit hat, sich das Nötige einzukaufen; ich meine nämlich, wenn ich die zwanzig Dukaten, die mir Euer Gnaden jetzt anbieten, zur rechten Zeit gehabt hätte, so hätte ich dem Aktuar die Feder damit geschmiert und dem Anwalt ein solches Licht im Kopf angesteckt, daß ich jetzt auf dem Marktplatz in Toledo und nicht auf dieser Landstraße wie ein Hund angekoppelt einherstiege. Aber Gott ist groß; Geduld, und damit gut."

Don Quijote ging weiter zum vierten, der ein Mann von ehrwürdigem Angesicht war, mit einem weißen Barte, der ihm bis über die Brust herabfiel. Als er sich nach der Ursache fragen hörte, weshalb er sich hier befinde, fing er zu weinen an und erwiderte kein Wort; aber der fünfte Züchtling diente ihm als Zunge und sprach: „Dieser Ehrenmann geht für vier Jahre auf die Galeeren, nachdem er durch die üblichen Straßen in Galatracht spazierengeritten."

„Das heißt", sagte Sancho Pansa, „wie mich bedünkt, er ist auf dem Schandesel durch die Straßen gestäupt worden."

„So ist es", sagte der Sträfling, „und das Verbrechen, für das man ihn mit dieser Strafe belegt hat, ist, daß er für manche Bank und manches gute Haus den Leibmakler machte; ich meine, daß er auf die Galeere muß, weil er ein Kuppler war und weil er auch vom Schwarzkünstler einen Anstrich hatte."

„Hättet Ihr diesen Anstrich nicht hinzugetan", sagte Don Quijote, „für die bloße Kuppelei hättet Ihr nicht verdient, auf den Galeeren zu rudern, viel eher, sie als General zu befehlen. Denn das Geschäft eines Kupplers ist nicht derart, wie man wohl glauben mag; es ist ein Geschäft für Leute von Verstand und in einem wohlgeordneten Gemeinwesen ganz unentbehrlich. Es sollten nur Leute von gutem Hause es betreiben dürfen, und es sollte auch einen Aufseher und Examinator für sie geben, wie es deren für andre Berufsarten gibt; ihre Anzahl sollte festgesetzt und bekanntgemacht werden wie bei den Börsenmaklern. Dadurch würde viel Unglück vermieden, das daraus entspringt, daß dies Geschäft und Amt sich in den Händen einfältiger Leute ohne Einsicht befindet, wie zum Beispiel armseliger Weiber, Weiber ohne Sitte, Gelbschnäbeln von Lakaien und Possenreißern von geringem Alter und noch geringerer Erfahrung, die gerade in den dringendsten Fällen, und wenn es gilt, einen Anschlag auszuführen, an dem viel gelegen ist, die Brocken von der Hand zum Mund kalt werden lassen und nicht wissen, was rechts und was links ist. Ich würde mich gern noch weiter hierüber auslassen und die Gründe angeben, weshalb es angemessen wäre, diejenigen, welche einem so unentbehrlichen Beruf im Gemeinwesen obliegen sollen, einer strengen Auswahl zu unterwerfen, aber Ort und Zeit sind nicht dazu geeignet, indessen, ich will es schon einmal jemandem sagen, der dafür zu sorgen und Abhilfe zu schaffen imstande ist.

Jetzt sage ich nur, daß das Mitleid, das ich darüber empfand, dieses weiße Haar und ehrwürdige Angesicht wegen Kuppelei in solcher Drangsal zu sehen, mir durch den Zusatz, daß der Mann sich mit Hexerei abgegeben, gänzlich benommen ist. Zwar weiß ich wohl, es gibt keine Hexenkünste auf Erden, die den Willen zu lenken und ihm Gewalt anzutun vermögend wären, wie etliche einfältige Leute glauben; ich weiß, daß unser Wille frei ist und daß es weder Kräuter noch Zaubereien gibt, die ihn zu irgend etwas zwingen könnten. Was ein paar alberne Weibsbilder und ein paar verschmitzte Betrüger indessen zu tun pflegen, ist, daß sie gewisse Tränke und Gifte bereiten, womit sie die Leute verrückt machen, unter dem Vorgeben, es wohne ihnen die Macht bei, zur Liebe zu zwingen; während es, wie gesagt, unmöglich ist, dem Willen Gewalt anzutun."

„So ist es", sagte der biedere Alte, „und in Wahrheit, Señor, in betreff der Hexerei war ich schuldlos, und die Kuppelei kann ich nicht leugnen. Aber es kam mir nie in den Sinn, daß ich damit ein Unrecht beginge; denn meine ganze Absicht war nur, daß die Welt in Freuden, Ruhe und Frieden leben sollte, ohne Hader und Verdruß. Aber dieser gute Zweck hat mich nicht davor bewahrt, daß ich jetzt dahin muß, von wo ich keine Rückkehr hoffen kann, so schwer lastet auf mir das Alter und ein Blasenleiden, das mir keinen Augenblick Ruhe läßt."

Und hier begann er wieder wie vorher zu weinen, und Sancho hatte so großes Mitleid mit ihm, daß er einen halben Silberreal aus dem Busen zog und ihm als Almosen gab.

Don Quijote ging weiter und fragte einen andern nach seiner Vergehung, und dieser antwortete nicht mit geringerer, sondern vielmehr mit weit größerer Dreistigkeit als der vorige: „Ich gehe an dieser Kette, weil ich mit ein paar Bäschen, leiblichen Verwandten von mir, zuviel Kurzweil getrieben und dazu auch mit zwei Schwestern, die aber nicht leibliche Verwandte von mir waren. Kurz, ich kurzweilte so viel mit ihnen allen, daß zuletzt durch die Kurzweil die Verwandtschaft zu solcher Verwicklung anwuchs, daß kein Lehrmeister im Kirchenrecht sich darin zurechtfinden könnte. Es wurde mir alles bewiesen, Gönner fehlten mir, Geld hatte ich keins, es war drauf und dran, daß es mir an den Hals ging, sie verurteilten mich zu sechs Jahren Galeere, ich war's zufrieden, es ist die Strafe meiner Sünden. Ich bin jung, so möge mir nur das Leben erhalten bleiben, mit dem Leben ist alles noch fertigzubringen. Wenn Euer Gnaden etwas bei sich hat, um diesen armen Teufeln beizuspringen, so wird Gott es Euch, Herr Ritter, im Himmel wiederzahlen, und wir hienieden werden nicht unterlassen, Gott in unsern Gebeten für Euer

Gnaden Leben und Gesundheit anzuflehen, daß das eine so lange und die andre so gut sei, wie Ihr nach Eurem edlen Aussehen es verdient."

Der Mann war in Studententracht, und einer der Wächter sagte, er sei ein großer Schwätzer und trefflicher Lateiner.

Zuletzt nach allen diesen kam ein Mensch im Alter von dreißig Jahren, von sehr hübschem Äußern, nur daß er, wenn er die Augen aufschlug, mit dem einen in das andre hineinsah. Dieser war in etwas andrer Weise gefesselt als die übrigen. Denn er hatte am Fuß eine so lange Kette, daß sie sich ihm um den ganzen Körper herumwand, und zwei eiserne Ringe um den Hals; der eine war an der Kette angeschmiedet, der andre war ein sogenannter Haltefest, ein Klemm-Eisen, von welchem bis zum Gürtel zwei Eisenstäbe herabhingen; in diese griffen zwei Handschellen ein, in welche seine Hände mit einem großen Vorlegeschloß eingeklemmt waren, so daß er weder mit den Händen zum Munde reichen noch den Kopf so weit bücken konnte, um bis zu den Händen zu gelangen.

Don Quijote fragte, warum dieser Mensch soviel Fesseln mehr trüge als die andern. Der Anführer der Wache antwortete, weil der Kerl allein mehr Verbrechen begangen habe als alle andern zusammen und weil er so verwegen und ein so abgefeimter Schelm sei, daß sie, obgleich sie ihn so gefesselt hielten, dennoch seiner nicht sicher seien, sondern immer befürchten müßten, er werde ihnen entspringen.

„Was für Verbrechen können auf ihm lasten", sagte Don Quijote, „wenn er doch keine größere Strafe verdient hat, als daß er auf die Galeere kommt?"

„Er kommt auf zehn Jahre hin", sagte der Führer, „und das ist soviel wie bürgerlicher Tod. Verlanget nichts weiter zu wissen, als daß dieser Biedermann der berüchtigte Ginés de Pasamonte ist, den man auch Gineselchen von Parapilla nennt."

„Herr Kommissär", sagte hierauf der Galeerensträfling, „sachte, sachte – wir wollen uns jetzt nicht damit abgeben, Namen und Zunamen auseinanderzusetzen. Ginés heiße ich und nicht Gineselchen, und Pasamonte ist mein Geschlecht und nicht Parapilla, wie Ihr sagt, und kümmere sich jeder um den Balken in seinem eigenen Auge, und da wird er nicht wenig zu tun haben."

„Schlag Er keinen so hohen Ton an", entgegnete der Kommissär, „Er Spitzbube über alle Spitzbuben hinaus, wo nicht, so werde ich Ihn schon zum Schweigen bringen, Er mag wollen oder nicht."

„Man sieht wohl", antwortete der Sträfling, „der Mensch denkt und Gott lenkt; aber es kommt mal ein gewisser Tag, da soll ein Gewisser schon erfahren, ob ich Gineselchen von Parapilla heiße oder nicht."

„Nennen sie dich denn nicht so, du Gauner?" sagte der Führer.

„Freilich tun sie's", antwortete Ginés, „aber ich will's schon fertigbringen, daß sie mich nicht mehr so nennen, oder ich will mir das Haar ausreißen, wo und wie, sag ich nur zu mir selber. Herr Ritter, wenn Ihr uns was zu schenken habt, so schenkt es uns gleich und geht mit Gott; denn Ihr werdet schon langweilig mit Eurem ewigen Fragen nach fremder Leute Schicksalen. Und wollt Ihr die meinigen erfahren, so wisset, ich bin Ginés von Pasamonte, dessen Leben beschrieben ist von diesen seinen eigenen Fingern."

„Der Kerl redet wahr", sagte der Kommissär, „er selbst hat seine Geschichte so beschrieben, daß sie nichts zu wünschen übrigläßt, und er hat das Buch als Pfand für zweihundert Realen im Gefängnis gelassen."

„Und ich gedenke es auszulösen", sagte Ginés, „wenn es auch für zweihundert Dukaten verpfändet wäre!"

„So vortrefflich ist es?" sagte Don Quijote.

„Es ist so vortrefflich", antwortete Ginés, „daß *Lazarillo de Tormes* nur gleich einpacken kann und mit ihm alle die Bücher, die sonst noch in dieser Art geschrieben sind oder noch geschrieben werden. Was ich Euch darüber sagen kann, ist, daß es nur Wahrheit berichtet und so hübsche und ergötzliche Wahrheit, daß es keine Lügen geben kann, die ihr gleichkämen."

„Und wie betitelt sich dies Buch?" fragte Don Quijote.

„Das Leben des Ginés de Pasamonte", antwortete Ginés.

„Und ist es ganz beendet?" fragte Don Quijote.

„Wie kann es beendet sein", antwortete er, „da mein Leben noch nicht zu Ende ist? Geschrieben sind meine Erlebnisse nur von meiner Geburt an bis zu dem Augenblick, wo sie mich dies letzte Mal auf die Galeeren geschickt haben."

„Also seid Ihr schon einmal dort gewesen?" fragte Don Quijote.

„In Gottes und des Königs Diensten bin ich schon einmal vier Jahre lang dort gewesen", antwortete Ginés, „und ich weiß schon, wie das Kommißbrot und der Farrenschwanz schmecken, und es ist mir nicht allzu leid, wieder hinzukommen; dort hab ich Gelegenheit, mein Buch zu Ende zu bringen; denn ich habe noch gar vieles zu sagen, und auf den spanischen Galeeren hat man mehr Ruhe, als nötig ist, obwohl deren nicht viel zu dem nötig ist, was ich noch zu schreiben habe, da ich es all auswendig weiß."

„Du scheinst ein geschickter Mensch zu sein", sagte Don Quijote.

„Und ein unglücklicher", versetzte Ginés, „denn einen guten Kopf verfolgt immer das Unglück."

„Es verfolgt die Schurken", sagte der Kommissär.

„Ich hab's Euch schon einmal gesagt, Herr Kommissär", fiel Pasamonte hier ein, „sachte, sachte! Denn die bewußten Herren haben Euch diesen Stab nicht dazu anvertraut, um uns arme Teufel, die wir hier an der Kette gehen, zu mißhandeln, sondern uns zu führen und dahin zu bringen, wohin Seine Majestät befiehlt; wenn nicht, beim Leben des ... Genug! Denn es könnte geschehen, daß die Flecken, die sich jemand in der Schenke gemacht, eines Tages bei der Wäsche herauskämen; drum schweige ein jeder und sehe sich vor in seinen Handlungen und noch mehr in seinen Worten. Jetzt aber vorwärts, denn es ist nun Spaßes genug."

Der Kommissär hob seinen Stock, um Pasamonte zur Antwort auf seine Drohungen eins zu versetzen, aber Don Quijote legte sich ins Mittel und bat ihn, den Menschen nicht zu mißhandeln; denn es sei doch nicht zuviel verlangt, daß einer, dem die Hände so gebunden seien, wenigstens die Zunge frei habe. Und sich zu sämtlichen Leuten an der Kette wendend, sprach er: „Aus allem, was ihr mir gesagt, teuerste Freunde, habe ich klar entnommen, daß, obschon um eurer Schuld willen euch die Züchtigung zuteil wird, ihr doch an der Pein, die ihr erleiden sollt, kein sonderlich Behagen habt, daß ihr vielmehr höchst ungern und sehr wider eure Neigung derselben entgegengeht und es wohl möglich ist, daß nur die wenige Standhaftigkeit, die jener eine unter der Folter zeigte, der Mangel an Mut bei diesem andern, der Mangel an Gönnern bei jenem dritten und überhaupt die verkehrte Beurteilung von seiten des Richters die Ursache eures Verderbens und der Grund war, weshalb ihr nicht zu eurem Rechte gekommen, das ihr doch auf eurer Seite hattet. Alles das stellt sich mir jetzt im Geiste vor und sagt mir, rät mir, zwingt mich, an euch den Zweck zu zeigen, um dessentwillen der Himmel mich auf die Erde geschleudert und mir geboten hat, mich hienieden zu weihen dem Orden der Ritterschaft, welchem ich in der Tat geweiht bin, und dem Gelübde, das ich in diesem Orden abgelegt, jedem Hilfsbedürftigen und jedem, den die Höheren unterdrücken, beizustehen. Jedoch da ich weiß, daß es zu den Eigenschaften der Klugheit gehört, was sich im Guten erreichen läßt, nicht im Bösen zu tun, so will ich diese Herren Wächter nebst Kommissär gebeten haben, sie möchten gelieben, euch loszubinden und in Frieden ziehen zu lassen, da es an andern Personen nicht mangeln wird, um dem König bei bessern Anlässen zu dienen; denn es scheint mir ein hartes Ding, die zu Sklaven zu machen, die Gott und die Natur frei erschufen.

Überdies, ihr Herren von der Wache", fügte Don Quijote bei, „haben diese armen Leute nichts Böses gegen euch selber verübt. Mag denn jeglicher von ihnen zusehen, wie er mit seinen Sünden zurechtkommt; es ist ein Gott im Himmel, der es nimmer versäumt, den Bösen zu strafen, und es ist nicht recht, daß Männer von Ehre sich zu Henkern ihrer Nebenmenschen hergeben, wenn für sie selbst gar nichts dabei auf dem Spiel steht. Ich begehre dessen mit der Ruhe und Sanftmut, die ihr an mir sehet, damit ich, wenn ihr demgemäß handelt, euch etwas zu verdanken habe; wenn ihr es aber nicht gutwillig tut, so werden dieser Speer und dies Schwert mit der Stärke meines Arms bewirken, daß ihr es gezwungen tut."

„Ein reizender Unsinn!" versetzte darauf der Kommissär, „allerliebst, in welche Spitze der lange Rattenschwanz Eurer Rede ausläuft! Die Sträflinge in des Königs Haft, verlangt Ihr, sollen wir Euch freigeben, als ob wir die obrigkeitliche Befugnis hätten, sie der Fesseln zu entledigen, oder Ihr sie hättet, uns dergleichen zu befehlen! Geht in Gottes Namen Eurer Wege, Señor; setzt Euch den Nachttopf zurecht, den Ihr auf dem Kopfe tragt, und laßt Euch nicht ohne Not in Händel ein wie die Ratze, die die Katze fangen will."

„Ihr selbst seid die Ratze und die Katze und der Schurke dazu", entgegnete Don Quijote.

Und wie gesagt, so getan: er stürmte so blitzschnell auf ihn an, daß er ihm nicht Zeit ließ, sich zur Wehr zu setzen, und ihn mit einem Speeresstoß schwer verwundet zu Boden warf. Und es traf sich glücklich für den Ritter, denn es war gerade der mit der Muskete. Die übrigen Wächter standen in Staunen und Bestürzung ob des unerwarteten Ereignisses; aber sie faßten sich wieder, und die zu Pferde nahmen ihre Schwerter zur Hand, die zu Fuß ihre Wurfspieße und stürzten zum Angriff auf Don Quijote, der sie in vollster Ruhe erwartete. Und ohne Zweifel wäre es ihm übel ergangen, hätten nicht die Galeerensklaven die ihnen gebotene Gelegenheit benutzt, ihre Freiheit zu erlangen, und es fertiggebracht, die Kette, an die sie angeschmiedet waren, zu sprengen. Der Aufruhr wurde so allgemein, daß die Wächter bald gegen die Sträflinge, die sich losmachten, bald gegen Don Quijote, der sie angriff, sich wenden mußten und daher nirgends etwas ausrichten konnten.

Sancho seinerseits half dem Ginés de Pasamonte aus seinen Fesseln, und dieser war der erste von allen, der, frei und aller Bande ledig, über das Feld hinsprang, den zu Boden gestürzten Kommissär anfiel, ihm das Schwert und die Muskete entriß, und indem er mit der letzteren bald auf den einen zielte, bald auf den andern anlegte, ohne je abzudrücken, so blieb bald keiner von der Wache mehr auf dem ganzen Plan; alle flohen davon, teils vor Pasamontes Muskete, teils vor dem gewaltigen Steinregen, den die bereits frei gewordenen Sträflinge auf sie fallen ließen.

Jetzt wurde es doch Sancho ob dieses Vorfalles sehr betrübt zumute; denn es kam ihm der Gedanke, die geflüchteten Wächter würden der Heiligen Brüderschaft Kenntnis von dem Fall geben und diese würde unter Sturmgeläute ausziehen, um die Verbrecher aufzuspüren. Das sagte er auch seinem Herrn mit der Bitte, sie möchten beide sich auf der Stelle davonmachen und sich auf dem nahen Gebirge versteckt halten.

„Das ist alles ganz gut", sprach Don Quijote, „aber ich weiß, was sich gegenwärtig zu tun gebührt."

Und sofort rief er die sämtlichen Galeerensklaven herzu, die in großer Aufregung umherliefen und bereits den Kommissär bis auf die Haut ausgezogen hatten; sie stellten sich um ihn in die Runde, um zu hören, was er ihnen anbefehle, und er sprach so zu ihnen: „Männern von guter Art geziemt es, empfangene Wohltaten mit Dank zu vergelten, und eine der ärgsten Sünden gegen Gott ist die Undankbarkeit. Ich erwähne das, werte Herren, weil ihr durch den Augenschein in Erfahrung gebracht habt, welche Wohltat ihr von mir empfangen; zu deren Entgelt, so wünsche ich, so ist mein Wille, sollt ihr, mit der Kette beladen, von der ich euren Nacken befreit habe, euch unverzüglich auf den Weg machen und nach der großen Stadt Toboso ziehen und euch dort dem Fräulein Dulcinea von Toboso stellen und ihr sagen, daß ihr Ritter, Der von der traurigen Gestalt, hiermit Meldung sende, sich ihr zu befehlen, und ihr sollt ihr Punkt für Punkt jeden Punkt dieses herrlichen Abenteuers berichten bis zur Erlangung eurer ersehnten Freiheit durch meine Hand; und dieses vollbracht, möget ihr auf gut Glück hingehen, wohin ihr wollet."

Ginés de Pasamonte gab Antwort für die andern alle und sprach: „Was Euer Gnaden uns befiehlt, edler Herr und unser Befreier, das zu erfüllen ist die unmöglichste aller Unmöglichkeiten; denn wir können nicht auf den Straßen zusammen wandern, sondern jeder muß allein und jeder für sich bleiben und muß suchen, sich tief im Innern der Erde zu bergen, um nicht von der Heiligen Brüderschaft aufgefunden zu werden, die ohne Zweifel ausziehen wird, uns nachzuspüren. Was Euer Gnaden tun kann und was zu tun die Billigkeit von Euch verlangt, ist, daß Ihr diese Prinzessinnensteuer nebst Wegezoll, so wir dem Fräulein Dulcinea leisten sollen, in eine gewisse Zahl Ave-Marias und Credos verwandelt, um sie von Euretwegen zu beten, und das ist etwas, das sich jederzeit vollführen läßt, bei Tag und bei Nacht, auf der Flucht oder im Ausruhn, im Frieden oder Krieg. Aber wer da glaubt, daß wir jetzt wieder zu den Fleischtöpfen Ägyptens zurückkehrten, ich meine, unsre Kette wieder auf uns nähmen und uns auf den Weg nach Toboso begäben, der glaubt, daß wir jetzt Nacht haben, obwohl es kaum um die zehnte Tagesstunde ist, und verlangt von uns gerade dasselbe, als wollte man Birnen vom Ulmenbaum verlangen."

„So schwör ich denn bei dem und jenem", rief Don Quijote, der bereits in Harnisch geraten war, „du Junker Hurensohn, Gineselchen von Parapilla oder wie du sonst heißen magst, du sollst ganz allein dahin, den Schwanz zwischen den Beinen wie ein Hund, mit der ganzen Kette auf dem Rücken!"

Pasamonte war der Mann nicht dazu, sich viel gefallen zu lassen, und es war ihm auch schon klargeworden, daß Don Quijote nicht richtig im Kopfe war, da er den Unsinn begangen, sie in Freiheit zu setzen. Als er sich nun so beschimpfen hörte, gab er seinen Kameraden einen Wink, diese traten etwas zurück und begannen so viele, viele Steine auf Don Quijote regnen zu lassen, daß er nicht Hände genug hatte, sich mit der Tartsche zu decken, und der arme Teufel von Rosinante achtete des Sporns so wenig, als wäre er aus Erz gegossen.

Sancho kauerte sich hinter seinen Esel und benutzte ihn als Schutzwehr gegen den Ansturm des Ungewitters und Steinhagels, der auf beide herniederregnete. Don Quijote konnte sich mit seinem Schilde nicht so völlig decken, daß ihn nicht Kieselsteine, ich weiß nicht wie viele, mit voller Gewalt auf den ganzen Körper trafen und ihn zu Boden streckten; und kaum lag er da, so fiel der Student über ihn her, riß ihm die Barbierschüssel vom Kopf und schlug sie drei-, viermal über seinen Rücken und ebenso viele Male auf den Erdboden, so daß sie fast in Stücke ging. Die Gauner zogen ihm das Röcklein ab, das er über der Rüstung trug, und hätten ihm auch gern die Strümpfe genommen, wenn die Beinschienen es nicht verhindert hätten. Dem Sancho nahmen sie seinen Mantel und ließen ihm kaum die Unterkleider; und nachdem sie die sonstige Beute des Kampfes unter sich verteilt, zogen sie von dannen, jeder seines Weges für sich und weit mehr darauf bedacht, der gefürchteten Brüderschaft zu entgehen, als sich die Kette aufzuladen und sich dem Fräulein Dulcinea von Toboso zu stellen.

Eselein und Rosinante, Sancho und Don Quijote, sie blieben allein zurück; der Esel gesenkten Hauptes und nachdenklich, hier und da die Ohren schüttelnd, weil er meinte, noch habe das steinerne Ungewitter, das seine Ohren heimsuchte, nicht ausgetobt; Rosinante neben seinen Herrn hingestreckt, denn ein Steinwurf hatte auch ihn zu Boden gestürzt; Sancho bis aufs Unterwams ausgeraubt und voller Angst vor der Heiligen Brüderschaft; Don Quijote höchst ingrimmig, sich von den nämlichen Leuten so übel zugerichtet zu sehen, denen er soviel Gutes erwiesen hatte.

23. KAPITEL

Von dem, was dem ruhmreichen Ritter Don Quijote in der Sierra Morena zustieß; was eines der rarsten Abenteuer gewesen, so in dieser wahrheitsgetreuen Geschichte erzählt werden

Als Don Quijote sich so übel zugerichtet sah, sprach er zu seinem Schildknappen: „Immerdar, Sancho, habe ich sagen hören, gemeinem Volke Gutes tun heißt Wasser ins Meer tragen. Hätte ich deinen Worten gefolgt, so hätte ich mir dieses Ungemach erspart, aber es ist einmal geschehen; Geduld, und wir wollen künftighin durch den Schaden gewitzigt sein."

„Geradeso wird Euer Gnaden gewitzigt werden", entgegnete Sancho, „wie ich ein Türke bin. Aber da Ihr sagt, wenn Ihr mir gefolgt hättet, wäre Euch dieses Unglück erspart geblieben, so folgt mir jetzt, und es wird Euch ein andres, weit größeres erspart bleiben; denn ich tue Euch zu wissen, daß bei der Heiligen Brüderschaft mit dem Rittertum nichts zu machen ist, und sie gibt keine zwei Pfennige auf alle fahrenden Ritter der Welt. Und wißt nur, schon meine ich, ihre Pfeile mir um die Ohren sausen zu hören."

„Du bist ein geborener Feigling, Sancho", sprach Don Quijote, „aber damit du nicht sagst, ich sei halsstarrig und tue nie, was du mir rätst, so will ich für diesmal deinem Rate nachgeben und dem Ansturm ausweichen, den du so sehr fürchtest; aber es geschieht nur unter einer Bedingung, nämlich daß du nie im Leben oder Tod jemandem sagst, ich sei vor dieser Gefahr aus Furcht zurückgegangen und gewichen, sondern lediglich um mich deinen Bitten gefällig zu erweisen. Und wenn du je was anderes sagen würdest, so lügst du das, und in der Gegenwart bis in alle Zukunft und in der Zukunft bis in alle Gegenwart strafe ich dich Lügen und sage, daß du lügst und lügen wirst, sooft du es denken oder sagen magst. Und erwidre mir nichts weiter; denn schon bei dem bloßen Gedanken, daß ich vor einer Gefahr zurückgehe und weiche, sonderlich aus dieser jetzigen, die etwas wie einen Schatten von Furcht im Geleite hat, gelüstet es mich, auszuharren und ganz allein die Heilige Brüderschaft, die du erwähnst und fürchtest, zu erwarten, und nicht nur diese, sondern auch alle Brüder der zwölf Stämme Israel und die sieben Makkabäer und Kastor und Pollux und dazu alle Brüder und Brüderschaften, die es in der ganzen Welt gibt."

„Señor", erwiderte Sancho, „zurückgehen ist nicht fliehen, und das Warten ist nicht Klugheit, wenn die Gefahr größer ist als der Nutzen vom Warten. Es ist die Art weiser Männer, sich heute für morgen aufzubewahren und nicht alles auf einen Tag aufs Spiel zu setzen; und wisset, wenn ich auch nur ein roher Kerl und Bauer bin, so verstehe ich doch etwas davon, wie man sich im Leben zu benehmen hat. Sonach laßt Euch nicht gereuen, daß Ihr meinen Rat angenommen, sondern besteigt den Rosinante, wenn Ihr könnt, oder wenn nicht, will ich Euch helfen, und folgt mir nach; denn mein bißchen Verstand sagt mir, wir haben anjetzt die Füße nötiger als die Hände."

Don Quijote stieg zu Pferd, ohne ihm ein Wort zu entgegnen, Sancho auf seinem Esel zog voran, und so gelangten sie zu den nahen Vorbergen der Sierra Morena. Sancho beabsichtigte, das ganze Gebirge zu durchziehen und auf der andern Seite, bei Viso oder Almodóvar del Campo, wieder herauszukommen und sich ein paar Tage lang in jener Wildnis zu verbergen, damit die Heilige Brüderschaft sie nicht finde, wenn sie ihnen nachspüre. Was ihn in dieser Absicht besonders bestärkte, war, daß er den Mundvorrat, den der Esel trug, aus dem Treffen mit den Galeerensklaven unversehrt davongekommen fand, und nach der Sorgfalt, mit der sie alles durchsucht und mitgenommen hatten, hielt er dies für ein wahres Wunder.

Wie der Ritter nun so mitten ins Gebirge kam, da frohlockte sein Herz; denn es bedünkte ihn, diese Gegenden seien ganz die geeigneten für die Abenteuer, denen er nachging. Es kamen ihm die wundersamen Vorfälle wieder ins Gedächtnis, die sich in ähnlichen Einöden und Wildnissen mit so manchem fahrenden Ritter zugetragen hatten; er war in diese Dinge so versunken und war so verzückt, daß er an nichts andres mehr dachte. Auch Sancho hatte, sobald er überzeugt war, daß er jetzt eine sichere Gegend durchziehe, keine andre Sorge, als seinen Magen mit den noch übrigen Resten von der geistlichen Beute zu befriedigen, und so schritt er hinter seinem Gebieter her, beladen mit allem, was der Graue hätte tragen sollen, holte aus dem Sack hervor, lud in seinen Wanst ein und hätte nicht einen Pfennig darum gegeben, ein neues Abenteuer zu finden, solange er ein so vergnügliches Dasein führte.

Indem schlug er die Augen auf und sah, daß sein Herr hielt und sich mühte, ich weiß nicht was für einen Packen, der auf dem Boden lag, mit der Spitze seines Spießes aufzuheben; daher beeilte er sich, ihm dabei zu helfen, falls es nötig sein sollte. Er kam gerade im Augenblick herzu, als der Ritter mit dem Eisen seines Spießes ein Sattelkissen und einen daran befestigten Mantelsack emporhob, beide halb, wenn nicht ganz vermodert und zerschlissen; aber sie waren so schwer, daß Sancho ihm beistehen mußte, um sie heraufzuheben. Sein Herr befahl ihm nachzusehen, was in dem Mantelsack sei; er tat es in größter Eile; und wiewohl der Mantelsack mit Kette und Vorlegeschloß verwahrt war, sah Sancho durch die vermoderten Stellen und Risse hindurch, was er enthielt, nämlich vier Hemden von feinem Batist nebst noch andern Sachen von Leinwand, alles sauber und schön, und in einem Tüchlein fand er ein artiges Häuflein Goldtaler. Und als er die sah, sprach er: „Gepriesen sei der Himmel nebst allen Heiligen, daß er uns endlich ein Abenteuer zugeschickt hat, das etwas einträgt!"

Und als er weitersuchte, fand er ein kleines, reichverziertes Notizbuch; das verlangte Don Quijote von ihm und gebot ihm, das Geld zu nehmen und für sich zu behalten. Sancho küßte ihm die Hände für diese Gnade; alles Leinenzeug aus dem Mantelsack sackte er ein und packte es in seinen eigenen Sack zu dem Mundvorrat.

Als Don Quijote das sah, sprach er: „Es bedünkt mich, Sancho, es kann gar nicht anders sein, irgendein in dieser Gegend unbewanderter Wanderer muß über das Gebirge gekommen sein, und Wegelagerer müssen ihn angefallen und umgebracht und ihn zu diesem versteckten Orte geschleppt haben, um ihn zu begraben."

„Das kann nicht sein", entgegnete Sancho, „denn wären es Räuber gewesen, so hätten sie dies Geld nicht hier gelassen."

„Du sprichst wahr", sprach Don Quijote, „und sonach kann ich nicht erraten und darauf kommen, wie es zugegangen sein mag. Doch warte einmal, wir wollen sehen, ob in diesem Notizbüchlein sich etwas geschrieben findet, mit dessen Hilfe wir das Gewünschte entdecken und erfahren könnten."

Er öffnete es; und das erste, was er darin, wie einen ersten Entwurf, doch mit sehr guter Handschrift, eingetragen fand, war ein Sonett, das er laut las, damit auch Sancho es hören könne, und das auf diese Weise lautete:

> Entweder, Lieb, hast Kenntnis du der Seelen
> Zuwenig, oder zuviel Grausamkeit,
> Oder ich bin verurteilt, daß mein Leid
> Weit über alles Maß mich darf zerquälen.
>
> Doch ist die Lieb ein Gott, so kann's nicht fehlen,
> Daß sie die Seelen kennt; auch ist kein Streit,
> Daß Götter nimmer grausam. Wer denn weiht
> Mich Qualen, die so süß und mich entseelen?
>
> Sag ich, du tust es, Phyllis, das wär sündlich;
> So Gutem kann sich Böses nicht verbinden,
> Noch kommt mein tödlich Weh aus Himmels Händen.
>
> Bald werd ich sterben, das erhoff ich stündlich;
> Denn für ein Leid, des Grund nicht aufzufinden,
> Vermöcht ein Wunder Heilung nur zu spenden.

„Aus diesen Reimen", sprach Sancho, „kann man nichts entnehmen. Freilich steht darin: ‚Du tust vieles', und damit kann man vielleicht herausbringen, wer es denn tut."

„Was heißt das: ,Du tust vieles'?" sprach Don Quijote.

„Ich meine", sagte Sancho, „Euer Gnaden hätten gelesen: ,Du tust vieles'."

„Nicht ,vieles', sondern ,Phyllis' sagte ich", erwiderte Don Quijote, „und dies ist ohne Zweifel der Name des Fräuleins, über welches sich der Verfasser dieses Sonetts beklagt; und aufs Wort, es muß ein richtiger Poet sein, oder ich verstehe nichts von der Kunst."

„Also versteht sich Euer Gnaden auch auf Reime?" fragte Sancho.

„Mehr, als du glaubst", entgegnete Don Quijote; „und das sollst du sehen, wenn du einmal einen Brief, von oben bis unten in Versen geschrieben, an meine Gebieterin Dulcinea von Toboso zu bringen hast. Denn du sollst wissen, Sancho, daß sämtliche oder doch die meisten fahrenden Ritter der vergangenen Zeit große Dichter und große Musiker waren; denn diese beiden Talente, oder besser gesagt, Himmelsgaben gehören zum Wesen der fahrenden Helden, wenn sie verliebt sind. Allerdings zeigen die Strophen der früheren Ritter mehr Naturanlage als Formvollendung."

„Lest weiter", sprach Sancho, „Euer Gnaden wird schon etwas finden, das unsern Wunsch befriedigt."

Don Quijote schlug das Blatt um und sprach: „Das ist Prosa und scheint ein Brief."

„Ein Brief zum Verschicken?" fragte Sancho.

„Zu Anfang scheint er nicht das, sondern ein Liebesbrief", antwortete Don Quijote.

„Dann wolle Euer Gnaden ihn laut lesen", sprach Sancho, „denn ich habe großes Vergnügen an Liebessachen."

„Ganz gern", versetzte Don Quijote.

Er las ihn laut vor, wie Sancho ihn gebeten hatte, und fand ihn dieser Art lautend:

Dein falsches Versprechen und mein zweifelloses Mißgeschick führen mich an einen Ort, von wo die Nachricht von meinem Tode früher zu Deinen Ohren gelangen wird als der Laut meiner Klagen. Du hast mich hinweggestoßen, o Undankbare, für einen, der mehr besitzt, aber nicht mehr wert ist als ich; aber wäre die Tugend ein Reichtum, den man zu würdigen wüßte, so würde ich nicht fremdes Glück zu beneiden noch eignes Unglück zu beweinen haben. Was Deine Schönheit auferbaute, haben Deine Taten niedergestürzt; um jener willen erachtete ich Dich für einen Engel, an diesen erkenne ich Dich für ein Weib. Lebe in Frieden, Du Schöpferin meines Unfriedens, und ewig bleibe Dir die Verräterei Deines Gemahls verborgen, das gebe der Himmel, damit Du nicht bereuen müssest, was Du getan, und ich mich nicht gerächt sehe durch das, was ich nicht wünsche.

Als Don Quijote den Brief gelesen, sagte er: „Hieraus läßt sich noch weniger als aus den Versen etwas andres entnehmen, als daß der Schreiber des Briefes ein verschmähter Liebhaber ist."
Und indem er fast das ganze Notizbuch durchblätterte, fand er noch mehr Verse und Briefe, von welchen er einige lesen konnte und andre nicht; aber bei allen war der Inhalt nur Klagen, Jammern, eifersüchtige Vorwürfe, Versöhnung und Verhöhnung, Begünstigung und Verschmähung, jene wonnevoll gefeiert, diese schmerzlich beweint. Während Don Quijote das Buch durchsah, sah Sancho den Mantelsack durch und ließ weder in diesem noch im Sattelkissen einen Winkel undurchsucht, ungeprüft, unergründet, keine Naht, die er nicht aufgetrennt, kein Flocken Wolle, den er nicht auseinandergezupft hätte, damit ja nichts aus Lässigkeit oder Unachtsamkeit zurückbliebe – solche unmäßige Begier hatten die gefundenen Goldstücke in ihm erregt, deren mehr als hundert waren. Obschon er nichts weiter fand als das bisher schon Gefundene, so war er nun doch ganz zufrieden mit dem Wippen auf der Bettdecke, dem Erbrechen nach dem Trank, der Einsegnung mit den Knüppeln, den Faustschlägen des Maultiertreibers, dem Verlust seines Zwerchsacks, dem Raub seines Mantels und mit all dem Hunger, Durst und der Mühsal, so er im Dienste seines Herrn erlitten. Und es bedünkte ihn, er sei schon besser als gut bezahlt mit dem Lohn, der ihm durch die Überlassung des Fundes geworden.
Der Ritter von der traurigen Gestalt indessen war über die Maßen begierig zu erfahren, wessen Eigentum der Mantelsack sei, und schloß aus dem Sonett und dem Briefe, aus den Goldstücken und aus den feinen Hemden, er müsse einem Verliebten von Stande angehört haben, den Verschmähung und üble Behandlung von seiten seiner Dame zu irgendeinem verzweifelten Schritt getrieben. Da jedoch in dieser unwegsamen, unwirtlichen Umgebung sich niemand blicken ließ, bei dem man sich hätte erkundigen können, so dachte er nur noch daran, weiterzukommen, und schlug den Weg ein, den sein Pferd gehen wollte, das heißt, den es gehen konnte, wobei er sich beständig einbildete,

es könne in diesen dicht verwachsenen Wildnissen irgendein seltsames Abenteuer nicht ausbleiben.

Wie er so in diesen Gedanken hinritt, erblickte er auf einer Höhe, die sich seinen Augen darbot, einen Menschen mit ungemeiner Leichtfüßigkeit von Fels zu Fels, von Strauch zu Strauch dahinspringen. Er glaubte zu bemerken, der Mann sei halbnackt, mit dichtem schwarzem Bart, reichlichem und verworrenem Haar, die Füße unbeschuht, die Beine unbekleidet; die Schenkel trugen Hosen, dem Anscheine nach von fahlem Samt, aber so in Fetzen, daß man an vielen Stellen die Haut durchsah; den Kopf hatte er unbedeckt. Und obschon er mit der geschilderten Behendigkeit vorübersprang, sah und merkte sich der Ritter von der traurigen Gestalt all diese Einzelheiten. Aber wiewohl er es versuchte, konnte er ihm doch nicht nacheilen; denn der schwachen Kraft Rosinantes war es nicht vergönnt, über diese steilen Höhen zu setzen, zumal der Gaul von Hause aus kurzschrittlich und von gar bequemer Natur war.

Don Quijote vermutete sogleich, dieses müsse der Eigentümer des Kissens und Mantelsacks sein, und nahm sich vor, ihn aufzusuchen, wüßte er auch, daß er eines ganzen Jahres bedürfte, um ihn in diesen Bergen zu finden. Daher befahl er Sancho, auf der einen Seite den Weg über den Berg abzuschneiden, er werde den über die andre Seite einschlagen, und es wäre das vielleicht das rechte Mittel, um den Mann zu treffen, der so rasch vor ihren Augen vorübergeeilt.

„Das kann ich nicht", antwortete Sancho, „denn sobald ich mich von Euer Gnaden entferne, so kommt auf der Stelle die Furcht heran und überfällt mich mit Schreckbildern und Spuk von tausenderlei Gestalt; und was ich sage, das möge Euch zur Nachricht dienen, daß ich von jetzt an mich nie mehr einen Fingerbreit aus Eurer Gegenwart entfernen werde."

„So sei es", sprach Der von der traurigen Gestalt, „es gefällt mir sehr wohl, daß du dich auf meinen Mut verlässest; er wird dich nie im Stich lassen, selbst wenn deine Seele deinen Leib im Stich ließe. Jetzt komm hinter mir her, Schritt für Schritt, oder wie du irgend kannst, und mache deine Augen zu Laternen; wir wollen um diesen Hügel herum; vielleicht treffen wir den Mann, den wir gesehen und der ohne Zweifel kein anderer ist als der Eigentümer unseres Fundes."

Worauf Sancho erwiderte: „Viel besser wäre es, ihn nicht zu suchen; denn wenn wir ihn finden und er etwa der Eigentümer des Geldes sein sollte, so ist es klar, ich muß es ihm wiedergeben.

Und demnach wäre es besser, ohne dieses nutzlose Bemühen aufzuwenden, ich behielte es mit gutem Gewissen, bis einmal auf eine andere Weise ohne absichtliches Aufsuchen und Bemühen der wahre Eigentümer zum Vorschein kommt; und vielleicht geschähe das zu einer Zeit, wo ich es schon ausgegeben hätte, und dann: wo nichts ist, hat der Kaiser sein Recht verloren."

„Darin irrst du, Sancho", entgegnete Don Quijote; „denn da wir schon auf die Vermutung gekommen, wer der Eigentümer ist, und wir ihn schier vor Augen haben, so sind wir verpflichtet, ihn aufzusuchen und ihm das Geld zurückzuerstatten; und falls wir ihn nicht aufsuchen, so hat schon unsere gegründete Vermutung, daß er es ist, uns ebenso strafbar gemacht, als wenn er es wirklich wäre. Mithin, Freund Sancho, mache dir keinen Kummer darüber, daß wir ihn aufsuchen, schon um deswillen, daß mir ein wahrer Kummer benommen wird, wenn ich ihn finde."

Und so spornte er seinen Rosinante, und Sancho folgte ihm nach, zu Fuß und beladen dank dem Ginés de Pasamonte. Nachdem sie den Berg zum Teil umkreist hatten, fanden sie ein Maultier mit Sattel und Zaum in einem Bache liegen, tot, von Hunden halb aufgezehrt und von Raben zerfleischt; und das alles bestärkte sie in der Vermutung, jener Flüchtling sei der Eigentümer des Maultiers und des Kissens. Während sie das Tier betrachteten, vernahmen sie ein Pfeifen wie von einem die Herde hütenden Schäfer, und plötzlich zeigten sich ihnen zur linken Hand Ziegen in ansehnlicher Menge, und hinter ihnen erschien auf der Höhe des Berges der Hirt, der sie hütete, ein alter Mann. Don Quijote rief ihn laut an und bat ihn, er möchte zu ihnen herunterkommen. Der Hirt schrie zurück, wer sie an diesen Ort gebracht habe, den selten oder nie ein Fuß betrete, wenn nicht die Füße der Ziegen, der Wölfe oder anderer wilder Tiere, die hier herumstrichen.

Sancho entgegnete, er möge nur herabkommen, sie würden ihm über alles volle Auskunft erteilen.

Der Ziegenhirt stieg denn herab, und sich Don Quijote nähernd, sprach er: „Ich will wetten, Ihr betrachtet Euch den Mietesel, der hier im Hohlwege liegt; er liegt weiß Gott schon sechs Monate da. Sagt mir, habt Ihr vielleicht seinen Herrn dort herum angetroffen?"

„Wir haben niemand angetroffen", antwortete Don Quijote, „nur ein Sattelkissen und einen Mantelsack haben wir nicht weit von hier gefunden."

„Den hab auch ich gefunden", entgegnete der Ziegenhirt, „aber ich mochte ihn nicht vom Boden aufheben noch auch nur ihm nahe kommen, aus Furcht, daß mir was Unangenehmes zustoßen und man mich wegen Diebstahls verklagen könnte; denn der Teufel ist schlau und wirft dem Menschen oft etwas unter die Füße, daß er darüber strauchelt und fällt, ohne zu wissen, wann und wie."

„Gerade das sag ich auch", versetzte Sancho, „ich hab ihn auch gefunden und wollte ihm auf Steinwurfsweite nicht nahe kommen; ich hab ihn dort gelassen, und dort mag er bleiben, wie er da lag, denn ein Hund mit der Schelle ist ein böser Geselle."

„Sagt mir, guter Freund", sprach Don Quijote, „wißt Ihr, wer der Eigentümer dieser Sachen ist?"

„Was ich sagen kann", antwortete der Ziegenhirt, „ist dies: es wird so was wie sechs Monate her sein, nicht viel mehr oder weniger, da kam zu dem Hirtenpferch, der so was wie drei Meilen von hier ist, ein junger Herr von feiner Gestalt und stattlichem Aussehn und ritt auf diesem selben Maultier, das tot daliegt, und hatte dasselbe Sattelkissen nebst Mantelsack, den ihr, wie ihr sagt, gefunden habt, und habt ihn nicht angerührt. Er fragte uns, welch eine Gegend im Gebirge am wildesten sei und am tiefsten versteckt; wir sagten ihm, es sei gerade der Strich, wo wir uns jetzt befinden. Und es ist so, in der Tat; denn wenn ihr nur eine halbe Stunde tiefer hineindringt, so glückt's euch vielleicht nie, wieder herauszukommen, und ich bin verwundert, wie ihr nur hierhergelangen konntet; denn es gibt weder Weg noch Steg, der zu diesem Orte führt. Ich sage also, wie der junge Mann unsre Antwort vernahm, so wendete er die Zügel und nahm den Weg nach der Gegend, die wir ihm bezeichnet hatten; wir aber standen alle da, erfreut ob seines stattlichen Wesens und verwundert ob seiner Frage und ob der großen Eile, mit der er, dieweil wir zuschauten, davonritt und sich in die Berge schlug. Und seit damalen bekamen wir ihn nicht mehr zu Gesicht, bis er ein paar Tage später einen unsrer Schäfer anpackte und über ihn herfiel, ohne ein Wort zu sagen, und versetzte ihm eine schwere Menge Faustschläge und Fußtritte und machte sich sogleich über den Packesel, der bei der Herde gehalten wird, und nahm dem alles weg, was er an Brot und Käse trug, und wie alles getan war, wandte er sich mit unbegreiflicher Behendigkeit zurück, um sich im Gebirge zu verstecken.

Als ich und noch etliche Ziegenhirten das erfuhren, so machten wir uns auf und suchten nach ihm, wo das Gebirge am unwegsamsten ist, schier zwei Tage lang, wo wir ihn dann fanden, wie er in der Höhlung einer dicken, mächtigen Korkeiche stak. Er kam uns ruhig und freundlich entgegen, sein Anzug war bereits zerschlissen, das Gesicht entstellt und von der Sonne verbrannt, so daß wir ihn kaum erkannten, wenn nicht seine Tracht, die uns erinnerlich war, uns überzeugt hätte, er sei der Mann, den wir suchten. Er grüßte uns höflich und sagte uns mit wenigen und recht verständigen Worten, wir sollten uns nicht wundern, daß er in solchem Aufzug umhertreibe; denn so zieme es ihm, um eine gewisse Buße zu vollbringen, die ihm um seiner vielen Sünden willen auferlegt worden. Wir ersuchten ihn, uns zu sagen, wer er sei, aber wir konnten das durchaus nicht bei ihm fertigbringen. Auch baten wir ihn, wenn er etwas zum Unterhalt nötig habe, ohne den er doch nicht bestehen könne, so solle er uns sagen, wo wir ihn finden könnten; denn wir würden es ihm mit größter Liebe und Fürsorge bringen; und wenn das etwa auch nicht nach seinem Sinn wäre, so möchte er wenigstens kommen und es verlangen, anstatt es den Hirten wegzunehmen.

Er dankte für unser Anerbieten, bat um Verzeihung für die bisherigen Gewalttätigkeiten und erbot sich, fürderhin alles um Gottes willen zu erbitten, ohne irgendeinem beschwerlich zu fallen. Was seinen Wohnungsort betreffe, sagte er, er habe keinen andern, als den ihm der Zufall darbiete, wo ihn die Nacht überrasche. Und als er das gesprochen, brach er in so bittere Tränen aus, daß wir, die ihm zugehört, von Stein hätten sein müssen, um nicht mit ihm zu weinen, wenn wir bedachten, wie wir ihn das erstemal gesehen hatten und in welchem Zustand wir ihn jetzt sahen; denn, wie ich gesagt, er war ein gar feiner, angenehmer Junker, und mit seinen höflichen und verständigen Worten bewährte er, wie er aus gutem Hause und von vornehmer Bildung sei. Waren wir, die ihm zuhörten, auch nur einfältige Bauersleute, so war doch sein feiner Anstand derart, daß er genügend war, um von der bäurischen Einfalt selbst begriffen und erkannt zu werden. Und wie er gerade im besten Reden war, hielt er unversehens inne und verstummte und heftete die Augen geraume Zeit auf den Boden, während wir alle schweigend und staunend dastanden, voll Erwartung, was es mit dieser Verzückung werden sollte, und mit nicht geringer Betrübnis, so was ansehen zu müssen; denn aus der Art, wie er die Augen aufriß und dann wieder lange Zeit starr auf den Boden sah, ohne nur die Wimpern zu bewegen, dann die Augen schloß und die Lippen zusammenpreßte und die Brauen in die Höhe zog, erkannten wir alsbald, daß ihn wieder ein Anfall von Verrücktheit plötzlich heimgesucht habe.

Er bewies uns sofort, daß unsre Vermutung Wahrheit sei; denn mit gewaltiger Wut sprang er vom Boden empor, auf den er sich geworfen, und fiel über den ersten her, den er in seiner Nähe fand, mit so wahnsinnigem Ingrimm, daß, wenn wir ihn nicht aus seinen Händen gerissen, er ihn mit Faustschlägen und Bissen umgebracht hätte. Und während er das tat, schrie er beständig: ‚Ha, du verräterischer Fernando! Hier, hier sollst du mir die Missetat bezahlen, die du an mir begangen! Diese Hände sollen dir das Herz ausreißen, in dem alle Schlechtigkeiten zusammen hausen und ihren Sitz haben, vorab Trug und Tücke!'

Diesen Worten fügte er noch andre hinzu, und alle liefen darauf hinaus, dem Fernando Böses nachzureden und ihn des Verrats und Treubruchs zu beschuldigen. Mit nicht geringer Beschwer hatten wir endlich den Hirten seiner Wut entrissen, und er, ohne ein Wort weiter zu reden, verließ uns, rannte fort und verbarg sich hinter jenem stachligen Gestrüpp und Dornhecken, so daß er es uns unmöglich machte, ihm zu folgen. Daraus entnahmen wir, daß seine Verrücktheit ihn nur zuzeiten befällt und daß jemand des Namens Fernando ihm etwas sehr Arges angetan haben muß, so arg, wie der Zustand es zeigt, zu dem er ihn heruntergebracht hat. All dieses sahen wir mehr und mehr bestätigt, wenn er vom Wald auf den Weg herauskam, und das geschah gar vielmal; einmal, um die Schäfer zu bitten, ihm etwas Essen zu bringen, ein andermal, um es ihnen mit Gewalt zu nehmen. Wenn er nämlich seinen Anfall von Wahnsinn hat und die Hirten es ihm aus freien Stücken anbieten, so nimmt er es nicht an, sondern raubt es mit Faustschlägen; und wenn er bei Verstande ist, so erbittet er sich's um Gottes willen, höflich und freundlich, und sagt vielen Dank dafür und läßt es dabei nicht an Tränen fehlen.

Und wirklich muß ich euch sagen, liebe Herren", fuhr der Ziegenhirt fort, „gestern beschloß ich mit vier andern Burschen, zwei davon meine Knechte, die zwei andern aber Freunde von mir, ihm so lange nachzuspüren, bis wir ihn finden, und haben wir ihn gefunden, so wollen wir ihn, sei es mit Gewalt, sei es im guten, nach der Stadt Almodóvar bringen, acht Meilen von hier, und dort wollen wir ihn heilen lassen, falls für sein Leiden noch Heilung möglich; oder wir erfahren wenigstens, wenn er einmal bei Verstand ist, wer er ist und ob er Verwandte hat, denen man Nachricht von seinem Unglück geben kann. Das ist es, liebe

Herren, was ich auf eure Fragen zu antworten habe; und seid überzeugt, daß der Besitzer der Sachen, die ihr gefunden habt, derselbe ist, den ihr so behende und halbnackt an euch vorüberrennen saht."

Don Quijote hatte ihm nämlich bereits gesagt, wie er den Menschen über die Höhen hinspringen gesehn.

Der Ritter war voll Staunens ob der Mitteilungen des Ziegenhirten und wurde um so begieriger, zu erfahren, wer der unglückliche Verrückte sein möchte. Was er vorher schon zu tun im Sinne hatte, das wurde jetzt bei ihm zum festen Vorsatz: im ganzen Gebirge nach ihm zu spähen und keinen Winkel und keine Höhle dort undurchsucht zu lassen, bis er ihn fände. Aber das Schicksal fügte es besser, als er dachte und hoffte; denn in diesem nämlichen Augenblick erschien in einer Felsenschlucht, die sich auf die Stelle hin öffnete, wo sie sich befanden, der junge Mann, den der Ritter suchte. Er kam daher und murmelte etwas zwischen den Lippen, was man nicht von nahem hätte verstehen können, wieviel weniger aus der Entfernung. Sein Aufzug war, wie bereits geschildert; nur bemerkte Don Quijote, als er näher kam, daß das zerrissene Lederkoller, das er auf dem Leibe trug, nach Ambra roch; was ihn denn vollends überzeugte, daß jemand, der so gekleidet sei, nicht von geringem Stand sein könne.

Der Jüngling trat zu ihnen heran und grüßte mit tonloser, heiserer Stimme, doch mit vieler Höflichkeit. Don Quijote erwiderte den Gruß nicht minder artig, stieg von Rosinante ab, ging auf ihn zu und umarmte ihn mit edlem Gebaren und zierlichem Anstand und hielt ihn eine gute Weile so innig umschlungen, als hätte er ihn schon seit langen Zeiten gekannt. Der andre, den wir den „Lumpen von der jämmerlichen Gestalt" nennen könnten wie Don Quijote den Ritter von der traurigen, schob diesen, nachdem er sich die Umarmung hatte gefallen lassen, ein wenig beiseite, legte die Hände auf des Ritters Schultern, stand eine Zeitlang im Anschauen da, als wollte er nachsinnen, ob er ihn erkenne, und war vielleicht nicht weniger verwundert, Don Quijotes Gesicht, Gestalt und Rüstung zu sehen, als Don Quijote verwundert war, ihn zu sehen. Der erste, der endlich nach der Umarmung das Wort nahm, war der „Lump von der jämmerlichen Gestalt", und er sprach, was nachher erzählt werden soll.

24. Kapitel

Worin das Abenteuer in der Sierra Morena fortgesetzt wird

Es erzählt unsre Geschichte, daß Don Quijote mit größter Aufmerksamkeit dem elenden Ritter vom Gebirge zuhörte, der folgendermaßen das Gespräch eröffnete: „Gewiß, Señor, wer Ihr auch sein möget – denn ich kenne Euch nicht –, ich danke Euch für Euer freundliches Benehmen und die Höflichkeit, die Ihr mir bezeigt habt, und wünschte mich in der Lage zu finden, daß ich mit etwas mehr als gutem Willen dem Eurigen, den Ihr mir durch Euren herzlichen Empfang bewiesen habt, dienstbereit entgegenkommen könnte. Allein mein Schicksal will mir, um die mir erwiesenen Wohltaten zu erwidern, nichts andres vergönnen als den frommen Wunsch, sie zu vergelten."

„Die Wünsche, die ich meinesteils hege", entgegnete Don Quijote, „bestehen nur darin, Euch zu dienen, so daß ich bereits entschlossen war, aus diesem Gebirge nicht zu weichen, bis ich Euch gefunden und von Euch erfahren hätte, ob für das Leiden, dessen schweren Druck Ihr durch Eure seltsame Lebensweise erkennen lasset, irgendein Heilmittel zu finden wäre; und wenn ein solches aufzusuchen erforderlich sein sollte, war ich willens, es mit aller erdenklichen Sorgfalt aufzusuchen. Und falls Euer Mißgeschick von jener Art wäre, die jeglicher Tröstung die Tür verschlossen hält, dann wollte ich, so gut ich es vermöchte, es mit Euch beklagen und beweinen; denn auch das ist Trost in den Leiden, eine Seele zu finden, die Mitleid mit ihnen fühlt. Und wenn in der Tat meine gute Absicht es verdient, einen Dank durch Bezeigung irgendeiner Höflichkeit zu empfahen, so bitte ich Euch um der großen Höflichkeit willen, die ich in Eurem ganzen Wesen ersehe, und beschwöre Euch zugleich bei dem, was Ihr in diesem Leben am meisten geliebt habt oder liebt, mir zu sagen, wer Ihr seid, und mir mitzuteilen, was Euch dahin gebracht hat, in dieser öden Wildnis zu leben und zu sterben wie die vernunftlosen Tiere; denn unter diesen weilt Ihr, Euch selbst so entfremdet, wie Eure Kleidung und Euer Aussehen es zeigt. Und ich schwöre", fuhr Don Quijote fort, „bei dem Ritterorden, den ich, obschon unwürdig und sündhaft, empfangen habe, und bei meinem Beruf als fahrender Ritter, wenn Ihr Euch hierin, Señor, mir gefällig erweist, Euch mit all dem ernsten Bemühen dienstlich zu sein, zu welchem ich mich dadurch verpflichtet fühle, daß ich der Mann bin, der ich bin, indem ich entweder

Eurem Leiden Hilfe bringe, wenn ihm Hilfe möglich ist, oder es mit Euch beweine, wie ich verheißen habe."

Der Ritter vom Walde tat, wie er Den von der traurigen Gestalt so reden hörte, nichts weiter, als ihn anzuschauen und wieder anzuschauen und ihn abermals von oben bis unten zu beschauen, und als er ihn lange genug angeschaut hatte, sagte er zu ihm: „Wenn ihr Leute etwas für mich zu essen habt, so gebt es mir um Gottes willen, und sobald ich gegessen habe, werde ich alles tun, was man von mir verlangt, zum Dank für die guten Wünsche, die man mir hier bezeigt hat."

Sogleich holten Sancho aus seinem Sack und der Ziegenhirt aus seiner Umhängetasche so viel hervor, daß der Lumpenritter seinen Hunger damit stillen konnte; er aß wie ein Blödsinniger, so hastig, daß er sich von einem Bissen zum andern keine Zeit ließ, indem er eher alles verschlang als verschluckte; und während er aß, sprachen weder er noch die Zuschauer ein einziges Wort. Als er mit dem Essen fertig war, winkte er ihnen zu, ihm zu folgen. Sie taten es, und er führte sie auf ein grünes Rasenplätzchen, das hinter einem nicht weit entfernten Felsen lag. Dort angekommen, ließ er sich im Gras nieder, und die andern taten dasselbe, ohne daß einer ein Wort sprach, bis der Lumpenritter, nachdem er sich zurechtgesetzt, zu sprechen anhob: „Wenn ihr Herren wünscht, daß ich euch in kurzen Worten die Unermeßlichkeit meines Mißgeschickes berichte, so müßt ihr mir versprechen, daß ihr mit keiner Frage oder sonst etwas den Faden meiner traurigen Geschichte unterbrecht; denn an derselben Stelle, wo ihr meine Erzählung stört, an der nämlichen wird sie auch stehenbleiben."

Diese Worte des Lumpenritters brachten unserm Don Quijote das Märlein seines Schildknappen wieder ins Gedächtnis, als er die Zahl der über den Fluß gesetzten Ziegen nicht wußte und die Geschichte deshalb ins Stocken geriet.

Kehren wir indessen zu dem zerlumpten Jüngling zurück. Er fuhr mit folgenden Worten fort: „Diese Warnung erteile ich, weil ich rasch über den Bericht meiner Leiden hinwegkommen möchte; denn sie mir ins Gedächtnis zurückzurufen dient mir zu nichts anderm, als neue Schmerzen den früheren hinzuzufügen, und je weniger ihr mich fragt, desto schneller werde ich mit der Erzählung zu Ende kommen: wiewohl ich, um euren Wunsch vollständig zu erfüllen, nichts von Wichtigkeit unerzählt lassen will."

Don Quijote versprach es ihm im Namen der übrigen, und auf diese Bürgschaft hin begann er folgendermaßen: „Mein

Name ist Cardenio, meine Heimat eine der vornehmsten Städte hier in Andalusien, mein Geschlecht edel, meine Eltern reich, mein Unglück so groß, daß es meine Familie betrauern und meine Eltern beweinen mußten, ohne es mit all ihrem Reichtum abwenden zu können; denn Mißgeschick, das vom Himmel kommt, zu heilen, das vermögen gar selten die Güter, die das Glück verliehen. In jener meiner Heimat, auf jenem Fleckchen Erde lebte ein Himmel, ein Mädchen, in das die Liebe alle Herrlichkeit gelegt hatte, die ich mir je erhoffen konnte. So hohe Schönheit schmückte Luscinda, ein Fräulein ebenso edler Geburt und reichen Vermögens wie ich, aber von glücklicherem Geschicke und von minderer Beständigkeit, als meinen redlichen Absichten gebührte. Diese Luscinda liebte ich, hegte ich im Herzen, betete ich an seit meiner zartesten Kindheit, und sie liebte mich mit all der Einfalt und Treue, die sich von ihren jungen Jahren irgend erwarten ließ. Unsre Eltern kannten unsre Neigung, und sie war ihnen nicht unwillkommen; denn sie sahen wohl, daß, wenn sie sich ferner entwickelte, sie kein andres Ziel haben könnte als unsre Vermählung, also etwas, das die Gleichheit unsres Standes und Vermögens gewissermaßen von selbst herbeiführen mußte.

Unsere Jahre nahmen zu und mit ihnen unser beider Liebe, so daß es den Vater Luscindas bedünkte, er sei aus Rücksichten der Schicklichkeit verpflichtet, mir den Zugang zu seinem Hause zu versagen, worin er einigermaßen die Eltern jener von dem Dichter soviel besungenen Thisbe nachahmte. Dies Verbot hieß, Flamme zu Flamme zu fügen und Begierde zu Begierde; denn wenn sie auch der Zunge Schweigen geboten, so konnten sie es doch der Feder nicht gebieten, die da größere Freiheit besitzt als die Zunge, dem geliebten Gegenstande zu erkennen zu geben, was in der Seele verborgen liegt; denn gar oft pflegt die Anwesenheit dessen, was wir lieben, die entschiedenste Absicht und die keckste Zunge verlegen und stumm zu machen. O Himmel, wieviel Briefchen schrieb ich ihr, wie köstliche, sittige Antworten empfing ich, wieviel Lieder dichtete ich, wieviel Liebesgesänge, in denen das Herz seine Gefühle offenbarte und schilderte, seine glühenden Wünsche malte, in seinen Erinnerungen schwelgte, seine Neigung lebendig erhielt!

Endlich aufs Äußerste gebracht, als ich fühlte, wie meine Seele vor Sehnsucht nach ihrem Anblick fast verschmachtete, entschloß ich mich, das ins Werk zu setzen und mit einem Schlag zu Ende zu führen, was mir als das Angemessenste erschien, um den ersehnten und verdienten Liebeslohn zu erringen; mit andern Worten, ich wollte sie von ihrem Vater mir als rechtmäßige Gattin erbitten, und so tat ich denn auch. Er antwortete mir, er sei mir dankbar für meine Absicht, ihm Ehre zu erweisen und mich selbst durch ein ihm angehörendes Liebespfand zu ehren; aber da mein Vater am Leben sei, so komme es diesem von Rechts wegen zu, einen solchen Antrag zu stellen. Denn falls es nicht mit dessen vollster Zustimmung und freudigem Entgegenkommen geschähe, so sei Luscinda kein Weib, um verstohlenerweise genommen oder gegeben zu werden. Ich dankte ihm für seine Güte, da es mir schien, er habe in dem Gesagten ganz recht, und mein Vater würde einwilligen, sowie ich es ihm mitteilte.

In dieser Absicht, gleich im nämlichen Augenblicke, ging ich, meinem Vater meine Wünsche darzulegen. Aber als ich in sein Gemach eintrat, fand ich ihn mit einem offenen Briefe in der Hand; er überreichte mir diesen, ehe ich nur ein Wort vorbrachte, und sprach: ‚Aus diesem Briefe wirst du, Cardenio, den Wunsch ersehen, den der Herzog Ricardo hegt, dir Gunst zu erweisen.'

Dieser Herzog Ricardo, wie ihr Herren wohl wissen werdet, ist ein Grande von Spanien, dessen Erbherrschaft im besten Teil unsres Andalusiens liegt. Ich nahm und las den Brief, der so verbindlich war, daß es mir selbst unrecht erschien, wenn mein Vater es unterließe, die in demselben ausgesprochene Bitte zu erfüllen. Sie bestand darin, daß er mich sogleich an den Wohnort des Herzogs senden sollte, der wünschte, ich möchte der Begleiter, nicht der Diener seines ältesten Sohnes sein, und er nehme es auf sich, mich in eine Stellung zu bringen, wie sie der Achtung entspreche, welche er für mich hege.

Ich las den Brief und blieb stumm, zumal als ich meinen Vater sagen hörte: ‚In zwei Tagen mußt du reisen, Cardenio, um des Herzogs Verlangen zu entsprechen, und sage Gott Dank dafür, daß er dir einen Weg eröffnet, zu erreichen, was du, ich weiß es, so sehr verdienst.' Zu diesen Worten fügte er manchen väterlichen Rat.

Es kam die bestimmte Zeit meiner Abreise; ich sprach Luscinda in der Nacht, ich sagte ihr alles, was vorgefallen, und ebenso ihrem Vater und bat ihn, einige Tage hingehen zu lassen und seiner Tochter Vermählung so lange hinauszuschieben, bis ich sähe, was Ricardo mit mir vorhabe; er versprach es mir, und sie bekräftigte es mir mit tausend Eidschwüren und tausend Ohnmachten.

Ich langte endlich bei Herzog Ricardo an; ich ward von ihm

so wohl aufgenommen und so gut behandelt, daß sogleich der Neid sein Werk begann, den die alten Diener des Hauses gegen mich hegten, weil sie glaubten, daß die Beweise der Gunst, die mir der Herzog gab, ihnen zum Nachteile gereichen würden. Wer sich jedoch über mein Kommen ganz besonders freute, war der zweite Sohn des Herzogs, namens Fernando, ein stattlicher Jüngling von adliger Sitte, freien Sinns und verliebter Natur, welcher sehr bald so warm um meine Freundschaft warb, daß er aller Welt Anlaß gab, darüber zu reden; und wiewohl der ältere mich auch sehr gern hatte und mir Gunst erwies, so verstieg er sich doch lange nicht zu der Überschwenglichkeit, mit der Fernando mich liebte und behandelte. So geschah es denn – da unter Freunden nichts so geheim ist, daß man es nicht einander mitteilte, und die Vertraulichkeit, deren ich mit Fernando pflog, schon nicht mehr Vertraulichkeit, sondern innige Zuneigung war –, so geschah es denn, daß er mir alle seine Gedanken offen darlegte, insbesondere einen Liebesgedanken, der ihn einigermaßen in Unruhe versetzte. Er liebte ein Bauernmädchen aus der Vasallenschaft seines Vaters; sie hatte sehr reiche Eltern und war so schön, züchtig, verständig und sittsam, daß keiner, der sie kannte, sich zu entscheiden wußte, welche von diesen Eigenschaften sie vollkommener oder in höherem Grade besitze.

Diese Vorzüge des schönen Bauernmädchens reizten die Wünsche Fernandos so sehr, daß er, um die jungfräuliche Tugend des Mädchens zu besiegen, sich entschloß, ihr die Ehe zu versprechen; denn es auf andre Weise zu versuchen hieß, das Unmögliche zu begehren. Ich, durch meine Freundschaft verpflichtet, suchte mit den besten Gründen, die ich wußte, und mit den sprechendsten Beispielen, die ich beibringen konnte, ihm seinen Vorsatz auszureden und ihn davon abzubringen. Aber da ich sah, daß ich nichts damit erreichte, beschloß ich, seinem Vater, dem Herzog Ricardo, die Sache mitzuteilen. Allein Don Fernando, schlau und verständig genug, hatte dieses geargwöhnt und gefürchtet; denn er sah ein, daß mir als getreuem Diener die Pflicht oblag, etwas, das der Ehre des Herzogs, meines Herrn, so sehr nachteilig sei, nicht verborgen zu halten. Und sonach sagte er mir, um mich irrezuführen und zu täuschen, er finde kein besseres Mittel, die Reize, die ihn so gefesselt hielten, aus seiner Erinnerung zu verbannen, als sich auf einige Monate zu entfernen. Wir beide wollten diese Entfernung dazu benutzen, meinen Vater zu besuchen, und als Anlaß dazu wollte Fernando bei dem Herzog vorgeben, er beabsichtige, schöne Pferde in meiner Vaterstadt, welche die besten der Welt züchtet, auf dem Markte sich anzusehen und zu erhandeln.

Kaum hörte ich ihn das Wort sagen, als ich mich von meiner Liebe hingerissen fühlte, und wäre sein Entschluß auch nicht so löblich gewesen, so würde ich ihn als einen der denkbar vernünftigsten gepriesen haben, da ich erkannte, welch herrliche Veranlassung und günstige Gelegenheit sich mir bot, meine Luscinda wiederzusehen. In diesem Gedanken und Wunsche billigte ich sein Vorhaben und bestärkte ihn darin und riet ihm, es in möglichst kurzer Frist ins Werk zu setzen, weil in der Tat trotz der festesten Vorsätze die Abwesenheit stets ihre Wirkung übe. Aber als er mir seinen Plan mitteilte, hatte er bereits – wie später zutage kam – die Liebe seines Bauernmädchens, indem er ihr die Ehe versprach, genossen, und er wartete nur auf eine Gelegenheit, sich ohne Gefahr zu entdecken, da er sehr zu fürchten hatte, wie der Herzog, wenn er seinen törichten Streich erfahre, denselben aufnehmen werde. Es geschah nun – da bei jungen Männern die Liebe meistenteils keine wirkliche ist, sondern Begierde, die, weil sie zum letzten Zweck den Genuß hat, endet, sobald sie ihn errungen; und was Liebe schien, weicht alsdann immer mehr zurück, weil es nicht über das Ziel hinaus kann, das die Natur ihm gesetzt, ein Ziel, das sie der wahren Liebe nicht gesetzt hat –, ich will sagen, daß, sobald Don Fernando die Gunst seines Bauernmädchens genossen hatte, seine Sehnsucht abnahm, seine Leidenschaft erkaltete. Und wenn er anfangs die Absicht, die Liebe durch Entfernung zu heilen, nur vorschützte, so war es jetzt sein ernstlicher Wille zu reisen, um ihr nicht die zugesagte Erfüllung zuteil werden zu lassen.

Der Herzog erteilte die Erlaubnis und befahl mir, ihn zu begleiten; wir kamen in meine Vaterstadt, mein Vater empfing ihn seinem Stande gemäß, ich sah Luscinda augenblicklich, und meine Wünsche lebten wieder auf, wiewohl sie auch schon bisher weder erstorben noch erkaltet waren. Zu meinem Unglück sprach ich darüber mit Don Fernando, weil es mich bedünkte, das Gesetz der Freundschaft, die er mir so herzlich bezeigte, gestatte mir nicht, ihm irgend etwas zu verbergen. Ich pries ihm so sehr Luscindas Schönheit, Anmut und Klugheit, daß mein Lob in ihm den Wunsch erweckte, ein mit soviel guten Eigenschaften geschmücktes Fräulein mit eigenen Augen zu sehen. Zu meinem Unheil erfüllte ich ihm diesen Wunsch und zeigte sie ihm eines Nachts beim Licht einer Kerze an dem Fenster, wo wir beide uns zu sprechen pflegten. Er sah sie da im Hausgewande, und bei ihrem Anblick hatte er alle Schönheiten, die er jemals gesehen, im Nu vergessen; er verstummte, verlor das Bewußtsein, war verzückt, in einem Wort: so von Liebe bewältigt, wie ihr im weiteren Verlauf der Geschichte meines Unglücks hören werdet.

Und um seine Leidenschaft noch heftiger zu entfachen – die er mir verbarg und nur, wenn er einsam war, dem Himmel offenbarte –, wollte es das Schicksal, daß er eines Tages ein Briefchen von Luscinda fand, worin sie mich bat, sie von ihrem Vater zur Gattin zu verlangen; es war so verständig abgefaßt, so sittig, so liebevoll, daß Don Fernando, als er es gelesen, mir sagte, in Luscinda seien alle Gaben der Schönheit und des Geistes vereint, die bei den andern Weibern auf Erden sich nur verteilt fänden. Wohl ist es wahr, und ich will es jetzt eingestehen: obschon ich erkannte, wie gerechtfertigt seine Lobeserhebungen waren, so war es mir doch höchst unwillkommen, sie aus seinem Munde zu hören, und ich begann, besorgt und wohl mit Recht mißtrauisch gegen ihn zu werden; denn kein Augenblick verging, wo er nicht verlangte, wir sollten von Luscinda reden, und stets brachte er das Gespräch auf sie, wenn er es auch an den Haaren herbeiziehen mußte. Das erweckte in mir eine unbestimmte, unerklärliche Eifersucht, gewiß nicht, weil ich ein Wanken in Luscindas Redlichkeit und Treue besorgte; aber trotzdem ließ mich mein Schicksal gerade dasjenige befürchten, wovor ihre Treue mich sicherte. Don Fernando verlangte stets die Briefe zu sehen, die ich an Luscinda schrieb, und die Antworten, die sie mir sandte. Nun traf es sich einmal, daß Luscinda mich um ein Ritterbuch zum Lesen bat, das sie sehr gern hatte; es war die Geschichte vom *Amadís von Gallien* ..."

Kaum hatte Don Quijote ein Ritterbuch nennen hören, als er einfiel: „Hätte mir Euer Gnaden zu Anfang Eurer Geschichte nur dies eine gesagt, daß das gnädige Fräulein Luscinda Ritterbücher gern habe, so bedurfte es keines andern Rühmens, um mich von der Hoheit ihres Geistes zu überzeugen; denn selbiger könnte unmöglich so ausgezeichnet sein, als Ihr, Señor, ihn geschildert habt, wenn sie des Geschmackes an so köstlichen Büchern ermangelte. Sohin ist es ganz unnötig, noch mehr Worte aufzuwenden, um mir Luscindas Schönheit, innern Wert und Verstand zu schildern; schon um deswillen, daß ich von ihrer Neigung zu Ritterbüchern berichtet worden bin, anerkenne ich sie für das schönste und geistvollste Weib auf Erden; und ich möchte wohl, werter Herr, Euer Gnaden hätte ihr zusammen mit dem Amadís von Gallien den vortrefflichen *Rüdiger von Griechenland* gesendet; ich weiß, das Fräulein Luscinda hätte viel Vergnügen an Daraida und Garaya gehabt und an den geistvollen Worten des Schäfers Darinel, an jenen bewundernswerten Versen in seinen Hirtengedichten, die er mit soviel Anmut, Verständnis und edler Unbefangenheit zu singen und darzustellen wußte. Aber die Zeit kommt vielleicht einmal, wo diese Unterlassungssünde wiedergutgemacht werden mag, und dies zu tun wird nicht längere Zeit beanspruchen, als daß es Euer Gnaden beliebe, mit mir nach meinem Dorf zu kommen, allwo ich Euch über dreihundert Bücher geben kann, die das Labsal meiner Seele und die Wonne meines Daseins sind. Freilich glaube ich, daß ich keines mehr habe, dank der Bosheit bösartiger und mißgünstiger Zauberer. Nunmehr verzeihe mir Euer Gnaden, daß ich dem Versprechen, Euern Vortrag nicht zu unterbrechen, zuwidergehandelt habe; aber wenn ich von Rittersachen und fahrenden Rittern reden höre, steht es ebensowenig in meiner Gewalt, mich des Sprechens darüber zu enthalten, als die Strahlen der Sonne unterlassen können zu wärmen und die des Mondes, die Erde mit Tau zu feuchten. Sonach wollet verzeihen und fortfahren, daran ist jetzt am meisten gelegen."

Während Don Quijote sprach, was soeben berichtet worden, hatte Cardenio den Kopf auf die Brust sinken lassen; er schien in Gedanken vertieft, und obschon ihn Don Quijote zweimal ersuchte, seine Erzählung fortzusetzen, richtete er den Kopf nicht auf und erwiderte kein Wort. Nach einer geraumen Weile erst erhob er ihn und sprach: „Es läßt sich mir nicht aus den Gedanken bringen, und niemand auf Erden kann mir's daraus wegbringen oder mich zu einer andern Meinung bereden, ja, der wäre ein dummer Lümmel, der das Gegenteil meinte oder glaubte – es ist nicht anders, als daß jener Schurke, der Meister Elísabat, mit der Königin Madásima buhlerischen Umganges pflog."

„*Das* nimmermehr!" entgegnete Don Quijote mit heftigem Zorn. „Ich schwöre es bei dem und jenem" – und er stieß den Schwur mit seinem vollen Wortlaut aus, wie er zur Gewohnheit hatte –, „es ist dies die größte Bosheit oder vielmehr Niederträchtigkeit. Die Königin Madásima war eine sehr vornehme Dame, und man darf nicht annehmen, daß eine so hochgestellte Prinzessin mit einem Hühneraugenschneider hätte buhlen mögen. Wer das Gegenteil behauptet, ist ein Lügner und Schurke, und dessen will ich ihn belehren zu Fuß oder Roß, bewehrt oder unbewehrt, bei Nacht oder Tag oder wie es ihm am genehmsten ist."

Währenddessen schaute ihm Cardenio sehr aufmerksam ins Gesicht. Ein Anfall seines Wahnsinns war bereits wieder über ihn gekommen, und er war nicht fähig, seine Erzählung weiterzuführen, ebensowenig, als Don Quijote sie angehört hätte; so sehr hatten diesem die Äußerungen, die er über die Königin Madásima hatte hören müssen, alles verleidet. Eine seltsame Geschichte! Er nahm sich ihrer so ernstlich an, als wäre sie wirklich seine wirkliche und angestammte Gebieterin; so umstrickt hielten ihn seine verwünschten Bücher.

Wie nun Cardenio, der schon nicht mehr bei Sinnen war, sich mit Lügner und Schurke und andern dergleichen Schimpfnamen betiteln hörte, nahm er den Spaß übel, hob einen daliegenden Kieselstein auf und warf ihn dem Ritter so gewaltig auf die Brust, daß er ihn rücklings zu Boden streckte. Als Sancho Pansa seinen Herrn so behandelt sah, stürzte er mit geballter Faust auf den Rasenden, aber der Lumpenritter empfing ihn so streitbar, daß er ihn mit einem einzigen Faustschlag zu seinen Füßen niederwarf, ihm sofort auf den Leib sprang und ihm nach Herzenslust die Rippen zertrat. Der Ziegenhirt wollte abwehren und mußte derselben Fährlichkeit unterliegen, und nachdem Cardenio sie alle übermannt und zerbleut hatte, ließ er sie liegen und zog sich mit vornehmer Gelassenheit in sein Versteck auf dem Gebirge zurück.

Sancho erhob sich vom Boden und wollte in seiner Wut darüber, so unverschuldet Prügel bekommen zu haben, an dem Ziegenhirten Rache dafür nehmen; er trage die Schuld, sagte er, weil er sie nicht gewarnt habe, daß der Mann zuzeiten von seiner Verrücktheit befallen werde; hätten sie das gewußt, so wären sie auf ihrer Hut gewesen und hätten sich in acht nehmen können.

Der Ziegenhirt entgegnete, er habe es ja gesagt, und wenn Sancho es überhört habe, so sei es nicht seine Schuld. Sancho widersprach, der Ziegenhirt blieb seinerseits die Antwort nicht schuldig, und das Ende all der Reden und Gegenreden war, daß sie sich an den Bärten packten und einander so kräftige Faustschläge versetzten, daß, hätte Don Quijote nicht Frieden zwischen ihnen gestiftet, sie sich in Stücke zerrissen hätten.

Sancho rief, während er und der Ziegenhirt noch einander gefaßt hielten, beständig: „Laßt mich, Herr Ritter von der traurigen Gestalt! Denn an diesem Menschen, der ein Bauer ist wie ich und nicht zum Ritter geschlagen, kann ich ohne alle Gefährde mir Genugtuung nehmen für die Unbill, so er mir angetan, und als ein Mann von Ehre Faust gegen Faust mit ihm kämpfen."

„Das ist richtig", sprach Don Quijote, „jedoch ich weiß, daß er an dem Vorgefallenen keinerlei Schuld trägt."

Damit stellte er den Frieden zwischen ihnen wieder her, und nun fragte Don Quijote den Ziegenhirten abermals, ob es möglich sei, Cardenio aufzufinden; denn er sei höchst begierig, das Ende seiner Geschichte zu erfahren. Der Ziegenhirt antwortete, was er ihm schon früher gesagt, daß er nämlich nichts Gewisses über seinen Aufenthalt wisse; wenn der Ritter indessen viel in der Umgegend umherziehe, so müsse er ihn jedenfalls finden, entweder bei Verstande oder verrückt.

25. KAPITEL

Welches von den merkwürdigen Dingen handelt, die dem mannhaften Ritter von der Mancha in der Sierra Morena begegneten, und wie er die Buße des Dunkelschön nachahmte

Don Quijote nahm von dem Ziegenhirten Abschied, bestieg wiederum den Rosinante und befahl Sancho, ihm zu folgen; der tat es in sehr übler Laune. Allmählich kamen sie in die wildesten Gegenden des Gebirges, und Sancho verging fast vor Begierde, mit seinem Herrn Zwiesprache zu halten, wünschte jedoch, der Ritter möchte den Anfang machen, damit er nicht dessen Gebot überträte. Da er aber ein so langes Stillschweigen nicht aushalten konnte, so sagte er ihm: „Señor Don Quijote, gebt mir Euren Segen und meinen Abschied, ich will jetzt auf der Stelle wieder heim in mein Haus und zu meinem Weib und zu meinen Kindern; mit denen kann ich wenigstens plaudern und besprechen, was ich will. Denn wenn Euer Gnaden verlangt, daß ich bei Tag und Nacht diese Einöden durchstreife und mit Euch nicht rede, wenn mich die Lust ankommt, so heißt das mich lebendig begraben. Wenn nur das Schicksal wollte, daß die Tiere sprächen, wie sie zu Zeiten des Isopeter gesprochen haben, so wäre es nicht so schlimm, wie es ist; dann könnte ich mit meinem Esel besprechen, was mir in den Sinn käme, und damit würde ich meine Trübsal so leidlich verbringen. Es ist ein hartes Schicksal, und man kann's nicht in Geduld tragen, sein ganzes Leben lang nach Abenteuern suchen zu gehen und nichts zu finden als Fußtritte und Wippen, Steinwürfe und Faustschläge. Und bei all dem soll man sich noch den Mund zunähen und sich nicht zu sagen getrauen, was der Mensch auf dem Herzen hat, gerade als ob man stumm wäre."

„Ich verstehe dich schon, Sancho", entgegnete Don Quijote, „du vergehst vor Sehnsucht, daß ich den Bann löse, den ich auf deine Zunge gelegt. Gut, nimm ihn für gelöst und rede, was du willst, unter dem Beding, daß diese Lösung nicht länger dauern darf, als während wir durch dies Gebirge ziehen."

„So sei es denn", sprach Sancho, „wenn ich nur jetzt plaudern darf; denn späterhin, Gott weiß, was uns da beschieden sein mag. Also fange ich gleich an, mir diesen Freipaß zunutze zu machen, und sage: Was hatte Euer Gnaden für Grund, sich dieser Königin Madam-sie-mag, oder wie sie sonst heißt, so anzunehmen? Oder was tat es zur Sache, ob jener Sabbath ihr guter Freund war oder nicht? Wärt Ihr ruhig darüber weggegangen – denn Ihr hattet ja nicht über die beiden zu Gericht zu sitzen –, so glaub ich, wär auch der tolle Kerl mit seiner Geschichte weitergegangen, und man hätte sich den Wurf mit dem Kieselstein erspart und die Fußtritte und ein halb Dutzend oder mehr knöcherne Maulschellen."

„Wahrlich, Sancho", erwiderte Don Quijote, „hättest du gewußt, wie ich es weiß, welch ehrenhafte und vornehme Dame die Königin Madásima war, ich zweifle nicht, du hättest gesagt, daß ich nur zuviel Geduld bewies, da ich den Mund nicht in Stücke riß, aus dem solche Lästerungen gekommen; denn eine ungeheure Lästerung ist es zu sagen, ja nur zu denken, daß eine Königin mit einem Pflasterschmierer Buhlschaft treibe. Das Wahre an der Geschichte ist, daß jener Meister Elísabat ein sehr kluger Mann war, der stets guten Rat wußte und der Königin Madásima als Hofmeister und Arzt bedienstet war. Aber zu denken, sie sei seine Geliebte gewesen, ist ein Unsinn und der höchsten Strafe wert. Und damit du siehst, daß Cardenio gar nicht wußte, was er sagte, mußt du in Erwägung ziehen, daß er bereits von Sinnen war, als er so sprach."

„Das meine ich eben", erwiderte Sancho, „und es war kein Grund, die Worte des Verrückten zu beachten; denn hätte das Glück Euch nicht zur Seite gestanden und hätte es den Kieselstein nach dem Kopfe anstatt nach der Brust gelenkt, so wäre es uns schön ergangen, weil wir uns jener Dame annehmen wollten, die Gott in Grund und Boden verdamme! Und sag mir einer, ob Cardenio nicht als ein Verrückter wäre freigesprochen worden?"

„Gegen verständige und gegen verrückte Leute ist jeglicher fahrende Ritter verbunden, die Ehre der Frauen zu verfechten, von welchem Stande sie auch sein mögen, wieviel mehr der Königinnen von so hohem Wert und so hoher Würde, wie die Königin Madásima war, der ich um ihrer vortrefflichen Eigenschaften willen ganz besondere Anhänglichkeit widme. Denn außer dem, daß sie schön war, besaß sie auch vorzügliche Klugheit und große Geduld in allen Widerwärtigkeiten, deren sie gar viele zu bestehen hatte, und der Rat Meister Elísabats und der Umgang mit ihm waren ihr von großem Vorteil und Trost, um ihre Leiden mit Klugheit und Standhaftigkeit zu tragen. Und hiervon nahm der unwissende und übelwollende Pöbel Anlaß, zu sagen und zu glauben, sie sei seine Geliebte gewesen; aber es ist gelogen, sage ich nochmals, und tausendmal gelogen ist's von allen, die solcherlei glauben und sagen."

„Ich aber sag es nicht, ich aber glaub es nicht", versetzte Sancho, „es geht sie allein an, wie sie miteinander fertigwerden; was sie sich eingebrockt haben, mögen sie selber essen; ob sie's miteinander gehabt haben oder nicht, sie hatten's vor Gott zu verantworten. Ich kehre vor meiner Tür und weiß nichts von Nachbars Besen; was schiert mich fremder Leute Handel und Wandel? Wer da kauft mit Lügen, tut den eignen Beutel betrügen; und wahr bleibt's immer: Nackt bin ich, nackt war ich geboren, hab nichts gewonnen noch verloren. Wär's aber auch so, was geht's mich an? Glaubst du, im Haus gäb's Speck in Mengen, gibt's nicht mal Haken, ihn dranzuhängen. Aber wer kann das freie Feld mit Türen abschließen? Wieviel ärger wurde nicht der liebe Gott verlästert!"

„Gott steh mir bei", sprach Don Quijote, „wieviel dummes Zeug reihst du aneinander! Was hat der Gegenstand unsres Gesprächs mit den Sprichwörtern zu tun, die du auf einen Faden ziehst? So lieb dir dein Leben ist, Sancho, schweige still, und künftig kümmere dich darum, deinen Esel anzutreiben, nicht aber um Dinge, die dich nichts angehn; und nimm all deine fünf Sinne zusammen und merke dir: alles, was ich getan habe und tue und tun werde, ist durchaus in Vernunft begründet und entspricht durchaus den Regeln des Rittertums, die ich besser kenne als alle Ritter auf Erden, die sich zu ihnen bekannt haben."

„Señor", entgegnete ihm Sancho Pansa, „ist denn das eine richtige Regel des Rittertums, daß wir in der Irre, ohne Weg und Steg, in diesen Bergen umherziehen, um einen verrückten Kerl aufzusuchen, den, wenn wir ihn gefunden, vielleicht die Lust anwandelt, mit dem angefangenen Werk ein Ende zu machen, ich meine nicht mit seiner Erzählung, sondern mit Eurer Hirnschale und meinen Rippen, und der sie uns dann vollends zusammenschlägt?"

„Schweig, sag ich dir nochmals, Sancho", entgegnete Don Quijote; „denn ich tue dir zu wissen, daß nicht bloß der Wunsch, den Verrückten zu finden, mich in dieser Gegend umherführt, vielmehr das Verlangen, hier eine Großtat zu verrichten, die mir in allen bis jetzt entdeckten Landen des Erdkreises ewigen Namen und Ruhm gewinnen soll, und sie soll von solcher Art sein, daß ich mit ihr auf alles, was einen fahrenden Ritter vollkommen und hochberühmt machen kann, das Siegel drücken werde."

„Und ist diese große Tat mit großer Gefahr verbunden?" fragte Sancho.

„Nein", antwortete Der von der traurigen Gestalt. „Zwar könnten die Würfel immerhin so fallen, daß wir keinen Pasch, sondern einen Fehler geworfen hätten; aber alles wird von deiner Beflissenheit abhängen."

„Von meiner Beflissenheit?" fragte Sancho.

„Ja", sprach Don Quijote. „Denn wenn du bald zurückkehrst, von wo ich dich hinzusenden gedenke, so wird meine Pein bald enden und meine Glorie bald beginnen. Doch da es nicht recht wäre, dich länger im Ungewissen und in Erwartung dessen zu lassen, worauf meine Worte abzielen, so sollst du wissen, daß Amadís von Gallien einer der vollkommensten unter den fahrenden Rittern war. Nein, ich habe nicht gut gesagt, *einer* der vollkommensten: er war der Erste, der einzige, der Meister unter allen, die es zu seinen Zeiten auf Erden gab. Da kann sich Don Belianís verkriechen, er und alle, die da sagen, er sei dem Amadís in irgend etwas gleichgekommen! Sie alle sind im Irrtum befangen, das schwör ich; und damit basta. So sag ich ferner, wenn ein Maler in seiner Kunst Auszeichnung erlangen will, so ist er bestrebt, die Originale der allerbesten Künstler, die er kennt, zum Vorbild zu nehmen; und die gleiche Regel gilt für jede bedeutende Berufsart und Tätigkeit, die zur Zierde des Gemeinwesens dient. In ähnlicher Weise verfährt und muß verfahren, wer den Namen eines klugen, herrlichen Dulders erlangen will; er muß nämlich den Ulysses nachahmen, in dessen Person und Drangsalen uns Homer ein lebendiges Bild der Klugheit und des gelassenen Erduldens malte; wie denn auch Vergil uns in der Person des Äneas die Mannhaftigkeit eines frommen Sohnes und den Scharfblick eines tapfern und erfahrenen Feldherrn gezeigt hat. Sie haben uns diese Helden nicht gezeichnet und beschrieben, wie sie waren, sondern wie sie sein mußten, damit den künftigen

Geschlechtern ein Beispiel ihrer Tugenden bleibe. In gleicher Weise war Amadís der Polarstern, der Morgenbote, die Sonne der tapfern und treuliebenden Ritter, den wir alle nachahmen müssen, die wir unter dem Banner der Liebe und des Rittertums kämpfen. Da dies nun so und nicht anders ist, so finde ich, Freund Sancho, daß der fahrende Ritter, der ihn am meisten nachahmt, am nächsten dem Ziele ist, die Vollkommenheit des Rittertums zu erreichen.

Eine aber in der Reihe seiner Taten, worin selbiger Ritter seine Umsicht, Tapferkeit, Mannhaftigkeit, Gelassenheit im Erdulden, Standhaftigkeit und Liebestreue am meisten bewährte, war, daß er sich, von dem Fräulein Oriana zurückgestoßen, auf den Armutsfelsen zurückzog, um da Buße zu tun, und den Namen *Dunkelschön* statt des seinigen annahm; gewißlich ein bedeutsamer Name, geeignet für die Lebensweise, die er sich aus freiem Willen erkoren hatte. Nun ist es für mich weit leichter, ihn hierin nachzuahmen, als Riesen entzweizuhauen, Schlangen den Kopf abzuschlagen, Drachen zu töten, Kriegsheere in die Flucht zu jagen, Seegeschwader zu zerschmettern und Verzauberungen zunichte zu machen; und da zu solchen Bußübungen diese Örtlichkeiten so höchst passend sind, so sehe ich nicht ein, warum man die Gelegenheit vorüberlassen sollte, dir mir jetzt ihre Haarlocke so bequemlich darbietet."

„Aber was eigentlich", fragte Sancho, „will Euer Gnaden an so abgelegenem Orte tun?"

„Habe ich denn nicht schon gesagt", antwortete Don Quijote, „daß ich Amadís nachahmen, das heißt die Rolle eines Verzweifelnden, Verrückten, Rasenden durchführen und gleichzeitig den gewaltigen Don Roldán nachahmen will, da er bei einer Quelle die Beweise fand, daß Angelika die Schöne mit Medor Schändliches begangen, und da er aus Schmerz darüber toll wurde und die Bäume ausriß, die Wasser der klaren Quellen trübte, Hirten erschlug, Herden niedermetzelte, Hütten in Brand steckte, Häuser niederriß, Pferde hinwegschleppte und tausend andre unerhörte Streiche vollführte, die ewigen Gedächtnisses und Ruhmes würdig sind? Und wenn ich den Roldán oder Orlando oder Roland – denn alle drei Namen führte er, jenen bei den Spaniern, den andern bei den Italienern, den dritten bei den Deutschen – nicht Punkt für Punkt in all den Tollheiten, die er tat, sagte und dachte, nachahmen will, so will ich doch wenigstens eine Skizze von denjenigen geben, die mir die wesentlichsten scheinen; auch könnte es sein, daß ich mich am Ende entschlösse, mit der alleinigen Nachahmung des Amadís mich zu begnügen, welcher keine Tollheiten schädlicher Art beging, sondern nur tränenreiche und empfindsame, und dadurch so großen Ruhm erwarb wie der, so dessen am allermeisten gewonnen hat."

„Mich indessen will es bedünken", sprach Sancho, „daß die Ritter, die dergleichen taten, dazu wider Willen angetrieben wurden und Grund hatten, ihre Alfanzereien und Bußübungen zu treiben; aber welchen Grund hat Euer Gnaden, toll zu werden? Welche Dame hat Euch abgewiesen, oder welche Anzeichen habt Ihr gefunden, die Euch annehmen lassen, daß das Fräulein Dulcinea von Toboso irgendwelche Kinderei mit einem Mohren oder Christen verübt hat?"

„Dies eben ist der Punkt", antwortete Don Quijote, „und darin zeigt sich die ausgesuchte Galanterie meines Vorhabens. Daß ein fahrender Ritter mit Grund verrückt wird, darin ist nichts Freiwilliges, dafür gibt's keinen Dank; die rechte Probe ist, ohne Anlaß wahnsinnig zu sein, damit meine Geliebte denken muß: wenn das am grünen Holze geschieht, was soll's erst am dürren werden! Außerdem habe ich dazu Veranlassung genug in der langen Abwesenheit, die ich mir von meiner ewig mir gebietenden Herrin Dulcinea von Toboso auferlegt habe. Hast du ja doch von dem Ambrosio, dem Schäfer von neulich, gehört: wer abwesend ist, erleidet und befürchtet jegliches Übel. Sonach, Freund Sancho, verwende keine Zeit darauf, daß du mir anratest, von einer so ausbündigen, so glücklich erdachten, so unerhörten Nachahmung abzustehen. Toll bin ich und toll bleib ich, bis du mit der Antwort auf einen Brief zurückkommst, den ich meiner Herrin Dulcinea durch dich zu übersenden gedenke; und wenn sie so ausfällt, wie es meine Treue verdient, dann wird es mit meinem Wahnsinn und meiner Buße zu Ende sein; und wenn sie im entgegengesetzten Sinne ausfällt, dann werde ich im Ernste toll werden und als ein solcher alsdann nichts mehr empfinden. Mithin, auf welche Weise sie auch immer antworten mag, entrinne ich den Seelenkämpfen und Nöten, worin du mich zurücklässest, und ich werde entweder bei Verstande das Glück genießen, das du mir bringst, oder in der Verrücktheit das Unheil nicht empfinden, das du mir verkündest. Aber sage mir, Sancho, hast du den Helm des Mambrin in guter Verwahrung bei dir? Denn ich sah wohl, wie du ihn vom Boden aufhobst, als jener undankbare Mensch ihn in Stücke schlagen wollte. Jedoch er vermochte es nicht, woraus sich die Vortrefflichkeit seines Metalls ersehen läßt."

Darauf antwortete Sancho: „Beim lebendigen Gott, Herr Ritter von der traurigen Gestalt, manches, was Euer Gnaden sagt, ist nicht auszuhalten noch in Geduld zu ertragen und bringt mich auf den Gedanken, daß alles, was Ihr mir vom Rittertum sagt und vom Erobern von Königreichen und Kaisertümern und vom Verschenken von Insuln und von der Zuteilung von Gnaden und Herrlichkeiten, was Brauch fahrender Ritter ist – daß all das nur Wind und Lüge sein muß und alles nur Babel oder Fabel oder wie wir's nennen wollen; denn wenn einer Euer Gnaden sagen hört, daß eine Barbierschüssel der Helm des Mambrin ist, und wenn Ihr in ganzen vier Tagen oder länger nicht aus diesem Irrtum kommt, was soll er anders denken, als daß, wer solcherlei sagt und behauptet, schwach am Verstande sein muß? Die Schüssel hab ich in meinem Sack bei mir, ganz voller Beulen, und ich bringe sie mit, weil ich sie zu Hause ausbessern und mir den Bart daraus einseifen will, wenn Gott mir die große Gnade erweist, daß ich mich einstmals wieder bei Frau und Kindern sehe."

„Sieh, Sancho, bei demselben Gott, bei dem du itzo geschworen", sprach Don Quijote, „schwör ich, du hast den beschränktesten Verstand, den ein Schildknappe auf Erden hat oder jemals hatte. Wie ist es möglich, daß du während der ganzen Zeit, seit du an meiner Seite bist, nicht begriffen hast, daß alles, was mit fahrenden Rittern vorgeht, wie Hirngespinste, Albernheit und Unsinn aussieht und in allem stets verkehrt ist? Und nicht etwa, weil es wirklich so ist, sondern weil mit unsereinem beständig ein Schwarm von Zauberern umherzieht, die alles, was uns betrifft, verwechseln und vertauschen und nach ihrem Belieben umwandeln, je nachdem sie Lust haben, uns zu begünstigen oder uns zugrunde zu richten. So kommt es, daß, was dir wie eine Barbierschüssel aussieht, mir als der Helm Mambrins erscheint, und einem andern wird es wieder was andres scheinen. Und es war eine seltene Vorsicht des Zauberers, der auf meiner Seite ist, daß er allen als eine Schüssel erscheinen läßt, was wahr und wirklich Mambrins Helm ist. Denn sintemal dieser so hohen Wertes ist, würde mich alle Welt verfolgen, um ihn mir wegzunehmen. Da die Leute aber in ihm nur eine Bartschüssel sehen, so liegt ihnen nichts daran, ihn zu erlangen, wie sich dies bei dem Kerl zeigte, der ihn zerschlagen wollte und ihn auf dem Boden liegenließ, ohne ihn mitzunehmen; denn wahrlich, wenn er ihn gekannt hätte, so hätte er ihn niemals liegenlassen. Verwahr ihn gut, Sancho, für jetzt habe ich ihn nicht nötig; vielleicht will ich alle diese meine Rüstungsstücke ablegen und mich nackt ausziehen, wie ich zur Welt kam, wenn mich etwa die Lust anwandelte, bei meiner Bußübung mehr dem Roldán als dem Amadís zu folgen."

Unter diesen Gesprächen gelangten sie an den Fuß eines hohen Berges, der mitten unter vielen andern allein ragte wie ein abgeschnittener Felsblock; an seinem Abhang floß ein sanftes Bächlein, und rings um ihn her dehnte sich ein Wiesenrain, so grün und üppig, daß es die Augen des Beschauers erfreute. Es standen viel Waldbäume und mancherlei Pflanzen und Blumen umher, die dem Orte lieblichen Reiz verliehen. Diesen Platz wählte der Ritter von der traurigen Gestalt, um seine Buße zu verrichten, und sobald er ihn erblickte, hob er an, mit lauter Stimme zu sprechen, als wäre er wirklich von Sinnen: „Das ist der Ort, o ihr Himmel, den ich dazu bestimme und erkiese, das Unglück zu beweinen, in das ihr selbst mich gestürzt habt; das ist der Platz, wo das Naß meiner Augen die Wasser dieses Bächleins vermehren soll und wo meine unaufhörlichen tiefen Seufzer das Laub dieser Waldbäume unaufhörlich in zitternde Bewegung setzen werden zum Zeugnis und Erweis der Pein, die mein in der Irre schweifendes Herz erduldet. O ihr, wer ihr auch seiet, ländliche Gottheiten, die ihr an diesen unwirtlichen Orten euren Aufenthalt habt, hört die Klagen des unglücklich Liebenden, den eine lang dauernde Trennung und eingebildete Eifersucht in diese Wildnis geführt haben, Jammer zu erheben und schmerzlich zu klagen ob des harten Sinnes, den jene Undankbare, jene Schöne zeigt, die die äußerste Grenze und Vollendung aller menschlichen Schönheit ist. Und ihr, Nymphen der Quellen und der Bäume, die ihr im Dickicht der Wälder zu hausen pfleget: so wahr mögen die leichtfüßigen zuchtlosen Satyrn, die euch, wenn auch vergeblich, mit Liebe umwerben, niemals eure süße Ruhe stören, so wahr ihr mir helfen wollet, mein Mißgeschick zu bejammern, oder wenigstens nicht ermüden werdet, es anzuhören. O Dulcinea von Toboso, du Tag meiner Nacht, du Glorie meiner Pein, du Polarstern meiner Pfade, du Leitstern meines Glückes, so wahr der Himmel es dir gut in allem ergehen lasse, was du von ihm erbittest, so wahr erwäge, du Milde, den Ort und Zustand, wohin die Trennung von dir mich gebracht; so wahr möge ein freundliches Benehmen von dir dem Benehmen entsprechen, das meine Treue fordern darf. O ihr einsamen Bäume, die ihr von heut an meiner Verlassenheit fürderhin Gesellschaft leisten sollt, gebt mit sanftem Bewegen eurer Zweige ein Zeichen, daß euch meine Anwesenheit nicht mißfällt. O du mein Schildknappe, erfreulicher Gefährte mir in guten und bösen Tagen, nimm wohl ins

Gedächtnis auf, was du mich hier wirst beginnen sehen, damit du es der Ursache alles dessen vortragen und berichten kannst."

Mit diesen Worten stieg er von Rosinante hernieder, nahm ihm in einem Augenblick Zaum und Sattel ab, und indem er ihm mit der flachen Hand einen Schlag auf die Kruppe gab, sprach er: „Dir gibt die Freiheit, der ihrer entbehrt, o mein Roß, du so rühmlich ausgezeichnet durch deine Taten wie unglücklich durch dein Schicksal. Geh, wohin du willst; auf der Stirne trägst du geschrieben, daß dir an Behendigkeit nicht der Hippogryph Astolfos gleichkam noch der gepriesene Frontin, der dem Bradamante so teuer zu stehen kam."

Als Sancho das sah, sagte er: „Gottes Segen mit dem Menschen, der uns der Mühe überhoben hat, jetzt auch meinen Grauen abzusatteln; es würde ihm an Lob und Preis und am Streicheln mit der Hand nicht gefehlt haben. Freilich, wenn er hier wäre, so würde ich keinem erlauben, ihn abzusatteln; dazu wäre auch kein Grund; denn auf die Generalfragen nach Verliebtsein und Verzweifeltsein hätte er doch keine Zeugenaussagen zu geben, da sein Herr weder verliebt noch verzweifelt war. Und sein Herr war ich, als Gott mir noch die Gnade erwies. Und wahrlich, Herr Ritter von der traurigen Gestalt, wenn es mit meiner Abreise und Euer Gnaden Tollheit ernst gemeint ist, so wird's am besten sein, den Rosinante wieder zu satteln, um den Grauen, der uns abgeht, zu ersetzen, was für meine Hin- und Herreise Zeit erspart; denn mache ich beides zu Fuß, so weiß ich nicht, wann ich hinkomme noch wann ich zurückkehre, sintemal ich doch am Ende ein schlechter Fußgänger bin."

„So sage ich dir denn, Sancho", entgegnete Don Quijote, „es geschehe, wie du begehrst; denn dein Plan dünkt mich nicht übel; und ich sage weiter, von jetzt ab in drei Tagen sollst du fort, denn in der Zwischenzeit sollst du mit ansehen, was ich um ihretwillen tue und rede, damit du es ihr berichten kannst."

Darauf versetzte Sancho: „Was brauche ich denn noch mehr zu sehen, als ich schon gesehen habe?"

„Das verstehst du ja gut!" entgegnete Don Quijote. „Es erübrigt mir noch, die Kleider zu zerreißen, die Waffen umherzustreuen und mit dem Kopf wider die Felsen dort zu rennen und noch andres dieser Art, was dich in Erstaunen setzen wird."

„Um Gottes willen", sprach Sancho, „sehe sich Euer Gnaden vor, *wie* Ihr mit dem Kopfe anrennen wollet; denn Ihr könntet an einen so scharfen Felsen geraten und so hart anstoßen, daß mit dem ersten Anrennen das ganze Gebäude Eurer Buße zugrunde ginge. Ich freilich wäre der Meinung, wenn es nun einmal Euer Gnaden bedünkt, daß das Anrennen mit dem Kopf hier notwendig ist und dies Werk ohne solches nicht getan werden kann, daß Ihr Euch begnügt, sintemal doch all dieses nur erdichtetes und nachgemachtes Zeug und im Spaß gemeint ist, daß Ihr Euch begnügt, sage ich, mit dem Kopf gegen das Wasser zu rennen oder gegen etwas Weiches, wie zum Beispiel Baumwolle, und dann überlaßt mir alle weitere Sorge; denn ich will schon unsrer Gebieterin berichten, Euer Gnaden rannte mit dem Kopfe gegen eine Felsenecke, härter als die Spitze eines Demants."

„Ich danke dir für deine gute Absicht", antwortete Don Quijote, „aber ich tue dir kund und zu wissen, daß alles, was ich hier vornehme, keineswegs zum Spaß, sondern sehr ernst gemeint ist. Denn sonsten würde ich den Geboten des Rittertums zuwiderhandeln, welche uns vorschreiben, niemalen eine Lüge zu sagen, unter Androhung der Strafe für rückfällige Ketzer; die eine Handlung aber anstatt der andern zu verrichten ist ganz dasselbe wie lügen. Sonach muß bei mir das Anrennen mit dem Kopfe wahr, kräftig und echt sein, ohne daß Spitzfindigkeit oder Selbsttäuschung damit zu tun haben darf. Es wird aber nötig sein, mir etwas Scharpie dazulassen, um mich zu verbinden, da das Schicksal gewollt hat, daß wir des Balsams ermangeln, der uns verlorenging."

„Ein größerer Verlust ist's, des Esels zu ermangeln", entgegnete Sancho, „da mit ihm die Scharpie und alles andere verlorengegangen. Jedenfalls bitte ich Euer Gnaden, jenes verwünschten Tranks nicht mehr zu gedenken; denn wenn ich ihn nur nennen höre, dreht sich mir die Seele im Leibe herum, wieviel mehr der Magen! Außerdem bitte ich, daß Ihr annehmet, die drei Tage seien schon vorüber, die Ihr mir zur Frist gesetzt habt, um die Tollheiten, die Ihr verübt, mit anzusehen. Ich nehme sie für gesehen und erwiesen an und für eine durch gerichtliches Urteil festgestellte Tatsache, und ich will unserm Fräulein Wunderdinge davon berichten. Schreibt nur den Brief und fertigt mich gleich ab; denn ich hege den lebhaftesten Wunsch, zurückzukehren und Euer Gnaden aus diesem Fegefeuer zu holen, worin ich Euch zurücklasse."

„Fegefeuer nennst du es, Sancho?" entgegnete Don Quijote, „du tätest besser, Hölle zu sagen, ja noch Schlimmeres, wenn es das gäbe."

„Wer die Hölle hat", erwiderte Sancho, „da ist keine Erlöschung mehr, wie ich sagen hörte."

„Ich verstehe nicht, was du sagen willst mit ‚Erlöschung'", sprach Don Quijote.

„Erlöschung ist", antwortete Sancho, „wenn einer in der Hölle ist, so kommt er niemals mehr heraus und kann's auch nicht. Aber bei Euer Gnaden wird's umgekehrt gehen, oder es müßte mit meinen Füßen schlecht bestellt sein, wenn ich Sporen dran trage, um Rosinante anzutreiben. Wenn ich nur richtig nach Toboso zu unserm gnädigen Fräulein Dulcinea komme, so erzähle ich ihr solche Dinge von den Dummheiten und Tollheiten – das ist ja all eins –, die Euer Gnaden verübt hat und fortwährend verübt, daß ich sie bald geschmeidiger mache als einen Handschuh, sollte sie auch anfänglich härter sein als eine Korkeiche; und mit ihrer zärtlichen, honigsüßen Antwort komm ich durch die Lüfte zurück wie ein Hexenmeister und hole Euer Gnaden aus diesem Fegefeuer heraus, das eine Hölle scheint und es doch nicht ist, da Ihr Hoffnung habt, herauszukommen, was die nicht haben, die in der Hölle sind, wie ich schon gesagt, und ich glaube auch nicht, daß Euer Gnaden anders sagen wird."

„Es ist allerdings so", sprach Der von der traurigen Gestalt. „Aber wie sollen wir's anfangen, um den Brief zu schreiben?"

„Und die Esels-Anweisung dazu?" fügte Sancho bei.

„Alles wird niedergeschrieben werden", sagte Don Quijote, „und da kein Papier da ist, wäre es gut, wir schrieben ihn, wie die Alten taten, auf Baumblätter oder auf Wachstäfelchen, wiewohl das jetzt ebenso schwer aufzutreiben wäre wie Papier. Doch eben ist mir's in den Sinn gekommen, worauf ich den Brief ganz gut und besser als gut schreiben kann, nämlich in das Notizbuch, das Cardenio angehörte, und du wirst Sorge tragen, es auf Papier abschreiben zu lassen, mit guter Handschrift, am ersten besten Ort, wo sich ein Schulmeister findet; wenn das nicht, so kann jeder Küster dir ihn abschreiben. Gib ihn aber keinem Aktuar zum Abschreiben; denn die bedienen sich einer Aktenschrift, die der Gottseibeiuns nicht lesen kann."

„Wie soll es aber mit der Unterschrift werden?" fragte Sancho.

„Niemals waren die Briefe des Amadís unterzeichnet", antwortete Don Quijote.

„Ganz gut", versetzte Sancho, „aber die Anweisung muß notwendig unterzeichnet sein, und wenn die abgeschrieben wird, so wird man sagen, die Unterschrift ist falsch, und ich bin um die Esel."

„Die Anweisung soll im Notizbuche selbst unterzeichnet werden, so daß meine Nichte, wenn sie dieselbe sieht, keine Schwierigkeiten machen wird, sie zu berichtigen. Soviel aber den Liebesbrief betrifft, wirst du die Unterschrift daruntersetzen: Der Eurige bis in den Tod, der Ritter von der traurigen Gestalt. Und es wird nichts ausmachen, daß sie von fremder Hand ist; denn soviel ich mich entsinne, kann Dulcinea weder schreiben noch lesen und hat in ihrem ganzen Leben meine Handschrift, also auch einen Brief von mir, nicht gesehen. Meine Liebe und die ihrige waren stets eine platonische und erstreckten sich nie weiter als zu einem züchtigen Anblicken, und auch dies nur von Zeit zu Zeit, so daß ich mit Wahrheit schwören darf, in den zwölf Jahren, seit denen ich sie inniger liebe als das Licht meiner Augen, die einst im Schoße der Erde modern werden, habe ich sie höchstens viermal gesehen, und zudem kann es auch sein, daß unter diesen vier Malen sie nicht ein einziges Mal bemerkt hat, daß ich sie anschaute. In solcher Sittsamkeit und Zurückgezogenheit haben sie ihr Vater Lorenzo Corchuelo und ihre Mutter Aldonza Nogales erzogen."

„Ei je, ei je", sprach Sancho, „die Tochter von Lorenzo Corchuelo ist unsere Gebieterin Dulcinea von Toboso, sonst auch Aldonza Lorenzo geheißen?"

„Dieselbe", antwortete Don Quijote, „und sie ist's, die da verdient, die Gebieterin des ganzen Weltalls zu sein."

„Ich kenne sie ganz gut", sprach Sancho, „und kann sagen, daß sie im Spiel die Eisenstange so kräftig wirft wie der stärkste Bursche im ganzen Ort. Beim Geber alles Guten, das ist eine tüchtige Dirne, schlecht und recht, hat Haare auf den Zähnen und kann jedem jetzt fahrenden oder in Zukunft fahrenden Ritter, der sie zur Gebieterin erkiest, was zu raten aufgeben. Was Teufel hat sie für eine Kraft im Leibe, was hat sie für eine Stimme! Ich sage Euch, sie ist einmal oben auf den Glockenturm des Dorfes hinauf, um vom Brachfeld ihres Vaters Knechte heimzurufen, und wiewohl selbige mehr als eine halbe Stunde fern vom Orte waren, haben sie sie gehört, als hätten sie unten am Turm gestanden. Und das Beste an ihr ist, daß sie durchaus nicht zimperlich ist, sie hat was von so einer Person aus der Residenz, alle hat sie zum besten und hat über alles ihren Spott und Scherz.

Jetzt sage ich, Herr Ritter von der traurigen Gestalt, nicht nur kann und soll Euer Gnaden Tollheiten ihretwegen verüben, sondern kann auch mit großem Recht verzweifeln und gar sich aufhängen; denn keiner, der es erfährt, wird umhinkönnen, zu sagen, daß Ihr ausnehmend wohl daran getan, und wenn Euch auch darum der Teufel holen sollte; und gerne möchte ich schon auf dem Wege sein, nur um sie zu sehen, sintemal es schon viele Tage her ist, daß sie mir nicht vor die Augen gekommen; auch muß sie ganz wie verwechselt aussehen; denn nichts verdirbt den Frauenzimmern so sehr ihr Gesicht, als wenn sie in der Sonne und freier Luft im Felde herumlaufen! Auch muß ich Euer Gnaden wahr und wahrhaftig sagen, daß ich bisher in großer Unkenntnis der Sachen gewesen. Ich war nämlich ernst und treulich des Glaubens, das Fräulein Dulcinea müsse irgendeine Prinzessin sein, in die Euer Gnaden sich verliebt hätte, oder sonst ein Frauenzimmer solcher Art, daß sie die von Euer Gnaden gesendeten reichen Gaben verdiente, wie das Geschenk, das Ihr ihr mit dem Biskayer und mit den Galeerensklaven gemacht habt. Und ohne Zweifel werden es noch viele andere Gaben sein, nach den Siegen zu schließen, die Ihr zur Zeit errungen haben müßt, wo ich noch nicht Euer Schildknappe war. Aber wenn man's bei Licht betrachtet, was kann dem Fräulein Aldonza Lorenzo, will sagen dem Fräulein Dulcinea von Toboso, daran liegen, daß die Besiegten, die Euer Gnaden hinsendet und hinsenden wird, kommen und sich auf die Knie vor ihr werfen? Denn es wäre ja möglich, daß gerade zur Zeit, wo selbige ankämen, sie mit dem Hecheln von Flachs oder Dreschen auf der Tenne beschäftigt wäre, und jene würden sich dann schämen, sie in dem Aufzug zu sehen, und sie würde über das Geschenk lachen und sich ärgern."

„Ich habe dir schon früher oftmals gesagt, Sancho", sprach Don Quijote, „daß du ein gewaltiger Schwätzer bist und, obwohl am Verstande stumpf, doch häufig spitzig sein und sticheln willst. Damit du jedoch siehst, wie dumm du bist und wie verständig meine Handlungsweise, sollst du von mir ein Geschichtchen hören. Vernimm also: Eine schöne junge Witwe, unabhängig und reich, insbesondere aber lustigen Humors, verliebte sich in einen jungen Laienbruder, einen untersetzten kräftigen Burschen; sein Vorgesetzter brachte es in Erfahrung, und eines Tages sagte er zu der wackeren Witwe diese Worte als brüderliche Zurechtweisung: ‚Ich bin erstaunt, Señora, und nicht ohne vielfachen Grund, wie eine so vornehme, so schöne, so reiche Frau wie Euer Gnaden sich in einen so schmutzigen, gemeinen und dämlichen Menschen wie den gewissen Jemand verlieben mochte, da doch in diesem Stift so viele Doktoren, so viele Graduierte und so viele Theologen sind, unter denen Euer Gnaden wie aus einem Korb mit Birnen hätten wählen und sagen können: Den mag ich gern, den mag ich nicht.' Aber sie antwortete ihm mit heiterer Laune und größter Unbefangenheit: ‚Werter Herr, Euer Gnaden ist in großem Irrtum und urteilt sehr altmodisch, wenn Ihr meinet, ich hätte mit dem gewissen Jemand eine schlechte Wahl getroffen, ob er Euch auch noch so dämlich vorkommt. Denn wozu ich ihn mag, dazu hat er soviel und mehr Kenntnis von der Philosophie wie Aristoteles selber.' Sonach, Sancho, wozu ich Dulcinea liebhabe, dazu ist sie mir soviel wert wie die erhabenste Prinzessin auf Erden. So ist's, und nicht alle Poeten, welche eine Geliebte unter einem Namen besitzen, den sie ihr nach Belieben beilegen, haben eine solche in Wirklichkeit. Glaubst du, daß die Amaryllis', die Phyllis', die Sylfias, die Dianas, die Galatheas, die Fílidas und andre dergleichen, mit denen die Bücher, die Romanzen, die Barbierstuben, die Komödienbühnen angefüllt sind, wirkliche Damen von Fleisch und Blut und wirklich die Geliebten jener waren, die sie verherrlichen und verherrlicht haben? Gewiß nicht; vielleicht erdichten sie sich die meisten, um für ihre Verse einen Gegenstand zu schaffen und um für liebeglühende Jünglinge und für solche, die der Liebe würdig seien, zu gelten. Und so genügt es mir, daß ich denke und glaube, die treffliche Aldonza Lorenzo sei schön und sittig, und was ihren Stammbaum betrifft, das tut wenig zur Sache; denn man wird nicht hingehen und die Ahnenprobe mit selbigem vornehmen, um ihr einen der militärischen Ritterorden Spaniens zu verleihen, und ich nehme nun einmal an, sie sei die vornehmste Prinzessin in der ganzen Welt. Denn du mußt wissen, Sancho, wenn du es nicht schon weißt: zwei Dinge allein vor allen andern bewegen das Herz zur Liebe, nämlich große Schönheit und guter Ruf, und beides findet sich im höchsten Grade bei Dulcinea; in der Schönheit aber kommt keine ihr gleich, und im guten Ruf kommen wenige ihr nah. Und um alles mit einem Wort abzuschließen, ich denke mir, daß alles sich genauso verhält, wie ich sage, ohne daß es etwas zuviel oder zuwenig ist; und ich male mir sie in meinem Geiste, wie ich sie mir wünsche, ebenso an Schönheit wie an Vornehmheit; und ihr kommt Helena nicht nahe noch reicht Lucrezia an sie heran noch irgendeine andre von den berühmten Frauen der vergangenen Zeiten, sei es eine Griechin, Barbarin oder Lateinerin; und es sage ein jeglicher, was er will; denn werde ich darob von Unverständigen getadelt, so werden mich doch die strengsten Richter darum nicht verurteilen."

„Ich gestehe es ein", antwortete Sancho, „Euer Gnaden hat in allem recht, und ich bin ein Esel. Doch ich weiß nicht, warum ich den Esel in den Mund nehme; denn man soll im Haus des Gehenkten nicht vom Strick reden. Jetzt her mit dem Brief, und Gott befohlen, denn ich mache mich davon."

Don Quijote holte das Notizbuch hervor, ging beiseite und begann den Brief gemächlich zu schreiben. Als er ihn beendigt, rief er Sancho und sagte ihm, er wolle ihm den Brief vorlesen, damit er ihn auswendig behielte, wenn er ihn etwa unterwegs verlieren sollte; denn von seinem Mißgeschick sei alles zu besorgen.

Darauf erwiderte Sancho: „Schreibt ihn lieber zwei- oder dreimal hier ins Buch und gebt mir's, ich will es schon wohlverwahrt mitnehmen. Jedoch daran zu denken, daß ich ihn auswendig lerne, ist ein Unsinn; denn mein Gedächtnis ist so schwach, daß ich oft sogar vergesse, wie ich heiße. Indessen trotz alledem, lest mir ihn vor, es wird mir ein groß Vergnügen machen, ihn anzuhören, denn der Brief ist sicher wunderschön."

„Höre denn, er lautet also", sprach Don Quijote.

Don Quijotes Brief an Dulcinea von Toboso

Allherrschende, erhabene Herrin!

Der von der Schwertesspitze der Trennung Durchbohrte, der im Innersten des Herzens Wundgeschlagene, wünscht Dir, süßeste Dulcinea von Toboso, das Heil, das er selbst nicht hat. Wenn Deine Huldseligkeit mich mißachtet, wenn Deine Fürtrefflichkeit sich nicht zu meinen Gunsten neiget, wenn Deine Verschmähung mich zu Boden drücket, dann, so ich auch genugsam zu dulden weiß, mag ich nicht wohl mich fürderhin in dieser Pein aufrechterhalten, die, außerdem daß sie eine gar schwere Bürde ist, sich über die Maßen langwierig anläßt. Mein guter Schildknappe Sancho wird Dir völligen Bericht erstatten, o schöne danklose Maid, heißgeliebte Feindin mein, wie es mir aus Ursach Deines Willens ergeht. So Du Gelieben trägst, Dich mir zur Hilfe bereitzustellen, so bin ich Dein; wo nicht, dann tue, was Dir gelieben mag, und so ich mein Leben beschließe, hernach hab ich Deinem grausamen Sinne und meinem Wünschen ein voll Genüge getan.

Der Deine bis in den Tod,

Der Ritter von der traurigen Gestalt.

„Bei meines Vaters Seelenheil", sprach Sancho, als er den Brief angehört, „das ist das Erhabenste, was ich je vernommen. Hol mich der Geier, wie sagt Euer Gnaden ihr hier alles, was Ihr wollt, und wie gut paßt hier in die Unterschrift hinein: Der Ritter von der traurigen Gestalt. Ich sag's im Ernst, Euer Gnaden hat den Teufel im Leib; es gibt nichts, was Ihr nicht wüßtet."

„Alles", entgegnete Don Quijote, „ist zu dem Berufe erforderlich, den ich übe."

„Wohl denn", sprach Sancho, „nun setze Euer Gnaden auf die andre Seite die Anweisung auf die drei Esel und unterzeichne sie sehr deutlich, damit man die Unterschrift gleich beim Ansehen erkennt."

„Mir recht", sagte Don Quijote; und nachdem er sie geschrieben, las er sie ihm vor. Sie lautete also:

Beliebe Euer Gnaden, Fräulein Nichte, gegen diese meine Esels-Prima an meinen Schildknappen Sancho Pansa verabreichen zu lassen drei Esel von den fünfen, die ich daheim im Stall habe und die Euer Gnaden anbefohlen sind; welche drei Esel ich ihm zur Ablieferung und Zahlung anweise für drei andre, die ich hier von ihm empfangen habe, demnach sie gegen diesen Wechselbrief und seine Empfangsbescheinigung in Richtigkeit gehen. So geschehen tief inmitten der Sierra Morena, am zweiundzwanzigsten August dieses gegenwärtigen Jahrs.

„So ist's gut", sprach Sancho. „Nun wolle ihn Euer Gnaden unterschreiben."

„Es ist nicht nötig, ihn zu unterschreiben", entgegnete Don Quijote, „sondern nur meinen Schnörkel darunterzusetzen, was das nämliche wie die Unterschrift und für die drei Esel hinreichend ist, ja für dreihundert."

„Ich verlasse mich auf Euer Gnaden", erwiderte Sancho, „laßt mich nun, ich gehe den Rosinante zu satteln, und bereitet Euch, mir Euren Segen zu geben; denn ich will auf der Stelle fort, ohne die Narreteien zu sehen, die Euer Gnaden jetzt vornehmen will; ich werde aber sagen, ich sah Euch so viele verüben, daß ich deren nicht mehr begehrte."

„Zum wenigsten verlange ich, Sancho, und dieweil es solchergestalt nötig ist, verlange ich, sage ich nochmals, daß du zusiehst, wie ich mich splitternackt ausziehe und ein oder zwei Dutzend tolle Streiche begehe; ich will sie in weniger als einer halben Stunde fertigbringen, damit du, nachdem du sie mit eigenen Augen gesehen, mit gutem Gewissen die andern beschwören kannst, die du noch etwa hinzufügen willst; und ich versichere dir, du kannst deren nicht so viele erzählen, als ich auszuführen gedenke."

„Um Gottes willen, Herr Ritter, laßt mich Euer Gnaden nicht nackend sehn; das würde mich allzusehr betrüben, und ich könnte nicht umhin, Tränen zu vergießen. Ich habe den Kopf noch so voll von dem Gejammer, das ich gestern über das Grautier vollführte, daß ich nicht imstande bin, mich abermals in Flennen einzulassen. Wenn es Euch jedoch sehr darum zu tun ist, daß ich ein paar Tollheiten mit ansehe, so verübt sie in den Kleidern, und zwar solche, die nur kurze Zeit brauchen und Euch am ersten zur Hand sind; besonders da für mich nichts dergleichen vonnöten ist und ich, wie schon gesagt, Zeit für meine Rückkehr ersparen würde, die da stattfinden soll mit all den guten Nachrichten, die Euer Gnaden wünscht und verdient. Wo aber nicht, so soll sich das Fräulein Dulcinea nur auf was gefaßt machen. Denn wenn sie nicht antwortet, wie sich's gebührt, so tu ich ein feierliches Gelübde zu allem möglichen, ich will ihr die richtige Antwort mit Fußtritten und Ohrfeigen aus dem Leibe reißen. Denn wo in aller Welt möchte man es auch leiden, daß ein so berühmter fahrender Ritter wie Euer Gnaden mir nichts, dir nichts verrückt wird für eine ... Das Fräulein soll mich nur nicht zwingen, das Wort zu sagen; denn bei Gott, ich fahre heraus damit und will ihr ihr Fett geben; ich geb's im Dutzend billiger, wenn's auch keiner sein Lebtage kaufen will. Ja, dazu wär ich der rechte Kerl! Sie kennt mich nicht recht; denn wenn sie mich kennte, sie täte mich fasten, denn ich schmecke gar nicht gut."

„Auf mein Wort, Sancho", sprach Don Quijote, „du kommst mir vor, als wärest du ebensowenig bei Verstand wie ich."

„Ich bin nicht so verrückt wie Ihr", entgegnete Sancho, „aber ich bin hitziger. Doch lassen wir das beiseite; was will Euer Gnaden denn essen, bis ich zurückkomme? Wollt Ihr die Straße unsicher machen wie Cardenio und es den Hirten abjagen?"

„Diese Sorge darf dir keine Schmerzen machen", antwortete Don Quijote; „denn wenn ich es auch hätte, äße ich doch nichts andres als die Kräuter und Früchte, die mir das Feld und die Bäume hier darbieten, weil die Hauptsache bei meinem Vorhaben darin besteht, nicht zu essen und noch andre Kasteiungen auf mich zu nehmen."

Darauf sagte Sancho: „Wißt Ihr, was ich besorge? Ich möchte den Rückweg zu diesem Orte, wo ich Euch verlasse, nicht finden, so heimlich ist das Versteck."

„Du mußt dir gehörige Kennzeichen machen", sprach Don Quijote. „Ich werde darauf bedacht sein, mich aus der Umgegend nicht zu entfernen, ja ich habe vor, auf die höchsten Felsen hier zu steigen, um zu sehen, ob ich dich aufspüre, wenn du zurückkehrst. Jedoch wird es am sichersten sein, daß du von dem Ginster, der sich hier in Menge findet, etliche Zweige ab-

schneidest und sie von Strecke zu Strecke hinstreust, bis du ins Blachfeld kommst; die werden dir zu Marksteinen und Merkzeichen dienen, gleichsam wie der Faden im Labyrinthe des Theseus, auf daß du mich bei deiner Rückkehr findest."

„So will ich's tun", erwiderte Sancho Pansa.

Er schnitt eine Anzahl Zweige ab, bat seinen Herrn um seinen Segen und verabschiedete sich von ihm, nicht ohne reichliche Tränen von beiden Seiten. Dann stieg er auf den Rosinante, den Don Quijote ihm dringendst anempfahl mit dem Auftrag, auf den Gaul achtzuhaben, als ob er es selber wäre, und begab sich auf den Weg nach der Ebene, wobei er von Zeit zu Zeit die Ginsterzweige ausstreute, wie es sein Herr ihm angeraten. Und da zog er von dannen, während ihn Don Quijote noch fortwährend damit behelligte, er solle ihm wenigstens bei zwei tollen Streichen erst zusehen.

Aber er war noch keine hundert Schritte geritten, da kehrte er um und sprach: „Ich muß sagen, Señor, Euer Gnaden hat sehr recht gehabt; denn damit ich ohne Gewissensbeschwer beeidigen kann, daß ich Euch Narreteien verüben gesehen, ist es recht und billig, daß ich wenigstens eine mit ansehe, wiewohl Ihr mir eine absonderlich große bereits in Eurem Hierbleiben gezeigt habt."

„Hab ich es dir nicht gesagt?" versetzte Don Quijote. „Warte nur, Sancho, so geschwind wie ein Vaterunser wird's getan sein."

Und er zog sich in aller Eile die Hosen aus, so daß er im bloßen Hemde dastand, machte dann im Nu etliche Luftsprünge und patschte sich dabei mit der Hand auf die Fußsohlen, schlug dann ein paar Purzelbäume, den Kopf unten, die Füße in die Höhe, und enthüllte dabei solche Dinge, daß Sancho, um sie nicht noch einmal zu sehen, den Rosinante am Zügel umlenkte und sich für hinreichend zufriedengestellt erachtete, daß er nunmehr schwören konnte, sein Herr sei wirklich verrückt. Und so wollen wir ihn seines Weges ziehen lassen bis zur Rückkehr, die nicht lange anstand.

26. Kapitel

Worin die auserlesenen Absonderlichkeiten, die Don Quijote aus purer Verliebtheit in der Sierra Morena verrichtete, fortgesetzt werden

Indem die Geschichte sich nun wiederum zur Erzählung dessen wendet, was Der von der traurigen Gestalt begann, als er sich allein sah, berichtet sie, daß Don Quijote, sobald er in seinem erwähnten Aufzug, vom Gürtel abwärts nackend, vom Gürtel aufwärts bekleidet, sich in Purzelbäumen und im Radschlagen versucht hatte und sah, daß Sancho fortgeritten war, ohne noch mehr von seinen Torheiten abwarten zu wollen, sofort auf eine

Felsenspitze stieg und hier wiederholt über einen Punkt nachdachte, den er sich schon sehr oft überlegt hatte, ohne jemals zu einem Entschlusse zu kommen. Es war dies die Frage, was wohl besser sei und sich eher für ihn schicke, den Roldán in dessen gewalttätigen oder den Amadís in dessen schwermütigen Verrücktheiten nachzuahmen; und er redete so zu sich selber:

Wenn Roldán ein so tapferer Ritter und so streitbar war, wie jeder sagt, was Wunder? Er war am Ende ja gefeit, und niemand konnte ihn umbringen, außer wenn man ihm eine von den großen Stecknadeln für einen Groschen durch die Fußsohle stach, und deshalb trug er immer Schuhe mit sieben eisernen Sohlen. Indessen nützten ihm seine Kniffe nichts gegen Bernardo del Carpio, der dahinterkam und ihn im Tale Roncesvalles in seinen Armen erstickte. Aber lassen wir einmal beiseite, was seine Tapferkeit betrifft, und kommen wir auf den Punkt mit dem Verlieren des Verstandes, so ist es gewiß, er verlor ihn wegen der Merkzeichen, die er an der Quelle fand, und wegen der Mitteilung jenes Hirten, daß Angélika zweimal oder öfter ihr Mittagsschläfchen mit Medor gehalten, einem kraushaarigen Mohrenjungen, dem Edelknaben Agramants. Und wenn er sich überzeugt hielt, es sei dies wahr und seine Geliebte habe ihm eine Ungebühr angetan, so tat er nicht zuviel, daß er verrückt wurde. Aber ich, wie kann ich ihn in seinen Tollheiten nachahmen, wenn ich ihn nicht in dem Anlaß zu selbigen nachahme? Denn meine Dulcinea von Tobosa, das wage ich zu beschwören, hat all ihre Lebtage keinen Mohren, wie er es ist, gesehen, in seiner eignen Volkstracht und ist heute noch so rein, wie ihre Mutter sie geboren. Und ich würde ihr ein offenbares Unrecht antun, wenn ich was andres von ihr dächte und in die Art von Verrücktheit verfiele wie der rasende Roldán. Anderseits finde ich, daß Amadís von Gallien, ohne den Verstand zu verlieren und Narreteien zu verüben, solchen Ruhm eines liebestreuen Ritters erwarb, daß ihn keiner darin übertrifft. Und was er tat, wie seine Geschichte bezeugt, war nichts andres, als daß er, zurückgewiesen von seiner Gebieterin Oriana, die ihm geboten, vor ihrem Antlitz nicht wieder zu erscheinen, bis sie ihm es verstatte, sich in Gesellschaft eines Einsiedlers auf dem Armutsfelsen verbarg und sich Weinens ersättigte, bis der Himmel ihm mitten in seiner größten Not und Bedrängnis endlich zu Hilfe kam. Und wenn dies wahr ist, und es ist wahr, warum will ich die Mühsal auf mich nehmen, mich gänzlich auszukleiden oder diesen Bäumen ein Leids zu tun, die mir keinerlei Böses zugefügt? Was hab ich für Grund, das klare Wasser dieser Bächlein zu trüben, die mir zu trinken geben sollen, wenn es mich gelüstet? Nein, hoch lebe das Angedenken des Amadís! Er werde von Don Quijote von der Mancha nachgeahmt in allem, was er vermag. Von Don Quijote wird man sagen, was von jenem gesagt worden: Wenn er nicht Großes vollbracht hat, so strebte er sehnsüchtig danach, Großes zu vollbringen; und wenn ich von meiner Dulcinea nicht verstoßen noch verschmäht wurde, so genügt mir schon, wie ich bereits gesagt, daß ich von ihr abwesend bin. Auf denn, Hand ans Werk, kommt mir ins Gedächtnis, Taten des Amadís, und lehrt mich, womit ich beginnen soll, euch nachzuahmen! Doch ich weiß schon, das allermeiste, was er tat, war beten und sich Gott befehlen, und so will ich auch tun.

Hierbei dienten ihm zum Rosenkranz die großen Galläpfel eines Korkbaums, die er zu zehn aneinanderreihte und zu denen er dann einen größeren fügte. Was ihn aber sehr bekümmerte, war, daß er weit und breit keinen Einsiedler fand, um ihm zu beichten und Trost bei ihm zu suchen. So vertrieb er sich denn die Zeit damit, auf dem schmalen Wiesenrain sich zu ergehen und auf die Rinden der Bäume und in den feinkörnigen Sand zahlreiche Verse zu schreiben und einzugraben, alle seinem Trübsinn entsprechend, doch einige zum Preise Dulcineas. Aber nur folgende waren, nachdem man den Ritter dort aufgefunden, vollständig erhalten und noch lesbar:

> O ihr Bäum in diesem Hage,
> Gras und Blumen, grün und rot,
> Die ihr hier entsprießt, ich frage:
> Freut euch meines Herzens Not?
> Wohl, wenn nicht, hört meine Klage.
> Wenn ich trüb den Hain durchtrotte,
> Bebet nicht, mir ist zu weh ja!
> Euch zum Trotz, ob man auch spotte,
> Hat geweint hier Don Quijote,
> Weil ihm fern war Dulcinea
> Von Toboso.
>
> Hier in Waldes Finsternissen
> Muß der treuste aller Ritter
> Seiner Herrin Anblick missen;
> Hat ein Dasein gar so bitter,
> Ohne wann und wie zu wissen.

>Lieb' war seines Hirns Marotte,
>Liebe bracht ihm großes Weh ja!
>Fässer voll, beim höchsten Gotte!
>Hat geweint hier Don Quijote,
>Weil ihm fern war Dulcinea
>Von Toboso.
>
>Alles Unrecht auszumerzen,
>Will zum Kampf den Gaul er spornen;
>Fluchend ihrem harten Herzen,
>Unter Felsen, unter Dornen,
>Find't der Arme stets nur Schmerzen.
>Wie am Licht versengt die Motte,
>Fühlt er Glut und gräßlich Weh ja!
>Da er Amorn ward zum Spotte,
>Hat geweint hier Don Quijote,
>Weil ihm fern war Dulcinea
>Von Toboso.

Nicht weniges Gelächter erhob sich bei denen, die diese Verse fanden, als sie den Zusatz „von Toboso" bei dem Namen Dulcinea lasen; sie vermuteten, Don Quijote habe notwendig glauben müssen, man werde die Strophen nicht verstehn, wenn er Dulcinea ohne Toboso nenne. Und in der Tat glaubte er das, wie er später selbst eingestand.

Noch viel andre schrieb er, aber, wie gesagt, außer diesen drei Strophen konnte man nichts ins reine bringen oder vollständig lesen. So brachte er seine Zeit damit hin, zu reimen, zu seufzen und die Faune und Waldgötter dieses Haines, die Nymphen der Bäche, die schmerzen- und tränenreichen Echos anzurufen, daß sie ihm Gehör, Antwort und Tröstung geben möchten; auch suchte er etwelche Kräuter, um sich davon zu nähren, bis Sancho wiederkäme. Wäre dieser, wie er drei Tage ausblieb, drei Wochen ausgeblieben, so wäre der Ritter von der traurigen Gestalt so verunstaltet worden, daß ihn seine eigene Mutter nicht erkannt hätte.

Jetzt wird es sich empfehlen, daß wir unsern Ritter in seinen Seufzern und Versen vergraben sein lassen und erzählen, wie es Sancho auf seiner Gesandtschaftsreise erging. Als er auf die Landstraße gelangt war, suchte er den Weg nach Toboso, und am nächsten Tage gelangte er zu der Schenke, wo ihm das Unglück mit dem Wippen begegnet war. Kaum hatte er sie erblickt, da kam es ihm schon vor, als flöge er wiederum in den Lüften auf und nieder, und er begehrte nicht ins Haus, wiewohl er gerade zu einer Stunde angekommen war, wo er wohl hinein gedurft und gesollt hätte. Denn es war Essenszeit, und er hatte die größte Lust, etwas Warmes zu genießen, nachdem es lange Tage nur kalte Küche gegeben hatte. Dies Bedürfnis drängte ihn, sich dicht an die Schenke heranzuwagen, noch immer im Zweifel befangen, ob er hinein solle oder nicht. Und während er noch so dastand, kamen aus der Schenke zwei Männer heraus, die ihn sogleich erkannten.

„Sagt mir, Herr Lizentiat", sprach der eine zum andern, „ist der auf dem Gaule nicht Sancho Pansa, von dem die Haushälterin unsers abenteuernden Ritters erzählt hat, er sei mit ihrem Herrn als Schildknappe von dannen gezogen?"

„Freilich ist er es", antwortete der Lizentiat, „und dies ist das Pferd unsers Don Quijote."

Sie mußten ihn wohl kennen; denn die beiden waren der Pfarrer und der Barbier seines eigenen Dorfs, die nämlichen, welche die Untersuchung und das große Ketzergericht über die Bücher gehalten hatten.

Sobald sie nun nicht mehr zweifeln konnten, Sancho Pansa und Rosinante vor Augen zu haben, traten sie näher hinzu, voller Begierde, etwas über Don Quijote zu erfahren, und der Pfarrer rief ihn bei seinem Namen an und sprach: „Freund Sancho Pansa, wo ist denn Euer Herr?"

Sancho Pansa erkannte sie ebenfalls auf der Stelle und nahm sich vor, den Ort, wo, und den Zustand, wie sein Herr sich befand, geheimzuhalten; und so antwortete er ihnen, sein Herr sei an einem gewissen Ort mit einer gewissen Sache beschäftigt, die ihm von großer Wichtigkeit sei, die er aber nicht verraten dürfe, wenn es auch sein Leben und das Licht seiner Augen gelten sollte.

„Nein, nein", entgegnete der Barbier, „Sancho Pansa, wenn Ihr uns nicht sagt, wo er sich befindet, so müssen wir glauben, ja wir glauben schon wirklich, daß Ihr ihn umgebracht und beraubt habt, da Ihr auf seinem Pferde geritten kommt. In vollem Ernst, Ihr müßt uns entweder den Herrn des Pferdes zur Stelle schaffen, oder aber..."

„Bei mir sind Drohungen durchaus nicht angebracht, ich bin kein Mann, der jemanden beraubt oder umbringt; mag einen jeden sein Schicksal umbringen oder der liebe Gott, der ihn geschaffen hat. Mein Herr verweilt dort in dem Gebirge mitten drin und tut da Buße nach Herzenslust."

Und nun, in aller Geschwindigkeit und ohne einmal anzuhalten, erzählte er ihnen, in welchem Zustand der Ritter sich dort umhertreibe, welche Abenteuer ihm begegnet seien und wie er selbst den Brief an das Fräulein Dulcinea von Toboso überbringe, welches die Tochter von Lorenzo Corchuelo sei, in die Don Quijote bis über die Ohren verliebt sei.

Die beiden verwunderten sich höchlich über Sancho Pansas Mitteilungen; und wiewohl sie Don Quijotes Verrücktheit und deren besondere Art schon kannten, so waren sie jedesmal, wenn sie davon erzählen hörten, aufs neue verwundert. Sie baten Sancho, ihnen den Brief vorzuweisen, den er an das Fräulein Dulcinea von Toboso bringe. Er antwortete ihnen, der Brief sei in einem Notizbuch niedergeschrieben und es sei seines Herrn Befehl, ihn am nächsten Ort, wohin er komme, auf Briefpapier abschreiben zu lassen; worauf der Pfarrer bemerkte, er solle ihm den Brief nur zeigen, er würde ihn mit bester Handschrift ins reine übertragen. Sancho griff mit der Hand in den Busen, um das Büchlein hervorzuholen; aber er fand es nicht und hätte es nicht finden können, wenn er bis zum heutigen Tag gesucht hätte; denn es war in Don Quijotes Händen geblieben, und dieser hatte es ihm nicht übergeben noch hatte Sancho daran gedacht, es ihm abzufordern.

Als Sancho sah, daß er das Büchlein nicht fand, ward sein Gesicht totenblaß, er befühlte sich abermals den ganzen Körper in größter Hast, sah abermals, daß es nicht zu finden war, fuhr sich ohne weiteres mit beiden Fäusten in den Bart und riß ihn sich zur Hälfte aus und versetzte sich in aller Geschwindigkeit und ohne Unterbrechung ein halb Dutzend Faustschläge ins Gesicht und auf die Nase, daß sie ganz in Blut schwamm.

Als der Pfarrer und der Barbier das sahen, fragten sie, was ihm denn begegnet sei, daß er sich so übel zurichte.

„Was soll mir begegnet sein", antwortete Sancho, „als daß ich im Handumdrehen drei Esel verloren habe, jeder groß und stark wie eine Burg."

„Wie das?" fragte der Barbier.

„Ich habe das Notizbuch verloren", erwiderte Sancho, „worin der Brief für Dulcinea war und eine Anweisung mit der Unterschrift meines Herrn, worin er seine Nichte beauftragte, mir drei Esel von den vieren oder fünfen zu geben, die im Stalle sind."

Und hierbei erzählte er ihnen den Verlust seines Grauen. Der Pfarrer tröstete ihn: wenn sein Herr aufgefunden würde, so wolle er diesen veranlassen, die Anweisung zu erneuern und auf Papier auszufertigen, wie es Brauch und Gewohnheit sei; denn die in ein Notizbuch eingeschriebenen würden nie angenommen noch berichtigt.

Damit gab sich Sancho getröstet und sagte, wenn dieses so sei, mache ihm der Verlust des Briefes an Dulcinea weiter nicht viel Kummer; denn er wisse ihn beinahe auswendig, und so könne man ihn aus dem Gedächtnis niederschreiben, wo und wann man wolle.

„Nun, dann sagt ihn her", sprach der Barbier, „so wollen wir ihn denn aufschreiben."

Sancho Pansa hielt eine Weile still, kratzte sich den Kopf, um den Brief in sein Gedächtnis zurückzurufen, stellte sich bald auf den einen Fuß, bald auf den andern, schaute ein paarmal zu Boden, ein paarmal gen Himmel, und nachdem er sich schier einen halben Finger abgenagt, während die andern in Spannung dastanden und abwarteten, daß er ihnen den Brief vorsage, sprach er nach Verfluß geraumer Zeit: „Bei Gott, Herr Lizentiat, der Teufel soll holen, was ich von dem Briefe noch weiß, ausgenommen, daß er zu Anfang lautete: Hohe, berstende oder fürchterliche Herrin."

„Es wird nicht", meinte der Barbier, „berstende oder fürchterliche, sondern herrschende oder fürstliche geheißen haben."

„Ganz gewiß", versetzte Sancho; „denn wenn ich mich recht entsinne, hieß es weiter: Der Wundgeschlagene, der am Schlafe keinen Teil selbst nicht mehr hat, der Durchbohrte küßt Euer Gnaden die Hand, undankbare und unbekannte und höchst geringgeschätzte Huldseligkeit. Und dann sagte er was vom Heil und Unheil, das er ihr zuschicke, und so lief es da aus, bis es unten hieß: Der Eurige bis in den Tod, der Ritter von der traurigen Gestalt."

Die beiden hatten nicht geringes Vergnügen an dem guten Gedächtnis Sancho Pansas und lobten es gar sehr und verlangten, er solle ihnen den Brief noch zweimal vorsagen, damit sie ihn ebenfalls auswendig lernten, um ihn seinerzeit niederzuschreiben. Er sagte den Brief noch dreimal her, und jedesmal brachte er wiederum dreitausend Verkehrtheiten zutage. Hierauf erzählte er auch die Erlebnisse seines Herrn; aber er sprach kein Wort von dem Wippen, das er in dieser Schenke ausgestanden, in die er durchaus nicht hinein wollte. Auch erzählte er, daß sein Herr, wenn er ihm die gute Botschaft von dem Fräulein Dulcinea bringe, die er ihm bringen solle, sich auf den Weg begeben müsse, um Kaiser oder wenigstens Monarch zu werden; denn so hätten sie es unter sich ausgemacht, und das zu werden sei bei seiner persönlichen Tapferkeit und der Stärke seines Arms was sehr Leichtes; und wenn er es geworden, wolle sein Herr ihn verheiraten; denn alsdann werde er schon Witwer sein, und das könne gar nicht anders kommen, und werde ihm eine Hofdame der Kaiserin zum Weibe geben, die habe zum Erbe ein reiches, großes Stammgut auf dem Festland, und da seien keine Insuln oder Insulinen dabei, denn die möge er gar nicht mehr.

Sancho sagte all dieses mit solcher Gelassenheit, wobei er sich hier und da die Nase schneuzte, und mit so großer Einfalt, daß die beiden aufs neue in Staunen gerieten, indem sie erwogen, wie gewaltig Don Quijotes Tollheit sein müsse, da sie auch den Verstand dieses armen Teufels nachgezogen habe. Sie wollten sich nicht damit abmüden, ihn aus seinem Irrtum zu reißen; denn da dieser Sanchos Gewissen nirgends beschwerte, hielten sie es für besser, ihn darin zu lassen, und ihnen selbst würde es zu größerer Ergötzlichkeit gereichen, seine Torheiten anzuhören. Somit sagten sie ihm, er möge zu Gott um seines Herrn Erhaltung beten; denn es sei allerdings denkbar und sehr möglich, daß er es im Laufe der Zeit zum Kaiser bringe oder doch wenigstens zum Erzbischof oder einer andern Würde von gleichem Rang.

Darauf antwortete Sancho: „Werte Herren, wenn das Glück das Rad der Dinge so drehte, daß es meinem Herrn in den Sinn käme, nicht Kaiser, sondern Erzbischof zu werden, so möchte ich wissen, was die fahrenden Erzbischöfe ihren Schildknappen zuzuwenden pflegen."

Der Pfarrer sagte darauf: „Sie pflegen ihnen eine Pfründe ohne oder mit Seelsorge zu verleihen oder einen Küsterdienst, der ihnen viel an festem Einkommen trägt, außer den Nebeneinkünften, die man ebenso hoch anzuschlagen pflegt."

„Dazu ist erforderlich", entgegnete Sancho, „daß der Schildknappe unverheiratet ist und mindestens versteht, bei der Messe zu dienen, und wenn es so kommt, ach, ich Unglücklicher, bin verheiratet und weiß nicht einmal den ersten Buchstaben vom Abc! Was soll's mit mir werden, wenn meinen Herrn die Lust anwandelt, Erzbischof zu werden und nicht Kaiser, wie es Brauch und Sitte der fahrenden Ritter ist?"

„Habt darum keine Sorge, Freund Sancho", sprach der Barbier. „Wir wollen gleich Euren Herrn bitten und ihm den Rat erteilen, ja es ihm zur Gewissenspflicht machen, daß er Kaiser und nicht Erzbischof wird; denn das wird ihm viel leichter fallen, da er mehr ein streitbarer als ein studierter Mann ist."

„Das kommt mir auch so vor", versetzte Sancho, „wiewohl ich sagen kann, daß er zu allem Geschick hat. Was ich meinerseits zu tun gedenke, ist, unsern Herrgott zu bitten, er möge ihn dahin lenken, wo er dem Himmel am besten dienen und mir die meisten Gnaden erweisen kann."

„Ihr redet wie ein gescheiter Mann", sprach der Pfarrer, „und werdet wie ein guter Christ handeln! Was aber für jetzt geschehen muß, ist, Anstalt zu treffen, wie man Euren Herrn von dieser unnützen Buße frei machen kann, der er, wie Ihr erzählt, jetzt obliegt. Und um zu überlegen, welch ein Verfahren wir dabei einzuhalten haben, und auch um das Mittagsmahl einzunehmen, wozu es nun Zeit ist, wird es am besten sein, hier in die Schenke einzutreten."

Sancho sagte, sie ihresteils möchten nur hineingehen, er aber würde sie hier außen erwarten und später ihnen den Grund sagen, weshalb er nicht hineingehe und es ihm nicht angemessen scheine, hineinzugehen; aber er bitte sie, ihm etwas zu essen herauszubringen, und zwar etwas Warmes, und etwas Gerste für Rosinante. Sie gingen hinein und ließen ihn draußen, und bald darauf brachte ihm der Barbier etwas zum Mahl.

Hierauf überlegten sich die beiden gründlich, welch ein Mittel sie anwenden wollten, um ihren Zweck zu erreichen. Da geriet der Pfarrer auf einen Gedanken, der ganz nach dem Geschmacke Don Quijotes und zugleich ihren Absichten höchst dienlich erschien. Es sei ihm nämlich der Einfall gekommen, sagte er zum Barbier, er wolle sich die Tracht eines fahrenden Fräuleins anlegen, jener aber solle Sorge tragen, sich so gut wie möglich als Knappe zu verkleiden; und so wollten sie sich zu Don Quijote begeben. Der Pfarrer wolle vorgeben, er sei ein in Trübsal befangenes hilfesuchendes Fräulein und wolle eine Vergünstigung von ihm heischen, welche er als ein mannhafter fahrender Ritter nicht umhinkönne ihr zu gewähren; und die Vergünstigung, die sie von ihm zu heischen gedenke, bestehe darin, mit ihr zu ziehen, wohin sie ihn führen werde, um einer Ungebühr abzuhelfen, die ihr ein böser Ritter angetan; und zugleich wolle sie ihn anflehen, nicht zu verlangen, daß sie ihren Schleier hebe, und sie nimmer um ihre Verhältnisse zu befragen, bis er ihr von jenem bösen Ritter ihr Recht verschafft habe. Er sei fest überzeugt, fügte der Pfarrer bei, Don Quijote werde auf alles eingehen, was sie unter solchen Vorwänden von ihm begehren werde, und auf diese Weise würden sie ihn von dort fortbringen und nach seinem Dorfe führen, wo sie suchen würden, ob es für seine sonderbare Verrücktheit ein Heilmittel gebe.

27. Kapitel

Wie der Pfarrer und der Barbier ihr Vorhaben ins Werk setzten, nebst andern Ereignissen, würdig, in dieser großen Geschichte erzählt zu werden

Dem Barbier gefiel der Einfall des Pfarrers nicht übel; er fand ihn vielmehr so vortrefflich, daß sie ihn gleich zur Ausführung brachten. Sie erbaten sich von der Schenkwirtin einen langen Weiberrock und Kopftücher, wofür sie ihr den neuen Chorrock des Pfarrers zum Pfande ließen. Der Barbier machte sich einen Bart zurecht aus einem grauen und rötlichen Farrenschwanz, an welchem der Wirt seinen Kamm stecken hatte.

Die Wirtin fragte sie, wozu sie die Sachen haben wollten. Der Pfarrer erzählte ihr in kurzen Worten von Don Quijotes Verrücktheit; diese Verkleidung sei das Mittel, ihn aus dem Gebirge fortzubringen, wo er sich gegenwärtig aufhalte. Wirt und Wirtin errieten sogleich, daß der Verrückte derselbe sein müsse wie der Gast mit dem Balsamtrank, der Herr des gewippten Schildknappen. Sie erzählten dem Pfarrer alles, was sich in ihrem Hause zugetragen, ohne das zu verschweigen, was Sancho so sorgfältig verschwieg.

Sodann kleidete die Wirtin den Pfarrer dergestalt um, daß man nichts Schöneres auf der Welt sehen konnte; sie zog ihm einen wollenen Rock an, ganz mit handbreiten, ausgezackten Streifen von schwarzem Samt umzogen, nebst einem Leibchen von grünem Samt, mit Säumen von weißem Atlas besetzt, welches, wie der Rock, ohne Zweifel zu König Wambas Zeiten gemacht war. Der Pfarrer litt nicht, daß man ihm eine Haube aufsetzte, sondern er tat ein Mützchen von gesteppten Linnen auf den Kopf, das er für die Nacht zum Schlafen bei sich trug; um die Stirn legte er eine Binde von schwarzem Taft, und aus einer andern Binde machte er einen Schleier, mit dem er sich Gesicht und Bart dicht bedeckte. Er stülpte seinen Hut auf, der so breit war, daß er ihm als Sonnenschirm dienen konnte, zog seinen Mantel über und setzte sich nach Frauenart auf sein Maultier, der Barbier auf das seinige, mit seinem Bart, der bis zum Gürtel herabhing, halb rot, halb weiß, da er, wie gesagt, aus dem Schwanz eines scheckigen Ochsen gemacht war.

Sie nahmen Abschied von allen, auch von dem guten Ding Maritornes. Die versprach ihnen, sie wolle, wiewohl eine Sünderin, einen Rosenkranz dafür beten, daß Gott ihnen gute Erfolge verleihe bei einer so schwierigen und so christlichen Sache, wie sie unternommen hätten. Aber kaum waren sie aus der Schenke fort, da kam dem Pfarrer das Bedenken, daß er übel daran getan, sich so zu verkleiden, weil ein solcher Aufzug für einen Geistlichen unschicklich sei, selbst wenn für ihn auch noch soviel davon abhinge. Er sagte dies dem Barbier und bat ihn, sie möchten ihre Anzüge miteinander vertauschen; denn es sei weit richtiger, daß er das hilfesuchende Fräulein vorstelle; er seinerseits wolle den Knappen spielen, und dergestalt werde er seiner Würde weniger vergeben. Wenn der Barbier aber das nicht wolle, so sei er entschlossen, nicht weiterzugehen, wenn auch den Don Quijote der Teufel holen sollte.

Mittlerweile kam Sancho herzu, und als er die beiden in solchem Aufzug erblickte, konnte er das Lachen nicht an sich halten. Der Barbier aber ging auf alles ein, was der Pfarrer verlangte, und indem sie die Verkleidung miteinander vertauschten, belehrte der Pfarrer den Barbier, welch Benehmen er einzuhalten und welche Worte er bei Don Quijote anzubringen habe, um ihn zu bewegen oder vielmehr ihn zu zwingen, mit ihm zu kommen und den Lieblingsplatz zu verlassen, den er sich für seine eitle Bußübung erlesen hatte.

Der Barbier entgegnete, er werde, auch ohne daß er ihm Unterricht gebe, die Sache aufs beste besorgen. Für jetzt aber wollte er seine Tracht noch nicht anlegen, bis sie in Don Quijotes Nähe wären, und so faltete er die Frauenkleider zusammen, der Pfarrer legte seinen Bart an, und sie verfolgten ihren Weg unter Sancho Pansas Führung. Dieser erzählte ihnen derweilen, was ihnen mit dem Irrsinnigen begegnet war, den sie im Gebirge angetroffen, verschwieg jedoch den Fund des Mantelsacks und seines Inhalts; denn wiewohl einfältig, war der Bursche ziemlich habgierig.

Des andern Tags kamen sie an den Ort, wo Sancho die Zweige als Merkzeichen ausgestreut, um die Stelle zu finden, wo er seinen Herrn gelassen hatte; er erkannte den Ort sogleich und sagte ihnen, hier sei der Zugang und hier könnten sie sich denn auch anziehen, wenn das wirklich für die Erlösung seines Herrn nötig wäre. Sie hatten ihm nämlich vorher schon gesagt, auf diesen ihren Anzug und diese Verkleidung komme alles an, wenn man seinen Herrn von der argen Lebensweise abbringen wolle, die er sich erwählt habe. Auch hatten sie ihm dringend ans Herz gelegt, seinem Herrn nicht zu verraten, wer sie seien; und wenn er ihn danach fragte – wie er ihn denn jedenfalls fragen würde –, ob er Dulcineen den Brief übergeben habe, so sollte er ja sagen, und da sie nicht lesen und schreiben könne, so habe sie ihm mündlich geantwortet, daß sie ihm bei Strafe ihrer Ungnade befehle, zu einer Zusammenkunft mit ihr gleich auf der Stelle aufzubrechen, weil dies von höchster Wichtigkeit für ihn sei. Denn hierdurch und durch das, was sie ihm zu sagen gedächten, hielten sie es für sicher, ihn einer besseren Lebensweise wieder zuzuführen und ihn zu vermögen, daß er sich sogleich auf den Weg begebe, um Kaiser oder Monarch zu werden. Daß er aber Erzbischof werden sollte, das sei nicht zu befürchten.

Alles dies hörte Sancho aufmerksam an und prägte es sich fest ins Gedächtnis, dankte ihnen auch gar sehr für ihre Absicht, seinem Herrn anzuraten, Kaiser und nicht Erzbischof zu werden; denn er sei der Überzeugung, daß die Kaiser weit mehr als die fahrenden Erzbischöfe imstande seien, ihren Schildknappen Gnaden zu erweisen. Auch sagte er ihnen, es würde gut sein, wenn er vorausginge, Don Quijote aufzusuchen und ihm die Antwort seiner Gebieterin mitzuteilen, und diese würde schon hinreichend sein, ihn zum Verlassen seines jetzigen Aufenthalts zu bewegen, ohne daß sie sich in soviel Mühsal einließen.

Sanchos Vorschlag gefiel ihnen wohl, und so entschlossen sie sich abzuwarten, bis er mit der Nachricht vom Auffinden seines Herrn zu ihnen zurückkomme.

Sancho ritt in jene Schluchten des Gebirgs hinein und ließ die beiden in einer derselben zurück, die ein sanftes Bächlein durchfloß, über welches niedere Felsen und etliche umherstehende Bäume einen angenehmen und frischen Schatten verbreiteten. Die Hitze und der Tag, an dem sie dort anlangten, war eben wie im Monat August, wo in jenen Gegenden der Sonnenbrand äußerst heftig zu sein pflegt; die Stunde war die dritte des Nachmittags; alles das machte das Plätzchen um so angenehmer, so daß es sie einlud, dort die Rückkunft Sanchos zu erwarten. So taten sie denn auch.

Während sie nun dort geruhsam und im Schatten verweilten,

drang an ihr Ohr eine Stimme, die, ohne daß der Ton eines Instruments sie begleitete, süß und köstlich klang. Darüber erstaunten sie nicht wenig, da es sie bedünkte, dies sei kein Ort, wo sich jemand finden könnte, der so trefflich sänge; denn wenn man auch zu rühmen pflegt, es seien in den Wäldern und Feldern Schäfer mit vorzüglicher Stimme anzutreffen, so sind dies eher Übertreibungen von Dichtern als wahre Tatsachen. Ihr Erstaunen wuchs, als sie bemerkten, was sie singen hörten, seien Verse, nicht wie von bäurischen Hirten, sondern wie von geistvollen Personen hochgebildeten Standes. In dieser Überzeugung bestärkte sie der Inhalt der Verse, als sie folgendes hörten:

> Was läßt mich in Gram vergehen?
>   Verschmähen.
> Was mehrt meiner Sorgen Wucht?
>   Eifersucht.
> Was erschwert mein herbes Leiden?
>   Scheiden.
> Und so will mich Hoffnung meiden,
> Und kein Rettungsport steht offen,
> Da mir morden all mein Hoffen
> Eifersucht, Verschmähen, Scheiden.
>
> Was macht mir das Dasein trübe?
>   Liebe.
> Was drängt jedes Heil zurück?
>   Das Glück.
> Wer hat mir dies Leid gebracht?
>   Himmels Macht.
> Und so wird des Todes Nacht,
> Fürcht ich wohl, mich bald erfassen,
> Da vereint sind, mich zu hassen,
> Liebe, Glück und Himmels Macht.
>
> Wer gewinnt der Liebe Gut?
>   Wankelmut.
> Wer heilt einstens meine Not?
>   Der Tod.
> Wer macht bald von Schmerz mich frei?
>   Raserei.
> Und so kömmt's nur Toren bei,
> Heilung könne je gelingen,

Wo allein kann Rettung bringen
Wankelmut, Tod, Raserei.

Die Stunde und Jahreszeit, die Einsamkeit des Ortes, die Stimme und Geschicklichkeit des Sängers, alles erweckte in den beiden Hörern Staunen und Vergnügen. Sie verhielten sich ruhig, in Erwartung, noch mehr zu hören; da jedoch das Stillschweigen noch eine Weile dauerte, beschlossen sie, den Ort zu verlassen, um den Künstler aufzusuchen, der mit so trefflicher Stimme sang. Aber gerade als sie dies ausführen wollten, veranlaßte sie die nämliche Stimme, sich nicht zu rühren; denn sie drang aufs neue zu ihren Ohren und sang dieses Sonett:

> O heilige Freundschaft, die auf leichten Schwingen,
> Dieweil dein Scheinbild nur uns blieb hienieden,
> Zum selgen Chor, dem Himmelsheil beschieden,
> Emporgeeilt, dem Staub dich zu entringen!
>
> Von dorten läßt du Kunde zu uns dringen
> Von dem, was uns verhüllt ist, Recht und Frieden,
> Von wahrer Tugend, die uns längst gemieden,
> Von Heucheltaten, die Verderben bringen.
>
> Verlaß den Himmel oder untersage,
> O Freundschaft, daß sich Trug in dich verkleide,
> Vor dem kein redlich Streben kann bestehen.
>
> Erlaubst du's, daß er deine Maske trage,
> So wird die Welt, von Zwietracht, Haß und Neide
> Erfüllt, im alten Chaos bald vergehen.

Der Gesang schloß mit einem tiefen Seufzer, und die beiden blieben abermals in aufmerksamer Erwartung, ob etwa noch mehr gesungen würde; aber als sie bemerkten, daß die Liedertöne sich in Schluchzen und schmerzliches Ächzen verwandelten, beschlossen sie nachzuforschen, wer der Unglückliche sei, dessen Stimme so schön wie sein Jammern schmerzvoll war. Sie waren nicht weit gegangen, da erblickten sie beim Umbiegen um eine Felsenecke einen Jüngling von Gestalt und Aussehen, ganz wie Sancho Pansa es geschildert hatte, als er ihnen die Geschichte Cardenios erzählte; aber als dieser ihrer ansichtig wurde, blieb er, anstatt wie sonst zusammenzuschrecken, ruhig sitzen, den

Kopf auf die Brust gebogen wie einer, der in Nachdenken versunken ist, ohne daß er die Augen aufschlug, um sich umzusehen, außer das erstemal, als sie so unvermutet auf ihn zukamen. Der Pfarrer, der ein beredter Mann war, näherte sich ihm, als bereits mit seinem Unglück vertraut – da er ihn an den Merkmalen erkannt hatte –, und mit kurzen, aber höchst verständigen Worten bat er ihn und redete ihm zu, er möge dieses elende Leben aufgeben, damit er es hier nicht gar einbüße, was doch von allem Unglück das größte wäre.

Cardenio war jetzt gerade bei vollem Verstand, frei von jenem Wutanfall, der ihn so oft außer Besinnung brachte; und als er sie daher in einer bei den Leuten, die in seiner Einöde verkehrten, so ungebräuchlichen Tracht erblickte, geriet er natürlich einigermaßen in Verwunderung, zumal sie über seine Verhältnisse wie über eine allbekannte Sache sprachen, was er aus den Worten des Pfarrers deutlich entnehmen konnte. Sonach antwortete er folgendermaßen: „Wohl sehe ich, geehrte Herren, wer ihr auch sein möget, daß der Himmel, der stets Sorge trägt, den Guten und oftmals auch den Bösen zu helfen, mir, ohne daß ich es verdiene, an diese vom gewöhnlichen Verkehr der Menschen so entfernten, so abgelegenen Stätten edle Männer sendet, die mir mit eindringlichen und mannigfachen Vernunftgründen vor Augen stellen, wie unvernünftig es von mir ist, ein solches Leben zu führen, und die sich bemühen, mich aus demselben zu erlösen und auf einen bessern Weg zu bringen. Aber da sie nicht wissen, was ich nur zu gut weiß, daß ich, von diesem Leide befreit, sofort in ein andres, größeres fallen muß, so werden sie mich vielleicht für einen Mann von schwachen Geisteskräften oder, was noch schlimmer, für ein ganz vernunftloses Wesen halten müssen. Und es wäre kein Wunder, wenn es so wäre; denn mir schimmert es im Bewußtsein durch, daß die Gewalt, welche die Vorstellung meiner unglücklichen Schicksale auf mich übt, so mein ganzes Innere erfaßt und so viel zu meinem Verderben vermag, daß ich manchmal widerstandslos zu Stein erstarre und alle menschliche Empfindung, alle Kenntnis meiner selbst verliere. Daß dem so ist, das sehe ich erst ein, wenn die Leute mir erzählen und mir Kennzeichen davon geben, was ich getan habe, solange der schreckliche Wutanfall mich beherrschte. Dann bleibt mir weiter nichts übrig, als vergeblich zu jammern und zwecklos mein Schicksal zu verfluchen und zur Entschuldigung meines Wahnsinns jedem, der mich hören will, dessen Ursache zu erzählen. Denn wenn die Verständigen die Ursache hören, werden sie über die Wirkung nicht erstaunt sein, und wenn sie kein Heilmittel wissen, werden sie mir wenigstens nicht die Schuld geben, und ihr Zorn über meine Ausschreitungen wird sich in Betrübnis ob meines Unglücks verwandeln. Und ist es nun der Fall, daß ihr Herren mit derselben Absicht kommt, wie andere schon gekommen, so bitte ich euch, eh ihr mit euren verständigen Vorstellungen fortfahrt, laßt euch die Geschichte meiner Leiden erzählen, die nicht zu zählen sind; vielleicht, wenn ihr sie gehört, werdet ihr euch die Mühe sparen, für ein Unglück Trost spenden zu wollen, das jedem Troste unzugänglich ist."

Die beiden, die gar nichts andres wünschten, als aus seinem eignen Munde die Ursache seines unglücklichen Zustands zu erfahren, baten ihn um Mitteilung derselben, wobei sie sich erboten, zu seiner Heilung oder Tröstung nichts anderes zu tun, als was er selbst verlangen würde. Und daraufhin begann der arme Mann seine jammervolle Geschichte fast mit denselben Worten und Umständen, wie er sie Don Quijote und dem Ziegenhirten wenige Tage vorher erzählt hatte, als aus Anlaß des Meisters Elísabat und der Gewissenhaftigkeit Don Quijotes in Aufrechterhaltung der Würde des Rittertums die Erzählung unbeendet blieb, wie unsre Geschichte es schon berichtet hat. Jetzt aber wollte es das gute Glück, daß sein Wutanfall länger ausblieb und ihm vergönnte, die Erzählung zu Ende zu führen. Und als er so bis zu dem Umstand mit dem Briefe kam, den Don Fernando im Buche vom Amadís von Gallien gefunden hatte, erwähnte er, daß er denselben vollständig im Gedächtnis habe und daß er folgendermaßen lautete:

Luscinda an Cardenio

Jeden Tag entdecke ich in Euch Vorzüge, die mich verpflichten und zwingen, Euch höher zu achten. Wollt Ihr also von dieser Schuld, in der ich gegen Euch stehe, mich befreien, ohne Euch mit meiner Ehre bezahlt zu machen, so könnt Ihr dies sehr leicht bewerkstelligen. Ich habe einen Vater, der Euch kennt und mich von Herzen liebt; er wird, ohne meinen Wünschen Zwang anzutun, jene Wünsche erfüllen, die Ihr von Rechts wegen hegen müßt, wenn Ihr mich wirklich so hochschätzt, wie Ihr es sagt und wie ich es glaube.

„Durch dies Briefchen ward ich bewogen, um Luscindas Hand anzuhalten; dies Briefchen war es, das Luscinda in Don

Fernandos Augen als eine der geistvollsten und klügsten Damen ihrer Zeit erscheinen ließ; dies Briefchen erweckte in seinem Herzen den Wunsch, mich zugrunde zu richten, bevor der Wunsch meines Herzens zur Erfüllung kommen könnte. Ich erzählte Don Fernando, woran Luscindas Vater Anstand nehme: er erwarte nämlich, daß mein Vater selbst bei ihm um Luscinda anhalte, was ich ihm nicht mitzuteilen wagte, weil ich fürchtete, er werde darauf nicht eingehen, und zwar nicht etwa deshalb, weil ihm Luscindas Stand, Vortrefflichkeit, Tugend und Schönheit nicht genügend bekannt wären und er nicht wüßte, daß sie hinreichende Eigenschaften besitze, um jedes andre Geschlecht Spaniens zu adeln; sondern weil ich seinen Wunsch kannte, ich möchte mich nicht so rasch vermählen, damit man erst erfahre, was Ricardo mit mir vorhabe. Kurz, ich sagte ihm, ich könne es nicht auf mich nehmen, meinem Vater die Mitteilung zu machen, sowohl um dieser Schwierigkeit willen als auch gar mancher andern noch, die mich mutlos machten, ohne daß ich sie zu bezeichnen wußte; nur war ich überzeugt, es werde, was ich wünsche, niemals in Erfüllung gehen. Auf all dieses entgegnete mir Don Fernando, er selbst übernehme es, mit meinem Vater zu sprechen und ihn zu vermögen, daß er mit dem Vater Luscindas rede.

Ha, du Marius, du nach jeder Art von Erfolg begierig! Du grausamer Catilina! Ruchloser Sulla! Tückischer Ganelon! Verräterischer Bellido! Rachsüchtiger Graf Julian! Habsüchtiger Judas! Verräterischer, grausamer, rachsüchtiger, betrügerischer Mensch, welch schlimmen Dienst hatte er dir erwiesen, der Arme, der mit solcher Unbefangenheit dir die Geheimnisse und Freuden seines Herzens anvertraute? Welche Beleidigung habe ich dir zugefügt? Welche Worte habe ich dir gesagt oder welche Ratschläge dir gegeben, die nicht stets darauf abgezielt hätten, deine Ehre, deinen Vorteil zu wahren? Aber worüber klage ich, ich Unseliger! Da es doch gewiß ist: Wenn die Mißgeschicke ihre Strömung von den Sternen aus entquellen lassen, so ist keine andere Kraft, da sie aus der Höhe nach unten kommen und mit Wut und Gewalt herniederstürzen, so ist keine andre Kraft auf Erden, die ihnen widerstreben, kein menschliches Bemühen, das ihnen vorbeugen könnte. Wer konnte denken, daß Fernando, ein Edelmann von solchem Rang, verständig, mir durch meine Dienste verpflichtet, mächtig genug, um alles zu erreichen, was seine Liebeswünsche erstreben mochten, wo auch immer sie ihr Ziel suchten, daß dieser Mann danach brannte, mir – wie man zu sagen pflegt – mein einziges Schäflein zu rauben, das ich noch nicht einmal mein eigen nannte! Doch es mögen diese Betrachtungen als zwecklos und unnütz beiseite bleiben, und lasset uns den abgerissenen Faden meiner unseligen Geschichte wieder anknüpfen.

Ich sage also, daß Don Fernando, weil ihm meine Gegenwart zur Ausführung seines falschen, schlechten Vorhabens hinderlich schien, mich zu seinem älteren Bruder zu schicken beschloß unter dem Vorwand, von ihm Geld zur Bezahlung von sechs Pferden zu verlangen. Diese hatte er absichtlich und lediglich zu dem Zwecke, mich zu entfernen, um seinen tückischen Plan besser ausführen zu können, an dem nämlichen Tage gekauft, wo er sich erbot, mit meinem Vater zu sprechen, und deshalb wollte er, ich solle fort, das Geld zu holen. Konnte ich einen solchen Verrat voraussehen? War es etwa möglich, ihn nur zu ahnen? Gewiß nicht; vielmehr erbot ich mich sehr gern, auf der Stelle abzureisen, so vergnügt war ich über den guten Kauf.

Dieselbe Nacht sprach ich Luscinda, erzählte ihr, was ich mit Don Fernando verabredet hatte, und sagte ihr, sie möge fest darauf bauen, daß unsere redlichen, gerechten Wünsche in Erfüllung gehen würden. Sie bat mich, ob Fernandos Verräterei so ahnungslos wie ich, ich möchte auf baldige Rückkehr bedacht sein; denn sie glaubte, die Krönung unsrer Wünsche würde sich nur so lange verzögern, als mein Vater zögere, mit dem ihrigen zu reden. Ich weiß nicht, wie es geschah, ihre Augen füllten sich mit Tränen, als sie diese Worte gesprochen, die Kehle war ihr wie zugeschnürt, so daß sie von dem vielen, was sie, wie mich bedünkte, mir noch sagen wollte, nicht das geringste herausbringen konnte. Ich war ganz betroffen über diesen mir ganz neuen, noch nie bei ihr erlebten Anfall; denn bisher hatten wir stets, wenn uns das gute Glück und mein eifriges Bemühen die Gelegenheit verschafften, uns heiter und wohlgemut unterhalten, ohne jemals Tränen, Seufzer, Eifersucht, Argwohn oder Besorgnis in unser Gespräch zu mischen. Nie tat ich etwas andres, als daß ich mein Glück pries, das sie mir zur Geliebten gegeben. Ich hob ihre Schönheit in den Himmel, ich bewunderte ihre hohen Vorzüge und ihren Geist; sie gab mir alles mit Zinseszinsen zurück und lobte, was ihrer Liebe an mir des Lobes würdig schien. Dabei erzählten wir uns hunderttausend Kindereien und Geschichten von unsern Nachbarn und Bekannten, und das Höchste, wozu meine Kühnheit sich verstieg, war, daß ich fast mit Gewalt eine ihrer schönen weißen Hände ergriff und sie an meine Lippen drückte, soviel die Enge des niedrigen Fenstergitters, das uns trennte, es zuließ. Aber in der Nacht, die dem trüben Tag meiner Abreise vorherging, weinte sie, ächzte, seufzte und entfernte sich dann und ließ mich in Verwirrung und Bestürzung zurück, ganz entsetzt über die nie erlebten, so traurigen Zeichen von Angst und Schmerz, die ich an Luscinda bemerkt hatte. Um jedoch meine Hoffnungen nicht selbst zu zerstören, schrieb ich alles der Gewalt ihrer Liebe zu und dem Schmerze, den die Trennung in allen wahrhaft liebenden Herzen erregt.

Niedergeschlagen und in tiefen Gedanken reiste ich endlich ab. Mein Herz war voller Ahnungen und argwöhnischer Besorgnisse, ohne zu wissen, was es argwöhnte und was es ahnte. Das waren klare Zeichen, die mir das traurige Schicksal und Unheil vordeuteten, das meiner harrte. Ich langte an dem Orte an, wohin ich gesandt war, ich übergab dem Bruder Don Fernandos die Briefe, wurde bestens aufgenommen, aber keineswegs bestens abgefertigt; denn er befahl mir zu meinem großen Leidwesen, acht Tage lang zu warten, und zwar an einem Ort, wo ich seinem Vater nicht zu Gesicht käme, da sein Bruder ihm geschrieben, eine gewisse Summe Geldes ihm ohne dessen Vorwissen zu schicken. All dieses war eine Erfindung des falschen Don Fernando; denn es fehlte seinem Bruder keineswegs an Geld, um mich auf der Stelle abzufertigen. Es war das ein Auftrag und Befehl der Art, daß es mich drängte, ihm nicht zu gehorchen. Denn es schien mir unmöglich, so viele Tage fern von Luscinda das Leben zu ertragen, zumal ich sie in dem trüben Gemütszustande verlassen, von dem ich euch berichtet habe. Aber trotzdem gehorchte ich als ein treuer Diener, obschon ich wohl einsah, es geschehe auf Kosten meiner Wohlfahrt.

Aber am vierten Tage meines Aufenthaltes kam ein Mann, mich aufzusuchen, und brachte mir einen Brief, an dessen Aufschrift ich erkannte, er sei von Luscinda, da sie deren Handschrift zeigte. Ich öffnete ihn mit Angst und Schrecken, da ich mir wohl dachte, nur eine hochwichtige Sache könne sie veranlaßt haben, mir zu schreiben, was sie so selten tat, wenn ich am nämlichen Orte mit ihr war. Ehe ich den Brief las, fragte ich den Mann, wer ihm denselben übergeben habe und wie lange er unterwegs gewesen; er antwortete mir, als er zufällig um die Mittagsstunde durch eine Straße der Stadt gegangen, habe ihn eine sehr schöne Dame aus dem Fenster angerufen, die Augen voller Tränen, und habe ihm in großer Hast gesagt: ‚Guter Freund, wenn Ihr, was Euer Ansehen zeigt, ein Christ seid, so bitte ich Euch um Gottes willen, gleich, ja gleich diesen Brief nach dem Ort und zu dem Mann zu bringen, wie in der Aufschrift angegeben. Beides ist genugsam bekannt, und Ihr werdet damit unserm Herrgott ein wohlgefälliges Werk verrichten. Und damit es Euch nicht an den nötigen Mitteln fehle, es verrichten zu können, nehmt, was in diesem Tüchlein ist.' – ,Und mit diesen Worten warf sie mir ein Taschentuch durchs Fenster zu, worin hundert Realen und der goldene Ring, den ich hier trage, eingebunden waren, nebst dem Briefe, den ich Euch gegeben. Und auf der Stelle, ohne meine Antwort abzuwarten, entfernte sie sich vom Fenster, sah aber noch vorher, wie ich den Brief und das Tuch nahm und ihr mit Zeichen bemerklich machte, daß ich ihren Auftrag ausrichten würde. Und da ich mich sonach für die Mühe des Überbringens an Euch so reichlich bezahlt fand und aus der Aufschrift ersah, daß der Brief für Euch bestimmt war – denn, Señor, ich kenne Euch ganz gut –, und da ich durch die Tränen der schönen Dame mich dazu verpflichtet fühlte, so beschloß ich, mich auf keinen Dritten zu verlassen, sondern selbst zu reisen, um Euch den Brief zu überbringen, und in sechzehn Stunden, so lang ist es her, daß sie mir ihn anvertraute, habe ich den Weg zurückgelegt, der, wie Ihr wißt, achtzehn Meilen beträgt.'

Während dieser dienstfertige und unerwartete Briefbote mit mir sprach, hing ich an seinen Worten, und die Beine zitterten mir so sehr, daß ich mich kaum aufrecht halten konnte. Dann öffnete ich den Brief und sah, daß er folgenden Inhalts war:

> Das Wort, das Euch Don Fernando gab, mit Eurem Vater zu reden, damit er mit dem meinigen rede, hat er mehr zu seiner eignen Befriedigung als zu Eurem Frommen erfüllt. Wisset, Señor, daß er mich zur Gemahlin begehrt hat, und mein Vater, verleitet durch so vieles, was nach seiner Meinung Don Fernando vor Euch voraushat, ist auf dessen Wünsche so bereitwillig eingegangen, daß von jetzt in zwei Tagen die Vermählung stattfinden soll, und zwar ganz im geheimen und unter uns, so daß nur der Himmel und einige Leute vom Hause Zeugen sein sollen. In welcher Lage ich mich befinde, mögt Ihr Euch denken. Ob es Euch erforderlich erscheint zu kommen, das möget Ihr erwägen, und ob ich Euch wahrhaft liebe oder nicht, wird der Verfolg der Sache Euch zu erkennen geben. Wolle Gott, daß dieser Brief in Eure Hände gelange, bevor meine Hand gezwungen wird, sich in die des

Mannes zu legen, der die Treue, die er gelobt, so schlecht zu halten weiß.

Das war im wesentlichen, was der Brief enthielt und was mich bestimmte, mich sogleich auf den Weg zu begeben, ohne eine weitere Antwort oder Geld abzuwarten; denn klar erkannte ich jetzt, daß nicht um Pferde, sondern um das Ziel seiner Wünsche zu erkaufen, Don Fernando sich bewogen fand, mich zu seinem Bruder zu schicken. Der grimmige Haß, den ich nun gegen Don Fernando faßte, und zugleich die Furcht, das geliebte Pfand zu verlieren, das ich mir mit so vielen Jahren der Sehnsucht und Huldigung gewonnen, verlieh mir Vogelschwingen; wie im Fluge gelangte ich des andern Tages in meine Heimat, gerade zur rechten Zeit, um Luscinda sprechen zu können. Ich kam im geheimen in den Ort und ließ mein Maultier im Hause des braven Mannes, der mir den Brief gebracht; und das Glück ließ es mich jetzt so gut treffen, daß ich Luscinda an jenem Fenstergitter fand, dem Zeugen unsrer Liebe. Auf der Stelle erkannte mich Luscinda, und ich erkannte sie; aber nicht so, wie sie mich hätte erkennen sollen, nicht so, wie ich sie hätte erkennen sollen. Aber wer auf Erden könnte sich rühmen, die verworrenen Gedanken und den wankelmütigen Sinn eines Weibes ergründet und verstanden zu haben? Gewiß niemand.

Also weiter. Sobald Luscinda mich erblickte, sprach sie: ‚Cardenio, ich bin zur Hochzeit angezogen, schon erwarten mich im Saale Don Fernando, der Verräter, und mein Vater, der Habsüchtige, nebst andern Zeugen, die eher Zeugen meines Todes als meiner Vermählung sein sollen. Fasse dich, mein Freund, und suche bei dieser Opferung zugegen zu sein, und kann ich sie nicht durch meine Worte abwenden, so trage ich einen Dolch verborgen bei mir, der die entschlossenste Gewalt von mir fernzuhalten vermag, und so wird denn das Ende meines Lebens zugleich der Anfang deiner wahren Kenntnis von meiner Liebe sein.'

Ich antwortete ihr in Bestürzung und Hast, voller Besorgnis, es werde mir zur Antwort nicht Zeit genug bleiben: ‚Mögen deine Taten, o Geliebte, deine Worte wahr machen; und trägst du einen Dolch bei dir, auf daß man dich achten lerne, so trage ich hier ein Schwert, um dich damit zu verteidigen oder mich zu töten, wenn uns das Schicksal feindlich bleibt.'

Ich glaube nicht, daß sie meine Worte alle vernehmen konnte; denn ich merkte, daß sie eilig abgerufen wurde, weil der Bräutigam wartete. Jetzt brach die Nacht meines Elends an, die Sonne meiner Freuden ging unter, meine Augen blieben ohne Licht, mein Geist ohne Besinnung. Ich gewann es zunächst nicht über mich, ihr Haus zu betreten, ich konnte mich nicht von der Stelle bewegen; aber da ich erwog, wie wichtig meine Gegenwart um dessentwillen sei, was sich unter diesen Umständen zutragen könne, so ermannte ich mich, soviel ich vermochte, und trat in ihr Haus ein. Da ich alle Ein- und Ausgänge schon längst aufs genaueste kannte, so wurde ich – zumal bei der allgemeinen Unruhe, die, obzwar insgeheim, das ganze Haus durcheinanderbrachte – von niemandem bemerkt. So fand ich, ohne daß man meiner ansichtig wurde, Gelegenheit, mich in einer Fensternische des Hochzeitssaales selbst zu verbergen, die von den Spitzen und Säumen zweier Vorhangteppiche verdeckt war, zwischen denen hindurch ich alles, was im Saale vorging, sehen konnte, ohne gesehen zu werden. Wer vermöchte jetzt zu sagen, wie mein Herz gewaltsam pochte, während ich dort stand, wer die Gedanken zu sagen, die mich überfielen, die Betrachtungen, denen ich mich hingab! Es waren ihrer so viele und solchen Inhalts, daß sie nicht auszusprechen sind, ja, daß es nicht gut wäre, sie auszusprechen. Es genüge Euch, zu hören, daß der Bräutigam in den Saal trat, ohne einen andern Festschmuck als die Alltagskleider, die er zu tragen pflegte. Als Zeugen brachte er einen Vetter Luscindas mit, und im ganzen Saale war niemand Fremdes zugegen, sondern nur die Diener vom Hause. Kurz darauf trat Luscinda aus ihrem Ankleidezimmer, in Begleitung ihrer Mutter und zweier Zofen, so herrlich gekleidet und geschmückt, wie es ihres Standes und ihrer Reize würdig war, als die wahre Vollendung vornehmer Pracht und buhlerischen Glanzes. Ich war so erregt und außer mir, daß es mir nicht möglich war, ihre Kleidung in ihren Einzelheiten zu beobachten und mir zu merken; ich konnte nur auf die Farbe ihrer Gewänder achten – sie waren rot und weiß – und auf das Funkeln der Edelsteine und Kleinode in ihrem Kopfputz und an ihrem ganzen Anzug. All dies wurde noch überstrahlt von dem wunderbaren Reiz ihrer schönen blonden Haare, die, im Wettstreit mit den köstlichen Steinen und dem Lichte der vier Fackeln, die den Saal erhellten, Luscindas Schönheitslicht den Augen in höherem Glanze zeigten. O Erinnerung, Todfeindin meiner Ruhe! Was frommt es, die unvergleichliche Schönheit meiner angebeteten Feindin mir jetzt vorzustellen? Ist es nicht besser, o grausame Erinnerung, daß du mich nur daran mahnest und mir vorstellst, was Luscinda damals getan, damit ich, von so offenbarer Kränkung getrieben, nur darauf sinne, wenn nicht Rache zu erlangen, so doch wenigstens dies Leben zu enden? Möge es euch nicht ermüden, werte Herren, diese Abschweifungen von meinem Gegenstand zu hören; mein Leiden ist nicht von jener Art, daß man es kurz und oberflächlich erzählen kann oder darf; denn jeder Umstand dabei scheint mir einer ausführlichen Darlegung wert."

Hierauf entgegnete der Pfarrer, es ermüde sie keineswegs, ihm zuzuhören, vielmehr hörten sie die Einzelheiten, die er ihnen erzähle, sehr gerne an; denn sie seien derart, daß sie verdienten, nicht mit Stillschweigen übergangen zu werden, sondern dieselbe Aufmerksamkeit zu erhalten wie der Hauptinhalt der Erzählung.

„Wohl denn", fuhr Cardenio fort; „als sie alle im Saal waren, trat der Pfarrer des Kirchspiels herein, ergriff beider Hände, um das bei solcher feierlichen Handlung Übliche vorzunehmen; und als er die Worte sprach: ‚Wollt Ihr, Jungfrau Luscinda, den hier anwesenden Herrn Don Fernando zu Eurem rechtmäßigen Ehegatten nehmen, wie es die heilige Mutter Kirche vorschreibt?' da streckte ich Kopf und Hals ganz aus dem Vorhang hervor und horchte mit gespanntem Ohr und bangem Herzen auf Luscindas Antwort, von der ich mein Todesurteil oder die Verheißung meines Lebens erwartete. Oh, wer in jenem Augenblick sich erkühnt hätte, hervorzustürzen und ihr zuzurufen: Ha, Luscinda, Luscinda, bedenke, was du tust, überlege, was du mir schuldest! Bedenke, daß du die Meinige bist und einem andern nicht angehören kannst! Erwäge wohl, daß das Ja aus deinem Munde hören und mein Leben verlieren beides in einem und demselben Augenblick folgen wird. Oh, Verräter Don Fernando, Räuber all meines Heils, Tod meines Lebens! Was begehrst du? Bedenke, daß du das Ziel deiner Wünsche nie im christlichen Sinne erreichen kannst, denn Luscinda ist meine Gattin, ich bin ihr Gemahl. Oh, ich Wahnsinniger! Jetzt, wo ich von ihr abwesend und fern von der Gefahr bin, jetzt sage ich, daß ich hätte tun sollen, was ich nicht tat; jetzt, wo ich mein höchstes Gut mir rauben ließ, fluche ich dem Räuber, an dem ich mich rächen konnte, wenn ich den Mut dazu gehabt hätte, wie ich ihn jetzt habe, um Klagen auszustoßen. Ja, weil ich damals feige und verstandlos war, so geschieht mir nicht zuviel, wenn ich jetzt beschämt, reuevoll und irrsinnig sterbe.

Der Geistliche erwartete Luscindas Antwort; sie zögerte damit eine längere Weile, und als ich schon dachte, sie wolle den

Dolch ziehen, um eine Heldentat zu tun, oder wolle die Zunge entfesseln, um ein Bekenntnis abzulegen oder falschen Voraussetzungen die Wahrheit entgegenzustellen, die mir zum besten gereichen würde, da hörte ich sie mit kraftloser, matter Stimme sagen: ‚Ja, ich will.' Das nämliche sagte Don Fernando; er gab ihr den Ring, und sie waren mit unauflöslichem Bande aneinander gebunden.

Der Bräutigam näherte sich, seine Gattin zu umarmen; sie drückte die Hand ans Herz und fiel ohnmächtig ihrer Mutter in die Arme.

Nun bleibt mir noch zu sagen, in welchem Zustande ich mich befand, als ich durch das Ja, das ich vernommen, meine Hoffnungen für betrogen, Luscindas Worte und Verheißungen für falsch erkannte und mich der Möglichkeit beraubt sah, jemals das Glück wiederzugewinnen, das ich in diesem Augenblick verloren hatte. Ich stand ratlos da, vom Himmel, wie mich dünkte, verlassen, feind der Erde, die mich bisher genährt, während die Luft mir den Atem für meine Seufzer und das Wasser mir das spärliche Naß für meine Augen versagte; nur das Feuer mehrte seine Glut so sehr, daß ich vor Ingrimm und Eifersucht durch und durch entbrannte.

Alles war in Bestürzung über Luscindas Ohnmacht; und als ihre Mutter sie aufschnürte, damit die Luft Zugang zu ihrer Brust habe, fand man an ihrem Busen ein verschlossenes Papier, welches Don Fernando sogleich an sich nahm und beim Licht einer Fackel durchlas. Kaum hatte er es gelesen, so setzte er sich nieder auf einen Stuhl und stützte das Kinn auf die Hand mit allen Zeichen tiefen Nachsinnens, ohne sich um die Mittel zu kümmern, die man bei seiner Gattin versuchte, um sie aus der Ohnmacht zu wecken. Da ich so das ganze Haus in Aufruhr sah, wagte ich es, mich zu entfernen, gleichviel, ob ich dabei gesehen würde oder nicht, mit dem festen Entschlusse, wenn man mich bemerkte, eine solche Handlung der Verzweiflung zu begehen, daß alle Welt den gerechten Groll meines Herzens erkennen sollte an der Züchtigung des falschen Don Fernando, ja auch der ohnmächtig daliegenden Verräterin. Aber mein Schicksal, das mich wohl für noch größere Leiden – wenn es größere gibt – aufbewahrt haben muß, fügte es, daß mir in jenem Augenblick nur zuviel der Vernunft zu Gebote stand, die mich seitdem verlassen hat. Und sonach wollte ich, ohne Rache an meinen schlimmsten Feinden zu nehmen – was leicht gewesen wäre, da keiner an mich dachte –, die Rache an mir selbst nehmen und die Strafe, die jene verdienten, an mir vollstrecken, und das vielleicht mit größerer Härte, als gegen sie wäre angewendet worden, wenn ich sie damals getötet hätte. Denn der Tod, den man plötzlich erleidet, beendet die Qual im Augenblick; aber den Tod unter Martern lange verzögern heißt unaufhörlich töten, ohne dem Leben ein Ende zu machen. Kurz, ich verließ ihr Haus und eilte zum Hause des Mannes, bei dem ich das Maultier gelassen. Ich hieß ihn mir das Tier satteln, und ohne ihm Lebewohl zu sagen, stieg ich auf und ritt zur Stadt hinaus und mochte, als ein anderer Lot, nicht wagen, das Antlitz zu wenden und mich nach ihr umzuschauen. Und als ich mich im freien Feld allein sah, die Dunkelheit der Nacht mich umhüllte und ihre tiefe Stille mich einlud, meine Klagen zu ergießen, da erhob ich meine Stimme, ohne Scheu oder Besorgnis, daß ich gehört werden könnte, und entfesselte meine Zunge zu so vielen Verwünschungen gegen Luscinda und Don Fernando, als hätte ich mir damit Genugtuung verschafft für die Schmach, die sie mir angetan. Ich nannte Luscinda grausam, gefühllos, falsch, undankbar, vor allem aber habgierig, da der Reichtum meines Feindes ihrer Liebe die Augen verschlossen habe, um sie mir zu entziehen und sie dem hinzugeben, gegen welchen das Glück sich wohlwollender und freigebiger erwiesen hatte.

Und doch, mitten im Sturm dieser Verwünschungen und Schmähungen suchte ich nach Entschuldigungen für sie und sagte, es sei nicht zu verwundern, wenn ein zurückgezogen lebendes Mädchen, im Hause der Eltern zum Gehorsam gegen sie erzogen und daran gewöhnt, ihren Wünschen nachgegeben habe, da sie ihr einen solchen Edelmann zum Gemahl gaben, so vornehm, so reich, so stattlich, daß die Abweisung dieses Bewerbers der Vermutung Raum gegeben hätte, sie ermangele entweder des Verstandes oder habe ihre Neigung anderwärts vergeben, was ihrem guten Namen und Ruf so sehr zum Nachteil gereicht hätte. Dann sagte ich mir wieder: Wenn sie vorgegeben hätte, ich sei ihr Gatte, würden die Eltern erkannt haben, daß sie an mir keine so schlechte Wahl getroffen hätte, um nicht Entschuldigung bei ihnen zu finden; denn ehe sich Don Fernando ihnen anbot, konnten sie selber, wenn sie ihre Wünsche mit dem Maßstabe der Vernunft maßen, keinen Bessern zum Gemahl ihrer Tochter wünschen. Mithin hätte sie wohl, bevor sie das Äußerste über sich ergehen ließ – ihre Hand hinzugeben –, sagen können, ich hätte ihr bereits die meinige gegeben; und sicher würde ich allem zugestimmt und alles genehmigt haben, was sie in einem solchen

Falle zu ersinnen vermocht hätte. Am Ende kam ich zu dem Schlusse, daß zuwenig Liebe, zuwenig Urteilskraft, zuviel Ehrsucht und Streben nach Größe die Schuld trugen, daß sie die Worte vergaß, mit denen sie meine feste Hoffnung und redliche Neigung getäuscht, hingezogen und aufrechterhalten hatte.

Unter solchen lauten Klagen, in solchen Seelenqualen ritt ich den Rest der Nacht dahin, und beim Morgengrauen stieß ich auf einen Zugang zu diesen Gebirgszügen, welche ich drei Tage lang ohne Weg und Steg durchirrte, bis ich zuletzt an Weideplätzen haltmachte, die ich weiß nicht mehr auf welcher Seite dieser Berge liegen, und dort befragte ich mich bei Herdenbesitzern, nach welcher Richtung hin die wildeste Gegend des Gebirges liege. Sie sagten mir, hierherum sei sie zu finden; und sogleich ritt ich her mit der Absicht, hier mein Leben zu beschließen.

Kaum hatte ich diese Wildnis betreten, so fiel mein Maultier tot nieder, weil es ausgehungert und abgemattet war oder weil es, was mir glaublicher scheint, der unnützen Bürde ledig sein wollte, die es an mir trug. So mußte ich zu Fuß wandern; die Natur hielt es nicht mehr aus, ich war von Hunger zerquält und hatte niemanden und mochte niemanden suchen, der mir beistände. Und so lag ich, wie lange weiß ich nicht, auf dem Erdboden hingestreckt; dann erhob ich mich, ohne Hunger zu spüren, und fand ein paar Ziegenhirten mir zur Seite. Diese waren es ohne Zweifel, die meiner Not abgeholfen; denn sie erzählten mir, in welchem Zustand sie mich gefunden und wie ich so viel Unsinn und tolles Zeug gesprochen, daß ich offenbar den Verstand verloren haben müßte. Seitdem habe ich es auch in mir empfunden, daß ich wirklich nicht immer meinen Verstand völlig habe, sondern bisweilen so schwach und matt, daß ich tausend Tollheiten begehe, mir die Kleider vom Leibe reiße und in diese öden Wildnisse laut hinausschreie, mein Schicksal verwünsche und zwecklos den geliebten Namen meiner Feindin wiederhole. Alsdann habe ich keinen andern Gedanken oder Willen, als daß ich in wildem Aufschrei mein Leben enden möchte; und wenn ich dann wieder zur Besinnung komme, so finde ich mich so abgemattet und zerschlagen, daß ich mich kaum regen kann. Meine Wohnung ist meist in der Höhlung eines Korkbaums, die gerade den Raum bietet, diesen elenden Körper darin zu bergen. Die Ziegen- und Rinderhirten, die in diesem Gebirge umherziehen, fühlen Erbarmen mit mir und fristen mein Leben, indem sie mir Nahrungsmittel auf die Wege und Felsensteige hinlegen, wo sie vermuten, daß ich vorüberkomme und das mir Bestimmte finden werde. Und wenn ich dann auch nicht bei Sinnen bin, so läßt das natürliche Bedürfnis mich erkennen, was mich nähren soll, und erweckt in mir den Drang, es zu begehren, und den Willen, es zu nehmen. Zu andern Malen, wenn ich bei Verstande bin, sagen sie mir, daß ich die Schäfer, die mit Speise vom Dorf zu den Hürden kommen, öfters auf den Wegen überfalle und ihnen die Speise mit Gewalt abnehme, wenn sie mir auch alles gern aus freien Stücken geben wollten.

In solcher Weise verbringe ich den elenden Rest meiner Tage, bis es dem Himmel dereinst gefällt, entweder meinem Leben oder meinem Gedächtnis ein Ende zu machen, auf daß ich mich der Schönheit und Verräterei Luscindas und der Freveltat Don Fernandos nicht mehr erinnere. Tut der Himmel dieses, ohne mir zugleich das Leben zu rauben, so will ich meine Gedanken auf einen besseren Weg lenken; wo nicht, so bleibt nichts übrig, als zum Himmel zu beten, daß er meiner Seele gnädig sei; denn ich fühle in mir weder Mut noch Kraft, um meinen Körper aus diesem Elend zu befreien, in das ich ihn aus freier Wahl gebracht habe.

Dies ist, liebe Herren, die bittere Geschichte meines Unglücks; sagt mir, ob es derart ist, daß es mit anderm Schmerzgefühl, als ihr an mir bemerkt habt, sich hätte schildern lassen. Müht euch nicht damit ab, mich zu bereden oder mir anzuraten, was die Vernunft euch als ersprießlich zu meiner Heilung erscheinen läßt; denn es würde mir nicht mehr helfen als das Rezept eines vortrefflichen Arztes dem Kranken, der die Arznei nicht einnehmen will. Ich will nicht gesunden ohne Luscinda; und da es ihr gefällt, einem andern zu gehören, während sie mein eigen ist oder sein sollte, so soll es mir gefallen, dem Unglück zu eigen zu sein, da ich doch dem Glück angehören könnte. Sie wollte mit ihrer Wandlung mein Verderben unwandelbar machen; so will ich denn selbst auf mein Verderben bedacht sein, um ihren Willen zu erfüllen. Den nach mir Kommenden aber wird es ein warnendes Beispiel sein, daß ich allein unter allen dessen ermangelt habe, was die Unglücklichen sonst im Übermaß haben, denn ihnen allen pflegt gerade die Unmöglichkeit, Trost zu finden, zum Troste zu werden, während sie mir noch größere Schmerzen und Leiden verursacht, da ich denken muß, daß sie selbst mit dem Tode nicht enden werden."

Hiermit beschloß Cardenio seine lange Erzählung, seine so unglückliche als liebeglühende Geschichte. Und gerade als der Pfarrer sich anschickte, ihm einige Worte des Trostes zu sagen, ward er darin durch eine Stimme gestört, die ihm zu Ohren drang, und sie hörten in klagenden Tönen sprechen, was im folgenden Kapitel erzählt werden soll; denn hier schließt für jetzt der weise und sorgfältige Geschichtsschreiber Sidi Hamét Benengelí.

28. Kapitel

Welches von dem neuen und lieblichen Abenteuer handelt, das dem Pfarrer und dem Barbier in dem nämlichen Gebirge begegnete

Beseligt und hochbeglückt waren die Zeiten, wo der kühnste aller Ritter, Don Quijote von der Mancha, auf die Erde gesendet ward. Denn weil er den so ehrenhaften Entschluß hegte, den bereits verlorengegangenen und schier erstorbenen Orden der fahrenden Ritterschaft neu zum Leben zu erwecken und der Welt wiederzugeben, so genießen wir jetzt in unserm Zeitalter, das ergötzlicher Unterhaltung so sehr ermangelt, nicht nur die Lieblichkeit seiner wahrhaften Geschichte, sondern zugleich auch die in diese eingestreuten Erzählungen und Nebengeschichten, die zum Teil nicht minder anmutig und wahrhaftig sind wie die Geschichte selbst. Diese nun, indem sie ihren wohlgehechelten, wohlgezwirnten und wohlgehaspelten Faden wiederaufnimmt, erzählt, daß, sobald der Pfarrer sich anschickte, Cardenio zu trösten, eine zu seinen Ohren dringende Stimme ihn darin störte, welche sich in klagendem Ton also vernehmen ließ: „O Gott! Sollte es denn möglich sein, daß ich schon den Ort gefunden habe, der der kummervollen Last dieses Körpers, die ich so sehr wider meinen Willen trage, zur verborgenen Grabstätte dienen könnte? Ja, es muß so sein, wenn die Einsamkeit, die diese Berge verheißen, nicht lügt. Ich Unglückselige! Welche weit erwünschtere Gesellschaft werden diese Felsen und Gebüsche, da sie mir es vergönnen, mein Leid dem Himmel zu klagen, mir zu meinem Vorhaben bieten als jedes menschliche Wesen, da es keines gibt, von dem jemals Rat in den Zweifeln, Linderung im Schmerze, Hilfe in Nöten zu erhoffen ist!"

Der Pfarrer, und die mit ihm waren, hörten und vernahmen deutlich all diese Worte, und da sie in der Nähe gesprochen schienen – wie es auch wirklich der Fall war –, erhoben sie sich, den Klagenden aufzusuchen. Sie waren nicht zwanzig Schritte weit gegangen, als sie hinter einem Felsen am Fuß einer Esche einen Jüngling in Bauerntracht sitzen sahen, dessen Antlitz sie anfangs noch nicht erblicken konnten, da er es herabgeneigt hielt, weil er sich in dem vorüberfließenden Bach die Füße wusch. Sie näherten sich dem Jüngling so leise, daß er sie nicht bemerkte; auch war er auf nichts achtsam als auf das Waschen seiner Füße, die nicht anders aussahen als zwei Stücke blanken Kristalls, erzeugt zwischen den übrigen Steinen des Baches. Sie staunten ob der Weiße und Zierlichkeit der Füße, die, wie es die Zuschauer bedünkte, sicher nicht dazu bestimmt waren, auf Erdschollen zu treten oder hinter dem Pflug und Ochsengespann herzugehen, worauf doch die Tracht des Jünglings hindeutete. Da sie nun sahen, daß sie nicht wahrgenommen worden, so gab der Pfarrer, der voranging, den andern beiden einen Wink, sich hinter Felsblöcken, die dort umherlagen, versteckt und still zu halten. Sie taten es und beobachteten dann mit großer Aufmerksamkeit, was der Jüngling vornahm. Er trug einen kurzen braunen Frauenmantel mit zwei Schößen, den ein weißes Tuch eng um den Leib gürtete; so trug er auch Beinkleider mit Gamaschen von graubraunem Tuch und auf dem Kopf eine graue Jagdmütze; die Gamaschen waren bis zur Mitte des Beines hochgestreift, das in der Tat aus weißem Alabaster gebildet schien. Nun war er zu Ende mit dem Waschen der schönen Füße, zog unter der Mütze ein Handtuch hervor und trocknete sie. Und wie er es hervornahm, hob er das Gesicht in die Höhe, und die Zuschauer hatten nun Gelegenheit, eine unvergleichliche Schönheit zu erblicken, so daß Cardenio mit leiser Stimme zu dem Pfarrer sagte: „Da dies nicht Luscinda ist, so ist es kein menschliches, sondern ein göttliches Wesen."

Der Jüngling nahm die Mütze ab, und als er den Kopf nach allen Seiten hin schüttelte, sah man Haare sich lösen und herabwallen, die den Strahlen der Sonne Neid einflößen konnten. Daran erkannten sie, daß, was ein Bauernknabe schien, ein Weib war, ein zartes Weib, ja das schönste, das die Augen der beiden je erschaut hatten, ja selbst Cardenios Augen, wenn sie nicht Luscinda gesehen und gekannt hätten; denn später versicherte er, daß nur Luscindas Reize mit denen dieses Mädchens wetteifern könnten. Die reichen blonden Haare bedeckten ihr nicht bloß die Schultern, sondern hüllten sie rings ein und ließen mit Ausnahme der Füße nichts von ihrem Körper sehen, so lang und üppig waren sie; und dabei diente ihnen zum Kamm ein Händepaar, so schön, daß, wenn die Füße im Wasser Stücke Kristalles schienen, die Hände in den Locken jetzt Stücken gepreßten Schnees glichen. Alles das erhöhte in den drei Zuschauern die Bewunderung und das Verlangen zu erfahren, wer sie sei. Sie beschlossen daher, sich zu zeigen; aber als sie eine Bewegung machten, um aufzustehen, erhob das schöne Mädchen den Kopf, strich sich mit beiden Händen die Haare aus dem Gesicht und sah nach den Leuten hin, die das Geräusch verursacht hatten. Kaum hatte sie sie erblickt, so sprang sie auf die Füße, und ohne daß sie sich die Zeit nahm, die Schuhe anzuziehen oder die Haare aufzubinden, ergriff sie mit größter Hast ein neben ihr liegendes Bündel mit Kleidern, wie es den Anschein hatte, und wollte voll Verwirrung und Schrecken die Flucht ergreifen. Aber sie war nicht sechs Schritte weit gelaufen, als sie zu Boden sank, da ihre zarten Füße die scharfen Spitzen der Steine nicht ertrugen.

Als die drei das sahen, eilten sie zu ihr hin, und der Pfarrer war der erste, der sie anredete: „Haltet inne, Señora, wer Ihr auch sein möget; denn die Ihr hier erblicket, haben nur die Absicht, Euch Dienste zu leisten; es ist wahrlich kein Grund zu einer so zwecklosen Flucht, die Eure Füße weder aushalten noch wir gestatten könnten."

Auf all dieses entgegnete sie kein Wort, voll Staunen und Verwirrung. Jene traten nun zu ihr heran, der Pfarrer faßte sie an der Hand und fuhr fort: „Was Eure Tracht, Señora, uns leugnet, das entdecken uns Eure Locken. Klar erkennen wir, daß die Ursache von nicht geringer Bedeutung sein kann, die Eure Schönheit in so unwürdige Tracht verhüllt und in eine so öde Wildnis wie diese geführt hat, in der es nur ein Glücksfall war, daß wir Euch fanden, um Euren Leiden, wenn nicht Heilung, so doch wenigstens freundlichen Rat zu bieten. Denn kein Leid kann so drangvoll sein oder so zum Äußersten steigen, daß es ablehnen dürfte, solange das Leben nicht zu Ende geht, mindestens den Rat anzuhören, den man dem Leidenden aus guter Absicht erteilt. Sonach, wertes Fräulein oder werter Herr, oder was Ihr sein wollt, erholt Euch von dem Schrecken, in den unser Anblick Euch versetzt hat, und erzählt uns Eure guten oder schlimmen Schicksale; denn in uns allen zusammen und in jedem von uns werdet Ihr ein Herz finden, das gerne mit Euch Eure Mißgeschicke mitfühlt."

Während der Pfarrer diese Worte sprach, stand das verkleidete Mädchen wie betäubt und schaute sie alle an, ohne die

Lippen zu bewegen oder ein Wort zu sagen, wie ein Bauer vom Dorf, dem man unversehens seltene, von ihm noch nie erblickte Dinge zeigt. Da aber der Pfarrer ihr abermals mancherlei in ähnlichem Sinne sagte, so brach sie endlich ihr Schweigen, und einen tiefen Seufzer ausstoßend, begann sie: „Da die Einsamkeit dieser Felsen mich nicht zu verbergen vermochte und das freie Herabwallen meines aufgelösten Haares meiner Zunge nicht zu lügen verstattet, so wäre es umsonst, jetzt noch vorzugeben, was man mir höchstens aus Höflichkeit und kaum aus einem andern Grunde glauben würde. Da dies nun so ist, sage ich, meine Herren, daß ich euch für euer Anerbieten Dank schulde und daß dasselbe mir die Verpflichtung auferlegt, euch in allem, was ihr von mir verlangt, Genüge zu leisten, obschon ich fürchte, die Erzählung meines Unglücks werde bei euch in ebenso hohem Grade wie das Mitleid das Schmerzgefühl hervorrufen; denn ihr werdet kein Heilmittel finden, ihm abzuhelfen, noch Trost, um es zu ertragen. Aber trotzdem, damit in eurer Meinung meine Ehre nicht zweifelhaft erscheine, nachdem ihr nun in mir ein Weib erkannt und mich jung, allein und in dieser Tracht hier gesehen habt – Umstände, die zusammengenommen, wie jeder schon für sich allein, jeglichen guten Ruf zugrunde richten können –, so muß ich euch erzählen, was ich verschweigen möchte, wenn ich es dürfte."

Dies alles sagte sie, die sich nun als ein so reizendes Mädchen darstellte, ohne zu stocken mit fließender Sprache und süß tönender Stimme, so daß ihre verständige Art nicht minder als ihre Schönheit die Zuhörer mit Bewunderung erfüllte. Aufs neue wiederholten sie ihre Anerbietungen, drangen aufs neue in sie, ihr Versprechen zu erfüllen, und ohne sich länger bitten zu lassen, nachdem sie erst in aller Bescheidenheit ihre Fußbekleidung angelegt und ihr Haar zusammengebunden, setzte sie sich auf einem Stein zurecht. Und indem die drei um sie herstanden und sie sich Gewalt antun mußte, um die Tränen zurückzuhalten, die ihr unwillkürlich ins Auge traten, begann sie mit ruhiger, klarer Stimme die Geschichte ihres Lebens:

„Hier in Andalusien ist ein Städtchen, von dem ein Herzog den Titel führt, der ihn zu einem Granden von Spanien macht. Dieser hat zwei Söhne, von denen der ältere der Erbe seines Stammsitzes und dem Anscheine nach auch seiner guten Eigenschaften ist. Was aber das Erbteil des jüngeren sein mag, weiß ich nicht, wenn nicht etwa die Verräterei des Bellido und die Heimtücke Ganelons. Zu den Vasallen dieses Granden gehören meine Eltern, gering von Geschlecht, aber so reich, daß, wenn die Gaben der Geburt denen ihres Glückes gleichkämen, sie mehr nicht zu wünschen und ich niemals zu fürchten gehabt hätte, mich in dem unglücklichen Zustande zu sehen, in dem ich mich jetzt befinde; denn vielleicht entspringt mein Mißgeschick aus dem ihrigen, das ihnen nicht vergönnte, von erlauchter Geburt zu sein. Allerdings sind sie nicht von so niederem Stande, daß sie sich dessen zu schämen hätten; aber auch nicht von so hohem, um mir den Glauben zu benehmen, daß gerade ihr geringer Stand mein Unglück verschuldet habe. Mit einem Wort, sie sind Landleute, schlichte Menschen, deren Geschlecht sich nie mit einem übelberufenen Stamme vermischt hat, alte Christen, so uralt, daß sie, wie man zu sagen pflegt, moderig geworden, so uralte, daß ihr Reichtum und ihre vornehme Lebensweise ihnen allmählich den Rang von Junkern, ja von Rittern erwirbt. Was sie indessen als ihren höchsten Reichtum und Adel schätzten, war, mich zur Tochter zu haben; und da sie keinen anderen Erben besaßen und Eltern voll zärtlicher Liebe waren, so wurde ich von ihnen so verwöhnt, wie nur jemals Eltern ein Kind verwöhnen konnten. Ich war der Spiegel, in dem sie sich schauten, der Stab ihres Alters, das Ziel all ihrer Wünsche, die sie nur zwischen mir und dem Himmel teilten und von welchen, da sie stets nur das Beste wollten, die meinigen nie im geringsten abwichen. So wie ich die Herrin ihres Herzens war, ebenso war ich die ihres Vermögens. Durch mich wurden die Diener angenommen und entlassen, die Aufstellungen und Rechnungen über Aussaat und Ernte gingen durch meine Hand; ich führte Buch über die Ölmühlen, die Weinkeltern, die Zahl des großen und kleinen Viehs und der Bienenstöcke, kurz, über alles, was ein so reicher Landmann wie mein Vater besitzen kann und besitzt. Ich war die Oberverwalterin und Gebieterin und war es mit solchem Eifer meinerseits und zu solcher Zufriedenheit ihrerseits, daß ich in der Tat nicht leicht zuviel davon sagen kann. Die Zeit, die mir vom Tage übrigblieb, nachdem ich den Oberknechten, Aufsehern und Tagelöhnern das Erforderliche angewiesen, verwendete ich zu Beschäftigungen, wie sie den Mädchen so ziemlich wie unentbehrlich sind, wie die, welche die Nadel, das Klöppelkissen und besonders häufig das Spinnrad darbieten. Und wenn ich manchmal, um den Geist zu erfrischen, diese Arbeiten ließ, so nahm ich meine Zuflucht zum Lesen irgendeines erbaulichen Buches oder auch zum Harfenspiel, weil die Erfahrung mich lehrte, daß die Musik das beunruhigte Gemüt wieder beruhigt und die Sorgen erleichtert, die im Gemüte entstehen. Dies also war meine Lebensweise im elterlichen Hause, und wenn ich sie in allen Einzelheiten erzählt habe, so geschah es nicht etwa, um großzutun oder um meinen Reichtum zu zeigen, sondern um verständlich zu machen, wie ganz schuldlos ich aus dem Zustande, den ich geschildert, in den unglücklichen geraten bin, in welchem ich mich gegenwärtig befinde.

Nun fügte es sich, während ich mit so vielerlei Beschäftigungen und in einer Zurückgezogenheit, die man mit der eines Klosters vergleichen konnte, mein Leben zubrachte, ohne, wie mich bedünkte, von jemand anderem als von Dienern des Hauses gesehen zu werden – denn an den Tagen, wo ich zur Messe ging, geschah es so früh am Morgen, und ich war so verschleiert und so schüchtern, daß meine Augen kaum mehr vom Boden sahen als die Stelle, auf die ich den Fuß setzte –, da fügte es sich trotz alledem, daß mich die Augen der Liebe erblickten, oder besser gesagt, die des Müßiggangs, scharfsichtiger als die des Luchses, mit welchen die Liebeswerbung Don Fernandos umherschaute – denn dies ist der Name jenes Sohnes des Herzogs, von dem ich euch erzählt habe."

Die Erzählerin hatte kaum Don Fernando genannt, als Cardenios Gesicht die Farbe wechselte; der Schweiß brach ihm aus unter solcher Aufregung, daß der Pfarrer und der Barbier, die es bemerkten, in Furcht gerieten, es möchte der Anfall von Raserei über ihn kommen, der, wie man ihnen erzählt hatte, von Zeit zu Zeit ihn übermannte. Allein Cardenio tat nichts weiter, als daß er in Angstschweiß ruhig dastand und das Bauernmädchen unverwandt anschaute, indem er schon ahnte, wer sie sei.

Ohne Cardenios Aufregung zu bemerken, fuhr das Mädchen so mit seiner Geschichte fort: „Noch hatten seine Augen mich kaum gesehen, als er, wie er mir später sagte, sich von Liebe zu mir so gefangen fühlte, wie sein Benehmen mir es vollständig kundgab. Aber damit ich rasch zu Ende komme, meine Leiden zu erzählen, die nicht zu zählen sind, übergehe ich mit Schweigen all die Schritte, die Don Fernando unternahm, um mir seine Neigung zu offenbaren: er bestach alle Leute meines Hauses, gab und anerbot meinen Verwandten Geschenke und Gunstbezeigungen; jeden Tag war in meiner Straße ein Fest und eine Lustbarkeit, in den Nächten ließen die Ständchen niemanden zum Schlafe kommen; die Briefchen, die, ich weiß nicht wie, in meine Hände gelangten, waren zahllos, voll liebeglühender Worte und Anerbietungen, mit mehr Verheißungen und Schwüren als Buchstaben darin. Doch alles dies stimmte mich nicht zu freundlicher Gesinnung, verhärtete mir vielmehr das Herz, als wäre er mein Todfeind und als hätte er alles, was er vornahm, um mich ihm geneigt zu machen, zu dem entgegengesetzten Zwecke getan. Nicht als ob mir Don Fernandos liebenswürdiges Benehmen mißfallen oder ich seine Bewerbung für Zudringlichkeit erachtet hätte; nein, ich empfand, ich weiß nicht was für ein Behagen, mich von einem so vornehmen Herrn so geliebt und gefeiert zu sehen, und es tat mir nicht leid, in seinen Briefen mein Lob zu lesen. Denn in diesem Punkte bedünkt es mich, so häßlich wir Frauen auch sein mögen, so gefällt es uns immer, wenn man uns schön nennt. Aber all diesen Bemühungen traten meine Sittsamkeit und die redlichen Warnungen meiner Eltern entgegen, die bereits Don Fernandos Neigung vollständig in Erfahrung gebracht hatten, da ihm gar nichts daran lag, daß die ganze Welt davon erfahre. Meine Eltern sagten mir, meiner Tugend und Rechtschaffenheit allein überließen und vertrauten sie ihre Ehre und ihren guten Ruf; ich möchte die Ungleichheit zwischen meinem und Don Fernandos Stand erwägen; daraus würde ich sehen, daß er bei all seinem Dichten und Trachten, wenn seine Worte auch anders lauteten, nur sein Vergnügen und nicht mein Bestes im Auge habe. Und wenn ich wünschte, ihm irgendein Hindernis entgegenzustellen, damit er von seiner unziemlichen Bewerbung ablasse, so würden sie mich unverzüglich verheiraten, mit wem ich es am liebsten unter den Angesehensten unseres Ortes und der ganzen Nachbarschaft wolle, da ihr großes Vermögen und mein guter Ruf mir jeden Anspruch erlaubten. Mit diesen bestimmten Versprechungen und der Wahrheit, die ihren Vorstellungen zugrunde lag, bestärkte ich mich in meinem festen Sinn, und niemals gestattete ich mir, Don Fernando das geringste Wort zu erwidern, das ihm, wenn auch nur von ferne, Hoffnung auf Erfüllung seiner Wünsche hätte bieten können. Jedoch all diese Vorsicht meinerseits, die er wohl nur für Sprödigkeit hielt, hatte offenbar nur die Wirkung, seine lüsterne Begierde noch mehr zu entflammen; denn nur so kann ich die Neigung nennen, die er mir bezeigte. Wäre sie das gewesen, was sie sein sollte, so würdet ihr nie von ihr gehört haben; denn ich hätte alsdann nie einen Anlaß gehabt, euch von ihr zu erzählen. Zuletzt erfuhr Don Fernando, daß meine Eltern damit umgingen, mich zu verheiraten, um ihm jede Hoffnung auf meinen Besitz zu benehmen, oder mindestens damit ich mehr Hüter hätte, mich zu hüten. Diese Nachricht, oder war es nur seine Vermutung, bewog ihn zu einer Tat, die ihr jetzt hören sollt.

Als ich nämlich eines Nachts mit einem Mädchen, das mich bediente, in meinem Zimmer allein war, dessen Türen ich wohlverschlossen hatte aus Besorgnis, daß etwa durch Nachlässigkeit meine Ehre gefährdet würde, da – ohne zu wissen oder nur vermuten zu können wie, trotz all dieser Vorsicht und Sorgfalt, in der Einsamkeit und Stille meiner Klause – sah ich ihn plötzlich vor mir stehen; – ein Anblick, der mich so betäubte, daß er meinen Augen die Sehkraft benahm und meine Zunge stumm machte. So war ich nicht einmal vermögend, um Hilfe zu rufen; auch glaub ich, er würde mir nicht Zeit dazu gelassen haben; denn er stürzte sogleich auf mich zu, umfaßte mich mit seinen Armen – da, ich sagte es schon, betäubt wie ich war, ich keine Kraft zur Verteidigung hatte – und begann so mit mir zu sprechen, daß ich noch heute nicht begreife, wie die Lüge so geschickt sein kann, ihren Worten so völlig den Anschein der Wahrheit zu geben. Der Verräter wußte sich so anzustellen, daß Tränen seinen Worten, Seufzer seinen Gesinnungen den Stempel der Aufrichtigkeit aufdrückten. Ich armes Kind, so ganz allein im eignen Hause, ohne alle Erfahrung in solchen Dingen, begann, ich weiß nicht, wie es kam, diesem Gewebe von Falschheit Glauben zu schenken, jedoch nicht so weit, daß ich mich zu einem Mitgefühl von nicht geziemender Art hätte hinreißen lassen. Und so, nachdem die erste Bestürzung bei mir vorübergegangen war und ich einigermaßen die verlornen Lebensgeister wieder gesammelt, sagte ich ihm mit mehr Entschlossenheit, als ich mir selbst zugetraut hätte: ‚Wenn jetzt, so wie ich in deinen Armen bin, Señor, ich in den Pranken eines grimmigen Löwen wäre, und ich könnte mir Rettung aus ihnen dadurch sichern, daß ich etwas zum Nachteil meiner Ehre sagte oder täte, so wäre es mir geradeso möglich, es zu tun oder zu sagen, wie es möglich ist, daß nicht gewesen wäre, was gewesen ist. Wenn du also meinen Körper mit deinen Armen umschlungen hältst, so halte ich meine Seele fest im Bande meiner guten Vorsätze, die so verschieden von den deinigen sind, wie du es erkennen würdest, wenn du sie durch Gewalttätigkeit gegen mich zur Ausführung bringen wolltest. Ich bin deine Untertanin, nicht aber deine Sklavin; der Adel deines Blutes hat keine Macht und darf sie nicht haben, die geringere Würde des meinen zu entehren oder auch nur geringzuschätzen, und ich achte mich so hoch als Mädchen vom Land und Bäuerin wie du dich als vornehmer Herr und Edelmann. Bei mir würden

Gewalttaten erfolglos bleiben, deine Reichtümer keinen Wert haben; deine Worte vermögen mich nicht zu berücken, deine Seufzer und Tränen mich nicht zu rühren. Ja, wenn ich die Handlungsweise, die ich dir vorwerfen muß, allenfalls bei dem Mann fände, den mir meine Eltern zum Gemahl erwählt hätten, dann würde allerdings seinem Willen der meinige sich fügen und mein Wille von dem seinigen nicht abweichen; dann würde ich, wenn mir nur die Ehre bliebe, ob auch die innere Freude fehlte, dir aus freien Stücken hingeben, was du, Señor, jetzt mit solcher Gewaltsamkeit erstrebst. Das alles habe ich dir gesagt, weil nicht daran zu denken ist, daß jemand von mir etwas erlangte, der nicht mein rechtmäßiger Gemahl ist.'

‚Wenn du', sagte der treulose Edelmann, ‚nur hierüber Bedenken trägst, schönste Dorotea' – denn so heiße ich Unglückliche –, ‚so gebe ich dir die Hand darauf, ich bin dein Gemahl, und daß dies Wahrheit ist, dessen Zeugen seien die Himmel, denen nichts verborgen ist, und dies Bild Unsrer Lieben Frau, das du hier hast.'"

Als Cardenio hörte, daß sie Dorotea heiße, geriet er abermals in heftige Aufregung, und er fand die Richtigkeit seiner anfänglichen Vermutung vollends bestätigt; aber er wollte die Erzählung nicht unterbrechen, um zu hören, was der Ausgang einer Geschichte sein werde, die er schon so ziemlich kannte. Er sagte nur: „Also Dorotea ist dein Name, Señora? Eine andre desselben Namens habe ich wohl schon erwähnen hören, deren Unglück vielleicht dem deinigen ähnlich ist. Aber fahre fort; es wird die Zeit kommen, wo ich dir Dinge sage, die dich in ebenso hohem Grade erstaunen als betrüben mögen."

Dorotea wurde jetzt auf Cardenios Worte und auf seine seltsame, zerlumpte Kleidung aufmerksam und bat ihn, wenn er etwas von ihren Verhältnissen wisse, möge er es ihr doch sogleich mitteilen. Denn wenn das Schicksal ihr noch etwas Gutes übriggelassen, so sei es ihr Mut, jedes Unheil, das sie überfalle, zu ertragen in der Gewißheit, daß keines kommen könne, das ihres Bedünkens ihre jetzigen Leiden nur im geringsten zu mehren, nur um einen Augenblick zu verlängern vermöchte.

„Und ich würde nicht einen Augenblick verlieren, Señora", erwiderte Cardenio, „dir meine Gedanken mitzuteilen, wenn, was ich vermute, sicher wäre; bis jetzt aber geht uns der rechte Augenblick dazu noch nicht verloren; auch ist es von keiner Bedeutung für dich, es zu erfahren."

„Dem sei, wie ihm wolle", versetzte Dorotea, „was in meiner

Geschichte jetzt vorgeht, war, daß Don Fernando das Muttergottesbild nahm, das in meinem Zimmer hing, und es zum Zeugen unsrer Vermählung anrief. Mit den stärksten Worten und mit unerhörten Eidschwüren gab er mir das bindende Wort als mein Ehegatte, obwohl ich ihn, bevor er es noch völlig ausgesprochen, ermahnte, wohl zu überlegen, was er tue, und zu erwägen, wie sein Vater darob zürnen werde, ihn mit einer Bäuerin, seiner Untertanin, vermählt zu sehen. Er solle, sagte ich, sich von meiner Schönheit, wie sie nun einmal sein möge, nicht verblenden lassen, da sie nicht hinreichend sei, um in ihr Entschuldigungen für seinen Fehler zu finden. Wenn er mir aber um seiner Liebe willen etwas Gutes erweisen wolle, so wäre es dieses, daß er mein Geschick meinem Stande völlig gleichbleiben lasse; denn so ungleiche Ehen bringen niemals rechten Genuß und verharren nicht lange in der freudigen Stimmung, mit der sie beginnen. Alles dieses, was ich euch hier sage, sagte ich ihm damals und noch viel anderes, dessen ich mich nicht mehr entsinne; aber all meine Vorstellungen vermochten ihn nicht von der Verfolgung seines Planes abzubringen, ganz so wie ein Käufer, der nicht beabsichtigt zu zahlen, beim Abschluß des betrüglichen Handels sich nicht erst lange mit Feilschen aufhält.

Ich ging inzwischen wenige Augenblicke mit mir zu Rate und sagte zu mir selbst: Wahrlich, ich wäre nicht die erste, die auf dem Wege der Heirat von geringem zu hohem Stand emporgestiegen, und Don Fernando wäre nicht der erste, den Schönheit oder blinde Leidenschaft – was eher anzunehmen – bewogen hätte, eine Lebensgefährtin zu wählen, die seinem hohen Range nicht gleichsteht. Wenn ich also keine neue Welt und keinen neuen Brauch schaffe, so ist es wohlgetan, diese Ehre zu erfassen, die mir das Schicksal bietet, selbst wenn auch bei ihm die Liebe, die er mir zeigt, nicht länger währen sollte, als die Erreichung seiner Wünsche währt; denn vor Gott werde ich ja doch seine Gemahlin sein. Wenn ich ihn aber geringschätzig abweisen wollte, so sehe ich ihn in einer Verfassung, daß er, anstatt das Mittel pflichtgemäßer Handlungsweise, das der Gewalttätigkeit anwenden wird. Und dann wird es mir geschehen, daß ich Entehrung erleide und keine Entschuldigung habe für die Schuld, die mir jeder beimessen würde, der nicht wüßte, wie unverschuldet ich in diese Lage geraten bin. Denn welche Gründe würden ausreichen, meine Eltern und Dritte zu überzeugen, daß dieser Edelmann ohne meine Zustimmung in mein Gemach gekommen?

All diese Fragen und Antworten wälzten sich in einem Augenblick hin und her in meinem Geiste; und was mehr als alles mich überwältigte und mich zu einer Nachgiebigkeit bewog, die, ohne daß ich es ahnte, mein Verderben werden sollte, das waren Don Fernandos Schwüre, die Zeugen, die er anrief, die Tränen, die er vergoß, und endlich seine edle Gestalt und Liebenswürdigkeit, was alles, begleitet von so vielen Beteuerungen wahrer Liebe, wohl jedes andre Herz, so frei und sittig wie das meine, zu besiegen vermocht hätte. Ich rief meine Dienerin, damit ihr Zeugnis sich auf Erden dem Zeugnis des Himmels beigeselle. Don Fernando wiederholte und bestätigte seine eidlichen Verheißungen aufs neue, rief neue Heilige zu den vorherigen als Zeugen an und schleuderte tausend Verwünschungen für alle kommende Zeit auf sein Haupt, wenn er sein Gelöbnis nicht erfüllen sollte. Abermals zwang er Tränen in seine Augen, verdoppelte seine Seufzer und preßte mich fester in seine Arme, aus denen er mich nie gelassen hatte. Und hiermit, als mein Mädchen das Zimmer wieder verlassen hatte, büßte ich den Namen eines Mädchens ein und erwarb er den eines vollendeten Verräters und wortbrüchigen Schurken.

Der Tag, der auf die Nacht meines Unheils folgte, kam nicht so rasch, als Don Fernando, wie ich überzeugt bin, es wünschte; denn wenn einmal erlangt ist, was die Lüsternheit begehrt, so kann kein größerer Genuß nachfolgen, als den Ort zu verlassen, wo sie befriedigt worden. Ich schließe das aus dem Umstande, daß Don Fernando große Eile hatte, sich von mir zu entfernen. Mit Hilfe meiner listigen Dienerin – es war dieselbe, die ihn herein zu mir gebracht hatte – sah er sich vor Tagesanbruch auf der Straße, und beim Abschied sagte er mir, doch nicht mit so viel Leidenschaftlichkeit und Ungestüm, als da er kam, ich solle sicher sein, daß seine Treue stetig und seine Eide unverbrüchlich und wahrhaft seien; und zu größerer Bekräftigung seines Wortes zog er einen kostbaren Ring vom Finger und steckte ihn mir an.

So ging er, und ich blieb in einem Zustande zurück, ich weiß nicht, ob betrübt oder heiter; in Verwirrung jedenfalls und in tiefen Gedanken, das kann ich sagen, und beinahe ohne Besinnung ob des ungeahnten Ereignisses. Ich hatte nicht den Mut oder ich dachte nicht daran, mein Mädchen zu schelten ob des begangenen Verrats, daß sie Don Fernando in mein eignes Gemach eingelassen; denn noch war ich nicht einig mit mir, ob es Glück oder Unglück sei, was mir begegnet war. Beim Abschied sagte ich ihm, da ich jetzt die Seinige sei, könne er, wie diese Nacht, durch Vermittlung der nämlichen Dienerin mich auch andre

Nächte besuchen, bis er es wolle, daß das Geschehene veröffentlicht werde. Allein er kam keine Nacht mehr, ausgenommen die folgende, und ich bekam ihn auf der Straße und in der Kirche über einen Monat nicht zu sehen, währenddessen ich mich bemühte, nach ihm zu forschen, obgleich ich wußte, daß er im Städtchen war und fast jeden Tag auf die Jagd ging, was seine Lieblingsbeschäftigung war. Jene Tage und jene Stunden, wohl weiß ich noch, wie sie mir bitter und schmerzlich waren, und wohl weiß ich, wie ich damals an Don Fernandos Treue zu zweifeln, ja den Glauben daran zu verlieren begann; und das auch weiß ich noch wohl, wie meine Dienerin jetzt die Worte zu hören bekam, die sie, zur herben Mißbilligung ihres Erdreistens, früher nicht von mir gehört hatte. Ich weiß, wie ich mir Gewalt antun mußte, um über meine Tränen und die Mienen meines Gesichts zu wachen, damit ich meinen Eltern keine Veranlassung gäbe, mich über die Gründe meiner Mißstimmung zu befragen und mich zum Ersinnen von Lügen zu nötigen. Aber alles dies endete in einem Augenblick, als nämlich der Augenblick kam, wo jede Rücksicht beiseite gesetzt, jeder Gedanke an Ruf und Ehre vergessen wurde, wo die Geduld zu Ende ging und meine geheimsten Gedanken zutage traten; und das geschah darum, weil man wenige Tage später im Ort erzählte, in einer nahegelegenen Stadt habe sich Don Fernando mit einer Dame vermählt, die über alle Maßen schön sei, die Tochter sehr vornehmer Eltern, wiewohl nicht so reich, daß sie um ihrer Mitgift willen Anspruch auf eine so hohe Verbindung hätte erheben können. Man sagte, sie heiße Luscinda; man erzählte auch anderes, was bei ihrer Vermählung vorgegangen und was staunenswert ist."

Cardenio hörte den Namen Luscinda – indessen tat er nichts weiter, als daß er die Schultern hochzog, sich auf die Lippen biß, die Brauen runzelte und gleich darauf zwei Tränenbäche aus den Augen herniederstürzen ließ. Doch Dorotea hörte darum mit der Fortsetzung ihrer Erzählung nicht auf und sprach: „Die schmerzliche Nachricht kam mir zu Gehör; aber statt daß mein Herz darob zu Eis erstarren sollte, entbrannte es so gewaltig von Ingrimm und Raserei, daß wenig daran fehlte, ich wäre laut schreiend auf die Gassen hinausgestürzt und hätte die schmähliche Tücke und Verräterei offen verkündet, die gegen mich verübt worden. Aber diesen Wutanfall dämpfte für den Augenblick der Gedanke, ich müßte noch in derselben Nacht das ins Werk setzen, was ich zu tun vorhatte: nämlich diese Tracht anzulegen, die mir einer von den Hirtenbuben meines Vaters dazu geliehen, und nachdem ich diesem mein ganzes Unglück anvertraut hatte, bat ich ihn, mich nach der Stadt zu begleiten, wo sich, wie ich gehört, mein Feind aufhielt. Er mißbilligte mein Unterfangen und tadelte meinen Entschluß; aber da er mich auf meinem Willen fest beharren sah, erbot er sich, mir bis ans Ende der Welt, wie er sich ausdrückte, treue Gefolgschaft zu leisten. Sogleich packte ich in einen leinenen Kissenüberzug ein Frauengewand, ein paar Kleinodien und etwas Geld für den Notfall, und in der Stille jener Nacht, ohne meine verräterische Zofe zu benachrichtigen, begleitet von meinem Diener und von tausenderlei Gedanken, verließ ich mein Haus und begab mich auf den Weg nach der Stadt, zwar zu Fuß, aber wie beflügelt von dem Wunsche, rechtzeitig hinzukommen, wenn auch nicht, um zu hindern, was ich für geschehen hielt, so doch wenigstens Don Fernando aufzufordern, er solle mir sagen, wie er das Herz gehabt habe, so etwas zu tun.

In dritthalb Tagen gelangte ich, wohin ich begehrte. Als ich die Stadt betrat, fragte ich nach dem Hause von Luscindas Eltern, und der erste, an den ich diese Frage richtete, antwortete mir mehr, als ich hätte wissen mögen. Er sagte mir das Haus und alles, was sich bei der Vermählung der Tochter des Hauses zugetragen: alles so stadtbekannt, daß überall im Orte die Leute zusammenstehen, um davon zu erzählen. Er berichtete mir, an dem Abend, wo Don Fernando sich mit Luscinda vermählte, sei sie, nachdem sie das Jawort gegeben, in eine tiefe Ohnmacht gesunken, und als ihr Gatte sich ihr genähert, um sie aufzuschnüren, damit sie Luft schöpfe, habe er bei ihr einen von ihrer eigenen Hand geschriebenen Brief gefunden, worin sie sagte und beteuerte, sie könne nicht Don Fernandos Gemahlin werden, weil sie die Cardenios sei, welcher, wie der Mann mir sagte, ein sehr vornehmer Edelmann aus derselben Stadt ist, und wenn sie Don Fernando das Jawort gegeben, so sei der Grund, daß sie nicht von der Pflicht des Gehorsams gegen ihre Eltern habe abweichen wollen. Kurz, solche Äußerungen habe der Brief enthalten, daß er ersehen ließ, sie habe die Absicht gehabt, sich nach geschehener Trauung umzubringen; der Brief gab die Gründe an, weshalb sie sich das Leben genommen habe. Alles dies, sagt man, wurde durch einen Dolch bestätigt, den man, ich weiß nicht in welchem Stück ihrer Kleidung fand. Wie nun Don Fernando das ersah, bedünkte es ihn, daß Luscinda ihn zum besten gehabt, verhöhnt und verachtet habe. Er stürzte sich auf sie, ehe sie noch wieder zu sich gekommen, und wollte sie mit dem nämlichen Dolche, den man bei ihr gefunden, erstechen; und er hätte das auch vollführt, wenn ihre Eltern und die andern Anwesenden ihn nicht daran gehindert hätten. Ferner heißt es, daß Don Fernando sogleich die Stadt verließ und Luscinda sich nicht vor dem folgenden Tage von ihrer Ohnmacht erholte, wo sie dann ihren Eltern erzählte, daß sie in Wahrheit die Gattin jenes Cardenio sei, dessen ich erwähnte. Auch erfuhr ich, jener Cardenio sei, soviel die Leute sagten, bei der Trauung zugegen gewesen, und als er sie vermählt sah, was er nie geglaubt hätte, sei er in Verzweiflung aus der Stadt enteilt und habe Luscinda einen Brief zurückgelassen, worin er die Kränkung, die sie ihm angetan, zu aller Kenntnis brachte und sagte, er werde hingehen, wo ihn Menschen nimmer zu sehen bekämen. Dies alles war in der ganzen Stadt bekannt und verbreitet, alle Leute redeten davon. Aber sie redeten noch mehr, als sie erfuhren, Luscinda sei aus dem Hause ihrer Eltern und aus der Stadt verschwunden. Man konnte sie nirgends finden; ihre Eltern verloren schier den Verstand darüber und wußten nicht, welches Mittel sie ergreifen sollten, um sie wieder zu erlangen.

Diese Nachrichten ließen meine Hoffnungen wieder aufdämmern, und ich hielt es nun für besser, Don Fernando nicht, als ihn vermählt gefunden zu haben. Es deuchte mich, die Pforte zu meiner Rettung sei noch nicht völlig verschlossen, und ich bildete mir ein, möglicherweise habe der Himmel dies Hindernis der zweiten Ehe entgegengestellt, um ihn zur Erkenntnis seiner Verpflichtungen gegen die erste und zur Einsicht zu bringen, daß er ein Christ und seinem Seelenheil mehr schuldig sei als menschlichen Rücksichten. All diese Gedanken wälzte ich in meinem Geiste hin und her und sprach mir Trost zu, ohne Trost zu finden, und spiegelte mir ferne, schwache Hoffnungen vor, um die Last dieses Lebens weitertragen zu können, das ich jetzt verabscheue.

Während ich nun noch in der Stadt weilte und, weil ich Don Fernando nicht fand, ungewiß war, was ich tun sollte, kam ein öffentlicher Ausruf mir zu Ohren, in welchem ein großer Finderlohn jedem versprochen wurde, der meinen Aufenthalt nachwiese, wobei mein Alter und die Kleidung, die ich trug, genau angegeben waren; und zugleich hörte ich sagen, man erzähle, daß der Junge, der mich begleitete, mich aus dem Hause meiner Eltern entführt habe. Das traf mich ins Herz, weil ich erkannte, wie tief mein Ruf gesunken war, indem man es nicht hinreichend fand, daß ich ihn durch meine Flucht eingebüßt, sondern noch hinzufügte, mit wem ich geflohen, während der Genannte doch so tief unter mir und meiner redlichen Gedanken so unwert war. Im Augenblick, wo ich den öffentlichen Ausruf hörte, eilte ich zur Stadt hinaus mit meinem Diener, der bereits verriet, daß er in der Treue, die er mir verheißen, zu wanken begann. Noch in der nämlichen Nacht, da wir fürchten mußten, entdeckt zu werden, gelangten wir mitten in die dichten Waldungen dieses Gebirges.

Aber wie man zu sagen pflegt, ein Unglück reicht dem andern die Hand, und das Ende eines Leidens ist der Anfang zu einem neuen und schweren Leiden, so erging es mir. Denn sobald mein redlicher Diener, bisher treu und zuverlässig, mich in dieser Einöde sah, wollte er, von seiner eignen Schurkerei mehr als von meiner Schönheit angereizt, die Gelegenheit benutzen, die ihm seines Bedünkens diese Wüstenei darbot, und alle Scham und noch mehr die Furcht Gottes wie die Achtung vor mir außer Augen setzend, verfolgte er mich mit Liebesanträgen. Und da er sah, daß ich mit gebührenden, streng verweisenden Worten der Schamlosigkeit seiner Zumutungen begegnete, ließ er die Bitten beiseite, mit denen er es zuerst versucht hatte, und begann Gewalt zu brauchen. Allein der gerechte Himmel, der selten oder nie seine Obhut und Gunst redlichem Wollen versagt, stand dem meinigen bei, so daß ich mit meinen geringen Kräften und mit geringer Anstrengung ihn in einen steilen Abgrund hinabstürzte, wo ich ihn liegenließ, ich weiß nicht, ob tot oder lebend; und ohne Zögern, mit größerer Behendigkeit, als mein Schrecken und meine Ermüdung zu gestatten schienen, flüchtete ich tiefer ins Gebirge, ohne andern Gedanken und Plan, als mich da versteckt zu halten, um meinem Vater und denen, die in seinem Auftrage nach mir suchten, zu entgehen.

Ich weiß nicht, wieviel Monate es her ist, seit ich zu diesem Zwecke diese Gegend betrat; ich fand hier einen Herdenbesitzer, der mich als seinen Diener in ein Dorf im Innersten des Gebirges mitnahm. Ich diente ihm während dieser ganzen Zeit als Hirtenjunge und suchte mich immer auf dem Felde aufzuhalten, damit ich dieses Haar vor ihm verbergen könnte, das mich heute so unvermutet euch verraten hat. Aber all mein Mühen und all meine Vorsicht waren und blieben erfolglos, da mein Herr zuletzt doch in Erfahrung brachte, daß ich kein Mann sei, und in ihm der nämliche böse Gedanke aufstieg wie bei meinem Diener. Da jedoch das Glück nicht immer mit den Nöten, die es uns sendet, auch die Rettungsmittel gewährt, so fand ich keine Abgründe und Schluchten, um dem Herrn vom Leben und Lieben zu helfen, wie ich sie früher für den Diener gefunden; und darum hielt ich es für das geringere Übel, ihn im Stiche zu lassen und mich abermals in diesen Wildnissen zu verbergen, als meine Kraft oder meine Vorstellungen ihm gegenüber zu versuchen.

So nahm ich aufs neue zu meinem Versteck meine Zuflucht, um einen Ort zu suchen, wo ich ungestört mit Seufzern und Tränen zum Himmel beten könnte, daß er sich meines Unglücks erbarme und mir Geisteskraft verleihe und seine Hilfe, um aus diesem Elend zu kommen oder das Leben in dieser Einöde zu lassen, ohne daß ein Angedenken bleibe an diese Unglückliche, deren Erlebnisse so ganz unverschuldet den Stoff dazu gegeben, daß in ihrer Heimat und in fremden Landen sie in den Mund der Leute und in üble Nachrede gekommen ist."

29. KAPITEL

Welches von dem anmutigen Kunstgriff und schlauen Mittel handelt, so angewendet ward, um unsern verliebten Ritter aus der gar harten Buße zu erlösen, die er sich auferlegt hatte

„Dies ist, meine Herren, der wahrhafte Verlauf meines Trauerspiels. Bedenkt und urteilt jetzt, ob für die Seufzer, die ihr gehört, die Worte, die ihr vernommen, und die Tränen, die aus meinen Augen geflossen, nicht genugsame Veranlassung war, in reichlichster Fülle zutage zu treten. Und wenn ihr die Art meines Unglücks erwägt, werdet ihr erkennen, daß Tröstung vergeblich ist, da es kein Mittel gegen mein Leiden gibt. Ich bitte euch um nichts weiter, als daß ihr, was ihr mit Leichtigkeit tun könnt und müßt, mir Rat erteilet, wo ich mein Leben verbringen kann, ohne daß mich Furcht und Entsetzen ob der Möglichkeit tötet, von den Leuten, die mich suchen, entdeckt zu werden. Denn wiewohl ich weiß, daß die große Liebe meiner Eltern zu mir jedenfalls mir eine gute Aufnahme bei ihnen verbürgt, so fühle ich mich doch schon bei dem bloßen Gedanken, vor ihren Augen nicht so, wie sie es hofften, erscheinen zu müssen, von so großer Scham ergriffen, daß ich es für besser erachte, mich für immer aus ihrer Gegenwart zu verbannen, als mit der Besorgnis in ihr Angesicht zu schauen, daß sie das meinige jener Sittsamkeit entfremdet sehen, die sie sich von mir ehemals versprechen durften."

Hier schwieg sie, und ihr Antlitz bedeckte sich mit einer Blässe, die ihrer Seele Schmerz und Scham wohl klar zeigte; und in ihren Seelen empfanden die, so ihr zugehört, soviel Betrübnis wie Staunen ob ihres harten Geschicks. Und wiewohl der Pfarrer ihr sofort seinen Trost und Rat erteilen wollte, nahm Cardenio zuerst das Wort und sprach: „Also du, Señora, bist die schöne Dorotea, die einzige Tochter des reichen Clenardo?"

Dorotea war hoch erstaunt, als sie den Namen ihres Vaters hörte und die ärmliche Erscheinung des Mannes sah, der ihn genannt hatte; denn es ist schon bemerkt worden, in wie jämmerlichem Aufzug Cardenio einherging. Daher sagte sie zu ihm: „Und wer seid Ihr, guter Freund, daß Ihr so den Namen meines Vaters wißt? Denn bis jetzt, wenn ich mich recht entsinne, habe ich ihn in der ganzen Erzählung meines Unglücks noch nicht genannt."

„Ich bin", antwortete Cardenio, „jener vom Glück Verlassene, den Luscinda, wie Ihr erzählt habt, Señora, für ihren Gatten erklärte; ich bin der unselige Cardenio, den jener Elende, der auch Euch in dies Elend verlockte, dahin gebracht hat, daß Ihr mich in diesem Zustande seht, abgerissen, nackt, jeder menschlichen Tröstung und, was schlimmer ist, des Verstandes entbehrend, da ich ihn nur besitze, wenn es dem Himmel manchmal beliebt, mir ihn auf kurze Zeit zu vergönnen. Ich bin es, Dorotea, der bei den Missetaten Don Fernandos zugegen war und der dort harrend stand, um aus Luscindas Munde das Ja zu hören, mit dem sie sich zu seinem Eheweib erklärte. Ich bin es, der den Mut nicht hatte, den Verlauf ihrer Ohnmacht und das Ergebnis des Briefes, den man in ihrem Busen fand, abzuwarten, weil meine Seele nicht die Kraft besaß, soviel herbe Schicksale auf einmal zu ertragen. So schied ich vom Hause und von der Geduld, ließ einem Gastfreunde einen Brief zurück mit der Bitte, ihn in Luscindas Hände zu legen, und begab mich hierher, um in dieser Einöde mein Leben zu beschließen, das ich von dem Augenblicke an wie meinen Todfeind haßte. Allein das Verhängnis hat es mir nicht rauben wollen; es begnügte sich, mir den Verstand zu rauben, vielleicht weil es mich für das Glück aufbewahren wollte, Euch zu finden. Denn wenn wahr ist, was Ihr eben erzählet – und ich glaube, es ist wahr –, so wäre es noch immer möglich, daß der Himmel uns einen bessern Ausgang unserer Mißgeschicke vorbehalten hätte, als wir gedacht; denn da, wie nun feststeht, Luscinda sich mit Don Fernando nicht vermählen kann, weil sie die Meine ist, und Don Fernando nicht mit ihr, weil er der Eure ist, und Luscinda sich so offen und unumwunden ausgesprochen hat, so dürfen wir wohl hoffen, der Himmel werde uns zurückerstatten, was unser ist, weil es ja noch immer sein Dasein behauptet und weder uns entfremdet noch zunichte geworden. Und da wir also diesen Trost besitzen, der nicht etwa aus sehr ferner Hoffnung erzeugt noch auf törichten Einbildungen gegründet ist, so bitte ich Euch, Señora, in Eurem ehrenhaften Sinn einen andern Entschluß zu fassen, wie auch ich tun will, und Euer Gemüt auf das Erhoffen besseren Glücks zu bereiten. Ich schwöre Euch bei Ritterwort und Christentreue, ich werde Euch nicht verlassen, bis ich Euch im Besitz Don Fernandos sehe, und wenn ich ihn nicht mit vernünftigen Gründen dazu bewegen kann, daß er anerkenne, was er Euch schuldig ist, dann werde ich von der freien Befugnis Gebrauch machen, die mir dadurch vergönnt ist, daß ich ein Edelmann bin und also mit voller Berechtigung ihn herausfordern kann, um ihm nach Gebühr für die Ungebühr zu lohnen, die er Euch zufügt; meiner eignen Kränkungen will ich nicht eingedenk sein und deren Bestrafung dem Himmel überlassen, um auf Erden den Eurigen abzuhelfen."

Bei Cardenios Worten stieg Doroteas Erstaunen auf den höchsten Grad, und da sie nicht wußte, wie sie ihm für so große Anerbietungen danken sollte, wollte sie seine Füße umfassen und küssen; aber Cardenio ließ es nicht zu. Der Lizentiat antwortete für beide und sprach seine Billigung aus ob der edlen Worte Cardenios; insbesondere aber drang er in sie beide mit Bitten, gutem Rat und freundlichem Zureden, sie möchten mit ihm in sein Dorf gehen, wo sie sich mit allem, was ihnen fehlte, versorgen könnten, und dort werde man dann Anstalt treffen, wie Don Fernando aufzusuchen, wie Dorotea zu ihren Eltern zu bringen oder wie sonst alles vorzunehmen sei, was ihnen zweckmäßig erscheine. Cardenio und Dorotea dankten ihm und nahmen die angebotene Freundlichkeit an.

Der Barbier, der allem gespannt und schweigend beigewohnt hatte, brachte nun auch seine wohlgemeinten Worte an und erbot sich mit nicht geringerer Bereitwilligkeit als der Pfarrer zu allem, was ihnen dienlich sein könne. Auch berichtete er in Kürze den Beweggrund, der sie hierhergeführt, und die seltsame Verrücktheit Don Quijotes, sowie daß sie seinen Schildknappen erwarteten, der weggegangen sei, um den Ritter aufzusuchen. Wie im Traume erinnerte sich jetzt Cardenio des Streites, den er mit Don Quijote gehabt, und er erzählte ihn den andern, aber er wußte nicht zu sagen, um was es sich dabei gehandelt habe.

Indem hörten sie lautes Rufen und erkannten Sancho Pansas Stimme, der, weil er sie an der Stelle, wo er sie verlassen, nicht mehr fand, mit schallendem Geschrei nach ihnen rief. Sie gingen ihm entgegen und fragten ihn nach Don Quijote; er erzählte ihnen, wie er ihn halbnackt gefunden, im bloßen Hemde, ganz schwach, blaßgelb im Gesicht, sterbend vor Hunger und nach seiner Herrin Dulcinea seufzend. Und wiewohl er ihm gesagt, sie selbst befehle ihm, diesen Ort zu verlassen und nach Toboso zu ziehen, wo sie ihn erwarte, so habe er doch entgegnet, er sei festiglich entschlossen, vor ihrer Huldseligkeit sich nicht erschauen zu lassen, bis denn er solcherlei Taten getan, daß man tätlich befinde, wie er würdig sei ihrer liebwerten Gunst. Und wenn das so weiterginge, so liefe er Gefahr, weder ein Kaiser zu werden, wie es seine Pflicht und Schuldigkeit sei, noch auch nur ein Erzbischof, was doch das geringste sei, was er werden könne. Daher möchten sie sich überlegen, was zu tun sei, um ihn von dort wegzubringen.

Der Lizentiat erwiderte ihm, er solle unbesorgt sein, sie würden ihn, so widerwillig er sich auch bezeige, schon fortbringen; und er erzählte alsbald Dorotea und Cardenio, was sie sich ausgedacht, um Don Quijote zu heilen oder wenigstens nach seinem Hause zurückzuführen, worauf Dorotea sagte, sie würde das hilfsbedürftige Fräulein besser darstellen als der Barbier; zudem habe sie Kleider hier, um die Rolle ganz nach der Natur zu spielen. Sie möchten ihr nur die Sorge überlassen, alles vorzustellen, was zur Ausführung ihres Plans erforderlich sei; denn sie habe viele Ritterbücher gelesen und verstünde sich gut auf den Stil, in dem die bedrängten Fräulein sprächen, wenn sie sich Vergünstigungen von fahrenden Rittern erbäten.

„Dann ist weiter nichts erforderlich", sprach der Pfarrer, „als daß man es sogleich ins Werk setze; denn gewiß, das Glück zeigt sich uns günstig, da so ganz unvermutet, meine Herrschaften, die Tür zu eurem Heil sich zu erschließen beginnt und das, dessen *wir* bedurften, sich uns gleichzeitig darbietet."

Dorotea holte alsbald aus ihrem Kissenüberzug ein reiches Schleppkleid von einem gewissen feinen Wollstoff hervor nebst einer Mantilla von prächtigem grünem Zeug und aus einem Kästchen ein Halsband mit andern Kostbarkeiten, womit sie sich in einem Augenblick so ausstaffierte, daß sie wie eine vornehme reiche Dame aussah. Alles dies und noch andres, sagte sie, habe sie aus dem Elternhause für alle Fälle mitgenommen, und bis jetzt habe sich noch keine Gelegenheit geboten, wo sie es hätte brauchen können. Alle waren entzückt von ihrer Anmut, ihrem lieblichen Wesen, ihren Reizen, und aller Urteil stand nun fest, daß Don Fernando sich auf Frauen wenig verstehe, da er eine so ungewöhnliche Schönheit verschmähe. Wer aber am meisten staunte, war Sancho Pansa; denn es bedünkte ihn – wie es auch wirklich der Fall war –, er habe alle seine Lebtage ein so schönes Geschöpf nicht mit Augen gesehen. Er bat daher den Pfarrer sehr angelegentlich, er möchte ihm doch sagen, wer dieses holdselige Ritterfräulein sei und was selbige in dieser unwirtlichen Gegend zu suchen habe.

„Diese schöne Dame", antwortete der Pfarrer, „Freund Sancho, ist nichts mehr und nichts weniger als die hohe Prinzessin, die Erbin im rechten Mannesstamme vom großen Königreich Mikomikón, und selbige hat sich auf die Suche nach Eurem Herrn begeben, um eine Vergabung und Vergünstigung von ihm zu erflehen, die darin besteht, daß er einer Ungebühr oder Unbill abhelfen soll, so ein böser Riese ihr angetan. Und ob des Ruhmes echten rechten Rittertums, welchen Euer Herr in allen bis jetzt entdeckten Landen hat, kommt besagte Königstochter von Guinea, um ihn aufzusuchen."

„Glückliches Suchen und glückliches Finden!" sprach hier Sancho Pansa, „und zumal, wenn mein Herr soviel Glück hat und die Unbill wiedergutmacht und das Unrecht wieder zurechtbringt und jenen Bankert von Riesen totschlägt, von dem Euer Gnaden erzählt; und totschlagen wird er ihn allerdings, wenn er ihn nur findet, vorausgesetzt, daß es keine Spukgestalt ist; denn gegen Spukereien hat mein Herr keinerlei Gewalt. Aber um eins will ich Euer Gnaden vor anderm bitten, Herr Lizentiat; nämlich, damit nicht etwa meinen Herrn die Lust anwandelt, Erzbischof zu werden, was ich gar sehr fürchte, so soll Euer Gnaden ihm den Rat geben, sich gleich mit der Prinzessin da zu verheiraten, und so wird's ihm unmöglich gemacht, die erzbischöflichen Weihen zu empfangen, und er gelangt mit aller Leichtigkeit zu seinem Kaisertum und ich ans Ziel meiner Wünsche. Denn ich habe mir's wohl überlegt, und ich finde, soviel mich angeht, es ist nicht gut für mich, wenn mein Herr ein Erzbischof wird, weil ich für die Kirche nicht zu brauchen bin, sintemalen ich verheiratet bin. Und soll ich dann herumlaufen und Dispens einholen, daß ich trotz Frau und Kindern von einer

Kirchenpfründe Einkommen haben darf – nein, da würde man niemals fertig damit. Sonach dreht sich alles darum, daß mein Herr sich mit dem Fräulein da verheiratet; ich weiß aber noch nicht, wie Ihro Gnaden heißt, und darum nenne ich sie nicht mit ihrem Namen."

„Sie heißt Prinzessin Mikomikona", antwortete der Pfarrer, „denn da ihr Königreich Mikomikón heißt, so ist es klar, daß sie so heißen muß."

„Daran ist kein Zweifel", versetzte Sancho. „Ich habe auch schon viele ihre Familien- und Stammesnamen von dem Ort entlehnen sehen, wo sie geboren waren; so nannten sie sich Pedro von Alcalá, Juan de Ubeda oder Diego von Valladolid; und dasselbe muß auch in Guinea der Brauch sein, daß die Königinnen den Namen ihres Königreichs annehmen."

„So wird es wohl sein", sprach der Pfarrer, „und was Eures Herrn Verheiratung betrifft, so will ich dabei tun, was nur in meinen Kräften steht."

Hierüber war Sancho ebenso vergnügt wie der Pfarrer erstaunt über seine Einfalt und über die Leichtgläubigkeit, mit der er sich die nämlichen Torheiten wie sein Herr in den Kopf gesetzt, da er es für zweifellos hielt, daß dieser es zum Kaiser bringen würde.

Inzwischen hatte sich Dorotea bereits auf das Maultier des Pfarrers gesetzt, und der Barbier hatte seinen Farrenschwanz hart vor dem Gesicht befestigt. Sie forderten Sancho auf, sie zu Don Quijote zu führen, und wiesen ihn an, sich nicht merken zu lassen, daß er den Lizentiaten oder den Barbier kenne; denn wenn sein Herr es zum Kaiser bringen solle, so käme es hauptsächlich darauf an, daß er sie nicht kenne. Zwar wollten weder der Pfarrer noch Cardenio mit den andern gehen; Cardenio nicht, damit Don Quijote nicht an seinen Streit mit ihm erinnert werde, und der Pfarrer, weil seine Gegenwart für den Augenblick noch nicht nötig war. So ließen sie denn jene voranziehen und folgten ihnen langsam zu Fuße nach. Der Pfarrer hatte es inzwischen nicht versäumt, Dorotea zu unterweisen, was sie zu tun habe, worauf sie erwiderte, sie möchten nur ohne Sorge sein; alles werde, ohne daß nur ein Titelchen daran fehle, so geschehen, wie es die Ritterbücher erheischen und schildern.

Dreiviertel Meilen etwa mochten sie gewandert sein, als sie Don Quijote inmitten unwegsamer Felsen entdeckten, bereits wieder angekleidet, jedoch ohne Rüstung. Und sobald Dorotea seiner ansichtig ward und von Sancho hörte, es sei Don Quijote, gab sie ihrem Zelter einen Schlag mit der Geißel. Der Barbier folgte ihr nach, und als sie in seine Nähe kamen, sprang der wohlbebartete Bartscherer vom Maultier herab und nahm Dorotea in die Arme; sie stieg munter und mit großer Leichtigkeit ab und warf sich vor dem Ritter auf die Knie. Obschon dieser sich aufs äußerste bemühte, sie aufzuheben, so stand sie doch nimmer vom Boden auf und tat zu ihm folgende Ansprache: „Von dieser Scholle werde ich nimmer emporstehen, Ritter sonder Furcht und Tadel, bis Dero Fürtrefflichkeit und Edelmut mir eine Vergünstigung zusagt, welche Euch zu Ehren ausschlagen wird und Eurer Person zum Preise und zu Nutz und Frommen der trostlosesten, der bedrängtesten Jungfrau, welche Gottes Sonne je erschaut hat; und wenn in Wahrheit die Mannhaftigkeit Eures starken Armes dem Ruf Eurer unsterblichen Gloria entspricht, dann seid Ihr verpflichtet, großgünstigen Beistand der Glückverlassenen zu leihen, die dem Heldengeruch Eures Namens von so fernen Landen nachzieht und Euch aufsucht zur Errettung aus ihrer Trübsal."

„Ich werde Euch kein Wörtlein antworten, allerschönste Herrin mein", erwiderte Don Quijote, „und ein mehreres in Euren Sachen nicht anhören, bis daß Ihr Euch vom Boden erhebet."

„Ich werde mich nicht erheben", antwortete das schmerzensreiche Fräulein, „so nicht zuvor von Eurer Huld die Gunst, die ich erbitte, mir zugesagt worden."

„Ich sage sie Euch zu und gewähre sie", versetzte Don Quijote, „mit dem Beding jedoch, daß sie nimmer vollbracht werden dürfe zur Schädigung und Beschwer meines Königs, meines Vaterlands und derer, die da den Schlüssel hat zu meinem Herzen und meiner Freiheit."

„Sie wird nicht zur Schädigung und Beschwer gereichen allen selbigen, die Ihr benamset habt, mein edler Herr", entgegnete das schmerzensreiche Fräulein.

Mittlerweilen näherte sich Sancho Pansa dem Ohr seines Herrn und flüsterte ihm leise zu: „Señor, ganz wohl kann Euer Gnaden ihr Begehr gewähren; denn es ist ein wahres Nichts. Es besteht bloß darin, daß Ihr einen gewaltigen Riesen totschlagen sollt, und die da, welche es begehrt, ist die hohe Prinzessin Mikomikona, die Königin im großen Reich Mikomikón in Äthiopien."

„Möge sie sein, was sie wolle", entgegnete Don Quijote, „ich werde tun, wozu ich verpflichtet bin und was mir mein Gewissen vorschreibt, gemäß dem Beruf, zu dem ich geschworen."

Und sich zu dem Fräulein wendend, sprach er: „Möge Eure

erhabene Huldseligkeit sich erheben, denn ich gewähre Euch Beistand und Vergünstigung, so Ihr begehrt."

„Wohl denn", sprach das Fräulein, „mein Begehr ist, daß Eure großherzige Person sofort mit mir dahin eile, wo ich Euch zu führen gedenke, und daß Ihr mir verheißet, Euch keines andern Abenteuers noch Verlangens anzunehmen, bevor Ihr mir zur Rache helfet an einem Bösewicht, der wider alles göttliche und menschliche Recht sich meines Reiches angemaßt hat."

„Hiermit tu ich kund, daß ich selbiges gewähre", erwiderte Don Quijote, „und sonach könnt Ihr, edle Herrin, itzund wie hinfüro Euch des Trübsinns abtun, der Euch drückt, und Euer darniedergelegenes Hoffen neuen Mut und Kraft gewinnen lassen. Denn mit Hilfe Gottes und meines starken Armes werdet Ihr Euch alsbald wieder eingesetzt sehen in Euer Reich und sitzend auf dem Stuhle Eurer alten weitreichenden Herrschaft, zu Trutz und Ärgernis allen Schurken, die dem zuwider sein möchten. Und nun Hand ans Werk, denn im Zaudern, sagen die Leute, sitzt die Gefahr."

Das hilfsbedürftige Fräulein gab sich beharrlichst alle Mühe, ihm die Hände zu küssen; aber Don Quijote, der in all und jedem sich als ein feingesitteter und höflicher Ritter zeigte, gab das nie und nimmer zu, hob sie vielmehr vom Boden auf und umarmte sie mit feinster Sitte und Höflichkeit und befahl sodann Sancho, Rosinantes Sattel und Gurt gehörig zu besorgen und ihn gleich auf der Stelle zu waffnen. Sancho nahm die Rüstung herunter, die wie ein Siegesmal an einem Baum hing, zog Rosinantes Gurt nach und waffnete seinen Herrn in einem Augenblick. Und als dieser sich wohlgerüstet sah, sprach er: „Auf nun, ziehen wir in Gottes Namen hin, dieser hohen Herrin Beistand zu leisten."

Der Barbier lag noch immer auf den Knien und gab sich die größte Mühe, das Lachen zu verbeißen und seinen Bart festzuhalten, dessen Abfallen vielleicht ihnen allen ihren wohlgemeinten Plan vereitelt hätte. Da er aber sah, wie die Gunst schon gewährt war und wie eilfertig Don Quijote sich bereitmachte, die Zusage zu erfüllen, so stand er auf und faßte seine Herrin an der Hand, und beide gemeinsam hoben sie auf das Maultier. Sofort bestieg Don Quijote den Rosinante, der Barbier setzte sich auf seinem Tiere zurecht, Sancho aber wanderte zu Fuß, wobei er an den Verlust seines Grauen dadurch, daß er ihn jetzt entbehren mußte, aufs neue gemahnt wurde. Aber all dieses ertrug er mit Freuden, weil es ihn bedünkte, sein Herr sei jetzt auf dem Wege, ja ganz nahe daran, ein Kaiser zu werden. Denn er glaubte, Don Quijote werde sich ohne Zweifel mit dieser Prinzessin verheiraten und aufs mindeste König von Mikomikón werden. Nur das machte ihm Kummer, daß dies Königreich im Negerland läge und die Leute, die man ihm zu Untertanen gäbe, sämtlich Neger sein würden.

Hierfür aber fand er alsbald in seiner Vorstellung ein gutes Mittel, und er sprach zu sich selber: Was liegt mir dran, ob meine Untertanen Schwarze sind? Was braucht's weiter, als sie aufs Schiff zu laden und nach Spanien zu bringen, wo ich sie verkaufen kann und man mir sie bar bezahlen wird? Und mit dem Gelde kann ich alsdann ein Gut, das den Adel verleiht, oder ein Amt kaufen, um davon all meine Lebenstage geruhsam zu leben. Ja, leg dich nur schlafen! Und hab nicht so viel Verstand und Geschick, um eine Sache ordentlich anzufangen und dreißig- oder meinetwegen zehntausend Untertanen im Handumdrehen zu verschachern! Nein, bei Gott, ich will sie mir aufjagen, groß und klein, im Ramsch, oder wie ich's sonst fertigbringe; und sind sie auch schwarz, so will ich ihre Farbe in Silberweiß oder Goldgelb verwandeln! Kommt nur, glaubt nur, ich tät wie ein Blödsinniger an den Fingern kauen!

Mit diesen Gedanken war er so beschäftigt und so vergnügt, daß er den Kummer vergaß, zu Fuße gehen zu müssen.

All dieses beobachteten Cardenio und der Pfarrer hinter Dornbüschen hervor und wußten nicht, wie sie es anfangen sollten, sich der Gesellschaft anzuschließen. Jedoch der Pfarrer, der ein gar erfinderischer Kopf war, kam gleich darauf, wie ihr Zweck zu erreichen sei; er nahm nämlich eine Schere, die er in einem Futteral bei sich trug, schnitt Cardenio mit großer Behendigkeit den Bart ab, zog ihm seinen eigenen grauen Rock an, gab ihm den schwarzen Mantel darüber, und er selbst blieb nur in Hosen und Wams. Cardenio aber war ein so ganz anderer als vorher geworden, daß er sich selbst im Spiegel nicht erkannt hätte. Als dies vollbracht, gelangten sie, obschon während ihrer Umkleidung die andern weitergegangen waren, ohne Mühe früher als diese auf die Landstraße, weil das viele Gestrüpp und die schlimmen Wege in der Gegend die Leute zu Pferd nicht so schnell fortkommen ließen als die zu Fuß. Wirklich gelangten sie sogleich beim Abstieg vom Fußweg auf die ebne Straße, und als Don Quijote mit den Seinigen herunterkam, stellte sich der Pfarrer hin und betrachtete ihn ernst und bedächtig, gab durch Gebärden kund, daß er ihn wiedererkenne, und nachdem er ihm geraume Zeit ins Gesicht geschaut, eilte er ihm mit offnen Armen entgegen und rief laut: „Gesegnet sei die Stunde, da ich ihn wiedersehe, ihn, den Spiegel des Rittertums, meinen trefflichen Landsmann Don Quijote von der Mancha, des Edelsinns Blume und Perle, Schutz und Rettung der Bedrängten, Quintessenz der fahrenden Ritter!" Und dieses sagend, umfaßte er am Knie das linke Bein Don Quijotes. Der aber war höchst betroffen über alles, was er den Mann sagen hörte und tun sah. Er betrachtete ihn mit höchster Aufmerksamkeit und erkannte ihn endlich; er war schier entsetzt, den Pfarrer hier zu sehen, und tat sein möglichstes, um vom Pferde zu steigen. Allein der Pfarrer ließ es nicht zu; weshalb Don Quijote sprach: „Laßt mich, Herr Lizentiat; es ist nicht recht, daß ich zu Pferde sitze, während Euer Hochwürden zu Fuße ist."

„Das werde ich nie und unter keiner Bedingung zugeben", entgegnete der Pfarrer. „Wolle Eure erhabene Person nur zu Pferde bleiben, denn zu Pferde vollbringt Ihr die größten Heldentaten und Abenteuer, die zu unsern Zeiten erlebt worden. Für mich aber, einen – obschon unwürdigen – Priester, ist es schon genug, mich auf die Kruppe eines Maultiers dieser Herrschaften zu setzen, die mit Euer Gnaden des Weges ziehn, falls es ihnen nicht zuwider ist. Und auch auf solchem Sitze schon wird es mir sein, als ritte ich auf dem Pferde Pegasus, ja auf dem Zebra oder Schlachtroß, das jenen berühmten Mohren Muzaraque trug, der noch heutigen Tages in dem breiten Hügel Zulema verzaubert liegt, nicht fern von der berühmten Stadt Complutum."

„Daran hatte ich wirklich nicht gedacht, mein geehrter Herr Lizentiat", erwiderte Don Quijote, „und ich bin überzeugt, meine gnädige Prinzessin wird geruhen, aus Gefälligkeit gegen mich, ihrem Knappen zu befehlen, daß er Euer Hochwürden den Sitz auf dem Sattel seines Maultiers einräume; er aber kann sich auf die Kruppe setzen, falls das Tier es verträgt."

„Gewiß verträgt es das, soviel ich glaube", versetzte die Prinzessin, „und ich weiß auch, daß es nicht nötig ist, solches meinem Herrn Knappen anzubefehlen; denn er ist so höflich und von feiner Sitte, daß er nicht zugeben wird, daß ein geistlicher Herr zu Fuße geht, wenn die Möglichkeit vorhanden ist, daß er reite."

„So ist es", sagte der Barbier, stieg im Nu ab und bot dem Pfarrer den Sattel an, und dieser nahm ihn ein, ohne sich lange bitten zu lassen. Aber das Schlimme dabei war, daß, als der Barbier auf die Kruppe steigen wollte, das Maultier, das ein Mietgaul war – was zur Genüge besagt, daß es bösartig war –, die Hinterfüße in die Höhe warf und ein paarmal so mächtig ausschlug, daß, wenn es den Meister Nikolas auf Brust oder Kopf getroffen hätte, er sich seine Reise zur Auffindung Don Quijotes zum Teufel gewünscht hätte. Aber auch so schon erschrak er darob so heftig, daß er zu Boden stürzte und dabei so wenig acht auf den Bart hatte, daß er ihm abfiel. Als er sich nun ohne Bart sah, wußte er sich nicht anders zu helfen, als daß er sich das Gesicht mit beiden Händen bedeckte und jammerte, es seien ihm die Backenzähne ausgeschlagen. Als Don Quijote diesen ganzen Knäuel Bart ohne Kinnbacken und ohne Blut weit von dem Gesicht des hingestürzten Knappen liegen sah, sprach er: „So mir Gott helfe, das ist ein großes Wunder! Das Tier hat ihm den Bart abgeschlagen und aus dem Gesichte gerissen, grade als hätte man ihn vorsätzlich abgeschnitten."

Der Pfarrer sah, wie sein Anschlag Gefahr lief, aufgedeckt zu werden, holte den Bart in aller Eile und brachte ihn zu der Stelle, wo Meister Nikolas noch schreiend lag, drückte dessen Kopf an seine Brust und setzte ihm den Bart mit einem Ruck wieder an, wobei er etliches murmelte, was, wie er sagte, ein Zaubersegen sei, der die Kraft habe, Bärte festzumachen, wie sie gleich sehen würden. Als er ihm nun den Bart wieder angelegt hatte, trat er zur Seite, und da zeigte sich der Barbier so heil und so wohlbebartet als vorher. Darob verwunderte sich Don Quijote über die Maßen und bat den Pfarrer, wenn er Gelegenheit dazu finde, möge er ihn den Zauberspruch lehren; denn er meine, dessen Kraft müsse sich noch auf viel mehr als auf das Ansetzen von Bärten erstrecken. Es sei doch klar, daß da, wo der Bart ausgerissen worden, Haut und Fleisch wund und zerrissen sein müßten; da aber der Spruch all dieses heile, so sei er für noch andres als den Bart mit Nutzen zu gebrauchen.

„Allerdings ist das der Fall", entgegnete der Pfarrer und versprach, ihn den Spruch bei erster Gelegenheit zu lehren.

Sie kamen nun überein, für jetzt solle der Pfarrer aufsteigen, und die andern drei sollten streckenweise mit ihm abwechseln, bis sie zu der Schenke kämen, die noch etwa zwei Meilen entfernt sein müsse. Während so drei ritten, nämlich Don Quijote, die Prinzessin und der Pfarrer, und drei zu Fuß gingen, Cardenio, der Barbier und Sancho Pansa, sprach Don Quijote zu dem Fräulein: „Herrin mein, Eure Hoheit wolle die Führung übernehmen, wohin Euch zumeist Begehr ist."

Bevor sie antworten konnte, sprach der Lizentiat: „Zu welchem Reiche will Eure Herrlichkeit uns führen? Vielleicht zum Königreich Mikomikón? Ja, so muß es sein, oder ich verstehe mich schlecht auf Königreiche."

Dorotea verstand, sie merkte, daß sie ja antworten müsse, und sagte demgemäß: „Ja, Herr Lizentiat, zu diesem Königreiche geht mein Weg."

„Wenn dem so ist", sprach darauf der Pfarrer, „so müssen wir mitten durch mein Dorf reisen, und von da wird Euer Gnaden den Weg nach Cartagena einschlagen, wo Ihr Euch, so das Glück will, einschiffen könnt; und ist der Wind günstig, die See ruhig und ohne Stürme, so seid Ihr wohl in weniger als neun Jahren in Sicht des großen Sees Mäona, ich meine Mäotis, der wenig mehr als hundert Tagereisen diesseits von Euer Hoheit Königreich liegt."

„Euer Gnaden ist im Irrtum, werter Herr", sprach sie, „denn es ist noch nicht zwei Jahre her, seit ich von dort abgereist bin, und wahrlich hatte ich dabei niemals gut Wetter. Und dessenungeachtet bin ich jetzt hierhergelangt, um hier zu erblicken, was ich so sehr ersehne, nämlich den Herrn Don Quijote von der Mancha, von welchem, sobald ich den Fuß auf Spaniens Boden setzte, Kunde zu meinen Ohren drang; und diese Kunde ist's, die mich antrieb, ihn aufzusuchen, um mich seinem Edelmut zu befehlen und mein Recht dem Heldentum seines unbesieglichen Arms anzuvertrauen."

„Nicht weiter! Laßt ab von solchem Lobpreis", sprach hier Don Quijote, „denn aller Art von Schmeichelei bin ich feind; und selbst wenn dies keine Schmeichelei wäre, so verletzen solche Reden doch immer meine keuschen Ohren. Was ich sagen kann, Herrin mein, ob ich nun Heldensinn besitze oder nicht – was ich davon besitze oder nicht besitze, soll Eurem Dienste gewidmet sein, bis ich des Lebens verlustig gehe. Und indem wir dies bis zu seiner Zeit beruhen lassen, bitte ich den Herrn Lizentiaten, mir zu sagen, welche Ursach ihn hierhergeführt hat, so ganz allein, ohne Diener und so leicht gekleidet, daß ich darob wahrhaft erschrocken bin."

„Darauf werde ich kurz antworten", erwiderte der Pfarrer. „Euer Gnaden wisse, daß ich mit Meister Nikolas, unserm Freund und Barbier, nach Sevilla ging, um gewisse Gelder zu erheben, die ein Verwandter von mir, der vor vielen Jahren nach Indien gegangen, mir geschickt hatte. Es war nicht wenig: es überstieg sechzigtausend vollgewichtige Pesos, was keine Kleinigkeit ist. Als wir aber gestern durch diese Gegend kamen, überfielen uns vier Räuber und nahmen uns alles ab, ja selbst den Bart, und dergestalt haben sie uns ihn abgenommen, daß der Barbier sich einen falschen ansetzen mußte; und auch diesen jungen Mann" – hier zeigte er auf Cardenio – "haben sie übel zugerichtet und aller Habe beraubt. Und das Schönste bei der Sache ist, daß man in der ganzen Umgegend sich erzählt, unsre Räuber gehören zu einer Kette Galeerensklaven, die gerade hier in der Nähe ein tapferer Mann befreit hat, ein Mann von solcher Heldenkraft, daß er sie trotz dem Kommissär und den Wächtern von den Fesseln losmachte. Der Mann muß gewiß nicht bei Verstande sein oder ein ebenso arger Schurke wie sie selber oder ein Mensch ohne Herz und ohne Gewissen, da er den Wolf unter die Schafe losließ, den Fuchs unter die Hühner, die Mücke unter die Honigtöpfe. Er wollte die Gerechtigkeit betrügen, wider seinen König und angestammten Herrn sich auflehnen, da er gegen dessen gerechte Gebote handelte; er wollte, sag ich, die Galeeren ihrer Arme berauben, die Heilige Brüderschaft in Aufruhr bringen, sie, die schon seit vielen Jahren ruhte; kurz, er wollte eine Tat ausführen, die seiner Seele Verderben und seinem Leibe keinen Gewinn bringen wird."

Sancho hatte dem Pfarrer und dem Barbier das Abenteuer mit den Galeerensklaven erzählt, das sein Herr so ruhmvoll zu Ende gebracht, und deshalb drückte sich der Pfarrer bei seiner Erzählung so stark aus, um zu sehen, was Don Quijote sagen oder tun werde. Der aber wechselte die Farbe bei jedem Wort und wagte nicht zu sagen, daß er der Befreier dieser Biedermänner gewesen.

„Diese also", sagte der Pfarrer, „waren es, die uns beraubten, und Gott in seiner Barmherzigkeit verzeihe es jenem, der nicht zuließ, sie ihrer wohlverdienten Strafe zuzuführen."

30. Kapitel

Welches von der Klugheit der schönen Dorotea handelt, nebst andern sehr ergötzlichen und unterhaltenden Dingen

Kaum hatte der Pfarrer geendet, so rief Sancho: „Nun, meiner Treu, Herr Lizentiat, der diese Heldentat getan, das war mein Herr, und nicht, als ob ich es ihm nicht vorher schon gesagt und ihn gewarnt hätte, er solle wohl bedenken, was er tue, und es sei eine Sünde, sie zu befreien, denn sie kämen auf die Galeeren, weil sie ausgemachte Schurken seien."

„Dummkopf", fiel hier Don Quijote ein, „den fahrenden Ritter geht es nichts an, und es ist nicht seine Sache zu untersuchen, ob die Bekümmerten, mit Ketten Beladenen, Bedrückten, die er auf den Wegen antrifft, um ihrer Schuld willen oder um ihres Unglücks willen in solchem Aufzug umhergehen und sich in solchem Elend befinden; es ist seine Aufgabe, lediglich ihnen als Hilfsbedürftigen beizustehen, er hat auf ihre Leiden zu sehen und nicht auf ihre Schelmenstreiche. Ich traf einen wahren Rosenkranz, eine aufgereihte Schnur jammervoller unglückseliger Leute, und mit denen tat ich, was meine Ordenspflicht mir gebeut, und mit allem übrigen mag es werden, wie es will. Und wem das mißbehagt, mit Respekt vor der heiligen Würde des Herrn Lizentiaten und vor seiner hochgeehrten Person, dem sag ich, er versteht gar wenig in Sachen des Rittertums und lügt wie ein Hurensohn und schlechter Kerl, und das will ich ihm mit meinem Schwerte so beweisen, wie es anderswo ausführlicher geschrieben steht."

So sprach er, setzte sich in den Bügeln fest und drückte die Sturmhaube in die Stirn, denn die Barbierschüssel, die nach seiner Meinung der Helm des Mambrin war, hatte er so lang am vorderen Sattelknopf hängen, bis er sie von den Mißhandlungen, die sie von den Galeerensklaven erlitten, wieder heilen lassen könnte.

Dorotea, die verständig und voll witziger Einfälle war, wollte, da sie Don Quijotes verschrobene Eigenheiten bereits wohl kannte und sah, daß alle, mit Ausnahme Sancho Pansas, ihn zum besten hielten, nicht zurückbleiben und sprach, als sie ihn so aufgebracht sah: „Herr Ritter, es möge Euer Gnaden im Angedenken bleiben, daß Ihr mir eine Vergünstigung zugesprochen habt und daß Ihr Euch in Gemäßheit derselben keines andern Abenteuers annehmen dürft, so dringlich auch selbiges sein möge.

Beruhige Euer Gnaden Euer Herze; denn hätte der Herr Lizentiat gewußt, daß durch diesen nie besiegten Arm die Galeerensklaven ihre Befreiung erlangten, so hätte er sich lieber mit drei Stichen den Mund vernäht, ja, er hätte sich dreimal auf die Zunge gebissen, ehe er ein Wort gesagt hätte, so Euer Gnaden zum Ärgernis gereichte."

„Gewiß, darauf schwör ich", versetzte der Pfarrer, „ja, ich hätte mir lieber den halben Schnurrbart abgeschnitten."

„So werd ich denn schweigen, Herrin mein", sprach Don Quijote, „und werde den gerechten Zorn niederkämpfen, der bereits in meinem Busen emporgestiegen, und werde geruhig und friedsam einherziehen, bis daß ich Euch die zugesagte Vergünstigung ins Werk gesetzt. Aber zum Entgelt dieses redlichen Fürhabens bitte ich Euch, mir zu sagen, sofern es Euch nicht zur Unannehmlichkeit gereicht: von was für Art ist Eure Bedrängnis? Imgleichen, wie viele, wer und welcher Art sind die Feinde, an denen ich die Euch gebührende, zufriedenstellende und vollständige Rache zuwege bringen soll?"

„Mit Freuden will ich dies tun", antwortete Dorotea, „so es Euch nicht etwa beschwerlich fällt, großem Leid und Bedrängnissen Euer Ohr zu leihen."

„Solches wird mir nicht beschwerlich fallen", entgegnete Don Quijote.

Worauf Dorotea erwiderte: „Sintemalen dem so ist, so merket auf meine Rede, liebwerte Herren."

Kaum hatte sie dies gesagt, so stellten sich Cardenio und der Barbier ihr zur Seite, begierig, zu vernehmen, wie sich die kluge Dorotea ihre Geschichte ersinnen werde. Das nämliche tat Sancho, der aber ebenso in Täuschung über sie befangen war wie sein Herr. Sie aber, nachdem sie sich im Sattel zurechtgesetzt und sich mit Husten und allerhand Bewegungen zum Sprechen vorbereitet, begann folgendermaßen: „Zuvörderst will ich Euch wissen lassen, meine hochpreislichen Herren, ich heiße ..."

Hier stockte sie; denn ihr war der Name entfallen, den der Pfarrer ihr beigelegt hatte. Er aber kam ihr zu Hilfe, denn er merkte wohl, wo sie der Schuh drückte, und sprach: „Es ist kein Wunder, gnädiges Fräulein, daß Euer Hoheit in Verwirrung gerät und außer Fassung kommt beim Erzählen so trüber Schicksale, die es ja in der Regel an sich haben, daß sie dem von ihnen Gequälten oftmals das Gedächtnis rauben, dergestalt, daß er sich nicht einmal seines eigenen Namens erinnert; und so haben Eure Schicksale mit Eurer Herrlichkeit getan, da es Euch entfallen ist, daß Ihr Euch die Prinzessin Mikomikona nennt, die Erbin des großen Königreichs Mikomikón. Mit diesem Fingerzeig wird Eure Hoheit alles, was Euch zu berichten beliebt, leichtlich wieder in Hochdero vom Schmerz angegriffenes Gedächtnis zurückbringen."

„So ist es in der Tat", entgegnete das Fräulein, „und nun glaub ich, wird es hinfüro nicht mehr erforderlich sein, mir einen Fingerzeig zu geben; ich denke, ich werde mit meiner wahrhaften Geschichte glücklich in den Hafen einlaufen. Die aber ist, daß der König, mein Vater, welcher Tinakrio der Weise hieß, hochgelahrt war in der Kunst, so man Magie benennt. Durch seine Wissenschaft brachte er es heraus, daß meine Mutter, welche Königin Jaramilla hieß, früher als er sterben, er aber bald darauf ebenfalls aus diesem Leben scheiden müßte und ich als vater- und mutterlose Waise zurückbleiben würde. Dies jedoch bekümmerte ihn, wie er sagte, nicht so sehr, als ihn die klar von ihm erkannte Gewißheit beängstigte, daß ein ungeschlachter Riese, der Beherrscher einer großen Insel, die fast an unser Reich grenzt, namens Pandafilando mit dem finstern Blick – also genannt, weil es eine ausgemachte Sache ist, daß er, wiewohl seine Augen an ihrer richtigen Stelle stehen und gradaus sehen, dennoch immer scheel blickt, als ob er wirklich schielte; das tut er aber aus Bosheit und um jeden, den er ansieht, in Furcht und Schrecken zu setzen –, also, sag ich, mein Vater sah voraus, daß selbiger Riese, sobald er meine Verwaisung erführe, mit großer Macht mein Reich überziehen und es vollständig raube und mir nicht ein einzig Dorf als Zufluchtstätte übriglassen würde. Zwar wußte er auch, daß ich all diesem Verderben, all diesem Unheil entgehen könne, wenn ich mich mit ihm vermählen wollte; allein seines Erachtens durfte er nicht glauben, es werde mir je in den Sinn kommen, eine so ungleiche Ehe einzugehen. Und darin sagte er die reine Wahrheit; denn es fiel mir nicht im entferntesten ein, mich mit selbigem Riesen zu verehelichen; aber ebensowenig mit einem andern, und wenn er auch noch so groß und ungeheuerlich wäre. Mein Vater sagte mir ferner, sobald er tot sei und ich den Pandafilando in mein Reich einbrechen sähe, solle ich mich nicht etwa damit aufhalten, mich zur Wehr zu setzen, weil ich mich dadurch zugrunde richten würde; sondern ich solle ihm das Königreich frei und ohne Hindernis überlassen, wenn ich vermeiden wolle, mich dem Tod und meine guten, getreuen Untertanen dem völligen Verderben preiszugeben; denn es werde unmöglich sein, mich vor der teuflischen Kraft des Riesen zu schirmen. Vielmehr solle ich sofort mit etlichen meiner Leute mich auf den Weg nach den hispanischen Landen begeben, wo ich Rettung aus meinen Nöten finden, nämlich einen fahrenden Ritter treffen würde, dessen Ruhm zu diesen Zeiten über dieses ganze Reich verbreitet sei, und selbiger Ritter solle, wenn ich mich recht erinnere, Don Gesotten oder Dunkelschote heißen."

„,Don Quijote' wird er gesagt haben", fiel hier Sancho Pansa ein, „oder mit andern Worten: Der Ritter von der traurigen Gestalt."

„So ist's in Wirklichkeit", sprach Dorotea. „Ferner sagte mein Vater, der Ritter werde hoch von Wuchs und hager von Gesicht sein und werde auf der rechten Seite unter der linken Schulter oder nahe dabei ein braunes Muttermal mit Haaren wie Borsten haben."

Als Don Quijote das hörte, sprach er zu seinem Schildknappen: „Komm her, mein Sohn Sancho, hilf mir die Kleider ablegen; ich will nachsehen, ob ich der Ritter bin, von dem jener gelahrte König geweissagt hat."

„Warum will denn Euer Gnaden die Kleider ablegen?" fragte Dorotea.

„Um zu sehen, ob ich das Muttermal habe, von welchem Euer Vater gesprochen hat", antwortete Don Quijote.

„Dazu ist kein Auskleiden vonnöten", sprach Sancho, „weiß ich ja doch, daß Euer Gnaden ein Muttermal mit den besagten Merkmalen mitten auf dem Rückgrat hat, ein Zeichen, daß Ihr ein Mann von großen Kräften seid."

„Das genügt", sprach Dorotea, „denn unter guten Freunden muß man nicht auf Kleinigkeiten sehen, und ob es an der Schulter oder am Rückgrat ist, tut wenig zur Sache; genug, daß ein Muttermal vorhanden ist, und da mag es denn sein, wo es wolle, sintemal alles doch ein Fleisch ist. Und ohne Zweifel hat mein Vater in allem das Richtige getroffen, und auch ich hab's getroffen, indem ich meine Sache dem Herrn Don Quijote anbefahl. Er ist's offenbar, von dem mein Vater gesprochen, da die Merkzeichen des Gesichts zu denen des hohen Rufes stimmen, dessen dieser Ritter nicht nur in Spanien, sondern in der ganzen Mancha genießt. Denn kaum war ich in Osuna gelandet, da hörte ich von ihm so viel Heldentaten erzählen, daß mir gleich mein Herz sagte, er müsse der nämliche sein, den ich aufzusuchen gekommen."

„Aber Herrin mein, wie kann Euer Gnaden in Osuna gelandet sein", fragte Don Quijote, „wenn es doch kein Seehafen ist?"

Ehe jedoch Dorotea noch antworten konnte, kam der Pfarrer zuvor und sagte: „Gewiß hat die gnädige Prinzessin sagen wollen, daß nach ihrer Landung zu Málaga der erste Ort, wo sie Kunde von Euer Gnaden erhielt, Osuna war."

„So habe ich sagen wollen", sprach Dorotea.

„Und so ist's in Richtigkeit", versetzte der Pfarrer. „Euer Majestät wolle nur weitersprechen."

„Es ist da nichts weiterzusprechen", entgegnete Dorotea, „als daß letztlich mein Schicksal, indem es mich den Herrn Don Quijote auffinden ließ, sich so günstig gestaltet hat, daß ich mich schon für die Königin und Herrin meines gesamten Reiches ansehe und erachte, sintemalen er nach seiner edlen Sitte und Großherzigkeit mir die Vergünstigung zugesagt hat, mit mir hinzuziehen, wohin ich ihn führen werde; und führen will ich ihn nirgends anderswohin, als wo ich ihn dem Pandafilando mit dem finstern Gesicht gegenüberstelle, damit er ihn töte und mir das wiedererstatte, was der Riese sich widerrechtlich angemaßt hat. Und all dies wird nach Herzenswunsch geschehen; denn so hat es geweissagt Tinakrio der Weise, mein edler Vater. Selbiger hinterließ auch mündlich und schriftlich in chaldäischer Schrift oder in griechischer – denn lesen kann ich sie nicht –: Wenn dieser Ritter, von welchem er geweissagt, den Riesen geköpft hat und sich dann mit mir vermählen will, so solle ich auf der Stelle und ohne Widerrede mich ihm zu seiner rechtmäßigen Ehegattin überantworten und ihm den Besitz meines Königreiches zugleich mit dem meiner Person gewähren."

„Wie bedünkt dich das, Freund Sancho?" fiel hier Don Quijote ein, „hörst du, was vorgeht? Sagte ich dir es nicht? Sieh nun, ob wir nicht alsbald ein Königreich zu beherrschen und eine Königin zu heiraten bekommen!"

„Darauf will ich einen Eid leisten", sprach Sancho, „ein lumpiger Bankert, der sich nicht gleich verheiratet, sowie er dem Herrn Pantoffelhand die Kehle abgeschnitten hat! Denn, potz! wie ist die Königin so häßlich! Ich wollte, es täte jeder Floh in meinem Bett sich in so was verwandeln!"

Und mit diesen Worten machte er ein paar Luftsprünge und schlug sich dabei auf die Fußsohlen mit Freudenbezeigungen über alles Maß, faßte sofort die Zügel von Doroteas Maulesel und hielt ihn an, warf sich auf die Knie vor ihr und bat sie, ihm die Hände zu reichen, damit er zum Zeichen, daß er sie zu seiner Königin und Gebieterin annehme, einen Kuß daraufdrücken dürfe.

Wer von den Umstehenden hätte beim Anblick der Verrücktheit des Herrn und der Einfalt des Dieners nicht lachen müssen? Dorotea reichte ihm wirklich die Hände und verhieß, ihn zu einem großen Herrn in ihrem Reiche zu machen, falls der Himmel ihr das Glück verleihe, daß sie es wiedererlange und besitze. Sancho dankte ihr dafür mit solchen Ausdrücken, daß er bei allen lautes Gelächter hervorrief.

„Dieses also, meine Herren", fuhr Dorotea jetzt fort, „ist meine Geschichte; es erübrigt mir nur noch, euch zu sagen, daß von all dem Geleite, das ich aus meinem Reiche mitnahm, mir allein dieser biedre bärtige Knappe übriggeblieben; die andern alle sind in einem heftigen Sturm angesichts des Hafens ertrunken. Er und ich sind wie durch ein Wunder auf zwei Brettern ans Land entkommen; und so ist der Verlauf meines Lebens durchaus Wunder und verborgenes Rätsel, wie ihr bemerkt haben werdet. Wenn ich aber in irgendeinem Punkte zu weitläufig gewesen bin oder nicht so ganz das Richtige gesagt, wie ich sollte, so werft die Schuld auf den Umstand, welchen der Herr Lizentiat zu Anfang meiner Erzählung hervorhob, daß langdauernde und ungewöhnliche Nöte dem das Gedächtnis rauben, der sie erleidet."

„Mir, erhabene und hochgemute Prinzessin", sprach Don Quijote, „sollen es all die Nöte nicht rauben, die ich zu Eurem Dienst ertragen werde, so groß und unerhört sie auch sein mögen. Und so bestätige ich aufs neue die Vergünstigung, so ich Euch zugesagt habe, und schwöre, mit Euch bis ans Ende der Welt zu ziehen, bis ich mich Eurem ingrimmigen Feinde gegenübersehe, welchem ich gedenke durch die Hilfe Gottes und meines Armes Stärke den Kopf abzuschlagen mit der Schneide dieses, ich will nicht sagen guten Schwertes, dank dem Ginés von Pasamonte, der mir das meinige geraubt hat."

Die letzten Worte murmelte er zwischen den Zähnen und fuhr dann fort: „Und habe ich ihm den Kopf abgehauen und Euch in friedlichen Besitz Eures Landes gesetzt, dann soll es Eurem Willen anheimgestellt sein, über Eure Person so zu verfügen, wie es hinfüro Euch belieben mag. Denn solang mein Gedächtnis anderwärts in Beschlag genommen, mein Wille gefangen, meine Denkfähigkeit verloren ist um jener Holden willen, die ... ich sage nicht mehr! ... so lange ist es mir nicht vergönnt, auch nur in Gedanken der Möglichkeit einer Vermählung ins Auge zu schauen, und wäre es mit dem Vogel Phönix selber."

So großes Mißfallen hatte Sancho an den letzten Worten, die

sein Herr über das Ablehnen der Verheiratung sprach, daß er mit gewaltigem Ärger die Stimme erhob und sprach: „Verdammt sei ich! Bei Gott, ich schwör's, daß Euer Gnaden, Herr Don Quijote, nicht bei vollem Verstand ist. Denn wie ist's möglich, daß Euer Gnaden nur im Zweifel sein kann, ob Ihr eine so hohe Prinzessin wie diese heiraten wollt? Glaubt Ihr etwa, das Schicksal wird Euch hinter jedem Chausseestein ein solches Glück bieten, wie es Euch jetzt geboten wird? Ist vielleicht unser Fräulein Dulcinea schöner? Wahrhaftig nicht, nicht einmal halb so schön; ja, ich darf sagen, daß sie dem Fräulein hier nicht das Wasser reicht. Wenn es so geht, zum Henker! wie soll ich die Grafschaft kriegen, auf die ich warte, wenn Euer Gnaden Artischocken auf hoher See suchen will? Heiratet, heiratet auf der Stelle, und mag Euch der Satanas behilflich sein, und nehmt mir dies Königreich, das Euch mit Kußhänden zugeworfen wird, und wenn Ihr König seid, macht mich zum Markgrafen oder zum Statthalter, und hernach mag meinetwegen der Teufel die ganze Welt holen."

Don Quijote, der solche Lästerungen gegen seine Herrin Dulcinea ausstoßen hörte, konnte das nicht aushalten; er erhob seinen Spieß, und ohne den Mund nur einmal aufzutun, versetzte er ihm zwei so mächtige Streiche, daß er ihn zu Boden warf, und hätte nicht Dorotea laut aufgeschrien, er solle doch mit Schlägen einhalten, so hätte er ihm sicher auf der Stelle das Leben genommen.

„Denkt Er", sagte er zu ihm nach einer kleinen Weile, „Er Bauernflegel, es soll immer so gehen, daß ich die Hände in die Hosen stecke, und es soll stets alles damit abgetan sein, daß Er sündigt und ich Ihm verzeihe? Oh, das bilde Er sich nicht ein, verfluchter Schurke; denn das bist du jedenfalls, sintemal deine Zunge die unvergleichliche Dulcinea anzutasten gewagt hat. Weißt du nicht, du Lump, du Bettler, du Taugenichts, wenn nicht die Kraft wäre, die sie meinem Arm eingießt, daß ich deren nicht so viel hätte, um nur einen Floh umzubringen? Sage Er doch, Er Schelm mit der Vipernzunge, wer hat das Königreich erobert und dem Riesen den Kopf abgeschlagen und Ihn zum Markgrafen gemacht – denn all dieses ist meines Erachtens schon so gut wie geschehen und ein für allemal abgemacht –, wer, wenn nicht Dulcineas Tapferkeit, die meinen Arm zum Werkzeug ihrer Heldentaten genommen hat? Sie kämpft in mir und siegt in mir, und in ihr lebe ich und atme und habe Leben und Dasein in ihr. Er Bankert, Er Schuft, wie undankbar ist

Er! Sieht sich aus dem Staub der Erde erhoben zu einem Edelmann mit Rittergut, und eine so große Wohltat vergilt Er der Wohltäterin mit Lästerungen!"

Sancho war nicht so übel zugerichtet, daß er nicht all die Worte seines Herrn deutlich vernommen hätte. Er erhob sich ganz hurtig vom Boden, nahm Deckung hinter Doroteas Zelter, und von dieser Schutzwehr aus sprach er zu seinem Herrn: „Sagt mir, Señor, wenn Euer Gnaden entschlossen ist, diese große Prinzessin nicht zu heiraten, so ist's klar, daß Ihr das große Königreich nicht bekommt, und wenn Ihr's nicht bekommt, welche Gnaden könnt Ihr mir erweisen? Das ist's eben, was mir weh tut. Heiratet, gnädiger Herr, heiratet unter allen Umständen diese Königin, wir haben sie ja zur Hand wie vom Himmel herabgeschneit, und nachher könnt Ihr immerhin wieder zu unserm Fräulein Dulcinea zurückkehren. Denn sicher hat es schon manchen König in der Welt gegeben, der sich eine Nebenfrau hielt. Den Punkt aber von wegen der Schönheit, da laß ich mich nicht drauf ein; denn in aller Wahrheit, wenn sie doch gesagt werden muß, beide gefallen mir, wiewohl ich das Fräulein Dulcinea niemals mit Augen gesehen."

„Wie kannst du sie nicht gesehen haben, gotteslästerlicher Verräter?" entgegnete Don Quijote. „Hast du mir nicht eben erst eine Botschaft von ihr gebracht?"

„Ich meine", antwortete Sancho, „ich habe sie nicht mit genugsamer Muße angesehen, um mir ihre Schönheit im einzelnen und ihre Vorzüge Punkt für Punkt zu merken; aber so im ganzen gefällt sie mir."

„Nun, hiernach will ich dir deine Schuld nachsehen", sprach Don Quijote, „vergib auch du mir die Kränkung, die ich dir zugefügt, die ersten Regungen hat der Mensch nicht in seiner Gewalt."

„Das seh ich wohl", erwiderte Sancho, „und so ist bei mir die Lust zu plaudern immer die erste Regung, und ich kann's nicht lassen, wenigstens einmal herauszusagen, was mir auf die Zunge kommt."

„Trotzdem", sprach Don Quijote, „bedenke, Sancho, was du sprichst; denn der Krug geht so lange zum Brunnen ... Weiter sag ich nichts."

„Schon gut", entgegnete Sancho, „es lebt ein Gott im Himmel, der sieht die Fallstricke, die dem Menschen gelegt werden, und wird Richter sein, wer von uns beiden sich ärger versündigt, ich, wenn ich unrecht rede, oder Ihr, wenn Ihr unrecht handelt."

„Laßt nun genug sein", sprach Dorotea, „eilet hin, Sancho, und küßt Eurem Herrn die Hand, bittet ihn um Verzeihung und nehmt Euch fürderhin besser in Obacht bei Eurem Loben und Tadeln und sagt jener Dame Toboso nichts mehr Böses nach, von der ich nichts weiter weiß, als daß ich ihr zu Diensten bereit bin. Vertraut auf den lieben Gott, und es wird Euch nicht an einem Erbgut fehlen, wo Ihr wie ein Prinz leben könnt."

Sancho ging gesenkten Hauptes hin und bat seinen Herrn um die Hand; dieser reichte sie ihm mit ernster Haltung zum Kusse und gab ihm dann seinen Segen. Hierauf sagte der Ritter zu Sancho, sie wollten ein wenig vorangehen; er habe wichtige Dinge ihn zu fragen und mit ihm zu besprechen. Sancho tat also. Die beiden gingen den andern eine kleine Strecke voraus, und Don Quijote sprach: „Seit du gekommen bist, habe ich weder Gelegenheit noch Muße gefunden, um dich nach mancherlei Umständen betreffs der Botschaft, die du hingetragen, und der Antwort, die du gebracht hast, zu fragen; jetzt aber, da der Zufall uns Zeit und Gelegenheit vergönnt hat, so versage du mir nicht die Glückseligkeit, die du mir durch so erfreuliche Kunde verschaffen kannst."

„Fragt, edler Herr", entgegnete Sancho, „soviel Ihr nur wollt, und ich will mit allem ebensogut zu Ende kommen, wie ich den Anfang gemacht habe. – Aber, Herre mein, eins bitt ich Euer Gnaden, tragt mir doch fürderhin nicht alles so lange nach."

„Weshalb sagst du dieses, Sancho?" fragte Don Quijote.

„Deshalb", antwortete Sancho, „weil die Prügel von soeben doch mehr für den Streit ausgeteilt wurden, den neulich des Nachts der Teufel zwischen uns beiden angezettelt, als für meine heutigen Äußerungen wider Fräulein Dulcinea, welche wie eines heiligen Märtyrers Gebresten – wiewohl sie keines an sich hat – von mir geschätzt und verehrt wird, bloß weil sie Euer Gnaden angehört."

„Fang nicht wieder davon an, Sancho, so dir dein Leben lieb ist", entgegnete Don Quijote, „denn das macht mir Verdruß; damals habe ich dir verziehen, aber du weißt, neue Sünde fordert neue Buße."

Während die beiden sich in diesem Gespräch ergingen, sagte der Pfarrer zu Dorotea, sie habe sich sehr klug gezeigt sowohl in der Erzählung und deren Kürze als auch in der Ähnlichkeit, die diese mit den Ritterbüchern hatte.

Sie erwiderte, gar oft habe sie sich mit dem Lesen solcher Bücher unterhalten, aber freilich wisse sie nichts von der Lage der Provinzen und Seehäfen, und so habe sie auf gut Glück gesagt, sie sei in Osuna gelandet.

„So habe ich es mir gedacht", sprach der Pfarrer, „und deshalb kam ich gleich mit meiner Bemerkung zu Hilfe, durch die alles wieder ins rechte Geleise gebracht wurde. Aber ist es nicht erstaunlich, wie leichtgläubig der unselige Junker all diese Erfindungen und Lügen für wahr hinnimmt, bloß weil sie den Stil der Albernheiten aus seinen Büchern an sich tragen?"

„Freilich", sprach Cardenio, „und so merkwürdig und unerhört ist diese Leichtgläubigkeit, daß, wenn man sie lügnerisch erfinden und mit Kunst ersinnen wollte, ich nicht glaube, daß es einen so geistreichen Schriftsteller gäbe, um auf so etwas zu kommen."

„Es ist aber noch etwas andres dabei", sagte der Pfarrer. „Sieht man von den Albernheiten ab, die dieser wackre Junker vorbringt, wenn es sich um seine närrischen Einbildungen handelt, so sind alle seine Äußerungen höchst vernünftig, sobald man mit ihm über andre Dinge redet, und bewähren in ihm einen hellen heiteren Geist, so daß ein jeder ihn, vorausgesetzt, daß man nicht an sein Ritterwesen rührt, für einen Mann von durchaus gesundem Verstande halten muß."

Während sich diese in solcher Unterhaltung ergingen, setzte Don Quijote die seinige fort und sprach zu Sancho: „Laß uns, Freund Sancho, unsere Zänkereien ins Meer versenken, und sage mir jetzt, ohne daß du dem Ärger und Groll Raum gibst, wo, wie und wann hast du Dulcinea gefunden? Womit beschäftigte sie sich? Was für ein Gesicht machte sie, als sie meinen Brief las? Wer hat ihn dir abgeschrieben? Kurz, sage alles, was in diesem Falle du des Wissens, Erfragens, Beantwortens wert erachtest, ohne daß du etwas hinzusetzest oder erlügest, um mir Angenehmes zu erweisen, oder etwas abkürzest, um mich etwas Unangenehmes nicht hören zu lassen."

„Señor", antwortete Sancho, „wenn ich doch die Wahrheit sagen soll, so hat mir niemand den Brief abgeschrieben; denn ich habe den Brief gar nicht mitgenommen."

„Es ist so, wie du sagst", sprach Don Quijote, „denn das Notizbüchlein, in das ich ihn schrieb, habe ich zwei Tage nach deinem Weggang in meinem Besitz gefunden. Es war mir das höchst unangenehm, weil ich mir nicht vorstellen konnte, was du anfangen solltest, wenn du das Fehlen des Briefes bemerken würdest, und ich dachte beständig, du würdest umkehren, sobald du ihn vermißtest."

„Das wäre auch geschehen", entgegnete Sancho, „hätte ich mir ihn nicht ins Gedächtnis eingeprägt, als Euer Gnaden ihn mir vorlas. Da konnte ich ihn denn einem Küster vorsagen, der ihn mir aus dem Kopfe niederschrieb, Punkt für Punkt, so daß er mir sagte, er habe zwar schon viele geistliche Bannbriefe gelesen, doch nie einen so hübschen Brief wie diesen."

„Hast du ihn noch im Gedächtnis, Sancho?" fragte Don Quijote.

„Nein, Señor", antwortete Sancho. „Sobald ich ihn hergegeben hatte und sah, daß er mir zu nichts mehr nütze war, verlegte ich mich drauf, ihn zu vergessen. Wenn mir doch noch was in der Erinnerung ist, so ist es der Satz von der fürchterlichen, ich will sagen fürstlichen Gebieterin und der Schluß: *Der Eurige bis in den Tod, der Ritter von der traurigen Gestalt.* Und inmitten zwischen diese zwei Stellen setzte ich mehr als dreihundert ‚Herzliebchen' und ‚mein Leben' und ‚Licht meiner Augen'."

31. KAPITEL

Von der ergötzlichen Zwiesprache, die Don Quijote und sein Schildknappe Sancho Pansa miteinander hielten, nebst andern Begebnissen

„All dieses mißbehagt mir keineswegs", sprach Don Quijote, „fahre fort. Du kamst also hin, und womit beschäftigte sich die Königin der Schönheit? Sicher fandest du sie, wie sie Perlen aufreihte oder mit Goldfaden eine neue Devise für mich, den in ihren Fesseln liegenden Ritter, stickte."

„So hab ich sie nicht gefunden", entgegnete Sancho, „sondern wie sie auf ihrem Hof zwei Scheffel Weizen siebte."

„Dann sei gewiß", sagte Don Quijote, „die Körner dieses Weizens waren, von ihrer Hand berührt, eitel Perlenkörner. Und wenn du genau hingesehen hast, Freund, war der Weizen von der guten oder rötlichen Art?"

„Es war nichts andres als gemeiner gelber Weizen", antwortete Sancho.

„Nun, dann versichere ich dir", sprach Don Quijote, „von ihren Händen gesiebt, gab er ohne Zweifel das feinste Semmelbrot. Doch weiter: als du ihr meinen Brief überreichtest, hat sie ihn geküßt? Hat sie mit ihm die Stirn berührt? Hat sie ihn mit jener Feierlichkeit empfangen, wie sie eines solchen Briefes würdig war? Oder was hat sie überhaupt getan?"

„Als ich ihn ihr reichen wollte", antwortete Sancho, „hatte sie gerade eine tüchtige Menge Weizen im Sieb und war mitten im heftigsten Schütteln, da sagte sie zu mir: ‚Lieber Freund, legt mir den Brief auf den Sack dort; ich kann ihn nicht lesen, bis ich den ganzen Vorrat hier fertig gesiebt habe.'"

„Wie verständig!" sprach Don Quijote, „sie tat dies jedenfalls, um ihn mit Muße zu lesen und sich an ihm zu ergötzen. Weiter, Sancho: Während sie bei ihrer Beschäftigung war, welche Zwiesprache hielt sie mit dir? Was fragte sie dich über mich? Und du, was hast du ihr geantwortet? Komm einmal zu Ende, erzähle mir alles, nicht eine Achtelnote darfst du auslassen."

„Sie hat mich gar nichts gefragt", sprach Sancho, „ich aber erzählte ihr, wie es Euch aus Liebe zu ihr erginge, indem Ihr Euch kasteiet, vom Gürtel aufwärts entblößt, in diesem Gebirge steckend, als ob Ihr ein Wilder wäret, auf dem Erdboden schlafend, ohne je auf einem Tischtuch zu essen, ohne Euch den Bart zu kämmen, Euer Schicksal beweinend und verwünschend."

„Wenn du gesagt hast, ich verwünsche mein Schicksal, so muß ich deine Worte verwünschen", sagte Don Quijote. „Denn ich segne es vielmehr und werde es zeit meines Lebens segnen, daß es mich der Gunst würdig gemacht hat, eine so hohe Gebieterin wie Dulcinea von Toboso zu lieben."

„Ja, so hoch ist sie", versetzte Sancho, „daß sie mir wahrhaftig um mehr als eine Faust über ist."

„Wie, Sancho", fragte Don Quijote, „hast du dich mit ihr gemessen?"

„Wir haben uns auf die Weise gemessen", antwortete Sancho, „daß wir, als ich herzuging, um ihr einen Sack Weizen auf einen Esel laden zu helfen, so nahe zusammenkamen, daß ich sehen konnte, sie sei um eine gute Handbreit größer als ich."

„Aber bekleidet und schmückt sie diese Körpergröße nicht mit tausend Millionen Reizen der Seele?" rief Don Quijote. „Und eines wirst du mir nicht in Abrede stellen, Sancho: als du ihr so nahe kamst, Sancho, spürtest du da nicht einen sabäischen Wohlgeruch, einen balsamischen Hauch, ein ich weiß nicht was Fürtreffliches, das ich nicht zu nennen imstande bin, ich meine einen Duft oder Dunst, als ob du im Laden eines feinen Handschuhmachers wärest?"

„Ich kann weiter nichts sagen", entgegnete Sancho, „als daß

ich so ein gewisses männliches Gerüchlein verspürte, und das kam wohl daher, daß sie von der vielen Arbeit schwitzte und schier triefte."

„Das kann's nicht gewesen sein", sprach Don Quijote, „sondern du hast sicher den Schnupfen gehabt oder mußt dich selbst gerochen haben; denn ich weiß gar wohl, wonach sie duftet, diese Rose unter Dornen, diese Lilie im Tal, diese flüssige Ambra."

„Das kann alles sein", erwiderte Sancho, „denn häufig geht von mir der Geruch aus, der mir damals von des Fräuleins Dulcinea Gnaden auszugehen schien. Allein darüber darf man sich nicht verwundern; denn ein Teufel ist geradeso wie der andre."

„Nun gut", fuhr Don Quijote fort, „sie hat also ihren Weizen jetzt fertig gesiebt und in die Mühle geschickt – wie benahm sie sich, als sie meinen Brief las?"

„Den Brief", sprach Sancho, „den hat sie gar nicht gelesen; denn sie sagte, sie könne nicht lesen noch schreiben; vielmehr zerriß sie ihn und zerstückte ihn in kleine Fetzen und sagte, sie wolle ihn niemandem zu lesen geben, damit man im Dorf nicht ihre Geheimnisse erfahre; und es sei schon hinreichend, was ich ihr mündlich über Euer Gnaden Liebe zu ihr gesagt und über die absonderliche Kasteiung, die Ihr von ihretwegen fortwährend übt. Und schließlich sagte sie mir, ich solle Euer Gnaden sagen, sie küsse Euch die Hände und trage mehr Lust, Euch zu sehen als Euch zu schreiben. Und sonach bitte und befehle sie Euch, nach Sicht des Gegenwärtigen sollt Ihr Euch aus diesen Wildnissen entfernen und sollt mit dem Verüben von Narreteien aufhören und sollt Euch gleich auf den Weg nach Toboso begeben, wenn Euch eben nichts Wichtigeres aufstoße; denn sie habe große Begier, Euer Gnaden zu sehen. Sie lachte mächtiglich, als ich ihr sagte, Euer Gnaden nenne sich den Ritter von der traurigen Gestalt. Ich fragte sie, ob der Biskayer von neulich gekommen sei; sie sagte mir, ja, und es sei ein sehr wackerer Mann. Auch fragte ich sie nach den Galeerensklaven; allein sie erwiderte mir, sie habe bisher keinen zu Gesicht bekommen."

„Soweit geht alles gut", sprach Don Quijote. „Aber sage mir, welch ein Kleinod hat sie dir, da sie dich verabschiedete, für die Nachricht geschenkt, die du ihr von mir brachtest? Denn unter Rittern und Damen von der fahrenden Zunft ist es bräuchliche, alte Sitte, den Knappen, Zofen oder Zwergen, die den Rittern Nachricht von den Damen und diesen von ihren fahrenden Helden bringen, irgendein köstlich Kleinod zum Lohn zu verehren als Dank für ihre Botschaft."

„Das mag wohl so sein, und ich halte es für einen löblichen Brauch, allein das kann nur in vergangenen Zeiten so gewesen sein. Jetzt muß es nur Sitte sein, ein Stück Brot und Käse zu verehren; denn das war es, was mir das Fräulein Dulcinea über die Hofmauer hinüberreichte, als ich mich von ihr verabschiedete; ja, zum genaueren Wahrzeichen war es geringer Schafkäse."

„Sie ist freigebig über die Maßen", entgegnete Don Quijote, „und wenn sie dir kein Kleinod von Gold gab, so war der Grund ohne Zweifel, daß sie im Augenblick keines zur Hand hatte. Doch ein warmer Rock ist auch nach Ostern noch zu brauchen: ich werde sie sehen, und es soll alles gutgemacht werden. Weißt du, was mich wundert, Sancho? Daß es mich bedünkt, du seiest durch die Lüfte hingeeilt und zurückgekommen; denn du bist von hier bis Toboso hin und zurück kaum mehr als drei Tage geblieben, während es von hier bis dort über dreißig Meilen sind. Deshalb meine ich, jener gelahrte Schwarzkünstler, der sich meiner Angelegenheiten annimmt und mein Freund ist – denn notwendig ist ein solcher vorhanden und muß vorhanden sein, sonst wäre ich kein echter, rechter fahrender Ritter –, ich sage also, selbiger hat dir sicherlich zu reisen geholfen, ohne daß du es gemerkt hast. Denn es gibt Zauberer, die einen fahrenden Ritter entführen, derweil er in seinem Bette schläft, und ohne zu wissen, wie und wieso, erwacht er des andern Morgens mehr als tausend Meilen von dem Ort entfernt, wo er sich am Abend zuvor befunden. Und wenn es nicht in dieser Weise vor sich ginge, so könnten die fahrenden Ritter nicht in ihren Fährlichkeiten einander zu Hilfe kommen, wie sie dies bei jeder Gelegenheit tun. So trifft es sich einmal, daß einer in den armenischen Gebirgen mit einem Drachen im Kampfe steht oder mit sonst einem grimmigen Ungetüm oder mit irgendeinem Ritter und im Gefechte den kürzeren zieht und schon auf dem Punkte steht, das Leben zu verlieren – und ehe ich mich's versehe, läßt sich hoch oben auf einer Wolke oder einem feurigen Wagen ein andrer Ritter sehen, sein Freund, der sich kurz vorher in England befand; der bringt ihm Hilfe und errettet ihn vom Tode, und am Abend sitzt er in seinem Wohngelaß und hält sein Nachtmahl nach Herzenslust. Und doch sind es gewöhnlich von einem Ort zum andern zwei-, dreitausend Meilen, und alles das geschieht durch Kunst und Wissen jener gelahrten Zauberer, so diese mannhaften Ritter in ihre Obhut nehmen. Sonach, Freund Sancho, fällt es mir nicht schwer zu glauben, daß du in so kurzer Zeit von diesem Ort nach Toboso hin- und zurückgekommen bist, da, wie gesagt, irgendein befreundeter Zauberkünstler dich sicherlich im Flug durch die Lüfte entführt hat, ohne daß du es merktest."

„So wird's gewesen sein", sprach Sancho, „denn meiner Treu, Rosinante lief, als wäre er ein Zigeuneresel mit Quecksilber in den Ohren."

„Freilich muß er Quecksilber in den Ohren gehabt haben", versetzte Don Quijote, „oder gar eine Legion Teufel; denn die sind Wesen, die ohne Ermüdung, und so weit es sie nur immer gelüstet, reisen und andern zu reisen helfen. Aber lassen wir das beiseite und sage mir: Was, meinst du, soll ich jetzt tun in Ansehung des Gebotes meiner Herrin, daß ich sofort vor ihr Angesicht treten soll? Denn wiewohl ich weiß, daß ich verpflichtet bin, ihrem Gebote zu gehorsamen, so sehe ich mich doch durch die Vergünstigung, die ich dieser Prinzessin, die sich bei uns befindet, zugesagt habe, in die Unmöglichkeit versetzt, es zu tun, und es nötigt mich das Gesetz des Rittertums, meinem Wort eher als meiner Neigung zu genügen. Einerseits peinigt und drängt mich das Verlangen, meine Herrin zu sehen, andererseits treibt und ruft mich meine feste Zusage wie auch der Ruhm, den ich bei diesem Unternehmen erlangen werde. Indessen, was ich zu tun gedenke, soll dieses sein: Ich will mich eiligst auf den Weg zu dem Riesen machen und, gleich wenn ich hinkomme, ihm den Kopf abhauen und die Prinzessin friedlich in ihr Reich einsetzen, und dann will ich unverweilt zurückkehren, um das Licht zu schauen, das all meine Sinne erleuchtet, und ich will ihr dann so bedeutsame Entschuldigungsgründe vorbringen, daß sie schließlich mein Zögern gutheißt, sintemal sie einsehen wird, daß alles zur Erhöhung ihrer Glorie und ihres Ruhmes gereicht. Denn alles, was ich durch die Waffen in diesem Leben mir gewonnen habe, gewinne und gewinnen werde, alles das wird mir nur dadurch zuteil, daß sie mir großgünstigen Beistand verleiht und daß ich der Ihrige bin."

„Oh, oh", sprach Sancho, „wie arg geschädigt seid Ihr doch an Eurem Hirn! Sagt mir einmal, Señor, ist Euer Gnaden gesonnen, diese Kriegsfahrt vergeblich zu fahren und eine so reiche Heirat vorüber- und verlorengehen zu lassen wie diese, wo man Euch ein Königreich zur Mitgift reicht, welches, so hab ich's allen Ernstes sagen hören, mehr als zwanzigtausend Meilen im Umkreis hält und Überfluß an allem hat, was der Mensch zum Leben braucht, und größer ist als Portugal und Kastilien zusammen? Schweigt mir um Gottes willen und schämt Euch dessen, was Ihr gesagt, und folgt meinem Rat und nehmt mir's nicht übel und heiratet gleich im ersten besten Dorf, wo sich ein Pfarrer findet, und wo nicht, so ist ja unser Lizentiat hier, der wird es aufs beste verrichten. Und merkt Euch, daß ich zum Ratgeben alt genug bin und daß der Rat, den ich Euch jetzt gebe, für Euch durchaus paßt: Besser ein Spatz in der Hand als zehn Tauben auf dem Dach; denn wer Gutes kann haben und Böses will, wird ihm Gutes erteilt, so schweige er still."

„Erwäge, Sancho", entgegnete Don Quijote, „wenn du den Rat, mich zu verheiraten, deshalb gibst, damit ich nach Tötung des Riesen gleich König werde und die Macht habe, dir Gnaden zu erweisen und dir das Versprochene zu gewähren, so tu ich dir zu wissen, daß ich, auch ohne mich zu vermählen, deinen Wunsch sehr leicht erfüllen kann. Denn bevor ich in den Kampf ziehe, werde ich mir als Zugabe zu meiner Belohnung ausbedingen, daß, wenn ich ihn siegreich bestehe, auch falls ich nicht heirate, mir ein Teil des Königreichs übereignet werden muß, auf daß ich ihn jedem nach meiner Wahl schenken kann; und sobald man ihn mir übergibt, wem soll ich ihn schenken als dir?"

„Das ist klar", erwiderte Sancho, „jedoch beachte Euer Gnaden, daß Ihr mir ihn an der Seeküste aussucht, damit ich, wenn mir der Aufenthalt nicht behagt, meine schwarzen Untertanen einschiffen und mit ihnen anfangen kann, was ich schon gesagt habe. Auch dürft Ihr für jetzt nicht daran denken, Euch unserm Fräulein Dulcinea vorzustellen, sondern zieht hin und schlagt den Riesen tot, und da wollen wir die Sache zum Schluß bringen; denn bei Gott, ich bin überzeugt, es wird viel Ehre und viel Vorteil dabei herauskommen."

„Ich sage dir, Sancho", sprach Don Quijote, „du hast ganz recht, ich werde deinen Rat annehmen, insofern er darauf hinausgeht, daß ich erst mit der Prinzessin hinziehe, bevor ich Dulcinea aufsuche. Und ich warne dich, daß du keinem, auch nicht denen, die jetzt unsre Begleiter sind, etwas von alledem erzählst, was wir hier gesprochen und verhandelt haben. Denn sintemal Dulcinea so zurückhaltend ist und nicht will, daß man ihre Gesinnungen kenne, so wäre es nicht wohlgetan, wenn ich oder ein andrer durch mich sie offenbaren würde."

„Aber wenn dem so ist", sprach Sancho, „wie kann Euer Gnaden dann diejenigen, die Ihr durch Eures Armes Kraft besiegt, verpflichten wollen, daß sie hingehen und sich unserm Fräulein Dulcinea stellen, da dies geradesoviel heißt, wie mit Eurem Namen zu unterschreiben, daß Ihr sie von Herzen gerne habt und ihr Liebhaber seid? Und da es unerläßlich ist, daß alle, die hinkommen, sich vor ihr auf die Knie werfen und sagen müssen, daß sie von Euer Gnaden wegen kommen, um ihr Huldigung zu leisten, wie können da Euer beider Gefühle im verborgenen bleiben?"

„O wie dumm, wie einfältig bist du!" versetzte Don Quijote. „Siehst du nicht, Sancho, daß all dieses zu ihrer größeren Verherrlichung gereicht? Denn du mußt wissen, Sancho, nach diesem unserm Ritterbrauch ist es eine große Ehre, wenn eine Dame viele fahrende Ritter hat, die ihr dienen, ohne daß deren Gedanken auf ein weiteres Ziel gehen, als ihr zu dienen und ihr einzig und allein deshalb zu dienen, weil sie die hohe Dame ist, die sie ist, und ohne einen andern Lohn für ihr vielfaches und tugendsames Streben zu erhoffen, als daß die Dame dareinwillige, sie zu ihren Rittern anzunehmen."

„Mit dieser Art Liebe", sprach Sancho, „habe ich predigen hören, soll Gott lediglich um seiner selbst willen geliebt werden, ohne daß uns Hoffnung auf Himmelslohn oder Furcht vor Höllenstrafe treibt. Ich zwar möchte eher von dessentwegen, was er vermag, ihm meine Liebe und Dienste weihen."

„Ei, daß dich der Teufel, was für ein Bauernkerl!" sprach Don Quijote. „Was für gescheite Sachen gibst du auf einmal von dir! Es sieht geradeso aus, als hättest du studiert."

„Nein, aufs Wort, ich kann nicht einmal lesen", entgegnete Sancho.

Indem rief ihnen Meister Nikolas zu, ein wenig zu warten, sie wollten haltmachen, um an einem Brünnlein zu trinken, das sich dort fand. Don Quijote hielt an, zu Sanchos nicht geringem Vergnügen, der schon müde war, soviel lügen zu müssen, und besorgte, sein Herr möchte ihn mit seinen eignen Worten fangen; denn obgleich er wußte, daß Dulcinea eine Bäuerin aus Toboso war, so hatte er sie doch in seinem ganzen Leben nicht gesehen.

Inzwischen hatte sich Cardenio die Kleider angezogen, die Dorotea trug, als sie sie fanden, und wiewohl nicht besonders gut, waren sie doch weit besser als die, welche er ablegte. Sie stiegen an der Quelle ab, und mit dem, was der Pfarrer sich in der Schenke hatte geben lassen, befriedigten sie, wenn auch nur ungenügend, den großen Hunger, den sie alle verspürten.

Während sie damit beschäftigt waren, kam ein des Weges wandernder Bursche zufällig vorüber. Er betrachtete die an der Quelle sitzenden Leute mit großer Aufmerksamkeit, stürzte auf

Don Quijote zu, schlang die Arme um dessen Beine, hob bitterlich zu weinen an und sprach: „O lieber Herr! Kennt mich Euer Gnaden nicht mehr? So seht mich genau an, ich bin jener Bursche Andrés, den Euer Gnaden von dem Eichbaum, an den ich gebunden war, losgemacht hat."

Don Quijote erkannte ihn, ergriff ihn bei der Hand und wendete sich zu den Anwesenden, indem er sprach: „Auf daß die Herrschaften sehen, wie wichtig es ist, daß es fahrende Ritter auf Erden gebe, welche den Ungebührlichkeiten und Unbilden steuern, die verübt werden von den frechen und schlechten Menschen, so auf selbiger leben, so sollt ihr erfahren: Vor einigen Tagen kam ich vorübergezogen an einem Walde und hörte Geschrei und Schmerzenslaute von einem schwer leidenden, hilfsbedürftigen Menschen. Sofort eilte ich, von meiner Berufspflicht angetrieben, nach der Gegend, woher meines Bedünkens die kläglichen Töne erschollen, und fand, an eine Eiche gebunden, diesen Jüngling, welcher vor euch stehet, worüber ich mich in tiefstem Herzen freue; denn er wird mir ein Zeuge sein, der alle meine Worte bekräftigen wird. Ich sage also, er war an die Eiche gebunden, entkleidet von der Mitte des Körpers bis hinauf, und da stand und zerfleischte ihm die Haut mit den Zügeln seiner Stute ein Bauer, der, wie ich alsbald in Erfahrung brachte, sein Dienstherr war. Und sobald ich ihn erblickte, befragte ich ihn um die Ursache so gräßlicher Geißelung. Der Grobian antwortete, er prügle ihn, weil selbiger sein Diener sei und weil gewisse Nachlässigkeiten, die er verschuldet, mehr in Spitzbüberei als in Dummheit ihren Grund hätten. Worauf dieser Knabe sprach: ‚Señor, er peitscht mich nur deshalb, weil ich meinen Dienstlohn von ihm verlange.' Der Herr antwortete mit, ich weiß nicht was für schönen Worten und Ausreden, die ich zwar anhörte, aber nicht gelten ließ; kurz, auf mein Gebot ward er losgebunden, und ich nahm dem Bauer einen Eid ab, ihn mit nach Hause zu nehmen und ihn zu bezahlen, Real für Real, und sogar in Münzen vom schönsten Schlag. Ist dies nicht alles wahr, mein Sohn Andrés? Hast du nicht bemerkt, mit welcher gebietenden Würde ich es ihm befahl und mit welcher Demut er alles zu tun verhieß, was ich ihm auferlegte, ihm zu wissen tat, ihm anbefahl? Antworte, sei nicht verlegen, sprich ohn alles Bedenken; sag diesen Herrschaften, was vorgegangen, auf daß man sehe und wohl beachte, wie es in Wirklichkeit den großen Nutzen hat, den ich dargelegt, daß es auf den Wegen weitum fahrende Ritter gibt."

„Alles, was Euer Gnaden gesagt hat, ist sehr wahr; aber der Ausgang der Sache war ganz das Gegenteil dessen, was Euer Gnaden sich vorstellte."

„Wieso das Gegenteil?" fragte Don Quijote, „also hat dich der gemeine Bauer nicht bezahlt?"

„Nicht nur nicht bezahlt", antwortete der Junge, „sondern sobald Euer Gnaden aus dem Busch hinaus und wir zwei allein waren, band er mich wieder an denselben Eichbaum und versetzte mir aufs neue so viel Hiebe, daß ich geschunden war wie ein heiliger Bartholomäus; und bei jedem Hieb, den er mir aufmaß, gab er einen Witz und Spott zum besten, um sich über Euer Gnaden lustig zu machen, und hätte ich nicht so arge Schmerzen gelitten, so hätte ich über seine Späße lachen müssen. Kurz, er hat mich so zugerichtet, daß ich bis jetzt in einem Spital war, um mich von dem Leid und Weh heilen zu lassen, das ich dem heillosen Bauer zu verdanken hatte. An alldem trägt Euer Gnaden die Schuld; denn wäret Ihr Eures Weges fürbaß gezogen und wäret nicht hingekommen, wohin Euch niemand gerufen, und hättet Ihr Euch nicht in fremde Händel gemischt, so hätte sich mein Herr damit begnügt, mir ein, zwei Dutzend Hiebe aufzuzählen, und dann hätte er mich alsbald losgebunden und mir bezahlt, was er mir schuldig war. Aber da Euer Gnaden ihn so ohne Not an der Ehre angegriffen und ihm soviel Niederträchtigkeiten angehängt, da entbrannte in ihm der Zorn, und da er ihn nicht an Euch auslassen konnte, so ließ er, als er sich allein sah, das Unwetter über mich so gewaltig losbrechen, daß ich meine, ich werde all meine Lebtage kein rechter Mann mehr werden."

„Mein Fehler war", sagte Don Quijote, „daß ich mich von dort entfernte. Ich hätte mich nicht entfernen sollen, bis ich dich bezahlt gesehen hätte. Wohl hätte ich durch lange Erfahrung belehrt sein müssen, daß kein Bauernlümmel sein gegebenes Wort hält, wenn er sieht, daß es ihm nicht dienlich ist, es zu halten. Aber du erinnerst dich auch, Andrés, daß ich geschworen habe, wenn er dich nicht bezahle, würde ich auf die Suche nach ihm ziehen und ihn auffinden, wenn er sich auch in einem Walfischbauche verbergen sollte."

„So ist es in Wahrheit", versetzte Andrés, „aber es hat nichts geholfen."

„Sogleich sollst du sehen, ob es helfen wird", entgegnete Don Quijote; und mit diesen Worten stand er schleunigst auf und befahl Sancho, den Rosinante zu zäumen, der umherweidete, während sie speisten. Dorotea fragte ihn, was er vorhabe. Er antwortete, er wolle den Bauern aufsuchen und für ein so schändliches Benehmen züchtigen und ihn zwingen, den Andrés bis auf den letzten Maravedí zu bezahlen, allen Bauern in der ganzen Welt zu Trotz und Ärger. Worauf sie antwortete, er möge bedenken, daß er sich in kein andres Unternehmen einlassen dürfe, bis er das ihrige zu Ende geführt; und da er dies besser als irgend jemand wisse, so möge er sein Gemüt beruhigen bis nach der Rückkehr aus ihrem Königreich.

„So ist es in der Tat", entgegnete Don Quijote, „und es ist unvermeidlich, daß Andrés bis zur Rückkehr, wie Ihr, Señora, bemerkt, sich in Geduld fasse; aber ich schwör ihm abermals und verheiße aufs neue, nicht zu ruhen, bis ich ihm Rache und Bezahlung verschafft habe."

„Ich hab keinen Glauben an diese Schwüre", sprach Andrés, „lieber hätt ich jetzt etwas, um nach Sevilla zu kommen, als alle Rache auf der ganzen Welt. Wenn Ihr hier etwas für mich zu essen und mit auf den Weg zu nehmen habt, so gebt mir's, und Gott befohlen Euer Gnaden und alle fahrenden Ritter zusammen, und möchten sie alle zu ihrer Strafe so wohl fahren, wie ich mit ihnen gefahren bin!"

Sancho nahm aus seinem Vorrat ein Stück Brot und ein Stück Käse, gab es dem Burschen und sagte: „Nehmt, Freund Andrés, denn auf jeden von uns trifft ein Teil von Eurem Unglück."

„So? Welch ein Teil trifft auf Euch?" fragte Andrés.

„Dieser Teil von meinem Käse und Brot, den ich Euch gebe", antwortete Sancho, „denn Gott mag wissen, ob er mir demnächst einmal fehlen wird oder nicht. Ihr müßt nämlich wissen, guter Freund, wir Schildknappen der fahrenden Ritter sind gar vielem Hunger und widrigem Geschick ausgesetzt und auch noch andrem, was sich besser fühlen als sagen läßt."

Andrés griff nach seinem Brot und Käse, und da er sah, daß keiner sonst ihm etwas gab, ließ er den Kopf hängen und nahm den Weg zwischen die Beine, wie man zu sagen pflegt. Jedoch sagte er noch im Scheiden zu Don Quijote: „Ich bitt Euch um Gottes willen, fahrender Herr Ritter, wenn Ihr mich wieder einmal irgendwo antrefft, und solltet Ihr auch sehen, daß man mich in Stücke haut, so kommt mir nicht zu Hilfe und steht mir nicht bei, sondern laßt mich in meinem Unglück. Denn dieses kann doch nie so groß sein, daß das Pech nicht noch größer wäre, das mir von Eurem Beistande kommen würde, Herr Ritter, den

Gott verdammen wolle samt allen fahrenden Rittern, soviel ihrer je zur Welt gekommen!"

Don Quijote wollte sich erheben, um ihn zu züchtigen; jedoch der Bursche machte sich so eilig davon, daß keiner sich getraute, ihm folgen zu können. Don Quijote aber stand aufs tiefste beschämt ob der Erzählung des Andrés, und die andern mußten sich große Mühe geben, das Lachen zu verbeißen, um seine Beschämung nicht aufs Äußerste zu treiben.

32. KAPITEL

Welches berichtet, wie es der gesamten Gefolgschaft Don Quijotes in der Schenke erging

Das vortreffliche Mahl war beendet, sie sattelten ihre Tiere, und ohne daß ihnen etwas Erzählenswertes begegnete, gelangten sie des folgenden Tages zu der Schenke, dem Schrecken und Entsetzen Sancho Pansas; und wiewohl er sie am liebsten nicht betreten hätte, so konnte er es doch nicht vermeiden. Die Wirtin, der Wirt und Maritornes, die Don Quijote und Sancho kommen sahen, gingen ihnen entgegen und begrüßten sie mit großen Freudenbezeigungen; er empfing sie mit würdiger Haltung und Billigung ihres Gebarens und sagte ihnen, sie möchten ihm ein besseres Nachtlager als das letztemal bereiten; woraufhin ihm die Wirtin antwortete, falls er sie besser als neulich bezahle, würden sie ihm ein fürstliches Bett geben. Don Quijote erwiderte, das wolle er tun, und so bereiteten sie ihm ein erträgliches Bett auf demselben Dachboden wie damals. Er legte sich sogleich nieder, denn er war wie zerschlagen und seiner Sinne nicht mächtig.

Kaum hatte er sich eingeschlossen, so fiel die Wirtin über den Barbier her, packte ihn am Barte und sprach: „Bei meiner Seelen Seligkeit, Ihr sollt mir nicht länger meinen Farrenschwanz zu Eurem Bart gebrauchen. Ihr müßt mir meinen Schweif wiedergeben; denn meinem Manne fährt seine Sache hier auf dem Boden herum, daß es eine Schande ist; ich meine sein Kamm, den ich sonst immer an meinen schönen Schwanz angesteckt habe."

Der Barbier wollte ihn nicht lassen, so stark sie auch zog, bis der Lizentiat ihm zuredete, er solle ihn doch hergeben, es sei nicht länger nötig, sich dieses Kunstgriffs zu bedienen; vielmehr solle er sich offen in seiner eigenen Gestalt zeigen und Don Quijote sagen, nachdem ihn die spitzbübischen Galeerenzüchtlinge ausgeraubt, habe er sich in diese Schenke geflüchtet. Und wenn etwa der Ritter nach dem Knappen der Prinzessin fragen sollte, so würden sie ihm sagen, sie habe ihn vorausgeschickt, um den Leuten in ihrem Königreich Nachricht zu geben, daß sie komme und den Befreier aller mitbringe.

Darauf gab der Barbier der Wirtin den Farrenschwanz gern zurück, und man erstattete ihr auch alle übrigen Gegenstände wieder, die sie zur Befreiung Don Quijotes hergeliehen hatte.

Höchlich verwunderten sich alle in der Schenke über Doroteas Schönheit und nicht minder über das stattliche Aussehen des als Hirtenjunge gekleideten Cardenio. Der Pfarrer ordnete an, man solle ihnen zum Essen bereiten, was in der Schenke vorrätig sei, und der Wirt, in Hoffnung besserer Bezahlung, bereitete ihnen ein leidliches Mittagsmahl. Währenddessen schlief Don Quijote noch immer, und sie waren der Meinung, man solle ihn nicht wecken, weil es ihm für jetzt zuträglicher sei, zu schlafen, als zu essen.

Während der Mahlzeit sprachen sie in Gegenwart des Wirts, seiner Frau, seiner Tochter, der Maritornes und aller Reisenden über die seltsame Narrheit Don Quijotes und über den Zustand, in dem sie ihn gefunden hatten. Die Wirtin erzählte, was ihnen mit dem Ritter und dem Maultiertreiber begegnet war; dann sah sie sich um, ob Sancho etwa zugegen wäre, und als sie ihn nicht erblickte, erzählte sie die ganze Geschichte, wie er gewippt worden, was ihnen nicht wenig Spaß machte.

Als aber der Pfarrer sagte, die Ritterbücher, welche Don Quijote gelesen, hätten ihn verrückt gemacht, sprach der Wirt: „Ich weiß nicht, wie das sein kann, denn in Wahrheit, wie ich die Sache verstehe, gibt es nichts Besseres auf der Welt zu lesen. Ich habe hier ihrer zwei oder drei mit noch andern Papieren, die haben mir wahrhaftig frische Lebenslust geschenkt, und nicht nur mir, sondern vielen andern. Denn zur Erntezeit kommen an den Festtagen viele Schnitter, hier zu herbergen, und immer ist einer dabei, der lesen kann. Der nimmt eins von den Büchern zur Hand, wir sind zu mehr als dreißig um ihn herum, und wir sitzen und stehen da und hören ihm mit so viel Vergnügen zu, daß es uns ordentlich jünger macht. Wenigstens was mich betrifft, muß ich sagen, wenn ich die schrecklichen Hiebe beschreiben höre, welche die Ritter austeilen, packt mich die Lust, es ebenso zu machen, und ich möchte Tag und Nacht davon hören."

„Ich ganz ebenso", sprach die Wirtin, „denn ich habe nie einen so ruhigen Augenblick in meinem Hause als in der Zeit, wo Ihr vorlesen hört; da seid Ihr so in die Narretei versunken, daß Ihr nicht ans Zanken denkt."

„Ja, so ist's", sagte Maritornes. „Und weiß Gott, auch ich höre all die Sachen gern, sie sind gar hübsch, und besonders wenn da erzählt wird, wie die Dame unter Orangenbäumen sitzt und sie und ihr Ritter sich in den Armen halten und wie ihre Hofmeisterin derweilen Wache steht, halbtot vor Neid und in großer Bangigkeit. Das alles ist süß wie Honig."

„Und was dünkt Euch davon, junges Mägdlein?" sagte der Pfarrer zur Haustochter.

„Ich weiß es meiner Seelen nicht", antwortete sie. „Ich höre auch mit zu, und wirklich, wenn ich es auch nicht verstehe, so hab ich doch mein Vergnügen am Zuhören. Indessen die Hiebe, an denen mein Vater Gefallen findet, die mag ich nicht, wohl aber das Wehklagen, das die Ritter vollführen, wenn sie von ihren Geliebten fern sind, und wahrlich, sie bringen mich manchmal zum Weinen vor lauter Mitleid, das ich mit ihnen habe."

„Also würdet Ihr Euch wohl ihrem Wehe hilfreich erweisen, junges Mägdlein", sprach Dorotea, „wenn ihre Tränen um Euch flössen?"

„Ich weiß nicht, was ich da tun würde", antwortete das Mädchen. „Ich weiß nur, es sind etliche solcher Damen so grausam, daß ihre Ritter sie Tigerinnen heißen und Löwinnen und tausend andre Scheußlichkeiten. O Jesus! Ich weiß nicht, was das für herzlose, gewissenlose Frauenzimmer sind, die, um nur einem Ehrenmann keinen Blick zu schenken, ihn sterben oder verrückt werden lassen; ich weiß nicht, was all diese Ziererei soll. Wenn sie so auf ihre Ehre halten, so brauchen sie ja nur ihre Ritter zu heiraten, die wünschen gar nichts andres."

„Schweig, Kind", sprach die Wirtin, „es scheint, du weißt zuviel von diesen Dingen. Es schickt sich nicht für Mädchen, so viel zu wissen und zu reden."

„Da der Herr hier mich gefragt hat", entgegnete sie, „so mußte ich ihm doch antworten."

„Nun gut", sprach der Pfarrer, „bringt mir, Herr Wirt, jene Bücher her, ich will sie ansehen."

„Sehr gern", antwortete dieser, ging in sein Zimmer und brachte aus diesem einen alten, mit einem Kettchen verschlossenen Mantelsack. Der Pfarrer öffnete ihn und holte daraus drei große Bücher hervor nebst einigen Papieren in sehr guter Handschrift.

Das erste Buch, das er aufschlug, war *Don Cirongilio von Thrazien*, das zweite *Felixmarte von Hyrkanien*, das dritte die *Geschichte des großen Feldhauptmanns Don Gonzalo Hernández de Córdoba nebst dem Leben des Diego García de Paredes*.

Als der Pfarrer die beiden ersten Titel las, wendete er sich zu dem Barbier um und sagte: „Hier fehlen uns jetzt die Haushälterin meines Freundes und seine Nichte."

„Sie fehlen uns keineswegs", erwiderte der Barbier, „denn auch ich bin imstande, sie in den Hof oder in den Kamin zu werfen, und wahrhaftig, in dem ist ein tüchtiges Feuer."

„Also will Euer Gnaden meine Bücher verbrennen?" rief der Wirt.

„Nur diese zwei", antwortete der Pfarrer, „das Buch von Don Cirongilio und das von Felixmarte."

„Sind denn etwa", fragte der Wirt, „meine Bücher Ketzer oder Phlegmatiker, daß Ihr sie verbrennen wollt?"

„Schismatiker wollt Ihr sagen, Freund", bemerkte der Barbier, „nicht Phlegmatiker."

„Meinetwegen", erwiderte der Wirt. „Wenn Ihr aber durchaus eins verbrennen wollt, so nehmt das Buch vom großen Feldhauptmann und von jenem Diego García, denn eher laß ich meinen Sohn verbrennen als eins von diesen andern."

„Lieber Freund", versetzte der Pfarrer, „diese beiden Bücher enthalten nur Erdichtungen und sind voll von Narreteien und Unsinn. Das vom großen Feldhauptmann ist eine wahrhafte, wirkliche Geschichte und enthält die Erlebnisse des Gonzalo Hernández de Córdoba, der durch seine zahlreichen Großtaten sich würdig machte, in aller Welt der große Feldhauptmann genannt zu werden, ein ruhmvoller, strahlender Name, dessen kein andrer außer ihm sich würdig gemacht hat. Und dieser Diego García de Paredes war ein hochangesehener Ritter, gebürtig aus der Stadt Trujillo in Estremadura, einer der tapfersten Krieger und von solcher Körperkraft, daß er ein Mühlrad mitten im vollen Umschwung mit einem Finger aufhielt. Am Aufgang einer Brücke stellte er sich hin mit seinem zweihändigen Schwert und hielt ein ganzes unzähliges Heer vom Übergang ab. Er vollbrachte noch viel andre Taten, und wenn – statt daß er sie selbst mit der Bescheidenheit eines Ritters und eines Mannes, der sein eigener Chronist ist, erzählt und beschreibt – ein andrer frei von Rücksicht und leidenschaftslos sie beschrieben hätte, so würden sie die Taten des Hektor, Achilles und Roldán in Vergessenheit gebracht haben."

„Das ist mir was Rechtes!" sprach der Wirt dagegen. „Das soll schon was sein, worüber Ihr Euch verwundert! Ein Mühlrad anzuhalten! Hilf Himmel, da sollte Euer Gnaden lesen, was ich vom Felixmarte von Hyrkanien gehört habe. Der hat mit einem einzigen Hieb fünf Riesen am Gürtel auseinandergehauen, als ob sie Männchen aus Bohnen wären, wie die Kinder sie ausschneiden. Ein andermal griff er ein ungeheures, gewaltiges Heer an, darin mehr als eine Million sechsmalhunderttausend Soldaten waren, alle von Kopf bis zu Fuß gerüstet, und er schlug sie alle in die Flucht, als wären's Schafherden gewesen. Und was wollt Ihr mir erst von dem wackeren Don Cirongilio von Thrazien sagen! Der war so mannhaft und mutvoll, wie man es in dem Buch lesen kann, das berichtet, wie er auf einem Fluß hinschiffte, da erhob sich gegen ihn aus dem Wasser hervor eine feurige Schlange, und sobald er sie sah, sprang er auf sie los und setzte sich rittlings auf ihren schuppigen Rücken und drückte ihr mit beiden Händen die Kehle mit solcher Gewalt zusammen, daß die Schlange, da sie merkte, er sei im Begriff, sie zu erdrosseln, sich nicht anders zu helfen wußte, als in die Tiefe des Flusses zu tauchen, wobei sie den Ritter nach sich zog, da er sie durchaus nicht loslassen wollte. Und wie sie nun dort hinabkamen, sah er sich in einem Palast und in Gärten, alles so schön, daß es ein Wunder war. Und alsbald verwandelte sich die Schlange in einen greisen Alten, und der sagte ihm so vielerlei, daß nichts Herrlicheres zu erhören ist. Sagt nur nichts mehr, werter Herr; denn wenn Ihr das anhörtet, so würdet Ihr vor Entzücken von Sinnen kommen. Da pfeife ich auf den großen Feldhauptmann und jenen Diego García, wovon Ihr sprecht!"

Als Dorotea dies hörte, sprach sie leise zu Cardenio: „Wenig fehlt unserm Wirte daran, den zweiten Teil zum Don Quijote zu liefern."

„So kommt es mir auch vor", antwortete Cardenio. „Denn offenbar hält er es für sicher, daß alles, was seine Bücher erzählen, geradeso vor sich gegangen, wie sie es beschreiben, nicht um einen Punkt mehr noch minder, und kein Barfüßermönch würde ihn zu einem andern Glauben bringen."

„Bedenket, guter Freund", hub der Pfarrer wieder an, „daß es auf der Welt weder einen Felixmarte von Hyrkanien gegeben hat noch einen Don Cirongilio von Thrazien noch andre Ritter der Art, von denen die Ritterbücher erzählen. Denn all dieses ist Dichtung und Erfindung müßiger Geister, welche derlei Geschichten zu dem von Euch selbst erwähnten Zwecke schrieben, die Zeit zu verkürzen, gerade wie Eure Schnitter sie zum Zeitvertreib anhören. Ich schwör Euch in allem Ernste, nie hat es auf der Welt dergleichen Ritter gegeben, nie sind auf der Welt dergleichen Heldentaten und Ungereimtheiten vorgekommen."

„Den Knochen einem andern Hund!" entgegnete der Wirt. „Als ob ich nicht bis fünf zählen könnte! Als ob ich nicht wüßte, wo mich der Schuh drückt! Ich bitt Euer Gnaden, haltet mich nicht für ein Wickelkind; denn bei Gott, ich bin nicht so dumm, wie ich aussehe. Nicht übel! Da wollen mir Euer Gnaden weismachen, alles, was diese herrlichen Bücher enthalten, sei Unsinn und Lüge, da doch alles mit Erlaubnis der Herren vom Königlichen Rate gedruckt ist. Als ob das die Leute dazu wären, so viel Lug und Trug allzusammen drucken zu lassen und so viel Schlachten und so viel Verzauberungen, daß es einem schier den Verstand benimmt."

„Ich habe Euch schon gesagt, guter Freund", erwiderte der Pfarrer, „daß dieses geschieht, um unsere müßigen Gedanken zu ergötzen. Und so, wie man in einem wohlgeordneten Gemeinwesen gestattet, Schach, Ball und Billard zu spielen, um Leute zu ergötzen, die nicht arbeiten wollen oder dürfen oder können, so erlaubt man den Druck solcher Bücher, weil man glaubt, wie es auch wirklich der Fall ist, daß niemand so unwissend sein wird, um irgendeine der Geschichten in diesen Büchern für Wahrheit zu halten. Und wenn es mir jetzo vergönnt wäre und die Zuhörer es begehren sollten, so würde ich über das, was die Ritterbücher enthalten müßten, um gute Bücher zu sein, manches sagen, was vielleicht einem und dem andern zum Nutzen, ja, auch zum Vergnügen gereichen möchte. Allein ich hoffe, es wird die Zeit kommen, wo ich es jemandem mitteilen kann, der die Macht hat, dem Übel zu steuern. Inzwischen aber glaubt nur, Herr Wirt, was ich Euch gesagt habe. Nehmt Eure Bücher und seht, wie Ihr Euch mit ihren Wahrheiten oder Lügen abfindet. Mögen sie Euch wohl bekommen, und Gott gebe, daß Ihr nicht einstens an demselben Karren zu ziehen habt wie Euer Gast Don Quijote."

„Das nicht", erwiderte der Wirt. „Ich werde kein solcher Narr sein, ein fahrender Ritter zu werden. Denn das seh ich wohl, jetzt ist nicht mehr Brauch, was es in jener Zeit war, als noch, wie erzählt wird, jene ruhmvollen Ritter durch die Welt zogen."

Bei der zweiten Hälfte dieser Unterhaltung war Sancho zugegen, und er wurde bestürzt und sehr bedenklich, als er sagen hörte, die fahrenden Ritter seien jetzt nicht mehr bräuchlich und alle Ritterbücher seien Ungereimtheiten und Lügen. Er nahm sich in seinem Geiste vor abzuwarten, wie diese Fahrt seines Herrn ablaufen würde, und beschloß, wenn sie nicht mit dem glücklichen Erfolg ausginge, den er sich erhoffte, ihn zu verlassen und zu Frau und Kindern und zu seiner gewohnten Arbeit zurückzukehren.

Der Wirt war im Begriff, den Mantelsack und die Bücher fortzunehmen; da sagte ihm jedoch der Pfarrer: „Wartet noch, ich will sehen, was das für Papiere sind, die eine so gute Handschrift zeigen."

Der Wirt holte sie hervor und gab sie dem Pfarrer zu lesen. Dieser sah, daß es ungefähr acht Bogen in Handschrift waren, welche obenan in großen Buchstaben einen Titel trugen, der da lautete: *Novelle vom törichten Vorwitz*. Der Pfarrer las drei oder vier Zeilen still für sich und sprach: „In der Tat, der Titel dieser Novelle gefällt mir nicht übel, und ich habe Lust, sie ganz zu lesen."

Darauf antwortete der Wirt: „Gewiß darf Euer Ehrwürden sie lesen; denn ich sage Euch, sie hat etliche Gäste, die sie hier gelesen haben, sehr befriedigt, und sie haben mich sehr darum gebeten; aber ich wollte sie ihnen nicht geben, da ich sie dem Herrn wiederzuerstatten gedenke, der den Mantelsack mit diesen Büchern und Papieren hier vergessen hat. Es kann ja sein, daß er einmal wiederkommt. Und obschon ich weiß, daß die Bücher mir sehr fehlen werden, so will ich, auf mein Wort, sie ihm doch wiedergeben. Denn wiewohl ein Wirt, bin ich doch ein guter Christ."

„Ihr habt sehr recht, guter Freund", versetzte der Pfarrer. „Aber trotzdem, wenn die Novelle mir gefällt, müßt Ihr mich sie abschreiben lassen."

„Sehr gern", erwiderte der Wirt.

Während die beiden so miteinander redeten, hatte Cardenio die Novelle genommen und darin zu lesen angefangen; und da er ebenso über sie urteilte wie der Pfarrer, bat er diesen, sie laut vorzulesen, damit alle sie hören könnten.

„Gewiß würde ich sie vorlesen", sagte der Pfarrer, „wenn es nicht besser wäre, die Zeit jetzt aufs Schlafen statt aufs Lesen zu verwenden."

„Für mich", sprach Dorotea, „wäre eine Erzählung schon genugsame Erholung. Denn noch ist mein Geist nicht so weit beruhigt, daß er mir zu schlafen gestattete, wenn es vernünftig wäre, es zu tun."

„Demnach also", sprach der Pfarrer, „will ich sie vorlesen, sei es auch nur, um etwas Neues zu hören; vielleicht wird sie bei dem Neuen auch einiges Ergötzliche bieten."

Meister Nikolas seinerseits bat ihn ebenfalls darum, und nicht minder Sancho. Als der Pfarrer dies sah, und da er voraussetzen durfte, ihnen allen ein Vergnügen zu bereiten und es selbst mitzugenießen, so sagte er: „Da dem so ist, so hört mir alle aufmerksam zu. Die Novelle beginnt folgendermaßen."

33. Kapitel

Worin die Novelle vom törichten Vorwitz erzählt wird

In Florenz, einer reichen und berühmten Stadt Italiens, im Großherzogtum Toskana, lebten Anselmo und Lotario, zwei reiche, vornehme Edelleute, die so miteinander befreundet waren, daß sie von allen ihren Bekannten statt mit ihren Eigennamen vorzugsweise „die beiden Freunde" genannt wurden. Sie waren unverheiratet, jung, von gleichem Alter und gleichen Lebensgewohnheiten, und dies alles war Grund genug, sie in gegenseitiger Freundschaft zu verbinden. Freilich war Anselmo mehr als Lotario geneigt, sich mit Liebschaften die Zeit zu vertreiben, während den letzteren die Freuden der Jagd anzogen; doch wenn die Gelegenheit sich bot, ließ Anselmo seine Neigungen beiseite, um denen Lotarios zu folgen, und ließ Lotario die seinigen beruhen, um denjenigen Anselmos nachzugehen. Und in dieser Weise stimmte beider Wille stets so überein, daß es keine wohlgeregelte Uhr geben konnte, die so regelmäßig ging.

Anselmo war sterblich verliebt in ein vornehmes, schönes Fräulein aus derselben Stadt. Sie war die Tochter tugendsamer Eltern und selbst so tugendsam, daß er mit Zustimmung seines Freundes Lotario – ohne den er nie etwas tat – sich entschloß, bei ihren Eltern um ihre Hand anzuhalten. Er machte sein Vorhaben zur Tat, und Lotario war sein Brautwerber; der führte den Auftrag so zur Zufriedenheit seines Freundes aus, daß dieser sich in kurzer Zeit im Besitze der Geliebten sah, während auch Camila sich so glücklich fühlte, Anselmo zum Gemahl gewonnen zu haben, daß sie nicht müde ward, dem Himmel und Lotario zu danken, durch dessen Vermittlung ihr ein so hohes Gut geworden.

Die ersten Tage nach der Hochzeit, die ja immer freudevoll sind, fuhr Lotario fort, das Haus seines Freundes Anselmo zu besuchen, wobei er alles mögliche aufbot, ihn mit Ehren, Festlichkeiten und heitern Genüssen zu erfreuen. Als aber die hochzeitlichen Tage vorüber waren und der Andrang der Besuche und der Glückwünsche abnahm, begann Lotario seine Gänge ins Haus Anselmos absichtlich einzuschränken; denn er fand, wie dies jeder Einsichtsvolle tun muß, daß man in dem Hause eines verheirateten Freundes nicht in der nämlichen Weise aus und ein gehen und ständig verkehren dürfe wie zur Zeit, da er Junggeselle war. Wenn auch allerdings die echte und wahre Freundschaft in keiner Beziehung verdächtig sein kann und darf, so ist trotzdem die Ehre des Ehemanns so empfindlich, daß man fast behaupten muß, sie könne an den eignen Brüdern Anstoß nehmen, wieviel mehr an Freunden.

Anselmo bemerkte, daß Lotario in seinen Besuchen nachließ, und beklagte sich sehr darüber. Wenn er gewußt hätte, sagte er zu Lotario, daß seine Heirat dem Freunde Anlaß geben würde, nicht mehr wie gewohnt mit ihm umzugehen, so würde er diesen Schritt nie getan haben; und wenn sie durch das innige Verhältnis, das zwischen ihnen bestand, solange er unverehelicht war, einen so lieben Namen erworben hätten wie den der „beiden Freunde", so möchte er nicht zugeben, daß ohne eine andere Veranlassung, als weil Lotario den Vorsichtigen spielen wolle, ein so rühmlicher und erfreulicher Name verlorengehe. Und so bitte er ihn flehentlich, wenn es sich überhaupt zieme, einen solchen Ausdruck unter ihnen beiden zu gebrauchen, der Freund möge doch wieder in seinem Hause der Herr sein und darin wie vormals aus und ein gehen. Dabei versicherte er ihm, seine Gemahlin Camila habe kein andres Begehren noch andern Willen, als den er bei ihr wünsche, und da sie wisse, wie ernst und wahr sie beide einander liebten, so sei es ihr unerklärlich, daß Lotario ihr Haus so meide.

Auf all dieses und auf viel andres, das Anselmo beifügte, um seinen Freund zu überreden, daß er wieder wie gewohnt sein Haus besuche, antwortete Lotario so einsichtig, verständig und überlegt, daß Anselmo sich von der guten Absicht seines Freundes überzeugte, und so kamen sie überein, daß Lotario zweimal in der Woche und an den Festtagen kommen und mit ihnen speisen solle. Aber obschon dies nun zwischen ihnen ausgemacht war, nahm sich Lotario dennoch vor, hierin nicht mehr zu tun, als nach seinem Urteil für die Ehre seines Freundes sich am besten ziemen würde, da er dessen guten Ruf höher schätzte als seinen eignen. Er sagte, und sagte mit Recht, der Ehemann, dem der Himmel ein schönes Weib gewährt habe, müsse ebenso sorgsam darauf achten, welche Freunde er in sein Haus führe, als darauf, mit welchen Freundinnen seine Frau umgehe. Denn was nicht auf den Plätzen der Stadt oder in den Kirchen oder bei öffentlichen Feierlichkeiten oder Betfahrten besprochen und verabredet wird – und die Teilnahme an all diesem kann doch der Mann seiner Frau nicht immer versagen –, das wird im Hause der Freundin oder der Verwandten verabredet und gefördert, der man gerade am meisten traut. Lotario fügte bei, es sei eine Notwendigkeit für jeden Ehemann, einen Freund zu haben, der ihn auf jede etwaige Unvorsichtigkeit in ihrem Benehmen aufmerksam mache. Denn es komme häufig vor, daß bei der großen Liebe, die der Mann zu seinem Weibe hat, er sie nicht warnen will oder ihr, nur um sie nicht zu kränken, nicht sagt, daß sie dies und jenes tun oder unterlassen solle, weil solches Tun oder Unterlassen ihm zur Ehre oder zum Vorwurf gereichen müsse. Würde er aber vom Freunde darauf aufmerksam gemacht, so könne er allem leicht abhelfen.

Aber wo findet sich ein so verständiger, ein so treuer, ein so wahrer Freund, wie ihn Lotario hier verlangt? Ich weiß es wahrlich nicht. Nur Lotario war ein solcher. Mit äußerster Aufmerksamkeit und Umsicht hatte er die Ehre seines Freundes stets im Auge und mühte sich, die Zahl der verabredeten Tage, wo er Anselmos Haus besuchen sollte, zu vermindern, zu kürzen, davon abzumarkten, damit nicht der müßige Pöbel und die boshaften Augen umherlungernder Gaffer Mißfallen daran finden könnten, daß ein reicher Jüngling, ein Edelmann von guter Familie und von so trefflichen Eigenschaften, wie er sie bei sich selbst voraussetzte, im Hause einer so schönen Frau wie Camila verkehre. Denn wenn auch ihre Trefflichkeit und Tugend jeder verleumderischen Zunge einen Zügel anzulegen vermochte, so wollte er doch nicht, daß man in ihren und in seines Freundes guten Namen auch nur den geringsten Zweifel setze, und deshalb beschäftigte und verbrachte er die verabredeten Tage meistens mit andren Dingen, die er, wie er sagte, nicht umgehen oder unterlassen könne. So vergingen mit Beschuldigungen auf der einen Seite, mit Entschuldigungen auf der andern gar manche Augenblicke und Stunden des Tages.

Es geschah nun, daß eines Tages, wo die beiden sich auf einem Felde außerhalb der Stadt ergingen, Anselmo etwa folgendes zu

Lotario sagte: „Du glaubtest wohl, Freund Lotario, daß ich die Gnaden, die mir Gott erwiesen, indem er mich den Sohn solcher Eltern werden ließ, wie es die meinigen waren, und mir mit nicht karger Hand die Güter der Natur und des Glückes verlieh, nicht mit einer Dankbarkeit zu erkennen vermag, die dem Werte der empfangenen Wohltaten gleichkommt? – vorab der Wohltat, daß er dich mir zum Freunde und Camila zum angetrauten Weibe gab, zwei Pfänder des Glücks, die ich, wenn nicht in so hohem Grade, wie ich muß, so doch in so hohem Grade, wie ich kann, wertschätze. Nun denn, mit diesen vielen Vorzügen, welche doch alles in sich begreifen, womit die Menschen in der Regel glücklich leben und leben können, fühle ich mich als der mißmutigste und grämlichste Mensch auf der ganzen weiten Welt. Denn seit, ich weiß nicht wieviel Tagen quält und drückt mich ein Wunsch, der so seltsam und ungewöhnlich ist, daß ich mich über mich selbst wundre und mich anklage und schelte, wenn ich allein mit mir bin, und mich bemühe, ihn vor meinen eignen Gedanken zu verschweigen und zu verbergen. Und es schien mir so unmöglich, dieses Geheimnis bei mir zu behalten, als ob mir obläge, es mit Vorbedacht der ganzen Welt zu offenbaren. Aber da es endlich doch einmal heraus muß, so will ich es in das Archiv deiner Verschwiegenheit legen, und unter deren Schutz und mit der Hilfe, die du als mein wahrer Freund in treuem Eifer mir leisten wirst, hoffe ich, daß ich mich bald von der Bedrängnis frei sehe, in die mein Geheimnis mich gebracht hat, und daß durch dein Bemühen meine Heiterkeit bald den Grad erreichen wird, welchen meine Mißstimmung jetzt durch meine Torheit erreicht hat."

Lotario geriet durch die Worte Anselmos in gespannte Erwartung, und er wußte nicht, worauf eine so weitläufige Vorbereitung oder Einleitung hinaus wollte; und wiewohl er im Geiste die Frage hin und her erwog, welch ein Wunsch es sein könne, der seinen Freund so sehr quäle, traf er immer sehr weit vom rechten Ziel. Um sich nun rasch der Pein zu entledigen, in welche seine gespannte Erwartung ihn versetzte, sprach er zu ihm: „Du begehst gegen meine vielerprobte Freundschaft eine offenbare Beleidigung, wenn du Umschweife suchst, um mir deine verborgensten Gedanken zu sagen; denn du weißt ganz sicher, daß du dir von mir entweder guten Rat für unser Verhalten gegeneinander oder die Mittel, um deine Gedanken zur Ausführung zu bringen, versprechen kannst."

„So ist's in der Tat", erwiderte Anselmo, „und in diesem Vertrauen will ich dir bekennen, Freund Lotario: der Wunsch, der mich quält, besteht darin, zu erfahren, ob meine Gattin Camila so tugendhaft und so vollkommen ist, wie ich glaube. Ich kann mich von dieser Tatsache nicht überzeugt halten, wenn ich sie nicht dergestalt erprobe, daß die Probe den Feingehalt ihrer Tugend so offenbare wie das Feuer den des Goldes. Denn ich bin der Meinung, o mein Freund, daß das Weib nur in solchem Verhältnis mehr oder weniger Tugend besitzt, als sie mehr oder weniger von Liebeswerbungen versucht wird, und daß nur diejenige stark ist, die sich nicht beugt vor den Versprechungen, Geschenken, Tränen und unaufhörlichen Aufdringlichkeiten der nachstellenden Liebhaber. Denn welchen Dank verdient das Weib für ihre Tugend, wenn sie nie zum Bösen versucht wird? Was Wunder, daß die zurückhaltend und schüchtern ist, der man keine Gelegenheit gewährt, sich einem freien Lebenswandel hinzugeben? Oder diejenige, der es wohl bewußt ist, sie besitze einen Mann, der bei der ersten leichtfertigen Handlung, bei der er sie überrascht, ihr sicher das Leben nehmen wird? Die also, welche aus Furcht oder aus Mangel an Gelegenheit tugendhaft ist, die werde ich nie so hochhalten wie die, welche aus Umwerbungen und Nachstellungen mit der Krone des Sieges hervorgeht. Wohlan denn, aus diesen Gründen und aus vielen anderen, die ich dir darlegen könnte, um meine Meinung zu bekräftigen und als die richtige zu erweisen, wünsche ich, daß meine Gemahlin Camila durch diese Fährlichkeiten hindurchgehe und im Feuer der Liebeswerbungen und Nachstellungen auf ihren echten Gehalt untersucht und erprobt werde, und zwar von einem Manne, der Wert genug in sich hat, um seine Wünsche auf sie richten zu dürfen. Und wenn sie aus diesem Kampfe mit der Siegespalme hervorgeht – und ich glaube, sie wird es –, dann erst werde ich mein Glück für ohnegleichen erachten; dann kann ich sagen, daß die Lücke meiner Wünsche gänzlich ausgefüllt ist; dann kann ich sagen, daß ich das starke Weib besitze, von welcher der Weise spricht: Wer kann sie finden? Und wenn der Erfolg gegen meine Erwartung ausfällt, so wird die Genugtuung, daß ich mit meiner Meinung das Richtige getroffen, mir helfen, ohne Kümmernis den Kummer zu ertragen, den mir eine so teuer erkaufte Erfahrung von Rechts wegen verursachen sollte. Und da nichts von allem, was du gegen mein Vorhaben einwenden magst, die allergeringste Wirkung haben könnte, um mich von dessen Ausführung abzuhalten, so wünsche ich, mein Freund Lotario, daß du selbst dich zum Werkzeug herleihest, um dies Werk meiner Laune auszuführen. Ich werde dir

Gelegenheit verschaffen, es zu tun, ohne daß es dir an irgend etwas gebrechen soll, was ich für notwendig halte, um ein sittsames, ehrenhaftes, zurückgezogen lebendes, von Eigennutz freies Weib mit Liebeswerbungen zu versuchen. Und gerade dir ein so bedenkliches Unternehmen anzuvertrauen, dazu veranlaßt mich unter anderm die Erwägung, daß, wenn von *dir* Camila besiegt wird, der Sieg nicht bis zum Äußersten und Schlimmsten gehen wird, sondern daß nur das als geschehen gilt, was ehrenhafterweise geschehen mag. Sonach würde ich nur durch Wunsch und Absicht beleidigt werden, und meine Kränkung bleibt verborgen in deiner tugendsamen Verschwiegenheit, welche, wie ich wohl weiß, in allem, was mich betrifft, ewig sein wird wie das Schweigen des Todes. Willst du also, daß mir ein solches Leben werde, das ich *Leben* nennen kann, so mußt du auf der Stelle in diesen Liebeskampf eintreten, und nicht auf lässige und träge Weise, sondern mit all dem Eifer und ernsten Bemühen, wie es mein Wunsch erheischt, und mit der Zuversicht und dem Vertrauen, das unsre Freundschaft mir einflößt und verbürgt."

Dies war es, was Anselmo zu Lotario sprach, und dieser hing so aufmerksam an des Freundes Rede, daß er mit Ausnahme der paar Worte, die schon vorher erwähnt sind, die Lippen nicht öffnete, bis Anselmo geendet hatte. Wie er nun jenen erwartend stehen sah, schaute er ihn erst lange an, als betrachte er etwas noch nie Gesehenes, das ihn in Verwunderung und Bestürzung setze, und sprach dann zu ihm: „Ich kann mir nicht vorstellen, o mein Freund Anselmo, daß, was du mir alles gesagt, etwas andres als Scherz war. Denn hätte ich geglaubt, daß du im Ernste sprächest, so hätte ich nicht zugegeben, daß du so weit gegangen wärst; ich hätte dir nicht zugehört und hätte damit deine lange Rede von vornherein abgeschnitten. Ich bin der festen Meinung, daß entweder du mich nicht kennst oder ich dich nicht kenne – doch nein, ich weiß, du bist Anselmo, und du weißt, ich bin Lotario. Das Schlimme ist, daß ich denke, du seist nicht der Anselmo, der du sonst immer warst, und du mußt dir gedacht haben, auch ich sei nicht der Lotario, der ich sein sollte. Denn die Worte, die du mir gesagt hast, sind unmöglich von jenem Anselmo, meinem Freunde, und die Dinge, die du von mir verlangst, können nicht von jenem Lotario verlangt werden, den du kennst. Denn wahre Freunde sollen usque ad aras, wie ein Dichter sagt, ihre Freunde erproben und in Anspruch nehmen; das heißt, sie sollen ihre Freundschaft nicht in solchen Dingen in Anspruch nehmen, die gegen Gott sind. Wenn nun ein Heide so von der Freundschaft dachte, wieviel geziemender ist's, daß ein Christ so denke, der da weiß, daß man um keiner menschlichen Liebe willen die göttliche verlieren darf! Und wenn der Freund so weit übers Ziel schießen sollte, daß er die Rücksicht auf den Himmel beiseite setzte, um nur Rücksicht auf seinen Freund zu nehmen, so darf es wenigstens nicht um geringer und bedeutungsloser Dinge willen sein, sondern höchstens ob solcher, bei denen es Ehre und Leben seines Freundes gilt. Aber sage du mir nun, Anselmo: Welches von diesen beiden steht jetzt bei dir in Gefahr, damit ich das Wagnis auf mich nehme, dir zu willfahren und etwas so Abscheuliches zu tun, wie du von mir verlangst? Keines von beiden, ohne Zweifel. Vielmehr verlangst du von mir, wie ich es verstehe, daß ich es mir zur Aufgabe machen und danach trachten soll, dir Ehre und Leben zu rauben und gleichzeitig auch mir beides zu rauben. Denn wenn ich trachten soll, dir die Ehre zu rauben, so ist's klar, daß ich dir das Leben raube, da der Mann ohne Ehre schlimmer daran ist als ein des Lebens beraubter. Und werde ich, wie du es verlangst, das Werkzeug so großen Unheils für dich, kommt es mit mir alsdann nicht dahin, daß ich keine Ehre mehr habe und folglich auch kein Leben? Höre, Freund Anselmo, und habe so viel Geduld, mir nicht eher zu antworten, bis ich dir vollständig dargelegt habe, was dein Wunsch von dir selbst verlangt; es wird Zeit genug bleiben, daß du mir antwortest und ich dir zuhöre."

„Mir recht", sprach Anselmo, „sage, was dir beliebt."

Und Lotario fuhr fort: „Es kommt mir vor, Anselmo, du zeigest jetzt dieselbe Denkweise wie stets die Mauren, denen man den Irrweg ihrer Sekte weder mit Stellen aus der Heiligen Schrift begreiflich machen kann noch mit Gründen, die auf Vernunftschlüssen beruhen oder sich auf Glaubensartikel stützen; vielmehr muß man ihnen handgreifliche, verständliche, bündige, unzweifelhafte Beispiele beibringen nebst mathematischen Beweisen, die nicht zu leugnen sind, wie wenn man den Satz aufstellt: ‚Wenn wir von zwei gleichen Größen gleiche Größen abziehen, so sind die übriggebliebenen ebenfalls gleich.' Und wenn sie dies in Worten nicht verstehen – und sie verstehen es wirklich nicht –, muß man sie es mit den Händen greifen lassen und es ihnen vor Augen stellen; und mit all diesem kann dennoch niemand sie von den Wahrheiten unsres heiligen Glaubens überzeugen. Dieselbe Art und Weise werde ich bei dir anwenden müssen; denn das Verlangen, das in dir entstanden, ist eine solche Verirrung und liegt so abseits von allem, was nur eine

Spur vom Vernünftigen an sich hat, daß es meiner Meinung nach Zeitverschwendung wäre, dir deine Einfalt – denn ich will ihr für jetzt keinen andern Namen geben – begreiflich zu machen. Ich hätte beinah Lust, dich in deinem Wahnsinn zu lassen, zur Strafe für dein übles Vorhaben. Aber so hart zu verfahren, das läßt die Freundschaft nicht zu, die ich zu dir trage. Sie gestattet nicht, daß ich dich in so offenbarer Gefahr schweben lasse, dich zugrunde zu richten. Und damit du dies deutlich erkennst, sage mir, Anselmo: hast du mir nicht gesagt, ich soll eine in Zurückgezogenheit lebende Frau umwerben? eine sittsame überreden? einer uneigennützigen Anerbietungen machen? einer verständigen meine Liebesdienste widmen? Ja, du hast es mir gesagt. Wenn du also weißt, daß du ein zurückgezogen lebendes, sittsames, uneigennütziges, verständiges Weib hast, was suchst du mehr? Und wenn du glaubst, daß sie aus all meinen Bestürmungen als Siegerin hervorgehen wird, wie sie dies ohne Zweifel tun wird, welch bessere Benennungen willst du ihr nachher beilegen, als sie jetzt schon trägt? Oder was wird sie nachher *mehr* sein, als sie jetzt ist? Entweder hältst du sie nicht für das, was du sagst, oder du weißt nicht, was du begehrst. Wenn du sie nicht für das hältst, was du sagst, warum willst du sie auf die Probe stellen, wenn nicht deshalb, um alsdann mit ihr als einem schlechten Weibe so zu verfahren, wie es dir etwa in den Sinn kommen wird? Wenn sie aber so tugendhaft ist, wie du glaubst, so ist es ungereimt, mit der Wahrheit selbst eine Probe anstellen zu wollen. Denn dadurch wird sie doch nur in der gleichen Wertschätzung verbleiben wie vorher.

So ist denn hieraus die notwendige Folgerung, daß Dinge zu unternehmen, aus denen eher Schaden als Nutzen entstehen kann, die Weise unverständiger und tollkühner Geister ist, zumal wenn sie an solche Dinge gehen, zu denen sie nicht gezwungen oder von außen her genötigt sind und die schon von weitem deutlich erkennen lassen, daß es offenbar Verrücktheit ist, sie sich vorzunehmen. An schwierige Dinge wagt man sich Gott zu Ehren oder der Welt wegen oder beider zusammen. Die, welche man Gott zu Ehren unternimmt, sind jene, welche die Heiligen unternahmen, indem sie strebten, ein Leben der Engel in menschlichen Leibern zu führen; die, welche um der Welt willen unternommen werden, sind die Handlungen jener Männer, welche durch die Unendlichkeit der Meere hinziehen, durch so große Mannigfaltigkeit der Himmelsstriche, soviel Fremdartigkeit der Völker, um zu erwerben, was man Güter des Glücks nennt; und die, welche man zugleich um Gottes und der Welt willen unternimmt, sind die Taten der tapferen Kriegsleute, die, kaum daß sie in der ihnen entgegenragenden Festungsmauer eine Lücke von so viel Umfang erblicken, als die Rundung einer Geschützkugel brechen kann, sofort alle Furcht beiseite setzend, ohne zu überlegen noch die offenbare Gefahr zu beachten, die ihrer harrt, im Fluge getragen auf den Schwingen des Verlangens, für ihren Glauben, für ihr Vaterland und für ihren König zu kämpfen, sich unverzagt mitten in den tausendfach entgegendräuenden Tod stürzen. Das sind die Dinge, die man zu unternehmen pflegt, und Ehre, Ruhm und Vorteil ist es, sie zu unternehmen, wiewohl sie voller Widerwärtigkeiten und Gefahren sind. Aber was du, wie du sagst, unternehmen und ins Werk setzen willst, wird dir weder Gottes Glorie noch Güter des Glücks noch Ruhm bei den Menschen erwerben. Denn wenn es dir auch ganz nach deinem Wunsche gelingen sollte, so wirst du dich weder vergnügter noch reicher noch höher geehrt finden, als du jetzt schon bist; und wenn es dir nicht gelingt, wirst du dich in dem größten Elend sehen, das sich erdenken läßt, da dir alsdann der Gedanke nichts helfen wird, daß niemand von dem Unglücke weiß, das dir zugekommen, indem es, um dich zu quälen und zugrunde zu richten, genügt, daß du selbst es wissest. Und zur Bekräftigung dieser meiner Darlegung will ich dir eine Stanze anführen, die der berühmte Dichter Ludwig Tansillo am Ende des ersten Teils seiner *Tränen des heiligen Petrus* geschrieben. Sie lautet so:

Es wächst der Schmerz, es wächst das Schambewußtsein
In Petrus, da der Hahn den Tag verkündigt;
Und stürmisch zieht die Scham in seine Brust ein,
Obwohl es niemand sah, als er gesündigt.
Ein edles Herz muß sich der Schmach bewußt sein,
Weiß auch kein andrer, daß es sich versündigt;
Es schämt sich vor sich selbst ob dem Vergehen,
Wenn auch nur Himmel es und Erde sehen.

Mithin wirst du nicht durch Geheimhalten deinem Schmerz entgehen; vielmehr wirst du unaufhörlich zu weinen haben, wenn nicht Tränen aus den Augen, so doch blutige Tränen aus dem Herzen, wie sie jener einfältige Doktor weinte, von dem unser Dichter uns erzählt, der jene Probe mit dem Becher anstellte, welche mit besserer Überlegung der verständige Rinaldo vorzunehmen ablehnte. Denn wenn dies auch nur poetische Erdichtung ist, so sind darin doch Geheimnisse von tiefem Sinn verschlossen, die wohl wert sind, beachtet und verstanden und zur Richtschnur genommen zu werden. Und dies um so mehr, als das, was ich dir nunmehr zu sagen habe, dich völlig überführen wird, welch große Torheit du zu begehen vorhast. Sage mir, Anselmo: Wenn der Himmel oder ein glücklicher Zufall dich zum Herrn und rechtmäßigen Besitzer eines köstlichen Diamanten gemacht hätte, von dessen Güte und Reinheit alle Juwelenhändler, die ihn sähen, entzückt wären, und alle würden einstimmig und einmütig erklären, daß er an Gewicht, Güte und reinstem Wasser alles erreiche, was die Natur eines solchen Steines vermag, und du selbst glaubtest es auch so, ohne etwas zu wissen, das dagegen spräche; wäre es alsdann recht, daß dich die Lust ankäme, diesen Diamanten zu nehmen und ihn zwischen Amboß und Hammer zu legen und lediglich mit der Kraft des Armes und Draufschlagens zu erproben, ob er so hart und so rein ist, wie die Leute sagen? Und gar erst, wenn du es endlich ausführtest! Denn gesetzt den Fall, der Stein bestünde eine so törichte Probe, so würde er darum nicht höheren Wert noch höheren Ruf gewinnen; und wenn er bräche, was doch immerhin möglich ist, wäre dann nicht alles verloren? Ja, gewiß, und zudem würde der Besitzer in der öffentlichen Schätzung so tief sinken, daß alle ihn für einen einfältigen Toren hielten.

Nun denke dir, Freund Anselmo, daß Camila nach deiner wie nach fremder Schätzung ein Diamant von größter Reinheit ist und daß es unvernünftig ist, das Juwel der Möglichkeit des Zerbrechens auszusetzen; denn wenn es auch in seiner Unversehrtheit bleibt, kann es zu keinem höheren Werte aufsteigen, als den es gegenwärtig besitzt; und wenn es zu schwach wäre und nicht Widerstand leistete, so erwäge jetzt schon, in welchem Zustand du ohne sie verbliebest und wie du mit vollstem Grunde dich nur über dich selbst beschweren müßtest, weil du allein verschuldet hättest, daß sie zugrunde ginge und du mit. Bedenke nun, daß es kein Juwel auf Erden gibt, das so kostbar ist wie ein keusches, züchtiges Weib, und daß die ganze Ehre der Frauen in dem Ruf ihrer Tugend besteht, dessen sie bei der Welt genießen. Und da der Ruf deiner Gattin ein derartiger ist, daß er das Höchste an Trefflichkeit erreicht, wie du weißt, wozu willst du diese feststehende Tatsache in Zweifel ziehen? Bedenke, Freund, daß das Weib ein unvollkommenes Geschöpf ist und daß man ihr keine Steine in den Weg legen, über die sie straucheln und fallen kann, vielmehr sie ihr wegräumen und ihr den Anstoß aus dem Weg schaffen soll, damit sie ohne Beschwer und leichten Fußes hinschreiten könne, um die ihr noch fehlende Vollkommenheit zu erreichen, die darin besteht, tugendhaft zu sein. Es berichten die Naturforscher, das Hermelin sei ein Tierchen mit schneeweißem Fell, und wenn die Jäger es jagen wollen, brauchen sie diesen Kunstgriff: da sie die Stellen kennen, wo es vorüberzukommen und wohin es zu laufen pflegt, so sperren sie diese mit Kot ab, scheuchen es dann auf und treiben es zu der Stelle hin; und sobald das Hermelin an den kotigen Ort kommt, steht es still und läßt sich greifen und gefangennehmen, damit es nur nicht durch den Schmutz laufen und seine Weiße verderben und besudeln muß, da es diese höher schätzt als Freiheit und Leben. Das sittsame und keusche Weib ist ein Hermelin, und weißer und reiner als Schnee ist die Tugend der Sittsamkeit, und wer nicht will, daß diese ihr verlorengehe, vielmehr ihr bewahrt und erhalten bleibe, der muß ein anderes Verfahren einhalten, als man bei dem Hermelin anwendet. Denn man darf nicht den Kot der Geschenke und Liebesdienste zudringlicher Bewerber vor sie hinlegen, weil vielleicht, ja sogar darf es nicht einmal *vielleicht* heißen, sie von Natur nicht so viel Tugend und Stärke besitzt, um mit eigner Kraft das ihr in den Weg Gelegte zu beseitigen und darüber hinwegzuschreiten. Daher muß man ihr jeden Anstoß aus dem Wege räumen und ihr die Reinheit der Tugend und die Schönheit, welche im guten Rufe liegt, vor Augen stellen.

So ist auch das brave Weib wie ein Spiegel von glänzendem Kristall, der aber der Gefahr ausgesetzt ist, den Glanz zu verlieren und durch jeden Hauch, der ihn berührt, getrübt und verdunkelt zu werden. Das sittsame Weib muß man behandeln wie eine Reliquie, die man verehrt, aber nicht berührt. Man muß ein tugendhaftes Weib so hüten und schätzen, wie man einen schönen Garten hütet und schätzt, der voller Blüten und Rosen steht und dessen Besitzer nicht gestattet, daß man darin lustwandle und die Blumen betaste. Es genügt, daß man von weitem und zwischen den Eisenstäben hindurch ihren Duft und ihre Schönheit genieße. Schließlich will ich dir Verse sagen, die mir eben ins Gedächtnis gekommen – ich habe sie in einer neuen Komödie gehört – und die mir gerade auf den Gegenstand, der uns beschäftigt, zu passen scheinen. In der Komödie rät ein verständiger Alter einem andern, der eine Tochter hat, er solle sie zurückgezogen halten, sie bewachen und einschließen, und unter andern Gründen führt er ihm die folgenden an:

> Merkt, es ist das Weib von Glas,
> Drum versucht beileibe nicht,
> Ob es ganz bleibt oder bricht;
> Möglich ist ja dies wie das.
>
> Leichter bricht es doch; drum wißt:
> Klug ist's nicht, es drauf zu wagen,
> Daß in Splitter geh' zerschlagen,
> Was nicht mehr zu löten ist.
>
> Drum will ich's ans Herz euch legen,
> Und bald könnt es klar euch werden:
> Gibt es Danaen auf Erden,
> Fehlt's auch nicht am goldnen Regen.

Alles, was ich dir bis hierher gesagt habe, Anselmo, bezog sich nur auf das, was dich selbst berührt. Jetzt gebührt es sich, auch einiges von dem zu hören, was für *mich* einen Wert hat, und sollte ich weitläufig sein, so vergib mir. Denn dies Labyrinth, in das du geraten und aus dem ich, so willst du es, dich befreien soll, erheischt alles, was ich vorbringe. Du hältst mich für deinen Freund und willst mir die Ehre rauben, was gegen alle Freundschaft ist; und sogar begehrst du nicht nur dies, sondern du gehst darauf aus, daß ich auch dir sie raube. Daß du *mir* sie rauben willst, ist klar; denn sobald Camila sieht, daß ich mich um sie bewerbe, wie du von mir verlangst, so hält sie mich zweifellos für einen Mann ohne Ehre und von schlechten Absichten, da ich etwas will und unternehme, was allem so ganz fremd ist, zu dem mich das Bewußtsein meines eigenen Wertes und deine Freundschaft verpflichten. Daß du willst, daß ich *dir* sie raube, daran ist auch kein Zweifel; denn wenn Camila sieht, daß ich mich um sie bewerbe, muß sie glauben, ich habe bei ihr irgendeinen leichtsinnigen Charakterzug gefunden, der mir die Dreistigkeit einflößte, ihr meine frevelhaften Wünsche zu offenbaren, und da sie sich hierdurch entehrt fühlen muß, so trifft dich, weil du ein Teil von ihr selbst bist, ihre Unehre mit. Und hiervon kommt auch, was allgemein gesagt wird, nämlich daß der Mann eines ehebrecherischen Weibes – wenn er selbst es auch nicht weiß und

335

keinen Anlaß dazu gegeben hat, daß sein Weib anders ist, als sie sein sollte, und wenn es nicht in seiner Macht stand noch an seiner Unachtsamkeit noch an mangelnder Vorsicht lag, sein Mißgeschick abzuwenden –, daß der Mann trotz alledem mit einem schmählichen und gemeinen Namen belegt wird. Und gewissermaßen betrachten ihn die, welche um die Schlechtigkeit seines Weibes wissen, mit Blicken der Geringschätzung statt mit denen des Bedauerns, wie sie sollten, da ihnen doch bekannt ist, daß er nicht durch seine Schuld, sondern durch die Gelüste seiner sündigen Lebensgefährtin in dies Unglück geraten ist.

Aber ich will dir den Grund sagen, weshalb der Mann eines verbrecherischen Weibes mit Recht entehrt ist, selbst wenn er nicht weiß, daß sie schlecht ist, und daran weder Schuld trägt noch dazu geholfen noch Anlaß dazu gegeben hat. Und laß dir's nicht zuviel werden, mich anzuhören; denn alles soll ja zu deinem Besten dienen. Als Gott unsern ersten Vater im irdischen Paradies erschuf, da ließ er, wie die Heilige Schrift sagt, einen tiefen Schlaf auf ihn fallen, und er entschlief. Und Gott nahm seiner Rippen eine aus der linken Seite und bauete aus der Rippe unsere Mutter Eva. Und als Adam erwachte und sie sah, sprach er: Das ist Fleisch von meinem Fleisch und Bein von meinem Bein. Und Gott sprach: Um ihretwillen wird der Mann Vater und Mutter verlassen, und sie werden ein Fleisch sein. Und damals wurde das göttliche Sakrament der Ehe eingesetzt mit solchen Banden, daß nur der Tod sie lösen kann. Und es hat dies wunderbare Sakrament so große Kraft und Wirksamkeit, daß es zwei verschiedene Personen zu einem und demselben Fleische macht; und es bewirkt selbst noch mehr bei tugendhaften Eheleuten; denn wiewohl sie zwei Seelen haben, so haben sie doch nur einen Willen. Und daher kommt es, weil das Fleisch der Gattin eines ist mit dem des Gatten, daß die Flecken, die auf die Frau fallen, oder die Fehler, die sie sich zuschulden kommen läßt, das Fleisch des Mannes mit treffen, auch wenn er, wie gesagt, keinen Anlaß zu diesem Unglück gegeben hat. Denn so, wie einen Schmerz am Fuße oder an irgendwelchem Glied des menschlichen Leibes der ganze Leib empfindet, weil er in seiner Gesamtheit aus einem Fleische besteht, und wie der Kopf eine Verletzung an den Fußknöcheln empfindet, ohne daß er sie veranlaßt hätte, so nimmt der Mann teil an der Unehre des Weibes, weil er eins und dasselbe mit ihr ist. Und da alle Ehre und Unehre auf Erden mit Fleisch und Blut zusammenhängt und daraus entsteht und die eines schlechten Weibes von dieser Art ist, so muß notwendig den Ehemann ein Teil derselben treffen und er als entehrt gelten, wenn er auch nichts davon weiß. Erwäge also, Anselmo, die Gefahr, in die du dich begibst, wenn du die Gemütsruhe stören willst, in der deine tugendsame Gattin lebt; erwäge, um welches eitlen, törichten Vorwitzes willen du die Gefühle in Aufregung bringen willst, die bis jetzt im Busen deiner keuschen Gattin friedlich ruhen; merke wohl, daß, was du bei solchem Glücksspiel gewinnen kannst, wenig ist, und was du verlieren würdest, so viel, daß ich es auf sich beruhen lassen will, weil mir Worte fehlen, um es in seinem vollen Umfang zu schildern. Aber wenn alles, was ich gesagt, nicht genügt, um dich von deinem schlimmen Vorhaben abzubringen, so magst du ein anderes Werkzeug deiner Unehre und Vernichtung suchen. Denn ich gedenke nicht als solches zu dienen, wenn ich auch darob deine Freundschaft verlieren sollte, der größte Verlust, den ich mir vorstellen kann."

Mit diesen Worten schwieg der tugendhafte und einsichtsvolle Lotario, und Anselmo stand so verstört und in Gedanken verloren, daß er ihm längere Zeit kein Wort zu erwidern vermochte. Endlich aber sprach er zu Lotario: „Mit einer Aufmerksamkeit, die dir nicht entgangen ist, habe ich alles angehört, Freund Lotario, was du mir sagen wolltest, und an deinen Worten, Beispielen und Gleichnissen erkannte ich, welch große Einsicht du besitzest und auf welch äußerstem Punkte wahrer Freundschaft du stehst. Und ebenso sehe ich auch ein und bekenne, daß, wenn ich deiner Warnung nicht folge und bei der meinigen beharre, ich vor dem Guten fliehe und dem Bösen nacheile. Dies zugegeben, mußt du erwägen, daß ich jetzt an jener Krankheit leide, von der manche Frauen öfter befallen sind, die da Gelüste haben, Erde, Gips, Kohlen zu essen, ja andre, noch ärgere Dinge, die zu ekelhaft sind, um sie nur anzusehen, geschweige sie zu essen. So ist's denn notwendig, irgendeinen Kunstgriff anzuwenden, damit ich genese, und dies könnte mit Leichtigkeit so geschehen, daß du wenigstens anfingst, wenn auch nur lau und zum Schein, dich um Camilas Liebe zu bewerben. Sie wird ja doch nicht so schwach sein, daß ihre Tugend gleich den ersten Angriffen erliegt. Und mit diesem bloßen Anfang werde ich mich befriedigt fühlen, und du wirst erfüllt haben, was du unserer Freundschaft schuldig bist, indem du mir dadurch nicht allein das Leben, sondern auch die Sicherheit gibst, daß meine Ehre ungeschmälert bleibt. Und dies zu tun, bist du schon allein aus einem Grund verpflichtet: da ich nämlich entschlossen bin – und in der Tat bin ich es –, diese

Probe vorzunehmen, so darfst du nicht zulassen, daß ich meine Torheit einem Dritten offenbare, wobei ich ja die Ehre aufs Spiel setzen würde, während dein Bestreben darauf geht, daß ich sie nicht verlieren soll. Und wenn auch *deine* Ehre in Camilas Meinung während der Zeit, wo du um ihre Gunst wirbst, nicht so hoch steht, als sich gebührt, so liegt wenig oder nichts daran, da du ja in kurzem, nachdem du bei ihr die standhafte Lauterkeit erkannt hast, die wir erhoffen, ihr die reine Wahrheit über unsern Anschlag sagen kannst. Und damit wird dein guter Ruf bei ihr wieder gänzlich hergestellt sein. Und da du so wenig dabei wagst und durch ein solches Wagen mir so große Befriedigung verschaffen kannst, so lehne es nicht ab, selbst wenn sich noch weit mehr Unzuträglichkeiten dir vor Augen stellten. Denn, wie ich bereits gesagt, schon damit, daß du der Sache nur einen Anfang gibst, werde ich sie für endgültig erledigt erachten."

Da Lotario den entschiedenen Willen Anselmos sah und nicht wußte, welche Beispiele er noch sonst ihm vorführen noch welche neuen Gründe er ihm angeben könnte, um ihn davon abzubringen, und da er dessen Drohung hörte, einem andern sein frevles Begehren zu offenbaren, so entschloß er sich, um ein größeres Übel zu verhüten, ihn zufriedenzustellen und zu tun, was er verlangte; jedoch mit dem Vorsatz und in der Absicht, den Handel auf einen solchen Weg zu leiten, daß, ohne Camilas Gedanken zu beunruhigen, Anselmo zufriedengestellt würde. Er antwortete ihm daher, er solle sein Vorhaben keinem andern mitteilen; er, Lotario, nehme die ganze Geschichte auf sich und würde sie beginnen, sobald es Anselmo beliebe.

Dieser umarmte seinen Freund mit liebevoller Zärtlichkeit und dankte ihm für seine Bereitwilligkeit, als hätte er ihm die größte Wohltat erwiesen. Sie kamen miteinander überein, gleich am folgenden Tage solle das Werk begonnen werden; Anselmo solle ihm Gelegenheit und Muße verschaffen, mit Camila unter vier Augen zu sprechen, und ihm Geld und Kleinodien geben, um sie ihr anzubieten und zu schenken. Anselmo riet Lotario, ihr Ständchen zu bringen und Verse zu ihrem Preise zu schreiben, die er selbst dichten würde, wenn Lotario sich nicht die Mühe geben wolle, sie zu schreiben. Zu all diesem erklärte sich Lotario bereit, wiewohl in einer ganz andern Absicht, als Anselmo dachte.

Mit dieser Verabredung kehrten sie nach Anselmos Hause zurück, wo sie Camila ihren Mann erwartend fanden, voll Angst und Besorgnis, weil er diesen Tag länger als gewöhnlich ausblieb. Lotario begab sich hierauf in sein Haus, und Anselmo blieb in dem seinigen, ebenso vergnügt, wie Lotario nachdenklich war, da er nicht wußte, welchen Anschlag er erdenken solle, um sich glücklich aus dem argen Handel zu ziehen. Aber noch an demselben Abend kam er darauf, welch ein Benehmen er einhalten könne, um Anselmo zu täuschen, ohne Camila zu nahe zu treten.

Des andern Tages kam er zu seinem Freunde zum Essen und ward von Camila wohl aufgenommen; sie empfing und behandelte ihn stets mit der größten Freundschaft, weil sie sich der innigen Liebe ihres Mannes zu Lotario wohl bewußt war. Nachdem sie gespeist hatten und abgedeckt war, bat Anselmo seinen Freund, er möchte bei Camila bleiben, während er selbst sich zu einem unumgänglichen Geschäft fortbegeben müsse; in anderthalb Stunden werde er zurückkehren. Camila bat ihn, sich doch nicht zu entfernen, und Lotario erbot sich, ihn zu begleiten, aber nichts konnte bei Anselmo verfangen. Vielmehr drang er angelegentlichst in Lotario, zu bleiben und ihn hier zu erwarten, da er mit ihm eine Sache von großer Wichtigkeit zu verhandeln habe. Er bat auch Camila, seinen Freund nicht allein zu lassen, bis er wiederkomme. Kurz, er wußte die Wichtigkeit – oder Nichtigkeit – seines Ausgangs so erfinderisch zu schildern, daß niemand die Verstellung hätte merken können.

Anselmo ging, und Camila und Lotario blieben allein am Tische sitzen; denn die übrigen Leute vom Hause waren alle zum Essen gegangen. Jetzt sah sich Lotario auf dem Turnierplatz, den sein Freund ihm ausgesucht hatte, vor sich den Feind, der schon allein mit seiner Schönheit ein ganzes Heer von wohlgerüsteten Rittern hätte besiegen können. Nun bedenkt, ob Lotario Ursache hatte, solchen Feind zu fürchten! Er tat indessen weiter nichts, als daß er den Ellenbogen auf den Arm des Sessels stützte, die flache Hand an die Wange legte und Camila um Verzeihung ob der Unhöflichkeit bat, weil er ein wenig ausruhen möchte, bis Anselmo heimkehre. Camila antwortete ihm, er werde besser auf dem Sofa im Besuchszimmer ausruhen als auf dem Sessel, und bat ihn hineinzugehen, um da zu schlafen; doch Lotario wollte nicht; er blieb dort schlummernd, bis Anselmo zurückkam.

Als dieser Camila in ihrem Gemach und Lotario schlafend fand, glaubte er, weil er so lang ausgeblieben, hätten die beiden bereits hinreichend Zeit gehabt, sich zu besprechen, ja sogar zu schlafen, und konnte kaum den Augenblick erwarten, wo Lotario erwachte, um mit ihm wieder auszugehen und ihn über seinen Erfolg zu befragen. Alles geschah nach seinem Wunsch: Lotario erwachte, und sogleich verließen beide das Haus, und nun fragte ihn Anselmo nach dem Gewünschten. Lotario antwortete ihm, es habe ihm nicht gut geschienen, sich gleich das erstemal ihr vollständig zu entdecken, und so habe er nichts weiter getan, als Camila ob ihrer Schönheit zu preisen und ihr zu sagen, daß in der ganzen Stadt von nichts anderem die Rede sei als von ihren Reizen und ihrem verständigen Wesen. Dies sei ihm als der beste Anfang erschienen, um allmählich ihr Wohlwollen zu gewinnen und sie geneigt zu machen, ihn auch ein andermal gern anzuhören. So habe er sich des Kunstgriffs bedient, den der Böse anwendet, wenn er jemand verführen will, der auf der Wache steht, um sich zu behüten. Der Teufel verwandle sich alsdann in einen Engel des Lichts, da er doch der Engel der Finsternis ist, und während er dem Armen einen guten Anschein vorspiegelt, offenbart er zuletzt, wer er ist, und führt sein Vorhaben aus, falls seine Tücke nicht gleich von vornherein entdeckt wird.

Anselmo war mit all diesem höchst zufrieden und sagte, er würde ihm jeden Tag dieselbe Gelegenheit verschaffen, selbst ohne aus dem Hause zu gehen; denn er würde sich daheim mit solchen Dingen beschäftigen, daß Camila nicht hinter seine Schliche kommen könne.

Es vergingen nun viele Tage, während Lotario, ohne mit Camila ein Wort zu reden, stets auf seines Freundes Fragen antwortete, er spreche mit ihr, könne ihr aber nie das geringste Anzeichen entlocken, daß sie sich zu irgend etwas Unrechtem herbeilassen würde noch auch nur die entfernteste Andeutung eines Schattens von Hoffnung gebe. Im Gegenteil, sagte er, drohe sie ihm, es ihrem Gatten mitzuteilen, wenn er nicht von seinen bösen Gedanken abstehe.

„Sehr gut", sprach Anselmo. „Bis jetzt hat Camila den Worten widerstanden; wie sie den Werken widersteht, das müssen wir jetzt notwendig erforschen. Morgen gebe ich dir zweitausend Goldtaler, um sie ihr anzubieten, ja sie ihr zu schenken, und eine gleiche Summe zum Ankauf von Juwelen, um sie damit zu ködern. Denn die Frauen, ob sie auch noch so keusch sind, haben ihre große Liebhaberei daran, besonders wenn sie schön sind, schön gekleidet und in stattlichem Putz einherzugehen. Wenn sie aber dieser Versuchung widersteht, so will ich mich zufriedengeben und dich nicht weiter bemühen."

Lotario erwiderte, da er nun einmal den Anfang gemacht habe, so wolle er das Unternehmen zu Ende führen, obgleich er einsehe, daß er aus demselben erschöpft und besiegt hervorgehen werde.

Am nächsten Tag erhielt er die viertausend Goldtaler und mit ihnen viertausend Verlegenheiten; denn er wußte nicht, was für neue Lügen er vorbringen solle. Aber endlich entschloß er sich, Anselmo zu sagen, Camila sei gegen Geschenke und Versprechungen ebenso probefest wie gegen Worte und es sei zwecklos, sich noch weiter abzumühen, weil die ganze Zeit vergeblich aufgewendet sei.

Allein das Schicksal, das die Dinge anders lenken wollte, fügte es so, daß Anselmo, nachdem er eines Tages Lotario und Camila allein gelassen, wie er bisher zu tun pflegte, sich in ein Seitengemach einschloß und durchs Schlüsselloch sehen und hören wollte, was die beiden tun würden; und er entdeckte, daß Lotario während einer halben Stunde kein Wort mit Camila sprach und sicher auch keines mit ihr gesprochen hätte, wenn Anselmo ein Jahrhundert lang dort gehorcht hätte. Nun ward ihm klar, daß, was sein Freund ihm von Camilas Antworten gesagt, alles Dichtung und Lüge war. Und um sich zu überzeugen, ob dem wirklich so sei, verließ er das Gemach, rief Lotario beiseite und fragte, was Neues vorgekommen und in welcher Stimmung Camila sei. Lotario entgegnete ihm, er gedenke in der Sache nichts weiter bei ihr zu tun; denn sie antworte so schroff und ärgerlich, daß er nicht das Herz habe, ihr nochmals etwas zu sagen.

„Ha, Lotario, Lotario", sprach Anselmo, „wie wenig entspricht dein Verhalten deiner Pflicht gegen mich und meinem großen Vertrauen zu dir! Jetzt habe ich dagestanden und durch die Öffnung dieses Schlüsselloches dich belauscht, habe bemerkt, daß du zu Camila nicht ein Wort gesagt hast, und bin dadurch zu der Erkenntnis gelangt, daß du ihr noch das erste Wort zu sagen hast. Und wenn es so ist – und ohne Zweifel ist es so –, zu welchem Zweck hintergehst du mich, oder warum willst du mir mit deiner List die Mittel entziehen, die ich finden könnte, um meine Absicht zu erreichen?"

Mehr sprach Anselmo nicht. Aber was er gesagt, genügte, um Lotario in Beschämung und Bestürzung zu versetzen. Jetzt, als ob er seine Ehre für verpfändet hielte, weil er über einer Lüge betroffen worden, jetzt schwur er Anselmo zu, von diesem Augenblick an nehme er es auf sich, ihn zufriedenzustellen und ihm nichts vorzulügen, und der Freund würde dies ersehen, wenn er sein Tun sorgfältig ausspähen wolle. Doch sei es hierzu nicht einmal nötig, sich irgend Mühe zu geben; denn die Mühe, die er aufwenden wolle, um seinen Wünschen nachzukommen, werde ihm jeden Argwohn benehmen.

Anselmo schenkte ihm Glauben, und um es ihm bequemer zu machen, so daß er mehr Sicherheit und weniger Störung hätte, beschloß er, sich auf acht Tage aus seinem Hause zu entfernen und einen Freund in einem Dorfe nicht weit von der Stadt zu besuchen. Er verabredete mit diesem Freunde, er solle ihn ernstlich und dringend zu sich berufen, um bei Camila einen Vorwand zu seiner Abreise zu haben.

Du unglücklicher, übelberatener Anselmo! Was tust du? Was planst du? Auf was gehst du aus? Bedenke, daß du gegen dich selbst handelst, indem du deine Entehrung planst und auf dein Verderben ausgehst. Tugendhaft ist deine Gemahlin Camila; in Ruhe und Frieden besitzest du sie; niemand stört deine Freuden; ihre Gedanken schweifen nicht über die Wände deines Hauses hinaus; du bist ihr Himmel auf Erden, der Zielpunkt ihrer Wünsche, der Gipfel ihrer Freuden, das Maß, an dem sie ihren Willen mißt, indem sie ihn in allem nach dem deinigen und dem des Himmels richtet. Wenn nun die Erzgrube ihrer Ehre, ihrer Schönheit, Sittsamkeit und Schüchternheit dir ohne irgendwelche Mühsal allen Reichtum hingibt, den sie enthält und den du nur wünschen kannst, warum willst du die Erde noch tiefer aufgraben und neue Adern neuen und nie erschauten Reichtums aufsuchen und dich hierbei in die Gefahr bringen, daß sie ganz zusammenstürze? Denn am Ende hält sie sich doch nur auf den gebrechlichen Stützen ihrer schwachen Natur aufrecht. Bedenke: Wer das Unmögliche sucht, dem geschieht nur recht, wenn das Mögliche ihm versagt wird, wie es besser ein Dichter ausdrückt, der da sagt:

> Leben such ich in dem Tod,
> Heilung in des Siechtums Grause,
> Ausgang in verschloßner Klause,
> Freiheit in des Kerkers Not,
> Treue, wo Verrat zu Hause.
>
> Doch mein Glück, stets karg an Gaben,
> Läßt selbst Hoffnung nie mich laben;
> Und des Himmels Satzung lehrt:
> Wer Unmögliches begehrt,
> Soll das Mögliche nicht haben.

Am andern Tag begab sich Anselmo auf das Dorf, nachdem er Camila gesagt, während der Zeit seiner Abwesenheit werde Lotario kommen, um nach dem Hause zu sehen und mit ihr zu speisen; sie möge wohl darauf bedacht sein, den Freund wie ihn selbst zu behandeln. Camila war als eine verständige, sittsame Frau über den Befehl bekümmert, den ihr Gemahl ihr zurückließ, und entgegnete ihm, er möge bedenken, daß es nicht schicklich sei, wenn in seiner Abwesenheit ein anderer den Platz an seinem Tisch einnehme; und wenn er es etwa deshalb tue, weil er ihr nicht zutraue, sein Haus regieren zu können, so möge er doch diesmal die Probe machen, und die Erfahrung würde ihn dann belehren, daß sie auch größeren Aufgaben gewachsen sei. Anselmo erwiderte ihr, es sei einmal sein Wunsch so, und sie habe weiter nichts zu tun, als gesenkten Hauptes ihm zu gehorchen. Camila erklärte, sie werde es tun, wenn auch gegen ihren Willen.

Anselmo reiste ab, und des andern Tags kam Lotario ins Haus und fand bei Camila eine liebevolle und sittsame Aufnahme. Doch betrat sie nie einen Ort, wo Lotario sie unter vier Augen hätte antreffen können; sie zeigte sich immer von ihren Dienern und Dienerinnen umgeben, namentlich einer Zofe, die Leonela hieß und die sie sehr liebte, weil sie beide von Kind auf im Hause von Camilas Eltern zusammen erzogen worden waren, und als sie sich mit Anselmo verheiratete, nahm sie die Zofe mit.

Im Lauf der ersten drei Tage sprach Lotario gar nichts mit ihr, obschon er es gekonnt hätte, während man den Tisch abdeckte und die Leute weggingen, um rasch zu essen, wie es Camila angeordnet hatte. Sogar hatte Leonela den Befehl, früher als Camila zu essen und sich nie von ihrer Seite zu entfernen. Allein das Mädchen, das ihre Gedanken auf andre Gegenstände ihrer Wünsche gerichtet hatte und dieser Stunden und Gelegenheiten bedurfte, um sie auf die Befriedigung ihrer eignen Neigungen zu verwenden, befolgte nicht immer das Gebot ihrer Herrin, ließ vielmehr die beiden häufig allein, gerade als wäre dieses ihr befohlen worden. Indessen, das sittsame Aussehen Camilas, der Ernst ihrer Züge, der würdige Anstand ihrer ganzen Persönlichkeit, das alles war mächtig genug, um Lotarios Zunge einen Zügel anzulegen. Jedoch das Gute, das die vielen trefflichen Eigenschaften Camilas bewirkten, indem sie Lotario zu schweigen nötigten, schlug beiden zu desto größerem Schaden aus. Denn wenn die Zunge auch still blieb, so redeten die Gedanken und hatten Muße, die vollendete Schönheit und Liebenswürdigkeit, welche Camila zu eigen waren, Zug um Zug mit Verehrung zu betrachten, mehr als genügend, um eine Bildsäule von Marmor in Liebe zu entflammen, geschweige denn ein Herz von Fleisch und Blut. Sooft Lotario Zeit und Gelegenheit fand, sie zu sprechen, schaute er sie unverwandt an und dachte bei sich, wie liebenswert sie sei. Diese Gedanken begannen allmählich einen Sturmlauf gegen die freundschaftliche Rücksicht, die er Anselmo schuldete, und tausendmal wollte er die Stadt verlassen und hingehen, wo Anselmo niemals ihn und er niemals Camila mehr zu Gesicht bekäme. Allein schon konnte er es nicht mehr. Der Genuß, den er an ihrem Anblick fand, verwehrte es ihm und hielt ihn zurück. Er tat sich Gewalt an und kämpfte mit sich, um die Wonne nicht zu empfinden und aus seinem Herzen zu reißen, die ihn antrieb, Camila stets anzuschauen. Wenn er mit sich allein war, klagte er sich an ob seines Wahnsinns, er nannte sich einen schlechten Freund, ja einen schlechten Christen; er stellte Betrachtungen an und Vergleichungen zwischen sich und Anselmo, und alle liefen darauf hinaus, daß er sich sagte, seine Treulosigkeit sei noch lange nicht so groß wie Anselmos Verkehrtheit und blinde Zuversicht, und wenn er für das, was er zu tun gedenke, ebenso vor Gott Entschuldigung fände wie vor den Menschen, so würde er keine Strafe für seine Schuld fürchten.

Zuletzt kam es dahin, daß Camilas Schönheit und vortreffliche Eigenschaften, verbunden mit der Gelegenheit, die der törichte Ehemann ihm in die Hand gegeben, Lotarios Redlichkeit gänzlich zu Fall brachten. Er beachtete nichts anderes mehr, als wozu seine Neigung ihn trieb, und nach drei Tagen der Abwesenheit Anselmos, während deren er in beständigem Kampfe war, um seinen eigenen Wünschen zu widerstehen, begann er, wie verstört und außer sich, um Camila mit solchen Liebesworten zu werben, daß sie ganz in Bestürzung geriet und nichts weiter tat, als daß sie sich von ihrem Sitz erhob und in ihr Gemach ging, ohne ihm ein Wort zu erwidern. Aber durch diese Kälte ward in Lotario die Hoffnung nicht entmutigt, die immer zugleich mit der Liebe entsteht; vielmehr ward ihm Camila um so teurer.

Diese aber, nachdem sie in Lotario gefunden, was sie nie erwartet hätte, wußte nicht, was sie anfangen sollte; und da es ihr weder sicher noch wohlgetan schien, ihm Gelegenheit und Raum zu einer zweiten Besprechung zu geben, so beschloß sie, noch an demselben Abend – wie sie es denn auch ausführte – einen ihrer Diener mit einem Briefe an Anselmo zu senden, worin sie ihm folgende vernünftige Worte schrieb.

34. KAPITEL

Worin die Novelle vom törichten Vorwitz fortgesetzt wird

Wie man zu sagen pflegt, daß ein Heer ohne seinen Feldherrn und eine Burg ohne ihren Burgvogt einen schlechten Eindruck machen, so sage ich: ohne ihren Gatten macht eine jugendliche Ehefrau noch einen viel schlimmern Eindruck, wenn nicht die zwingendsten Gründe dies verhindern. Ich finde mich in so übler Lage ohne Euch und so außerstande, diese Abwesenheit zu ertragen, daß, wenn Ihr nicht schleunig kommt, ich gehen muß, um im Hause meiner Eltern zu leben, ob ich auch das Eure ohne Hüter lasse. Denn der Hüter, den Ihr mir zurückgelassen, falls er nämlich in dieser Eigenschaft bei uns geblieben, der, glaube ich, hat mehr sein eigenes Gelüsten im Auge, als was Euch angeht. Und da Ihr ein verständiger Mann seid, habe ich Euch nicht mehr zu sagen, und es wäre auch nicht einmal gut, wenn ich Euch mehr sagte.

Diesen Brief empfing Anselmo, und er ersah daraus, daß Lotario bereits das Unternehmen begonnen und daß Camila geantwortet haben mußte, wie er es wünschte, und über die Maßen vergnügt ob solcher Nachrichten, sandte er an Camila mündliche Antwort, sie möge wegen ihrer Wohnung durchaus keine Änderung treffen; denn er werde in aller Kürze zurückkehren. Camila war erstaunt über Anselmos Antwort, die sie in noch größere Verlegenheit als zuvor setzte. Sie getraute sich nicht, in ihrem Hause zu bleiben, und noch weniger, in das ihrer Eltern zu ziehen; denn beim Dableiben lief ihre Ehre Gefahr, und beim Wegziehen handelte sie gegen das Gebot ihres Gatten. Endlich entschloß sie sich zu dem, was gerade zum Schlimmsten für sie ausschlug, nämlich zu bleiben, mit dem Vorsatz, Lotarios Gegenwart nicht zu meiden, weil sie ihren Dienern keinen Anlaß zum Gerede geben wollte. Und schon tat es ihr leid, ihrem Gatten den erwähnten Brief geschrieben zu haben, da sie befürchtete, er möchte etwa denken, Lotario habe irgendeine Leichtfertigkeit in ihrem Benehmen bemerkt, die ihn veranlaßt hätte, ihr gegenüber nicht die Achtung zu bewahren, die er ihr schuldete. Aber ihrer Tugend sich bewußt, verließ sie sich auf Gott und ihren redlichen Sinn und hielt sich damit für stark genug, um allem, was Lotario ihr sagen möchte, schweigend zu widerstehen, ohne ihrem Gatten weitere Mitteilung zu machen, um ihn nicht in Händel und

Widerwärtigkeiten zu verwickeln. Ja, bereits sann sie auf ein Mittel, wie sie Lotario bei Anselmo entschuldigen könne, wenn dieser sie fragen sollte, warum sie ihm jenen Brief geschrieben habe.

In diesen Gedanken, die freilich mehr ehrenhaft als verständig und zu ihrem Besten waren, saß sie des folgenden Tages da und hörte Lotario an, welcher diesmal so in sie drang, daß Camilas Festigkeit zu wanken begann, und ihre Sittsamkeit hatte genug zu tun, um die Augen zu hüten, daß sie das zärtliche Mitleid nicht verrieten, welches Lotarios Worte und Tränen in ihrem Busen geweckt hatten. All dies bemerkte Lotario wohl, und alles versetzte ihn in noch heißere Glut. Nun aber bedünkte es ihn unerläßlich, solange noch Anselmos Abwesenheit ihm Zeit und Gelegenheit vergönne, die Belagerung dieser Feste mit größerem Nachdruck zu betreiben, und so eröffnete er mit Lobreden auf ihre Schönheit seinen Angriff auf ihre Eigenliebe. Denn es gibt nichts auf Erden, was die umschanzten Türme weiblicher Eitelkeit rascher überwältigt und beseitigt als diese Eitelkeit selbst, wenn sie sich auf die Sprache der Schmeichelei stützt. Kurz, Lotario untergrub mit aller Kunst und Unermüdlichkeit den Fels ihrer keuschen Tugend mittels solcher Minierarbeiten, daß Camila, wäre sie auch ganz von Erz gewesen, hätte fallen müssen. Er weinte, flehte, verhieß, schmeichelte, drängte beharrlich und log mit so heißem Gefühl, mit so viel Zeichen der Aufrichtigkeit, daß er Camilas Sittsamkeit zum Scheitern brachte und endlich einen Triumph errang, den er am wenigsten erhofft und am meisten ersehnt hatte. Camila ergab sich, Camila fiel: aber was Wunder, da ja auch Lotarios Freundschaft nicht standhielt? Ein deutliches Beispiel, das uns zeigt, daß man die Leidenschaft der Liebe nur besiegen kann, wenn man vor ihr die Flucht ergreift, und daß niemand gegen einen so machtvollen Feind den Kampf wagen kann, dessen wenn auch nur menschliche Kräfte zu besiegen man göttlicher Kräfte bedarf.

Leonela allein erfuhr von der Schwäche ihrer Herrin; denn sie ihr zu verbergen war den Verrätern an der Freundschaft, dem neuen Liebespaar, nicht möglich. Lotario mochte Camila den Plan Anselmos nicht anvertrauen; und daß jener selbst ihm die Gelegenheit verschafft habe, so weit zu gelangen, mochte er ihr ebensowenig sagen, damit sie seine Liebe nicht geringer schätze und damit sie glaube, daß er nur aus zufälligem Anlaß und ohne überlegte Absicht, nicht aber mit Vorbedacht sich um ihre Gunst beworben habe.

Nach wenig Tagen kehrte Anselmo nach Hause zurück und ward nicht inne, was jetzt in demselben fehle, nämlich worauf er am wenigsten gehalten und was er doch am höchsten geschätzt hatte. Er suchte sogleich Lotario auf und fand ihn in dessen Wohnung; sie umarmten einander, und Anselmo verlangte von ihm Kunde, ob ihm Leben oder Tod beschieden sei.

„Die Kunde, die ich dir geben kann, mein Freund Anselmo", sprach Lotario, „ist die, daß du ein Weib hast, das verdient, Beispiel und Krone aller tugendhaften Frauen genannt zu werden. Die Worte, die ich an sie gerichtet, waren in den Wind gesprochen; meine Anerbietungen wurden verschmäht; die Geschenke wurden nicht angenommen; ein paar erheuchelte Tränen, die ich vergoß, wurden ganz gehörig verspottet. Kurz, so wie Camila der Inbegriff aller Schönheit ist, so ist sie auch der Juwelenschrein, worin die Sittsamkeit verwahrt ist, worin die Liebenswürdigkeit und Keuschheit ruhen wie auch alle anderen Tugenden, die ein ehrenhaftes Weib preisenswert und glücklich machen können. Nimm dein Geld wieder, Freund, ich hatte nicht nötig, es anzurühren; denn Camilas unnahbare Tugend läßt sich nicht von niedrigen Dingen wie Geschenken und Versprechungen besiegen. Sei zufrieden, Anselmo, und begehre nicht noch mehr Proben als die bisherigen; und da du trockenen Fußes durch das Meer der schweren Quälereien und argwöhnischen Zweifel gegangen, die man um der Frauen willen so oft erleidet, so wage dich nicht abermals in die tiefe See neuer Widerwärtigkeiten, erprobe nicht mit einem anderen Lotsen die Güte und Festigkeit des Schiffes, das dir der Himmel zugeteilt hat, um an dessen Bord das Meer dieses Lebens zu befahren. Sei vielmehr überzeugt, daß du schon im sicheren Hafen bist, lege dich fest vor dem Anker besonnener Erwägung und bleibe ungestört da liegen, bis man dir dereinst den Zoll abfordert, von dem uns kein Adel der Welt jemals befreien kann."

Anselmo war höchst glücklich über Lotarios Worte und glaubte ihnen wie einem Orakelspruch. Allein trotzdem bat er ihn, das Unternehmen nicht aufzugeben, wäre es auch nur aus Neugier und um der Unterhaltung willen; wiewohl er inskünftig nicht mehr so nachdrückliche Bemühungen aufzuwenden brauche. Er wünsche nur noch, daß er ihr unter dem Namen Chloris einige Verse zu ihrem Lobe schreibe; er selbst werde ihr mitteilen, Lotario sei in eine Dame verliebt, der er den Namen Chloris beigelegt habe, um mit dem Anstand, den man ihrer Tugend schuldig sei, sie besingen zu können. Und wenn Lotario sich nicht die

Mühe geben wolle, die Verse zu schreiben, so würde er selbst sie dichten.

„Das wird nicht erforderlich sein", sprach Lotario, „denn so feindlich sind mir die Musen nicht, daß sie mich nicht etliche Stunden des Jahres besuchen sollten. Erzähle du nur Camila, was du mir soeben von meiner angeblichen Liebschaft gesagt hast; die Verse werde ich schon schreiben, und wenn nicht so vortrefflich, wie es der Gegenstand verdient, doch wenigstens so gut es mir möglich ist."

Bei dieser Verabredung blieb es zwischen dem vorwitzigen und dem verräterischen Freunde; und als Anselmo nach Hause zurückgekommen, richtete er an Camila eine Frage, die sie längst erwartet und über deren Ausbleiben sie sich sehr gewundert hatte: nämlich aus welcher Veranlassung sie ihm jenen Brief geschrieben habe.

Camila antwortete, sie habe den Eindruck gehabt, daß Lotario sie etwas freier ansehe als während Anselmos Anwesenheit im Hause; sie sei aber schon ihres Irrtums gewahr geworden und glaube, es sei lediglich eine Einbildung von ihr gewesen, weil Lotario bereits vermeide, sie zu besuchen und mit ihr allein zu sein.

Anselmo entgegnete ihr, sie könne ganz sicher sein, daß ihr Verdacht unbegründet sei; denn Lotario liebe ein vornehmes Fräulein in der Stadt, die er unter dem Namen Chloris besinge; wenn es aber auch nicht so wäre, so sei bei der Redlichkeit Lotarios und der innigen Freundschaft zwischen ihnen beiden nichts zu befürchten.

Indessen, wenn Camila nicht von Lotario erfahren hätte, daß jenes Liebesverhältnis zu Chloris bloß erfunden sei und daß er es seinem Freunde Anselmo nur erzählt habe, um ein paar Augenblicke dem Lobe Camilas selbst widmen zu können, so wäre diese ohne Zweifel in das verzweiflungsvolle Netz der Eifersucht geraten. Sie war jedoch schon vorbereitet, und so kam sie ohne Kummer über den Schreck hinaus.

Am folgenden Tage, als alle drei bei Tische saßen, bat Anselmo seinen Freund, ihnen einiges von dem vorzutragen, was er für seine geliebte Chloris gedichtet habe, zu deren Lob er, da Camila sie nicht kenne, gewiß alles vorbringen dürfe, was ihm beliebe.

„Wenn Camila sie auch kennte", erwiderte Lotario, „würde ich nichts verschweigen; denn wenn ein Verliebter seine Dame als schön preist und sie als grausam tadelt, so tut er damit ihrem guten Rufe keinen Eintrag. Indessen, es sei dem, wie ihm wolle;

was ich sagen darf, ist, daß ich gestern auf Chloris' Undankbarkeit ein Sonett geschrieben habe, das also lautet:

> In stiller Ruh der Nacht, wenn mit Behagen
> Am holden Schlaf die Sterblichen sich weiden,
> Die arme Summe meiner reichen Leiden
> Will ich dem Himmel dann und Chloris sagen.
>
> Und wenn die Sonn, das Weltall zu durchjagen,
> Eilt, aus des Ostens Rosentor zu scheiden,
> Mit Qualen dann, die sich in Seufzer kleiden,
> Erneu ich meiner Sehnsucht alte Klagen.
>
> Wenn dann die Sonne senkrecht ihre Strahlen
> Zur Erde schickt von ihrem Sternenthrone,
> So kommen Tränen schmerzlicher geflossen.
>
> Und kehrt die Nacht, so kehren meine Qualen,
> Und immer find ich, meiner Treu zum Lohne,
> Den Himmel taub und Chloris' Ohr verschlossen."

Das Sonett gefiel Camila, aber noch mehr gefiel es Anselmo; er lobte es und behauptete, die Dame sei allzu grausam, die für so wahre Empfindungen kein Mitgefühl zeige.

Darauf bemerkte Camila: „So soll also alles, was verliebte Dichter sagen, wahr sein?"

„Insofern sie Dichter sind, reden sie nicht wahr", entgegnete Lotario; „aber insofern sie Verliebte sind, bleiben sie doch noch immer hinter der Wahrheit zurück."

„Daran ist nicht zu zweifeln", versetzte Anselmo – alles nur, um die Wünsche Lotarios bei Camila zu unterstützen und ihnen mehr Geltung zu verschaffen. Camila aber hatte um so weniger acht auf Anselmos Kunstgriff, je mehr ihre Liebe bereits Lotario gehörte; und da sie an allem ihre Freude hatte, was von Lotario herrührte, und da sie überzeugt war, daß seine Wünsche und Verse nur *sie* zum Ziele hatten und daß *sie* die wahre Chloris sei, bat sie ihn, wenn er noch ein Sonett oder andere Verse auswendig wisse, möchte er sie vortragen.

„Allerdings weiß ich noch ein Sonett", entgegnete Lotario, „aber ich glaube nicht, daß es so gut, oder richtiger gesagt, nicht weniger schlecht als das erste ist; und ihr werdet das sofort beurteilen können, denn es lautet so:

Ich sterb – und glaubst du nicht, daß es geschehe,
Wird um so sichrer Todes Band mich binden;
Und dir zu Füßen soll mein Leben schwinden,
Eh ich bereu der Liebe göttlich Wehe.

Wenn ich in des Vergessens Reich mich sehe,
Um sterbend noch im Elend mich zu winden,
Reißt mir die Brust auf! Leicht wird es sich finden,
Ob drin dein Antlitz als Altarbild stehe.

Dies Heiltum, ich verwahr es für die Stunde
Der letzten Not, mit der dein streng Gebaren
Und dein Verschmähen meine Treue strafen.

Weh dem, der unter düstrem Himmelsrunde
Durch fremde Meere, durch des Wegs Gefahren
Hinschifft, wo kein Polarstern winkt, kein Hafen!"

Auch dies zweite Sonett lobte Anselmo wie schon vorher das erste, und so fügte er Glied auf Glied zu der Kette, die seine Ehre umstrickte und in Bande schlug. Denn während Lotario ihm die Ehre am tiefsten verwundete, schmeichelte er ihm, daß sie am höchsten glänze, und jede Stufe, die Camila tiefer zum Abgrund der Unwürdigkeit hinabstieg, erschien ihrem Gatten als eine Staffel hinauf zum Gipfel der Tugend und des guten Rufs.

Unterdessen geschah es, daß Camila, als sie sich einmal, wie dies öfter vorkam, mit ihrer Zofe allein befand, zu ihr sprach: „Ich bin beschämt, liebe Leonela, wenn ich bedenke, wie wenig ich es verstanden habe, mich in Achtung zu setzen, da ich mich Lotario aus freiem Willen so rasch hingegeben und ihn meinen Besitz nicht wenigstens durch langes Warten erkaufen ließ. Ich fürchte, er wird meine Übereilung oder vielmehr meinen Leichtsinn mißachten und nicht daran denken, mit welcher Gewalt er mich bedrängte, um mir den Widerstand unmöglich zu machen."

„Das darf meiner Gebieterin keinen Kummer machen", entgegnete Leonela, „denn es hat nichts zu bedeuten und ist kein Grund, die Hochachtung zu mindern, wenn man rasch gibt, was man geben will, falls die Gabe nur wirklich vortrefflich und an sich schätzbar ist. Auch pflegt man zu sagen, wer gleich gibt, gibt doppelt."

„Aber", versetzte Camila, „man sagt auch: was wenig kostet, wird um so weniger geschätzt."

„Dies Wort paßt aber hier nicht", erwiderte Leonela, „denn die Liebe, wie ich sagen hörte, fliegt das eine Mal, das andere Mal geht sie zu Fuß; bei dem einen läuft sie, bei dem andern schleicht sie langsam; den einen macht sie kühl, den anderen setzt sie in Glut; dem einen schlägt sie Wunden, den anderen trifft sie zu Tode. In einem Augenblick beginnt sie die Laufbahn ihrer Wünsche, und im nämlichen Augenblick hat sie sie schon durcheilt und beendet. Am Morgen eröffnet sie die Belagerung einer Feste, am Abend hat sie sie überwältigt; denn es gibt keine Gewalt, die der Liebe widersteht. Und da das nun einmal so ist, worüber beunruhigt Ihr Euch, was befürchtet Ihr, da es doch Eurem Lotario ganz ebenso ergangen sein muß, als die Liebe die Abwesenheit unseres Herrn zum Werkzeug Eurer Besiegung erkor? Und es war unumgänglich, daß während dieser Abwesenheit zu Ende geführt wurde, was die Liebe beschlossen hatte, und daß Ihr nicht so lange die Zeit verlort, bis Anselmo sie gewann, um zurückkehren zu können, und alsdann infolge seiner Anwesenheit das Werk unvollendet geblieben wäre. Denn die Liebe hat keinen bessern Helfer, um ihre Anschläge auszuführen, als die Gelegenheit. Der Gelegenheit bedient sie sich bei all ihrem Tun, besonders zu Anfang. All dieses weiß ich gründlich, mehr aus eigner Erfahrung als vom Hörensagen, und das werde ich Euch schon einmal erzählen, Señora; denn auch ich bin von jugendlichem Fleisch und Blut. Überdies, Señora Camila, habt Ihr Euch ihm nicht so unverzüglich ergeben und übereignet, daß Ihr nicht vorher in Lotarios Augen, Seufzern, Worten und Verheißungen und Geschenken seine ganze Seele erkannt und in ihr und in seinen Tugenden ersehen hättet, wie würdig Lotario war, geliebt zu werden. Da dem nun so ist, so laßt Euer Herz nicht durch solche zimperlichen und ängstlichen Gedanken beunruhigen, sondern seid versichert, daß Lotario Euch hochschätzt, wie Ihr ihn hochschätzet, und lebet froh und zufrieden damit, daß, wenn Ihr auch ins Liebesgarn gefallen seid, der Mann, der Euch gefangenhält, von hohem Wert und achtungswürdig ist und daß er nicht nur die vier S hat, die, wie es heißt, jeder richtige Liebhaber zu eigen haben muß, sondern auch das ganze Abc. Wißt Ihr das nicht, so hört mir zu. Ihr sollt sehen, wie ich dies auswendig hersage. Lotario ist also, soviel ich ersehe und wie ich glaube: aufrichtig, bieder, chevaleresk, dienstwillig, edel von Geburt, freigebig, großmütig, hochherzig, inbrünstig, jung, klug, liebevoll, mutig, nachsichtig, offenherzig, pflichtgetreu; das Q fehlt, weil es quer ist; reich; dann, was die vier S besagen, nämlich scharfsinnig, standhaft, sorgfältig, schweigsam, und das X paßt nicht auf ihn, es ist ein harter, altmodischer Buchstabe; das Y haben wir nicht, und das Z heißt zornmütig, wenn es Eure Ehre gilt."

Camila lachte über das Abc ihrer Zofe und hielt sie für noch erfahrener in Liebessachen, als sie sagte; und das gestand Leonela selber ein, indem sie Camila entdeckte, sie habe eine Liebschaft mit einem jungen Mann von gutem Hause aus derselben Stadt. Camila geriet darob in Bestürzung; sie fürchtete, dies werde der Weg sein, auf dem ihre eigene Ehre Gefahr laufen könne. Sie drang in sie mit Fragen, ob ihr Verhältnis weiter gehe als auf bloße Worte. Leonela antwortete ihr, ohne sich sonderlich zu schämen, vielmehr mit um so größerer Dreistigkeit, es gehe allerdings weiter. Denn es ist feststehende Tatsache, daß die Verirrungen der Gebieterin den Dienerinnen das Schamgefühl benehmen und daß diese, sobald sie die Frau straucheln sehen, sich nichts daraus machen, wenn sie selber hinken und die Frau es weiß.

Camila konnte nichts andres tun als das Mädchen bitten, von ihrem Liebesverhältnis dem Manne nichts zu sagen, den es als seinen Geliebten angab, und seine eignen Angelegenheiten geheim zu betreiben, damit sie weder zu Anselmos noch Lotarios Kenntnis kämen.

Leonela versprach ihr dies, hielt jedoch ihr Versprechen auf solche Weise, daß sie Camilas Besorgnis, ihren guten Ruf durch die Zofe einzubüßen, zur Gewißheit machte. Sobald nämlich die sittenlose und dreiste Leonela sah, daß das Betragen ihrer Herrin ein andres war, als bisher gewohnt, erfrechte sie sich, ihren Geliebten ins Haus zu bringen und darin zu hegen, indem sie sich darauf verließ, daß Camila, wenn sie ihn auch zu Gesicht bekäme, nicht wagen würde, ihn zu verraten. Denn diesen argen Nachteil unter andern ziehen die Sünden der Gebieterin nach sich, daß sie sich zur Sklavin ihrer eignen Dienerinnen macht und gezwungen ist, deren zuchtloses Betragen und Schändlichkeiten ihnen verbergen zu helfen. So geschah es mit Camila, welche, wiewohl sie einmal und vielmal sah, daß Leonela sich mit ihrem Geliebten in einem Zimmer ihres Hauses aufhielt, nicht nur nicht wagte, sie zu schelten, sondern ihr Gelegenheit verschaffte, ihn zu verstecken, und ihr alle Störungen aus dem Weg räumte, damit er nicht von ihrem Manne erblickt würde. Aber sie konnte doch nicht verhindern, daß Lotario ihn einmal bei Tagesanbruch herauskommen sah.

Lotario erkannte den Mann nicht; er glaubte zuerst, es müsse ein Gespenst sein. Aber als er sah, wie der Mann einherging, den Mantel um sich zog und sich sorgfältig und vorsichtig verhüllte, ließ er den kindischen Gedanken und verfiel auf einen andern, der ihnen allen zum Verderben gereicht hätte, wenn Camila nicht Rat geschafft hätte. Lotario fiel es nicht ein, daß dieser Mann, den er zu so ungewöhnlicher Stunde aus Anselmos Haus kommen gesehen, dieses um Leonelas willen betreten haben könnte; ja, es kam ihm nicht in den Sinn, daß Leonela auf der Welt war; er glaubte lediglich, daß Camila, geradeso, wie sie ihm gegenüber nachgiebig und leichtsinnig gewesen, es auch für einen andern sei. Denn derartige Folgen zieht die Sünde des sündhaften Weibes nach sich, daß sie das Vertrauen auf ihr Ehrgefühl bei dem nämlichen Mann nicht mehr findet, dem sie sich, von Bitten gedrängt und überredet, hingegeben hat, und daß er nicht zweifelt, sie gebe sich noch bereitwilliger andern hin, und daß er jedem Verdachte, der ihn darob befällt, unfehlbar Glauben schenkt. Und es mußte Lotario wirklich in diesem Augenblick allen gesunden Menschenverstand eingebüßt haben; es mußte aus seinem Geiste jeder vernünftige Gedanke gewichen sein; denn ohne daß er einen solchen zu fassen vermochte, der zweckmäßig oder auch nur vernünftig gewesen wäre – ohne sich zu besinnen, ja ehe noch Anselmo aufgestanden war, unfähig, sich zu zügeln, und blind vor eifersüchtiger Wut, die ihm das Herz zernagte, sterbend vor Begierde, sich an Camila zu rächen, die ihn doch mit nichts beleidigt hatte, eilte er zu seinem Freunde und sprach zu ihm: „Wisse, Anselmo, daß ich seit vielen Tagen schon mit mir gekämpft und mir Gewalt angetan habe, um dir nicht mitzuteilen, was ich nicht vermag noch recht finde, dir länger zu verbergen. Wisse, daß Camilas Standhaftigkeit bereits besiegt ist und sie sich allem hingibt, was ich mit ihr anfangen will; und wenn ich gezögert habe, dir diese Tatsache zu offenbaren, so geschah es, um zu erforschen, ob es wirklich eine leichtfertige Begierde bei ihr war oder ob sie es tat, um mich auf die Probe zu stellen und zu erfahren, ob der Liebeshandel mit ernstlicher Absicht unternommen sei, den ich auf deinen Wunsch hin mit ihr begonnen. So glaubte ich auch, wenn sie die tugendhafte Frau wäre, die sie sein sollte und für welche wir beide sie hielten, sie würde dir bereits Kunde von meiner Liebeswerbung gegeben haben. Allein, da ich gesehen, daß sie zögert, erkenne ich, daß die Zusagen, die sie mir gegeben, ernst gemeint sind, nämlich sie wolle, wenn du wieder einmal von Hause entfernt bist, mich in der Kammer sprechen, wo deine Sachen aufbewahrt sind" – und es verhielt sich wirklich so, daß Camila ihn dort zu treffen pflegte. „Ich will aber nicht, daß du übereilt auf Rache ausgehst, denn die Sünde ist noch nicht begangen außer in Gedanken, und es könnte ja sein, daß von diesem Augenblick bis zu dem, wo der Gedanke zur Tat würde, er sich bei Camila änderte und an seiner Stelle die Reue wach würde. Und sonach, da du bisher stets in allem oder doch in vielem meinen Rat befolgt hast, so befolge auch den, den ich dir jetzt eröffnen will, damit du ohne Täuschung und mit peinlicher Überlegung mit dir einig wirst, was das Zuträglichste in der Sache ist. Gib vor, du entferntest dich auf zwei oder drei Tage, wie du sonst manchmal zu tun pflegst, und richte es so ein, daß du in deiner Gerätekammer versteckt bleibst. Die Teppiche, die dort hängen, und noch andre Sachen, hinter denen du dich verbergen kannst, bieten dir alle Bequemlichkeit dazu. Dann wirst du mit deinen eignen Augen und ich mit den meinigen sehen, was Camila will. Und wenn es das Schlechte ist, was man eher fürchten als erwarten muß, dann kannst du in der Stille, mit Umsicht und Klugheit, der Strafrichter deiner Schmach sein."

Betäubt, voll Staunen und Verwunderung, stand Anselmo da bei Lotarios Worten; denn sie überraschten ihn zu einer Zeit, wo er sie am wenigsten erwartete, weil er Camila bereits für die Siegerin über Lotarios Scheinangriffe hielt und bereits die Glorie des Sieges zu genießen begann. Er blieb geraume Zeit in Schweigen versunken, starrte auf den Boden, ohne mit den Wimpern zu zucken, und endlich sagte er: „Du hast gehandelt, Lotario, wie ich es von deiner Freundschaft erwartete; tue, was du willst, und beobachte hierbei eine solche Verschwiegenheit, wie sie, du siehst es wohl ein, in einem so unvermuteten Falle sich gebührt."

Lotario versprach es ihm, und als er Anselmo verließ, reute ihn bereits alles, was er ihm gesagt hatte; er sah ein, wie albern er gehandelt, da er sich ja an Camila hätte rächen können, ohne einen so grausamen und schimpflichen Weg zu wählen. Er verwünschte seine Unvernunft, schalt seinen leichtsinnigen Entschluß und wußte nicht, wie er es anfangen sollte, das Geschehene ungeschehen zu machen oder der Sache einen erträglichen Ausgang zu verschaffen. Endlich ward er mit sich eins, Camila alles mitzuteilen, und da die Gelegenheit hierzu nicht fehlte, so traf er Camila noch desselben Tages allein. Sobald sie sah, daß sie ungestört mit ihm sprechen konnte, sagte sie zu ihm: „Wisset, Freund Lotario, daß ich einen Kummer im Herzen habe, der mir es so schwer drückt, daß es mich bedünkt, es wolle in der Brust zerspringen, und es wäre ein Wunder, wenn es das nicht tut, da Leonelas Unverschämtheit so weit gekommen ist, daß sie jede Nacht einen Liebhaber in unser Haus einläßt und bis zum Tage mit ihm zusammenbleibt. Und dies geschieht auf Kosten meines guten Rufes, da jeder, der den Mann etwa zu ganz ungewöhnlicher Stunde aus meinem Hause kommen sieht, volle Freiheit hat, davon zu halten, was er will. Und was mich besonders quält, ist, daß ich sie weder bestrafen noch ausschelten kann; denn der Umstand, daß sie die Vertraute unsres Verhältnisses ist, hat meinem Munde einen Zaum angelegt, daß ich das ihrige verschweigen muß, und ich fürchte, daß daraus ein Unheil für uns entstehen kann."

Bei den ersten Worten Camilas glaubte Lotario, es sei eine List, um ihm einzureden, daß der Mann, den er weggehen sah, nicht ihr, sondern Leonela angehöre; aber als er sah, wie sie weinte und tief bekümmert war und ihn um Hilfe bat, mußte er endlich der Wahrheit Glauben schenken, und mit dieser Überzeugung erreichte seine Beschämung und Reue über das Geschehene den äußersten Grad. Trotzdem erwiderte er Camila, sie solle unbekümmert sein, er werde Vorkehrung treffen, der Frechheit Leonelas Einhalt zu tun. Dann erzählte er ihr, was er, hingerissen von der wahnsinnigen Wut der Eifersucht, Anselmo gesagt habe und wie sie verabredet hätten, daß dieser sich in der Gerätekammer verbergen solle, um dort Zeuge ihrer Untreue zu sein. Er flehte Camila um Verzeihung an ob dieses verrückten Streichs und erbat sich ihren Rat, um ihn wiedergutzumachen und aus einem so verwickelten Labyrinth, in welches seine Unbesonnenheit ihn verlockt hatte, einen guten Ausgang zu gewinnen.

Camila war höchlich erschrocken, als sie Lotarios Erzählung vernahm, und mit großer Entrüstung und vielen und verständigen Worten schalt sie ihn und tadelte seinen argen Verdacht und den törichten, verwerflichen Entschluß, den er gefaßt habe. Wie jedoch das Weib von Natur weit mehr als der Mann die Anlage hat, für das Gute wie das Böse schleunigst den Weg zu finden, während dieser Vorzug ihr gebricht, wenn sie mit bewußter Absicht überlegen will, so fand Camila im Augenblick den Weg, um aus einer scheinbar so rettungslosen Lage Rettung zu schaffen. Sie sagte zu Lotario, er möge nur Anselmo veranlassen, sich am nächsten Tage an dem erwähnten Ort zu verstecken; denn gerade aus diesem Umstand, daß er sich verstecke, gedenke sie für sie beide das bequemste Mittel zu gewinnen, um künftighin sonder Angst und Schrecken sich miteinander vergnügen zu können. Und ohne ihm ihren Plan gänzlich zu offenbaren, bemerkte sie ihm nur, er solle wohl achthaben, wenn Anselmo versteckt sei, zu kommen, sobald Leonela ihn rufe, und auf alles, was sie ihm sagen würde, genauso antworten, wie wenn er *nicht* wüßte, daß Anselmo ihn höre.

Lotario drang in sie, ihm ihr Vorhaben vollständig mitzuteilen, damit er mit um so größerer Sicherheit und Vorsicht alles beobachte, was ihm notwendig erscheinen würde. „Ich sage Euch", entgegnete Camila, „es ist weiter nichts nötig als dies eine, mir zu antworten, wie ich Euch fragen werde."

Camila wollte ihm nämlich ihren Plan nicht vorher auseinandersetzen, weil sie besorgte, er möchte dem Entschlusse, der ihr so zweckmäßig erschien, nicht folgen wollen und lieber einen andern erwählen, der unmöglich so gut sein könnte.

So entfernte sich denn Lotario. Anselmo reiste am nächsten Tage ab unter dem Vorwand, seinen Freund in dem bewußten Dorfe zu besuchen, und kehrte zurück, um sich zu verstecken, was er mit größter Bequemlichkeit tun konnte, da sie ihm absichtlich von Camila und Leonela verschafft wurde. In seinem Versteck also, mit jener entsetzlichen Angst, die etwa derjenige empfinden mag, der da erwartet, mit seinen eigenen Augen zuzuschauen, wie man das Innerste seiner Ehre zerschneiden und zerlegen wird, sah er sich jetzt auf dem Punkte, das höchste Gut zu verlieren, das er in seiner geliebten Camila zu besitzen glaubte.

Sobald Camila und Leonela sicher waren, daß Anselmo versteckt sei, traten sie in die Gerätekammer, und kaum hatte Camila den Fuß über die Schwelle gesetzt, als sie tief aufseufzte und sprach: „Ach, Leonela, meine Liebe, wäre es nicht besser, ehe ich mein Vorhaben ausführe, das ich vor dir geheimhalte, damit du es nicht zu hindern versuchst – wäre es nicht besser, du nähmest Anselmos Dolch, den ich von dir verlangt habe, und durchbohrtest mit ihm dieses entehrte Herz? Aber nein, du sollst es nicht: denn es wäre eine Ungerechtigkeit, daß ich die Strafe für fremde Schuld zahlen soll. Erst will ich wissen, was Lotarios freche und schamlose Augen an mir gesehen haben, daß er sich erdreisten durfte, mir einen so lasterhaften Wunsch offen darzulegen, wie er ihn zur Verunehrung seines Freundes und zu meiner Entwürdigung mir offenbart hat. Stelle dich ans Fenster dort, Leonela, und rufe ihn; denn ohne Zweifel steht er schon auf der Straße, um seine böse Absicht auszuführen; aber vorher soll meine eigene Absicht zur Ausführung kommen, die so grausam wie ehrenhaft ist."

„Weh mir, teure Herrin", rief die schlaue, schon eingeschulte Leonela, „was wollt Ihr mit diesem Dolche? Wollt Ihr Euch vielleicht das Leben nehmen oder es Lotario rauben? Beides würde Eurem Ruf und Namen zum Verderben gereichen. Besser ist es, Ihr verheimlichet die Kränkung und gewähret dem schlechten Menschen keinen Anlaß, jetzt ins Haus zu kommen und uns allein zu finden. Bedenket, Señora, wir sind schwache Weiber, und er ist ein Mann und entschlossenen Sinnes, und da er mit seinem bösen, blinden, leidenschaftlichen Vorsatz kommt, so wird vielleicht, eh Ihr den Eurigen ausführet, er etwas vollbringen, das schlimmer für Euch wäre als der Verlust des Lebens. Schmach auf unsern gnädigen Herrn Anselmo, daß es ihm beliebte, diesem frechen Gesicht soviel Gewalt in seinem Hause einzuräumen! Und wenn Ihr ihn wirklich umbringt, Señora, was Ihr, wie ich fürchte, tun wollt, was sollen wir mit ihm anfangen, wenn er umgebracht ist?"

„Was, meine Liebe?" antwortete Camila, „wir lassen ihn liegen, damit Anselmo ihn begraben möge; denn es ist nur gerecht, daß er die Mühe hat, seine eigne Schande unter die Erde zu bringen. Ruf ihn, so tu es denn endlich; denn solang ich zögere, für die Kränkung meiner Ehre die gebührende Rache an ihm zu nehmen, bedünkt es mich, ich verletze die Treue, die ich meinem Gatten schulde."

All dieses hörte Anselmo, und bei jedem Worte, das Camila sprach, nahmen seine Gedanken eine neue Richtung; als er aber hörte, sie sei entschlossen, Lotario zu töten, wollte er hervorstürzen und sich ihr zeigen, damit nichts der Art geschehe. Allein es hielt ihn der Wunsch zurück, zu sehen, was das Endziel solch tapferen Benehmens und ehrenhaften Entschlusses sein würde, wobei er sich vornahm, zur rechten Zeit hervorzutreten, um ihre Absichten zu hindern.

Da fiel Camila in eine tiefe Ohnmacht und warf sich auf ein Bett, das in der Kammer stand. Leonela begann bitterlich zu weinen und sprach: „Weh mir Elenden, wenn ich so glückverlassen wäre, daß sie mir hier stürbe in meinen Armen, sie, die Blume aller Sittsamkeit auf Erden, die Krone der tugendsamen Frauen, das Vorbild aller Keuschheit!" Und noch andres von ähnlichem Inhalt, so daß niemand sie gehört hätte, der sie nicht für die betrübteste, treueste Dienerin auf Erden und ihre Herrin für eine neue und arg bedrängte Penelope gehalten hätte. Es dauerte nicht lang, bis Camila aus ihrer Ohnmacht erwachte, und als sie wieder zu sich kam, sprach sie: „Warum gehst du nicht, Leonela, und rufst den treuen Freund seines Freundes, den treusten, den jemals die Sonne gesehen oder die Nacht verborgen hat? Mach ein Ende, lauf, spute dich, geh hin, auf daß bei deinem Zögern die Glut meines Ingrimms sich nicht Luft mache und die gerechte Rache, die ich erhoffe, in Drohungen und Verwünschungen vorübergehe."

„Ich gehe schon und rufe ihn, teure Herrin", versetzte Leonela, „aber Ihr müßt mir zuerst diesen Dolch geben, damit Ihr nicht, während ich fort bin, etwas tut, das alle, die Euch von Herzen lieben, ihr Leben lang beweinen müßten."

„Geh unbesorgt, Leonela, meine Gute, ich werde nichts der Art tun; denn mag ich auch nach deiner Meinung verwegen und einfältig sein, wenn ich meine Ehre schütze, so werde ich es doch nie in solchem Maße sein wie jene Lukretia, von der man erzählt, sie habe sich das Leben genommen, ohne ein Unrecht begangen zu haben und ohne vorher den umzubringen, der die Schuld an ihrem Mißgeschick trug. Ich will sterben, wenn ich sterben soll; aber es soll nicht geschehen, ohne mir Rache und Genugtuung an dem verschafft zu haben, der mich veranlaßt hat, hierherzukommen und über sein Erdreisten zu weinen, das sich so ganz ohne meine Schuld hervorgewagt hat."

Leonela ließ sich lange bitten, ehe sie wegging, um Lotario zu rufen. Aber endlich ging sie, und in der Zwischenzeit bis zu ihrer Rückkehr ging Camila auf und ab und sagte, als ob sie mit sich selber spräche: „So helfe mir Gott; wäre es nicht vernünftiger gewesen, ich hätte Lotario abgewiesen, wie ich es schon oft getan habe, als ihm den Anlaß zu geben, wie ich ihn ihm jetzt wirklich gebe, mich für schlecht und sittenlos zu halten, wenn auch nur für so lange Zeit, wie ich brauche, ihn seines Irrtums zu überführen? Ja, es wäre besser gewesen, ohne Zweifel. Allein ich würde keine Rache und die Ehre meines Mannes keine Genugtuung erhalten, wenn er so unverdient straflos und so ungehemmten Schrittes von dem Orte zurückkehrte, wohin sein böses Vorhaben ihn geführt. Zahlen soll der Verräter mit seinem Leben, was er mit so unzüchtiger Begier geplant hat; erfahren soll die Welt, wenn es je zu ihrer Kunde dringt, daß Camila nicht nur ihrem Gatten Treue gehalten hat, sondern ihn an dem Manne gerächt hat, der sich erkühnte, ihn zu kränken. Aber bei alledem glaube ich, es wäre besser gewesen, Anselmo hiervon in Kenntnis zu setzen. Indessen habe ich es ihm bereits in dem Briefe angedeutet, den ich ihm nach dem Dorfe schrieb, und ich vermute, wenn er nichts tut, um das Schlimme abzuwenden, auf das ich ihn damals aufmerksam machte, so nur deswegen, weil er aus lauter Redlichkeit und Zutrauen nicht glauben wollte noch konnte, daß in der Brust eines so erprobten Freundes irgendein Gedanke Raum haben könnte, der gegen seine Ehre gerichtet wäre. Ja, auch ich habe es lange Zeit nicht geglaubt und würde es nimmer geglaubt haben, wenn seine Frechheit nicht so weit gegangen wäre, daß endlich all die Geschenke, die er ohne Umschweife darbot, und seine weitgehenden Versprechungen und seine unaufhörlichen Tränen mir es klar erwiesen. Aber wozu jetzt diese Betrachtungen? Bedarf es vielleicht zu einem beherzten Entschlusse dessen, daß man erst darüber zu Rate gehe? Wahrlich nein. Fort denn mit dem Verräter! Zu mir her die Rache! Hereintreten soll der falsche Mann, er komme, er nahe sich, er sterbe, er sei vernichtet, und geschehe dann, was geschehen mag. Rein und keusch kam ich in dessen Gewalt, den der Himmel mir zu meinem andern Ich gab, und rein will ich von ihm scheiden, und im äußersten Fall scheide ich gebadet in meinem keuschen Blute und im unreinen Blute des falschesten Freundes, den je die Freundschaft auf der Welt gesehen."

Während sie dies sprach, lief sie im Zimmer auf und ab mit gezücktem Dolch, mit unsicheren großen Schritten und gebärdete sich so, daß es aussah, als hätte sie den Verstand verloren und als wäre sie kein zartes Weib, sondern ein rasender Meuchelmörder.

Anselmo, von den Teppichen verhüllt, hinter denen er sich versteckt hatte, war über alles das hoch erstaunt; und schon bedünkte es ihn, was er gesehen und gehört, sei selbst einem noch größeren Verdacht gegenüber genügende Rechtfertigung, und schon wünschte er, es möchte die Probe, die hier bei Lotarios Erscheinen angestellt werden sollte, ganz ausfallen, da er fürchtete, es könne unversehens ein Unglück geschehen. Und schon war er im Begriffe, sich zu zeigen und hervorzutreten, um seine Gattin zu umarmen und aus allem Irrtum zu reißen, da hielt er sich noch zurück; denn er sah, daß Leonela mit Lotario an der Hand zurückkam.

Kaum erblickte ihn Camila, so zog sie mit dem Dolche einen langen Strich vor sich auf dem Fußboden und sprach zu ihm: „Lotario, habe acht auf meine Worte; wenn du dich erkühnen solltest, diesen Strich hier zu überschreiten oder nur ihm nahe zu kommen, werde ich im Augenblick, wo du dies wagst, mir die Brust mit diesem Dolche durchbohren, den ich in Händen trage. Aber ehe du mir hierauf mit einem Wort entgegnest, sollst du erst noch andre Worte von mir vernehmen; nachher magst du antworten, was dich gut dünkt. Zuerst verlange ich von dir, Lotario, mir zu sagen, ob du Anselmo, meinen Gatten, kennst und was du von ihm hältst; und zweitens verlange ich auch zu wissen, ob du *mich* kennst. Antworte mir darauf und sei nicht etwa verlegen und denke nicht lange nach, was du mir antworten sollst; denn es sind keine schwierigen Dinge, die ich frage."

Lotario war nicht so kurzsichtig, daß er nicht von dem ersten Augenblicke an, wo Camila ihm den Auftrag gab, er solle Anselmo veranlassen, sich zu verstecken, begriffen hätte, was sie zu tun gedenke; und so ging er auf ihre Absichten so geschickt und so im rechten Augenblick ein, daß beide es fertigbrachten, ihre Lügen für mehr als zweifellose Wahrheit gelten zu lassen. Daher antwortete er ihr folgendermaßen: „Ich glaube nicht, schöne Camila, daß du mich hierherberiefst, um mich nach Dingen zu fragen, die so ganz außerhalb der Absichten liegen, mit denen ich hierherkomme. Wenn du es tust, um meine Hoffnung auf die verheißene Gunst weiter hinauszuschieben, so hättest du sie hinhalten können, als ich dir noch ferner stand; denn das ersehnte Glück wird uns um so mehr zur Pein, als die Hoffnung, es zu besitzen, uns näher gewesen. Doch damit du nicht sagst, daß ich auf deine Fragen nicht antworte, erkläre ich, daß ich deinen Gemahl Anselmo kenne, daß wir uns beide seit unsren frühsten Jahren kennen; und was du ja ohnehin von unsrer Freundschaft weißt, das will ich dir nicht sagen, damit ich mich nicht selber zum Zeugen der Kränkung mache, die mich die Liebe ihm anzutun heißt, die Liebe, diese allgewaltige Entschuldigung für noch weit größere Verirrungen. Dich kenne ich und hege für dich dieselbe Achtung wie er. Denn wäre dem nicht so, ich würde wahrlich für mindere Schätze der Seele und des Leibes, als du besitzest, nicht dem zuwiderhandeln, was ich meinem eignen Werte schuldig bin, nicht den heiligen Gesetzen wahrer Freundschaft zuwiderhandeln, die ich jetzt um eines so mächtigen Feindes willen, wie die Liebe ist, breche und gewaltsam verletze."

„Wenn du das eingestehst", entgegnete Camila, „du Todfeind alles dessen, was mit Recht geliebt zu werden verdient, wie wagst du vor der Frau zu erscheinen, die, du weißt es, doch der Spiegel ist, aus dem das Bild des Mannes herausblickt, an dem *du* dich spiegeln solltest, damit du sähest, wie wenig er dir Veranlassung gibt, ihn zu kränken! Aber weh mir Unglücklichen! Schon seh ich ein, was dich dazu gebracht hat, so wenig auf das zu achten, was du dir selber schuldest. Es muß wohl ein allzu freies Benehmen meinerseits gewesen sein, denn Mangel an Sittsamkeit mag ich es nicht nennen, da es nicht aus Überlegung und Vorsatz hervorgegangen, sondern aus irgendwelcher Unbedachtsamkeit, wie sie die Frauen ahnungslos begehen, wenn sie meinen, sie hätten keine schüchterne Zurückhaltung nötig. Oder ist dem anders, so sage mir: Wann, du falscher Mensch, habe ich auf all dein Flehen je mit einem Wort oder Zeichen geantwortet, das in dir auch nur einen Schatten der Hoffnung erwecken konnte, daß ich deine ruchlosen Wünsche erfüllen würde? Wann wurden deine liebeglühenden Worte nicht von mir mit Ernst und Strenge in ihr Nichts zurückgewiesen und verurteilt? Wann fanden deine großen Verheißungen, wann deine noch größeren Geschenke bei mir Glauben und Annahme? Aber da es mich bedünkt, es könne niemand lange Zeit in seinen Liebesbestrebungen verharren, wenn sie nicht durch eine Hoffnung aufrechtgehalten werden, will ich mir selbst die Schuld an deiner Zudringlichkeit beimessen, da ohne Zweifel irgendwelche Unbedachtsamkeit meinerseits deine Bewerbungen so lange Zeit genährt hat, und so will ich es denn mich büßen lassen und mir die Strafe auferlegen, die deine Schuld verdient hat. Und damit du siehst, daß, wenn ich gegen mich so grausam bin, ich unmöglich anders gegen dich sein kann, habe ich dich kommen lassen zum Zeugen des Opfers, das ich der gekränkten Ehre meines so ehrenwerten Gemahls zu bringen gedenke, den du mit vollstem Bedacht und jedem dir möglichen Bemühen schwer beleidigt hast und den auch ich durch meinen Mangel an Zurückhaltung beleidigt habe, da ich die Gelegenheit nicht vermied – wenn ich sie vielleicht manchmal dir wirklich gegeben –, wo deine bösen Absichten begünstigt und gebilligt scheinen konnten. Nochmals sage ich dir: meine Befürchtung, eine Unbedachtsamkeit von mir habe so wahnwitzige Gedanken in dir hervorgerufen, ist es, was mich am meisten quält und mich drängt, Hand an mich selbst zu legen und mich zu bestrafen. Denn würde mich ein andrer Blutrichter strafen, so würde vielleicht meine Schuld mehr als jetzt ruchbar werden. Doch bevor ich dies vollbringe, will ich im Sterben den töten und mit mir hinübernehmen, der meinen Durst nach Rache befriedigen soll; und im Jenseits, sei es, wo es sei, werde ich dann die Strafe erschauen, welche die unparteiische und nie sich beugende Gerechtigkeit dem Manne zuteilt, der mich in eine so verzweiflungsvolle Lage gebracht hat."

Indem sie dieses sprach, stürzte sie mit unglaublicher Gewalt und Schnelligkeit auf Lotario zu, mit entblößtem Dolch, mit so glaubhaftem Anscheine der Absicht, ihm die Klinge in die Brust zu stoßen, daß er selbst beinahe im Zweifel war, ob dies Verstellung oder Ernst sei. Denn er sah sich wirklich genötigt, Geschick und Stärke anzuwenden, um Camila an einem Dolchstoß gegen ihn zu hindern. So lebenstreu wußte sie diese schmachvolle Erfindung darzustellen, diesen seltsamen Betrug zu spielen, daß sie, um ihm die Farbe der Wahrheit zu geben, ihn mit ihrem eignen Blute röten wollte; denn da sie sah, sie könnte mit ihrem Dolche Lotario nicht treffen, oder sich anstellte, als könnte sie es nicht, rief sie aus: »Wenn mir das Schicksal mein so gerechtes Vorhaben nicht völlig zu Ende zu führen gestattet, so soll es dennoch nicht die Macht haben, mir zu wehren, daß ich es wenigstens teilweise zur Ausführung bringe.« Und hiermit rang sie aus aller Macht ihre mit dem Dolch bewehrte Hand frei, die Lotario festhielt; sie entwand ihm die Waffe, richtete die Spitze auf eine Stelle, wo es leicht war, sie nicht tief eindringen zu lassen, stieß sich den Dolch oberhalb der Rippen in die linke Seite nahe an der Schulter, ließ ihn in der Wunde stecken und brach dann wie ohnmächtig zusammen.

Leonela und Lotario standen bestürzt und außer sich ob solchen Vorgangs und zweifelten auch dann noch an der Wirklichkeit des Geschehenen, als sie Camila auf den Boden hingestreckt und in ihrem Blute gebadet sahen.

Lotario eilte in größter Hast, voller Angst und atemlos herzu, um den Dolch herauszuziehen. Als er aber die unbedeutende Wunde sah, erholte er sich von seiner Angst und geriet aufs neue in Verwunderung über die Klugheit und Verschlagenheit und das außerordentliche Geschick der schönen Camila. Um nun auch seinerseits zur Sache das beizutragen, was ihm vorzugsweise oblag, begann er eine lange, schmerzliche Wehklage über dem daliegenden Körper Camilas, als ob sie wirklich hingeschieden wäre, und stieß zahlreiche Verwünschungen aus, nicht nur gegen sich selbst, sondern auch gegen denjenigen, der ihn in diese Lage gebracht habe; und da er wußte, daß sein Freund Anselmo ihn hörte, sagte er Dinge von der Art, daß jeder Zuhörer weit mehr Mitleid mit ihm als mit Camila fühlen mußte, selbst wenn er sie für tot gehalten hätte.

Leonela nahm sie in ihre Arme und legte sie aufs Bett, wobei sie ihn bat, jemanden herbeizuholen, der sie insgeheim verbinden sollte; sie bat ihn zugleich um seinen Rat und seine Meinung darüber, was man Anselmo über diese Wunde ihrer Herrin sagen solle, falls er etwa zurückkäme, ehe sie geheilt sei. Er antwortete, man möchte sagen, was man für gut finde, er wisse keinen Rat, der da helfen könne; nur das eine empfahl er ihr, sie möchte suchen, die Blutung zu stillen. Er aber wolle hingehen, wo kein Mensch ihn mehr zu Gesicht bekomme. Und mit Äußerungen tiefen Leides und Schmerzgefühls entfernte er sich aus dem Hause.

Sobald er sich aber allein und an einem Orte fand, wo niemand ihn sehen konnte, hörte er nicht auf, sich zu bekreuzigen und zu segnen vor Verwunderung über Camilas Verschlagenheit und Leonelas so gänzlich sachgemäße Streiche. Er erwog, wie überzeugt Anselmo nun sein müsse, daß er eine zweite Portia zur Gemahlin habe, und sehnte sich danach, mit ihm zusammenzutreffen, um die Lüge und ärgste Verstellung, die man sich je erdenken konnte, im gemeinsamen Gespräch hoch zu preisen.

Leonela stillte derweilen ihrer Herrin das Blut, dessen aber nicht mehr floß, als hinreichend war, um den listigen Trug glaubwürdig zu machen. Sie wusch die Wunde mit etwas Wein aus, legte ihr einen Verband an, so gut es ging, und während des Verbindens tat sie Äußerungen, die, wenn auch nicht bereits andere vorhergegangen wären, genügt hätten, in Anselmo den Glauben zu befestigen, daß er in Camila ein hohes Vorbild aller Frauentugend besitze. Zu den Worten Leonelas kamen jetzt auch die Äußerungen Camilas, welche sich der Feigheit bezichtigte und des Mangels an Mut, der ihr gerade in dem Augenblicke gefehlt habe, wo sie seiner am meisten bedurfte, um sich das Leben zu nehmen, das ihr so sehr verhaßt sei. Sie bat das Mädchen um Rat, ob sie diesen ganzen Vorfall ihrem geliebten Manne sagen solle oder nicht. Die Zofe meinte, sie solle es verschweigen; denn sonst würde sie ihn in die Notwendigkeit versetzen, sich an Lotario zu rächen, was er doch nicht ohne eigne große Gefahr tun könne, und eine brave Frau sei verpflichtet, ihrem Manne keine Veranlassung zu Streithändeln zu geben, vielmehr ihm solche aus dem Wege zu räumen, soweit ihr nur möglich.

Camila erwiderte, sie sei mit ihrer Meinung ganz einverstanden und werde sie befolgen; aber auf jeden Fall sei es zweckmäßig, zu überlegen, was man Anselmo über die Ursache der Wunde sagen solle, da es nicht fehlen könne, daß er sie sehe.

Leonela antwortete, sie bringe keine Lüge über die Lippen, nicht einmal im Scherz.

„Und ich, meine Liebe", entgegnete Camila, „wie soll ich mich darauf verstehen, die ich mich nicht getraue, eine Unwahrheit zu erfinden oder auch nur zu bezeugen, wenn selbst mein Leben davon abhinge? Wenn wir also nicht wissen, wie wir aus der Sache herauskommen, so wird es am besten sein, wir gestehen ihm die nackte Wahrheit, damit er uns nicht bei einer Unwahrheit ertappt."

„Seid ohne Sorge, Señora", versetzte Leonela. „Von heute bis morgen werde ich darüber nachdenken, was wir ihm sagen sollen, und vielleicht, da die Wunde sich gerade an dieser Stelle befindet, könnt Ihr sie verbergen, daß er sie nicht zu sehen bekommt, und vielleicht ist der Himmel so gnädig, unsre Absichten zu begünstigen, die so gerecht und so tugendsam sind. Beruhigt Euch, teure Frau, und bemühet Euch, Eure Aufregung zu beschwichtigen, damit unser Herr Euch nicht in so heftiger Gemütsbewegung findet; und alles andre stellt meiner und Gottes Fürsorge anheim, der immer gutem Vorhaben seinen Beistand schenkt."

Mit höchster Aufmerksamkeit hatte Anselmo dagestanden und das Trauerspiel vom Untergang seiner Ehre angehört und aufführen sehen, ein Trauerspiel, dessen Personen es mit so ungewöhnlichem und wirkungsvollem Gefühlsausdruck darzustellen wußten, daß es schien, sie hätten sich in die volle Wirklichkeit der Rollen verwandelt, die sie doch nur spielten. Er sehnte den Abend herbei und die Möglichkeit, sein Haus zu verlassen und seinen treuen Freund Lotario zu sprechen, um sich mit ihm Glück zu wünschen ob der köstlichen Perle, die er in der neugewonnenen Überzeugung von der Tugend seiner Gattin gefunden hatte. Frau und Zofe sorgten dafür, daß ihm bequeme Gelegenheit wurde, aus dem Hause zu kommen; er ließ sie nicht ungenutzt und ging auf der Stelle, seinen Freund Lotario aufzusuchen; und als er ihn gefunden, da läßt sich wahrlich nicht beschreiben, wievielmal er ihn umarmte, was alles er ihm über sein Glück sagte und wieviel Lob und Preis er auf Camila häufte.

Alles das hörte Lotario an, ohne daß es ihm möglich war, das geringste Anzeichen von Freude von sich zu geben; denn in seiner Erinnerung stellte sich ihm sogleich vor, wie gräßlich er seinen Freund betrogen und wie unverantwortlich er ihn beleidigt habe. Und wiewohl Anselmo bemerkte, daß Lotario keine Freude bezeugte, glaubte er, der Grund sei nur, weil der Freund Camila verwundet zurückgelassen habe und die Schuld daran trage; und daher sagte er ihm unter andrem, er möge sich über den Vorfall mit Camila keine Sorge machen; denn die Wunde müsse ohne Zweifel unbedeutend sein, da die Frauenzimmer verabredet hätten, sie vor ihm geheimzuhalten, und demnach nichts zu fürchten sei. Sonach möge Lotario von nun an lediglich in freudigem Genuß und heiterem Sinne mit ihm leben, da er durch Lotarios Bemühen und Beistand sich zum höchsten Glück erhoben sehe, das er sich jemals wünschen konnte; und er verlange, sie sollten sich künftig mit nichts andrem unterhalten, als zum Preise Camilas Verse zu dichten, die seine Gattin im Gedächtnis der kommenden Jahrhunderte verewigen sollten.

Lotario pries seinen schönen Vorsatz und versprach, zur Aufführung eines so herrlichen Baues das Seinige beizutragen. Hiermit blieb denn Anselmo der am besten betrogene Ehemann, der auf Erden zu finden war. An seiner eignen Hand brachte er nun den Ruin seines guten Namens in sein Haus zurück, im Glauben, er bringe das Werkzeug seiner Verherrlichung; Camila empfing ihn dem Anscheine nach mit finstrem Gesicht, aber mit frohem Herzen.

Diese Betrügerei hielt eine Zeitlang vor, bis nach Verfluß weniger Monate das Glück sein Rad drehte, das bis dahin mit so vieler Kunst verhehlte Verbrechen an den Tag kam und Anselmos törichter Vorwitz ihn das Leben kostete.

35. KAPITEL

Welches von dem erschrecklichen und ungeheuerlichen Kampf handelt, den Don Quijote gegen Schläuche roten Weines bestand, und wo ferner die Novelle vom törichten Vorwitz beendet wird

Es blieb wenig mehr von der Novelle zu lesen übrig, als aus der Kammer, wo Don Quijote ruhte, Sancho Pansa in heller Aufregung herausstürzte und laut schrie: „Kommt, ihr Herren, eilig herbei und helft meinem Herrn, der in den hitzigsten und hartnäckigsten Kampf verstrickt ist, den meine Augen je gesehen. So wahr Gott lebt, er hat dem Riesen, dem Feinde der Prinzessin Mikomikona, einen Schwerthieb versetzt, der ihm den Kopf dicht am Rumpf abgehauen hat, als wär's eine Rübe!"

„Was sagst du, guter Freund?" sprach der Pfarrer, hörte auf und ließ den Rest der Novelle ungelesen; „bist du bei Sinnen, Sancho? Wie zum Teufel ist möglich, was du sagst, da der Riese zweitausend Meilen von hier entfernt ist?"

Indem vernahmen sie einen gewaltigen Lärm in der Kammer und hörten Don Quijote schreien: „Halt, Räuber, Wegelagerer, Schurke, hier halt ich dich fest, und dein krummer Säbel soll dir nicht helfen!"

Dabei klang es, als führte er mächtige Schwerthiebe gegen die Wände, und Sancho sprach: „Steht doch nicht da und horcht, das ist nicht nötig; geht lieber hinein und bringt sie auseinander oder steht meinem Herrn bei, obwohl das nicht mehr nötig sein wird; denn ohne Zweifel ist der Riese schon tot und gibt jetzt Gott Rechenschaft für sein bisheriges Lasterleben. Ich sah ja das Blut auf dem Boden fließen und den Kopf abgesäbelt seitwärts liegen, der ist so lang und breit wie ein großer Weinschlauch."

„Ich will des Todes sein", sprach jetzo der Schenkwirt, „wenn der Herr Quijote oder der Herr Gottseibeiuns nicht mit seinem Schwert auf einen der Schläuche roten Weines eingehauen hat, die am Kopfende seines Lagers hängen, und der ausgelaufene Wein war es gewiß, der dem guten Kerl da wie Blut vorkam."

Mit diesen Worten ging er in die Kammer und alle ihm nach, und sie fanden Don Quijote im seltsamsten Aufzug von der Welt. Er stand im Hemde da, und dieses war nicht so lang, daß es ihm von vorn die Schenkel gänzlich bedeckt hätte, während es hinten noch sechs Fingerbreit kürzer war; die Beine waren sehr lang und hager und mit Haaren bedeckt und keineswegs sauber; auf dem Kopfe hatte er ein schmieriges rotes Käppchen, das dem Wirt gehörte; um den linken Arm hatte er jene Bettdecke gewickelt, gegen welche Sancho besonderen Groll trug – und er wußte warum –, und in der Rechten hielt er das entblößte Schwert, hieb damit nach allen Seiten hin und führte Reden, als wäre er wirklich im Kampf mit einem Riesen begriffen. Und das Beste dabei war, daß seine Augen nicht offen waren, denn er war noch im Schlafe und träumte nur, er sei im Gefecht mit dem Riesen. Seine Einbildung von dem Abenteuer, das er zu bestehen im Begriff war, war so mächtig angespannt, daß sie ihn träumen ließ, er sei im Königreich Mikomikón angekommen und stehe bereits im Kampf mit seinem Feinde. Er hatte so viele Schwerthiebe auf die Schläuche geführt, im Glauben, er führe sie auf den Riesen, daß das ganze Gemach voll Weines stand. Als der Wirt das sah, geriet er in solche Wut, daß er sich auf Don Quijote stürzte und ihm mit geballter Faust zahllose Püffe versetzte, die, wenn Cardenio und der Pfarrer den Ritter nicht von ihm weggerissen, alsbald dem Kampf mit dem Riesen ein Ende gemacht hätten. Und trotz alledem wurde der arme Ritter nicht wach, bis der Barbier einen großen Kessel mit kaltem Wasser aus dem Brunnen herbeibrachte und ihn dem Ritter mit einem Guß über den ganzen Körper schüttete. Davon endlich erwachte Don Quijote, doch nicht zu so vollem Bewußtsein, daß er innegeworden wäre, in welchem Aufzuge er dastand.

Dorotea, die sah, wie kurz und leicht bekleidet er war, wollte nicht eintreten, um dem Gefecht ihres Kämpen mit ihrem Widersacher zuzuschauen. Sancho suchte auf dem ganzen Boden herum nach dem Kopfe des Riesen, und da er ihn nicht fand, sagte er: „Ich sehe schon, was nur immer an dies Haus anrührt, sind lauter Zaubergeschichten. Neulich, an der nämlichen Stelle, wo ich jetzo stehe, haben sie mir eine Menge Maulschellen und Faustschläge versetzt, ohne daß ich wußte wer, und ich konnte mein

Lebtag keinen Täter erblicken; und jetzt ist der Kopf hier nirgends zu finden, den ich doch mit meinen allereigensten Augen habe abhauen sehen, und das Blut lief aus dem Körper heraus wie aus einem Springbrunnen."

„Von was für Blut, was für Springbrunnen redest du, du Feind Gottes und seiner Heiligen?" rief der Wirt. „Siehst du nicht, Spitzbube, daß das Blut und der Brunnen nichts andres sind als diese Schläuche, die da durchlöchert liegen, und der rote Wein, der hier in der Kammer schwimmt? Wofür ich dessen Seele in der Hölle schwimmen sehen möchte, der sie zerlöchert hat!"

„Ich weiß von nichts", entgegnete Sancho, „ich weiß nur, daß ich am Ende so ins Pech gerate, daß mir, wenn ich den Kopf nicht finde, meine Grafschaft wie Salz im Wasser vergehen wird."

So war es mit Sancho im Wachen ärger als mit seinem Herrn im Schlafe; in solcher Geistesverwirrung hielten ihn die Versprechungen seines Herrn befangen.

Der Wirt war ganz in Verzweiflung ob der Gelassenheit des Dieners und der Übeltaten des Herrn und schwur hoch und heilig, diesmal solle es nicht gehen wie das letztemal, wo sie ihm ohne Zahlung davongelaufen, und jetzo sollten dem Don Quijote die Vorrechte seiner Ritterschaft nicht darüber hinweghelfen, die alte und die neue Rechnung zu bezahlen, ja, alles bis auf die etwaigen Kosten für die Flicken, die man in die zerlöcherten Schläuche einsetzen müsse. Der Pfarrer hielt Don Quijote mit beiden Händen fest, und dieser, in der Überzeugung, er habe das Abenteuer bereits zu Ende geführt und befinde sich vor der Prinzessin Mikomikona, beugte die Knie vor dem Pfarrer und sprach: „Wohl mag Eure Hoheit, erhabene und weitberufene Herrin, von heute an inskünftig in Sicherheit davor leben, daß dies bösartige Geschöpf Hochderoselben Böses zufüge; und auch ich bin hinfüro des Wortes quitt, so ich Euch gegeben, sintemal ich selbiges mit Gottes Hilfe und durch die Gunst jener Herrin, durch die ich lebe und atme, so völlig erfüllt habe."

„Hab ich's nicht gesagt?" sprach Sancho, als er das hörte, „ja freilich; denn ich war nicht betrunken. Seht mir nun, ob mein Herr den Riesen nicht schon eingesalzen hat! Ich hab nun mein Schäfchen im trocknen, mit meiner Grafschaft ist's in der Ordnung!"

Wer hätte nicht lachen müssen über die Narretei von Herr und Diener! Und sie lachten alle, nur nicht der Wirt, der des Teufels werden wollte. Indessen gaben sich der Barbier, Cardenio und der Pfarrer so viel Mühe, daß sie zuletzt, freilich mit nicht geringer Anstrengung, Don Quijote ins Bett brachten, und dieser schlief sogleich wieder ein, unter Zeichen übergroßer Erschöpfung.

Sie ließen ihn denn schlafen und gingen hinaus ans Tor der Schenke, um Sancho Pansa zu trösten, daß er den Kopf des Riesen nicht gefunden; jedoch hatten sie noch weit mehr zu tun, um den Wirt zu besänftigen, der über das plötzliche Hinscheiden seiner Schläuche in Verzweiflung war. Die Wirtin aber schrie und jammerte: »Ja, zur Unglückszeit und zur unseligsten Stunde ist dieser fahrende Ritter in mein Haus gekommen! Hätte ich ihn doch nie mit Augen gesehen, ihn, der mich so teuer zu stehen kommt! Das letztemal machte er sich auf und davon mit den Kosten für einen Tag Essen, Bett, Stroh und Futter für ihn und für seinen Schildknappen und einen Gaul und einen Esel und sagte, er sei ein abenteuernder Ritter – und möge Gott ihn in lauter abenteuerlichem Pech sieden lassen, ihn und alle Abenteurer, die es auf Erden gibt –, und deshalb sei er nicht verbunden, etwas zu zahlen; denn so stehe es im Zolltarif der fahrenden Ritter. Und seinetwegen ist kürzlich der andre Herr gekommen und hat mir meinen Schwanz mit fortgenommen und hat ihn mir um mehr als zwei Pfennige Minderwert zurückgebracht, die Haare ganz ausgerauft, daß er nicht mehr dazu zu gebrauchen ist, wozu ihn mein Mann haben will; und zum Schluß und Ende von allem werden mir meine Schläuche zerrissen und mein Wein mir ausgegossen. Oh, wenn es doch sein Blut wäre! Aber bei den Gebeinen meines Vaters und meiner Mutter Seligkeit, er soll es mir auf Heller und Pfennig bezahlen, oder ich müßte nicht heißen, wie ich heiße, und wäre nicht meines Vaters Tochter!«

Diese Äußerungen und andre solcher Art tat die Wirtin in großer Wut, und ihre wackere Magd Maritornes half ihr dabei. Die Tochter schwieg und lächelte zuweilen. Der Pfarrer wußte alles zu beschwichtigen, indem er versprach, ihren Verlust ihr so gut, wie ihm nur möglich, zu ersetzen, sowohl den sie an den Schläuchen als am Wein und insbesondere durch die Beschädigung des Schwanzes erlitten hatten, von dem sie soviel Aufhebens machten.

Dorotea tröstete Sancho Pansa mit der Erklärung, sobald es sich offenkundig zeige, daß sein Herr in Wahrheit den Riesen geköpft habe, so verheiße sie, sobald sie sich im friedlichen Besitz ihres Königreichs sehe, ihm die beste Grafschaft zu geben, die darin zu finden sei. Damit tröstete sich Sancho und versicherte der Prinzessin, sie dürfte sicher sein, daß er den Kopf des Riesen gesehen, und zum weiteren Merkzeichen hätte selbiger einen Bart, der ihm bis zum Gürtel ging. Und wenn er nicht zum Vorschein komme, so sei es darum, weil alles, was sich in diesem Hause ereigne, mit Zauberei zugehe, wie er selbst es neulich erfahren habe, als er hier übernachtete.

Dorotea erwiderte, sie glaube, daß dem so sei, und er solle nur unbesorgt sein. Alles werde gut gehen, alles werde nach Wunsch geschehen.

Nachdem alle sich beruhigt, wollte der Pfarrer die Novelle zu Ende lesen, da er sah, daß nur noch wenig übriggeblieben. Cardenio, Dorotea und alle andern baten ihn, sie zu beenden; und er, sowohl um den anderen gefällig zu sein als auch zum eigenen Vergnügen, fuhr mit der Erzählung fort:

Zunächst ging es so, daß Anselmo in seiner frohen Überzeugung von Camilas Tugend ein zufriedenes und sorgenfreies Leben führte und Camila mit berechneter Absicht Lotario ein finsteres Gesicht zeigte, damit Anselmo an das Gegenteil der Gesinnung glauben solle, die sie für den Freund empfand. Damit ihr Benehmen noch glaubwürdiger erschiene, bat Lotario ihn um Erlaubnis, sein Haus nicht mehr zu besuchen, da sich doch deutlich zeige, daß Camila von seinem Anblick peinlich berührt werde. Aber der betrogene Anselmo wollte davon nichts wissen. Und auf solche Weise wurde in tausendfacher Art Anselmo der Werkmeister seiner Schande, im Glauben, er sei der Schmied seines Glückes.

Mittlerweile war auch Leonelas Behagen, eine Vollmacht zu ihrem Liebeshandel zu besitzen, so weit gediehen, daß sie ohne alle Rücksicht ihrem Vergnügen zügellos nachjagte, darauf bauend, daß ihre Herrin sie schirmte, ja sogar ihr Rat gab, wie sie ohne Besorgnis ihre Gelüste befriedigen könnte. Endlich aber hörte Anselmo eines Nachts Schritte in Leonelas Gemach, und als er hinein wollte, um zu sehen, von wem sie herrührten, ward er gewahr, daß die Tür vor ihm zugehalten wurde, was ihn um so begieriger machte, sie zu öffnen. Er wandte so viele Kraft an, daß er sie aufstieß, und kam gerade zur rechten Zeit hinein, um zu sehen, daß ein Mann durchs Fenster auf die Straße sprang. Er eilte rasch hinaus, um ihn noch zu erreichen oder ihn zu erkennen, aber er vermochte weder das eine noch das andre auszuführen; denn Leonela umfaßte ihn mit den Armen und sprach zu ihm: „Beruhigt Euch, mein Gebieter, reget Euch nicht auf, eilet dem Mann nicht nach, der von hier hinausgesprungen, die Sache geht mich allein an, ja, so sehr, daß es mein eigner Bräutigam ist."

Anselmo wollte es ihr nicht glauben, sondern zog den Dolch und drohte, Leonela zu erstechen, wenn sie ihm nicht die Wahrheit sage. Sie, in ihrer Angst, ohne zu wissen, was sie sagte, sprach zu ihm: „Tötet mich nicht, Señor, ich werde Euch Dinge von größerer Wichtigkeit sagen, als Ihr Euch vorstellen könnt!"

„Sag sie auf der Stelle", entgegnete Anselmo, „oder du bist des Todes!"

„Im Augenblick ist es unmöglich", antwortete Leonela, „so verstört bin ich; laßt mich bis morgen, dann sollt Ihr Dinge hören, daß Ihr staunen werdet. Und seid dessen gewiß, jener, der aus dem Fenster gesprungen, ist ein Jüngling aus dieser Stadt, der mir die Hand darauf gegeben, mein Gemahl zu werden."

Damit beruhigte sich Anselmo, und er war bereit, die Frist abzuwarten, um die sie ihn gebeten; denn er dachte nicht daran, daß er etwas hören würde, das Camila zum Nachteil gereichte, weil er von ihrer Tugend überzeugt war. So verließ er denn das Gemach und ließ Leonela darin eingeschlossen zurück, indem er ihr sagte, sie werde nicht herauskommen, bis sie ihm bekenne, was sie ihm zu sagen habe.

Sogleich suchte er Camila auf und erzählte ihr, was ihm alles mit ihrer Zofe begegnet sei, und daß sie ihm versprochen habe, ihm große und wichtige Dinge zu sagen. Ob Camila in Bestürzung geriet oder nicht, das braucht wohl nicht gesagt zu werden. Die Angst, die sie empfand, war so überwältigend – denn sie glaubte wirklich, und es war wohl zu glauben, das Mädchen werde Anselmo alles sagen, was es von ihrer Untreue wußte –, daß sie nicht den Mut hatte, abzuwarten, ob sich ihr Verdacht als unbegründet zeigen werde oder nicht; und noch in der nämlichen Nacht, als sie glaubte, Anselmo liege jetzt im Schlafe, suchte sie ihre besten Kleinodien und einiges Geld zusammen, und ohne von jemandem bemerkt zu werden, verließ sie ihr Haus und eilte zu dem Lotarios, erzählte ihm alles Vorgefallene und bat ihn, sie in Sicherheit zu bringen oder sich mit ihr zusammen an einen Ort zu begeben, wo sie vor Anselmo geschützt wären.

Die Bestürzung, in welche Camila ihren Lotario versetzte, war so groß, daß er ihr kein Wort zu erwidern und noch weniger einen Entschluß zu fassen vermochte. Zuletzt kam er auf den Gedanken, Camila in ein Kloster zu bringen, in welchem eine

Schwester von ihm Priorin war. Camila willigte ein, und mit der Eile, wie sie der Fall erheischte, brachte Lotario sie ins Kloster und ließ sie dort, während auch er sich augenblicklich aus der Stadt entfernte, ohne jemanden davon in Kenntnis zu setzen. Als es tagte, stand Anselmo auf, ohne zu bemerken, daß Camila von seiner Seite verschwunden war, und begierig zu erfahren, was Leonela ihm mitteilen wollte, ging er nach dem Zimmer, wo er sie eingeschlossen hatte. Er öffnete es und trat ein, fand aber Leonela nicht darin; er fand nur ein Bettlaken ans Fenster geknüpft, ein Zeichen und Beweis, daß sie sich hier hinuntergelassen und geflüchtet hatte. Voll Ärger kehrte er sogleich zurück, um es Camila zu sagen, und da er sie weder im Bette noch im ganzen Hause fand, war er starr vor Entsetzen. Er fragte die Diener des Hauses nach ihr, aber niemand konnte ihm Auskunft geben. Als er, nach Camila suchend, umherging, sah er zufällig ihr Schmuckkästchen offenstehen und entdeckte, daß ihre meisten Kleinodien daraus fehlten. Und damit wurde ihm sein Unglück erst vollends klar, und er begriff, daß Leonela nicht die Schuld an seinem Unglück trug. Und so, wie er ging und stand, ohne sich erst vollständig anzukleiden, in Trübsinn und tiefem Nachdenken, eilte er, seinem Freunde Lotario Bericht von seinem Unglück zu geben. Aber als er ihn nicht fand und dessen Diener ihm sagten, er sei diese Nacht aus dem Hause verschwunden und habe all sein vorrätiges Geld mitgenommen, da meinte er den Verstand zu verlieren. Und um das Maß vollzumachen, traf er bei der Rückkehr in seiner Wohnung niemanden von all seinen Dienern und Dienerinnen an, sondern fand das Haus öde und verlassen. Er wußte nicht, was er denken, sagen oder tun sollte, und nach und nach wurde es ihm ganz wirr im Kopfe. Er betrachtete sich gleichsam und erblickte sich in einem Augenblick ohne Weib, ohne Freund, ohne Diener; er erachtete sich verlassen vom Himmel über ihm und – ärger als alles – der Ehre beraubt, da er deren Verlust in Camilas Flucht erkennen mußte.

Endlich, nach einer geraumen Weile, beschloß er, sich auf das Dorf hinaus zu jenem Freunde zu begeben, wo er sich damals aufgehalten hatte, als er selbst den Anlaß dazu gab, daß dies ganze Unheil geplant und verwirklicht wurde. Er verschloß die Türen seines Hauses, stieg zu Pferd und begab sich beklommenen Herzens auf den Weg. Kaum aber hatte er die Hälfte davon zurückgelegt, als er, von seinen eigenen Gedanken übermannt, sich genötigt sah, abzusteigen und sein Pferd mit dem Zügel an einen Baum zu binden, an dessen Stamm er unter wehmütigen, schmerzvollen Seufzern niedersank. Hier verweilte er, bis beinahe die Nacht hereinbrach. Um diese Stunde sah er einen Mann zu Pferd aus der Stadt kommen. Er grüßte ihn und fragte ihn, welche Neuigkeiten es in Florenz gebe. Der Städter antwortete ihm: „Die seltsamste, die man seit langer Zeit dort vernommen. Denn man erzählt öffentlich, daß Lotario, jener vertraute Freund Anselmos des Reichen, der bei San Giovanni wohnte, diese Nacht Camila entführt hat, die Frau Anselmos, der ebenfalls nirgends zu finden ist. All dieses hat eine Dienerin Camilas ausgesagt, welche der Stadtvorsteher heute nacht dabei getroffen hat, wie sie sich an einem Bettlaken aus dem Fenster von Anselmos Hause herabließ. Ich weiß in der Tat nicht genau, wie sich der Handel zutrug; ich weiß nur, daß die ganze Stadt sich über diese Geschichte wundert, weil man eine derartige Handlungsweise bei der innigen und vertrauten Freundschaft zwischen den beiden nicht erwarten konnte, die so groß gewesen sein soll, daß man sie nur ‚die beiden Freunde' nannte."

„Weiß man vielleicht, welchen Weg Lotario und Camila eingeschlagen haben?" fragte Anselmo.

„Nicht im geringsten", antwortete der Mann, „wiewohl der Stadtvorsteher alle Sorgfalt aufgewendet hat, um ihnen nachzuspüren."

„Geht mit Gott", sprach Anselmo.

„Er geleite Euch", erwiderte der Städter und ritt davon.

Bei so schmerzlichen Nachrichten fehlte wenig, daß Anselmo auf den Punkt gekommen wäre, wo es nicht nur mit seinem Verstand, sondern auch mit seinem Leben zu Ende gehen mußte. Er erhob sich, so gut er es vermochte, und gelangte zum Hause seines Freundes, der von seinem Unglück noch nichts wußte; aber als er ihn bleich, abgehärmt und mit eingefallenen Wangen ankommen sah, merkte er wohl, daß Anselmo von schwerem Leide niedergedrückt sei. Anselmo bat, man möge ihn zu Bett bringen und ihm Schreibzeug geben. Es geschah also, man ließ ihn im Bette und allein; denn so verlangte er es, und er bat auch, die Tür zu schließen. Als er sich nun allein sah, begann die Vorstellung seines Unglücks ihn so zu bestürmen und zu überwältigen, daß er klar erkannte, es gehe mit seinem Leben zu Ende; und so traf er Anstalt, eine Nachricht von der Ursache seines so eigentümlichen Todes zu hinterlassen. Er fing zu schreiben an; aber bevor er mit der Aufzeichnung alles dessen, was er im Sinne hatte, zu Ende gekommen, verließen ihn die Kräfte, und er ließ sein Leben unter der Wucht des Schmerzes, den ihm sein *törichter Vorwitz* bereitet hatte.

Als der Herr des Hauses bemerkte, daß es schon spät war und Anselmo nicht rief, entschloß er sich einzutreten, um zu sehen, ob sein Unwohlsein schlimmer geworden, und er fand ihn ausgestreckt liegen, mit dem Gesicht nach unten gekehrt, die Hälfte des Körpers im Bette und die andre Hälfte auf dem Schreibtische, auf einem halb beschriebenen Papier; er hielt die Feder noch in der Hand. Der Hausherr näherte sich ihm, nachdem er ihm erst zugerufen, und als er, da er ihn an der Hand faßte, keine Antwort erhielt und ihn erstarrt fand, ward er inne, daß Anselmo tot war. Er erschrak und betrübte sich ungemein, rief die Leute vom Haus herbei, damit sie das Unglück sähen, das Anselmo betroffen, und las dann das Papier, auf dem er Anselmos Handschrift erkannte und welches folgende Worte enthielt:

> Ein törichtes und vorwitziges Begehren hat mir das Leben geraubt. Wenn die Nachricht von meinem Tode zu Camilas Ohren gelangen sollte, so möge sie erfahren, daß ich ihr verzeihe; denn sie war nicht verpflichtet, Wunder zu tun, und ich hatte nicht nötig, von ihr zu verlangen, daß sie solche tue. Und da ich selbst der Werkmeister meiner Schande war, so ist kein Grund ...

Bis hierher hatte Anselmo geschrieben, woraus sich erkennen ließ, daß an dieser Stelle sein Leben endete, ehe er den Satz enden konnte. Den nächsten Tag gab sein Freund den Verwandten Anselmos Kunde von seinem Tode; sie wußten schon sein Unglück und kannten auch das Kloster, wo Camila bereits nahe daran war, ihren Gemahl auf jener Reise, die keinem erlassen wird, zu begleiten, nicht aus Schmerz über die Nachricht vom Tode ihres Gatten, sondern über diejenige, die ihr über ihren abwesenden Freund zukam. Man erzählt, daß sie, obschon sie nun Witwe war, das Kloster nicht verlassen, aber noch weniger das Gelübde als Nonne ablegen wollte, bis ihr, nicht viele Tage nachher, die Nachricht wurde, daß Lotario in einer Schlacht gefallen, welche Monsieur de Lautrec dem „Großen Feldhauptmann" Gonzalo Fernández de Córdoba im Königreich Neapel geliefert; dorthin hatte sich der zu spät bereuende Freund gewendet. Als Camila dies erfuhr, legte sie das Gelübde ab und hauchte kurz darauf unter der Last des Kummers und des Trübsinnes ihr Leben aus. Dies war das Ende, das allen wurde, ein Ende, wie es aus einem so wahnwitzigen Anfang kommen mußte.

„Die Novelle gefällt mir wohl", sprach der Pfarrer, „aber ich kann nicht glauben, daß es eine wahre Geschichte ist; und wenn sie erdichtet ist, so hat der Verfasser schlecht gedichtet; denn man kann sich nicht vorstellen, daß ein Ehemann so töricht sein kann, eine so kostspielige Probe wie Anselmo anstellen zu wollen. Wenn der Fall zwischen einem Liebhaber und seiner Geliebten vorgekommen wäre, so könnte man ihn zugeben; aber zwischen Mann und Frau hat er etwas Unmögliches in sich. Was aber die Art und Weise betrifft, wie er erzählt wird, so bin ich damit gar nicht unzufrieden."

36. KAPITEL

Welches von andern merkwürdigen Begebnissen handelt, so sich in der Schenke begaben

Während man hierbei war, rief der Wirt, der an der Tür der Schenke stand: „Da kommen Leute, es ist ein prächtiger Trupp Gäste; wenn die hier einkehren, dann wird's hoch hergehen!"

„Was für Leute sind es?" fragte Cardenio.

„Vier Herren", antwortete der Wirt; „sie sitzen zu Pferde mit kurzgeschnalltem Bügel, mit Speeren und Tartschen und alle mit schwarzen Schleiern vor dem Gesicht, und mit ihnen kommt eine weißgekleidete Dame daher auf einem Saumsattel, ihr Gesicht ebenfalls verdeckt, und noch zwei Diener zu Fuß."

„Sind sie noch weit?" fragte der Pfarrer.

„Sie werden gleich dasein", antwortete der Wirt.

Als Dorotea das hörte, verschleierte sie ihr Gesicht, und Cardenio begab sich in Don Quijotes Gemach. Und beinahe hätten sie dazu keine Zeit mehr gehabt, als die vom Wirt genannten Personen schon allesamt in die Schenke einzogen. Die vier Reiter, vornehm an Aussehen und Haltung, stiegen ab und hoben die Dame vom Sattel; einer nahm sie in die Arme und setzte sie auf einen Stuhl, der am Eingang des Zimmers stand, wo sich Cardenio verborgen hatte. Während dieser ganzen Zeit hatten weder die Dame noch die Herren die Gesichtshüllen abgelegt noch ein Wort gesprochen. Nur stieß die Dame beim Niederlassen auf den Stuhl einen tiefen Seufzer aus und ließ wie krank und erschöpft die Arme sinken. Die Diener, die zu Fuß gekommen waren, führten die Pferde in den Stall.

Der Pfarrer, der dies alles bemerkte, war begierig, zu erfahren, wer die Leute in solchem Aufzug seien, die sich so schweigend verhielten, ging den Dienern nach und befragte einen von ihnen um die Auskunft, die ihm am Herzen lag. Der aber antwortete ihm: „So wahr mir Gott helfe, Señor, ich bin nicht imstande, Euch zu sagen, was für Leute es sind; ich weiß nur, daß sie wie sehr vornehme Leute auftreten, insonderheit jener, der zu der Dame, die Ihr gesehen habt, hinging und sie in die Arme nahm. Und das kommt mir deshalb so vor, weil die übrigen alle ihm mit Ehrerbietung begegnen und weil nichts andres geschieht, als was er anordnet und befiehlt."

„Und wer ist die Dame?" fragte der Pfarrer.

„Das kann ich ebensowenig sagen", antwortete der Diener, „denn auf dem ganzen Wege habe ich ihr Gesicht nicht erblickt; ächzen allerdings habe ich sie öfters hören und so tiefe Seufzer ausstoßen, als ob sie mit jedem die Seele aushauchen wollte. Es ist aber nicht zu verwundern, daß wir nicht mehr wissen; denn mein Kamerad und ich begleiten sie erst zwei Tage; wir trafen sie nämlich unterwegs, und da ersuchten und beredeten sie uns, mit ihnen bis nach Andalusien zu gehen, und boten uns sehr gute Bezahlung an."

„Und habt Ihr einen von ihnen mit Namen nennen hören?" fragte der Pfarrer.

„Gewiß nicht", antwortete der Diener, „sie gehen alle so schweigsam ihres Weges, daß es ein Wunder ist; man hört bei ihnen nichts als das Seufzen und Schluchzen der armen Dame, daß es uns zum Mitleid bewegt; und wir sind überzeugt, daß sie nur gezwungen mitreist, und soviel man aus ihrer Kleidung schließen kann, ist sie eine Nonne oder im Begriff, es zu werden, was das Wahrscheinlichere ist. Und vielleicht, weil sie das Klosterleben nicht aus eigner Neigung führt, ist sie so traurig, wie der Augenschein zeigt."

„Das kann alles sein", sagte der Pfarrer, ließ sie stehen und kehrte zu Dorotea zurück. Diese hatte die Verhüllte seufzen hören, und von angeborenem Mitgefühl bewegt, näherte sie sich ihr und sprach: „Was für ein Leiden fühlt Ihr, mein Fräulein? Bedenkt, ob es eins von denen ist, in deren Heilung wir Frauen Übung und Erfahrung besitzen; denn ich meinerseits biete Euch aufrichtig meine Dienste an."

Auf all dieses blieb die betrübte Dame stumm, und wiewohl Dorotea ihr Erbieten dringender wiederholte, verharrte sie fortwährend in ihrem Stillschweigen, bis der verlarvte Herr, von dem der Diener gesagt, daß die andern ihm gehorchten, herzutrat und zu Dorotea sprach: „Quält Euch nicht damit, Señora, diesem Weibe irgend etwas anzubieten; denn sie hat die Gewohnheit, nichts, was man für sie tut, dankbar aufzunehmen. Bemühet Euch auch nicht, eine Antwort von ihr zu erlangen, wenn Ihr nicht eine Lüge aus ihrem Munde hören wollet."

„Niemals habe ich eine solche gesagt", sprach jetzt die Dame, die bis dahin im Schweigen verharrt hatte, „im Gegenteil, weil ich so wahrheitsliebend und allen lügenhaften Anschlägen fremd bin, sehe ich mich jetzt in so großem Unglück; und zu dessen Zeugen will ich Euch selbst nehmen, da gerade meine reine Wahrheitsliebe Euch zum falschen Lügner gemacht hat."

Diese Worte vernahm Cardenio deutlich und genau, da er sich so nahe bei der Dame befand, daß nur die Türe von Don Quijotes Kammer zwischen beiden war; und sobald er sie hörte, schrie er laut und rief: „So helfe mir Gott! Was hör ich? Welche Stimme dringt mir ins Ohr?"

Bei diesem Ausruf wandte die Dame den Kopf in jähem Schrecken, und da sie nicht sah, wer da gerufen, stand sie auf und wollte in die Kammer hinein; doch als der fremde Herr dies sah, hielt er sie zurück und ließ sie keinen Schritt von der Stelle tun. In der Verwirrung und Aufregung fiel der Schleier von Taft, mit dem sie das Gesicht verdeckt hatte, und es zeigte sich eine unvergleichliche Schönheit, ein Antlitz von wunderbarem Reiz, obschon bleich und angstvoll, da sie ihre Augen überall, wohin ihr Blick reichte, mit solcher Hast umherrollen ließ, daß sie wie von Sinnen schien. Diese schmerzlichen Gebärden, deren Veranlassung niemand wußte, erregten tiefes Mitleid in Dorotea wie in allen, die den Blick auf sie gerichtet hatten. Der fremde Herr hatte sie fest an den Schultern gefaßt, und da er vollauf damit zu tun hatte, sie zu halten, so konnte er seine herabgleitende Larve nicht wieder hinaufschieben; sie fiel ihm ganz und gar vom Gesicht. Als nun Dorotea, welche die Dame mit den Armen umschlungen hatte, die Augen erhob, sah sie, daß der Mann, der die Dame gleichfalls umschlossen hielt, ihr Gemahl Don Fernando war; und kaum hatte sie ihn erkannt, als sie aus dem innersten Herzen ein langes, schmerzliches „Ach!" ausstieß und in Ohnmacht rückwärts niedersank. Und hätte nicht der Barbier nahe dabeigestanden und sie in seinen Armen aufgefangen, so wäre sie zu Boden gestürzt. Der Pfarrer eilte sogleich herbei und nahm ihr den Schleier ab, um ihr Wasser ins Gesicht zu spritzen; und sobald er sie entschleierte, wurde sie von Don Fernando erkannt; denn er war es wirklich, der die andre Dame umfaßt hielt. Er blieb wie leblos bei dem Anblick, doch ohne deshalb Luscinda loszulassen; ja, Luscinda war es, die sich mühte, sich seinen Armen zu entwinden. Sie hatte Cardenio an seinem Aufschrei erkannt und er nicht minder sie. So hatte auch Cardenio Doroteas „Ach!" gehört; er glaubte, es sei seine Luscinda, stürzte angstvoll aus der Kammer, und das erste, was er sah, war Don Fernando, der Luscinda in den Armen hielt. Don Fernando erkannte ebenfalls Cardenio auf der Stelle, und alle drei, Luscinda, Cardenio und Dorotea, blieben stumm und starr, fast ohne zu wissen, was ihnen begegnet war.

Alle schwiegen, und alle blickten staunend aufeinander, Dorotea auf Don Fernando, Don Fernando auf Cardenio, Cardenio auf Luscinda und Luscinda auf Cardenio. Aber wer zuerst das Stillschweigen brach, war Luscinda, die zu Don Fernando folgendermaßen sprach: „Lasset mich, Señor Don Fernando, um der Rücksicht willen, die Ihr Eurem eignen Selbstgefühl schuldig seid, wenn Ihr es um keiner andern Rücksicht willen tun wollt, laßt mich an die Mauer mich lehnen, deren Efeu ich bin; laßt mich hin zu der Stütze, von der mich Eure Zudringlichkeiten, Eure Drohungen, Eure Versprechungen, Eure Geschenke nicht wegzureißen vermochten! Seht und merkt Euch, wie der Himmel auf ungewöhnlichen und unserm Blicke verborgenen Pfaden mir meinen wahren Gemahl vor die Augen geführt hat. Auch wißt Ihr aus tausendfachen kostspieligen Erfahrungen, daß der Tod allein imstande wäre, ihn aus meinem Gedächtnis auszumerzen. So mögen denn diese Enttäuschungen, die Euch geworden, bewirken, daß Ihr – wenn Ihr Euch zu nichts anderem aufraffen könnt – die Neigung in Groll und die Liebe in Haß verwandelt, und in diesem Groll nehmt mir das Leben, und wenn ich es vor den Augen meines lieben Gatten ende, so halte ich es für gut angewendet. Vielleicht wird ihn mein Tod von der Treue überzeugen, die ich ihm bis zum letzten Augenblick meines Daseins bewahrt habe."

Inzwischen war Dorotea wieder zu sich gekommen, hatte Luscindas Äußerungen alle angehört und aus denselben ersehen, wer die Dame war. Als sie nun bemerkte, daß Don Fernando noch immer Luscinda nicht aus seinen Armen ließ und auf deren Worte nichts erwiderte, nahm sie alle Kraft zusammen, erhob sich, eilte zu ihm hin und warf sich auf die Knie vor ihm nieder und begann, einen Strom so reizender wie schmerzvoller Tränen vergießend, so zu ihm zu sprechen: „Wenn nicht etwa, o mein

Gebieter, die Strahlen dieser Sonne, die du jetzt verfinstert in deinen Armen hältst, die Strahlen deiner Augen verdunkeln und löschen, wirst du bereits bemerkt haben, daß das Weib, das zu deinen Füßen kniend liegt, die unselige Dorotea ist, sie, die vom Glück verlassen ist, solange du es nicht anders willst. Ich bin jenes demütige Landmädchen, das du aus Güte oder Neigung zu der Höhe erheben wolltest, daß sie sich die Deinige nennen durfte; ich bin jene, die, von den Schranken der Sittsamkeit umhegt, ein zufriedenes Leben lebte, bis sie auf die Stimme deiner ungestümen Bewerbung und deiner dem Anscheine nach redlichen und liebevollen Gesinnung hin die Pforten ihrer mädchenhaften Scheu auftat und dir die Schlüssel ihrer Freiheit übergab: eine Gabe, für die du so schlechten Dank erwiesen, daß ich gezwungen bin, mich hier zu befinden und dich unter solchen Umständen wiederzusehen, wie ich dich hier sehe. Aber bei alledem möchte ich nicht, daß dir in den Sinn käme, ich sei etwa in ehrlosem Lebenswandel hierhergeraten, da mich doch nichts hergeführt hat als ein Lebenswandel voll Qualen, voll Schmerz darüber, daß ich mich von dir vergessen sah. Du, du hast gewollt, daß ich die Deine wurde, und du hast es mit solchem Ernste gewollt, daß du, wenn du auch nunmehr wolltest, ich wäre es nicht, unmöglich aufhören kannst, der Meinige zu sein. Bedenke, mein Gebieter, für den hohen Reiz und Adel, um dessentwillen du mich verlassen hast, kann dir die Liebe sondergleichen, die ich dir widme, einen Ersatz bieten. Du kannst der schönen Luscinda nicht angehören, weil du mir angehörst, und sie kann nicht die Deine sein, weil sie Cardenios Gattin ist. Und es wird dir leichter fallen, wenn du es wohl erwägst, daß du deinem Willen gebietest, die zu lieben, die dich anbetet, als daß du jene, die dich verabscheut, vermögen kannst, dich wahrhaft zu lieben. Du, du hast meine Unerfahrenheit umgarnt, du hast mein reines Gemüt mit Bitten bedrängt; mein Stand war dir nicht unbekannt; du weißt wohl, unter welchen Bedingungen ich mich deinem Willen ergab; es bleibt dir weder Grund noch Vorwand, dich für hintergangen zu erklären. Und wenn dem so ist – und es ist so! – und wenn du ein ebenso guter Christ als Edelmann bist, warum gehst du so krumme Wege und zögerst, mich auch am Ende glücklich zu machen, wie du mich am Anfang glücklich gemacht hast? Und liebst du mich nicht als das, was ich bin, als deine wirkliche und rechtmäßige Gemahlin, dann darfst du mich wenigstens als deine Sklavin lieben und bei dir aufnehmen. Wenn ich in deiner Gewalt bin, will ich mich selig und beglückt schätzen. Gib nicht zu, wenn du mich verstößt und schutzlos lässest, daß alsdann die Leute auf der Straße zusammenstehen und meine Ehre mit böser Nachrede verfolgen; bereite nicht meinen greisen Eltern ein so trauriges Alter; denn die redlichen Dienste, die sie den Deinigen als treue Untertanen geleistet, verdienen nicht solchen Lohn. Und wenn du glaubst, du würdest dein Blut durch Vermischung mit dem meinigen verunehren, so bedenke, daß es selten oder nie einen Adel gibt, dem nicht das nämliche geschehen wäre, und daß ein Adel, der sich von den *Frauen* herleiten ließe, bei erlauchten Geschlechtern nicht in Betracht gezogen wird; zumal der wahre Adel nur in der Tugend besteht. Und wenn diese dir fehlt, weil du mir verweigerst, was du mir nach allem Rechte schuldest, dann habe ich die Vorzüge des Adels in weit höherem Maße als du. Endlich, Señor, und das ist das letzte, was ich dir sage: ob du nun willst oder nicht willst, ich bin deine Gemahlin; dessen Zeugen sind deine Worte, die nicht lügen werden und nicht lügen dürfen, wenn du wirklich das an dir hochachtest, um dessentwillen du mich mißachtest; Zeuge ist die Unterschrift, die du mir gegeben, und Zeuge der Himmel, den du selbst zum Zeugen deiner Versprechungen aufgerufen. Und wenn alle diese Zeugnisse fehlen sollten, so wird doch dein Gewissen nicht verfehlen, inmitten deiner Freuden schweigend zu reden; es wird für diese Wahrheiten, die ich dir gesagt, in die Schranken treten und deine besten Genüsse und Wonnen dir zerstören."

Diese und ähnliche Worte mehr sprach die betrübte Dorotea in so tiefem Schmerz und mit so viel Tränen, daß alle Anwesenden, selbst die Begleiter Don Fernandos, mit ihr weinen mußten. Don Fernando hörte sie an, ohne ihr ein Wort zu erwidern, bis sie zu reden aufhörte und so zu seufzen und zu schluchzen begann, daß das Herz wohl von Erz sein mußte, das nicht von den Äußerungen so tiefen Schmerzes gerührt worden wäre. Luscinda stand da und schaute sie an, ob ihres Kummers so voll Mitleid wie voll Verwunderung ob ihres Verstandes und ihrer Schönheit. Und wiewohl sie gern auf sie zugegangen wäre, um ihr einige tröstende Worte zu sagen, so ließen Don Fernandos Arme sie nicht los, die sie noch immer festhielten. Aber endlich öffnete er in Verwirrung und Aufregung, nachdem er geraume Zeit und mit gespannter Aufmerksamkeit Doroteen ins Gesicht gesehen, die Arme, ließ Luscinda frei und sprach: „Du hast gesiegt, schöne Dorotea, du hast gesiegt; niemand kann das Herz haben, so viele zusammenwirkende Wahrheiten abzuleugnen."

Luscinda, noch schwach von der Ohnmacht, die sie befallen

hatte, war im Begriff, zu Boden zu sinken, als Don Fernando sie freiließ; allein Cardenio, der in der Nähe geblieben und sich hinter Don Fernando gestellt hatte, damit dieser ihn nicht erkenne, setzte nun alle Besorgnis beiseite, wagte es auf alle Gefahr hin, ihr zu Hilfe zu kommen, um sie aufrechtzuerhalten, faßte sie in seine Arme und sprach: „Wenn der barmherzige Himmel es will, daß du endlich Erholung und Ruhe findest, du meine getreue, beständige, schöne Gebieterin, so wirst du sie nirgends, glaube ich, sicherer finden als in diesen Armen, die dich jetzt umfangen und dich schon in früheren Tagen umschlossen haben, als das Schicksal es mir noch gewährte, dich die Meine nennen zu dürfen."

Bei diesen Worten richtete Luscinda ihre Augen auf Cardenio. Zuerst hatte sie ihn an der Stimme zu erkennen geglaubt, jetzt überzeugte sie sich durch den Anblick, daß er es sei, und fast ganz von Sinnen, und ohne irgendwelche Rücksicht des Anstands zu beachten, schlang sie ihm die Arme um den Hals, lehnte ihr Gesicht an das seine und sprach zu ihm: „Ja, Ihr, Señor, Ihr seid der wahre Herr dieses Herzens, das in Euren Banden liegt, ob auch das feindliche Schicksal es noch so sehr verwehren will und ob man auch noch so sehr dies Leben bedrohe, das nur aus Eurem seine Kraft erhält."

Ein überraschendes Schauspiel war dies für Don Fernando und für alle Umstehenden, die ob eines so unerhörten Ereignisses voller Verwunderung dastanden. Dorotea kam es vor, als sei alle Farbe aus Don Fernandos Antlitz gewichen und als mache er Miene, an Cardenio Rache zu nehmen; denn sie sah, wie er die Hand bewegte, um sie ans Schwert zu legen; doch kaum war ihr dieser Gedanke gekommen, so schlang sie mit unglaublicher Schnelligkeit die Arme um seine Knie, küßte sie und drückte ihn so fest an sich, daß sie ihm keine Bewegung gestattete, und mit Tränen in den Augen sprach sie zu ihm: „Was nun gedenkst du zu tun, du meine einzige Zuflucht, im Drange dieses so unerwarteten Zusammentreffens? Du hast zu deinen Füßen deine Gattin; die aber, die du zur Gattin begehrst, sie ist in den Armen ihres Gemahls. Bedenke, ob es dir wohl ansteht oder ob es dir überhaupt möglich ist, ungeschehen zu machen, was durch des Himmels Fügung geschehen ist, oder ob es dir nicht geziemt, diejenige zu gleicher Höhe mit dir zu erheben, die, alle Hindernisse beiseite setzend, bewährt in ihrer Treue und Beständigkeit, vor deinen Augen die ihrigen in liebevollen Tränen badet und damit Gesicht und Brust ihres Gemahls benetzt.

So wahr Gott unser Gott ist, bitte ich dich, und so wahr du ein Edelmann bist, flehe ich dich an, laß diese offenkundige Enttäuschung deinen Groll nicht stärker entfachen, sondern ihn so völlig beschwichtigen, daß du in Ruhe und Frieden diesem Liebespaar gestattest, Ruhe und Frieden zu genießen, solange der Himmel sie ihnen vergönnen will. Dadurch wirst du zeigen, wie hochherzig dein erlauchtes edles Gemüt ist; daran wird die Welt ersehen, daß die Vernunft über dich mehr Gewalt hat als die Leidenschaft."

Während Dorotea so sprach, hielt Cardenio noch immer Luscinda in den Armen, ohne jedoch Don Fernando aus den Augen zu lassen, fest entschlossen, bei der geringsten gefährlichen Bewegung mit Verteidigung und Angriff so nachdrücklich als möglich gegen jeden vorzugehen, der sich ihm feindlich erweise, und sollte es ihn selbst auch das Leben kosten. Aber in diesem Augenblick schlugen sich Don Fernandos Freunde ins Mittel, ebenso der Pfarrer und der Barbier, die bei allem zugegen gewesen, und selbst der gute Kerl von Sancho fehlte nicht dabei, und alle umringten Don Fernando und baten ihn, er möge doch endlich auf Doroteas Tränen Rücksicht nehmen; und da doch alles wahr sei, was sie vorgebracht habe, so möge er nicht zugeben, daß sie sich um ihre so ganz gerechten Hoffnungen betrogen sähe; er möchte erwägen, daß sie sich alle nicht zufällig, wie es den Anschein habe, sondern durch besondere Fügung des Himmels an einem Ort zusammengefunden, wo es gewiß keiner erwartet hätte. Auch möge er wohl bedenken, sagte der Pfarrer, daß der Tod allein Luscinda von Cardenio scheiden könne und daß sie, wenn selbst die Schneide eines Schwertes sie trennen sollte, ihren Tod für höchstes Glück erachten würden; in Fällen, wo nichts zu ändern stehe, sei es die höchste Weisheit, mit Bezähmung des eignen Willens und Selbstüberwindung ein edles Herz zu zeigen. Er möge den beiden freiwillig ein Glück zugestehen, das ihnen der Himmel vergönnt habe. Auch möge er die Blicke auf Doroteas Schönheit richten, und da werde er sehen, daß es wenige oder keine Reize gebe, die den ihrigen gleichzukommen, viel weniger sie zu übertreffen vermöchten; zudem verbinde sie mit ihrer Schönheit demütigen Sinn und unbegrenzte Liebe zu ihm. Vor allem aber möge er wohl beachten, daß er als Edelmann und Christ nicht anders könne, als ihr das gegebene Wort zu erfüllen, und wenn er es erfülle, so werde er damit seine Pflicht gegen Gott erfüllen und den Beifall aller Verständigen erlangen, die da wohl wissen und erkennen, daß die Schönheit, auch wenn sie sich bei einem Mädchen von geringem Stande findet, das Vorrecht besitzt, falls sie nur mit Sittsamkeit gepaart ist, sich zu jeder Höhe zu erheben, ohne daß die Ehre dessen darunter leide, der sie emporhebe und auf gleiche Stufe mit sich selbst stelle. Und wenn den allmächtigen Geboten der Neigung gehorcht wird, so kann, wofern nur nichts Sündliches hinzukommt, der keinen Tadel verdienen, der ihnen Folge leistet.

Nun fügten sie alle zu diesen Gründen noch andere und so überzeugende hinzu, daß Don Fernandos starkes Herz, da es in der Tat edlen Blutes war, weich wurde und sich von der Wahrheit überwinden ließ, die er nicht leugnen konnte, selbst wenn er es gewollt hätte. Und zum Beweis, daß er dem erteilten guten Rate sich gefügt und völlig ergeben habe, beugte er sich nieder, umarmte Dorotea und sprach zu ihr: „Erhebet Euch, meine Gebieterin, denn es gebührt sich nicht, daß die zu meinen Füßen kniet, die ich im Herzen trage. Und wenn ich das, was ich sage, bis jetzt nicht durch die Tat bewiesen habe, so geschah es vielleicht nach dem Gebote des Himmels, damit ich recht ersehen sollte, mit welcher Treue Ihr mich liebt, und darum Euch so hoch schätzen lernte, wie Ihr es verdient. Was ich von Euch erbitte, ist, daß Ihr meine Härte und meine Vernachlässigung mir nicht zum Vorwurfe macht; denn die nämliche Ursache, die nämliche Gewalt, die mich jetzo vermochte, Euch als die Meinige anzuerkennen, die nämliche hatte mich vorhin dahin gebracht, daß ich der Eurige nicht mehr sein wollte. Und um zu erkennen, wie wahr dies ist: wendet Euch dorthin und schaut der jetzt glücklichen Luscinda in die Augen, und in ihnen werdet Ihr die Entschuldigung finden für all meine Verirrungen. Und da Luscinda gefunden und erlangt hat, was sie ersehnte, und ich in Euch gefunden habe, was mich beglückt, so möge sie gesichert und zufrieden lange beseligte Jahre mit ihrem Cardenio leben, und ich will den Himmel bitten, daß er sie mich mit meiner Dorotea verleben lasse."

Und mit diesen Worten umarmte er sie aufs neue und preßte sein Antlitz an das ihrige, so bewegt von inniger Herzensempfindung, daß er sich große Gewalt antun mußte, um nicht mit hervorbrechenden Tränen zweifellose Beweise seiner Liebe und Reue zu geben. Doch Luscindas und Cardenios Tränen wollten sich nicht in solcher Weise zurückhalten lassen und ebenso die fast aller andern Anwesenden, die nun begannen, ihrer so viele zu vergießen, die einen über ihr eignes, die andern über fremdes Glück, daß es nicht anders aussah, als hätte sie alle ein schweres und trauriges Ereignis betroffen. Sancho weinte, wiewohl er nachher sagte, er weine nur, weil er gesehen, daß Dorotea nicht, wie er geglaubt, die Königin Mikomikona sei, von der er so viele Gnaden erhofft habe.

Zu der Rührung gesellte sich bei allen das Staunen und hielt eine Zeitlang an. Dann warfen sich Cardenio und Luscinda vor Don Fernando auf die Knie und dankten ihm für die Güte, die er ihnen erwiesen, mit so wohlbemessenen Worten, daß Don Fernando nicht wußte, was er ihnen antworten sollte. Und so hob er sie vom Boden auf und umarmte sie mit Zeichen größter Freundschaft und höchstem Anstand. Dann bat er Dorotea, ihm zu sagen, wie sie an diesen Ort gekommen, der so fern von dem ihrigen sei. Mit kurzen und verständigen Worten berichtete sie alles, was sie vorher Cardenio erzählt hatte, und Don Fernando und seine Begleiter fanden so viel Gefallen daran, daß sie der Erzählung eine weit längere Dauer gewünscht hätten, mit so großer Anmut wußte Dorotea ihre Erlebnisse zu schildern.

Sobald sie geendet hatte, erzählte Don Fernando, was ihm in der Stadt seit der Zeit begegnet war, als er in Luscindas Busen den Brief fand, in dem sie erklärte, Cardenios Gattin zu sein und die seinige nicht werden zu können. Er sagte, er habe sie töten wollen und hätte es auch sicher getan, wenn ihn ihre Eltern nicht zurückgehalten hätten. So sei er denn aus ihrem Hause voll Grimm und Erbitterung fortgeeilt, entschlossen, bei besserer Gelegenheit Rache zu nehmen. Am folgenden Tage habe er erfahren, daß Luscinda aus dem Haus ihrer Eltern verschwunden sei, ohne daß jemand wußte, wohin sie gegangen; zuletzt jedoch habe er nach einigen Monaten erfahren, sie befinde sich in einem Kloster und sei willens, ihr ganzes Leben, wenn sie es nicht an Cardenios Seite verbringen könne, darin zu bleiben. Sobald er dies vernommen, habe er diese drei Edelleute zu seiner Begleitung erlesen und sich an Luscindas Aufenthaltsort begeben; jedoch habe er nicht versucht, sie zu sprechen, weil er besorgte, man werde im Kloster strengere Wachsamkeit üben, sobald man wisse, daß er sich dort befinde. So habe er gewartet, bis eines Tags die Klosterpforte offenstand, habe zwei von seinen Begleitern zur Bewachung der Tür zurückgelassen und sei mit dem dritten ins Kloster gedrungen, um Luscinda zu suchen; sie hätten sie im Kreuzgang im Gespräch mit einer Nonne gefunden und sie im Nu fortgeschleppt, ohne ihr einen Augenblick Besinnung zu lassen, und seien mit ihr zu einer Ortschaft gelangt, wo sie sich mit allem versorgten, was erforderlich war, um sie weiter mitzunehmen.

Dies alles hätten sie mit vollster Sicherheit ausführen können, weil das Kloster im freien Felde, eine gute Strecke von der Stadt entfernt, lag. Er erzählte dann, sobald Luscinda sich in seiner Gewalt gesehen, habe sie alle Besinnung verloren, und als sie wieder zu sich gekommen, habe sie nichts als geweint und geseufzt und kein Wort gesprochen. So seien sie im Geleite des Stillschweigens und Weinens zu dieser Schenke gekommen, die für ihn geradeso sei, als wäre er in den Himmel gekommen, wo alles Mißgeschick der Erde schwinde und sein Ende finde.

37. Kapitel

Worin die Geschichte der weitberufenen Prinzessin Mikomikona fortgesetzt wird, nebst andern ergötzlichen Abenteuern

Alledem hörte Sancho zu mit nicht geringem Schmerz seiner Seele, da er sah, daß ihm die Hoffnungen auf seine herrschaftliche Würde verschwanden und in Rauch aufgingen und daß die holde Prinzessin Mikomikona sich vor seinen Augen in Dorotea und der Riese in Don Fernando verwandelt hatte, während sein Herr in tiefem Schlafe lag, unbekümmert um alles, was vorgegangen.

Dorotea hielt sich immer noch nicht für sicher, ob das Glück, das ihr geworden, nicht nur ein erträumtes sei; Cardenio war in ähnlichen Gedanken verloren, und diejenigen Luscindas bewegten sich in derselben Richtung. Don Fernando dankte dem Himmel, daß er ihm solche Gnade verliehen und ihn aus dem Wirrsal gerissen, wo er so nahe daran war, Ehre und Seligkeit einzubüßen. Kurz, alle in der Schenke Anwesenden waren ob des guten Ausgangs vergnügt und erfreut, den so verwickelte und verzweifelte Angelegenheiten genommen hatten. Der Pfarrer wußte als ein verständiger Mann alles ins rechte Geleise zu bringen und erfreute jeden einzelnen mit seinem Glückwunsch zu dem nun erlangten Glücke. Wer aber am meisten frohlockte und das größte Vernügen empfand, das war die Wirtin, der Cardenio und der Pfarrer versprochen hatten, ihr allen Schaden mit Zinsen zu ersetzen, den sie durch Don Quijote erlitten.

Sancho allein war, wie gesagt, niedergeschlagen, unglücklich, betrübt, und so trat er mit schwermütiger Miene zu seinem Herrn hinein, der soeben erwacht war, und sprach zu ihm: „Wohl könnt Ihr, Herr Trauergestalt, so lange schlafen, als Ihr wollt, ohne daß Ihr Euch darum zu kümmern braucht, irgendwelchen Riesen totzuschlagen oder der Prinzessin ihr Reich wiederzugeben; denn alles ist schon fertig und abgetan."

„Das glaub ich wohl", erwiderte Don Quijote, „denn ich habe mit dem Riesen den ungeheuerlichsten und gewaltigsten Kampf bestanden, den ich all meine Lebtage je mehr zu bestehen gedenke; und mit einem Hieb in der Terz, ratsch! schlug ich ihm den Kopf herab zu Boden, und das Blut schoß aus ihm heraus, als wären es Bäche Wassers."

„Als wären es Bäche Rotweins, könntet Ihr viel richtiger sagen", entgegnete Sancho. „Ich will Euer Gnaden nämlich zu wissen tun, falls Ihr es noch nicht wißt, der erschlagene Riese ist ein durchlöcherter Schlauch und das Blut hundert Maß Rotwein, die er in seinem Bauch enthielt; und mit dem abgehauenen Kopf ist es so wahr als mit meiner Mutter, der Hure, und der Gottseibeiuns soll die ganze Geschichte holen!"

„Was sagst du Narr?" versetzte Don Quijote. „Bist du bei Sinnen?"

„Euer Gnaden braucht nur aufzustehen", sprach Sancho, „und da werdet Ihr sehen, was für einen schönen Handel Ihr angerichtet habt und was wir zu zahlen bekommen und wie die Königin sich in ein ganz bürgerliches Frauenzimmer verwandelt hat und Dorotea heißt, nebst andern Begebnissen, die Euch, wenn sie Euch klarwerden, gewiß in Verwunderung setzen werden."

„Über nichts von alledem würde ich mich wundern", entgegnete Don Quijote, „denn wenn du dich recht entsinnst, habe ich, als wir das vorigemal hier waren, dir schon gesagt, daß alles, was hier vorging, lauter Spiegelfechterei von Zauberern war, und es wäre nichts Besonderes, wenn jetzt ganz das nämliche sich zugetragen hätte."

„Das würde ich alles glauben", erwiderte Sancho, „wenn auch das Wippen, das ich auszustehen hatte, nur eine Spiegelfechterei solcher Art gewesen wäre; aber das war's nicht, sondern ich wurde wirklich und wahrhaft gewippt, und ich sah, wie der Wirt, der noch heute hier vorhanden ist, die Bettdecke an einem Ende hielt und mich gen Himmel schleuderte und dabei ungeheure Heiterkeit und Ausgelassenheit und ebensoviel Kraft im Lachen als im Wippen zeigte. Und wo die Personen einander wiedererkennen, da meine ich, obschon ich nur ein einfältiger Kerl und armer Sünder bin, daß da keine Zauberei dabei ist, hingegen viel Prügel und viel Pech."

„Nun wohl, Gott wird es schon bessern", sagte Don Quijote. „Gib mir meine Kleider und laß mich dort hinaus; denn ich will mir die Begebnisse und Verwandlungen ansehen, von denen du sagst."

Sancho reichte ihm die Kleider; und während er sich anzog, erzählte der Pfarrer Don Fernando und den übrigen Don Quijotes Torheiten, und welche List sie angewendet, um ihn von dem Armutsfelsen fortzubringen, auf dem er deshalb zu weilen sich einbildete, weil ihn seine Herrin verschmäht habe. Auch erzählte er ihnen fast alle die Abenteuer, die ihm Sancho berichtet hatte, worüber sie nicht wenig staunten und lachten; denn sie meinten, wie auch alle andern Leute meinten, dies sei die seltsamste Art von Verrücktheit, die in einem zerrütteten Gehirn Platz finden könne. Der Pfarrer sagte dann weiter: da jetzt die glückliche Wendung in Frau Doroteas Schicksalen seinen früheren Plan weiterzuführen hindere, sei es nötig, einen andern auszudenken und zu erfinden, um den Ritter nach seiner Heimat zu bringen.

Cardenio erbot sich, das Begonnene fortzusetzen; Luscinda könne die Rolle Doroteas übernehmen und darstellen.

„Nein", sprach Don Fernando, „so soll es nicht sein, ich wünsche, daß Dorotea ihre Erfindung durchführt; falls das Dorf dieses trefflichen Ritters nicht zu weit von hier ist, so soll es mich freuen, wenn für seine Heilung gesorgt wird."

„Es ist nicht weiter als zwei Tagereisen von hier", erklärte der Pfarrer.

„Wohl, wenn es deren auch noch mehr wären", versetzte Don Fernando, „so würde ich den Weg gerne daran wagen, ein so gutes Werk zu vollbringen."

In diesem Augenblick trat Don Quijote heraus, mit all seinen Rüstungsstücken bewehrt, auf dem Haupte den Helm des Mambrin – wiewohl er voller Beulen war –, seinen Rundschild am Arme, gestützt auf seinen Schaft oder Spieß. Don Fernando und die andern verwunderten sich höchlich über das seltsame Aussehen Don Quijotes, wie sie sein Angesicht, eine halbe Meile lang, dürr und blaßgelb, das Ungehörige seiner zusammengewürfelten Waffen und seine gemessene Haltung erschauten, und sie standen schweigend da in Erwartung dessen, was er reden würde. Und er sprach mit großer Würde und Gelassenheit, seine Augen auf Dorotea geheftet: „Mir ist, huldselige Dame, von diesem meinem Schildknappen berichtet worden, daß Eure Hoheit zunichte geworden und Euer erhabenes Wesen zerronnen ist, sintemal Ihr aus einer Königin und hohen Herrin, die Ihr sonst zu sein pfleget, Euch verwandelt habt in ein bürgerlich Mägdlein. Ist solches etwa geschehen auf Gebot Eures Herrn Vaters, des Königs und Schwarzkünstlers, so er sich dessen besorgt haben mag, ich würde Euch den erforderlichen und schuldigen Beistand nicht leisten, darauf vermelde ich Euch, daß er seine Messe nicht zur Hälfte zu lesen verstand noch versteht, auch in den Rittergeschichten nicht recht zu Hause war. Denn so er selbige ebenso achtsam und anhaltend gelesen und durchgegangen hätte, wie ich sie durchgegangen und gelesen habe, so hätte er auf jedem Blatt gefunden, wie andre Ritter, von minderem Ruhm als dem meinigen, weit schwierigere Aufgaben gelöset, nachdem es nicht gar schwierig ist, solch ein Riesenkerlchen totzuschlagen, so vermessen es sich gebärden mag. Wahrlich, es ist nicht viele Stunden her, daß ich mich ihm gegenüber sah und ... Ich will schweigen, auf daß man mir nicht sage, daß ich gelogen; jedoch die Zeit, die Offenbarerin aller Dinge auf Erden, wird es statt meiner sagen, wann wir uns dessen am allerwenigsten versehen mögen."

„Mit zwei Schläuchen habt Ihr gefochten, nicht mit einem Riesen!" schrie hier der Wirt. Don Fernando befahl ihm, zu schweigen und Don Quijotes Rede unter keiner Bedingung zu unterbrechen; und dieser fuhr folgendermaßen fort: „In einem Wort, ich sage, erhabene und nunmehr Eures Erbes enäußerte Fürstin, wenn aus dem Grunde, den ich bezeichnet habe, Euer Vater diese Wandlung an Eurer Person vorgenommen hat, so sollt Ihr ihm keinerlei Glauben schenken; denn es gibt keine Fährlichkeit auf Erden, durch welche sich einen Weg zu bahnen dies mein Schwert nicht vermöchte, mit welchem ich das Haupt Eures Feindes in den Staub dieses Landes zu legen gedenke, auf daß ich in wenigen Tagen die Krone Eures Landes um Euer Haupt lege."

Don Quijote sprach nicht weiter und erwartete die Antwort der Prinzessin. Da diese bereits die Absicht Don Fernandos kannte, den Ritter in seiner Täuschung zu erhalten, bis man ihn in seine Heimat zurückbringe, so antwortete sie ihm mit auserlesener Anmut und Würde: „Wer immer Euch gesagt, mannhafter Ritter von der traurigen Gestalt, daß ich mich meiner früheren Wesenheit entäußert und selbige verwandelt habe, der hat Euch nicht das Richtige gesagt; denn dieselbe, die ich gestern war, bin ich noch heute. Wahr ist, daß etwelche Änderungen bei mir durch gewisse Glücksfälle veranlaßt wurden, die mir das höchste Heil zuwege brachten, das ich nur wünschen konnte; aber ich habe deshalb nicht aufgehört, die zu sein, die ich vorher war, und dieselbe Absicht zu hegen, die ich immer gehegt, kraft der unbesiegbaren Kraft Eures kraftvollen Armes mein Recht zu erlangen. So möge denn, Herre mein, Euer Edelsinn dem Vater, der mich erzeugt hat, wieder die entzogene Ehre zurückerstatten und ihn für einen verständigen und einsichtigen Mann erachten, sintemal er vermittels seines Wissens einen so leichten und richtigen Weg gefunden, meinem Mißgeschick abzuhelfen; denn ich glaube, wenn es nicht auf Eure Veranlassung geschehen wäre, so hätte ich nie das Glück erlangt, das ich nun besitze. Und hierin sage ich die volle Wahrheit, wie dessen die meisten der hier anwesenden Herren Zeugen sind. Nun liegt nur noch ob, daß wir uns morgen auf den Weg machen, da heute doch nur eine kurze Ausfahrt möglich wäre; und was den noch übrigen guten Ausgang der Sache betrifft, den ich erhoffe, so werde ich das Gott und der Tapferkeit Eures Herzens anheimstellen."

So sprach die kluge Dorotea, und als Don Quijote solches vernahm, wandte er sich zu Sancho und sprach zu ihm mit Gebärden mächtigen Ingrimms: „Jetzt sage ich dir aber, du Hund von einem Sancho, daß du der größte Schurke in ganz Spanien bist. Sag mir, du Spitzbube, du Gaudieb, hast du mir nicht eben erst gesagt, diese Prinzessin habe sich in ein Mägdlein namens Dorotea verwandelt, und mit dem Kopfe, den ich mir bewußt bin einem Riesen abgeschlagen zu haben, sei es geradeso wahr wie mit deiner Mutter, der Hure, nebst anderm Unsinn, der mich in die größte Bestürzung versetzt hat, in der ich all meine Lebtage gewesen? Ich schwör's bei..." – und hierbei schaute er gen Himmel und biß die Zähne zusammen –, „ich habe Lust, dich so zusammenzudreschen, daß alle lügenhaften Schildknappen, die es inskünftig auf Erden geben mag, für immer gewitzigt sein sollen!"

„Sänftigt Euer Gemüte, Herre mein", erwiderte Sancho. „Es könnte ja sein, daß ich, was die Verwandlung der gnädigen Prinzessin Mikomikona angeht, mich geirrt hätte; aber was den Kopf des Riesen oder die zerstochenen Schläuche angeht und daß das Blut Rotwein gewesen, darin irre ich mich nicht; so wahr ein Gott lebt! Denn die Schläuche liegen dort zerstochen am Kopfende Eures Bettes, und der Rotwein hat die Kammer zu einem See gemacht. Und glaubt Ihr's nicht, so werdet Ihr es schon sehen, wann es ans Eiersieden geht, ich meine, wann seine Wohlgeboren der Herr Wirt hier für allen angerichteten Schaden seinen Ersatz verlangen wird. Über das andre all, daß die Frau Königin wieder so ist, wie sie war, da freue ich mich aus Herzensgrund; denn von dem Kuchen krieg ich meinen Anteil wie jeder Bürgersohn."

„Jetzt sag ich dir, Sancho", sprach Don Quijote, „du bist ein Schafskopf, vergib mir, und damit gut."

„Damit gut", sagte Don Fernando, „es soll nicht mehr davon die Rede sein. Und da die gnädige Prinzessin befiehlt, morgen zu reisen, weil es heute schon spät ist, so soll es also geschehen. Diese Nacht können wir in freundschaftlicher Unterhaltung zubringen bis zum anbrechenden Tage, wo wir alle den Herrn Don Quijote begleiten werden, weil wir Zeugen der mannhaften unerhörten Großtaten sein wollen, die er verrichten wird im Verlauf dieses großen Unternehmens, zu dem er sich verpflichtet hat."

„Ich bin's, dem es obliegt, Euch zu Diensten zu sein und Euch zu begleiten", entgegnete Don Quijote, „und ich erkenne mit lebhaftem Dank die Gunst, die man mir erweist, und die gute Meinung, die man von mir hat; und ich werde trachten, diese zu bestätigen, und sollte es mich das Leben kosten, ja noch mehr, wenn es mich mehr kosten kann."

Mancherlei Höflichkeiten, manche freundliche Anerbietungen wurden zwischen Don Quijote und Don Fernando ausgetauscht; aber ein Fremder, der in die Schenke trat, brachte plötzlich alles zum Schweigen. Man sah an seiner Tracht, daß er ein Christ war, der eben erst aus maurischen Landen freigekommen; denn er ging in einer Jacke von blauem Tuch mit kurzen Schößen, halben Ärmeln und ohne Kragen; die Beinkleider waren ebenfalls blau, doch aus Linnen, und die Mütze von derselben Farbe; er trug dattelfarbige Halbstiefel und einen maurischen Krummsäbel an einem Wehrgehänge, das ihm quer über die Brust ging. Gleich hinter ihm kam auf einem Reitesel ein maurisch gekleidetes Weib, das Gesicht verdeckt, ein Tuch hing ihr am Kopf herab. Sie trug ein Häubchen von Goldstoff und war in einen Mantel gekleidet, der sie von den Schultern bis zu den Füßen umhüllte. Der Mann war von kräftiger und gefälliger Gestalt, im Alter von etwas über die Vierzig, ziemlich gebräunten Gesichts mit langem Knebelbart, den Kinnbart sorgfältig zurechtgestutzt; kurz, er zeigte eine solche Haltung, daß man ihn, wäre er besser gekleidet gewesen, für einen Mann von Stand und gutem Hause gehalten hätte. Beim Eintreten verlangte er ein Zimmer und zeigte sich verdrießlich, als man ihm sagte, es gebe keines in der Schenke; er trat zu der Dame, die nach der Tracht eine Maurin schien, und hob sie in seinen Armen herunter.

Luscinda, Dorotea, die Wirtin, ihre Tochter und Maritornes,

angezogen von der ungewöhnlichen und ihren Augen gänzlich fremden Tracht, umringten die Maurin, und da Dorotea, stets gefällig, höflich und besonnen, bemerkte, daß sie wie ihr Führer über das Fehlen eines Zimmers mißgestimmt war, sprach sie zu ihr: „Nehmt Euch, Señora, diesen Mangel an der erforderlichen Bequemlichkeit nicht allzusehr zu Herzen; denn das ist in solchen Schenken das Übliche. Aber wenn Ihr Lust habt, mit uns beiden zusammen zu bleiben" – wobei sie auf Luscinda wies –, „so mögt Ihr vielleicht im Verlauf Eurer Reise schon manchmal eine nicht so freundliche Aufnahme gefunden haben."

Die Verschleierte gab darauf keine Antwort, sondern stand nur von ihrem Sitze auf, legte beide Hände kreuzweise über die Brust, neigte das Haupt und verbeugte sich, zum Zeichen, daß sie es mit Dank annehme. Aus ihrem Stillschweigen schlossen sie, daß die Fremde eine Maurin sei und sich nicht in der Christensprache auszudrücken wisse.

Indem trat der befreite Maurensklave herzu, der sich bis dahin mit anderm beschäftigt hatte, und als er sah, daß alle die in seiner Begleitung gekommene Dame umringten und daß diese zu allem, was sie ihr sagten, stillschwieg, sprach er: „Meine Damen, dies Fräulein versteht unsere Sprache kaum, sie kennt auch keine andre als die ihres Landes, und darum wird sie auf alle Fragen nicht geantwortet haben und wird auch nicht antworten."

„Sie ist nichts andres gefragt worden", erwiderte Luscinda, „als daß wir ihr für diese Nacht unsre Gesellschaft und einen Teil des Raumes angeboten haben, wo wir uns einrichten werden; und da wollen wir ihr so viel Bequemlichkeit zuteil werden lassen, als der Ort erlaubt, und es geschieht dies aus gutem Herzen, das es zur Pflicht macht, Fremden hilfreich zu sein, die dessen bedürfen, insbesondre, wenn es gilt, einer Frau Dienste zu leisten."

„Für sie und für mich", versetzte der Freigelassene, „küsse ich Euch die Hände, Señora, und ich weiß die angebotene Gunst ganz besonders und in so hohem Grade, wie sich gebührt, zu würdigen, zumal sie von so vornehmen Personen ausgeht und daher besonders hoch anzuschlagen ist."

„Sagt mir, Señor", versetzte Dorotea, „ist diese Dame eine Christin oder Maurin? Denn ihre Tracht und ihr Stillschweigen lassen uns vermuten, sie sei, was wir nicht wünschen möchten."

„Sie ist eine Maurin von Tracht und Person, aber im Herzen eine höchst eifrige Christin; denn sie hat den innigsten Wunsch, es zu werden."

„Also ist sie nicht getauft?" versetzte Luscinda.

„Es hat sich keine Gelegenheit dazu ergeben", antwortete der Freigelassene, „seit sie Algier, ihre Vaterstadt und Heimat, verließ; und bis jetzt hat sie sich noch nicht in einer nahen Todesgefahr befunden, daß eine Nottaufe nötig gewesen wäre, ohne daß sie erst alle Bräuche kennengelernt hätte, die unsre Mutter, die heilige Kirche, vorschreibt. Aber so Gott will, wird sie bald getauft werden, und zwar mit den standesgemäßen Formen, wie es ihr Rang erheischt, der viel höher ist, als ihre Kleidung und die meinige vermuten lassen."

Diese Worte erweckten in allen Hörern den Wunsch, zu erfahren, wer die Maurin sei und wer der befreite Sklave, aber keiner wollte sie jetzt danach fragen, da man einsah, daß der Augenblick geeigneter sei, ihnen Erholung zu bieten, als sie nach ihren Erlebnissen auszuforschen. Dorotea nahm die Fremde bei der Hand, führte sie zu einem Sitze neben sich und bat sie, das verhüllende Tuch abzunehmen. Sie blickte den Maurensklaven an, als wenn sie ihn fragte, was man mit ihr spreche und was sie tun solle. Er sagte ihr in arabischer Sprache, man bitte sie, ihre Verhüllung zu beseitigen, und sie solle es tun; sie nahm das Tuch ab und enthüllte ein so reizendes Gesicht, daß Dorotea sie für schöner als Luscinda und Luscinda sie für schöner als Dorotea hielt, und alle Umstehenden urteilten, wenn irgendein Antlitz sich mit dem der beiden vergleichen lasse, so sei es das der Maurin; ja, mehr als einer erkannte ihr in mancher Hinsicht den Vorrang zu. Und wie denn die Schönheit das Vorrecht und den Zauber genießt, die Gemüter freundlich zu stimmen und die Neigungen anzuziehen, so waren alle sogleich von dem Wunsche ergriffen, der schönen Maurin Dienste und Gefälligkeiten zu erweisen.

Don Fernando fragte den Freigelassenen, wie die Maurin heiße; er antwortete: „Lela Zoraida." Aber als sie dies hörte, begriff sie sofort, was man ihn gefragt habe, und rief in großer Hast, ärgerlich und dabei voller Anmut: „Nicht, nicht Zoraida; Maria, Maria!" womit sie zu verstehen geben wollte, daß sie Maria und nicht Zoraida heiße. Diese Worte und das tiefe Gefühl, mit dem die Maurin sie sprach, entlockten einigen unter den Zuhörern mehr als eine Träne, besonders unter den Frauen, die von Natur weich und voll Mitgefühl sind. Luscinda umarmte sie mit herzlicher Liebe und sagte zu ihr: „Ja, ja, Maria, Maria", worauf die Maurin erwiderte: „Ja, ja, Maria; Zoraida macange", was *nicht* bedeutet.

Unterdessen kam die Nacht heran, und auf Anordnung von Don Fernandos Begleitern hatte der Wirt allen Fleiß und Eifer aufgeboten, um ihnen ein Nachtessen zu bereiten, so gut er es vermochte. Als nun die Stunde gekommen, setzten sich alle an eine lange Tafel, wie sie im Speisezimmer fürs Gesinde zu stehen pflegt; denn in der Schenke gab es weder einen runden Tisch noch einen mit vier gleichen Seiten. Den Ehrenplatz obenan erhielt, obwohl er es zuerst ablehnte, Don Quijote, welcher sodann verlangte, ihm zur Seite solle die Prinzessin Mikomikona sitzen, da er ihr Beschützer sei; neben diese setzten sich Luscinda und Zoraida, ihnen gegenüber Don Fernando und Cardenio, hierauf der Freigelassene und die andern Edelleute, und den Damen zur Seite der Pfarrer und der Barbier. Und so speisten sie in fröhlicher Stimmung, die noch erhöht wurde, als sie bemerkten, daß Don Quijote sein Essen unterbrach und, aufs neue von jenem Geiste angeregt, der ihn damals, als er mit den Ziegenhirten speiste, zu so großer Redseligkeit antrieb, zu sprechen anhob: "In Wahrheit, wenn man es recht erwägt, meine Herren und Damen, große und unerhörte Dinge erschauen die, so sich zum Orden der fahrenden Ritterschaft bekennen. Und sollte hieran ein Zweifel sein, so sage man: wen von allen Lebenden gäb es auf Erden, der, wenn er jetzt zur Pforte dieser Burg einträte und uns so bei Tisch hier sitzen sähe, uns für das halten und erkennen würde, was wir sind? Wer vermöchte zu sagen, daß dieses Fräulein, das mir zur Seite sitzt, die große Königin ist, wie wir alle wissen, und daß ich jener Ritter von der traurigen Gestalt bin, dessen Ruf von Mund zu Munde geht? Jetzt kann kein Zweifel mehr sein, daß diese Waffenkunst und dieser Beruf jede Kunst und jeden Beruf übertrifft, die von den Menschen erfunden worden, und er muß in der Achtung der Welt um so höher stehen, je größeren Fährlichkeiten er ausgesetzt ist. Fort aus meinen Augen mit denen, so da behaupten möchten, daß die Wissenschaften den Vorrang vor den Waffen haben! Denen werde ich sagen, und mögen sie sein, wer sie wollen, daß sie nicht wissen, was sie reden. Denn der Grund, den solche angeben, und überhaupt, worauf sie am meisten Gewicht legen, ist, daß die Arbeiten des Geistes höher stehen als die des Körpers und daß das Waffenhandwerk nur mit dem Körper betrieben wird, als ob dessen Ausübung ein Geschäft von Taglöhnern wäre, für welches nichts weiter nötig ist als tüchtige Kraft; oder als ob in dem, was wir, die wir uns diesem Berufe widmen, das Waffenhandwerk nennen, nicht die Taten des Heldenmutes inbegriffen wären, die zu ihrer Vollbringung nicht wenig geistiges Verständnis erheischen, oder als ob die Aufgabe des Kriegers, dessen Amt es ist, ein Heer zu führen oder eine belagerte Stadt zu verteidigen, nicht erheischte, ebensowohl mit dem Geist zu arbeiten als auch mit dem Körper. Oder denkt einer anders, so sehe er zu, ob es mit den körperlichen Kräften zu erreichen ist, daß man die Absichten des Feindes, die Pläne, die Kriegslisten, die Schwierigkeiten erfahre oder auch nur errate und jede Gefahr, die drohen mag, im voraus abwende; nein, alles dies sind Handlungen des Verstandes, an denen der Körper keinerlei Teil hat.

Da es also feststeht, daß das Waffenhandwerk Geist erfordert wie die Wissenschaft, so wollen wir nun untersuchen, wessen Geist, der des Gelehrten oder der des Kriegers, mehr zu arbeiten hat, und dies wird sich aus dem Zweck und Ziel erkennen lassen, worauf jeder der beiden ausgeht; denn diejenige Absicht ist höher zu schätzen, die sich das edlere Ziel gesteckt hat. Es ist Zweck und Ziel der Wissenschaften – und ich rede hier nicht von der Religionswissenschaft, die zum Zielpunkte hat, die Seelen den Weg des Himmels zu führen, denn mit einem Endzweck, der so unendlich ist wie dieser, kann sich kein anderer vergleichen –, ich rede von den menschlichen Wissenschaften, deren Zweck es ist, die austeilende Gerechtigkeit überall obenan zu stellen, jedem das Seinige zu geben, darum bemüht zu sein und zu bewirken, daß die guten Gesetze beobachtet werden: gewiß ist dies ein Zweck, der edel und erhaben und hohen Lobes wert ist, aber nicht eines so hohen, wie es der Zweck verdient, den die Waffen verfolgen, die zu ihrem Gegenstand und letzten Ziel den Frieden haben, das größte Gut, so die Menschen in diesem Leben sich wünschen können. Und die erste gute Botschaft, welche die Welt empfing und die Menschen empfingen, war daher jene, so die Engel in der Nacht verkündigten, die unser Tag wurde, da sie sangen: Ehre sei Gott in der Höhe und Friede auf Erden und den Menschen ein Wohlgefallen. Und der Gruß, den der beste Meister im Himmel und auf Erden die von ihm Berufenen und Begnadeten lehrte, war, daß er ihnen befahl, wenn sie in ein Haus einträten, zu sagen: Friede sei mit diesem Hause. Und zu andern Malen sprach er öfters zu ihnen: Meinen Frieden gebe ich euch, meinen Frieden lasse ich euch, Friede sei mit euch! – und fürwahr, als Kleinod und Kostbarkeit von solcher Hand ist dies uns gegeben und hinterlassen, ein Kleinod, ohne das es weder im Himmel noch auf Erden ein wahres Glück geben kann. Dieser Friede ist der wahre Endzweck des Krieges; denn es ist dasselbe, ob man Krieg oder Waffenwerk sagt. Nachdem wir nun festgestellt, daß das Endziel des Krieges der Friede ist und daß er damit einem erhabeneren Ziele dient als die Wissenschaften, so kommen wir jetzt zu den körperlichen Anstrengungen des Gelehrten und dessen, der sich dem Waffenhandwerk ergibt, und untersuchen, welche größer sind."

In so vernünftiger Art und mit so angemessenen Ausdrücken verfolgte Don Quijote den Gegenstand seiner Rede, daß gewißlich keiner von all seinen Zuhörern ihn jetzt für einen Narren halten durfte; vielmehr, da die meisten von ihnen Edelleute waren, die dem Waffenhandwerk verwandt sind, hörten sie ihm gerne zu, und er fuhr mit folgenden Worten fort: „Ich sage nunmehr, daß die Mühsale des Studierenden diese sind: zunächst Armut; nicht als ob sie alle arm wären, sondern weil ich hier gleich den allerschlimmsten Fall setzen will, der denkbar ist, und wenn ich gesagt habe, daß er Armut erleidet, so dünkt es mich, ich brauche von seinem Unglück nicht ein mehreres zu sagen; denn wer arm ist, besitzt eben gar nichts Gutes. Diese Armut fühlt er nach all ihren Seiten, bald in Hunger, bald in Kälte, bald in Blöße der Glieder, bald in all diesem zugleich; aber trotz alledem ist sie nicht so arg, daß er gar nichts zu essen bekäme, wenn es auch etwas später geschieht als zur gewöhnlichen Stunde, wenn es auch nur von dem Abhub der Reichen geschieht; es ist eben das größte Elend der Studierenden, was sie unter sich ‚zur Suppe gehn' heißen. Auch fehlt es ihnen nicht an einem, wenn auch ihnen nicht zugehörigen Kohlenbecken oder Kamin, das, falls es ihre kalten Glieder nicht wärmt, doch wenigstens ihnen das Frieren erträglicher macht; und endlich schlafen sie nachts ganz vortrefflich unter einer Decke. Ich will mich nicht auf noch andre Kleinigkeiten einlassen, als zum Beispiel, daß sie Mangel an Hemden, auch keinen Überfluß an Schuhen haben und einen Rock, dünn bis zur Durchsichtigkeit, an dem die Wolle schier abgeschabt ist, und daß sie sich mit besonderer Gier den Magen vollpfropfen, wenn ihnen ein günstiges Geschick einmal einen Schmaus beschert. Auf diesem rauhen und holperigen Wege, den ich geschildert, hier strauchelnd, dort fallend, da sich aufraffend, hier aufs neue hinfallend, erreichen sie die Stufe, die sie ersehnen; und ist sie erreicht, so haben wir dann viele gesehen, die, nachdem sie durch diese Syrten und durch diese Szyllen und Charybden hindurchgeschifft, wie im Fluge eines günstigen Geschickes hingetragen, ich sage, wir haben sie gesehen von einem hohen Sitze herab die Welt befehligen und regieren, ihren Hunger in Sättigung umgewandelt, ihren Frost in behagliche Kühlung, ihre Blöße in Prachtgewänder, ihren Schlaf auf der Binsenmatte in süßes Ruhen auf Batist und Damast: – der wohlverdiente Lohn ihrer Tugend. Aber wenn wir ihre Mühsale denen des Kriegers im Felde gegenüberstellen und vergleichen, so bleiben sie in jedem Punkte weit hinter diesen zurück, wie ich jetzt darlegen werde."

38. KAPITEL

Welches von der merkwürdigen Rede handelt, die Don Quijote über die Waffen und die Wissenschaften hält

Don Quijote fuhr folgendermaßen fort: „Da wir bei dem Studenten mit der Armut und der Art und Weise, wie sie sich fühlbar macht, angefangen haben, so wollen wir jetzt untersuchen, ob der Soldat reicher ist, und wir werden sehen, daß es im Reiche der Armut selbst keinen Ärmeren gibt. Denn er muß sich lediglich an seinen elenden Sold halten, der spät oder niemals eintrifft, oder an das, was er unter beträchtlicher Gefährdung seines Lebens und seines Gewissens mit eignen Händen erbeutet. Und zuweilen ist er von allem so entblößt, daß ein zerhauener Lederkoller ihm als Paraderock und als Hemd dienen muß, und mitten im Winter, auf freiem Felde, kann er sich meistens vom Ungemach der Witterung nur durch den Hauch seines Mundes erholen, der aber, da er aus leerem Inneren kommt, gegen alle Gesetze der Natur, ich halte das für erwiesen, kalt aus dem Gaumen kommen muß. Nun wartet einmal ab, wie er die Nacht abwartet, um sich von all diesen Unbequemlichkeiten in dem Bette zu erholen, das für ihn bereitsteht und das, wenn nicht etwa durch seine eigne Schuld, niemals an dem Fehler leiden wird, zu eng zu sein. Denn er kann sich ungehindert auf dem Erdboden so viel Fuß abmessen, als er will, und sich darauf nach Herzenslust herumwälzen, ohne zu fürchten, daß ihm die Bettlaken in Wirrwarr geraten. Nun komme nach alldem der Tag und die Stunde, die Ehren seines Standes zu gewinnen, es komme der Tag der Schlacht; und da setzt man ihm alsbald einen Doktorhut aus Scharpie auf, um eine Schußwunde zu verbinden, die ihm etwa durch die Schläfen gegangen ist oder ihm Arm oder Bein verstümmelt hat. Und falls dies nicht eintrifft, sondern des Himmels Erbarmen ihn bei Gesundheit und Leben erhält, so kann es doch immer geschehen, daß er in der nämlichen Armut verbleibt, in der er sich vorher stets befunden, und daß notwendig noch ein und das andre Treffen, eine und die andre Schlacht folgen und er aus allen als Sieger hervorgehen muß, um einigermaßen in seinen Verhältnissen voranzukommen; allein solche Wunder sieht man gar selten. Indessen sagt mir, meine Herren, wenn ihr darüber nachgedacht habt: wieviel geringer ist die Zahl derer, die durch den Krieg Belohnung und Beförderung erhalten haben, als derer, die im Krieg umgekommen sind? Sicherlich werdet ihr mir antworten, daß zwischen ihnen ein Vergleich nicht möglich ist und daß man die Zahl der Toten nicht zum voraus berechnen kann, während diejenigen, welche am Leben bleiben und ihren Lohn erhalten, an den Fingern herzuzählen sind.

Umgekehrt ist es bei den Gelehrten; denn mit ihrem Gehalt, ich möchte nicht beifügen: mit ihren geheimen Sporteln, haben sie alle genug zum Leben. Wenngleich also die Mühsal des Soldaten größer ist, so ist der Lohn weit geringer. Allerdings kann man hierauf entgegnen, daß es leichter ist, zweitausend Gelehrte zu belohnen als dreißigtausend Soldaten; denn jene belohnt man durch Verleihung von Ämtern, die notwendig Leuten ihres Berufes zuteil werden müssen, und diese können ihren Lohn nur aus dem Vermögen ihres Dienstherrn empfangen. Aber gerade dies bestätigt meine Feststellung noch mehr.

Lassen wir jedoch dieses beiseite; denn es ist ein Labyrinth, aus dem der Ausgang sehr schwer zu finden ist; kommen wir vielmehr auf den Vorrang der Waffen vor den Wissenschaften zurück, ein Gegenstand, der noch zu untersuchen bleibt, derart sind die Gründe, die von jeder der beiden Seiten angeführt werden. Und außer denen, die ich schon vorgebracht, sagen die Wissenschaften, ohne sie könne das Waffenhandwerk nicht bestehen; denn auch der Krieg hat seine Gesetze und ist denselben unterworfen, die Gesetze aber fallen unter die Herrschaft der Wissenschaften und der Gelehrten. Darauf antworten die Waffen, ohne sie können die Gesetze nicht bestehen, weil mit den Waffen die Republiken sich verteidigen und die Königreiche sich erhalten, die Städte geschützt, die Straßen gesichert und die Meere von Seeräubern gesäubert werden; und kurz, wenn die Waffen es nicht verhinderten, so wären die Republiken, die Königreiche, die Monarchien, die Städte, die Straßen zur See und zu Lande der Grausamkeit und Zerrüttung preisgegeben, die der Krieg mit sich bringt, solange er dauert und volle Freiheit hat, seine Vorrechte und seine Gewalt zu gebrauchen.

Ferner ist es eine anerkannte Wahrheit, daß, was mehr kostet, auch höher geschätzt wird und werden muß. Daß jemand es dahin bringt, in den Wissenschaften eine hervorragende Stellung einzunehmen, kostet ihn Zeit, Nachtwachen, Hunger, Blöße, Schwindel im Kopf, Verdauungsbeschwerden und noch andres, was damit zusammenhängt und was ich zum Teil schon erwähnt habe; daß jemand durch seine Führung es dahin bringt, ein guter Soldat zu werden, das kostet ihn ganz dasselbe wie den Studierenden, aber in einem so viel höheren Grade, daß gar kein Vergleich möglich ist; denn er steht jeden Augenblick in Gefahr, sein Leben einzubüßen. Und welche Besorgnis vor Not und Armut kann den Studierenden befallen und bedrängen, die der des Soldaten gleichkäme, wenn er in einer Festung eingeschlossen ist und, auf einer Schanze oder einem Bollwerk Wache stehend, merkt, daß die Feinde nach der Stelle hin, wo er sich befindet, einen Minengang legen, während er sich unter keinerlei Umständen von dort entfernen oder vor der Gefahr fliehen darf, die ihn so nahe bedroht! Das einzige, was er tun kann, ist, seinem Hauptmann den Vorgang zu melden, damit er durch eine Gegenmine das Unheil abwende, und selber in Furcht und Hoffnung stillzuhalten, bis er unversehens ohne Flügel zu den Wolken emporfliegt und dann willenlos in die Tiefe hinunterstürzt. Und falls dieses eine geringe Gefahr scheint, so wollen wir sehen, ob jene ihr gleichkommt oder sie überbietet, wenn zwei Galeeren inmitten der weiten See mit dem Bug aufeinanderstoßen; wenn da die Schiffe aneinanderhängen und ineinander verstrickt sind, bleibt dem Soldaten nicht mehr Raum, als ihm eine zwei Fuß breite Planke am Schiffsschnabel gewährt. Und trotz alledem, obschon er sieht, daß er so viele dräuende Werkzeuge des Todes vor sich hat, als Geschützrohre von feindlicher Seite her auf ihn gerichtet sind, die von seinem Leibe nicht um eines Speeres Länge abstehn; und obschon er sieht, daß er beim ersten Fehltritt in den tiefen Schoß Neptuns hinabstürzen würde: trotz alledem stellt er sich, mit unverzagtem Herzen, angetrieben von dem Ehrgefühl, das ihn beseelt, als Ziel diesen gewaltigen Feuerschlünden und setzt alles daran, über diese enge Steige auf das feindliche Schiff hinüberzusteigen. Und was am meisten in Staunen setzen muß: kaum ist einer dort gefallen, wo er bis zum Ende aller Tage nicht mehr aufzustehen vermag, so nimmt ein andrer genau seinen Platz ein, und stürzt auch dieser ins Meer, das auf ihn als sein Feind lauert, so folgt ihm ein andrer und noch ein andrer, ohne nur dem Sterbenden zum Sterben Zeit zu lassen: der größte

Heldenmut fürwahr, die größte Verwegenheit, die nur denkbar ist in den entscheidenden Augenblicken des Kriegsgeschicks.

Heil jenem gesegneten Zeitalter, das die gräßliche Wut jener satanischen Werkzeuge der Geschützkunst noch nicht kannte! Ihrem Erfinder, dessen bin ich überzeugt, wird jetzt in der Hölle der Lohn seiner teuflischen Erfindung, mittels deren ein ehrloser feiger Arm einem mannhaften Ritter das Leben rauben kann und inmitten der Tapferkeit und Tatenlust, die den Busen der Helden entzündet und beseelt, eine verirrte Kugel daherkommt, die da – abgeschossen von einem, der vielleicht, als er die verfluchte Maschine abfeuerte, vor dem Aufblitzen sich selber entsetzte und entfloh – in einem Augenblick das Denken und Leben eines Mannes abschneidet und vernichtet, der dessen noch lange Jahrzehnte hindurch zu genießen verdient hätte.

Und wenn ich also dieses bedenke, so möchte ich beinahe sagen, es tut mir in der Seele weh, diesen Beruf eines fahrenden Ritters ergriffen zu haben in einem so greulichen Zeitalter wie diesem, in dem wir jetzo leben. Denn obschon bei mir keine Gefahr Furcht erweckt, so erweckt es mir immerhin ein Grausen, zu denken, daß vielleicht Pulver und Blei mir die Möglichkeit rauben sollen, durch die Tapferkeit meines Arms und meines Schwertes Schärfe mich in sämtlichen bis jetzt entdeckten Teilen des Erdenrunds berühmt und allbekannt zu machen. Aber möge es der Himmel fügen, wie es ihm gefällt; jedenfalls werde ich mir, wenn ich mein Vorhaben siegreich zu Ende führe, um so mehr Achtung erringen, je mehr ich mich größeren Gefahren aussetze als die fahrenden Ritter vergangner Zeiten."

Diese ganze lange Rede hielt Don Quijote, während die andern speisten, und vergaß dabei das Mahl so völlig, daß er sich keinen Bissen gönnte, wiewohl ihn Sancho Pansa ein paarmal zum Essen ermahnt hatte, da sich nachher schon Zeit finden werde, um alles Beliebige vorzubringen. In seinen Zuhörern regte sich aufs neue lebhaftes Bedauern, daß ein Mann, der offensichtlich soviel Geistesschärfe und soviel Verstand in allen Dingen zeigte, ihn so gänzlich eingebüßt haben sollte, sooft man mit ihm von seinem unseligen verwünschten Rittertum sprach.

Der Pfarrer sagte ihm, er habe sehr recht in allem, was er zugunsten der Waffen gesagt, und er selbst sei, obschon ein studierter Mann, der den Grad eines Lizentiaten besitze, gänzlich seiner Meinung.

Die Mahlzeit war vorüber, es wurde abgedeckt, und während die Wirtin, ihre Tochter und Maritornes die Kammer zurechtmachten, worin Don Quijote von der Mancha geschlafen und wo man den Damen allein eine Ruhestätte für diese Nacht zu bereiten beschlossen hatte, bat Don Fernando den Maurensklaven, ihnen seinen Lebenslauf zu erzählen, da derselbe unmöglich anders als merkwürdig und unterhaltend sein könne, wie sich dies schon von vornherein aus dem Umstand schließen lasse, daß er in Zoraidas Gesellschaft reise. Darauf antwortete der Freigelassene, er werde sehr gern diesem Verlangen entsprechen; er fürchte nur, daß die Erzählung ihnen nicht soviel Unterhaltung gewähren werde, als er wünsche. Dessenungeachtet wolle er sie vortragen, um nicht dem ausgesprochenen Wunsche die Erfüllung zu verweigern.

Der Pfarrer und alle andern sprachen ihm dafür ihren Dank aus und ersuchten ihn aufs neue darum. Als er sich nun von so vielen gebeten sah, sagte er, es bedürfe der Bitten nicht, wo man ihm zu befehlen habe.

„So möge denn Euer Gnaden mir Aufmerksamkeit schenken, und Ihr werdet einen wahrhaften Bericht vernehmen, mit dem vielleicht jene lügenhaften sich nicht messen können, die man mit sorgfältiger und wohlüberdachter Kunst zusammenzustellen pflegt."

Diese Äußerung bewog sofort alle, sich niederzusetzen und ihm in tiefer Stille ihr Ohr zu leihen. Und da er sah, daß sie bereits schweigend dasaßen und seiner Mitteilungen harrten, begann er mit gelassener und angenehmer Stimme folgendermaßen:

39. Kapitel

Worin der Sklave aus Algier sein Leben und seine Schicksale erzählt

An einem Ort in den Gebirgen von León hat mein Geschlecht seinen Ursprung. Die Natur hatte sich ihm wohlwollender und freigebiger erwiesen als das Glück; aber in den dürftigen Verhältnissen, die in jenen Ortschaften herrschen, galt mein Vater trotzdem als reicher Mann, und er wäre es auch wirklich gewesen, wenn er sich ebensoviel Mühe gegeben hätte, sein Vermögen zu erhalten, wie er es sich angelegen sein ließ, es zu verbrauchen. Sein Hang, sich stets freigebig zu zeigen und sein Geld unter die Leute zu bringen, rührte davon her, daß er in seinen

Jugendjahren Soldat gewesen war; denn das Soldatenleben ist die Schule, wo der Knauser freigebig und der Freigebige zum Verschwender wird, und ist ausnahmsweise ein und der andre Soldat ein Geizhals, so ist er wie ein naturwidriges Wundertier, das man selten zu sehen bekommt. Mein Vater überschritt beständig die Grenzen der Freigebigkeit und streifte oft nahe an Verschwendung, was einem verheirateten Manne nie zum Frommen gereicht, zumal wenn er Kinder hat, die ihm im Namen und Stande nachfolgen sollen. Die Söhne, die mein Vater hatte, waren, drei an der Zahl, alle schon in dem Alter, einen Lebensberuf wählen zu können. Da nun mein Vater sah, daß er, wie er selber sagte, nicht gegen seinen angebornen Hang aufkommen konnte, so faßte er den Plan, sich des Werkzeugs seiner Verschwendung zu entschlagen und die Ursache zu beseitigen, die ihn gebsüchtig machte, das heißt, er wollte sich seines Geldes entledigen – des Geldes, ohne welches selbst ein Alexander sich engherzig zeigen müßte. So rief er denn eines Tages uns alle drei ganz allein in sein Gemach und sprach ungefähr so, wie ich es euch wiederholen will:

„Meine Kinder, um euch zu sagen, daß ich euch liebe, genügt es, zu wissen und zu sagen, daß ihr meine Kinder seid; und um einzusehen, daß ich euch nicht so liebe, wie es sich gebührt, genügt es zu wissen, daß ich da, wo ich euer Vermögen zusammenhalten sollte, mich dennoch nie zu bezwingen weiß. Damit ihr indessen fürderhin einsehen sollt, daß ich euch als Vater liebe und nicht als ein Stiefvater euch zugrunde richten will, so will ich etwas mit euch vornehmen, was ich schon seit vielen Tagen überlegt und mit reiflichem Nachdenken vorbereitet habe. Ihr seid bereits in dem Alter, einen Lebensberuf zu ergreifen oder wenigstens euch eine Beschäftigung zu suchen, die euch, wenn ihr älter werdet, Ehre und Vorteil gewähren kann. Ich plane nun, mein Vermögen in vier Teile zu zerlegen; drei will ich euch geben, jedem, was ihm zukommt, ohne daß ein Teil den andern irgendwie überschreitet; den vierten will ich behalten, um davon zu zehren und mich die Zeit über zu erhalten, die mir der Himmel noch zu leben vergönnt. Indessen wünschte ich, daß jeder von euch, wenn er seinen Anteil in Händen hat, einen von den Lebenswegen einschlage, die ich ihm bezeichnen will. Es gibt ein Sprichwort in unserm Spanien, das nach meiner Meinung eine tiefe Wahrheit enthält, wie eben alle, weil sie kurze, der langen Erfahrung verständiger Leute entnommene Denksprüche sind; und dasjenige, das ich meine, lautet: Kirche oder See oder Königsdienst. Das ist soviel, als wollte es, deutlicher ausgedrückt, den Rat geben: Wer Ansehen oder Reichtum gewinnen will, der ergreife entweder die geistliche Laufbahn oder fahre zur See, um Handel zu treiben, oder gehe an den Hof in des Königs Dienst; denn es heißt ja: Besser Brosamen vom König als reiche Gunst vom Edelmann. Ich sage dies, weil es mir lieb wäre, wenn einer von euch sich dem Studium, der andere dem Handel widmen, der dritte aber dem König im Kriege dienen wollte. Es ist nämlich schwierig, gleich von vornherein zum Hofdienst zugelassen zu werden; der Krieg aber, wenn er auch nicht großen Reichtum gewährt, pflegt großes Ansehen und großen Ruf zu verschaffen. Binnen der nächsten acht Tage werde ich euch euern ganzen Anteil in barem Gelde geben, ohne euch nur einen Pfennig zu verkürzen, wie ihr es durch die Tat erkennen werdet. Jetzt sagt mir, ob ihr meinen Vorschlägen folgen wollt."

Da er hierauf mich, weil ich der älteste war, zu antworten aufforderte, so sagte ich ihm, er möchte sich doch seines Besitztums nicht entäußern, sondern alles, was ihm beliebe, ausgeben; wir seien jung genug, um noch zu lernen, wie man Vermögen erwerbe. Ich schloß damit, daß ich seinen Wunsch erfüllen würde, und der meinige sei es, dem Berufe des Waffenhandwerks zu folgen und in demselben Gott und meinem Könige zu dienen.

Der zweite Bruder machte dem Vater dasselbe Anerbieten wie ich und erklärte, er wolle nach Indien gehen und das Vermögen, das ihm zukomme, mitnehmen und im Geschäft anlegen. Der jüngste und, wie ich glaube, gescheiteste von uns sagte, er wolle die geistliche Laufbahn verfolgen oder nach Salamanca gehen, um seine begonnenen Studien fortzusetzen.

Als wir nun mit uns eins geworden und unsere Berufsarten erwählt hatten, umarmte mein Vater uns alle, und in der kurzen von ihm festgelegten Frist führte er alles aus, was er uns versprochen. Und nachdem er jedem seinen Teil behändigte, der, soviel ich mich entsinne, dreitausend Goldtaler in barem Gelde betrug – ein Oheim von uns hatte nämlich das ganze Grundeigentum gekauft und bar bezahlt, damit es nicht aus der Familie komme –, so nahmen wir alle drei an ein und demselben Tage Abschied von unserem guten Vater; und am nämlichen Tage, da es mir unbarmherzig schien, meinen Vater in seinem Alter mit so geringem Vermögen zu verlassen, bewog ich ihn, von meinen dreitausend Goldtalern zweitausend zu nehmen, da mir der Rest genügte, um mich mit allem zu versorgen, was ein Soldat nötig hatte. Meine beiden Brüder ließen sich durch mein Beispiel bestimmen, ihm tausend Goldtaler ein jeder zu geben, so daß meinem Vater viertausend Goldtaler in barem Geld blieben und außerdem noch dreitausend in Form von Grundbesitz; denn so viel schien sein eigener Anteil wert zu sein, den er nicht verkaufen, sondern behalten wollte.

Endlich schieden wir von ihm und von jenem unserem Oheim, den ich erwähnt habe, nicht ohne tiefes Leid, nicht ohne Tränen in aller Augen; wir verpflichteten uns, sie beide, sooft sich Gelegenheit dazu biete, unsere glücklichen oder unglücklichen Erlebnisse wissen zu lassen. Wir versprachen es ihnen, sie umarmten uns und gaben uns ihren Segen, und der eine von uns nahm den Weg nach Salamanca, der andere nach Sevilla und ich nach Alicante, wo ich erfuhr, daß ein genuesisches Schiff vor Anker liege und eine Ladung Wolle nach Genua einnehme. Dies Jahr werden es zweiundzwanzig Jahre sein, seit ich aus meines Vaters Hause zog, und alle diese Jahre hindurch habe ich, obwohl ich mehrere Briefe schrieb, weder von ihm noch von meinen Brüdern irgendeine Nachricht erhalten. Was ich aber im Verlaufe dieser Zeit erlebt habe, das will ich in Kürze berichten.

Ich schiffte mich in Alicante ein, gelangte auf glücklicher Fahrt nach Genua, reiste von da nach Mailand, wo ich mir Waffen besorgte, so auch etlichen Staat, wie ein Soldat ihn brauchen kann. Von dort wollte ich nach Piemont, um mich anwerben zu lassen, und als ich schon auf dem Wege nach Alessandria de la Palla war, kam mir die Nachricht, der große Herzog von Alba sei eben unterwegs nach Flandern. Ich änderte meinen Vorsatz, wandte mich zu ihm und diente unter ihm in den Schlachten, die er schlug. Ich war zugegen bei der Hinrichtung der Grafen Egmont und Hoorn und brachte es zum Fähnrich bei einem berühmten Hauptmann aus Guadalajara namens Diego de Urbina. Einige Zeit nach meiner Ankunft in Flandern erhielt man Nachricht von dem Bündnis, welches seine Heiligkeit der Papst Pius der Fünfte seligen Gedächtnisses mit Venedig und Spanien gegen den gemeinschaftlichen Feind, die Türken, geschlossen hatte, der zur nämlichen Zeit mit seiner Kriegsflotte die unter der Herrschaft der Venezianer stehende berühmte Insel Zypern erobert hatte, ein beklagenswerter und schmerzlicher Verlust! Man erfuhr mit Gewißheit, daß dieser Bund den erlauchten Don Juan de Austria, den natürlichen Bruder unseres trefflichen Königs Don Felipe, zum Oberfeldherrn hatte, und allgemein verbreitete sich die Kunde von den gewaltigen Kriegsrüstungen. All dieses erregte und entzündete in mir die Tatenlust und den

Wunsch, den erwarteten Feldzug mitzumachen, und obschon ich Aussichten, ja beinahe feste Zusagen hatte, bei der ersten Gelegenheit zum Hauptmann befördert zu werden, drängte es mich, alles im Stiche zu lassen und nach Italien zu gehen, was ich auch wirklich tat. Mein Glück wollte, daß Señor Don Juan de Austria eben in Genua angekommen war, auf der Reise nach Neapel begriffen, um seine Kriegsflotte mit der venezianischen zu vereinigen, wie er dies denn auch späterhin bei Messina tat. Kurz, ich nahm teil an jenem ruhmvollen Feldzug, nachdem ich schon Hauptmann beim Fußvolk geworden, zu welchem Ehrenposten mehr mein Glück als mein Verdienst mich erhob. Und an jenem Tage, der für die Christenheit ein so glücklicher war, weil an ihm die Welt und alle Nationen aus dem irrigen Glauben gerissen wurden, die Türken seien zur See unbesiegbar, an jenem Tage, sag ich, wo der ottomanische Stolz und Hochmut gebrochen wurde, da war unter all den Glücklichen dort – denn glücklich waren auch die Christen, die dort fielen, ja noch glücklicher, als die den Sieg und das Leben davontrugen – ich der einzige Unglückliche; denn statt eine Schiffskrone zu empfangen, die mir gewiß zuteil geworden wäre, hätte ich zur Zeit der Römer gelebt, sah ich mich in der Nacht, die auf einen so ruhmreichen Tag folgte, mit Ketten an den Füßen und mit Handschellen gefesselt. Und dies trug sich folgendermaßen zu: Uludsch-Alí, König von Algier, ein verwegener und glücklicher Seeräuber, hatte die Admiralsgaleere von Malta angegriffen und überwältigt, und es waren in derselben nur drei Ritter am Leben geblieben, alle drei schwer verwundet. Da kam ihr Juan Andreas Admiralsschiff zu Hilfe, auf dem ich mich mit meinem Fähnlein befand. Ich tat, was in solchem Falle meine Pflicht war, und sprang an Bord der feindlichen Galeere; aber diese kam von dem angreifenden Schiffe los und hinderte so meine Soldaten, mir zu folgen. So fand ich mich allein unter meinen Feinden, gegen die ich nichts vermochte, da ihrer zu viele waren. Sie überwältigten mich, und mit Wunden bedeckt blieb ich als Gefangener in der Gewalt von Uludsch-Alí, der ja, wie ihr wohl wißt, mit seinem ganzen Geschwader entkam. So war ich der einzige Traurige unter soviel Fröhlichen und der einzige Gefangene unter soviel Befreiten; denn es waren fünfzehntausend Christen, die an diesem Tage die ersehnte Freiheit erlangten; alle waren auf den Ruderbänken der türkischen Flotte Sklaven gewesen.

Ich wurde nach Konstantinopel gebracht, wo der Großtürke Selim meinen Herrn zum Admiral ernannte, weil er seine Schuldigkeit in der Schlacht getan und als Denkzeichen seiner Tapferkeit die Standarte des Malteserordens mitgebracht hatte. Im folgenden Jahre, 1572, befand ich mich vor Navarino, wo ich an Bord der „Drei Laternen", des Admiralsschiffes, rudern mußte. Ich sah und merkte mir, wie man damals die Gelegenheit versäumte, die ganze türkische Kriegsflotte im Hafen wegzunehmen, da alle Seesoldaten und Janitscharen, die an Bord waren, es für gewiß hielten, daß man sie im Hafen selbst angreifen werde, und ihr Gepäck und ihre Pasamakis, das heißt ihre Schuhe, schon bereit hielten, um sofort zu Lande zu entfliehen, ohne sich in einen Kampf einzulassen: so groß war ihre Furcht vor unserer Flotte. Allein der Himmel fügte es anders, nicht aus Verschulden oder Lässigkeit unseres Feldherrn, sondern um der Sünden der Christenheit willen, und weil Gott will und zuläßt, daß wir stets Peiniger haben, uns zu züchtigen. So kam es, daß Uludsch-Alí sich nach Modón zurückziehen konnte, einer Seestadt nahe bei Navarino; er setzte seine Leute ans Land, befestigte den Eingang zum Hafen und hielt sich ruhig, bis Don Juan wieder absegelte. Bei dieser Fahrt ward eine Geleere erobert, welche den Namen „Die Prise" bekam und deren Schiffshauptmann ein Enkel jenes berühmten Korsaren Barbarossa war. Die „Wölfin" nahm sie weg, das neapolitanische Admiralsschiff, welches jener Donnerstrahl des Krieges befehligte, jener Vater der Soldaten, der glückliche und nie besiegte Feldherr Don Alvaro de Bazán, Marquis de Santa Cruz. Und ich will hier nicht zu erzählen unterlassen, was dabei vorging, als die „Prise" zur Prise gemacht wurde. Der Enkel Barbarossas war so grausam und mißhandelte seine Gefangenen so arg, daß die Ruderknechte, sobald sie sahen, daß die „Wölfin" auf das Schiff lossteuerte und es schon erreichte, alle gleichzeitig die Ruder fallen ließen, ihren Schiffshauptmann ergriffen, der auf der Kommandobrücke stand und ihnen zurief, sie sollten schneller rudern; sie warfen ihn von Bank zu Bank, vom Heck des Schiffs bis zum Bug und versetzten ihm solche Bisse, daß seine Seele zur Hölle fuhr, kaum daß er am Hauptmast vorüber war. So groß war, wie ich schon gesagt, die Grausamkeit, mit der er sie behandelt hatte, und ihr Haß gegen ihn.

Wir segelten nach Konstantinopel zurück, und dort erfuhr man im folgenden Jahre, daß Don Juan Tunis erobert, das Königreich den Türken entrissen und dort Mulei Hamet eingesetzt hatte, wodurch er dem Mulei Hamida, dem grausamsten und tapfersten Mauren, den die Welt je gesehen, die Hoffnung abschnitt, wieder auf den Thron dieses Landes zurückzukehren. Dieser Verlust ging dem Großtürken sehr nahe, und mit jener Schlauheit, die allen Gliedern seiner Familie angeboren ist, schloß er jetzt Frieden mit den Venezianern, welche ihn noch weit mehr wünschten als er selbst, und griff im folgenden Jahre vierundsiebenzig Goleta an und die große Feste, die Don Juan bei Tunis mitten im Bau unvollendet gelassen hatte. All diese Fährlichkeiten machte ich auf der Ruderbank mit, ohne Hoffnung auf eine mögliche Befreiung; wenigstens konnte ich nicht hoffen, diese durch Loskauf zu erlangen, da ich entschlossen war, meinem Vater nichts von meinem Mißgeschick zu schreiben.

Endlich ging Goleta verloren, die neue Feste ging verloren, gegen welche Plätze fünfundsiebenzigtausend Mann türkischer Soldtruppen im Feld standen, nebst mehr als viermalhunderttausend Mauren und Arabern aus ganz Afrika, welche große Anzahl Volks mit so viel Kriegsvorrat und Geschütz versehen war und so viel Schanzarbeiter zählte, daß sie schon mit den Händen allein genug Erdklumpen hätten werfen können, um Goleta und die neue Feste völlig zu überschütten. Zuerst fiel Goleta, das bis dahin für unbezwinglich gegolten, und es fiel nicht durch Schuld seiner Verteidiger, die alles zur Verteidigung taten, was ihre Schuldigkeit und in ihrer Macht war, sondern weil die Erfahrung zeigte, wie leicht Laufgräben in diesem wüsten Sandboden anzulegen waren; denn während die Unsern glaubten, man stoße schon zwei Fuß tief auf Wasser, so fanden die Türken in einer Tiefe von zwei Ellen noch keins, und so errichteten sie mit Sandsäcken längs der Laufgräben so hohe Schanzwerke, daß sie die Festungsmauern überragten, und da sie diese von oben herab beschossen, so konnten die Verteidiger auf die Dauer nicht standhalten.

Es war die allgemeine Ansicht, die Unsern hätten sich nicht in Goleta einschließen, sondern im offenen Felde die Landung abwarten sollen; allein die dieses sagen, urteilen aus der Ferne und mit geringer Erfahrung in solchen Dingen. Denn da in Goleta und in der großen Feste kaum siebentausend Soldaten waren, wie hätte eine so kleine Anzahl, wäre sie auch noch so heldenmütig gewesen, sich gegen die so große des Feindes ins offene Feld wagen und zugleich die beiden festen Plätze besetzt halten können? Und wie kann es anders sein, als daß eine Festung verlorengeht, wenn sie keinen Entsatz erhält, und vor allem, wenn die Feinde sie so zahlreich und beharrlich umlagern, zumal in ihrem eigenen Lande? Indessen waren viele der Meinung und so auch ich, daß der Himmel den Spaniern eigentlich eine besondere Gunst und Gnade dadurch erzeigte, daß er die Zerstörung dieser Brutstätte der Übeltaten zuließ, die der nagende Wurm, der saugende Schwamm, die zerfressende Motte war, durch welche eine unendliche Menge Geldes nutzlos aufgezehrt wurde ohne andern Zweck, als das Angedenken daran zu bewahren, daß der unbesiegbare Karl der Fünfte glorreichen Angedenkens den Platz erobert hatte, gerade als wenn es dieses Steinhaufens bedurft hätte, um diesem Angedenken ewige Dauer zu verleihen, die es ohnedies hat und haben wird.

Auch die neue Feste fiel, aber die Türken konnten sie nur Schritt für Schritt erobern; denn die Soldaten, die sie verteidigten, kämpften so tapfer und heldenmütig, daß sie in zweiundzwanzig Hauptstürmen, die man gegen sie unternahm, mehr als fünfundzwanzigtausend Feinde erschlugen. Von den dreihundert der Unsrigen, die am Leben blieben, fiel keiner unverwundet in ihre Hände, ein untrüglicher Beweis, wie mutig und mannhaft sie sich gehalten und wie gut sie die ihnen anvertrauten Plätze verteidigt und behauptet hatten. Dann ergab sich ein kleines Festungswerk, ein Turm, der mitten im See lag und unter dem Befehl des Don Juan Zanoguera stand, eines Edelmanns und berühmten Kriegshelden aus Valencia. Die Türken nahmen Don Juan Puertocarrero gefangen, den Befehlshaber von Goleta, der alles mögliche getan hatte, um seine Festung zu verteidigen, und dem ihr Verlust so zu Herzen ging, daß er aus Kummer auf dem Wege nach Konstantinopel starb, wohin man ihn gefangen führte. Auch der Befehlshaber der neuen Feste fiel in ihre Hand, namens Gabrio Serbelloni, ein Mailänder Edelmann, ein ausgezeichneter Ingenieur und überaus tapferer Kriegsmann. In beiden Festungen verloren viele Männer von Bedeutung das Leben, unter ihnen Pagán Doria, Ritter des Johanniterordens, von hochherziger Gesinnung, wie es die großartige Freigebigkeit bewies, die er gegen seinen Bruder übte, den berühmten Juan Andrea Doria; und was seinen Tod besonders beklagenswert machte, war, daß er durch ein paar Araber umgebracht wurde, denen er sein Vertrauen geschenkt hatte, als er die Feste schon verloren sah. Sie hatten sich erboten, ihn in maurischer Tracht nach Tabarca zu bringen, einem kleinen Hafen oder einer Niederlassung, welche die Genuesen zur Betreibung der Korallenfischerei an jenen Gestaden besitzen. Die Araber schnitten ihm den Kopf ab und brachten ihn zum Befehlshaber der türkischen Flotte; dieser aber machte an ihnen unser kastilianisches Sprichwort wahr, daß man den Verrat liebt und den Verräter haßt, und demgemäß, so wird erzählt, ließ der Befehlshaber die Leute aufknüpfen, die ihm das Geschenk brachten, weil sie ihm den Mann nicht lebend gebracht hätten.

Unter den Christen, die in der Feste in Gefangenschaft gerieten, war einer namens Pedro de Aguilar, gebürtig aus, ich weiß nicht welchem Ort in Andalusien, welcher Unterbefehlshaber in der Feste gewesen, ein Kriegsmann von großer Bedeutung und seltenem Geiste; namentlich leistete er Vorzügliches in jener Kunst des Schreibens, die die poetische genannt wird. Ich hebe dies hervor, weil sein Schicksal ihn auf meine Galeere und auf meine Ruderbank führte und in den Sklavendienst unter demselben Herrn. Noch ehe wir aus jenem Hafen absegelten, dichtete dieser Edelmann zwei Sonette in der Art eines Nachrufs, das eine auf Goleta und das andre auf die neue Feste; und ich muß sie euch wirklich vortragen, denn ich weiß sie auswendig und glaube, sie werden euch eher Vergnügen als Langeweile verursachen."

Im Augenblick, wo der Maurensklave Don Pedro de Aguilars Namen aussprach, blickte Don Fernando seine Begleiter an, und alle drei lächelten; und als er an die Erwähnung der Sonette kam, sagte der eine: „Bevor Ihr fortfahrt, bitte ich Euch, mir zu sagen, was aus dem Don Pedro de Aguilar, den Ihr genannt habt, geworden ist."

„Was ich weiß", sagte der Sklave, „ist nur, daß er nach Verfluß von zwei Jahren, die er in Konstantinopel zubrachte, in der Tracht eines Arnauten mit einem griechischen Spion entfloh; ich habe nicht in Erfahrung gebracht, ob er seine Freiheit erlangt hat, wiewohl ich es allerdings glaube; denn ein Jahr später sah ich den Griechen in Konstantinopel, konnte ihn aber nicht nach dem Ausgang ihres Unternehmens fragen."

„Der ist so gewesen", versetzte der Edelmann: „Dieser Don Pedro ist mein Bruder und wohnt jetzt in unserer Heimat in Wohlbefinden und Reichtum, ist verheiratet und hat drei Kinder."

„Gott sei gedankt", sprach der Sklave, „für all die Gnade, die er ihm erwiesen; denn nach meiner Meinung gibt es auf Erden kein Glück, das dem Wiedergewinn der verlorenen Freiheit sich vergleichen ließe."

„Übrigens", sprach der Edelmann, „kenne ich auch die beiden Sonette, die mein Bruder verfaßt hat."

„So mögt Ihr denn selbst sie mitteilen", sprach der Sklave, „Ihr werdet sie jedenfalls besser als ich vortragen."

„Mit Vergnügen", erwiderte der Edelmann.

Das Sonett auf Goleta lautete folgendermaßen:

40. KAPITEL

Worin die Geschichte des Sklaven fortgesetzt wird

SONETT

„Ihr selgen Geister, ihr vom Staubgewande
Befreit, weil ihr gewirkt fürs Rechte, Gute,
Schwangt euch vom Erdenweh, das auf euch ruhte,
Zum besten höchsten Heil der Himmelslande.

Ihr habt des Körpers Kraft gesetzt zum Pfande
Für wahre Ehr, ihr habt in hohem Mute
Gefärbt mit eignem und mit fremdem Blute
Das tiefe Meer, den Sand am Dünenstrande.

Denn eher als der Mut schwand euch das Leben,
Ihr müden Kämpfer, und die Welt verleiht euch,
Ob ihr besiegt auch seid, des Sieges Krone.

Und dieser Tod, dem ihr euch preisgegeben
Hier zwischen Wall und Feindesschwert, er weiht euch
dem Ruhm hienieden, dort dem ewgen Lohne."

„Geradeso weiß ich es auswendig", sagte der Sklave.
„Und das Sonett auf die neue Feste, wenn ich mich recht entsinne", sprach der Edelmann, „lautet so:

SONETT

Von diesem Strand, den Feinde ganz zertraten,
Aus diesen Türmen, die zertrümmert liegen,
Da sind zum ewgen Leben aufgestiegen
Die frommen Seelen spanischer Soldaten.

Dreitausend waren's, die zu Heldentaten
Den Arm geübt, die nimmer laß in Kriegen,
Bis daß die kleine Schar, erschöpft vom Siegen,
Erlag, von eigner Schwäche jetzt verraten.

Dies ist der Boden, dem es ward zum Lose,
Zu bergen tausend Schmerzerinnerungen,
So in der Vorzeit wie in neusten Jahren.

Doch haben nie aus seinem harten Schoße
Sich frömmre Seelen himmelwärts geschwungen,
Nie trug er Leiber, die so tapfer waren."

Die Sonette mißfielen nicht. Der Sklave freute sich über die guten Nachrichten, die man ihm von seinem Leidensgefährten mitteilte, und fuhr folgendermaßen in seiner Erzählung fort:

Nachdem also Goleta und die Feste eingenommen waren, machten die Türken Anstalt, Goleta zu schleifen; denn die Feste war so zugerichtet, daß nichts mehr niederzureißen übrig war. Und um es mit mehr Beschleunigung und weniger Bemühen zu bewerkstelligen, unterminierten sie den Platz von drei Seiten. Allein mit keinem ihrer Minengänge vermochten sie in die Luft zu sprengen, was als der am wenigsten starke Teil gegolten hatte, nämlich die alten Mauern; und alles, was von den neuen Festungswerken übrig war, die das „Klosterpfäfflein" erbaut hatte, stürzte mit größter Leichtigkeit zu Boden.

Endlich kehrte die Flotte triumphierend und siegreich nach Konstantinopel zurück, und wenige Monate darauf starb Uludsch-Alí, mein Herr, den man Uludsch-Alí Fartach nannte, was im Türkischen den grindigen Renegaten bedeutet; denn das war er, und es ist Sitte bei den Türken, daß sie Beinamen nach irgendeinem Körperfehler bekommen, den sie an sich tragen, oder nach einer guten Eigenschaft, die sie besitzen. Und das geschieht darum, weil es unter ihnen nur vier Familiennamen gibt, welche Geschlechtern eigen sind, die von dem Hause Osman abstammen. Die übrigen erhalten ihren Namen und Beinamen bald von den Gebrechen des Körpers, bald von den Vorzügen des Geistes. Dieser Grindkopf diente auf der Ruderbank vierzehn Jahre lang als Sklave des Großherrn, und im Alter von mehr als vierunddreißig Jahren trat er zum Islam über aus Ärger darüber, daß ein Türke ihm, während er am Ruder saß, einen Backenstreich versetzte, und um sich rächen zu können, fiel er von seinem Glauben ab. Er war ein so tapferer Held, daß er ohne die schimpflichen Mittel und Wege, durch welche die meisten Günstlinge des Großtürken emporsteigen, König von Algier wurde und dann Oberbefehlshaber zur See, was die dritthöchste Würde in jenem Reich ist. Er war Kalabrese von Geburt, und vom moralischen Standpunkt aus war er ein braver Mann und behandelte seine Sklaven, deren er zuletzt dreitausend hatte, sehr menschlich. Diese wurden, wie er es in seinem Testamente hinterließ, nach seinem Tode zwischen seinen Renegaten und dem Großherrn verteilt, welcher bei allen Sterbefällen als Sohn und Erbe angesehen wird, und zwar zu gleichen Teilen mit den übrigen Söhnen des Verstorbenen.

Ich fiel einem venezianischen Renegaten zu, der schon als Schiffsjunge in die Gefangenschaft Uludsch-Alís geraten war, und dieser hatte ihn so gern, daß er ihm unter seinen jungen Leuten am meisten Gunst erwies; aus ihm aber wurde der grausamste Renegat, den man jemals gesehen. Er hieß Hassan Agá, gelangte zu großem Reichtum und wurde König von Algier. Dorthin fuhr ich mit ihm von Konstantinopel, und da ich mich nun so nahe bei Spanien befand, war ich ganz vergnügt; nicht als ob ich daran gedacht hätte, jemandem über mein Unglück Nachricht zu geben, sondern weil ich erproben wollte, ob mir das Schicksal in Algier günstiger wäre als in Konstantinopel, wo ich schon die verschiedensten Fluchtversuche gemacht hatte, doch ohne Glück und Erfolg. In Algier dachte ich andere Mittel zu finden, um das so sehr ersehnte Ziel zu erreichen; denn nie verließ mich die Hoffnung, meine Freiheit zu erlangen; und wenn bei den Plänen, die ich ausdachte, anlegte und ins Werk setzte, der Erfolg den Absichten nicht entsprach, so verzagte ich darum nicht, sondern ersann und suchte mir eine andre Hoffnung, um mich aufrechtzuerhalten, wenn sie auch nur schwach und dürftig war. Hiermit brachte ich meine Tage hin, eingesperrt in ein Gefängnis oder Haus, welches die Türken Bagno nennen, wo sie die christlichen Sklaven einsperren, sowohl die des Königs und einiger Privatpersonen als auch die des „Lagerhauses", was soviel bedeutet als die Sklaven des Gemeinderats, welche von der Stadt zur Ausführung der öffentlichen Arbeiten und zu andern Verrichtungen gebraucht werden. Diesen letzteren Sklaven wird es sehr schwer, ihre Freiheit zu erlangen. Denn da sie der Gemeinde gehören und keinen eignen Herrn haben, so ist niemand vorhanden, mit dem man über ihren Loskauf unterhandeln könnte, selbst wenn sie das Geld dazu hätten. In diese Bagnos, wie gesagt, pflegen einige Privatleute aus der Stadt ihre Sklaven zu bringen, besonders solche, die freigekauft werden sollen; denn an diesem Ort sind sie bequem und sicher aufgehoben, bis das Lösegeld eintrifft. Auch die Sklaven des Königs, die freigekauft werden sollen, gehen nicht mit der übrigen Mannschaft zur öffentlichen Arbeit, außer wenn ihr Lösegeld zu lange ausbleibt; denn dann läßt man sie arbeiten und mit den andern nach Holz gehen und so schwer arbeiten, daß sie um so dringender um Geld schreiben.

Ich nun war einer von denen, deren Loskauf für sicher galt. Da man nämlich wußte, daß ich Hauptmann war, so half es mir nichts, daß ich mein Unvermögen und meine Armut schilderte, und es hinderte nicht, daß ich unter die Zahl derer gesetzt wurde, deren Loskauf in Aussicht stand. Man legte mir eine Kette an, mehr zum Zeichen, daß ich zum Loskauf bestimmt sei, als um mich damit sicherer festzuhalten; und so lebte ich in diesem Bagno mit vielen anderen Edelleuten und vornehmen Herren, die zur Auslösung bestimmt waren oder für vermögend dazu gehalten wurden. Und obschon wir häufig, ja fast beständig unter Hunger und Blöße zu leiden hatten, so litten wir doch am meisten darunter, daß wir jeden Augenblick die nie erhörten und nie gesehenen Grausamkeiten hören und sehen mußten, die mein Herr gegen die Christen verübte. Er ließ jeden Tag seinen Mann aufknüpfen, ließ den einen pfählen, dem andern die Ohren abschneiden, und dies aus so geringfügigem Grunde oder so gänzlich ohne Grund, daß sogar die Türken einsahen, er tue es nur um des Tötens willen und weil er von Natur darauf angelegt war, der Schlächter des ganzen Menschengeschlechtes zu sein.

Nur ein einziger Soldat kam gut mit ihm aus, ein gewisser de Saavedra. Obschon dieser vieles gewagt hatte, was lange Jahre im Angedenken der Leute dort leben wird, und alles nur, um seine Freiheit zu erringen, so gab der Herr ihm nie einen Schlag und ließ ihm nie einen geben, noch sagte er ihm je ein böses Wort; und doch fürchteten wir, schon für den geringsten all der Streiche, die er verübte, er werde gepfählt werden, und er selbst fürchtete es mehr als einmal. Wenn ich es nicht unterlassen müßte, weil die Zeit es nicht vergönnt, würde ich sofort einiges davon erzählen, was jener Soldat getan, und dies würde euch vermutlich besser unterhalten und in größere Verwunderung setzen als meine eigene Geschichte.

Ich berichte also weiter: Auf unsern Gefängnishof gingen von oben her die Fenster des Hauses eines reichen und vornehmen Mauren, welche, wie bei diesem Volke bräuchlich, eher Gucklöcher als Fenster waren, und selbst diese waren mit engen, dichten Gittern versehen. Eines Tages geschah es nun, daß ich und drei Gefährten auf einer Böschung im Hofe unseres Gefängnisses uns zum Zeitvertreib darin versuchten, mit den Ketten zu springen; wir waren allein, denn die andern Christen waren alle draußen bei der Arbeit. Da erhob ich zufällig die Augen und sah, daß aus jenen vergitterten Fensterchen, die ich erwähnte, ein Rohrstab zum Vorschein kam, an dessen Ende ein Linnentuch geknüpft war; der Stab schwankte und bewegte sich hin und her, als wolle er ein Zeichen geben, wir sollten uns nähern und ihn in Empfang nehmen. Wir überlegten uns die Sache, und einer meiner Genossen ging hin und stellte sich unter den Rohrstab, um zu sehen, ob man ihn fallen lasse, oder was sonst damit geschehen möchte; aber sobald er hinzutrat, wurde der Stab aufwärtsgezogen und hin und her bewegt, gerade als ob man mit dem Kopf nein geschüttelt hätte. Der Christ ging zurück, und der Stab wurde wieder heruntergelassen und machte dieselben Bewegungen wie vorher. Ein anderer von meinen Gefährten ging hin, und es geschah ihm dasselbe wie dem ersten. Endlich ging der dritte hin, und es ging ihm wie dem ersten und zweiten. Als ich dies sah, wollte ich nicht unterlassen, ebenfalls mein Glück zu versuchen, und sowie ich mich näherte und mich unter den Rohrstock stellte, ließ man ihn fallen, und er fiel zu meinen Füßen mitten in das Bagno. Ich eilte sogleich, das Tuch loszubinden, und sah einen Knoten daran, und in demselben befanden sich zehn Cianís; es sind dies Münzen von geringhaltigem Golde, die bei den Mauren in Umlauf sind, jeder im Wert von zehn Realen unseres Geldes. Ob ich mich über den Fund freute, brauche ich wohl nicht zu sagen. Jedenfalls war meine Freude so groß wie meine Verwunderung, wenn ich nachdachte, woher dies Glück uns kommen konnte, oder vielmehr mir; denn der Umstand, daß man den Rohrstab keinem als mir herunterwerfen wollte, war ein Zeichen, das deutlich erwies, daß mir allein die Wohltat zugedacht war.

Ich nahm mein schönes Geld, zerbrach den Stab in Stücke, kehrte auf die Böschung zurück, blickte nach dem Fenster und sah daraus eine weiße Hand zum Vorschein kommen, die das Fenster öffnete und rasch wieder schloß. Hieraus folgerten wir oder vermuteten wenigstens, die Wohltat müsse von einem Weibe kommen, das in diesem Haus wohne; und zum Zeichen unsrer Dankbarkeit machten wir Salemas nach maurischem Brauch, indem wir das Haupt neigten, den Körper vorwärts bogen und die Arme über die Brust kreuzten. Kurz darauf wurde ein kleines, aus Stäbchen verfertigtes Kreuz zum Fenster herausgehalten und gleich wieder zurückgezogen. Dieses Zeichen bestärkte uns in der Meinung, in diesem Hause müsse sich eine Christin als Sklavin befinden und sie sei es, die uns die Wohltat erwiesen habe. Aber das schneeige Weiß ihrer Hand und die Spangen, die wir an dieser sahen, ließen alsbald diese Vermutung als nichtig erscheinen, wiewohl wir uns nunmehr dem Gedanken hingaben, es müsse eine von ihrem Glauben abgefallene Christin sein;

solche werden von ihren eigenen Herren häufig zu rechtmäßigen Ehefrauen genommen und halten dies sogar für ein Glück, weil geborne Christinnen bei ihnen in höherer Achtung stehen als die Weiber aus ihrem eigenen Volk. Indessen bei all unsern Mutmaßungen trafen wir weitab von der Wirklichkeit.

Von da an bestand unsre ganze Unterhaltung darin, nach dem Fenster zu blicken und es als unsern Glückspol zu betrachten, dies Fenster, wo uns der Stern des Rohrstabes erschienen war; allein es vergingen volle vierzehn Tage, daß wir ihn nicht zu Gesicht bekamen, und ebensowenig die Hand noch sonst ein Zeichen. Und obwohl wir während dieser Zeit uns mit allem Eifer bemühten zu erfahren, wer in jenem Hause wohne und ob etwa in demselben eine zum Islam übergetretene Christin weile, fanden wir niemand, der uns etwas anderes sagte, als daß in dem Haus ein reicher und vornehmer Maure lebte, namens Hadschí Murad, welcher Befehlshaber der Festung Pata gewesen war, was bei ihnen ein hochangesehenes Amt ist. Aber als wir uns dessen am wenigsten versahen, daß es dort wieder Cianís regnen würde, sahen wir unvermutet den Rohrstab zum Vorschein kommen und ein andres Linnentuch daran mit einem dickeren Knoten; und dies geschah zur Zeit, wo das Bagno gerade wie das letztemal einsam und menschenleer war. Wir wiederholten den früheren Versuch, indem von uns jeder vor mir hinzutrat; aber erst mir ward der Stab zuteil; denn erst als ich mich näherte, ließ man ihn fallen. Ich löste den Knoten und fand darin vierzig spanische Goldtaler, einen Brief in arabischer Sprache geschrieben und mit einem großen Kreuz unter der Schrift. Ich küßte das Kreuz, nahm die Taler und kehrte auf die Böschung zurück. Wir machten alle unsre Salemas, die Hand zeigte sich abermals, ich deutete durch Zeichen an, daß ich den Brief lesen würde; das Fenster schloß sich.

Wir standen alle da in Staunen und Freude ob des Vorfalls, und da keiner von uns Arabisch verstand, so war zwar unser Verlangen groß, den Inhalt des Briefes zu erfahren, aber noch größer die Schwierigkeit, jemanden zu finden, der ihn uns vorlesen konnte. Endlich kam ich zu dem Entschluß, mich einem Renegaten aus Murcia anzuvertrauen, der sich stets für einen treuen Freund von mir erklärt und mir im stillen hinreichende Unterpfänder gegeben hatte, die ihn nötigten, jedes Geheimnis treu zu wahren, was ich ihm anvertrauen würde. Manche Renegaten pflegen, wenn sie die Absicht haben, in ein christliches Land zurückzukehren, Bescheinigungen vornehmer Gefangener bei sich zu tragen, worin die letztern in bestmöglicher Form bezeugen, daß der fragliche Renegat ein rechtschaffener Mann sei, der Christen immer Gutes erwiesen habe und den Wunsch hege, bei der ersten sich bietenden Gelegenheit zu entweichen. Einige unter ihnen lassen sich diese Bescheinigungen in redlicher Absicht geben, andre aber nur aus Berechnung; denn wenn sie gekommen sind, um ein Christenland zu plündern, und etwa Schiffbruch erleiden oder in Gefangenschaft geraten, so ziehen sie ihre Bescheinigungen hervor und sagen, man werde aus diesen Papieren ersehen, in welcher Absicht sie gekommen seien, nämlich im Christenlande zu bleiben, und deshalb seien sie mit den türkischen Kreuzern auf die Fahrt gegangen. Damit retten sie sich vor dem ersten Ungestüm der Gegner. Dann versöhnen sie sich mit der Kirche, ohne daß ihnen etwas Unangenehmes geschieht, und wenn sie ihre Gelegenheit ersehen, kehren sie nach der Berberei zurück und werden wieder, was sie vorher waren.

Andre gibt es, die solche Papiere in redlicher Absicht sich verschaffen und benutzen und im Christenlande bleiben. Nun war mein Freund einer dieser letzteren Renegaten; er besaß Bescheinigungen von allen unsern Gefährten, worin wir ihn aufs beste empfahlen; und hätten die Mauren diese Papiere bei ihm gefunden, so hätten sie ihn lebendig verbrannt. Ich hatte in Erfahrung gebracht, daß er sehr gut Arabisch verstand und es nicht nur sprechen, sondern auch schreiben konnte. Aber ehe ich mich ihm ganz entdeckte, bat ich ihn, mir dies Papier vorzulesen, das ich zufällig in einem Mauerloch meiner Schlafstelle gefunden hätte. Er öffnete es und war eine Zeitlang damit beschäftigt, es durchzusehen und den Sinn herauszubringen, wobei er unverständlich vor sich hinmurmelte. Ich fragte ihn, ob er es verstehe; er antwortete mir: „Sehr gut", und wenn er es mir Wort für Wort übersetzen solle, so möchte ich ihm Tinte und Feder geben, damit er die Arbeit besser machen könne. Wir gaben ihm das Gewünschte auf der Stelle, er ging langsam und bedächtig ans Übersetzen, und als er fertig war, sprach er: „Was hier auf spanisch zu lesen ist, das alles steht in diesem maurischen Briefe, ohne daß ein Buchstabe daran fehlt, und überall, wo steht, ‚Lela Marién‘, heißt dies soviel wie ‚Unsere Liebe Frau, die Jungfrau Maria‘."

Wir lasen den Brief, und er lautete so:

Als ich noch ein Kind war, hatte mein Vater eine Sklavin, welche mich das christliche Gebet in meiner Muttersprache lehrte und mir vieles von Lela Marién sagte. Die Christin ist gestorben und ist nicht ins Ewige Feuer gekommen, sondern zu Allah, denn sie ist mir seitdem zweimal erschienen, und sie sagte mir, ich möchte in ein Christenland gehen, um Lela Mariéns Anblick zu genießen, die mich sehr liebhabe. Ich weiß nicht, wie ich hinkommen soll. Ich habe aus diesem Fenster viele Christen gesehen, aber keiner schien mir ein Edelmann als du allein. Ich bin sehr schön und jung und habe vieles Geld zum Mitnehmen. Sieh zu, ob du ein Mittel findest, wie wir fort können, und dorten sollst du mein Ehemann werden, wenn du willst; willst du aber nicht, so macht es mir nichts aus; denn Lela Marién wird mir schon einen Gemahl verschaffen. Ich habe dies geschrieben, erwäge sorgsam, wem du es zu lesen gibst. Verlaß dich auf keinen Mauren, denn sie sind alle Schurken. Darob habe ich große Bekümmernis, weil ich wünschte, du möchtest dich keinem entdecken; denn wenn mein Vater es erfährt, wird er mich gleich in einen Brunnen werfen und mich mit Steinen verschütten. An den Rohrstab werde ich einen Faden knüpfen, daran binde deine Antwort; und wenn du keinen hast, der sie dir auf arabisch niederschreibt, so sage mir alles durch Zeichen; Lela Marién wird schaffen, daß ich dich verstehe. Sie und Allah mögen dich behüten, so auch dieses Kreuz, welches ich vielmals küsse, denn so lehrte mich's die Sklavin.

Nun erwägt, meine Herren und Damen, ob wir Gründe hatten, uns gründlich zu freuen und uns höchlich zu verwundern ob der Mitteilung dieses Briefes. Und in der Tat, beides geschah in so lebhafter Weise, daß der Renegat klar ersah, nicht zufällig sei der Brief gefunden, sondern in Wirklichkeit einem von uns geschrieben worden. Er bat uns demnach, wenn seine Vermutung zutreffe, möchten wir uns ihm anvertrauen und ihm alles mitteilen; denn er werde sein Leben an unsre Befreiung setzen. Und dies sagend, zog er aus dem Busen ein metallenes Kruzifix und schwur mit reichlichen Tränen bei dem Gott, den dieses Bildnis vorstelle und an den er, obschon ein Sünder und Missetäter, aufrichtig und fest glaube, uns in allem, was wir ihm nur immer entdecken wollten, Treue und Verschwiegenheit zu bewahren. Denn es bedünke ihn, ja er ahne, daß die Schreiberin dieses Briefes das Werkzeug sein werde, ihm und uns allen die Freiheit zu verschaffen, ihn aber insbesondere an das Ziel zu bringen, das er zumeist ersehne, nämlich in den Schoß der heiligen Mutter Kirche zurückzukehren, von welcher er durch seine Unwissenheit und Sündhaftigkeit wie ein faules Glied abgetrennt und geschieden sei. Unter so viel Tränen und Zeichen so tiefer Reue sagte dies der Renegat, daß wir alle einmütigen Sinnes beschlossen, ihm die volle Wahrheit zu offenbaren, und so gaben wir ihm ausführlichen Bericht, ohne ihm das geringste zu verschweigen. Wir zeigten ihm das Fensterchen, aus welchem der Stab zum Vorschein kam; er merkte sich von hier aus das Haus und nahm sich vor, mit größter Beflissenheit Erkundigung einzuziehen, wer darin wohne. Auch kamen wir überein, daß es angemessen sei, den Brief der Maurin zu beantworten, und da wir in ihm den Mann hatten, der dazu imstande war, so schrieb der Renegat auf der Stelle nieder, was ich ihm angab; es waren genau die Worte, die ich euch sagen werde, denn von allem Wesentlichen, was mir im Verlauf dieser Geschichte begegnete, ist nichts meinem Gedächtnis entschwunden und wird ihm nicht entschwinden, solange ich des Lebens genieße. Was also der Maurin zur Antwort wurde, war das Folgende:

Der wahre Allah behüte dich und jene gebenedeite Lela Marién, welche die wahre Mutter Gottes und die nämliche ist, die es dir ins Herz gelegt, nach christlichen Landen zu ziehen, weil sie dich innig liebt. Bitte du sie, sie wolle dir gnädigst eingeben, wie du ins Werk setzen mögest, was sie dir gebeut; sie ist so voller Güte, daß sie es gewiß tun wird. Meinerseits, wie von seiten all der Christen, die sich mit mir hier befinden, biete ich dir an, alles, was in unsern Kräften steht, für dich zu tun, und sollte es uns das Leben kosten. Unterlaß nicht, zu schreiben und mir Nachricht zu geben, was du zu tun gedenkst. Ich werde dir stets antworten; denn der große Allah hat uns einen Christensklaven zur Seite gegeben, der deine Sprache so gut spricht und schreibt, wie du aus diesem Briefe ersehen wirst. So kannst du uns denn ohne Besorgnis von allem, was du willst, Kunde geben. Auf deine Äußerung: wenn du in Christenlande gelangtest, wollest du mein Weib werden – das verspreche ich dir als ein guter Christ, und wisse, daß die Christen ihre Versprechungen besser halten als die Mauren. Allah und seine Mutter Marién mögen dich in ihre Hut nehmen, meine Herrin.

Als dieser Brief geschrieben und verschlossen war, wartete ich zwei Tage, bis das Bagno menschenleer war wie so häufig, und dann begab ich mich sogleich zum gewohnten Gang auf die Böschung, um zu sehen, ob der Stab zum Vorschein komme; und wirklich zögerte er nicht lange, sich zu zeigen. Sobald ich ihn erblickte, obschon ich nicht sehen konnte, wer ihn heraushielt, zeigte ich den Brief, womit ich zu verstehen geben wollte, man solle den Faden daran befestigen; aber er hing bereits am Stabe herab, und ich band den Brief an den Faden. Bald darauf erschien aufs neue unser Stern mit dem weißen Friedensbanner des Bündelchens. Man ließ es herunterfallen, ich hob es auf und fand in dem Tuche mehr als fünfzig Taler an silberner und goldener Münze von aller Art, welche mehr als fünfzigmal unsre Freude verdoppelten und unsre Freiheitshoffnung kräftigten.

Am nämlichen Abend kam der Renegat wieder und sagte uns, er habe erfahren, daß in diesem Haus der nämliche Maure wohne, von dem man uns schon gesagt hatte, daß er Hadschi Murad heiße, ein außerordentlich reicher Mann; dieser besitze eine einzige Tochter, die Erbin seines ganzen Vermögens, und sie gelte in der ganzen Stadt als das schönste Weib in der ganzen Berberei; viele von den hieherkommenden Unterkönigen hätten sie zur Ehefrau begehrt, sie hätte sich aber niemals verheiraten wollen. Auch habe er gehört, daß sie eine Christensklavin gehabt, diese sei jedoch schon gestorben. Dies alles stimmte mit dem Inhalt des Briefes überein.

Wir traten sogleich mit dem Renegaten in Beratung darüber, welches Verfahren einzuschlagen sei, damit wir die Maurin entführen und selber alle auf christliches Gebiet entkommen könnten, und endlich einigten wir uns für jetzt dahin, eine zweite Nachricht von Zoraida abzuwarten, so nämlich hieß sie, die sich jetzt Maria nennen will. Denn wir sahen ein, daß sie allein und niemand sonst imstande sei, uns die Besiegung all dieser Schwierigkeiten zu ermöglichen. Nachdem wir alle so übereingekommen, sagte der Renegat, wir möchten unbesorgt sein, er wolle sein Leben daransetzen, uns die Freiheit zu verschaffen.

Vier Tage hindurch war das Bagno voller Leute, was der Grund war, daß vier Tage lang der Stab sich nicht sehen ließ. Nach Verfluß derselben kam er während der gewohnten Einsamkeit des Bagnos wieder zum Vorschein mit einem Bündel, das so schwangeren Leibes war, daß es uns eine höchst glückliche Geburt verhieß. Wie früher neigten sich der Stab und das Bündel zu mir hernieder; ich fand darin wieder einen Brief und hundert Goldtaler ohne irgendeine andre Münze. Der Renegat war in der Nähe, wir begaben uns in unser Gefängnis, da ließen wir ihn den Brief lesen, und nach Angaben des Renegaten lautete er folgendermaßen:

> Ich weiß nicht, mein Gebieter, wie ich es anfangen soll, daß wir nach Spanien gelangen; auch hat Lela Marién mir es nicht gesagt, obschon ich sie darum befragt habe. Ich kann Euch nur aus diesem Fenster möglichst viel Goldstücke zuwerfen, damit könnt Ihr Euch und Eure Freunde loskaufen; und einer soll nach einem Christenlande gehen und dort eine Barke kaufen und zurückkehren, um die andern abzuholen. Mich wird man im Garten meines Vaters finden, der vor dem Tore Babazón nahe an der See liegt, wo ich diesen ganzen Sommer mit meinem Vater und meinen Dienern zubringen werde; von dort könnt Ihr mich nachts ohne Gefahr entführen und nach der Barke bringen. Und vergiß nicht, daß du mein Gemahl werden sollst, wo nicht, werde ich Marién bitten, daß sie dich bestraft. Wenn du zu keinem das Vertrauen hast, daß er den Ankauf der Barke besorge, so kaufe dich los und besorge es selbst; denn ich weiß, du wirst sicherer als jeder andre zurückkehren, da du ein Edelmann und Christ bist. Sorge dafür, daß du den Garten erfährst, und sobald du wieder hier auf und ab wandelst, werde ich daraus ersehen, daß das Bagno leer ist, und werde dir viel Geld geben. Allah behüte dich, mein Gebieter.

Dieses stand im zweiten Briefe, dieses war sein Inhalt, und kaum hatten alle es vernommen, als ein jeder sich zum Loskauf drängte und versprach, hinzuziehen und mit aller Pünktlichkeit wiederzukehren. Auch ich erbot mich dazu. Allein der Renegat widersetzte sich allen derartigen Vorschlägen, indem er bemerkte, unter keiner Bedingung würde er dareinwilligen, daß einer frei werde, bis alle zusammen von dannen ziehen könnten; denn die Erfahrung habe ihn belehrt, wie schlecht die Freigewordenen ihr in der Gefangenschaft gegebenes Wort hielten. Oft hätten vornehme Personen unter den Gefangenen dieses Mittel angewendet, indem sie einen loskauften, damit er nach Valencia oder Mallorca gehe, mit hinreichendem Gelde versehen, um eine Barke auszurüsten und seine Befreier abzuholen; und nie seien sie zurückgekehrt, denn die erlangte Freiheit und die Furcht, sie wieder zu verlieren, löschten ihnen jede dankbare Verpflichtung aus dem Gedächtnis. Und zur Bekräftigung seiner Behauptung erzählte er uns in aller Kürze einen Fall, der sich gerade um diese Zeit mit christlichen Edelleuten zugetragen, den seltsamsten Fall, der je in diesen Landen vorgekommen, wo doch jeden Augenblick die staunenswertesten und wundersamsten Dinge sich ereignen. Endlich rückte er mit dem Rate heraus: was man tun könne, sei, ihm das Geld, das zum Loskauf eines Christen nötig sei, zu geben, um hier in Algier eine Barke anzuschaffen unter dem Vorwand, daß er Kaufmann werden und zu Tetuan und an der ganzen Küste Handel treiben wolle, und wenn er einmal Eigentümer der Barke sei, so falle es leicht, einen Plan zu entwerfen, wie man sie aus dem Bagno entführen und alle zu Schiff bringen könne, zumal wenn die Maurin, wie sie sage, Geld gebe, um sie alle loszukaufen. Denn sobald sie frei seien, würde es das leichteste Ding von der Welt sein, sich sogar mitten am Tage einzuschiffen. Die größte Schwierigkeit indessen bestehe darin, daß die Mauren einem Renegaten nicht gestatten, ein Schiff zu kaufen oder zu besitzen, außer einem großen Kaperkreuzer. Denn sie fürchten, daß, wer eine Barke kauft, besonders wenn es ein Spanier ist, sie nur zu dem Zweck haben will, um auf christliches Gebiet zu entkommen. Er aber werde diesem Übelstand dadurch abhelfen, daß er zusammen mit einem tagarinischen Mauren eine Barke kaufe und ihn am Gewinn des Handels beteilige, und unter diesem Deckmantel würde er doch zuletzt allein der Herr des Schiffes sein, womit sich alles übrige von selbst ausführen lasse.

Obwohl es nun mir und meinen Gefährten besser schien, jemanden nach Mallorca zu senden, um dort, wie es die Maurin gewünscht, eine Barke zu holen, so wagten wir ihm doch nicht zu widersprechen, da wir fürchteten, wenn wir seinen Vorschlag ablehnten, könne er unser Geheimnis verraten und uns gar in Lebensgefahr bringen, falls er den Verkehr mit Zoraida offenbarte, für deren Leben wir alle das unsre gegeben hätten. So beschlossen wir denn, uns der Hand Gottes und des Renegaten anheimzugeben, und im nämlichen Augenblick antworteten wir auch Zoraida, wir würden alles tun, was sie anrate, denn sie habe so gute Vorschläge gemacht, als hätte Lela Marién es ihr eingegeben, und von ihr allein hänge es jetzt ab, die Sache zu verschieben oder sie sogleich ins Werk zu setzen. Ich erbot mich aufs neue, ihr Gemahl zu werden, und hierauf gab sie uns am folgenden Tage, wo das Bagno zufällig menschenleer war, in verschiedenen Sendungen mit Hilfe des Stabes und des Tüchleins zweitausend Goldtaler und dabei einen Brief, in dem sie sagte, am nächsten Dschumá, das heißt Freitag, werde sie in den Garten ihres Vaters hinausziehen, und bevor sie dahin gehe, werde sie uns noch mehr Geld geben. Wenn das nicht hinreichend sei, so möchten wir es ihr mitteilen, und sie würde uns geben, soviel wir von ihr verlangten; ihr Vater sei so reich, daß er es nicht vermissen werde, um so mehr, da sie die Schlüssel zu allem habe.

Wir gaben dem Renegaten sogleich fünfhundert Goldtaler, um die Barke zu kaufen; mit achthundert verschaffte ich mir selbst meine Freiheit, indem ich das Geld einem valencianischen Kaufmanne gab, der sich um diese Zeit in Algier befand und mich vom Könige loskaufte. Er sagte gut für mich und setzte sein Wort zum Pfande, daß er bei der Ankunft des nächsten Schiffes aus Valencia mein Lösegeld bezahlen werde. Denn hätte er das Geld auf der Stelle gegeben, so hätte dies beim Könige den Verdacht erweckt, daß mein Lösegeld sich schon seit langer Zeit in Algier befinde und der Kaufmann es geheimgehalten habe, um Geschäfte zu machen. Kurz, mein Herr war so voller Ränke und Kniffe, daß ich unter keiner Bedingung es wagen mochte, ihn das Geld sofort einstecken zu lassen.

Am Donnerstag, ehe die schöne Zoraida den Garten beziehen sollte, gab sie uns wiederum tausend Goldtaler, benachrichtigte uns von ihrer Übersiedlung und bat mich, sobald ich mich loskaufe, solle ich den Garten ihres Vaters erkunden und jedenfalls Gelegenheit suchen, hinzukommen und sie zu sprechen. Ich antwortete ihr mit wenigen Worten, ich würde es tun, und sie möchte nicht unterlassen, uns mit all jenen Gebeten, welche die Sklavin sie gelehrt, in Lela Mariéns Schutz zu befehlen. Hierauf wurde Anstalt getroffen, daß meine drei Gefährten sich ebenfalls loskauften, sowohl um ihnen das Verlassen des Bagnos zu ermöglichen als auch um zu verhüten, daß, wenn sie mich frei sähen und sich selber nicht, obwohl Geld dazu vorhanden war, sie nicht etwa in Aufregung geraten und der Teufel sie verleiten möchte, etwas zu Zoraidas Nachteil zu tun. Denn obschon der Umstand, daß sie Leute von gutem Hause waren, mich vor dieser Besorgnis sicherzustellen schien, so wollte ich trotzdem die ganze Sache nicht aufs Ungefähr hin wagen, und so ließ ich sie auf die nämliche Weise loskaufen wie mich selbst, indem ich das ganze Geld dem Kaufmann übergab, damit er mit um so größerer Sicherheit und Beruhigung die Bürgschaft übernehmen könne; jedoch vertrauten wir ihm wegen der damit verbundenen Gefahr nie unser Einverständnis und Geheimnis an.

41. KAPITEL

Worin der Sklave seine Geschichte fortsetzt

Keine vierzehn Tage waren vorübergegangen, als bereits unser Renegat eine recht gute Barke gekauft hatte, die mehr als dreißig Personen fassen konnte. Und um die Ausführung seines Unternehmens zu sichern und es zu tarnen, beschloß er eine Fahrt und führte sie auch aus, indem er nach einem Orte namens Sargel segelte, der dreißig Stunden von Algier in der Richtung gegen Orán liegt, wo viel Handel mit trockenen Feigen betrieben wird. Zwei- oder dreimal machte er diese Fahrt in Gesellschaft mit dem erwähnten Tagarinen. Tagarinos nennt man in der Berberei die Mauren aus Aragón, die aus Granada nennt man Mudéjares, und im Königreich Fez tragen die Mudéjares den Namen Elches; sie sind die Leute, deren sich vorzugsweise der König jenes Landes im Kriege bedient.

Jedesmal, wenn nun der Renegat mit seiner Barke eine Fahrt machte, warf er den Anker in einer kleinen Bucht aus, die nicht zwei Bogenschuß weit von dem Garten war, wo Zoraida meiner wartete; und dort pflegte er absichtlich mit den maurischen Burschen, die am Ruder saßen, entweder das Salá, das Gebet nach muselmännischem Brauch, zu verrichten oder auch sich wie zum Scherze in dem zu versuchen, was er bald im Ernste tun wollte. Deshalb ging er öfters nach dem Garten Zoraidas, um Obst von ihr zu erbitten, und ihr Vater gab es ihm, ohne ihn zu kennen. Dabei hatte er die Absicht, Zoraida zu sprechen, wie er mir nachher erzählte, und ihr zu sagen, er sei es, der sie auf mein Geheiß in Christenlande führen solle, so daß sie vergnügt und sicher sein könne; allein es war ihm niemals möglich, weil die Maurinnen sich vor keinem Mauren oder Türken sehen lassen, wenn nicht ihr Gemahl oder ihr Vater es ihnen ausdrücklich befiehlt. Von Christensklaven lassen sie sich Verkehr und Umgang gefallen, manchmal sogar mehr, als sich geziemt. Mir wäre es leid gewesen, wenn er mit ihr gesprochen hätte; denn vielleicht hätte es sie aufgeregt und beunruhigt, wenn sie gesehen hätte, daß ihre Angelegenheit im Munde von Renegaten umging. Allein Gott, der es anders fügte, gewährte der guten Absicht unsres Renegaten keine Erfüllung.

Als dieser nun sah, wie sicher er von und nach Sargel fuhr, und daß er, wann und wie und wo er wollte, die Anker auswarf und daß sein Genosse, der Tagarine, keinen andern Willen hatte als den seinen und ich bereits losgekauft war und nichts weiter mehr zu tun blieb, als etliche Christen zu finden, die das Ruder führten, sagte er mir, ich möchte mir überlegen, welche Leute ich außer den losgekauften noch mitnehmen wollte. Ich solle mich mit ihnen auf den nächsten Freitag verabreden, auf welchen Tag er unsre Abfahrt bestimmt habe. Daraufhin besprach ich mich mit zwölf Spaniern, alles tüchtige Ruderer, und zwar solchen, denen es am leichtesten fiel, unbemerkt aus der Stadt zu kommen. Es war nicht einfach, unter den obwaltenden Verhältnissen so viele zu finden; denn es waren zwanzig Schiffe zum Kreuzen ausgelaufen und hatten alle Ruderknechte mit fortgenommen; und auch diese zwölf hätten sich nicht gefunden, wenn nicht zufällig ihr Herr diesen Sommer zu Hause geblieben wäre, ohne eine Raubfahrt zu unternehmen, weil er einen Zweimaster, den er auf der Werft hatte, erst ausbauen wollte. Diesen Leuten sagte ich nichts weiter, als daß sie nächsten Freitag nachmittags einer nach dem andern sich im stillen aus der Stadt schleichen, die Richtung nach Hadschí Murads Garten einschlagen und dort warten sollten, bis ich käme. Diesen Auftrag erteilte ich jedem für sich allein mit dem Befehle, falls sie etwa noch andre Christen dort sähen, ihnen nichts weiter zu sagen, als daß ich sie dort hinbestellt habe.

Nachdem ich diese Vorkehrung getroffen, blieb mir noch eine andre übrig, und zwar die wichtigste, nämlich Zoraida zu benachrichtigen, auf welchem Punkte die Angelegenheiten stünden, damit sie vorbereitet und auf der Hut sei, um nicht zu erschrekken, wenn wir sie vor der Zeit, wo sie die Rückkehr des Christenschiffes erwarten konnte, unversehens überfielen. Daher beschloß ich, nach dem Garten zu gehen und zu versuchen, ob ich sie sprechen könnte. Unter dem Vorwand, verschiedene Kräuter zu pflücken, ging ich einen Tag vor meiner Abreise hin, und die erste Person, die mir begegnete, war ihr Vater, der mich in der Sprache fragte, die in der ganzen Berberei, ja bis nach Konstantinopel zwischen Sklaven und Mauren gesprochen wird und die weder Maurisch noch Kastilianisch noch sonst eine Nationalsprache ist, sondern eine Mischung aus allen Sprachen, in der wir uns alle verständigen; ich sage also, in dieser Art von Sprache fragte er mich, was ich in diesem seinem Garten suche und wessen Sklave ich sei. Ich antwortete ihm, ich gehörte dem Arnauten Mamí, und zwar sagte ich das deshalb, weil ich bestimmt wußte, daß dieser ein vertrauter Freund von ihm war; ich fügte bei, ich suchte überall nach allerhand Kräutern für Salat. Er fragte mich, ob ich den Loskauf erwartete und wieviel mein Herr für mich verlange. Mitten in all diesen Fragen und Antworten trat die schöne Zoraida, die mich schon längst bemerkt hatte, aus dem Gartenhause, und da die Maurinnen durchaus nicht spröde sind, sich vor Christen sehen zu lassen, und, wie ich schon gesagt, keineswegs vor ihnen Scheu haben, so trug sie kein Bedenken, sich ihrem Vater und mir zu nähern. Ja, als ihr Vater sah, daß sie mit langsamen Schritten herbeikam, rief er ihr zu und gebot ihr näher zu treten.

Es würde mich zu weit führen, wollte ich hier die große Schönheit, die Anmut, den herrlichen und reichen Schmuck schildern, womit meine geliebte Zoraida vor meinen Augen erschien; ich kann nur sagen, daß an ihrem wunderschönen Hals, ihren Ohren und Haaren mehr Perlen hingen, als sie Haare auf dem Haupte hatte. An ihren Fußknöcheln, die sie nach dortigem Brauch unverhüllt zeigte, trug sie Carcaches – so nennt man auf maurisch die Spangen oder Ringe an den Füßen – von feinstem Gold mit so viel eingelegten Diamanten, daß ihr Vater, wie sie mir später sagte, sie auf zehntausend Dublonen schätzte, und die Armbänder, die sie am Handgelenk trug, waren ebensoviel wert. Die Perlen waren sehr zahlreich und äußerst kostbar, denn bei den Maurinnen ist der größte Prunk und Stolz, sich mit reichen Perlen und Perlsamen zu schmücken, und daher gibt es mehr Perlen und Perlsamen bei den Mauren als bei allen übrigen Völkern. Und Zoraidas Vater stand im Rufe, deren sehr viele zu besitzen, und zwar die teuersten, die es in Algier gab, und außerdem noch mehr als zweimalhunderttausend spanische Taler; und von alledem war sie die Herrin, die jetzt meine Herrin ist. Ob sie mit all diesem Schmucke damals reizend erschien oder ob nicht – aus den Resten, die ihr unter so vieler Mühsal geblieben sind, läßt es sich abnehmen. Wie mußte erst in glücklicheren Verhältnissen ihre Erscheinung sein! Denn man weiß ja, daß bei manchen Frauen die Schönheit ihre Tage und Zeiten hat und daß es äußerer Umstände bedarf, um sie zu mindern oder zu mehren, und es ist natürlich, daß Gemütsbewegungen sie erhöhen oder herabdrücken, ja sie sogar in den meisten Fällen ganz zerstören. Doch kurz gesagt, damals trat sie herzu, über alle Maßen geschmückt, schön über alle Maßen, oder mindestens schien sie mir die Reichstgeschmückte und Schönste, die ich bis dahin gesehen; und da ich dazu noch empfand, wie innig sie mich ihr verpflichtet hatte, so meinte ich eine Gottheit vom

Himmel vor mir zu sehen, die zur Erde herabgestiegen zu meiner Wonne und zu meiner Rettung.

Als sie näher kam, sagte ihr Vater zu ihr in der Landessprache, ich sei ein Sklave seines Freundes, des Arnauten Mamí, und komme hierher, um Salat zu holen. Sie nahm nun zuerst das Wort und fragte mich in jenem Sprachengemisch, das ich erwähnt habe, ob ich ein Edelmann sei und aus welchem Grunde ich mich nicht loskaufte. Ich antwortete ihr, ich sei schon losgekauft, und am Kaufpreis könne sie sehen, wie hoch mein Herr mich schätze, da man für mich fünfzehnhundert Soltanís gegeben habe. Sie entgegnete darauf: „In Wahrheit, wenn du meinem Vater gehörtest, ich hätte ihn veranlaßt, dich nicht für zweimal soviel Soltanís herzugeben; denn ihr Christen lügt immer in allen euren Angaben und stellt euch arm, um die Mauren zu hintergehen."

„Das könnte wohl sein, Fräulein", antwortete ich ihr, „aber in Wahrheit, meinem Herrn gegenüber bin ich bei der Wahrheit geblieben und bleibe stets bei ihr und werde bei ihr bleiben gegenüber jedermann auf Erden."

„Und wann gehst du?" fragte Zoraida.

„Morgen, glaube ich", erwiderte ich, „denn es liegt hier ein Schiff aus Frankreich, das morgen unter Segel geht, und ich denke mit diesem zu reisen."

„Ist es nicht besser", erwiderte Zoraida, „zu warten, bis Schiffe aus Spanien kommen, und lieber mit diesen zu fahren als mit den Franzosen, die nicht eure Freunde sind?"

„Nein", antwortete ich, „wiewohl ich, wenn man Nachricht hätte, daß ein spanisches Schiff in Bälde kommt, es abwarten würde. Indessen ist es sichrer, morgen abzureisen; denn meine Sehnsucht nach der Heimat und nach den Personen, die mir teuer sind, ist so heftig, daß sie mir nicht gestattet, eine andre, spätere Gelegenheit abzuwarten, wenn sie auch viel bequemer wäre."

„Du bist gewiß in deiner Heimat verheiratet", sagte Zoraida, „und sehnst dich daher nach deinem Weibe zurück."

„Ich bin nicht verheiratet", entgegnete ich, „aber ich habe mein Wort gegeben, mich zu verheiraten, sobald ich hinkomme."

„Und ist die Dame schön, der du dein Wort gegeben?" fragte Zoraida.

„So schön ist sie", antwortete ich, „daß sie, wenn ich sie nach Gebühr preisen und dir die Wahrheit sagen soll, dir sehr ähnlich sieht."

Darüber lachte ihr Vater herzlich und sprach: „Bei Allah,

Christ, da muß sie sehr schön sein, wenn sie meiner Tochter ähnlich sieht; denn diese ist die Schönste in diesem ganzen Lande. Meinst du nicht, so sieh sie dir genau an, und du wirst finden, daß ich dir die Wahrheit sage."

Bei dem größten Teil dieser Unterredung diente uns Zoraidas Vater als Dolmetsch, da er in Sprachen erfahrener war; denn obwohl sie die Mischsprache redete, die, wie gesagt, dort üblich ist, so machte sie sich doch mehr durch Zeichen als durch Worte verständlich.

Während wir nun bei diesen und sonst allerhand Gesprächen waren, kam ein Maure in vollem Lauf herbei und schrie laut, es seien über die Umzäunung oder Mauer des Gartens vier Türken herübergestiegen und pflückten das Obst ab, obschon es noch nicht reif sei. Der Alte erschrak heftig und ebenso Zoraida; denn die Furcht der Mauren vor den Türken ist allgemein und beinahe angeboren, besonders vor den Soldaten, die so unverschämt sind und über die Mauren, die ihnen untertan sind, so große Gewalt haben, daß sie sie schlechter behandeln, als wenn es ihre Sklaven wären.

Sogleich sprach nun Zoraidas Vater zu ihr: „Tochter, ziehe dich ins Haus zurück und schließe dich ein, während ich hingehe, mit diesen Hunden zu reden; und du, Christ, suche deine Kräuter und geh in Frieden, und Allah bringe dich glücklich zu deinem Lande heim."

Ich verneigte mich, und er ging hin, die Türken zu verjagen, und ließ mich mit Zoraida allein, welche zuerst tat, als wollte sie ins Haus, wie ihr Vater befohlen hatte; allein kaum war er hinter den Bäumen des Gartens verschwunden, als sie sich zu mir wendete und mit tränenvollen Augen zu mir sagte: „Tamechí, Christ, tamechí?" was bedeutet: „Gehst du, Christ, gehst du?"

Ich antwortete ihr: „Allerdings, Fräulein, aber unter keiner Bedingung ohne dich; am nächsten Freitag erwartest du mich, und erschrick nicht, wenn du uns erblickst; denn ganz sicher reisen wir nach dem Christenlande."

Ich sagte ihr dies auf eine solche Art, daß sie mich nach all den Briefen, die zwischen uns gewechselt worden, sehr gut verstehen mußte; sie legte ihren Arm um meinen Hals und begann mit wankenden Schritten nach dem Hause zu gehen. Der Zufall aber – der ein sehr schlimmer hätte werden können, wenn der Himmel es nicht anders beschlossen hätte – fügte es, als wir auf die Art und in der Stellung dahingingen, wie ich euch berichtet, ihren Arm um meinen Hals geschlungen, daß da ihr Vater, der die Türken fortgewiesen hatte, zurückkam und uns auf solche Art und Weise zusammen gehen sah; wie wir denn auch bemerkten, daß er uns gesehen hatte. Zoraida, klug und besonnen, wollte ihren Arm nicht von meinem Halse wegziehen, schmiegte sich vielmehr dichter an mich und legte ihren Kopf an meine Brust, wobei sie die Knie ein wenig einsinken ließ und deutlich zu erkennen gab, daß eine Ohnmacht sie anwandle; und so ließ auch ich merken, daß ich sie wider Willen stützte. Ihr Vater lief eilends zu uns her, und als er seine Tochter in solchem Zustand sah, fragte er, was ihr fehle; aber da sie ihm nicht antwortete, sprach er: „Ganz gewiß ist sie vor Schrecken über das Eindringen dieser Hunde ohnmächtig geworden."

Er riß sie von meiner Brust weg und drückte sie an die seinige, und sie, einen Seufzer ausstoßend, die Augen noch nicht trocken von Tränen, sprach wiederum: „Amechí, Christ, amechí! Gehe, Christ, geh."

Darauf sagte ihr Vater: „Der Christ braucht ja nicht zu gehen, er hat dir nichts zuleide getan, und die Türken sind bereits fort. Es ist kein Grund, bange zu sein, es ist kein Grund, dich zu betrüben; denn, wie gesagt, die Türken sind auf meine Bitte desselben Weges zurückgekehrt, den sie hereingekommen waren."

„Die Türken, Señor", sprach ich hier zu ihm, „haben sie erschreckt, wie Ihr gesagt habt; aber da sie sagt, ich soll gehen, will ich ihr nicht lästig fallen. Bleibet in Frieden, und mit Eurer Erlaubnis werde ich, wenn es nötig ist, wieder nach Kräutern in diesen Garten gehen; denn wie mein Herr sagt, gibt es in keinem bessere für Salat als in diesem."

„Sooft du willst, kannst du wiederkehren", antwortete Hadschí Murad, „denn meine Tochter hat dies nicht gesagt, weil du oder ein andrer von den Christen ihr unangenehm gewesen. Vielmehr hat sie, während sie eigentlich sagen wollte, die Türken sollten gehen, nur irrtümlich gesagt, du solltest gehen, oder auch weil es bereits Zeit für dich war, deine Kräuter zu suchen."

Hiermit verabschiedete ich mich sogleich von beiden, und sie entfernte sich mit einem Gesichtsausdruck, als ob sie sich das Herz aus dem Leibe reißen wollte, mit ihrem Vater. Ich durchstreifte indessen unter dem Vorwand, Kräuter zu suchen, den ganzen Garten weit und breit, soviel ich nur Lust hatte; ich beobachtete, wo die Ein- und Ausgänge waren, wie das Haus verwahrt sei und welche Gelegenheiten sich darböten, um unser Vorhaben am besten auszuführen. Darauf ging ich von dannen und berichtete alles, was geschehen, dem Renegaten und meinen Gefährten und konnte kaum die Stunde erwarten, wo ich angstbefreit das Glück genießen würde, welches das Schicksal mir in der schönen reizenden Zoraida darbot.

Endlich verging die Zeit, der Tag brach an, und der bestimmte Zeitpunkt näherte sich, den wir alle so heiß ersehnten, und da die Befehle und Anweisungen, die wir mit kluger Erwägung und langer Beratung zu öftern Malen erteilt hatten, von allen genau befolgt wurden, so gelang uns denn auch alles nach Wunsch. Denn am Freitag nach dem Tage, wo ich mit Zoraida im Garten gesprochen, ging der Renegat bei Anbruch der Nacht mit der Barke an einer Stelle vor Anker, wo fast gegenüber die reizende Zoraida weilte. Bereits waren die Christen, die die Ruderbank besetzen sollten, in Bereitschaft und an verschiedenen Stellen der Umgegend versteckt. Alle waren in Spannung und freudiger Aufregung und erwarteten mich voll Begier, sich des vor ihnen liegenden Schiffes alsbald zu bemächtigen; denn sie wußten nichts von der Verabredung mit dem Renegaten, sondern sie glaubten, sie sollten mit Gewalt ihre Freiheit gewinnen und zu diesem Zwecke den Mauren in der Barke das Leben rauben.

Sobald ich mich nun nebst meinen Gefährten erblicken ließ, kamen all die andern versteckten Helfer auf uns zu. Das geschah zu der Zeit, wo bereits die Stadttore verschlossen waren, und es war in dem ganzen Gefilde umher niemand zu sehen. Als wir uns zusammengefunden, waren wir ungewiß, ob es besser sei, erst Zoraida zu holen oder zuerst die maurischen Bagarinos, die die Ruderbänke in der Barke besetzt hielten, zu überwältigen; und während wir noch in diesem Zweifel befangen waren, traf unser Renegat bei uns ein und fragte uns, womit wir uns noch aufhielten; es sei jetzt die Stunde, alle seine Mauren säßen sorglos da und die meisten in tiefem Schlummer. Wir sagten ihm unsere Bedenken, und er entgegnete, das Wichtigste sei, sich zuerst des Schiffes zu bemächtigen, was sich mit größter Leichtigkeit und ohne Gefahr tun lasse, und dann könnten wir gleich Zoraida abholen. Uns allen schien seine Ansicht die richtige, und ohne länger zu zögern, begaben wir uns unter seiner Führung zu dem Schiff; er sprang zuerst hinein, zog seinen Krummsäbel und rief auf maurisch: „Keiner von euch rühre sich von der Stelle, oder ihr seid des Todes."

Bereits waren fast alle Christen an Bord gestiegen. Als die Mauren, die ohnehin nicht sehr beherzt waren, ihren Schiffsherrn so reden hörten, schraken sie zusammen, und ohne daß einer von ihnen allen zu den Waffen griff – deren sie ohnehin wenige oder fast gar keine hatten –, ließen sie sich ohne die geringste Widerrede von den Christen die Hände binden. Diese taten das mit größter Geschwindigkeit, wobei sie den Mauren drohten, wenn sie irgendeinen Laut von sich gäben, so würde man sie auf der Stelle über die Klinge springen lassen.

Als dieses vollbracht war, blieb die Hälfte der Unsern zur Bewachung der Ruderer zurück, und wir übrigen gingen, wiederum unter Führung des Renegaten, nach dem Garten Hadschí Murads, und das günstige Geschick fügte es, daß, als wir das Tor öffnen wollten, es mit solcher Leichtigkeit aufging, als wäre es gar nicht verschlossen gewesen; und so gelangten wir in großer Ruhe und Stille zu dem Hause, ohne daß jemand uns bemerkte. Schon stand die reizende Zoraida uns erwartend am Fenster, und sobald sie Laute hörte, fragte sie mit leiser Stimme, ob wir Nisaranís wären, das heißt soviel: ob wir Christen wären. Ich antwortete ihr mit Ja und bat sie herunterzukommen. Als sie mich erkannte, zögerte sie keinen Augenblick, eilte, ohne mir ein Wort zu erwidern, unverzüglich herunter, öffnete die Tür und zeigte sich aller Augen so schön und in so reicher Tracht, daß ich nicht imstande bin, es genügend zu preisen. Sobald ich sie erblickte, ergriff ich ihre Hand und küßte sie, und dasselbe tat auch der Renegat nebst meinen beiden Gefährten, und die andern, die von der Sache nichts wußten, taten, was sie uns tun sahen, und es schien nicht anders, als wollten wir ihr unsern ehrerbietigen Dank bezeigen und sie als unsre Herrin und Geberin unsrer Freiheit anerkennen.

Der Renegat fragte sie auf maurisch, ob ihr Vater im Garten sei; sie antwortete, ja, er schlafe jedoch. „Dann wird es nötig sein, ihn aufzuwecken", erwiderte der Renegat, „und ihn mit uns zu nehmen, sowie alles, was er in diesem schönen Garten Wertvolles hat."

„Nein", entgegnete sie, „an meinen Vater dürft ihr unter keiner Bedingung rühren; auch befindet sich in diesem Hause nichts, als was ich mitnehme, und dies ist so viel, daß es hinreichen wird, um euch alle reich und zufrieden zu machen. Wartet nur einen Augenblick, und ihr werdet schon sehen."

Mit diesen Worten ging sie ins Haus zurück und sagte, sie werde gleich wiederkommen; wir möchten nur ruhig sein und kein Geräusch machen. Ich fragte den Renegaten, was er mit ihr verhandelt habe; er erzählte es mir, und ich erklärte ihm, es dürfe in keiner Beziehung irgend etwas andres geschehen, als was

Zoraida wolle. Bereits erschien diese wieder, beladen mit einem Kästchen voller Goldtaler, so schwer, daß sie es kaum tragen konnte.

Inzwischen wollte das Mißgeschick, daß ihr Vater aufwachte und das Geräusch vernahm, das sich hin und wieder im Garten bemerken ließ. Er trat ans Fenster, erkannte sogleich, daß alle Leute im Garten Christen waren, und mit gewaltigem unaufhörlichem Geschrei rief er auf arabisch: „Christen, Christen! Räuber, Räuber!"

Dies Geschrei versetzte uns alle in unbeschreibliche Angst und Bestürzung. Aber der Renegat, der sah, in welcher Gefahr wir uns befanden und wieviel für ihn darauf ankam, mit diesem Unternehmen zu einem glücklichen Ende zu kommen, ehe man uns entdeckte, eilte mit größter Schnelligkeit hinauf zu Hadschi Murad und mit ihm ein paar der Unsrigen, während ich nicht wagte, Zoraida zu verlassen, die wie ohnmächtig mir in die Arme gesunken war.

Kurzum, die, welche hinaufgeeilt waren, besorgten ihre Angelegenheit so schleunig, daß sie in einem Augenblick mit Hadschi Murad wieder herabkamen; sie brachten ihn mit gebundenen Händen, im Munde einen Knebel, der ihm kein Wort zu reden erlaubte; sie drohten ihm, wenn er zu sprechen versuche, würde es ihn das Leben kosten. Als seine Tochter ihn erblickte, verhüllte sie sich die Augen, um ihn nicht zu sehen, und ihr Vater stand voll Entsetzens, da er nicht wußte, wie sehr freiwillig sie sich in unsre Hände gegeben hatte. Da aber jetzt die Füße nötiger als alles andere waren, so begaben wir uns eiligst und ohne weiteres Überlegen zu der Barke, wo die Zurückgebliebenen uns bereits in Besorgnis erwarteten, es möchte uns etwas Übles zugestoßen sein.

Es mochten kaum die zwei ersten Stunden der Nacht vorüber sein, als wir uns schon sämtlich in der Barke befanden, und hier nahm man dem Vater Zoraidas die Bande von den Händen und den Knebel aus dem Munde; allein der Renegat wiederholte seine Warnung, kein Wort zu sprechen, sonst würde man ihm das Leben rauben. Er aber, als er seine Tochter im Schiffe sah, begann schmerzlich zu seufzen, zumal da er bemerkte, daß ich sie innig umarmt hielt und daß sie, ohne abzuwehren oder zu klagen oder sich zu sträuben, ruhig dasaß; aber trotzdem schwieg er aus Furcht, der Renegat möchte seine Drohungen wahrmachen. Als nun Zoraida sah, daß sie sich an Bord befand und daß wir die Ruder hoben, um in See zu stechen, und daß ihr Vater dort saß nebst den andern gefesselten Mauren, sagte sie zu dem Renegaten, er möge mich um die Gunst für sie bitten, die Mauren von den Banden zu lösen und ihrem Vater die Freiheit zu geben; denn sie würde sich lieber ins Meer stürzen, als daß sie vor ihren Augen und um ihretwillen einen Vater, der sie so sehr geliebt, gefangen fortgeschleppt sähe. Der Renegat sagte es mir, und ich erwiderte, ich sei damit ganz einverstanden. Er aber entgegnete, es sei nicht tunlich, weil sie, wenn man sie hier am Ufer zurücklasse, sogleich das ganze Land zusammenschreien und die Stadt in Aufruhr bringen und Anstalten treffen würden, uns mit ein paar leichten Fregatten zu verfolgen und uns den Weg zu Lande und zur See zu verlegen, so daß wir nicht zu entkommen vermöchten. Was sich tun lasse, sei, an der ersten christlichen Küste, wo man anlegen werde, sie in Freiheit zu setzen.

Dieser Meinung stimmten wir alle bei, und Zoraida, der man dieses nebst den Gründen mitteilte, die uns bewogen, ihrem Wunsche nicht sogleich zu entsprechen, gab sich ebenfalls zufrieden; und mit freudigem Stillschweigen und heiterem Bemühen erfaßte ein jeder von unsern kräftigen Rudersleuten seine Ruderstange, und uns von ganzem Herzen Gott befehlend, begannen wir, die Richtung auf die Balearen zu nehmen, welche das nächstgelegene Christenland sind. Allein da der Wind sachte von Norden zu wehen begann und die See ziemlich hoch ging, war es nicht möglich, den Kurs auf Mallorca einzuhalten, und wir sahen uns genötigt, uns am Ufer hin in der Richtung nach Orán treiben zu lassen, nicht ohne große Besorgnis, daß wir von Sargel aus entdeckt werden möchten, welcher Ort an dieser Küste etwa sechzig Meilen von Algier entfernt liegt. Auch fürchteten wir, in diesem Strich einem der Zweimaster zu begegnen, die gewöhnlich mit Handelsfracht von Tetuán kommen. Allerdings waren wir alle der Meinung, wenn uns ein Kauffahrteischiff begegnete, das nicht gerade zur Kaperei ausgerüstet wäre, würden wir nicht nur nicht ins Verderben geraten, sondern sogar ein Fahrzeug erbeuten, auf dem wir unsre Fahrt mit größerer Sicherheit vollenden könnten.

Während wir so weiterruderten, hielt Zoraida ihren Kopf in meine Hände gedrückt, um ihren Vater nicht zu sehen, und ich hörte, wie sie beständig Lela Marién anrief, uns zu helfen. Wir mochten an die dreißig Meilen weit gerudert sein, als der Morgen uns zu leuchten begann und wir uns etwa drei Büchsenschüsse weit von der Küste fanden, die wir ganz menschenleer sahen, ohne jemand, der uns bemerken konnte. Aber dessenungeachtet suchten wir mit Aufgebot aller Kräfte einigermaßen die hohe See zu gewinnen, die jetzt etwas ruhiger war, und nachdem wir etwa zwei Meilen weit hinausgeschifft waren, wurde Befehl erteilt, abteilungsweise zu rudern, während wir etwas frühstücken wollten; denn die Barke war mit Mundvorrat wohlversehen. Allein die Ruderleute sagten, es sei jetzt keine Zeit, irgendwie der Ruhe zu pflegen; man möge denen, die nicht das Ruder führten, zu essen geben, sie aber würden unter keiner Bedingung die Ruder aus den Händen lassen.

Es geschah also, aber währenddessen erhob sich ein kräftiger Wind, der uns zwang, die Segel beizusetzen und die Ruder einzuziehen und den Kurs nach Orán einzuhalten, weil eine andre Fahrt nicht möglich war. Alles wurde mit größter Schnelligkeit ausgeführt, und so fuhren wir unter Segel mehr als acht Seemeilen in der Stunde, ohne eine andre Besorgnis, als einem Schiff zu begegnen, das auf Kaperei ausgerüstet wäre. Wir gaben den maurischen Bagarinos zu essen, und der Renegat sprach ihnen Trost zu und sagte ihnen, sie seien hier nicht als Gefangene, man werde sie bei erster Gelegenheit in Freiheit setzen.

Das nämliche sagte er dem Vater Zoraidas; der aber entgegnete: „Von eurer Großmut und Freundlichkeit könnte ich eher alles andre erwarten und glauben, ihr Christen; aber haltet mich nicht für so einfältig, daß ich glaube, ihr werdet mich in Freiheit setzen. Denn wahrlich, ihr habt euch ja nicht in die Gefahr begeben, mir die Freiheit zu rauben, um sie mir dann so freigebig wieder zu schenken, namentlich da ihr wißt, wes Standes ich bin und welcher Vorteil euch daraus entstehen kann, daß ihr mir sie wiedergebt. Und wollt ihr mir den Preis dafür angeben, so biete ich euch auf der Stelle alles an, was ihr für mich und für diese meine unglückliche Tochter verlangen wollt, oder aber für sie allein, die ja der größte und beste Teil meines Herzens ist."

Bei diesen Worten begann er so bitterlich zu weinen, daß er uns alle zum Mitleid bewegte und Zoraida nötigte, ihre Blicke auf ihn zu richten; und als sie ihn weinen sah, ward sie so gerührt, daß sie sich von ihrem Sitze zu meinen Füßen erhob und hineilte, ihren Vater zu umarmen. Sie preßte ihr Gesicht an das seinige, und beide brachen in so schmerzliches Jammern aus, daß viele von uns mit ihnen weinen mußten.

Aber als ihr Vater sie in festlichem Schmucke und mit soviel Kostbarkeiten prangend sah, sagte er in seiner Sprache zu ihr: „Was ist das, Tochter? Gestern abend, ehe uns das schreckliche Unglück traf, in dem wir uns jetzt befinden, sah ich dich in deiner gewöhnlichen Haustracht, und jetzt, ohne daß du Zeit hattest, dich umzukleiden, und ohne daß ich dir eine freudige Nachricht mitgeteilt hätte, die geeignet wäre, mit Schmuck und Kleidertracht gefeiert zu werden, sehe ich dich mit den herrlichsten Gewändern bekleidet, die ich dir, als uns das Glück am günstigsten war, zu geben imstande war? Gib mir Antwort hierauf, denn dies setzt mich in größeres Staunen und größere Verwunderung als all das Mißgeschick selbst, in dem ich mich befinde."

Alles, was der Maure seiner Tochter sagte, übersetzte uns der Renegat, und sie erwiderte ihm nicht ein Wort. Aber als er seitwärts in der Barke das Kästchen erblickte, worin sie gewöhnlich ihre Kostbarkeiten hatte und das er, wie er sich wohl erinnerte, in Algier gelassen und nicht in das Gartenhaus mitgenommen hatte, geriet er in noch größere Bestürzung und fragte, wie dies Kästchen in unsre Hände gelangt sei und was sich darin befinde. Darauf sagte der Renegat, ohne abzuwarten, daß ihm Zoraida eine Antwort erteilte: „Gebt Euch, Señor, nicht die Mühe, so viele Fragen an Zoraida zu richten; denn durch Beantwortung einer einzigen werde ich Euch über alles aufklären. So will ich Euch denn wissen lassen, daß sie Christin ist; sie allein war die Feile unsrer Ketten und die Befreiung aus unsrer Sklaverei. Sie befindet sich hier aus eignem, freiem Willen und ist, wie ich glaube, so froh darüber wie einer, der aus der Finsternis in das Licht heraustritt, aus dem Tode ins Leben, aus der Höllenpein in die Glorie des Himmels."

„Ist es Wahrheit, was der sagt, meine Tochter?" sprach der Maure.

„Es ist so", antwortete Zoraida.

„Wie! Du bist wirklich", erwiderte der Alte, „eine Christin? Du bist es, die ihren Vater in die Hände seiner Feinde überliefert hat?"

Darauf antwortete Zoraida: „Eine Christin, das bin ich; ich bin es aber nicht, die dich in diese Lage versetzt hat; denn nie ging mein Wunsch dahin, dich im Leid zu verlassen oder dir ein Leid zuzufügen, nein, mir vielmehr Glück zu erwerben."

„Und welch ein Glück hast du dir erworben, meine Tochter?"

„Das", antwortete sie, „frage du Lela Marién, sie wird es dir besser sagen können als ich."

Kaum hatte der Maure dies gehört, als er mit unglaublicher Behendigkeit sich kopfüber ins Meer stürzte, wo er ohne Zweifel ertrunken wäre, wenn sein langes, faltiges Gewand ihn nicht eine kurze Zeit über Wasser gehalten hätte. Zoraida schrie, man möge ihn aus den Fluten retten; wir eilten ihm alle zu Hilfe, faßten ihn am Oberkleid und zogen ihn halb erstickt und besinnungslos heraus. Zoraida war so von Schmerz überwältigt, daß sie, als wenn er schon tot wäre, jammernd und schmerzvoll Klage über ihn erhob. Wir legten ihn mit dem Gesichte nach unten, er gab viel Wasser von sich, und nach zwei Stunden kam er wieder zu sich.

Inzwischen war der Wind umgeschlagen; wir mußten wieder landwärts drehen und alle Kraft der Ruder aufbieten, um nicht an der Küste aufzufahren. Aber unser gutes Glück fügte es, daß wir eine Bucht erreichten, die längs eines kleinen Vorgebirgs oder einer Landzunge sich erstreckt und von den Mauren die Bucht der Caba rumia, das heißt des bösen Christenweibes, genannt wird. Nach einer Sage der Mauren liegt an diesem Orte die Caba begraben, um derentwillen Spanien zugrunde ging; denn Caba heißt in ihrer Sprache ein böses Weib und rumia eine Christin. Ja sie halten es sogar für eine üble Vorbedeutung, dort Anker zu werfen, wenn einmal die Notwendigkeit sie dazu zwingt; denn ohne eine solche gehen sie dort nie vor Anker. Indessen für uns war es nicht die Ruhestatt eines bösen Weibes, sondern der sichere Hafen unserer Rettung, so hoch ging die See. Wir stellten unsere Schildwachen am Lande aus und ließen die Ruder keinen Augenblick aus den Händen; wir aßen von den Vorräten, die der Renegat besorgt hatte, und beteten von ganzem Herzen zu Gott und Unserer Lieben Frau, uns hilfreich und gnädig zu sein, auf daß wir einen so günstigen Anfang mit glücklichem Ende krönen möchten.

Auf Zoraidas Bitte wurde Anstalt getroffen, ihren Vater und die andern Mauren, die gebunden im Schiff lagen, ans Land zu setzen; denn sie hatte nicht das Herz, und ihr weiches Gemüt konnte es nicht ertragen, vor ihren Augen ihren Vater gefesselt und ihre Landsleute gefangen zu sehen. Wir versprachen ihr, es bei unserer Abfahrt zu tun, da keine Gefahr davon drohte, sie in dieser wüsten Gegend zurückzulassen.

Unsere Gebete waren nicht so vergeblich, daß der Himmel sie nicht gehört hätte; er ließ alsbald den Wind zu unseren Gunsten umschlagen und die See ruhig werden und lud uns ein, die begonnene Fahrt jetzt wieder fröhlich fortzusetzen. Als wir das gewahrten, banden wir die Mauren los und setzten sie einen nach dem andern an Land, worüber sie sich höchlich wunderten. Als wir aber im Begriff waren, Zoraidas Vater, der wieder bei voller Besinnung war, auszuschiffen, sagte er: „Warum, glaubt ihr Christen, freut sich dies böse Weib, daß ihr mir die Freiheit schenkt? Glaubt ihr, es geschehe etwa aus Mitleid mit mir? Wahrlich nein, sie tut es nur, weil meine Anwesenheit sie stören würde, wenn sie ihre bösen Gelüste befriedigen will; auch dürft ihr nicht denken, daß sie zur Änderung ihres Glaubens deshalb bewogen worden, weil sie meint, dem eurigen gebühre der Vorzug vor dem unsrigen, sondern vielmehr, weil sie weiß, daß man in eurem Lande sich der Sittenlosigkeit freier hingeben kann als in dem unseren."

Hierauf wendete er sich zu Zoraida, wobei ich und ein anderer Christ ihn mit beiden Armen umfaßt hielten, damit er sich nicht zu etwas Wahnwitzigem hinreißen ließe, und sprach zu ihr: „O du schändliches Mädchen, du übelberatenes Kind! Wo willst du hin, blind und unsinnig, in der Gewalt dieser Hunde, unserer gebornen Feinde? Verflucht sei die Stunde, in der ich dich erzeugte, verflucht sei das Wohlleben und die Üppigkeit, worin ich dich auferzog!"

Da ich indessen gewahrte, daß er in einer Verfassung war, um nicht so bald zu Ende zu kommen, so beeilte ich mich, ihn ans Land zu setzen, aber auch von da aus fuhr er mit wilden Schreien fort in seinen Verwünschungen und Jammerklagen und rief Mohammed an, er möge Allah bitten, uns zu vernichten, zu verderben und auszutilgen. Und als wir, da wir unter Segel gegangen, seine Worte nicht mehr hören konnten, sahen wir noch sein leidenschaftliches Gebaren, wie er sich den Bart ausriß, die Haare raufte und sich auf den Boden niederwarf. Einmal aber erhob er seine Stimme so gewaltig, daß wir vernahmen, wie er rief: „Kehre zurück, geliebte Tochter, kehre ans Land zurück, ich verzeihe dir alles; überlaß diesen Leuten all das Geld dort, es gehört ja schon ihnen, kehre zurück, um deinem kummervollen Vater Trost zu spenden! Er wird in dieser Sandwüste das Leben lassen, wenn du ihn verlässest."

All dieses hörte Zoraida, und alles bewegte sie zu innigem Schmerz und heißen Tränen, und sie vermochte ihm nichts anderes zu sagen und kein anderes Wort zu erwidern als dies eine: „Es gebe Allah, mein Vater, daß Lela Marién, welche die Ursache ist, daß ich Christin geworden, dich in deiner Traurigkeit tröste! Allah weiß, daß ich nichts anderes tun konnte, als was ich getan, und daß diese Christen meinem guten Willen nichts zu danken haben, denn hätte ich auch den Willen gehabt, nicht mit ihnen zu gehen und in unserem Hause zu bleiben, es wäre mir unmöglich gewesen, so eilig drängte es mich in meiner Seele, dies Werk ins

Werk zu setzen, das mich ein ebenso gutes dünkt, wie du, geliebter Vater, es für ein schlechtes erachtest."

Als Zoraida dieses sprach, konnte ihr Vater sie schon nicht mehr hören und wir ihn nicht mehr sehen. Ich sprach ihr Tost zu, und wir alle waren nur noch auf unsere Fahrt bedacht, die jetzt der Wind begünstigte, so daß wir es wirklich für sicher hielten, bei Anbruch des nächsten Morgens die spanische Küste zu erreichen.

Aber da selten oder nie das Glück uns rein und ungetrübt zuteil wird, ohne daß ein verwirrender oder plötzlich heranstürmender Unfall es begleitet oder ihm nachfolgt, so fügte es unser Geschick oder veranlaßten es vielleicht die Verwünschungen, die der Maure auf seine Tochter geschleudert – denn stets sind solche Flüche zu fürchten, von welchem Vater sie auch kommen mögen –, es fügte das Schicksal, sage ich, als wir uns bereits auf hoher See befanden und schon etwa drei Stunden der Nacht vorüber waren und wir unter vollgeschwelltem Segel hinfuhren und mit festgebundenen Ruderstangen, da der günstige Wind uns der Mühe überhob, sie zu gebrauchen, daß wir da plötzlich beim hellen Scheine des Mondes dicht bei uns ein Rundschiff sahen, das alle Segel gesetzt hatte und das Steuer etwas nach links hielt und quer vor uns vorüberfuhr, und zwar so nahe, daß wir die Segel reffen mußten, um einen Zusammenstoß zu vermeiden. Und die anderen ihrerseits legten sich mit aller Macht in das Steuer, um uns Raum zum Vorbeifahren zu lassen. Jene hatten sich an Bord des Schiffes aufgestellt, um uns zu fragen, wer wir seien, wohin wir segelten und woher wir kämen; aber da sie uns dies auf französisch fragten, so sagte unser Renegat: „Keiner gebe Antwort, denn dies sind ohne Zweifel französische Seeräuber, denen alles recht zum Plündern ist."

Auf diese Warnung hin antwortete keiner ein Wort. Aber kaum waren wir an ihnen vorbei, und das Schiff segelte bereits unter dem Wind, als jenes unversehens zwei Geschütze löste, und wie es schien, waren beide mit Kettenkugeln geladen; denn der eine Schuß riß unsern Mast mitten durch und warf ihn samt dem Segel ins Meer, und da im nämlichen Augenblick das andere Geschütz feuerte, schlug die Kugel mitten in unser Schiff ein, so daß sie es ganz auseinanderriß, ohne jedoch anderen Schaden zu tun. Wie wir nun unsere Barke sinken sahen, begannen wir alle um Hilfe zu schreien und die im Schiffe zu bitten, sie möchten uns aufnehmen, weil wir am Ertrinken wären. Jetzt drehten sie bei, ließen ihr Boot oder ihre Schaluppe in See, und es stiegen gegen zwölf Franzosen darein, wohlbewaffnet mit Musketen und brennenden Lunten, und fuhren dicht an unser Schiff heran. Als sie aber sahen, daß unsere Anzahl so gering und das Schiff im Sinken war, nahmen sie uns an Bord, wobei sie sagten, wir hätten dies alles nur unserer Unhöflichkeit zuzuschreiben. Unser Renegat nahm das Kästchen mit Zoraidas Reichtümern und warf es unbemerkt ins Meer.

Nun begaben wir uns insgesamt zu den Franzosen hinüber, und diese, nachdem sie uns über alles ausgefragt hatten, was sie von uns zu wissen wünschten, nahmen uns alles weg, was wir besaßen, als wären wir ihre Todfeinde, und Zoraida beraubten sie sogar der Spangen, die sie an den Fußgelenken trug. Doch die Bekümmernis, in welche sie Zoraida hiermit versetzten, war bei mir lange nicht so groß als diejenige, die mir aus der Angst entstand, sie möchten vielleicht vom Raub der reichen und kostbaren Kleinodien weitergehn zum Raub jenes einen Kleinods, das den höchsten Wert hatte und von ihr am höchsten geschätzt wurde. Indessen geht die Gier dieser Leute auf nichts weiteres als auf das Geld, dessen sich ihre Habsucht nie ersättigen kann, und sie trieben es so arg, daß sie uns selbst die Sklavenkleider weggenommen hätten, wenn diese vom geringsten Nutzen für sie gewesen wären. Es war sogar unter ihnen die Rede davon, man solle uns alle in ein Segel wickeln und ins Meer werfen, denn sie hatten die Absicht, etliche spanische Häfen anzulaufen und sich dabei für Bretonen auszugeben, und wenn sie uns lebend mitnähmen, so würden sie der Strafe nicht entgehen, weil der verübte Raub nicht unentdeckt bliebe. Allein der Hauptmann, der nämliche, der meine geliebte Zoraida ausgeplündert hatte, sagte, er für seinen Teil begnüge sich mit der Beute, die er schon habe, und er wolle keinen spanischen Hafen anlaufen, sondern bei Nacht, oder wie es ihm sonst möglich wäre, durch die Meerenge von Gibraltar nach La Rochelle gehen, von wo er ausgelaufen sei.

So kamen sie denn überein, uns das Beiboot ihres Schiffes zu überlassen nebst allem für die kurze Fahrt Erforderlichen, die wir noch vor uns hatten, was sie auch am nächsten Tage ausführten, als wir bereits im Angesicht der spanischen Küste waren. Bei diesem Anblick war all unser Kummer und all unsere Armut gänzlich vergessen, als wären es nicht wir, die das alles erlebt hätten; so groß ist die Freude, die verlorene Freiheit wiederzugewinnen.

Es mochte gegen Mittag sein, als sie uns in das Boot aussetzten, wobei sie uns zwei Fässer mit Wasser und etwas Zwieback mitgaben; und der Schiffshauptmann gab, ich weiß nicht in welcher Anwandlung von Barmherzigkeit, der lieblichen Zoraida beim Einschiffen etwa vierzig Goldtaler und erlaubte seinen Soldaten nicht, ihr ihre Kleider wegzunehmen, dieselben, die sie noch jetzt trägt. Wir stiegen in das Boot und dankten ihnen für das Gute, was sie an uns getan; wir wollten lieber unsere Erkenntlichkeit als unsern Groll zeigen.

Sie suchten nun die hohe See zu gewinnen, um die Richtung nach der Meerenge einzuschlagen; wir aber, ohne nach einem andern Leitstern zu blicken als nach der Küste vor uns, ruderten so tapfer voran, daß wir bis Sonnenuntergang nahe genug waren, um nach unserer Meinung noch vor Einbruch der vollen Nacht das Gestade erreichen zu können. Aber da in jener Nacht der Mond nicht schien und der Himmel finster war und da wir die Küste nicht kannten, wo wir hingeraten, hielten wir es nicht für sicher, ans Land zu stoßen, während viele von uns gerade dies vorzogen und meinten, wir sollten aufs Land zusteuern, selbst wenn wir auf Felsen und fern von bewohnten Gegenden landen sollten, denn nur so könnten wir der Gefahr entgehen, die wir mit Recht fürchteten, daß dortherum Korsarenschiffe aus Tetuán streifen möchten, welche bei Anbruch der Nacht noch in der Berberei und beim Frührot schon an den spanischen Küsten sind, hier gewöhnlich Beute machen und dann heimkehren, um nachts wieder zu Hause zu schlafen. Endlich einigten wir uns dahin, daß wir uns allmählich dem Lande nähern und, wenn die ruhige See es gestatte, uns ausschiffen sollten, wo es eben möglich wäre.

So geschah es denn auch, und es mochte kurz vor Mitternacht sein, als wir an den Fuß eines hohen, unförmigen Berges gelangten, der jedoch nicht so schroff aus der See aufstieg, daß er uns nicht ein wenig Raum zur bequemen Landung verstattet hätte. Wir stießen an das sandige Ufer, sprangen alle ans Land, küßten den Boden und dankten mit innigsten Freudentränen Gott unserm Herrn für die unvergleichliche Wohltat, die er uns erwiesen. Wir nahmen aus dem Boote die darin befindlichen Vorräte, zogen es an Land und stiegen eine große Strecke den Berg hinauf. Denn waren wir nun auch angelangt, so konnten wir doch unser Gemüt noch nicht beruhigen und nicht völlig glauben, daß es christlicher Boden sei, der unsere Füße trage. Der Morgen schien mir später anzubrechen, als wir gewünscht hätten; wir stiegen den ganzen Berg vollends hinauf, um zu sehen, ob sich von da aus ein bewohnter Ort entdecken lasse oder wenigstens ein paar Schäferhüttchen; aber so weit wir auch die Blicke aussandten, sahen wir weder einen Wohnort noch einen Menschen, weder Weg noch Steg. Trotzdem beschlossen wir, weiter ins Land hineinzugehn, da es doch nicht anders sein konnte, als daß wir bald jemanden auffinden würden, der uns Nachricht über das Land gäbe.

Was mich indessen am meisten quälte, war, daß ich sehen mußte, wie Zoraida zu Fuß diese unwegsame Gegend durchwanderte. Denn wiewohl ich sie manchmal auf meinen Armen trug, so ermüdete meine Ermüdung sie weit mehr, als das Ausruhen ihr zur Ruhe ward, und daher wollte sie mir diese Mühe durchaus nicht nochmals zumuten. Ich führte sie daher immer an der Hand, wobei sie große Geduld bewies und stets den Schein der Heiterkeit bewahrte, und so mochten wir weniger als eine Viertelmeile gegangen sein, als plötzlich der Klang einer Schelle an unsere Ohren drang, ein deutliches Zeichen, daß dort in der Nähe sich eine Herde befinden müßte, und als wir alle aufmerksam umherspähten, ob eine solche sich sehen lasse, bemerkten wir am Fuß einer Korkeiche einen jungen Schäfer, der ruhig und sorglos sich mit seinem Messer einen Stab schnitzte. Wir riefen ihm laut zu, er hob den Kopf und sprang in die Höhe, und die ersten, die ihm vors Auge kamen, waren, wie wir nachher erfuhren, der Renegat und Zoraida. Und da er sie in Maurentracht sah, meinte er gleich, alle Mauren aus der ganzen Berberei seien ihm schon auf dem Hals; er lief mit wunderbarer Geschwindigkeit in den Wald und weiter und schrie aus vollem Hals: „Mauren, Mauren sind im Land! Mauren, Mauren! Zu den Waffen, zu den Waffen!"

Bei diesem Geschrei gerieten wir alle in Bestürzung und wußten nicht, was wir anfangen sollten. Da wir indessen bedachten, das Geschrei des Schäfers müsse das Land in Aufruhr bringen und die Strandreiter würden bald herbeieilen, um zu sehen, was vorgehe, so beschlossen wir, der Renegat solle seine Türkenkleider ausziehen und ein maurisches Gileco, das heißt eine Sklavenjacke anlegen, welche einer von uns ihm auf der Stelle gab, obschon er deshalb im bloßen Hemde einhergehen mußte. Und so befahlen wir uns Gott dem Herrn und zogen desselben Weges, den wir den Schäfer hatten einschlagen sehen, stets den Augenblick erwartend, wo die Strandreiter über uns herfallen würden. Und unsere Vermutung trog uns nicht; denn es mochten noch nicht zwei Stunden vergangen sein, als wir, aus dem Dickicht bereits auf ebenes Land herausgekommen, gegen sechzig Reiter erblickten, die in rasender Eile mit verhängten Zügeln auf uns zukamen; sobald wir ihrer ansichtig wurden, standen wir still und erwarteten sie. Als sie nun in die Nähe kamen und statt der Mauren, die sie suchten, so viele arme Christen erblickten, wußten sie sich gar nicht dareinzufinden. Einer von ihnen aber fragte uns, ob wir vielleicht der Anlaß gewesen seien, daß ein Schäfer Lärm geschlagen und zu den Waffen gerufen habe.

Ja, sagte ich; und als ich gerade anfangen wollte, ihm meine Erlebnisse zu erzählen, und woher wir kämen und woher wir seien, erkannte einer der Christen, die unsre Rudersleute gewesen, den Reiter, der die Frage an uns gerichtet, und sprach, ohne mich ein Wort reden zu lassen: „Preis und Dank sei Gott, ihr Herren, der uns zu so gutem Ziel geführt hat; denn wenn ich mich nicht irre, ist der Boden, den wir betreten, die Gemarkung von Vélez Málaga; und falls nicht etwa nach den langen Jahren der Sklaverei mein Gedächtnis mich täuscht, seid Ihr, Señor, der Ihr uns fragt, wer wir seien, Pedro de Bustamante, mein Oheim."

Kaum hatte der Christensklave das gesagt, als der Reiter vom Pferde herabsprang, auf den Jüngling zustürzte und ihn in die Arme schloß mit den Worten: „Du mein Herzensneffe, mein geliebter Neffe, wohl erkenne ich dich, und längst haben wir dich als tot beweint, ich und meine Schwester, deine Mutter, und alle die Deinigen, die noch am Leben sind, und Gott war so gnädig, ihr Leben zu verlängern, damit sie das Vergnügen genießen, dich wiederzusehen. Wir hatten gehört, daß du dich in Algier befandest, und nach deiner Kleidung und dem Aufzug deiner ganzen Gesellschaft zu schließen, muß es bei eurer Befreiung wunderbar zugegangen sein."

„So ist's", antwortete der Jüngling, „und wir werden Zeit finden, Euch alles zu berichten."

Sobald die Reiter wahrnahmen, daß wir befreite Christensklaven waren, stiegen sie von ihren Pferden, und jeder bot uns das seinige an, um uns nach der Stadt Vélez Málaga zu bringen, die anderthalb Meilen von da entfernt lag. Einige von ihnen gingen zurück, um das Boot nach der Stadt zu bringen, da wir ihnen sagten, wo wir es gelassen; die andern nahmen uns hinter sich auf ihre Pferde, und Zoraida ritt auf dem Pferde des Oheims des erwähnten Sklaven. Das ganze Volk kam uns aus der Stadt entgegen, da man von einem, der vorausgelaufen war, schon die Nachricht von unsrer Ankunft erfahren hatte. Sie wunderten sich nicht darüber, befreite Christensklaven oder in Sklaverei geratene Mauren zu erblicken; denn alle Leute an dieser Küste sind jene wie diese zu sehen gewohnt. Was sie bewunderten, war Zoraidas Schönheit, die zu dieser Zeit und in diesem Augenblicke auf ihrem Höhepunkt stand, infolge der Bewegung beim Reiten sowohl als auch der Freude, sich endlich auf christlichem Boden zu befinden. Das frohe Gefühl der überstandenen Gefahr hatte ihre Wangen mit so lieblicher Röte überzogen, daß ich wagen möchte zu behaupten, wenn nicht die Neigung mich damals täuschte: es hat nie ein schöneres Geschöpf auf Erden gegeben, wenigstens habe ich keines je gesehen.

Wir begaben uns geradeswegs in die Kirche, um Gott für die gewährte Gnade Dank zu sagen, und sowie Zoraida hineintrat, sagte sie gleich, es seien hier Gesichter, die demjenigen Lela Mariéns ähnlich sähen. Wir sagten ihr, es seien Bildnisse von ihr, und der Renegat erklärte ihr, so gut er konnte, was die Bilder bedeuteten, damit sie dieselben verehre, als ob deren jedes in Wirklichkeit die nämliche Lela Maria wäre, die mit ihr gesprochen habe. Da sie einen guten Verstand und eine leichte Fassungskraft besitzt, begriff sie sofort alles, was man ihr über die Bilder sagte.

Von der Kirche aus führte und verteilte man uns in verschiedene Häuser des Ortes; allein den Renegaten, Zoraida und mich führte jener Christ, der mit uns hierhergekommen, in das Haus seiner Eltern, die mit den Gaben des Glücks mäßig bedacht waren und uns mit soviel Liebe aufnahmen und pflegten wie ihren eignen Sohn.

Sechs Tage blieben wir zu Vélez, und hierauf ging der Renegat, nachdem er sich zunächst der kirchlichen Untersuchung unterworfen hatte, nach der Stadt Granada, um durch Vermittlung der heiligen Inquisition wieder in den Schoß der Allerheiligsten Kirche aufgenommen zu werden. Die übrigen befreiten Christen wendeten sich ein jeder dahin, wohin es ihn am besten bedünkte. Zoraida und ich blieben allein zurück, nur mit den wenigen Talern, die die Höflichkeit des Franzosen Zoraida geschenkt hatte, und von diesem Gelde kaufte ich das Tier, auf dem sie reitet. Bis jetzt weihe ich ihr meine Dienste als Vater und Reisebegleiter, nicht als Gatte, und so ziehen wir hin mit der Absicht, zu erfahren, ob mein Vater noch am Leben ist oder ob einem meiner Brüder ein günstigeres Schicksal als mir geworden. Zwar da der Himmel mich zu Zoraidas Lebensgefährten bestimmt hat, so bedünkt es mich, daß mir kein andres Los zufallen könnte, so günstig es auch wäre, das ich höher schätzen würde. Die Geduld, mit der Zoraida die Beschwerden erträgt, welche die Armut mit sich bringt, und ihre Sehnsucht, bald Christin zu sein, ist so groß und von solcher Art, daß sie mir Bewunderung abnötigt und mich dazu verpflichtet, ihr alle Zeit meines Lebens meine Dienste zu weihen; wiewohl die Wonne, der Ihrige zu sein und sie die Meine zu nennen, mir dadurch getrübt und zerstört wird, daß ich nicht weiß, ob ich in meinem Vaterland einen Winkel finden werde, um ihr ein Heim zu bereiten, und ob nicht die Zeit und der Tod eine solche Änderung in den Verhältnissen und der Lebensweise meines Vaters und meiner Brüder bewirkt haben, daß ich, wenn sie nicht mehr da sind, kaum jemanden finden würde, der mich kennen wollte.

Mehr weiß ich euch nicht, meine Herren, von meiner Geschichte zu sagen. Ob sie unterhaltend und merkwürdig ist, mag eure erprobte Einsicht beurteilen. Was mich betrifft, so muß ich sagen, ich hätte sie euch gern in gedrängterer Kürze erzählt, wiewohl ohnehin schon die Besorgnis, euch zu langweilen, meiner Zunge geboten hat, mehr als einen Umstand beiseite zu lassen.

42. Kapitel

Welches berichtet, was noch weiter in der Schenke vorging, und auch von viel andern wissenswürdigen Dingen handelt

Nach diesen Worten schwieg der Maurensklave, und Don Fernando sprach zu ihm: „Gewiß, Herr Hauptmann, der Stil und Ton, in dem Ihr uns diese merkwürdige Geschichte erzählt habt, verdient das Lob, daß er der Neuheit und Merkwürdigkeit der Sache selbst ganz ebenbürtig war. Alles war ungewöhnlich und eigentümlich und voll von Begebnissen, die den Hörer spannen und in Staunen setzen. Und wir haben Euch mit so viel Vergnügen zugehört, daß, wenn uns auch noch der morgende Tag bei der Unterhaltung mit dieser Geschichte träfe, wir uns freuen würden, wenn sie aufs neue begänne."

Nun erboten sich ihm auch der Pfarrer und die andern zu allen Dienstleistungen, die in ihren Kräften stünden, und dies in so freundschaftlichen und aufrichtigen Ausdrücken, daß der Hauptmann über ihre wohlwollenden Gesinnungen hoch erfreut war. Insbesondere bot ihm Don Fernando an, wenn er mit ihm heimkehren wolle, so würde er seinen Bruder, den Marquis, veranlassen, bei Zoraidas Taufe die Patenstelle zu übernehmen, und er für seinen Teil würde so für ihn sorgen, daß er in seiner Heimat mit aller Würde und Bequemlichkeit eintreffen könne, die seiner Person gebühre. Der Sklave dankte für dies alles mit feinster Höflichkeit, wollte jedoch keiner seiner großmütigen Anerbietungen annehmen.

Indessen nahte bereits die Nacht, und bei deren Einbruch kam eine Kutsche in Begleitung einiger Leute zu Pferd in der Schenke an. Sie verlangten Herberge, worauf die Wirtin antwortete, es sei in der ganzen Schenke nicht eine Handbreit mehr unbesetzt.

„Wenn das auch der Fall ist", sprach einer der Leute zu Pferd, die in den Hof hereingeritten waren, „wird es doch an Raum für den Herrn Oberrichter nicht fehlen, der hier ankommt."

Bei diesem Namen geriet die Wirtin in Verlegenheit und sagte: „Die Schwierigkeit ist nur die, daß ich keine Betten habe; wenn Seine Gnaden der Herr Oberrichter ein solches mit sich führt, und danz gewiß wird das der Fall sein, so möge er in Gottes Namen einkehren, und mein Mann und ich werden unser Gemach räumen, um es Seiner Gnaden bequem zu machen."

„In Gottes Namen denn", erwiderte der Reisediener.

Inzwischen war aber schon ein Herr aus der Kutsche gestiegen, an dessen Tracht man sofort seinen Stand und Amtsberuf erkannte; denn das lange Gewand und die weiten Ärmel mit Handkrausen zeigten, daß er ein Oberrichter war, wie sein Diener gesagt hatte. Er führte an seiner Hand ein Fräulein, das etwa sechzehn Jahre alt schien; sie war im Reiseanzug und so zierlich, schön und fein anzuschauen, daß ihr Anblick allen Bewunderung abnötigte; ja, sie alle, hätten sie nicht Dorotea, Luscinda und Zoraida gesehen, die in der Schenke waren, hätten glauben müssen, daß eine ähnliche Schönheit wie die dieses Fräuleins nicht so leicht zu finden sei.

Beim Eintreten des Oberrichters und des Fräuleins war Don Quijote zugegen, und als dieser den fremden Herrn sah, sprach er sogleich: „Euer Gnaden kann getrost Einkehr halten und sich ergehen in dieser Burg. Denn wiewohl sie eng und ohne Bequemlichkeit ist, gibt es weder eine Enge noch Unbequemlichkeit, so nicht für das Waffenwerk und die Gelehrsamkeit Raum hätten, zumal wenn Waffenwerk und Gelehrsamkeit die Schönheit als Führerin und Wegweiserin bei sich haben, wie Euer Gnaden Gelahrtheit sie in diesem schönen Fräulein bei sich hat, einer Dame, vor welcher nicht nur die Burgen sich erschließen und ihr Inneres offenbaren, sondern auch die Felsen sich auseinandertun und die Berge sich spalten und herabneigen müssen, um ihr Einlaß zu gewähren. Es trete also, sag ich, Euer Gnaden in dies Paradies ein; denn hier werdet Ihr Sterne und Sonnen finden, würdig, dem Himmel sich zu gesellen, den Euer Gnaden mitbringt; hier werdet Ihr das Waffenwerk auf seiner höchsten Stufe und die Schönheit auf dem Gipfel der Vollkommenheit finden."

Der Oberrichter geriet in Verwunderung über Don Quijotes Reden und begann ihn mit großer Aufmerksamkeit zu betrachten; er wunderte sich nicht weniger über sein Aussehen als über seine Äußerungen, und ehe er seinerseits Worte der Entgegnung fand, geriet er aufs neue in Staunen, als er Luscinda, Dorotea und Zoraida erscheinen sah; diese nämlich waren bei der Neuigkeit von den neuen Gästen und bei der Kunde von der Schönheit des Fräuleins, von der ihnen die Wirtin gesagt, herzugeeilt, um sie zu sehen und zu empfangen.

Don Fernando indessen und Cardenio und der Pfarrer begrüßten ihn auf eine verständigere und weltmännischere Weise, als Don Quijote es getan. Endlich trat der Herr Oberrichter ins Haus, höchst befremdet über alles, was er sah und was er hörte, und die Schönen aus der Schenke hießen das schöne Fräulein willkommen. Der Oberrichter bemerkte alsbald, daß all die Anwesenden vornehme Leute waren; allein Don Quijotes Gestalt, Aussehen und Haltung machten ihn gänzlich irre. Und nachdem man gegenseitig viele Höflichkeiten ausgetauscht und die Räumlichkeiten der Schenke besichtigt, traf man die Anordnung, daß alle Frauen sich der Abrede gemäß in die schon erwähnte Kammer begeben, die Männer aber vor dieser gleichsam als Schutzwache bleiben sollten. So war der Oberrichter damit einverstanden, daß seine Tochter – dies war das Fräulein – mit den übrigen Damen ginge, was sie gerne tat; und mit einem Teil vom schmalen Bette des Schenkwirts und mit der Hälfte des vom Oberrichter mitgebrachten machten die Damen es sich diese Nacht bequemer, als sie es erwartet hatten.

Der befreite Maurensklave, dem vom ersten Augenblick an, wo er den Oberrichter erblickte, das Herz heftig pochte und Ahnungen erweckte, daß dies sein Bruder sein könne, fragte einen der Diener, die den letzteren begleiteten, wie der Herr heiße und aus welcher Gegend er sei. Der Diener antwortete, jener sei der Lizentiat Juan Pérez de Viedma und stamme seines Wissens aus einem Ort im Gebirge von León.

Diese Mitteilung, und was er mit eignen Augen gesehen, überzeugte ihn vollends, jener sei sein Bruder, der nach dem Rat seines Vaters sich den Studien gewidmet hatte; und in höchster Aufregung und Freude rief er Don Fernando, Cardenio und den Pfarrer beiseite, erzählte ihnen, was vorgehe, und gab ihnen die Gewißheit, der Oberrichter sei sein Bruder. Der Diener hatte ihm auch noch erzählt, derselbe gehe nach Indien, da er als Oberrichter beim Appellationshof von Mexiko angestellt sei. Er erfuhr auch, jenes Fräulein sei dessen Tochter, ihre Mutter sei an der Geburt des Mädchens gestorben und der Vater sei durch die Mitgift, die ihm samt der Tochter im Hause verblieben, ein sehr reicher Mann geworden. Er bat sie um Rat, welchen Weg er einschlagen solle, um sich ihm zu entdecken oder um sich vorher zu vergewissern, ob etwa, wenn er sich dem Richter entdeckt habe, dieser sich der Armut des Bruders schämen oder ihn mit liebevollem Herzen aufnehmen werde.

„Es möge mir überlassen bleiben, diese Probe anzustellen", sagte der Pfarrer, „zumal sich gar nichts andres denken läßt, als daß Ihr, Herr Hauptmann, die allerbeste Aufnahme finden werdet. Denn die geistige Bedeutung und der verständige Sinn, die Euer Bruder in seinem edlen Äußeren erkennen läßt, deuten nicht darauf, daß er hochmütig oder vergeßlich ist oder daß er nicht die Zufälligkeiten des Schicksals richtig zu würdigen weiß."

„Trotz alledem", sagte der Hauptmann, „möchte ich mich ihm nicht mit einemmal, sondern nur allmählich, wie auf Umwegen, zu erkennen geben."

„Ich sage Euch ja", entgegnete der Pfarrer, „ich werde meinen Plan so anlegen, daß wir alle zufrieden sein werden."

Inzwischen war das Abendessen schon aufgetragen, und alle setzten sich an den Tisch außer dem Hauptmann sowie den Damen, welche in ihrem Zimmer für sich speisten. Während man nun bei der Tafel war, sprach der Pfarrer: „Herr Oberrichter, desselben Namens wie Euer Gnaden hatte ich einen Kameraden in Konstantinopel, wo ich ein paar Jahre in der Sklaverei war, und dieser Kamerad war einer der tüchtigsten Soldaten und Hauptleute im ganzen spanischen Fußvolk; aber so mutig und tapfer er war, so unglücklich war er auch."

„Und wie hieß dieser Hauptmann, mein werter Herr?" fragte der Oberrichter.

„Er hieß", antwortete der Pfarrer, „Rui Pérez de Viedma und war gebürtig aus einem Ort im Gebirge von León. Er erzählte mir eines Tages einen Vorfall, der sich zwischen seinem Vater und seinen Brüdern zugetragen, und hätte mir ihn nicht ein so wahrheitsliebender Mann wie er erzählt, so hätte ich es für eines jener Märchen gehalten, wie sie die alten Weiber des Winters beim Herdfeuer erzählen. Denn er sagte mir, sein Vater habe sein Vermögen unter seine drei Söhne verteilt und ihnen dabei besseren Rat gegeben, als man in den Gedichten des Dionysius Cato findet. Und ich muß sagen, der Rat, dem er folgte, in den Krieg zu gehen, schlug ihm so gut aus, daß er es in wenigen Jahren durch seine Tapferkeit und seine Tüchtigkeit bis zum Hauptmann beim Fußvolk brachte und in solcher Achtung stand, daß er sich schon auf dem Wege sah, demnächst Oberst zu werden. Allein das Glück ward ihm feindlich, denn gerade als er berechtigt schien, dessen Gunst zu erwarten, da büßte er sie vollständig ein, indem er seine Freiheit an jenem ruhmreichen Schlachttage verlor, wo so viele sie wiedererlangten, nämlich bei Lepanto. Ich meinesteils verlor die Freiheit in Goleta, und später fanden wir uns infolge verschiedener Schicksale als Kameraden in Konstantinopel. Von dort kam er nach Algier, wo ihm, wie mir bekannt, eines der seltsamsten Abenteuer von der Welt begegnet ist."

Nun fuhr der Pfarrer fort, in gedrängter Kürze alles zu erzählen, was dem Bruder mit Zoraida begegnet war, und der Oberrichter hörte dem Zeugen so merkwürdiger Erlebnisse mit höherer Spannung zu, als er jemals bei Gericht einen Zeugen verhört hatte. Der Pfarrer ging nur bis zu dem Punkte, wo die Franzosen die in der Barke segelnden Christen ausplünderten, so daß seine Gefährten und die schöne Maurin in Armut und Not gerieten; er habe nicht erfahren, wohin sie weiter gelangt seien, ob sie nach Spanien gekommen oder ob die Franzosen sie nach Frankreich gebracht hätten.

Alles, was der Pfarrer erzählte, hörte der Hauptmann mit an, der nicht weit davon stand und jede Bewegung seines Bruders beobachtete; dieser aber seufzte tief auf, als der Pfarrer seine Erzählung geendet, seine Augen füllten sich mit Tränen, und er sprach: „O Señor! Wenn Ihr wüßtet, was für Nachrichten Ihr mir mitgeteilt habt und wie nahe sie mich berühren! So nahe, daß ich es mit meinen Tränen bezeugen muß, die gegen alle Schicklichkeit und meiner Zurückhaltung zum Trotz mir aus den Augen strömen! Dieser tapfere Hauptmann, den Ihr nennt, ist mein ältester Bruder, der, weil er tüchtiger und von höherem Streben als ich und mein jüngster Bruder, den ehrenvollen und würdigen Beruf des Kriegers erwählte, als die eine Laufbahn von den dreien, die unser Vater uns vorschlug, wie Euer Kamerad Euch in der Erzählung, die Euch so märchenhaft erschien, mitgeteilt hat. Ich schlug die gelehrte Laufbahn ein, in welcher

Gott und mein beharrlicher Fleiß mich zu der Stellung befördert haben, in welcher Ihr mich seht. Mein jüngerer Bruder befindet sich in Perú und ist so reich, daß er mit dem Gelde, das er meinem Vater und mir gesendet, seinen einst mitgenommenen Anteil reichlich ersetzt, ja meinem Vater hinreichende Mittel in die Hände gegeben hat, um seiner angeborenen Freigebigkeit Genüge zu tun. Und so war auch mir die Möglichkeit geworden, mich während meiner Studien anständiger und standesgemäßer zu halten und zu dem Posten zu gelangen, welchen ich jetzt bekleide. Noch lebt mein Vater und stirbt schier vor Sehnsucht, von seinem ältesten Sohne zu hören, und fleht zu Gott mit unaufhörlichem Gebete, daß der Tod ihm nicht eher die Augen schließe, bis er die seines Sohnes noch im Lebensglanze wiedergesehen. Von diesem aber, der doch ein so verständiger Mann ist, wundert es mich, daß er in seinen großen Drangsalen und Widerwärtigkeiten oder wenigstens, als er in glücklicheren Verhältnissen war, seinem Vater nie die geringste Nachricht von sich gesandt hat; denn wenn dieser oder einer von uns es erfahren hätte, so wäre er nicht genötigt gewesen, auf das Wunder mit dem Rohrstab zu warten, um sein Lösegeld zu erlangen. Indessen jetzt quält mich der Zweifel, ob jene Franzosen ihm die Freiheit geschenkt oder ihn umgebracht haben, um den verübten Raub zu verheimlichen. Dies alles wird nun zur Folge haben, daß ich meine Reise nicht mit jenem frohen Mute, mit dem ich sie begonnen, sondern mit Trauer und Schwermut fortsetzen muß. O mein guter Bruder! Wer doch wüßte, wo du weilest! Dann würde ich hineilen, dich aufzusuchen und dich von deinen Drangsalen zu erlösen, wenn ich auch selbst für dich leiden müßte. Oh, wer doch unserm alten Vater die Nachricht brächte, daß du noch lebst! Und lägst du auch in den tiefstverborgenen Sklavenzellen der Berberei, aus ihnen würden seine Reichtümer und die meines Bruders und die meinigen dich frei machen. Und du, o schöne großherzige Zoraida, wer dich würdig belohnen könnte für alles, was du Gutes an meinem Bruder getan! Wer doch zugegen sein könnte bei der Wiedergeburt deiner Seele und bei der Vermählung, die uns alle mit so hoher Freude erfüllen würde!"

Diese Worte und andre ähnlichen Inhalts sprach der Oberrichter, und er war von den Nachrichten über seinen Bruder so tief ergriffen, daß die Zuhörer alle es sich nicht versagen konnten, ihrer Rührung gleich ihm Ausdruck zu verleihen.

Wie nun der Pfarrer sah, daß ihm so wohl gelungen, was er beabsichtigt hatte und was der Hauptmann wünschte, wollte er sie alle nicht länger in ihrer Betrübnis lassen; und so stand er vom Tische auf, ging in das Zimmer, wo sich Zoraida befand, nahm sie bei der Hand, und es folgten ihr Luscinda, Dorotea und die Tochter des Oberrichters. Der Hauptmann stand voll Erwartung da, was der Pfarrer beginnen wolle; dieser aber faßte ihn mit seiner andern Hand, führte so das Paar zu dem Oberrichter und den andern Edelleuten hin und sprach: „Laßt Eure Tränen nicht länger fließen, Herr Oberrichter, Euer Sehnen werde nun mit allem Glücke gekrönt, das nur zu wünschen ist, denn vor Euch stehen Euer lieber Bruder und Eure liebe Schwägerin. Der Mann, den Ihr hier seht, ist der Hauptmann Viedma, und dies ist die schöne Maurin, die soviel Gutes an ihm getan hat; die Franzosen, von denen ich Euch sagte, haben sie in die bedrängte Lage versetzt, die Ihr seht, damit Ihr die Großmut Eures edlen Herzens bewähren könnet."

Der Hauptmann eilte herzu, um seinen Bruder zu umarmen, und dieser legte ihm beide Hände auf die Schultern, um ihn erst aus einiger Entfernung zu betrachten; aber nachdem er ihn endlich wiedererkannt hatte, preßte er ihn so fest in die Arme und vergoß so liebevolle Freudentränen, daß die meisten der Anwesenden sich nicht enthalten konnten, mit ihm zu weinen. Die Worte, welche die Brüder miteinander wechselten, die innigen Gefühle, denen sie Ausdruck verliehen, lassen sich kaum vorstellen, geschweige denn mit der Feder beschreiben. Da gaben sie einander in kurzer Darstellung Bericht über ihre Erlebnisse; da zeigten sie die treue Freundschaft zweier Brüder in vollkommenster Wahrheit; da umarmte der Oberrichter die liebliche Zoraida, da bot er ihr sein ganzes Vermögen an; da hieß er seine Tochter sie umarmen, und die schöne Christin und die wunderschöne Maurin lockten aufs neue Tränen aus aller Augen. Da stand Don Quijote in höchster Aufmerksamkeit, ohne ein Wort zu reden, und beschaute sich diese wundersamen Vorgänge, die er alle den Hirngespinsten der fahrenden Ritterschaft zuschrieb. Da trafen sie die Abrede, der Hauptmann und Zoraida sollten mit dem Bruder nach Sevilla zurückkehren und ihren Vater benachrichtigen, daß er gefunden worden und sich in Freiheit sehe, damit der alte Herr, wenn er es könnte, sich zur Hochzeit und Taufe Zoraidas einfände; denn der Oberrichter konnte seinen Reiseplan nicht ändern, da er Nachricht empfangen, daß binnen eines Monats eine Flotte von Sevilla nach Neuspanien absegeln werde, und es für ihn großen Nachteil mit sich gebracht hätte, diese Reisegelegenheit zu versäumen.

Alle waren nun glücklich und froh über die günstige Wendung im Schicksal des ehemaligen Sklaven, und da die Nacht beinahe schon zwei Drittel ihrer Bahn zurückgelegt hatte, beschlossen sie, wenigstens während des Restes derselben ihr Lager aufzusuchen und zu ruhen. Don Quijote erbot sich, die Bewachung der Burg zu übernehmen, damit sie nicht von irgendwelchem Riesen überfallen würden oder von andern abenteuernden Schurken, die da nach dem reichen Schatz an Schönheit gierig sein möchten, den die Burg verwahre. Alle, die ihn kannten, sagten ihm Dank dafür und setzten zugleich den Oberrichter in Kenntnis von Don Quijotes seltsamer Geistesrichtung, worüber er sich nicht wenig ergötzte.

Sancho Pansa allein verzweifelte fast darüber, daß es mit dem Schlafengehen so lang dauerte, aber er allein auch wußte sich bequemer zu betten als alle andern, indem er sich auf Sattel und Decken seines Esels legte – die ihn später so teuer zu stehen kamen, wie man bald erfahren wird.

Nachdem sich also die Damen in ihr Gemach zurückgezogen und die andern sich so gut oder so wenig schlecht als möglich gelagert hatten, begab sich Don Quijote zur Schenke hinaus, um vor der Burg Wache zu halten, wie er es versprochen.

Als nun der Morgen herannahte, da drang zu den Ohren der Damen eine so wohltönende, so liebliche Stimme, daß alle ihr unwillkürlich aufmerksames Gehör schenken mußten, besonders Dorotea, die wach war und an deren Seite Doña Clara de Viedma schlief – so hieß nämlich die Tochter des Oberrichters. Niemand vermochte zu erraten, wer der Mann sei, der so schön singe; es war eine Stimme für sich allein, ohne Begleitung eines Instruments. Einmal kam es ihnen vor, als töne der Gesang aus dem Hofe, ein andermal, als ob aus dem Pferdestall, und während sie in dieser Ungewißheit höchst aufmerksam zuhörten, kam Cardenio an die Türe des Gemachs und sprach: „Wer nicht schläft, der horche auf; ihr werdet die Stimme eines jungen Maultiertreibers vernehmen, der so herrlich singt, daß es zum Herzen dringt."

„Wir haben ihn schon gehört, Señor", antwortete Dorotea.

Hiermit entfernte sich Cardenio; und Dorotea horchte mit gespannter Aufmerksamkeit und vernahm folgendes Lied:

43. Kapitel

Wo die anmutige Geschichte des jungen Maultiertreibers erzählt wird, nebst andern merkwürdigen Vorfällen, so sich in der Schenke zutrugen

> Ich bin Amors Fährmann, segle,
> Wo die Hoffnung schier entschwunden,
> Wo auf Amors tiefen Meeren
> Nimmer wird ein Port gefunden.
>
> Einem Sterne folgt mein Schifflein,
> Fernher strahlt er mir im Dunkeln;
> Nie sah jener Palinurus
> Schönre Sterne droben funkeln.
>
> Und er lenkt mich fern auf Meere,
> Die nie Menschen noch befuhren;
> Sorgenvoll und unbesorgt doch
> Späht mein Herz nach seinen Spuren.
>
> Sprödigkeit, ganz unerhört jetzt,
> Tugend, die mir wird zum Fluche,
> Sind die Wolken, die ihn bergen,
> Wenn ich sehnsuchtsvoll ihn suche.
>
> Klarer, lichter Stern, an dessen
> Süßem Glanz ich neu gesunde,
> Bleib! Die Stunde deines Scheidens
> Wird auch meines Todes Stunde.

Als der Sänger so weit gekommen war, wollte Dorotea auch Clara das Vergnügen an einer so schönen Stimme gönnen; sie weckte sie daher mit den Worten: „Verzeih mir, Kind, daß ich dich wecke, denn ich tue es, damit dir der Genuß wird, die schönste Stimme zu hören, die du vielleicht in deinem Leben vernommen hast."

Clara erwachte, noch ganz schlaftrunken, und verstand anfangs nicht, was Dorotea ihr sagte; sie fragte daher erst noch einmal, Dorotea wiederholte ihre Worte, und nun ward Clara aufmerksam. Kaum aber hatte sie zwei Verse vernommen, mit denen der Sänger sein Lied fortsetzte, da befiel sie ein seltsames

Zittern, als läge sie an einem heftigen Anfall von Viertagefieber darnieder; sie preßte Dorotea innig in ihre Arme und sprach: „O mein Herzensfräulein, warum habt Ihr mich geweckt? Die größte Wohltat, die mir in diesem Augenblick das Schicksal erweisen konnte, war, daß es mir Augen und Ohren verschlossen hielt, um diesen unglücklichen Sänger nicht zu sehen und nicht zu hören."

„Was sagst du, Kind?" erwiderte Dorotea, „bedenke, daß der Sänger ja nur ein Maultiertreiber ist."

„Das ist er nicht", sagte Clara, „er ist Eigentümer großer Güter, und die Herrschaft, die er über mein Herz besitzt, wird ihm, wenn er sie nicht selbst aufgeben will, in alle Ewigkeit nie genommen werden."

Dorotea staunte ob der Worte des jungen Mädchens, die so voll tiefen Gefühls waren, daß sie weit über der Reife ihres jugendlichen Alters zu liegen schienen; und daher sprach sie zu ihr: „Ihr redet so eigen, Fräulein Clara, daß ich Euch nicht verstehen kann; erklärt Euch ausführlicher und sagt mir: was ist's mit dem Herzen und der Herrschaft, die Ihr erwähnt, und mit diesem Sänger, dessen Stimme Euch in solche Aufregung versetzt? Aber sagt mir für jetzt gar nichts; denn ich möchte nicht, um Euch Eure Unruhe zu nehmen, das Vergnügen einbüßen, den Sänger zu hören; es will mich bedünken, daß er mit andern Versen und anderer Melodie seinen Gesang aufs neue beginnt."

„Nun, in Gottes Namen", entgegnete Clara und hielt sich beide Ohren mit den Händen zu, um nichts zu hören. Darüber wunderte sich Dorotea abermals; sie horchte nun auf den Gesang, der in folgenden Weisen ertönte:

> O du mein süßes Hoffen,
> Das kühn sich Bahn bricht durch Unmöglichkeiten,
> Da du die Wahl getroffen,
> Zum fernen Ziel den Dornenweg zu schreiten,
> Laß dein Vertraun nicht sinken,
> Siehst du bei jedem Schritt den Tod dir winken.
>
> Wer schwelgt in trägem Frieden,
> Wird nie des Sieges Ruhm und Preis erjagen;
> Vom Glück sind stets gemieden,
> Die feig mit dem Geschick den Kampf nicht wagen,
> Auf Mannesehr verzichten,
> Und nur auf süße Ruh die Sinne richten.

Wohl darf's gebilligt werden,
Verkauft den Siegespreis die Liebe teuer:
Kein höh'res Gut auf Erden,
Als das die Lieb erprobt in ihrem Feuer;
Und wahr sprach, der da lehrte:
Was wenig kostet, steht gering im Werte.

Beharrlichkeit im Lieben
Erringt gar manches Mal Unmöglichkeiten;
Und bin ich fest geblieben,
Dem unerreichbarn Ziele nachzuschreiten,
So soll mir's auch gelingen,
Den Himmel von der Erd aus zu erringen.

Hier hörte die Stimme auf, und Clara begann aufs neue zu seufzen und zu schluchzen. All dieses entzündete um so mehr Doroteas Neugier, den Anlaß so süßen Gesanges und so schmerzlichen Weinens zu erfahren, und so fragte sie Clara wiederum, was sie vorher habe sagen wollen.

Jetzt drückte Clara sie fester ans Herz, und in der Besorgnis, Luscinda möchte sie hören, hielt sie ihren Mund so dicht an Doroteas Ohr, daß sie sicher war, von niemandem belauscht zu werden, und sprach zu ihr: „Jener Sänger, mein Fräulein, ist der Sohn eines Edelmanns aus dem Königreich Aragón, der zwei Herrschaften besitzt und in der Residenz dem Hause meines Vaters gegenüber wohnte. Und obschon mein Vater die Fenster seiner Wohnung im Winter mit Vorhängen und im Sommer mit Holzgittern wohl verwahrt hielt, so weiß ich nicht, wie es zuging und wie es nicht zuging: der junge Herr, der noch ins Kolleg ging, erblickte mich, ich weiß nicht ob in der Kirche oder anderswo; endlich verliebte er sich in mich und gab es mir von den Fenstern seines Hauses aus durch so viel Zeichen und so viele Tränen zu verstehen, daß ich ihm Glauben, ja Liebe schenken mußte, ohne noch zu wissen, wie ernstlich seine Liebe sei. Unter den Zeichen, die er mir machte, war eines, daß er seine Hände ineinanderlegte, womit er mir zu verstehen gab, daß er sich gern mit mir vermählen möchte; und wiewohl ich mich höchlich freuen würde, wenn dem so wäre, wußte ich doch, so ganz allein und mutterlos, nicht, mit wem ich es besprechen sollte, und ließ die Sache gehen, wie sie ging, ohne ihm je eine andre Gunst zu erweisen, als daß ich, wenn mein Vater und auch der seinige das Haus verlassen hatten, den Vorhang – oder das Gitter – ein wenig in die Höhe hob und mich in ganzer Gestalt sehen ließ, worüber er sich so glücklich und selig gebärdete, daß er schier verrückt zu werden schien.

Inzwischen kam die Zeit heran, wo mein Vater abreisen sollte, und er erfuhr es, wenn auch nicht durch mich, da es mir nie möglich war, ihn zu sprechen. Er wurde krank, wie ich vermute, aus Gram, und so konnte ich ihn am Tag unserer Abreise nicht sehen, um von ihm, wenn auch nur mit Blicken, Abschied zu nehmen. Aber nachdem wir zwei Tage lang gereist waren und eben eine Tagereise von hier entfernt in ein Gasthaus einkehrten, da erblickte ich ihn plötzlich an der Tür des Gasthauses, angezogen wie der Bursche eines Maultiertreibers, und die Tracht schien ihm so natürlich, daß es mir unmöglich gewesen wäre, ihn zu erkennen, wenn ich sein Bild nicht so treu im Herzen trüge. Ich erkannte ihn und ward von Staunen und Freude ergriffen. Er sah mich verstohlen an, hinter dem Rücken meines Vaters, da er sich immer vor ihm verbirgt, wenn er auf den Wegen und in den Herbergen, wo wir einkehren, an mir vorübergeht. Und da ich weiß, wer er ist, und bedenke, daß er nur aus Liebe zu mir unter soviel Mühsalen zu Fuße reist, vergehe ich vor Gram, und wo sich seine Füße hinwenden, da wenden sich meine Augen hin. Ich weiß nicht, welche Absicht ihn hierherführt, noch wie es ihm möglich war, von seinem Vater fortzukommen, der ihn außerordentlich liebt, weil er keinen andern Erben hat und weil der junge Mann es verdient, wie Ihr sofort erkennen werdet, wenn Ihr ihn seht. Außerdem kann ich Euch sagen, daß alles, was er singt, aus seinem eignen Kopfe kommt, denn, wie ich gehört habe, hat er viel gelernt und dichtet vortrefflich. Aber es kommt noch etwas dazu: jedesmal, wenn ich ihn sehe oder singen höre, zittre ich am ganzen Leibe und werde von Angst überfallen, mein Vater möchte ihn erkennen und unsere gegenseitige Neigung entdecken. Nie in meinem Leben habe ich ein Wort mit ihm gesprochen, und dessenungeachtet liebe ich ihn so innig, daß ich ohne ihn nicht leben kann. Das, mein Fräulein, ist alles, was ich Euch über diesen Sänger sagen kann, dessen Stimme Euch so sehr gefallen hat, daß Ihr an ihr allein schon erkennen könnt, daß er kein Maultiertreiber ist, wie Ihr meintet, sondern daß er Gebieter über Seelen und Herrschaften ist."

„Redet nicht weiter, Señora Doña Clara", sprach Dorotea jetzt und küßte sie dabei vieltausendmal, „redet nicht weiter, sag ich, und geduldet Euch, bis der Morgen kommt. Mit Gottes Hilfe hoffe ich Eure Angelegenheiten zu dem glücklichen Ende zu bringen, das ein so züchtiger Anfang verdient."

„O mein Fräulein!" versetzte Clara, „welch ein Ende läßt sich hoffen, wenn doch sein Vater so vornehm und so reich ist, daß er mich kaum wert achten wird, seines Sohnes Dienerin, geschweige denn seine Gemahlin zu sein? Und dann, mich heimlich hinter dem Rücken meines Vaters verheiraten, das würde ich um alles in der Welt nicht tun. Ich wünschte nur, der junge Mann kehrte nach Hause und ließe von mir ab; vielleicht, wenn ich ihn nicht sähe und wenn die große Strecke des Weges, den wir reisen, uns trennte, würde sich die Pein, die ich jetzt empfinde, beschwichtigen lassen. Zwar muß ich wohl sagen, dies Mittel, das mir eben eingefallen, würde mir gar wenig helfen. Ich weiß nicht, welcher Teufel es so gefügt oder durch welches Pförtchen sich die Liebe zu ihm mir ins Herz eingeschlichen hat, da ich doch ein so junges Mädchen bin und er ein so junges Herrchen ist; in der Tat glaube ich, wir sind vom selben Alter, und ich zähle noch nicht volle sechzehn Jahre; denn mein Vater sagt, daß ich dies Alter erst auf nächsten Michaelistag vollenden werde."

Dorotea konnte das Lachen nicht unterdrücken, als sie Clara so kindlich plaudern hörte, und sprach zu ihr: „Jetzt, Fräulein, wollen wir das wenige, was von der Nacht wohl noch übrig ist, in Ruhe verschlafen; Gott wird Tag werden lassen, und es wird uns schon gelingen, oder ich müßte mich schlecht auf dergleichen verstehen."

Hiermit sanken sie in Schlummer, und in der ganzen Schenke herrschte tiefe Stille. Nur die Tochter der Wirtin und Maritornes schliefen nicht; sie wußten, welchen Sparren Don Quijote im Kopf hatte, sie hatten gesehen, wie er vor der Schenke in voller Rüstung zu Pferd Wache hielt, und nahmen sich vor, sich einen Spaß mit ihm zu machen oder sich mindestens mit dem Anhören seiner Narreteien die Zeit zu vertreiben.

Nun gab es in der ganzen Schenke kein Fenster, das aufs Feld hinausging; nur auf dem Heuboden war eine Luke, durch welche man das Stroh hinauswarf. An diese Luke stellten sich die beiden vermeintlichen Burgfräulein und sahen, wie Don Quijote zu Pferde saß, auf seinen Spieß gelehnt, und von Zeit zu Zeit so schmerzlich tiefe Seufzer ausstieß, daß es schien, als würde ihm mit jedem die Seele schier aus dem Leibe gerissen. Und zugleich hörten sie ihn mit weicher, zärtlicher, liebebeseelter Stimme sagen: „O meine Herrin Dulcinea von Toboso, du höchster Inbegriff aller Schönheit, Gipfel und Vollendung aller Klugheit und Bescheidenheit, Rüstkammer der anmutigsten Holdseligkeit, Vorratshaus aller Sittsamkeit, Vorbild alles dessen, was es Ersprießliches, Sittenreines und Erquickliches auf Erden gibt! O sage, woran mag anitzo deine Herrlichkeit sich erlusten? Hältst du vielleicht deinen fürtrefflichen Sinn gerichtet auf diesen in deinen Ketten schmachtenden Ritter, den es verlangt hat, sich aus eignem freiem Willen in soviel Gefahren zu stürzen, nur um sich deinem Dienst ergeben zu zeigen? Gib mir Nachricht von ihr, o ewige Lampe mit dem dreifach verschiedenen Antlitz! Das ihrige beneidest du vielleicht jetzt im Anschauen ihrer Schönheit und siehst zu, wie sie eine Galerie ihres prunkenden Palastes durchwandelt oder wie sie sich mit der Brust über einen Balkon lehnt und bei sich erwägt, wie sie unbeschadet ihrer Tugend und erhabenen Stellung den Sturm beruhigen könne, den dies mein zagendes Herz um ihretwillen erleidet; welche Glorie sie meinen Qualen, welche Linderung sie meinen Kümmernissen, kurz, welches Leben sie meinem Tode und welchen Lohn sie meinen Diensten gewähren soll! Und du, Sonne, die du dich gewiß schon jetzt beeilst, deine Rosse zu satteln, um früh zur Hand zu sein und nach meiner Herrin dich umzuschauen! Sobald du sie erblickest, bitte ich dich, sie von mir zu grüßen. Aber hüte dich, daß du nicht, wenn du sie siehst und grüßest, sie auf das Antlitz küssest; denn ich würde eifersüchtiger auf dich sein, als du es auf jene behende grausame Schönheit warst, die dich so schwitzen ließ und durch die Ebenen Thessaliens jagte, oder war es längs der Ufer des Peneus, denn ich erinnere mich nicht genau, wo du damals in deiner Eifersucht und Verliebtheit umherliefst."

So weit war Don Quijote in seinen betrübsamen Herzensergießungen gekommen, als die Wirtstochter begann, ihm „Pst! pst!" zuzuflüstern, und zu ihm sprach: „Verehrter Herr, geruhe doch Euer Gnaden hierherzukommen, wenn Ihr so gut sein wollt."

Auf diese Winke und Worte drehte Don Quijote den Kopf und bemerkte bei dem Lichte des Mondes, der gerade in seiner vollen Helle schien, daß man ihm von der Dachluke aus zurief, welche ihm ein Fenster schien und obendrein eins mit vergoldetem Gitter, wie es sich für so reiche Burgen geziemt; denn eine solche war in seiner Einbildung die Schenke. Und gleich im Augenblick stellte sich ihm in seiner verrückten Phantasie vor, daß gerade wie das vorige Mal das huldselige Fräulein, die Tochter der Burgherrin, von Liebe zu ihm überwältigt, aufs neue um seine Neigung werben wolle. Und in diesem Gedanken wendete er, um sich nicht unritterlich und undankbar zu zeigen, Rosinante am Zügel, ritt an die Dachluke heran, und als er die beiden Mädchen erblickte, sprach er: „Bedauern hege ich um Euretwillen, huldseliges Fräulein, daß Ihr Eure liebenden Sinne auf ein Ziel gerichtet habet, wo es nicht möglich, Euch die entsprechende Erwiderung finden zu lassen, wie sie Eure hohe Fürtrefflichkeit und Lieblichkeit verdient. Dessen aber dürft Ihr die Schuld nicht diesem jammervollen fahrenden Ritter beimessen, welchen Liebe in die Unmöglichkeit versetzt hat, seine Neigung einer andern hinzugeben, sondern nur der, die er in derselben Minute, wo seine Augen sie erschauten, zur unumschränkten Gebieterin seines Herzens machte. Verzeihet mir, fürtreffliches Fräulein; ziehet Euch in Euer Gemach zurück und begehret nicht, mich durch entschiedenere Kundgebung Eurer Wünsche zu noch größerem Undank zu nötigen. Wenn Ihr aber in mir etwas anderes finden könnt, womit ich Eurer Liebe zu mir ein Genüge zu tun vermöchte, etwas anderes, das nicht wieder selbst Liebe ist, so fordert es von mir, und ich schwör Euch bei jener süßen Feindin mein, die nun fern ist, es Euch augenblicks zu gewähren, und fordertet Ihr von mir sogar eine Locke von Medusas Haaren, die allesamt Schlangen waren, oder auch die Sonnenstrahlen selbst in eine Flasche eingesiegelt."

„Von all diesem hat mein Fräulein nichts nötig", fiel hier Maritornes ein.

„Und was denn, kluge Zofe, hat Euer Fräulein nötig?" entgegnete Don Quijote.

„Nur eine von Euren schönen Händen", sprach Maritornes, „um an ihr das heiße Begehren zu kühlen, das sie zu dieser Dachluke getrieben hat, wobei ihre Ehre so große Gefahr läuft, daß, wenn ihr Vater dahintergekommen wäre, wahrlich, ihr Ohr das kleinste Stück gewesen wäre, das er ihr abgeschnitten hätte."

„Das hätte ich wohl sehen mögen!" versetzte Don Quijote. „Aber er wird sich wohl davor hüten, wenn er nicht das unglückseligste Ende nehmen will, das je auf Erden einem Vater zum Lohne dafür geworden, daß er seine Hände an die zarten Glieder seiner liebeerfüllten Tochter gelegt."

Maritornes hielt es für sicher, daß Don Quijote die verlangte Hand darreichen werde, und da sie in Gedanken schon mit sich einig war, was sie tun wollte, ging sie von der Dachluke hinunter nach dem Pferdestall, nahm dort das Halfter von Sancho Pansas Esel und kehrte eilig zu ihrer Luke zurück. Hier hatte sich Don Quijote bereits mit den Füßen auf Rosinantes Sattel gestellt, um das Gitterfenster zu erreichen, wo seine Einbildung das liebeswunde Fräulein stehen sah, und indem er ihr die Hand reichte, sprach er: „Nehmt, Fräulein, diese Hand, oder richtiger gesagt, diese Zuchtrute aller Missetäter auf Erden, nehmt diese Hand, sag ich, die noch nie von eines Weibes Hand berührt worden, nicht einmal von der Hand jener Erkorenen, der mein ganzer Leib völlig zu eigen gehört. Ich reiche sie Euch nicht, damit Ihr sie küsset, sondern damit Ihr das Gewebe ihrer Sehnen, das Gefüge ihrer Muskeln, die Breite und Mächtigkeit ihrer Adern betrachtet, woraus Ihr entnehmen werdet, wie groß die Stärke dieses Armes ist, dem solch eine Hand zugehört."

„Das wollen wir gleich sehen", sprach Maritornes, machte eine Schlinge in das Halfter, warf sie ihm um das Handgelenk, ging dann gebückt von der Dachluke weg und band das andere Ende des Halfters so fest wie möglich an den Riegel der Bodentüre. Don Quijote, der die Reibung des rauhen Stricks an seinem Handgelenk spürte, sprach: „Euer Gnaden scheint meine Hand mehr zu striegeln als zu streicheln; behandelt sie nicht so übel, denn sie ist schuldlos daran, wenn mein Herz übel an Euch handelt, und es ist nicht recht, daß Ihr an einem so kleinen Teile für das Ganze Eures Ingrimms Eure Rache übt; bedenket, daß, wer edel liebt, sich nicht so unedel rächt."

Aber alle diese Reden Don Quijotes hörte schon niemand mehr; denn sobald Maritornes ihm die Hand in der Schlinge gefangen hatte, liefen die beiden Mädchen weg und wollten sich fast totlachen und ließen ihn dort so festgebunden, daß es ihm unmöglich war, sich zu befreien. Er stand denn nun, wie gesagt, mit den Füßen auf Rosinante, den ganzen Arm durch die Dachluke gestreckt und am Handgelenk und am Türriegel festgehalten, mit der größten Angst und Besorgnis, wenn Rosinante nach der einen oder andern Seite einen Schritt täte, so würde er am Arm aufgehängt bleiben. Er wagte daher nicht die geringste Bewegung, da von Rosinantes Geduld und Gemütsruhe sich ganz wohl erwarten ließ, er würde ein ganzes Jahrhundert stehen bleiben, ohne sich zu rühren.

Als Don Quijote sich nun so gebunden sah und gewahrte, daß die Damen sich bereits entfernt hatten, verfiel er schließlich auf den Gedanken, all dies geschehe durch Zauberei wie das letztemal, als in dieser nämlichen Burg jener verzauberte Mohr oder eigentlich Eseltreiber ihn fürchterlich durchbleute; und er verwünschte im tiefsten Innern seinen Mangel an Verstand und Überlegung, daß er, nachdem er das erstemal aus dieser Burg so schlecht weggekommen, sich dennoch darauf eingelassen habe, sie ein zweitesmal zu betreten, da es doch bei den fahrenden Rittern als Regel gilt, daß jedesmal, wenn sie sich an ein Abenteuer gewagt und damit kein Glück gehabt haben, es ein Zeichen ist, daß selbiges Abenteuer nicht ihnen, sondern einem andern vorbestimmt ist und daß sie also nicht nötig haben, sich ein zweitesmal daranzuwagen.

Dessenungeachtet zog er an seinem Arm, um zu versuchen, ob er sich frei machen könne. Aber er war so festgebunden, daß all seine Versuche vergeblich waren. Freilich zog er mit Behutsamkeit, damit Rosinante sich nicht rühre. Wiewohl er sich gerne gesetzt und in den Sattel gebracht hätte, konnte er nichts andres tun, als auf den Füßen stehen bleiben, wenn er sich nicht die Hand ausrenken wollte. Jetzt kam der Augenblick, wo er sich das Schwert des Amadís wünschte, gegen welches keine Zauberkunst etwas vermochte; jetzt kam die Stunde, wo er sein Schicksal verwünschte; jetzt begann er sich in grellen Farben auszumalen, wie sehr man ihn in der Welt vermissen werde, solange er hier verzaubert bliebe; denn das zu sein, glaubte er mit vollster Gewißheit. Jetzt auch gedachte er aufs neue seiner geliebten Dulcinea von Toboso; jetzt rief er seinen wackern Schildknappen Sancho Pansa herbei, der aber in Schlaf begraben und, auf den Sattel seines Esels hingestreckt, in diesem Augenblick nicht einmal an die eigne Mutter, die ihn geboren, gedacht hätte; jetzt rief er die Zauberer Lirgandeo und Alquife zu Hilfe; jetzt flehte er um Beistand zu dessen treuer Freundin Urganda; und endlich fand ihn der Morgen in solcher Verzweiflung und Beklemmung, daß er brüllte wie ein Stier; denn er hatte nicht die geringste Hoffnung, daß seinen Qualen mit dem anbrechenden Tag Abhilfe kommen werde, da er sie für ewig hielt, weil er sich verzaubert glaubte. Und was ihn in diesem Glauben bestärkte, war, daß Rosinante sich nicht bewegte, weder wenig noch viel, und er dachte sich, er und sein Roß würden ohne Essen noch Trinken noch Schlafen so stehen bleiben, bis dieser böse Einfluß der Sterne vorüber wäre oder bis ein andrer, noch gelahrterer Zauberkünstler ihn entzaubern würde.

Indessen fand er sich in seinem Glauben arg betrogen. Kaum fing der Morgen an zu grauen, als vier Männer zu Pferde, sehr wohlgekleidet und trefflich ausgerüstet, ihre Büchsen über den Sattelbogen gelegt, zur Schenke herantrabten. Sie pochten mit mächtigen Schlägen an die Tür der Schenke, die noch verschlossen war. Don Quijote sah dies von seinem hohen Standpunkt aus und wollte auch von da aus die Pflicht einer Schildwache nicht versäumen; er rief mit lauter, stolzer Stimme: „Ritter oder Knappen, oder wer ihr immer sein möget, es kommt euch nicht zu, an die Pforte dieser Burg zu pochen. Denn es ist zur Genüge offenbar, daß zu solcher Stunde entweder die darin Weilenden im Schlafe liegen oder aber nicht gewohnt sind, ihre Festen zu erschließen, bis denn der Sonne Licht sich über die ganze Erde hin verbreitet hat. Macht euch von dannen und wartet, bis der Tag leuchtet, und dann werden wir sehen, ob es sich gebührt oder nicht, daß man euch die Pforte erschließe."

„Was Teufel für Feste oder Burg ist dies?" sprach einer von den Reitern, „daß man uns nötigen will, solche Umstände zu machen? Wenn Ihr der Wirt seid, so laßt uns aufmachen; wir sind Reisende und verlangen weiter nichts als für unsere Pferde Futter; dann wollen wir weiter, denn wir haben Eile."

„Meint ihr Ritter, daß ich nach einem Wirt aussehe?" entgegnete Don Quijote.

„Ich weiß nicht, nach was Ihr ausseht", versetzte der andre, „aber ich weiß, daß Ihr Unsinn redet, wenn Ihr diese Schenke eine Burg nennt."

„Eine Burg ist es", sprach Don Quijote darauf, „und eine der besten in diesem ganzen Gau, und es sind Personen darin, die schon ein Zepter in der Hand und eine Krone auf dem Haupte tragen."

„Besser wäre es umgekehrt", sagte der Reisende, „das Zepter auf dem Kopf und die Krone in der Hand. Und es wird wohl so sein, wenn wir es recht betrachten, daß eine Gesellschaft Schauspieler sich drin befindet, die wohl gewohnt sind, gar oft die Kronen und Zepter zu tragen, von denen Ihr sprecht. Denn in einer so kleinen Schenke, und wo solche Stille herrscht wie in dieser, da dünkt es mich, kehren nicht wohl Personen ein, denen Krone und Zepter gebühren."

„Ihr wißt wenig von der Welt", entgegnete Don Quijote, „da Euch unbekannt ist, welche Wunder der fahrenden Ritterschaft zustoßen."

Die Gefährten des Mannes wurden der Unterhaltung überdrüssig, die er mit Don Quijote führte, und daher begannen sie aufs neue mit größtem Ungestüm zu pochen, so daß der Wirt aufwachte und nicht minder alles, was in der Schenke war. Er stand daher auf und fragte, wer da poche.

Es geschah nun, daß eine von den Stuten, auf welchen die vier Männer saßen, sich dem Rosinante näherte, um ihn zu beriechen, der bisher schwermütig und trübselig, mit gesenkten Ohren, ohne sich zu rühren, seinen ausgestreckten Herrn trug. Da der Gaul aber schließlich doch von Fleisch und Bein war, wiewohl er von Holz schien, konnte er nicht umhin, sich zu fühlen und das Tier, das ihn mit Liebkosungen begrüßt hatte, wieder seinerseits zu beriechen. Kaum aber hatte er sich nur ein klein wenig bewegt, da rutschten Don Quijote beide Füße von ihrer Stelle, glitten vom Sattel herab, und er wäre auf den Boden gestürzt, wäre er nicht am Arme hängengeblieben. Dies verursachte dem Ritter so gewaltigen Schmerz, daß ihm war, als wenn man ihm das Handgelenk abschnitte oder den Arm ausrenkte. Denn er blieb so nah über dem Boden schweben, daß er mit den äußersten Fußspitzen die Erde berührte. Aber dies war für ihn um so schlimmer, denn da er merkte, wie wenig ihm daran fehlte, um mit den Fußsohlen auftreten zu können, mühte er sich ab und streckte sich, soviel er konnte, um den Boden zu erreichen, gerade wie diejenigen, welche bei der Folterung am Flaschenzug so hängen, daß sie den Boden berühren und doch nicht berühren; sie selber mehren ihre Schmerzen durch ihre Bemühung, sich auszustrecken, getäuscht durch die Hoffnung, die ihnen vorspiegelt, wenn sie sich nur ein wenig mehr strecken könnten, würden sie den Boden erreichen.

44. KAPITEL

Worin von den unerhörten Ereignissen in der Schenke des weiteren berichtet wird

Nun begann Don Quijote so furchtbar zu brüllen, daß der Wirt eilig das Tor der Schenke auftat und in vollem Schrecken hinauslief, um zu sehen, wer ein solches Geschrei erhob, und die Fremden, die sich draußen befanden, taten desgleichen. Maritornes, die ebenfalls von dem Lärmen aufgewacht war, dachte sich gleich, was es sein möchte, lief auf den Heuboden und band unbemerkt das Halfter los, an dem der Ritter hing, und er fiel sofort zu Boden angesichts des Wirtes und der Reisenden, welche auf ihn zueilten und ihn fragten, was er habe, daß er solches Geschrei ausstoße.

Ohne ein Wort zu erwidern, riß er sich den Strick vom Handgelenk, stellte sich auf die Füße, stieg auf Rosinante, nahm seine Tartsche in den Arm, legte seinen Spieß ein, ließ den Gaul einen tüchtigen Anlauf nehmen, wandte sich in kurzem Galopp zurück und sprach: »Wer auch immer behaupten wollte, ich sei mit Fug und Recht verzaubert worden, den, soferne meine Gebieterin, die Prinzessin Mikomikona, es mir großzügig verstattet, den heiß ich einen Lügenbold, biete ihm Trotz und fordre ihn zum Zweikampf heraus."

Die neuen Ankömmlinge gerieten in großes Staunen über Don Quijotes Äußerungen, aber der Wirt riß sie bald aus ihrer Verwunderung, indem er ihnen sagte, wer Don Quijote sei und wie man sich nicht um ihn zu kümmern brauche, da er nicht bei Verstand sei. Hierauf fragten sie den Wirt, ob vielleicht ein Jüngling von ungefähr fünfzehn Jahren in diese Schenke gekommen sei, gekleidet wie ein Bursche bei den Maultiertreibern, welcher die und die Merkmale an sich habe; und hierbei bezeichneten sie genau, woran Doña Claras Liebhaber zu erkennen war. Der Wirt antwortete, es seien so viele Leute in der Schenke, daß er den Jüngling, nach dem sie fragten, nicht besonders bemerkt habe. Indem aber sah einer von ihnen die Kutsche, in welcher der Oberrichter gekommen war, und rief: „Hier muß er sein, ganz gewiß; denn dies ist die Kutsche, der er immer nachziehen soll. Bleibe einer von uns am Tor, die andern sollen hinein, ihn zu suchen. Am besten macht einer von uns die Runde um die ganze Schenke, damit er nicht über die Hofmauer entspringt."

„So soll's geschehen", erwiderte einer von ihnen.

Zwei gingen hinein, einer blieb am Tor, der vierte ging um die Schenke herum. Der Wirt sah alledem zu und konnte nicht verstehen, zu welchem Zweck diese Vorkehrungen getroffen wurden, wiewohl er vermutete, sie suchten jenen Jüngling, den sie ihm beschrieben hatten.

Jetzt war es heller Tag geworden, und sowohl deshalb als auch infolge des Lärms, den Don Quijote verursacht hatte, waren alle wachgeworden und standen auf, zuerst Doña Clara und Dorotea; denn beide hatten diese Nacht sehr schlecht geschlafen, die eine vor Unruhe, ihren Geliebten so nahe zu wissen, die andre vor neugierigem Drang, ihn zu sehen. Don Quijote seinerseits, als er sah, daß keiner der vier Reisenden ihn beachtete oder ihm auf seine Herausforderung Antwort gab, war ganz außer sich und raste vor Ärger und Wut. Und hätte er in den Satzungen seines Rittertums gefunden, daß der fahrende Ritter erlaubtermaßen ein neues Abenteuer in die Hand nehmen und ausrichten dürfe, nachdem er sein Wort gegeben, sich auf keines einzulassen, bis er das früher bereits von ihm begonnene Unternehmen zu Ende geführt habe, so würde er sie alle angefallen und gezwungen haben, ihm wider ihren Willen Rede zu stehn. Aber da es ihm schien, daß es für ihn weder geziemend noch wohlgetan sei, ein neues Unternehmen zu beginnen, bevor er Mikomikona in ihr Reich eingesetzt, mußte er schweigen und in aller Ruhe abwarten, auf was die Vorkehrungen jener Reisenden abzielten.

Einer dieser letzteren fand endlich den Jüngling, den sie suchten, wie er neben einem Maultiertreiber schlief, nicht im entferntesten besorgend, daß jemand ihn suchte, und noch weniger, daß man ihn fände. Der Mann ergriff ihn am Arm und sagte zu ihm: »Gewiß, Señor Don Luis, Eure Tracht ist der Würde Eures Standes sehr angemessen, und das Bett, in dem ich Euch finde, paßt ausgezeichnet zu der sorgsamen Pflege, mit der Euch Eure Mutter erzogen hat.«

Der Jüngling rieb sich die schlaftrunkenen Augen und sah den Mann, der ihn am Arme hielt, eine geraume Weile an; und als er in ihm einen Diener seines Vaters erkannte, erschrak er so heftig, daß er lange Zeit nicht die Kraft fand, ihm ein Wort zu erwidern.

Der Diener aber fuhr fort: »Hier ist nichts andres zu tun, Señor Don Luis, als Euch in Geduld zu fassen und nach Hause zurückzukehren, falls Ihr nicht etwa wollt, daß mein Herr, Euer Vater, den Weg in jene andere Welt wandre, denn andre Folgen kann der Gram nicht haben, den Eure Entfernung ihm verursacht hat.«

»Wie hat denn mein Vater erfahren«, sprach Don Luis, »daß ich diesen Weg eingeschlagen habe und in dieser Tracht?«

»Ein Student«, antwortete der Diener, »dem Ihr Euer Vorhaben anvertraut habt, hat es uns entdeckt, selber von Schmerz ergriffen bei dem Ausbruch des Schmerzes, der Euren Vater augenblicklich befiel, als er Euch vermißte; da schickte er vier seiner Diener aus auf die Suche nach Euch, und wir alle sind hier zu Euern Diensten, glücklicher, als sich nur erdenken läßt, ob der guten Erledigung unseres Auftrags, womit wir zurückkehren und Euch vor die Augen führen werden, die Euch so innig lieben.«

»Damit wird es gehen, wie ich will oder wie der Himmel gebeut«, entgegnete Don Luis.

»Was könnt Ihr wollen, oder was kann der Himmel anders gebieten, als daß Ihr mit Eurer Heimkehr einverstanden seid?« versetzte der Diener, »denn etwas andres ist nicht möglich.«

Dem ganzen Gespräch zwischen den beiden hörte der Maultiertreiber zu, neben welchem Don Luis sein Lager hatte; er stand auf, ging hinaus und erzählte die Vorgänge Don Fernando und Cardenio und den andern, die sich bereits angekleidet hatten. Er sagte ihnen, der fremde Mann rede diesen Jüngling mit Don an, habe lange mit ihm gesprochen und wolle ihn nach dem Hause seines Vaters zurückbringen, der junge Mann aber wolle nicht. Da sie dies hörten und zu gleicher Zeit sich erinnerten, welche schöne Stimme der Himmel ihm verliehen, wurde in ihnen allen der Wunsch rege, genauer zu erfahren, wer er sei, ja sogar ihm Beistand zu leihen, wenn man etwa mit Gewalt gegen ihn vorgehen wolle. Und so begaben sie sich alle zu der Stelle, wo sie ihn noch mit seinem Diener sprechen und streiten hörten.

Unterdessen kam Dorotea aus ihrem Gemach und hinter ihr Doña Clara in voller Bestürzung. Dorotea rief Cardenio beiseite und erzählte ihm in kurzen Worten die Geschichte des Sängers und Doña Claras; er dagegen berichtete ihr, was seitdem mit Don Luis vorgegangen, nämlich daß die Diener seines Vaters gekommen seien, ihn zu suchen. Er sprach aber nicht so leise, daß es Doña Claras Ohren entgangen wäre, und sie geriet darüber so außer sich, daß sie zu Boden gestürzt wäre, wenn Dorotea sie nicht rasch gehalten hätte. Cardenio ermahnte Dorotea, in das Gemach zurückzugehen; er würde sich bemühen, alles in Ordnung zu bringen. Sie taten also.

Schon waren die vier, welche Don Luis suchen sollten, alle zusammen in der Schenke und standen um ihn her und suchten ihn zu bereden, er möge sogleich, ohne einen Augenblick zu zögern, heimkehren und seinem Vater Trost bringen. Er antwortete, er könne dies unter keiner Bedingung tun, ehe er nicht eine Angelegenheit durchgeführt habe, bei der ihm Leben und Ehre und Seele auf dem Spiel stehe. Die Diener drangen nun stärker in ihn und versicherten ihm, sie würden auf keinen Fall ohne ihn zurückkehren, und ob er nun wolle oder nicht, sie würden ihn mitnehmen.

„Das werdet ihr nicht tun", entgegnete Don Luis, „oder ihr müßtet mich tot fortschleppen; auf welche Weise immer ihr mich fortbringen möget, ihr werdet mich nur ohne Leben von hinnen schleppen."

Inzwischen waren die übrigen in der Schenke Anwesenden zu dem heftigen Wortgefecht hinzugekommen, nämlich Cardenio, Don Fernando und seine Gefährten, der Oberrichter, der Pfarrer, der Barbier und Don Quijote, den es bedünkte, es sei nicht länger nötig, vor der Burg Wache zu halten. Cardenio, schon bekannt mit der Geschichte des Jünglings, fragte die Diener, was sie veranlasse, den jungen Mann gegen seinen Willen fortzuführen.

„Was uns dazu veranlaßt", antwortete einer von den vieren, „ist, daß wir seinem Vater das Leben erhalten wollen, der durch die Flucht dieses jungen Edelmannes in die Gefahr geraten ist, es einzubüßen."

Darauf versetzte Don Luis: „Ich sehe keinen Grund, hier über meine Angelegenheiten Auskunft zu geben. Ich bin ein freier Mann und werde zurückkehren, wann es mir behagt; und wenn nicht, so soll keiner von euch mich dazu zwingen."

„Die Vernunft wird Euer Gnaden zwingen", entgegnete der Diener, „und wenn sie über Euch nicht genug vermag, so wird sie über uns genug vermögen, damit wir ausführen, wozu wir gekommen und wozu wir verpflichtet sind."

„Wir wollen doch einmal gründlich untersuchen, was dies bedeutet", fiel hier der Oberrichter ein.

Der Diener jedoch, der ihn als Hausnachbarn erkannte, entgegnete: „Kennt Euer Gnaden, Herr Oberrichter, diesen Edelmann nicht? Es ist der Sohn Eures Nachbars und hat sich aus seines Vaters Haus in einer seinem Range so unangemessenen Tracht entfernt, wie Euer Gnaden sehen kann."

Der Oberrichter betrachtete ihn aufmerksamer und erkannte ihn; er umarmte ihn und sprach: „Was sind das für Kindereien, Señor Don Luis? Oder welcher gewichtige Grund konnte Euch bewegen, auf solche Weise zu reisen und in solcher Tracht, die sich so wenig für Euren Stand schickt?"

Dem Jüngling traten die Tränen in die Augen, und er konnte dem Oberrichter kein Wort erwidern. Dieser sagte zu den vier Dienern, sie möchten sich beruhigen, alles werde gut gehen; und Don Luis an der Hand fassend, führte er ihn beiseite und fragte ihn, warum er hierhergekommen sei.

Während er diese Frage nebst mancher andern an ihn richtete, hörte man großes Geschrei am Tor der Schenke. Zwei Gäste, die hier übernachtet hatten und jetzt alle Welt nur mit Erkundigungen über das Vorhaben der vier Diener beschäftigt sahen, hatten nämlich den Versuch gemacht, von dannen zu gehen, ohne ihre Zeche zu bezahlen. Allein der Wirt, der auf seine eigenen Angelegenheiten besser als auf fremde achtgab, packte sie, als sie zum Tor hinauswollten, verlangte seine Zahlung und schalt sie ob ihres bösen Vorhabens mit so starken Ausdrücken, daß er sie reizte, ihm mit den Fäusten die Antwort zu geben. Und nun begannen sie ihn so mächtig zu dreschen, daß der arme Wirt mit lautem Geschrei um Hilfe rufen mußte. Die Wirtin und ihre Tochter sahen sich rings um und fanden keinen andern so unbeschäftigt wie Don Quijote, um dem Wirt beispringen zu können, und zu dem Ritter sprach die Wirtstochter: „Herr Ritter, um der Tapferkeit willen, die Gott Euch verliehen, steht meinem armen Vater bei, den zwei Bösewichter zu Brei schlagen."

Hierauf antwortete Don Quijote ganz gelassen und in größter Gemütsruhe: „Huldseliges Fräulein, Eure Bitte kann für itzo keine Erfüllung finden, sintemal mir verwehrt ist, mich in ein anderweitig Abenteuer einzulassen, bevor ich nicht ein solches zu Ende geführt, als an welches mein Wort mich gebunden hält. Aber was ich dennoch tun kann, um Euch dienstbar zu sein, das will ich Euch sofort sagen: Eilet hin und saget Eurem Vater, er möge sich in diesem Kampfe so gut halten und so lange, wie er es vermag, und sich in keinem Falle besiegen lassen, dieweil ich mir von der Prinzessin Mikomikona die Vergünstigung erbitte, ihm in seiner Bedrängnis beistehen zu dürfen; und so sie eine solche gewährt, dann haltet es für sicher, daß ich ihn aus selbiger Not erlösen werde."

„Gott verzeih mir meine Sünden!" rief hierauf Maritornes, die dabeistand, „bevor Euer Gnaden die Vergünstigung einholt, von der Ihr redet, wird unser Herr sich in der andern Welt befinden."

„Gestattet immerhin, Ihr Fräulein, daß ich die besagte Vergünstigung einhole", entgegnete Don Quijote, „und hab ich sie einmal erlangt, dann liegt wenig daran, ob er sich bereits in der andern Welt befinde; denn selbst von dort werd ich ihn zurückholen, wie sehr selbige Welt sich dawidersetzen möge, oder mindestens werde ich Euch solche Rache an denen verschaffen, die ihn ins Jenseits befördert haben, daß Euch mehr als nur mittelmäßige Genugtuung werden soll."

Ohne ein Wort weiter zu sprechen, wandte er sich zu Dorotea, kniete vor ihr nieder und bat mit rittermäßigen und bei fahrenden Kämpen bräuchlichen Worten, Ihre Hoheit möge ihm großgünstigst die Vergünstigung gewähren, dem Burgvogt dieser Burg beizuspringen und beizustehen, welcher sich von harter Unbill bedrängt finde. Die Prinzessin gewährte sie ihm mit willigem Mute, und er schritt, seine Tartsche in den Arm nehmend und Hand an sein Schwert legend, zum Tor der Schenke hin, wo die beiden Gäste noch mit dem Wirte balgten und ihm den Balg zerklopften. Aber sobald er näher kam, hielt er jählings inne und blieb stille stehen, obwohl Maritornes und die Wirtin ihm zuriefen, weshalb er stehenbleibe, er solle ihrem Herrn und Ehemann zu Hilfe kommen!

„Ich bleibe stehen", sprach Don Quijote, „dieweil es mir nicht ziemt, gegen schildknappliches Gesindel das Schwert zu ziehen; rufet mir aber meinen Knappen Sancho her, ihm kommt es zu und gebührt es, sotane Verteidigung und Rache auf sich zu nehmen."

Dies trug sich am Tor der Schenke zu, und an diesem Tor gingen die Faustschläge und Backpfeifen aufs allerbeste hin und wider, und das alles auf Kosten des Wirts und zum wütenden Ärger der Maritornes, der Wirtin und ihrer Tochter, die schier in Verzweiflung gerieten, daß sie mit ansehen mußten, wie Don Quijote feige dastand und ihr Gemahl, Vater und Dienstherr so mißhandelt wurde.

Doch verlassen wir ihn – es wird ihm schon an einem Helfer nicht fehlen, oder wenn doch, so dulde und schweige, wer sich an mehr wagt, als seine Kräfte ihm verheißen – und wenden wir uns fünfzig Schritte zurück, um zu hören, was Don Luis dem Oberrichter antwortete, den wir verließen, als er den jungen Mann beiseite nahm und ihn befragte, weshalb er zu Fuße und in so unwürdiger Tracht hierhergekommen. Der Jüngling faßte des Oberrichters Hände mit aller Macht, wie um anzudeuten, daß ihm ein großer Schmerz das Herz zusammendrücke, und reichliche Tränen vergießend, sprach er: „Verehrter Herr, ich kann Euch nichts andres sagen als dies: von dem Augenblick an, wo der Himmel es fügte und unsere Nachbarschaft es vermittelte, daß ich das Fräulein Doña Clara, Eure Tochter und meine Gebieterin, erblickte, von jenem Augenblick an machte ich sie zur Herrin meines Willens; und wenn der Eure, Ihr, mein wahrer Vater und Herr, es nicht verwehrt, so soll sie noch heut am Tage meine Gattin werden. Um ihretwillen hab ich meines Vaters Haus verlassen, ihr zuliebe hab ich diese Tracht angelegt, um ihr überallhin zu folgen, wie der Pfeil sich nach dem Ziele wendet oder der Schiffer nach dem Polarstern. Sie weiß von meinen Wünschen nicht mehr, als was sie daraus erraten konnte, daß sie einigemal von weitem meine Augen Tränen vergießen sah. Ihr kennt ja, Señor, den Reichtum und Adel meiner Eltern und wißt, daß ich ihr einziger Erbe bin; falls Eurer Meinung nach diese glücklichen Umstände Euch genügende Gründe bieten, um es auf gut Glück zu wagen, mich vollkommen glücklich zu machen, so nehmt mich alsogleich zu Eurem Sohne an. Wenn aber mein Vater, von eignen Plänen andrer Art angetrieben, an dem hohen Glück, das ich selbst gefunden, keinen Gefallen hegen sollte, so hat doch die Zeit mehr Gewalt, die Dinge umzuwandeln und zu ändern, als der Wille des Menschen."

Hierauf schwieg der verliebte Jüngling, und der Oberrichter stand verlegen da, in Ungewißheit über die eigentümliche und verständige Art, wie Don Luis ihm sein Denken und Fühlen offenbart hatte, und unschlüssig, welche Entscheidung in einem so unversehens und unerwartet eingetretenen Fall zu fassen sei. Und so gab er Don Luis nur die Antwort, er möge sich einstweilen beruhigen und seine Diener hinhalten, daß sie diesen Tag noch nicht zurückkehrten, damit man Zeit gewänne, zu überlegen, was für sie alle am ersprießlichsten sei.

Don Luis küßte ihm stürmisch die Hände, ja er badete sie in seinen Tränen, was ein steinern Herz hätte erweichen können, geschweige das des Oberrichters, der als ein verständiger Mann bereits eingesehen hatte, wie angemessen diese Ehe für seine Tochter sei; und sofern es möglich wäre, wollte er sie mit Zustimmung von Don Luis' Vater abschließen, von dem er wußte, daß er beabsichtigte, seinem Sohne einen kastilischen Adelstitel zu verschaffen.

In der Zwischenzeit hatten die Gäste mit dem Wirte Frieden geschlossen, denn durch Überredung und gütliches Zusprechen von seiten Don Quijotes, mehr als infolge von dessen Drohungen, hatten sie dem Wirt seine Rechnung bezahlt.

Die Diener von Don Luis warteten auf das Ende der Unterredung mit dem Oberrichter und den Entschluß ihres Herrn. Da ließ der Teufel, der nimmer schläft, im nämlichen Augenblick jenen Barbier zur Schenke kommen, welchem Don Quijote den Helm Mambrins und Sancho Pansa das ganze Geschirr seines Esels weggenommen und mit dem des seinigen vertauscht hatte. Als besagter Barbier sein Tier in den Stall führte, erblickte er Sancho Pansa, der gerade an dem Sattel irgend etwas zurechtmachte; und als er diesen Sattel sah, erkannte er ihn gleich, ging unverweilt auf Sancho Pansa los und schrie dabei: „Aha, Herr Spitzbube, hab ich Euch hier! Her mit meiner Schüssel und meinem Sattel, mit meinem ganzen Geschirr, das Ihr mir gestohlen habt!"

Als Sancho sich so unversehens angegriffen sah und hörte, mit welchen Schimpfworten man ihn belegte, packte er mit der einen Hand den Eselssattel, und mit der andern versetzte er dem Barbier eine Maulschelle, daß ihm Lippen und Zähne in Blut schwammen. Allein der Barbier ließ darum den Sattel nicht los, vielmehr erhob er ein so mächtiges Geschrei, daß alle Leute aus der Schenke zu dem Lärm und Kampf herzuliefen. Und er rief: „Zu Hilfe im Namen des Königs und der Gerechtigkeit! Weil ich mein Eigentum wiederhaben will, da will mich dieser Dieb, dieser Straßenräuber umbringen!"

„Du lügst!" entgegnete Sancho, „ich bin kein Straßenräuber; in ehrlichem Krieg hat mein Herr Don Quijote diese Beute gewonnen."

Bereits war Don Quijote herbeigekommen und sah mit großem Vergnügen, wie trefflich sein Schildknappe zu Schutz und Trutz zu kämpfen wußte, und von da an hielt er ihn für einen echten, rechten Mann und nahm sich in seinem Innern vor, ihn bei der ersten Gelegenheit, die sich böte, zum Ritter zu schlagen, weil es ihn bedünkte, bei Sancho würde der Orden der Ritterschaft gut angebracht sein.

Unter anderem hörte man während des Kampfes den Barbier auch sagen: „Ihr Herren, dieser Eselssattel ist so sicher mein, wie mir der Tod sicher ist, den ich Gott dem Herrn schulde. Ich kenne den Sattel so gut, als hätte ich ihn geboren, und dort steht mein Esel im Stall, der wird nicht leiden, daß ich lüge; oder leugnet mir's einer, so probiert ihn meinem Esel an, und wenn er ihm nicht wie angegossen sitzt, so will ich zeitlebens ein Schuft sein. Ja noch mehr, am nämlichen Tag, wo man mir ihn weggenommen hat, da hat man mir auch eine messingene Barbierschüssel gestohlen, ganz neu, sie war einen Goldtaler wert."

Hier konnte sich Don Quijote nicht enthalten, ihm Antwort zu geben. Er stellte sich zwischen die beiden, trieb sie auseinander, legte den Sattel auf den Boden nieder, damit er ihn vor Augen habe, bis die Wahrheit ans Licht gebracht werde, und sprach: „Auf daß Euer Gnaden alle klar und offenbar ersehen, in welchem Irrtum dieser wackere Knappe befangen ist: er nennt eine Schüssel, was der Helm des Mambrin ist, war und sein wird, den ich ihm im ehrlichen Krieg abgenommen und dessen Herr mit redlichem und rechtmäßigem Besitz ich geworden bin. Was den Sattel betrifft, da mische ich mich nicht hinein; ich kann darüber nichts sagen, als daß mein Schildknappe Sancho mich um die Erlaubnis gebeten hat, dem Roß dieses besiegten Feiglings Sattel und Zaumzeug abzunehmen und das seinige damit auszurüsten, und er nahm es. Daß sich das Pferdegeschirr in einen Eselssattel verwandelt hat, dafür kann ich keinen andern Grund angeben als den gewöhnlichen, daß nämlich derlei Verwandlungen bei den Begebnissen im Rittertume des öftern vorkommen. Um nun das, was ich vorher gesprochen, zu bekräftigen, lauf, Sancho, mein Sohn, und hole den Helm her, welchen dieser gute Mensch für eine Bartschüssel erklärt."

„Meiner Six, Señor", sprach Sancho, „wenn wir für unsre Behauptung keinen andern Beweis haben, als den Euer Gnaden vorbringt, dann ist der Helm des Mambrin ebensogut eine Barbierschüssel wie das Pferdegeschirr dieses guten Kerls ein Eselssattel."

„Tu, was ich dir gebiete", entgegnete Don Quijote, „es wird in dieser Burg doch nicht alles mit Zauberei zugehen."

Sancho ging nach der Schüssel und holte sie herbei, und sobald Don Quijote sie erblickte, nahm er sie in die Hand und sprach: „Möge doch Euer Gnaden zusehen, mit welcher Stirn dieser Knappe sagen kann, es sei dies eine Bartschüssel und nicht der Helm, von dem ich gesprochen habe! Und ich schwöre bei dem Ritterorden, der mein erkorener Beruf ist, dieser Helm ist derselbe, den ich ihm abgenommen, ohne daß am selbigen das geringste hinzu- oder hinweggetan worden."

„Das unterliegt keinem Zweifel", sprach hier Sancho, „denn seit dem Tage, wo mein Herr ihn erobert hat, bis zum heutigen Tage hat er mit selbigem nicht mehr als einen einzigen Kampf bestanden, als er jene Unglücklichen aus ihren Ketten befreite, und hätte ihm dieser Schüsselhelm nicht geholfen, so wäre es ihm damals nicht sehr gut ergangen, denn es gab genugsam Steinwürfe bei jenem argen Strauß."

45. Kapitel

Worin der Zweifel über Mambrins Helm und den Eselssattel gründlich und in voller Wahrheit aufgehellt wird, nebst andern Abenteuern, so sich zugetragen

„Was halten Euer Gnaden, meine Herren", sagte der Barbier, „von den Behauptungen dieser edlen Herren, da sie beharrlich dabei bleiben, es sei dies keine Bartschüssel, sondern ein Helm?"

„Und wer das Gegenteil sagt", sprach Don Quijote, „dem werde ich zu Gemüte führen, daß er lügt, falls es ein Ritter ist; und wenn ein Knappe, daß er nochmals lügt und tausendmal lügt."

Unser Barbier Nikolas, der bei allem zugegen war, wollte, da er Don Quijotes Sparren so gut kannte, noch Öl ins Feuer gießen und den Spaß weitertreiben, damit sie alle was zu lachen hätten, und so sagte er zu dem andern Barbier: „Herr Barbier, oder was Ihr sonst seid, wißt, daß auch ich von Eurem Handwerk bin und seit länger als zwanzig Jahren mein Meisterzeugnis habe und mich auf alle Werkzeuge des Bartscherertums, nicht eines ausgenommen, sehr wohl verstehe. Ebenso war ich in meiner Jugend eine Zeitlang Soldat und weiß auch, was ein Helm ist und was eine Eisenhaube und was ein Helm mit Visier, und weiß noch anderes in betreff des Kriegswesens, ich meine der verschiedenen Waffen. Und ich sage mit aller schuldigen Achtung vor besserem Ermessen und vorbehaltlich besserer Einsicht: dies Ding, das sich hier vor unseren Augen befindet und das dieser wackere Herr in Händen hält, ist nicht nur nicht eine Barbierschüssel, sondern ist so fern davon, eine solche Schüssel zu sein, wie das Weiße fern ist vom Schwarzen und die Wahrheit von der Lüge. Sodann sage ich, daß es zwar ein Helm ist, aber kein vollständiger Helm."

„Gewiß nicht", sprach Don Quijote hierauf, „denn es fehlt ihm die Hälfte, nämlich die Halsberge."

„So ist es", fiel der Pfarrer ein, der die Absicht seines Freundes, des Barbiers, bereits wohl verstanden hatte, und das nämliche bestätigten Cardenio sowie Don Fernando und seine Gefährten. Selbst der Oberrichter würde seinen Teil zu dem Spaß beigetragen haben, wenn nicht die Angelegenheit mit Don Luis seine Gedanken in Anspruch genommen hätte; aber der Ernst der Gegenstände, die er zu bedenken hatte, hielt ihn in so beständiger Spannung, daß er wenig oder gar nicht auf diese Possen achten konnte.

„Gott steh mir bei!" sagte jetzt der gefoppte Bartscherer, „ist es möglich, daß so viel vornehme Herren behaupten, dies sei nicht eine Bartschüssel, sondern ein Helm! Das ist offenbar eine Geschichte, die eine ganze Universität mit ihrer Weisheit in Verwunderung setzen könnte. Gut denn; wenn diese Schüssel also tatsächlich ein Helm ist, muß dieser Eselssattel wohl auch ein Pferdegeschirr sein, wie dieser Herr gesagt hat."

„Mir allerdings scheint es ein Eselssattel", sprach Don Quijote, „aber ich habe bereits gesagt, daß ich mich hierein nicht mische."

„Ob es ein Eselssattel oder Pferdezeug ist", sagte der Pfarrer, „das hängt ganz von der Entscheidung des Herrn Don Quijote ab, denn in Dingen des Rittertums ordnen wir uns ihm ganz unter."

„Bei Gott, meine Herren", entgegnete Don Quijote, „so vieles und so Seltsames ist mir in dieser Burg die beiden Male begegnet, die ich darin geherbergt, daß ich nicht wagen kann, irgend etwas mit Bestimmtheit über die Dinge zu sagen, die in selbiger geschehen; denn ich meine, alles, was hier vorgeht, geschieht mittels Zauberkunst. Das erstemal quälte mich gewaltig ein verzauberter Mohr, der in der Burg weilt, und auch Sancho ging es mit dessen Helfershelfern gar nicht gut; und heute nacht habe ich schier zwei Stunden an diesem meinem Arm schwebend gehangen, ohne zu wissen, wie oder warum ich in dieses Mißgeschick geraten bin. Wenn ich daher in einer Sache von solcher Unklarheit meine Meinung ausspräche, das hieße, in eine dreiste Übereilung beim Urteilen verfallen. Was die Behauptung betrifft, dieses sei eine Barbierschüssel und kein Helm, darauf habe ich schon geantwortet; aber bezüglich der Entscheidung, ob dieses ein Esels- oder ein Pferdesattel ist, da erkühne ich mich nicht, einen endgültigen Spruch zu fällen, das überlasse ich ausschließlich dem besseren Ermessen Euer Gnaden. Vielleicht weil ihr nicht zu Rittern geschlagen seid, wie ich es bin, berühren euch die Verzauberungen dieses Ortes nicht und ist euere Urteilskraft frei und könnt ihr von den Dingen in dieser Burg so urteilen, wie sie wahr und wirklich sind, und nicht, wie sie mir erscheinen."

„Es ist kein Zweifel daran", entgegnete Don Fernando hierauf, „daß der Herr Don Quijote diesmal sehr richtig gesagt hat, nur uns komme die Entscheidung dieses Falles zu; und damit alles ordentlich zugeht, will ich die Stimmen dieser Herren im geheimen sammeln und von dem Ergebnis vollständige und deutliche Kunde geben."

Für diejenigen, die über Don Quijotes Sparren schon Bescheid wußten, war das alles ein Stoff zu unendlichem Lachen; aber denen, die nichts davon wußten, schien es der größte Unsinn der Welt, besonders den vier Dienern des Don Luis, und ebenso dem letzteren und so auch drei andern Reisenden, die soeben zufällig in die Schenke gekommen waren und wie Landreiter aussahen, was sie auch wirklich waren. Wer aber am meisten außer sich geriet, das war der Barbier, dessen Bartschüssel sich ihm vor seinen Augen in den Helm Mambrins verwandelt hatte und der gar nicht daran zweifelte, daß auch sein Eselssattel sich ihm in ein reiches Pferdegeschirr verwandeln würde. Alle aber, die einen wie die andern, brachen in Gelächter aus, als sie sahen, wie Don Fernando die Stimmen sammelte und sich um der geheimen Abstimmung willen ins Ohr flüstern ließ, ob dies Kleinod, über das soviel gekämpft worden, ein Eselssattel oder ein Pferdezeug sei. Und nachdem er die Stimmen derer, die Don Quijote kannten, gesammelt hatte, sprach er laut zu dem Barbier:

„Der Kasus ist, guter Freund, daß ich bereits müde bin, so viele Stimmen zu sammeln; denn ich sehe, daß keiner, den ich nach dem Verlangten frage, mir nicht antwortet, es sei ein Unsinn, dies für einen Eselssattel auszugeben, sondern es sei das Sattelzeug eines Pferdes, und obendrein eines Pferdes von reiner Rasse. So müßt Ihr Euch denn in Geduld fassen, denn zu Eurem und Eures Esels Leidwesen ist dies ein Pferdegeschirr und nicht ein Eselssattel; Ihr habt Euernteils falsch geklagt und nichts bewiesen und habt verloren."

„So will ich im Jenseits verloren sein", versetzte der arme Barbier, „wenn Ihr, gnädige Herren, Euch nicht alle täuscht, und möge meine Seele so sicher vor Gott erscheinen, wie dies mir ein Eselssattel scheint und nicht ein Pferdezeug. Allein, Gewalt geht vor ... mehr will ich nicht sagen. Und wahrlich, ich bin nicht betrunken, ich habe mir heute noch nichts vergönnt, ausgenommen etwa, Sünden zu begehen."

Nicht weniger Lachen erregten die albernen Reden des Barbiers als die verrückten Don Quijotes, der jetzt sprach: „Hier ist nichts weiter zu tun, als daß jeder nehme, was ihm gehört, und wem es Gott gegeben hat, dem mag Sankt Petrus es gesegnen."

Einer aber von den vier Dienern des Don Luis sagte: „Wenn dies nicht etwa eine verabredete Fopperei ist, kann ich unmöglich verstehen, daß Leute von gesundem Verstand, wie alle hier Anwesenden sind oder scheinen, sich erlauben können zu sagen, dies sei keine Bartschüssel und jenes kein Eselssattel; aber da sie es sagen und behaupten, so muß ich annehmen, es steckt ein absonderlich Geheimnis dahinter, so hartnäckig bei einer Behauptung zu bleiben, wovon uns das Gegenteil durch die Wirklichkeit und durch die Erfahrung selbst dargetan wird. Denn ich schwör's bei dem und jenem" – und er stieß den Schwur rundheraus –, „mich soll nichts auf der Welt überreden, daß dies sich umgekehrt verhalte und daß dies nicht eine Barbierschüssel und jenes nicht der Sattel eines Esels sei."

„Es könnte der Sattel einer Eselin sein", sagte der Pfarrer.

„Das ist ganz einerlei", entgegnete der Diener, „denn es handelt sich nicht hierum, sondern darum, ob es ein Eselssattel ist oder nicht, wie die gnädigen Herren sagen."

Dies vernahm einer der eben angekommenen Landreiter, der dem Streit und der ganzen Verhandlung zugehört hatte, und sprach voller Zorn und Ärger: „Das ist ebenso sicher ein Eselssattel, wie mein Vater einer ist, und wer was anderes gesagt hat oder sagt, muß toll und voll sein!"

„Ihr lüget als ein niederträchtiger Schelm!" rief Don Quijote, erhob seinen Spieß, den er nie aus den Händen ließ, und holte zu einem so gewaltigen Schlag auf den Kopf des Landreiters aus, daß er ihn, wenn er nicht ausgewichen wäre, ohne weiteres niedergestreckt hätte. Der Spieß zersprang auf dem Boden in Stücke, und als die anderen Landreiter ihren Kameraden mißhandelt sahen, erhoben sie die Stimme und riefen nach Beistand für die Heilige Brüderschaft. Der Wirt, welcher auch zur Genossenschaft der Landreiter gehörte, lief eilig hinein nach seinem Amtsstab und seinem Schwert und stellte sich dann seinen Kameraden zur Seite. Die Diener des Don Luis umringten diesen, damit er ihnen in dem Getümmel nicht entkomme. Als der Barbier das ganze Haus in Aufruhr sah, griff er wieder nach seinem Sattel, und das nämliche tat Sancho. Don Quijote zog sein Schwert und griff die Landreiter an. Don Luis schrie seinen Dienern zu, sie sollten ihn lassen und Don Quijote zu Hilfe eilen, ebenso dem Cardenio und Don Fernando, die beide sich Don Quijotes annahmen. Der Pfarrer schrie laut auf; die Wirtin kreischte, ihre Tochter jammerte, Maritornes weinte; Dorotea stand in Bestürzung, Luscinda war erschrocken, Doña Clara ohnmächtig. Der Barbier prügelte Sancho, Sancho zerdrosch den Barbier; Don Luis, den einer seiner Diener am Arm zu fassen gewagt, damit er nicht entfliehe, gab ihm einen Faustschlag, daß ihm Mund und Zähne in Blut schwammen; der Oberrichter nahm sich des Jünglings an; Don Fernando hatte einen Landreiter unter sich gebracht und nahm ihm mit den Füßen das Maß seines ganzen Körpers nach Herzenslust; der Wirt schrie wiederum und mit stärkerer Stimme als zuvor: „Zu Hilfe der Heiligen Brüderschaft!" So war die ganze Schenke voll Klagen und Schreien und Kreischen, Wirrsal, Ängsten, Schrecken, Unheil, Schwerthieben, Maulschellen, Prügel, Fußtritten und Blutvergießen.

Und in diesem Chaos, in diesem ganzen Gewirre und Labyrinth der verschiedensten Dinge tauchte plötzlich in Don Quijotes Geiste die Vorstellung auf, er habe sich gewaltsam mitten in die Zwietracht von Agramants Lager eingedrängt, und so rief er mit einer Stimme, welche die ganze Schenke durchdröhnte: „Haltet alle ein, steckt alle die Schwerter ein, kommt alle zur Ruh, hört mich alle an, wenn ihr am Leben bleiben wollt!"

Beim Ton dieser mächtigen Stimme hielten alle inne, und er fuhr fort: „Habe ich euch nicht gesagt, ihr Herren, daß diese Burg verzaubert ist und daß eine Landsmannschaft von Teufeln in ihr hausen muß? Zu dessen Bewahrheitung sollt ihr nun mit euren eigenen Augen sehen, wie die Zwietracht in Agramants

Lager jetzt hierher übergegangen und mitten unter uns hereingetragen ist. Schauet, wie dort gekämpft wird um das Schwert, hier um das Roß, an jener Stelle um den Adler, dort um den Helm, und wir alle kämpfen, wir alle verstehen uns nicht. So komme denn Euer Gnaden, Herr Oberrichter, und Euer Gnaden,

Herr Pfarrer, und der eine trete auf als König Agramant, der andere als König Sobrino, und stiftet Frieden unter uns; denn bei dem allmächtigen Gott, es ist eine Schande, daß soviel hochgestellte Leute, wie wir hier sind, einander aus so leichtfertigen Ursachen totschlagen!"

Die Landreiter, die Don Quijotes Redensarten nicht verstanden und sich von Don Fernando, Cardenio und deren Gefährten übel zugerichtet sahen, wollten sich nicht zur Ruhe fügen. Der

Barbier dagegen wollte es gern, weil ihm bei dem Kampfe der Bart und der Sattel arg mitgenommen worden waren. Sancho gehorchte bei der leisesten Mahnung seines Herrn als ein pflichtgetreuer Diener; auch die vier Diener des Don Luis gaben sich zum Frieden, da sie sahen, wie wenig sie vom Gegenteil gehabt hätten. Nur der Wirt blieb hartnäckig dabei, man müsse die Unverschämtheiten dieses Narren züchtigen, der ihm bei jedem Anlaß die Schenke in Aufruhr bringe. Zuletzt wurde der Lärm, wenigstens für den Augenblick, gestillt, und in Don Quijotes Einbildung blieb der Eselssattel ein Pferdegeschirr bis zum Tag des Jüngsten Gerichts, die Barbierschüssel ein Helm und die Schenke eine Burg.

Als nun auf Zureden des Oberrichters und des Pfarrers alle sich beruhigt und miteinander Frieden geschlossen hatten, drangen die Diener des Don Luis aufs neue in ihn, augenblicks mit ihnen heimzukehren; und während er sich mit ihnen auseinandersetzte, besprach sich der Oberrichter mit Don Fernando, Cardenio und dem Pfarrer, was er tun solle unter diesen Umständen, die er ihnen darlegte, und teilte ihnen auch alles mit, was Don Luis ihm gesagt hatte. Endlich kamen sie überein, Don Fernando solle den Dienern eröffnen, wer er sei und wie er den Wunsch hege, daß Don Luis ihn nach Andalusien begleite, wo er bei seinem Bruder, dem Marquis, eine ehrenvolle Aufnahme finden werde, wie sie seine Persönlichkeit verdiene; denn man kenne Don Luis' Vorsatz, auf solche Weise nicht zu seinem Vater für diesmal zurückzukehren, und wenn man ihn in Stücke risse. Als nun die vier den Stand Don Fernandos und den bestimmten Vorsatz ihres jungen Herrn erfuhren, faßten sie unter sich den Beschluß, drei von ihnen sollten heimkehren, um dessen Vater Bericht zu erstatten, der vierte aber sollte bei Don Luis zurückbleiben, um ihn zu bedienen, und nicht von ihm weichen, bis sie wiederkommen würden, ihn zu holen, oder bis er vernähme, was sein Vater ihnen befehle.

So wurde durch das hohe Ansehen Agramants und die Klugheit des Königs Sobrino diese ganze Maschinerie des Haders in den Stand der Ruhe gebracht.

Als aber der Feind der Eintracht und Widersacher des Friedens sich verhöhnt und seinen Zweck vereitelt sah und innerward, wie wenig Nutzen er daraus gezogen, daß er sie alle in einen solchen Irrgarten geführt hatte, da gedachte er, nochmals einen Versuch zu machen und neuen Streit und Unfrieden zu stiften.

Es war nämlich allerdings so, daß die Landreiter sich beruhigt hatten, weil sie etwas vom Stande der Herren erhorcht, mit denen sie im Kampf gewesen; sie hatten sich aus dem Streite zurückgezogen, weil es sie bedünkte, auf welche Weise auch die Sache ausginge, sie würden in diesem Kampfe jedenfalls den kürzeren ziehen. Allein, einer von ihnen, und zwar gerade der, welchen Don Fernando durchgewalkt und mit Fußtritten bearbeitet hatte, erinnerte sich jetzt, daß er unter verschiedenen Haftbefehlen gegen etliche Verbrecher auch einen gegen Don Quijote bei sich trug, den die Heilige Brüderschaft festzunehmen befohlen hatte, weil er die Galeerensklaven in Freiheit gesetzt, wie dies Sancho mit gutem Grund befürchtet hatte. Da ihm dieses gerade wieder einfiel, wollte er sich vergewissern, ob die Kennzeichen zuträfen, die man ihm von Don Quijote angegeben; er holte etliche Pergamente aus dem Busen und fand das gesuchte. Er begann nun langsam zu lesen, denn er war kein großer Leser, und bei jedem Worte heftete er die Augen auf Don Quijote, verglich die Kennzeichen im Haftbefehl mit den Gesichtszügen des Ritters und fand, daß ohne allen Zweifel er der Mann sei, auf den sich der Steckbrief beziehe. Und kaum hatte er sich dessen versichert, als er seine Pergamente wieder einsteckte, mit der Linken den Haftbefehl vorzeigte, mit der Rechten Don Quijote so fest am Hals packte, daß diesem der Atem ausging, und mächtig schrie: „Zu Hilfe der Heiligen Brüderschaft! Und damit alle ersehen, daß ich dies mit Recht verlange, so lese man diesen Befehl, wo es geschrieben steht, daß dieser Straßenräuber festzunehmen ist!"

Der Pfarrer nahm den Haftbefehl und sah, daß alles sich in Wahrheit so verhalte, wie der Landreiter gesagt, und daß die Kennzeichen stimmten. Bei Don Quijote aber stieg, als er sah, wie übel ihm von einem schurkischen Bauernlümmel mitgespielt wurde, die Wut auf den höchsten Gipfel. Es knirschten ihm die Knochen im Leibe, er packte mit aller Gewalt den Landreiter an der Kehle, und wären diesem nicht seine Kameraden zu Hilfe gekommen, so hätte er eher das Leben als Don Quijote seine Beute gelassen.

Der Wirt, der seinen Amtsgenossen zu Hilfe kommen mußte, eilte sogleich herzu, ihnen Beistand zu leisten. Die Wirtin, die ihren Mann aufs neue in Streit befangen sah, erhob aufs neue ihre Stimme, in deren Ton sogleich ihre Tochter und Maritornes zur Begleitung einfielen, indem sie den Himmel und alle Anwesenden um Beistand anriefen. Als Sancho aber die Vorgänge sah, sprach er: „So wahr Gott lebt, was mein Herr über die Verzauberungen in dieser Burg gesagt hat, ist alles wahr, denn in ihr kann man auch nicht eine Stunde ruhig leben."

Don Fernando trennte den Landreiter und Don Quijote, und beide waren froh, als er ihnen die Hände auseinanderriß, mit denen sie sich fest gepackt hatten, der eine den andern am Rockkragen, der andere den einen an der Kehle. Aber die Landreiter ließen darum nicht ab, ihren Gefangenen zu fordern; sie verlangten, man solle ihnen beistehen und den Ritter gebunden ausliefern und ihn in ihre Gewalt geben, denn solches sei man dem Dienste des Königs und der Heiligen Brüderschaft schuldig, in deren Namen sie nochmals Hilfe und Beistand verlangten, um die Verhaftung dieses Räubers, dieses Strauchdiebs und Wegelagerers zustande zu bringen.

Don Quijote lachte laut auf, als er diese Äußerungen hörte, und sprach mit vollster Gelassenheit: „Kommt mal her, schmutziges, gemeines Volk; also den Gefesselten die Freiheit wiedergeben, die Gefangenen von den Banden lösen, den Bedrängten Beistand leisten, die Gefallenen aufrichten, die Hilfeflehenden aus der Not erretten, das heißt ihr Straßenraub? Ha, nichtswürdiges Gesindel! Um eures niedrigen, pöbelhaften Sinnes willen verdient ihr, daß der Himmel euch niemals offenbare, welch hohe Bedeutung die fahrende Ritterschaft in sich trägt, und euch niemals erkennen lasse, in welcher Sündhaftigkeit und Verstocktheit ihr wandelt, wenn ihr nicht den bloßen Schatten, geschweige denn die wirkliche Anwesenheit eines jeglichen fahrenden Ritters in hohen Ehren haltet. Kommt mal her, ihr Landräuber und nicht Landreiter, ihr Wegelagerer unter dem Freibrief der Heiligen Brüderschaft, sagt mir: Wer war der Verblendete, der einen Haftbefehl gegen einen Ritter wie mich unterzeichnet hat? Wer war's, der nicht wußte, daß die fahrenden Ritter von aller gerichtlichen Obergewalt befreit und ausgenommen sind, daß ihr Schwert ihr Recht, ihr Mut ihre Regel, ihr Wille ihr Gesetz ist? Wer war der Tollhäusler, sag ich wieder und wieder, der nicht weiß, daß es keinen Adelsbrief mit soviel Vorrechten und soviel Ausnahmevergünstigungen gibt, als wie ihn ein fahrender Ritter an dem Tage erwirbt, wo er den Ritterschlag empfängt und sich dem harten Beruf des Rittertums hingibt? Welcher fahrende Ritter hat jemals Kopfsteuer bezahlt oder den Kauf- und Tauschpfennig, der Königin Nadelgeld, die siebenjährige Königssteuer, Wegezoll oder Fährgeld? Welcher Schneider bekam je von ihm Macherlohn für Kleider? Welcher Burgvogt nahm ihn in seine Burg auf, daß er ihm die Zeche abgefordert hätte? Welcher König zog ihn nicht an seine Tafel? Welches Fräulein neigte sich ihm nicht zu und ergab sich ihm nicht in Unterwürfigkeit nach all seinem Begehr und Belieben? Und endlich, welchen fahrenden Ritter auf Erden gibt es, hat es gegeben, wird es geben, der nicht Mut und Kraft besäße, um für sich ganz allein vierhundert Landreitern, die ihm vor die Augen treten, vierhundert Stockprügel aufzuzählen?"

46. Kapitel

Von dem denkwürdigen Abenteuer mit den Landreitern, auch von dem unbändigen Ingrimm unseres wackern Ritters Don Quijote

Während Don Quijote also sprach, mühte sich der Pfarrer, die Landreiter zu überzeugen, daß Don Quijote nicht bei Verstand sei, wie sie aus seinen Taten und aus seinen Worten ersehen könnten, und daß es zwecklos sei, die Sache weiterzutreiben, weil sie, wenn sie ihn auch in Haft nähmen und fortführten, ihn doch gleich wieder als einen Verrückten freilassen müßten.

Darauf entgegnete der Mann mit dem Haftbefehl, seine Sache sei es nicht, über Don Quijotes Verrücktheit zu urteilen, sondern lediglich auszuführen, was ihm von seinem Vorgesetzten befohlen worden, und wenn er erst einmal verhaftet sei, möchten sie ihn seinetwegen dreihundertmal wieder freilassen.

„Trotz alledem", entgegnete der Pfarrer, „werdet Ihr ihn für diesmal doch nicht mitnehmen, noch würde er sich mitnehmen lassen, soviel ich ersehen kann."

In der Tat wußte der Pfarrer ihnen so vielerlei vorzureden, und Don Quijote wußte so viel Narrheiten zu begehen, daß die Landreiter noch verrückter als er gewesen wären, wenn sie nicht eingesehen hätten, wo es ihm fehlte. So hielten sie es denn für geraten, ruhig zu bleiben, ja sogar die Friedensstifter zwischen dem Barbier und Sancho Pansa abzugeben, die einander noch immer in den Haaren lagen. Endlich, da sie doch Leute von der Justiz waren, vermittelten sie den Rechtshandel und wußten ihn als Schiedsrichter dergestalt zu schlichten, daß beide Teile, wenn auch nicht gänzlich einverstanden, doch in einigen Punkten zufriedengestellt waren. Sie tauschten nämlich mit den Eselssätteln, nicht aber mit den Gurten und Halftern; und was die Sache mit

Mambrins Helm anging, so zahlte der Pfarrer unterderhand, und ohne daß Don Quijote es merkte, acht Realen für die Schüssel, und der Barbier stellte ihm einen Empfangsschein aus, worin er auch erklärte, er werde den Verkauf niemals wegen etwaiger Übervorteilung anfechten, weder jetzt noch in Ewigkeit, amen.

Nachdem nun also diese beiden Streithändel, die bedeutendsten und wichtigsten unter allen, geschlichtet waren, blieb nur noch übrig, die Diener zu überreden, daß drei von ihnen heimkehrten und einer zurückbliebe, um Don Luis dahin zu begleiten, wo Don Fernando ihn hinbringen wollte. Und so wie das freundliche Schicksal und das noch freundlichere Glück bereits begonnen hatte, für das Liebespaar und die Tapfern in der Schenke eine Lanze zu brechen und Schwierigkeiten zu ebnen, so wollte es auch die Sache zu Ende führen und alles zu einem heitern Ausgang bringen. Denn die Diener waren mit allem einverstanden, was nur immer Don Luis verlangte, und Doña Clara war darob so freudig erregt, daß ihr jetzt niemand ins Gesicht blicken konnte, ohne ihre Herzenswonne in ihren Zügen zu lesen.

Zoraida, obschon sie all die Ereignisse, die sie mit angesehen, nicht recht begriff, betrübte sich und freute sich aufs Geratewohl, je nachdem sie bei jedem einzelnen den wechselnden Gesichtsausdruck sah und merkte, insbesondere bei ihrem Spanier, auf den sie stets die Augen gerichtet hielt und an dem ihre Seele hing.

Der Wirt, dem die Entschädigung nicht entgangen war, womit der Pfarrer den Barbier bedacht hatte, verlangte nun die Zeche für Don Quijote nebst dem Ersatz für den Schaden an seinen Schläuchen und für den Verlust am Wein und schwur, weder Rosinante noch Sanchos Esel dürften aus der Schenke heraus, bis ihm alles auf den letzten Heller bezahlt sei. Indessen brachte der Pfarrer alles ins Geleise, und Don Fernando zahlte, wiewohl auch der Oberrichter mit größter Bereitwilligkeit sich zur Zahlung erboten hatte.

Nun war jedermann so völlig beruhigt und zufrieden, daß die Schenke längst nicht mehr wie die Zwietracht in Agramants Lager aussah – wie vorher Don Quijote gesagt hatte –, sondern gänzlich so wie die Ruhe und der allgemeine Friede zu Octavians Zeiten. Und für dies alles, war das allgemeine Urteil, müsse man den guten Absichten und der großen Beredsamkeit des Herrn Pfarrers Dank sagen sowie der unvergleichlichen Freigebigkeit Don Fernandos.

Als Don Quijote sich nunmehr von so vielen Streithändeln,

sowohl denen seines Schildknappen als auch seinen eignen, frei und ledig sah, deuchte es ihn am besten, alsbald seine angefangene Kriegsfahrt fortzusetzen und jenes große Abenteuer zu Ende zu führen, für das er berufen und auserwählt worden. So ging er denn mit raschem Entschlusse hin und warf sich vor Dorotea auf die Knie. Diese aber gestattete ihm nicht, auch nur ein Wort zu sprechen, bevor er aufstünde. Um ihr zu gehorchen, richtete er sich empor und sprach: „Es geht die gemeine Rede, liebreizendes Fräulein, daß Beharrlichkeit die Mutter des glücklichen Erfolges ist, und bei vielen und schwierigen Dingen hat die Erfahrung gezeigt, daß unablässige Bemühungen eines tüchtigen Sachwalters einen zweifelhaften Prozeß zu glücklichem Ende bringen. Aber nirgends zeigt sich die Wahrheit dieses Satzes deutlicher als in allem, was den Krieg betrifft, wo Schnelligkeit und stete Bereitschaft den Absichten des Feindes zuvorkommen und den Sieg erlangen, eh der Gegner sich nur in Verteidigungsstand gesetzt hat. All dieses sag ich, erhabene und hochpreisliche Herrin, weil es mich bedünkt, daß das Verweilen unserer Personen in dieser Burg jetzt bereits eines nützlichen Zweckes ledigggeht, ja uns zu großem Schaden gereichen könnte, was wir eines Tages wohl erfahren möchten. Denn wer weiß, ob nicht durch geheime und beflissene Kundschafter Euer Feind, der Riese, bereits vernommen hat, daß ich ausziehe, um ihn zu vernichten, und ob er nicht, nachdem ihm diese Verzögerung die Möglichkeit dazu gewährt, sich in irgendeiner unüberwindlichen Burg oder Feste verschanzt, gegen welche all mein Mühen und die unermüdliche Kraft meines Armes wenig vermögen würden? Demnach, Herrin mein, wollen wir, wie ich gesagt, mit unseren schleunigen Maßregeln seinen Anschlägen zuvorkommen und unverzüglich und auf gut Glück von dannen ziehen; und will Euer Hoheit sotanes Glück ganz nach Dero Wunsch gewinnen, so ist sie von diesem Gewinn nur soviel entfernt, als ich jetzt noch zögere, Eurem Feind gegenüberzutreten."

Hier schwieg Don Quijote und sprach kein Wort weiter und erwartete ruhig und gelassen die Antwort der schönen Prinzessin, die mit vornehmen und ganz in Don Quijotes Manier gehaltenem Gebaren ihm folgendes antwortete: „Gar sehr, Herr Ritter, danke ich Euch das Befleißen, das Ihr an den Tag leget, mir in meinen großen Nöten hilfreich zu sein, recht als ein richtiger Ritter, dem es eigen und geziemlich ist, den Waisen und Bedrängten Beistand zu leisten; und wollte der Himmel, daß Euer und mein Begehr in Erfüllung ginge, auf daß Ihr sehet, daß es dankbare Frauen auf Erden gibt! Und was meinen Aufbruch betrifft, der werde alsogleich ins Werk gesetzt, sintemal ich keinen anderen Willen hege als den Euern. Verfüget über mich ganz nach Euerem Erachten und Belieben. Denn diejenige, so Euch einmal den Schutz ihrer Person anvertraut und die Wiederaufrichtung ihrer Herrschaft in Eure Hände gelegt hat, selbige darf nimmer sich gegen die Anordnungen setzen, so Eure weise Einsicht treffen mag."

„Mit Gottes Hilfe denn!" sprach Don Quijote. „Sintemalen es also geschieht, daß eine Dame sich vor mir demütigt, will ich die Gelegenheit nicht aus den Händen lassen, sie aufzurichten und sie auf ihren anererbten Thron zu setzen. Der Aufbruch geschehe sonach auf der Stelle, denn das alte, viel angeführte Wort: Nur im Zaudern steckt die Gefahr! beflügelt mir schon den Wunsch und die Reise. Und da der Himmel keinen je erschaffen und die Hölle keinen je gesehen hat, der mich in Schrecken setzen oder mutlos machen könnte, so sattle du, Sancho, den Rosinante und zäume deinen Esel auf und den Zelter der Königin, und nehmen wir Urlaub vom Burgvogt und von diesen Herrschaften, und sogleich auf der Stelle lasset uns von dannen ziehen."

Sancho, der bei all diesem zugegen war, schüttelte den Kopf hin und her und sprach: „Ach, gnädiger Herr, gnädiger Herr, es stinkt in der Fechtschule, und man will's nicht Wort haben, so sag ich, jedoch mit Verlaub all jener Frauenzimmer, die sauber unter der Haube sind."

„Was kann in der Fechtschule oder meinetwegen in allen Schulen der Welt für ein übler Geruch sein, der mir etwa zum Unglimpf gereichen könnte, du gemeiner Mensch?" brauste Don Quijote auf.

„Wenn Euer Gnaden böse wird", entgegnete Sancho, „dann schweig ich und werde nichts von allem offenbaren, wozu ich als getreuer Schildknappe verpflichtet bin und was ein getreuer Diener schuldig ist seinem Herrn zu sagen."

„Sage, was dir beliebt", antwortete Don Quijote, „vorausgesetzt, daß du nicht darauf ausgehen willst, mir Furcht einzuflößen. Wenn aber du Furcht hast, so handelst du eben deiner Natur gemäß, und wenn ich keine solche habe, so handle ich gemäß der meinigen."

„Darum, Gott verzeih mir meine Sünden, darum handelt sich's nicht", erwiderte Sancho, „sondern darum, daß ich für sicher und für erwiesen halte, daß dies Fräulein, welches sich für die Königin des großen Reiches Mikomikón ausgibt, das geradesowenig ist, wie meine Mutter es war; denn wäre sie das, wofür sie sich ausgibt, so würde sie nicht mit einem von jenen, die hier herumstehen, den Schnabel zusammenstecken, sooft man den Kopf umdreht und sooft man nicht darauf achtgibt.«

Bei Sanchos Worten errötete Dorotea; denn es war ganz richtig, daß ihr Gemahl Don Fernando hie und da verstohlenerweise mit seinen Lippen einen Teil des Minnelohns eingeheimst hatte, der seiner Sehnsucht gebührte. Sancho hatte das gesehen, und es dünkte ihm, ein so freies Benehmen passe sich eher für ein buhlerisches Weib als für die Königin eines so großen Reiches.

Sie konnte und wollte Sancho kein Wort erwidern, sondern ließ ihn in seinem Geschwätze fortfahren, und er sprach denn: »Dies sag ich Euch, Señor, damit Ihr's bedenket: wenn, nachdem wir soviel Wege und Landstraßen durchwandert, soviel schlimme Nächte und noch schlimmere Tage verbracht, wenn dann einer, der hier in der Schenke sich's wohl sein läßt, uns die Frucht unsrer Arbeit vor der Nase abpflücken soll, da brauch ich mich wahrhaftig nicht zu eilen, daß ich den Rosinante aufzäume, dem Esel seinen Sattel auflege und den Zelter in Bereitschaft setze; denn da ist es viel besser, wir bleiben ruhig zu Hause, und was eine Hure ist, soll lieber am Spinnrocken sitzen, wir aber wollen uns ans Essen und Trinken halten.«

Hilf Himmel, welch ungeheurer Zorn erhob sich in Don Quijote, als er die frechen Worte seines Schildknappen vernahm! Ja, sag ich, der Zorn war so übermäßig, daß der Ritter mit bebender Stimme und stotternder Zunge, blitzendes Feuer aus den Augen sprühend, rief: »Ha, gemeiner Schuft, vernunftloser, frecher, dummer Kerl! Albernes, doppelzüngiges, schamloses, verleumderisches Lästermaul! Solcherlei Worte erdreistest du dich in meiner Gegenwart und angesichts dieser erlauchten Dame auszusprechen, und solchen Schändlichkeiten und Unverschämtheiten erfrechst du dich Raum zu geben in deiner verrückten Einbildung? Entferne dich aus meiner Gegenwart, du Ungeheuer der Natur, du Vorratskammer der Lügen, du Zeughaus der Tücke, Senkgrube der Schelmenstreiche, Erfinder der Bosheiten, Verbreiter sinnloser Dummheiten, Feind der Ehrerbietung, die man königlichen Personen schuldet! Hebe dich von hinnen, laß dich nicht mehr vor mir sehen, bei Strafe meines Zornes!«

Und bei diesen Worten zog er die Brauen im Bogen empor, blies die Wangen auf, schaute wild um sich und stampfte mit dem rechten Fuß mächtiglich auf den Boden, was alles den Ingrimm verriet, den er in seinem Innern hegte. Und Sancho wurde bei diesen Worten und diesem wütenden Gebaren so kleinlaut und verzagt, daß es ihm eine Freude gewesen wäre, wenn sich gleich im Augenblicke die Erde unter seinen Füßen geöffnet und ihn verschlungen hätte. Er wußte nichts Besseres, als den Rücken zu wenden und vor dem zürnenden Angesicht seines Herrn zu entweichen.

Allein die kluge Dorotea, die sich auf Don Quijotes Art schon so trefflich verstand, sprach, um seinen Groll zu besänftigen: "Entrüstet Euch nicht, Herr Ritter von der traurigen Gestalt, ob der sinnlosen Dinge, so Euer wackerer Schildknappe gesagt, denn es läßt sich denken, daß er sie ganz gewiß nicht ohne Anlaß sagt. Auch ist von seinem gesunden Verstand und seinem christlichen Gewissen nimmer argwöhnisch anzunehmen, daß er falsches Zeugnis gegen irgendwen vorbringt. Diesem nach darf man keinen Zweifel darein setzen, daß, sintemal in dieser Burg, wie Ihr, Herr Ritter, saget, alles mit Zauberei zugeht und geschieht, daß es also sein möchte, sag ich, daß Sancho unter solcher teuflischen Einwirkung gesehen hätte, was er gesehen zu haben behauptet und was meiner Tugend zu so großer Beeinträchtigung gereichen würde."

"Bei dem allmächtigen Gotte schwöre ich", sprach Don Quijote, "Euer Hoheit hat den Nagel auf den Kopf getroffen, und diesem Sünder von Sancho sind böse Gesichte erschienen, was auf andre Weise als mittels Zauberei nie erschaut werden konnte. Auch ist mir bei der Ehrlichkeit und Unschuld dieses unglücklichen Menschen wohl bewußt, daß er gegen niemand falsches Zeugnis reden wird."

"So ist's und so wird es sein", sprach Don Fernando, "und deshalb, Señor Don Quijote, müßt Ihr ihm vergeben und ihn in den Schoß von Dero Gnade wieder aufnehmen sicut erat in principio, bevor die besagten Gesichte ihm den Verstand benahmen."

Don Quijote erwiderte, er vergebe ihm, und der Pfarrer ging, Sancho zu holen. Der kam in großer Demut heran, warf sich auf die Knie und bat seinen Herrn um die Hand; der Ritter gab sie ihm, und nachdem er ihm vergönnt hatte, sie zu küssen, erteilte er ihm seinen Segen und sprach: "Jetzt endlich wirst du vollends erkannt haben, wie wahr ist, was ich dir schon oftmals gesagt, daß alles in dieser Burg mit Zauberei zugeht."

"Das glaub ich auch", sagte Sancho, "mit Ausnahme des Wippens, denn das ist wirklich auf ganz natürliche Weise geschehen."

"Glaube das nicht", erwiderte Don Quijote, "denn wäre dem so, dann hätt ich dich damals gerächt, ja, würde dich jetzt noch rächen; aber weder damals noch jetzt vermochte ich es, noch erblickte ich jemanden, an dem ich für die von dir erlittene Schmach hätte Rache nehmen können."

Die Anwesenden alle wünschten zu wissen, was es mit dem Wippen für eine Bewandtnis habe, und der Wirt erzählte ihnen Punkt für Punkt Sancho Pansas Luftfahrt, worüber sie alle nicht wenig lachten und worüber Sancho sich nicht weniger würde geärgert haben, wenn ihm sein Herr nicht aufs neue versichert hätte, es sei eitel Zauberei gewesen. Indessen ging Sanchos Einfalt nie so weit, es nicht für reine und unwiderlegliche Wahrheit ohne Beimischung irgendwelcher Täuschung zu halten, daß ihn Leute von Fleisch und Blut gewippt hatten und keineswegs Traumgebilde und Geschöpfe der Phantasie, wie sein Herr es glaubte und wiederholt versicherte.

Zwei Tage waren nun schon vorüber, seit die ganze hochansehnliche Gesellschaft in der Schenke verweilte. Und da es ihnen endlich Zeit zur Abreise schien und die schöne Dorotea und Don Fernando sich die Mühe ersparen wollten, mit Don Quijote in sein Dorf zurückzukehren und zu diesem Zwecke die Erfindung von der Befreiung der Prinzessin Mikomikona weiterzuführen, so traf man Anstalt, daß der Pfarrer und der Barbier ihn, wie sie wünschten, mitnehmen und in seiner Heimat für die Heilung seines Irrsinns Sorge tragen könnten. Und was man veranstaltete, war, daß man mit einem Ochsenkärrner, der gerade vorüberkam, vereinbarte, er solle ihn auf folgende Weise fortbringen: man verfertigte aus gitterförmig gelegten Holzstäben eine Art von Käfig, geräumig genug, daß Don Quijote bequem Platz darin hatte; und Don Fernando und seine Gefährten nebst den Dienern des Don Luis und den Landreitern gemeinschaftlich mit dem Wirt, kurz, alle verhüllten sich auf Anweisung und nach Gutheißung des Pfarrers alsbald die Gesichter und verkleideten sich, der auf diese Weise und jener auf eine andre, damit Don Quijote sie für ganz andre Leute halten müsse, als die er in dieser Burg gesehen.

Hierauf schlichen sie in tiefster Stille zu der Stätte, wo er im Schlummer lag und von den bestandenen Kämpfen ausruhte. Sie näherten sich ihm, der da frei von Besorgnis und sich sicher wähnend vor solchen Begebenheiten schlief, und indem sie ihn mit aller Macht packten, banden sie ihm Hände und Füße so fest, daß er, als er jählings aus dem Schlummer auffuhr, sich nicht rühren und nichts andres tun konnte als staunen und atemlos die seltsamen Gesichter anstarren, die vor ihm erschienen.

Und gleich verfiel er auf eine jener Vorstellungen, die ihm seine nimmer ruhende, wahnwitzige Phantasie malte: er hielt es für gewiß, all diese Gestalten seien Gespenster dieser verzauberten Burg, und ohne allen Zweifel sei auch er bereits verzaubert, da er kein Glied rühren und sich nicht verteidigen konnte –: alles genauso, wie der Pfarrer, der Urheber dieses Anschlags, es vorausgesehen hatte.

Sancho hatte allein von allen Anwesenden seinen richtigen Verstand und sein richtiges Aussehen behalten, und obschon ihm gar wenig daran fehlte, um ebenso krank am Geiste zu sein wie sein Herr, so entging es ihm doch nicht, wer all diese verlarvten Gestalten seien. Allein er wagte den Mund nicht aufzutun, bis er sähe, worauf diese Überrumpelung und Gefangennahme seines Herrn hinauswolle; und dieser sprach ebensowenig ein Wort, sondern erwartete mit Spannung den Ausgang des unglücklichen Begebnisses. Dieser Ausgang aber bestand darin, daß man den Käfig herbeibrachte, ihn darin einsperrte und die Balken so fest vernagelte, daß sie nicht so leicht zu brechen waren. Dann nahmen sie ihn auf die Schultern, und beim Verlassen des Gemaches hörte man eine furchtbare Stimme, so furchtbar sie der Barbier – nicht der mit dem Eselssattel, sondern der andre – hervorzubringen vermochte, die da rief: „O Ritter von der traurigen Gestalt! Nicht schaffe dir Trübsal die Gefangenschaft, in welcher du verweilest; denn so muß es sein, um desto schneller das Abenteuer zu Ende zu führen, zu welchem dein hoher Mut dich bewogen hat. Selbiges wird aber zu Ende geführt werden, wenn der grimmige Manchaner Löwe mit der weißen Toboser Taube das Lager teilen wird, nachdem sie beide den stolzen Nacken unter das milde ehestandliche Joch werden gebeugt haben; aus welcher nie erhörten Verbindung ans Licht der Welt hervortreten soll die ungestüme Leuenbrut, die es den kralligen Tatzen des heldenhaften Vaters nachtun wird. Und dies soll geschehen, bevor noch der Verfolger der flüchtigen Nymphe auf seiner schnellen natürlichen Bahn zu zweien Malen die leuchtenden Sternbilder besucht hat.

Und du, o edelster, gehorsamster aller Schildknappen, so jemals ein Schwert am Gurt, einen Bart im Angesicht und Geruch in der Nase besessen, es mache dich nicht mutlos noch ärgerlich, daß du so vor deinen eignen Augen die Blume des fahrenden Rittertums hinführen siehst. Denn bald, wenn es dem Baumeister des Weltalls gefällt, wirst du dich so emporgehoben und zum Gipfel erhöht sehen, daß du dich selber nicht kennst, und es werden sich nicht als Täuschung erzeigen die Verheißungen, so dir dein redlicher Herre getan hat. Und ich bürge dir im Namen der Zauberin Lughilde, daß dein Dienstlohn dir ausbezahlt werden soll, wie du es durch die Tat ersehen wirst. Folge du nur immer den Fußstapfen des mannhaften, anitzo verzauberten Ritters; denn es gebührt sich, daß du mit ihm zu dem Orte ziehest, wo ihr beide euer Reiseziel finden sollt. Und da es mir nicht vergönnt ist, ein mehreres zu sagen, so fahret wohl in Gottes Namen; denn ich kehre zurück, ich weiß wohl, wohin."

Und als er an den Schluß dieser Weissagung kam, erhob er die Stimme zu solcher Kraft und ließ sie dann zu so sanftem Tone sinken, daß sogar die Mitwisser des losen Streiches beinahe an die Wahrheit der Worte geglaubt hätten.

Don Quijote fühlte sich durch die vernommene Weissagung recht getröstet, denn er begriff ihren Sinn auf der Stelle und erkannte, daß er sich durch das heilige Band der Ehe verbunden sehen solle mit seiner geliebten Dulcinea von Toboso, aus deren gesegnetem Schoße die Leuenbrut hervorgehen werde, nämlich seine Söhne, zum unvergänglichen Ruhme der Mancha. Und im ernstlichen und festen Glauben hieran erhob er die Stimme, stieß einen mächtigen Seufzer aus und sprach: „O du, wer immer du sein mögest, der du mir soviel hohe Güter vorhergesagt, ich bitte dich, den weisen Zauberer, der über meinen Angelegenheiten waltet, in meinem Namen zu ersuchen, daß er mich nicht in diesen Banden, worin ich itzo fortgeschleppt werde, zugrunde gehen lasse, ehe ich so freudige, so unvergleichliche Verheißungen erfüllt sehe, wie sie mir hier geworden. Sofern aber dies geschehen sollte, so werde ich die Qualen meines Kerkers für Wonne halten, für Erquickung die Ketten, die mich umgürten, und das Lager, auf das man mich hingestreckt, nicht für ein hartes Schlachtfeld, sondern für eine weiche Schlafstätte und ein glückseliges Brautbett. Und was die Tröstung für meinen Knappen Sancho Pansa anbetrifft, so vertraue ich auf sein redliches Herz und seine redliche Handlungsweise, daß er mich weder in guten noch in bösen Tagen verlassen wird. Denn wenn es so kommen sollte, daß ich ihm um seines oder meines Unsterns willen die Insul, die ich ihm versprochen, oder etwas andres von gleichem Werte nicht geben könnte, so wird ihm wenigstens sein Dienstlohn nicht verlorengehen; sintemal in meinem Testament, das bereits errichtet ist, genau bestimmt stehet, was er erhalten soll, wenn es auch nicht seinen vielen redlichen Diensten entspricht, sondern nur dem wenigen, was in meiner Möglichkeit liegt."

Sancho Pansa verbeugte sich vor ihm mit großer Höflichkeit und küßte ihm beide Hände; eine allein hätte er nicht küssen können, weil beide zusammengebunden waren. Alsbald nahmen die Gespenster den Käfig auf die Schulter und setzten ihn auf dem Ochsenkarren zurecht.

47. Kapitel

Von der seltsamen Art, wie Don Quijote verzaubert wurde, nebst andern denkwürdigen Begebnissen

Als sich Don Quijote solchergestalt eingekäfigt und auf dem Karren sah, sprach er: „Viele und sehr bedeutsame Historien hab ich von fahrenden Rittern gelesen; aber niemals hab ich gelesen noch gesehen noch gehört, daß man die verzauberten Ritter auf solche Weise von dannen führt und mit solcher Langsamkeit, wie diese trägen, schwerfälligen Tiere es erwarten lassen. Denn stets pflegt man sie mit wunderbarer Schnelligkeit durch die Lüfte davonzuführen, von einer dunkelgrauen Wolke umschlossen oder in einem feurigen Wagen oder etwa auf einem Hippogryphen oder einem andern Untier ähnlicher Art. Aber daß man mich jetzt, *mich,* auf einem Ochsenkarren hinschleppt, bei Gott, da steht mir der Verstand still. Indessen haben das Rittertum und die Zauberkunst dieser unsrer Zeiten vielleicht eine andre Manier angenommen, als die Alten pflagen; und da ich im Rittertum ein Neuling auf der Welt bin und der erste, der den bereits vergessenen Beruf der abenteuernden Ritterschaft wieder auferweckt hat, so könnte es wohl auch der Fall sein, daß neuerlich andre Arten von Verzauberungen erfunden wurden und andre Arten, verzauberte Ritter von dannen zu führen. Was bedünkt dich hievon, Sancho, mein Sohn?"

„Ich weiß wahrlich nicht, was mich bedünkt", antwortete Sancho, „denn ich bin nicht so belesen in den fahrenden Büchern wie Euer Gnaden; aber bei alledem möchte ich behaupten und beschwören, die Gespenster, die hier umgehen, sind keine rechten, es kann kein Mensch recht an sie glauben."

„An sie glauben?" rief Don Quijote, „o du Gerechter! Wie kann man an sie glauben, da sie doch sämtlich Teufelsgeister sind, die nur scheinbar Körper angenommen haben, um uns diese Geschichten aufzuspielen und mich in diesen Zustand zu versetzen? Und wenn du sehen willst, wie sehr wahr dies ist, berühre sie, befühle sie, und du wirst finden, daß sie nur Luftgebilde und leere Scheinwesen sind."

„Bei Gott, Señor", entgegnete Sancho, „ich habe sie schon befühlt; und dieser Teufel, der sich hier so geschäftig benimmt, hat festes derbes Fleisch und besitzt außerdem noch eine Eigenschaft, die ganz anders ist als die, welche ich den teuflischen Geistern habe nachsagen hören. Denn wie man sagt, riechen sie alle nach Schwefel und andern übeln Düften, dieser hingegen riecht auf eine halbe Meile weit nach Ambra."

Sancho meinte damit Don Fernando, der als ein so vornehmer Herr allerdings den von Sancho erwähnten Wohlgeruch um sich verbreiten mochte.

„Wundere dich nicht darüber, Freund Sancho", versetzte Don Quijote, „denn ich tue dir zu wissen, daß die Teufel sich auf gar vieles verstehen, und selbst wenn sie Gerüche mit sich führen, so riechen sie selbst doch nach nichts, weil sie Geister sind; und wenn sie nach etwas duften, können sie nicht nach etwas Gutem duften, sondern nur nach etwas Schlechtem und Stinkendem. Und warum? Da sie allerwärts die Hölle in ihrem Innern tragen und keine Erleichterung irgendwelcher Art in ihren Martern finden können; und da guter Geruch etwas Ergötzliches und Erfreuendes ist, so ist es nicht möglich, daß sie nach etwas Gutem riechen. Und wenn es dir so vorkommt, als rieche dieser teuflische Geist, von dem du sprichst, nach Ambra, so irrst du dich entweder, oder er will dich irreführen und dich verleiten, ihn nicht für einen Teufel zu halten."

Solcherlei Zwiesprach geschah zwischen Herrn und Diener, und Don Fernando und Cardenio waren in Besorgnis, es möchte Sancho vollständig hinter ihren Anschlag kommen, da er schon ganz nahe daran war. Sie beschlossen daher, die Abreise zu beschleunigen, riefen den Wirt beiseite und befahlen ihm, Rosinante aufzuzäumen und dem Esel Sanchos seinen Sattel aufzulegen. Er tat es denn in aller Eile. Inzwischen hatte der Pfarrer mit den Landreitern die Abrede getroffen, daß sie ihn nach seinem Orte begleiten sollten, wofür er ihnen ein gewisses Tagesgeld zusagte. Cardenio hängte an Rosinantes Sattelbogen einerseits die Tartsche, andererseits die Barbierschüssel und gebot Sancho durch Zeichen, sich auf seinen Esel zu setzen und Rosinante am Zügel zu nehmen; zu beiden Seiten des Karrens stellte er je zwei von den Landreitern mit ihren Musketen auf.

Bevor jedoch der Karren sich in Bewegung setzte, kam die

Wirtin mit ihrer Tochter und Maritornes heraus; sie stellten sich, als weinten sie vor Schmerz über sein Mißgeschick. Don Quijote sprach zu ihnen: „Weinet nicht, meine lieben Damen; allen derartigen Mißgeschicken sind diejenigen ausgesetzt, die sich zu dem Berufe bekennen wie ich, und wenn solche Trübsale mir nicht zustießen, würde ich mich nicht für einen fahrenden Ritter von Ruf erachten. Denn den Rittern von geringem Ruf und Namen widerfahren nimmer solcherlei Geschichten, sintemal niemand auf Erden sich um sie bekümmert; wohl aber den heldenhaften, die in zahlreichen Fürsten und viel andern Rittern Neider ihrer Tugend und Mannhaftigkeit haben, welche alle mit schlechten Mitteln die Guten zu verderben trachten. Aber bei alledem ist die Tugend so mächtig, daß sie durch sich selbst trotz all der Schwarzkunst, auf die sich deren erster Erfinder, Zoroaster, verstand, als Siegerin aus allen Nöten hervorgehen und das ihr eigene Licht über die Welt verbreiten wird, wie die Sonne es über den Himmel verbreitet. Verzeihet mir, huldselige Damen, wenn ich aus Unbedacht euch etwa eine Ungebühr angetan; denn mit Willen und Wissen habe ich solche nie jemandem zugefügt; und bittet zu Gott, daß er mich aus diesen Banden löse, in die irgendein übelwollender Zauberer mich geschlagen hat. Wenn ich mich aber von selbigen wieder frei sehe, werden mir die Gnaden, so ihr mir in dieser Burg erwiesen habt, nie aus dem Gedächtnis entfallen, auf daß ich sie verdanken, mit Diensten vergelten und belohnen kann, wie sie es verdienen."

Während die Edelfrauen der Burg sich dergestalt mit Don Quijote im Gespräch ergingen, nahmen der Pfarrer und der Barbier Abschied von Don Fernando und seinen Gefährten, dem Hauptmann und seinem Bruder und von all den vergnügten Damen, insbesondere von Dorotea und Luscinda. Sie umarmten einander und verabredeten, sich gegenseitig Nachricht von ihren Schicksalen zu geben. Don Fernando sagte dem Pfarrer, wohin er ihm schreiben solle, um ihm mitzuteilen, was aus Don Quijote werden würde, und versicherte ihm, nichts könne ihm mehr Vergnügen machen als Nachricht hierüber; ebenso wolle er auch ihn von allem benachrichtigen, was nach seiner Meinung der Pfarrer gern vernehmen werde sowohl von seiner Trauung als auch von Zoraidas Taufe und von Don Luis' Schicksal und von Luscindas Rückkehr zu ihrer Familie. Der Pfarrer versprach, all ihre Aufträge pünktlichst auszuführen. Sie umarmten einander nochmals und wiederholten nochmals ihre Freundschaftsversicherungen.

Der Wirt trat jetzt zu dem Pfarrer heran und gab ihm ein

Heft Papiere, die er im Unterfutter des nämlichen Mantelsacks entdeckt habe, in welchem er die Erzählung von dem Törichten Vorwitz gefunden, und da dessen Eigentümer nie wieder hierher zurückgekehrt sei, so möge er sie alle mitnehmen; denn da er selbst nicht lesen könne, so wolle er sie nicht behalten. Der Pfarrer dankte ihm dafür, schlug die Papiere auf und fand gleich zu Anfang der Handschrift den Titel: *Novelle von Rinconete und Cortadillo.* Er sah also, daß es eine Novelle war, und da die vom Törichten Vorwitz gefallen hatte, so folgerte er, das werde auch mit dieser der Fall sein, weil ja beide möglicherweise vom nämlichen Verfasser herrühren könnten; und so nahm er sie in Verwahrung, mit der Absicht, sie zu lesen, sobald er Muße dazu fände.

Dann stieg er zu Pferde, und so auch sein Freund, der Barbier, beide mit ihren Larven vor dem Gesicht, damit sie nicht gleich von Don Quijote erkannt würden, und sie begannen hinter dem Wagen herzutraben, und zwar in folgender Ordnung: zuerst kam der Karren, der von dem Eigentümer gefahren wurde; zu beiden Seiten hielten sich, wie gesagt, die Landreiter mit ihren Musketen; gleich danach folgte Sancho Pansa auf seinem Esel mit Rosinante am Zügel; hinter dem Ganzen her zogen der Pfarrer und der Barbier auf ihren mächtigen Maultieren, die Gesichter verhüllt, wie schon bemerkt, mit ernster und gelassener Haltung, nicht schneller reitend, als es der träge Schritt der Ochsen gestattete. Don Quijote saß in seinem Käfig, die Hände gebunden, die Füße ausgestreckt, an die Latten des Verschlags gelehnt, so schweigsam und so geduldig, als wäre er kein Mensch von Fleisch und Bein, sondern eine steinerne Bildsäule.

Und so zogen sie stets in gleicher Gemächlichkeit und Stille etwa zwei Meilen hin, bis sie zu einem Tale gelangten, das der Ochsenkärrner für einen passenden Ort hielt, um auszuruhen und seine Ochsen grasen zu lassen; doch als er dies dem Pfarrer sagte, war der Barbier der Meinung, man solle noch ein wenig weiterziehen, weil er wußte, daß hinter einer Anhöhe, die man von dort aus erblickte, sich ein Tal mit viel mehr und weit besserem Gras befinde. Der Vorschlag des Barbiers wurde angenommen und demnach die Reise wieder fortgesetzt.

Indem wendete der Pfarrer die Augen zurück und sah sechs oder sieben Berittene hinter ihnen herkommen, stattliche, wohlgekleidete Leute, von denen sie sehr bald eingeholt wurden; denn jene zogen nicht mit der Bedächtigkeit und Trägheit der Ochsen einher, sondern als Leute, die auf Maultieren von Domherrn ritten und vom Verlangen getrieben waren, möglichst bald in der Schenke, die sich auf eine Entfernung von weniger als einer Meile dort zeigte, Mittagsrast zu halten. Die Eilfertigen holten die Säumigen bald ein, sie begrüßten einander höflichst, und als der eine von den Ankömmlingen, ein Domherr zu Toledo, den wohlgeordneten Zug sah mit dem Karren, den Landreitern, Sancho, Rosinante, Pfarrer und Barbier und gar Don Quijote eingekäfigt und in Banden, konnte er nicht umhin, zu fragen, was es zu bedeuten habe, daß man diesen Mann auf solche Weise fortbringe; obzwar er schon, wegen der Landreiter, vermutet hatte, es müsse ein ruchloser Straßenräuber oder ein Verbrecher andrer Art sein, den die Heilige Brüderschaft verhaftet habe. Einer der Landreiter, derjenige, an den die Frage gerichtet war, antwortete also: „Señor, was es zu bedeuten hat, daß dieser Herr auf solche Weise fortgebracht wird, das mag er selber Euch sagen, denn wir wissen es nicht."

Don Quijote hörte diese Worte und sprach: „Sind Eure Gnaden, ihr Herren Ritter, vielleicht in betreff der fahrenden Ritterschaft belesen und erfahren? Denn wenn ihr es seid, so will ich euch meine traurigen Schicksale mitteilen; und wenn nicht, so seh ich keinen Grund, mich mit der Erzählung zu bemühen."

Inzwischen waren der Pfarrer und der Barbier, welche bemerkt hatten, daß die Reisenden sich in ein Gespräch mit Don Quijote eingelassen, schon herzugekommen, um ihnen so zu antworten, daß ihr listiger Anschlag nicht entdeckt werde.

Der Domherr gab Don Quijote zur Antwort: „In der Tat, lieber Freund, weiß ich mehr von Ritterbüchern als von den Summulae des Villalpando; wenn es also nur hierauf ankommt, so könnt Ihr mir in voller Seelenruhe alles mitteilen, was Ihr wollt."

„In Gottes Namen denn", entgegnete Don Quijote. „Da es also ist, so sollt Ihr wissen, Herr Ritter, ich weile in diesem Käfig verzaubert durch Neid und Trug bösartiger Zauberer; denn die Tugend wird von den Bösen weit mehr verfolgt als von den Guten geliebt. Ich bin ein fahrender Ritter, und zwar keiner von jenen, an deren Namen die Göttin Fama niemals gedacht hat, um sie zu verewigen, sondern einer von jenen, welche zu Trotz und Ärger dem Neide selbst und zum Leidwesen all der Magier Persiens, der Brahmanen Indiens und der Gymnosophisten Äthiopiens ihren Namen einschreiben werden im Tempel der Unsterblichkeit, auf daß er in kommenden Jahrhunderten zum Beispiel und Vorbild diene, aus welchem die fahrenden Ritter ersehen mögen, welche Lebenswege sie zu wandeln haben, wenn sie zum Gipfelpunkt und zur erhabensten Höhe des Waffenwerks gelangen wollen."

„Wahr spricht der Herr Don Quijote", sagte jetzt der Pfarrer, „verzaubert zieht er hin auf diesem Karren, nicht ob seiner Verschuldungen und Sünden, sondern ob der bösen Gesinnung jener, welchen die Tugend zuwider und die Tapferkeit ein Ärgernis ist. Dieser Mann, Señor, ist der Ritter von der traurigen Gestalt, falls Ihr etwa ihn zu irgendwelcher Zeit schon habt nennen hören, dessen mannhafte Taten geschrieben stehen werden auf hartem Erz und ewigem Marmor, sosehr sich auch der Neid abmühen möge, sie zu verdunkeln, und die Bosheit, sie in die Verborgenheit zu drängen."

Als der Domherr den Mann in Gefangenschaft und den Mann in Freiheit beide auf solche Weise reden hörte, wollte er sich schier vor Staunen und Verwunderung bekreuzigen, und er wußte kaum, wie ihm geschah; und in nicht minderes Staunen verfielen seine Begleiter alle. Inzwischen hatte sich Sancho Pansa genähert, um das Gespräch zu hören, und um alles in Richtigkeit zu bringen, fiel er ein: „Jetzt, ihr Herren, ob ihr nun gut oder übel aufnehmt, was ich sagen will, die Sache ist die, daß mein Herr Don Quijote geradeso verzaubert ist wie meine Frau Mutter: er hat seinen völligen Verstand und ißt und trinkt und verrichtet seine Bedürfnisse wie andre Menschen und wie er es noch gestern getan hat, bevor man ihn eingekäfigt hat. Und da dem so ist, wie wollt ihr mir weismachen, er sei verzaubert? Ich habe ja viele Leute sagen hören, daß die Verzauberten weder essen noch schlafen noch reden, und mein Herr hingegen, wenn man ihm nicht Einhalt tut, redet mehr als dreißig Advokaten."

Sodann wandte er sich zu dem Pfarrer, sah ihn an und fuhr so fort: „Ach, Herr Pfarrer, Herr Pfarrer! Hat Euer Gnaden gemeint, ich kenne Euch nicht? Und könnt Ihr meinen, ich verstehe nicht und errate nicht, worauf diese neuen Verzauberungen hinauswollen? Wohl, so vernehmt, daß ich Euch kenne, sosehr Ihr Euch das Gesicht verdeckt, und wisset, daß ich Euch verstehe, sosehr Ihr Euere Ränke verbergen möget. Kurz, wo der Neid regiert, da kann die Tugend nicht bestehen, und wo der Geiz zu Hause ist, da ist keine Freigebigkeit. Daß doch der Teufel den Teufel holte! Wenn Euer Ehrwürden sich nicht dareingemengt hätte, so wäre mein Herr jetzt schon mit der Prinzessin Mikomikona verheiratet und ich zum mindesten ein Graf; denn ein geringerer Ehrensold ließ sich nicht erwarten, einerseits von dem guten Herzen meines Herrn, des Ritters von der traurigen

Gestalt, und anderseits von der Größe meiner Verdienste. Aber ich sehe es schon, wahr ist, was man draußen in der Welt sagt: das Rad des Glückes dreht sich hurtiger als ein Mühlrad, und wer gestern obenauf war, liegt heut am Boden. Um Weib und Kinder ist mir's leid; denn gerade als sie hoffen konnten und sollten, sie würden ihren Vater als Statthalter oder Unterkönig einer Insul oder eines Reiches durch ihre Tore einziehen sehen, da werden sie ihn einziehen sehen als einen Pferdeknecht. Mit allem, was ich da sage, Herr Pfarrer, will ich weiter nichts, als Euer Würden dringend bitten, Ihr möchtet Euch ein Gewissen daraus machen, daß mein Herr so schlecht behandelt wird, und möchtet wohl achthaben, daß nicht Gott in jener Welt Rechenschaft von Euch fordert für diese Einkerkerung meines Herrn und es Euch dereinst schwer anrechnet, daß mein Herr all die Zeit, wo er gefangen liegt, so viele Rettungswerke und Guttaten ungetan lassen muß."

„Ei, ei, das Lämpchen flackert und muß geschneuzt werden!" sagte hierauf der Barbier; „auch Ihr, Sancho, gehört zur Kumpanei Eures Herrn? So wahr Gott lebt, ich seh es kommen, daß Ihr ihm bald im Käfig Gesellschaft leisten und ebenso verzaubert werden müßt wie er für den Anteil, den Ihr an seinem Sparren und an seinem Rittertum habt. Zu übler Stunde habt Ihr von seinen Verheißungen Euer Hirn schwängern lassen; im unglücklichsten Augenblick ist Euch die heißerwünschte Insul in den Sinn gekommen."

„Ich bin von niemandem geschwängert worden", antwortete Sancho, „ich bin nicht der Mann, der sich schwängern ließe, ja nicht einmal vom König selber. Wiewohl ein armer Mann, bin ich ein Christ von altem Blut und bin niemandem nichts schuldig; und wenn ich auch Insuln wünsche, so wünschen andere anderes und Schlimmeres. Und jeder ist der Sohn seiner Taten, und dafern ich nur ein Mann bin, kann ich's doch noch dahin bringen, daß ich Papst werde, wieviel eher also Statthalter einer Insul, zumal deren mein Herr so viele erobern kann, daß es ihm an Leuten fehlen wird, sie ihnen zu verschenken. Also überlege Euer Edlen, was Ihr redet, Herr Barbier, denn Bärtescheren ist nicht alles, und es ist immer ein Unterschied zwischen Peter und Peter. Das sage ich, weil wir einander alle kennen, und mir darf man nicht mit falschen Würfeln kommen; und wie es mit der Verzauberung meines Herrn zugegangen ist, das weiß Gott am besten, und dabei wollen wir's lassen, denn wenn man darin herumrührt, wird's immer schlimmer."

Der Barbier wollte Sancho keine Antwort geben, damit er in seiner Einfalt nicht alles verriete, was er und der Pfarrer so sehr zu verbergen suchten. Aus der nämlichen Besorgnis heraus hatte der Pfarrer den Domherrn gebeten, ein wenig mit ihm vorauszureiten; er wolle ihm alsdann das Geheimnis von dem eingekäfigten Ritter mitteilen, nebst manchem anderen, was ihm Vergnügen machen werde. Der Domherr war es zufrieden, ritt mit seinen Dienern und mit ihm voraus und horchte aufmerksam auf die Mitteilungen über Don Quijotes Denkart, Lebenslauf, Torheit und Gewohnheiten, wobei der Pfarrer in aller Kürze von dem Ursprung und Grund der Verrücktheit des Ritters berichtete, dann vom weiteren Verlauf seiner Geschichte bis dahin, wo er in den Käfig gesperrt wurde, und endlich von ihrer Absicht, ihn nach seiner Heimat zu bringen, um womöglich irgendein Heilmittel für seine Verrücktheit zu finden.

Aufs neue verwunderten sich die Diener und der Domherr über Don Quijotes seltsame Geschichte, und der Domherr sprach, als er sie zu Ende gehört: „Wahrhaftig, Herr Pfarrer, ich meinesteils finde, daß die sogenannten Rittergeschichten dem Gemeinwesen schädlich sind; und obgleich ich aus Langerweile und verkehrter Leselust beinah von allen, die gedruckt sind, den Anfang durchgegangen, so habe ich es nie dahin bringen können, auch nur eine bis zu Ende zu lesen. Denn es bedünkt mich, daß sie meiner Meinung nach alle mehr oder weniger einander völlig gleich sind und in der einen nicht mehr und nicht weniger steht als in der anderen. Und wie mir deucht, gehört diese Art von Schriftstellerei oder Dichtung zur Art jener Milesischen Märchen, welche ungereimte Erzählungen sind, die nur ergötzen und nicht belehren wollen; im Gegensatz zu den Äsopischen Fabeln, welche sowohl ergötzen als auch belehren. Und wenn nun auch der hauptsächliche Zweck solcher Bücher ist zu ergötzen, so weiß ich nicht, wie sie ihn erreichen können, da sie voll so vieler ungeheuerlicher Abgeschmacktheiten sind. Denn das Ergötzen, das der Geist sucht, soll er nur empfinden ob der Schönheit und der richtigen Verhältnisse alles einzelnen, die er an den Dingen findet, wie sie ihm der lebendige Anblick oder die Phantasie vorführt; und alles, was Häßlichkeit und Mißverhältnis in sich hat, kann unmöglich Vergnügen in uns erregen. Nun aber, welche Schönheit oder welches Verhältnis der Teile zum Ganzen kann in einem Buch oder Märchen vorhanden sein, wo ein Junge von sechzehn Jahren einem turmhohen Riesen einen Schwerthieb versetzt und ihn mitten auseinanderhaut, als wäre er von Zuckerteig? Und wie erst, wenn man uns eine Schlacht schildern will, nachdem man gesagt, es stünden auf feindlicher Seite mehr als eine Million Streiter? Falls nur der Held des Buches gegen sie ist, so müssen wir notgedrungen, so ungern wir's auch tun, für wahr annehmen, daß der besagte Ritter den Sieg durch die Tapferkeit seines starken Armes allein davongetragen hat. Und dann, was sollen wir von der leichtsinnigen Bereitwilligkeit sagen, mit der eine Königin oder die Erbin eines Kaisertums sich einem ihr unbekannten fahrenden Ritter an den Hals wirft? Welcher Geist, wenn er nicht völlig roh und ungebildet ist, kann sich daran vergnügen, zu lesen, wie ein großer Turm voll Ritter über Meer fährt gleich einem Schiff unter günstigem Winde und heut in der Lombardei Nachtruhe hält und morgen in der Frühe sich in den Landen des Priesters Johannes von Indien befindet oder in anderen, die weder Ptolomäus entdeckt noch Marco Polo gesehen hat?

Und wollte man mir hierauf entgegnen, daß die Verfasser von Büchern dieser Art sie nur als erdichtete Geschichten niederschreiben und daß sie daher nicht verpflichtet sind, auf Schicklichkeit und auf Wahrheit der Tatsachen zu sehen, so würde ich ihnen antworten müssen, daß die Lüge um so besser ist, je mehr sie wahr scheint, und um so mehr gefällt, je mehr sie Wahrscheinliches und Mögliches enthält. Die Dichtung muß sich mit dem Geiste des Lesers vermählen; das heißt, man muß das Erdichtete so gestalten, daß es das Unmögliche begreiflich macht, das Allzuhohe ebnet, die Geister in Spannung versetzt und mithin uns in solchem Grade Staunen abnötigt, uns aufregt und unterhält, daß Verwunderung und frohe Stimmung stets gleichen Schritt halten. Und all dieses wird der nicht zustande bringen können, der sich von der Wahrscheinlichkeit und der Nachahmung der Wirklichkeit fernhält, worin die Vollkommenheit eines Buches besteht. Nie hab ich ein Ritterbuch gesehen, dessen Dichtung ein einheitliches Ganzes mit all seinen Gliedern gebildet hätte, so daß die Mitte dem Anfang entspräche und das Ende dem Anfang und der Mitte; vielmehr setzen sie die Erzählung aus so viel Gliedern zusammen, daß es eher den Anschein hat, sie beabsichtigen eine Chimära oder sonst ein widernatürliches Ungetüm zu bilden, als eine Gestalt von richtigen Verhältnissen zu schaffen. Außerdem sind sie im Stile hart, in den erzählten Taten unwahrscheinlich, in den Liebeshändeln unzüchtig, in den Feinheiten des Umgangs unbeholfen, weitschweifig in den Schlachten, albern in den Gesprächen, ungereimt in den Reisen und, kurz, alles

Kunstverständnisses bar und darum wert, aus dem christlichen Gemeinwesen als unnütz verbannt zu werden."

Der Pfarrer hörte ihm höchst aufmerksam zu und erkannte in ihm einen Mann von gesundem Verstand, der in allen seinen Behauptungen recht hatte. Daher sagte er ihm, weil er ganz und gar mit ihm gleicher Meinung sei und gegen die Ritterbücher einen Widerwillen hege, habe er die ganze Sammlung Don Quijotes verbrannt, und die sei nicht klein gewesen. Und dann erzählte er ihm, wie er Gericht über sie gehalten und welche er zum Feuer verurteilt und welche er am Leben gelassen habe. Darüber lachte der Domherr nicht wenig und meinte, trotz all dem Bösen, das er über die besagten Bücher gesagt, finde er in ihnen immerhin ein Gutes, nämlich daß ihr Gegenstand stets ein solcher sei, daß in ihnen ein guter Kopf sich zeigen könne; denn sie öffneten ein weites, geräumiges Feld, über das die Feder ohne irgendwelches Hindernis hineilen könne, um Schiffbrüche, Seestürme, Scharmützel und Schlachten zu beschreiben; einen tapfern Feldherrn zu schildern mit all den Eigenschaften, die zu einem solchen erforderlich sind: sich als vorsichtig bewährend, den listigen Anschlägen seiner Feinde zuvorkommend, ein gewandter Redner, der seine Krieger zu allem überreden oder ihnen jegliches ausreden kann, bedächtig im Rat, rasch zur Tat, ebenso mannhaft entschieden im Abwarten wie im Angreifen; bald einen jammervollen, schmerzlichen Vorgang darzustellen, bald ein freudiges und unverhofftes Ereignis, dort eine wunderschöne, tugendsame, verständige und sittige Dame, hier einen Ritter voll christlichen Heldenmutes und feiner Gesittung zu zeichnen, dort hingegen einen ungeschlachten, großsprecherischen Barbaren, an anderem Orte einen freundlichen, tapferen, weitblickenden Fürsten; die Biederkeit und Treue der Untertanen, die Größe und Freigebigkeit der Herrscher. Bald kann er sich als Sterndeuter zeigen, bald als Meister der Erdbeschreibung, bald als Musiker, bald als Kenner der Staatsangelegenheiten; ja, vielleicht kommt ihm einmal die Gelegenheit, sich, wenn er Lust hat, als Schwarzkünstler zu zeigen. Er kann die Verschlagenheit des Odysseus und die Kühnheit des Achilles darstellen, Hektors trauriges Geschick, Sinons Verräterei, die Freundschaft des Euryalus, Alexanders Großmut, den Heldensinn Cäsars, die Milde und Aufrichtigkeit Trajans, die Treue des Zopirus, die Weisheit Catos und, endlich, all jene Tugenden, die einen hochgestellten Mann vollkommen machen können, indem er sie bald in einem einzigen Helden zusammengesellt, bald sie unter viele verteilt. Und wenn dies mit gefälliger

Anmut des Stils geschieht und mit sinnreicher Erfindung, die soviel als möglich das Gepräge der Wahrheit trägt, dann wird er ohne Zweifel ein Gewebe weben, aus mannigfachen und reizenden Verschlingungen gebildet, das, wenn es erst zustande gebracht worden, eine solche Vollkommenheit und solchen Reiz der Gestaltung zeigt, daß es das schönste Ziel erreicht, das man in Büchern anstrebt, nämlich zugleich zu belehren und zu ergötzen, wie ich schon bemerkt habe. Denn der zwanglose Stil dieser Bücher gewährt dem Verfasser Freiheit und Raum, sich als epischer, lyrischer, tragischer, komischer Dichter zu zeigen, in der ganzen Vielseitigkeit, die in den holden und heiteren Künsten der Poesie und Beredsamkeit enthalten ist – denn die epische Dichtung läßt sich ebensogut in Prosa als in Versen schreiben.

48. Kapitel

Wo der Domherr mit der Besprechung der Ritterbücher fortfährt, nebst andern Dingen, so des geistvollen Herrn würdig sind

„Es ist so, wie Euer Gnaden sagen, Herr Domherr", sprach der Pfarrer, „und aus diesem Grunde verdienen diejenigen um so strengeren Tadel, die bis heute dergleichen Bücher verfaßt haben, ohne jemals vernünftige Überlegung zu Rate zu ziehen oder die Kunst und die Regeln, durch die sie sich leiten lassen und in der Prosa Ruhm erwerben konnten, wie es in Versen die beiden Fürsten der griechischen und der lateinischen Dichtung getan."

„Ich selbst bin einmal in eine gewisse Versuchung geraten, ein Ritterbuch zu schreiben", versetzte der Domherr, „und habe dabei alle die Regeln beobachtet, die ich soeben erwähnte; und wenn ich die Wahrheit sagen soll, so habe ich mehr als hundert Blätter vollgeschrieben und habe sie, um die Probe zu machen, ob sie meiner Wertschätzung entsprächen, Leuten mitgeteilt, die leidenschaftlich für diese Art Bücher schwärmen, sowohl gelehrten und verständigen als auch ungebildeten und beschränkten, die nur für ungereimtes Zeug Sinn haben, und habe bei allen den erwünschten Beifall gefunden. Aber trotzdem habe ich es nicht fortgesetzt, sowohl weil ich glaubte, mit dieser Arbeit etwas meinem Berufe Fernliegendes zu tun, als auch weil ich einsah, daß die Zahl der Einfältigen größer ist als die der Einsichtigen, und weil ich – obschon das Lob weniger Verständiger besser ist als der Spott vieler Dummköpfe – mich nicht dem unklaren Urteil der sich in Einbildung blähenden Menge unterwerfen will, die doch vor allen andern sich mit dem Lesen solcher Bücher abgibt. Was aber vorzugsweise mir die Arbeit aus den Händen nahm, ja mich von dem Gedanken, sie zu vollenden, gänzlich abbrachte, war eine Betrachtung, die ich für mich anstellte und die durch die heutzutage aufgeführten Lustspiele angeregt wurde. Ich sagte mir nämlich: wenn diese Stücke, die man jetzt gibt, sowohl die rein erfundenen als auch die aus der Geschichte entnommenen, alle oder doch meistenteils anerkanntermaßen ungereimtes Zeug sind und weder Hand noch Fuß haben, und wenn trotzdem die Menge sie mit Vergnügen anhört und für gut hält und mit Beifall belohnt, während sie es nicht im entferntesten sind; und wenn die Verfasser, die sie schreiben, und die Schauspieler, die sie aufführen, sagen, sie müßten so sein, weil die Menge sie so und nicht anders haben will; und wenn die Lustspiele, die einen Plan haben und die Handlung folgerichtig entwickeln, wie die Kunst es verlangt, nur für drei, vier einsichtige Leute vorhanden sind, die Verständnis dafür haben, und alle übrigen Hörer ganz verständnislos sind für deren Kunst, und wenn es mithin für die Verfasser und Darsteller viel besser ist, bei der Menge ihr Brot zu verdienen, als bei den wenigen Ruhm zu erwerben: da wird es am Ende mit meinem Buch ebenso gehen, nachdem ich mir die Finger lahmgeschrieben, um die erwähnten Vorschriften zu beobachten, und ich werde am Ende den Schneider von Campillo spielen, der die Hosen unentgeltlich nähte und noch den Zwirn dazugab.

Und wiewohl ich die Schauspieler mehrmals zu überzeugen suchte, daß sie mit ihrer Ansicht im Irrtum sind und daß sie mehr Leute anziehen und größeren Ruf erlangen würden, wenn sie Komödien darstellten, die den Regeln der Kunst folgen, als jene Stücke voller Widersprüche und Ungereimtheiten, so halten sie dennoch so fest an ihren Meinungen und sind damit so verwachsen, daß weder vernünftige Erwägungen noch die augenscheinlichsten Tatsachen imstande wären, sie davon abzubringen. Ich erinnere mich, daß ich eines Tages zu einem dieser Starrköpfe äußerte: Sagt mir doch, erinnert Ihr Euch nicht, daß vor wenig Jahren in Spanien drei Trauerspiele zur Aufführung kamen, die ein berühmter Dichter dieser Lande verfaßt hatte und die so wirkungsvoll waren, daß sie die Hörer alle, sowohl die einfachen als auch die gebildeten, sowohl die zum großen Haufen gehörenden als auch die auserlesenen, in Bewunderung, freudige Stimmung und hohes Staunen versetzten und daß die drei Stücke für sich allein den Darstellern mehr Geld einbrachten als dreißig der besten, die seitdem und bis jetzt geschrieben wurden? – Ganz gewiß, antwortete der Schauspieler, den ich meine, Euer Gnaden spricht ohne Zweifel von der *Isabela,* der *Phyllis* und der *Alexandra.* – Diese meine ich allerdings, erwiderte ich ihm; und denkt einmal darüber nach, ob sie die Vorschriften der Kunst genau befolgt haben und ob sie etwa deshalb, weil sie sie befolgten, *nicht* für so wertvoll golten, wie sie es sind, und *nicht* jedermann gefallen haben. So liegt also die Schuld nicht an dem großen Haufen, der etwa Ungereimtes verlangt, sondern an jenen, die nichts andres darzustellen verstehen. So ist es, und das Schauspiel *Für Undank Rache* war keine Ungereimtheit, und die *Numancia* enthielt keine, und man fand keine in der Komödie vom *Kaufmann als Liebhaber* oder gar in der *Freundlichen Feindin* noch in etlichen anderen, die von verschiedenen einsichtsvollen Dichtern verfaßt wurden, ihnen selbst zu Ruhm und Ehre und denen zum Gewinn, die sie aufführten. Noch andre Gründe fügte ich diesen hinzu, womit ich meines Bedünkens ihn etwas verlegen machte, ihn aber weder zu einem Zugeständnis bewog noch genügend überzeugte, um ihn von seinen irrigen Ansichten abzubringen."

„Euer Gnaden hat einen Gegenstand berührt, Herr Domherr", sprach hier der Pfarrer, „der in mir einen alten Groll wiedergeweckt hat, den ich gegen die jetzt im Schwange befindlichen Bühnenstücke hege und der nicht minder heftig ist als gegen die Ritterbücher; denn während die Komödie, wie Tullius Cicero meint, ein Spiegel des menschlichen Lebens, ein Lehrbuch der Sitten und ein Bild der Wahrheit sein soll, sind die heutigen Stücke Spiegel der Ungereimtheiten, Lehrbücher der Albernheiten und Bilder der frechen Lüsternheit. Denn welche größere Ungereimtheit ist denkbar auf dem Gebiete, von dem wir sprechen, als daß in der ersten Szene des ersten Aufzugs ein Kind in Windeln erscheint und in der zweiten als ein bereits bärtiger Mann auftritt? Und ist es nicht der ärgste Widersinn, uns einen Greis als tapfern Kämpfer und einen jungen Mann als Feigling darzustellen, einen Lakaien als redegewandt im Wortstreit, einen Edelknaben als Ratgeber, einen König als Taglöhner und eine Prinzessin als Küchenmagd? Was soll ich sodann von der Art sagen, wie die Zeit eingehalten wird, binnen deren die Handlung in diesen Schauspielen vorgehen kann oder konnte, was soll ich anderes sagen, als daß ich manches Drama gesehen habe, wo der erste Aufzug in Europa anfing, der zweite in Asien und der dritte in Afrika zu Ende ging und gewiß, wenn es vier Aufzüge gewesen wären, der vierte in Amerika schließen und also das Stück in allen vier Weltteilen spielen würde? Und wenn tatsächlich die Nachahmung der Wirklichkeit das hauptsächlichste Erfordernis eines Schauspiels ist, wie kann sich ein auch nur mittelmäßiger Kopf befriedigt fühlen, wenn bei einer Handlung, die der Dichter in die Zeiten des Königs Pippin und Karls des Großen verlegt, als Hauptperson der Kaiser Heraklius auftritt, der mit dem Kreuz in Jerusalem einzieht und das Heilige Grab erobert wie Gottfried von Bouillon, während doch zahllose Jahre zwischen diesem und jenem Ereignis liegen; und wenn man demselben Drama, während es sich auf reine Erfindung gründet, hier etliche geschichtliche Tatsachen beigibt und dort Bruchstücke von andern beimischt, die sich bei verschiedenen Personen und zu verschiedenen Zeiten ereignet haben, und dies nicht etwa nach einem die Wahrscheinlichkeit beachtenden Plan, sondern mit offenbaren, in jeder Beziehung unentschuldbaren Irrtümern? Und das Schlimme dabei ist, daß es einfältige ungebildete Menschen gibt, die da sagen, das eben sei das Vollkommene, und mehr wollen heiße ganz besondere Leckerbissen begehren.

Und wie erst, wenn wir auf die geistlichen Schauspiele kommen! Wieviel falsche Wunder werden in diesen erdichtet, wieviel unterschobene und mißverstandene Dinge, wo die Wunder des einen Heiligen einem andern zugeschrieben werden! Ja, selbst in den weltlichen Stücken erkühnen sie sich, Wunder tun zu lassen ohne andre Rücksicht und ohne andern Grund, als daß ihrer Meinung nach das betreffende Wunder und die betreffende Maschinerie – wie man es nennt – sich an jener Stelle gut ausnehmen, damit ungebildetes Volk in Staunen gerate und in die Komödie laufe. All dieses verfälscht die Wahrheit, würdigt die Geschichte herab, ja, es macht den spanischen Dichtern Schande; denn die ausländischen, die mit größter Genauigkeit die Gesetze des Dramas beobachten, halten uns für roh und ungebildet, wenn sie die Abgeschmacktheiten und Ungereimtheiten in unsren dramatischen Werken sehen. Und es wäre keine genügende Entschuldigung dafür, zu sagen, der hauptsächliche Zweck eines wohlgeordneten Gemeinwesens bei der Genehmigung öffentlicher Schauspiele sei, der Gesamtheit eine anständige Erholung zu vergönnen und hie und da die schlimmen Gelüste zu verscheuchen, welche der Müßiggang zu erzeugen pflegt; und da dieser Zweck mit jeder Art von Drama, mit einem guten oder schlechten, erreicht werde, so sei kein Grund vorhanden, Gesetze aufzustellen und die Verfasser und Darsteller derselben zu nötigen, sie nur so zu schaffen, wie sie sein sollten, weil, wie gesagt, mit jedem beliebigen Schauspiel erreicht werde, was man damit bezwecken wolle. Hierauf würde ich antworten, daß dieser Zweck unvergleichlich besser mit guten Komödien erreicht würde als mit nicht guten; denn aus der Aufführung eines kunstreichen und gutgebauten Schauspieles komme der Hörer frohgestimmt durch den Witz, belehrt durch die Wahrheit, in Verwunderung gesetzt durch die Handlung, aufgeklärt durch die verständigen Ansichten, gewarnt durch die trügerischen Ränke, gewitzigt durch die Beispiele, entrüstet ob des Lasters, in Liebe entflammt für die Tugend. Alle diese Gemütsbewegungen nämlich muß ein gutes Bühnenstück im Hörer hervorrufen, so ungebildet und unempfänglich er auch sei; und es ist die unmöglichste der Unmöglichkeiten, daß ein Schauspiel, das all diese Eigenschaften besäße, nicht weit mehr ergötzen und unterhalten, gefallen und befriedigen sollte als ein Stück, dem diese fehlen, wie das zum größten Teil bei den heute aufgeführten Schauspielen der Fall ist. Und daran tragen die Dichter, die sie schreiben, keine Schuld; denn es gibt unter ihnen manche, die ganz wohl wissen, worin sie sich verfehlen und was sie eigentlich tun sollten. Aber da die Bühnenstücke zur käuflichen Ware geworden sind, so sagen sie, und zwar mit Recht, die Schauspieler würden die Stücke nicht nehmen, wenn sie nicht von diesem Schlage wären, und darum sucht der Dichter sich dem anzubequemen, was der Schauspieler, der ihm seine Arbeit bezahlen soll, von ihm verlangt. Und daß dieses reine Wahrheit ist, kann man aus den vielen, ja unzähligen Schauspielen ersehen, die einer der reichstbegabten Geister dieser Lande mit solcher Anmut und solchem Witz gedichtet hat, in so schönen Versen, mit so geistvollen Gesprächen, mit so bedeutsamen Lehrsprüchen, kurz, so voller Beredsamkeit und Erhabenheit des Stils, daß er die Welt mit seinem Ruhm erfüllt. Aber weil er sich den Wünschen der Schauspieler anbequemen wollte, haben seine Stücke nicht sämtlich, wie es doch mit einigen geschehen, den Grad der Vollkommenheit erreicht, den sie eigentlich haben müßten.

Andre schreiben ihre Stücke, durchaus ohne zu überlegen, was sie tun, so daß nach der Aufführung die Darsteller sich genötigt sehen, zu flüchten und sich in die Ferne zu begeben, um nicht zur Strafe gezogen zu werden, wie das schon oftmals geschehen ist, weil sie manches zum Nachteil gewisser Könige und etlichen Adelsfamilien zur Unehre auf die Bühne brachten. Aber all diese Unzuträglichkeiten und noch viele andre, die ich nicht erwähne, würden aufhören, wenn in der Residenz ein einsichtiger, erfahrener Mann da wäre, der alle Bühnenstücke vor der Aufführung zu prüfen hätte, nicht nur diejenigen, welche in der Hauptstadt, sondern alle, die in ganz Spanien zur Aufführung kommen sollen; und wenn sodann ohne solche Genehmigung mit Siegel und Unterschrift keine Behörde die Aufführung eines Schauspiels in ihrem Amtsbereich erlaubte, dann würden die Schauspieler die Stücke erst nach der Hauptstadt senden und könnten sie alsdann in aller Sicherheit aufführen, und die Verfasser würden mit mehr Sorgfalt und Fleiß ihre Werke gründlich überdenken, da sie stets die strenge Prüfung ihrer Stücke durch einen Sachkenner vor Augen hätten; und auf diese Weise würden gute Schauspiele geschrieben und würde glücklich erreicht werden, was man mit ihnen beabsichtigt: für die Unterhaltung des Volkes, für den guten Ruf der spanischen Dichter, für die Sicherheit der Schauspieler und deren eignes Bestes zu sorgen und den Behörden die Unannehmlichkeit zu ersparen, sie zur Verantwortung zu ziehen.

Und wenn man einem andern oder dem nämlichen das Amt übertrüge, die etwa neu erscheinenden Ritterbücher zu prüfen, so würde gewiß eins und das andre in der Vollkommenheit ans Licht treten, die Euer Hochwürden geschildert hat, unsre Sprache mit erfreulichen und köstlichen Schätzen von Beredsamkeit bereichern und veranlassen, daß die alten Bücher verdunkelt würden im edleren Glanz der neuen, die zum anständigen Zeitvertreib erscheinen würden nicht nur für die Müßiggänger, sondern auch für die beschäftigteren Leute. Denn der Bogen kann nicht fortwährend gespannt bleiben, und die Natur und Schwäche des Menschen kann sich ohne eine anständige Erholung nicht aufrecht halten."

So weit waren der Domherr und der Pfarrer in ihrer Unterhaltung gekommen, als der Barbier hinter ihnen hervorkam, sich ihnen näherte und zu dem Pfarrer sprach: „Dies, Herr Lizentiat, ist der Ort, von dem ich vorher gesagt habe, wir könnten dort am besten Mittagsruhe halten und den Ochsen frisches und reichliches Futter geben."

„Auch mir scheint es so", entgegnete der Pfarrer; und als er dem Domherrn sein Vorhaben mitteilte, wollte auch dieser mit ihnen da rasten, weil die schöne Lage des Tals ihn anzog, das sich ihren Blicken darbot. Sowohl um die Reize der Gegend als auch die fernere Unterhaltung des Pfarrers zu genießen, zu dem er bereits Zuneigung fühlte, und auch Don Quijotes Taten mehr im einzelnen zu erfahren, beorderte er ein paar von seinen Dienern zu der Schenke, die sich nicht weit von dort zeigte, um aus derselben für sie alle zu holen, was zu essen vorrätig wäre; denn er nahm sich vor, hier den ganzen Nachmittag Rast zu halten. Darauf entgegnete einer von den Dienern, das Saumtier mit dem Mundvorrat, das schon in der Schenke angelangt sein müsse, sei mit Lebensmitteln genugsam beladen, so daß man aus der Schenke nichts weiter holen müsse als Futter für die Tiere.

„Wenn dem so ist", versetzte der Domherr, „so führe man alle Maulesel dorthin und lasse das Saumtier hierher zurückkommen."

Indem ersah Sancho die Gelegenheit, jetzt ohne die fortwährende Gegenwart des Pfarrers und des Barbiers, die ihm verdächtig waren, mit seinem Herrn reden zu können; er näherte sich also dem Käfig, in dem sich der Ritter befand, und sprach zu ihm: „Señor, um die Last von meinem Gewissen zu wälzen, muß ich Euch sagen, wie es mit Eurer Verzauberung zugeht. Die zwei nämlich, die da mit verhülltem Gesicht umhergehen, sind der Pfarrer unseres Ortes und der Barbier, und ich glaube, sie haben den Anschlag, Euch auf solche Manier fortzubringen, aus reinem Neid darüber ausgesonnen, daß Euer Gnaden so weit über ihnen steht, weil Ihr weltberühmte Taten tut. Da dies volle Wahrheit ist, so folgt daraus, daß Ihr nicht verzaubert seid, sondern betrogen und zum Narren gehalten. Zum Beweise dafür will ich Euch über etwas befragen, und wenn Ihr mir so antwortet, wie Ihr mir meiner Meinung nach antworten müßt, so werdet Ihr den Betrug mit Händen greifen und werdet einsehen, daß Ihr nicht verzaubert, sondern verrückt seid."

„Frage, was du willst, Sancho, mein Sohn", erwiderte Don Quijote, „ich werde dich zufriedenstellen und dir ganz nach deinem Herzenswunsch Antwort geben. Und was deine Behauptung angeht, daß diese beiden, die da um uns hin und her gehen, der Pfarrer und Barbier, unsre Landsleute und Bekannten, seien, so kann es ganz gut so scheinen, daß sie es sind; aber daß sie es wahr und wirklich wären, das glaube nur ja nicht. Was du glauben und meinen mußt, ist dieses: wenn sie ihnen in der Tat gleichsehen, wie du sagst, so kann es nur so zugehn, daß jene, die mich verzauberten, ihre äußere Erscheinung angenommen haben. Denn den Zauberern ist es leicht, jegliche Gestalt anzunehmen, die ihnen gerade beliebt, und sie werden die unsrer Freunde angenommen haben, um dich zu dem Wahnglauben zu verleiten und dich in ein Labyrinth von Selbsttäuschungen zu verlocken, aus dem dir kein Faden des Theseus heraushelfen würde; und sie werden es auch deshalb getan haben, damit ich in meinem Urteil

von den Dingen schwankend werde und nicht in Erfahrung bringe, von wannen mir dieses Unheil kommt. Denn wenn einerseits du mir sagst, daß der Barbier und der Pfarrer unseres Ortes in meiner Begleitung sind, und anderseits ich mich eingekäfigt sehe und doch von mir weiß, daß keine menschliche Kraft, wenn sie nicht etwa übernatürlich ist, mich einzukäfigen vermöchte, was, sage mir, soll ich andres sagen oder glauben, als daß die besondere Art meiner Verzauberung jede andere Art übertrifft, von der ich jemals gelesen in all den Geschichten von fahrenden Rittern, die verzaubert wurden? Sonach kannst du dich völlig beruhigen und getrösten, soviel deine Vermutung betrifft, daß sie die Personen seien, die du nennst; denn das sind sie geradesowenig, wie ich ein Türke bin. Was aber den Umstand betrifft, daß du mich über etwas befragen willst, sprich, und ich werde dir Antwort geben, wenn du mich auch von heute bis morgen früh fragen wolltest."

„So helfe mir Unsre Liebe Frau!" schrie Sancho laut. „Ist's denn möglich, und ist Euer Gnaden so hart am Kopfe und so schwach im Hirn, daß Ihr nicht einseht, wie reine Wahrheit ich Euch sage, und daß an Eurem Gefängnis und Mißgeschick die Bosheit mehr schuld ist als die Zauberei? Es ist aber einmal so, und ich will Euch den augenscheinlichen Beweis führen, daß Ihr keineswegs verzaubert seid; wenn anders, so saget mir, so wahr Gott Euch aus dem Sturm dieser Bedrängnis erlösen soll und so wahr Ihr Euch in den Armen unseres Fräuleins Dulcinea sehen möget, wann Ihr es am wenigsten denkt..."

„Hör auf, mich zu beschwören", fiel Don Quijote ein, „und frage, was immer du zu wissen wünschest. Ich habe dir schon gesagt, ich werde dir Punkt für Punkt genau antworten."

„Das will ich eben", erwiderte Sancho, „und was ich wünsche, ist, daß Ihr mir saget, ohne irgend etwas hinzuzutun oder wegzulassen, sondern mit aller Wahrheit, wie alle jene sie sagen müssen und wirklich sagen, die da zum Beruf des Waffenwerks sich bekennen in der Eigenschaft als fahrende Ritter, wie Euer Gnaden sich dazu bekennt..."

„Ich sage dir, ich werde dir in keinem Punkte etwas vorlügen", entgegnete Don Quijote, „komm nur zu Ende mit deinem Fragen, denn in der Tat langweilst du mich mit all deinen Entschuldigungen, Bitten und Einleitungen, Sancho."

„Ich sage Euch, ich bin von der Redlichkeit und Wahrheitsliebe meines gnädigen Herrn ganz überzeugt; und so, weil es für unsre Geschichte wichtig ist, frag ich Euch und sag es mit aller Ehrerbietung, ob, seit Euer Gnaden eingekäfigt ist und nach Eurer Meinung in diesem Käfig als ein Verzauberter weilt, ob vielleicht Euch Lust und Wunsch gekommen ist, was Großes oder Kleines zu verrichten, wie man zu sagen pflegt?"

„Ich verstehe nicht, was das heißen soll, Großes verrichten, Sancho; drücke dich deutlicher aus, wenn du willst, daß ich dir glatt antworten soll."

„Ist's möglich?" rief Sancho, „Großes oder Kleines verrichten, das versteht Euer Gnaden nicht? Ei, schon die erst entwöhnten Kinder werden in der Schule damit auferzogen! Ich meine, ob Euch Lust gekommen ist, zu tun, was man nicht unterlassen kann?"

„Nun, nun versteh ich dich, Sancho. Freilich, oftmals schon, und jetzt eben habe ich sotane Lust; erlöse mich aus dieser Verlegenheit, denn es ist wahrlich nicht alles sauber im Unterstübchen."

49. Kapitel

Worin von der verständigen Zwiesprache berichtet wird, welche Sancho Pansa mit seinem Herrn Don Quijote hielt

„Aha!" sagte Sancho, „jetzt hab ich Euch gefangen. Das eben war mir lieb zu hören, so lieb als Seele und Seligkeit. Kommt mal her, gnädiger Herr! Könnt Ihr leugnen, was man gemeiniglich unter uns zu sagen pflegt, wenn es einem übel ist: ‚Ich weiß nicht, was dem da fehlt; er ißt nicht, er trinkt nicht, er schläft nicht, und auf alle Fragen antwortet er verkehrt; es sieht geradeso aus, als wäre er verzaubert?' Daraus nun wird jeder annehmen, daß Leute, die nicht essen und nicht trinken und nicht schlafen und die bewußten natürlichen Dinge nicht verrichten, daß selbige Leute verzaubert sind, nicht aber die Leute, die den Drang verspüren, den Euer Gnaden verspürt; und Ihr trinket, wenn man's Euch verabreicht, und Ihr esset, wenn Ihr was habt, und antwortet auf jegliches, wenn man Euch fragt."

„Ganz richtig ist, was du sagest, Sancho", entgegnete Don Quijote. „Allein ich habe dir schon bemerkt, es gibt gar verschiedene Arten von Verzauberungen. Auch ist es möglich, daß mit der Zeit die eine Art sich in die andre verwandelt hat und daß es jetzt bei Verzauberten bräuchlich ist, alles zu tun, was ich tue, wenn sie es auch früherhin nicht getan haben, so daß man also gegen den Brauch der verschiedenen Zeiten keine Gründe geltend machen und auch keine Folgerungen daraus ziehen kann. Ich weiß und bin des festen Glaubens, daß ich verzaubert bin, und das genügt mir zur Beruhigung meines Gewissens; ja, ich würde mir ein großes Gewissen daraus machen, wenn ich glaubte, nicht verzaubert zu sein, und es geschehen ließe, daß ich müßig und feig in diesem Käfig sitze und so viele bedrängte und in Nöten befangene Leute um die Hilfe betröge, so ich selbigen gewähren könnte, welche gerade zu dieser Zeit und Stunde ohne Zweifel meines Beistandes und Schirmes aufs dringendste und aufs äußerste bedürfen."

„Wohl", versetzte Sancho, „trotz alledem sag ich, zu allem Überfluß und zur bessern Überzeugung wäre es gut, wenn Euer

Gnaden versuchte, aus diesem Gefängnis zu kommen, und ich mache mich anheischig, mit allen Kräften dazu behilflich zu sein, ja, Euch herauszuholen; und daß Ihr dann wieder versuchtet, auf Euren wackern Rosinante zu steigen, der seinem Aussehen nach ebenfalls verzaubert ist, so schwermütig und trübselig geht er einher; und daß wir hierauf noch einmal unser Glück versuchten und auf Abenteuer auszögen. Sollte es uns aber damit nicht gut ergehen, so können wir immer noch in den Käfig zurückkehren, und auf mein Wort als eines redlichen und getreuen Schildknappen verspreche ich Euch, mich mit Euch darin einzusperren, falls Euer Gnaden so unglücklich oder ich ein solcher Esel sein sollte, daß es mir nicht gelänge, meinen Vorschlag zu glücklicher Ausführung zu bringen."

„Ich bin's zufrieden, Freund Sancho, alles zu tun, was du willst", erwiderte Don Quijote; „und sobald du eine Gelegenheit siehst, meine Befreiung ins Werk zu setzen, werde ich in allem und zu allem dir gehorsamen; du jedoch, Sancho, wirst ersehen, wie du dich täuschest in deiner Ansicht von meinem Mißgeschick."

Mit solcherlei Gesprächen unterhielten sich der fahrende Ritter und sein übelfahrender Schildknappe, bis sie an die Stelle kamen, wo der Pfarrer, der Domherr und der Barbier schon abgestiegen auf sie warteten. Der Kärrner spannte seine Ochsen sogleich aus und ließ sie los und ledig auf dem begrünten lieblichen Platze weiden gehen, dessen frische Kühle zum Genusse einlud, freilich nicht so verzauberte Persönlichkeiten wie Don Quijote, sondern nur so gescheite und einsichtige Leute wie seinen Schildknappen. Der letztere bat den Pfarrer um Erlaubnis für seinen Herrn, sich auf eine kleine Weile aus dem Käfig herauszubegeben; denn wenn sie ihn nicht herausließen, würde dies Gefängnis nicht so reinlich bleiben, wie es sich für einen Ritter von so feinem Anstand gezieme.

Der Pfarrer merkte seine Absicht und erwiderte, er würde sehr gern diesen Wunsch erfüllen, wenn er nicht fürchten müßte, daß sein Herr, sobald er sich in Freiheit sähe, seine tollen Streiche begehen und sich auf und davon machen würde auf Nimmerwiedersehen.

„Ich bürge dafür, daß er nicht entspringt", sagte Sancho.

„Ich auch und wir alle", sprach der Domherr, „zumal wenn er mir sein Wort als Ritter gibt, sich ohne unsere Einwilligung nicht von uns zu entfernen."

„Ja, ich gebe es", fiel Don Quijote hier ein, der alles angehört hatte, „um so mehr, als jemand, der verzaubert ist wie ich, ohnehin nicht die Freiheit besitzt, über seine Person nach eignem Belieben zu verfügen. Denn der ihn verzaubert hat, kann bewirken, daß er nicht imstande ist, während dreier Jahrhunderte sich vom Fleck zu rühren; und wäre er auch entflohen, so zwingt ihn der Zauberer, im Fluge zurückzukehren." Da dem nun so sei, so könnten sie ihn ganz gut von den Banden lösen, besonders da es allen zum Besten gereiche, und wenn sie ihn nicht lösten, dann würde, so beteuerte er ihnen, unfehlbar der Geruch sie belästigen, wenn sie sich nicht aus seiner Nähe weit wegmachten.

Der Domherr ergriff seine Hand, obwohl ihm beide noch gebunden waren, und auf sein Gelöbnis und Ehrenwort wurde er entkäfigt. Er freute sich unendlich und über die Maßen, wie er sich außerhalb des Käfigs sah. Das erste, was er tat, war, daß er seinen ganzen Körper reckte und streckte; dann trat er sofort zu Rosinante, schlug ihn zweimal mit flacher Hand auf die Kruppe und sprach: „Noch immer hoff ich zu Gott und seiner gebenedeiten Mutter, o du Blume und Spiegel aller Rosse, daß wir beide baldigst uns wieder so finden werden, wie wir es ersehnen, du dich mit deinem Herrn auf dem Rücken und ich mich auf dir, das Amt übend, für welches Gott mich in die Welt gesandt hat."

Mit diesen Worten entfernte sich Don Quijote, ging nebst Sancho an eine abgelegene Stelle und kehrte von dort sehr erleichtert zurück mit um so lebhafterem Wunsche, alles auszuführen, was sein Schildknappe anordnen würde. Der Domherr betrachtete ihn aufmerksam und staunte ob der Seltsamkeit seiner gewaltigen Narreteien und zugleich darüber, daß er in allem, was er sagte und antwortete, einen so ausgezeichneten Verstand an den Tag legte und nur dann Bügel und Zügel verlor, wie schon früher zum öfteren gesagt, wenn man mit ihm vom Ritterwesen redete. Darob von Mitleid bewegt, sprach er zu Don Quijote, nachdem sie sich alle auf dem grünen Rasen gelagert, um den Mundvorrat des Domherrn zu erwarten: „Ist es möglich, edler Junker, daß das widerwärtige, eitle Lesen von Ritterbüchern die Gewalt über Euch hatte, Euch den Kopf so zu verdrehen, daß Ihr zuletzt gar glauben mögt, Ihr seiet wirklich verzaubert und anderes dergleichen, das von der Wahrheit so weit entfernt ist wie die Lüge von der Wahrheit? Und wie kann nur ein verständiger Mensch an die unendliche Menge von Amadísen glauben? Wie kann er glauben, daß es in der Welt jemals jenen wirren Haufen berühmter Ritter gegeben, so manchen Kaiser von Trapezunt, so manchen Felixmarte von Hyrkanien, so manchen Zelter, so manch fahrendes Fräulein, so viele Schlangen, so viele Drachen, so viele Riesen, so viele unerhörte Abenteuer, so viele Arten von Verzauberungen, so viele Schlachten, so viel ungeheuerliche Kämpfe, so vielen Prunk der Trachten, so viele verliebte Prinzessinnen, so viele Schildknappen, die zu Grafen werden, so viele witzige Zwerge, so manch Liebesbriefchen und so manch Liebesgetändel, so viele heldenhaft kämpfende Weiber, kurz, so zahlreiche und so ungereimte Begebenheiten, wie die Ritterbücher sie enthalten? Von mir muß ich sagen: wenn ich sie lese, machen sie mir einigermaßen Vergnügen, solange mein Geist sich von dem Gedanken fernhält, daß sie sämtlich Lüge und leichtfertige Torheit sind; aber sobald mir bewußt wird, was sie eigentlich sind, schleudere ich das beste von ihnen wider die Wand; ja, ich würde sie alle ins Feuer werfen, wenn ich gerade eines im Zimmer oder in der Nähe hätte, recht als Verbrecher, die eine derartige Strafe verdienen, weil sie Fälscher und Betrüger sind und sich ganz außerhalb der Verhältnisse bewegen, die der Menschennatur gemäß sind; auch als Erfinder neuer Lehren und neuer Lebensweise und als solche, die den unwissenden Pöbel verleiten, all die Albernheiten darin am Ende gar zu glauben und für wahr zu halten. Ja, sie erdreisten sich sogar, den Geist verständiger und edler Männer von gutem Stande in Verwirrung zu bringen, wie man wohl daraus ersehen kann, was sie Euer Gnaden angetan. Denn sie haben Euch in eine Verfassung gebracht, daß es notwendig geworden, Euch in einen Käfig zu sperren und auf einem Ochsenkarren zu fahren, wie wenn man einen Löwen oder Tiger von Ort zu Ort her oder hin führt, um ihn sehen zu lassen und Geld mit ihm zu verdienen. Wohlan denn, Señor Don Quijote, habt Mitleid mit Euch selber und kehrt in den Schoß der Vernunft zurück, versteht sie, die vom gütigen Himmel Euch in reichem Maße verliehen worden, zu gebrauchen und die glücklichen Gaben Eures Geistes auf das Lesen andrer Bücher zu verwenden, auf daß es Eurem Gewissen zum Heil und zur Erhöhung Eurer Ehre gereiche.

Und wenn Ihr dennoch, von Eurer angeborenen Neigung hingerissen, Bücher von Großtaten und vom Rittertum lesen wollt, so leset in der Heiligen Schrift das Buch der Richter, denn da werdet Ihr großartige Begebnisse finden und Taten, ebenso wahr wie heldenhaft. Einen Viriatus hatte Lusitanien, einen Cäsar Rom, einen Hannibal Karthago, einen Alexander Griechenland, einen Grafen Fernán González Kastilien, einen Cid Valencia, einen Gonzalo Fernández Andalusien, einen Diego García de Parédes Estremadura, einen Garcí-Pérez de Vargas Jeréz, einen Garcilaso Toledo, einen Don Manuel de León Sevilla, und deren

Heldentaten zu lesen kann die ausgezeichnetsten Geister unterhalten, belehren, ergötzen und zur Bewunderung hinreißen. Dies würde allerdings eine Beschäftigung sein, würdig des klaren Verstandes Euer Gnaden, mein lieber Herr Don Quijote, und aus ihr würdet Ihr gelehrter in der Geschichte hervorgehen und als ein glühender Verehrer der Tugend, unterwiesen in allem Guten, gebessert in aller edlen Sitte, tapfer ohne Tollkühnheit, vorsichtig ohne Feigheit; und all dies Gott zu Ehren, Euch zum Nutzen und der Mancha zu hohem Ruhm, aus welcher Ihr, wie ich erfuhr, Eure Geburt und Abstammung herleitet."

Mit höchster Aufmerksamkeit lauschte Don Quijote den Worten des Domherrn, und als dieser geendet hatte, blickte er ihm eine gute Weile ins Gesicht und sprach dann: „Mich bedünkt, edler Junker, die Reden Euer Gnaden gehen darauf hinaus, mir die Überzeugung beizubringen, daß es niemals fahrende Ritter in der Welt gegeben hat und daß alle Ritterbücher falsch, lügenhaft, schädlich und für das Gemeinwesen nutzlos sind, daß ich übel getan, sie zu lesen, noch übler, an sie zu glauben, und am allerübelsten, ihnen nachzuahmen, indem ich mich damit abgegeben, dem durch sie vorgezeichneten überharten Beruf des fahrenden Rittertums zu folgen – während Ihr mir in Abrede stellt, daß es jemals in der Welt Amadíse gegeben, weder von Gallien noch von Griechenland, noch irgendeinen der andern Ritter, von denen die Schriften voll sind."

„All dieses ist buchstäblich so, wie Euer Gnaden es eben vorträgt", sagte hier der Domherr.

Worauf Don Quijote erwiderte: „Auch fügte Euer Gnaden noch die Versicherung hinzu, es hätten mir die besagten Bücher großen Schaden zugefügt, da sie mir den Kopf verrückt und mich in einen Käfig gebracht hätten, und ich täte besser daran, mich zu belehren und meine Lesegewohnheiten zu ändern, nämlich andre Bücher zu lesen, die mehr der Wahrheit gemäß sind und bessere Ergötzung und Belehrung bieten."

„So ist es", sprach der Domherr.

„Ich aber", versetzte Don Quijote, „finde meinesteils, daß der Mann ohne Verstand und der Verzauberte Euer Gnaden selbst ist, da Ihr es für richtig gehalten habt, dergleichen große Lästerungen gegen etwas auszustoßen, das überall in der Welt solche Geltung gefunden und für so wahr erachtet wird, daß, wer es leugnen wollte, wie Euer Gnaden es leugnet, dieselbe Strafe verdiente, die Ihr den Büchern auferlegt, wenn Ihr sie leset und sie Euch langweilen. Denn jemandem einreden zu wollen, daß Amadís nie auf Erden gelebt und ebensowenig auch die andern abenteuernden Ritter, von denen die Geschichtsbücher voll sind, das heißt einem einreden wollen, daß die Sonne nicht leuchtet und das Eis nicht kältet und die Erde uns nicht trägt. Mithin, welch vernünftiges Wesen kann es auf Erden geben, das einem andern einreden könnte, es sei nicht volle Wahrheit, was von der Prinzessin Floripes erzählt wird und von Guido von Burgund und von Fierabrás, nebst der Brücke von Mantible, was alles sich zu Zeiten Karls des Großen zugetragen? Ich schwör's bei allem, was heilig ist, dies ist alles so wahr, wie daß es jetzt Tag ist. Und wenn es Lüge ist, so muß es auch Lüge sein, daß je ein Hektor gewesen ist und ein Achilles und ein Trojanischer Krieg und die zwölf Pairs von Frankreich und König Artus von England, der noch bis heute in einen Raben verwandelt lebt, so daß man ihn von einem Augenblick zum andern in seinem Königreich zurückerwartet. Und dann mag man sich auch erdreisten, zu sagen, erlogen sei die Geschichte von Guarino Mezquino und die von der Aufsuchung des Heiligen Gral, und Fabeln seien die Geschichten von den Liebeshändeln Herrn Tristans und der Königin Isolde, wie von denen der Ginevra und des Lanzelot; während es doch Personen gibt, die sich beinahe noch erinnern, die Hofdame Quintañona gesehen zu haben, welche zu ihrer Zeit die beste Mundschenkin in ganz Großbritannien war. Und das ist so sicher wahr, daß ich mich erinnere, wie meine Großmutter von väterlicher Seite mir öfter sagte, wenn sie eine alte Dame in ehrwürdiger Haube sah: ‚Die da, lieber Enkel, sieht aus wie die Hofdame Quintañona.' Daraus ziehe ich den Schluß, meine Großmutter muß sie gekannt haben oder sie hat wenigstens ein Bild von ihr gesehen.

Sodann, wer kann leugnen, daß die Geschichte von Peter und der schönen Magelona wahr ist, da man noch heutzutage in der Waffensammlung unsrer Könige den Zapfen sieht, mit welchem der Graf Peter das hölzerne Pferd hin und her lenkte, auf dem er durch die Lüfte flog? Und selbiger Zapfen ist etwas größer als eine Karrendeichsel. Und neben dem Zapfen sieht man dort den Sattel des Babieca, und in Roncesvalles befindet sich das Horn Roldáns, so groß wie ein mächtiger Balken. Woraus folgt, daß es einen Ritter Peter gegeben, daß es Männer wie Cid gegeben und andre dergleichen Ritter,

> die, wie die Leute sagen,
> hinausziehn auf ihre Abenteuer.

Wenn das geleugnet wird, so sage man mir doch auch, es sei unwahr, daß der tapfere Lusitanier Juan de Merlo ein fahrender Ritter war und nach Burgund hinzog und in der Stadt Arras gegen den berühmten Herrn von Charní, genannt der edle Herr Peter, im Zweikampf stritt und später in der Stadt Basel gegen den edlen Herrn Heinrich von Rabenstein und aus beiden Wagnissen als Sieger hervorging, reich an Ruhm und Ehre; und unwahr seien auch die ebenfalls in Burgund bestandenen Abenteuer und Herausforderungen der heldenhaften Spanier Pedro Barba und Gutierre Quijada – von dessen Geschlecht ich mich in geradem Mannesstamme ableite –, welche die Söhne des Grafen von Saint-Paul besiegten. Und so soll man mir auch leugnen, daß Don Fernando de Guevara nach Deutschland auf Abenteuer auszog, wo er mit Herrn Georg, einem Ritter vom Hofe des Herzogs von Österreich, seinen Strauß ausfocht. Man soll mir sagen, die Kämpfe des Suero de Quiñones, des Helden von jenem Waffengang, seien nur Spaß gewesen; Spaß nur die Kämpfe des edlen Herrn Luis de Falces, die er für seine Devise ausfocht gegen den kastilischen Ritter Don Gonzalo de Guzmán, nebst vielen andern Heldentaten, so christliche Ritter der spanischen und auswärtigen Reiche ausgerichtet haben, die so wahr und erwiesen sind, daß ich nochmals sagen muß: wer sie leugnen wollte, dem würde aller Menschenverstand und alle gesunde Vernunft fehlen."

Der Domherr war hocherstaunt über diese Mischung von Wahrheit und Lügen, welche Don Quijote vorbrachte, und zu sehen, welche Kenntnis er von allem hatte, was die Taten seines fahrenden Rittertums betraf und daran rührte, und so antwortete er ihm: „Ich kann nicht leugnen, Señor Don Quijote, daß einiges von dem, was Ihr gesagt, wahr ist, besonders was die fahrenden Ritter Spaniens angeht; und ebenso will ich auch zugeben, daß es zwölf Pairs von Frankreich gegeben hat, aber ich mag nicht glauben, daß sie all jene Taten getan, die der Erzbischof Turpin von ihnen berichtet. Das Wahre daran ist, sie waren von dem König von Frankreich auserlesene Ritter, die man Pairs, das heißt Ebenbürtige, nannte, weil sie an Tüchtigkeit, Adel und Tapferkeit alle einander ebenbürtig waren; und wenn sie es nicht waren, sollten sie es wenigstens sein. Es war also ein Orden wie die jetzt bekannten Orden von Santiago oder Calatrava, bei welchen vorausgesetzt wird, daß jeder darin Aufgenommene ein mannhafter und tapferer Ritter von guter Geburt ist. Und so wie man jetzt sagt ‚Ritter vom heiligen Johannes' oder, ‚von Alcantara', so sagte man zu jener Zeit ein ‚Ritter aus der Zahl der zwölf Pairs', weil es zwölf in jeder Beziehung Ebenbürtige waren, die man für diesen Kriegsorden auserkor. Was den Punkt betrifft, ob es einen Cid gegeben, so ist daran kein Zweifel, ebensowenig daran, daß es einen Bernardo del Carpio gegeben; aber daß sie die großen Taten getan, die man erzählt, das ist meiner Meinung nach sehr zu bezweifeln. Was nun das andere betrifft, den Zapfen, den Ihr dem Grafen Peter zuschreibt und der neben dem Sattel Babiecas in der königlichen Waffensammlung zu sehen ist, so bekenn ich meine Sünde, ich habe zwar den Sattel, aber nicht den Zapfen zu sehen bekommen, so dumm oder so kurzsichtig muß ich wohl sein, wo er doch so groß ist, wie Euer Gnaden sagen."

„Freilich ist er da, ohne allen Zweifel", entgegnete Don Quijote; „und zum weiteren Wahrzeichen: er steckt in einem Futteral von Rindsleder, damit er nicht vom Schimmel angegriffen wird."

„Das kann ja alles sein", versetzte der Domherr, „aber bei den Weihen, die ich empfangen habe, ich entsinne mich nicht, daß ich ihn gesehen hätte. Aber auch wenn er sich dort befindet, so verpflichte ich mich darum noch nicht, die Geschichten von so viel Amadísen, von solchem wirren Haufen von Rittern zu glauben, die uns weit und breit erzählt werden. Und es liegt keine Vernunft darin, daß ein Mann wie Euer Gnaden, so ehrenhaft, voll so guter Eigenschaften, mit so klarem Verstande begabt, sich einbilden soll, daß die zahlreichen, jegliches Maß übersteigenden Narreteien Wahrheiten seien, die da in den abgeschmackten Ritterbüchern geschrieben stehen."

50. KAPITEL

Von dem scharfsinnigen Meinungsstreit zwischen Don Quijote und dem Domherrn, nebst andern Begebnissen

„Das ist nicht übel", entgegnete Don Quijote, „die Bücher, die mit königlicher Erlaubnis und mit Genehmigung der Zensurbehörden gedruckt sind und mit allgemeinem Beifall gelesen und gefeiert werden von groß und klein, von hoch und niedrig, von den Gelehrten und den Ungelehrten, von den Leuten aus dem Volk und den Edelleuten, kurz, von jeder Art Personen, wes Standes und Berufs sie auch seien, diese Bücher sollten Lüge sein? Zumal da sie doch so sehr das Gepräge der Wahrheit an sich tragen, indem sie uns jedesmal den Vater, die Mutter, das Vaterland, die Verwandten, das Alter, den Ort und die Taten des fraglichen Ritters oder der fraglichen Ritter Punkt für Punkt und Tag für Tag angeben. Nein, würdiger Herr, schweiget, sprecht keine solche Lästerung aus und glaubt mir, ich rate Euch, was Ihr als verständiger Mann in der Sache tun müsset. Oder aber, lest sie doch nur, und Ihr werdet sehen, welchen Genuß Ihr von diesen Büchern empfangt. Oder sagt mir doch einmal: gibt's ein größer Vergnügen, als zum Beispiel zu sehen, wie hier gleich vor unsern Augen ein großer See von siedendem und Blasen auftreibendem Pech erscheint und wie darin zahlreiche Schlangen, Nattern, Eidechsen und viele andre Arten wilder, entsetzlicher Tiere umherschwimmen und sich in die Kreuz und Quer bewegen und wie mitten aus dem See eine jammervolle Stimme empordringt und spricht: ‚Du, Ritter, wer du auch seiest, der du diesen fürchterlichen See beschauest, wenn du das Heil erringen willst, das unter diesen schwarzen Wassern verborgen liegt, bewähre die Tapferkeit deines heldenstarken Busens und wirf dich mitten in das schwarze, flammende Naß dieses Sees hinein; denn so du solches nicht tust, bist du nimmer würdig, die erhabenen Wunder zu erschauen, die da enthalten und beschlossen sind in den sieben Burgen der sieben Feen, welche unter dieser Finsternis liegen.' Und wie der Ritter, da er die fürchterliche Stimme kaum noch recht vernommen, auf der Stelle, ohne weiter zu überlegen, in welche Gefahr er sich begibt, ja, ohne sich des Gewichtes seiner starken Rüstung zu entledigen, sich Gott und seiner Gebieterin befiehlt und sich mitten in den kochenden See hineinstürzt; und wie er, ehe er sich's versieht und ehe er noch weiß, wohin er geraten mag, sich auf blühenden Gefilden findet, mit denen die des Elysiums sich in keiner Hinsicht vergleichen können. Da, deucht es ihn, ist der Himmel klarer und scheint die Sonne mit höherem, ungekanntem Glanze; da bietet sich seinen Augen ein lieblicher Hain von so frischgrünen, dichtbelaubten Bäumen, daß ihr Grün den Blick ergötzt, während die Ohren sich laben an dem süßen, nicht durch Kunst erlernten Gesang der kleinen, zahllosen bunten Vöglein, die durch das verschlungene Gezweig beständig hin und her fliegen. Dort wieder ersieht er ein Bächlein, dessen frische Wasser flüssige Kristalle scheinen und über feinen Sand und weiße Steinchen hineilen, die wie Goldstaub und reine Perlen anzuschauen sind. Anderwärts erblickt er einen kunstreichen Springbrunnen, dessen Schale aus buntem Jaspis und glattem Marmor besteht; dann einen andern, in phantastischem Stil angelegt, wo die kleinen Muschelschalen mit den gewundenen weißen und gelben Schneckenhäusern wie zufällig und doch geordnet hingelegt sind und daruntergemischte Stücke glänzenden Kristalls und künstlich nachgemachten Smaragds ein Werk von großer Mannigfaltigkeit darstellen, so daß die Kunst, indem sie die Natur nachahmt, diese hier zu übertreffen scheint. Dort alsdann zeigt sich ihm unversehens eine starke Feste oder prächtige Königsburg, deren Mauern von gediegenem Golde, deren Zinnen von Demanten, deren Tore von Hyazinthen sind; und zudem ist sie von so wunderbarem Bau, daß, obschon ihre Bestandteile nichts Geringeres sind als Demanten, Karfunkel, Rubine, Perlen, Gold und Smaragde, die Arbeit an dem ganzen Werke von noch höherem Wert ist.

Und hat er dies alles gesehen, was gibt's noch Herrlicheres zu sehen, als zu sehen, wie aus der Pforte der Königsburg eine reichliche Anzahl junger Fräulein hervortritt, alle in so reizenden, prachtvollen Roben, daß ich wahrlich, wenn ich sie nunmehr so schildern wollte wie die Rittergeschichten, nimmer damit zu Ende kommen würde; und zu sehen, wie alsogleich die Dame, die als die fürnehmste unter allen aussah, den verwegenen Ritter, der sich in den kochenden See gestürzt, an der Hand nimmt und ihn, ohne ein Wort zu reden, in die herrliche Königsburg oder Feste hineingeleitet und ihn splitternackt, wie er aus der Mutter Schoß kam, entkleiden und in lauem Wasser baden, ihm sodann mit duftenden Salben den ganzen Körper salben und ihn mit einem Hemd vom feinsten Zindel bekleiden läßt, das ganz und gar voll Wohlgeruches und lieblich durchduftet ist; und wie dann ein anderes Fräulein kommt und ihm über die Schultern einen Mantel wirft, der mindestens, ja zum mindesten, wie die Berichte lauten, eine ganze Stadt wert ist, ja noch mehr.

Was ist sodann Schöneres zu sehen, als wenn uns berichtet wird, wie er nach alledem in einen andern Saal geleitet wird, wo er die Tische in so wundervoller Anordnung gedeckt findet, daß er voll Staunens außer sich gerät? Was Schöneres, als zu sehen, wie ihm über die Hände Wasser gegossen wird, das aus lauter Ambra und duftigen Blumen gewonnen ist? Was Herrlicheres, als zu sehen, wie man ihn auf einem Sessel von Elfenbein niedersitzen heißt? Wie ihn alle die Fräulein in wundersamem Schweigen bedienen? Was Prächtigeres als eine solche Mannigfaltigkeit von Gerichten, alle so schmackhaft bereitet, daß die lüsterne Begier nicht weiß, nach welchem sie zuerst die Hand ausstrecken soll? Und wie herrlich, dann den Gesängen zu lauschen, die da ertönen, während er tafelt, ohne daß er weiß, wer sie singt noch wo sie erklingen? Und wenn das Mahl beendet und die Tafel aufgehoben ist, wie da der Ritter sich auf seinen Sessel zurücklehnt und, während er sich die Zähne stochert, wie es jetzt Sitte ist, wie da unversehens zur Tür des Saales eine andre Jungfrau hereintritt, weit schöner als jegliche von den ersten; und wie sie sich dem Ritter zur Seite niederläßt und ihm sofort berichtet, welch eine Burg dieses ist und daß sie in selbiger verzaubert weilen muß, nebst viel anderem, was den Ritter in Staunen versetzt und die Leser seiner Geschichte mit Bewunderung erfüllt. Ich will mich nicht weiter hierüber verbreiten; aber man kann schon aus dem Gesagten schließen, daß jedes beliebige Stück, das man von jeder beliebigen Rittergeschichte liest, bei jedem beliebigen Leser Vergnügen und Verwunderung hervorbringen muß.

Und Euer Gnaden möge mir folgen und, wie ich schon vorher bemerkt, diese Bücher lesen; und Ihr werdet sehen, wie sie Euch den Trübsinn, der Euch etwa drückt, verbannen und die Stimmung bessern, wenn Ihr Euch etwa in einer schlechten befinden solltet. Von mir wenigstens muß ich sagen, seit ich ein fahrender Ritter bin, seitdem bin ich tapfer, freigebig, gesittet, großmütig, höflich, kühn, sanft, geduldig, ertrage leicht Mühsale, Gefangenschaft, Verzauberung, und obschon ich erst vor kurzem mich als verrückt in einem Käfig eingesperrt sah, so hoffe ich doch durch die Kraft meines Armes, wenn der Himmel mir beisteht und das Glück mir nicht feindlich ist, mich binnen weniger Tage zum König eines Reiches erhoben zu sehen, wo ich die Dankbarkeit und Freigebigkeit zeigen kann, die meine Brust in sich faßt. Denn wahrlich, Señor, der Arme ist unfähig, die Tugend der Freigebigkeit gegen irgendwen zu zeigen, wenn er sie auch im höchsten Grade besitzt; und die Dankbarkeit, die nur aus frommen Wünschen besteht, ist etwas Totes, gerade wie der Glaube ohne Werke tot ist. Darum wünschte ich, daß das Glück mir baldigst eine Gelegenheit böte, mich zum Kaiser zu machen, um meine Gesinnung durch Wohltaten an meinen Freunden zu bewähren, insbesondere an dem armen Teufel von Sancho, meinem Schildknappen, der der beste Mensch von der Welt ist; ich möchte ihm gern eine Grafschaft schenken, die ich ihm schon seit langen Tagen versprochen habe; nur fürchte ich, er möchte nicht die Fähigkeit besitzen, seine Grafschaft zu regieren."

Diese letzten Worte hörte Sancho, und gleich sprach er zu seinem Herrn: „Señor Don Quijote, sorgt Ihr nur dafür, daß Ihr mir jene Grafschaft verschafft, die von Euch ebenso ernstlich verheißen als von mir erhofft ist; ich hingegen verheiße Euch, mir soll es an Fähigkeiten nicht fehlen, sie zu regieren. Und wenn es mir auch daran fehlen sollte, so hab ich gehört, es gibt Leute in der Welt, welche die Herrschaften der großen Herren in Pacht nehmen und ihnen soundso viel jährlich abgeben, sie hingegen sorgen für die Regierung, und der Herr sitzt und streckt die Beine aus und genießt seine Rente, ohne sich um sonst was zu kümmern. Und so will ich's auch machen, und ich will mich nicht um das geringste weiter kümmern, sondern gleich alles aus den Händen geben, und will mir meine Rente schmecken lassen wie ein Prinz, und den Leuten mag es bekommen, wie es will."

„Dies, Freund Sancho", sagte der Domherr, „kann gelten, soweit es das Verzehren der Rente betrifft, aber was die Verwaltung der Rechtspflege angeht, die muß der Besitzer der Herrschaft selbst verstehen, und dazu gehören Fähigkeit und tüchtiger Mutterwitz und besonders der redliche Wille, das Richtige zu tun. Denn wo dieser im Anfang fehlt, wird auch Mitte und Ende stets fehlgehen; und Gott pflegt ebenso der redlichen Absicht des Einfältigen hilfreich zu sein, als die böse Absicht des Klugen zu vereiteln."

„Ich verstehe nichts von derlei Gelahrtheiten", entgegnete Sancho Pansa. „Ich weiß nur, so geschwind ich die Grafschaft bekommen würde, so geschwind würde ich sie zu regieren verstehen; denn ich habe soviel Verstand im Leibe wie jeder andre und soviel Leib wie nur der Allerbeleibteste, und ich würde ebensosehr in meiner Herrschaft der König sein wie jedweder in seiner. Und wenn ich das wäre, so würde ich tun, was ich wollte; und wenn ich täte, was ich wollte, so würde ich tun, wozu ich Lust habe; und wenn ich täte, wozu ich Lust habe, wäre ich zufrieden; und wenn einer zufrieden ist, hat er nichts mehr zu wünschen; und wenn einer nichts mehr zu wünschen hat, so ist die Sache abgemacht. Also nur her mit der Herrschaft; und damit Gott befohlen und auf Wiedersehen, wie ein Blinder zum andern sagte."

„Diese Gelahrtheiten, wie du gesagt, sind nicht so übel, Sancho", sprach der Domherr; „aber bei alledem bleibt über die Sache mit den Grafschaften noch viel zu sagen."

Darauf versetzte Don Quijote: „Ich wüßte nicht, daß noch etwas zu sagen bliebe. Ich richte mich lediglich nach zahlreichen und mannigfachen Beispielen, die ich in diesem Betreff hier anführen könnte, von Rittern meines Berufs, welche, um den getreuen und ausgezeichneten Dienstleistungen ihrer Schildknappen gerecht zu werden, ihnen ganz besondere Gnaden erwiesen und sie zu unabhängigen Herren von Städten und Insuln machten, und manchen gab es, dessen Verdienste so hohen Grad erreichten, daß er sich überhob und vermaß, den Königsthron zu besteigen. Aber wozu verwende ich hierauf soviel Zeit, da mir ein so glänzendes Beispiel der große und nie genugsam gepriesene Amadís von Gallien bietet, der seinen Schildknappen zum Grafen der Festlandinsul machte? Und so kann auch ich ohne Gewissensbedenken meinen Sancho Pansa zum Grafen machen, der einer der besten Schildknappen ist, die je ein fahrender Ritter gehabt hat."

Der Domherr war höchlich verwundert über diese systematischen Narreteien – wenn in Narreteien ein System sein kann –, welche Don Quijote vorgebracht, und über die Art, wie er das Abenteuer des Ritters vom See geschildert, über den Eindruck, den die vorsätzlichen Lügen der Bücher, die er gelesen, auf ihn hervorgebracht hatten, und endlich erstaunte ihn auch die Einfalt Sanchos, der sich so heiß nach der von seinem Herrn verheißenen Grafschaft sehnte.

Unterdessen kehrten die Diener des Domherrn aus der Schenke zurück, von wo sie das Saumtier mit dem Mundvorrat geholt hatten. Ein Teppich und das grüne Gras der Wiese dienten als Tisch; man setzte sich unter schattigen Bäumen nieder und speiste daselbst, damit der Ochsenkärrner nicht um die günstige Gelegenheit käme, die ihm, wie gesagt, dieser Ort darbot.

Während sie so tafelten, vernahmen sie plötzlich ein starkes Rauschen von Zweigen und das Klingen einer Schelle, welches aus Dornbüschen und dichtem Gesträuch, das sich ringsher fand, erklang, und im nämlichen Augenblick sahen sie aus dem Dickicht eine schöne Ziege hervorspringen, deren ganzes Fell schwarz, weiß und grau gesprenkelt war; hinter ihr her kam ein Ziegenhirt, rief ihr nach und sprach ihr schmeichelnd zu, wie die Hirten pflegen, damit sie stehenbliebe oder zur Herde zurückliefe. Die flüchtige Ziege lief in ihrer Furcht und Ängstlichkeit zu den Leuten hin, als ob sie Schutz bei ihnen suchte, und blieb da stehen. Der Ziegenhirt kam herbei, faßte sie an den Hörnern und redete mit ihr, gerade als besäße sie Verstand und Einsicht: »Ha, du Landstreicherin, Wildfang, Scheckchen, Scheckchen! Wo hüpfst du denn all die Zeit herum? Was für Wölfe haben dich fortgeschreckt, mein Töchterlein? Willst du mir nicht sagen, was das bedeuten soll, du Allerschönste? Aber was kann es bedeuten, als daß du ein Weibchen bist und keine Ruhe halten kannst? Das ist eben deine Natur, der Kuckuck soll sie holen, und es ist die Natur aller Weiber, und du tust es ihnen nach. Komm mit heim, komm mit heim, Liebchen; bist du auch nicht so vergnügt in deiner Hürde, so bist du doch besser geborgen darin oder bei deinen Gefährtinnen; und wenn du, die du sie hüten und leiten sollst, so ohne Führung bist und auf Abwegen wandelst, wohin soll's dann mit ihnen kommen?"

Das Gerede des Ziegenhirten machte allen Zuhörern großes Vergnügen, insbesondere dem Domherrn, der zu ihm sagte: „Ich bitte Euch um alles, guter Freund, beruhigt Euch ein wenig und eilt nicht so arg, die Ziege zu ihrer Herde zurückzubringen; denn da sie, wie Ihr sagt, ein Weibchen ist, so muß sie ihrem angebornen Triebe folgen, ob Ihr Euch auch noch so sehr mühet, es zu verwehren. Nehmt diesen Bissen und trinkt einmal, damit werdet Ihr Euren Zorn kühlen, und derweil kann die Ziege sich ausruhen."

Dies sagen und ihm auf der Spitze des Messers die Lenden von einem kalten gebratenen Kaninchen darreichen war alles das Werk eines Augenblicks. Der Ziegenhirt nahm es und dankte dafür, trank und ward ruhig und sprach alsbald: „Ich möchte nicht, daß Euer Gnaden mich für einen einfältigen Menschen halte, weil ich mit dem Tier so ganz nach der Vernunft gesprochen; denn allerdings sind die Worte, die ich der Ziege sagte, etwas absonderlich. Ich bin ein Bauer, aber nicht so bäurisch, daß ich nicht wüßte, wie man mit dem Menschen und dem Vieh umgehen muß."

„Das glaube ich ganz gern", sagte der Pfarrer; „denn ich weiß schon aus Erfahrung, daß die Wälder Leute von Bildung auferziehen und die Schäferhütten manchem Philosophen Wohnung bieten."

„Wenigstens, Señor, beherbergen sie Leute", entgegnete der Hirt, „die durch Schaden klug geworden sind; und damit Ihr die Wahrheit dieses Satzes glaubet und sie mit den Händen greifet, so werde ich, obwohl ich mich damit ungebeten selber einlade, so werde ich, wenn es Euch nicht langweilt und Ihr mir eine kleine Weile aufmerksames Gehör schenken wollt, Euch eine wahre Geschichte erzählen, die die Behauptung dieses Herrn" – auf den Pfarrer deutend – „und die meinige bestätigen wird."

Hierauf entgegnete Don Quijote: „Sintemal ich ersehe, daß dieser Kasus ich weiß nicht was für einen Anstrich von einem Ritterschafts-Abenteuer hat, so werde ich für mein Teil Euch sehr gerne anhören, guter Freund, und desgleichen werden alle diese Herren tun, da sie so überaus verständig sind und gerne vernehmen von absonderlichen Neuigkeiten, so die Sinne spannen, ergötzen und behaglich unterhalten, wie meines Bedünkens Eure Erzählung ohne Zweifel tun wird. So machet denn einen Beginn, Freund, wir werden Euch alle zuhören."

„Ich tue nicht mit", sprach Sancho; „mit der Pastete hier gehe ich dort an den Bach und will mich da auf drei Tage anfüllen. Denn ich habe meinen Herrn Don Quijote sagen hören, fahrenden Ritters Schildknappe muß essen, bis er nicht mehr kann, sobald er in den Fall kommt; dieweil er oftmals in den Fall kommt, daß er zufällig in einen dicht verschlungenen Wald hineingerät, aus dem er sechs Tage nicht wieder herauskommt, und wenn da der Mensch nicht sattgegessen oder mit einem wohlgespickten Schnappsack versehen ist, so kann er drin steckenbleiben und, wie ihm oftmalen geschieht, zur Mumie zusammenhutzeln."

„Du hast das beste Teil erwählt, Sancho", sprach Don Quijote; „geh du, wohin dir's paßt, und iß, was der Magen faßt. Ich habe schon mein Genügen, es erübrigt mir nur noch, dem Geiste seine Erquickung zu gewähren, und die gewähre ich ihm, wenn ich die Erzählung dieses Biedermanns anhöre."

„Wir alle werden unsere Geister daran erquicken", sprach der Domherr; und sofort bat er den Ziegenhirten, mit der versprochenen Erzählung zu beginnen. Der Hirt gab der Ziege, die er an den Hörnern hielt, zwei Schläge mit der flachen Hand auf den Rücken und sagte zu ihr: „Leg dich neben mich hin, Scheckchen, wir haben noch genug Zeit, zu unserem Pferch heimzukehren."

Die Ziege schien ihn zu verstehn; denn als ihr Herr sich setzte, streckte sie sich ganz ruhig neben ihm nieder und sah ihm ins Gesicht, als ob sie zu verstehen gäbe, daß sie auf die Worte des Hirten ernstlich aufmerken wolle. Und dieser begann seine Geschichte folgendermaßen.

51. KAPITEL

Welches berichtet, was der Ziegenhirt der ganzen Gesellschaft erzählte, die den Ritter Don Quijote von dannen führte

Drei Meilen von diesem Tale liegt ein Dorf, welches zwar klein, aber doch eins der reichsten in der ganzen Gegend ist. In dem Dorfe lebte ein Bauer in großem Ansehen, und wiewohl dem Reichtum allezeit das große Ansehen anhaftet, so genoß er dieses doch weit mehr ob seiner Rechtschaffenheit als ob seines Reichtums. Was ihn aber noch weit glücklicher machte, wie er selbst sagte, war der Umstand, daß er eine Tochter hatte von so außerordentlicher Schönheit, so seltenem Verstand, so voll Anmut und Tugend, daß jeder, der sie kannte und beobachtete, voll Staunens war ob der außerordentlichen Gaben, mit denen der Himmel und die Natur sie überreich ausgestattet hatten. Schon als Kind war sie schön, und seitdem nahm sie stets zu an Reizen, und im Alter von sechzehn Jahren war sie die Schönste von allen. Der Ruf ihrer Reize begann sich in den umliegenden Dörfern zu verbreiten; was sag ich, nur in den umliegenden? Er drang bis zu entfernten Städten, ja zu den Prunksälen der Könige und zum Ohr von Leuten jeden Standes, die von überall herkamen, um sie wie eine Seltenheit oder wie ein wundertätiges Bild anzuschauen. Ihr Vater hütete sie, und sie hütete sich selber; denn es gibt kein Vorhängschloß, keinen Riegel, die eine Jungfrau besser hüten könnten als ihre eigne Sittsamkeit.

Der Reichtum des Vaters und die Schönheit der Tochter bewogen viele, sowohl aus dem Ort als auch Auswärtige, um ihre Hand anzuhalten. Der Vater aber, der über ein so köstliches Kleinod zu verfügen hatte, war in großer Verlegenheit, wem von den Unzähligen, die ihn bestürmten, er sie geben solle. Unter den vielen, die einen so ehrenhaften Wunsch hegten, war auch ich, und mir versprach der Umstand große Aussicht auf guten Erfolg, daß ich wußte, der Vater wußte genau, was an mir war; daß ich aus demselben Dorfe gebürtig, von rein christlichem Blute, in blühendem Alter, an Vermögen sehr reich und an Geistesgaben nicht minder vortrefflich war. Mit allen den nämlichen Vorzügen hielt auch ein anderer aus demselben Ort um sie an, und das machte denn den Vater unschlüssig und bedenklich, da es ihn bedünkte, mit jedem von uns beiden wäre seine Tochter gleich gut versorgt. Um aus dieser Verlegenheit zu kommen, beschloß er, Leandra von der Sache in Kenntnis zu setzen; so heißt nämlich das reiche

Mädchen, um dessentwillen mein Herz verarmt ist. Er erwog, da wir beide uns in allem ebenbürtig waren, so wäre es am besten, wenn er es seiner geliebten Tochter überließe, nach ihrer Neigung zu wählen; ein Verfahren, das alle Eltern nachahmen sollten, wenn sie für ihre Kinder den Stand der Ehe in Aussicht nehmen. Ich sage nicht, sie sollen ihren Kindern im Schlechten und Verderblichen freie Wahl lassen, sondern sie sollen ihnen Gutes vorschlagen, damit sie unter dem Guten nach ihrem Wunsch auswählen. Ich weiß nicht, welchen Wunsch Leandra hatte; ich weiß nur, daß der Vater uns beide mit dem zu jugendlichen Alter seiner Tochter und mit allgemeinen Redensarten hinhielt, durch die er sich weder zu etwas verbindlich machte noch sich gegen uns unverbindlich zeigte. Mein Mitbewerber heißt Anselmo und ich Eugenio, damit Ihr die Namen der Personen kennt, die in diesem Trauerspiel vorkommen, dessen Ende noch unentschieden ist, wiewohl zu befürchten steht, daß es ein unglückliches sein wird.

Um diese Zeit kam ein gewisser Vicente de la Roca in unser Dorf, der Sohn eines armen Bauern aus diesem nämlichen Ort, welcher Vicente aus Italien und verschiedenen anderen Ländern kam und Soldat gewesen war. Als er ein Junge von etwa zwölf Jahren war, hatte ihn aus unserm Dorf ein Hauptmann mitgenommen, der mit seinem Fähnlein durchmarschierte, und wieder nach zwölf Jahren kam der Bursche zurück, soldatisch gekleidet, bunt in tausend Farben, vollbehängt mit tausenderlei Klimperkram von Glas und dünnen Stahlketten. Heute warf er sich in diesen Staat und morgen in jenen, aber alles war hohl und angemalt, leicht von Gewicht und noch leichter an Wert. Die Bauersleute, die an sich boshaft und, wenn gerade Müßiggang ihnen Gelegenheit dazu gibt, die Bosheit selber sind, merkten das wohl, rechneten Stück für Stück seinen Staat und seine Kostbarkeiten nach und fanden, daß seiner Anzüge drei waren, von verschiedenen Farben mit den zugehörigen Kniebändern und Strümpfen. Allein der wußte sie mit so viel Änderungen herzurichten und mit so viel neuen Erfindungen aufzuputzen, daß, wenn die Bauern sie nicht nachgezählt hätten, mancher darauf geschworen hätte, er habe mehr als zehn Anzüge und mehr als zwanzigfachen Federschmuck zur Schau getragen. Und ihr dürft es nicht übelnehmen und für überflüssig halten, was ich da von seinen Anzügen erzähle; denn die spielen eine große Rolle in unserer Geschichte. Er setzte sich öfter auf eine Bank auf unserm Marktplatz unter einer großen Pappel, und da hielt er uns alle fest, daß wir Maul und Nase aufsperrten und an seinen Lippen hingen, wenn er uns seine Heldentaten erzählte. Da war kein Land auf dem ganzen Erdkreis, das er nicht gesehen, keine Schlacht, die er nicht mitgemacht hätte. Er hatte mehr Mauren umgebracht, als in ganz Marokko und Tunis leben, und hatte mehr Zweikämpfe bestanden, wie er sagte, als Gante und Luna, Diego García des Parédes und tausend andere, die er nannte; und aus allen war er siegreich hervorgegangen, ohne daß man ihm einen Tropfen Blutes abgezapft hätte. Andererseits wieder zeigte er Narben, und obschon sie kaum zu sehen waren, wollte er uns vorreden, es seien Wunden von Musketenschüssen, die er bei verschiedenen Scharmützeln und Treffen empfangen habe. Kurz, mit nie erhörter Anmaßung redete er seinesgleichen, ja sogar die Leute, die ihn genau kannten, mit Er an und sagte öfter, sein tapferer Arm sei sein Vater, seine Taten seien sein Stammbaum und in seinem Stande als Soldat stehe er so hoch wie der König selbst. Zu dieser Großtuerei kam bei ihm noch hinzu, daß er ein wenig Musik trieb und auf der Gitarre spielte und über die Saiten nur so hinfuhr, so daß etliche sagten, die Gitarre bekäme Sprache unter seinen Fingern. Aber das war noch nicht alles, denn er hatte auch die Gabe zu dichten, und so machte er über jede Kinderei im Dorfe eine Romanze anderthalb Meilen lang.

Diesen Soldaten also, den ich hier geschildert habe, diesen Vicente de la Roca, diesen Helden, diesen Stutzer, diesen Musiker, diesen Dichter sah und beobachtete Leandra oftmals aus einem Fenster ihrer Behausung, das auf den Marktplatz ging. Sie verliebte sich in das Flittergold seiner in die Augen stechenden Trachten; sie war bezaubert von seinen Romanzen, die er in Abschriften, zwanzig von jedem Gedicht, verteilte; die Heldentaten, die er von sich selbst erzählt hatte, kamen ihr zu Gehör, und endlich – der Teufel mußte wohl die Sache eingefädelt haben – kam es so weit, daß sie sich ernstlich in ihn verliebte, bevor auch nur in ihm selbst der vermessene Gedanke entstanden war, sich um ihre Gunst zu bewerben. Da aber in Herzensangelegenheiten die Neigung des Weibes der stärkste Bundesgenosse ist, so verständigten sich Leandra und Vicente sehr leicht, und ehe einer von ihren vielen Bewerbern von ihrer Neigung etwas ahnte, hatte sie dieselbe schon dem Ziele entgegengeführt. Sie verließ das Haus ihres teuren, geliebten Vaters, denn eine Mutter hatte sie nicht mehr, und entfernte sich aus dem Dorfe mit ihrem Soldaten, der einen größeren Triumph aus dieser

Unternehmung davontrug als aus den vielen, deren er sich zu rühmen pflegte.

Der Vorfall setzte das ganze Dorf in Erstaunen sowie einen jeden, der davon Kenntnis erhielt. Ich war höchlich bestürzt, Anselmo zu Tode erschrocken, der Vater tief betrübt, ihre Verwandten entehrt, das Gericht in voller Tätigkeit, die Landreiter auf der Spähe; man streifte auf den Wegen, man durchsuchte die Wälder und was darum und daran war, und nach drei Tagen fand man diese ihren Launen frönende Leandra in einer Höhle mitten im Walde, entkleidet bis aufs Hemd, ohne das viele Geld und die kostbaren Juwelen, die sie von Hause mitgenommen hatte. Man brachte sie zu ihrem bekümmerten Vater zurück; man befragte sie über ihr Unglück; sie gestand ohne alles Drängen, Vicente de la Roca habe sie hintergangen und mittels eines Eheversprechens überredet, ihres Vaters Haus zu verlassen; er werde sie in die reichste und üppigste Stadt der ganzen Welt bringen, nämlich nach Neapel; und sie, schlimm beraten und noch schlimmer getäuscht, habe ihm Glauben geschenkt und, nachdem sie ihren Vater bestohlen, sich in derselben Nacht, wo sie vermißt wurde, seinen Händen anvertraut, und er habe sie in ein wildes Waldgebirge geführt und sie in die Höhle eingesperrt, wo man sie gefunden habe. Sie erzählte auch, daß ihr der Soldat, ohne ihr jedoch die Ehre zu rauben, alles weggenommen, was sie bei sich hatte, und sie in der Höhle gelassen habe und von dannen gegangen sei, ein Vorgang, der alle aufs neue in Erstaunen setzte. Schwer fiel es, lieber Herr, an die Enthaltsamkeit des Burschen zu glauben; aber sie bekräftigte es mit so zahllosen Beteuerungen, daß sie viel dazu beitrugen, dem untröstlichen Vater Trost zu verleihen, und er achtete der Schätze nicht, die man ihm geraubt hatte, da man seiner Tochter das Kleinod gelassen, das, wenn einmal verloren, keine Hoffnung läßt, jemals wiedererlangt zu werden.

Am nämlichen Tage, wo Leandra uns wieder vor Augen kam, schaffte ihr Vater sie uns wieder aus den Augen, indem er sie sogleich von unserm Dorf wegführte und in einer benachbarten Stadt ins Kloster einschloß. Denn er hoffte, die Zeit werde einiges von dem üblen Rufe verwischen, in welchen seine Tochter sich gebracht hatte. Die große Jugend Leandras diente ihr zur Entschuldigung, wenigstens bei denen, die es nicht berührte, ob sie tugendhaft oder schlecht war; aber wer ihre Klugheit und ihren großen Verstand kannte, maß ihren Fehltritt nicht ihrer Unerfahrenheit bei, sondern dem Leichtsinn und dem natürlichen

Hang der Weiber, der in den meisten Fällen das sinnlos Törichte und Unüberlegte vorzieht.

Sobald Leandra eingesperrt war, wurden Anselmos Augen blind; wenigstens hatten sie keinen Gegenstand mehr, dessen Anblick ihnen Vergnügen machte; die meinigen waren von Finsternis umgeben, ohne einen Lichtstrahl, der sie zu etwas Freudigem geleitet hätte, da Leandra ferne war; unsere Betrübnis wuchs mehr und mehr, unsere Gelassenheit im Erdulden nahm beständig ab, wir verfluchten den Prunk des Soldaten und verwünschten die Unvorsichtigkeit von Leandras Vater. Endlich verabredete Anselmo mit mir, das Dorf zu verlassen und in dieses Tal zu ziehen, wo er eine große Anzahl ihm gehörender Schafe weidet und ich eine ansehnliche Herde von Ziegen, die ebenfalls mein eigen sind, und wo wir unser Leben unter den Bäumen verbringen, unsern Leiden freie Bahn lassen oder gemeinsam der schönen Leandra Preis oder Schmach singen oder auch einsam seufzen und jeder für sich allein seine Klagen dem Himmel anvertraut. Unserem Beispiel folgend, sind viel andere von Leandras Freiern in dies rauhe Waldgebirge gezogen, um sich derselben Lebensart zu widmen wie wir, und es sind ihrer so viele, daß es aussieht, als habe sich dies Gefilde in ein schäferliches Arkadien verwandelt, so angefüllt ist es mit Schäfern und Hürden, und es ist keine Stelle, wo man nicht den Namen der schönen Leandra vernähme. Der eine verwünscht sie und nennt sie launisch und sittenlos; der andere verdammt sie als leicht zu gewinnen und flatterhaft; jener spricht sie frei und vergibt ihr, dieser bricht den Stab über sie und schmäht sie; der eine feiert ihre Schönheit, der andere lästert ihren Charakter; kurz, alle verunglimpfen sie und beten sie an, und bei allen geht die Verrücktheit so weit, daß mancher unter ihnen über Verschmähung klagt, ohne sie je gesprochen zu haben, ja mancher bejammert und fühlt schmerzlich die wütende Krankheit der Eifersucht, zu der sie doch keinem jemals Anlaß gegeben. Denn, wie gesagt, man hat ihren Fehltritt eher erfahren als ihre Neigung. Da ist kein Felsspalt, kein Bachesrand, kein Schattenplatz unter Bäumen, den nicht irgendein Schäfer besetzt hielte, um sein Unglück den Lüften zu verkünden; wo nur ein Echo zu finden ist, wiederholt es Leandras Namen, Leandra widerhallen die Wälder, Leandra murmeln die Bäche, und Leandra hält uns alle fest in banger Erwartung und in Verzauberung, und wir hoffen ohne Hoffnung und fürchten, ohne zu wissen, was wir fürchten.

Unter diesen Unsinnigen ist derjenige, der die geringste und die meiste Vernunft an den Tag legt, mein Mitbewerber Anselmo, der, obschon er sich über soviel andres zu beklagen hat, sich nur über Abwesenheit beklagt und zum Klang einer Fiedel, die er wunderbar spielt, klagende Verse singt, in denen er seinen klaren Verstand zeigt. Ich verfolge einen leichtern, doch meines Bedünkens den richtigsten Weg; ich schelte nämlich auf den Leichtsinn der Weiber, auf ihre Unbeständigkeit, auf ihre Doppelzüngigkeit, auf ihre totgebornen Verheißungen, auf die Wortbrüchigkeit und endlich auf den Mangel an Verständnis, den sie zeigen, wenn es gilt, ihren Wünschen und Neigungen ein Ziel zu wählen.

Dies, ihr Herren, war der Anlaß zu den Worten und Äußerungen, die ich, als ich in eure Nähe kam, an meine Ziege richtete; denn weil es ein Weibchen ist, schätze ich sie gering, obschon es das beste Stück aus meiner ganzen Hürde ist. Dies ist die Geschichte, die ich euch zu erzählen versprach. Wenn ich etwa bei der Erzählung zu verschwenderisch mit Worten war, werde ich auch nicht karg sein, wenn ich euch Dienste zu leisten haben sollte; ich habe meinen Pferch hier in der Nähe und habe dort frische Milch und sehr wohlschmeckenden Käse nebst verschiedenem reifem Obst, das eure Augen nicht minder als eure Zunge erquicken wird.

52. KAPITEL

Von dem Kampfe, so Don Quijote mit dem Ziegenhirten bestand, nebst dem ungewöhnlichen Abenteuer mit den Pilgern auf der Bußfahrt, das er im Schweiße seines Angesichts zu Ende führte

Die Erzählung des Ziegenhirten machte sämtlichen Zuhörern viel Vergnügen, besonders dem Domherrn, der mit ungewöhnlicher Aufmerksamkeit die eigentümliche Art beobachtete, wie jener erzählte, der, weit entfernt, sich als ein bäurischer Hirte zu zeigen, beinahe für einen feinen Hofmann gelten konnte. Daher sagte der Domherr, der Pfarrer habe recht gehabt mit seiner Behauptung, daß das Waldgebirge Leute von Bildung aufzieht. Alle erboten sich dem Hirten Eugenio zu Dienstleistungen; wer sich aber darin am freigebigsten zeigte, war Don Quijote, der zu ihm sprach: „Gewiß, Freund Ziegenhirt, wenn ich mich in der Möglichkeit fände, irgendwelch Abenteuer zu beginnen, gleich auf der Stelle würde ich mich auf den Weg begeben, auf daß Euer Abenteuer zu glücklichem Ziele käme, und aus dem Kloster, worin sie zweifelsohne wider ihren Willen weilet, würde ich Leandra reißen, trotz der Äbtissin und trotz jeglichem, der es verwehren möchte, und würde sie Euch in die Hände geben, auf daß Ihr mit selbiger ganz nach Eurem Willen und Begehr verfahret – unter Wahrung jedoch der Gesetze des Rittertums, welche vorschreiben, daß keinem Fräulein irgendeine Ungebühr angetan werde. Indessen hoffe ich zu Gott dem Herrn, es werde die Macht eines boshaften Zauberers nicht so viel vermögen, daß nicht die eines andern, günstiger gesinnten Zauberers weit mehr vermöchte, und für alsdann verheiße ich Euch meinen Schutz und Beistand, wie mich mein Beruf zu tun verpflichtet, welcher kein andrer ist, denn den Hilflosen und Bedrängten zu Hilfe zu kommen."

Der Ziegenhirt schaute ihn an, und als er Don Quijotes schlechten Aufzug und jämmerliches Angesicht bemerkte, verwunderte er sich und sprach zu dem Barbier, den er in seiner Nähe sah: „Señor, wer ist der Mann, der so wunderlich aussieht und solcherlei Reden führt?"

„Wer wird es anders sein", antwortete der Barbier, „als der weitberühmte Don Quijote von der Mancha, der Mann, der alle Ungebühr abstellt, alles Unrecht wieder zurechtbringt, der Schirmer aller Jungfrauen, der Schrecken aller Riesen und der Sieger in allen Kämpfen!"

„Ei", sagte der Ziegenhirt, „das klingt mir ganz nach dem, was man in den Büchern von den fahrenden Rittern liest, die all dies taten, was Euer Gnaden von diesem Manne sagt; wiewohl ich der Meinung bin, daß entweder Euer Gnaden einen Spaß macht oder daß es bei diesem Edelmann leer im Oberstübchen aussieht."

„Ihr seid ein ausbündiger Schelm", rief hier Don Quijote, „Ihr, Ihr seid der dumme Tölpel, bei Euch ist es leer und schwach im Kopf; bei mir ist es voller, als es jemals bei der niederträchtigen Hure war, der schlechten Hure, die Euch auf die Welt gesetzt hat!"

Kaum gesagt, riß er ein Brot vom Tische, das gerade neben ihm lag, und schleuderte es dem Ziegenhirten so wild ins Gesicht, daß er ihm schier die Nase plattschlug. Allein als der Ziegenhirt, der keinen Spaß verstand, sah, wie man allen Ernstes ihm übel mitspielte, setzte er alle Rücksicht auf den Teppich, auf das Tischtuch und die ganze tafelnde Gesellschaft beiseite, sprang auf den Ritter los, packte ihn mit beiden Händen am Halse und hätte ihn ohne Zweifel erwürgt, wenn nicht gerade im Augenblick Sancho Pansa gekommen wäre, ihn an den Schultern gepackt und ihn über den Tisch hingeworfen hätte, wobei Schüsseln zerschlagen, Trinkschalen zerbrochen und alles, was auf dem Tische war, verschüttet und umhergeworfen wurde. Don Quijote, der sich jetzt frei sah, stürzte sofort über den Ziegenhirten her, und dieser, voll Blut im Gesichte, von Sancho mit Fußtritten bearbeitet, zappelte auf allen vieren nach einem Messer vom Tische, um sich blutig zu rächen; allein der Domherr und der Pfarrer hinderten ihn daran. Der Barbier jedoch wußte es anzustellen, daß der Hirt den Ritter unter sich brachte, und nun ließ er auf diesen eine solche Unzahl von Faustschlägen regnen, daß vom Gesichte des armen Don Quijote ebensoviel Blut troff wie von dem seinigen. Der Domherr und der Pfarrer wollten vor Lachen bersten, die Landreiter sprangen in die Höhe vor lauter Lust, und diese wie jene hetzten drauflos, wie man mit Hunden tut, wenn sie heftig aneinandergeraten sind. Nur Sancho Pansa war schier in Verzweiflung, weil er sich nicht von einem Diener des Domherrn losmachen konnte, der ihn festhielt und ihn hinderte, seinem Herrn zu Hilfe zu kommen.

Während sie nun alle so in tollem Jubel waren, mit Ausnahme der zwei Faustkämpfer, die miteinander balgten, vernahmen sie den Klang einer Trompete, einer so trübselig tönenden, daß sich alle Blicke nach der Seite hinwendeten, von wo der Klang ihnen herzukommen schien. Wer aber am meisten darüber in Aufregung geriet, war Don Quijote, der zwar noch, freilich sehr gegen seinen Willen und mehr als nur mäßig zerbleut, unter dem Ziegenhirten lag, aber dennoch ihn ansprach: „Lieber guter Teufel, denn was andres kannst du nicht sein, da deine Tapferkeit und Kraft so groß ist, um die meinige zu bewältigen, ich bitte dich, laß uns einen Waffenstillstand schließen, nicht länger als auf eine Stunde; denn der jammervolle Klang jener Drommete, der zu unsern Ohren dringt, scheint mich zu einem neuen Abenteuer zu rufen."

Der Ziegenhirt, bereits müde, zu prügeln und geprügelt zu werden, ließ ihn auf der Stelle los, und Don Quijote erhob sich, wendete nun ebenfalls das Gesicht dahin, wo man den Ton vernahm, und sah plötzlich, wie von einem Hügel eine Menge von Leuten herabkam, alle wie Pilger auf einer Bußfahrt weiß gekleidet. In diesem Jahre hatten nämlich die Wolken der Erde ihr Naß versagt, und in allen Ortschaften dieser Gegend wurden

Wallfahrten, Bittgänge und Bußübungen abgehalten, um Gott zu bitten, daß er die Hände seiner Barmherzigkeit auftue und Regen spende, und zu diesem Zwecke kamen die Leute aus einem nahegelegenen Dorfe wallfahrend zu einer heiligen Einsiedelei gezogen, die auf einer Höhe bei diesem Tale lag.

Don Quijote erblickte die seltsamen Trachten der Bußfahrer, ohne daß ihm ins Gedächtnis kam, wie oft er sie schon gesehen haben mußte, und bildete sich ein, dies sei so etwas von einem Abenteuer und ihm allein als fahrendem Ritter komme es zu, sich an dasselbe zu wagen. Und was ihn in dieser Einbildung noch mehr bestärkte, war, daß er sich einredete, eine Bildsäule, die sie in Trauerhüllen einhertrugen, sei eigentlich eine vornehme Dame, die von diesen Bösewichtern und schamlosen Wegelagerern mit Gewalt entführt werde. Und sobald ihm dies in den Kopf kam, stürzte er leichtfüßig auf Rosinante los, der dort weiden ging, nahm ihm vom Sattelbogen den Zügel und die Tartsche, zäumte ihn im Nu auf, und sein Schwert von Sancho fordernd, stieg er auf Rosinante, nahm die Tartsche in den Arm und sprach zu den Anwesenden allen mit erhobener Stimme: „Itzo, mannhafte Gesellschaft, sollet Ihr erschauen, wie hochwichtig es ist, daß es auf Erden Ritter gibt, die sich zum Orden der fahrenden Ritterschaft bekennen; itzo, also sag ich, sollet ihr an der Befreiung dieser trefflichen Dame, die sich dort in Banden zeigt, erkennen, ob die fahrenden Ritter hoher Achtung wert sind."

Und also redend gab er dem Rosinante die Schenkel, denn Sporen hatte er nicht an, und rannte in kurzem Galopp – denn daß sich Rosinante jemals zu gestreckter Karriere verstiegen, das liest man nirgends in dieser ganzen wahrhaftigen Geschichte – auf die Bußfahrer los, wiewohl der Pfarrer und der Domherr hinliefen, um ihn zurückzuhalten; aber es war ihnen nicht möglich, und ebensowenig hielt ihn das Geschrei Sanchos zurück, der ihm zurief: „Wo wollt Ihr hin, Señor Don Quijote? Was für Teufel habt Ihr im Leib, die Euch antreiben, gegen unsern katholischen Glauben vorzugehen? Habt doch acht, o weh meiner armen Seele! daß es eine Wallfahrt von Büßern ist, und die Dame, die dort auf dem Gestell getragen wird, ist das gebenedeite Bild der unbefleckten Jungfrau; bedenket, Señor, was Ihr tut, denn diesmal kann man wirklich sagen, daß Ihr nicht tut, was Eures Berufes ist!"

Vergeblich mühte sich Sancho ab, denn sein Herr hatte es so fest im Sinn, auf die Leute in den weißen Hüllen heranzustürmen und die Dame in Trauer zu befreien, daß er kein Wort hörte, und hätte er es auch gehört, so wäre er doch nicht umgekehrt, und wenn der König selbst es ihm geboten hätte. Er erreichte also den Zug, hielt Rosinante an, der ohnehin schon große Lust hatte, ein wenig auszuruhen, und rief mit heftig erregter, heiserer Stimme: „Ihr, die ihr, vielleicht weil ihr tugendlose Leute seid, das Angesicht verhüllt traget, harret still und horchet auf die Worte, die ich Euch zu sagen habe."

Die ersten, die anhielten, waren die Träger des Bildes. Und als einer der vier Geistlichen, welche die Litaneien sangen, das seltsame Aussehen Don Quijotes, die Magerkeit Rosinantes und andre Umstände, die zum Lachen waren, an dem Ritter bemerkte, entgegnete er ihm folgende Worte: „Lieber Herr und Freund, wenn Ihr uns etwas zu sagen habt, so sagt es rasch, denn diese frommen Brüder zergeißeln sich den Leib, und wir können und dürfen uns vernünftigerweise nicht aufhalten, irgend etwas anzuhören, wenn es nicht etwa so kurz ist, daß man es in zwei Worten sagen kann."

„In einem Worte werde ich es euch sagen", erwiderte Don Quijote, „und so lautet es: Ihr sollt gleich auf der Stelle diese schöne Dame freigeben, deren Tränen und betrübtes Antlitz deutlich zeigen, daß ihr sie wider ihren Willen fortschleppt und daß ihr eine offenbare Ungebühr an ihr verübt habt. Und ich, der ich zur Welt geboren bin, um dergleichen Freveltaten abzustellen, ich werde nicht gestatten, daß sie einen einzigen Schritt weiterziehe, ohne ihr die ersehnte Freiheit wiederzugeben, deren sie würdig ist."

An diesen Worten merkten alle Hörer, Don Quijote müsse verrückt sein, und brachen in herzliches Lachen aus; aber hier zu lachen hieß Pulver auf Don Quijotes Zorneswut schütten, und ohne ein Wort weiter zu sagen, zog er das Schwert und sprengte auf die Tragbahre los. Einer der Träger stürzte, die Bürde sofort seinen Gefährten überlassend, Don Quijote entgegen, schwang als Waffe eine jener Gabelstützen, auf welche man beim Ausruhen die Bahre setzt, und nachdem er mit dieser Wehr einen gewaltigen Schwerthieb aufgefangen, der sie in zwei Stücke schlug, versetzte er mit dem letzten Drittel, das ihm in der Hand blieb, dem Ritter einen solchen Schlag über die Schulter auf der Schwertseite, die der Schild gegen die rohe bäurische Kraft nicht schützen konnte, daß der arme Don Quijote gar übel zugerichtet niederstürzte.

Als Sancho Pansa, der ihm keuchend nachgeeilt war, ihn am Boden liegen sah, schrie er dem Zerbleuer seines Herrn zu, er

solle vom Prügeln ablassen, denn der sei ein armer verzauberter Ritter, der all sein Lebtag keinem ein Leides getan. Aber was den Bauern zurückhielt, war nicht Sanchos Geschrei, sondern ein Blick auf den Ritter, der weder Hand noch Fuß rührte, und da er nun glaubte, er habe diesen totgeschlagen, raffte er in aller Eile seinen Kittel bis zum Gürtel auf und machte sich hurtig wie ein Gemsbock über das Gefilde von dannen.

Inzwischen waren alle übrigen aus Don Quijotes Gesellschaft zu der Stelle gekommen, wo er lag. Aber die Leute von der Bußfahrt, die sahen, wie all die Herren dort und dabei die Landreiter mit ihren Armbrüsten herzueilten, gerieten in Furcht vor einem schlimmen Ausgang der Sache, drängten sich insgesamt im Kreis um das Bild her, schlugen ihre Kapuzen über den Kopf und faßten ihre Geißeln fest in die Fäuste. Desgleichen taten auch die Geistlichen mit ihren Altarleuchtern, und so erwarteten sie den Ansturm, mutig entschlossen zu Schutz und womöglich auch zu Trutz gegen die Angreifer.

Allein das Glück fügte es besser, als man dachte; denn Sancho tat nichts weiter, als daß er sich über den Körper seines Herrn warf und, im Glauben, er sei wirklich tot, über ihn die schmerzlichste und zugleich lächerlichste Klage erhob, die sich denken läßt.

Der Pfarrer ward von einem andern Pfarrer erkannt, der mit bei der Bußfahrt war, und diese Bekanntschaft beschwichtigte die Besorgnis im Gemüte beider Geschwader. Der erste Pfarrer erklärte dem zweiten mit ein paar Worten, wer Don Quijote sei, und der ganze Haufe der Bußfahrer kam herbei, um zu sehen, ob der arme Ritter tot sei. Da hörten sie, wie Sancho Pansa mit Tränen in den Augen sprach: „O du Blume des Rittertums, der du mit einem einzigen Knüppelhieb die Bahn deiner so trefflich verwendeten Jahre abgeschlossen! O du Preis deines Geschlechtes, Ehre und Ruhm der ganzen Mancha, ja der ganzen Welt, welche nun, da du ihr gebrichst, voller Übeltäter bleiben wird, die da nicht mehr fürchten müssen, für ihre Missetaten gezüchtigt zu werden! O du, freigebig über alle Alexanders hinaus, sintemal du mir für nicht mehr als acht Monde Dienstes die beste Insul gegeben hattest, die das Meer umgürtet und umfleußt! O du, demütig gegen die Hochmütigen und stolz gegen die Demütigen, trotzbietend den Gefahren, Erdulder feindlichen Schimpfes, verliebt ohne allen Grund, Nachahmer der Guten, Geißel der Bösen, Feind der Schlechten; in einem Wort, fahrender Ritter! Was alles enthält, was sich sagen läßt!"

Von Sanchos Schreien und Ächzen lebte Don Quijote wieder auf, und das erste Wort, das er sprach, war dieses: „Wer ferne von Euch lebt, süßeste Dulcinea, ist noch größerem Elend als diesem preisgegeben. Hilf mir, Freund Sancho, mich auf den verzauberten Karren zu setzen, denn ich bin nicht mehr imstande, Rosinantes Sattel zu belasten, sintemal mir diese ganze Schulter zu Stücken zerschlagen ist."

„Das will ich sehr gerne tun, Herre mein", antwortete Sancho, „und laßt uns in unser Dorf heimkehren, in Gesellschaft dieser Herren, die Euer Bestes wollen; und dort wollen wir Anstalt zu einer neuen Ausfahrt treffen, die uns zu größerem Vorteil und Ruhm gereichen soll."

„Wohlgesprochen, Sancho", entgegnete Don Quijote, „und es

wird sehr klug sein, den übeln Einfluß der Gestirne, der jetzt waltet, vorübergehen zu lassen."

Der Domherr, der Pfarrer und der Barbier erklärten ihm, er würde sehr gut daran tun, so zu handeln, wie er gesagt; und höchlich belustigt von Sanchos einfältigen Redensarten setzten sie Don Quijote auf den Karren, darauf er vorher gefahren war. Die Bußfahrt wurde wieder in die rechte Ordnung gebracht und setzte ihren Weg fort; der Ziegenhirt verabschiedete sich von allen; die Landreiter wollten nicht weiter mitziehen, und der Pfarrer zahlte ihnen, was man ihnen schuldig war. Der Domherr bat den Pfarrer, ihn zu benachrichtigen, wie es mit Don Quijote erginge, ob er von seiner Narrheit genesen oder ob er auch fernerhin bei ihr beharren werde; und hiermit nahm er Urlaub, um seine Reise weiter zu verfolgen. Kurz, alle trennten sich und schieden voneinander; es blieb niemand als nur der Pfarrer und der Barbier, Don Quijote und Pansa und der gute Kerl von Rosinante, der bei allem, was er erlebt hatte, ebensoviel Geduld bewahrte wie sein Herr.

Der Ochsenkärrner spannte seine Ochsen ein, machte Don Quijote auf einer Schicht Heu ein Lager zurecht, und langsam und gelassen, wie gewohnt, verfolgte er den Weg, den der Pfarrer vorschrieb; und nach Verfluß von sechs Tagen kamen sie in Don Quijotes Dorf, wo sie um Mittag einzogen. Es war gerade Sonntag, und die Einwohner standen alle auf dem Marktplatz umher, über den Don Quijotes Karren mitten darüberfuhr. Alle liefen herbei und wollten sehen, was auf dem Karren war, und als sie ihren Landsmann erkannten, waren sie höchlich verwundert; und ein Junge lief eilends hin, um seiner Haushälterin und seiner Nichte anzusagen, daß ihr Oheim und Herr ankomme, abgemagert und bleich und auf einem Heubündel ausgestreckt und auf einem Ochsenkarren. Es war ein Jammer, zu hören, wie die zwei guten Frauenzimmer ein Geschrei erhoben, sich vor den Kopf schlugen und wiederum Verwünschungen gegen die verwünschten Ritterbücher ausstießen. Und das alles fing aufs neue an, als sie Don Quijote ins Tor seines Hauses einfahren sahen.

Auf die Nachricht von seiner Ankunft eilte auch Sancho Pansas Frau herbei, die längst erfahren hatte, ihr Mann sei mit dem Ritter als dessen Schildknappe fortgezogen; und als sie Sancho erblickte, war das erste, was sie fragte, ob es dem Esel wohlgehe. Sancho antwortete, es gehe ihm besser als seinem Herrn.

„Gott sei Lob und Dank", sprach sie dagegen, „daß er mir diese Gnade erwiesen hat! Aber erzählet mir nun, mein Lieber, was für einen Gewinn habt Ihr aus Eurer Schildknapperei gezogen? Was für einen neuen Rock bringt Ihr mir mit? Was für Schühchen für Eure Kinder?"

„Nichts dergleichen bring ich mit, mein Weib", versetzte Sancho, „wiewohl ich andere Sachen von größerer Wichtigkeit und Bedeutung mitbringe."

„Das soll mir recht sein", entgegnete die Frau; „zeigt mir doch diese Sachen von größerer Bedeutung und Wichtigkeit, denn ich brenne darauf, sie zu sehen, damit ich darob mein Herz erheitere, das alle die Jahrhunderte Eurer Abwesenheit hindurch traurig und mißvergnügt war."

„Zu Hause will ich sie Euch zeigen, Frau", sprach Pansa, „und für jetzt seid vergnügt, denn wenn es Gott beliebt, daß wir noch einmal auf die Suche nach Abenteuern ausziehen, werdet Ihr mich bald als Grafen sehen oder als Statthalter einer Insul, und zwar nicht einer solchen Insul, wie sie da und dort herumliegen, sondern der allerbesten, die zu finden ist."

„Das gebe Gott, lieber Mann, denn wir haben's wahrlich nötig. Aber sagt mir doch, was ist das mit den Insuln? Ich verstehe es nicht."

„Der Honig ist nicht da für Esels Maul", antwortete Sancho; „seiner Zeit wirst du es schon erleben, Frau; ja du wirst dich wundern, wenn du hörst, wie dich all deine Vasallen mit Euer Herrlichkeit anreden."

„Was sagst du, Sancho, von Herrlichkeiten, Insuln und Vasallen?" entgegnete Hanne Pansa; denn so hieß Sanchos Frau, nicht als ob sie Blutsverwandte gewesen wären, sondern weil es in der Mancha bräuchlich ist, daß die Frau den Familiennamen des Mannes annimmt.

„Steife dich doch nicht darauf, Hanne, daß du alles so eilig erfahren mußt; genug, daß ich dir die Wahrheit sage, und jetzt nähe dir den Mund zu. Ich kann dir nur so im Vorübergehen sagen, es gibt nichts Vergnüglicheres auf Erden, als wenn man ein angesehener Mann und Schildknappe eines fahrenden Ritters ist, der auf Abenteuer auszieht. Zwar gehen sie meistens nicht so nach Wunsch aus, wie man eben möchte, denn von hundert, auf die man stößt, pflegen neunundneunzig verkehrt und schief zu gehen. Ich weiß das aus Erfahrung, denn aus etlichen bin ich gewippt und aus anderen zerbleut davongekommen. Aber trotz alledem ist es prächtig, wenn man die Gegebenheiten an sich herankommen läßt und dabei Waldgebirge durchwandert, Forsten durchsucht, Felsen besteigt, Burgen besucht, in Schenken frei nach Belieben herbergt, und der Pfennig, den man da bezahlt, den soll der Teufel holen!"

Diese ganze Unterhaltung fand zwischen Sancho Pansa und Hanne Pansa, seiner Frau, statt, während die Haushälterin und Nichte Don Quijotes diesen empfingen und auszogen und ihn auf sein altväterliches Bett streckten. Er betrachtete sie mit verdrehten Augen und konnte es nicht fassen, an welchem Ort er sich befinde. Der Pfarrer trug der Nichte auf, die möglichste Sorge auf die Verpflegung ihres Oheims zu wenden und aufzupassen, daß er ihnen nicht nochmals entkomme; wobei er ihnen erzählte, was alles vonnöten gewesen, um ihn nach Hause zu bringen. Nun erhob sich aufs neue das Jammergeschrei der beiden gen Himmel; nun erklangen die Verwünschungen gegen die Ritterbücher von neuem; nun flehten sie zum Himmel, er wolle die Schreiber so vieler Lügen und Ungereimtheiten zum tiefsten Abgrund der Hölle verdammen. Und zum Ende wurden sie von größter Bestürzung und Angst ergriffen, sich von ihrem Herrn und Oheim wieder verlassen zu sehen, sobald er einige Besserung verspüren werde. Und in der Tat geschah es so, wie sie es sich vorstellten.

Allein der Verfasser dieser Geschichte, wiewohl er achtsam und beflissen den Taten nachspürte, die Don Quijote bei seiner dritten Ausfahrt vollbracht, konnte von derselben keine Nachricht auffinden, wenigstens nicht in beglaubigten Aufzeichnungen. Nur das Gerücht hat in den Erinnerungen der Mancha den Umstand aufbewahrt, daß Don Quijote, als er zum drittenmal von daheim auszog, sich nach Zaragoza verfügte und sich dort bei einem großen Turnier einfand, welches in jener Stadt abgehalten wurde, und daß dort sich manches zutrug, was seinem Heldensinn und seinem verständigen Geiste in würdiger Weise entsprach.

Auch über sein Ende und Hinscheiden hat der Verfasser keine Nachricht erlangen können und hätte nie eine erlangt noch etwas darüber erfahren, wenn nicht ein glücklicher Zufall ihm einen alten Arzt zugeführt hätte, der eine bleierne Kiste im Besitz hatte, welche nach seiner Angabe sich in den zerfallenen Grundmauern einer alten, in der Wiederherstellung begriffenen Einsiedelei gefunden habe. In dieser Kiste hatte man Pergamentrollen entdeckt, ganz beschrieben mit gotischen Buchstaben. Es waren jedoch kastilianische Verse, und diese schilderten viele von Don Quijotes Heldentaten und gaben Bericht über die Schönheit der Dulcinea von Toboso, über Rosinantes Gestalt und Aussehen, über Sancho Pansas Treue und über das Grab Don

Quijotes selbst, mit verschiedenen Grabschriften und Lobgedichten auf sein Leben und Treiben. Diejenigen Verse, die es möglich war zu lesen und ins reine zu schreiben, sind die folgenden, die der glaubwürdige Verfasser dieser ganz neuen und nie erhörten Geschichte hierhersetzt.

Besagter Verfasser aber, zum Lohn der unermeßlichen Arbeit, die es ihn gekostet, alle geheimen Urkundengewölbe der Mancha zu untersuchen und zu durchforschen, um sotane Geschichten ans Licht zu ziehen, bittet die Leser um nichts weiter, als daß sie ihm dieselbe Glaubwürdigkeit zuerkennen wie alle verständigen Leute den Ritterbüchern, die in der Welt allgemein so hohe Gunst genießen. Damit wird er sich für wohlbelohnt und zufriedengestellt erachten und sich ermutigt fühlen, noch andere Geschichten aufzusuchen und ans Licht zu ziehen, die, wenn auch nicht so wahr, wenigstens ebenso reich an Erfindungsgabe sein und ebensoviel Zeitvertreib bieten sollen.

Die ersten Worte, die auf dem in der bleiernen Kiste gefundenen Pergament geschrieben standen, waren diese:

DIE AKADEMIKER VON ARGAMASILLA,
EINEM ORTE IN DER MANCHA,
AUF LEBEN UND TOD DES
MANNHAFTEN DON QUIJOTE VON DER MANCHA

HOC SCRIPSERUNT

*Der Schwarzaffe, Akademiker zu Argamasilla,
auf die Grabstätte Don Quijotes*

GRABSCHRIFT

Der hohle Fratz, der mehr mit Siegeszeichen,
Als Jason Kreta einst, die Mancha schmückte;
Der seltne Geist, der kluge, der verrückte,
Schier einer Wetterfahne zu vergleichen;

Der Arm, der von Gaeta zu den Reichen
Katais' den Schild trug und das Schlachtschwert zückte;
Der tollste Musenzögling, dem's je glückte,
Auf Erze seinen Ruhm herauszustreichen;

Der weit ließ hinter sich die Amadíse;
Dem, weil er nur für Lieb und Ruhm entbrannte,
In Galaor verhaßt war das Gemeine;

Vor dem verstummten selbst die Belianíse:
Der Held, der irrend ritt auf Rosinante,
Der liegt hier unter diesem kalten Steine.

Vom Tellerlecker, Akademiker zu Argamasilla, in laudem der Dulcinea von Toboso

SONETT

Seht hier, das Antlitz ganz in Fett verschwommen,
Läßt sich hochbrüstig, feurig von Gebaren,
Tobosos Königin Dulcinee gewahren,
Für die der Held Quijote in Lieb entglommen.

Für sie hat er das Schwarzgebirg erklommen
Nordwärts und südwärts, trieb den Feind zu Paaren
Im Feld von Montiel, zog in Gefahren
Bis Aranjuez, zu Fuß und schier verkommen

Durch Rosinantes Schuld. O Schicksal, bitter
Strafst du die Mancha-Königin und diesen
Fahrenden Ritter! Denn in jungen Jahren

Starb mit ihr ihre Schönheit, und der Ritter,
Obschon auf Marmor ewiglich gepriesen,
Nie konnt er sich vor Lieb und Täuschung wahren.

Vom Grillenfänger, dem höchst geistvollen Akademiker zu Argamasilla, zum Preise Rosinantes, Schlachtrosses des Helden Don Quijote von der Mancha

SONETT

Am Thron von Demant, wo auf blutig heißen
Fußspuren Mars, der wilde, siegreich waltet,
Hat der Manchaner Held tollkühn entfaltet
Sein Banner, läßt es stolz im Winde kreisen.

Da hängt er auf die Rüstung und das Eisen,
Das scharfe, das zerstückt, zerstört, zerspaltet:
Großtaten neuer Art! Doch Kunst gestaltet
Dem neuen Paladin auch neue Weisen.

Ruht Galliens Ruhm auf seinem größten Sohne,
Dem Amadís, durch dessen Enkelkinder
Der Griechen Lande sich mit Ruhm bedecken –

Quijoten reicht Bellonas Hof die Krone
Anitzt; die Mancha rühmt sich sein nicht minder
Als Griechenland und Gallien ihrer Recken.

Des Ruhm wird nie Vergessenheit beflecken,
Da Rosinante schon, der wenig wagte,
Den Brillador und Bayard überragte.

*Vom Spötter, Argamasillanischen Akademiker,
auf Sancho Pansa*

SONETT

Schaut Sancho Pansa hier, der Knappen Krone,
An Körper klein, doch Wunder! groß an Geiste;
Ein Knappe frei von Witz, der allerfreiste
Von jedem Falsch, ich schwör's beim höchsten Throne.

Fast wär er Graf geworden, 's war nicht ohne,
Wenn sich nicht gegen ihn verschwur die feiste
Gemeinheit und die Ränkesucht, die dreiste,
Zu boshaft, daß sie nur ein Eslein schone!

Auf diesem Tier zog, mit Verlaub zu sagen,
Der gute Knappe hinter jenem guten
Gaul Rosinante her und seinem Reiter.

O leere Hoffnungen, die Frucht nie tragen!
Ihr flieht vorüber, wo wir gerne ruhten,
Und werdet Schatten, Träume, Rauch – nichts weiter!

*Vom Teufelsfratz, Akademiker zu Argamasilla,
auf Don Quijotes Grabstätte*

GRABSCHRIFT

Hier tät man zur Ruhe legen
Einen Ritter wohlzerschlagen,
Übelfahrend, den getragen
Rosinant' auf manchen Wegen.

> Sancho Pansa liegt daneben,
> Dumm von Geist, grob von Gebärden,
> Doch der Treuste, den's auf Erden
> Je im Knappendienst gegeben.

*Vom Kunterbunt, Akademiker zu Argamasilla,
auf das Grab Dulcineas von Toboso*

GRABSCHRIFT

> Hier ruht Dulcinea; loben
> Mußte man die drallen Glieder;
> Und doch warf der Tod sie nieder,
> Daß zu Asche sie zerstoben.
>
> Sie, von christlich reinem Stamme,
> Tat, als ob sie adlig wäre;
> Sie war Held Quijotes Flamme
> Und des Dorfes Stolz und Ehre.

Dies waren die Verse, die noch zu lesen waren; die übrigen übergab man, weil die Schrift von Würmern zerfressen war, einem Akademiker, damit er sie mittels seiner gelahrten Konjekturen entziffern möchte. Man hat Kunde davon, daß er es mit Hilfe vieler durchwachter Nächte und großer Mühsal vollbracht hat und daß er beabsichtigt, in Hoffnung einer dritten Ausfahrt Don Quijotes sie ans Licht zu ziehen.

Forse altri canterà con miglior plettro.

ZWEITES BUCH

VORREDE

Hilf Himmel, wie begierig mußt du jetzt, erlauchter oder meinetwegen nicht erlauchter Leser, diesen Prolog erwarten! Da du glaubst, du werdest darin Rachetaten, Scheltworte und Schmähungen gegen den Verfasser des zweiten Don Quijote finden, ich meine jenes Don Quijote, der, wie man angibt, in Tordesillas erzeugt und in Tarragona geboren worden. Indessen, wahrlich, ich will dir dies Vergnügen nicht machen; denn wiewohl Beleidigungen auch in den demütigsten Herzen Zorn erwecken, soll in dem meinigen diese Regel eine Ausnahme erleiden. Du möchtest wohl, daß ich ihn mit Beinamen wie Esel, verrückter Kerl, frecher Bursch belegte; aber das kommt mir nicht in den Sinn. Mag seine Sünde über sein eigen Haupt kommen; mag er ausessen, was er sich eingebrockt; mag es ihm bekommen, wie er's verdient. Was ich jedoch nicht umhinkonnte als Kränkung zu empfinden, ist, daß er mich ob meines Alters und meiner verstümmelten Hand schmäht, als ob es in meiner Macht gelegen hätte, die Zeit zurückzuhalten, daß sie nicht über mich hinwegschreite, und als ob meine Verstümmelung mir in irgendwelcher Kneipe zugekommen wäre und nicht vielmehr bei dem erhabensten Begebnis, welches die vergangenen und die jetzigen Zeiten erlebt haben und die künftigen jemals hoffen können zu erleben. Wenn auch meine Wunden nicht dem in die Augen glänzen, der sie anschaut, so haben sie wenigstens in der Achtung dessen ihren Wert, der da weiß, wo sie mir geschlagen wurden; denn einen schöneren Anblick bietet der Soldat, der in der Schlacht gefallen, als der Freiheit gewinnt auf der Flucht. Und diese Denkart steht so fest in mir, daß, wenn man mir heute das Unmögliche vorschlüge und möglich machte, ich dennoch vorzöge, an jener wunderherrlichen Waffentat teilgenommen zu haben, als jetzt ohne Wunden zu sein und nicht daran teilgenommen zu haben. Die Wunden, die der Soldat im Antlitz und auf der Brust zeigt, sind Sterne, die alle andern zur Himmelshöhe der Ehre und zum Erstreben gerechten Ruhms leiten; auch ist zu erwägen, daß man nicht mit den grauen Haaren, sondern mit dem Geiste schreibt, der mit den Jahren zu reifen pflegt.

Es hat mich auch dies gekränkt, daß er mich neidisch nennt und mir, als ob ich es nicht wüßte, auseinandersetzt, woher der Neid entstehe; während ich in Wirklichkeit von den zweierlei Arten des Neides, die es gibt, nur den reinen, edlen und das Gute erstrebenden kenne. Und wenn dem so ist – und es ist wahrlich nicht anders –, so bin ich auch nicht der Mann, irgendeinen Priester zu verfolgen, zumal wenn er zu dieser Eigenschaft noch die eines Familiars der heiligen Inquisition als Beigabe besitzt; und wenn jener es in bezug auf den Mann gesagt hat, den er dabei gemeint zu haben scheint, so irrt er ganz und gar, denn ich verehre tief dieses Mannes Geist, bewundre seine Werke und seine unaufhörliche und tugendsame Tätigkeit.

Indessen bin ich dem Herrn Verfasser dankbar für seinen Ausspruch, daß meine Novellen mehr satirisch als lehrreich, aber dennoch gut sind; und sie könnten das nicht sein, wenn sie nicht von beiden Eigenschaften etwas hätten.

Mich deucht, o Leser, du sagst mir, daß ich mich hier in zu engen Schranken bewege und mich zu sehr innerhalb der Grenzen meiner Bescheidenheit halte, weil ich weiß, daß man dem Betrübten nicht noch mehr Betrübnis schaffen darf; und der betrübte Zustand dieses Herrn muß allerdings sehr arg sein, da er nicht wagt, auf offener Kampfesbahn und bei hellem Tag hervorzutreten, vielmehr seinen Namen verbirgt und sich eine erdichtete Heimat beilegt, als habe er hochverräterisch eine Majestätsbeleidigung begangen. Solltest du einmal zufällig erfahren, wer er ist, so sage ihm in meinem Namen, daß ich mich keineswegs für beleidigt halte, da ich wohl weiß, was Versuchungen des Teufels sind, und weiß, daß es eine der schwersten ist, wenn er einem Manne in den Kopf setzt, daß er imstande sei, ein Buch zu schreiben und drucken zu lassen, mit dem er soviel Ruhm wie Geld und soviel Geld wie Ruhm gewinnen könne. Und zum Beweis dafür wünsche ich, daß du mit deiner heitern Laune und anmutigen Art ihm folgende Geschichte erzählst:

Es war einmal in Sevilla ein Narr, der verfiel auf die drolligste Ungereimtheit und seltsamste Grille, auf die je ein Narr verfallen. Er höhlte sich nämlich ein Rohr aus, das er am einen Ende zuspitzte, und wenn er auf der Straße oder sonstwo eines Hundes habhaft werden konnte, unterschlug er ihm ein Hinterbein mit seinem Fuß, hob ihm das andre mit der Hand in die Höhe, steckte, so gut es ging, sein ausgehöhltes Rohr in einen gewissen Ort und blies hinein, daß er ihm den Bauch rund anschwellte wie einen Lederball; und nachdem er ihn so zugerichtet, schlug er ihm ein paarmal mit der flachen Hand auf den Wanst, ließ ihn dann laufen und sagte zu den Umstehenden – deren immer viele waren –: »Meint ihr Herren jetzt noch, es koste wenig Mühe, einem Hund den Bauch aufzublasen?« Meint Ihr, werter Herr, etwa jetzt noch, es koste wenig Mühe, ein Buch zu verfassen?

Und wenn ihm diese Geschichte nicht angemessen erscheint, erzähle ihm, wertester Leser, die folgende, die ebenfalls von einem Hund und einem Narren handelt.

Es war einmal in Córdoba auch ein Narr, der hatte die Gewohnheit, ein Stück von einer Marmorplatte oder einen andern nicht gar leichten Stein auf dem Kopfe zu tragen, und wenn er einen Hund antraf, der nicht auf der Hut war, so trat er dicht an ihn heran und ließ die Ladung unversehens auf ihn herabfallen. Der Hund wurde wie toll, lief unter Bellen und Heulen davon und stand nicht eher still, bis er ein Dutzend Gassen hinter sich hatte. Es geschah nun einmal, daß unter den Hunden, auf die er seine Traglast fallen ließ, einer der Hund eines Mützenmachers war, auf den sein Herr sehr viel hielt. Der Stein fiel herab und traf ihn auf den Kopf, der schwer getroffene Hund erhob sein Geheul, sein Herr sah es und nahm es übel; er ergriff eine Elle, sprang auf den Narren los und ließ ihm keinen gesunden Knochen am Leibe, und bei jedem Schlag, den er ihm versetzte, schrie er: »Ha, du spitzbübischer Hund! Du wirfst meinen Jagdhund? Hast du bösartiger Kerl nicht gesehen, daß es ein Jagdhund ist?« Und unter hundertmaliger Wiederholung des Wortes Jagdhund ließ er den schier zu Pulver zerklopften Narren laufen. Der Narr führte sich die Lehre zu Gemüt, ging heim und wagte sich länger als einen Monat nicht hinaus. Nach Verfluß dieser Zeit kam er wieder mit seinem Kunststück und einer noch größeren Ladung, näherte sich dem Hunde, sah ihn scharf und unverwandten Auges an, und ohne daß er Lust hatte oder sich erkühnte, den Stein fallen zu lassen, rief er: »Das ist ein Jagdhund! Da muß ich mich in acht nehmen.« Und in der Tat, jeden Hund, der ihm begegnete, ob es nun eine Dogge oder ein Schoßhund war, den nannte er einen Jagdhund, und so ließ er seinen Stein nicht mehr fallen.

Vielleicht kann es jenem Romanschreiber ebenso gehen, daß er sich nicht wieder erdreistet, das von seinem Genius Erbeutete in Büchern auf das Publikum niederfallen zu lassen, welche, wenn schlecht, noch härter sind als Felssteine.

Sag ihm auch, daß seine Drohung, mir durch sein Buch allen Gewinst wegzunehmen, mich nicht einen Deut kümmert; denn ganz nach dem Vorbild des berühmten Zwischenspiels von der *Perendenga* sage ich: Solange mir nur mein gnädiger Herr, der Ratsherr, am Leben bleibt, für die andern alle sorgt unser Herr Jesus. So möge langes Leben haben der große Graf von Lemos, dessen christlicher Sinn, allbekannte Wohltätigkeit und Freigebigkeit mich gegen alle Schläge meines widerwärtigen Geschicks aufrechthält! Und lange lebe die hohe Milde des Hochwürdigsten von Toledo, Don Bernardo de Sandoval y Rojas. Und wenn es auch gar keine Druckereien in der Welt gäbe oder wenn man auch gegen mich mehr Bücher druckte, als die Strophen vom *Mingo Revulgo* Buchstaben haben! Diese beiden fürstlichen Herren, ohne daß ich mit Schmeichelei oder sonst irgendeiner Art von Lobeserhebung sie umworben, haben es lediglich aus eigener Güte sich angelegen sein lassen, mir Gunst und Hilfe zu gewähren, und damit erachte ich mich für höher beglückt und für reicher, als wenn das Glück mich auf gewöhnlichem Wege zu seinem höchsten Gipfel erhoben hätte.

Ehre kann auch der Arme besitzen, aber nicht der Lasterhafte; Armut kann den Adel umwölken, aber ihn nicht gänzlich verdunkeln. Jedoch wenn nur die Tugend etwas Licht von sich gibt, sei es auch durch die Engnisse und schmalen Ritzen der Armut hindurch, so wird sie doch zuletzt von erhabenen und edlen Geistern geschätzt und hilfreich begünstigt.

Weiter sollst du ihm nichts sagen, und auch ich will dir nichts weiter sagen, sondern dich nur erinnern, wohl im Auge zu behalten, daß dieser zweite Teil des Don Quijote, den ich dir hier überreiche, durch den nämlichen Werkmeister und von dem nämlichen Stoff zugeschnitten ist wie der erste und daß ich dir darin den Don Quijote in seinem weiteren Lebenslaufe und zuletzt gestorben und begraben darbiete, auf daß niemand sich erdreiste, abermals über ihn falsch Zeugnis abzulegen, da es an dem bisher abgelegten schon genug ist. Und es ist auch schon genug, daß ein ehrlicher Mann einmal Bericht von diesen verständigen Narreteien erstattet hat, so daß man sich nicht noch einmal damit befassen soll; denn das Allzuviel, sei es auch an Gutem, bewirkt, daß man das Gute nichts wert hält, und das Allzuwenig, sei es auch an Schlechtem, hat immer einigen Wert bei den Leuten.

1. Kapitel

Wie sich der Pfarrer und der Barbier mit Don Quijote über dessen geistige Krankheit besprachen

Es erzählt Sidi Hamét Benengelí im zweiten Teil dieser Geschichte, welcher die dritte Ausfahrt Don Quijotes enthält, daß der Pfarrer und der Barbier beinah einen Monat hingehen ließen, ohne ihn zu sehen, weil sie es vermeiden wollten, ihm die früheren Vorgänge aufzufrischen und ins Gedächtnis zurückzubringen. Allein sie unterließen darum nicht, seine Nichte und seine Haushälterin zu besuchen, und empfahlen diesen, auf seine sorgfältige Pflege wohl bedacht zu sein und ihm alles zu essen zu geben, was für Herz und Kopf stärkend und zuträglich sei, da aus diesen beiden, gründlicher Erwägung nach, sein ganzes Unglück gekommen. Sie versicherten, daß sie so täten und es auch fernerhin mit möglichster Bereitwilligkeit und Sorgfalt tun würden; denn sie sähen wohl, daß ihr Herr in einzelnen Augenblicken Beweise gebe, daß er bei vollem Verstande sei. Darob waren die beiden hocherfreut, da sie nunmehr sicher glaubten, das Richtige getroffen zu haben, als sie ihn verzaubert auf dem Ochsenkarren heimbrachten, wie dies im ersten Teile dieser ebenso großartigen wie höchst gründlichen Geschichte in dessen letztem Kapitel berichtet worden. So beschlossen sie denn, ihn zu besuchen und seine Besserung einer Probe zu unterwerfen, obschon sie dieselbe für beinahe unmöglich hielten; sie kamen überein, nicht das geringste von fahrender Ritterschaft verlauten zu lassen, damit seine Wunde, die kaum vernarbt war, nicht wieder aufgerissen würde.

Sie besuchten ihn also und fanden ihn im Bette sitzend, angetan mit einem Wämschen von grünem Flanell nebst einer roten Toledaner Mütze, so dürr und ausgetrocknet, daß er nicht anders aussah, als wenn er zur Mumie geworden wäre. Sie wurden von ihm sehr freundlich aufgenommen, erkundigten sich nach seiner

Gesundheit, und er berichtete über diese und über sich mit klarem Verstand und in den gewähltesten Ausdrücken. Im Verlauf der Unterhaltung kamen sie auf jene Dinge zu sprechen, die man Politik und Regierungsformen nennt, wobei sie den einen Mißbrauch verbesserten und den andern gänzlich verurteilten, eine Sitte umgestalteten und eine andre aus dem Lande verbannten und jeder von den dreien einen neuen Gesetzgeber, einen zeitgemäßen Lykurg, einen neugebackenen Solon spielte. Und dergestalt schufen sie das Gemeinwesen um, daß es geradeso aussah, als hätten sie es in ein Schmiedefeuer gelegt und es in ganz anderm Zustand als vorher wieder herausgeholt. Don Quijote sprach so vernünftig über alle Gegenstände, die man berührte, daß die beiden Examinatoren es für zweifellos hielten, er sei gänzlich genesen und wieder im vollen Besitz seiner Vernunft.

Nichte und Haushälterin waren bei der Unterhaltung zugegen und wurden es nicht müde, Gott dafür zu danken, daß sie ihren Herrn wieder bei so gutem Verstande sahen. Allein der Pfarrer änderte jetzt seinen ersten Vorsatz, nämlich nicht das geringste von fahrender Ritterschaft vor ihm zu berühren, und wollte die Probe vollständig machen, ob Don Quijotes Genesung scheinbar oder echt sei; und so kam er, indem ein Wort das andre gab, allmählich auf verschiedene Neuigkeiten aus der Residenz zu sprechen und erzählte unter andrem, man halte für gewiß, daß der Türke mit einer gewaltigen Flotte gen Westen heranziehe; es wisse niemand, was seine Absichten seien noch wo ein so schweres Unwetter sich entladen werde; und angesichts dieser Besorgnis, mit welcher er uns schier jedes Jahr unter die Waffen rufe, halte die ganze Christenheit ihre Augen auf seine Flotte gerichtet und Seine Majestät habe die Küsten von Neapel und Sizilien und die Insel Malta in Verteidigungsstand setzen lassen.

Darauf versetzte Don Quijote: „Seine Majestät hat als ein einsichtsvoller Kriegsherr gehandelt, indem er seine Staaten rechtzeitig in Verteidigungsstand gesetzt hat, damit der Feind ihn nicht unvorbereitet finde; aber wenn man mich um Rat anginge, so würde ich dem Könige anraten, sich einer Maßregel zu bedienen, an welche zu denken Seiner Majestät bis zur gegenwärtigen Stunde wohl sehr fern gelegen hat."

Kaum hörte dies der Pfarrer, als er bei sich selber sagte: Gott halte seine Hand über dir, armer Don Quijote, denn ich fürchte, du stürzest vom hohen Gipfel deiner Narrheit bis in den tiefsten Abgrund deiner Einfalt herab.

Der Barbier indessen, der schon auf denselben Gedanken gekommen war wie der Pfarrer, fragte Don Quijote, welches denn die vorgeschlagene Maßregel sei, die er für so sachdienlich erkläre; vielleicht sei sie derart, daß man sie auf die Liste der zahlreichen zweckwidrigen Vorschläge setzen müsse, mit denen die Fürsten häufig behelligt würden.

„Mein Vorschlag, Herr Bartkratzer", sprach Don Quijote, „wird nicht zweckwidrig sein, sondern ganz zweckmäßig."

„Ich habe es nicht so gemeint", entgegnete der Barbier, „sondern weil die Erfahrung gezeigt hat, daß die Ratschläge, die man Seiner Majestät erteilt, alle oder doch in ihrer großen Mehrzahl entweder unausführbar oder ungereimt sind oder dem König oder dem Königreich zum Nachteil gereichen würden."

„Der meinige aber", versetzte Don Quijote, „ist weder unausführbar noch ungereimt, sondern der am leichtesten ausführbare, der angemessenste, der bequemste und rascheste, der nur immer einem erfinderischen Kopf einfallen kann."

„Dann, Señor Don Quijote, zögert Ihr schon zu lang, ihn mitzuteilen", sprach der Pfarrer.

„Es würde meinem Wunsche nicht entsprechen", erwiderte Don Quijote, „wenn ich ihn heut hier mitteilte und er morgen in der Frühe den Herren Geheimräten zu Ohren käme und ein anderer den Dank und Lohn für meine Arbeit davontrüge."

„Was mich betrifft", sprach der Barbier dagegen, „vor der Welt sowie vor Gottes Antlitz geb ich das Versprechen: Was zu sagen Euch gelüstet, sag ich keinem wieder, Herre, weder König, weder Bauer noch sonst einem Erdenmenschen; ein Eidschwur, den ich aus der ‚Romanze vom Pfarrer' gelernt habe, welcher in der Einleitung des Gedichtes dem Könige den Dieb anzeigte, der ihm die hundert Dublonen und seinen Maulesel, den Schnelltraber, gestohlen hatte."

„Ich kenne derlei Geschichten nicht", versetzte Don Quijote, „aber ich weiß, daß dieser Eidschwur gilt, sintemal ich weiß, daß der Herr Barbier ein braver Mann ist."

„Wenn er es auch nicht wäre", sprach der Pfarrer, „so bürge ich für ihn und stehe dafür ein, daß er über diese Sache nicht mehr reden soll als ein Stummer unter Androhung einer Geldbuße gemäß Urteil und Erkenntnis."

„Und wer wird für Euer Gnaden bürgen, Herr Pfarrer?" fragte Don Quijote.

„Mein geistliches Amt", antwortete der Pfarrer, „mit dem die Schweigepflicht verbunden ist."

„Nun, bei Christi Leichnam!" sprach Don Quijote jetzt, „was

braucht es weiter, als daß Seine Majestät durch öffentlichen Aufruf verordne, es sollen auf einen bestimmten Tag alle fahrenden Ritter, die durch Spanien streifen, in der Residenz zusammenkommen? Denn wenn ihrer auch nur ein halb Dutzend kämen, so könnte einer unter ihnen sein, der allein schon genügen würde, die ganze Macht des Türken zu vernichten. Schenkt mir eure Aufmerksamkeit und folgt meiner Darlegung: ist es vielleicht etwas Neues, daß ein einziger fahrender Ritter ein Heer von zweimalhunderttausend Mann in Stücke haut, als ob alle zusammen nur einen einzigen Hals hätten oder aus Zuckerteig geformt wären? Oder sagt mir doch: wie viele Geschichten sind nicht voll solcher Wundertaten? Es sollte nur – wenn es auch mir zum argen Nachteil wäre, ob anderen, will ich unberührt lassen –, es sollte nur heutzutage der weitberufene Don Belianís leben oder einer aus dem zahllosen Geschlechte des Amadís von Gallien! Denn wenn einer von diesen am Leben wäre und sich dem Türken gegenüberstellte, dann möchte ich nicht in der Haut des Türken stecken. Aber Gott wird sich seines Volkes annehmen und wird ihm einen Mann bescheren, der, wenn nicht so gewaltig wie die früheren fahrenden Ritter, ihnen wenigstens an mutigem Sinne nicht nachsteht; und Gott weiß wohl, wie ich's meine, und mehr sag ich nicht."

„O weh!" rief hier die Nichte, „ich will des Todes sein, wenn mein Herr nicht aufs neue ein fahrender Ritter werden will!"

Darauf sagte Don Quijote: „Als fahrender Ritter will ich leben und sterben, und ob der Türke nun herab- oder hinaufzieht, wann immer er es will und mit wie großer Macht er es kann, so sag ich noch einmal, Gott weiß, wie ich es meine."

Hier aber sprach der Barbier: „Ich bitte Euch, meine Herren, daß mir gestattet werde, ein kurzes Geschichtchen zu erzählen, das sich in Sevilla zugetragen hat und das ich Lust habe mitzuteilen, weil es hierher paßt wie angegossen."

Don Quijote gewährte die Erlaubnis, der Pfarrer und die andern hingen aufmerksam an seinen Lippen, und so begann er folgendermaßen:

Im Narrenhause zu Sevilla befand sich ein Mann, den seine Verwandten dahin gebracht hatten, weil er nicht bei Verstande war. Er war zu Osuna zum Grade eines Lizentiaten des Kirchenrechts befördert worden; aber wäre er es auch zu Salamanca geworden, so würde er nach der Meinung der Welt nichtsdestoweniger ein Narr geblieben sein. Dieser besagte Lizentiat kam nach einigen Jahren Einsperrung auf die Meinung, er sei wieder gesunden Geistes und bei vollem Verstande, und in dieser Überzeugung schrieb er an den Erzbischof und bat ihn dringend und mit durchaus verständigen Ausdrücken, er möchte ihn aus dem Elend, in dem er lebe, befreien, da er durch Gottes Erbarmen seinen vollen Verstand bereits wiedererlangt habe, während jedoch seine Verwandten, um auch fernerhin den Genuß seines Vermögens zu haben, ihn dort festhielten und der Wahrheit zum Trotz verlangten, daß er bis zu seinem Tod ein Narr bleibe. Der Erzbischof, durch zahlreiche wohlgesetzte und verständige Briefe endlich bewogen, befahl einem seiner Kapläne, sich bei dem Verwalter des Hauses zu erkundigen, ob auf Wahrheit beruhe, was jener Lizentiat ihm geschrieben, und er solle ebenfalls mit dem Narren sprechen, und wenn dieser nach seiner Ansicht bei Verstande sei, so solle er ihn entlassen und in Freiheit setzen. Der Kaplan tat also, und der Hausverwalter erklärte ihm, der Mann sei noch immer verrückt, denn wiewohl er sehr oft als ein Mensch von großem Verstande rede, so komme er am Ende plötzlich wieder mit Torheiten zum Vorschein, die ebenso groß und zahlreich wie vorher seine verständigen Äußerungen, wovon man sofort die Probe machen könne, wenn man sich mit ihm unterhalte.

Der Kaplan wollte diese Probe anstellen; man brachte ihn zu dem Verrückten, er sprach mit ihm eine Stunde und länger, und während dieser ganzen Zeit sagte der Verrückte nicht ein einziges verkehrtes oder ungereimtes Wort; vielmehr redete er mit solcher Besonnenheit, daß der Kaplan sich zu glauben gezwungen sah, der Narr sei ein durchaus vernünftiger Mensch. Unter anderm äußerte der Verrückte, der Hausverwalter sei ihm übel gesinnt, weil er die Geschenke nicht einbüßen wolle, die seine Verwandten ihm dafür zukommen ließen, daß er angebe, er, der Eingesperrte, sei ein Verrückter mit lichten Augenblicken; und der größte Feind, den er in seinem Unglück habe, sei eben sein Reichtum; denn um diesen zu genießen, gebrauchten sie Hinterlist und Tücke und äußerten Zweifel an der Gnade, die ihm Gott dadurch erwiesen, daß er ihn aus einem vernunftlosen Tier wieder zu einem Menschen umgewandelt habe. Kurz, seine Äußerungen waren derartig, daß er den Hausverwalter als verdächtig, seine Verwandten als habgierig und erbarmungslos und sich als so verständig darzustellen wußte, daß der Kaplan beschloß, ihn mitzunehmen, damit der Erzbischof selbst ihn sähe und die Wahrheit in diesem Handel mit Händen griffe.

In diesem guten Glauben ersuchte der biedere Kaplan den Verwalter, dem Lizentiaten die Kleider wiedergeben zu lassen, die er bei seinem Eintritt in die Anstalt getragen. Der Verwalter bat den Kaplan zu bedenken, was er tue, da der Lizentiat ohne den geringsten Zweifel noch immer verrückt sei. Die Warnungen und Vorstellungen des Verwalters, er möge davon abstehen, den Mann mitzunehmen, blieben aber bei dem Kaplan erfolglos; der Verwalter gehorchte, da er sah, daß es der Befehl des Erzbischofs sei. Man legte ihm seine Kleider an, die neu und anständig waren, und als er den Narren ausgezogen und den vernünftigen Menschen wieder angezogen hatte, bat er den Kaplan, ihm aus christlicher Liebe zu erlauben, von seinen bisherigen Genossen, den Narren, Abschied zu nehmen. Der Kaplan erwiderte, er selbst wolle ihn begleiten und sich die Narren ansehen, die sich im Hause befänden. Sie gingen denn wirklich hinauf und mit ihnen verschiedene Leute, die eben anwesend waren, und als der Lizentiat zu einer Zelle kam, in der sich ein Rasender befand, der aber jetzt still und ruhig war, sprach er zu diesem: „Lieber Freund, überlegt Euch, ob Ihr mir etwas aufzutragen habt, denn ich gehe nach Hause, weil Gott in seiner unendlichen Güte und Barmherzigkeit die Gnade gehabt hat, mir Unwürdigem meinen Verstand wiederzuschenken. Ich bin nun genesen und bei voller Vernunft, denn bei Gottes Allmacht ist kein Ding unmöglich. Setzet auch Ihr alles Hoffen und Vertrauen auf Gott, denn da er mich wieder in meinen früheren Zustand gebracht hat, so wird er auch Euch wieder dazu bringen, wenn Ihr ihm vertraut. Ich werde darauf bedacht sein, Euch etliches Gute zu essen zu schicken, und auf alle Fälle eßt es, denn ich tu Euch zu wissen, ich glaube als einer, der es an sich selbst erlebt hat, alle unsere Torheiten kommen davon her, daß man den Magen leer und das Gehirn voller Wind hat. Fasset Mut, fasset Mut, denn Niedergeschlagenheit im Unglück mindert die Gesundheit und führt den Tod herbei."

All diesen Äußerungen des Lizentiaten hatte ein andrer Narr zugehört, der sich in einer anderen Zelle dem Rasenden gegenüber befand; er erhob sich von der zerschlissenen Schilfmatte, auf der er splitternackt lag, und fragte mit lautem Schreien, wer denn der Mann sei, der da genesen und bei Verstand von dannen gehe.

Der Lizentiat antwortete: „Ich bin's, lieber Freund, der weggeht; denn ich habe es nicht mehr nötig hierzubleiben, wofür ich dem Himmel unendlich danke, der mir eine so große Gnade erwiesen hat."

„Bedenket wohl, was Ihr sagt, Lizentiat, laßt Euch vom Teufel nicht verblenden", entgegnete der Verrückte; „gebietet Eurem Fuße Halt, und bleibt mir hübsch ruhig an Eurer Wohnstätte, dann erspart Ihr Euch das Wiederkommen."

„Ich weiß, daß ich gesund bin", versetzte der Lizentiat; „es wird nicht nötig sein, diesen Leidensweg noch einmal zu gehen."

„Ihr gesund?" sagte der Verrückte; „nun gut, es wird sich zeigen, geht mit Gott; aber ich schwöre Euch bei Jupiter, dessen Majestät ich auf Erden vertrete, um dieser alleinigen Sünde willen, die Sevilla heute dadurch begeht, daß es Euch aus diesem Hause freiläßt und Euch für vernünftig hält, werde ich über die Stadt eine solche Strafe verhängen, daß deren Angedenken währen soll bis in die spätesten Zeiten der spätesten Zeiten, Amen. Weißt du nicht, armseliges Ding von einem Lizentiaten, daß ich das zu tun vermag, da ich, wie ich gesagt, der Donnerer Jupiter bin und in meinen Händen die zündenden Blitze halte, mit denen ich die Welt zu bedräuen und zu zerstören imstande und gewohnt bin? Jedoch ich will diese unverständige Stadt nur mit einer Züchtigung heimsuchen, nämlich ich werde es in ihr und in ihrem ganzen Bezirk und Umkreis nicht regnen lassen, drei ganze Jahre hindurch, welche von dem Tag und Augenblick an, wo ich diese Drohung ausspreche, zu berechnen sind. Du frei, du gesund, du bei Verstand? Und ich ein Narr, und ich geisteskrank, und ich in Banden? Ich will inskünftig nicht mehr regnen lassen, so gewiß als ich mich nicht hängen will."

Das Geschrei und die Äußerungen des Verrückten erregten allgemeine Aufmerksamkeit bei den Umstehenden; aber unser Lizentiat wendete sich zu unserm Kaplan, ergriff ihn bei den Händen und sprach zu ihm: „Seid darüber ohne Sorgen, werter Herr, und achtet nicht auf das, was dieser Narr gesagt hat, denn wenn er auch Jupiter ist und es nicht regnen lassen will, ich, ich bin Neptun, der Vater und Gott der Gewässer, und ich werde so oft regnen lassen, als es mich gelüstet und notwendig ist."

Darauf entgegnete der Kaplan: „Trotz alledem wäre es nicht recht, den Herrn Jupiter zu erzürnen. Bleibt an Eurer Wohnstätte; ein andermal, wenn sich bequemere Gelegenheit und mehr Zeit findet, werden wir kommen, Euer Gnaden abzuholen."

Der Verwalter lachte wie alle Anwesenden, und darüber ward der Kaplan etwas ärgerlich und beschämt; man zog dem Lizentiaten seine schönen Kleider vom Leibe; er blieb im Narrenhaus, und die Geschichte ist aus.

„Das ist also die Geschichte, Herr Barbier", sprach Don Quijote, „die Ihr nicht umhinkonntet zu erzählen, weil sie mir paßt wie angegossen? O Herr Bartkratzer, Herr Bartkratzer, wie blind müßte der sein, der nicht durch ein Sieb sehen könnte! Und ist es möglich, daß Euer Gnaden nicht weiß, wie gehässig und verpönt Vergleichungen zwischen Naturanlagen und Naturanlagen, zwischen Tapferkeit und Tapferkeit, zwischen Schönheit und Schönheit, zwischen Familie und Familie sind? Ich, Herr Barbier, bin nicht Neptun, der Gott der Gewässer, und bewerbe mich nicht darum, daß irgendwer mich für verständig halte, wo ich es nicht bin, nur darum mühe ich mich, daß die Welt einsehen lerne, in welchem Irrtum sie sich befindet, daß sie nicht versteht, in ihrer Mitte jene Blütezeit zu erneuern, wo der Orden der fahrenden Ritterschaft das Feld behauptete. Aber unser verderbtes Jahrhundert ist nicht würdig eines so hohen Glückes, wie es die Zeiten genossen, da die fahrenden Ritter sich der Pflicht unterzogen und die Bürde auf ihre Schultern nahmen, die Königreiche zu verteidigen, die Jungfrauen zu beschützen, den Waisen und Minderjährigen beizustehen, die Hochmütigen zu züchtigen und die Demütigen zu belohnen. An den meisten der Ritter, wie man sie heute sieht, hört man eher Damast, Goldstoff und andre reiche Gewebe rauschen, in die sie sich kleiden, als die Panzerringe, mit denen sie sich rüsten. Jetzo gibt es keinen Ritter mehr, der da schliefe auf freiem Felde, dem Ungemach des Wetters ausgesetzt, bewehrt mit all seiner Wehr vom Kopf bis zu den Füßen; jetzo gibt es keinen mehr, der, ohne die Füße aus den Bügeln zu ziehen, auf seine Lanze gelehnt, dem Schlafe nur ein weniges vergönnen will, wie die fahrenden Ritter zu tun pflegten; keinen mehr, der, aus dem Walde hier hervorstürmend, in das Gebirge dort eindringen würde und von da aus ein unfruchtbares, wüstes Gestade beschreiten am Rande der See, der fast immer stürmischen und wildbewegten, und der sich am Meeresstrande unverzagten Herzens in einen kleinen Kahn ohne Ruder, Segel, Mast und Tauwerk, den er dort gefunden, hineinwerfen würde und sich preisgäbe den unerbittlichen Wogen des tiefen Meeres, die ihn bald zum Himmel emporschleudern, bald in den Abgrund hinabreißen. Und er, die Brust dem unwiderstehlichen Sturmestoben bietend, plötzlich, im Augenblick, wo er sich dessen am wenigsten versieht, findet sich über dreitausend und mehr Meilen entfernt von dem Orte, wo er zu Schiff gegangen; und wie er nun ans Land springt, ein entlegenes und unbekanntes Land, da begegnet ihm gar vieles, das würdig ist, nicht auf Pergament, sondern auf Erz niedergeschrieben zu werden. Aber heutzutage triumphiert die Trägheit über die Unverdrossenheit, der Müßiggang über die Arbeit, das Laster über die Tugend, die Anmaßung über die Tüchtigkeit, die Theorie über die Praxis des Waffenwerks, das nur im Goldnen Zeitalter unter den fahrenden Rittern gelebt und geglänzt hat.

Oder sagt mir doch: wer war je biederer und mannhafter als Amadís von Gallien? Wer verständiger als Palmerín von England? Wer war gerechter in allen Sätteln und umgänglicher als Tirante der Weiße? wer ein Mann von besserer Lebensart als Lisuarte von Griechenland? Wer empfing und teilte mehr Schwerthiebe aus als Don Belianís? wer war unverzagter als Perión von Gallien? oder wer stürzte sich häufiger in Gefahren als Felixmarte von Hyrkanien? oder war aufrichtigeren Gemütes als Esplandián? wer ungestümer als Don Cirongilio von Thrakien? wer schrecklicher im Kampf als Rodomont? wer umsichtiger als der König Sobrino? wer verwegener als Rinald? wer unbesieglicher als Roldán? und wer tapferer und edler von Gebaren als Rüdiger, von dem die heutigen Herzoge von Ferrara abstammen, wie Turpin in seiner Weltbeschreibung sagt? All diese Männer und viele andere, die ich aufführen könnte, Herr Pfarrer, waren fahrende Ritter, waren des Rittertums Glanz und Glorie. Aus ihnen erlesen oder Männer wie sie, so wünschte ich, sollten diejenigen sein, die ich mit meinem Vorschlag meine, und wenn sie es wären, dann würden Seiner Majestät treffliche Dienste geleistet und große Kosten erspart werden, und der Türke könnte sich den Bart ausraufen. Und hiermit sei's gesagt, ich gedenke nicht an meiner Wohnstätte zu verbleiben, da mich doch der Kaplan nicht aus ihr fortnehmen will. Und wenn Jupiter, wie der Barbier gesagt hat, es nicht regnen lassen will, so bin ich da und lasse es regnen, wann es mich gelüstet; ich sage das, damit der Herr Bartschüssel wisse, daß ich ihn verstehe."

„In der Tat, Señor Don Quijote", entgegnete der Barbier, „so habe ich es nicht gemeint – und so wahr mir Gott helfe, meine Absicht war gut, und Euer Gnaden hat keinen Grund, empfindlich zu sein."

„Ob ich empfindlich sein soll oder nicht", erwiderte Don Quijote, „das weiß ich schon selbst."

Darauf sagte der Pfarrer: „Bis zu diesem Augenblick habe ich noch kaum ein Wort gesprochen; ich möchte aber nicht gern in einem Bedenken befangen bleiben, das mich am Gewissen nagt und peinigt und das gerade aus den jetzigen Äußerungen des Señor Don Quijote in mir entstanden ist."

„Noch ganz andre Dinge sind dem Herrn Pfarrer verstattet",

antwortete Don Quijote, „und so mögt Ihr denn Euer Bedenken aussprechen; es ist nicht gar angenehm, mit einem Bedenken auf dem Gewissen herumzugehen."

„Mit dieser Genehmigung also", entgegnete der Pfarrer, „sage ich: mein Gewissensbedenken ist, daß ich mir auf keinerlei Weise einreden kann, der ganze Haufen fahrender Ritter, die Euer Gnaden, Herr Don Quijote, aufgezählt hat, seien wahr und wirklich hienieden Menschen von Fleisch und Bein gewesen; vielmehr meine ich, alles sei nur Erdichtung, Fabel, Lug und Trug, Träume, von Leuten erzählt, die eben aus dem Schlafe erwacht, oder richtiger gesagt, noch halb im Schlafe sind."

„Das ist abermals ein Irrtum", versetzte Don Quijote, „ein Irrtum, in den gar viele verfallen sind, die da nicht glauben, es habe derartige Ritter auf Erden gegeben. Ich aber habe mich oft und bei den verschiedensten Leuten und Gelegenheiten bestrebt, diesen so ziemlich allgemeinen Irrtum mit dem Lichte der Wahrheit zu beleuchten; manches Mal indessen habe ich meinen Zweck nicht erreicht, hingegen andre Male ist es mir gelungen, indem ich ihn auf die Schultern der Wahrheit stützte. Diese Wahrheit ist so gewiß, daß ich beinahe sagen könnte, ich hätte Amadís von Gallien mit meinen eignen Augen gesehen: er war ein Mann von hoher Leibesgestalt, hell von Gesichtsfarbe, den Bart wohlgepflegt, wenn auch schwarz, im Blick eine Mischung von Sanftmut und Strenge, karg mit Worten, langsam zum Zorne und rasch zu versöhnen. Und so wie ich den Amadís gezeichnet habe, könnte ich meines Bedünkens die fahrenden Ritter, die auf dem ganzen Weltkreis in den Geschichten leben, samt und sonders malen und beschreiben; denn da ich mir vorstelle, daß sie so waren, wie ihre Geschichten uns erzählen, so kann aus ihren Taten und Eigenheiten mittels richtiger Schlußfolgerung entnommen werden, welches ihre Züge, Gesichtfarbe und Gestalt gewesen."

„Wie groß denn, meint Euer Gnaden Señor Don Quijote, mag der Riese Morgante gewesen sein?" So fragte der Barbier.

„In betreff der Riesen", antwortete Don Quijote, „sind die Meinungen verschieden, ob es solche auf der Welt gegeben habe oder nicht; allein die Heilige Schrift, die nicht um ein Jota von der Wahrheit abweichen kann, zeigt uns, daß es solche gegeben hat, da sie uns die Geschichte von jenem ungeheuren Philister Goliath erzählt, der achthalb Ellen hoch war, was eine übermäßige Größe ist. Auch hat man auf der Insel Sizilien mächtige Armknochen und Schulterblätter gefunden, deren Größe beweist, daß sie Riesen, und zwar turmhohen Riesen, angehört haben; die Meßkunst stellt diese Tatsache außer Zweifel. Aber trotzdem kann ich nicht mit Gewißheit sagen, wie groß Morgante war, wiewohl ich meine, er kann nicht allzu groß gewesen sein. Was mich zu dieser Ansicht veranlaßt, ist der Umstand, daß ich in der Geschichte, wo seiner Taten ausführliche Erwähnung geschieht, finde, wie er oftmalen unter Dach geschlafen hat; und wenn er Häuser fand, darin er Platz hatte, so ist seine Größe offenbar nicht übermäßig gewesen."

„Das ist richtig", sagte der Pfarrer; und da er Vergnügen daran fand, ihn so ungereimtes Zeug vorbringen zu hören, so fragte er ihn um seine Meinung über die Gesichtszüge des Rinald von Montalbán, des Don Roldán und der übrigen zwölf Pairs von Frankreich, da sie doch sämtlich fahrende Ritter gewesen seien.

„Von Rinald", antwortete Don Quijote, „wage ich zu sagen, daß er ein breites und stark gerötetes Gesicht hatte, die Augen stets beweglich und etwas hervorstehend, reizbar und zornsüchtig über die Maßen, ein großer Freund von Räubern und schlechtem Gesindel. Über Roldán oder Hruotland oder Roland – denn mit all diesen Namen bezeichnet ihn die Geschichte – bin ich der Meinung, ja ich bin überzeugt, daß er von mittelhoher Gestalt war, breitschultrig, etwas krummbeinig, braun von Gesicht und mit struppigem Bart, dichtbehaart am Körper, dräuenden Blickes, karg mit Worten, doch im übrigen sehr höflich und wohlgesittet."

„Wenn Roldán nicht zierlicher aussah, als Euer Gnaden gesagt", entgegnete der Pfarrer, „so war's kein Wunder, daß Fräulein Angelika die Schöne ihn verschmähte und ihn im Stiche ließ um der Anmut, Seelenglut und Liebenswürdigkeit willen, die der flaumbärtige Mohrenjunge ohne Zweifel besaß, dem sie sich hingab; und sie handelte verständig, daß sie lieber für die Weichheit Medoros entbrannte als für die Rauheit Roldáns."

„Diese Angelika", versetzte Don Quijote, „Herr Pfarrer, war ein ausschweifendes, in der Welt herumlaufendes und ziemlich launenhaftes Ding und erfüllte die Welt ebensosehr mit ihren unbesonnenen Streichen als mit dem Ruf ihrer Schönheit. Sie verschmähte tausend vornehme Herren, tausend Helden und tausend Männer von hohem Geiste und begnügte sich mit einem rotwangigen Edelknaben ohne Vermögen, ohne Ruf und Namen als höchstens den eines dankbaren Menschen – ein Name, den ihm die Treue zu seinem Freunde einbrachte. Der große Sänger ihrer Schönheit, der ruhmreiche Ariost, der sich nicht getraute oder nicht Lust hatte, zu besingen, was dieser Dame nach ihrer unwürdigen Hingebung an den Knaben weiter begegnete – was nicht allzu tugendsame Geschichten sein mochten –, ließ die Sache mit den Worten auf sich beruhen:

> Und wie sie, um zur Heimat zu gelangen,
> Ein gutes Schiff und bestes Wetter fand
> Und endlich gab Medoren Indiens Krone,
> Das singt ein andrer wohl in besserm Tone.

Und ohne Zweifel war dies eine Art Prophezeiung, denn die Dichter nennen sich auch Priester Apollos, das heißt Propheten. Und wie wahr dies ist, kann man deutlich ersehen, denn späterhin hat ein berühmter andalusischer Dichter ihre ‚Tränen‘ geweint und gesungen, und ein andrer berühmter, ja einziger kastilischer Dichter hat ihre ‚Schönheit‘ besungen."

„Sagt mir, Señor Don Quijote", sprach hier der Barbier, „hat es nicht etwa einen Dichter gegeben, der neben den vielen, die dies Fräulein Angelika gepriesen, eine Satire auf sie geschrieben hat?"

„Wohl glaube ich", antwortete Don Quijote, „wenn Sakripant oder Roldán Dichter gewesen wären, so würden sie dem Mägdlein gehörig den Kopf gewaschen haben; denn es ist die Eigenheit und Natur der Poeten, daß sie, wenn verschmäht und nicht erhört von ihren erdichteten oder nicht erdichteten Geliebten, sich an den Damen, die sie zu Herrinnen ihrer Gedanken erkoren haben, in allem Ernste mit Satiren und Schmähschriften rächen, eine Rache, die gewiß edelsinniger Gemüter unwürdig ist. Allein bis jetzt ist kein ehrenrühriger Vers gegen das Fräulein Angelika zu meiner Kenntnis gelangt, das doch die ganze Welt in Aufruhr gebracht hat."

„Ein Wunder!" rief der Pfarrer.

Indem hörten sie die Haushälterin und die Nichte, die sich vorher schon von der Unterhaltung zurückgezogen hatten, im innern Hofe gewaltig schreien, und sie alle eilten dem Lärmen nach.

2. KAPITEL

Welches von dem denkwürdigen Streite zwischen Sancho Pansa und Don Quijotes Nichte und Haushälterin handelt, nebst andern anmutigen Begebenheiten

Es erzählt die Geschichte: Das Geschrei, welches Don Quijote, der Pfarrer und der Barbier hörten, wurde von der Nichte und der Haushälterin im Streit mit Sancho Pansa erhoben, der mit aller Gewalt zu Don Quijote hinein wollte, während die beiden ihm den Eingang wehrten und riefen: „Was will der Landstreicher in unsrem Hause? Mach, daß du heimkommst, Geselle, denn du bist's und sonst keiner, der unsern Herrn verführt und beschwatzt und ihn hinaus in die Wüsteneien schleppt."

Darauf entgegnete Sancho: „Du Teufels-Haushälterin! Der Beschwatzte und Verführte bin ich, der hinaus in die Wüsteneien Geschleppte bin ich und nicht dein Herr! Er, er hat mich draußen in der Welt herumgeschleppt, ihr aber irrt euch, eure Rechnung ist um die Hälfte zu hoch. Er hat mich mit falschen Vorspiegelungen aus meinem Hause herausgeholt und hat mir eine Insul versprochen, auf die ich noch jetzt vergeblich warte."

„Daß dir doch die schändlichen Insuln im Halse steckenblieben, du verwünschter Sancho!" versetzte die Nichte. „Insuln, was ist denn das? Ist's was zu essen, du Naschmaul, du Vielfraß?"

„Nichts zu essen", antwortete Sancho, „sondern was zu statthaltern, besser als ein halb Dutzend Städte, und was zu verwalten, besser als ein halb Dutzend Oberhofrichterstellen."

„Trotz alledem", schrie die Haushälterin, „kommst du hier nicht herein, du Sack voller Schlechtigkeiten, du Sammelbüchse aller Bosheiten! Geh und statthaltere über dein Haus und bestell deine paar Brocken Land und laß die Hand von Insuln und Insulinnen."

Mit großem Vergnügen hörten Pfarrer und Barbier dem Wortgefecht der drei zu; allein Don Quijote, in der Besorgnis, Sancho möchte sich verplaudern und einen Haufen boshafter Albernheiten zum besten geben und Einzelheiten berühren, die seinem Ansehen nicht zugute kommen könnten, rief ihn herbei und befahl den beiden Frauenzimmern, zu schweigen und ihn hereinzulassen. Sancho trat ein, und Pfarrer und Barbier nahmen Abschied von Don Quijote, an dessen Genesung sie verzweifelten, da sie sahen, wie fest er an seinen verrückten Einbildungen hing und wie er von der Einfältigkeit seines so übelfahrenden Rittertums besessen war.

Daher sprach der Pfarrer zum Barbier: „Ihr werdet sehen, Gevatter, wann wir uns dessen am wenigsten versehen, wird unser Junker von dannen ziehen und wieder auf die Falkenjagd gehen."

„Daran hege ich keinen Zweifel", versetzte der Barbier, „aber ich wundere mich nicht so sehr über die Narrheit des Ritters als über die Einfalt des Schildknappen, der an die Geschichte mit der Insul so festiglich glaubt, daß ich überzeugt bin, wenn er auch noch soviel Enttäuschungen erlebt, so bringt das ihm keine aus dem Hirnkasten wieder heraus."

„Gott helfe ihnen zur Genesung!" sagte der Pfarrer; „wir wollen aufpassen und wollen sehen, worauf es hinauswill mit diesem Sammelsurium von Verrücktheiten eines solchen Ritters und eines solchen Knappen. Es sieht aus, als hätten die beiden ihre Torheiten in der nämlichen Form gemünzt, und die Narreteien des Herrn wären ohne die Albernheiten des Dieners nicht einen Pfennig wert."

„Das ist wahr", sprach der Barbier, „und es würde mich höchlich ergötzen, zu erfahren, was die beiden jetzt miteinander verhandeln."

„Ich versichere Euch", entgegnete der Pfarrer, „die Nichte oder die Haushälterin erzählt es uns hernach; denn sie sind sicher nicht von der Art, daß sie das Horchen unterlassen sollten."

Inzwischen hatte sich Don Quijote mit Sancho Pansa in seinem Gemache eingeschlossen, und sobald sie sich allein sahen, sprach der Ritter: „Es tut mir sehr leid, Sancho, daß du gesagt hast und sagst, ich sei es gewesen, der dich aus dem Häuschen gebracht, da du doch weißt, daß auch ich nicht zu Hause geblieben. Zusammen sind wir von Hause fort, zusammen sind wir umhergezogen und zusammen gewandert; dasselbe Schicksal, dasselbe Los ist über uns beide ergangen; wenn du einmal gewippt wurdest, so bin ich hundertmal zerdroschen worden, das ist alles, was ich vor dir voraushabe."

„Und das mit vollem Recht", entgegnete Sancho; „denn wie Euer Gnaden sagt, hängt sich das Pech mehr an die fahrenden Ritter als an ihre Schildknappen."

„Darin irrst du, Sancho", sprach Don Quijote, „nach jenem Spruche: Quando caput dolet, und so weiter."

„Ich verstehe keine andre Sprache als meine Muttersprache", versetzte Sancho.

„Ich will sagen", fuhr Don Quijote fort, „wenn das Haupt schmerzt, so schmerzen alle Glieder. Da ich also dein Herr und Gebieter bin, so bin ich dein Haupt und du ein Glied von mir, da du mein Diener bist; und aus diesem Grunde muß jedes Leid, das mich trifft oder treffen wird, dich schmerzen und mich das deinige."

„So sollte es sein", sprach Sancho. „Aber dazumal, wo ich gewippt wurde als ein Glied, da verweilte das Haupt hinter der Hofmauer und sah zu, wie ich durch die Lüfte flog, ohne den geringsten Schmerz zu empfinden; und wenn es die Pflicht der Glieder ist, über das Leid des Hauptes Schmerz zu empfinden, so mußte es auch die Pflicht des Hauptes sein, ihren Schmerz mitzufühlen."

„Willst du damit sagen", entgegnete Don Quijote, „daß es mich nicht schmerzte, als du gewippt wurdest? Und wenn du das meinst, so darfst du es nicht sagen, ja es nicht einmal denken; denn ich fühlte damals mehr Schmerz in meinem Geiste als du in deinem Körper. Aber lassen wir dies für jetzt beiseite, es wird sich schon eine Zeit finden, wo wir es erörtern und richtigstellen können; und sage mir, Freund Sancho, was sagen die Leute von mir hier am Ort? Was urteilt über mich das Volk, was urteilen die Leute vom Junkerstand, was die Ritter? Was sagen sie von meiner Tapferkeit? was von meinen Taten? und was von meiner feinen Sitte? Was spricht man von der Aufgabe, der ich mich unterzogen, den bereits vergessenen Orden des Rittertums aufzuerwecken und der Welt wieder zurückzugeben? Kurz, ich verlange von dir, Sancho, daß du mir alles sagst, was hierüber dir zu Ohren gekommen ist; und das sollst du mir sagen, ohne das geringste dem Guten hinzuzufügen oder vom Schlimmen wegzulassen. Denn es ist die Art eines redlich treuen Lehensmannes, seinem Herrn die Wahrheit in ihrem Wesen und in ihrer eignen Gestalt zu künden, ohne daß Wohldienerei sie vergrößere oder irgendeine andre eitle Rücksicht sie verringere. Du mußt wissen, Sancho, wenn die Wahrheit nackt und ohne das Gewand der Schmeichelei zu den Ohren der Fürsten gelangte, dann wären die Zeiten anders und man würde andre Zeitalter eher eisern nennen als das unsre, welches, wie ich meine, unter denen, die die Welt bisher kennt, immerhin als das vergoldete gelten kann. Laß dir dieses zur Belehrung dienen, Sancho, auf daß du in verständiger und wohlmeinender Art über alles, was du in betreff meiner Frage erfahren hast, die Wahrheit mir zu Ohren bringest."

„Das will ich sehr gerne tun", sprach Sancho hierauf, „unter der Bedingung, daß Euer Gnaden über nichts von allem, was ich sage, in Ärger geraten darf, da Ihr verlangt, ich soll alles splitternackt sagen, ohne es in andre Gewänder zu kleiden, als wie es mir zu Ohren gekommen ist."

„Keinesfalls werde ich mich ärgern", entgegnete Don Quijote; „du kannst frei heraus und ohne alle Umschweife reden."

„So ist denn das erste, was ich sage", begann Sancho, „daß das Volk Euer Gnaden für einen der größten Narren und mich für nicht weniger verrückt hält. Die Leute vom Junkerstand sagen: Ihr habt Euch nicht in den Grenzen Eures Junkertums halten wollen und Euch ein *Don* vorgesetzt und habt Euch zum Ritter aufgeworfen mit einem halb Dutzend Rebstöcken und ein paar Morgen Land, mit einem Lumpen hinten und einem Lappen vorn. Die Ritter sagen, sie hätten es nicht gern, daß die Junker sich mit ihnen gleichstellen wollten, vollends solche Junker, die eigentlich nur vom Knappenstande sind, die ihre Schuhe mit Ruß schmieren und ihre schwarzen Strümpfe mit grüner Seide stopfen."

„Das paßt nicht auf mich", sprach Don Quijote, „denn ich bin stets gut gekleidet und nie geflickt; mit Rissen, das könnte schon sein, aber die Risse rühren eher von feindlichen Waffen als vom Abtragen."

„Was Eure Tapferkeit, Feinheit des Benehmens, Taten und übernommene Aufgabe betrifft, da sind die Meinungen verschieden. Die einen sagen: ein Narr, aber ein ergötzlicher; die andern: ein tapferer Mann, aber stets im Pech; wieder andre: fein von Benehmen, aber täppisch und linkisch; und so reden sie hin und her über so vielerlei, daß sie an Euer Gnaden und an mir kein gutes Haar lassen."

„Sieh, Sancho", sprach Don Quijote, „wo immer sich die Tugend auf hoher Stufe zeigt, da wird sie verfolgt; wenige oder keiner von den berühmten Männern, die gelebt, konnten dem Schicksal entgehen, von der Bosheit verleumdet zu werden. Julius Cäsar, einem der kühnsten, geistvollsten und tapfersten Feldherrn, wurde vorgeworfen, er sei ehrgeizig und nicht ganz sauber, weder in seiner Kleidung noch in seinen Sitten. Von Alexander, dem seine Heldentaten den Namen des Großen erwarben, sagt man, er habe zur Trunksucht geneigt. Von Herkules, dem Mann der zwölf Arbeiten, erzählt man, er sei wollüstig und weichlich gewesen. Don Galaor, dem Bruder des Amadís von Gallien, sagt man nach, er sei allzu händelsüchtig, und von seinem Bruder, er sei ein Tränensack gewesen. So können denn, o mein Sancho, unter so vielen Verleumdungen gegen vortrefflliche Männer die gegen mich auch mitlaufen, wenn sie nicht ärger sind, als was du gesagt hast."

„Ja, da liegt eben der Hund begraben, bei meines Vaters Seel und Seligkeit!" entgegnete Sancho.

„Also geht es noch weiter?" fragte Don Quijote.

„Freilich", antwortete Sancho; „sie haben die ganze Haut abgezogen bis auf den Schwanz, und der kommt jetzt dran. Alles Bisherige ist nur Honigkuchen und Zuckerbrot; aber wenn Euer Gnaden alles wissen will, was gegen Euch an Verleumdungen umläuft, will ich Euch augenblicks jemanden bringen, der Euch alles hersagt, ohne daß ein Bröckelchen daran fehlt. Gestern abend ist der Sohn des Bartolomé Carrasco angekommen, der hat in Salamanca ausstudiert und ist Baccalaureus worden; und als ich hinging und ihn willkommen hieß, da sagte er mir, daß die Geschichte von Euer Gnaden schon in Büchern steht unter dem Titel *Der sinnreiche Junker Don Quijote von der Mancha*; und er sagt auch, ich sei darin unter meinem eignen Namen Sancho Pansa aufgeführt und auch das Fräulein Dulcinea von Toboso nebst andrem, was ganz allein unter vier Augen zwischen uns beiden vorgegangen, und ich habe mich kreuzigen und segnen müssen vor Entsetzen, wie der Geschichtsschreiber, der die Geschichte geschrieben, das wissen konnte."

„Ich versichere dir, Sancho", versetzte Don Quijote, „irgendein gelahrter Zauberer muß der Verfasser unsrer Geschichte sein; denn solchen ist nichts von den Dingen verborgen, worüber sie schreiben wollen."

„Und ob er ein gelahrter Mann und ein Zauberer war!" sprach Sancho. „Denn, so sagt der Baccalaureus Sansón Carrasco – so heißt der Mann, den ich erwähnt habe –, der Verfasser der Geschichte nennt sich Sidi Hamet Ben-Engerling."

„Das ist ein maurischer Name", sagte Don Quijote.

„So mag's wohl sein", entgegnete Sancho; „denn meistenteils, so hab ich sagen hören, kommen bei den Mauren die Engerlinge gar oft vor."

„Jedenfalls", sprach Don Quijote, „irrst du dich in dem Zunamen Sidi, denn das bedeutet in der arabischen Sprache ‚Herr'."

„Das kann schon sein", entgegnete Sancho, „aber wenn es Euer Gnaden angenehm ist, daß ich den Baccalaur gleich herkommen lasse, will ich ihn im Fluge herbeiholen."

„Da tust du mir einen großen Gefallen", sprach Don Quijote; „denn ich bin in Spannung ob deines Berichtes, und kein Bissen, den ich esse, wird mir schmecken, bis ich das Nähere über alles erfahre."

„Nun, dann hole ich ihn", versetzte Sancho, und seinen Herrn verlassend, ging er, den Baccalaureus aufzusuchen, und kehrte nach kurzer Zeit mit ihm zurück; und die drei führten sodann ein höchst ergötzliches Gespräch miteinander.

3. Kapitel

Von der heiteren Unterhaltung zwischen Don Quijote, Sancho Pansa und dem Baccalaureus Sansón Carrasco

In tiefes Nachdenken versunken saß Don Quijote, während er den Baccalaureus Carrasco erwartete, von dem er die Nachrichten über sich selbst zu hören gedachte, die laut Sanchos Angabe in einem Buche standen. Er konnte nicht glauben, daß ein solches Geschichtswerk wirklich vorhanden wäre; denn an der Klinge seines Schwertes war das Blut seiner Feinde, die er getötet, noch nicht vertrocknet, und schon sollten seine großen Rittertaten im Druck veröffentlicht sein! Trotzdem dachte er sich, daß irgendein Zauberer, ob Freund oder Feind, mittels seiner Zauberkunst sie in Druck geben konnte: wenn ein Freund, um sie zu verherrlichen und sie über die ausgezeichnetsten Taten fahrender Ritter zu erheben; wenn ein Feind, um sie zunichte zu machen und sie unter die schmählichsten herabzusetzen, die man je von einem schmählichen Schildknappen geschrieben; wiewohl, so sagte er zu sich selbst, Taten von Schildknappen noch niemals aufgezeichnet worden. Und wenn es auch wahr wäre, und es wäre die angebliche Geschichte wirklich vorhanden, so müßte sie als die eines fahrenden Ritters notwendig in großartigem Stil gehalten sein, erhaben, ungewöhnlich, prachtvoll und wahrhaft.

Damit tröstete er sich einigermaßen, aber diesen Trost benahm ihm gleich wieder der Gedanke, daß der Verfasser ein Maure sei, wie aus dem Namen Sidi zu schließen, und daß man Wahrheit von den Mauren nicht erwarten könne, da sie sämtlich Betrüger, Fälscher und Schwindler sind. Er fürchtete, sein Liebesverhältnis sei vielleicht von dem Verfasser nicht mit gehöriger Schicklichkeit behandelt worden, was der Ehrbarkeit seiner Herrin Dulcinea von Toboso zur Schädigung und Benachteiligung gereichen könnte; er wünschte, der Maure hätte seine Treue geschildert und die sittsame Rücksicht, die er ihr gegenüber stets bewahrt habe, indem er Königinnen, Kaiserinnen und Jungfrauen von jedem Range verschmähte und den ungestümen Drang der natürlichen Triebe in Schranken hielt.

Und so, mit diesen und viel anderen Gedanken sich tragend und sich plagend, fanden ihn Sancho und Carrasco, den Don Quijote mit vieler Höflichkeit empfing. Der Baccalaureus, obwohl er Sansón, das ist Simson, hieß, war nicht sehr groß von Gestalt, hingegen sehr groß an Verschmitztheit; er hatte eine welke Gesichtsfarbe, aber einen sehr hellen Verstand. Er mochte etwa vierundzwanzig Jahre alt sein, hatte ein rundes Gesicht mit stumpfer Nase und großem Mund, alles Kennzeichen, daß er zu Schelmenstreichen aufgelegt war und seine Freude an Scherz und Spott hatte, die er denn auch sogleich bewies. Denn als er Don Quijote sah, warf er sich vor ihm auf die Knie und sprach: „Es reiche mir Eure Hoheit die Hand zum Kusse, Señor Don Quijote von der Mancha, denn bei Sankt Petrus' Rock, den ich trage, wiewohl ich erst die vier niederen Weihen habe, Euer Gnaden ist einer der berühmtesten fahrenden Ritter, die es auf dem ganzen Erdenrund gegeben hat und geben wird. Gepriesen sei Sidi Hamét Benengelí, der die Geschichte Eurer Großtaten geschrieben hat, und nochmals gepriesen sei der fleißige Forscher, der es unternommen, sie aus dem Arabischen in unsere kastilianische Volkssprache übersetzen zu lassen zum allgemeinen Ergötzen der Leserwelt!"

Don Quijote hieß ihn sich erheben und sprach: „Demnach ist es wahr, daß eine Geschichte von mir vorhanden ist und daß es ein Maure und ein Zauberer war, der sie verfaßt hat?"

„Das ist so völlig wahr, Señor", sprach Sansón, „daß ich überzeugt bin, bis zum heutigen Tage sind schon mehr als zwölftausend Stücke besagter Geschichte verbreitet; oder wenn das einer bestreitet, so mögen Portugal, Barcelona und Valencia es bezeugen, wo sie gedruckt wurden; und es geht sogar das Gerücht, daß sie eben jetzt zu Antwerpen unter der Presse ist, und mir schwant es, daß es bald kein Land und keine Sprache mehr gibt, wo man sie nicht übersetzen wird."

Don Quijote sprach darauf: „Eines unter allem muß dem tugendsamen und hochstehenden Manne am meisten Freude schaffen, nämlich daß er, noch zu seinen Lebzeiten in Büchern gedruckt, allenthalben im Munde des Volkes wohlberufen lebt; ich sage ‚wohlberufen‘, denn wäre es das Gegenteil, so käme kein Tod solchem Leben gleich."

„Wenn es sich um guten Ruf und guten Namen handelt", sagte der Baccalaureus, „so trägt Euer Gnaden einzig und allein vor allen fahrenden Rittern die Palme davon; denn der Maure in seiner Sprache und der Christ in der seinen waren darauf bedacht, uns Euer Gnaden Trefflichkeit ganz nach dem Leben zu schildern, so auch Eure Kühnheit in Gefahren, Eure Geduld in Widerwärtigkeiten, das gelassene Ertragen von Mißgeschick und Wunden und die Tugend und Enthaltsamkeit in der rein platonischen Liebe Euer Gnaden zu unserm Fräulein Doña Dulcinea von Toboso."

„Niemals", fiel hier Sancho Pansa ein, „habe ich unser Fräulein Dulcinea eine Doña nennen hören, sondern nur das Fräulein Dulcinea von Toboso, und hierin ist also die Geschichte im Irrtum."

„Das ist kein Einwurf von Bedeutung", entgegnete Carrasco.

„Gewiß nicht", sprach Don Quijote; „aber sagt mir doch, Herr Baccalaureus: auf welche von meinen Großtaten wird in jener Geschichte am meisten Gewicht gelegt?"

„Darüber sind die Urteile verschieden", antwortete der Baccalaureus, „gerade wie der Geschmack verschieden ist. Einige halten es mit dem Abenteuer von den Windmühlen, die Euer Gnaden für Riesen und für den hundertarmigen Briareus hielt, andere mit der Geschichte von den Walkmühlen; dieser mit der Beschreibung der beiden Heere, die sich hernach als zwei Herden Hämmel auswiesen, jener rühmt zumeist das Abenteuer mit dem Leichnam, den man zum Begräbnis nach Segovia brachte. Der eine sagt, die Geschichte von der Befreiung der Galeerensklaven übertreffe alle übrigen; der andere, keine lasse sich mit der von den zwei Benediktiner-Riesen vergleichen, nebst dem Kampfe mit dem mannhaften Biskayer."

„Sagt mir, Herr Baccalaureus", sprach jetzt Sancho, „kommt dabei auch das Abenteuer mit den Yanguesen vor, als unseren wackeren Rosinante die Lust ankam, Trüffeln im Meere fischen zu wollen?"

„Dem Zauberer", sprach Sansón, „ist nichts in der Feder zurückgeblieben, er sagt alles und zeigt alles deutlich, sogar die Bocksprünge, die der biedere Sancho auf der Bettdecke machte."

„Auf der Bettdecke habe ich keine Sprünge gemacht", erwiderte Sancho, „wohl aber in der Luft, und wahrlich mehr, als mir lieb war."

„Meiner Meinung nach", sprach Don Quijote, „gibt es in der Welt keine Geschichte eines Menschenlebens, in der es nicht bald aufwärts und bald abwärts ginge, insbesondere die Geschichten, die vom Rittertum handeln, die da niemals lauter glückliche Begebnisse enthalten können."

„Trotzdem", entgegnete der Baccalaureus, „sagen einige, die die Geschichte gelesen haben, es wäre ihnen erfreulich gewesen, wenn ihre Verfasser etliche von den endlosen Prügeln vergessen hätten, die der Señor Don Quijote bei so manchem Zusammentreffen aufgezählt bekam."

„Das gehört aber gerade zu der Wahrheit der Geschichte", sagte Sancho.

„Man hätte sie übrigens auch aus Billigkeitsrücksichten verschweigen können", sagte Don Quijote, „denn wenn Vorgänge die Wahrheit der Geschichte weder verändern noch zerstören, so braucht man sie gewiß nicht niederzuschreiben, sobald sie den Helden der Geschichte an seinem Ansehen schädigen können. Wahrlich, Äneas war nicht so fromm, wie Vergil ihn schildert, und Odysseus nicht so klug, wie Homer ihn darstellt."

„Ganz richtig", versetzte Sansón; „aber ein anderes ist es, als Dichter zu schreiben, und ein anderes, als Historiker. Der Dichter kann die Ereignisse uns sagen oder singen, nicht wie sie waren, sondern wie sie sein sollten; und der Geschichtsschreiber muß sie darstellen, nicht wie sie sein sollten, sondern wie sie waren, ohne der Wahrheit irgend etwas abzubrechen oder beizufügen."

„Wenn also der Herr Maure darauf ausgeht, die Wahrheit zu sagen", warf Sancho dazwischen, „so finden sich sicherlich bei den Prügeln meines Herrn auch die meinigen; denn die Kerle haben niemals Seiner Gnaden das Maß von seinem Rücken genommen, ohne mir es gleich von meinem ganzen Körper zu nehmen; aber ich sehe keinen Grund, mich darüber zu wundern; denn, wie mein Herr sagt, am Schmerz des Hauptes müssen auch die Glieder teilhaben."

„Er ist ein Schalk, Sancho", entgegnete Don Quijote; „wahrlich, Ihm fehlt es nicht an Gedächtnis, wenn Er es nur will."

„Wenn ich auch die Stockhiebe, die ich bekommen, vergessen wollte", sagte Sancho darauf, „so würden es doch die blauen Flecke nicht zulassen, die ich noch frisch auf den Rippen habe."

„Schweig Er, Sancho", versetzte Don Quijote, „und unterbreche Er den Herrn Baccalaureus nicht, den ich bitte, fortzufahren und zu erzählen, was in der erwähnten Geschichte von mir gesagt wird."

„Und auch von mir", sprach Sancho, „denn die Leute sagen imgleichen, ich sei eine der wichtigsten Prisonen darin."

„Personen, nicht Prisonen, Freund Sancho", fiel Sansón ein.

„So haben wir jetzt noch einen, der an den Fikabeln herumklaubt? Wenn Ihr so weitermacht, werden wir unser Leben lang nicht fertig."

„Und mein Leben lang will ich kein Glück von Gott haben", versetzte der Baccalaureus, „wenn Ihr nicht die zweite Person in der Geschichte seid, und es gibt mehr als einen, der lieber Euch reden hört als die hochgestochenste Person im ganzen Buch; wiewohl auch mehr als einer behauptet, Ihr wäret gar zu leichtgläubig gewesen, als Ihr meintet, es könnte seine Richtigkeit mit der Statthalterschaft über die Insul haben, die Euch der Señor Don Quijote anbot, der hier zugegen ist."

„Es ist noch nicht aller Tage Abend", sprach Don Quijote, „und dieweil Sancho in die Jahre kommen wird, so wird er mit der Erfahrung, die das Alter gibt, auch geeigneter und geschickter zur Regierung werden als jetzt."

„Bei Gott, Señor", versetzte Sancho, „die Insul, die ich in meinem jetzigen Alter nicht statthaltern könnte, die könnte ich auch in Methusalems Alter nicht statthaltern; das Schlimme bei der Sache ist, daß die Insul sich Gott weiß wo befindet, und nicht, daß es mir an Grütze fehlen sollte, um sie als Statthalter zu regieren."

„Befiehl du das Gott dem Herrn, Sancho", entgegnete Don Quijote; „alles wird noch gut gehen und vielleicht besser, als du denkst; denn es bewegt sich kein Blatt am Baume ohne Gottes Willen."

„In Wahrheit, so ist's", sprach Sansón; „wenn Gott es will, wird es Sancho nicht an tausend Insuln fehlen, um Statthalter darüber zu sein, viel weniger an einer."

„Hab ich doch Statthalter in der Welt gesehen", sagte Sancho, „die meines Bedünkens mir nicht an die Schuhsohle reichen, und trotzdem heißt man sie Euer Herrlichkeit und bedient sie auf Silber."

„Das sind keine Statthalter von Insuln", entgegnete Sansón, „sondern von anderen Statthaltereien, die leichter zu handhaben sind; denn wer Statthalter über eine Insul ist, der muß wenigstens die Grammatik verstehen."

„Mit dem Kram wollte ich schon zurechtkommen", entgegnete Sancho; „mit der Mattik aber, da gebe ich nichts darauf und mache mir nichts draus, denn da versteh ich nichts davon. Aber wir wollen die Geschichte mit der Statthalterei in Gottes Hand befehlen, der mich schon an die Stelle setzen wird, wo er mich am besten brauchen kann. Ich sage Euch, Herr Baccalaur Sansón Carrasco, es hat mir ungeheuer viel Vergnügen gemacht, daß der Verfasser des Buches dergestalt von mir gesprochen hat, daß die Geschichten, die von mir erzählt werden, nicht langweilig sind; denn ich gebe mein Wort als ein braver Schildknappe, hätte er von mir irgendwas gesagt, das einem Altchristen, wie ich bin, übel anstünde, es gäbe einen Lärm, daß uns die Taubstummen hören sollten."

„Das hieße Wunder tun", entgegnete Sansón.

„Wunder oder nicht Wunder", sagte Sancho, „jeder soll sich vorsehen, wie er von den Prisonen redet oder schreibt, und soll nicht in die Kreuz und Quer alles hinsetzen, was ihm durch den Kopf geht."

„Einer von den Vorwürfen, die man gegen besagte Geschichte erhebt", sprach der Baccalaureus, „ist, daß der Verfasser eine Novelle in sie eingeflochten hat, betitelt ‚Der törichte Vorwitz‘; nicht deshalb, weil sie schlecht oder schlecht erzählt wäre, sondern weil sie nicht dahin gehöre und nichts mit der Geschichte Seiner Gnaden des Señor Don Quijote zu tun habe."

„Ich wette darauf", versetzte Sancho, „der Hundekerl hat Kraut und Rüben durcheinandergemengt."

„Jetzt sag ich aber", sprach Don Quijote, „der Verfasser meiner Geschichte ist kein weiser Zauberer gewesen, sondern irgendein unwissender Schwätzer, der wie ein Blinder herumtappend und ohne rechte Überlegung sich ans Werk gemacht und drauflosgeschrieben hat, es mag draus werden, was da werden will, wie es Orbaneja getan, der Maler aus Ubeda, der einmal auf die Frage, was er da male, die Antwort gab: Was eben draus werden mag. Einmal malte er einen Hahn, aber so ungeschickt und so unkenntlich, daß er es für notwendig fand, mit Großbuchstaben dazuzuschreiben: Dies ist ein Hahn. Und so wird's auch wohl mit meiner Geschichte sein, sie wird einer besonderen Auslegung bedürfen, damit man sie versteht."

„Das nicht", entgegnete Sansón, „denn sie ist so verständlich, daß man nichts darin schwierig finden kann. Die Kinder nehmen sie zur Hand, die Jünglinge lesen sie, die Männer verstehen sie, die Greise rühmen sie; und kurz, sie ist in so vielen Händen, so von allen Klassen des Volks gelesen und gekannt, daß man keinen dürren Gaul auf der Straße sieht, ohne daß die Leute gleich sagen: Das ist ja Rosinante! Wer sich aber am meisten dem Lesen dieses Buches hingibt, das sind die Edelknaben; es gibt kein Vorzimmer bei vornehmen Herren, wo nicht ein Don

Quijote zu finden wäre; wenn einer ihn hinlegt, nimmt ihn der andere gleich; diese fallen mit Ungestüm darüber her, jene wollen ihn wiederhaben. Endlich bietet auch die besagte Geschichte den heitersten und unschädlichsten Zeitvertreib, der jemals bis zum heutigen Tage vorhanden gewesen; denn in dem ganzen Buche findet sich nicht ein unanständiges Wort, ja nichts, was dem ähnlich sähe, noch irgendein Gedanke, der etwas anderes als ehrlich und von echtem Schrot und Korn wäre."

Don Quijote entgegnete: „Anders schreiben hieße nicht die Wahrheit sagen, sondern lügen; und die Geschichtsschreiber, die lügen, sollten verbrannt werden wie die Falschmünzer. Ich weiß aber nicht, was den Verfasser bewogen hat, sich mit Novellen und Geschichten von dritten Personen auszuhelfen, da er deren doch so viel von mir zu schreiben hatte. Er wird sich gewiß an den alten Spruch gehalten haben: Von Heu und von Stroh ... et cetera. Denn wahrlich, hätte er weiter nichts als meine Gedanken, meine Seufzer, meine redlichen Absichten und meine Wagnisse dargestellt, so hätte er einen dickeren oder doch ebenso dicken Band schreiben können, als wenn man die sämtlichen Werke des Tostado zusammenbinden wollte. In der Tat, Herr Baccalaureus, soviel ich davon verstehe, um ein Geschichtswerk oder überhaupt ein Buch, welcher Art es auch sei, zu schreiben, bedarf es gesunden Verstandes und reifen Urteils; mit Anmut zu scherzen und witzig zu schreiben ist die Sache hochbegabter Männer. Die geistvollste Rolle in der Komödie ist die des dummdreisten Narren; denn diese Eigenschaft darf der nicht haben, der den Einfältigen vorstellen soll. Die Geschichte ist wie ein Heiligtum, denn sie muß wahr sein, und wo die Wahrheit ist, da ist Gott – insoweit es Wahrheit betrifft. Aber dessenungeachtet gibt es Leute, die Bücher schreiben und unter die Leute werfen, als wären es Fastnachtskrapfen."

„Es gibt kein so schlechtes Buch", sagte der Baccalaureus dagegen, „das nicht etwas Gutes enthielte."

„Das ist ohne Zweifel so", versetzte Don Quijote; „aber sehr häufig kommt es vor, daß Männer, die nach Verdienst durch ihre Schriften großen Ruf errungen und erworben hatten, ihn gänzlich einbüßten oder doch einigermaßen schmälerten, wenn sie diese Schriften in Druck gaben."

„Das kommt daher", sprach Sansón, „daß man über gedruckte Werke mit Muße nachdenkt und daher ihre Fehler leicht erkennt, und die Beurteilung geschieht um so gründlicher und strenger, je größer der Ruf des Verfassers ist. Männer, die durch ihren Genius

Ruhm erworben haben, große Dichter, glänzende Geschichtsschreiber, werden immer, oder doch in den meisten Fällen, von denen beneidet, die besonderes Vergnügen darin finden, die Schriften Dritter zu beurteilen, ohne daß sie jemals eigene Arbeiten ans Licht gegeben."

„Das ist nicht zu verwundern", sprach Don Quijote, „gibt es doch auch viele Theologen, die nicht für die Kanzel taugen, hingegen sehr geeignet sind, um zu erkennen, was an den Predigten anderer zu wenig oder zu viel ist."

„Alles das ist richtig, Señor Don Quijote", versetzte Carrasco, „aber ich wünschte, derartige Tadler hätten mehr Barmherzigkeit und weniger Kritik und unterließen es, sich an jedes Stäubchen zu halten, wenn sie der hellen Sonne eines schönen Werkes Übles nachreden wollen. Denn wenn aliquando bonus dormitat Homerus, so mögen sie bedenken, wie lange er wach gewesen, um das Licht seines Werkes mit so wenig Schatten als möglich der Welt zu bieten; und es könnte wohl auch der Fall sein, daß, was ihnen mißfällt, nur kleine Muttermale wären, die manchmal dem Gesichte, das solche hat, um so größeren Reiz verleihen. Und so sage ich denn, daß es das größte Wagestück ist, ein Buch drucken zu lassen, da es über alle Unmöglichkeiten unmöglich ist, es so zu schaffen, daß es alle Leser befriedigt und erfreut."

„Das Buch, das von mir handelt", sprach Don Quijote, „muß wenige befriedigt haben."

„Ganz umgekehrt; denn da stultorum infinitus est numerus, so ist die Zahl derjenigen unendlich groß, denen die besagte Geschichte gefallen hat. Einige jedoch haben das Gedächtnis des Verfassers der Schwäche oder der böslichen Absicht beschuldigt, da er zu erzählen vergißt, wer der Spitzbube war, der Sanchos Esel stahl; denn der wird dort nicht genannt, und man kann nur aus der Erzählung schließen, daß der Esel dem Sancho gestohlen worden; und gleich darauf sehen wir ihn auf dem nämlichen Esel reiten, ohne daß er erst wieder zum Vorschein gekommen wäre. Auch sagen die Leute, der Verfasser habe zu sagen vergessen, was Sancho mit den hundert Goldtalern tat, die er in der Sierra Morena in dem Mantelsack fand, und mancher Leser möchte wissen, was er damit anfing oder wozu er sie verwendete; und dies ist einer der wesentlichsten Punkte, die in dem Buche fehlen."

Sancho antwortete: „Ich, Herr Sansón, bin jetzt nicht dazu aufgelegt, mich mit Zählen oder Erzählen abzugeben; es ist mir im Magen ganz schwach geworden, und wenn ich diesem Zustand nicht mit zwei Schluck Firnewein abhelfe, so werd ich am Ende noch dran glauben müssen. Ich hab den Wein im Keller, meine Hausehre erwartet mich; sobald ich mit dem Essen fertig bin, komme ich zurück und geb Euch und aller Welt Red und Antwort auf jede beliebige Frage, sowohl über den Verlust des Esels als auch über die Verwendung der hundert Goldtaler."

Und ohne eine Antwort abzuwarten noch sonst ein Wort zu sagen, ging er nach Hause. Don Quijote bat und drängte den Baccalaureus, mit seinem ärmlichen Büßermahl vorliebzunehmen; dieser nahm die Einladung an und blieb da; es wurde zu der Alltagskost noch ein Paar Täubchen zugegeben; es wurde vom Rittertum gesprochen, Carrasco fügte sich in die Liebhaberei seines Wirts; sie hielten ihr Mittagsschläfchen, Sancho kehrte zurück, und das vorige Gespräch wurde wieder aufgenommen.

4. Kapitel

Wo Sancho Pansa dem Baccalaureus auf seine Zweifel und Fragen Auskunft erteilt, benebst andern Begebnissen, so wissens- und erzählenswert sind

Sancho Pansa kehrte zum Hause Don Quijotes und zu dem vorigen Gespräch zurück und sprach: „Wie der Herr Sansón gesagt hat, wünschte man zu wissen, von wem und wie und wann der Esel mir gestohlen worden. Zur Antwort hierauf sag ich: In der nämlichen Nacht, wo wir auf der Flucht vor der Heiligen Brüderschaft uns in die Sierra Morena begaben, nach jenem Abenteuer mit den Galeerensklaven, das uns teuer zu stehen kam, und nach jenem andern mit dem Leichnam, den man gen Segovia führte, verbargen mein Herr und ich uns in einem Dickicht, wo wir beide – mein Herr auf seine Lanze gelehnt und ich auf meinem Grauen sitzend –, zerschlagen und gerädert von den erlebten Streithändeln, uns dem Schlaf ergaben, als ob wir auf einem halben Dutzend Matratzen lägen. Ich besonders schlief so fest, daß irgendeiner, wer es auch gewesen sein mag, Gelegenheit fand, sich heranzuschleichen und mir vier Knüppel unter die vier Seiten meines Sattels zu schieben, so daß ich darauf sitzen blieb wie auf einem Gaul, während er mir den Grauen unter dem Leibe wegmauste, ohne daß ich es merkte."

„Das ist was Leichtes und nicht zum erstenmal geschehen", fiel Don Quijote ein; „denn das nämliche geschah dem Sacripant, dem bei der Belagerung von Albraca der berüchtigte Dieb Brunell mit demselben Kunststück den Gaul zwischen den Beinen wegstahl."

„Es wurde Morgen", fuhr Sancho fort, „und kaum hatte ich mich ein wenig gestreckt, so fielen die Knüppel unter dem Sattel zusammen, und ich tat einen schweren Fall auf den Boden. Ich sah mich nach dem Esel um und fand ihn nirgends; Tränen traten mir in die Augen, und ich erhob ein solches Klagelied, daß der Verfasser unserer Geschichte, wenn er es nicht ins Buch gesetzt hat, sicher sein kann, daß er nie was Gutes hineingesetzt hat. Nach Verlauf von soundso viel Tagen, als wir mit der gnädigen Prinzessin Mikomikona des Weges zogen, gewahrte ich plötzlich meinen Esel wieder und sah, daß auf ihm in Zigeunertracht jener Ginés de Pasamonte ritt, jener Spitzbube und Erzschurke, den mein Herr und ich von der Kette frei gemacht hatten."

„Nicht darin liegt der Fehler", entgegnete Sansón, „sondern darin, daß, ehe der Esel wieder zum Vorschein gekommen, der Verfasser sagt, daß Sancho auf dem nämlichen Esel einherritt."

„Darauf", sagte Sancho, „kann ich nichts anderes sagen, als daß der Geschichtsschreiber sich geirrt hat oder daß der Setzer einen Fehler gemacht hat."

„So ist es ohne Zweifel", sprach Sansón, „aber was habt Ihr mit den hundert Goldtalern gemacht?"

„Vertan sind sie", antwortete Sancho. „Ich habe sie zu meinem eigenen Nutzen und zu Nutz und Frommen von Frau und Kindern verwendet, und sie sind schuld daran, daß meine Frau die Wege und Fahrten, die ich in Diensten meines Herrn Don Quijote getan, geduldig erträgt; denn wäre ich nach Verfluß so langer Zeit ohne einen Pfennig und ohne den Esel heimgekehrt, so wäre es mir schlecht ergangen. Will nun einer noch mehr von mir wissen, hier steh ich und bin bereit, einem jeden, selbst dem König, Rede zu stehen, und niemanden geht es etwas an, ob ich was mitbrachte oder nichts mitbrachte, was ausgab oder nichts ausgab. Denn sollten die Prügel, die ich auf den Reisen bekam, mir in Geld bezahlt werden, und wenn jeder Hieb auch nur zu vier Maravedís taxiert würde, so wären noch einmal hundert Goldtaler nicht genug, um mir auch nur die Hälfte zu bezahlen; und es greife jeder in seinen Busen und lasse sich nicht beigehen, weiß für schwarz und schwarz für weiß auszugeben; denn am Ende ist jeder, wie Gott ihn geschaffen hat, und oftmalen noch viel schlechter."

„Ich will den Verfasser der Geschichte darauf aufmerksam

machen", sprach Carrasco, „wenn er sie nochmals drucken läßt, daß er nicht vergißt, was der wackere Sancho gesagt hat; dadurch wird sie ein gut Stück mehr an Wert gewinnen, als sie jetzt hat."

„Gibt es sonst noch was in dem Buche zu verbessern, Herr Baccalaureus?" fragte Don Quijote.

„Gewiß wird sich noch was finden", antwortete jener; „allein es wird wohl nichts von solcher Wichtigkeit sein wie die erwähnten Stellen."

„Ob der Verfasser wohl einen zweiten Teil verspricht?" fragte Don Quijote weiter.

„Freilich verspricht er ihn", antwortete Sansón, „allein er sagt, er habe noch nicht herausgebracht, in wessen Händen sich die Handschrift befindet, und so wissen wir nicht, ob er herauskommen wird oder nicht. Und sowohl aus diesem Grunde als auch deshalb, weil einige sagen, die zweiten Teile taugen selten etwas, und andere, es ist schon genug von Don Quijotes Geschichten geschrieben, vermutet man, es werde überhaupt ein zweiter Teil nicht kommen; wiewohl andre, die mehr auf dem Altar des heitern Jovis als des finstern Saturn opfern, dagegen meinen: Nur immer her mit noch mehr Donquijoterien! Don Quijote soll nur immer auf Feinde anstürmen, und Sancho Pansa soll plaudern; und mag es sein, was und wie es sein mag, wir haben unsere Freude daran."

„Und was hat der Verfasser vor?" fragte Don Quijote.

„Was?" entgegnete Sansón; „im Augenblick, wo er die Geschichte auffindet, der er allerorten mit außerordentlichstem Bemühen nachspürt, wird er sie auf der Stelle in Druck geben, und zwar mehr um des Vorteils willen, der ihm aus der Herausgabe erwächst, als durch irgendwelche Lobeserhebungen angetrieben."

Darauf sagte Sancho: „Geld und Gewinn hat der Verfasser im Auge? Da wär's ein Wunder, wenn ihm was Rechtes gelingen sollte; denn da wird er nichts tun als sich überhaspeln und hudeln wie ein Schneider am Vorabend des Osterfestes, und Arbeiten, die man in aller Eile fertigt, werden nie mit der Vollkommenheit zu Ende geführt, die sie erfordern. Der Herr Maure, oder was er sonst ist, soll sich ja recht genau überlegen, was er tun will; ich und mein Herr werden ihm so vielen Trödelkram von Abenteuern und mannigfachen Begebnissen an die Hand geben, daß er imstande sein soll, nicht nur den zweiten Teil, sondern deren hundert zu schreiben. Der gute Mann denkt sicher, wir liegen hier auf der Bärenhaut; aber er soll uns nur einmal auf den Zahn fühlen, da wird er schon sehen, ob einer wackelt. Ich aber sage nur so viel: Wenn mein Herr meinen Rat annähme, so müßten wir schon draußen auf freiem Felde einherziehen, um Unbilden wiedergutzumachen und Unrecht zurechtzubringen, wie es Sitte und Brauch der braven fahrenden Ritter ist."

Sancho hatte noch nicht ausgeredet, da drang ihnen Rosinantes Gewieher in die Ohren; dies Wiehern nahm Don Quijote für eine glückliche Vorbedeutung und beschloß alsbald, nach drei oder vier Tagen eine neue Ausfahrt zu unternehmen. Er entdeckte sein Vorhaben dem Baccalaureus und bat ihn um Rat, in welchem Landstrich er seine Fahrten beginnen solle. Dieser antwortete ihm, seine Meinung sei, er solle nach dem Königreich Aragón, und zwar nach Zaragoza, ziehen, wo in wenigen Tagen festliche Kampfspiele zur Feier des Sankt-Georgen-Tages stattfinden sollten, und bei diesen könne er Ruhm gewinnen vor allen aragonischen Rittern, was soviel heißen würde, als vor allen Rittern auf Erden. Er pries seinen Entschluß als höchst ehrenvoll und mannhaft, warnte ihn aber, er möge, wenn er Gefahren entgegengehe, mehr auf seiner Hut sein, da sein Leben nicht ihm angehöre, sondern allen jenen, die seiner bedürften, um von ihm bei ihren Bedrängnissen in Schutz und Schirm genommen zu werden.

„Das gerade verwünsche ich ja immer, Herr Sansón", fiel hier Sancho ein, „daß mein Herr auf hundert Männer in Waffen so losstürzt wie ein gefräßiges Jünglichen auf ein halb Dutzend Marzipanpüppchen. Sackerlot, Herr Baccalaur! Ja, es gibt Zeiten, drauflozustürzen, und Zeiten, zurückzuweichen; und es darf nicht immer heißen: Santiago und Spanien, drauflos!, zumal ich habe sagen hören – und ich glaube, von meinem Herrn selbst, wenn mich mein Gedächtnis nicht täuscht –, daß zwischen den beiden äußersten Gegensätzen, nämlich dem Feigling und dem tollkühnen Waghals, die Tapferkeit die rechte Mitte ist. Und wenn dem so ist, so will ich nicht, daß er ohne Grund fliehen soll, aber auch nicht, daß er zum Angriff stürzt, wenn die Übermacht ein anderes Verhalten erfordert. Vor allem aber tue ich meinem Herrn zu wissen: wenn er mich mitnehmen will, so kann das nur unter der Bedingung sein, daß er allein alles auszufechten hat und daß ich zu weiter nichts verpflichtet bin, als für seine Person zu sorgen, nämlich ihn sauberzuhalten und zu verpflegen; denn darin will ich gewiß das Menschenmögliche tun. Wenn aber einer glaubt, ich sollte je Hand ans Schwert legen, und wäre es auch gegen räuberische Bauernkerle mit Axt und Eisenhut, der ist auf dem Holzweg. Ich, Herr Sansón, denke gar nicht daran, Ruhm zu erwerben als ein großer Held, sondern als der beste und getreuste Schildknappe, der jemals in fahrenden Ritters Diensten gewesen, und wenn mein Herr Don Quijote in Anerkennung meiner vielen und treuen Dienste mir eine beliebige Insul von den vielen schenken will, die, wie er sagt, draußen in der Welt zu finden sind, so werde ich selbige als große Gnade annehmen, und wenn er sie mir nicht schenkt, nun gut, ich bin einmal auf der Welt, und es soll der Mensch sich nicht auf den Menschen verlassen, sondern auf Gott, und außerdem wird mein Brot auch ohne Statthalterei mir ebenso gut und vielleicht noch besser schmecken, als wenn ich Statthalter wäre. Und kann ich etwa wissen, ob der Teufel nicht schon daran ist, mir bei dem Statthaltern ein Bein zu stellen, daß ich strauchle und falle und mir die Backenzähne einschlage? Als Sancho bin ich geboren, als Sancho will ich sterben. Wenn aber bei alledem, so ganz im guten und im stillen, ohne viel Bemühen und ohne viele Fährlichkeit, der Himmel mir irgendwo eine Insul oder was anderes der Art bescheren wollte, so bin ich nicht so dumm, es abzulehnen; denn es heißt im Sprichwort: Schenkt dir einer die Kuh, so lauf mit dem Strick herzu; und: Kommt das Glück gegangen, so sollst du es dir einfangen."

„Freund Sancho", versetzte Carrasco, „Ihr habt wie ein Professor gesprochen; aber trotz alledem baut auf Gott und auf Señor Don Quijote, der Euch ein Königreich und nicht bloß eine Insul schenken wird."

„Zuviel ist ganz dasselbe wie zuwenig", erwiderte Sancho. „Jedoch kann ich dem Herrn Carrasco sagen: wenn mein Herr mir ein Königreich schenken sollte, so würde es nicht in einen durchlöcherten Sack gesteckt werden; denn ich habe mir den Puls gefühlt und mich gesund genug gefunden, um Königreiche zu regieren und über Insuln den Statthalter abzugeben. Auch hab ich das schon früher meinem Herrn des öftern gesagt."

„Bedenkt aber, Sancho", sprach Sansón, „ein anderes Amt, ein anderer Sinn; und es wäre ja möglich, wenn Ihr einmal Statthalter seid, so kennt Ihr die Mutter nicht mehr, die Euch geboren."

„Das ist von jenen Leuten zu verstehen", entgegnete Sancho, „die auf einem Strohbündel zur Welt gekommen sind, und nicht von solchen, die ein paar Zoll Fett vom echten alten Christen auf der Seele sitzen haben wie ich. Nein! Oder seht Euch doch mein ganzes Wesen näher an, ob es derart ist, gegen irgendwen Undank zu üben."

„Gott geb es", sprach Don Quijote; „es wird sich alles schon finden, wann die Statthalterei kommt, und es bedünkt mich, ich sehe sie schon ganz nahe winken."

Hierauf wendete er sich an den Baccalaureus mit der Bitte, wenn er ein Dichter sei, so möge er ihm die Gunst erweisen, ihm über den Abschied, den er von seiner Gebieterin Dulcinea von Toboso zu nehmen gedenke, einige Verse zu dichten, und möge darauf bedacht sein, an den Anfang einer jeden Zeile einen Buchstaben aus ihrem Namen zu setzen, so daß zuletzt, wenn man die Buchstaben aneinanderreihe, der Name Dulcinea von Toboso zu lesen sei.

Der Baccalaureus antwortete, obschon er nicht zu den berühmten Dichtern gehöre, die es in Spanien gebe, deren, wie die Leute sagen, nur drei und ein halber an der Zahl seien, so würde er doch sicher nicht unterlassen, die Reimzeilen in der gewünschten Versart niederzuschreiben. Indessen finde er eine große Schwierigkeit, sie so abzufassen, weil die Buchstaben, die den Namen bildeten, siebzehn an der Zahl seien, und wenn er kastilianische Strophen zu je vier Versen schreiben wollte, so würde ein Buchstabe zuviel sein, und schriebe er Strophen zu je fünf Versen, die man Décimas oder Redondillas nennt, so wären es drei Buchstaben zuwenig. Aber dessenungeachtet wollte er sich alle Mühe geben, um einen Buchstaben so gut wie möglich zwischen die andern einzuschieben, so daß der Name Dulcinea von Toboso dennoch in die vier kastilianischen Vierzeiler ginge.

„Auf alle Fälle muß es so geschehen", sprach Don Quijote, „denn wenn der Name nicht klar und unverkennbar dasteht, so wird kein Frauenzimmer glauben, daß die Verse für sie geschrieben worden sind."

Sie ließen es dabei bewenden und kamen überein, daß die Ausfahrt in acht Tagen stattfinden solle. Don Quijote schärfte dem Baccalaureus ein, sie geheimzuhalten, besonders vor dem Pfarrer und Meister Nicolas und seiner Nichte und der Haushälterin, damit sie seinem rühmlichen und mannhaften Entschluß keine Hindernisse bereiteten. Carrasco versprach alles, nahm hiermit Abschied und forderte Don Quijote auf, ihm bei Gelegenheit von all seinen guten oder schlimmen Erlebnissen Nachricht zu geben. Hiermit sagten sie einander Lebewohl, und Sancho ging heim, um das für seine Reise Erforderliche herzurichten.

5. KAPITEL

Von der verständigen und kurzweiligen Zwiesprach, die zwischen Sancho Pansa und seinem Weib Teresa Pansa geschehen, benebst andern Vorgängen, so eines seligen Gedächtnisses würdig sind

(Indem der Übersetzer dieser Geschichte an die Niederschrift dieses fünften Kapitels kommt, bemerkt er, er halte es für unecht, weil Sancho Pansa darin in einer ganz andern Art spricht, als man von seinem beschränkten Geist erwarten durfte, und so scharfsinnige Dinge sagt, daß man deren Kenntnis unmöglich bei Sancho annehmen könne. Indessen wollte er, um seiner Pflicht zu genügen, es doch nicht unübersetzt lassen und fährt daher folgendermaßen fort:)

Sancho kam so wohlgemut und vergnügt nach Hause, daß seiner Frau sein vergnügtes Wesen schon auf Büchsenschußweite auffiel und sie zu der Frage veranlaßte: „Was bringst du, lieber Sancho, daß du so vergnügt bist?"

Darauf antwortete er: „Liebes Weib, wenn Gott es so wollte, so würde ich mich freuen, nicht so heiter zu sein, wie mein Aussehen zeigt."

„Mann, ich versteh dich nicht", entgegnete Teresa, „und weiß nicht, was du damit meinst, daß du dich freuen würdest, wenn Gott es so wollte, nicht heiter zu sein; denn bin ich auch ein dummes Ding, so kenne ich doch keinen, der Vergnügen daran haben könnte, daß er keines hat."

„Sieh, Teresa", erklärte Sancho, „ich bin vergnügt, weil ich den Entschluß gefaßt habe, wieder in den Dienst meines alten Herrn Don Quijote zu treten, der zum drittenmal auf Abenteuer ausziehen will, und ich will abermals mit ihm hinaus, denn so erheischt es meine bedrängte Lage sowie die Hoffnung, die mich heiter stimmt, ob ich vielleicht noch einmal hundert Goldtaler wie die bereits ausgegebenen finden kann; obwohl es mich traurig macht, daß ich mich von dir und meinen Kindern trennen soll. Und wenn es Gott gefiele, mir mein Stückchen Brot zu geben, ohne daß ich nötig hätte, aus dem Hause zu gehen und mir die Füße naß zu machen und mich über Stock und Stein und auf Kreuzwegen herumzuschleppen – und das könnte ich von Gott sehr wohlfeil haben, weil er es nur zu wollen brauchte –, dann hätte doch natürlich meine Fröhlichkeit weit mehr Bestand und einen ganz andern Wert, denn jetzt ist sie vermischt mit der Betrübnis, dich verlassen zu müssen. Und darum hab ich mit Recht gesagt, ich würde mich freuen, wenn Gott wollte, daß ich nicht vergnügt wäre."

„Nun sieh, Sancho", versetzte Teresa, „seit du dich zum Glied eines fahrenden Ritters gemacht hast, sprichst du auf eine so verblümte Manier, daß dich keiner versteht."

„Es ist schon genug, wenn mich Gott versteht, Weib", entgegnete Sancho, „er ist's, der alles versteht. Lassen wir's dabei bleiben, und merk dir, daß du die nächsten drei Tage den Grauen wohl zu pflegen hast, so daß er imstande ist, aufs Waffenwerk zu ziehen. Verdopple ihm sein täglich Futter, schau nach dem Sattel und dem übrigen Geschirr, denn wir gehn nicht auf die Hochzeit, sondern auf die Reise durch die Welt, und haben vor, mit Riesen, mit Drachen und Ungetümen uns herumzuschlagen und Zischen und Brüllen, Heulen und Belfern zu hören; und doch wäre alles das nur Konfekt und Zuckerkandel, wenn wir nicht mit Yanguesen und verzauberten Mohren zu tun bekämen."

„Ich glaube wohl, Mann", versetzte Teresa, „daß die fahrenden Knappen ihr Brot nicht umsonst essen; und ich will daher unsern Herrgott beständig anflehen, daß er dich bald von solchem Übel erlöst."

„Ich sage dir, Weib", entgegnete Sancho, „wenn ich nicht dächte, in Kürze Statthalter einer Insul zu werden, so möchte ich lieber hier auf der Stelle mausetot hinfallen."

„O nicht doch, lieber Mann", versetzte Teresa, „Gott lasse der Henne ihr Leben, wenn sie auch den Pips hat. Bleib du nur hübsch am Leben, und alle Statthaltereien auf dem Erdboden mag der Teufel holen. Ohne Statthalterei bist du aus dem Mutterleib gekommen, ohne Statthalterei hast du bis jetzt gelebt, und ohne Statthalterei wirst du zu Grabe gehen oder getragen werden, wenn es Gott gefällt. Es gibt genug Leute in der Welt, die ohne Statthalterei leben, und sie sind geradeso am Leben und zählen unter den andern mit. Hunger ist der beste Koch; und da der dem Armen nie fehlt, so schmeckt ihm immer sein Essen. Aber schau nur, Sancho, wenn du im glücklichen Falle doch zu einer Statthalterschaft kommen solltest, so vergiß mich und deine Kinder nicht, bedenke, daß Klein-Sancho schon volle fünfzehn Jahre alt ist, und da gehört es sich, daß er in die Schule geht, wenn nämlich sein Oheim, der geistliche Herr, ihn für die Kirche bestimmen will. Denk ferner daran, daß deine Tochter Marisancha auch nicht dran sterben wird, wenn wir sie verheiraten; denn sie läßt schon durchblicken, daß sie sich ebensosehr einen Mann wünscht wie du eine Statthalterei, und zuletzt und am Ende gilt's doch für ein Mädchen: Besser ein Ehemann mit Hunger und Not als ein Liebhaber mit Zuckerbrot."

„Wahrlich", entgegnete Sancho, „wenn mir Gott so was wie eine Statthalterei beschert, dann, liebes Weib, werde ich Marisancha so vornehm verheiraten, daß keiner an sie hinaufreicht, als wer sie mit gnädige Frau anredet."

„Nein, nicht so", widersprach Teresa; „verheirate sie mit ihresgleichen, das ist das richtigste; denn wenn du sie aus ihren Holzschuhen nimmst und in Hackenschuhe steckst und aus ihrem grauen Barchentkittel in einen Puffrock mit einem Überkleid von Seide und aus einem Mariechen mit Du zu einer Doña Soundso und Euer Gnaden machst, so findet sich das Mädel nicht zurecht und wird bei jedem Schritt in tausend Fehler verfallen und den großen Faden ihres derben Stoffes jeden Augenblick merken lassen."

„Schweig still, alberne Törin", sprach Sancho; „es handelt sich nur darum, daß sie sich zwei, drei Jahre dran gewöhnt, und nachher wird ihr das herrschaftliche Wesen und das Vornehmtun sitzen wie angegossen; wenn aber auch nicht, was liegt daran? Wenn sie nur gnädige Frau wird, dann mag's gehen, wie es will."

„Nimm dein Maß nach deinem Stande, Sancho", entgegnete Teresa, „und begehre nicht höher hinauf und denk an den Spruch: Kommt deines Nachbars Sohn, so schneuz ihm die Nase und nimm ihn ins Haus auf. Das wäre schon was Schönes, unsre Maria mit einem Lümmel von einem Grafen oder Ritter zu verheiraten, der, wenn's ihm einfällt, ihr aufs ärgste mitspielt und sie eine Bäuerin nennt und sie ein Kind vom Ackerknecht und von der Flachszupferin schimpft. Nie, solang ich lebe, Mann! Jawohl, zu so was hab ich meine Tochter erzogen! Schaff du nur Geld ins Haus, Sancho, und für ihre Verheiratung laß mich sorgen. Da ist der Lope Tocho, der Sohn von Juan Tocho, ein stämmiger gesunder Bursch, und den kennen wir, und ich weiß, daß er ein Auge auf das Mädel hat, und bei dem, der unsersgleichen ist, wird sie es als Frau gut haben, und den haben wir immer unter Augen, und da können wir zusammenbleiben, Eltern und Kinder, Enkel und Schwiegersöhne und -töchter, und Gottes Friede und Segen wird mit uns sein. Nein, daß du mir sie jetzt nicht verheiratest dort am Hofe und im großen weiten Herrschaftshause, wo die Leute sie nicht verstehen und sie sich selber nicht mehr versteht."

„Komm mal her, du dummes Tier, du Teufelsweib!" rief Sancho; „warum willst du, ohne das Wie und Warum zu wissen, mich jetzt daran hindern, meine Tochter mit jemandem zu verheiraten, der mir Enkel schenkt, die man Euer Gnaden heißt? Sieh, Teresa, von jeher hab ich von meinen Voreltern gehört: wer das Glück sich nicht zunutze macht, wenn es zu ihm kommt, der darf sich nicht beklagen, geht es an ihm vorüber. Und jetzt, wo es an unsre Tür pocht, sollen wir sie vor ihm verriegeln? Lassen wir uns von dem günstigen Wind vorantreiben, der uns jetzt in die Segel bläst."

(Wegen dieser Ausdrucksweise sowie wegen der Äußerungen, die Sancho weiter unten noch vorbringt, sagt der Übersetzer dieser Geschichte, er halte das gegenwärtige Kapitel für untergeschoben.)

„Du begreifst also nicht, dummes Ding", fuhr Sancho fort, „daß es gescheit ist, wenn ich mit meinem ganzen Leibe in eine einträgliche Statthalterei hineinschlüpfe, die uns aus dem Dreck zieht, und wenn ich Marisancha verheirate, mit wem ich will, und die Leute dich dann Doña Teresa nennen, und du sitzt in der Kirche auf einem Teppich von Wolle und Seide, auf Polstern und feinem Besatz, den adligen Weibern im Ort zum Ärger und Verdruß? O nein, bleib nur immer hübsch im nämlichen Stand und

Wesen, ohne zu- oder abzunehmen, wie ein gesticktes Bild auf einem Meßgewand! Aber darüber wollen wir nicht weiter reden; Klein-Sancha soll eine Gräfin werden, und wenn du mir noch so viel vorplapperst."

„Was du nur alles daherschwätzest, Mann", entgegnete Teresa. „Gut, bei alledem fürchte ich, der Grafenstand meiner Tochter wird ihr Unglück werden. Tu, was dich gelüstet, mach sie zur Herzogin oder zur Prinzessin, aber ich muß dir sagen, es geschieht nie mit meinem Willen und nie mit meiner Einwilligung. Von jeher, lieber Freund, hab ich es mit der Gleichheit gehalten, und ich mag keine Großtuerei, wo nicht der geringste Grund dazu da ist. Den Namen Teresa hab ich bei der Taufe bekommen, einen reinen schlichten Namen, ohne Anhängsel, ohne Besatz oder Verzierung mit Don oder Doña. Cascajo hat mein Vater geheißen, und ich, weil ich deine Frau bin, werde Teresa Pansa geheißen, wiewohl ich von Rechts wegen Teresa Cascajo heißen sollte, aber: wohin Gesetzes Wille geht, dahin wird der König gedreht; und mit selbigem Namen bin ich zufrieden, ohne daß man mir ein Don obendrauf setzt, das mir eine so schwere Last wäre, daß ich's nicht tragen könnte. Und ich will den Leuten keinen Anlaß zur üblen Nachrede geben, wenn sie mich einmal nach Grafenmode oder statthalterlich herausgeputzt sehen sollten; denn da werden sie gleich sagen: Seht mal, wie die Schweinetreiberin hochnäsig einhersteigt! Gestern konnte sie es nicht satt kriegen, ihren Faden Werg vom Rocken zu ziehen, und wenn sie zur Messe ging, hatte sie über den Kopf einen Zipfel vom Kittel geschlagen anstatt eines Schleiers; und heute zieht sie herum mit einem Puffrock mit Busenspangen und trägt die Nase hoch, als ob wir nicht wüßten, wer sie ist. Erhält mir nur Gott meine sieben oder fünf Sinne, oder soviel ich Sinne habe, so gedenk ich wahrlich nicht in eine solche Klemme zu geraten. Geh du nur und schaff dir eine Statthalterei oder Insulei, und tu groß nach Belieben; aber meine Tochter und ich, bei meiner Mutter Seel und Seligkeit, wir gehen keinen Schritt aus unsrem Dorfe heraus. Ein Weib, das mit Ehren will bestehn, bricht's Bein, um nicht aus dem Haus zu gehn; und ein Mägdlein rein im Ehrenkranz geht lieber zur Arbeit als zum Tanz.

Zieh du nur mit deinem Don Quijote hinaus auf Abenteuer, und hungern wir abends, so ist's nicht teuer, und Gott wird's bessern, wenn wir redlichen Herzens sind. Und ich weiß wahrhaftig nicht, wer *ihm* den Don vorgesetzt hat, den doch seine Eltern und Großeltern nicht gehabt haben."

„Jetzt muß ich aber sagen", versetzte Sancho, „du hast den Teufel im Leib. Gott sei dir gnädig, Weib, wie vielerlei Dinge hast du durcheinandergeworfen, die nicht Hand noch Fuß haben! Was haben der Cascajo, die Busennadeln, die Sprichwörter und die Großtuerei mit dem zu tun, was ich sage? Komm mal her, du verrücktes Ding, du unverständig Weib – denn so darf ich dich wohl heißen, weil du meine Äußerungen nicht verstehst und vor deinem Glück fliehen willst –; wenn ich gesagt hätte, meine Tochter solle sich von einem Turm herabstürzen oder solle draußen in der Welt herumlaufen, wie die Infantin Doña Urraca tun wollte, dann hättest du recht, daß du meinem Willen entgegen bist. Wenn ich dir aber im Handumdrehen und so geschwind, wie du ein Auge auf- und zumachst, ihr ein Don und Euer Gnaden auf die Rippen werfe und nehme sie dir vom Strohsack fort und setze sie dir unter einen Thronhimmel und auf einen Herrenstuhl in der Kirche, auf einen Hochsitz, drauf liegen mehr Kissen mit Maroquin überzogen, als uns vordem Reiter aus Marokko überzogen: warum sollst du alsdann nicht einwilligen und wollen, was ich will?"

„Weißt du warum, Mann?" antwortete Teresa, „weil das Sprichwort sagt: Wer dir was schenkt, zeigt, daß dir was fehlt. Von dem Armen wendet jeder die Augen in aller Eile ab, auf dem Reichen läßt er sie lange haften; und wenn solch ein reicher Mann eine Zeitlang ein armer gewesen, da kommt die üble Nachrede und das Lästern, und was ärger, die Lästerer lassen nicht mehr vom Lästern ab, und deren gibt es auf allen Gassen haufenweise wie Bienenschwärme."

„Gib acht, Teresa", entgegnete Sancho, „und höre, was ich dir jetzt sage; vielleicht hast du's all dein Lebtag nicht gehört, und jetzt rede ich nicht aus mir, denn alles, was ich dir zu sagen gedenke, sind Sprüche des Paters vom Predigerorden, der im verflossenen Jahr in unserm Dorf die Fastenpredigten hielt. Der hat gesagt, wenn ich mich recht entsinne, daß alle Dinge, die unser Auge in der Gegenwart erschaut, weit besser und mit gewaltigerer Kraft sich in unsrem Gedächtnis darstellen, haften und verbleiben als das Vergangene."

(Was Sancho hier alles sagt, ist die zweite Stelle, um derentwillen der Übersetzer dieses Kapitel für untergeschoben hält, weil es über Sanchos Fassungskraft hinausgeht. Er fuhr folgendermaßen fort:)

„Davon kommt es her, daß, wenn wir jemanden stattlich angetan und mit reichen Kleidern geschmückt sehen, wir das Gefühl haben, als ob er uns mit Gewalt dazu treibe und nötige, ihm Ehrerbietung zu bezeigen, obwohl unser Gedächtnis uns im nämlichen Augenblick die niedrigen Umstände vorstellt, in denen wir selbige Person gesehen haben; denn da diese Schmach, ob sie nun von Armut oder von niederer Geburt herkommt, schon eine vergangene ist, so besteht sie nicht mehr, und es besteht nur, was wir als Gegenwärtiges sehen. Und wenn der Mann, den das günstige Geschick aus den rohen Anfängen seiner Niedrigkeit hervorzog bis zur Höhe seines Glücks – mit denselben Worten hat das der Pater gesagt –, wenn der Mann also sich wohlgesittet, freigebig und höflich gegen jedermann benimmt und sich in keine Nörgeleien mit denen einläßt, die von altem Adel sind, so kannst du sicher glauben, Teresa, es wird kein einziger daran denken, was er gewesen, sondern jeder ehrt in ihm, was er ist, ausgenommen die Neidhämmel, vor denen keines Menschen glückliches Geschick sicher ist."

„Ich versteh dich nicht, Mann", sprach Teresa hierauf; „tu, was du willst, und zerbrich mir nicht meinen Kopf mit deinen langen Reden und deinem Bombast; und wenn du zu deinem Vorhaben verschlossen bist..."

„Entschlossen mußt du sagen, Weib", fiel Sancho ein, „und nicht verschlossen."

„Fang keine Händel mit mir an, Mann", entgegnete Teresa; „ich rede, wie es Gott gefällt, und lasse mich in keine Weitläufigkeiten ein. Und ich sage, wenn du dabei bleibst und durchaus eine Statthalterei haben willst, so nimm deinen Sohn Sancho mit, auf daß du ihn gleich jetzt das Statthaltern lehrst; denn es ist wohlgetan, daß die Kinder ihres Vaters Geschäft erben und erlernen."

„Wenn ich eine Statthalterei habe", sprach Sancho, „so will ich gleich mit der Post nach ihm schicken und dir Geld schicken, daran wird mir's nicht fehlen; denn es fehlt ja nie an Leuten, die den Statthaltern Geld borgen, wenn sie keins haben. Und zieh ihn so an, daß er nicht merken läßt, was er ist, und als das aussieht, was er werden soll."

„Schick du nur das Geld", versetzte Teresa, „ich will ihn schon anziehen wie ein Prinzchen."

„Endlich sind wir also einig", sprach Sancho, „daß unsre Tochter eine Gräfin werden soll."

„Denselben Tag, wo ich sie als Gräfin erblicke", entgegnete Teresa, „bin ich auch sicher, daß ich sie zu Grabe trage. Aber ich sag dir noch einmal, tu, was dir gut dünkt; denn diese Bürde ist den Weibern schon bei der Geburt auferlegt, daß sie ihren Männern gehorchen müssen, und wenn es auch Klotzköpfe sind."

Und hiermit fing sie so ernstlich zu weinen an, als ob sie Klein-Sancha schon tot und begraben sähe. Sancho sprach ihr Trost zu mit dem Versprechen, wenn er sie auch zur Gräfin mache, so wolle er sie so spät wie möglich dazu machen. Damit endete ihr Gespräch, und Sancho kehrte zu Don Quijote zurück, um Anstalten zur Abreise zu treffen.

6. Kapitel

Von den Begebenheiten zwischen Don Quijote und seiner Nichte und Haushälterin; eins der wichtigsten Kapitel in dieser ganzen Geschichte

Während Sancho Pansa und sein Weib Teresa Cascajo dieses ungereimte Gespräch miteinander führten, waren die Nichte und die Haushälterin Don Quijotes nicht müßig, da sie aus tausend Anzeichen schlossen, daß ihr Ohm und Herr zum drittenmal davongehen und zum Berufe seiner fahrenden Ritterschaft, bei der er nach ihrer Meinung so übel gefahren, zurückkehren wolle. Sie bemühten sich auf jede mögliche Weise, ihn von einem so unseligen Gedanken abzubringen; aber alles das war die Stimme des Predigers in der Wüste, alles hieß nur kaltes Eisen schmieden. Dessenungeachtet sagte die Haushälterin zu ihm unter vielen andern Vorstellungen, die sie ihm machte: „In der Tat, Señor, wenn Ihr Euch nicht ruhig auf den Beinen haltet und still im Hause bleibt und nicht davon ablasset, durch Berg und Tal zu schweifen wie eine Seele, die im Fegefeuer nicht Ruhe findet, und aufzusuchen, was die Welt, wie ich höre, Abenteuer heißt, was ich aber Not und Elend heiße, dann muß ich es mit Jammern und Schreien Gott und dem König klagen, daß er Abhilfe dagegen schafft."

Darauf entgegnete Don Quijote: „Haushälterin, was Gott auf deine Klagen antworten wird, das weiß ich nicht, und ebensowenig, was Seine Majestät antworten mag. Ich weiß nur, wenn ich der König wäre, so würde ich es wohl bleiben lassen, auf eine solche Unmasse von Eingaben, wie man sie ihm täglich überreicht, einen Bescheid zu erteilen; denn unter den Mühsalen, die den Königen obliegen, ist eine der größten, daß sie genötigt sind, jedermann anzuhören und jedem Antwort zu erteilen. Daher möchte ich nicht, daß meine Angelegenheiten ihm Last und Ärger bereiten sollten."

Die Haushälterin versetzte: „Saget uns, Señor, gibt es am Hofe Seiner Majestät nicht Ritter und Edelleute?"

„Gewiß", antwortete Don Quijote, „und viele; und es hat seinen guten Grund, daß solche am Hofe vorhanden sind, dem hohen Stand der Fürsten zur Zierde und der königlichen Majestät zur Verherrlichung."

„Warum also", entgegnete sie, „könnte Euer Gnaden nicht einer von denen sein, die in aller Ruhe ihrem Herrn und König dienen und deshalb am Hofe leben?"

„Sieh, meine Liebe", antwortete Don Quijote, „nicht alle Ritter können Hofleute sein, und nicht alle Hofleute können oder sollen fahrende Ritter sein. Es muß von aller Art Leute in der Welt geben, und wiewohl wir insgesamt Ritter sein mögen, so ist doch ein großer Unterschied zwischen den einen hier und den andern dort. Denn die Ritter vom Hof, ohne ihre Gemächer zu verlassen und die Schwelle des Königshauses zu überschreiten, die spazieren auf einer Landkarte durch die ganze Welt, und es kostet sie keinen Pfennig, und sie erdulden dabei nicht Hitze noch Kälte, weder Hunger noch Durst; wir aber, die wahren, die fahrenden Ritter, in Sonnenglut und Frost, in freier Luft und in allem Ungemach des Wetters, bei Tag und Nacht, zu Fuß und zu Pferde, wir durchmessen die weite Erde mit unsern eignen Füßen. Und nicht nur Feinde in Abbildungen kennen wir, sondern solche von Fleisch und Blut, und jeden Augenblick, wo es gilt, und bei jeder Gelegenheit greifen wir sie an, ohne uns um Kleinigkeiten oder um die Gesetze des Zweikampfs zu kümmern: ob der Gegner eine kürzere oder längere Lanze oder Schwertklinge führt; ob er Reliquien oder etwa einen geheimen Zaubertrug am Leibe verbirgt; ob die Sonne gleich geteilt und abgemessen werden soll oder nicht, nebst andern Bräuchen dieser Art, die bei Einzelkämpfen Mann gegen Mann üblich sind und die du nicht kennst, aber ich. Und ferner mußt du noch wissen, daß den echten rechten fahrenden Ritter, so er auch ein Dutzend Riesen ersähe, die mit ihren Häuptern die Wolken nicht nur berühren, sondern überragen, und deren jeder ungeheure Türme als Beine hat und deren Arme Mastbäumen von großen gewaltigen Schiffen gleichsehen, und jedes Auge wie ein Mühlrad und glühender als ein Glasofen, dennoch dies alles unter keinen Umständen in Schrekken setzen darf; vielmehr muß er mit edlem Anstand und unverzagtem Herzen sie angreifen und bestürmen und, sofern mög-

lich, sie in einem kurzen Augenblick besiegen und daniederschlagen, wenn sie sogar mit den Schuppen eines gewissen Fisches gepanzert wären, die da härter sein sollen als von Demant, und wenn sie statt der Ritterschwerter scharfschneidende Klingen von Damaszenerstahl trügen oder Keulen, mit Spitzen von dem nämlichen Stahl beschlagen, wie ich sie mehr als einmal erschaut habe. All dieses hab ich dir gesagt, Haushälterin, auf daß du den Unterschied ersiehst, der zwischen der einen Art von Rittern und der andern besteht; und recht wäre es in der Tat, wenn kein Fürst wäre, der nicht diese zweite oder, besser gesagt, erste Art von fahrenden Rittern höher als die andre schätzte; denn wie wir in ihren Geschichten lesen, war mancher unter ihnen, der nicht nur eines Königreichs, sondern vieler Heil und Rettung geworden."
„O mein lieber Ohm!" sagte hier die Nichte, „bedenket doch, daß alles, was Ihr von den fahrenden Rittern sagt, nur Fabel und Lüge ist; und ihre Geschichten, wenn man sie auch nicht verbrennen wollte, verdienten wenigstens, daß man einer jeden ein Bußkleid mit gelbem Kreuz oder sonst ein Abzeichen umhinge, damit man sie daran als ein unehrlich Ding und als einen Verderb für die guten Sitten erkennen könnte."
„Bei dem Gotte, von dem ich das Leben habe!" rief Don Quijote, „wärst du nicht meine leibliche Nichte, meiner eignen Schwester Kind, ich würde für die Lästerung, die du gesprochen, eine solche Züchtigung über dich verhängen, daß sie in der ganzen Welt hin widerhallen sollte. Wie denn! Ist's möglich, daß eine halbwüchsige Dirne, die kaum imstand ist, ihr Dutzend Spitzenklöppel zu handhaben, sich erdreistet, ihren Mund gegen die Ritterbücher aufzutun und sie zu bekritteln? Was würde der Herr Amadís sagen, wenn er so etwas hörte? Doch nein, er würde dir verzeihen; denn er war der langmütigste und höflichste Ritter seiner Zeit und überdies ein großer Beschützer der Jungfrauen. Allein es könnte dich einer gehört haben, bei dem es dir ob deines Geredes nicht gut ergangen wäre; denn nicht alle sind höflich oder freundlich von Gesinnung; manche sind böse Schelme und Grobiane. Und nicht alle, die sich Ritter nennen, sind es durch und durch, denn etliche sind von echtem Gold, andre aber von Tombak. Sie alle sehen aus wie Ritter, aber nicht jeder verträgt den Strich auf dem Prüfstein der Wahrheit. Es gibt gemeine Menschen, die vor Begierde bersten, als Ritter zu gelten; es gibt hochgestellte Ritter, die vorsätzlich danach zu ringen scheinen, als gemeine Menschen zu gelten. Jene steigen empor, entweder durch Ehrgeiz oder durch Tugend; diese sinken herab, entweder

durch Schlaffheit oder durch Laster. Wir müssen mit verständiger Erkenntnis prüfen, um diese beiden Arten von Rittern zu unterscheiden, die im Namen so ähnlich, so gründlich verschieden in der Handlungsweise sind."

„Gott steh mir bei!" sagte die Nichte, „wie mögt Ihr nur, Herr Ohm, so viel wissen, daß Ihr im Notfall auf die Kanzel steigen könntet und könntet auf den Gassen predigen gehen; und gleichwohl seid Ihr mit so völliger Blindheit geschlagen und in einem so handgreiflichen Unsinn befangen, daß Ihr Euch für einen streitbaren Mann haltet, während Ihr alt seid; für begabt mit Stärke, während Ihr gebrechlich seid; für einen Helden, der alles Ungerade wieder geradmacht, während Ihr vom Alter gekrümmt seid; und mehr als alles das, für einen Ritter, da Ihr es doch nicht seid? Denn wiewohl die Junker es werden können, so sind doch die armen nicht in dem Falle."

„Es ist vieles in deinen Worten richtig", entgegnete Don Quijote, „und ich könnte dir über die Abstammung der Menschengeschlechter manches sagen, was dich in Erstaunen setzen würde; aber ich sage es nicht, um nicht das Göttliche mit dem Menschlichen zu vermengen. Seht, Kinder, alle Geschlechter, die es auf Erden gibt – und hier hört mir aufmerksam zu –, kann man auf vier Arten zurückführen, nämlich auf folgende: Es gibt Geschlechter, die einen geringen Ursprung hatten, und sie haben sich nach und nach ausgebreitet und sind herangewachsen, bis sie die höchste Höhe erreichten; andre hatten einen hohen Ursprung und wußten sich diesen Standpunkt zu wahren und wahren und erhalten ihn noch heute in derselben Höhe, wie sie begonnen hatten; andre wieder gibt es, die zwar in ihrem Ursprung groß gewesen, aber nachher in einer winzigen Spitze endigen wie eine Pyramide, indem die Größe ihres Anfangs sich immer mehr verkleinerte und verringerte, bis sie in einem Nichts ausging wie bei einer Pyramide die Spitze, die im Verhältnis zur Grundfläche oder dem Fuß der Pyramide ein Nichts ist; andre endlich gibt es – und das ist die große Mehrzahl –, bei denen weder der Anfang groß noch die Mitte bedeutsam war und deren Ende sonach namenlos sein wird wie das Geschlecht der niederen, gewöhnlichen Masse. Von der ersten Art, jener, die einen geringen Anfang hatten und zu der Höhe emporstiegen, die sie noch jetzt innehaben, möge dir das ottomanische Haus zum Beispiel dienen, das, von einem geringen, niedrigen Hirten ausgehend, auf dem Gipfel steht, wo wir es heute sehen. Von der zweiten Art von Geschlechtern, die ihren Ursprung auf der Höhe hatten und sich auf ihr erhielten, ohne sie noch mehr zu steigern, können viele Fürsten ein Beispiel geben, welche ihren Rang erblich empfingen und sich in demselben forterhalten, ohne ihn zu erhöhen oder zu erniedrigen. Von denen, die groß begannen und in einer kleinen Spitze endigten, gibt es Tausende von Beispielen; denn all die Pharaonen und Ptolemäer Ägyptens, die Cäsaren Roms nebst dem ganzen Gewimmel, wenn man dieses Wort hier gebrauchen darf, von unzähligen Fürsten, Monarchen, Herrschern, von Medern, Assyrern, Persern, Griechen und Barbaren, all diese Geschlechter und Herrscherhäuser haben in einer Spitze, in einem Nichts geendet, sie ebenso wie jene, die ihnen einst den Ursprung gegeben; denn es ist undenkbar, heutzutage noch einen von ihren Abkömmlingen aufzufinden, und wenn wir einen fänden, so wäre es in niedrigem und geringem Stande. Von den Geschlechtern der gemeinen Masse brauche ich nichts zu sagen; denn diese dienen nur dazu, die Zahl der Lebenden zu vermehren, ohne sonst etwa auf Ruhm und Preis Anspruch machen zu können.

Aus all dem Gesagten mögt ihr nun entnehmen, meine lieben Törinnen, daß eine gewaltige Vermischung unter den Geschlechtern ist und daß nur diejenigen unsern Augen als groß und vornehm erscheinen, die sich als solche durch ihrer Sippen Tugend, Reichtum und Mildtätigkeit bewähren. Ich sage Tugend, Reichtum und Mildtätigkeit, denn der Große, der ein Schurke ist, wird ein großer Schurke sein, und der Reiche ohne Mildtätigkeit ist ein geiziger Bettler; denn den Besitzer von Reichtümern macht es nicht glücklich, daß er sie besitzt, sondern daß er sie verwendet, und nicht, daß er sie verwendet, wie es ihn gelüstet, sondern daß er versteht, sie gut zu verwenden. Dem besitzlosen Ritter bleibt kein andrer Weg, sich als Ritter zu bewähren, als der Weg der Tugend, indem er leutselig, wohlgesittet, höflich und fein und dienstfertig ist; nicht hochmütig, nicht anmaßend, nicht tadelsüchtig; vor allem aber sei er mildtätig; denn mit zwei Maravedís, die er freudigen Herzens dem Armen schenkt, zeigt er sich ebenso freigebig, als wer seine Almosenspende an die große Glocke hängt; und keiner, der ihn mit den erwähnten Tugenden geschmückt sieht, wird, wenn er ihn auch nicht näher kennt, umhinkönnen, ihn für einen Mann von edler Geburt zu halten und zu erklären; und es wär ein Wunder, wenn das nicht der Fall wäre; denn stets war Lob und Preis der Tugend Lohn, und dem Tugendhaften kann das Lob nicht fehlen.

Zwei Wege gibt es, Kinder, auf denen der Mensch wandeln und zu Reichtum und Ehre gelangen kann; der eine ist der der

Wissenschaften, der andre der des Waffenwerks. Ich weiß mehr vom Waffenwerk als von der Wissenschaft und bin, nach meiner Neigung zu den Waffen zu schließen, unter dem Einfluß des Planeten Mars geboren; und daher bin ich so gut wie gezwungen, seinen Wegen zu folgen, und auf diesen will ich aller Welt zum Trotze wandeln, und vergeblich würdet ihr euch abmühen, mich zu überreden, daß ich nicht wolle, was der Himmel will, das Schicksal gebeut und die Vernunft erheischt und was überdies und vor alledem mein Wunsch verlangt; denn wer da die unzähligen Mühsale kennt – und ich kenne sie –, die von dem fahrenden Rittertum unzertrennlich sind, der weiß auch, welch zahllose Menge hoher Güter es gewährt. Auch weiß ich, daß der Pfad der Tugend gar schmal und der Weg des Lasters breit und geräumig ist, und weiß, daß beider Zwecke und Endziele verschieden sind; denn der des Lasters, weit und bequem, endet mit dem Tode, und der der Tugend, eng und mühselig, endet mit schönerem Leben, nicht mit einem Leben, das da endet, sondern mit dem Leben, das ewig dauert. Auch weiß ich, was der große kastilianische Dichter sagt:

> Auf diesem rauhen Pfad kannst du erreichen
> Den hohen Thronsitz der Unsterblichkeit,
> Wo nie anlangen, die vom Pfade weichen."

„O ich Unglückliche!" rief die Nichte aus; „mein Ohm ist auch ein Dichter! Alles weiß er, alles versteht er. Ich will wetten, wenn er Lust hätte, Maurer zu werden, er könnte ein Haus so leicht herstellen wie einen Käfig."

„Ich gebe dir mein Wort, Nichte", entgegnete Don Quijote, „wenn die Rittertumsgedanken nicht alle meine Sinne mit sich fortrissen, so gäbe es nichts, das ich nicht fertigbrächte, keine künstliche Arbeit, die nicht aus meinen Händen hervorginge, vor allem Käfige und Zahnstocher."

Da hörte man an der Tür pochen, und auf die Frage, wer da poche, antwortete Sancho Pansa, er sei es. Kaum hatte die Haushälterin seine Stimme erkannt, da lief sie und verbarg sich, so widerwärtig war er ihr. Die Nichte öffnete ihm, sein Herr Don Quijote eilte, ihn mit offenen Armen zu empfangen, und beide schlossen sich in sein Gemach ein und hielten daselbst ein neues Gespräch zusammen, das dem vorigen nicht nachsteht.

7. KAPITEL

Von der Zwiesprach zwischen Don Quijote und seinem Schildknappen, nebst andern hochwichtigen Begebenheiten

Kaum bemerkte die Haushälterin, daß Sancho Pansa sich mit ihrem Herrn einschloß, so wurde es ihr auch klar, was sie miteinander zu verhandeln hatten; sie ahnte, es werde aus dieser Beratung der Entschluß zu einer dritten Ausfahrt hervorgehen, nahm bekümmert und verdrossen ihren Schleier und suchte den Baccalaureus Sansón Carrasco auf, da es sie bedünkte, weil er ein gutes Mundwerk hatte und ein nagelneuer Freund ihres Herrn war, so würde er ihn bereden können, von einem so törichten Vorhaben abzulassen. Sie traf ihn an, wie er eben im Innenhof seines Hauses umherspazierte, und sobald sie ihn erblickte, fiel sie ihm zu Füßen, in Angstschweiß und Bekümmernis. Als Carrasco sie mit solchen Zeichen des Schmerzes, ja des Entsetzens kommen sah, fragte er: „Was soll das heißen, Jungfer Haushälterin? Was ist Euch zugestoßen, daß Ihr ausseht, als wollte sich Euch das Herz aus dem Leibe losreißen?"

„Es ist nichts, mein lieber Herr Sansón, als daß mein Herr abfahren will, ja gewiß, er will abfahren."

„Und wo will er abfahren, Jungfer?" fragte Sansón dagegen, „und warum soll er abfahren? Hat er sich vielleicht was am Leibe gebrochen?"

„Er fährt ja nicht so ab, wie Ihr's meint", antwortete sie, „nur zur Pforte seiner Verrücktheit fährt er hinaus; ich meine, herzlieber Herr Baccalaureus, er will noch einmal ab- und ausfahren, das wird alsdann das drittemal sein, und er will was suchen gehen, was er *teuer* heißt, und ich weiß nicht, wie es ihm so teuer sein kann. Das erstemal, wo er uns zurückgebracht wurde, da lag er quer über einem Esel und war halbtot geprügelt; das zweitemal fuhr er auf einem Ochsenkarren daher, eingesperrt in einen Käfig, in den er sich für hineingezaubert hielt, und da kam der Arme in solchem Zustand heim, daß ihn die leibliche Mutter nicht erkannt hätte, abgemagert, blaßgelb, die Augen waren bis in die hintersten Kämmerchen seines Hirnkastens eingesunken; und um ihn wieder ein klein wenig zu sich zu bringen, hab ich über sechshundert Eier verbraucht, das wissen Gott und die ganze Welt und meine Hennen, die werden mich nicht Lügen strafen."

„Das will ich schon glauben", versetzte der Baccalaureus, „daß sie so redlich, so fett und so gut gezogen sind, daß sie sicher nie falsch Zeugnis ablegen würden, und wenn sie darüber bersten sollten. Aber wirklich, Jungfer Haushälterin, geht nichts weiter vor? Und ist sonst keine Verkehrtheit geschehen als diejenige, die, wie Ihr fürchtet, unser Señor Don Quijote begehen will?"

„Nein, Señor", antwortete sie.

„Dann seid nur ohne Sorgen", entgegnete der Baccalaureus, „und geht in Gottes Namen nach Hause, und haltet mir etwas Warmes zum Frühstück bereit, und unterwegs betet mir das Gebet der heiligen Apollonia, wenn Ihr es auswendig wißt; ich komme gleich hin, und da werdet Ihr Wunder sehen."

„Daß Gott erbarm!" erwiderte die Haushälterin; „das Gebet der heiligen Apollonia heißt Ihr mich beten? Solche Gebete wären ganz gut, wenn mein Herr es in den Zähnen hätte; er hat es aber im Oberstübchen."

„Ich weiß, was ich sage, Jungfer Haushälterin; geht nur und fangt mit mir keinen Disput an; denn Ihr wißt, in Salamanca bin ich Doktor worden, und höher hinaus doktert sich's nicht."

So sprach Carrasco, und damit ging die Haushälterin von dannen, und der Baccalaureus suchte alsbald den Pfarrer auf, um mit ihm etwas zu besprechen. Was, wird seiner Zeit berichtet werden.

Während der Zeit aber, wo Don Quijote und Sancho Pansa miteinander eingeschlossen waren, fand folgende Zwiesprache statt, welche die Geschichte mit großer Genauigkeit und getreuem Berichte wiedergibt. Es sprach nämlich Sancho zu seinem Herrn: „Señor, ich habe bereits meine Frau dazu verwattiert, daß sie mich mit Euer Gnaden hinziehen läßt, wohin es Euch beliebt."

„,Persuadiert' mußt du sagen, Sancho, nicht verwattiert", bemerkte Don Quijote.

„Schon ein- oder zweimal", entgegnete Sancho, „wenn ich mich recht entsinne, hab ich Euer Gnaden gebeten, Ihr möchtet mir meine Ausdrücke nicht verbessern, sobald Ihr nur versteht, was ich damit sagen will; und wenn Ihr sie nicht versteht, so sagt lieber: Sancho oder du Teufelsbraten, ich versteh dich nicht; und wenn ich mich alsdann nicht deutlich mache, nachher könnt Ihr mich verbessern, denn ich lasse mich immer gern verkehren."

„Ich verstehe dich nicht, Sancho", fiel Don Quijote rasch ein; „denn ich weiß nicht, was das heißt: ich lasse mich gern verkehren."

„Das heißt", erwiderte Sancho, „ich lasse mich einmal so gehen."

„Jetzt verstehe ich dich noch weniger", versetzte Don Quijote.

„Nun, wenn Ihr mich nicht verstehn könnt", sprach Sancho dagegen, „dann weiß ich nicht, wie ich es sagen soll; ich weiß nichts weiter, Gott helfe mir. Amen."

„Jetzt, jetzt komme ich darauf", entgegnete Don Quijote; „du willst sagen, du läßt dich gern bekehren, bist so fügsam und manierlich, daß du gern annimmst, was ich dir sage, und alles gelten lässest, was ich dich lehre."

„Ich will wetten", sagte Sancho, „Ihr habt mich gleich von Hause aus durchschaut und verstanden, habt mir aber erst den Kopf durcheinanderbringen wollen, damit Ihr noch ein paar hundert Dummheiten von mir hört."

„Kann wohl sein", entgegnete Don Quijote; „aber im Ernst, was sagt Teresa?"

„Teresa sagt", antwortete Sancho, „bei Euer Gnaden soll ich den Daumen fest einsetzen und die Augen hübsch offenhalten, und schwarz und weiß sollen den Vortritt haben, und Maulspitzen sollen daheim bleiben; wer die Karten abhebt, der hat sie nicht zu mischen; denn ein Hab ich ist besser als zwei Hätt ich; und ich sage: Weiber Rat ist wenig wert, und ein Narr, wer sich nicht dran kehrt."

„Das sag ich auch", entgegnete Don Quijote. „Spreche Er nur zu, lieber Sancho, geh Er weiter; Er redet heute ganz herrlich."

„Die Sache ist nun die", versetzte Sancho, „daß wir, wie Euer Gnaden am besten weiß, alle sterblich sind; heute rot, morgen tot; und läuft der Hammel, so schnell er kann, 's Lamm kommt doch zugleich mit ihm an; und hoffe keiner mehr Stunden zu leben, als ihm Gott im Himmel will geben. Denn: Der Tod hat taube Ohren; pocht er an unsres Lebens Toren, hat er's eilig, jedes Wort ist verloren; und da hält kein Bitten auf und keine Gewalt und kein Zepter und kein Krummstab; so heißt es allüberall unter dem Volk, und so predigt man uns von der Kanzel."

„Alles das ist wahr", sprach Don Quijote; „aber ich weiß nicht, worauf du hinauswillst."

„Ich will darauf hinaus", antwortete Sancho, „daß Euer Gnaden mir einen festen Dienstlohn bestimmen sollen, nämlich was Ihr mir jeden Monat zu geben habt, solang ich Euch diene, und daß besagter Lohn mir aus Eurem Vermögen ausgezahlt werden soll; denn ich mag nicht auf Gnadengeschenke hin dienen, die da spät oder nicht zur rechten Zeit oder niemals kommen. Was mein ist, das gesegne mir Gott. Kurz, ich will wissen, wieviel ich verdiene, mag es wenig oder viel sein. Denn: Hat die Henn im Nest ein Ei, legt sie bald noch mehr dabei; viele Körnchen geben einen Haufen, und solang etwas zunimmt, nimmt es nicht ab. Freilich, wenn es geschähe – woran ich nicht glaube und was ich nicht hoffe –, daß Euer Gnaden mir die Insul gäbe, die Ihr mir versprochen habt, so bin ich nicht so undankbar und nehm es auch nicht so genau, daß ich nicht ganz bereitwillig abschätzen ließe, wie hoch sich das jährliche Einkommen dieser Insul beläuft, und mir es von meinem Lohn nach Verhältnis in Ratten abziehen ließe."

„Mein guter Sancho", bemerkte hier Don Quijote, „zuweilen kommt es wohl vor, daß die Raten von Ratten aufgezehrt werden."

„Ich versteh schon", entgegnete Sancho, „ich wette, ich hätte Raten sagen sollen und nicht Ratten; aber es tut nichts, denn Euer Gnaden hat mich ja verstanden."

„Und so gut verstanden", versetzte Don Quijote, „daß ich bis zum äußersten Ende deiner Gedanken durchgedrungen bin und das Ziel kenne, nach welchem du mit den unzähligen Pfeilen deiner Sprichwörter schießest. Sieh, Sancho, gewiß würde ich dir einen Lohn bestimmt haben, hätte ich in irgendeiner von den Geschichten der fahrenden Ritter ein Beispiel gefunden, das mich durch ein kleinstes Ritzchen nur hätte sehen lassen und belehrt hätte, wieviel die Knappen denn eigentlich auf jeglichen Mond oder jegliches Jahr zu verdienen pflegten. Aber ich habe ihre Geschichten sämtlich oder doch die meisten gelesen und erinnere mich nicht, gelesen zu haben, daß jemals ein fahrender Ritter seinem Schildknappen einen bestimmten Lohn ausgesetzt hätte; ich weiß nur, daß sie alle auf ihres Herrn Belieben und Gnade dienten; und nachher, wann sie am wenigsten dran dachten, sobald ihrem Herrn ein glückliches Los geworden, sahen sie sich unvermutet mit einer Insul belohnt oder mit etwas andrem von gleichem Werte, und mindestenfalls trugen sie einen Adelstitel mit herrschaftlicher Besitzung davon. Wenn es mit solchen Hoffnungen, und was dazukommen mag, dir genehm ist, Sancho, aufs neue in meinen Dienst zu treten, so möge es in Gottes Namen geschehen. Wenn du aber glaubst, daß ich den alten Brauch der fahrenden Ritter aus seinen festen Regeln und aus den Angeln reißen werde, so bist du völlig verblendet. Demnach, mein guter Sancho, geh wieder heim und tu deinem Weibe meine Absichten kund; und wenn es ihr und dir genehm ist, auf mein Belieben und meine Gnade hin mir zu folgen, bene quidem, und wo nicht, bleiben wir gut Freund wie zuvor; denn wenn es im Taubenschlag nicht an Futter fehlt, wird's auch nicht an Tauben fehlen. Dazu merke Er sich, mein Sohn: eine gute Anwartschaft ist besser denn ein verderblicher Besitz und eine gute Forderung besser denn eine schlechte Zahlung. Ich rede auf solche Art, Sancho, um Ihm zu zeigen, daß auch ich mit Sprichwörtern um mich werfen kann, als wenn sie geregnet kämen. Und kurz, ich will sagen und ich sag Ihm, wenn Er nicht auf Belieben und Gnade mit mir ziehen und mein eigen Los mit mir teilen will, so behüt Ihn Gott und gebe, daß man Ihn heiligspreche; mir aber wird es nicht an Schildknappen gebrechen, die gehorsamer und dienstbeflissener als Er und nicht so voller Bedenklichkeiten und so schwatzhaft sind."

Als Sancho den festen Entschluß seines Herrn vernahm, umwölkte sich ihm der Himmel, und seines Herzens Mut ließ die Flügel hängen; denn er hatte gedacht, nicht um alle Schätze der Welt würde sein Herr ohne ihn ziehen. Und während er so unschlüssig und nachdenklich dastand, kam Sansón Carrasco und mit ihm die Haushälterin und die Nichte, die begierig waren zu hören, wie er ihren Herrn bereden werde, nicht abermals auf die Suche nach Abenteuern zu gehen.

Sansón trat ein, der durchtriebene Schelm, umarmte ihn wie das vorige Mal und sprach zu ihm mit erhobener Stimme: „O du Blume der fahrenden Ritterschaft! O du strahlendes Licht des Waffenwerks! Ehre und Spiegel der spanischen Nation! Wolle Gott der Allmächtige da, wo es ausführlicher geschrieben steht, daß derjenige oder diejenigen, die Störung und Hindernis schaffen wollen deiner dritten Ausfahrt, nimmermehr einen Ausweg finden mögen aus dem Labyrinth ihrer Strebungen und daß nimmermehr ihnen zur Erfüllung komme, was sie böslich erstreben."

Und sich zur Haushälterin wendend, fuhr er fort: „Itzo braucht die Jungfer Haushälterin nicht mehr das Gebet der heiligen Apollonia herzusagen, denn ich weiß nun, daß es unwandelbare Bestimmung der Sphären ist, Señor Don Quijote soll abermals an die Ausführung seiner erhabenen und noch nie dagewesenen Pläne gehen, und ich würde mein Gewissen schwer belasten, wenn ich diesen Ritter hier nicht drängen und bereden wollte, die Kraft seines tapfern Arms und die Tüchtigkeit seines gewaltigen Geistes nicht länger mehr im Verborgenen zu lassen und zurückzuhalten; denn durch sein Zögern versäumt er, das Unrechte zurechtzubringen, den Waisen aufzuhelfen, einzustehen für die Ehre der Jungfrauen, für den Schutz der Witwen, die Beschirmung der Frauen und andres derselben Art, was alles den Orden der fahrenden Ritterschaft angeht, berührt, davon abhängt und damit verbunden ist. Auf, Don Quijote, Herre mein, schöner und schlachtenkühner Mann! Lieber heut als morgen soll sich Euer Gnaden, Euer Hoheit auf den Weg machen, und wenn es an etwas gebrechen sollte, um alles ins Werk zu setzen, hier steh ich, um mit meiner Person und Habe das Fehlende zu ergänzen; und wenn es not täte, Euer Herrlichkeit als Schildknappe zu dienen, so würde ich es mir zum höchsten Glücke rechnen."

Hier wendete sich Don Quijote zu Sancho und sprach: „Hab ich dir's nicht gesagt, Sancho, ich würde Schildknappen mehr bekommen, als ich brauchen kann? Schau, wer sich mir hier dazu anbietet, wer anders als ein Baccalaureus, wie er noch nicht dagewesen, Sansón Carrasco, der Stolz und die Freude der Hallen von Salamancas Schulen, gesund von Körper, gewandt von Gliedern, schweigsam, geduldig ausharrend in Hitz und Kälte, so in Hunger wie in Durst, mit all jenen Eigenschaften, die für den Schildknappen eines fahrenden Ritters erforderlich sind. Aber niemalen geb es der Himmel zu, daß ich, um einem Gelüste zu frönen, die Säule der Gelehrsamkeit und das Gefäß des Wissens zerhaue und zerbreche und die ragende Palme der schönen und freien Künste entwipfle. Er, der neue Simson, bleibe in seiner Heimat, bringe ihr Ehre und Ehre zugleich den weißen Haaren seiner greisen Eltern; ich aber werde mir mit jeglichem Schildknappen genügen lassen, sintemal Sancho nicht geruht, mit mir zu ziehen."

„Jawohl geruh ich", entgegnete Sancho, ganz zerknirscht und die Augen voller Tränen. Und er fuhr fort: „Von mir soll man nicht sagen, Herre mein: Wenn aus ist der Schmaus, die Gäst gehn nach Haus. Ich komme aus keiner undankbaren Sippe; die ganze Welt und insbesondere mein heimatlich Dorf weiß, wer die Pansas gewesen sind, von denen ich abstamme. Zudem hab ich aus Euren vielen guten Werken und aus Euern noch bessern Worten erkannt und ersehen, daß Euer Gnaden den Wunsch hegt, mir Gunst und Gnade zu erweisen; und wenn ich mich vorher von wegen meines Lohns ein bißchen zu mausig gemacht habe, so war's nur meiner Frau zu Gefallen; denn wenn die anfängt, einem irgendwas einzureden, so gibt's keinen Schlägel, der die Reifen am Faß so fest antreibt, wie sie einen antreibt, ihr den Willen zu tun. Freilich soll der Mann ein Mann sein und das Weib ein Weib, und weil ich ein Mann bin in jeder Hinsicht, was ich nicht leugnen kann, so will ich es auch in meinem Hause sein, und mag sich drüber ärgern, wen's ärgert. Und mithin ist nichts weiter vonnöten, als daß Ihr Euer Testament mit zugehörigem Kodizill macht, so daß es nicht revoltiert werden kann, und wir uns gleich auf den Weg machen, damit der Herr Sansón nicht an seiner Seele Schaden nehme, sintemal er sagt, daß sein Gewissen ihm driktiert, er solle Euer Gnaden zureden, zum drittenmal in die weite Welt hinauszuziehen. Ich aber erbiete mich aufs neue, Euer Gnaden treu und redlich, ja so gut und noch besser zu dienen, als sämtliche Schildknappen in vergangener und jetziger Zeit ihren fahrenden Rittern gedient haben."

Der Baccalaureus war hoch erstaunt, als er Sancho Pansa auf solche Art und mit solchen Ausdrücken reden hörte; denn wiewohl er das erste Geschichtsbuch über dessen Herrn gelesen hatte, so dachte er sich doch nicht, daß Sancho wirklich ein so drolliger Kauz sei, als er dort geschildert wird. Aber wie er jetzt von Testament und Kodizill reden hörte, das man nicht revoltieren könne, anstatt Testament und Kodizill, das man nicht revozieren könne, da glaubte er alles, was er gelesen hatte; es stand nun fest für ihn, daß Sancho einer der prächtigsten Einfaltspinsel unsres Jahrhunderts sei, und er sagte bei sich, zwei solche Narren wie Herr und Diener seien in der Welt noch nicht gesehen worden.

Zuletzt umarmten sich Don Quijote und Sancho und wurden die besten Freunde miteinander; und auf Rat und Vorschlag des großen Carrasco, der nunmehr ihr Orakel war, wurde beschlossen, daß die Abreise in drei Tagen stattfinden solle, binnen welcher Frist es möglich sein würde, alles Erforderliche für die Reise herzurichten und einen Helm mit Visier zu beschaffen; denn den, erklärte Don Quijote, müsse er unter jeder Bedingung mitführen. Sansón bot ihm einen an, denn er wußte, daß ein Freund von ihm einen solchen besaß und ihn ihm nicht versagen werde; der Helm war freilich eher dunkel von Rost und Schimmel als hell und rein im Glanze des Stahls.

Die Verwünschungen, welche die beiden Weiber, Haushälterin und Nichte, auf den Baccalaureus schleuderten, waren nicht zu zählen; sie rauften sich das Haar, zerkratzten sich das Gesicht, und nach Art der vormals üblichen Klageweiber jammerten sie über das Scheiden ihres Herrn, als ob es sein Tod wäre.

Der Plan, welchen Sansón damit verfolgte, daß er Don Quijote zu einer nochmaligen Ausfahrt beredete, bestand darin, daß er etwas vollbringen wollte, was die Geschichte später berichten wird; alles auf Anraten des Pfarrers und des Barbiers, mit denen er sich vorher darüber besprochen hatte.

In der Tat versorgten sich Don Quijote und Sancho während der drei Tage mit allem, was ihnen zweckmäßig erschien; und nachdem Sancho sein Weib und Don Quijote seine Nichte und seine Haushälterin beschwichtigt hatte, begaben sie sich auf den Weg, ohne daß jemand es wußte außer dem Baccalaureus, der sie eine halbe Meile über den Ort hinaus begleitete. So zogen sie gen Toboso hin, Don Quijote auf seinem wackern Rosinante und Sancho auf seinem alten Grautier, den Zwerchsack mit Vorräten zur reisigen Fahrt versehen und die Börse mit Geld, das ihm Don Quijote für etwa vorkommende Fälle behändigt hatte.

Sansón umarmte den Ritter mit der Bitte, ihm von seinen guten oder schlechten Erfolgen Kunde zu geben, damit er sich ob jener freue, ob dieser sich betrübe, wie es die Gesetze der Freundschaft erheischten. Don Quijote versprach es ihm; Sansón kehrte in sein Dorf zurück, und die beiden nahmen ihren Weg nach der großen Stadt Toboso.

8. Kapitel

Worin berichtet wird, was Don Quijote begegnete, da er hinzog, seine Herrin Dulcinea von Toboso zu erschauen

„Gepriesen sei Alláh der Allmächtige!" – so spricht Hamét Benengelí zu Beginn dieses achten Kapitels –, „gepriesen sei Alláh!" wiederholt er dreimal und bemerkt, er erhebe darum diese Lobpreisungen, weil er denn endlich Don Quijote und Sancho draußen im Freien habe und weil die Leser seiner ergötzlichen Geschichte sich darauf gefaßt machen können, daß von nun an die Heldentaten Don Quijotes und die lustigen Einfälle seines Schildknappen wieder beginnen; er ermahnt sie, die früheren Rittertaten des sinnreichen Junkers zu vergessen und die Blicke auf diejenigen zu richten, die da kommen sollen und gleich jetzt auf dem Wege nach Toboso ihren Anfang nehmen, wie die früheren im Gefilde von Montíel begonnen haben. Und was er verlangt, ist nicht viel im Verhältnis zu dem vielen, was er verspricht. Folgendermaßen aber fährt er fort:

Don Quijote und Sancho blieben allein zurück auf der Landstraße; und kaum hatte sich Sansón entfernt, so begann Rosinante zu wiehern und der Graue seine Seufzer auszustoßen, was von beiden, dem Ritter und dem Schildknappen, für ein gutes

Zeichen und eine höchst glückliche Vorbedeutung gehalten wurde. Jedoch, die Wahrheit zu sagen, war das Aufseufzen und Iahen des Grauen viel anhaltender als das Wiehern des Gauls, woraus Sancho schloß, sein Glück werde das seines Herrn überragen und weit höher steigen. Ich weiß nicht, ob ihn hierüber die bei den Gerichten geltende Astrologie belehrte, auf die er sich etwa verstanden hätte, obschon die Geschichte nichts davon berichtet; nur hat man ihn sagen hören, wenn er stolperte oder hinfiel, es wäre ihm lieber, er wäre zu Hause geblieben; denn beim Stolpern und Fallen komme nichts heraus als zerrissene Schuhe oder gebrochene Rippen. Und hierin, so einfältig er war, hatte er nicht so unrecht.

Don Quijote sprach zu ihm: „Freund Sancho, die Nacht kommt rasch über uns, mit tieferer Finsternis, als wir sie gerade nötig hätten, um schon mit dem anbrechenden Tag Toboso zu erblicken, wohin ich zu ziehen beschlossen habe, bevor ich mich an ein neues Abenteuer wage; dort will ich den Segen und Urlaub der unvergleichlichen Dulcinea erlangen, und mit sotanem Urlaub gekräftigt, glaub ich und erachte ich für gewiß, jedwedes fährliche Abenteuer bewältigen und glückhaft zu Ende führen zu können; denn nichts in diesem Leben macht die fahrenden Ritter tapferer, als wenn sie sich der Huld ihrer Damen erfreuen."

„Das will ich wohl glauben", entgegnete Sancho, „aber es wird für Euer Gnaden wohl schwierig sein, sie zu sprechen oder ihr einen Besuch zu machen, wenigstens an einem Orte, wo Ihr ihren Segen empfangen könntet, wenn sie ihn Euch nicht etwa über die Hofmauer herüber erteilt, wo ich sie das erstemal gefunden habe, als ich ihr den Brief über die Torheiten und Verrücktheiten brachte, in deren Verrichtung Euer Gnaden dort im Innersten der Sierra Morena begriffen war."

„Wie eine Hofmauer kam dir der Ort vor, Sancho", sprach Don Quijote, „wo du jene nie genug gepriesene Lieblichkeit und Schönheit gesehen hast? Nein, nichts anderes konnten es sein als Galerien oder Vorhallen oder Säulengänge, oder wie man es sonst nennt, eines reichen königlichen Schlosses."

„Das ist alles möglich", entgegnete Sancho, „aber mir schien's eine Hofmauer, oder ich muß schwach im Gedächtnis sein."

„Dessenungeachtet wollen wir hin", versetzte Don Quijote; „so ich sie nur erblicken mag, ist mir es ganz dasselbe, ob über eine Hofmauer hinweg oder ob am Fenster oder ob zwischen den Ritzen oder dem Zaun eines Parkes hindurch. Jeglicher Strahl, der von der Sonne ihrer Schönheit in meine Augen dringt, wird meinen Geist erleuchten und mein Herz so kräftigen, daß ich einzig und ohnegleichen dastehen werde an Geistesschärfe und Heldengröße."

„Nun wahrlich, Señor", entgegnete Sancho, „als ich selbige Sonne des Fräuleins Dulcinea von Toboso erblickte, da schien sie nicht so hell, daß sie Strahlen von sich werfen konnte; und das mußte wohl daran liegen, daß Ihre Gnaden, wie ich Euch erzählt habe, gerade den Weizen siebte, wovon ich gesagt, und der viele Staub, den sie herausschüttelte, sich ihr wie eine Wolke vors Gesicht legte und es verdunkelte."

„Wie? Immer wieder, Sancho, verfällst du darauf", entgegnete Don Quijote, „zu sagen, zu denken, zu glauben und darauf zu bestehen, daß meine Gebieterin Dulcinea Weizen siebte, da doch dies ein Dienst ist, der allem ferneliegt, was fürnehme Personen zu tun pflegen, als welche bestimmt und vorbehalten sind für ganz andre Beschäftigungen, die auf Büchsenschußweite deren Fürnehmheit erkennen lassen? Schlecht haften in deinem Gedächtnis, o Sancho, jene Verse unsers Dichters, worin er uns die Arbeiten schildert, so dort in ihren kristallenen Heimstätten jene vier Nymphen verrichteten, die aus dem geliebten Tajo hervor ihre Häupter erhoben und sich auf dem grünen Rain niederließen, um jene reichen Gewandstoffe zu fertigen, die der sinnreiche Dichter uns dort beschreibt und die samt und sonders aus Gold, Seide und Perlen gewirkt und gewoben waren. Und gerade dieser Art mußte die Beschäftigung meiner Gebieterin sein, als du sie erblicktest, falls nicht der Neid, den irgendein böser Zauberer sicherlich gegen alles hegt, was mich betrifft, mir ein jegliches, was mir Freude schaffen mag, in ganz andre Gestaltungen als die wirklichen umkehrt und umwandelt. Daher fürchte ich auch, in jener Geschichte, die von meinen Taten gedruckt im Umlauf sein soll, wenn vielleicht ihr Verfasser ein mir feindlich gesinnter Zauberer war, wird er zum öftern eine Tatsache für eine andre hingesetzt haben, wird unter eine Wahrheit tausend Lügen gemengt und ein Vergnügen darin gefunden haben, ganz andre Begebnisse zu berichten, die fernab von dem liegen, was der Verfolg einer wahren Geschichte erheischt. O Neid, du Wurzel unzähligen Übels, du Krebsschaden der Tugend! Alle Laster, Sancho, führen ich weiß nicht was für einen Genuß mit sich; aber das Laster des Neides führt nichts mit sich als Widerwärtigkeit, Groll und Wut."

„Ja, das sag ich auch", versetzte Sancho; „auch ich denke, in dem Lesestück oder Geschichtsbuch, das der Baccalaur Carrasco über uns zwei, wie er sagt, zu Gesicht bekommen hat, wird mein guter Name hinstolpern wie eine Schweineherde hinter dem Treiber, der immer ausrufen muß: Hierher des Weges, du gescheckte Sau! Oder es geht damit wie im Sprichwort: Hier wackelt er nach rechts und links, und dort kehrt sein Rock die Gassen. Und doch, so wahr ich ein braver Kerl bin, hab ich keinem Zauberer was Böses nachgesagt und hab auch nicht so viel Glücksgüter, daß ich beneidet werden könnte. Allerdings ist's wahr, ich bin hie und da ein bißchen boshaft und hab auch so was von Verschmitztheit an mir, aber alles das bedeckt und verhüllt der weite Mantel meiner Herzenseinfalt, die immer natürlich und nie erkünstelt ist. Und hätt ich auch nichts andres, als daß ich fest und aufrichtig an Gott glaube, wie ich stets getan, und an alles, woran die heilige römisch-katholische Kirche festhält und glaubt, und daß ich ein Todfeind der Juden bin, wie ich es wirklich bin, so sollten die Geschichtsschreiber Erbarmen mit mir haben und mich in ihren Schriften freundlich behandeln. Aber mögen sie sagen, was sie wollen, nackt bin ich zur Welt gekommen, nackt bin ich noch heute, hab nichts verloren und nichts gewonnen; und steh ich auch in den Büchern und geh in der Welt von Hand zu Hand, mir liegt nicht eine Bohne dran, wenn sie von mir sagen, was immer sie wollen."

„Das sieht mir nach jener Geschichte aus, Sancho", sprach Don Quijote, „die sich mit einem berühmten Dichter unserer Zeit zugetragen, der eine boshafte Satire gegen alle Damen vom Hofe verfaßt und darin eine von ihnen nicht mit aufgeführt noch genannt hatte, so daß man zweifeln konnte, ob sie zu ihnen gehörte oder ob nicht; und da sie sah, daß sie nicht auf der Liste der übrigen stand, beschwerte sie sich bei dem Dichter und fragte ihn, was er denn an ihr bemerkt habe, um sie nicht in die Zahl der andern einzureihen; er möchte doch sein Spottgedicht verlängern und sie in den neuen Zusatz aufnehmen; wo nicht, solle er wohl bedenken, daß alle Menschen sterblich seien. Der Dichter erfüllte ihren Wunsch und schilderte sie mit Bezeichnungen, die selbst eine alte Kammerzofe nicht in den Mund hätte nehmen mögen, und nun war sie zufrieden, daß sie in Ruf, wenn auch in Verruf gekommen war. Hierher gehört auch, was man von jenem Hirten erzählt, der den berühmten Tempel der Diana, welcher als eines der Sieben Weltwunder galt, in Flammen setzte und verbrannte, bloß damit sein Name in den kommenden Jahrhunderten fortlebe; und obschon das Verbot erging, ihn je zu nennen und seines Namens mündlich oder schriftlich Erwähnung zu tun, damit er das Ziel seines Wunsches nicht erreiche, so erfuhr man dennoch, daß er Herostratus hieß.

Hierher gehört auch, was dem großen Kaiser Karl dem Fünften mit einem Edelmann in Rom begegnete. Der Kaiser wollte den berühmten Rundbau in Augenschein nehmen, der im Altertum der Tempel aller Götter hieß und jetzt mit besserem Namen die Kirche aller Heiligen heißt; es ist dies das Gebäude, das von allen, die das Heidentum in Rom aufgerichtet hat, am vollständigsten erhalten geblieben ist und das von der Großartigkeit und Prachtliebe seiner Erbauer am besten Zeugnis ablegt. Es hat die Gestalt einer durchgeschnittenen Pomeranze, ist ungeheuer groß und sehr hell, während doch das Licht nur durch ein einziges Fenster hereinfällt oder, richtiger gesagt, durch eine runde Öffnung in der Kuppel oben. Als der Kaiser von hier aus das Gebäude betrachtete, befand sich ein römischer Ritter ihm zur Seite, der ihm die Schönheiten dieses Riesenwerks und die Kunstmittel bei dieser merkwürdigen Bauart erklärte. Nachdem sie dann die Stelle verlassen hatten, sagte er zum Kaiser: ‚Tausendmal, geheiligte Majestät, kam mich die Lust an, Eure Majestät mit den Armen zu umfassen und mich aus dieser Kuppelöffnung hinunterzustürzen, um der Welt einen unvergänglichen Namen zu hinterlassen.'

‚Ich danke Euch', antwortete der Kaiser, ‚daß Ihr einen so schlimmen Gedanken nicht zur Ausführung gebracht habt, und hinfüro will ich Euch keine Gelegenheit mehr bieten, mir nochmals einen Beweis Eures Pflichtgefühls zu geben; und daher verbiete ich Euch, jemals wieder ein Wort an mich zu richten oder zu weilen, wo ich verweilen mag.'

Aber nach diesen Worten verlieh er ihm eine große Gnade.

Hiermit will ich sagen, Sancho, daß die Begierde, Ruhm zu gewinnen, gewaltig wirksam in den Menschen ist. Was, meinst du, warf den Horatius Cocles in voller Rüstung von der Brücke hinab in den Tiber? Was hat dem Mucius Scävola Arm und Hand ins Feuer gehalten? Was trieb den Curtius, sich in den tiefen glühenden Schlund zu stürzen, der inmitten der Stadt Rom zum Vorschein gekommen? Was bewog den Julius Cäsar, entgegen allen bösen Vorzeichen über den Rubikon zu gehen? Und aus neueren Beispielen: Wer hat die Schiffe angebohrt und die tapferen Spanier, die der ritterlichste aller Ritter, Cortéz, in der neuen Welt anführte, auf dem Trocknen und abgeschnitten von aller Welt gelassen? Alle diese Großtaten und viele andre noch von mancher Art waren und werden sein Werke des Ruhms, den die Sterblichen als Lohn ersehnen und als Anteil an der Unsterblichkeit, die ihre rühmlichen Handlungen verdienen. Jedoch wir katholischen Christen und fahrenden Ritter sollen mehr nach der Glorie der künftigen Jahrhunderte trachten, die da unvergänglich ist in den ätherischen Gefilden des Himmels, als nach der Eitelkeit des Ruhmes, den man in dieser irdischen und vergänglichen Zeitlichkeit erwirbt; denn dieser Ruhm, so lang er auch dauern möge, muß zuletzt doch mit der Welt vergehen, die ihr vorbestimmtes Ende hat. Sonach, o Sancho, sollen unsre Taten niemals die Grenzen überschreiten, die uns die christliche Religion, zu der wir uns bekennen, gesetzt hat. Wir sollen in den Riesen den Hochmut ertöten, den Neid durch unsre Großmut und unsern Edelsinn, den Zorn durch unsere gelassene Haltung und Seelenruhe; wir essen ein kärgliches Essen und wachen ein häufiges Wachen und ertöten dadurch die Schlemmerei und den Schlaf; das schmähliche Gelüste und die Unzüchtigkeit durch die redliche Treue, die wir den Frauen bewahren, welche wir zu Herrinnen unserer Gedanken eingesetzt haben; die Trägheit dadurch, daß wir in allen Teilen der Welt umherziehen und Gefahren aufsuchen, die uns zunächst zu guten Christen, dann zu ruhmvollen Rittern machen können und wirklich machen."

„Alles, was Euer Gnaden mir bis hierher gesagt hat", sprach Sancho, „hab ich ganz gut verstanden. Aber bei alledem wünschte ich doch, Ihr möchtet mich über einen Zweifel abklären, der mir eben zu Kopf gestiegen ist."

„Aufklären willst du sagen, Sancho", fiel Don Quijote ein. „In Gottes Namen red heraus, ich will dir antworten, so gut ich kann."

„Sagt mir, Señor", fuhr Sancho fort, „jener Juli und August und all jene heldenhaften Ritter, die Ihr aufgezählt habt, die jetzt schon tot sind, wo sind sie denn jetzt?"

„Die Heiden unter ihnen", antwortete Don Quijote, „sind ohne Zweifel in der Hölle; die Christen, wenn sie gute Christen waren, sind im Fegfeuer oder im Himmel."

„Ganz recht", entgegnete Sancho; „aber jetzt wollen wir mal hören: Haben die Grabstätten, wo die Leiber jener vornehmen Herrschaften liegen, silberne Ampeln vor ihnen hängen, oder sind die Wände ihrer Kapellen geschmückt mit Krücken, Bahrtüchern, abgeschnittenem Haupthaar, wächsernen Beinen oder Augen? Und wenn nicht damit, mit was sind sie geschmückt?"

Darauf antwortete Don Quijote: „Die Grabstätten waren bei den Heiden meistenteils prachtvolle Tempel; Julius Cäsars

Asche wurde in einer Urne oben auf einem steinernen Obelisk von ungeheurer Größe beigesetzt, den man heutzutage in Rom die Nadel des heiligen Petrus nennt. Dem Kaiser Hadrian diente zur Grabstätte eine Burg, so groß wie ein ansehnliches Dorf, die man die Moles Hadriani nannte und die jetzt in Rom die Engelsburg heißt. Die Königin Artemisia bestattete ihren Gatten Mausolus in einem Grabmal, das man für eines der Sieben Weltwunder hielt. Aber keine dieser Grabstätten, ebensowenig als die vielen andern, die den Heiden gehörten, wurde je mit Bahrtüchern oder andern Opfergaben und Denkzeichen geschmückt, welche angezeigt hätten, daß die dort Begrabenen Heilige seien."

„Darauf eben wollte ich hinaus", versetzte Sancho. „Nun sagt mir jetzt: was ist mehr, einen Toten auferwecken oder einen Riesen erschlagen?"

„Die Antwort liegt auf der Hand", antwortete Don Quijote; „einen Toten zu erwecken ist weit mehr."

„Jetzt hab ich Euch erwischt", sprach Sancho. „Also ist der Ruhm derer, die Tote auferwecken, den Blinden das Gesicht wiedergeben, die Lahmen und Krummen geradmachen und den Kranken Genesung verleihen; und es brennen Ampeln vor ihren Grabstätten, und es sind ihre Kapellen voll andächtiger Leute, die ihre heiligen Überreste auf den Knien verehren – also ist solch ein Ruhm besser für dies Leben und für das andere als der Ruhm, den alle heidnischen Kaiser und alle fahrenden Ritter, die es gegeben, jemals in der Welt zurückgelassen haben und zurücklassen werden."

„Auch dies muß ich als wahr zugestehen", antwortete Don Quijote.

„Also dieser Ruhm, diese Gnaden, diese Vorzüge vor allen, wie man es eben nennt", entgegnete Sancho, „wohnen den Leibern und Überresten der Heiligen bei, welche mit Gutheißung und Erlaubnis unserer heiligen Mutter Kirche Ampeln, Kerzen, Bahrtücher, Krücken, Bilder, Haarlocken, Augen, Beine haben, mit denen sie die Frömmigkeit vermehren und ihren christlichen Ruhm erhöhen. Die Körper der Heiligen oder ihre Überreste – die Könige tragen sie auf den Schultern, küssen die Bruchstücke ihrer Knochen, schmücken und bereichern mit ihnen ihre Hauskapellen und ihre liebsten und am höchsten geschätzten Altäre."

„Was soll ich nach deiner Meinung, Sancho, aus dem, was du alles gesagt, für Folgerungen ziehen?" fragte Don Quijote.

„Ich will damit sagen", antwortete Sancho, „daß wir darauf

ausgehen sollen, Heilige zu werden, und da werden wir in viel kürzerer Zeit den Ruhm erlangen, nach dem wir trachten. Und bedenkt, Señor, daß gestern oder vorgestern – denn so kann man immerhin sagen, da es so kurze Zeit her ist – zwei geringe Barfüßermönche heilig- oder doch seliggesprochen wurden; die hatten eiserne Ketten, mit denen sie ihren Leib gürteten und marterten, und es gilt jetzo für ein besonderes Glück, wenn man die Ketten berühren und küssen darf, und sie genießen größere Verehrung als das Schwert Roldáns in der Rüstkammer des Königs unseres Herrn, den Gott erhalte. Demnach, Herre mein, hat es höhern Wert, ein demütig Klosterbrüderlein zu sein, in welchem Orden es auch sein mag, als ein heldenhafter fahrender Ritter; zwei Dutzend Geißelhiebe auf den eignen Rücken richten bei Gott mehr aus als zweitausend Speeresstöße, mag man nun damit Riesen treffen oder Ungeheuer oder Drachen."

„Das ist schon alles richtig", entgegnete Don Quijote; „aber wir können nicht alle ins Kloster gehen, und es gibt der Wege viele, auf denen Gott die Seinen gen Himmel führt; auch das Rittertum ist ein frommer Orden; es gibt heilige Ritter in den himmlischen Glorien."

„Gewiß", versetzte Sancho; „aber ich habe sagen hören, es gibt mehr Mönche im Himmel als fahrende Ritter."

„Das kommt daher", gab Don Quijote zur Antwort, „daß die Anzahl der Mönche größer ist als die der Ritter."

„Aber fahrende gibt's doch viele", meinte Sancho.

„Viele", entgegnete Don Quijote, „jedoch wenige von ihnen verdienen den Ritternamen."

Unter diesen und anderen dergleichen Gesprächen verging ihnen die Nacht und der folgende Tag, ohne daß ihnen etwas begegnete, was des Erzählens wert wäre, worüber Don Quijote nicht wenig verdrießlich war. Endlich am nächsten Tag gewahrten sie beim Abendgrauen die große Stadt Toboso, und bei diesem Anblick wurde Don Quijotes Herz fröhlich und Sanchos Seele betrübt; denn der Schildknappe kannte Dulcineas Haus nicht und hatte sie in seinem Leben nicht zu Gesicht bekommen, ebensowenig wie sein Herr. So waren denn beide in großer Aufregung, der eine, weil er sie zu sehen begehrte, der andere, weil er sie nie gesehen hatte; und Sancho besann sich vergeblich, was er tun sollte, wenn sein Herr ihn nach Toboso hineinsenden würde. Endlich beschloß Don Quijote, beim Eintritt der Nacht in die Stadt einzuziehen. Bis die Stunde herannahte, hielten sie im Schatten eines Eichenwäldchens, das sich nahe bei Toboso befand, und als der bestimmte Augenblick kam, ritten sie in die Stadt ein, wo ihnen Begebnisse widerfuhren, die beinahe nach Begebnissen aussehen.

9. Kapitel

Worin berichtet wird, was darin zu finden ist

Mitternacht war's auf den Punkt, vielleicht auch etwas weniger oder mehr, als Don Quijote und Sancho den Wald verließen und in Toboso einzogen. Der Ort ruhte in tiefer Stille, denn all seine Bewohner lagen im Schlummer und schliefen auf beiden Ohren, wie man zu sagen pflegt. Die Nacht war zwischen hell und dunkel; doch hätte Sancho es lieber gehabt, sie wäre ganz finster, um in ihrer Finsternis eine Entschuldigung für seine einfältige Lüge zu finden. Im ganzen Ort hörte man nichts als Hundegebell, das Don Quijotes Ohren betäubte und Sanchos Herz beängstigte. Dann und wann iahte ein Esel, grunzten Schweine, miauten Katzen, und diese Stimmen von so verschiedenartigem Klang erschollen um so lauter, je stiller die Nacht war. All dies hielt der verliebte Ritter für eine böse Vorbedeutung, aber trotzdem sagte er zu Sancho: „Sancho, mein Sohn, sei du der Führer zu Dulcineas Palast, vielleicht finden wir sie noch wach."

„Zu welchem Palast soll ich der Führer sein?" entgegnete Sancho; „derjenige, worin ich Ihre Hoheit sah, war nur ein ganz kleines Häuschen."

„So muß sie sich damals gerade in ein kleines Nebengebäude ihrer Königsburg zurückgezogen haben", versetzte Don Quijote, „um sich in der Einsamkeit mit ihren Hoffräulein zu erlusten, wie es Brauch und Sitte hoher Damen und Prinzessinnen ist."

„Señor", sprach Sancho darauf, „da nun einmal Euer Gnaden mir zum Trotze will, daß das Häuschen unsers Fräuleins Dulcinea eine Königsburg sein soll, ist denn dies jetzt eine Stunde, um etwa die Tür offen zu finden? Und wär's wohlgetan, mit dem Türklopfer wider das Tor zu donnern, daß man uns hört und uns aufmacht und alle Welt in Schrecken und Aufruhr gebracht wird? Haben wir etwa vor, am Haus unserer Lustdirnen zu pochen wie Zuhälter, die zu jeder beliebigen Stunde kommen und anklopfen und eingehn, und sei es auch noch so spät?"

„Erst wollen wir die Königsburg finden", versetzte Don Quijote, „und alsdann werd ich dir schon sagen, Sancho, was geraten ist zu tun. Aber höre, Sancho; entweder sehe ich nicht gut, oder jene mächtige Masse mit dem Schatten, den man von hier aus bemerkt, das muß es sein; diesen Schatten wirft gewiß der Palast Dulcineas."

„So möge denn Euer Gnaden der Führer sein", entgegnete Sancho, „vielleicht ist's wirklich so; aber auch wenn ich es mit den Augen sehe und mit den Händen greife, werd ich es geradeso glauben, wie ich glaube, daß es jetzt Tag ist."

Don Quijote ritt voraus, und nachdem er etwa zweihundert Schritte zurückgelegt hatte, stieß er auf die mächtige Masse, die den Schatten warf, sah einen Turm und erkannte alsbald, daß besagtes Gebäude keine Königsburg, sondern die Hauptkirche des Ortes war, und sprach: „Auf die Kirche sind wir gestoßen, Sancho."

„Ich seh's schon", versetzte Sancho, „und wolle Gott, daß wir nicht an unser Grab geraten. Es ist kein gutes Zeichen, zu solcher Stunde auf Kirchhöfen herumzusteigen, zumal ich Euer Gnaden ja gesagt habe, wenn ich mich recht entsinne, daß des Fräuleins Haus in einem Sackgäßchen liegen muß."

„Daß dich Gott verdamme, verrückter Mensch!" rief Don Quijote aus; „wo hast du je gefunden, daß die Burgen und Paläste der Könige in Sackgassen erbaut sind?"

„Señor", antwortete Sancho, „ländlich sittlich; vielleicht ist's hier Sitte in Toboso, Paläste und große Gebäude in engen Gäßchen aufzuführen. Sonach bitte ich Euer Gnaden, laßt mich hier in ein paar Gassen oder auch Gäßchen suchen, die mir in den Wurf kommen; es wäre ja möglich, daß ich in irgendeinem Winkel auf diese Königsburg stieße – o sähe ich sie doch schon von den Hunden aufgefressen! –, der wir so kreuz und quer nachlaufen."

„Sprich mit Ehrfurcht von Dingen, die meine Herrin betreffen", fiel Don Quijote hier ein; „laß uns die Sache in Frieden betreiben, wir wollen das Kind nicht mit dem Bade ausschütten."

„Gut, ich will mich im Zaum halten", entgegnete Sancho; „aber wie soll ich geduldig ertragen, daß Euer Gnaden verlangt, ich solle von dem einzigen Mal, wo ich das Haus unserer Madam gesehen habe, es nun immerdar im Kopf haben und mitten in der Nacht finden können; da doch Euer Gnaden es nicht finden, der Ihr es vieltausendmal gesehen haben müßt?"

„Du wirst mich noch in Verzweiflung bringen, Sancho", rief

Don Quijote. „Komm mal her, du Lästermaul; habe ich dir nicht tausendmal erklärt, daß ich all mein Lebtag die unvergleichliche Dulcinea nicht mit Augen gesehen noch jemals die Schwelle ihres Palastes überschritten habe und daß ich nur vom Hörensagen und von wegen des großen Rufes ihrer Schönheit und Verständigkeit in sie verliebt bin?"

„Jetzo hör ich's", antwortete Sancho, „und da sag ich, da Euer Gnaden sie nicht zu Gesicht bekommen hat – ich denn auch nicht."

„Das kann nicht sein", entgegnete Don Quijote; „wenigstens hast du mir bereits gesagt, du hättest sie gesehen, wie sie Weizen siebte, damals, als du mir die Antwort auf den Brief brachtest, den ich ihr durch dich übersandte."

„Darauf könnt Ihr nicht gehen, Señor", gab Sancho zur Antwort; „ich sag Euch, den Anblick Dulcineas und die Antwort, die ich Euch brachte, hatt ich auch nur vom Hörensagen, denn ich weiß geradesoviel, wer Fräulein Dulcinea ist, als wie ich dem Himmel eine Ohrfeige geben kann."

„Sancho, Sancho", entgegnete Don Quijote, „alles hat seine Zeit; es gibt eine Zeit zum Spaßen und eine Zeit, wo Späße unschicklich und mißfällig sind. Darum, weil ich sage, ich habe die Gebieterin meines Herzens weder gesehen noch gesprochen, darfst du nicht auch sagen, du habest sie weder gesprochen noch gesehen, da doch, wie du weißt, das Gegenteil der Fall ist."

Während die beiden in solchem Gespräche begriffen waren, sahen sie einen Mann mit zwei Maultieren in ihrer Nähe vorüberkommen, und sie schlossen aus dem Gerassel des Pflugs, der am Boden nachschleppte, es müsse ein Ackersmann sein, der früh vor dem Tag aufgestanden, um an seine Feldarbeit zu gehen. So war es auch wirklich. Der Landmann kam singend einher und ließ jene Romanze hören, die da lautet:

> Schlimm geriet sie euch, Franzosen,
> Jene Jagd in Roncesvalles.

„Ich will des Todes sein, wenn uns nicht diese Nacht was Schlimmes zustößt", sprach Don Quijote. „Hörst du nicht, was der Bauer dort singt?"

„Freilich hör ich es; aber was hat die Jagd in Roncesvalles mit unserm Vorhaben zu schaffen? Er hätte ebensogut die Romanze vom Calaínos singen können, es wäre ganz einerlei für den guten oder schlechten Erfolg in unserer Angelegenheit."

Indem kam der Landmann heran, und Don Quijote fragte ihn: „Könnt Ihr mir wohl sagen, guter Freund Ihr, dem Gott alles Glück verleihen wolle, wo ist hierherum der Palast der unvergleichlichen Prinzessin Dulcinea von Toboso?"

„Señor", antwortete der Bursche, „ich bin hier fremd, es ist erst wenige Tage her, seit ich mich hier im Ort aufhalte, wo ich einem reichen Bauer bei der Feldarbeit helfe. Im Hause hier gegenüber wohnt der Pfarrer des Orts und der Küster; beide oder einer von ihnen kann Euer Gnaden Auskunft über diese Frau Prinzessin geben, denn sie führen das Verzeichnis aller Einwohner in Toboso. Indessen glaub ich nicht, daß in ganz Toboso eine Prinzessin wohnt; aber viele Damen, vornehm genug, daß eine jede in ihrem eigenen Hause eine Prinzessin vorstellen kann."

„Unter diesen also, lieber Freund", sprach Don Quijote, „muß sich die befinden, nach der ich frage."

„Das ist möglich", entgegnete der Bursche, „und Gott befohlen, denn schon bricht der Morgen an."

Und hiermit trieb er seine Maultiere an und achtete auf keine Fragen weiter. Sancho sah, daß sein Herr nachdenklich und sehr ärgerlich war, und sagte zu ihm: „Señor, der Tag kommt rasch heran, und gar schlecht tät es uns passen, fänd uns die Sonn auf der Gassen. Es ist gewiß besser, wir machen uns zur Stadt hinaus, und Euer Gnaden versteckt sich irgendwo im Wald hier in der Nähe, und dann bei Tag komm ich wieder her und will hier im ganzen Ort keinen Winkel undurchsucht lassen nach unsres Fräuleins Haus, Königsburg oder Palast; und ich müßte doch gar viel Unglück haben, wenn ich den nicht finde, und sobald ich ihn finde, red ich mit Ihro Gnaden und sag ihr, wo und wie Euer Gnaden sich befindet und daß Ihr darauf wartet, daß sie Euch Befehl und Anweisung erteilen soll, damit Ihr sie ohne Nachteil für Ehre und Ruf des Fräuleins sprechen könnt."

„Da hast du, Sancho", bemerkte Don Quijote, „mit wenigen Worten viel Schönes und Wahres gesagt. Der Rat, den du mir hier gegeben hast, ist mir erwünscht, und ich nehme ihn aufs willigste an. Komm, mein Sohn, wir wollen suchen, wo ich mich verbergen kann; und du alsdann kehre wieder hierher, um meine Gebieterin zu suchen, zu sehen, zu sprechen, sie, von deren Klugheit und Edelsinn ich hohe und mehr als wundervolle Gunst und Gnade erwarte."

Sancho war außer sich vor Ungeduld, seinen Herrn aus dem Orte fortzuschaffen, damit er nicht hinter die Lüge in betreff der Antwort komme, die er ihm von seiten Dulcineas nach der Sierra Morena gebracht hatte. Daher beschleunigte er den Abzug aus der Stadt, und er geschah augenblicks. Zweitausend Schritte von dem Orte fanden sie ein Wäldchen oder Gebüsch; darin versteckte sich Don Quijote, während Sancho zur Stadt zurückkehrte, um Dulcinea zu sprechen, bei welcher Gesandtschaft ihm Dinge begegneten, die neue Aufmerksamkeit und neues Vertrauen erheischten.

10. Kapitel

Worin Sanchos List erzählt wird, deren er sich bediente, um das Fräulein Dulcinea zu verzaubern. Auch von andern Begebnissen, sämtlich ebenso kurzweilig wie wahrhaft

Indem der Verfasser dieser großen Geschichte zur Erzählung dessen gelangt, was er in diesem Kapitel erzählt, sagt er, er möchte es gern mit Stillschweigen übergehen aus Besorgnis, keinen Glauben zu finden, weil Don Quijotes große Narreteien hier den Gipfel und Grenzpunkt der größten erreichen, die zu erdenken sind, ja noch ein paar Flintenschußweiten über die größten hinausgehen. Am Ende aber, ungeachtet dieser Besorgnis und Furcht, hat er sie doch niedergeschrieben, und zwar geradeso, wie der Ritter sie vollführte, ohne der Geschichte auch nur ein Stäubchen Wahrheit zuzufügen oder wegzutun und ohne sich im geringsten um den Vorwurf vermeintlicher Lügenhaftigkeit zu kümmern, den man gegen ihn erheben könnte. Und er hatte recht; denn die Wahrheit bleibt immer die Wahrheit, und sie erhält sich immer über der Lüge wie Öl über dem Wasser. Und sonach fährt er mit seiner Geschichte fort und erzählt, daß Don Quijote, da er sich in dem Wäldchen, Eichenhain oder Gebüsch nahe bei dem großen Toboso versteckte, seinem Knappen gebot, nach der Stadt zurückzukehren und nicht wieder vor seinem Angesicht zu erscheinen, ohne vorher in seinem Namen mit seiner Gebieterin gesprochen und sie gebeten zu haben, sie möchte gelieben, ihrem in Liebe gefangenen Ritter ihren Anblick zu vergönnen, und geruhen, ihm ihren Segen zu spenden, damit er durch sie die Hoffnung herrlichsten Erfolges erlange bei all seinen Wagnissen und schwierigen Abenteuern. Sancho nahm es auf sich, so zu tun, wie ihm befohlen, und ihm einen ebenso guten Bescheid zu bringen, wie er ihm das erstemal gebracht.

„Geh, mein Sohn", versetzte Don Quijote, „und gerate nicht in Bestürzung, wenn du vor dem Glanze der Schönheitssonne stehst, die du nunmehr aufsuchen sollst. Du Glücklicher vor allen Schildknappen auf Erden! Halte fest im Gedächtnis und laß es nicht daraus schwinden, wie sie dich empfängt; ob sie die Farbe wechselt, während du dastehst, ihr meine Botschaft auszurichten; ob sie Ruhe und Fassung verliert, wenn sie meinen Namen hört; ob sie es auf ihrem Polsterkissen nicht aushalten kann, falls du sie auf dem reichen Prunksitze ihres hohen Ranges sitzend findest; wenn aber sie dich stehend empfängt, so beobachte sie, ob sie sich bald auf den einen, bald auf den andern Fuß stellt; ob sie den Bescheid, den sie dir erteilt, zwei- oder dreimal wiederholt; ob sie ihn aus einem milden in einen rauhen, aus einem herben in einen liebreichen umändert; ob sie mit der Hand ans Haupthaar greift, um es zu ordnen, auch wenn es nicht in Unordnung ist. Kurz, mein Sohn, beobachte all ihre Handlungen und Bewegungen, denn wenn du sie mir so berichtest, wie sie waren, kann ich entnehmen, was alles sie bezüglich meiner Minne im geheimen Schrein ihres Herzens verschlossen hält. Du mußt nämlich wissen, Sancho, wenn du es noch nicht weißt: bei den Verliebten sind die äußeren Bewegungen und Handlungen, die sie sehen lassen, wenn von ihrer Liebe die Rede ist, die sichersten Boten, welche die Kunde dessen bringen, was dort im Innersten des Gemütes vorgeht. Geh, Freund, und es geleite dich ein anderes, ein besseres Glück als das meine, und es führe dich ein anderer, ein besserer Erfolg hierher zurück, als den ich fürchte und erharre in dieser bittern Einsamkeit, in der du mich verlässest."

„Sofort geh ich und komm ich wieder", erwiderte Sancho, „und macht nur, Herre mein, daß Euer Herzchen weiter wird: Ihr müßt jetzt ein so enges und kleines haben wie eine Haselnuß. Und bedenkt auch, wie man gemeiniglich sagt: Frischer Mut macht alles Böse gut, und wo's an Speckseiten fehlt, da fehlt's auch zum Aufhangen von Stangen; es heißt auch: Wo man's am wenigsten denkt, springt der Hase aus dem Korn. Damit will ich sagen, wenn wir diese Nacht nicht unsers Fräuleins Königsburg oder Palast gefunden haben, so denke ich's jetzt, wo es Tag ist, zu finden, wenn ich's am wenigsten denke, und ist es gefunden, so soll man mich nur mit ihr fertigwerden lassen."

„Ganz gewiß", sprach Don Quijote, „die Sprichwörter, die du beibringst, passen so auf die Gegenstände unserer Besprechung und glücken dir so, daß ich mir wahrlich besseres Glück von Gott erbitte für die Gegenstände meiner Sehnsucht."

Nach diesen Worten seines Herrn wendete Sancho den Rücken und trieb seinen Esel mit dem Stecken an, Don Quijote aber blieb zu Pferde zurück, in den Bügeln ruhend und auf seinen Speer gelehnt, voll trüber und wirrer Gedanken. Darin wollen wir ihn denn lassen und wollen Sancho Pansa begleiten, der nicht minder verwirrt und nachdenklich von seinem Herrn schied, als dieser dort zurückblieb. Er befand sich in solcher Stimmung, daß er, als er den Kopf drehte und bemerkte, daß Don Quijote nicht mehr zu sehen war, sofort von seinem Tier abstieg, sich am Fuß eines Baumes niedersetzte und anfing, folgendermaßen mit sich zu Rate zu gehen: Laßt uns jetzt einmal hören, lieber Sancho, wo Euer Gnaden hin will. Geht Ihr aus, einen Esel zu suchen, der Euch etwa verlorengegangen? – Nein, sicherlich nicht. – Nun, was wollt Ihr denn suchen gehen? – Ich geh und suche, als ob das so gar nichts wäre, eine Prinzessin und in ihr die Sonne der Schönheit und den ganzen Himmel zusammen. – Und wo gedenkt Ihr zu finden, was Ihr da sagt? – Wo? In der großen Stadt Toboso. – Gut; aber in wessen Auftrag geht Ihr sie suchen? – Im Auftrag des ruhmreichen Ritters Don Quijote, der alle Unbilden abtut und dem Hungernden zu essen und dem Dürstenden zu trinken gibt. – Alles gut und schön. Wißt Ihr aber auch ihre Wohnung, Sancho? – Mein Herr sagt, das müsse ein königlicher Palast oder eine stolze Königsburg sein. – Und habt Ihr die Dame vielleicht irgendeinmal gesehen? – Weder mein Herr noch ich haben sie jemals gesehen. – Und meint Ihr, es wäre klug und wohlgetan, wenn die Leute zu Toboso erführen, daß Ihr Euch hier in der Absicht befindet, ihnen ihre Prinzessinnen abspenstig und ihre Damen rebellisch zu machen, damit sie dann kämen und Euch mit Prügeln die Rippen einschlügen und Euch keinen Knochen im Leibe ganz ließen? – Allerdings hätten sie da ganz recht, wenn sie nicht etwa in Betracht zögen, daß ich nur als Abgesandter komme; denn

> Nur als Bote kommt Ihr, Guter,
> Euch trifft kein Verschulden, nein.

– Verlaßt Euch nicht darauf, Sancho, denn die Leute aus der Mancha geraten ebenso leicht in Harnisch, wie sie auf ihre Ehre halten, und lassen sich von keinem auf der Nase tanzen. So wahr Gott lebt, wenn sie Euch wittern, versprech ich Euch, es geht Euch schlecht. – Bleib mir vom Leib, schlechter Kerl! Blitz, schlag anderswo ein! Ei gewiß, ich werde mich ohne Not in des Teufels Küche begeben, fremdem Gelüste zuliebe! Zudem, die Dulcinea in Toboso zu suchen ist geradeso, als wollte ich nach Jungfer Mariechen in Ravenna und nach dem Herrn Doktor in Salamanca fragen. Der Teufel, ja der Teufel hat mich in die Geschichte gebracht, und sonst keiner.

Dieses Selbstgespräch hielt Sancho mit sich, und die Lehre, die er daraus zog, sprach er jetzt in folgenden Worten aus: Nun gut, für alles und jedes gibt es eine Hilfe, nur für den Tod nicht, unter dessen Joch wir alle hindurchmüssen, so ungern wir's tun, wenn unser Leben zu Ende geht. Dieser mein Herr, das hab ich an tausend Zeichen ersehen, ist ein Narr zum Anbinden, aber auch ich stehe nicht viel hinter ihm zurück, denn da ich ihn begleite und geleite, bin ich noch verrückter als er, wenn das Sprichwort recht hat, das da lautet: Sag mir, mit wem du umgehst, so sag ich dir, wer du bist, oder wie das andere sagt: Frag nicht, wo seine Wiege steht, sondern mit wem er zur Atzung geht. Wenn mein Herr also ein Narr ist, wie er es wirklich ist, und eine Art Narrheit hat, die meistenteils ein Ding fürs andere nimmt und weiß für schwarz und schwarz für weiß hält wie damals, als er die Windmühlen für Riesen ausgab und die Maultiere der geistlichen Herren für Dromedare und die Schafherden für feindliche Heere und noch viel andere Dinge nach derselben Melodie, so wird es auch nicht schwerfallen, ihm weiszumachen, daß eine Bäuerin, die erste beste, die mir hierherum in den Wurf kommt, das Fräulein Dulcinea ist. Und wenn er's nicht glaubt, so beschwör ich's, und schwört er dagegen, so schwör ich noch einmal, und wenn er hartnäckig auf seinem Kopfe bleibt, so bleib ich noch hartnäckiger auf meinem, so daß mein Bolzen immer aufs Ziel trifft, es mag gehen, wie es will. Vielleicht, daß ich es gerade mit dieser meiner Hartnäckigkeit bei ihm dahin bringe, daß er mich nicht abermals auf dergleichen Botengängereien ausschickt, wenn er sieht, wie übel ich sie ausrichte; oder vielleicht glaubt er, wie ich mir die Sache vorstelle, daß ein böser Zauberer, einer von denen, die ihm feind sind, wie er zu sagen pflegt, ihre Gestalt verwandelt hat, um ihm Leid und Schaden zuzufügen.

Mit diesem Plan beruhigte sich Sancho in seinem Gemüte und hielt seine Aufgabe für wohl gelöst. Er verweilte nun dort bis zum Nachmittag, damit er Don Quijote so viel Zeit lasse, um annehmen zu können, er habe so viel Zeit gehabt, um nach

Toboso hin- und zurückzuwandern; und es geriet ihm alles so gut, daß er, als er aufstand, um seinen Grauen zu besteigen, von Toboso her drei Bäuerinnen auf seinen Standort zukommen sah. Sie ritten auf drei Eseln oder Eselinnen, denn der Verfasser äußert sich darüber nicht bestimmt; doch kann man eher des Glaubens sein, daß es Eselinnen waren, da diese gewöhnlich von den Dorfbewohnerinnen zum Reiten benutzt werden. Allein da hierauf nicht viel ankommt, so brauchen wir uns mit der Richtigstellung dieses Punktes nicht aufzuhalten. Kurz, sobald Sancho die Bäuerinnen erblickte, ritt er in raschem Trab zurück, um seinen Herrn Don Quijote zu suchen, und fand ihn seufzend und zahllose Liebesklagen ausstoßend. Als Don Quijote ihn gewahrte, fragte er ihn: „Was gibt es, Freund Sancho? Soll ich diesen Tag mit weißer oder mit schwarzer Farbe anschreiben?"

Sancho antwortete: „Besser, Euer Gnaden schreibt ihn mit roter an, wie das Verzeichnis der neuen Doktoren am Schwarzen Brett, damit, wer es ansieht, es recht deutlich sehen kann."

„Demnach", versetzte Don Quijote, „bringst du gute Zeitung."

„So gute", entgegnete Sancho, „daß Euer Gnaden weiter nichts zu tun hat, als Rosinante zu spornen und hinaus ins freie Feld zu reiten, um das Fräulein Dulcinea von Toboso zu erschauen, die mit zwei anderen Fräulein, ihren Hofdamen, kommt, um Euer Gnaden aufzusuchen."

„Heiliger Gott! Was sagst du, teurer Sancho?" rief Don Quijote. „Hüte dich, mich anzuführen und meinen wahren Schmerz mit falscher Freude aufzuheitern!"

„Was hätte ich davon, wenn ich Euer Gnaden anführen würde?" entgegnete Sancho, „zumal da Ihr ja doch im nächsten Augenblick die Wahrheit meiner Worte finden müßt? Setzt die Sporen ein, Señor, und kommt nur, und Ihr werdet die Prinzessin, unsere Herrin, kommen sehen, angezogen! und geschmückt! kurz, wie es ihrem Stande zukommt. Ihre Fräulein und sie, sie sind ein wahres Glutmeer von Gold, jede ist ein ganzer Perlenbüschel, jede ist lauter Demanten, lauter Rubinen, lauter Brokat mit einem Dutzend Lagen von Seiden- und Goldstickereien übereinander, die Haare hangen den Rücken herunter und sind wahre Sonnenstrahlen, die mit den Lüften spielen. Und was mehr als alles, sie reiten auf drei scheckigen Zelten. Schöneres ist in der Welt nicht zu ersehen."

„Auf Zeltern willst du wohl sagen, Sancho."

„Wenig Unterschied ist das", entgegnete Sancho. „Aber sie mögen reiten, worauf immer sie reiten mögen, sie zeigen sich als die stattlichsten Fräulein, die man nur wünschen kann, besonders die Prinzessin Dulcinea, meine Gebieterin, daß einem die Sinne verzückt werden."

„Vorwärts denn, Sancho, mein Sohn", antwortete Don Quijote, „und zum Botenlohn für diese ebenso unverhoffte als gute Zeitung bestimme ich das beste Beutestück, so ich in meinem allernächsten Abenteuer gewinnen werde; und wenn dir das nicht genug ist, bestimme ich dir die Fohlen, die mir dies Jahr meine drei Stuten werfen werden, die, wie du weißt, auf unserer Gemeindewiese trächtig gehen."

„Da halt ich mich an die Fohlen", versetzte Sancho, „denn daß die Beutestücke aus Eurem ersten Abenteuer gut sein werden, ist nicht ganz sicher."

Indem kamen sie schon aus dem Walde und erblickten die drei Bäuerinnen in der Nähe. Don Quijote ließ seine Blicke über den ganzen Weg nach Toboso hinschweifen, und da er niemanden weiter als die drei Bäuerinnen sah, geriet er in volle Bestürzung und fragte Sancho, ob er die Damen vor der Stadt verlassen habe.

„Wie denn vor der Stadt?" antwortete Sancho; „hat Euer Gnaden vielleicht die Augen hinten im Kopf, daß Ihr nicht seht, daß es die sind, die hier kommen, strahlend wie die Sonne am Mittag?"

„Ich sehe nichts", sprach Don Quijote, „als drei Bäuerinnen auf drei Eseln."

„Nun, so soll mich Gott vor dem Bösen behüten!" entgegnete Sancho; „ist es möglich, daß drei Zelter, oder wie die Dinger heißen, weiß wie der gefallene Schnee, Euer Gnaden als Esel vorkommen? So wahr Gott lebt, ich will mir den Bart ausreißen, wenn das wahr ist."

„Ich aber sage dir, Freund Sancho", versetzte Don Quijote, „so wahr sind es Esel oder Eselinnen, so wahr ich Don Quijote bin und du Sancho Pansa. Wenigstens kommen sie mir so vor."

„Schweigt, Señor", sprach Sancho, „sagt so was nicht, sondern putzt Euch die Augen aus und kommt und macht Eure Verbeugung vor der Herrin Eurer Gedanken, denn sie kommt schon ganz nahe."

Mit diesen Worten ritt er voran, um die drei Bäuerinnen zu empfangen; er stieg von seinem Grautier, ergriff den Esel einer der drei Bäuerinnen am Halfter, fiel vor ihr auf beide Knie nieder und sprach: „Königin und Prinzessin und Herzogin der Schönheit, geruhe Euer Hochmütigkeit und Fürnehmigkeit in

Gnade und Großgünstigkeit diesen Euern Sklaven anzunehmen, diesen Ritter, der hier zu Marmor versteinert dasteht, ganz verwirrt und ohne Pulsschlag darob, daß er sich vor Hochdero erhabener Gestaltung sieht. Ich bin sein Schildknappe Sancho Pansa, und er ist der weit und breit umirrende Ritter Don Quijote von der Mancha, auch mit anderem Namen geheißen der Ritter von der traurigen Gestalt."

Jetzt hatte sich auch Don Quijote neben Sancho Pansa auf die Knie geworfen und schaute mit weit vortretenden Augen und wirrem Blick die an, welche Sancho Pansa als Königin und Herrin angeredet hatte, und da er nichts an ihr gewahr wurde als eine Dirne aus dem Dorf und dazu mit keineswegs hübschen Zügen, denn sie hatte ein kugelrundes Gesicht und eine Plattnase, so war er in Zweifeln und Staunen befangen und wagte nicht, die Lippen zu öffnen. Auch die Bäuerinnen waren hocherstaunt, als sie sahen, wie diese zwei Männer, so verschieden voneinander, auf den Knien lagen und ihre Gefährtin nicht von der Stelle ließen; diese aber brach das Schweigen und sagte höchst unfreundlich und ärgerlich: „Macht euch in Kuckucks Namen aus dem Weg und laßt uns weiter, wir haben Eil!"

Darauf entgegnete Sancho: „O Prinzessin und allumfassende Herrin von Toboso, wie mag Euer großgünstiges Herz sich nicht erweichen, wenn Ihr schauet, wie da niederkniet vor Eurem hocherhabenen Angesicht die Säule und Stütze des fahrenden Rittertums."

Eine von den zwei andern hörte dies und sprach: „Prr! oder ich gerbe dir das Fell, willst du nicht fort, langohriger Gesell! Seh einer an, wie jetzt die Herrchen kommen und sich über die Mädchen vom Dorf lustig machen, als würden wir uns nicht so gut wie sie auf Sticheleien verstehen. Schert euch eurer Wege und laßt uns unserer Wege ungeschoren, oder es soll euch gereuen!"

„Erhebe dich, Sancho", sprach hier Don Quijote; „wohl seh ich allbereits, daß das Schicksal, meines Leids noch nicht ersättigt, mir alle Straßen verlegt hat, wo dem armen trüben Herzen, das ich in diesem Busen trage, irgendeine Freude kommen kann. Und du, höchster Ausdruck aller Vortrefflichkeit, die sich nur erwünschen läßt, Inbegriff aller irdischen Liebenswürdigkeit, einziges Labsal dieses schwergeprüften Herzens, das dich anbetet! Sintemalen der boshafte Zauberer, der mich verfolgt und mir einen Nebelflor und grauen Star auf die Augen gelegt und nur für meine und nicht für andrer Augen deine Schönheit sondergleichen und dein holdes Angesicht in das einer armseligen

Bäuerin verwandelt und umgeschaffen hat – wenn er nicht auch das meinige umgeändert hat in das eines Ungetüms, damit es in deinen Augen verabscheuungswert erscheine –: oh, so verschmähe es nicht, mich mild und liebevoll anzuschauen, nachdem du in dieser Unterwürfigkeit und meinem Kniefall vor deiner jetzt so verunstalteten Schönheit die Demut erkennst, mit der meine Seele dich anbetet."

„Sieh da! Erzähl das meinem Großvater!" gab die Bäuerin zur Antwort. „Wahrhaftig, das wäre mir recht, so verliebte Schnurren und nichts dahinter! Macht Platz und laßt uns weiter, so wollen wir's euch danken."

Sancho machte Platz und ließ sie weiter, seelenvergnügt, daß ihm sein listiger Anschlag so wohl geglückt war. Kaum sah sich die Bauerndirne, die die Rolle Dulcineas gespielt hatte, frei, als sie ihren „Zelter" mit dem Stachel, den sie an einem Stecken hatte, antrieb und in größter Hast fort über die Wiese trabte; da aber die Eselin die Spitze des Steckens spürte, der ihr mehr als gewöhnlich zusetzte, fing sie an, auszuschlagen und Sätze zu machen, so daß sie das Fräulein Dulcinea zu Boden schleuderte. Als Don Quijote das sah, eilte er herbei, um ihr aufzuhelfen; und so auch Sancho, um den Sattel, der der Eselin unter den Bauch gerutscht war, zurechtzulegen und fester zu gürten. Als der Sattel wieder in Ordnung war und Don Quijote sein verzaubertes Fräulein in seinen Armen auf das Tier heben wollte, da überhob sie ihn dieser Mühe, trat etwas zurück, nahm einen kurzen Anlauf, legte der Eselin beide Hände auf die Kruppe, schwang ihren Körper, der leichter als ein Falke schien, in den Sattel und blieb darauf rittlings sitzen, als ob sie ein Mann wäre.

Da sagte Sancho: „So wahr ich lebe, unsere Prinzessin Gebieterin ist leichter als ein Jagdfalke und kann dem besten Reiter aus Córboda oder Mexiko Unterricht geben, wie man in den Sattel springt. Mit einem Satz ist sie über den hinteren Sattelbogen gesprungen, und ohne Sporen treibt sie den Zelter wie ein Zebra zu eiligem Lauf, und ihre Kammerfräulein bleiben nicht hinter ihr zurück, denn sie eilen alle wie der Wind."

Und so war es in der Tat; denn sobald sie Dulcinea im Sattel sahen, sprengten alle beide hinter ihr her und galoppierten auf und davon und wendeten den Kopf nicht um, bis sie über eine halbe Meile weit entfernt waren. Don Quijote folgte ihnen mit den Augen, und als sie nicht mehr zu sehen waren, wendete er sich zu Sancho und sprach zu ihm: „Sancho, was bedünket dich, wie verhaßt ich den Zauberern bin? Und sieh, wie weit sich ihre

Bosheit erstreckt und die Feindseligkeit, die sie gegen mich hegen, da sie mich der Freude berauben wollten, die es mir bereitet hätte, meine Gebieterin in ihrer wahren Wesenheit zu erschauen. In der Tat, ich bin geboren, um das Vorbild aller vom Glück Verlassenen zu sein, Zielpunkt und Schießscheibe für alle Pfeile des Mißgeschicks. Auch mußt du wohl beachten, daß jene tückischen Schurken sich nicht daran genügen ließen, meine Dulcinea zu verwandeln und umzugestalten, sondern sie haben sie verwandelt und umgewandelt in ein so gemeines und häßliches Geschöpf wie jene Bauernmagd, und zugleich entzogen sie ihr, was so sehr das Wesentliche bei vornehmen Damen ist: das ist nämlich der Wohlgeruch, weil sie sich ja immer unter Ambra und Blumen bewegen. Denn ich tue dir zu wissen, Sancho, als ich herzueilte, um Dulcinea auf ihren Zelter zu heben – wie du es benennest, denn mir erschien es als eine Eselin –, da befiel mich ein Duft von rohem Knoblauch, der mir das Innerste verpestet und vergiftet hat."

„Ha, ihr Lumpengesindel!" schrie hier Sancho, „ha, ihr unseligen, mißgünstigen Zauberer! Wer euch doch alle in einer Reihe hängen sähe, die Schnur durch die Kiemen gezogen wie Sardellen an der Gerte! Ihr wißt viel, ihr vermögt viel, und ihr tut noch weit mehr. Es müßte euch doch genug sein, ihr Schufte, daß ihr unsrem Fräulein die Perlen ihrer Augen in Galläpfel von Korkeichen verwandelt habt und Haar vom feinsten Gold in Borsten vom roten Farrenschwanz, kurz alle ihre Schönheiten in Häßlichkeiten, und mußtet sie auch noch an ihrem Geruch schädigen? Denn aus diesem wenigstens hätten wir entnehmen können, was unter der häßlichen Rinde verborgen war. Indessen, die Wahrheit zu sagen, ihre Häßlichkeit hab ich nie gesehen, sondern nur ihre Schönheit, die ums Zehnfache erhöht wurde durch ein Muttermal, das sie über der rechten Lippe hatte, nach Art eines Schnurrbarts, mit sieben oder acht blonden Haaren wie Goldfäden und über eine Spanne lang."

„Nach diesem Mal zu schließen", sagte Don Quijote, „da die Muttermale im Gesicht denen am Körper entsprechen, muß Dulcinea noch ein solches an der Vorderseite desjenigen Schenkels haben, welcher der Seite entspricht, wo sie das Mal im Gesichte hat; aber für Muttermale sind die Haare von der Größe, die du angibst, doch allzu lang."

„Aber ich kann Euer Gnaden versichern", warf Sancho ein, „daß sie an jener Stelle aussahen, als wäre das Fräulein damit auf die Welt gekommen."

„Ich glaube es, Lieber", versetzte Don Quijote, „denn die Natur hat nichts an Dulcinea geformt, das nicht vollkommen und durchaus vollendet wäre; und mithin, wenn sie hundert solcher Male hätte, wie du erwähnst, so wären sie an ihr nicht Muttermale, sondern Siegesmale und strahlende Sternbilder. Aber sage mir, der Sattel, den du ihr wieder festgeschnallt hast und der mir als ein Eselssattel erschien, war es ein gewöhnlicher Frauensattel oder einer mit Rückenlehne?"

„Es war nichts andres", antwortete Sancho, „als ein Sattel mit kurzgeschnallten Bügeln, mit einer Schabracke, die ein halbes Königreich wert ist, so prachtvoll ist sie."

„Und daß ich alles das nicht gesehen haben soll, Sancho!" klagte Don Quijote. „Jetzt sage ich wiederum und werde es tausendmal sagen: ich bin der unglücklichste unter allen Menschen."

Der Schelm von Sancho hatte viel Mühe, das Lachen zu verbeißen, als er die Narreteien seines so köstlich angeführten Herrn zu hören bekam. Endlich, nachdem sie noch viele Worte miteinander gewechselt, bestiegen sie ihre Tiere wieder und verfolgten die Straße nach Zaragoza, wo sie zeitig genug einzutreffen gedachten, um an den herrlichen Festlichkeiten teilzunehmen, die in dieser erlauchten Stadt alljährlich abgehalten werden. Aber ehe sie dahin gelangten, erlebten sie so vieles, so Großes und Neues, daß es verdient, niedergeschrieben und gelesen zu werden, wie man im folgenden ersehen wird.

11. KAPITEL

Von dem seltsamen Abenteuer, das dem mannhaften Don Quijote mit dem Wagen oder Karren begegnete, worauf des Todes Reichstag über Land fuhr

Überaus nachdenklich zog Don Quijote seines Weges weiter, in ernstem Sinnen über den schlechten Spaß, den die Zauberer sich mit ihm erlaubt, indem sie seine Herrin Dulcinea in die ekle Gestalt der Bauerndirne verwandelten; und er konnte kein Mittel ersinnen, um sie in ihr ursprüngliches Ich zurückzuversetzen. Diese Gedanken brachten ihn so außer sich, daß er, ohne es zu merken, Rosinante die Zügel schießen ließ, und der Gaul, der die ihm vergönnte Freiheit gleich spürte, hielt nun bei jedem

Schritt an, um das grüne Gras abzuweiden, das auf diesen Gefilden im Überfluß wuchs.

Aus diesem Hinbrüten weckte ihn Sancho Pansa, indem er sagte: „Señor, Traurigkeit ist nicht für die Tiere da, sondern für die Menschen; wenn aber die Menschen ihr im Übermaß nachhängen, so werden sie zu Tieren. Sonach haltet an Euch und kommt wieder zu Euch und nehmt Rosinantes Zügel in die Hand und lebt wieder auf und werdet wach und zeigt jene freudige Tapferkeit, welche fahrenden Rittern geziemt. Was zum Teufel ist dies? Was für eine Niedergeschlagenheit ist dies? Sind wir hier oder in Frankreich? Lieber soll der Satanas alle Dulcineas holen, die es auf Erden gibt! Denn weit mehr ist die Wohlfahrt eines einzigen fahrenden Ritters wert als alle Verzauberungen und Verwandlungen in der ganzen Welt."

„Schweig, Sancho", entgegnete Don Quijote mit einer nicht gerade schwachen Stimme; „schweig, sag ich, und sprich keine Lästerungen gegen dies verzauberte Fräulein, denn an ihrem Unglück und Mißgeschick trage ich allein die Schuld. Aus dem Neide der Bösen gegen mich ist das Böse entsprungen, das sie betroffen hat."

„So sag ich auch", versetzte Sancho, „denn: Wer sie gestern sah und kriegt sie heut zu sehen, dem muß das arme Herz im Leib vor Leid vergehen."

„Das kannst du wohl sagen, Sancho", sprach Don Quijote, „sintemal du sie in der völligen Unversehrtheit ihrer Reize gesehen hast; denn des Zauberers Macht ging nicht so weit, dir den Blick zu trüben oder dir ihre Schönheit zu verbergen; gegen mich allein und gegen meine Augen zielt die Wirksamkeit seines Giftes. Aber bei alledem, Sancho, hab ich etwas wohl bemerkt, nämlich, daß du mir ihre Schönheit schlecht geschildert hast; denn wenn ich mich recht entsinne, hast du mir von den Perlen ihrer Augen gesprochen, und Augen, die wie Perlen aussehen, sind eher einem Karpfen eigen als einer vornehmen Dame. Aber wie ich glaube, müssen Dulcineas Augen von grünem Smaragd sein, weitgeschlitzt, mit zwei himmlischen Bogen, die ihnen als Brauen dienen; und die Perlen, die nimm den Augen weg und gib sie den Zähnen, denn ohne Zweifel hast du die Worte verwechselt und die Augen für die Zähne genommen."

„Alles ist möglich", sagte Sancho darauf, „denn auch mich hat ihre Schönheit ganz wirr gemacht, wie ihre Häßlichkeit Euer Gnaden. Indessen befehlen wir alles das unserm Herrgott, der Wissenschaft aller Dinge hat, die in diesem Jammertal geschehen sollen, in dieser schlechten Welt, die wir nun einmal zur Heimat haben und in welcher kaum etwas zu finden ist, das ohne eine Beigabe von Bosheit, Trug und Schurkerei wäre. Eines aber drückt mich recht schwer, Herre mein, mehr als alles andre: nämlich der Gedanke, wie es anzufangen ist, wenn Euer Gnaden einen Riesen überwindet, oder meinetwegen einen Ritter, und ihm gebietet, er solle gehen und sich dem huldseligen Antlitz Fräulein Dulcineas stellen; wo soll er sie dann finden, der arme Riese oder der arme unselige Ritter, so da überwunden ist? Es kommt mir vor, ich sehe schon, wie sie in Toboso herumlaufen und Maulaffen feilhalten und nach unsrem Fräulein Dulcinea suchen, und wenn sie sie auch mitten auf der Gasse finden sollten, so werden sie sie geradesowenig erkennen wie meinen Vater selig."

„Vielleicht, Sancho", gab Don Quijote zur Antwort, „wird die Verzauberung nicht so weit gehen, daß sie Dulcinea den besiegten und sich ihr stellenden Riesen und Rittern unkenntlich macht; und an einem oder zweien von den ersten, die ich besiege und ihr zusende, wollen wir den Versuch machen, ob sie sie sehen oder nicht, indem ich ihnen gebiete, zurückzukommen und mir Bericht darüber zu erstatten, wie es ihnen ergangen ist."

„Da sag ich, Señor", versetzte Sancho, „mir scheint sehr gut, was Euer Gnaden gesagt hat, und mittels dieses Kunstgriffs werden wir in Erfahrung bringen, was wir zu wissen wünschen; und wenn es sich so verhält, daß sie nur Euch allein verborgen ist, so ist das Unglück mehr das Eurige als das ihrige zu nennen. Indessen wenn nur Fräulein Dulcinea gesund und vergnügt bleibt, so wollen wir uns damit zufriedengeben und es uns so gut wie möglich ergehen lassen, indem wir auf die uns angemessenen Abenteuer ausgehen und es der Zeit anheimstellen, das Ihrige zu tun, denn sie ist der beste Arzt für dieses wie für jedes Übel."

Don Quijote wollte Sancho Pansa eine Antwort geben; aber ihn hinderte daran der Umstand, daß ein Wagen quer über die Straße einbog, der mit den mannigfaltigsten und seltsamsten Personen und Gestalten beladen war, die man sich vorstellen kann. Der Mann, der die Maultiere führte und das Amt des Kutschers versah, war ein mißgestalteter Teufel. Der Wagen war offen, so daß der Himmel hineinschien, ohne ein Zelt oder ein Korbgeflecht zum Dache. Die erste Gestalt, die sich Don Quijotes Blicken darbot, war die des Todes in eigner Person, jedoch mit einem Menschengesicht; neben ihm zeigte sich ein Engel mit großen buntbemalten Flügeln; zur Seite befand sich ein Kaiser mit seiner dem Anscheine nach goldenen Krone auf dem Kopfe; dem Tod saß zu Füßen der Gott, den man Kupido nennt, ohne Binde vor den Augen, jedoch mit Bogen, Köcher und Pfeilen. Auch war ein Ritter dabei, von Kopf zu Füßen bewehrt, nur daß er nicht Sturmhaube noch Helm aufhatte, sondern einen rings mit Federn

in allen Farben geschmückten Hut. Hinter diesen Personen zeigten sich noch andre, an Tracht und Aussehen verschieden.

Alles dies, das ihrem Blick so unversehens erschien, machte Don Quijote einigermaßen stutzig und erfüllte Sanchos Herz mit Furcht; aber alsbald erheiterte sich Don Quijotes Gemüt, da er glaubte, es biete sich ihm ein neues, ein gefahrvolles Abenteuer, und in diesem Gedanken und mit willigem Mut, jeder Fährlichkeit entgegenzugehen, sprach er: „Karrenführer, Kutscher oder

Teufel, oder was du bist! Sage mir unverzüglich, wer du bist, wohin du ziehest und wer die Leute sind, die du in deinem Karren fährst, denn selbiger sieht eher nach Charons Nachen aus als nach einem jener Wagen, wie sie üblich sind."

Darauf antwortete mit freundlichem Tone der Teufel, indem er den Wagen anhielt: „Señor, wir sind Schauspieler von der Gesellschaft Angúlos des Bösen; wir haben in einer Ortschaft hinter diesem Hügel heute morgen, da die Oktave des Fronleichnams ist, das geistliche Spiel vom *Reichstag des Todes* aufgeführt und sollen es heut nachmittag in jener Ortschaft aufführen, die man von hier aus sieht; und weil sie so nahe ist und weil wir die Mühe sparen wollten, uns auszukleiden und wieder anzuziehen, reisen wir in dem Kostüm, in dem wir spielen. Der junge Mann hier spielt den Tod, der andre einen Engel, hier die Frau, welche die des Direktors ist, die Königin; der andre einen Soldaten, jener den Kaiser und ich den Teufel, und ich bin eine der Hauptpersonen in dem geistlichen Spiel, da ich bei dieser Gesellschaft die ersten Rollen spiele. Wünscht Euer Gnaden noch was andres über uns zu erfahren, so fragt mich, und ich werde Euch aufs genauste antworten, denn da ich ein Teufel bin, so ist mir nichts verborgen."

„Auf fahrenden Ritters Wort", entgegnete Don Quijote, „als ich diesen Wagen sah, war ich der Meinung, es biete sich mir ein großes Abenteuer; aber jetzt sag ich, man muß die Erscheinungen rasch mit den Händen greifen, um sich vor Täuschung zu bewahren. Geht mit Gott, ihr wackren Leute, haltet euer Fest ab und seht zu, ob ihr mir etwas aufzutragen habt, worin ich euch nützlich sein kann, und ich werde es willfährig und gerne tun; denn von Kindheit auf war ich auf Mummenschanz erpicht, und in meinen Jünglingsjahren verfolgte ich die Komödianten immer mit sehnsüchtigen Augen."

Während sie sich dergestalt unterhielten, fügte es das Schicksal, daß einer von der Gesellschaft herzutrat, der als Possenreißer angezogen und mit Schellen behangen war und oben an seinem Stock drei aufgeblasene Rindsblasen angebunden trug. Als dieser Narr in Don Quijotes Nähe kam, begann er seinen Stock hin und her zu schwingen, mit den Blasen auf den Boden zu klatschen und unter mächtigen Luftsprüngen seine Schelle erklingen zu lassen. Diese gespenstische Erscheinung setzte Rosinante so in Schrecken, daß er die Stange der Kandare zwischen die Zähne nahm, ohne daß Don Quijote vermochte, ihn zu halten, und mit weit größerer Behendigkeit über das Feld rannte, als man sich von den Knochen dieses Gerippes jemals hätte versprechen können. Sancho erwog, in welcher Gefahr sein Herr sei, abgeworfen zu werden, sprang von seinem Grautier und eilte mit größter Geschwindigkeit ihm zu Hilfe; aber als er hinkam, lag der Ritter schon auf der platten Erde und neben ihm Rosinante, der zugleich mit seinem Herrn zu Boden gestürzt war: das gewöhnliche Ende und Ziel von Rosinantes Ausgelassenheiten und Wagestücken.

Aber kaum hatte Sancho sein treues Tier verlassen, um Don Quijote beizuspringen, da sprang der tanzlustige Teufel mit den Ochsenblasen eiligst auf den Grauen und schlug ihm die Blasen um die Ohren, und die Angst und das Geklatsche, mehr als der Schmerz von den Schlägen, trieben ihn im Flug durchs Gefilde auf das Dorf zu, wohin die Schauspielertruppe zu ihrem Festspiel zog. Sancho schaute auf den gestreckten Galopp seines Esels und den Sturz seines Herrn und wußte nicht, in welcher dieser Nöte er zuerst helfen sollte; aber am Ende vermochte bei ihm als wackerem Schildknappen und als treuem Diener die Liebe zu seinem Herrn mehr als das zärtliche Gefühl für seinen Esel; obschon jedesmal, wenn er die Blasen in die Lüfte schwingen und auf die Kruppe seines Grauen niederfallen sah, es für ihn arge Pein und Todesangst war und er lieber gehabt hätte, die Schläge hätten ihn selbst mitten auf die Augen getroffen als seinen Esel nur auf das kleinste Haar am Schwanze. In dieser Verlegenheit und Trübsal kam er zu seinem Herrn gelaufen, der sich weit übler zugerichtet fand, als ihm lieb war, half ihm auf Rosinante und sagte zu ihm: „Señor, der Teufel hat mein Grautier geholt."

„Was für ein Teufel?" fragte Don Quijote.

„Der Teufel mit den Ochsenblasen", antwortete Sancho.

„Dann werd ich ihn dir schon wiederbringen", versetzte Don Quijote, „wenn er sich auch in den tiefsten und finstersten Kerkerzellen der Hölle verbirgt. Folge mir, Sancho; der Wagen fährt langsam, und mit seinem Maultiergespann werd ich den Verlust des Esels ersetzen."

„Ihr braucht Euch keine Mühe zu machen, Señor", entgegnete Sancho; „mäßigt Euern Zorn, denn mir scheint, der Teufel hat den Grauen schon wieder laufen lassen und er kommt schon zum gewohnten Futter zurück."

Und so war es in der Tat; denn da der Teufel zu Boden gestürzt war, um Don Quijote nachzuahmen, so ging nun auch der Teufel zu Fuße nach dem Dorf, und der Esel kehrte zu seinem Herrn zurück.

„Bei alledem", sprach Don Quijote, „wär es angemessen, für die Grobheit dieses Teufels an einem von den Leuten auf dem Wagen Rache zu nehmen, und wär es auch an dem Kaiser selbst."

„Schlagt Euch das aus dem Sinn", entgegnete Sancho, „und nehmt meinen Rat an, und der geht dahin, daß man niemals mit Schauspielern Händel suchen soll; denn das sind Leute, die überall bevorzugt werden. Ich habe Schauspieler gesehen, die wegen zweier Mordtaten gefangensaßen und frei und ohne Kosten davongekommen sind. Euer Gnaden müssen wissen, das sind fröhliche und für das Vergnügen wirkende Leute und werden darum von jedermann begünstigt, beschützt, unterstützt und geschätzt, namentlich wenn sie Mitglieder einer königlichen oder privilegierten Truppe sind, denn die sehen alle oder zum größten Teil in Tracht und Haltung wie Prinzen aus."

„Und dessen ungeachtet", sprach Don Quijote dagegen, „soll mir der Schauspieler-Teufel nicht ungestraft davonkommen, und wenn ihn auch das ganze Menschengeschlecht in Schutz nähme."

Mit diesen Worten wendete er sich nach dem Wagen um, der schon sehr nahe bei dem Dorfe war, und schrie in einem fort und rief: „Haltet an, harret, heitere, fröhliche Schar; ich will euch lehren, wie man Esel und andre Tiere behandeln soll, deren sich die Schildknappen fahrender Ritter zum Reiten bedienen."

Don Quijote schrie so laut, daß die auf dem Wagen es hörten und verstanden; und da sie aus seinen Worten die Absichten des Sprechers erkannten, sprang im Nu der Tod vom Wagen herab und hinter ihm her der Kaiser, der kutschierende Teufel und der Engel; die Königin und der Gott Kupido blieben auch nicht zurück; und alle hoben Steine auf und stellten sich in eine Reihe und erwarteten Don Quijote, um ihn mit ihren Kieseln zu empfangen. Als Don Quijote sie in so kriegsmutiger Schar aufgestellt sah, die Arme emporgehoben, bereit, ihm die Steine kraftvoll entgegenzuschleudern, da hielt er Rosinante an und überlegte, wie er sie am sichersten angreifen könne. Während er so zögernd hielt, kam Sancho herzu, und als er ihn in einer Haltung sah, um dieses wohlgeordnete Kriegsgeschwader anzugreifen, sprach er zu ihm: „Ei, das wäre doch gar zu verrückt, Euch an derlei Abenteuer zu wagen! Bedenket, Herre mein, gegen solche Prügelsuppen und Kopfnüsse gibt es keine Verteidigungswaffe auf der Welt, als unter eine eherne Glocke unterzuschlupfen und sich da einzuschließen. Auch ist außerdem noch zu bedenken, daß es eher Tollkühnheit als Tapferkeit ist, wenn ein Mann allein ein ganzes Heer angreift, in welchem sich der Tod befindet und Kaiser in eigner Person kämpfen und welchem gute und böse Engel beistehen. Und wenn Euch diese Erwägung noch nicht bestimmt, Euch ruhig zu verhalten, so tut dies vielleicht die Gewißheit, daß unter all den Leuten dort, wenn sie auch wie Könige, Fürsten und Ritter aussehen, sich kein einziger fahrender Ritter befindet."

„Jetzt allerdings, Sancho", versetzte Don Quijote, „hast du den Punkt getroffen, der mich von meinem bereits gefaßten Entschluß abbringen kann und soll. Ich kann und darf, wie ich dir des öftern gesagt habe, gegen keinen das Schwert ziehen, der nicht zum Ritter geschlagen ist. Dich allein geht es an, Sancho, wenn du Rache zu nehmen begehrst ob der Unbill, so deinem Grautier angetan worden; ich aber werde von dieser Stelle aus dir mit Zuruf und heilsamem Rate beistehen."

„Es ist kein Grund, Señor", entgegnete Sancho, „an irgend jemandem Rache zu nehmen; denn es ist nicht guter Christen Art, sich für Unbilden zu rächen; zudem will ich es schon mit meinem Esel fertigbringen, daß er seine Kränkung meinem Willen anheimstellt, welcher dahin geht, die übrigen Tage, die mich der Himmel noch leben läßt, in Frieden zu leben."

„Sintemal solches dein Entschluß ist", entgegnete Don Quijote, „du braver Sancho, kluger Sancho, christlich denkender Sancho, aufrichtiger Sancho, so lassen wir diese gespenstischen Erscheinungen ihres Weges ziehen und wenden uns wieder zur Suche nach besseren und fürnehmeren Abenteuern; denn ich sehe dieser Gegend an, daß es hier an zahlreichen und sehr wundersamen nicht fehlen kann."

Sogleich wendete er, Sancho nahm seinen Esel am Halfter, der Tod und sein ganzes fliegendes Freikorps kehrten zu ihrem Wagen zurück und setzten ihre Reise fort.

Ein so glückliches Ende hatte das grausige Abenteuer mit dem Wagen des Todes dank dem heilsamen Rate, den Sancho Pansa seinem Herrn erteilte. Diesem aber begegnete am folgenden Tag mit einem verliebten und fahrenden Ritter ein andres Abenteuer, nicht minder erstaunlich als das vorige.

12. Kapitel

Von dem seltsamlichen Abenteuer, so dem mannhaften Don Quijote mit dem kühnen Spiegelritter begegnete

Die Nacht, welche auf den Tag des Zusammentreffens mit dem Tod folgte, verbrachten Don Quijote und sein Schildknappe unter hohen schattenreichen Bäumen, nachdem Don Quijote auf Sanchos Zureden von dem Vorrat gespeist hatte, den der Esel trug. Während dieses Abendmahls sprach Sancho zu seinem Herrn: „Señor, wie dumm wär ich gewesen, hätte ich mir zum Trinkgeld für meine Botschaft die Beute aus dem ersten Abenteuer gewählt, das Euer Gnaden bestehen würde, anstatt der Füllen von den drei Stuten! Wahrlich, wahrlich, ein Spatz in der Hand ist besser als eine Taube auf dem Dach."

„Jedennoch, Sancho", gab Don Quijote zur Antwort, „hättest du mich nur angreifen lassen, wie ich es wollte, so wären dir mindestens die goldene Krone der Kaiserin und Kupidos bunte Flügel zur Beute gefallen; denn das hätte ich ihnen weggenommen, sosehr es ihnen gegen den Strich gegangen wäre, und es dir in die Hand gegeben."

„Noch niemals sind die Zepter und Kronen von Theaterkaisern von echtem Gold gewesen", erwiderte Sancho, „sondern nur von Flittergold oder Blech."

„So ist's in der Tat", versetzte Don Quijote, „denn es wäre nicht vernünftig, wenn die Schmucksachen in der Komödie echt wären, sondern sie müssen nachgemacht und bloßer Schein sein, wie es die Komödie selbst ist. Mit dieser aber, wünsche ich, sollst du dich gut stellen, Sancho, und ihr hold sein, und folglich auch mit denen, die sie aufführen, und mit denen, die sie dichten; denn sie alle sind Werkzeuge, die dem Gemeinwesen vieles Nützliche schaffen, indem sie uns bei jedem Schritt einen Spiegel vorhalten, worin das ganze menschliche Leben sich zeigt, und es gibt keine Zusammenstellung von Wirklichkeit und Nachbildung, die uns lebendiger vor Augen führte, was wir sind und was wir sein sollen, als das Schauspiel und die Schauspieler. Oder sage mir: hast du nicht einmal ein Schauspiel gesehen, wo Könige, Kaiser und Päpste, Edelfrauen und mancherlei andre Personen auftreten? Einer spielt den Raufbold, ein andrer den Gauner, dieser den Kaufmann, jener den Soldaten, ein andrer den schlauen Tölpel, ein dritter den tölpischen Liebhaber, und wenn das Stück aus ist und die Bühnentrachten abgelegt sind, so sind die Schauspieler wieder alle gleich."

„Allerdings habe ich das gesehen", erwiderte Sancho.

„Das nämliche nun", fuhr Don Quijote fort, „geschieht im Schauspiel und Wandel dieser Welt, wo die einen die Kaiser, die andern die Päpste und in einem Wort alle Personen vorstellen, die in einem Schauspiel vorkommen können; wenn es aber zum Schlusse geht, das heißt, wenn das Leben endet, da zieht der Tod ihnen allen die Gewänder aus, die sie voneinander unterschieden, und im Grab sind sie alle wieder gleich."

„Ein prächtiger Vergleich!" versetzte Sancho. „Zwar ist er nicht so neu, daß ich ihn nicht schon zu öfteren und verschiedenen Malen gehört hätte, gerade wie den Vergleich mit dem Schachspiel, wo jeder Stein, solang das Spiel dauert, seine besondere Verrichtung hat und, wenn das Spiel zu Ende ist, alle vermischt und zusammengelegt und untereinandergeworfen und in einen Beutel gelegt werden, wie man die Toten ins Grab legt."

„Von Tag zu Tag, Sancho", sagte Don Quijote, „nimmst du an Einfalt ab und an Verstand zu."

„Freilich", entgegnete Sancho; „es muß doch etwas von Euer Gnaden Verstand an mir haftenbleiben. Wenn man einen von Natur unfruchtbaren und dürren Boden düngt und bearbeitet, so erzeugt er mit der Zeit gute Frucht; ich will damit sagen: der Umgang mit Euer Gnaden war der Dünger, der auf den unfruchtbaren Boden meines dürren Geistes ausgestreut worden; die Bearbeitung, das ist die Zeit, die verflossen, seit ich Euch diene und mit Euch umgehe; und mittels alles dessen hoff ich aus mir dereinst glückliche Früchte zu erzeugen, welche mit den Pfaden der guten Erziehung, die Euer Gnaden meinem vertrockneten Geiste hat angedeihen lassen, nicht im Widerspruch stehen noch ihnen zur Unehre gereichen."

Don Quijote lachte über Sanchos gezierte Ausdrucksweise und hielt beinahe für wahr, was er von den Fortschritten in seiner Bildung gesagt hatte; denn dann und wann tat er Äußerungen, die den Ritter in Staunen setzten, wiewohl jedesmal oder fast jedesmal, wenn Sancho mit ihm eine Doktordisputation halten und nach Hofmanier sprechen wollte, seine Rede zuletzt doch immer vom Gipfel seiner Einfalt in den Abgrund seiner Unwissenheit hinabstürzte. Worin er aber am meisten seine gewählte Ausdrucksweise und sein Gedächtnis zeigen wollte, das war im Beibringen von Sprichwörtern, ob sie nun zum Inhalt seiner

Reden paßten oder nicht, wie man im Verlauf dieser Geschichte gesehen und wohl bemerkt haben wird.

Mit diesen und andern Gesprächen verstrich ein großer Teil der Nacht, und den Knappen kam die Lust an, „die Fallgatter seiner Augen herabzulassen", wie er zu sagen pflegte, wenn er schlafen wollte; er nahm seinem Grauen das Geschirr ab und verstattete ihm freie und reichliche Weide. Rosinanten sattelte er aber nicht ab, weil es ausdrücklicher Befehl seines Herrn war, er solle zu allen Zeiten, wo sie auf freiem Felde verweilten oder nicht unter Dach schliefen, Rosinanten niemals abschirren, gemäß dem alten und unabänderlichen Brauch der fahrenden Ritter, zwar den Zaum abzunehmen und über den Sattelknopf zu hängen; aber dem Rosse den Sattel abzunehmen? ei, behüte! Und so tat denn Sancho und gab dem Gaul die nämliche Freiheit wie dem Esel. Zwischen diesem und Rosinante war die Freundschaft so beispiellos und eng, daß man zufolge einer Überlieferung von Vater zu Sohn allgemein annimmt, es habe der Verfasser dieser wahrhaftigen Geschichte besondere Kapitel über sie geschrieben; aber um den Anstand und die Schicklichkeit nicht zu verletzen, die einer solchen Heldengeschichte zukommen, habe er dieselben nicht darin aufgenommen. Freilich hat er seinen Vorsatz zuweilen vergessen; zum Beispiel berichtet er, daß, sowie die beiden Tiere zusammenkamen, sie auf der Stelle begannen, sich aneinander zu reiben; und wenn sie dessen müde waren, legte Rosinante seinen Hals auf den Nacken des Grautiers, daß er auf der andern Seite mehr als eine halbe Elle über jenen hinausragte, und so, nachdenklich zu Boden schauend, pflagen die beiden drei Tage lang dazustehen, oder wenigstens so lang, als der Hunger es zuließ und sie nicht nötigte, Nahrung zu suchen. Ja, der Verfasser soll die Freundschaft der beiden mit jener zwischen Nisus und Euryalus, zwischen Pylades und Orestes verglichen haben: und wenn dies wahr ist, sieht man, wie fest die Freundschaft dieser zwei friedsamen Tiere gewesen sein muß, zur allgemeinen Bewunderung und zur Beschämung der Menschen, die einander so schlecht Freundschaft zu halten wissen. Und darum heißt es im Lied:

> Keinen Freund gibt's für den Freund mehr,
> Und der Wurfstab wird zum Speere;

und in jenem andern Sang:

> Vom Freund dem Freunde die Wanze ... etc.

Es soll aber niemand meinen, der Verfasser sei zu weit gegangen, wenn er die Freundschaft dieser Tiere mit derjenigen der Menschen verglich; denn von den Tieren haben die Menschen manchen Wink erhalten und viele wichtige Dinge gelernt, wie das Klistieren von den Störchen, von den Hunden das Erbrechen und die Dankbarkeit, von den Kranichen die Wachsamkeit, von den Ameisen die Vorsorge für künftigen Mangel, von den Elefanten die Sittsamkeit, die Dienertreue vom Pferd.

Zuletzt legte sich Sancho zum Schlafen unter einen Korkbaum, Don Quijote zum Schlummern unter eine mächtige Eiche. Aber es war nur eine kurze Zeit vergangen, da erweckte ihn ein Geräusch, das hinter ihm sich hören ließ; er fuhr jählings auf, sah sich um und lauschte, woher das Geräusch entstünde, und entdeckte, daß es von zwei Männern zu Pferde kam, von welchen der eine sich vom Sattel herabgleiten ließ und zum andern sagte: „Steig ab, Freund, und zäume die Pferde ab; denn dieser Ort hat anscheinend Gras für sie in Überfluß, und dazu jene Stille und Einsamkeit, deren meine Lieblingsgedanken bedürfen."

Dies sagen und sich auf den Boden strecken war das Werk eines Augenblicks; und als er sich hinwarf, rasselten die Waffen, mit denen er gewappnet war, ein unfehlbares Zeichen, an dem Don Quijote erkannte, es müsse ein fahrender Ritter sein. Er näherte sich daher dem schlafenden Sancho, zog ihn am Arme, brachte ihn mit nicht geringer Mühe zur Besinnung und sagte zu ihm mit leiser Stimme: „Lieber Sancho, wir haben eine Aventüre."

„Gott lasse es uns gut ausschlagen", erwiderte Sancho; „und wo denn, Herre mein, wo sind Ihro Gnaden diese Frau Aventüre?"

„Wo, Sancho?" entgegnete Don Quijote; „wende die Augen dorthin und schaue, und da wirst du einen fahrenden Ritter ausgestreckt liegen sehen, der, wie mir vorkommt, nicht übermäßig vergnügt ist; denn ich sah ihn sich vom Pferde werfen und sich mit allerhand Äußerungen des Mißmuts auf den Boden hinstrecken, und beim Niederlegen rasselten ihm die Waffen."

„Nun, woran sieht Euer Gnaden", fragte Sancho, „daß dies ein Abenteuer ist?"

„Ich will nicht behaupten", antwortete Don Quijote, „daß dies schon vollständig ein Abenteuer ist, sondern vielmehr der Anfang eines solchen; denn damit fangen die Abenteuer immer an. Aber horch! Es scheint, er stimmt eine Laute oder Zither, und nach dem, wie er sich räuspert und die Brust klären will, bereitet er sich ohne Zweifel, etwas zu singen."

„Wahrhaftig, dem ist so", entgegnete Sancho, „und jedenfalls ist er ein Ritter von der verliebten Sorte."

„Unter den fahrenden gibt es keinen, der nicht verliebt wäre", sprach Don Quijote. „Aber hören wir zu, denn an diesem Faden wickeln wir gewiß den Knäuel seiner Gedanken ab, wenn er denn wirklich singt; denn wes das Herz voll ist, des gehet der Mund über."

Sancho wollte seinem Herrn antworten, aber die Stimme des Ritters vom Walde, die weder sehr gut noch sehr schlecht war, hinderte ihn daran, und die beiden standen nun aufmerksam da und hörten zu, was er sang. Es war das folgende

SONETT

> Gib ein Gebot zur Richtschnur meinen Tagen,
> Wie sie dein Wille, Herrin, mag gestalten;
> Dein Wille soll stets über meinem walten,
> Der nie sich des Gehorsams wird entschlagen.
>
> Befiehlst du, ich soll meinen Schmerz nicht klagen
> Und sterben, darfst du mich für tot schon halten;
> Soll ich in Tönen, wie sie nie erschallten,
> Ihn künden, soll dir Amor selbst ihn sagen.
>
> Ein Beispiel zweier Gegensätze leb ich,
> Denn weich wie Wachs und demanthart gehör ich
> Der Liebe stets und ihrem Machtgesetze.
>
> Weich oder hart, mein armes Herz dir geb ich;
> Grab oder schreib darein, was dich ergetze,
> Und es auf ewig treu zu wahren schwör ich.

Mit einem Ach! das aus dem Innersten seines Herzens hervorzubrechen schien, schloß der Ritter vom Wald seinen Gesang, und nach einer kurzen Weile sprach er: „O schönstes und undankbarstes Weib des Erdenrunds! Wie denn? Vermagst du zuzulassen, durchlauchtige Casildea von Vandalien, daß dieser dein in Liebe gefesselter Ritter in beständigen Wanderungen und in herben und harten Drangsalen sich verzehre und zugrunde gehe? Genügt es dir noch nicht, daß ich sie alle gezwungen habe, dich für die Schönste auf Erden zu bekennen, alle die Ritter von

Navarra und Leon, alle Tartessier, alle Kastilier und endlich auch alle Ritter der Mancha?"

„Das nicht", fiel Don Quijote hier ein; „ich bin aus der Mancha, und niemals habe ich dies bekannt, noch konnte ich und durfte ich etwas bekennen, womit ich der Schönheit meiner Gebieterin so nahetrāte. Aber der Herr Ritter dort, du siehst es schon, Sancho, ist nicht recht bei Troste. Indessen hören wir nur immer zu, vielleicht wird er uns noch weiteres offenbaren."

„Gewiß wird er das", entgegnete Sancho; „denn er tut geradeso, als wollte er einen ganzen Monat in einem fort wehklagen."

Dies geschah jedoch nicht, denn sobald der Ritter vom Wald merkte, daß in seiner Nähe gesprochen wurde, stand er auf, ohne mit seinen Klagen fortzufahren, und sprach mit lauttönender, doch freundlicher Stimme: „Wer ist da? Wes Standes? Gehört Ihr etwa zur Zahl der Fröhlichen oder der Betrübten?"

„Der Betrübten", antwortete Don Quijote.

„Dann kommt her zu mir", sprach darauf der vom Walde, „und seid dessen sicher, Ihr kommt zur Traurigkeit und zur Betrübnis selbst."

Als Don Quijote eine so tiefempfundene und freundliche Antwort hörte, trat er näher an ihn heran, und Sancho tat desgleichen. Der wehklagende Ritter ergriff Don Quijote am Arm und sprach: „Setzt Euch hierher, Herr Ritter, denn um zu erkennen, daß Ihr das seid, und zwar einer von denen, die sich zur fahrenden Ritterschaft bekennen, dazu genügt mir, daß ich Euch an diesem Orte gefunden, wo die Einsamkeit Euch Gesellschaft leistet und die Frische der Nacht, die der fahrenden Ritter natürliches Nachtlager und angemessene Wohnstätte ist."

Darauf erwiderte Don Quijote: „Ich bin ein Ritter und gehöre dem Stande an, den Ihr nennt; und wiewohl Trübsal, Unheil und Mißgeschick ihren wahren Wohnsitz in meiner Seele haben, so ist darum nicht das Mitgefühl für fremde Leiden aus ihr entwichen. Die Eueren, das entnehm ich aus den Versen, die Ihr vor wenigen Augenblicken gesungen, sind Liebesleiden, ich meine, sie kommen von der Liebe, die Ihr zu jener undankbaren Schönen heget, die Ihr in Euren Wehklagen genannt habt."

Während sie so miteinander sprachen, hatten sie sich bereits in Frieden und Freundschaft auf die harte Erde niedergesetzt, nicht als ob es ihnen beschieden wäre, beim Anbrechen des Morgens sich die Hälse zu brechen.

„Ist es vielleicht, Herr Ritter", fragte der vom Walde unsern Don Quijote, „auch Euer Geschick, verliebt zu sein?"

„Mein Unglück ist, daß ich es bin", antwortete Don Quijote; „jedoch wenn die Leiden aus dem Streben erwachsen, das auf ein schönes Ziel gerichtet ist, muß man sie eher für eine Gunst des Himmels denn für ein Mißgeschick halten."

„So ist's in der Tat", erwiderte der vom Walde, „wenn uns nur nicht Verstand und Überlegung getrübt würden durch Beweise der Verschmähung, die, wenn sie sich häufig wiederholen, wie Rachetaten aussehen."

„Nie bin ich von meiner Gebieterin verschmäht worden", sprach Don Quijote dagegen.

„Gewiß nicht", fiel Sancho ein, der nahe dabeistand, „denn unser Fräulein ist wie ein zahmes Lämmchen, sie ist weicher als Butter."

„Ist das Euer Schildknappe?" fragte der vom Walde.

„Allerdings", antwortete Don Quijote.

„Nie hab ich einen Schildknappen gesehen", versetzte der vom Walde, „der zu reden gewagt hätte, wo sein Herr redet; wenigstens seht hier, wie der meinige dasteht, gewiß ein ausgewachsener Bursche, und es wird sich nie beweisen lassen, daß er den Mund je aufgetan, wo ich rede."

„Nun wahrhaftig", sagte Sancho, „ich hab gesprochen und kann sprechen, und das vor ganz andern dergleichen Leuten, und sogar ... Aber lassen wir's dabei beruhen, denn es stinkt ärger, wenn man's aufrührt."

Der Schildknappe vom Walde ergriff Sancho am Arm und sagte zu ihm: „Gehn wir zwei an einen Ort, wo wir auf Schildknappenart miteinander reden können, soviel wir wollen, und lassen wir unsre Herren mit der Erzählung ihrer Liebschaften einander überbieten und ärgern; denn sicher wird sie der helle Tag dabei überraschen, und sie werden noch nicht fertig sein."

„Meinetwegen", erwiderte Sancho, „und ich werde Euch sagen, wer ich bin, damit Ihr seht, ob nicht, wo elf redselige Knappen beieinander sind, mit mir das Dutzend voll wird."

Hiermit entfernten sich die beiden Schildknappen, zwischen denen eine ebenso kurzweilige Zwiesprache stattfand, wie die ihrer Herren eine ernste war.

13. KAPITEL

Wo das Abenteuer mit dem Ritter vom Walde fortgesetzt wird, benebst der gescheiten, noch nicht dagewesenen lieblichen Zwiesprach, so zwischen den beiden Schildknappen geschah

Ritter und Schildknappen hatten sich voneinander gesondert; diese erzählten sich ihren Lebenslauf, jene ihre Liebeshändel; allein die Geschichte berichtet zuerst die Zwiesprache der Diener und fährt dann fort mit derjenigen zwischen den Herren. Nachdem sich also die Knappen von den Herren ein wenig entfernt, sprach der vom Walde zu Sancho: „Ein mühseliges Leben ist's, das wir führen und verbringen, werter Herr; wir essen wirklich unser Brot im Schweiße unsres Angesichts, was ja einer der Flüche ist, mit denen Gott unsre Stammeltern gestraft hat."

„Man kann auch sagen", fügte Sancho bei, „wir essen es im Frost unsres Leibes, denn wer erträgt mehr Hitze und Kälte als die jammervollen Schildknappen der fahrenden Ritter? Und es wäre noch nicht so arg, wenn wir wenigstens zu essen bekämen, denn Elend wird vergessen, gibt's nur was zu essen. Aber manchmal kommt's vor, daß uns ein ganzer Tag vergeht oder auch zwei, ohne daß uns was ins Maul kommt als der Wind, der hineinbläst."

„Alles das läßt sich tragen und ertragen", sagte der vom Walde, „durch unsre Hoffnung auf den künftigen Lohn; denn wenn der fahrende Ritter, dem ein Schildknappe dient, nicht allzu großes Pech hat, so bekommt über kurz oder lang der Knappe geringstenfalls eine schöne Statthalterschaft über eine beliebige Insul zum Lohn oder eine Grafschaft, die sich gewaschen hat."

„Ich", versetzte Sancho, „habe meinem Herrn gesagt, ich bin mit der Statthalterei über eine Insul zufrieden; und er ist so edel und freigebig, daß er sie mir schon oft und bei den verschiedensten Gelegenheiten versprochen hat."

„Ich", sprach der vom Walde, „bin mit einer Domherrenpfründe zufrieden, und schon hat mir mein Herr eine gesichert."

„Dann muß Euer Herr ein geistlicher Ritter sein", entgegnete Sancho, „und da kann er seinem braven Schildknappen derlei Gnadengaben gewähren; meiner aber ist lediglich ein weltlicher, wiewohl ich mich erinnere, daß kluge Leute, die aber nach meiner Meinung schlechte Absichten hatten, ihm anraten wollten, er solle trachten, Erzbischof zu werden; aber er wollte nichs andres werden denn ein Kaiser. Ich zitterte damals sehr, es möchte ihm in den Sinn kommen, in den geistlichen Stand zu treten, weil ich für Kirchenpfründen nicht tauglich bin; denn ich erkläre Euch, wenn ich auch wie ein Mensch aussehe, so bin ich doch ein zu dummes Vieh, um geistlich zu werden."

„Nun, in der Tat, darin geht Euer Gnaden fehl", sagte der vom Walde, „denn die insulanischen Statthaltereien sind nicht alle von guter Art. Es gibt ihrer, wo's schief steht, es gibt armselige, es gibt trübselige, und überhaupt führt die vornehmste und besteingerichtete mit sich eine schwere Bürde von Besorgnissen, Unbequemlichkeiten, die sich der Unglückliche auf den Hals lädt, dem die Grafschaft zuteil wird. Weit besser wär es, wenn wir, deren Beruf diese verwünschte Dienstbarkeit ist, uns ruhig nach Hause zurückmachten und uns da mit vergnüglicheren Beschäftigungen unterhielten, wie zum Beispiel mit Jagen oder Fischen; denn welcher Schildknappe auf Erden wäre so arm, daß es ihm an einem Gaul und ein paar Jagdhunden und einer Angelrute fehlen sollte, um sich damit in seinem Dorfe zu vergnügen?"

„Mir fehlt es an nichts von alledem", erwiderte Sancho. „Zwar hab ich keinen Gaul, aber ich hab einen Esel, der zweimal soviel wert ist als meines Herren Roß. Gott soll mir ein böses Jahr geben, und mag es auch gleich das allernächste sein, wenn ich ihn dafür hergäbe, selbst wenn man mir noch vier Malter Gerste drauflegte. Euer Gnaden hält es wohl für Scherz, daß mein Grautier, denn grau ist meines Esels Farbe, so hohen Wert hat. An Jagdhunden sodann würde mir's nicht fehlen, denn die gibt es übergenug in meinem Dorf; und dazu kommt noch, daß die Jagd gerade dann am meisten Vergnügen macht, wenn sie auf fremder Leute Kosten betrieben wird."

„Wahr und wahrhaftig", entgegnete der vom Walde, „Herr Schildknappe, ich habe mir vorgenommen und beschlossen, die sinnlosen Possen dieses Rittergelichters im Stich zu lassen, um nach meinem Dorf heimzukehren und meine Kinderchen zu erziehen; deren hab ich drei wie Juwelen aus Morgenland."

„Zwei hab ich", sagte Sancho, „die sich vor dem Papst selber sehen lassen können, insbesondere ein Mädchen, das ich, so Gott will, zur Gräfin erziehe, obgleich ihre Mutter dagegen ist."

„Und wie alt ist das gnädige Fräulein, das Ihr zur Gräfin erzieht?" fragte der vom Walde.

„Fünfzehn Jahr oder zwei mehr oder weniger", antwortete Sancho; „aber sie ist hochgeschossen wie eine Lanze, so frisch wie ein Maienmorgen und hat Kräfte wie ein Taglöhner."

„Das sind Eigenschaften", entgegnete der vom Walde,

„genügend, um nicht nur eine Gräfin, sondern selbst eine Nymphe im grünen Walde zu werden. O du Hure und Hurenkind! Was für eine Kraft muß das Mensch haben!"

Darauf aber sagte Sancho etwas ärgerlich: „Langsam! Weder ist sie eine Hure, noch ist's ihre Mutter gewesen, und mit Gottes Willen wird's keine von beiden sein, solang ich das Leben behalte; und es wären hier höflichere Ausdrücke am Platz; denn dafür, daß Euer Gnaden unter fahrenden Rittern aufgezogen worden, als welche die Höflichkeit selbst sind, scheinen mir Eure Worte nicht sehr passend."

„O wie wenig versteht Ihr von Lobeserhebungen, Herr Schildknappe!" entgegnete der vom Walde. „Wie? Ihr wißt nicht, wenn ein Edelmann im Zirkus dem Stier einen tüchtigen Lanzenstoß versetzt hat oder wenn sonst jemand sonst etwas gut vollbracht hat, daß da das Volk zu sagen pflegt: O der Hurensohn, o der Hurenkerl, wie gut hat er seine Sache gemacht! Und was in diesem Ausdruck wie ein Schimpf aussieht, das ist gerade ein ganz besonderes Lob. So müßt Ihr wahrhaftig Eure eignen Söhne oder Töchter verleugnen, Señor, wenn sie sich nicht so aufführen, daß man ihren Eltern dergleichen Lobsprüche erteilen kann."

„Dann will ich sie allerdings verleugnen", gab Sancho zur Antwort; „auf diese Weise und aus demselben Grunde könnt Ihr mir und meinen Kindern und meiner Frau eine ganze Hurenwirtschaft an den Kopf werfen, denn alles, was sie sagen und tun, übertrifft alles mögliche und verdient dergleichen Lobsprüche; und damit ich sie wiedersehe, bitte ich zu Gott, mich von aller Todsünde zu erlösen, was ebensoviel heißt, als mich von diesem gefahrvollen Knappendienst zu erlösen, in den ich nun zum zweitenmal geraten bin, verlockt und verrückt durch einen Beutel mit hundert Dukaten, den ich eines Tages tief drinnen in der Sierra Morena gefunden habe; und der Teufel stellt mir hier und dort, mal auf der einen Seite, mal auf der andern, einen Sack mit Dublonen vor Augen, so daß es mir vorkommt, als müßte ich ihn bei jedem Schritt mit der Hand greifen, und ich schließe ihn in die Arme und nehme ihn mit nach Hause und leihe dann auf Zinsen aus und kaufe mir Grundzinsen und lebe wie ein Prinz; und all die Zeit, wo ich hieran denke, werden mir all die Drangsale leicht und erträglich, die ich bei meinem Simpel von Herrn erdulde, der, weiß Gott, mehr vom Tollhäusler als vom Ritter an sich hat."

„Eben darum heißt es auch im Sprichwort", entgegnete der vom Walde: „Habgier überfüllt und zerreißt den Sack. Wenn wir aber von *ihnen* reden sollen, so gibt es keinen größeren Narren in der Welt als meinen Herrn; denn er gehört zu denen, von denen man sagt: Für Dritte sorgen bringt den Esel um. Damit nämlich ein andrer Ritter den Verstand, den er verloren hat, wiedererlange, macht er sich zum Narren und zieht umher und sucht, was ihm vielleicht, wenn er es gefunden hat, bald zum Hals herauswachsen wird."

„Ist er etwa verliebt?" fragte Sancho.

„Freilich", antwortete der vom Walde, „in eine gewisse Casildea von Vandalien, ein Fräulein so hart und zugleich so weich gesotten, wie kein zweites auf dem ganzen Erdenrund zu finden; aber die Härte ist's eigentlich nicht, an der er leidet, andre und ärgere Tücken knurren ihm im Leib herum, und das wird sich zeigen, ehe noch viel Stunden vergehn."

Sancho versetzte darauf: „Es ist kein Weg so eben, es ist ein Stein oder ein Loch zum Stolpern da. Auch in Nachbars Haus kocht man Bohnen, aber in meinem kocht man sie kesselweis. Die Narrheit hat gewiß mehr Genossen und Schmarotzer als die Gescheitheit; aber wenn es wahr ist, was man gemeiniglich sagt: Geteiltes Leid ist halbes Leid, so kann ich mich mit Euch trösten, da Ihr einem ebenso verrückten Herrn dient wie ich."

„Verrückt, aber tapfer", entgegnete der vom Walde, „und noch weit mehr durchtrieben, als er verrückt und tapfer ist."

„Das ist der meinige nicht", sprach Sancho darauf; „ich sag Euch, er hat nichts vom durchtriebenen Schelmen an sich; er hat ein Herz voller Einfalt. Er vermag keinem was Böses zu tun, vielmehr Gutes jedermann, und es ist kein Arg in ihm; ein Kind kann ihm weismachen, daß es am hellen Mittag Nacht ist, und um dieser Einfalt willen hab ich ihn lieb wie mein Herzblatt und kann es nicht über mich bringen, ihn zu verlassen, wenn er auch noch soviel unsinnige Streiche macht."

„Das mag alles so sein, Herr Bruder", sagte der vom Walde; „wenn aber der Blinde den Blinden führt, fallen sie beide in die Grube. Am besten wird's sein, wir schreiten tüchtig zu und ziehen uns zurück und kehren heim zu unsrer Krippe; denn wer Abenteuer sucht, findet nicht immer angenehme."

Sancho spuckte zum öftern aus, und zwar war es dem Anscheine nach eine gewisse Art von klebrigem und etwas trocknem Speichel; und als dies der mitleidige Waldknappe sah, sprach er: „Mir scheint, von unsrem Schwatzen klebt uns die Zunge am Gaumen; aber ich habe ein schleimlösendes Mittel am Sattelknopf meines Gauls hängen, und das ist was gehörig Gutes."

Er erhob sich vom Boden und kam gleich darauf wieder mit einem großen Schlauch Wein und einer Pastete, die eine halbe Elle maß; und das ist keine Übertreibung, denn sie enthielt ein Kaninchen, so groß, daß Sancho beim Anfühlen der Pastete meinte, es sei ein Ziegenbock und nicht etwa bloß ein Zicklein. Als Sancho das sah, sagte er: „Also das haben Euer Gnaden bei sich, Señor?"

„Was habt Ihr Euch denn gedacht?" antwortete der andre; „bin ich vielleicht so ein hergelaufener Schildknappe von Pappdeckel? Ich führe bessern Mundvorrat auf der Kruppe meines Pferdes als ein General auf dem Marsch."

Sancho aß, ohne sich bitten zu lassen, und schluckte im Dunkeln Bissen hinunter, so groß wie die Knoten eines Ochsenstricks, und sagte: „Ja, Euer Gnaden ist ein getreuer, redlicher Schildknappe; Ihr seid wie eine Mühle, die immer geht und mahlt, Ihr seid großartig und großherzig, wie es dieses Festmahl dartut, das, wenn es nicht durch Zauberkunst hierhergekommen, wenigstens danach aussieht. Ihr seid nicht wie ich, ärmlich und erbärmlich, der ich nichts in meinem Zwerchsack habe als ein wenig Käse, der so hart ist, daß man einem Riesen damit den Schädel einschlagen könnte, und welchem Gesellschaft leisten ein paar Dutzend Schoten Johannisbrot und ebensoviel Hasel- und Walnüsse, dank der Dürftigkeit meines Herrn und dank der Meinung, die er hegt, und der Regel, an der er festhält, daß fahrende Ritter sich von nichts erhalten und nähren sollen als von trocknem Obst und von Kräutern des Feldes."

„Wahrlich, Bruder", entgegnete der vom Walde, „mein Magen ist nicht für Distelkohl, Holzbirnen und Waldwurzeln geeignet. Sie mögen sehen, wie sie mit ihren Ritterschaftsgrillen und Rittergesetzen zurechtkommen, und mögen essen, was diese Gesetze vorschreiben; ich führe kalte Küche bei mir, und hier den Lederschlauch hab ich am Sattelknopf hängen für den Fall, daß, und für den Fall, daß nicht, und er ist mir so zugetan, und ich habe ihn so lieb, daß selten ein Augenblick vergeht, wo ich ihn nicht tausendmal küsse und an mich drücke."

Mit diesen Worten gab er ihn Sancho in die Hand, und dieser hob ihn empor, setzte ihn an die Lippen, sah eine Viertelstunde lang die Sterne an, und als er ausgetrunken, neigte er den Kopf zur Seite, seufzte mächtiglich auf und sprach: „O der Schelm, der Hurensohn! Der ist aber echt!"

„Seht Ihr nun", fiel der vom Walde ein, „wie Ihr, um den Wein zu loben, ihn einen Hurensohn genannt habt?"

„Ich sag's ja", antwortete Sancho, „ich bekenn es, daß ich jetzt erkenne, es ist keine Unehre, jemanden einen Hurensohn zu nennen, wenn man ihn damit loben will. Aber sagt mir, so wahr Gott am Leben erhalte, was Ihr am liebsten habt, ist der Wein von Ciudad Real?"

„Treffliche Weinzunge!" antwortete der vom Walde; „in der Tat, er ist nirgends anders her und zählt schon etliche Jahre an Alter."

Mir kommt Ihr damit?" sagte Sancho darauf. „Glaubt nur nicht, daß es mir zu hoch ist, ein richtiges Verständnis vom Wein zu haben. Ist's nicht was Schönes, Herr Schildknappe, daß ich von Natur einen so guten Instinkt habe, daß, wenn man mir irgendeinen beliebigen Wein zu riechen gibt, ich gleich seine Heimat und Herkunft erkenne, und wie er schmeckt und wie lang er sich hält und wie oft er umgeschlagen wird, benebst allen andern Umständen, die beim Wein in Frage kommen? Aber es ist nichts zum Wundern dabei, denn ich hatte in meiner Familie von Vaters Seite die zwei ausgezeichnetsten Weinschmecker, welche seit vielen Jahren die Mancha gesehen hat; und zum Beweis will ich Euch erzählen, was ihnen einmal begegnet ist. Man gab ihnen beiden aus einem Fasse Wein zu versuchen und bat sie um ihr Urteil über Zustand, Beschaffenheit, Güte oder Mangelhaftigkeit des Weines. Der eine versuchte ihn mit der Zungenspitze, der andre hielt ihn bloß an die Nase. Der erste sagte, der Wein schmecke nach Eisen, der zweite sagte, er schmecke mehr nach Ziegenleder. Der Eigentümer sagte, das Faß sei rein und der Wein sei mit nichts verschnitten, wovon er den Geschmack von Eisen oder Leder habe annehmen können. Dessenungeachtet blieben die beiden ausgezeichneten Weinschmecker bei ihrem Ausspruch. Mit Verlauf der Zeit wurde der Wein verkauft, und beim Reinigen des Fasses fand man darin einen kleinen Schlüssel, der an einem Riemen von Ziegenleder hing. Daraus mag Euer Gnaden ersehen, ob ein Mann, der von solchen Ahnen stammt, in dergleichen Streitfragen sein Urteil abgeben kann."

„Eben darum sag ich", sprach darauf der vom Walde, „daß wir ablassen sollen, auf die Suche nach Abenteuern zu ziehn, und da wir Schwarzbrot haben, wollen wir nicht nach Kuchen gehen und wollen zu unsern Hütten heimkehren; denn Gott wird uns da schon finden, wenn es sein Wille ist. Bis mein Herr nach Zaragoza kommt, will ich in seinen Diensten bleiben, und dann werden wir weiter sehen."

Kurz, die beiden wackern Knappen plauderten so viel und

tranken so viel, daß ihnen zuletzt der Schlaf die Zunge fesseln und ihren Durst lindern mußte, denn den ihnen ganz zu löschen war unmöglich. Und so daliegend, jeder von beiden den fast geleerten Lederschlauch umklammernd, die halbgekauten Brocken im Munde, sanken sie in Schlaf; und so wollen wir sie für jetzt lassen, um zu berichten, was der Ritter vom Walde mit dem von der traurigen Gestalt verhandelte.

14. Kapitel

Wo das Abenteuer mit dem Waldritter sich weiterentwickelt

Nachdem Don Quijote und der Ritter vom Walde mancherlei Zwiesprach miteinander gepflogen, sagte, so berichtet die Geschichte, der vom Walde zu Don Quijote: „Kurz, Herr Ritter, ich will Euch zu wissen tun, daß mein Schicksal, oder besser gesagt: meine eigene Wahl mich dahin brachte, in die unvergleichliche Casildea von Vandalien mich zu verlieben; ich nenne sie unvergleichlich, denn sie hat nicht ihresgleichen weder an Größe des Körpers noch an Höhe des Ranges und der Schönheit. Diese besagte Casildea nun, von der ich anitzt berichte, vergalt meine redlichen Absichten und bescheidenen Wünsche damit, daß sie mich wie den Herkules seine Stiefmutter antrieb, mich in vielfache gefährliche Abenteuer einzulassen; und jedesmal, wenn ich ein solches glücklich beendigt, verspricht sie mir, daß mit dem Sieg im nächsten Abenteuer auch meine Hoffnung zum Sieg kommen werde. Aber an der Kette meiner Mühsale haben sich so viel Glieder aneinandergereiht, daß sie nunmehr zahllos sind und ich nicht weiß, was meiner Arbeiten letzte sein wird, welche den Anfang zur Belohnung meines redlichen Strebens bilden soll. Einmal gebot sie mir, jene weitberufene Riesin zu Sevilla zum Kampf zu fordern, welche die Giralda genannt wird und welche so wehrhaft und stark ist, als ob sie von Erz wäre, und die, ohne sich von der Stelle zu bewegen, das veränderlichste und flatterhafteste Weib auf Erden ist. Ich kam, ich sah, ich siegte und zwang sie, ruhig und im gleichen Windesstrich zu bleiben – denn länger als eine Woche wehte kein anderer Wind als der aus Norden. Einmal gebot sie mir, die uralten steinernen Stiere zu Guisando in meinen Händen zu wägen, ein Unternehmen, das eher für einen Taglöhner als für einen Ritter paßt. Ein andermal gebot sie mir, ich solle mich in den Schlund von Cabra stürzen und da versinken – eine unerhörte und furchtbare Fährlichkeit! – und ihr umständlichen Bericht über alles erstatten, was diese finstere Tiefe umschließe. Ich brachte die Bewegung der Giralda zum Stillstand, ich wog die Stiere zu Guisando, stürzte mich in den Schlund und holte das in seinen Tiefen Verborgene ans Licht hervor, und meine Hoffnungen blieben so tot wie zuvor und ihre Forderungen und ihre Verschmähung so lebendig wie je. Kurz und gut, zuletzt hat sie mir geboten, durch alle Gaue Spaniens zu ziehn und alle fahrenden Ritter, die in selbigen umirren, zum Bekenntnis zu zwingen, daß sie, sie allein, die schönste ist unter allen Frauen, die heutzutage leben, und daß ich der heldenhafteste und liebeglühendste Ritter des Erdkreises bin; und in diesem Streben und Begehr bin ich bereits durch den größten Teil Spaniens gezogen und habe daselbst viele Ritter besiegt, die sich erkühnten, mir zu widersprechen. Wes ich mich aber am höchsten rühme und worauf ich am stolzesten bin, ist, daß ich im Einzelkampf jenen so ruhmreichen Ritter Don Quijote von der Mancha besiegt und ihn zum Bekenntnis gezwungen habe, daß meine Casildea schöner ist als seine Dulcinea, und mit diesem einzigen Sieg bin ich überzeugt, alle Ritter auf Erden besiegt zu haben; denn sotaner Don Quijote, von dem ich rede, hat sie alle besiegt, und da ich *ihn* besiegt habe, so sind sein Ruhm, sein Name und seine Ehre auf meine Person übertragen und völlig übergegangen.

> So höher der Besiegte ward geehrt,
> Um so viel höher steigt des Siegers Wert.

Demnach gehen sie jetzt auf meine Rechnung und sind mein eigen, all die unzählbaren Heldentaten des schon erwähnten Don Quijote."

Hocherstaunt saß Don Quijote da, wie er den Ritter vom Walde solches reden hörte, und war tausendmal auf dem Punkte, ihm zuzurufen, daß er lüge, und schon hatte er auf der Zungenspitze das Wort: Ihr lügt! Jedoch er hielt an sich, so gut er es vermochte, weil er ihn zwingen wollte, mit seinem eignen Munde seine Lüge zu bekennen, und so sagte er ganz gelassen zu ihm: „Herr Ritter, daß Euer Gnaden die meisten der fahrenden Ritter Spaniens, ja der ganzen Welt besiegt haben will, darüber sage ich nichts, aber daß Ihr Don Quijote von der Mancha besiegt hättet, das stell ich in Zweifel, es könnte wohl ein anderer gewesen sein, der ihm geglichen, wiewohl es wenige gibt, die ihm gleichen mögen."

„Wie, Ihr sagt nein?" entgegnete der vom Walde. „Beim Himmel über uns! Ich habe mit Don Quijote gekämpft und ihn besiegt und überwältigt. Er ist ein Mann von hoher Gestalt, hageren Angesichts, die Glieder lang und dürr, das Haar mit Grau untermischt, die Adlernase etwas gebogen, mit großem schwarzem Schnurrbart, dessen Enden herabhängen; er zieht zu Felde unter dem Namen des Ritters von der traurigen Gestalt und hat als Schildknappen einen Bauern des Namens Sancho Pansa; er belastet den Rücken und lenkt die Zügel eines berühmten Rosses, das den Namen Rosinante führt; und endlich hat er zur Herrin seines Herzens eine gewisse Dulcinea von Toboso, die eine Zeitlang Aldonza Lorenzo geheißen, so wie ich die meinige, weil sie Casildea heißt und aus Andalusien ist, Casildea von Vandalien nenne. Wenn also diese Zeichen nicht genügen, um der Wahrheit meiner Aussage Glauben zu verschaffen, so ist hier mein Schwert, das den Unglauben selbst zum Glauben an sie zwingen wird."

„Sänftigt Euer Gemüte, Herr Ritter", sprach Don Quijote, „und höret, was ich Euch sagen will. Ihr müßt wissen, daß jener Don Quijote, von dem Ihr redet, der beste Freund ist, den ich auf dieser Welt habe, und zwar so völlig, daß ich sagen kann, er gilt mir wie mein eigenes Selbst. Nach den Zeichen, die Ihr mir von ihm gegeben und die so genau und sicher sind, kann ich nicht anders glauben, als daß es derselbe ist, den Ihr besiegt habt; anderseits aber sehe ich es mit den Augen und greife es mit den Händen, daß er unmöglich derselbe sein kann; es wäre denn etwa der Fall, da er viele Zauberer zu Feinden hat, namentlich einen, der ihn regelmäßig verfolgt, daß einer von diesen seine Gestalt angenommen hätte, um sich besiegen zu lassen, weil er ihn um den Ruhm bringen möchte, den seine hohen Rittertaten ihm in allen bis heut entdeckten Landen der Erde erworben und gewonnen haben. Und zu dessen Bestätigung will ich Euch ferner zu wissen tun, daß die besagten Zauberer, seine Feinde, erst vor nicht mehr als zwei Tagen die Gestalt und Person der schönen Dulcinea von Toboso in eine schmutzige gemeine Bäuerin verwandelt haben; und solcherweise werden sie auch Don Quijote verwandelt haben. Und wenn alles dies nicht genügt, um Euch von der Wahrheit meiner Angaben zu überzeugen, so seht hier Don Quijote selber, der sie mit seinen Waffen aufrechterhalten wird, zu Fuß oder zu Pferd oder auf jede andre Weise, die Euch genehm sein mag."

Mit diesen Worten stand er auf, faßte den Knauf seines Schwertes und erwartete, welchen Entschluß der Ritter vom Walde fassen würde. Und dieser, ebenfalls mit ruhigem gemessenem Ton, antwortete und sprach: „Dem guten Zahler ist es um sein Pfand nicht leid. Wer einmal, Señor Don Quijote, Euch in Eurer Verwandlung besiegen konnte, der darf auch die Hoffnung hegen, Euch in Eurer eigenen Wesenheit zu bewältigen. Aber weil es den Rittern nicht geziemend ist, ihre Waffentaten im Dunkeln zu tun wie Wegelagerer und Raufbolde, so wollen wir den Tag abwarten, auf daß die Sonne unsere Werke erschaue; und es soll die Bedingung unsers Kampfes sein, daß der Besiegte dem freien Willen des Siegers anheimgegeben sei, damit dieser nach seinem Belieben mit jenem verfahre, doch so, daß alles Verlangte einem Ritter geziemend sei."

„Ich bin mehr als zufrieden mit dieser Bedingung und Übereinkunft", entgegnete Don Quijote.

Mit diesen Worten wandten sie sich nach der Ruhestätte ihrer Schildknappen und fanden sie schnarchend und in demselben Zustand, in welchem der Schlaf sie überrascht hatte. Sie weckten sie auf und hießen sie, die Pferde bereit zu halten, weil sie bei Sonnenaufgang einen blutigen Kampf ohnegleichen ausfechten würden. Bei dieser Nachricht entsetzte sich Sancho und blieb starr, da er für das Wohl seines Herrn zitterte ob der Heldentaten, welche der andere Schildknappe von dem seinigen erzählt hatte; indessen gingen beide und suchten ihre Tiere auf, und siehe da, die drei Gäule und der Graue hatten Witterung voneinander bekommen und sich alle zusammengefunden.

Unterwegs sagte der vom Walde zu Sancho: „Ihr müßt wissen, Bruder, daß in Andalusien die Kämpen, wenn sie bei einem Kampfe Sekundanten sind, nicht ruhig dabeistehen und die Hände in den Schoß legen, während die Streiter sich miteinander messen; ich sage Euch das, damit Ihr zum voraus wisset, während unsere Herren einander befehden, müssen auch wir kämpfen und uns zu Splittern zerhauen."

„Dieser Brauch, Herr Schildknappe", entgegnete Sancho, „mag dort bei den Raufbolden und Kämpen, die Ihr erwähnt, vorkommen und im Schwange sein, aber bei den Schildknappen fahrender Ritter kommt es gar nicht in Frage; wenigstens habe ich meinen Herrn niemals dergleichen Brauch erwähnen hören, und er weiß doch alle Vorschriften der fahrenden Ritterschaft auswendig. Ich will's meinetwegen gelten lassen, daß es Wahrheit und ausdrückliche Vorschrift ist, daß die Knappen miteinander kämpfen, während ihre Herren kämpfen; aber ich will sie nicht befolgen, sondern lieber die Buße bezahlen, die derlei friedliebenden Schildknappen auferlegt sein mag, und selbige geht sicher nicht über zwei Pfund Wachs hinaus; und lieber will ich besagte zwei Pfund bezahlen, denn ich weiß, sie werden mich weniger kosten als die Scharpie, die ich kaufen müßte, um mir den Kopf zu verbinden, den ich schon für zerschlagen und in zwei Stücke gespalten ansehe. Aber noch mehr: was mir das Fechten ganz unmöglich macht, ist, daß ich kein Schwert habe, denn nie in meinem Leben habe ich mir ein solches angehängt."

„Dafür weiß ich ein gutes Auskunftsmittel", sagte der vom Walde. „Ich habe hier zwei Leinwandsäcke von gleicher Größe; Ihr nehmt den einen, ich den andern, und so plumpsacken wir aufeinander mit gleichen Waffen."

„Auf die Art mag es in Gottes Namen sein", sprach Sancho dagegen, „denn ein derartiger Kampf wird eher geeignet sein, uns abzustäuben, als uns Wunden zu schlagen."

„So ist's nicht gemeint", versetzte der andre, „denn damit der Wind die Säcke nicht davonführt, muß ein halb Dutzend schöne saubere Kieselsteine hineingetan werden, von denen jeder so viel wie der andre wiegen muß, und auf solche Art können wir uns plumpsacken, ohne einander leid und weh zu tun."

„Seh einmal einer an, bei meines Vaters Seel und Seligkeit!" sprach Sancho dagegen; „was für Zwiebelpelz oder was für Flokken von kardätschter Baumwolle tut Er in die Säcke, damit unsre Hirnschädel nicht zerdroschen und unsre Knochen nicht zu Staub zermalmt werden! Aber sollten sie auch mit Seidenkokons gefüllt werden, wisset, werter Herr, ich werde nicht fechten. Fechten mögen unsre Herren, und sie mögen sehen, wie sie damit fertigwerden; wir aber wollen trinken und leben, denn die Zeit sorgt schon dafür, uns das Leben wegzunehmen, da brauchen wir nicht erst nach Mitteln zu suchen, damit es aufgezehrt wird, ehe die rechte Zeit und Stunde dafür gekommen, oder damit es vom Baum fällt, ehe es reif ist."

„Trotzdem", entgegnete der vom Walde, „müssen wir wenigstens ein halbes Stündchen zusammen fechten."

„Keineswegs", erwiderte Sancho; „ich werde doch nicht so unhöflich und so undankbar sein, mit wem ich gegessen und getrunken habe, mich mit dem in einen Streithandel einzulassen, und wär er noch so unbedeutend. Zudem, wenn einer keinen Zorn und keinen Ärger verspürt, wer Teufel sollte sich dazu hergeben, ohne allen Anlaß zu fechten?"

„Dafür", sagte der vom Walde, „will ich ein ganz wirksames Mittel verschreiben; bevor wir nämlich zu fechten anfangen, will ich mich sachte an Euer Gnaden heranmachen und Euch drei oder vier derartige Maulschellen verabreichen, daß ich Euch zu meinen Füßen niederstrecke, und mit besagten Schellen werde ich Euren Zorn schon aufwecken, und läge er auch in festerem Schlaf als ein Siebenschläfer."

„Gegen dies Auskunftsmittel weiß ich ein andres", sagte Sancho, „das nicht hinter ihm zurücksteht; ich nehme einen Knüppel, und bevor Euer Gnaden herankommt, um meinen Zorn aufzuwecken, will ich den Euren mit Stockprügeln so einschläfern, daß er nicht mehr aufwacht, es sei denn in der andern Welt, wo man zur Genüge weiß, daß ich nicht der Mann bin, der sich von irgendwem ins Gesicht greifen läßt, und jeder sehe, wie er's treibe. Indessen das Gescheiteste wäre, ein jeder ließe seinen Zorn schlafen; denn keiner kann keinem ins Herz sehen, und mancher geht nach Wolle aus und kommt geschoren nach Haus, und der Friede ist gesegnet von Gott und der Hader verflucht; denn wenn eine Katze, die man hetzt und einsperrt und peinigt, sich in einen Löwen verwandelt, so weiß Gott, da ich doch ein Mensch bin, in was ich mich verwandeln würde. Und somit will ich Euch gleich jetzt ansagen, alles Böse und Verderbliche, das aus unsrem Kampfe entstehen würde, kommt auf Eure Rechnung."

„Schon gut", erwiderte der vom Walde; „Gott wird Tag werden lassen, und da wollen wir weiter sehen."

Unterdessen begannen bereits tausenderlei bunte Vöglein auf den Bäumen zu trillern und schienen mit ihren mannigfachen frohen Gesängen Willkomm und Gruß zu bieten der frischen Morgenröte, die bereits an den Pforten und Erkern des Ostens die Reize ihres Angesichts enthüllte und aus ihren Locken eine unzählige Menge feuchter Perlen schüttelte, in deren süßem Naß sich die Pflanzen badeten und nun auch aus ihrem Schoße weißen feinen Perlenstaub auszustreuen und niederzuregnen schienen. Die biegsamen Weiden tröpfelten erquickliches Manna, die Brünnlein lachten plätschernd, die Bäche murmelten, die Wälder wurden heiter, und die Wiesen schmückte reicher der Glanz des kommenden Morgens. Aber kaum gestattete die Helle des Tages, die Dinge zu sehen und zu unterscheiden, da war das erste, was sich Sancho Pansas Blicken darbot, die Nase des Schildknappen vom Walde, die so groß war, daß sie fast über seinen ganzen Körper ihren Schatten warf. Man erzählt wirklich, sie sei von übermäßiger Größe gewesen, in der Mitte gebogen und ganz bedeckt mit Warzen, dunkelbläulich von Farbe wie ein Tollapfel; sie hing ihm mehr als zwei Zoll über den Mund herunter. Größe, Farbe, Warzen und Buckel dieser Nase gaben seinem Gesicht ein so scheußliches Ansehen, daß Sancho, als er es erblickte, mit Händen und Füßen um sich schlug wie ein Kind, das die Gichter hat, und sich in seinem Herzen vornahm, sich lieber zweihundert Maulschellen geben zu lassen, als daß er seinen Zorn aufwecken sollte, um mit diesem Ungetüm zu fechten.

Derweilen betrachtete auch Don Quijote seinen Kampfgegner, der mit bereits aufgesetztem Helm und herabgelassenem Visier dastand, so daß er dessen Gesicht nicht sehen konnte; jedoch bemerkte er, daß es ein Mann von kräftigen Gliedern und nicht sehr hohem Wuchs war. Über seiner Rüstung trug er ein Überwams aus einem dem Anscheine nach äußerst feinen Goldstoff, der mit kleinen Monden von widerstrahlendem Spiegelglas übersät war, die ihm ein überaus stattliches und glanzvolles Aussehen gaben; auf dem Helme flatterten ihm in großer Menge grüne, gelbe und weiße Federn; der Speer, den er an einen Baum gelehnt hatte, war sehr lang und dick, mit einer mehr als ellenlangen stählernen Spitze. All dies beobachtete und merkte sich Don Quijote, und er schloß daraus, der Ritter müsse von großer Körperkraft sein. Aber darum fürchtete er sich keineswegs wie Sancho Pansa; vielmehr sprach er mit edlem Mute zu dem Ritter mit den Spiegeln: „Wenn allzu große Kampfeslust, Herr Ritter, nicht Eure ganze Höflichkeit aufgezehrt hat, so bitte ich Euch um dieser Eurer Höflichkeit willen, das Visier ein wenig zu lüften, auf daß ich ersehe, ob die Schönheit Eures Angesichts dem Glanz Eurer Rüstung entspricht."

„Ob Ihr nun besiegt oder siegreich aus diesem Abenteuer hervorgeht, Herr Ritter", antwortete der mit den Spiegeln, „so wird Euch Zeit und Gelegenheit mehr als genug verbleiben, mich zu sehen; und wenn ich jetzt Eurem Wunsche kein Genügen tue, so ist der Grund, daß ich der schönen Casildea von Vandalien eine beträchtliche Ungebühr anzutun vermeine, wenn ich auch nur so lange Zeit, als ich mit dem Aufheben meines Visiers verbrächte, zögern würde, Euch zu jenem Bekenntnis zu zwingen, auf welches, wie Ihr schon wißt, mein Begehren steht."

„Dann könnt Ihr, während wir zu Pferde steigen", sprach Don Quijote, „mir doch wohl sagen, ob ich jener Don Quijote bin, den Ihr besiegt haben wollt."

„Darauf antworte ich Euch", versetzte der Spiegelritter, „daß

Ihr dem nämlichen Ritter, den ich besiegt habe, gleicht wie ein Ei dem andern; aber da Ihr sagt, daß Euch Zauberer verfolgen, so wage ich es nicht mit Gewißheit zu behaupten, ob Ihr der von mir gemeinte seid oder nicht."

„Das genügt mir", entgegnete Don Quijote, „um mich von Eurem Irrtum zu überzeugen; jedennoch, um Euch in jeder Beziehung daraus zu reißen, laßt unsere Rosse kommen, und in kürzerer Zeit, als Ihr gebraucht hättet, Euer Visier zu heben, wofern Gott, wofern meine Gebieterin und meines Armes Kraft mit mir sind, werde ich Euer Angesicht sehen, und Ihr werdet erkennen, daß ich nicht der besiegte Don Quijote bin, den Ihr meint."

Hiermit brachen sie ihre Unterredung ab, bestiegen ihre Rosse, und Don Quijote wendete Rosinante, um den erforderlichen Anlauf wider seinen Gegner zu gewinnen; und das nämliche tat der Spiegelritter. Allein Don Quijote hatte sich noch keine zwanzig Schritte weit entfernt, als er hörte, wie der mit den Spiegeln ihm zurief; beide blieben auf halbem Wege halten, und der Spiegelritter sagte zu jenem: „Beachtet wohl, Herr Ritter, die Bedingung unsres Kampfes ist, daß der Besiegte, wie ich schon einmal gesagt, dem Sieger auf Gnade und Ungnade verfällt."

„Ich kenne die Bedingung bereits", versetzte Don Quijote; „doch vorbehalten, daß, was dem Besiegten auferlegt und anbefohlen wird, die Gesetze des Rittertums nicht überschreiten darf."

„Das versteht sich", antwortete der mit den Spiegeln.

In diesem Augenblick fielen Don Quijotes Blicke auf die merkwürdige Nase des Schildknappen, und er staunte sie nicht weniger als Sancho dermaßen an, daß er den Knappen für eine Mißgeburt hielt oder für einen Menschen ganz neuer Art, wie sie sonst in der Welt nicht vorkommen.

Als Sancho seinen Herrn abreiten sah, um einen Anlauf zu nehmen, wollte er mit dem Nasenungeheuer nicht allein bleiben; denn er fürchtete, wenn jene Nase der seinigen nur einen einzigen Schneller versetzte, so würde es mit seinem Fechten zu Ende sein, da er jedenfalls, sei es vom Stoße, sei es von der Angst, zu Boden gestreckt würde. Er lief seinem Herrn nach, faßte Rosinante am Steigriemen, und als ihm der Augenblick gekommen schien, daß Don Quijote zum Kampf wenden würde, sprach er zu ihm: „Ich bitte Euer Gnaden flehentlich, Herre mein, daß Ihr, ehe Ihr zum Angriff wendet, mir hier auf den Korkbaum helft, von wo ich viel angenehmer für mich und besser als von ebener

Erde aus das kühne Turnier mit ansehen kann, das Euer Gnaden mit diesem Ritter bestehen will."

„Ich glaube eher", sprach Don Quijote, „du willst in die Höhe und auf das Gerüst, um dem Stiergefecht ohne Gefahr zusehen zu können."

„Um die Wahrheit zu gestehen", gab Sancho zur Antwort, „das Ungeheuer von Nase, das dieser Schildknappe an sich trägt, verursacht mir Angst und Entsetzen, und ich getraue mich nicht, allein bei ihm zu bleiben."

„Allerdings ist sie derartig", sprach Don Quijote, „daß, wäre ich nicht der Mann, der ich bin, sie auch mich erschrecken würde. Komm also, ich will dir hinaufhelfen, wo du hinbegehrst."

Während Don Quijote sich dabei aufhielt, seinem Sancho auf den Korkbaum zu helfen, nahm der Spiegelritter soviel Feld zum Anlauf, als ihm nötig schien, und im Glauben, daß Don Quijote das nämliche getan, wartete er weder den üblichen Trompetenstoß ab noch sonst ein Zeichen zum Kampf, wandte sein Pferd, das weder leichtfüßiger noch bessern Aussehens war als Rosinante, und ritt in dessen schnellstem Lauf, das heißt in mäßigem Trab, vorwärts, um seinen Gegner anzurennen; aber da er ihn beim Hinaufklettern Sanchos beschäftigt sah, zog er die Zügel an und hielt mitten im Rennen still, wofür ihm sein Pferd höchst dankbar war, weil es sich schon nicht mehr rühren konnte. Don Quijote, in der Meinung, daß sein Gegner im Fluge herankomme, drückte seinem Rosinante die Sporen kräftig in die Lenden, die elenden, und trieb ihn zu solcher Eile, daß die Geschichte dies das einzige Mal nennt, wo er ein klein wenig galoppiert haben soll; denn die andern Male war es stets nur ein unverkennbarer Trab und nicht mehr. Mit diesem rasenden, noch nicht dagewesenen Ungestüm stürmte er dahin, wo der Spiegelreiter hielt und sich damit beschäftigte, seinem Pferde die Sporen bis an die Fersen einzubohren, ohne daß er es nur einen Zollbreit von der Stelle fortbringen konnte, wo es wie angewurzelt stehengeblieben war. In diesem günstigen Augenblick und Zustand fand Don Quijote seinen Gegner, wie er völlig durch sein Pferd und seinen Speer in Anspruch genommen war, den einzulegen er nicht verstand oder nicht genügend Zeit hatte. Don Quijote kümmerte sich nicht um diese mißlichen Umstände, und in aller Sicherheit und ohne jede Gefahr traf er den Spiegelritter mit so kräftigem Stoß, daß dieser sehr wider Willen über die Kruppe des Pferdes zu Boden flog und einen solchen Fall tat, daß er weder Hand noch Fuß rührte und wie tot dalag.

Kaum sah Sancho ihn am Boden, so rutschte er von seinem Korkbaum herunter und lief in aller Eile zu seinem Herrn; dieser stieg von Rosinante ab, machte sich über den Spiegelritter her, löste ihm die Helmriemen, um zu sehen, ob er tot sei, und

damit die frische Luft ihm ins Gesicht streiche, wenn er sich vielleicht noch am Leben befinde, und sah ... Wer vermag zu sagen, was er sah, ohne in jedem, der dies hören wird, Staunen, Verwunderung und Entsetzen zu wecken? Er sah, berichtet die Geschichte, das leibhafte Angesicht, die wahre Gestalt, das ganze Äußere, die leibhaftigen Gesichtszüge, das wirkliche Ebenbild, das lebenstreue Äußere des Baccalaureus Sansón Carrasco. Bei

649

diesem Anblick rief er mit laut erhobener Stimme: „Komm herbei, Sancho, und betrachte hier, was du sehen wirst, du wirst es nicht glauben; eile, mein Sohn, und merke, was die Magie vermag, was Hexenmeister und Zauberkünstler vermögen."

Sancho kam herzu, und als er das Gesicht des Baccalaureus Sansón Carrasco erblickte, bekreuzte er sich tausendmal und segnete sich noch tausendmal dazu. Während dieser ganzen Zeit gab der niedergeworfene Ritter kein Lebenszeichen von sich, und Sancho sprach zu Don Quijote: „Ich bin des Dafürhaltens, Herre mein, Euer Gnaden sollte für den Fall, daß, und für den Fall, daß nicht, diesem hier, der aussieht wie der Baccalaureus Carrasco, das Schwert in den Mund stecken und hineinstoßen; vielleicht daß Ihr in diesem Mann einen von Euern Feinden, den Zauberern, umbringt."

„Was du sagst, ist nicht übel", versetzte Don Quijote; „denn je weniger Feinde, desto besser." Und als er schon das Schwert zog, um Sanchos Rat und Weisung zu befolgen, kam der Schildknappe des Spiegelritters herzu, jetzt ohne die Nase, die ihn so häßlich gemacht hatte, und schrie mit gewaltiger Stimme: „Bedenket wohl, Señor Don Quijote, was Ihr tut, denn der Mann, den Ihr zu Euern Füßen liegen habt, ist der Baccalaureus Sansón Carrasco, Euer Freund, und ich bin sein Schildknappe."

Als Sancho ihn ohne seine frühere Häßlichkeit sah, sprach er zu ihm: „Und die Nase?"

Darauf antwortete jener: „Hier hab ich sie in der Tasche."

Und er steckte die Hand rechts in die Hose und zog eine Maskennase aus lackiertem Pappdeckel von der beschriebenen Gestalt hervor, und als Sancho sich länger und länger verwunderte, brach er endlich laut aufschreiend in die staunenden Worte aus: „Heilige Maria, steh mir bei! Ist das nicht Tomé Cecial, mein Nachbar und Gevatter?"

„Ob ich es bin!" antwortete der entnaste Schildknappe. „Ich bin Tomé Cecial, o mein Gevatter und Freund Sancho Pansa! Und ich werd Euch sogleich all die Mittel und Wege, die Vorspiegelungen und Ränke erzählen, mit denen ich hergelockt worden; aber mittlerweile müßt Ihr Euern gnädigen Herrn bitten und anflehen, daß er den Spiegelritter zu seinen Füßen nicht berührt, mißhandelt, verwundet, umbringt; denn Ihr dürft nicht daran zweifeln, es ist der tollkühne und übelberatene Baccalaureus Sansón Carrasco, unser Landsmann."

Indem kam der Spiegelritter wieder zu sich, und als Don

Quijote das sah, hielt er ihm die Spitze seines entblößten Schwertes über das Gesicht und sprach zu ihm: „Ihr seid des Todes, Ritter, wenn Ihr nicht bekennt, daß die unvergleichliche Dulcinea von Toboso an Schönheit Eurer Casildea von Vandalien voransteht. Überdies müsset Ihr geloben, wofern Ihr aus diesem Strauß und Sturz mit dem Leben davonkommt, nach der großen Stadt Toboso zu ziehen und Euch ihr in meinem Namen zu stellen, damit sie mit Euch tue, was ihr zu Willen und Belieben stehen mag. So sie Euch aber die Freiheit gibt, so sollet Ihr im gleichen Augenblick umkehren, mich aufzusuchen, denn die Spur meiner Rittertaten wird Euch zum Führer dienen und Euch dahin geleiten, wo ich weile, und da sollet Ihr mir künden, was Ihr mit ihr besprochen habet. Das sind Bedingungen, die, denen gemäß, welche wir vor unserm Kampfe festgesetzt haben, die Gesetze des fahrenden Ritterwesens nicht überschreiten."

„Ich bekenne", sprach der gestürzte Ritter, „daß ein schmutziger und aus den Nähten gegangener Schuh des Fräuleins Dulcinea von Toboso mehr wert ist als der schlecht gekämmte, wenn auch saubere Bart Casildeas, und gelobe hinzuziehen und von ihrer Person zur Eurigen zurückzukehren und Euch völligen und umständlichen Bericht über alles zu erstatten, was Ihr mir gebietet."

„Auch sollet Ihr bekennen und glauben", fügte Don Quijote hinzu, „daß jener von Euch besiegte Ritter keineswegs Don Quijote von der Mancha war noch sein konnte, sondern ein anderer, der ihm ähnlich war; wie auch ich bekenne und glaube, daß Ihr, obschon Ihr das Aussehen des Baccalaureus Sansón Carrasco habt, es keineswegs seid, sondern vielmehr ein anderer, der ihm gleicht und den meine Feinde mir in seiner Gestalt hier vor die Augen gestellt, damit ich das heiße Ungestüm meines Zornes hemme und mäßige und damit ich des Siegesruhms mit Milde mich bediene."

„Alles dies bekenn ich und sehe es so an und denke es, wie Ihr es glaubt und anseht und denket", entgegnete der lendenlahme Ritter. „Laßt mich aufstehen, bitt ich Euch, wenn nämlich die Erschütterung von meinem Fall es mir erlaubt, der mich gar übel zugerichtet hat."

Don Quijote und des Spiegelritters Schildknappe Tomé Cecial halfen ihm auf. Sancho verwendete kein Auge von dem letzteren und fragte ihn nach Dingen, deren Beantwortung ihm deutliche Beweise gab, er sei wirklich der Tomé Cecial, für den er sich ausgab; aber in Sancho hatte seines Herrn Behauptung, die Zauberer hätten die Gestalt des Spiegelritters in die des Baccalaureus Carrasco verwandelt, ängstliche Vorstellungen erweckt, die ihm nicht gestatteten, der Wahrheit Glauben zu schenken, die er doch mit seinen eigenen Augen sah. Kurz, Herr und Diener verharrten in ihrem Wahn, und der mit den Spiegeln und sein Schildknappe, grämlich, weil sie so übel gefahren, schieden von Don Quijote und Sancho mit der Absicht, ein Dorf aufzusuchen, um den Gestürzten zu verbinden und ihm die Rippen wieder einzurichten.

Don Quijote und Sancho wandten sich wieder auf ihren Weg nach Zaragoza, und hier verläßt sie die Geschichte, um zu berichten, wer der Spiegelritter war und sein großnasiger Schildknappe.

15. Kapitel

Wo erzählt und nachgewiesen wird, wer der Spiegelritter und sein Schildknappe gewesen

Äußerst zufrieden, stolz und aufgeblasen war Don Quijote, den Sieg über einen so mannhaften Ritter erlangt zu haben, wie es in seiner Einbildung der mit den Spiegeln war. Auf dessen ritterlich Wort vertraute er, um zu erfahren, ob die Verzauberung seiner Herzensgebieterin noch fortdaure, denn unfehlbar mußte sotaner besiegte Ritter bei Strafe, nicht mehr ein Ritter zu sein, zurückkehren, um getreulich zu berichten, was zwischen ihm und der Dame vorgefallen.

Aber anders dachte Don Quijote und anders der mit den Spiegeln; denn dieser hatte, wie gesagt, für jetzt keinen anderen Gedanken, als einen Platz zu suchen, wo er verbunden werden könnte.

Es sagt nun die Geschichte, daß damals, als der Baccalaureus Sansón Carrasco unserm Don Quijote den Rat erteilte, seine unterbrochene Ritterlaufbahn wieder fortzusetzen, dies nur deshalb geschehen sei, weil er vorher mit dem Pfarrer und dem Barbier beraten hatte, welches Mittel man ergreifen könne, um Don Quijote ruhig und friedsam zu Hause zu halten, ohne daß ihn seine stets zum Unheil aufgesuchten Abenteuer wieder in Aufregung brächten. Aus dieser Beratung ging mit sämtlichen Stimmen, und insbesondere nach dem Vorschlag Carrascos, der Beschluß hervor, Don Quijote ziehen zu lassen, da ihn zurückzuhalten unmöglich schien; Sansón solle als fahrender Ritter ihm den Weg verlegen und einen Kampf mit ihm beginnen, da es an einem Grund zum Streite nicht fehlen würde; er solle ihn besiegen, was für etwas Leichtes erachtet wurde, und es solle dabei Bedingung sein, daß der Besiegte sich dem Sieger auf Gnade und Ungnade ergeben müsse; und wenn demnach Don Quijote besiegt sei, solle ihm der zum Ritter gewordene Baccalaureus gebieten, zu seinem Dorf und Hause zurückzukehren und sein Heim nicht zu verlassen, bis zwei Jahre vorüber seien oder bis ihm vom Sieger ein anderes auferlegt würde. Es war klar, daß der besiegte Don Quijote dies unweigerlich befolgen würde, um nicht gegen die Gesetze der Ritterschaft zu verfehlen und sich gegen sie aufzulehnen; es wäre möglich, daß während seiner Haft seine eitlen Torheiten ihm in Vergessenheit kämen oder daß man Gelegenheit fände, ein passendes Heilmittel für seine Verrücktheit zu entdecken.

Carrasco übernahm den Auftrag, und es bot sich ihm zum Schildknappen der Gevatter und Nachbar Sanchos an, Tomé Cecial, ein lustiger Geselle und heller Kopf. Sansón rüstete sich, wie schon beschrieben, und Tomé Cecial befestigte über seiner natürlichen Nase die erwähnte Maskennase, damit er von seinem Gevatter nicht erkannt würde, wenn sie einander sähen; und so verfolgten sie denselben Weg, den Don Quijote eingeschlagen hatte. Beinahe wären sie rechtzeitig gekommen, um das Abenteuer mit dem Wagen des Todes mitzuerleben, und endlich trafen sie jene im Walde, wo ihnen all das begegnete, was der aufmerksame Leser bereits weiß; und hätten die wundersamen Meinungen Don Quijotes es nicht verhindert, der da des Glaubens war, der Baccalaureus sei nicht der Baccalaureus, so wäre es dem Herrn Baccalaureus auf ewige Zeiten unmöglich geworden, zum Grad eines Lizentiaten vorzurücken. Das kam davon, daß er Vögel auszuheben ging und nicht einmal ein Nest fand.

Tomé Cecial, der nun sah, wie arg ihm seine Pläne mißraten waren und welches schlimme Ende seine Reise genommen, sagte zu dem Baccalaureus: „Wahrlich, Herr Sansón Carrasco, wir haben unseren verdienten Lohn bekommen; mit Leichtigkeit ersinnt und beginnt man ein Unternehmen, und mit Schwierigkeit zieht man sich in den meisten Fällen wieder heraus. Don Quijote der Narr, wir die Gescheiten: er zieht heil und lachend von dannen, Ihr bleibt zerschlagen und betrübsam zurück. Nun wollen wir einmal sehen, wer der größere Narr ist: wer es ist, weil er eben nicht anders kann, oder wer es aus eignem freiem Willen ist?"

Darauf antwortete Sansón: „Zwischen diesen zwei Narren ist der Unterschied, daß der eine, der es unter dem Zwange seiner Natur ist, es für immer sein wird, und der es aus freien Stücken ist, seiner Narrheit ein Ende machen kann, sobald er es will."

„Da nun dem so ist", sprach Tomé Cecial, „so war ich aus eigenem freiem Willen ein Narr, als ich mich zu Euer Gnaden Schildknappen hergab, und ebenso aus eigenem freiem Willen will ich meiner Narrheit ein Ende machen und nach meinem Hause zurückkehren."

„Das mag gut sein für Euch", entgegnete Sansón; „aber wenn Ihr glaubt, daß ich in das meinige zurückkehre, bevor ich Don Quijote ganz gehörig zerprügelt habe, irrt Ihr gewaltig. Und was mich von nun an treiben wird, ihn aufzusuchen, ist nicht mehr der Wunsch, daß er wieder zu Verstand komme, sondern der Wunsch nach Rache; denn mein gewaltiger Rückenschmerz läßt keinen barmherzigeren Gedanken bei mir aufkommen."

Unter diesen Gesprächen kamen sie zu einem Dorfe, wo sie das große Glück hatten, einen Wundarzt zu finden, bei dem sich Sansón in Pflege gab. Tomé Cecial verließ ihn und kehrte heim, und Sansón blieb zurück und sann seiner Rache nach. Die Geschichte wird seinerzeit wieder von ihm sprechen, da sie nicht umhinkann, jetzt erst mit Don Quijote fröhlich zu sein.

16. Kapitel

Von der Begegnung Don Quijotes mit einem verständigen Edelmann aus der Mancha

Mit den freudigen, selbstzufriedenen und stolzen Regungen, die wir geschildert, setzte Don Quijote seine Reise fort, und ob des soeben erfochtenen Sieges hielt er sich für den tapfersten der fahrenden Ritter, den die Welt in diesem Zeitalter aufzuweisen habe. Alle Abenteuer, die ihm fürderhin begegnen könnten, hielt er bereits für so gut wie abgetan und zu glücklichem Ende geführt; die Verzauberungen samt den Zauberern achtete er gar gering; er gedachte nicht mehr der zahllosen Prügel, die er im Verlauf seiner Ritterfahrten empfangen, noch des Steinhagels, der ihm die Hälfte seiner Zähne ausgeschlagen, noch der Undankbarkeit jener Galeerensklaven noch des frechen Angriffs und Prügelregens der Yanguesen. Und endlich sprach er leise für sich: wenn er nur ein Mittel, eine Art und Weise fände, seine Gebieterin Dulcinea zu entzaubern, so würde er das größte Glück nicht beneiden, das der glücklichste unter den fahrenden Rittern der verflossenen Jahrhunderte erlangt hat oder erlangen konnte.

In diese Betrachtungen war Don Quijote völlig versunken, als Sancho zu ihm sprach: „Ist es nicht drollig, Señor, daß ich noch immer die ungeheure, alles Maß überschreitende Nase meines Gevatters Tomé Cecial vor Augen habe?"

„Und du, Sancho, glaubst du vielleicht", fragte Don Quijote dagegen, „daß der Spiegelritter wirklich der Baccalaureus Carrasco war und sein Schildknappe dein Gevatter Tomé Cecial?"

„Ich weiß nicht, was ich dazu sagen soll", meinte Sancho; „ich weiß nur: was er mir von meinem Hause, Weib und Kindern erzählt hat, konnte kein anderer als er selbst angeben. Auch das Gesicht war nach Wegnahme der Nase ganz das Gesicht Tomé Cecials, wie ich es oft genug an ihm gesehen habe dort in meinem Dorf, wo er mein Nachbar ist; auch war der Ton der Stimme völlig derselbe."

„Wir wollen einmal überlegen, Sancho", entgegnete Don Quijote. „Komm her! Wie könnte wohl der Baccalaureus Sansón Carrasco als fahrender Ritter daherkommen, zu Schutz und Trutz gerüstet, um mit mir zu kämpfen? Bin ich vielleicht sein Feind gewesen? Hab ich ihm jemals Anlaß gegeben, Groll gegen mich zu hegen? Bin ich sein Nebenbuhler, oder betreibt er das Waffenwerk, um mir den Ruhm zu neiden, den ich dadurch errungen habe?"

„Was sollen wir aber dazu sagen", antwortete Sancho, „daß dieser Ritter, er sei, wer er sei, so sehr dem Baccalaur Carrasco ähnlich sieht und sein Schildknappe meinem Gevatter Tomé Cecial? Und wenn das Verzauberung ist, wie Euer Gnaden gesagt hat: gab es denn in der Welt nicht noch zwei andere, denen sie hätten ähnlich sehen können?"

„Alles das ist ein Kunstgriff und Anschlag der bösartigen Zauberer, die mich verfolgen", erklärte Don Quijote. „Da sie vorhersahen, daß ich in dem Streite Sieger bleiben würde, haben sie dafür gesorgt, daß der besiegte Ritter das Angesicht meines Freundes, des Baccalaureus, zeigen sollte, auf daß die Freundschaft, die ich für ihn hege, sich zwischen die Schneide meines Schwertes und die Gewalt meines Armes würfe und den gerechten Grimm meines Herzens mäßige und auf solche Weise der dem Leben erhalten bliebe, der das meine mir mit Blendwerk und falschem Spiel rauben wolle. Und zu dessen Erweis bist du ja, o

Sancho, belehrt durch Erfahrung, die dich nicht belügen oder täuschen wird, wie leicht es den Zauberern ist, ein Gesicht in ein anderes zu verwandeln, indem sie aus dem Häßlichen Schönes, aus dem Schönen Häßliches schaffen; sintemal es noch nicht zwei Tage her ist, daß du mit eigenen Augen die Schönheit und Stattlichkeit der unvergleichlichen Dulcinea in ihrer ganzen Vollkommenheit und ihrer natürlichen Gestaltung gesehen hast, während ich sie in der Häßlichkeit und Niedrigkeit einer plumpen Bäuerin sah, die Augen triefend und den Mund voll üblen Geruches. Und wenn nun der heillose Zauberer sich einer so argen Umgestaltung erfrecht hat, so ist es nichts Sonderliches, daß er auch diejenige des Sansón Carrasco und die deines Gevatters bewerkstelligte, weil er mir den Siegesruhm aus den Händen winden wollte. Indessen tröste ich mich darüber; denn am Ende, unter welcher Gestalt es auch geschehen sei, bin ich meines Feindes Herr geworden."

„Gott allein weiß die Wahrheit", entgegnete Sancho. Da er wußte, daß Dulcineas Verwandlung sein eigener Anschlag und Schelmenstreich gewesen, so vermochten die Hirngespinste seines Herrn seine Zweifel nicht zu lösen; allein er wollte ihm nicht antworten, um nicht allenfalls mit einem Wort sein Schelmenstück zu verraten.

In diesem Zwiegespräch waren sie begriffen, als ein Mann sie einholte, der des nämlichen Weges hinter ihnen herkam; er ritt eine prächtige Grauschimmelstute und trug einen Mantel von feinem grünem Tuch, mit violettem Samt verbrämt, nebst einer Jagdmütze vom nämlichen Samt. Sein Pferdezeug war reisemäßig, gleichfalls violett und grün, und die Bügel waren kurz geschnallt; er hatte einen maurischen Säbel an einem breiten Schulterriemen von Grün und Gold hängen; seine Halbstiefel waren von ebenso gewirktem Stoff wie das Wehrgehänge; die Sporen waren nicht vergoldet, sondern grün gestrichen und so blank poliert, daß sie, weil sie zu dem ganzen Anzug paßten, schöner aussahen, als wären sie von echtem Golde gewesen. Als der Reisende sie erreicht hatte, grüßte er sie höflich, spornte seine Stute und wollte vorbeireiten; allein Don Quijote sprach zu ihm: „Trefflicher Herr, wenn etwa Euer Gnaden desselben Weges zieht wie wir und es Euch nicht auf besondere Eile ankommt, so würdet Ihr mir eine Gunst erweisen, wenn wir zusammen reisten."

„In der Tat", antwortete der Reiter, „würde ich nicht sogleich das Weite gesucht haben, wenn ich nicht befürchtet hätte, daß durch die Nähe meiner Stute Euer Hengst unruhig würde."

„Ihr könnt Eure Stute ruhig gehen lassen, Señor", fiel hier Sancho ein, „denn unser Gaul ist der sittigste und anständigste auf Erden; nie hat er in ähnlichen Fällen eine Gemeinheit begangen, und das eine Mal, wo er sich vergessen hatte, haben mein Herr und ich es mit siebenfacher Buße entgelten müssen. Ich sag also noch einmal, Euer Gnaden kann langsam reiten, wenn Ihr wollt, denn wenn man ihm auch eine Stute auf dem Präsentierbrett entgegenbrächte, ganz gewiß würde er sie nicht ansehen."

Der Reisende zog die Zügel an, voll Staunens ob Don Quijotes Aufzug und Angesicht, da der Ritter den Helm nicht aufhatte, welchen Sancho am Sattelknopf wie einen Mantelsack bei sich führte. Und wenn der Grünmantel Don Quijote aufmerksam ansah, so sah Don Quijote den Grünmantel noch aufmerksamer an, da ihm dieser ein Mann von Bedeutung schien. Sein Äußeres zeigte seine fünfzig Jahre, das Haar war dünn und grau, das Gesicht mit einer Adlernase, seine Miene zwischen munter und ernst; in Tracht und Haltung endlich ließ er den Mann von gutem Stande erkennen.

Des Grünmantels Urteil über Don Quijote von der Mancha aber war, daß er ein solches Auftreten und Aussehen noch bei keinem Menschen gefunden. Er bestaunte die langgestreckte Gestalt seines Gaules und die Don Quijotes selbst, die welken Züge und die gelbe Farbe seines Gesichts, seine Wehr und Waffen, sein Benehmen, seine Haltung: kurz, eine Erscheinung, ein Bild, wie es seit längst vergangenen Zeiten in diesem Lande nicht gesehen worden.

Wohl bemerkte Don Quijote die Aufmerksamkeit, mit welcher der Reisende ihn betrachtete, und las in seinen Zügen seinen Wunsch. Und da der Ritter so voll höflichen Anstandes war und so gern jedem Angenehmes erwies, so kam er, ohne eine Frage abzuwarten, ihm auf halbem Weg entgegen und sprach: „Da der Aufzug, den Euer Gnaden an mir bemerkt, jedem Auge so neu ist und so fern von dem, was heutzutage bräuchlich, sollte es mich nicht wundern, wenn dies Euch sollte gewundert haben; aber Ihr werdet alsobald von Eurer Verwunderung ablassen, wenn ich Euch sage – und das tue ich anitzo –, daß ich ein Ritter bin von jenen,

> die, wie die Leute sagen,
> hinausziehn auf ihre Abenteuer.

Ich schied von meiner Heimat, verpfändete mein Eigentum, gab mein bequemes Leben auf und warf mich dem Glück in die Arme, mich hinzuführen, wo es ihm belieben mag. Das fahrende Rittertum, das schon erstorbene, wollte ich zum Leben auferwecken, und viele Tage ist's her, daß ich, hier strauchelnd, dort fallend, hier niederstürzend, dort wieder aufstehend, einen großen Teil meines Vorhabens ausgeführt, indem ich Witwen zu Hilfe kam, Jungfrauen Schutz verlieh, Ehefrauen, Waisen und Unmündigen zur Stütze wurde: ein Amt und Beruf, so den fahrenden Rittern eigentümlich und angeboren. Und so habe ich durch meiner zahlreichen, mannhaften, christlichen Taten Verdienst es dahin gebracht, daß ich bei fast allen oder doch den meisten Völkerschaften der Welt bereits im Druck zu finden bin. Dreißigtausend Bände sind von meiner Geschichte gedruckt worden, und es hat den Anschein, als sollten dreißigtausendmaltausend gedruckt werden, so der Himmel es nicht abwendet. Kurz, um alles in wenige Worte oder vielmehr in ein einziges zusammenzufassen, so sag ich: ich bin Don Quijote von der Mancha, sonst auch mit andrem Namen der Ritter von der traurigen Gestalt geheißen. Und wiewohl Eigenlob übel riecht, bin ich doch zuweilen genötigt, das meinige zu verkünden; versteht sich, wenn kein andrer sich anwesend findet, der es verkünde. Sonach, mein werter Edelmann, werden weder dies Roß noch dieser Speer, weder dieser Schild noch Schildknappe noch all diese Wehr und Waffen zusammen noch die gelbliche Blässe meines Gesichtes noch die Magerkeit meines Körpers Euch hinfüro wundern, nachdem Ihr nunmehr erfahren habt, wer ich bin und welchen Beruf ich übe."

Nach diesen Worten schwieg Don Quijote, und der Grünmantel zögerte so mit der Antwort, daß es schien, als ob er keine zu finden wisse. Nach einer guten Weile jedoch sagte er: „Es ist Euch gut gelungen, Herr Ritter, an meinem Erstaunen meinen Wunsch zu erkennen; aber es ist Euch nicht gelungen, mich aus der Verwunderung zu reißen, in die mich Euer Anblick versetzt hat. Denn obschon Ihr sagt, daß ich nur zu wissen brauche, wer Ihr seid, Señor, um mich von meinem Erstaunen zu erholen, so ist es doch nicht geschehen; vielmehr sind jetzt, wo ich es weiß, Staunen und Verwunderung bei mir nur noch mehr gewachsen. Wie? Ist es möglich, daß es heutzutage noch fahrende Ritter in der Welt gibt und daß es sogar gedruckte Geschichten von wirklichen Rittertaten gibt? Ich kann mich nicht davon überzeugen, daß es heut auf Erden jemand geben kann, der sich Witwen hilfreich erwiese, Jungfrauen in seinen Schutz nähme oder für der Ehefrauen Ehre einstünde oder den Waisen Beistand leistete; und ich würde es nicht glauben, wenn ich es nicht an Euch mit meinen eignen

Augen gesehen hätte. Gott sei gelobt, daß durch diese Geschichte, die nach Euer Gnaden Mitteilung von Euren hohen und wahrheitsgemäßen Rittertaten gedruckt vorliegt, die zahllosen Erzählungen von erdichteten fahrenden Rittern nun wohl in Vergessenheit versenkt sein werden, mit denen die Welt überfüllt war zu so großem Nachteil für die guten Sitten und zu so großer Beeinträchtigung und Mißachtung der guten Geschichtsbücher."

„Es ist viel darüber zu sagen", entgegnete Don Quijote, „ob die Geschichten der fahrenden Ritter erdichtet sind oder nicht."

„Gibt's denn jemand, der zweifelt", versetzte der Grüne, „daß die Geschichten dieser Art unwahr sind?"

„*Ich* zweifle daran", gab Don Quijote zur Antwort, „und wir wollen es hierbei bewenden lassen; denn wenn unsre Reise länger dauert, so hoffe ich zu Gott, Euch klarzumachen, daß Ihr übel daran getan, mit dem Strom derer zu schwimmen, die es für ausgemacht halten, sie seien nicht wahr."

Aus dieser letzten Äußerung schöpfte der Reisende die Vermutung, Don Quijote müsse geistesgestört sein, und wartete darauf, ob noch andre Äußerungen von ihm dies bestätigen würden. Bevor sie sich jedoch in ein weiteres Gespräch einließen, ersuchte ihn Don Quijote, ihm zu sagen, wer er sei, da auch er ja ihm über seinen Beruf und sein Leben Auskunft erteilt habe.

Darauf sagte der Grünmantel: „Ich, Herr Ritter von der traurigen Gestalt, bin ein Landedelmann, gebürtig aus einem Orte, wo wir heute zu Mittag speisen wollen, so Gott will. Ich besitze mehr als mittelmäßigen Reichtum; mein Name ist Don Diego de Miranda; ich verbringe mein Leben mit Frau und Kindern und Freunden. Meine Beschäftigungen sind Jagen und Fischen; ich halte mir aber weder einen Falken noch Windhunde, sondern nur ein abgerichtetes Lockhuhn und ein furchtloses Frettchen. Ich habe sechs Dutzend Bücher, einige spanisch, einige lateinisch, einige sind Geschichts- und andre Andachtsbücher; Ritterbücher sind noch nicht über die Schwelle meines Hauses gekommen. Ich blättere in den weltlichen Büchern mehr als in den geistlichen, sofern sie anständige Unterhaltung bieten, durch schöne Sprache erfreuen und durch Erfindung in Bewunderung und Spannung versetzen, wiewohl es derartige gar wenig in Spanien gibt. Manchmal speise ich bei meinen Nachbarn und Freunden, und sehr häufig lade ich sie ein; meine Gasttafel ist stets reinlich und nett und sicher nicht kärglich. Ich gebe mich nicht mit übler Nachrede ab und erlaube sie nicht in meiner Gegenwart; ich spüre den Verhältnissen Dritter nicht nach und laure ihren Handlungen nicht mit Luchsaugen auf. Ich höre jeden Tag die Messe; ich teile den Armen mit von meiner Habe, prunke aber nicht mit meinen guten Werken, weil ich Heuchelei und Ruhmredigkeit nicht in meinem Herzen aufkommen lassen will, diese Feinde, die sich auch des besonnensten Geistes schmeichlerisch bemächtigen. Ich mühe mich, Frieden zu stiften zwischen Leuten, die uneins sind, verehre Unsre Liebe Frau und baue stets auf Gott unsern Herrn und sein unendliches Erbarmen."

Mit höchster Aufmerksamkeit hörte Sancho den Junker erzählen, wie er lebe und womit er sich unterhalte; ein solches Leben erschien ihm ein vortreffliches und heiliges, und wer es führe, meinte er, müsse Wunder tun können. So sprang er von seinem Grautier herab, eilte rasch hin und ergriff des Junkers rechten Steigbügel, und mit andächtigem Herzen und beinahe mit Tränen küßte er ihm die Füße einmal über das andre.

Als der Junker das sah, fragte er: „Was tut Ihr da, guter Freund? Was sollen diese Küsse bedeuten?"

„Laßt mich nur küssen", antwortete Sancho; „denn es deucht mir, Euer Gnaden ist der erste Heilige zu Pferde, den ich all mein Lebtag gesehen habe."

„Ich bin kein Heiliger", antwortete der Junker, „sondern ein großer Sünder; Ihr aber, Freund, müßt ein guter Mensch sein, wie es Eure Einfalt an den Tag legt."

Sancho stieg wieder auf seinen Eselssattel, nachdem er der tiefen Schwermut seines Herrn ein Lächeln entlockt und in Don Diego eine Verwunderung neuer Art erweckt hatte.

Don Quijote fragte den Fremden, wieviel Kinder er habe, und fügte bei: „Zu den Dingen, worin die alten Philosophen, die der wahren Kenntnis Gottes ermangelten, das höchste Glück erblickt haben, gehörten die Gaben der Natur und des Glückes, der Besitz zahlreicher Freunde und zahlreicher wohlgeratener Kinder."

„Ich, Señor Don Quijote", antwortete der Junker, „habe einen Sohn, und hätte ich ihn nicht, so würde ich mich vielleicht für glücklicher erachten, als ich es bin, und zwar nicht, weil er ungeraten ist, sondern weil er nicht so gut geraten ist, wie ich wünschte. Er wird etwa im Alter von achtzehn Jahren stehen, sechs hat er in Salamanca mit dem Erlernen der lateinischen und griechischen Sprache zugebracht, und als ich verlangte, er solle zum Studium andrer Wissenschaften übergehen, fand ich ihn so erpicht auf die der Poesie – wenn man diese als Wissenschaft bezeichnen kann –, daß es nicht möglich ist, ihm Geschmack an der Rechtswissenschaft beizubringen, die er nach meinem Willen studieren sollte, noch an der Königin aller, der Gottesgelahrtheit. Ich hätte gewünscht, er sollte die Krone seiner Familie werden, da wir in einem Zeitalter leben, wo unsre Könige die an Tugend und allem Edlen reiche Gelehrsamkeit reich belohnen; denn Gelehrsamkeit ohne Tugend ist wie Perlen auf einem Misthaufen. Den ganzen Tag verbringt er damit, herauszufinden, ob Homer in dem und dem Verse der Ilias sich gut oder nicht gut ausgedrückt hat; ob Martial in dem und dem Epigramm schlüpfrig gewesen; ob diese oder jene Verse Vergils so oder so zu deuten sind. Kurz, all seine Unterhaltungen drehen sich um die Bücher der erwähnten Dichter nebst denen des Horaz, Persius, Juvenal und Tibullus; denn auf die neueren Dichter in spanischer Sprache gibt er nicht viel. Und trotz aller Abneigung, die er gegen die spanische Dichtung an den Tag legt, schwindelt ihm jetzt der Kopf von dem Vorhaben, eine Glosse auf vier Verse zu schreiben, die man ihm von Salamanca zugesendet hat und die, glaub ich, eine literarische Preisaufgabe waren."

Auf all dieses entgegnete Don Quijote: „Die Kinder, Señor, sind Stücke, aus der Eltern Herz geschnitten, und mithin muß man sie lieben, ob sie gut oder böse sind, wie die Seele, die uns Leben gibt. Es ist der Eltern Sache, sie von klein auf stets den Weg der Tugend, der edlen Bildung und der guten christlichen Sitte zu leiten, auf daß sie, wenn erwachsen, ihren Eltern die Stütze des Alters und der Ruhm ihrer Nachkommenschaft seien; aber sie zum Studium dieser oder jener Wissenschaft zu zwingen, halte ich nicht für wohlgetan, obzwar es nicht schaden kann, ihnen gütlich zuzureden. Und falls man nicht pro pane lucrando studieren muß, wenn nämlich der Student das Glück hat, daß ihm der Himmel Eltern gegeben, die ihm Brot hinterlassen können, da wäre ich der Meinung, sie sollen ihn dasjenige gelehrte Fach wählen lassen, zu welchem er sich hingezogen fühlt. Und obschon die Dichtkunst weniger zum Nutzen als zum Ergötzen dient, so gehört sie doch nicht zu den geistigen Übungen, die den entehren, der sich ihnen hingibt. Die Dichtkunst, werter Junker, ist meiner Meinung nach wie eine zarte, jugendliche, vollendet schöne Jungfrau, um welche andre Jungfrauen bestrebt sind, sie zu bereichern, zu schmücken, mit höherem Glanze zu umgeben; diese letzteren sind die andern Wissenschaften alle, und jene will ihrer aller Dienste benutzen, und alle wollen durch sie höheren Wert erlangen. Aber diese Jungfrau will nicht plump betastet und auf den Gassen umhergeschleppt, will nicht an den Ecken der Marktplätze noch in den Plauderwinkeln der Paläste zur öffentlichen Kunde gebracht werden. Sie ist aus einem Erz von so edlem Gehalt gebildet, daß, wer es zu behandeln versteht, es in reinstes Gold von unschätzbarem Werte zu verwandeln vermag. Wer sie besitzt, muß sie in den rechten Schranken halten und nicht gestatten, daß sie sich in unsittlichen Satiren oder gewissenlosen Sonetten ergehe. Sie darf um nichts feil sein, ausgenommen, wenn es sich um Heldengedichte, trauervolle Tragödien und heitere, kunstreiche Komödien handelt; man soll die Kunst der Poesie nicht von den Possenreißern üben lassen noch von dem Pöbel, der unfähig ist, die Schätze zu erkennen und zu würdigen, die sie in sich birgt. Und denkt nicht etwa, Señor, daß ich hier nur die Leute von plebejischem und niedrigem Stande Pöbel nenne; nein, jeder Ungebildete, wenn er auch ein vornehmer Herr und ein Fürst ist, kann und muß zum Pöbel gerechnet werden.

Derjenige also, der, all den erwähnten Erfordernissen genügend, sich mit Poesie beschäftigt und Poesie in sich hat, wird berühmt, und sein Name wird bei allen gebildeten Völkerschaften der Welt hochgeschätzt werden. Und wenn Ihr sagt, Señor, daß Euer Sohn die spanische Dichtung nicht sonderlich schätze, bin ich überzeugt, daß er sich hierin auf einem Irrwege befindet, und zwar aus folgendem Grund: der große Homer hat nicht auf lateinisch geschrieben, weil er ein Grieche war; ebensowenig hat Vergil griechisch geschrieben, denn er war ein Lateiner. Kurz, alle Dichter des Altertums schrieben in der Sprache, die sie mit der Muttermilch eingesogen, und suchten nicht nach einer fremden, um die Erhabenheit ihrer Gedanken auszudrücken. Und da dem so ist, so wäre es vernünftig, wenn sich ein gleicher Brauch über alle Völkerschaften verbreitete und wenn man also den deutschen Dichter nicht mißachtete, weil er in seiner Sprache schreibt, noch den kastilianischen noch auch den biskayischen, der in der seinigen dichtet. Allein Euer Sohn, Señor, wie ich es wenigstens mir vorstelle, wird nicht eigentlich an der spanischen Dichtung Mißfallen haben, sondern vielmehr an den Dichtern, die ausschließlich in ihrem Spanisch schreiben, ohne eine andre Sprache oder eine andre Wissenschaft zu verstehen, die ihre angeborene dichterische Gabe mit höherer Zierde bereichern und erwecken und unterstützen würden. Aber selbst hierin kann ein Irrtum walten, denn, wie es richtig heißt: der Dichter wird geboren; das heißt, der geborene Dichter kommt schon aus dem Mutterleib als Dichter; und mit jener Gabe, die ihm der Himmel verliehen, schafft er ohne weiteres Studium oder Kunst Werke, die den

Spruch jenes Alten wahr machen, der da sagte: Est deus in nobis, et cetera. Auch sage ich, daß der geborene Dichter, wenn er die Kunst zu Hilfe nimmt, Besseres leisten und höhere Geltung erlangen wird, als wer nur deshalb, weil er sich auf die Kunst versteht, ein Dichter sein will. Der Grund ist, weil die Kunst niemals die Natur übertrifft, sondern diese nur vervollkommnet; und wenn sonach die Natur mit der Kunst und die Kunst mit der Natur verbunden ist, werden beide zusammen einen vollendeten Dichter hervorbringen.

Nun will ich aus dem Gesagten den Schluß ziehen, werter Junker, daß Ihr Euren Sohn den Weg gehen lassen sollt, wohin sein Stern ihn ruft; denn da er so tüchtig im Studium ist – und das wird er jedenfalls sein –, da er bereits die erste Staffel der Wissenschaft erstiegen hat, nämlich die der Sprachen, wird er mittels dieser letzteren von selbst zum Gipfelpunkte des weltlichen Wissens steigen, das einem Edelmann, der keine gelehrte Laufbahn ergreifen will, wohl ansteht und ihn sonach ziert, ehrt und erhöht wie die Mitra den Bischof und der Talar den erfahrenen Rechtsgelehrten. Ihr möget Euern Sohn schelten, wenn er Satiren schreibt, die der Ehre anderer zu nahe treten, und mögt ihn strafen und sie zerreißen; wenn er aber Satiren in der Art des Horaz schreibt und darin die Laster im allgemeinen verurteilt, wie jener es in so geschmackvoller Weise getan hat, dann lobt ihn, sintemal es dem Dichter verstattet ist, gegen den Neid zu schreiben und in seinen Versen die Neider und ebenso andere Laster zu geißeln, wenn er nur keine bestimmten Personen bezeichnet. Aber es gibt Poeten, die, nur um eine Bosheit zu sagen, sich der Gefahr aussetzen würden, auf die Inseln des Pontus verbannt zu werden. Wenn der Dichter keusch ist, wird er es auch in seinen Versen sein; die Feder ist die Zunge des Geistes, und so, wie die Gedanken sind, die sein Geist erzeugt, so werden auch seine Schriften sein. Wenn die Könige und Fürsten die wundervolle Gabe der Poesie bei verständigen, tugendsamen und würdigen Personen finden, so ehren, schätzen und bereichern sie diese, ja bekränzen sie mit den Blättern jenes Baumes, den der Blitzstrahl nie verletzt, zum Zeichen, daß niemand denen ein Leid zufügen soll, deren Schläfen mit solchen Kränzen geehrt und geschmückt sind."

In hohe Verwunderung geriet der Grünmantel ob der Rede Don Quijotes, und zwar in solchem Grade, daß er von seiner Meinung, der Ritter sei gestörten Geistes, nach und nach einiges aufgab.

Mitten in diesem Gespräche aber, das nicht sehr nach seinem Geschmacke war, hatte sich Sancho beiseite gemacht, um etwas Milch von den Hirten zu erbitten, die dort in der Nähe mit dem Melken von Schafen beschäftigt waren. Inzwischen wollte der Junker, im höchsten Grade befriedigt von Don Quijotes Verstand und Klugheit, das Gespräch schon wieder anknüpfen, als der Ritter den Kopf erhob und auf der Straße einen mit königlichen Fahnen über und über verzierten Wagen kommen sah, und da er glaubte, es komme hier ein neues Abenteuer, rief er mit mächtiger Stimme nach Sancho, er solle kommen, um ihm den Helm zu reichen. Als unser Sancho sich rufen hörte, ließ er die Hirten stehen, spornte sein Grautier und kam in aller Eile zur Stelle, wo sein Herr hielt; dem aber begegnete nun ein erschreckliches und gar befremdliches Abenteuer.

17. Kapitel

Wo der höchste Punkt und Gipfel geschildert wird, allwohin Don Quijotes unerhörter Heldenmut sich verstieg und sich versteigen konnte; benebst dem glücklich bestandenen Abenteuer mit dem Löwen

Es erzählt die Geschichte, daß Sancho, als Don Quijote ihm zurief, er solle den Helm bringen, gerade dabei war, den Hirten etliche Laibe Rahmkäse abzukaufen. Wegen der großen Eile seines Herrn wußte er nicht, was er mit ihnen anfangen noch worin er sie mitnehmen sollte; und um den bereits bezahlten Käse nicht zu verlieren, kam er auf den Gedanken, ihn in den Helm seines Herrn zu schütten, und mit diesem trefflichen Proviant wandte er sich zu seinem Herrn, um zu hören, was er von ihm wolle. Als er sich näherte, sprach Don Quijote zu ihm: „Gib mir den Helm, Freund, denn ich verstehe entweder wenig von Abenteuern, oder was ich dort erspähe, ist ein solches, das mich nötigen wird, ja mich sofort nötigt, zu den Waffen zu greifen."

Der Grünmantel, der dies hörte, wendete seine Augen nach allen Seiten, konnte aber nichts andres entdecken als einen Karren, der ihnen entgegenkam und mit ein paar Fähnchen verziert war, aus denen er schloß, daß besagter Karren Geld für Seine Majestät führen müsse, und dieses sagte er auch zu Don Quijote. Der aber schenkte ihm keinen Glauben, da er stets überzeugt war, alles, was ihm begegne, sei ein Abenteuer und immer wieder ein Abenteuer. Daher antwortete er dem Junker: „Gute Vorbereitung ist schon halber Sieg. Es kann nichts schaden, wenn ich mich rüste, denn ich weiß aus Erfahrung, daß ich sichtbare und unsichtbare Feinde habe, und ich weiß nicht, wann oder wo oder zu welcher Zeit oder in welcherlei Gestalten sie mich angreifen werden."

Und sich zu Sancho wendend, forderte er seinen Helm, und da Sancho keine Möglichkeit sah, den Rahmkäse herauszunehmen, mußte er ihm notgedrungen den Helm reichen, so wie er war. Don Quijote nahm ihn, und ohne zu bemerken, was darin lag, stülpte er ihn eiligst über den Kopf; und da der Käse hierbei zusammengedrückt und gequetscht wurde, so begann der Quark dem Ritter über Gesicht und Bart zu fließen, worüber er so erschrak, daß er zu Sancho sagte: „Was mag das sein, Sancho? Es kommt mir vor, als wenn mein Hirn sich erweichen und meine Sinne zerschmelzen wollten oder als wenn ich von Kopf zu Füßen in Schweiß wäre. Und sollte ich wirklich schwitzen, so geschieht es wahrlich nicht aus Furcht; allerdings glaube ich, das Abenteuer, das mir jetzt bevorsteht, ist ein erschreckliches. Wenn du was hast, mich abzutrocknen, so gib's her, denn der starke Schweiß macht mir die Augen ganz blind."

Sancho schwieg still und brachte ihm ein Tuch und dankte zugleich dem gütigen Gotte, daß sein Herr nicht hinter die Sache gekommen war. Don Quijote trocknete sich und nahm den Helm ab, um zu sehen, was ihm eigentlich den Kopf so erkältete, wie es ihm vorkam; aber als er den weißen Brei im Helme sah, hielt er die Nase daran, beroch ihn und sagte: „Beim Leben meiner Gebieterin Dulcinea von Toboso, Rahmkäse sind's, die du mir hier hineingelegt hast, Schurke, frecher Schelm, schlechtgesinnter Schildknappe!"

Darauf antwortete Sancho mit großer Gelassenheit und Verstellung: „Wenn es Rahmkäse sind, so wolle Euer Gnaden mir selbige verabreichen, ich will sie essen; aber nein, der Teufel soll sie essen, denn der muß sie da hineingetan haben. Ich, ich sollte die Frechheit haben, Euer Gnaden Helm zu besudeln? Da habt Ihr den frechen Kerl schön erraten! Wahrhaftig, Señor, das ist ein Fingerzeig Gottes; auch ich muß Zauberer haben, die mich verfolgen, mich als Geschöpf und Glied von Euer Gnaden, und die werden diesen Unflat da hineingetan haben, um Euere Geduld zum Zorne zu reizen, daß Ihr mir den Rücken zerdrescht, wie Ihr gewohnt seid. Aber wahrhaftig, diesmal, glaub ich, gehen ihre Sprünge ins Blaue hinein; denn ich baue auf die weise Einsicht meines Herrn, der sicher erwogen hat, daß ich weder Rahmkäse noch Milch noch sonst was gleicher Art bei mir habe und daß ich, wenn ich's hätte, es lieber in meinen Magen als in den Helm hineintun würde."

„Alles ist möglich", sagte Don Quijote darauf. Und alles das sah der Landjunker aufmerksam mit an, und über alles wunderte er sich, besonders als Don Quijote, nachdem er sich Kopf, Gesicht, Bart und Helm gereinigt, den letztern aufstülpte, sich fest in den Bügeln zurechtsetzte, sein Schwert versuchsweise aus der Scheide zog und, den Speer fassend, so sprach: „Jetzt komme, was da kommen mag, denn hier bin ich, fest entschlossen, mit dem Teufel in eigner Person anzubinden."

Indem näherte sich der Karren mit den Fahnen, bei dem sich niemand befand als der Fuhrmann auf einem der Maultiere und ein Mann, der auf dem Vorderteil des Karrens saß. Don Quijote pflanzte sich vor dem Fuhrwerk auf und sprach: „Wohin des Weges, gute Leute? was ist dies für ein Karren? was habt ihr darin? und was für Fähnlein sind dies?"

Darauf antwortete der Fuhrmann: „Der Karren gehört mir; was darauf ist? Zwei wilde Löwen im Käfig, die der Oberbefehlshaber zu Orán als Geschenk für Seine Majestät nach der Residenz schickt; die Fahnen sind die des Königs, unsres Herrn, zum Zeichen, daß, was sich hierin befindet, königliches Eigentum ist."

„Und sind die Löwen groß?" fragte Don Quijote.

„So groß", antwortete der Mann vor der Tür des Käfigs, „daß niemals größere oder auch nur ebenso große aus Afrika nach Spanien herübergekommen sind; und ich bin der Löwenwärter und habe ihrer schon mehr herübergebracht, aber wie diese keinen. Es ist ein Löwe und eine Löwin; der Löwe ist in diesem vorderen Käfig und die Löwin in dem dahinter. Jetzt sind sie hungrig, weil sie heute noch nichts gefressen haben, und darum wolle Euer Gnaden aus dem Wege gehen, denn wir müssen eiligst einen Ort erreichen, wo wir ihnen ihr Futter geben können."

Darauf sagte Don Quijote mit fast unmerklichem Lächeln: „*Mir* kommt man mit jämmerlichen Löwchen? Mir mit armseligen Löwchen, und gerade zu dieser Stunde? Nun, bei Gott, so sollen jene Herren, die sie hierhersenden, sehen, ob ich ein Mann bin, der sich vor Löwen fürchtet! Steigt herunter, guter Freund, und da Ihr der Löwenwärter seid, so öffnet die Käfige hier und treibt mir die Untiere heraus; denn mitten auf dem Gefilde hier will ich ihnen zeigen, wer Don Quijote von der Mancha ist, zu Trotz und Ärger den Zauberern, die sie mir hierhersenden."

„Aha!" sagte hier der Junker leise für sich, „nun hat unser guter Ritter ein deutliches Zeichen gegeben, wes Geistes Kind er ist; ganz gewiß hat der Rahmkäse sein Hirn erweicht und seine Sinne mürbe gemacht."

In diesem Augenblick näherte sich Sancho dem Fremden und sprach zu ihm: „Señor, um Gottes willen bitt ich Euer Gnaden, seht doch, wie Ihr es fertigbringt, daß mein Herr Don Quijote nicht mit den Löwen da anbindet, denn wenn er's tut, so reißen sie uns alle auf der Stelle in Stücke."

„Ist denn Euer Herr so verrückt", entgegnete der Junker, „daß Ihr fürchtet und glaubt, er werde wirklich mit diesem wilden Getier anbinden?"

„Verrückt ist er nicht", antwortete Sancho, „aber tollkühn."

„Ich will es schon fertigbringen, daß er es diesmal *nicht* ist", versetzte der Junker.

Er näherte sich Don Quijote, der den Löwenwärter drängte, die Käfige zu öffnen, und sprach zu ihm: „Herr Ritter, die fahrenden Ritter sollen sich an Abenteuer wagen, die die Hoffnung glücklichen Ausgangs verheißen, und nicht an solche, die ihnen jede Aussicht rauben; denn die Tapferkeit, die in den Bereich der Vermessenheit übergreift, hat mehr von der Torheit als von Seelenstärke an sich. Zudem kommen diese Löwen nicht, Euer Gnaden zu befehden, ja, dies fällt ihnen nicht im Traume ein; sie kommen als Geschenk für Seine Majestät, und so tut Ihr nicht wohl daran, sie aufzuhalten oder an ihrer Fahrt zu hindern."

„Geht nur, werter Junker", antwortete Don Quijote, „und macht Euch mit Eurem abgerichteten Lockhuhn zu tun und mit Eurem tapferen Frettchen und laßt einen jeglichen seines Amtes walten; dies ist mein Amt, und ich weiß schon, ob diese Herren Löwen zur Fehde mit mir gekommen sind oder nicht."

Und sich zu dem Löwenwärter wendend, sprach er: „Ich schwör's bei dem und jenem, Er Spitzbube, wenn Er die Käfige nicht gleich auf der Stelle aufmacht, so werd ich Ihn mit diesem Speer an den Karren nageln!"

Der Kärrner sah die Entschlossenheit dieser gewappneten Spukgestalt und sagte: „Gnädiger Herre mein, wollet aus Barmherzigkeit gestatten, daß ich die Maultiere ausspanne und mich mit ihnen in Sicherheit bringe, ehe die Löwen aus ihrem Käfig kommen; denn wenn sie mir sie umbringen, bin ich für mein ganzes Leben zugrunde gerichtet; der Karren und die Maultiere sind meine ganze Habe."

„O du Kleingläubiger!" entgegnete Don Quijote; „steig ab und spann aus und tu, wozu du Lust hast; bald wirst du sehen, daß du dich vergeblich bemüht hast und daß du dir diese Fürsorge hättest ersparen können."

Der Kärrner stieg ab und spannte eiligst aus, und der Löwenwärter sprach mit erhobener Stimme: „Seid mir Zeugen alle, die ihr hier zugegen seid, wie ich gegen meinen Willen und nur gezwungen die Käfige aufmache und die Löwen freilasse und wie ich diesem Herrn gegenüber mich verwahre, daß aller Schaden und Nachteil, den diese Tiere verüben mögen, auf seine Rechnung und Gefahr geht und steht, dergleichen auch meine Löhnung und meine anderen Ansprüche. Ihr aber, meine Herrschaften, begebt euch in Sicherheit, bevor ich aufschließe; ich meinesteils bin sicher, daß sie mir nichts Böses tun."

Der Junker redete dem Ritter nochmals zu, er solle keine solche Torheit begehen; es heiße Gott versuchen, einen solchen Unsinn zu unternehmen. Darauf gab Don Quijote zur Antwort, er wisse, was er tue. Jener bat ihn nochmals, die Sache wohl zu erwägen; er sei überzeugt, daß er in Selbsttäuschung befangen sei.

„Jetzo, Señor", entgegnete Don Quijote, „wenn Euer Gnaden kein Zuschauer bei dem Stück sein will, das nach Eurer Ansicht ein Trauerspiel sein wird, so gebt Eurem Grauschimmel die Sporen und bringt Euch in Sicherheit."

Als Sancho das hörte, flehte er ihn mit tränenden Augen an, von einem solchen Unternehmen abzulassen; im Vergleich mit ihm seien das Abenteuer mit den Windmühlen und jenes so fürchterliche mit der Walkmühle und kurz alle Heldentaten, an die er sich im ganzen Verlauf seines Lebens gewagt, nur Zuckerbrot und Hochzeitskuchen gewesen. „Bedenket, Señor", sagte Sancho, „hier ist keine Zauberei dabei noch irgend etwas Ähnliches, denn ich habe durch die Latten und Ritzen des Käfigs hindurch die Tatze eines wirklichen Löwen gesehen, und aus ihr schließe ich, daß besagter Löwe, dem die besagte Klaue angehört, größer sein muß als ein Berg."

„Zum mindesten wird die Furcht", entgegnete Don Quijote, „ihn dir größer erscheinen lassen als eine halbe Welt. Weiche hinweg, Sancho, und laß mich, und wenn ich hier sterben sollte, so kennst du ja unser altes Übereinkommen, du begibst dich zu Dulcinea, und weiter sag ich dir nichts."

Diesen Worten fügte er noch andre hinzu, mit denen er allen

die Hoffnung raubte, er würde doch vielleicht noch davon abstehen, in seinem wahnwitzigen Vorhaben weiterzugehen. Der Grünmantel hätte sich ihm gern widersetzt; allein er sah, daß er ihm an Bewaffnung zu ungleich war, und dann deuchte es ihn nicht vernünftig, mit einem Verrückten anzubinden, denn als ein solcher erschien ihm Don Quijote jetzt in jeder Beziehung.

Als nun Don Quijote aufs neue den Löwenwärter zur Eile drängte und seine Drohungen wiederholte, gab er dem Junker hinreichenden Grund, seinem Pferde, und dem guten Sancho, seinem Grauen, und dem Kärrner, seinen Maultieren die Sporen einzusetzen, und alle waren darauf bedacht, sich von dem Karren so weit als möglich zu entfernen, bevor die Löwen losgelassen würden. Sancho beweinte seines Herrn sichern Tod, der diesmal, so glaubte er, ihn in den Krallen der Löwen treffen werde; er verwünschte sein Schicksal, und unselig nannte er die Stunde, in der ihm der Gedanke gekommen, aufs neue in des Ritters Dienste zu treten; aber bei allem Weinen und Jammern versäumte er doch nicht, auf sein Grautier loszuprügeln, um so rasch wie möglich von dem Karren fortzukommen.

Als der Löwenwärter sah, daß die Flüchtlinge weit weg waren, bestürmte er den Ritter aufs neue mit denselben Vorstellungen und Verwahrungen wie schon vorher; Don Quijote antwortete indessen, er verstehe ihn wohl, aber er solle sich nicht weiter mit Vorstellungen und Verwahrungen bemühen, da alles umsonst sei, und er solle sich eilen.

Während der Löwenwärter noch zögerte, den vorderen Käfig aufzuschließen, erwog Don Quijote, ob es geraten sei, den Kampf lieber zu Fuß als zu Pferde auszufechten; endlich aber beschloß er, ihn zu Fuß zu unternehmen, da er fürchtete, Rosinante würde vor den Löwen scheuen. Er sprang daher vom Pferde, warf den Speer weg, faßte den Schild in den Arm, zog das Schwert aus der Scheide und trat Schritt für Schritt mit wunderbarer Entschlossenheit und mannhaftem Herzen vor den Karren hin, wobei er sich von ganzem Herzen Gott und seiner Herrin Dulcinea anbefahl.

Hier ist zu bemerken, daß der Verfasser dieser wahrhaftigen Geschichte, als er an diese Stelle kommt, im Ausbruch bewundernden Gefühles sagt: O du heldenstarker und über allen Preis tapferer Don Quijote von der Mancha, du Spiegel aller Kämpen der Welt, du neuer Don Manuel de León, der da Ruhm und Ehre war der Ritter in spanischen Landen! Mit welchen Ausdrücken soll ich diese so erschreckliche Großtat erzählen, mit was für

Worten soll ich sie den kommenden Jahrhunderten glaublich machen? Welche Lobpreisungen kann es geben, die dir nicht geziemten und deinem Werte nicht gemäß wären, und sollten sie auch alle Überschwenglichkeiten übersteigen? Du zu Fuße, du allein, du unverzagt, du hochherzig, nur mit einem Schwert, und zwar keineswegs mit einem von scharfer Schneide und der Marke Toledo, mit einem Schild von nicht sonderlich glänzendem poliertem Stahl, du stehst da und erharrest und erwartest die zwei wildesten Löwen, welche die afrikanischen Wälder jemals erzeugt haben. Deine eignen Taten sollen dich loben, tapferer Manchaner, denn ich lasse sie hier in ihrer Vortrefflichkeit beruhen, weil mir die Worte fehlen, sie zu preisen.

Hiermit waren die begeisterten Ausrufungen des Verfassers, die wir berichten, zu Ende. Indem er den Faden der Geschichte wieder aufnimmt, fährt er mit folgenden Worten fort:

Als der Löwenwärter sah, daß Don Quijote bereits Stellung genommen und daß er nicht umhinkönne, den männlichen Löwen loszulassen, wenn er nicht bei dem erzürnten und verwegenen Ritter in Ungnade fallen wollte, machte er den vorderen Käfig sperrangelweit auf, in welchem sich, wie gesagt, der Löwe befand, der von ungeheurer Größe und entsetzlichem, furchtbarem Aussehen war. Das erste, was er tat, war, daß er sich im Käfig, worin er gelegen hatte, nach allen Seiten hin drehte, die Tatze ausstreckte und sich um und um reckte und dehnte; dann riß er den Rachen auf und gähnte lang und gemächlich, wischte sich mit der Zunge, die fast zwei Spannen lang heraushing, den Staub aus den Augen und leckte sich das Gesicht ab. Dann streckte er den Kopf aus dem Käfig und sah sich nach allen Seiten um, mit Augen, die wie Kohlen glühten; es war ein Anblick, um die Tollkühnheit selbst mit Entsetzen zu erfüllen. Nur Don Quijote schaute ihn unverwandten Auges an mit dem Wunsche, er möchte gleich vom Karren springen und mit ihm handgemein werden, da er mit seinen Händen ihn in Stücke zu zerhauen gedachte.

Bis zu diesem Punkt verstieg sich das Übermaß seiner noch nie dagewesenen Verrücktheit. Allein der großmütige Löwe bewies viel eher Freundlichkeit als Hochmut, und ohne sich um Kindereien und Großsprechereien zu kümmern, und nachdem er sich nach allen Seiten umgesehen, wandte er den Rücken, wies Don Quijote sein Hinterteil und streckte sich höchst gelassen und gemächlich wiederum im Käfig nieder.

Als Don Quijote dies sah, gebot er dem Wärter, den Löwen zu reizen und mit dem Stock herauszutreiben.

„Das werde ich nimmermehr tun", antwortete der Löwenwärter; „denn wenn ich ihn reize, bin der erste, den er in Stücke reißt, ich selber. Euer Gnaden, Herr Ritter, möge sich's an dem genug sein lassen, was Ihr getan habt; denn dies ist schon alles, was man in Sachen der Tapferkeit nur immer sagen kann, und wollet nicht zum zweitenmal Euer Glück versuchen. Der Löwe hat die Tür offenstehn, bei ihm steht es, herauszukommen oder nicht herauszukommen; aber da er bis jetzt den Käfig nicht verlassen hat, so wird er es den ganzen Tag nicht mehr tun. Euer Gnaden Heldenmut ist bereits hinreichend zutage getreten; kein wackerer Kämpe, soviel ich verstehe, ist zu mehrerem verpflichtet, als seinen Feind herauszufordern und ihn in offenem Felde zu erwarten; und wenn der Gegner nicht erscheint, so haftet an *ihm* die Schande, und der Herausforderer gewinnt die Krone des Siegs."

„So ist's in Wahrheit", gab Don Quijote zur Antwort. „Schließ die Tür, Freund, und bezeuge mir in bester Form Rechtens, so gut du's vermagst, was du mich hier vollbringen gesehen: nämlich, wie du dem Löwen aufgetan hast, ich ihn erwartete und er nicht herauskam, ich ihn wiederum erwartete, er wieder nicht herauskam und sich dann wieder hinlegte. Zu mehrerem bin ich nicht verpflichtet; und nun fort mit den Zauberkünsten! Und Gott schütze das Recht und die Wahrheit und das wahre Rittertum! Nun schließ zu, wie ich dir gesagt, während ich den Flüchtigen und Abwesenden Zeichen gebe, damit sie aus deinem Munde diese Heldentat erfahren."

Der Löwenwärter tat also, und Don Quijote befestigte an die Spitze seines Speers das Tuch, mit welchem er sich das Gesicht vom Käseregen gereinigt hatte, und begann die andern herbeizurufen, die immer noch flüchteten und dabei den Kopf jeden Augenblick rückwärts wandten, alle auf einem Haufen, von dem Junker vor sich hergetrieben. Als aber Sancho endlich das Zeichen des weißen Tuches erblickte, sprach er: „Ich will des Todes sein, wenn mein Herr nicht die wilden Untiere besiegt hat, da er uns herbeiruft!"

Sie hielten alle und sahen, daß Don Quijote es war, der ihnen die Zeichen gab; sie erholten sich von ihrer Angst, und Schritt vor Schritt kamen sie näher, bis sie deutlich Don Quijotes Stimme hörten, der ihnen zurief. Endlich kehrten sie zu dem Karren zurück, und sofort bei ihrem Herannahen sprach Don Quijote zu dem Kärrner: „Schirret Eure Maultiere wieder an, guter Freund, und setzet Eure Reise fort; und du, Sancho, gib ihm zwei Goldtaler für ihn und für den Löwenwärter zum Lohn für die Zeit, die sie um meinetwillen hier verloren haben."

„Die geb ich sehr gerne", versetzte Sancho; „aber was ist aus den Löwen geworden? Sind sie tot oder lebendig?"

Nunmehr berichtete der Löwenwärter ausführlich, in einzelnen Absätzen, den Ausgang des Kampfes, wobei er, so gut er es nur vermochte, die Tapferkeit Don Quijotes übertrieb, vor dessen Anblick der Löwe entmutigt seinen Käfig zu verlassen weder begehrt noch gewagt habe, obwohl er den Käfig eine geraume Zeit offenstehn hatte. Weil nun er, der Wärter, dem Ritter gesagt habe, es heiße Gott versuchen, wenn man, wie es derselbe verlangte, den Löwen reize und mit Gewalt heraustreibe, so habe der Ritter endlich, obzwar sehr ungern und durchaus gegen seinen Wunsch, verstattet, die Tür wieder zu schließen.

„Was deucht dich hiervon, Sancho?" sagte Don Quijote. „Gibt es Zauberkünste, die gegen die wahre Tapferkeit aufkommen können? Die Zauberer können mir wohl das Glück rauben, aber die Kühnheit und den Mut – das ist unmöglich."

Sancho gab die Taler her, der Kärrner spannte an, der Löwenwärter küßte Don Quijote die Hand für die empfangene Gnade und versprach ihm, diese heldenhafte Tat dem Könige selbst zu erzählen, sobald er in der Residenz sein würde.

„Wenn dann Seine Majestät fragen sollte, wer sie getan, so sagt ihm: *der Löwenritter;* denn von Stund an will ich, daß hinfüro mein bisheriger Name Ritter von der traurigen Gestalt sich in diesen Namen verwandle, umwechsle, verändere und umgestalte; und hierin folge ich dem alten Brauch der fahrenden Ritter, die ihre Namen veränderten, wann es sie gelüstete oder wann es ihnen zupaß kam."

Der Karren fuhr seines Weges weiter, und Don Quijote, Sancho und der Grünmantel setzten die ihrigen fort. Während dieser ganzen Zeit hatte Don Diego de Miranda kein Wort gesprochen, da er völlig damit beschäftigt war, Don Quijotes Taten und Worte zu beobachten und zu verfolgen, und er hielt ihn für einen gescheiten Kopf, der ein Narr sei, und für einen Narren, der vieles vom gescheiten Kopf an sich habe. Der erste Teil von Don Quijotes Geschichte war noch nicht zu seiner Kenntnis gekommen; denn wenn er ihn gelesen hätte, so hätte er sich nicht mehr über des Ritters Taten und Worte gewundert, da er alsdann schon gewußt hätte, welcher Art seine Verrücktheit sei. Allein da er sie nicht kannte, so hielt er ihn bald für verrückt und bald für gescheit; denn was der Ritter sprach, war vernünftig und gut ausgedrückt, und was er tat, ungereimt, tollkühn und albern. Und so sprach der Junker für sich: Welch größere Verrücktheit kann es geben, als den Helm voll Rahmkäse aufzusetzen und sich einzubilden, daß die Zauberer ihm das Hirn erweicht haben? Und welch größere Verwegenheit und Verkehrtheit, als mit aller Gewalt gegen Löwen kämpfen zu wollen?

Aus diesen Betrachtungen und diesem Selbstgespräch riß ihn Don Quijote, indem er zu ihm sprach: „Wer kann zweifeln, Señor Don Diego de Miranda, daß Ihr mich für einen unsinnigen, verrückten Menschen haltet? Auch wär es nicht verwunderlich, wenn dem so wäre; denn meine Taten lassen auf nichts anderes schließen. Wohl denn, trotz alledem will ich Euch zeigen, daß ich weder so verrückt noch so geisteskrank bin, wie ich Euch gewiß vorgekommen bin. Schön steht es einem stattlichen Ritter an, wenn er vor seines Königs Augen, mitten auf öffentlichem Platze, einem wilden Stier mit glücklichem Erfolg einen Speeresstoß versetzt; schön steht es einem Ritter an, wenn er, mit schimmernder Wehr bewehrt, in fröhlichem Turnier vor den Frauen den Kampfplan durchstürmt; schön ist es, wenn all jene Ritter mit kriegerischen Übungen oder solchen, die kriegerisch aussehen, dem Hof ihres Fürsten Unterhaltung, Ergötzen und, wenn man dies sagen darf, Ehre verleihen. Aber über all diesem, weit schöner ist es, wenn ein fahrender Ritter über Wüsteneien, über Einöden und Kreuzwege hin, durch wilde Forsten und Bergwälder hindurch auf die Suche geht nach gefahrdrohenden Abenteuern, mit dem Vorhaben, sie zu glücklichem und wohlgelungenem Ziele zu führen, lediglich um strahlenden unvergänglichen Ruhm zu erringen. Schöner ist es, sag ich, wenn ein fahrender Ritter irgendwo in einer verlassenen Öde einer Witwe zu Hilfe eilt, als wenn in den großen Städten ein Ritter vom Hofe ein Fräulein mit Liebesworten umwirbt. Ein jeglicher Ritter hat seinen besonderen Beruf; der am Hofe lebt, möge den Frauen dienen, mit der Pracht seines Gefolges dem Hof seines Königs größern Glanz verleihen, ärmere Ritter mit den prunkenden Schüsseln seiner Tafel nähren, Kampfspiele veranstalten, Turniere abhalten, sich groß, freigebig und prachtliebend, vor allem aber sich als guter Christ zeigen, und durch solch Gebaren wird er seine vorgeschriebenen Obliegenheiten gebührend erfüllen. Jedoch der fahrende Ritter soll die dunkeln Winkel in der weiten Welt aufsuchen, in die verworrensten Labyrinthe dringen, bei jedem Schritt das Unmögliche versuchen, auf einsamer Heide die glühenden Strahlen der Sonne männlich aushalten inmitten des Sommers und im Winter die rauhe Strenge der Stürme und der eisigen Kälte; ihn sollen Löwen nicht schrecken, Ungetüme nicht mit Entsetzen schlagen, Drachen nicht in Furcht jagen, denn jene aufspüren, diese angreifen und sie alle überwinden, das ist sein hauptsächlicher und wahrer Beruf. Ich nun, da es mir zuteil ward, einer aus der Zahl der fahrenden Ritterschaft zu sein, ich kann nicht umhin, alles und jedes in die Hand zu nehmen, was meines Erachtens in den Bereich meines Ritteramtes fällt; mithin: die Löwen anzugreifen, das lag von Rechts wegen mir ob, wiewohl ich einsah, es sei eine übermäßige Verwegenheit. Denn wohl weiß ich, was Tapferkeit ist, eine Tugend, die mitteninne steht zwischen zwei äußersten Lastern, nämlich Feigheit und Tollkühnheit, und jedenfalls ist es das mindere Übel, wenn der Tapfere die Grenzlinie der Tollkühnheit streift und zu ihr emporsteigt, als wenn er bis zur Grenzlinie der Feigheit streift und herabsinkt. So wie der Verschwender leichter freigebig ist als der Geizhals, so geschieht es auch leichter, daß der Tollkühne sich wie ein wahrhaft Tapferer benimmt, als daß der Feigling sich zur wahren Tapferkeit erhebt. Und wenn es darauf ankommt, Abenteuer zu bestehen, so glaubt mir, Señor Don Diego, daß man das Spiel leichter verliert, wenn man des Guten zuviel, als wenn man zuwenig tut; denn es klingt besser in den Ohren, wenn einer hört: jener Ritter ist verwegen und tollkühn, als wenn er hört: jener Ritter ist feige und ängstlich."

„Ich erkläre, Señor Don Quijote", gab ihm Don Diego zur Antwort, „daß alles, was Euer Gnaden getan und gesagt hat, auf der Waage der Vernunft so abgewogen ist, daß das Zünglein mitteninne und die Schalen gleichstehen; und meine Meinung ist, wenn die Ordnungen und Gesetze des fahrenden Rittertums sich verlören, so würden sie sich in Euerm Busen als in ihrem natürlichen Verwahrungsort und Archiv wiederfinden. Jetzt aber sputen wir uns, denn es wird spät; wir wollen nach meinem Dorf und Hause, wo Euer Gnaden von der überstandenen Mühsal ausruhen wird, die, wenn nicht eine Mühsal des Körpers, so doch eine solche des Geistes war, welche zuweilen in eine Ermattung des Körpers übergeht."

„Ich weiß dies Anerbieten als sonderliche Gunst und Gnade zu schätzen, Señor Don Diego", entgegnete Don Quijote.

Sie spornten nun ihre Tiere schärfer als bisher, und es mochte etwa zwei Uhr nachmittags sein, als sie im Dorf und im Hause Don Diegos anlangten, den Don Quijote den *Ritter vom grünen Mantel* nannte.

18. KAPITEL

*Von den Begebnissen, so dem Ritter Don Quijote in der Burg
oder Behausung des Ritters vom grünen Mantel zustießen,
nebst andern ungeheuerlichen Dingen*

Don Quijote fand das Haus des Don Diego de Miranda sehr geräumig, wie üblich bei Wohngebäuden auf dem Dorfe; das Adelswappen war, wenn auch in groben Stein eingehauen, über dem Tor zur Straße; das Weinlager im inneren Hofe, der Keller unter dem Torweg, wo zahlreiche irdene Krüge ringsherum standen, die, weil sie von Toboso waren, in ihm die Erinnerung an seine verzauberte und verwandelte Dulcinea erneuten. Und seufzend und ohne zu überlegen, was er sagte und vor wem er es sagte, sprach er:

„O süße Pfänder, mir zur Qual gefunden!
Süß und erfreulich, wenn es Gott so wollte!

O ihr tobosanischen Krüge, wie habt ihr mir das süße Pfand meiner größten Bitternis ins Gedächtnis gerufen!"

Dies hörte der dichtende Student, der Sohn Don Diegos, der mit seiner Mutter aus dem Hause gekommen war, ihn zu begrüßen; und Mutter und Sohn wurden von Erstaunen befallen über das seltsame Aussehen Don Quijotes, der sofort von Rosinanten abstieg und mit großer Höflichkeit sich der Dame Hand zum Kuß erbat. Don Diego aber sprach: „Empfanget, Señora, mit Eurer gewöhnlichen Freundlichkeit den Herrn Don Quijote von der Mancha, denn er ist's, den Ihr vor Euch seht, ein fahrender Ritter und dazu der tapferste und klügste, den die Welt besitzt."

Die Hausfrau, welche Doña Christina hieß, empfing ihn mit Zeichen größter Zuneigung und größter Höflichkeit, und Don Quijote erbot sich ihr zu Diensten mit genugsamer Fülle von verständigen und verbindlichen Worten. Schier die nämlichen Höflichkeiten tauschte er mit dem Studenten aus, den Don Quijote, als er ihn sprechen hörte, für einen klugen, scharfsinnigen Kopf hielt.

Hier schildert der Verfasser die gesamte Einrichtung in Don Diegos Hause und zeigt uns dabei, was alles das Haus eines reichen Landedelmannes aufzuweisen hat; allein dem Übersetzer dieser Geschichte schien es zweckmäßig, diese und andre derartige Einzelheiten zu übergehen, weil sie nicht recht zum

Hauptzweck dieser Geschichte passen, die ihre Stärke mehr in der Wahrheit der Schilderungen sucht als in schalen Abschweifungen.

Don Quijote ward in einen Saal geführt, Sancho nahm ihm Wehr und Waffen ab, und er stand nun da in Pluderhosen und gemsledernem Wams, ganz verunreinigt vom Schmutz der Rüstung; er trug einen breit umgelegten Kragen nach Studentenart, ungesteift und ohne Spitzenbesatz; seine maurischen Halbstiefel waren dattelbraun und die Vorderblätter mit gelbem Wachs abgerieben. Nun gürtete er sich sein gutes Schwert um, das an einem Wehrgehänge von Seehundsfell hing – aber nicht um die Hüften, denn er soll viele Jahre lang an Nierenschmerzen gelitten haben –; dann warf er einen Mantel über von gutem grauem Tuche. Vor allem aber wusch er sich Kopf und Gesicht mit fünf oder sechs Eimern Wasser – denn in der Zahl der Eimer sind die Angaben etwas verschieden –, und trotzdem war das Wasser auch zuletzt noch wie gelber Rahm dank der Gefräßigkeit Sanchos und dem Ankauf seiner verwünschten Rahmkäse, die seinen Herrn so sauber angestrichen hatten.

In dem besagten Aufputz und mit zierlichem Anstand und edler Haltung begab sich Don Quijote in ein anderes Gemach, wo der Student ihn erwartete, um ihn zu unterhalten, während der Tisch gedeckt wurde; denn bei dem Eintreffen eines so vornehmen Gastes wollte Señora Doña Christina zeigen, daß sie die Besucher ihres Hauses zu bewirten verstand und vermochte.

Während Don Quijote noch dabei war, seine Rüstung abzulegen, hatte Don Lorenzo – so hieß Don Diegos Sohn – Gelegenheit gefunden, seinen Vater zu fragen: „Wer, sagt uns, ist der Edelmann, den Euer Gnaden uns ins Haus gebracht hat? Denn der Name, die Gestalt, die Angabe, daß er ein fahrender Ritter ist, halten mich wie die Mutter in großer Spannung."

„Ich weiß nicht, was ich dir sagen soll, mein Sohn", antwortete Don Diego; „nur das kann ich dir sagen, daß ich Taten von ihm sah, die des größten Narren von der Welt würdig sind, und Worte von ihm hörte, die seine Taten auslöschen und vergessen lassen. Sprich du mit ihm und fühle seinem Verstand auf den Puls, und da du ein gescheiter Junge bist, so fälle über seine Vernünftigkeit oder Verrücktheit ein Urteil, so gut du es vermagst; um die Wahrheit zu sagen, ich halte ihn eher für verrückt als für vernünftig."

Mit diesem Bescheid ging Don Lorenzo, um sich mit Don Quijote zu unterhalten, wie schon gesagt; und während des

Verlaufs ihres Gesprächs sagte Don Quijote unter anderem zu Don Lorenzo: „Der Señor Don Diego de Miranda, Euer Vater, hat mir von den seltenen Fähigkeiten und dem Scharfsinn Kunde gegeben, die Euer Gnaden besitzt, und insbesondere, daß Ihr ein großer Dichter seid."

„Ein Dichter, das kann schon sein", erwiderte Don Lorenzo, „aber ein großer, daran ist kein Gedanke. Wahr ist's, daß ich ein Verehrer der Dichtkunst bin und gerne gute Bücher lese, aber das ist noch nicht hinreichend, daß man mir den Namen eines großen Dichters beilegt, wie mein Vater sich geäußert hat."

„Diese Bescheidenheit mißfällt mir keineswegs", sprach Don Quijote darauf; „denn es gibt keinen Dichter, der nicht anmaßend wäre und sich für den ersten Poeten auf Erden hielte."

„Keine Regel ohne Ausnahme", entgegnete Don Lorenzo; „es wird manchen geben, der ein Dichter ist und sich nicht dafür hält."

„Aber wenige", versetzte Don Quijote. „Doch sagt mir, was für Verse habt Ihr jetzt unter den Händen, da Euer Herr Vater mir gesagt hat, sie machen Euch etwas besorgt und nachdenklich? Wenn es etwa eine Glosse ist, ich meinesteils verstehe etwas von Glossen, und ich würde mich freuen, die Verse zu hören; wenn sie aber für einen dichterischen Wettkampf bestimmt sind, so trachtet danach, den zweiten Preis davonzutragen; denn der erste wird doch immer nach Gunst oder Rang verteilt; den zweiten hingegen erringt die wirkliche Berechtigung, und so wird der dritte eigentlich der zweite. So ist der erste Preis in Wirklichkeit der dritte, ganz wie wenn auf den Universitäten der Grad eines Lizentiaten verliehen wird; aber bei alledem ist der Name des ersten Preises etwas besonders Vornehmes."

Bis jetzt, sagte Don Lorenzo für sich, kann ich Euch noch nicht für verrückt halten; aber gehen wir erst weiter.

Nun sprach er zu Don Quijote: „Es bedünkt mich, Euer Gnaden hat die Hochschule besucht; in welchen Wissenschaften habt Ihr Vorlesungen gehört?"

„In der Wissenschaft des fahrenden Rittertums", antwortete Don Quijote, „welche so trefflich ist wie die der Poesie und noch ein paar Fingerbreit darüber hinaus."

„Ich weiß nicht, was das für eine Wissenschaft ist", versetzte Don Lorenzo; „bis jetzt habe ich nichts von ihr gehört."

„Es ist eine Wissenschaft", entgegnete Don Quijote, „die alle oder doch die meisten Wissenschaften der Welt in sich begreift. Denn wer sie betreibt, muß ein Rechtskundiger sein und die

Gesetze der austeilenden, das Eigentum schützenden Gerechtigkeit kennen, um einem jeden zu geben, was ihm gehört und was ihm gebührt; er muß ein Gottesgelahrter sein, um von dem christlichen Glauben, zu dem er sich bekennt, klar und deutlich Rechenschaft geben zu können, wo immer es von ihm verlangt wird; er muß ein Arzt, vorzugsweise aber ein Kräuterkenner sein, um inmitten der Einöden und Wüsteneien die Kräuter zu erkennen, die wundenheilende Kraft besitzen; denn der fahrende Ritter soll nicht bei jedem Anlaß umhersuchen, wer sie ihm heilen kann; er muß ein Sternkundiger sein, um aus den Sternen zu erkennen, wieviel Stunden der Nacht schon verflossen sind und in welcher Gegend und unter welchem Himmelsstrich er sich befindet; er muß Mathematik verstehen, denn bei jedem Schritt wird sich ihm die Notwendigkeit dieser Wissenschaft zeigen. Und indem ich beiseite lasse, daß er mit allen drei theologalen Tugenden und allen vier Kardinaltugenden geziert sein muß, steige ich zu geringfügigeren Dingen herab und sage: er muß schwimmen können, wie man sagt, daß Cola oder Nicolao Pesce es konnte; er muß ein Pferd beschlagen, Sattel und Zaum in Ordnung bringen können; und indem ich jetzt wieder auf das vorige zurückkomme: er muß Gott und seiner Dame die Treue zu wahren wissen; er muß keusch sein in seinen Gedanken, sittsam in seinen Worten, stets hilfsbereit in seinen Werken, mannhaft in seinen Taten, geduldig in Drangsalen, barmherzig gegen Notbedrängte und endlich ein Vorkämpfer für die Wahrheit, wenn auch ihre Verteidigung ihn das Leben kosten sollte. Alle diese größeren und geringeren Eigenschaften zusammengenommen bilden den echten, rechten fahrenden Ritter; und daraus möget Ihr, Señor Don Lorenzo, entnehmen, ob es eine unbedeutende Wissenschaft ist, die ein Ritter erlernt, der sie zu seinem Studium und zu seinem Beruf macht, oder ob sie sich gleichstellen darf den erhabensten Wissenschaften, die in Gymnasien und Schulen gelehrt werden."

„Wenn dem so ist", versetzte Don Lorenzo, „so erkläre ich, daß diese Wissenschaft allen vorangeht."

„Was heißt das: ‚Wenn dem so ist'?" entgegnete Don Quijote.

„Was ich damit sagen will", sprach Don Lorenzo, „ist, daß ich zweifle, ob es jemals fahrende Ritter gegeben hat oder jetzt gibt, die mit soviel Tugenden geschmückt sind."

„Oftmalen hab ich gesaget, was ich itzo wiederum sage", sprach Don Quijote dagegen, „daß die Mehrzahl der auf Erden Lebenden der Meinung ist, auf selbiger habe es fahrende Ritter niemals gegeben; und sintemalen es mich bedünket, daß, wenn der Himmel sie nicht selbst von der Wahrheit überzeugt, daß es solche gegeben hat und solche gibt, jegliche darauf verwandte Mühe vergeblich sein wird, wie es mir oftmalen die Erfahrung erwiesen hat, so will ich jetzt mich nicht dabei verweilen, Euch aus dem Irrtum zu reißen, den Ihr mit so vielen teilet. Was ich tun will, ist, den Himmel zu bitten, daß er Euch selbigen benehme und Euch einsehen lasse, wie ersprießlich und wie notwendig die fahrenden Ritter in vergangenen Jahrhunderten der Welt gewesen und wie nützlich sie im gegenwärtigen sein würden, wenn sie noch bräuchlich wären; allein heutzutage, um der Sünden der Menschheit willen, triumphieren Trägheit, Müßiggang, Schwelgerei und Üppigkeit."

Endlich ist unserm Gaste der Verstand durchgegangen, sagte jetzt Don Lorenzo leise für sich – aber bei alledem ist er ein edler Narr, und ich wäre ein schwachsinniger Tor, wenn ich das nicht einsähe.

Hiermit beschlossen sie ihre Unterhaltung, da man sie zum Essen rief. Don Diego fragte seinen Sohn, inwieweit er über den geistigen Zustand des Gastes ins reine gekommen sei, und Don Lorenzo antwortete: „Soviel Ärzte und gute Schreiber es in der Welt gibt, sie alle werden die wirre Handschrift seiner Narrheit nicht ins reine bringen; er ist ein mit Verstand gespickter Narr mit lichten Augenblicken."

Sie gingen zu Tisch, und die Mahlzeit war solcher Art, wie Don Diego unterwegs gesagt hatte, daß er sie seinen Gästen vorzusetzen pflege, anständig, reichlich und schmackhaft; aber was Don Quijote am meisten behagte, war die wunderbare Stille, die im ganzen Hause herrschte, so daß es ein Kartäuserkloster schien. Nachdem abgedeckt, ein Dankgebet zu Gott gesprochen und Waschwasser für die Hände gereicht worden, drang Don Quijote inständigst in Don Lorenzo, die Verse für den Dichterwettbewerb vorzutragen. Dieser antwortete: „Damit ich nicht wie einer jener Poeten erscheine, die sich weigern, ihre Verse mitzuteilen, wenn man sie darum bittet, und sie, wenn man sie nicht hören will, wie im Erbrechen von sich speien, so will ich meine Glosse vortragen; ich erwarte keinen Preis für sie, denn ich habe sie nur gedichtet, um mein Talent zu üben."

„Ein Freund, ein wohlverständiger", entgegnete Don Quijote, „war der Meinung, niemand solle sich damit abmühen, Verse zu glossieren; und zwar deswegen, weil die Glosse niemals dem Thema an Wert gleichkommen könne, weil die Glosse sehr oft, ja in den meisten Fällen, von Sinn und Absicht dessen abweiche, was glossiert werden soll; und besonders, weil die Regeln der Glosse übermäßig streng seien, indem sie keine Fragesätze, kein ‚sagte er‘ oder ‚will ich sagen‘ gestatten und nicht erlauben, aus Zeitwörtern Hauptwörter zu machen noch den Sinn zu verändern, nebst andern Fesseln und Beschränkungen, die jeden einengen, der eine Glosse schreiben will, wie Euer Gnaden wissen wird."

„Wahrhaftig, Señor Don Quijote", sprach Don Lorenzo, „ich wünsche in einem fort, Euer Gnaden auf einem lateinischen Schnitzer, wie es in den Schulen heißt, zu ertappen, und kann's nicht; denn Ihr schlüpft mir unter den Händen durch wie ein Aal."

„Ich verstehe nicht", gab Don Quijote zur Antwort, „was Ihr sagt, noch was Ihr mit dem Durchschlüpfen meint."

„Ich werde schon sorgen, daß Ihr mich versteht", versetzte Don Lorenzo; „für jetzt aber wollet den glossierten Versen und der Glosse Aufmerksamkeit schenken. Sie lauten also:

Thema

Würde nur mein War zum Ist,
Wär mein Glücksziel nicht mehr weit,
Oder brächt es gleich die Zeit,
Was wird sein in künftiger Frist.

Glosse

Wie das Irdsche all muß enden,
So die Güter, die mir Glück
Gab mit einst nicht kargen Händen;
Und nie kehrt es mir zurück,
Viel noch wenig neu zu spenden.
Glück, seit ewig langer Frist
Fleh ich, da du grausam bist:
Gib mir deine Gunst zurücke!
Denn mein Sein erblüht im Glücke,
Würde nur mein War zum Ist.

Nicht an Kampf und Sieg mich weiden,
Lorbeer nicht ums Haar mir winden,
Nicht in Ruhm will ich mich kleiden,
Den Genuß nur wiederfinden,

Den Erinnrung macht zum Leiden.
Bringst du wieder jene Zeit,
Schicksal, dann bin ich befreit
Aus des Schmerzes grimmen Händen;
Wollte sich's nur bald so wenden,
Wär mein Glücksziel nicht mehr weit.

Unerfüllbar mein Verlangen;
Denn zurückedrehn die Zeit,
Wenn sie einmal hingegangen –
Keine Macht der Endlichkeit
Kann sich solches unterfangen.
Denn die Zeit flieht weit und weit,
Kehrt nie mehr in Ewigkeit;
Torheit wär es, zu verlangen:
Wär das Neue gleich vergangen!
Oder brächt es gleich die Zeit!

In des Lebens Zweifeln leben,
Bald in Fürchten, bald in Hoffen,
Heißt in Todesängsten schweben.
Besser, gleich vom Tod getroffen,
Rasch des Jenseits Vorhang heben!
Wenn Gewinn das Sterben ist,
Kommt die Furcht doch und ermißt
Neu des Daseins Wert – verlanget
Fortzuleben, weil mir banget,
Was wird sein in künftiger Frist."

Als Don Lorenzo geendigt hatte, stand Don Quijote auf, und mit erhobener Stimme, daß es fast wie Schreien klang, sprach er, indem er Don Lorenzos rechte Hand ergriff: „Beim hohen Himmel, beim höchsten der Himmel, herrlicher Jüngling, Ihr seid der beste Dichter auf Erden und seid würdig, mit dem Lorbeer gekrönt zu werden, nicht von Zypern noch von Gaeta, wie gesagt hat ein Poeta – dem Gott seine Sünden verzeihe! –, sondern von den Akademien Athens, wenn sie heute noch bestünden, und von denen, die heute bestehen, denen zu Paris, Bologna und Salamanca. Gott gebe, wenn die Richter Euch den ersten Preis absprechen sollten, daß Phöbus sie mit seinen Pfeilen erlege und die Musen niemals über die Schwelle ihrer Häuser schreiten. Sagt mir, Señor, wenn Ihr so gütig sein wollet, einige Verse von längerem

Silbenmaß, denn ich will in all und jeder Beziehung Eurem bewundernswerten Genius auf den Puls fühlen."

Ist es nicht allerliebst, daß Don Lorenzo hocherfreut war, sich von Don Quijote loben zu hören, obwohl er ihn für einen Narren hielt? O Schmeichelei, wie groß ist deine Macht, und wie weit dehnen sich die Grenzen deiner süßen Herrschaft! Die Wahrheit dieser Worte bewies Don Lorenzo, indem er auf Don Quijotes Wunsch und Verlangen sogleich einging und folgendes Sonett über die Fabel oder Geschichte von Pyramus und Thisbe vortrug:

Sonett

Die Wand durchbricht die Maid, die schöngestalte,
Die Pyramus schlug tiefe Herzenswunden;
Von Zypern her eilt Amor, zu erkunden
Die enge wundersame Mauerspalte.

Hier spricht das Schweigen; jeder Ton verhallte,
Eh durch die enge Eng er sich gewunden.
Den Durchpaß hat die Sehnsucht nur gefunden;
Kein Hemmnis gibt's, das stand vor Amor halte!

Die Sehnsucht hielt nicht maß. Nach kurzem Glücke
Büßt die betörte Maid ihr Liebesstreben
Mit herbem Tod – so wollt es Amor lenken.

Und beide nun zugleich, o Schicksalstücke!
Tötet, begräbt, erweckt zu neuem Leben
Ein Schwert, ein Grab, ein preisend Angedenken.

„Gelobt sei Gott", sagte Don Quijote, als er Don Lorenzos Sonett gehört, „daß ich unter den zahllosen verkommenen Dichtern, die es gibt, einen vollkommnen Dichter gefunden habe, wie Ihr es seid, lieber Herr; denn davon hat mich die kunstreiche Arbeit Eures Sonetts überzeugt."

Vier Tage lang blieb Don Quijote, aufs trefflichste bewirtet, im Hause Don Diegos; nach deren Verfluß bat er ihn um Erlaubnis zu scheiden, indem er ihm erklärte, sosehr er ihm für die Gewogenheit und Gastfreundschaft danke, die ihm in seinem Hause geworden, so stehe es doch fahrenden Rittern nicht wohl an, sich lange Stunden dem Müßiggang und dem Wohlleben zu ergeben, und er wolle daher von dannen, um seinen Beruf zu erfüllen, nämlich auf die Suche nach Abenteuern zu gehen, von denen diese Landschaft wimmle, wie er dessen Kunde habe. Und damit hoffe er seine Zeit zu verbringen, bis der Tag des Turniers zu Zaragoza komme, wohin sein Weg in gerader Richtung gehe. Vorher aber müsse er in die Höhle des Montesinos hinabsteigen, von der man so vielerlei und so Wunderbares in dieser Gegend erzähle, und wolle nicht minder die Entstehung und die eigentlichen Quellen der sieben Seen, die man gemeiniglich die Ruidera-Seen nenne, erforschen und kennenlernen.

Don Diego und sein Sohn priesen seinen ehrenhaften Entschluß und baten ihn, aus ihrem Haus und ihrer Habe alles mitzunehmen, was er wolle; sie würden ihm mit aller nur möglichen Bereitwilligkeit zu Diensten sein, wozu ja die hohe Würdigkeit seiner Person und sein ehrenhafter Beruf sie verpflichteten.

Endlich kam der Tag seines Scheidens, so erfreulich für Don Quijote wie traurig für Sancho, der sich bei dem Überfluß im Hause Don Diegos sehr wohlbefand und sich innerlich dagegen sträubte, zu dem in Wäldern und Einöden üblichen Hunger und zur Dürftigkeit seines schlechtversorgten Schnappsacks zurückzukehren, den er aber doch mit allem vollpfropfte, was ihm besonders nötig schien.

Beim Abschied sagte Don Quijote zu Don Lorenzo: „Ich weiß nicht, ob ich es Euer Gnaden schon einmal gesagt habe, und habe ich's schon gesagt, so sag ich es nochmals: Wenn Ihr Euch die Wege und Mühen ersparen wollt, um zu der unnahbaren Höhe des Ruhmestempels zu gelangen, braucht Ihr nichts weiter zu tun, als den etwas schmalen Pfad der Dichtkunst zu verlassen und den allerschmalsten, den des fahrenden Rittertums, einzuschlagen, der Euch im Handumdrehen zum Kaiser machen kann."

Mit diesen Äußerungen brachte Don Quijote den Prozeß seiner Verrücktheit zum Aktenschluß, und noch vollständiger mit den Worten, die er hinzufügte: „Gott weiß, wie gern ich den Señor Don Lorenzo mitnehmen möchte, um ihm zu zeigen, wie man die schonen soll, die sich unterwerfen, und zu Boden schlagen und niedertreten die Hochmütigen, eine tugendsame Handlungsweise, die von dem Berufe, zu dem ich berufen bin, untrennbar ist; aber da Euer jugendliches Alter solches nicht begehrt und Eure preiswürdigen Geistesübungen es nicht verstatten, so laß ich mir lediglich daran genügen, Euch zu Gemüte zu führen, daß Ihr, der Ihr ein Dichter seid, ein ausgezeichneter werden könnt, so Ihr Euch mehr durch fremdes Urteil als durch Euer eigenes leiten lasset. Denn es gibt keine Eltern, die ihre

Kinder für häßlich halten; und bei den Kindern des Geistes findet man diese Selbsttäuschung noch weit häufiger."

Aufs neue erstaunten Vater und Sohn über das seltsame Gemisch von Verstand und Unsinn in den Äußerungen Don Quijotes und über die Beharrlichkeit und Hartnäckigkeit, die er zeigte, sich mehr und mehr der Suche nach seinen Abenteuern hinzugeben, die ihn stets teuer zu stehen kamen und die ihm Ziel und Endzweck seines Strebens waren. Nun wiederholten sich die Dienstanerbietungen und Höflichkeiten, und Don Quijote und Sancho, mit freundlichem Urlaub der Herrin dieser Burg, ritten von dannen auf Rosinante und dem Grauen.

19. Kapitel

Worin das Abenteuer vom verliebten Schäfer und manch andere wirklich ergötzliche Begebnisse erzählt werden

Noch nicht weit hatte sich Don Quijote von Don Diegos Dorf entfernt, als ihm zwei Leute, die wie Geistliche oder Studenten aussahen, und zwei Bauern begegneten, die alle vier auf Tieren vom Geschlechte der Esel ritten. Der eine der Studenten hatte eine Art Mantelsack aus grünem Drillich bei sich, der anscheinend etwas weiße Wäsche und zwei Paar grobe wollene Strümpfe enthielt, der andre nichts als zwei Rapiere mit aufgesetzten Knöpfen. Die Bauern trugen andre Sachen, die da zeigten und erraten ließen, daß die Eselsreiter eben aus einer größeren Stadt kamen, wo sie die Sachen eingekauft hatten, um sie in ihr Dorf heimzubringen. Studenten wie Bauern gerieten in die nämliche Verwunderung, die jeden ergriff, der Don Quijote zum erstenmal erblickte, und sie vergingen schier vor Begierde zu erfahren, wer jener Mann sei, der von dem gewöhnlichen Aussehen aller andern Menschen so sehr abstach. Don Quijote grüßte sie, und als er gehört, welchen Weg sie verfolgten, nämlich denselben wie er, bot er ihnen seine Begleitung an und bat sie, den Schritt zu mäßigen, da ihre Eselinnen rascher trabten als sein Roß; und um sich ihnen verbindlich zu erweisen, sagte er ihnen in kurzen Worten, wer er sei und was sein Beruf und Stand, nämlich der eines fahrenden Ritters, der in allen Landen der Welt auf die Suche nach Abenteuern gehe. Er erklärte, er heiße mit seinem Namen Don Quijote von der Mancha und mit seinem Beinamen der Löwenritter.

Den Bauern klang das alles, als hätte er mit ihnen Griechisch oder Rotwelsch gesprochen, aber nicht so den Studenten, die sofort Don Quijotes Gehirnschwäche erkannten. Dessenungeachtet betrachteten sie ihn mit Bewunderung und Achtung, und einer von ihnen sprach zu ihm: „Wenn Euer Gnaden, Herr Ritter, einen bestimmten Weg nicht vorhat, wie dies bei denen, die auf Abenteuer ausgehen, der Fall zu sein pflegt, so wolle Euer Gnaden uns begleiten; Ihr werdet eines der stattlichsten und reichsten Hochzeitsfeste sehen, das bis zum heutigen Tage in der Mancha und auf viele Meilen in der Runde gefeiert worden."

Don Quijote fragte ihn, ob es die Hochzeit eines Fürsten sei, daß er sie so sehr rühme.

„Das nicht", antwortete der Student, „sondern die eines Bauern mit einer Bäuerin. Er ist der reichste in dieser ganzen Gegend und sie die allerschönste, die je ein Mensch gesehen. Die Veranstaltungen zum Hochzeitsfest sind außerordentlich und von ganz neuer Art, denn es soll auf einem Anger nahe dem Dorf der Braut gefeiert werden. Sie wird zur besondern Auszeichnung Quitéria die Schöne genannt, und er heißt Camacho der Reiche; sie ist achtzehn Jahre alt und er zweiundzwanzig. Beide passen wohl zueinander, wenn auch einige Vielwisser, die die Familienregister der ganzen Welt im Kopfe haben, behaupten wollen, die Familie der schönen Quitéria sei vornehmer als die Camachos. Aber das spielt keine Rolle, denn der Reichtum füllt manchen Graben zu. Tatsächlich ist dieser Camacho freigebigen Sinnes, und er hat den Einfall gehabt, den ganzen Anger mit Zweigen von oben her umziehen und überdecken zu lassen, so daß es der Sonne schwerfallen wird, einzudringen und ihren Blick auf das Gras zu werfen, mit dem der Boden bewachsen ist. Er hat auch Kunsttänze vorgesehen, sowohl Schwerter- als auch Schellentänze; denn es gibt in seinem Dorfe manchen, der die Schellen aufs vortrefflichste schüttelt und rüttelt und erklingen läßt. Von den Leuten für den Pantoffeltanz will ich gar nichts sagen; es ist ein Gotteswunder, wieviel Tänzer er dazu bestellt hat. Aber von allem, was ich erzählt habe, und von viel andrem, was ich unerwähnt gelassen, wird nichts diese Hochzeit so merkwürdig machen, als was bei ihr voraussichtlich der tiefgekränkte Basilio tun wird. Dieser Basilio ist ein Bauernsohn aus dem Dorfe Quitérias; er war in seinem Hause der Wandnachbar ihrer Eltern, und daher ergriff Amor die Gelegenheit, die schon vergessene Liebschaft zwischen Pyramus und Thisbe der Welt aufs neue vorzuführen; denn Basilio verliebte sich in Quitéria von seinem zarten Kindesalter an, und sie erwiderte seine Neigung mit tausend unschuldigen Gunstbezeigungen, so daß man sich im Dorf die Liebe der beiden Kinder Basilio und Quitéria zur Unterhaltung zu erzählen pflegte. Sie wuchsen heran, und nun verbot Quitérias Vater dem Basilio den gewohnten Zutritt zu seinem Hause; und um nicht ständig in Angst und Argwohn leben zu müssen, beschloß er, seine Tochter mit dem reichen Camacho zu vermählen, da es ihm nicht wohlgetan schien, sie mit Basilio zu verheiraten, der nicht so viele Gaben vom Glück als von der Natur empfangen hatte. Denn um ganz neidlos die Wahrheit zu sagen, er ist der gewandteste Jüngling, den wir kennen, er ist der beste Speerwerfer, der kräftigste Ringer und ein trefflicher Ballspieler; er läuft wie ein Hirsch, springt besser als eine Gemse und schiebt Kegel, als wenn seine Kugel hexen könnte; er singt wie eine Lerche und spielt die Gitarre, als ob er ihr Sprache gäbe, und zu alledem handhabt er den Degen im Schwertertanz wie der Allertüchtigste auf Erden."

„Um dieser Begabung allein willen", fiel hier Don Quijote ein, „verdiente dieser Jüngling nicht nur, sich mit der schönen Quitéria zu vermählen, sondern mit der Königin Ginevra selbst, wenn sie jetzt lebte – trotz Lanzelot und allen jenen, so es verwehren möchten!"

„Das sagt nur einmal meiner Frau!" sprach Sancho Pansa, der bis dahin schweigend zugehört hatte; „die will es nicht anders haben, als daß ein jeder seinesgleichen heiraten soll, nach dem Sprichwort, das da sagt: Schäfchen beim Schaf, so gefällt sich's, Gleich mit Gleichem, so gesellt sich's. Wenn es auf mich ankäme, müßte der brave Basilio, den ich schon anfange gern zu haben, die Jungfer Quitéria heiraten. Möchten doch alle die zur Seligkeit und ewigen Ruhe eingehen" – er wollte das Gegenteil sagen –, „die es Leuten, die einander liebhaben, wehren, einander zu nehmen!"

„Wenn alle, die einander liebhaben, sich heiraten sollten", sprach Don Quijote, „würde den Eltern die Wahl und das Recht entzogen, ihre Kinder zu verheiraten, mit wem und wann es am besten ist; und wenn es dem Willen der Töchter überlassen bliebe, ihre Ehemänner zu wählen, so gäbe es manche, die den Diener ihres Vaters wählen würde, und manche andre den ersten besten, den sie auf der Straße in einem nach ihrer Meinung prächtigen und vornehmen Aufzug gesehen, und wäre er auch ein ganz liederlicher Raufbold. Denn Liebe und Leidenschaft blenden leicht die Augen des gesunden Urteils, die so nötig sind bei der

Wahl fürs Leben; und ganz besonders ist der Ehestand der Gefahr eines Fehlgriffs ausgesetzt, und es bedarf großer Vorsicht und besonderer Gunst des Himmels, um hierbei das Richtige zu treffen. Es will einer eine Reise tun, und wenn er verständig ist, so sucht er sich, eh er sich auf den Weg begibt, einen verläßlichen und angenehmen Gefährten als Begleiter; warum also soll der nicht das nämliche tun, dessen Reise sein ganzes Leben hindurch bis an die Pforten des Todes dauert, zumal wenn der Gefährte ihn zu Bett und Tisch und überallhin begleiten soll wie die Frau ihren Mann? Die Gesellschaft der Frau ist keine Ware, die, einmal gekauft, zurückgegeben oder umgetauscht oder ausgewechselt werden kann; sie ist ein unzertrennbarer Bestandteil, der so lang dauert wie das Leben selbst; es ist eine Schlinge, und hast du sie dir einmal um den Hals geworfen, so verwandelt sie sich in einen gordischen Knoten, der unlösbar ist, bis ihn die Sense des Todes durchschneidet. Viel anderes noch könnte ich über diesen Gegenstand sagen, wenn es mir nicht der Wunsch verböte zu erfahren, ob der Herr Lizentiat nicht noch etwas über Basilios Geschichte zu sagen hat."

Darauf antwortete der Student oder Baccalaureus oder Lizentiat, wie ihn Don Quijote nannte: „Weiter habe ich nichts zu sagen, als daß von dem Augenblick an, wo Basilio erfuhr, daß die schöne Quitéria sich mit Camacho dem Reichen verheiraten sollte, keiner ihn mehr lachen sah noch ein vernünftiges Wort reden hörte; stets geht er gedankenvoll und schwermütig vor sich hin und spricht mit sich selber, womit er unzweifelhaft und klärlich zeigt, daß ihm der Verstand in die Brüche gegangen ist; er nimmt wenig zu sich und schläft wenig, und was er verzehrt, sind etwa Früchte, und wenn er schläft, so im freien Felde auf harter Erde wie ein unvernünftiges Tier. Von Zeit zu Zeit schaut er lange gen Himmel, zu andern Malen bohrt er die Blicke in den Boden, so regungslos in sich versunken, daß er aussieht wie eine bekleidete Bildsäule, deren Gewänder von der Luft bewegt werden. Kurz, er gibt so viele Beweise eines von der Leidenschaft völlig beherrschten Herzens, daß wir alle, die ihn kennen, fürchten, wenn die schöne Quitéria morgen das Ja ausspricht, wird es sein Todesurteil sein."

„Gott wird es zu Besserem wenden", sprach Sancho; „Gott, der den Schmerz der Wunde sendet, sendet auch die Heilung; keiner weiß, was nachkommt; von heut bis morgen sind's viele Stunden, und in einer, ja in einem Augenblick kann ein Haus einstürzen; ich habe regnen und die Sonne scheinen sehen, alles in einem Nu; mancher legt sich nachts gesund zu Bett und kann am andern Morgen kein Glied rühren. Und sagt mir doch, gibt es einen Menschen, der sich rühmen kann, er habe in das Rad des Glücks einen Nagel zum Festhalten eingeschlagen? Gewiß nicht; und zwischen das Ja und das Nein eines Weibes möchte ich keine Nadelspitze stecken, denn sie würde keinen Platz haben. Laßt mir nur einmal Quitéria den Basilio von ganzem Herzen und mit rechter Zuneigung lieben, dann will ich ihm einen ganzen Sack voll Glück in die Hand geben, denn die Liebe, hab ich sagen hören, sieht durch eine Brille, die Kupfer in Gold, Armut in Reichtum und Tränen in Perlen verwandelt."

„Wohinaus willst du, Sancho?" versetzte Don Quijote. „Verwünscht seist du! Wenn du anfängst, Sprichwörter und Märlein aneinanderzureihen, kann keiner dein Ende abwarten als etwa der Verräter Judas, und der mag dich zur Hölle führen! Sag mir, dummes Tier, was weißt du vom Nagel und vom Rad und von was sonst?"

„Oho! Wenn man mich nicht versteht", antwortete Sancho, „dann ist's freilich kein Wunder, daß man meine Sprüche für ungereimtes Zeug hält. Aber mir ist's gleich; ich verstehe mich schon, und ich weiß, daß ich gar nicht viel Unsinn geredet habe, daß aber Ihr, Herre mein, beständig gegen meine Reden, so auch gegen meine Taten, den Staatsbrockenrater spielt."

„Staatsprokurator mußt du sagen", fiel Don Quijote ein, „nicht Brockenrater, du Sprachverderber, den Gott verderben möge!"

„Werdet doch nicht gleich so ärgerlich", entgegnete Sancho, „Ihr wißt doch, ich bin nicht in der Residenz groß geworden und habe nicht in Salamanca studiert, daß ich wissen könnte, ob ich bei meinen Worten einen Buchstaben zuviel hintue oder fortlasse. Wahrlich, so wahr mir Gott helfe, man soll vom Bauern aus Sayago nicht verlangen, daß er so spricht wie ein Städter aus Toledo, und doch kann's auch in Toledo Leute geben, die nicht gerade allzu fein sprechen."

„So ist es", fiel der Lizentiat ein; „denn wer in den Gerbereien oder auch auf dem Zocodover aufgewachsen ist, kann nicht so gut sprechen wie einer, der fast den ganzen Tag im Kreuzgang der Domkirche spazierengeht, und sie sind alle dennoch Toledaner. Die reine Sprache, der richtige, feine und klare Ausdruck findet sich bei den gebildeten Leuten vom Hofe, und wären sie selbst in Majalahonda geboren; ich sage ‚gebildet', denn es gibt ihrer viele, die es nicht sind, und die Bildung ist die Grammatik des richtigen Sprechens, und der Sprachgebrauch steht ihr zur Seite. Ich, meine Herren, habe zur Strafe meiner Sünden in Salamanca das Kirchenrecht studiert und bilde mir was drauf ein, meine Gedanken mit klaren, glatten, sinnentsprechenden Worten aussprechen zu können."

„Hättet Ihr Euch nicht weit mehr darauf eingebildet, Eure Rapiere mit mehr Nutzen zu gebrauchen als die Zunge", sprach der andre Student, „so hättet Ihr den ersten Platz bei der Lizentiatenprüfung davongetragen statt den letzten."

„Hört mal, Baccalaureus", gab ihm der Lizentiat zur Antwort, „Ihr befindet Euch in der allerirrtümlichsten Meinung über die Geschicklichkeit im Fechten, wenn Ihr sie für unnütz haltet."

„Für mich ist das keine Meinung, sondern eine feststehende Wahrheit", entgegnete Corchuelo; „und wenn Ihr den Beweis dafür haben wollt – Ihr führt Rapiere bei Euch, wir haben bequeme Gelegenheit, ich habe eine feste Hand und habe Kraft, und damit und mit meinem Mute, der nicht gering ist, will ich Euch zum Eingeständnis zwingen, daß ich nicht im Irrtum bin. Steigt ab und macht Eure Ausfälle, all die Bewegungen im Kreise und in der schiefen Linie und all Eure Künste, und es soll Euch vor den Augen flimmern, daß Ihr nicht aus noch ein wißt. Das will ich Euch mit meiner neuen bäurischen Manier beibringen, mittels deren, nächst Gottes Hilfe, ich hoffe, daß der noch geboren werden soll, der mich zwingt, den Rücken zu wenden, und daß keiner auf Erden ist, den ich nicht zum Weichen bringe."

„Den Rücken wenden oder nicht wenden, das wollen wir erst einmal sehen", versetzte der Fechtkünstler; „zwar könnte es sein, daß man auf derselben Stelle, wo Ihr zuerst den Fuß aufsetzt, Euch gleich Euer Grab graben müßte; ich meine, daß Ihr tot auf dem Flecke bliebet, weil Ihr die Fechtkunst verachtet."

„Das wird sich schon finden", entgegnete Corchuelo, sprang in größter Hast von seinem Esel und riß wütend eines der Rapiere heraus, die der Lizentiat auf dem seinigen führte.

„So darf das nicht vor sich gehen!" rief in diesem Augenblick Don Quijote; „ich will der Aufseher sein bei diesem Kampf und der Schiedsrichter in dieser schon öfters ungelöst gebliebenen Streitfrage."

Und von seinem Rosinante absteigend und seinen Speer fassend, stellte er sich mitten auf die Landstraße, während bereits der Lizentiat mit zierlicher Haltung und Fechterschritt gegen Corchuelo ausfiel, der seinerseits mit Augen, die Blitze schossen – wie man zu sagen pflegt –, sich auf den Gegner stürzte. Die zwei andern Reisegenossen, die Bauern, waren, ohne von ihren Eselinnen herabzusteigen, die Zuschauer bei diesem gefährlichen Schauspiel. Die Hiebe, Stiche, Quarten, Terzen, die Primen mit beiden Händen hoch herab, die Corchuelo schlug, waren zahllos, dichter als ein Platzregen und prasselnder als Hagel. Er griff an wie ein gereizter Löwe, aber da flog ihm entgegen auf den Mund ein Stoß vom Rapierknopf des Lizentiaten, der ihm mitten in seiner Wut Einhalt tat und ihn den Knopf, als ob es eine Reliquie wäre, zu küssen zwang, wiewohl nicht mit soviel Andacht, wie man Reliquien zu küssen schuldig und gewohnt ist. Kurz, der Lizentiat zählte mit Rapierstößen alle Knöpfe des Überwurfs, den Corchuelo trug, und zerfetzte ihm die Schöße in lange Streifen wie die Arme eines Polypen; er schlug ihm zweimal den Hut herunter und setzte ihm so zu, daß jener vor Ärger, Zorn und Wut das Rapier mit solcher Gewalt ins Blaue hinein schleuderte, daß einer der beiden Zuschauer – er war in seinem Ort Gemeindeschreiber –, der lief, um es zu holen, späterhin erklärte, Corchuelo habe es beinahe dreiviertel Meilen weit von sich fortgeschleudert; und dies Zeugnis diente und dient noch als klarer Beweis dafür, wie die Stärke stets von der Kunst besiegt wird.

Corchuelo setzte sich ermattet nieder, und Sancho trat zu ihm und sagte: „Meiner Treu, Herr Baccalaur, wenn Euer Gnaden meinen Rat annehmen will, so müßt Ihr fürderhin keinen zum Fechten herausfordern, sondern zum Ringen oder Stangenwerfen, denn dazu habt Ihr das Alter und die Kraft; aber von denen, die man Fechtkünstler nennt, hab ich gehört, sie stechen mit der Degenspitze durch ein Nadelöhr."

„Es ist mir ganz recht", erwiderte Corchuelo, „daß mir ein Licht angesteckt worden ist und daß meine eigne Erfahrung mir die Wahrheit gezeigt hat, von deren Kenntnis ich so weit entfernt war."

Hiermit stand er auf, umarmte den Lizentiaten, und ihre Freundschaft wurde noch inniger als zuvor. Den Gemeindeschreiber, der nach dem Rapier gegangen war, wollten sie nicht abwarten, weil sie glaubten, er werde zu lang ausbleiben; und so beschlossen sie, ihren Weg fortzusetzen, um zeitig nach dem Dorfe Quitérias zu kommen, wo sie alle herstammten. Unterwegs setzte ihnen der Lizentiat die hohen Vorzüge der Fechtkunst auseinander mit so viel überzeugenden Gründen und so viel mathematischen Figuren und Beweisen, daß alle von der Trefflichkeit der Kunst überzeugt waren und Corchuelo von seinem Eigensinn geheilt wurde.

Es war Nacht geworden; aber ehe sie anlangten, kam es ihnen allen vor, als breite sich vor dem Dorfe ein Himmel aus voll unzähliger funkelnder Sterne. Auch hörten sie in wirrem Durcheinander die lieblichen Töne verschiedener Instrumente wie Flöten, Tamburine, Gitarren, Schalmeien, Hand- und Schellentrommeln; und als sie näher gekommen, sahen sie eine dicht vor dem Eingang des Dorfes errichtete Laube, ganz mit brennenden Lampen behängt, die der Wind nicht gefährdete, da er nur so sacht wehte, daß er nicht einmal die Blätter zu bewegen vermochte. Die Musikanten waren hier bei der Hochzeit die Lustigmacher, zogen in verschiedenartigen Gruppen auf dem heiteren Platz umher, die einen singend, die andern tanzend, wieder andre ihre mannigfaltigen Instrumente ertönen lassend. Kurz, es war nicht anders, als ob auf dieser ganzen Wiese nur die Freude umherspränge und das Ergötzen umherhüpfte. Andrer Leute viel waren beschäftigt, Gerüste aufzuschlagen; von denen herab sollte man am nächsten Tage mit Bequemlichkeit den Vorstellungen und Tänzen auf diesem Platze zusehen können, der für das Hochzeitsfest Camachos bestimmt war – und für die Leichenfeier Basilios.

Don Quijote wollte das Dorf nicht betreten, trotz der Bitten sowohl der Bauern als auch des Baccalaureus; er gab dafür die nach seiner Meinung mehr als genügende Entschuldigung zum besten, es sei fahrender Ritter Brauch, lieber in Feldern und Wäldern zu schlafen als an bewohnter Stätte, und wäre es selbst unter vergoldetem Dache; und hiermit bog er ein wenig von der Landstraße ab, sehr gegen Sanchos Wunsch, der an das gute Quartier dachte, dessen er sich in der Burg oder dem Schloß Don Diegos erfreut hatte.

20. Kapitel

Worin die Hochzeit Camachos des Reichen erzählt wird, nebst den Begebnissen mit Basilio dem Armen

Kaum hatte die silberweiße Aurora dem leuchtenden Phöbus verstattet, mit der Glut seiner brennenden Strahlen die feuchten Perlen ihres goldenen Haares zu trocknen, als Don Quijote, die Trägheit von seinen Gliedern abschüttelnd, sich erhob und seinen Schildknappen Sancho rief, der noch schnarchte. Als Don Quijote ihn so liegen sah, sprach er zu ihm, bevor er ihn weckte: „O du Glückseliger vor allen, die auf der Erdenflur leben! Denn ohne Neid zu hegen oder beneidet zu werden, schlummerst du mit ruhigem Gemüte; nicht verfolgen dich Zauberer, nicht schrecken dich Zauberkünste. Schlummere, sag ich noch einmal und werd es noch hundertmal sagen, da keine Eifersucht auf deine Gebieterin dich in steter Nachtwache hält, da dir nicht der Schlaf verscheucht wird durch Sorgen, wie du fällige Schulden zahlen oder was du tun sollst, um auf den nächsten Tag Brot für dich und deine bedrängte kleine Familie zu schaffen. Weder quält dich Ehrgeiz, noch bekümmert dich der eitle Prunk der Welt; die Grenzen deiner Wünsche erstrecken sich nicht weiter als auf die Sorge für deinen Esel, denn die für deine Person hast du auf meine Schultern geladen, eine Last und Bürde, welche Natur und Herkommen den Herren auferlegt. Es schlummert der Diener, und der Herr wacht und sinnet nach, wie er ihn nähren, ihm voranhelfen und Wohltaten erweisen mag. Der Kummer, zu sehen, daß der Himmel ehern wird und der Erde nicht mit dem erforderlichen Naß zu Hilfe kommt, drückt den Diener nicht, sondern den Herrn, der bei Mißwachs und Hungersnot den Mann ernähren muß, der ihm gedient zur Zeit der Fruchtbarkeit und Fülle."

Auf all das gab Sancho keine Antwort, denn er schlief und wäre nicht so bald aufgewacht, wenn Don Quijote ihn nicht mit dem Schaft seines Speers zum Bewußtsein gebracht hätte. Endlich wachte er auf, noch schlaftrunken und träge, wandte den Kopf nach allen Seiten und sprach: „Dort aus der Laube, wenn ich mich nicht irre, kommt ein Dunst und Geruch, weit eher von gerösteten Speckschnitten als von Heu und Thymian. Bei einer Hochzeit, die mit solchen Gerüchen anfängt, heilig Kreuzdonnerwetter! muß alles überreich und verschwenderisch hergehen."

„Hör auf, Vielfraß", sagte Don Quijote. „Komm, wir wollen uns diese Heirat mit ansehen, damit wir erfahren, was der verschmähte Basilio anfangen wird."

„Mag er doch anfangen, was er will", entgegnete Sancho; „er sollte eben nicht arm sein! Sonst könnte er Quitéria heiraten. Was, braucht man weiter nichts, als keinen Pfennig in der Tasche zu haben, und dann beim Heiraten über die Wolken hinauswollen? Wahrlich, Señor, ich bin der Meinung, der Arme soll mit dem zufrieden sein, was er findet, nicht aber Trüffeln aus dem Meer heraufgraben wollen. Ich will meine zehn Finger wetten, der Camacho kann den Basilio mit lauter Realen zudecken, und wenn dem so ist – und es muß doch so sein –, so wäre die Quitéria eine große Närrin, wollte sie all den Staat und die Schätze wegwerfen, die ihr Camacho sicher schon geschenkt hat und noch schenken kann, um dafür das Stangenwerfen und Kunstfechten des Basilio einzutauschen. Für einen guten Wurf mit der Eisenstange und für die schönste Finte mit dem Rapier gibt man keinen Schoppen Wein im Wirtshaus. Das sind Geschicklichkeiten und Talente, die unverkäuflich sind, und mag sie auch der Graf Dirlos besitzen; aber wenn derlei Talente von oben herab auf einen fallen, der brav Geld hat, da möcht ich ein Leben führen, so glänzend, wie dann diese Talente glänzen! Auf einem guten Boden kann man einen guten Bau aufführen, und der beste Boden und Baugrund auf Erden ist das Geld."

„Um Gottes willen, Sancho", fiel hier Don Quijote ein, „hör auf, ich glaube, wenn man dich die Predigten, die du jeden Augenblick anfängst, immer weiterfort halten ließe, würde dir keine Zeit bleiben zum Essen und zum Schlafen; du würdest sie ganz und gar verschwätzen."

„Wenn Euer Gnaden ein gut Gedächtnis hätte", entgegnete Sancho, „würdet Ihr Euch der verschiedenen Punkte in unsrem Übereinkommen erinnern, bevor wir dies letzte Mal von Hause zogen; von denen war einer, daß Ihr mich schwatzen lassen müßtet, soviel ich nur Lust hätte, sofern es nichts gegen den Nächsten wäre und nichts gegen die Euch schuldige Ehrerbietung, und bis jetzt meine ich nicht gegen diesen Punkt verfehlt zu haben."

„Ich erinnere mich nicht eines solchen Artikels, Sancho", sprach Don Quijote dagegen, „und falls dem auch so wäre, so will ich jetzt, du sollst schweigen und mitkommen; denn bereits beginnen die Instrumente, die wir gestern abend vernommen haben, das Tal wiederum zu erheitern, und ohne Zweifel wird die Vermählung in der Kühle des Morgens und nicht in der Hitze des Nachmittags gefeiert werden."

Sancho tat, wie sein Herr ihm gebot, legte Rosinanten und seinem Esel den Sattel auf, und beide bestiegen ihre Tiere und ritten Schritt für Schritt dem Laubdach zu. Das erste, was sich Sanchos Blicken zeigte, war ein ganzer Ochse, der an einem Bratspieß aus einem ganzen Rüsterstamme steckte, und im Feuer, wo er gebraten werden sollte, lag ein wahrer Berg von Holz; die sechs Töpfe, die rings um die Glut herumstanden, waren nicht von der gewöhnlichen Form wie sonst wohl Töpfe, denn es waren sechs halbe Stückfässer, in deren jedes ein Metzgerladen voll Fleisch hineinging und welche ganze Hämmel einschluckten und in ihrem Schoß bargen, ohne daß man sie von außen sehen konnte, gerade als wären es nur Täubchen. Abgebalgte Hasen und gerupfte Hühner hingen in wahren Mengen ringsum an den Bäumen, um alsbald in den Töpfen zu verschwinden; Geflügel und Wild aller Art war in unendlicher Menge da und hing an den Bäumen, um in der Luft abgekühlt zu werden. Sancho zählte mehr als sechzig Schläuche, jeden von mehr als zwanzig Maß, und alle, wie sich nachher zeigte, mit den edelsten Weinen gefüllt; so waren auch Massen weißesten Brotes aufgeschichtet, wie man auf den Tennen den Weizen in hohen Haufen liegen sieht. Die Käse, gitterförmig übereinandergelegt wie Backsteine, bildeten eine Mauer, und zwei Kessel mit Öl, größer als die in einer Färberei, dienten dazu, das Backwerk zu bereiten, welches man sodann wohlausgebacken mit zwei mächtigen Schaufeln herauslangte und in einen nebenan stehenden Kessel mit zerlassenem Honig tauchte. Die Zahl der Köche und Köchinnen überstieg die fünfzig, alle sauber angezogen, alle geschäftig und alle vergnügt. In dem weiten Bauch des Ochsen steckten eingenäht zwölf zarte Ferkel, um ihn schmackhafter und zarter zu machen. Die Gewürze aller Art schien man nicht pfund-, sondern zentnerweise gekauft zu haben; sie lagen sämtlich vor aller Augen da in einem großen Kasten. Kurz, die Zurüstungen zur Hochzeit waren zwar nach Bauernart, aber in solcher Fülle, daß man ein Kriegsheer damit hätte sättigen können.

Sancho sah sich alles an, betrachtete alles und hatte an allem sein Wohlgefallen. Zuerst ward seine Begierde von den Töpfen gefangengenommen und gefesselt, und er hätte sich aus ihnen gar zu gern ein gehöriges Frühstück geholt; gleich darauf gewannen die Schläuche seine Zuneigung und zuletzt das Backwerk in den Pfannen, wenn man solch prunkhafte Kessel als Pfannen bezeichnen darf; und da er es nicht länger aushalten konnte und es nicht in seiner Macht war, anders zu handeln, näherte er sich einem der geschäftigen Köche und bat ihn mit höflichen und hungrigen Worten, er möchte ihn einen Brocken Brot in einen dieser Töpfe eintunken lassen.

Darauf antwortete der Koch: „Mein Lieber, dank dem reichen Camacho ist dieser Tag keiner von denen, an denen der Hunger das Wort hat; steigt ab und seht zu, ob sich hierherum ein Suppenlöffel findet, und schöpft Euch ein oder zwei Hühner ab, und wohl bekomm's Euch."

„Ich sehe keinen", erwiderte Sancho.

„Wartet einmal", sagte der Koch. „Gott verzeih mir meine Sünden, wie zimperlich und ungeschickt seid Ihr doch!"

Mit diesen Worten ergriff er einen Schöpfeimer, fuhr damit in eines von den halben Stückfässern hinein, holte in dem Eimer drei Hühner und zwei Gänse heraus und sprach zu Sancho: „Esset, Freund, und vertreibt Euch den ersten Hunger mit diesem Abhub, bis die Essensstunde kommt."

„Ich habe aber nichts, wo ich es hineintun kann", entgegnete Sancho.

„So nehmt den Schöpfeimer und alles mit", sagte der Koch; „Camachos Reichtum und Vergnügen am Bewirten gestatten alles."

Während sich dies mit Sancho zutrug, schaute Don Quijote aufmerksam zu, wie zur einen Seite des Laubenganges gegen zwölf Bauern hereinritten auf wunderschönen Gäulen mit reichem prachtvollem Zaumzeug und einer Menge Schellen am Brustriemen; alle zwölf in festlich heiterer Tracht galoppierten in guter Ordnung, nicht nur einmal, sondern mehrmals über die Wiese unter freudigem Gejauchze und Geschrei und mit dem Ruf: „Es lebe Camacho und Quitéria, er so reich wie sie schön, und sie die Allerschönste auf Erden!"

Als Don Quijote das hörte, sprach er für sich: „Wohl sieht man, daß diese Leute meine Dulcinea von Toboso nicht gesehen haben, denn sonst würden sie ihre Lobreden auf diese ihre Quitéria wohl etwas mäßigen."

Gleich darauf zogen zu verschiedenen Seiten der Laube viele und mannigfache Tanzgruppen herein; darunter war ein Schwertertanz von vierundzwanzig jungen Burschen, stattlichen und munteren Aussehens, sämtlich in feines und glänzend weißes Linnen gekleidet, mit passenden Kopftüchern, die mannigfarbige Stickereien aus feiner Seide zeigten. Ihren Führer, einen gewandten Jüngling, fragte einer der berittenen Bauern, ob sich etwa einer von den Tänzern verwundet habe.

„Bis jetzt hat sich Gott sei Dank keiner verwundet. Wir sind alle frisch und gesund."

Und sogleich begann er sich mit seinen Genossen in den Verschlingungen der Tanzfiguren zu drehen mit so viel Wendungen und so vieler Gewandtheit, daß Don Quijote, wiewohl er des Anblicks von derlei Tänzen gewohnt war, keinen je so reizend gefunden hatte wie diesen. Desgleichen gefiel ihm eine andre Tanzgruppe, die jetzt hereinkam, bestehend aus schönen jungen Mägdelein, deren keine dem Anscheine nach unter vierzehn und über achtzehn Jahre alt war; sie waren alle in grünes Tuch von Cuenca gekleidet; ihr Haar, zum Teil geflochten, zum Teil frei fliegend, war bei allen so goldblond, daß es mit dem des Sonnengottes wetteifern konnte, und sie trugen es bekränzt mit Jasmin, Rosen, Amarant und Geißblatt. Ihre Führer waren ein ehrwürdiger Alter und eine Greisin, beide jedoch weit behender und leichtfüßiger, als ihre Jahre erwarten ließen. Ein zamoranischer Dudelsack spielte ihnen auf, und sie, in Gesicht und Augen Sittsamkeit, in den Füßen leichteste Gewandtheit zeigend, bewährten sich als die besten Tänzerinnen auf der Welt.

Nach diesem kam ein Figurentanz, einer von jener Art, die man redende Tänze nennt. Er wurde ausgeführt von acht Nymphen, die in zwei Reihen aufgestellt waren; Führer der einen Reihe war der Gott Kupido und der andern Reihe der Reichtum, jener geschmückt mit Flügeln, Bogen, Köcher und Pfeilen, dieser gekleidet in Gold und Seide von reichen und mannigfachen Farben. Die Nymphen, die dem Amor folgten, trugen ihre Namen am Rücken mit großen Buchstaben auf weißes Pergament geschrieben; Poesie hieß die erste, Klugheit die zweite, edle Abkunft die dritte, Tapferkeit die vierte. Auf dieselbe Weise waren die bezeichnet, die dem Reichtum folgten; Freigebigkeit lautete der Name der ersten, Geschenk der zweiten, Schatz der dritten, der der vierten friedlicher Besitz. Vor ihnen allen her kam eine Burg aus Holz, welche vier wilde Männer zogen, ganz in Efeu und grüngefärbtes Segeltuch gekleidet und so natürlich aussehend, daß sie Sancho beinahe in Schrecken gesetzt hätten. Vorn an der Burg und auf ihren vier Seiten stand geschrieben: Burg der züchtigen Wachsamkeit. Den Nymphen wurde von vier geschickten Tamburinschlägern und Flötenbläsern aufgespielt.

Kupido eröffnete den Tanz, und nachdem er zwei Figuren getanzt, blickte er auf, spannte den Bogen gegen eine Jungfrau, die zwischen die Zinnen der Burg trat, und sprach also zu ihr:

> Ich, der Gott, der hoch in Lüften
> Waltet wie in Erdentalen,
> In des Meeres Wogengrüften,
> Und wo, fern den Sonnenstrahlen,
> Jammer herrscht in Abgrunds Klüften:
> Nimmer bang ich, nimmer zag ich;
> Alles, was ich will, vermag ich,
> Ob auch, was ich will, unmöglich;
> Alles, was auf Erden möglich,
> Geb und nehm, gewähr, versag ich.

Die Strophe war zu Ende gesungen, Amor schoß einen Pfeil nach der Zinne der Burg und zog sich an seinen Platz zurück. Sogleich trat der Reichtum hervor und tanzte ebenfalls zwei Figuren; die Tamburine schwiegen, und er sprach:

> Ich bin's, dem selbst Amor weicht,
> Der doch muß mein Führer werden;
> Meinen Glanz hat nie erreicht,
> Was der Himmel schafft auf Erden,
> Da mir nichts an Reizen gleicht.
> Reichtum heiß ich, meinetwegen
> Geht die Welt auf schlechten Wegen;
> Ohne mich will keiner leben.
> Doch so, wie ich bin, ergeben,
> Weih ich gern dir ewgen Segen.

Der Reichtum zog sich zurück, und nun trat die Poesie vor, die, nachdem sie ihre Figuren getanzt wie die andern, die Augen auf die Jungfrau der Burg heftete und sprach:

> Hier in Reimen, zierlich netten,
> Wild und milden, heißen, linden,
> Weiß die Dichtkunst zu verketten
> All ihr Denken und Empfinden,
> Sendet dir's in viel Sonetten.
> Wirst du dich nicht spröd erweisen
> Meiner Werbung, wird man preisen
> Dein Geschick; trotz Neides Toben
> Sieht es sich durch mich erhoben
> Ob des Mondes hohen Kreisen.

Die Poesie trat ab, und aus der Gruppe des Reichtums trat die Freigebigkeit hervor, tanzte ihre Figuren und sprach:

> Geben ist Freigebigkeit,
> Wenn sich's hält in rechter Mitte,
> Von Verschwendung stets so weit
> Wie von Geiz, der schnöden Sitte,
> Der ein kaltes Herz sich weiht.
> Doch dich preisend zu erheben,
> Will ich der Verschwendung leben;
> Ist's ein Laster, ist's doch Güte,
> Zeugt von liebendem Gemüte,
> Das man stets erkennt am Geben.

So traten alle Personen beider Gruppen auf und wieder ab; eine jede tanzte ihre Figuren und sprach ihre Verse, deren einige voll freier Wendungen, andre possierlich waren, von welchen aber Don Quijote in seinem Gedächtnis – obwohl dieses sehr gut war – nur die hier mitgeteilten behielt.

Alle Tänzer mischten sich nun untereinander, bildeten Verschlingungen und lösten sie wieder mit reizender Anmut und edler Unbefangenheit, und sooft Amor an der Burg vorüberkam, schoß er seine Pfeile hinauf, der Reichtum aber zerschlug an ihr vergoldete Sparbüchsen. Endlich, nachdem er eine geraume Weile getanzt hatte, zog der Reichtum einen mächtigen Beutel hervor, der aus dem Fell einer großen römischen Katze geschnitten war und mit Geld gefüllt schien, schleuderte ihn gegen die Burg, und durch den heftigen Wurf gingen die Holztafeln der Wände aus den Fugen und fielen zu Boden und ließen die Jungfrau ungedeckt und schutzlos. Der Reichtum eilte mit seinem ganzen Anhang herbei; sie warfen ihr eine lange goldene Kette um den Hals, und es sah aus, als ob sie sie ergriffen, überwältigten und gefangennähmen. Wie Amor und seine Helfer das sahen, machten sie Miene, als wollten sie die Jungfrau ihnen wieder entreißen. Alle Einzelheiten der ganzen Darstellung waren vom Schall der Tamburine, von dazu passenden Bewegungen und Tänzen begleitet. Die wilden Männer stifteten Frieden zwischen den Parteien, schlugen rasch die Bretterwände wieder auf und fügten sie zusammen, und die Jungfrau schloß sich wie von Anfang in die Burg ein. Damit endete der Tanz, zum großen Vergnügen der Zuschauer.

Don Quijote fragte eine der Nymphen, wer das Ballett entworfen und einstudiert habe. Sie antwortete, ein Meßpfründner im Dorfe hier, der in solchen Dingen sehr geschickt sei.

„Ich möchte wetten", sprach Don Quijote, „der besagte Meßpfründner oder Baccalaureus wird besser freund mit Camacho als mit Basilio sein und sich besser auf Satire als auf Messelesen verstehen. Sehr gut hat er im Ballett Basilios Geistesgaben und Camachos Reichtum angebracht."

Sancho Pansa, der dies mit anhörte, sagte: „Wes Brot ich eß, des Lied ich sing. Ich halte es mit Camacho."

„Alles in allem", entgegnete Don Quijote, „sieht man wohl, daß du eben ein Bauer bist und zu den Leuten gehörst, die sagen: Hoch der Sieger!"

„Ich weiß nicht, zu welchen Leuten ich gehöre", entgegnete Sancho; „aber das weiß ich, daß ich aus Basilios Töpfen niemals einen so herrlichen Abhub schöpfen werde wie aus denen Camachos."

Und hiermit zeigte er ihm den Schöpfeimer voller Gänse und Hühner, griff nach einem Huhn, begann in bester Laune und mit großem Appetit zu essen und sagte: „Mir schmeckt's, trotz Basilios Talenten! Denn soviel einer hat, soviel ist einer wert, und es ist einer so viel wert, als er hat. Nur zweierlei Familienstämme gibt es auf der Welt, wie meine Großmutter sagte, das Hab-ich und das Hätt-ich, sie aber hielt es ganz allein mit dem Hab-ich. Heutigentags, mein verehrter Señor Don Quijote, fragt man: ‚Wessen ist die Habe?' und nicht: ‚Wessen ist die Geistesgabe?' Besitz gilt mehr als Witz, und ein Esel, mit Gold beladen, nimmt sich besser aus als ein Pferd mit einem Eselssattel. Und so sag ich nochmals: Ich halte es mit Camacho, denn aus seinen Töpfen hat man als reichlichen Abhub Gänse und Hühner, Hasen und Kaninchen, und aus Basilios Töpfen bekommt man höchstens, vielleicht auch tiefstens, nur Wassersuppe."

„Bist du mit deiner Predigt fertig, Sancho?" sprach Don Quijote.

„Ich muß wohl damit fertig sein", antwortete Sancho, „denn ich sehe, daß sie Euer Gnaden verdrießt; andernfalls fände ich noch für drei Tage Arbeit zugeschnitten."

„Gott gebe", erwiderte Don Quijote, „daß ich dich einmal stumm sehe, bevor ich sterbe."

„Bei der Art Leben, das wir führen", entgegnete Sancho, „werde ich lang vor Euer Gnaden Ableben Staub fressen, und dann bin ich wahrscheinlich so stumm, daß ich kein Wort mehr spreche bis ans Ende der Welt oder wenigstens bis zum Tage des Jüngsten Gerichts."

„O Sancho", versetzte Don Quijote, „auch dann wird doch deines Stillschweigens nie so viel werden, als was du geschwatzt hast, schwätzest und in deinem Leben noch schwätzen wirst, zumal es durchaus in der natürlichen Ordnung der Dinge liegt, daß der Tag meines Todes eher kommt als der des deinigen. Und sonach glaub ich, nimmer werde ich dich stumm sehen, nicht einmal, wenn du beim Trinken oder Schlafen bist – und das sagt alles."

„Wahrlich, Señor", gab Sancho darauf zur Antwort, „dem dürren Gerippe, ich meine dem Tod, ist nicht zu trauen; er frißt das Lamm wie den Hammel, und ich hab unsern Pfarrer sagen hören, er tritt mit gleichem Fuß in die hohen Burgen der Könige wie in die niederen Hütten der Armen. Dieser große Herr ist weit gewalttätiger als wählerisch; vor nichts ekelt es ihm, von allem frißt er, und alles ist ihm recht, und mit Leuten von jeder Art, jeglichem Lebensalter, jedem Rang und Stand füllt er seinen Zwerchsack. Er ist kein Schnitter, der sein Mittagsschläfchen hält; zu jeder Stunde mäht und schneidet er, dürres wie frisches Kraut, und er verschlingt und schluckt alles ungekaut hinunter, was ihm vorgesetzt wird, denn er hat einen Wolfshunger, der nie zu sättigen ist; und obschon er keinen Wanst hat, so ist's doch, als hätte er die Wassersucht und als dürste ihn nach dem Leben aller Lebenden, wie einer einen Krug frisches Wasser hinuntertrinkt."

„Nicht weiter, Sancho", fiel Don Quijote hier ein; „bleib fest im Sattel und fall nicht herunter; denn wahrlich, was du in deiner Bauernsprache über den Tod gesagt hast, das hätte auch ein guter Prediger sagen können. Ich sage dir, Sancho, wenn du soviel Bildung hättest wie gute Anlagen, könntest du auf eine Kanzel steigen und weit in der Welt herum allerhand Schönes predigen."

„Wer brav ist im Leben, der predigt auch brav", entgegnete Sancho; „weiter weiß ich halt nichts von der Tologie."

„Du brauchst auch nichts weiter", sprach Don Quijote. „Aber da doch Gottesfurcht aller Weisheit Anfang ist, so kann ich wirklich nicht verstehn und begreifen, wie du, der sich vor einer Eidechse mehr fürchtet als vor dem lieben Gott, so mancherlei Weisheit in dich aufgenommen hast."

„Gnädiger Herr, bekümmert Euch um Euer Ritterwesen", versetzte Sancho, „und nicht um anderer Leute Furcht und Mut; ich fürchte Gott ganz so gebührlich wie jeder Bauernbursche im Dorf. Jetzt aber laßt mich mit diesem Abhub fertigwerden, denn alles andre sind müßige Worte, über die man dereinst im andern Leben Rechenschaft von uns fordern wird."

Und mit diesen Worten begann er einen neuen Angriff auf seinen Schöpfeimer und tat das mit so mächtiger Eßlust, daß er derengleichen in Don Quijote erweckte, und dieser würde ihm ohne Zweifel geholfen haben, wenn ihn daran nicht ein Umstand gehindert hätte, der notwendigerweise nachher berichtet werden muß.

21. KAPITEL

*Wo die Hochzeitsfeier Camachos weitererzählt wird,
nebst andern annehmlichen Begebnissen*

Während Don Quijote und Sancho noch bei dem Zwiegespräch waren, das im vorigen Kapitel erzählt worden, hörte man lautes Schreien und großen Lärm; verursacht war es von den Berittenen, die in voller Jagd mit schallenden Rufen das Brautpaar zu empfangen eilten, das, umgeben von tausenderlei Instrumenten und allerhand Kunstfiguren, einherzog, geleitet von dem Pfarrer und der beiderseitigen Verwandtschaft und den ansehnlichsten Leuten aus den umliegenden Ortschaften, alle in festlicher Tracht. Als Sancho die Braut erblickte, sagte er: „Wahrhaftig, die geht in einem Anzug einher, nicht wie eine Bäuerin, sondern wie eine feine Hofdame. Weiß Gott, statt der Goldplättchen, die sie um den Hals hätte tragen sollen, seh ich prächtige Korallen, und das grobe grüne Tuch von Cuenca, hier ist's dreißigfädiger Samt! Und freilich, der Besatz wird von weißen Linnenstreifen sein? Bei allen Heiligen, er ist von Atlas! Und seht nur mal, die Hände sind ja mit Ringen von Achat geschmückt – jawohl! Meiner Lebtage will ich kein Glück haben, wenn die Ringe nicht von Gold sind, von schwerem Gold und besetzt mit Perlen, so weiß wie Milch, für jede gäbe man ein Auge drum. O du Hurenkind, was für Haare! Wenn sie nicht falsch sind, hab ich mein Leben lang keine so lang und so blond gesehen. Und keiner soll mir etwas an ihrem feinen Anstand und an ihrem Wuchs aussetzen! Ist sie nicht wie eine Palme, die da sich sachte bewegt mit ihrer Bürde von Datteln in langen Trauben? Denn geradeso sehen die Geschmeide aus, die sie im Haar und am Hals hängen hat. Ich schwör's bei meiner Seel, die ist noch vom rechten Schlag, die wird auch bei der Sandbank von Flandern sicher fahren."

Don Quijote lachte über die bäurischen Lobreden Sancho Pansas; doch schien es ihm selbst, er habe außer seinem Fräulein Dulcinea von Toboso nie ein schöneres Weib gesehen. Die reizende Quitéria war ein wenig blaß; das kam gewiß von der schlaflosen Nacht, welche die Bräute stets mit den Zurüstungen für den kommenden Hochzeitstag verbringen. Der Zug wandte sich einer Bühne zu, die an der einen Seite der Laube aufgeschlagen und mit Teppichen und Zweigen geschmückt war; dort sollte die Trauung stattfinden, und von dort aus sollte man den

Tänzen und den mancherlei Künsten zuschauen. Im Augenblicke aber, wo die Teilnehmer am Zug bei der Stelle anlangten, hörten sie hinter ihrem Rücken ein großes Geschrei, und jemand rief: „Wartet doch noch, ihr Leute! Ihr seid ebenso unüberlegt als übereilt!"

Auf diesen Ruf, auf diese Worte wandten sich alle um und sahen, daß das Geschrei von einem Manne ausgestoßen wurde, dessen Kleidung aussah wie ein schwarzer Kittel mit einem Saum von hochrot geflammter Seide. Er trug auf dem Kopfe, wie man alsbald bemerkte, einen Kranz von unglückbedeutenden Zypressen, in den Händen einen langen Stab. Als er näher kam, erkannten alle in ihm den wackeren Basilio, und alle standen voll Spannung, was er mit seinem Rufen und seinen Worten bezwecke, da sie von seinem Erscheinen in einem solchen Augenblick nur Schlimmes befürchten konnten.

So nahte er denn, abgemüdet und atemlos, und vor das Brautpaar tretend, stieß er seinen Stab mit der stählernen Spitze fest in den Boden und heftete die Augen starr auf Quitéria; erbleichend sprach er mit heiserer, fürchterlicher Stimme folgende Worte: „Wohl weißt du, undankbare Quitéria, daß nach dem heiligen Glauben, zu dem wir uns bekennen, du, solang ich lebe, keinen andern Gatten nehmen kannst; und zugleich ist es dir nicht unbekannt, daß ich, in der Hoffnung, die Zeit und mein Fleiß würden meine Glücksumstände bessern, niemals die Rücksichten der Ehrbarkeit außer Augen lassen wollte, die deiner jungfräulichen Würde gebührten. Du aber hast alle Verpflichtungen, die du meinen redlichen Absichten schuldest, hinter dich geworfen und willst zum Herrn dessen, was mein ist, einen andern erheben, dessen Reichtümer ihm nicht nur einen hohen Glücksstand, sondern jetzt die höchste Seligkeit gewähren; und damit er diese, wie er sie meiner Meinung nach nicht etwa verdient, sondern wie der Himmel sie ihm zu schenken beliebt, voll und ganz besitzt, will ich mit eignen Händen die Unmöglichkeit oder das Hindernis, das sie ihm verwehren kann, beseitigen, will mich aus dem Wege schaffen. Es lebe, es lebe der reiche Camacho mit der undankbaren Quitéria lange glückselige Jahre! Und es sterbe, es sterbe der arme Basilio, dessen Armut seinem Glück die Flügel verschnitten und ihn ins Grab gestürzt hat!"

Und mit diesem Wort ergriff er den Stab, den er in den Boden gestoßen; dessen eine Hälfte blieb in der Erde stecken und entpuppte sich als die Scheide eines schmalen Stoßdegens, der in ihr verborgen gewesen; er stemmte das andre Ende, das man den Griff nennen konnte, wider den Boden, mit raschem Mute und fester Entschlossenheit stürzte er sich auf den Degen, und in einem Augenblick sah man die blutige Spitze mit der Hälfte der Stahlklinge zum Rücken herausdringen. Der Arme lag in seinem Blute gebadet auf dem Boden hingestreckt, von seiner eignen Waffe durchbohrt. Seine Freunde eilten sofort ihm zu Hilfe, tief erschüttert von seinem Leid und seinem Unglück. Auch Don Quijote ließ seinen Rosinante im Stich und kam, ihm beizustehen; er nahm ihn in die Arme und fand, daß das Leben ihm noch nicht geschwunden war. Man wollte ihm die Klinge herausziehen, allein der Pfarrer, der dabeistand, war der Meinung, man sollte sie ihm noch nicht herausziehen, bis er gebeichtet habe, da das Herausziehen des Degens und das Verscheiden Sache eines und desselben Augenblicks sein würden. Jetzt aber kam Basilio wieder einigermaßen zu sich und sagte mit schmerzbewegter schwacher Stimme: „Wolltest du, grausame Quitéria, in dieser unabänderlichen letzten Not mir die Hand als Gattin reichen, so würde ich glauben, meine vermessene Tat könne noch Entschuldigung verdienen, da ich durch sie das Glück errungen hätte, der Deinige zu sein."

Als der Pfarrer diese Worte hörte, sagte er ihm, er solle lieber an das Heil der Seele als an des Leibes Freuden denken und aufrichtig Gott um Verzeihung anflehen für seine Sünden und seinen verzweifelten Entschluß.

Darauf entgegnete Basilio, er werde keinesfalls beichten, wenn ihm Quitéria nicht zuvor die Hand als seine Gattin gereicht habe; dies frohe Bewußtsein würde ihm zum Beichten den Willen kräftigen und den Mut gewähren.

Als Don Quijote die Bitte des Verwundeten vernahm, sprach er mit hocherhobener Stimme, was Basilio verlange, sei gerecht und wohlbegründet und außerdem leicht ausführbar; und der Herr Camacho werde sich ebenso geehrt fühlen, wenn er das Fräulein Quitéria als Witwe des mannhaften Basilio, wie wenn er sie aus den Händen ihres Vaters empfinge. „Hier darf weiter nichts als ein Ja erfolgen, das keinen andern Wert haben soll, als daß es ausgesprochen wird; denn das Hochzeitsbett dieser Ehe wird ja doch das Grab sein."

Alles das hörte Camacho mit an, und alles brachte ihn in Verwirrung und Bestürzung; er wußte nicht, was er tun oder sagen sollte. Allein das Geschrei von Basilios Freunden ward immer dringender, sie baten ihn inständig, er möge doch zugeben, daß

Quitéria ihm die Hand als Gattin reiche, damit er nicht in Verzweiflung aus diesem Leben scheiden müsse und seine Seele nicht in Verdammnis komme; und so vermochten sie ihn oder vielmehr nötigten sie ihn gewaltsam zu der Erklärung, wenn Quitéria dem Basilio die Hand reichen wolle, so sei er es zufrieden, da das Ganze ja doch nur die Erfüllung seiner Wünsche um einen Augenblick verzögere.

Sogleich wandten sich alle an Quitéria; und die einen mit Bitten, die andern mit Tränen, wieder andre mit zwingenden Gründen, redeten sie ihr zu, sie möchte doch dem armen Basilio die Hand reichen. Sie aber, härter als Marmor und starrer als eine Bildsäule, sah aus, als ob sie kein Wort zu erwidern wüßte oder vermöchte oder den Willen hätte; und in der Tat hätte sie nicht geantwortet, wenn ihr der Pfarrer nicht gesagt hätte, sie müsse sich eiligst entscheiden, was sie tun wolle, denn Basilio habe die Seele schon auf den Lippen schweben und sei nicht in der Lage, schwankende Entschlüsse abzuwarten.

Die schöne Quitéria, ohne ein Wort zu erwidern, dem Anscheine nach ohne Fassung, traurig und tiefbekümmert, schritt der Stelle zu, wo Basilio lag, der bereits die Augen verdrehte, kurz und keuchend atmete, zwischen den Lippen den Namen Quitéria flüsterte und deutlich zeigte, daß er als Heide und nicht als Christ sterben werde. Endlich trat Quitéria näher heran, warf sich auf die Knie und bat ihn durch Zeichen, nicht mit Worten, um seine Hand. Basilio riß die Augen weit auf, sah sie unverwandten Blickes an und sprach zu ihr: „O Quitéria, so bist du endlich barmherzig geworden, jetzt, wo dein Erbarmen zum Dolche werden muß, mir das Leben vollends zu rauben; denn schon habe ich nicht Kräfte mehr, daß ich die Wonne ertragen könnte, von dir zu deinem Gatten erkoren zu werden, oder daß ich dem Schmerz Einhalt tun könnte, der schon eilig mir mit dem grausigen Schatten des Todes die Augen umhüllen will! Was ich von dir erbitte, ist dies eine, o du mein Unglücksstern: Wenn du jetzt meine Hand begehrst und die deine mir reichen willst, so tu es nicht aus leerer Gefälligkeit oder um mich abermals zu täuschen, sondern bekenne und erkläre, daß du deinem Willen nicht Gewalt antust, vielmehr sie mir reichst als einem rechtmäßigen Ehegatten; denn es wäre unrecht, wenn du in dieser Todesnot mich täuschen und Verstellung gegen den üben wolltest, der stets so wahr gegen dich gewesen."

Während er dies sprach, wurde er wiederholt ohnmächtig, und alle Anwesenden dachten, jede Ohnmacht würde seinen Lebenshauch mit sich fortnehmen. Quitéria, züchtig und verschämt, ergriff Basilios Hand mit ihrer Rechten und sagte: „Keine Gewalt vermag je meinen Willen zu beugen, und so, mit der größten Willensfreiheit, deren ich fähig bin, reiche ich dir die Hand als dein rechtmäßiges Weib und nehme die deinige an, sofern du mir sie aus freiem Entschlusse reichst, ohne daß das Unglück, in welches deine Verzweiflungstat dich gebracht, dir das Bewußtsein stört oder vernichtet."

„Ja, so reiche ich sie dir", entgegnete Basilio, „weder verstört noch wirr im Geiste, sondern mit dem klaren Verstande, den es dem Himmel gefiel mir zu verleihen, und so gebe und übereigne ich mich dir als deinen Ehegatten."

„Und ich mich dir als Gattin", sprach Quitéria dagegen, „ob du nun lange Jahre lebest oder ob man dich aus meinen Armen zu Grabe trägt."

„Dafür, daß dieser Bursche so schwer verwundet ist", bemerkte hier Sancho Pansa, „spricht er wirklich viel. Macht doch, daß er von seinem verliebten Gerede abläßt und an das Heil seiner Seele denkt; sie schwebt ihm zwar eigentlich schon auf den Lippen, sitzt ihm aber meines Erachtens noch immer fest auf der Zunge."

Als nun Basilio und Quitéria die Hände verschlungen hielten, gab ihnen der Pfarrer gerührt und mit Tränen seinen Segen und betete zum Himmel, der Seele des Neuvermählten glückselige Ruhe zu gewähren. Aber dieser hatte kaum den priesterlichen Segen empfangen, da sprang er rasch und behende auf die Füße und zog mit unerhörter Verwegenheit den Degen heraus, dem sein Körper als Scheide gedient hatte. Die Umstehenden alle gerieten in Erstaunen, und einige unter ihnen, die mehr Einfalt als Scharfsinn besaßen, begannen mit lauter Stimme zu rufen: „Wunder, ein Wunder!" Jedoch Basilio entgegnete: „Saget nicht Wunder, Wunder, sondern List, nur List."

Der Pfarrer trat erstaunt und außer sich näher und befühlte mit beiden Händen die Wunde und fand, daß die Klinge dem Basilio keineswegs durch Fleisch und Rippen gegangen war, sondern durch eine eiserne Röhre, die an der richtigen Stelle geschickt angebracht und mit Blut gefüllt war; das Blut, wie man später erfuhr, war so zubereitet, daß es nicht gerinnen konnte. Nach alledem hielten sich der Pfarrer und Camacho nebst den meisten Umstehenden für betrogen und verhöhnt. Die Neuvermählte indes schien den Spaß durchaus nicht übelzunehmen; im Gegenteil, als sie hörte, diese Vermählung könne nicht gültig sein, entgegnete sie, sie erkläre die Ehe aufs neue für rechtskräftig. Daraus schlossen denn alle, die ganze Sache sei mit Wissen und Willen beider so geplant worden, und Camacho und seine Anhänger wurden darob so erbittert, daß sie ihre Rache der Gewalt der Fäuste anheimstellen wollten; es wurden nicht wenige Schwerter gezogen, und die Gegner stürmten auf Basilio ein, dem zur Hilfe wohl ebenso viele Schwerter aus der Scheide fuhren. Aber Don Quijote, hoch zu Roß, kam allen zuvor, und den Speer im Arm, wohlgedeckt mit seinem Schild, zwang er alle, ihm Raum zu geben.

Sancho, welchen derlei Auftritte nimmermehr behaglich oder erfreulich deuchten, suchte Zuflucht bei den Fleischtöpfen, aus denen er seinen lieblichen Abhub geschöpft hatte, denn die Stätte dieser Töpfe erschien ihm wie eine geweihte Freistatt, die jedermann achten werde.

Don Quijote rief mit dröhnender Stimme: „Haltet ein, ihr Herren, haltet ein! Es ist wider Recht und Vernunft, Rache zu suchen für Kränkungen, die die Liebe uns zufügt. Bedenket, Krieg und Liebe sind eins und dasselbe; und so wie es im Krieg erlaubt und herkömmlich ist, schlaue Künste und Kriegslisten anzuwenden, um den Feind zu besiegen, so gelten auch im Kampf und Wettstreit der Liebe Listen und Ränke als recht und billig, wenn sie den Zweck haben, das ersehnte Ziel zu erreichen, sofern sie nur dem geliebten Gegenstand nicht zur Schädigung und Unehre gereichen. Quitéria gehörte dem Basilio, Basilio gehörte Quitéria an durch des Himmels gerechte und gütige Fügung. Camacho ist reich und kann sich seines Herzens Wunsch erkaufen, wann, wo und wie es ihm fürderhin beliebt. Basilio besitzt nur dies eine Schäflein, und keiner darf es ihm rauben, so mächtig er auch sei; denn ein Paar, das Gott zusammenfügt, soll der Mensch nicht scheiden, und wer es versuchen wollte, der soll mit der Spitze dieses Speeres zu tun bekommen!"

Und mit diesen Worten schwang er den Speer so gewaltig und so gewandt, daß er jeden, der ihn nicht kannte, mit Furcht erfüllte. Aber auf Camachos Gemüt machte Quitérias geringschätziges Benehmen einen so tiefen Eindruck, daß er sie in einem Augenblick aus seinem Angedenken auslöschte, und daher fanden die Vorstellungen des Pfarrers, der ein verständiger und wohlgesinnter Mann war, Gehör bei ihm und bewirkten, daß er und seine Leute bald friedlichen Sinnes wurden und sich beruhigten. Zum Zeichen dieser Gesinnung steckten sie die Schwerter wieder ein, indem sie Quitérias Leichtfertigkeit mehr als der List Basilios die Schuld an allem beimaßen. Camacho seinerseits bedachte, wenn Quitéria schon als Mädchen den Basilio liebhatte, würde sie als Ehefrau ihn liebbehalten, und er müsse dem Himmel eher dafür danken, daß er jetzt sie ihm genommen, als daß er sie vorher ihm gegeben habe.

Da nun Camacho und seine Anhänger sich getröstet und zum Frieden bekehrt hatten, beruhigten sich auch die Parteigänger Basilios, und der reiche Camacho, um zu zeigen, daß er ob des ihm gespielten Streichs nicht grolle, ja sich gar nichts aus ihm mache, wollte, daß die Festlichkeiten ihren Gang weitergehen sollten, gerade als ob er wirklich Hochzeit hielte. Allein Basilio und seine Gattin und seine Anhänger wollten dem Feste nicht beiwohnen, und sie zogen daher nach Basilios Dorfe, denn auch die Armen, wenn sie tugendsam und geistig begabt sind, finden Leute, die sie treulich geleiten, in Ehren halten und schützen, wie die Reichen Leute haben, die ihnen schmeicheln und zur Gesellschaft dienen.

Die Freunde des jungen Paares nahmen Don Quijote mit, weil sie ihn für einen tüchtigen Mann hielten, der Haare auf den Zähnen habe. Nur allein dem guten Sancho verdüsterte sich das Gemüt, da er nun die Unmöglichkeit sah, Camachos prachtvolles Mahl und Fest abzuwarten, das bis in die Nacht hinein dauerte, und so folgte er ratlos und betrübt seinem Herrn, der mit Basilios Genossenschaft von dannen zog. So ließ er die Fleischtöpfe Ägyptens hinter sich zurück, wiewohl er sie in seinem Herzen mitnahm, da ihr beinahe schon verzehrter und aufgegessener Abhub, den er im Schöpfeimer bei sich führte, ihm die Herrlichkeit und Fülle des verlorenen Glücks vor Augen stellte. Und also, in Trauer versunken und in Gedanken verloren, wenn auch frei von Hunger, folgte er auf seinem Grauen den Spuren Rosinantes.

22. KAPITEL

Woselbst Bericht erstattet wird über das Abenteuer in der Höhle des Montesinos, welche sich im tiefsten Innern der Mancha befindet, und wie der mannhafte Don Quijote von der Mancha selbiges Abenteuer zu glückhaftem Ende geführt

Herrlich und reichlich war die Bewirtung und Pflege, die Don Quijote bei den Neuvermählten fand. Sie fühlten sich ihm verpflichtet ob der Proben seines Heldentums, die er als Verteidiger ihrer Sache abgelegt, und ebenso hoch wie seine Tapferkeit stellten sie seinen verständigen Geist, da sie ihn für einen Cid im Waffenwerk und für einen Cicero in der Beredsamkeit hielten. Der biedre Sancho erlustete sich drei Tage lang auf Kosten der jungen Eheleute. Von diesen erfuhr man, daß die angebliche Verwundung keineswegs ein mit der schönen Quitéria verabredeter Anschlag war, sondern ausschließlich eine List Basilios, der von ihr genau den Erfolg erhoffte, der wirklich eingetreten war. Allerdings gestand er ein, er habe einigen seiner Freunde Mitteilung von seinem Plan gemacht, damit sie im erforderlichen

Augenblick seine Absicht unterstützen und seinem Trug nachhelfen könnten.

„Das kann und darf man nicht Trug nennen", sagte Don Quijote, „was tugendsame Ziele im Auge hat"; und daß ein liebendes Paar sich vermähle, fügte er bei, sei das höchste, das edelste Ziel. „Dabei ist zu beachten", fuhr er fort, „daß die größten Feinde, die die Liebe hat, Hunger und dauernde Not sind; denn die Liebe ist ganz und gar Freude, Ergötzen und Wonne, zumal wenn der Liebende im Besitz des geliebten Gegenstands ist, Not und Armut aber sind ihre erklärten Feinde."

Alles das, bemerkte er dann, sage er, um Señor Basilio zu bewegen, daß er von der Ausübung seiner Talente fürderhin abstehe; denn wenn sie ihm auch Ehre verschafften, so verschafften sie ihm doch kein Geld; er möge sich also darauf legen, mit den erlaubten Mitteln der Betriebsamkeit, an denen es verständigen und fleißigen Leuten nie fehle, Vermögen zu erwerben. „Der Arme", sagte er weiter, „der ein Mann von Ehre ist – sofern nämlich der Arme für einen Mann von Ehre erachtet werden kann –, besitzt einen Schatz, wenn er ein schönes Weib sein eigen nennt, und raubt man ihm diesen Schatz, so raubt und mordet man ihm seine Ehre. Ein Weib, das schön und ehrenhaft, wenn ihr Mann arm ist, verdient, mit den Lorbeern und Palmen des Siegs und Triumphes bekränzt zu werden. Die Schönheit für sich allein zieht alle an, die sie erschauen und kennenlernen, und wie auf eine wohlschmeckende Lockspeise schießen auf sie herab die königlichen Aare und anderes hochfliegendes Federspiel; aber wenn sich dieser Schönheit Not und Dürftigkeit gesellt, dann fallen auch die Raben sie an und die Habichte und die andern Raubvögel, und die Frau, die gegen soviel Angriffe fest bleibt, verdient wohl ihres Mannes Krone genannt zu werden.

Erwäget, verständiger Basilio", fügte Don Quijote noch bei: „Es war die Meinung eines, ich weiß nicht welches Weisen, es gebe in der ganzen Welt nur eine einzige brave Frau; und er gab den Rat, jeder solle meinen und festiglich glauben, jene einzige brave sei eben die seine, dann werde er ein zufriedenes Leben führen. Ich bin nicht verheiratet, und bis jetzt ist es mir auch nicht in den Sinn gekommen zu heiraten, aber dessenungeachtet würde ich mich erkühnen, dem, der mich darum bäte, Rat zu erteilen, welchen Weg er bei der Wahl einer Frau einschlagen soll. Fürs erste würde ich ihm raten, mehr auf guten Namen zu sehen als auf Vermögen, denn das tugendhafte Weib erlangt einen guten Namen nicht bloß dadurch, daß sie tugendhaft ist, sondern dadurch, daß sie es auch scheint; die Ehre der Frau leidet weit mehr durch Unvorsichtigkeiten und freies Benehmen in der Öffentlichkeit als durch heimliche Schlechtigkeiten. Wenn du eine tugendsame Frau in dein Haus führst, so ist es wohl leicht, sie in ihrer Tugend zu erhalten, ja sie darin noch vorzüglicher zu machen; aber führst du eine schlechte heim, so wird es dir große Mühsal bereiten, sie zu bessern; denn es ist nicht leicht, von einem Äußersten zum andern überzugehen. Ich sage nicht, es sei unmöglich, aber ich halte es für schwer."

Alles dies hörte Sancho mit an und sprach zu sich selber: Dieser mein Herr, wenn ich von etwas rede, das Hand und Fuß hat, pflegt zu sagen, ich könnte eine Kanzel zur Hand nehmen und in der Welt herumziehn und allerhand Schönes predigen; ich aber sage von ihm, wenn er anfängt, Sprüche aneinanderzureihen und Ratschläge zu erteilen, kann er nicht nur eine Kanzel zur Hand nehmen, sondern zwei auf jeden Finger, und kann auf den Marktplätzen umher reden gehn, Herz, was begehrst du. Hol dich der Kuckuck, was für ein fahrender Ritter bist du, daß du so vieles weißt und verstehst! Ich dachte in meinem Sinn, er wisse weiter nichts, als was sein Rittertum angeht; aber es gibt gar nichts, woran er nicht pickt und seinen Schnabel hineinsteckt.

Sancho murmelte das ein wenig lauter; sein Herr hörte etwas davon und fragte ihn: „Was murmelst du vor dich hin, Sancho?"

„Ich sage nichts, ich murre über nichts", antwortete Sancho; „ich sagte nur so bei mir, was Euer Gnaden da gesprochen hat, hätte ich vor meiner Verheiratung hören sollen; dann würde ich vielleicht jetzo sagen: Der Ochs, der nicht im Joche steckt, sieh, wie sich der behaglich leckt."

„Ist denn deine Teresa so schlimm, Sancho?" fragte Don Quijote.

„Sie ist nicht besonders schlimm", antwortete Sancho, „aber auch nicht besonders gut; wenigstens ist sie nicht so gut, wie ich es wünschte."

„Du tust übel daran, Sancho", sagte Don Quijote, „wenn du von deiner Frau schlecht sprichst; am Ende ist sie doch die Mutter deiner Kinder."

„Wir bleiben einander nichts schuldig", entgegnete Sancho; „auch sie spricht von mir nichts Gutes, wenn es ihr einfällt, besonders wenn sie eifersüchtig ist; alsdann mag's der Teufel mit ihr aushalten."

Drei volle Tage blieben die beiden nun bei den Neuvermählten und wurden da gepflegt und bedient wie die Prinzen. Don Quijote bat den fechtkundigen Lizentiaten, ihm einen Führer zu verschaffen, der ihn zur Höhle des Montesinos geleiten sollte; denn er hatte ganz besondre Lust, in diese einzudringen und mit eigenen Augen zu sehen, ob die Wunder wahr seien, die man in der ganzen Umgegend von ihr erzählte. Der Lizentiat versprach, ihm einen Vetter von sich mitzugeben, einen studierten Mann von großen Verdiensten und besonderen Liebhaber von Ritterbüchern; dieser werde ihn sehr gern bis an den Eingang der besagten Höhle bringen und ihm auch die Ruidera-Seen zeigen, die ebenfalls in der ganzen Mancha, ja in ganz Spanien berühmt seien. Er fügte hinzu, der Ritter würde angenehme Unterhaltung bei ihm finden, denn der junge Mann verstehe sich darauf, Bücher zu schreiben, die geeignet seien, gedruckt und fürstlichen Personen gewidmet zu werden.

Der Vetter kam denn auch bald auf einer trächtigen Eselin heran, deren Sattel mit einem bunten Teppich oder einer Decke belegt war. Sancho sattelte Rosinante, richtete seinen Grauen und versorgte seinen Zwerchsack, welchem der ebenfalls wohlgefüllte des Vetters Gesellschaft leistete, und sich dem lieben Gott befehlend und von allen Abschied nehmend, begaben sie sich auf den Weg und schlugen die Richtung nach der weltberühmten Höhle des Montesinos ein.

Unterwegs fragte Don Quijote den Vetter, welcher Art und Beschaffenheit seine Arbeiten, sein Beruf und seine Studien seien. Darauf antwortete dieser, sein Beruf sei die Beschäftigung mit den schönen Wissenschaften; seine Arbeiten und Studien bestünden darin, Bücher für den Druck zu schreiben, der Allgemeinheit zu großem Nutzen und nicht minder zum Vergnügen. Eines derselben heiße *Das Buch von den Rittertrachten,* wo er siebenhundertunddrei solche Trachten mit ihren Farben, Wahlsprüchen und sinnbildlichen Zeichen schildere, aus denen die Ritter am Hofe alle ihnen beliebigen bei Festen und Ergötzlichkeiten auswählen und entnehmen könnten, ohne sie erst von jemandem erbetteln und sich, wie man wohl sagt, den Kopf zerbrechen zu müssen, um etwas ihren Wünschen und Absichten Entsprechendes auszusinnen. „Denn", sagte er, „ich gebe dem Eifersüchtigen, dem Verschmähten, dem Vergessenen und dem Abwesenden diejenigen, die für ihn passen, Trachten, die ihnen allen gerecht und also nicht sündhaft sind. Ich habe auch noch ein Buch unter der Feder, das *Die Verwandlungen oder der spanische*

Ovid heißen soll, von neuer und ganz eigentümlicher Erfindung; denn darin ahme ich Ovid in burlesker Weise nach und stelle dar, was die Giralda von Sevilla und der Engel der Magdalena war, was der Graben von Vecinguerra zu Córdoba, was die Stiere von Guisando, die Sierra Morena, die Brunnen in den Gemarkungen von Leganitos und Lavapiés, nicht zu vergessen den Läusebrunnen, den goldenen Brunnen und den der Priorin; und das alles mit den zugehörigen Allegorien, poetischen Figuren und Verwandlungen, so daß es zu gleicher Zeit unterhält, spannt und belehrt. Noch ein anderes Buch habe ich, mit dem Titel *Ergänzungen zu Polydorus Vergilius,* das von der Erfindung der Dinge handelt; es ist ein Buch von großer Gelehrsamkeit und tiefem Studium, da ich alles Wesentliche, was Polydorus übergangen hat, ergründe und in artiger Weise darstelle. Polydorus Vergilius hat zum Beispiel vergessen, uns zu berichten, wer zuerst auf der Welt den Schnupfen hatte, wer zuerst Einreibungen gebraucht hat, um sich von der Franzosenkrankheit zu heilen, und ich berichte es aufs genaueste und beweise es mit mehr als einem Viertelhundert Quellenschriftstellern; da kann Euer Gnaden ersehn, ob ich tüchtig gearbeitet habe und ob das Buch nicht der ganzen Welt von Nutzen sein muß."

Sancho, der den Mitteilungen des Vetters sehr aufmerksam gefolgt war, sprach zu ihm: „Sagt mir doch, Señor, so wahr Euch Gott Euer Glück mit der Bücherschreiberei machen lasse, wißt Ihr auch – aber sicher werdet Ihr es wissen, denn Ihr wißt ja alles –, wer war der erste, der sich den Kopf gekratzt hat? Ich meine, es muß unser Stammvater Adam gewesen sein."

„Der wird es wirklich gewesen sein", entgegnete der Vetter; „denn ohne Zweifel hat Adam Kopf und Haar gehabt, und da dem so ist und da er der erste Mensch auf Erden war, wird er sich auch manchmal gekratzt haben."

„Das glaub ich auch", sprach Sancho darauf; „aber sagt mir jetzt, wer hat den ersten Purzelbaum auf der Welt geschlagen?"

„Wahrlich, lieber Freund", antwortete der Vetter, „das kann ich jetzt im Augenblick nicht sagen, bevor ich es studiert habe; ich will es aber studieren, sobald ich heimkehre, wo ich meine Bücher habe, und will Euch Bescheid geben, wenn wir uns das nächstemal wiedersehn, denn dies wird gewiß nicht das letztemal sein."

„Nun, so hört, Señor", versetzte Sancho, „Ihr braucht Euch damit nicht zu plagen, denn eben bin ich draufgekommen, wie meine Frage zu beantworten ist. Wisset also, den ersten Purzelbaum auf der Welt hat Luzifer geschlagen; als man ihn aus dem Himmel hinausstieß oder hinabstürzte, schlug er lauter Purzelbäume, bis er in den höllischen Abgrund hinabpurzelte."

„Du hast recht, Freund", sagte der Vetter.

Und Don Quijote sprach: „Diese Frage und diese Antwort sind nicht auf deinem Acker gewachsen, Sancho; du hast sie von jemandem einmal gehört."

„Seid nur still, Señor", erwiderte Sancho; „denn wahrhaftig, wenn ich mich einmal aufs Fragen und Antworten verlege, so werde ich von jetzt bis morgen früh nicht fertig. Ja, so ist's, denn um Dummheiten zu fragen und Narreteien zu antworten, brauche ich keine Nachbarshilfe."

„Du hast vernünftiger gesprochen, Sancho, als du selber weißt", versetzte Don Quijote. „Es gibt Leute, die sich abmühen, Dinge zu lernen und zu ergründen, die ihrem Verstand und Gedächtnis keinen Deut frommen."

Unter diesen und andern erheiternden Gesprächen verging ihnen dieser Tag, und zur Nacht nahmen sie in einem Dörfchen Herberge, wo der Vetter zu dem Ritter sagte, es sei von da bis zur Höhle des Montesinos nicht weiter als zwei Meilen, und wenn er entschlossen sei, sie zu besichtigen, müsse er sich mit Seilen versehen, um sich festzubinden und sich in ihre Tiefe hinabzulassen.

Don Quijote erwiderte, wenn sie auch bis hinab zum Höllenschlund reiche, wolle er doch sehen, wohin sie führe.

So kauften sie denn etwa hundert Klafter Seil, und am nächsten Tage gelangten sie um zwei Uhr nachmittags an die Höhle, deren Eingang geräumig und weit ist, aber umzogen von Dornbüschen und wilden Feigen, von Brombeersträuchern und mancherlei Gestrüpp, alles so dicht und ineinander verwachsen, daß es den Eingang gänzlich verdeckte und unsichtbar machte. Als man die Höhle erblickte, stiegen der Vetter, Sancho und Don Quijote ab, und man band alsbald den letzten so fest als möglich; und während man ihn umschnürte und umgürtete, sagte Sancho zu ihm: „Bedenket, Euer Gnaden, Herre mein, was Ihr tut; begehret doch nicht, Euch selber lebendig zu begraben, und steigt nicht da hinunter, wo Ihr ausseht wie eine Flasche, die man zum Kühlen in einen Brunnen hinabtut; ja, es geht Euch nichts an und ist Eure Sache nicht, den Forscher in dieser Höhle zu spielen, die da gewiß ärger ist als ein unterirdischer Sklavenkerker in Algier."

„Binde fest und schweige still", erwiderte Don Quijote; „ein Unternehmen wie dieses war mir vorbehalten."

Jetzt sagte der Führer: „Flehentlich bitte ich Euch, Señor Don Quijote, beobachtet und spähet mit hundert Augen, was dort im Innern verborgen ist; vielleicht findet sich da manches, was ich in meinem Buch von den Verwandlungen anbringen kann."

„Die Trommel ist in Händen, die sie schon gut rühren werden", sprach Sancho Pansa.

Hierauf und nachdem Don Quijote ringsum gebunden war, nicht über dem Harnisch, sondern über dem Waffenrock, sprach der Ritter: „Wir haben unvorsichtig gehandelt, daß wir uns nicht mit einer kleinen Schelle versahen, die man dicht bei mir an demselben Seil angebunden und bei deren Ton man vernommen hätte, daß ich noch immer abwärts gleite und am Leben bin; jedoch, da es nicht mehr möglich ist, so befehle ich mich in Gottes Hände, sie mögen mich leiten."

Und alsbald warf er sich auf die Knie, richtete mit leiser Stimme ein Gebet zum Himmel und flehte zu Gott, ihm beizustehen und ihm guten Erfolg in diesem offenbar gefahrvollen und noch nicht dagewesenen Abenteuer zu gewähren. Darauf sprach er mit lauter Stimme: „O Herrin meiner Handlungen und Empfindungen, strahlende, unvergleichliche Dulcinea von Toboso, so es möglich ist, daß die Gebete und flehentlichen Anrufungen dieses deines glückhaften Verehrers zu deinen Ohren gelangen, so flehe ich dich bei deiner unsagbaren Schönheit an, daß du ihnen lauschest, denn sie haben keinen andern Inhalt, als daß sie bitten, du wollest mir deinen Schutz und Beistand anjetzo nicht versagen, wo ich dessen so sehr benötigt bin. Ich bin eben im Begriff, mich in den Abgrund, der sich hier vor mir auftut, zu werfen, zu stürzen, zu versenken, lediglich damit die Welt erkenne, daß, wenn du mir beistehst, es keine Unmöglichkeit gibt, an die ich mich nicht wage und die ich nicht besiege."

Mit diesen Worten trat er an die Öffnung heran; allein er sah, daß es nicht möglich war, sich hinabzulassen oder sich Zugang zu verschaffen, wenn nicht mit voller Gewalt der Arme oder mit Schwerthieben. So nahm er denn sein Schwert zur Hand und begann das Gestrüpp, das den Eingang zur Höhle verdeckte, abzuschlagen und wegzuräumen, und bei dem Krachen und Brechen schwirrte eine unendliche Menge der größten Raben und Krähen in so dichter Schar und so pfeilschnell heraus, daß sie Don Quijote zu Boden warfen. Hätte er ebensoviel auf Vorbedeutungen gehalten wie auf seinen katholischen Glauben, so würde er das für ein böses Vorzeichen erachtet und es unterlassen haben, sich an einem solchen Ort einzukerkern. Er indessen stand wieder auf, und als er sah, daß keine Raben mehr herausflogen noch andre Nachtvögel, wie Fledermäuse, die mit den Raben aufgeflogen waren, befahl er dem Vetter und Sancho, das Seil nachzulassen, und glitt allmählich zum Grund der schaurigen Höhle hinab. Im Augenblick, wo er in die Mündung einfuhr, gab ihm Sancho seinen Segen, schlug tausendmal das Kreuz über ihn und sagte: „Gott und die Heilige Jungfrau vom Frankenfels mögen dich geleiten, samt der Heiligen Dreifaltigkeit von Gaeta, du Blume und Glanzpunkt und Silberblick der fahrenden Ritter! Du gehst dahin, du gewaltigster Haudegen auf Erden, du Herz von Stahl und Arm von Erz; noch einmal fleh ich, Gott geleite dich und bringe dich frei, gesund und sonder Gefährde zurück an das Licht dieses Lebens, das du verlässest, um in dieser Finsternis, die du aufsuchst, dich zu vergraben."

Der Vetter erging sich in denselben Gebeten und Fürbitten. Inzwischen rief Don Quijote öfters, sie möchten mehr Seil und immer mehr Seil nachlassen, und sie taten es sacht und allmählich; als sein Rufen, das aus der Höhle wie aus einer Röhre heraufscholl, nicht mehr zu hören war, hatten sie bereits die hundert Klafter Seil hinabgelassen, und sie dachten, man müsse Don Quijote wieder heraufziehen, da sie kein Seil mehr nachzugeben hatten. Dessenungeachtet warteten sie etwa eine halbe Stunde lang, und erst nach Verfluß dieser Zeit begannen sie das Seil wieder aufzuwinden; allein dies geschah sehr leicht, und ohne daß sie das geringste Gewicht verspürten, so daß sie daraus schlossen, Don Quijote sei unten geblieben, und Sancho, der dies wirklich glaubte, weinte bitterlich und zog so rasch wie möglich, um sich der Wahrheit zu vergewissern. Als sie aber beim Aufwinden, ihrer Berechnung nach, bis zu etwas mehr als achtzig Klafter gekommen waren, spürten sie ein Gewicht und freuten sich darob über die Maßen. Endlich, bei zehn Klaftern, erblickten sie Don Quijote und konnten ihn deutlich erkennen. Sancho schrie ihm entgegen: „Glückselige Rückkehr, gnädiger Herr! Wir dachten schon, Ihr wäret da unten geblieben auf Nimmerwiedersehn!"

Allein Don Quijote antwortete keine Silbe, und als sie ihn vollends heraufgezogen, sahen sie, daß er die Augen geschlossen hatte und allen Anzeichen nach von tiefem Schlafe befangen war. Sie legten ihn auf den Boden nieder und banden ihn los, aber trotz alledem wachte er nicht auf. Indessen wendeten sie ihn hin und wendeten ihn her, schüttelten und rüttelten so lange, bis er endlich nach geraumer Weile wieder zu sich kam und sich reckte und streckte, als erwache er eben aus einem schweren tiefen Traume; er sah sich wie in jähem Schreck nach allen Seiten um und sprach: „Verzeih es euch Gott, meine Freunde! Ihr habt mich aus dem köstlichsten Leben, aus dem lieblichsten Schauspiel hinweggerissen, so je ein menschlich Wesen erlebt und erschaut hat. In der Tat, jetzt erst erkenne ich es völlig, daß alle Freuden dieses Lebens wie Schatten und Traum vergehen oder wie die Blume des Feldes verwelken. O unseliger Montesinos! O du wundgeschlagener Durandarte! O du glückverlassene Belerma! O tränenfeuchter Guadiana, und ihr auch, ihr von Unheil Getroffenen, ihr Töchter der Ruidera, ihr, deren Wasserströme zeigen, wieviel Tränenströme Eure schönen Augen geweint!"

In äußerster Spannung horchten der Vetter und Sancho auf Don Quijotes Worte, die er mit unsäglichem Schmerz sich aus dem tiefsten Herzen zu reißen schien. Sie baten ihn flehentlich, ihnen den Sinn seiner Äußerungen zu erklären und ihnen zu sagen, was er in jener Hölle gesehen habe.

„Hölle nennt ihr's?" entgegnete Don Quijote. „Nein doch, nennt es nicht so, denn den Namen verdient die Höhle nicht, wie ihr gleich sehen werdet."

Er bat, ihm etwas zu essen zu geben, denn er habe großen Hunger. Sie legten die Decke des Vetters auf das grüne Gras, machten sich an den Proviant in ihren Zwerchsäcken, setzten sich alle drei in treuer Liebe und Kameradschaft zusammen und nahmen ihr Vesperbrot und ihr Abendessen in einer Mahlzeit ein. Sobald alsdann die Decke wieder weggenommen war, sprach Don Quijote von der Mancha: „Es stehe mir keiner vom Platze auf, Kinder; hört mir aufmerksam zu."

23. KAPITEL

Von den wundersamen Dingen, die der allerfürtrefflichste Don Quijote nach seinem Bericht in der tiefen Höhle des Montesinos gesehen hat, die jedoch so unmöglich und ungeheuerlich sind, daß dies für untergeschoben gehalten wird

Es mochte die vierte Stunde des Nachmittags sein, als die Sonne, hinter Wolken versteckt, mit spärlichem Licht und gemäßigtem Strahl dem Ritter es endlich ermöglichte, ohne Beschwerlichkeit und sicher vor der Tageshitze seinen beiden ausgezeichneten Zuhörern zu erzählen, was er in der Höhle des Montesinos erschaut hatte; und er begann folgendermaßen: „Ungefähr zwölf oder vierzehn Klafter in der Tiefe dieses unterirdischen Kerkerlochs befindet sich rechter Hand eine Höhlung, ein Raum von der Ausdehnung, daß ein großer Wagen mit seinen Maultieren darin Platz haben kann. Es dringt in ihn ein schwaches Licht durch Spalten oder Löcher, die bis zur Oberfläche der Erde gehn. Als ich diesen Raum, diese Höhlung erblickte, war ich es schon müde und überdrüssig, an dem Seil hangend und schwebend in diesem düstern Raum ohne eine sichere und bestimmte Richtung hinunterzugleiten, und so entschloß ich mich, in die besagte Höhlung hineinzugehen und ein wenig auszuruhen. Ich rief euch zu und bat euch, nicht mehr Seil nachzulassen, bis ich es verlangen würde, aber ihr habt mich wohl nicht gehört. Da nahm ich das Seil auf, das ihr herabließt, legte es in einen Kringel oder Kreis zusammen und setzte mich darauf, tief nachdenkend, was ich tun sollte, um auf den Grund hinunterzugelangen, da ich niemanden hatte, mich festzuhalten. Während ich in dieser Erwägung und Verlegenheit dasaß, überfiel mich plötzlich, und ohne daß ich es wollte, ein tiefer, schwerer Schlaf; und als ich mich dessen am wenigsten versah, ohne daß ich wußte, wann und wie, erwachte ich wieder und fand mich mitten auf der schönsten, lieblichsten, wonniglichsten Flur, die die Natur zu erschaffen oder die sinnreichste Einbildungskraft des Menschen sich zu erdenken vermag. Ich tat die Augen weit auf, rieb sie mir und überzeugte mich, daß ich nicht schlief, sondern wirklich wach war. Dessenungeachtet fühlte ich mir an Kopf und Brust, um mich zu vergewissern, ob ich selber es sei, der an diesem Orte weile, oder ein eitles Traumgebild. Aber das Gefühl, das Bewußtsein, der verständige Zusammenhang der Überlegungen, die ich bei mir anstellte, gaben mir die Gewißheit, daß ich dort unten derselbe war, der ich jetzt an dieser Stelle bin.

Alsbald bot sich meinen Blicken ein prächtig reicher Palast, eine gewaltige Königsburg, deren Mauern und Wände aus durchsichtig glänzendem Kristall gefügt schienen. Zwei große Torflügel taten sich auf, aus ihnen sah ich einen ehrwürdigen Greis hervortreten und auf mich zuschreiten, er trug einen langen Mantel von dunkelviolettem Flanell, der ihm auf dem Boden nachschleppte; um die Schultern und die Brust zog sich eine Stola von grünem Atlas, wie Stiftspriester sie tragen; sein Haupt bedeckte ein schwarzes Mailänder Barett, und sein schneeweißer Bart reichte ihm bis über den Gürtel hinab. Er trug keine Waffe, hingegen einen Rosenkranz mit Kügelchen, größer als eine gewöhnliche Walnuß, und jede zehnte Kugel war wie ein mittelgroßes Straußenei. Die Haltung, der Gang, die Würde und die mächtig große Gestalt, jedes für sich allein und alles zusammen, setzten mich in Staunen und Verwunderung. Er trat an mich heran, und das erste, was er tat, war, daß er mich zärtlich in die Arme schloß und sofort mich so ansprach: ‚Lange Zeit ist es her, o mannhafter Ritter Don Quijote von der Mancha, seit wir, die wir in dieser Abgeschiedenheit verzaubert weilen, darauf hofften, dich zu erblicken, auf daß du der Welt Kunde brächtest von dem, was die tiefe Höhle, die du betreten hast, die Höhle des Montesinos geheißen, in sich enthält und verbirgt; ein Heldenwerk, das allein deinem unbesieglichen Herzen und allein deinem staunenswerten Mute vorbehalten war. Komm mit mir, erlauchter Mann; ich will dir die Wunder zeigen, die dieser durchsichtige Palast umschließt, dessen Vogt und Oberaufseher ich auf alle Zeiten bin; denn ich bin eben der Montesinos, von dem die Höhle ihren Namen hat.'

Kaum sagte er mir, er sei der Montesinos, als ich ihn fragte, ob es auf Wahrheit beruhe, was man sich in der Welt dort oben erzähle, daß er nämlich seinem besten Freunde Durandarte mit einem kleinen Jagdmesser das Herz mitten aus der Brust geschnitten und es zu Fräulein Belerma gebracht habe, wie der Freund es im Augenblick seines Sterbens ihm aufgetragen.

Er antwortete mir, die Leute sagten hierüber die volle Wahrheit, nur nicht in betreff des Messers, denn es sei weder ein Messer noch gar ein kleines gewesen, sondern ein scharfer Dolch, spitziger als ein Schusterpfriem."

„Der besagte Dolch", fiel Sancho hier ein, „muß von Ramón de Hoces, dem Sevillaner, gewesen sein."

„Ich weiß nicht", meinte Don Quijote. „Aber nein, er wird

nicht von diesem Waffenschmied gewesen sein; Ramón de Hoces war ja noch gestern am Leben, und das Begebnis zu Roncesvalles, wo diese Unglücksgeschichte vorfiel, hat sich vor vielen Jahren zugetragen. Aber dieser Punkt ist von keinem Belang und stört und ändert in keiner Weise den Inhalt und Zusammenhang der Geschichte."

„Ja, so ist's", versetzte der Vetter; „fahret nur fort, Señor Don Quijote, ich höre Euch mit dem allergrößten Vergnügen zu."

„Mit nicht geringerem erzähle ich", erwiderte Don Quijote. „Und so sag ich denn, daß der ehrwürdige Montesinos mich in den kristallenen Palast führte, wo sich zu ebener Erde in einem Saal, der überaus kühl und ganz von Alabaster war, ein marmornes Grabmal befand, mit höchster Meisterschaft gearbeitet, auf welchem ich einen Ritter der ganzen Länge nach ausgestreckt erblickte, nicht aus Erz noch aus Marmor noch aus Jaspis geformt, wie sie sich sonst gewöhnlich auf Grabmälern finden, sondern von purem Fleisch und Bein. Die rechte Hand – die meines Bedünkens ziemlich behaart und nervig war, ein Zeichen der großen Körperkraft ihres Besitzers – hatte er auf die Seite des Herzens gelegt; und ehe ich nur eine Frage an Montesinos richtete, der bemerkte, wie ich voll Staunens die Gestalt auf dem Grabmal anstarrte, sprach er: ,Dies ist mein Freund Durandarte, zu seiner Zeit aller liebenden und heldenhaften Ritter Blume und Spiegel; ihn hat hier verzaubert, wie er mich und viele andre Männer und Frauen verzaubert hat, Merlin, jener französische Zauberer, der, wie man sagt, des Teufels Sohn war; ich aber glaube, daß er keineswegs der Sohn des Teufels war, jedoch so viel Wissen und Schlauheit besaß, daß er, wie man sagt, dem Teufel etwas vormachen konnte. Wie oder warum er uns verzaubert hat, keiner weiß es, aber es wird sich schon erweisen, wann die Zeit kommt, und die ist wohl nicht sehr weit. Was mich wundert, ist, daß ich so gewiß, wie es jetzo Tag ist, weiß, daß Durandarte seine Tage in meinen Armen endete und daß ich nach seinem Tode ihm sein Herz mit meinen eignen Händen ausschnitt; und wahrlich, es muß wohl zwei Pfund gewogen haben, denn nach Angabe der Naturkundigen ist, wer ein größeres Herz hat, mit größerer Tapferkeit begabt, als wer ein kleines hat. Da nun dem so ist und dieser Ritter wirklich gestorben ist, warum jammert und seufzt er jetzt dann und wann, als ob er am Leben wäre?'

Kaum hatte er diese Worte gesprochen, so schrie der unglückselige Durandarte laut auf und sprach:

,Vetter Montesinos, diese
Letzte Bitte darf ich wagen:
Wenn ich nun im Tod erblichen
Und mein Herz hat ausgeschlagen,
Dann sollst du mit Messer oder
Dolch, und darfst mir's nicht versagen,
Aus der Brust das Herz mir schneiden
Und es zu Belerma tragen.'

Als der ehrwürdige Montesinos dies hörte, warf er sich auf die Knie vor dem schmerzenreichen Durandarte und sprach mit Tränen in den Augen: ,Allbereits, Señor Durandarte, habe ich getan, was Ihr mir an dem bittern Tag unsres Verderbens aufgetragen; so gut ich es vermochte, schnitt ich Euch das Herz aus, ohne das allergeringste Stücklein davon in der Brust zu lassen; ich säuberte es mit einem Spitzentüchlein; ich ritt damit im gestreckten Galopp nach Frankreich, nachdem ich Euch zuvor in den Schoß der Erde bestattet mit so viel Tränen, daß sie hingereicht hätten, mir damit die Hände zu reinigen und das Blut abzuwaschen, das an ihnen haftete, weil ich Euch in den Eingeweiden wühlte; und zum weiteren Wahrzeichen sag ich Euch, bester Herzensvetter, am ersten besten Ort, wo ich hinkam, streute ich etwas Salz auf Euer Herz, damit es nicht übel röche und wenn nicht frisch, so doch wenigstens eingesalzen der Jungfrau Belerma vorgelegt werde, welche jetzt mit Euch und mir und mit Guadiana, Eurem Schildknappen, und mit der Kammerdame Ruidera und ihren sieben Töchtern und zwei Nichten und viel andern aus Euern Bekannten und Freunden von dem Zauberer Merlin sämtlich allhier verzaubert worden sind. Das ist nun schon viele Jahre, und wiewohl ihrer bereits über fünfhundert sind, ist noch keiner von uns allen gestorben. Nur fehlen uns Ruidera und ihre Töchter und Nichten, denn da sie immerzu weinten, hat Merlin aus Mitleid, das er mit ihnen fühlen mochte, sie in ebenso viele Seen verwandelt, und jetzt werden sie in der Welt der Lebendigen und insbesondere in der Provinz La Mancha die Seen der Ruidera genannt. Die sieben Töchter gehören den Königen von Spanien und die zwei Nichten den Rittern eines hochheiligen Ordens, der den Namen des heiligen Johannes trägt. Da Guadiana, Euer Schildknappe, gleichfalls Euer Unglück beweinte, so ward er in einen Fluß des Namens Guadiana verwandelt. Als er aber an die Oberfläche der Erde gelangte und die Sonne an dem weiten Himmel droben erblickte, empfand er so großen Schmerz darob, Euch verlassen zu haben, daß er sich in den Busen der Erde hinabstürzte; da es indessen unmöglich ist, dem natürlichen Drang und Laufe für immer zu widerstehn, bricht er dann und wann aus den Tiefen hervor und zeigt sich der Sonne und den Menschen. Auf seinen Wegen spenden ihm die besagten Seen reichlich von ihren Gewässern, mit denen er sodann sowie mit viel andern, die sich ihm vereinen, prachtvoll und mächtig in Portugal einzieht. Aber dessenungeachtet, und wo immer er strömt, zeigt er sich traurig und düster und rühmt sich nicht, in seinen Wassern leckere und gesuchte Fische zu nähren, sondern nur gemeine und unschmackhafte, sehr verschieden von denen des goldenen Tajo. Was ich Euch jetzt sage, o mein Vetter, habe ich Euch schon oftmalen gesaget, und da Ihr mir nicht antwortet, so vermeine ich, Ihr schenkt mir keinen Glauben oder hört mich nicht, und Gott weiß, welche Pein mir das bereitet. Eine Nachricht aber will ich Euch jetzo mitteilen, welche, so sie Eurem Schmerz auch keine Erleichterung gewähren sollte, ihn wenigstens in keinerlei Weise mehren wird. Wisset, hier habet Ihr ihn vor Euch stehn – öffnet die Augen, und Ihr werdet es erschauen! –, ihn, jenen großen Ritter, von dem der zauberkundige Merlin so vieles geweissagt hat, jenen Don Quijote meine ich, der aufs neue, und mit größerem Erfolg als in den vergangenen Zeitaltern, in dem jetzigen die vergessene fahrende Ritterschaft wiedererweckt hat und durch dessen Hilfe und Beistand es geschehen könnte, daß wir sämtlich entzaubert würden, denn große Taten sind großen Männern vorbehalten.'

,Und wenn es nicht geschähe', antwortete der schmerzenreiche Durandarte mit schwacher tonloser Stimme, ,wenn es nicht geschähe, o mein Vetter, so sag ich: Geduld, und neue Karten geben.'

Und indem er sich wieder auf die Seite legte, versank er aufs neue in sein gewohntes Schweigen und sprach kein Wort weiter.

In diesem Augenblick erscholl ein großes Heulen und Wehklagen, begleitet von markerschütterndem Ächzen und angstvollem Schluchzen. Ich wendete den Kopf und sah durch die kristallenen Wände hindurch in feierlichem Zuge zwei Reihen allerschönster Jungfrauen einen andern Saal entlang hinschreiten, alle in Trauer gekleidet, mit weißen Turbanen auf den Häuptern nach türkischer Art. Zuletzt kam hinter den Jungfrauen eine vornehme Dame daher – als eine solche erkannte man sie an ihrer ernsten Würde –, ebenfalls schwarz gekleidet, mit weißen

Kopfbinden, so lang und tief herabhangend, daß sie den Boden küßten. Ihr Turban war zweimal so groß als der größte auf dem Haupte jedes andern Fräuleins; sie hatte zusammengewachsene Augenbrauen, die Nase war etwas stumpf, der Mund groß, aber die Lippen rot; wenn sie zuweilen ihre Zähne sehen ließ, bemerkte man, daß sie auseinanderstanden und nicht schön angewachsen waren, hingegen weiß glänzten wie geschälte Mandeln. In den Händen trug sie ein feines Linnentuch und darin, soviel man erspähen konnte, ein Herz, das aus einer Mumie genommen schien, so dürr und ausgetrocknet war es.

Montesinos sagte mir, all die Leute in dem Zuge seien Durandartes und Belermas Dienerschaft, die dort mitsamt ihrer Herrschaft verzaubert sei, und die letzte, die das Tuch mit dem Herzen in ihren Händen trage, sei Fräulein Belerma, die mit ihren Zofen viermal in der Woche diesen feierlichen Umzug abhalte, wobei sie über Durandartes Leiche und schmerzenreiches Herz Klagelieder sängen oder vielmehr weinten. Wenn sie mir aber einigermaßen häßlich vorgekommen sei oder doch nicht so schön, wie ihr Ruf sie schildere, so liege die Schuld an den traurigen Nächten und noch traurigeren Tagen, die sie in dieser Verzauberung verbringe, wie er dies an den breiten Ringen unter ihren Augen und an ihrer kränklichen Gesichtsfarbe sehen könne; denn ihre Blässe und ihre Augenringe hätten ihre Ursache nicht etwa in dem monatlichen Unwohlsein, das bei Frauen regelmäßig vorkomme – sintemal es schon viele Monde, ja selbst Jahre her sei, daß sie darunter nicht mehr zu leiden habe –, sondern in der Qual, die ihr Herz empfinde ob des Herzens, das sie unausgesetzt in ihren Händen halte und das ihr die traurigen Schicksale ihres vom Glück arg mißhandelten Anbeters stets erneue und ins Gedächtnis zurückrufe. Wenn das nicht wäre, so würde ihr an Schönheit, Lieblichkeit und Anmut kaum die hohe Dulcinea von Toboso gleichkommen, die in dieser ganzen Umgegend, ja in der ganzen Welt so gefeiert sei.

‚Haltet ein! Señor Don Montesinos!‘ fiel ich ihm hier ins Wort; ‚erzählt Eure Geschichte, wie sich's gebührt; denn Euer Gnaden weiß wohl, jeder Vergleich hinkt und ist widerwärtig, und daher soll man niemanden mit einem andern vergleichen. Die unvergleichliche Dulcinea ist, was sie ist, und das Fräulein Doña Belerma ist, was sie ist und gewesen ist, und dabei wollen wir es bewenden lassen.‘

Darauf antwortete er mir: ‚Vergebt mir, Señor Don Quijote; ich gestehe, ich habe mich verfehlt und mich unschicklich ausgedrückt, als ich sagte, das Fräulein Dulcinea würde kaum dem Fräulein Belerma gleichkommen, sintemalen schon der Umstand, daß ich, ich weiß nicht durch welche Ahnungen, innegeworden, daß Euer Gnaden ihr Ritter ist, mir genügen sollte, um mir lieber die Zunge abzubeißen, als sie mit irgendwem, außer mit dem Himmel selbst, zu vergleichen.'

Bei dieser Ehrenerklärung, die mir der erhabene Montesinos gab, erholte sich mein Gemüt von dem jähen Aufruhr, in den es geraten, als ich hörte, daß man meine Gebieterin mit Belerma verglich."

„Und doch wundre ich mich", sprach Sancho, „daß Euer Gnaden nicht über den alten Lümmel herfiel und ihm mit Fußtritten alle Knochen im Leibe zusammentrat und ihm den Bart bis aufs letzte Haar ausraufte."

„Nein, Freund Sancho", erwiderte Don Quijote, „es stand mir nicht wohl an, solches zu tun, denn wir sind alle verpflichtet, Greise zu ehren, auch wenn sie keine Ritter sind, insbesondere aber diejenigen, die es sind und sich im Zustande der Verzauberung befinden. Auch ist mir bewußt, daß wir bei gar viel andern Fragen und Antworten, deren wir unter uns beiden pflogen, einander nichts schuldig geblieben sind."

Hier fiel der Vetter ein: „Ich weiß nicht, Señor Don Quijote, wie Euer Gnaden in so kurzer Zeit, als Ihr dort unten wart, so vieles sehen und so vieles reden und antworten konnte."

„Wie lang ist es her, seit ich hinunterstieg?" fragte Don Quijote.

„Wenig mehr als eine Stunde", antwortete Sancho.

„Das ist nicht möglich", versetzte Don Quijote; „denn dort ward es mir Abend und dann Morgen und wurde wieder Abend und wieder Morgen, dreimal hintereinander, so daß ich nach meiner Berechnung drei Tage an jenen entfernten und unserm Auge verborgenen Orten geweilt habe."

„Was mein Herr sagt, ist jedenfalls wahr", sprach Sancho; „denn da alles, was sich mit ihm zugetragen, immer mittels Zauberei geschehen ist, so mag vielleicht, was uns eine Stunde deucht, dort als drei Tage nebst zugehörigen Nächten erscheinen."

„So wird es wohl sein", entgegnete Don Quijote.

„Und hat Euer Gnaden während dieser ganzen Zeit nichts gegessen?" fragte Sancho.

„Nicht mit einem Bissen habe ich mein Fasten gebrochen",

antwortete Don Quijote, „und ich habe auch nicht den geringsten Hunger gespürt."

„Aber essen denn die Verzauberten?" fragte der Vetter.

„Sie essen nichts", antwortete Don Quijote, „haben auch keine größeren Entleerungen; jedoch nimmt man allgemein an, daß ihnen Nägel, Bart und Haare wachsen."

„Und schlafen etwa die Verzauberten, Señor?" fragte Sancho.

„Gewiß nicht", antwortete Don Quijote, „wenigstens hat während der drei Tage, wo ich bei ihnen weilte, keiner ein Auge zugetan, und ich ebensowenig."

„Hier", sagte Sancho, „paßt das Sprichwort gut: Sag mir, mit wem du umgehst, und ich sage dir, wer du bist. Euer Gnaden gehen mit verzauberten Leuten um, die da immer fasten und wach bleiben; nun bedenkt, ob es zu verwundern ist, daß Ihr nicht esset und nicht schlaft, solang Ihr mit ihnen umgeht. Aber verzeiht mir, Herre mein, wenn ich Euch sage, von allem, was Ihr eben erzählt habt, Gott soll mich holen" – er wollte eigentlich sagen: der Teufel –, „wenn ich Euch das geringste davon glaube."

„Wieso nicht?" sagte der Vetter; „sollte Señor Don Quijote lügen? Und wenn er es auch wollte, so hat er doch gar keine Zeit gehabt, eine solche Million Lügen auszudenken und zu erdichten."

„Ich wahrlich glaube nicht, daß mein Herr lügt", sagte Sancho.

„Wenn nicht, was glaubst du denn?" fragte ihn Don Quijote.

„Ich glaube", antwortete Sancho, „jener Merlin oder jene Zauberer, die die ganze Rotte verzaubert haben, die Ihr dort unten gesehen und gesprochen haben wollt, die haben Euch die ganze Geschichte und alles, was Ihr noch weiter zu erzählen habt, in die Pfann-da-sieh oder in den Kopf gesetzt."

„Das alles wäre möglich, Sancho", entgegnete Don Quijote; „aber es verhält sich nicht so, denn was ich erzählt, das sah ich mit meinen eignen Augen, das konnt ich mit Händen greifen. Aber was wirst du dazu sagen, wenn ich dir jetzt dies mitteile: Unter zahllosen andern Seltsamkeiten und Wundern, die mich Montesinos sehen ließ – ich werde sie dir seiner Zeit mit Muße, eins nach dem andern, im Verlauf unsrer Reise erzählen, da sie nicht alle hierhergehören –, zeigte er mir auch drei Bäuerinnen, die auf jenen allerlieblichsten Gefilden umhersprangen und -hüpften wie die Ziegen; und kaum hatte ich sie erblickt, so erkannte ich in der einen die unvergleichliche Dulcinea von Toboso und in den zwei andern jene nämlichen Bauernmädchen, ihre Begleiterinnen, mit denen wir vor der Stadt Toboso Zwiesprach hielten. Ich fragte Montesinos, ob er sie kenne; er antwortete mit Nein; er glaube, es müßten irgendwelche verzauberte vornehme Damen sein, die erst vor wenigen Tagen auf diesen grünen Fluren aufgetaucht seien, und ich solle mich darüber nicht wundern, denn es befänden sich dort noch viele andre Damen aus vergangener und gegenwärtiger Zeit, sämtlich in mancherlei Gestalten verhext, und unter diesen habe er die Königin Ginevra erkannt und ihre Kammerfrau Quintañona, die Lanzelot den Wein kredenzte,

Als er aus Britannien kam."

Als Sancho Pansa seinen Herrn so reden hörte, meinte er schier den Verstand zu verlieren oder sich totzulachen; denn da er wußte, was Wahres an der vorgeblichen Verzauberung Dulcineas war, bei der er der Zauberer und Zeuge gewesen, war es ihm nun völlig außer Zweifel, sein Herr sei nicht bei Sinnen, ja ganz und gar verrückt, und daher sagte er zu ihm: „Unselig war der Anlaß, unseliger noch die Stunde, ja ein Tag des Unheils war es, wo Ihr, mein teurer Schirmherr, zu jener andern Welt hinabgestiegen, und unglücklich war der Augenblick, wo Ihr dem Señor Montesinos begegnet seid, der Euch in solchem Zustand zu uns zurückgesendet. Ihr befandet Euch so wohl hier oben, wart bei vollem Verstande, wie Gott ihn Euch verliehen hatte; jeden Augenblick redetet Ihr weise Sprüche und erteiltet guten Rat und erzähltet nicht wie jetzt die ärgsten Ungereimtheiten, die man sich erdenken kann."

„Sintemal ich dich kenne, Sancho", entgegnete Don Quijote, „berühren mich deine Worte nicht."

„Mich ebensowenig Euer Gnaden Worte", gab Sancho zurück, „mögt Ihr mich nun wundschlagen oder gar umbringen für das, was ich gesagt habe und was ich noch sagen werde, wenn Ihr Euch in Eurem Reden nicht ändert und nicht bessert. Aber jetzt, wo wir noch gut miteinander sind, sagt mir doch: wie oder woran habt Ihr unser gnädig Fräulein erkannt? Und falls Ihr mit ihr gesprochen, was habt Ihr ihr gesagt, und was hat sie Euch geantwortet?"

„Ich habe sie daran erkannt", antwortete Don Quijote, „daß sie die nämlichen Kleider trug wie damals, wo du sie mir zeigtest. Ich redete sie an, aber sie antwortete mir nicht eine Silbe, sondern wandte mir den Rücken und floh mit solcher Geschwindigkeit davon, daß kein Pfeil sie erreicht hätte. Ich wollte ihr nacheilen und hätte es auch getan, wenn mir nicht Montesinos geraten hätte, ich solle mir damit keine Mühe machen, weil es vergebens sein würde, und insbesondere weil die Stunde herannahe, wo mir gezieme, den Abgrund wieder zu verlassen. Imgleichen sagte er mir, mit der Zeit würde er mir Nachricht geben, auf welche Art er und Belerma und Durandarte nebst allen, so dort weilen, zu entzaubern seien. Aber unter allem Jammer, den ich dort erschaute und mir merkte, jammerte mich's am meisten, daß gerade, während Montesinos so mit mir sprach, eine der beiden Gefährtinnen der glückverlassenen Dulcinea sich mir von der Seite her näherte, ohne daß ich sie kommen sah, und, die Augen voll Tränen, mit leisem, scheuem Ton zu mir sprach: ‚Mein Fräulein Dulcinea von Toboso küßt Euer Gnaden die Hände und fleht zu Euer Gnaden, ihr die Gnade zu erweisen und sie wissen zu lassen, wie Ihr Euch befindet, und ferner, sintemal sie sich eben in einer großen Not befindet, fleht sie zu Euer Gnaden so inständig, als sie vermag, Ihr möchtet geruhen, ihr auf diesen neuen baumwollenen Unterrock hier ein halb Dutzend Realen, oder so viele deren Euer Gnaden bei sich haben, zu leihen, und sie gibt ihr Wort darauf, selbige Euch in aller Kürze zurückzuerstatten.'

In Staunen und Verwunderung setzte mich diese Botschaft; ich wandte mich zu Señor Montesinos und fragte ihn: ‚Ist's möglich, Señor Montesinos, daß Verzauberte von vornehmem Stande Not leiden?'

Darauf antwortete er mir: ‚Glaubet mir, Señor Don Quijote von der Mancha, was man Not benennet, ist an jedem Ort zu Hause, erstreckt sich auf alle Lande und ergreift alle Menschen und verschont selbst nicht die Verzauberten. Und sintemalen das Fräulein Dulcinea von Toboso um die sechs Realen bitten läßt und das Pfand dem Anscheine nach gut ist, so könnt Ihr nicht umhin, sie ihr zu verabreichen, denn sie muß ohne Zweifel in große Bedrängnis geraten sein.'

‚Ein Pfand kann ich nicht nehmen', erwiderte ich ihm, ‚aber ebensowenig ihr geben, was sie erbittet; denn ich besitze nur vier Realen.'

Diese gab ich ihr; es waren dieselben, die du, Sancho, mir jüngst behändigt hattest, um den Armen, die mir begegnen könnten, Almosen zu spenden. Und ich sprach zu ihr: ‚Saget, Freundin mein, Eurer Gebieterin, daß ihre Drangsale mir in der Seele weh tun und daß ich ein Fugger sein möchte, um ihnen abzuhelfen; ferner laß ich ihr sagen, daß ich mich nicht wohlbefinden kann und darf, wenn ich ihrer liebreizenden Gegenwart und hochverständigen Unterhaltung entbehre, und daß ich, so inständig ich es vermag, zu ihr flehe, Ihro Gnaden möchte geruhen, diesem ihrem in Liebe gefesselten Diener und in der Irre wandernden Ritter ihren Anblick und ihre Ansprache zu vergönnen. Saget ihr des ferneren, sie werde, ehe sie sich dessen versieht, vernehmen, daß ich einen Eid und ein Gelöbnis getan, nach Art dessen, so der Markgraf von Mantua geschworen, um seinen Neffen Baldovinos zu rächen, als er ihn inmitten des Gebirges sterbend fand – nämlich daß er an keinem gedeckten Tisch mehr essen wolle, benebst diesem und jenem, was er noch beifügte, bis daß er ihn würde gerächt haben. Und so will ich einen Eid tun, nicht zu ruhen und zu rasten und alle sieben Erdstriche zu durchziehen, mit noch größerer Sorgfalt und Achtsamkeit als der Prinz Dom Pedro von Portugal, bis ich sie entzaubert habe.'

,Alles das und noch mehr ist Euer Gnaden meiner Herrin schuldig', antwortete mir das Fräulein.

Sie nahm die vier Realen, und anstatt mir eine Verbeugung zu machen, machte sie einen Bocksprung, zwei Ellen hoch in die Luft."

„O heiliger Gott!" rief hier Sancho laut aufschreiend; „ist's möglich, daß so was in der Welt vorkommt und daß in der Welt die Zauberer und Zaubereien solche Macht haben, daß sie den gesunden Verstand meines Herrn in so unsinnige Verrücktheit verwandeln? O Señor, Señor, um Gottes willen, habt acht auf Euch selber und haltet Eure Ehre in guter Hut und glaubt doch nicht länger an das hohle Zeug, das Euch den Kopf geschädigt und zugrunde gerichtet hat!"

„Du sprichst so, weil du mich liebst, Sancho", sagte Don Quijote. „Und da du in den Dingen dieser Welt keine Erfahrung hast, scheint dir alles unmöglich, was nur mit einiger Schwierigkeit zu begreifen ist. Aber mit der Zeit, das hab ich dir bereits gesagt, will ich dir von dem vielen, was ich dort unten gesehen, einiges von solcher Art erzählen, daß du sofort alles bereits Erzählte glauben wirst, da dessen Wahrheit weder Einwand noch Widerspruch gestattet."

24. KAPITEL

Wo tausenderlei Kleinigkeiten erzählt werden, sämtlich ebenso bedeutungslos als wichtig für das Verständnis dieser großen Geschichte

Der Schriftsteller, der diese große Geschichte aus dem Urtext ihres Verfassers Sidi Hamét Benengelí übersetzt hat, sagt, als er an das Kapitel vom Abenteuer in der Höhle des Montesinos gekommen sei, hätten sich an dessen Rande, von Hamets eigner Hand geschrieben, diese Worte gefunden:

„Ich kann mir nicht vorstellen und kann mich nicht davon überzeugen, daß dem tapferen Don Quijote alles Punkt für Punkt begegnet sein sollte, was in dem vorgehenden Kapitel geschrieben steht. Mein Grund ist der, daß sämtliche Abenteuer, die sich bisher zugetragen, möglich, auch wahrscheinlich sind; aber zum Abenteuer mit dieser Höhle finde ich nirgends einen Zugang, um es für wahr halten zu können, weil es sich so ganz außerhalb aller vernünftigen Vorstellungen bewegt. Der Gedanke aber, Don Quijote, der doch der wahrheitsliebendste Junker und edelste Ritter seiner Zeit war, habe gelogen, ist mir unmöglich; denn er hätte keine Lüge gesagt, und wenn man ihn mit Pfeilschüssen zu Tode gebracht hätte. Andrerseits erwäge ich, daß er sie mit allen erwähnten Umständen erzählte und hersagte und daß er in so kurzer Zeit kein solches Labyrinth von Ungereimtheiten hätte aufbauen können. Wenn dies Abenteuer untergeschoben scheint, so habe ich keine Schuld daran, und also, ohne es für falsch oder wahr zu erklären, schreibe ich es eben hin. Du, Leser, da du ein Mann von Einsicht bist, urteile nach Gutdünken, ich meinesteils kann und darf nicht mehr tun, wiewohl es für ausgemacht gilt, daß er um die Zeit seines Scheidens und Sterbens die Erzählung widerrief und dabei angab, er habe sie erfunden, weil es ihn bedünkte, sie passe und stimme sehr gut zu den Abenteuern, die er in seinen Büchern gelesen."

Und hierauf fährt er folgendermaßen fort:

Der Vetter erschrak über die Dreistigkeit Sancho Pansas wie über die Langmut seines Herrn und dachte sich, aus der Freude darüber, seine Herrin Dulcinea von Toboso, wenn auch nur verzaubert, erblickt zu haben, sei in dem Ritter diese milde Stimmung entstanden, die er jetzt an den Tag legte; denn sonst hätte Sancho mit etlichen Worten und Ausdrücken gegen sie eine gehörige Tracht Prügel verdient, und es bedünkte ihn in der Tat, Sancho habe sich etwas zuviel gegen seinen Herrn herausgenommen. So sprach er denn zu diesem: „Ich, Señor Don Quijote von der Mancha, halte diese Reise, die ich mit Euch zurückgelegt, für trefflichsten Gewinn und habe dabei vierfachen Vorteil eingeheimst. Der erste ist, daß ich Euer Gnaden kennengelernt, was ich mir zu großem Glück anrechne. Der zweite, daß ich erfahren, was diese Höhle des Montesinos enthält, nebst den Verwandlungen des Guadiana und der Ruidera-Seen, welche mir bei dem spanischen Ovid nützen werden, den ich unter den Händen habe. Der dritte, daß ich nunmehr das Altertum der Spielkarten weiß, welche schon mindestens im Zeitalter Karls des Großen im Gebrauche waren, wie man aus den Worten schließen kann, die Ihr aus dem Munde Durandartes hörtet, als er nach Verfluß der langen Zeit, wo Montesinos sich mit Euch unterhielt, erwachte und sprach: ‚Geduld, und neue Karten geben.‘ Denn diese Redensart und Ausdrucksweise hat er nicht während seiner Verzauberung lernen können, sondern nur, als er sich noch unverzaubert in Frankreich befand, also zu Zeiten des besagten Kaisers Karl des Großen. Und dies Forschungsergebnis kommt mir wie gerufen für das andre Buch, an dessen Ausarbeitung ich eben bin, nämlich die Ergänzungen zu Polydorus Vergilius über die Erfindungen in den alten Zeiten; ich glaube, er hat nicht daran gedacht, die Erfindung der Spielkarten in sein Buch mit aufzunehmen, wie ich sie jetzt aufnehmen will. Es wird das von großer Wichtigkeit sein, zumal ich einen so bedeutenden und wahrheitsliebenden Gewährsmann anführe, wie es der Señor Durandarte ist. Der vierte endlich ist, daß ich den Ursprung des Flusses Guadiana mit Sicherheit erfahren habe, der bis jetzt aller Welt unbekannt war."

„Euer Gnaden hat recht", entgegnete Don Quijote; „aber ich möchte wissen, falls Gott Euch die Gnade gewährt, daß Ihr die Druckerlaubnis für diese Eure Bücher erhaltet, woran ich zweifle: wem gedenkt Ihr sie zu widmen?"

„Es gibt in Spanien Vornehme und Granden, denen man sie widmen könnte", antwortete der Vetter.

„Nicht viele", entgegnete Don Quijote; „und zwar nicht, als ob sie eine solche Widmung nicht verdienten, sondern weil sie den Büchern keine Aufnahme gewähren wollen, um sich nicht zu der Erkenntlichkeit zu verpflichten, die doch der Arbeit und der ihnen erwiesenen Höflichkeit der Schriftsteller sicherlich gebührt. Allerdings kenne ich einen fürstlichen Herrn, der den Ausfall an andern durch so edle Eigenschaften ersetzen kann, daß ich, wenn ich mich erkühnen würde, sie zu schildern, vielleicht in wenigstens drei oder vier großmütigen Herzen Neid erwecken würde. Allein lassen wir das jetzt für eine andre, gelegenere Zeit und gehen und suchen wir einen Ort, wo wir diese Nacht herbergen können."

„Nicht weit von hier", versetzte der Vetter, „ist eine Einsiedelei; da wohnt ein Einsiedler, der Soldat gewesen sein soll und im Rufe steht, ein guter Christ und überdies sehr verständig und mildtätig zu sein. Nahe bei der Einsiedelei hat er ein Häuschen, das er sich selbst erbaut hat; obschon es klein ist, hat es doch immerhin Raum, Gäste aufzunehmen."

„Hält besagter Eremit vielleicht Hühner?" fragte Sancho.

„Bei wenigen Einsiedlern fehlen die", antwortete Don Quijote; „denn die heutigen Einsiedler sind nicht wie jene in den Wüsteneien Ägyptens, die sich in Palmblätter kleideten und zur Nahrung die Wurzeln aus der Erde gruben. Aber das ist nicht so zu verstehen, als ob, weil ich von jenen alten Gutes sage, ich es nicht auch von diesen sagte; vielmehr meine ich nur, an das harte kärgliche Leben von damals reichen die Bußübungen der heutigen Einsiedler nicht heran. Allein sie sind nichtsdestoweniger sämtlich fromme Leute, wenigstens halte ich sie dafür; und schlimmstenfalls stiftet doch der Heuchler, der sich fromm stellt, weniger Schaden, als wer öffentlich sündigt."

Als sie gerade hierbei waren, sahen sie rasch einen Mann zu Fuß auf sich zukommen, der beständig auf einen Maulesel losschlug, der mit Spießen und Hellebarden beladen war. Als er näher kam, grüßte er sie und wollte vorüberziehen. Don Quijote sprach ihn an: „Seid nicht so eilig, lieber Mann; Ihr scheint mit größerer Geschwindigkeit fort zu wollen, als Eurem Maulesel guttut."

„Ich darf mich nicht aufhalten, Señor", antwortete der Mann; „denn die Waffen, die Ihr hier in meiner Hut seht, sollen morgen gebraucht werden, und mithin darf ich mich nirgends verweilen, und Gott befohlen. Wenn Ihr aber wissen wollt, zu welchem Zweck ich mit ihnen des Weges ziehe, so denk ich in der Schenke, die oberhalb der Einsiedelei liegt, diese Nacht zu herbergen, und wenn Ihr denselben Weg nehmt, dort könnt Ihr mich finden, und da will ich Euch Wunderdinge erzählen; und nochmals Gott befohlen."

Und er trieb den Maulesel so stark mit dem Stachel an, daß Don Quijote ihn nicht mehr fragen konnte, was für Wunderdinge er ihnen zu erzählen gedenke; und da der Ritter etwas neugierig und beständig von dem Verlangen geplagt war, seltsame Dinge zu erfahren, befahl er, augenblicks aufzubrechen und zum Übernachten nach der Schenke zu ziehen, ohne die Einsiedelei zu berühren, wo der Vetter das Nachtlager gewünscht hatte. Es geschah also; sie stiegen auf und ritten alle drei geradesweges nach der Schenke, wo sie kurz vor Abend ankamen.

Der Vetter sagte zu Don Quijote, sie sollten sich doch erst nach der Einsiedelei begeben, um einen Schluck zu trinken. Kaum hörte das Sancho Pansa, da lenkte er seinen Grauen zu ihr hin, und das nämliche taten Don Quijote und der Vetter; allein Sanchos Unstern schien es so gefügt zu haben, daß der Einsiedler nicht zu Hause war, wie ihnen ein Unterklausner sagte, den sie in der Einsiedelei fanden. Sie verlangten vom Besten; er antwortete, sein Herr habe keinen; wenn sie aber wohlfeiles Wasser haben wollten, so würde er es ihnen sehr gern verabreichen.

„Wenn ich Durst nach Wasser hätte", erwiderte Sancho, „so waren unterwegs genug Brunnen, wo ich ihn hätte stillen können. O Camachos Hochzeit! Und du, behagliche Fülle in Don Diegos Haus! Wie oft muß ich euch vermissen!"

Hiermit schieden sie von der Einsiedelei und spornten ihre Tiere nach der Schenke hinauf; eine kurze Strecke weiter stießen sie auf ein Bürschchen, das von ihnen herschritt, doch nicht sehr eilig, und so holten sie es ein. Der Bursche trug sein Schwert auf der Schulter, und daran hing ein Bündel oder Pack, wie es den Anschein hatte, mit seinen Kleidern; ohne Zweifel waren es Hosen oder Beinkleider, ein Mantel und wohl auch ein paar Hemden, denn er hatte nur ein Röcklein an, von Seide, mit einer Spur von Atlas aufgeputzt, und das Hemd sah daraus hervor; die Strümpfe waren von Seide, die Schuhe viereckig abgestutzt, nach der Mode des Hofes. Sein Alter mochte an achtzehn oder neunzehn Jahre reichen; er hatte muntere Gesichtszüge und war dem Anscheine nach gelenk von Körper. Im Gehen sang er lustige Volksweisen, um sich die Mühe des Wanderns zu erleichtern. Als sie ihn einholten, hatte er eben eine zu Ende gesungen, die der Vetter auswendig behielt und die folgendermaßen gelautet haben soll:

> Zum Krieg hat mich geworben
> Not, die Eisen bricht;
> Und hätt ich Geld im Säckel,
> Tät ich's wahrlich nicht.

Der erste, der ihn anredete, war Don Quijote, der also zu ihm sprach: „Ihr reist sehr leicht gekleidet, junger Herr; und wohin des Weges? Laßt es uns hören, wenn es Euch nicht unangenehm ist, es zu sagen."

Darauf antwortete der Jüngling: „Daß ich so leicht gekleidet gehe, daran ist die Hitze schuld und die Armut; und wohin ich gehe? In den Krieg."

„Wieso die Armut?" fragte Don Quijote; „der Hitze wegen, das kann schon sein."

„Señor", antwortete der junge Mann, „ich habe in diesem Pack ein Paar Samthosen, die Kollegen dieses Röckleins; wenn ich sie auf der Reise verbrauche, so kann ich mich nicht mehr in der Stadt damit putzen; und ich habe nichts, womit ich mir andre kaufen könnte; und sowohl darum, als auch um mich in der Luft zu erfrischen, gehe ich so angezogen, bis ich zu den Kompanien Fußvolks gelange, die keine zwölf Meilen von hier stehen; dort will ich mich anwerben lassen, und da wird es auch an Gepäckwagen nicht fehlen, worin ich weiter bis zum Einschiffungsort fahren kann, welcher, wie ich höre, Cartagena sein wird. Ich will zum Herrn und Gebieter lieber den König haben und ihm im Kriege dienen als einem Knauser in der Residenz."

„Habt Ihr denn nicht irgendeine Zulage zur Löhnung erhalten?" fragte der Vetter.

„Hätte ich einem Granden von Spanien oder sonst einem vornehmen Herrn gedient", antwortete der Jüngling, „so würde ich sicherlich dergleichen haben; denn das ist das Gute am Dienst bei Leuten, die was Rechtes sind, daß man aus dem Gesindezimmer heraus gleich Fähnrich oder Hauptmann wird oder ein gutes Wartegeld bekommt. Aber ich Unglücklicher habe immer bei Stellenjägern und hergelaufenem Volk gedient, das so wenig Kost und Lohn hatte, daß die Hälfte draufging, wenn sie sich einen Halskragen stärken lassen sollten. Da wäre es für ein Wunder zu halten, wenn ein durch die Welt irrender Diener zu irgendeinem wenn auch nur mäßigen Glück käme."

„Aber sagt mir die Wahrheit, bei Eurem Leben, Freund", sprach Don Quijote, „ist es möglich, daß Ihr es während all der Jahre, wo Ihr gedient, nicht einmal zu einer Livree gebracht habt?"

„Ich habe deren zwei bekommen", antwortete der Diener; „aber wie man einem, der aus einem Mönchsorden, ehe er sein Gelübde abgelegt hat, wieder austritt, die Ordenstracht abnimmt und ihm seine früheren Kleider wiedergibt, so wurden mir die meinigen von meinen Herren wieder genommen; denn wenn die Angelegenheiten, derentwegen sie in die Residenz gekommen, erledigt waren, kehrten sie nach Hause zurück und nahmen die Livree wieder an sich, die sie aus bloßer Prahlsucht gegeben hatten."

„Eine bemerkenswerte spilorceria, wie der Italiener sagt", sprach Don Quijote. „Aber trotzdem dürft Ihr es für ein besonderes Glück erachten, daß Ihr der Residenz mit einem so trefflichen Vorsatz den Rücken gewendet; denn es gibt nichts auf Erden, was mehr Ehre und mehr Vorteil bringt, als zuerst Gott zu dienen, hierauf aber sogleich seinem Könige und angestammten Herrn, besonders im Waffenwerk, womit, wenn nicht größerer Reichtum, so doch mindestenfalls größere Ehre gewonnen wird als mittels der Gelahrtheit, wie ich schon oftmalen gesaget. Denn wenn auch die Gelehrsamkeit mehr Familienmajorate hat als das Waffenwerk, so haben doch die durch den Wehrstand gegründeten vor denen, die der Gelehrtenstand gegründet, ein gewisses Etwas voraus, dazu eine Art Glanz, der ihnen den Vorzug vor allen verleiht.

Was ich aber Euch jetzt sagen will, das bewahrt in Eurem Gedächtnis, denn es wird Euch zu großer Ersprießlichkeit und Erquickung in Euren Mühsalen gereichen: Ihr sollt nämlich den Gedanken an die feindlichen Schicksalsfälle, die Euch treffen können, weit von Eurem Geiste entfernt halten; denn der schlimmste Fall von allen ist das Sterben, und falls dieses nur ein rühmliches ist, so ist das Sterben der beste von allen. Julius Cäsar, jener tapfere römische Imperator, wurde einst gefragt, welches der beste Tod sei; er antwortete: der unvermutete, der plötzliche und unvorhergesehene, und obgleich er als ein Heide antwortete, als ein Mann, dem die Kenntnis des wahren Gottes fremd war, so sagte er doch, was das Richtige war, um sich von der allgemeinen menschlichen Empfindung frei zu machen. Denn gesetzt den Fall, Ihr kommt im ersten Treffen oder Handgemenge um, sei es durch einen Kanonenschuß, sei es durch eine Mine, was liegt daran? Alles ist doch weiter nichts als Sterben, und damit ist die Sache abgetan, und nach Terenz steht es dem Kriegsmann schöner an, auf dem Schlachtfelde tot zu liegen, als sich auf der Flucht lebend und gerettet zu sehen. Der brave Soldat gewinnt so viel des Ruhmes, so unverbrüchlich er den Gehorsam wahrt seinen Hauptleuten und denen, welche Befehlsgewalt über ihn haben. Und merkt Euch, mein Sohn, es paßt sich für den Soldaten besser, nach Pulver als nach Bisam zu riechen, und wenn einst das Alter Euch noch in diesem ehrenvollen Berufe findet, wenn auch voller Wunden oder verkrüppelt oder lahm, so kann es Euch zum mindesten nicht ohne Ehre finden, ohne eine Ehre, die Euch Armut nimmer schmälern kann. Zudem ist man schon daran, Anstalten für Unterhalt und Pflege der alten verkrüppelten Soldaten zu treffen; denn es ist nicht recht, so mit ihnen zu verfahren wie manche mit ihren Negersklaven, die sie, wenn sie alt sind und nicht mehr dienen können, entlassen und in Freiheit setzen, sie unter dem Namen Freigelassene aus dem Hause stoßen und sie dadurch zu Sklaven des Hungers machen, von dem sie keine Befreiung hoffen können als durch den Tod. Aber für jetzt will ich Euch nichts weiter sagen, als daß Ihr Euch diesem meinem Roß auf die Kruppe setzet bis zur Schenke, und dort sollt Ihr mit mir zu Abend essen und morgen Eure Reise fortsetzen, welche Gott Euch zu einer so glücklichen machen möge, wie es Euer Vorhaben verdient."

Der Diener nahm die Einladung auf die Kruppe nicht an, wohl aber die, mit ihm in der Schenke zu speisen; und es wird berichtet, bei dieser Gelegenheit habe Sancho leise für sich gesagt: „Hilf Himmel, was für ein Herr bist du! Wie kann nur ein Mann, der solche und so viele und so treffliche Dinge zu sagen weiß, wie er soeben gesagt hat, behaupten, er habe all den unmöglichen Widersinn mit Augen gesehen, den er von der Höhle des Montesinos erzählt? Nun gut, es wird sich schon finden."

Unterdessen kamen sie mit Eintritt der Dunkelheit vor der Schenke an, wobei Sancho sich nicht wenig freute, weil er sah, daß sein Herr sie für eine wirkliche Schenke hielt und nicht für eine Burg, wie er zu tun pflegte. Kaum waren sie eingetreten, als Don Quijote den Wirt nach dem Mann mit den Spießen und Hellebarden fragte; dieser antwortete, derselbe sei im Stalle damit beschäftigt, den Maulesel zu versorgen. Das nämliche taten nun auch der Vetter und Sancho mit ihren Tieren, wobei sie Rosinanten die beste Krippe und den besten Platz im ganzen Stall einräumten.

25. KAPITEL

Wo das Abenteuer vom Eselsgeschrei berührt wird, auch das gar kurzweilige von dem Puppenspieler, benebst den denkwürdigen Offenbarungen des wahrsagenden Affen

Es ließ unserm Don Quijote nicht Rast noch Ruhe, und er brannte vor Ungeduld, die Wunderdinge zu hören, die ihm der Mann mit den Waffen versprochen hatte. Er ging und suchte ihn da, wo er nach Angabe des Wirtes zu treffen war; er fand ihn und sagte ihm, jedenfalls müsse er ihm unverzüglich mitteilen, was er ihm wegen der unterwegs an ihn gerichteten Anfrage zu sagen habe.

Der Mann antwortete: „Nur bei größerer Muße und nicht stehenden Fußes kann die Geschichte von meinen Wunderdingen erzählt werden; laßt mich, mein guter Herr, mein Tier erst vollends versorgen, und ich will Euch manches sagen, das Euch in Erstaunen setzen wird."

„Darum soll es wahrlich nicht unterbleiben", erwiderte Don Quijote; „ich will Euch bei allem helfen."

Und so tat er denn auch, er siebte die Gerste und reinigte die Krippe; eine Herablassung, die den Mann bewog, bereitwilligst zu erzählen, was der Ritter von ihm begehrte. Er setzte sich auf eine steinerne Bank und Don Quijote neben ihn; als Zuhörer hatten sie den Vetter, den Diener, Sancho Pansa und den Wirt, und er hob folgendermaßen zu erzählen an: „Ihr müßt wissen, verehrte Herren, daß in einer Ortschaft, fünfthalb Meilen von hier, ein Gemeinderat seinen Esel vermißte; es geschah dies durch Hinterlist und Tücke seines jungen Dienstmädchens, was zu weitläufig zu erzählen wäre. Wiewohl nun besagter Gemeinderat sich alle denkbare Mühe gab, ihn wiederzufinden, gelang ihm dies doch nicht. Vierzehn Tage mochten vorübergegangen sein, wie man allgemein sagt und glaubt, seit der Esel fehlte, als auf dem Marktplatz zu dem vom Verlust betroffenen Gemeinderat ein andrer Gemeinderat desselben Ortes kam und sagte: ‚Gebt mir Botenlohn, Gevatter, Euer Esel ist zum Vorschein gekommen.'

‚Den Botenlohn geb ich Euch, und einen guten', erwiderte der andre; ‚aber laßt hören, wo er zum Vorschein gekommen.'

‚Im Walde', antwortete der Finder, ‚hab ich ihn heut morgen gesehen, ohne Sattel und Geschirr und so mager, daß es ein jämmerlicher Anblick war. Ich wollte ihn vor mir hertreiben und ihn Euch bringen; aber er ist schon so wild und scheu geworden, daß er, als ich auf ihn zuging, von dannen lief und in das verstleckteste Dickicht des Waldes rannte. Wenn Ihr wollt, daß wir alle beide ihn wieder suchen gehen, so laßt mich nur meine Eselin nach Haus bringen; ich komme gleich wieder.'

‚Das ist sehr freundlich von Euch', sagte der Herr des Esels, ‚und es soll meine Sorge sein, Euch dereinst in gleicher Münze zu bezahlen.'

Mit all diesen Umständen und auf dieselbe Art erzählen es alle, die den wahren Hergang der Sache kennen. Kurz, die zwei Gemeinderäte gingen in treuer Freundschaft zu Fuße nach dem Wald, aber als sie an Ort und Stelle kamen, wo sie den Esel zu finden gedachten, fanden sie ihn nicht, und er ließ sich weit und breit nicht sehen, so eifrig sie ihn auch suchten. Als er nun nirgends zu entdecken war, sagte der Gemeinderat, der den Esel erblickt hatte, zu dem andern: ‚Hört, Gevatter, es ist mir ein Kniff eingefallen, mit dem wir ganz gewiß das Tier auffinden können, und sollte es im innersten Schoß der Erde stecken, geschweige im Wald; nämlich ich kann wundervoll iahen, und wenn Ihr es auch ein wenig könnt, so dürft Ihr die Sache für abgemacht ansehen.'

‚Ein wenig, sagt Ihr, Gevatter?' sprach der andre; ‚bei Gott, darin nehme ich es mit jedem auf, selbst mit dem Esel.'

‚Das wollen wir gleich sehen', sagte der zweite Gemeinderat. ‚Ich habe mir ausgedacht, Ihr geht durch den Wald nach der einen Richtung und ich nach der andern, so daß wir den Wald ganz umkreisen und ganz durchstreifen, und von Zeit zu Zeit sollt Ihr iahen und will ich iahen, und da muß uns der Esel hören und uns antworten, wenn er wirklich im Walde ist.'

Darauf antwortete der Herr des Esels: ‚Ich sag Euch, Gevatter, der Anschlag ist ausgezeichnet und Eures großen Geistes würdig.'

Als sich die beiden nun gemäß dem Übereinkommen trennten, geschah es, daß sie fast zur nämlichen Zeit iah schrien, und jeglicher von ihnen, vom Iahen des andern getäuscht, eilte herbei, seinen Gefährten aufzusuchen, in der Meinung, der Esel sei schon gefunden. Als sie einander erblickten, sagte der vom Verlust betroffene Gemeinderat: ‚Ist's möglich, Gevatter, daß es nicht mein Esel war, der da schrie?'

‚Nein, niemand war's als ich', entgegnete der andre.

‚Jetzt aber sag ich', sprach der Besitzer des Esels, ‚zwischen Euch und einem Esel ist nicht der geringste Unterschied, was das

Iahen betrifft; denn in meinem ganzen Leben hab ich nichts Natürlicheres gehört noch gesehen.'

,Solches Lob und so hoher Preis', antwortete der Erfinder der List, ,gebühren Euch eher als mir; denn bei dem Gott, der mich erschaffen hat, Ihr könnt dem besten und geübtesten Iah-Schreier auf Erden zwei Iahs vorgeben. Denn Euer Ton ist so stark, Ihr haltet die Stimme so in richtigem Takt, Rhythmus und Tempo, daß ich mich für überwunden erkläre; ich übergebe Euch die Palme und reiche Euch das Banner des Führers in dieser seltenen Fertigkeit.'

,Jetzt muß ich allerdings sagen', entgegnete der Eselsbesitzer, ,daß ich von nun an mehr von mir halten und mich höher schätzen werde, weil ich einiges Talent besitze; denn wenn ich auch glaubte, gut iah zu schreien, so habe ich doch nie gedacht, daß ich darin eine solche Vollendung besitze, wie Ihr sagt.'

,Ich muß jetzt auch noch bemerken', versetzte der zweite, ,daß gar manche seltene Begabungen auf der Welt verlorengehen und bei denen übel angebracht sind, die sie nicht zu benützen wissen.'

,Unsere Talente', antwortete der Eselsbesitzer, ,können uns in anderen Fällen als dem, den wir gerade unter den Händen haben, wenig nützen, und selbst in diesem: wollte Gott, sie wären uns von Nutzen!'

Hierauf trennten sie sich abermals und huben aufs neue an, ihr Iah zu schreien; aber jeden Augenblick täuschten sie sich wieder und liefen wieder aufeinander zu, bis sie verabredeten, sie wollten immer zweimal hintereinander iah schreien, um zu erkennen, daß sie es seien und nicht der Esel. Hiermit durchstreiften sie den ganzen Wald und stießen bei jedem Schritte ihr Iah doppelt aus, ohne daß der verlorene Esel antwortete oder auch nur etwas von sich merken ließ. Aber wie sollte das unglückliche Tier antworten, da sie es endlich im verstecktesten Dickicht von den Wölfen angefressen fanden? Und als sein Herr den Esel erblickte, sprach er: ,Wohl mußte ich mich verwundern, daß er keine Antwort gab; denn wäre er nicht tot gewesen, so hätte er iah geschrien, sobald er uns hörte, oder er wäre kein Esel gewesen. Aber damit, daß ich Euch so lieblich iahen gehört, Gevatter, halte ich die Mühsal für gut bezahlt, die ich beim Suchen gehabt, wenn ich ihn auch tot gefunden habe.'

,Das stand ja in guter Hand, Gevatter', antwortete der andre; ,denn wenn der Priester gut singt, bleibt der Chorknabe nicht hinter ihm zurück.'

Hiermit kehrten sie, trostlos und heiser, in ihr Dorf zurück und erzählten dort ihren Freunden, Nachbarn und Bekannten, was alles ihnen auf der Suche nach dem Esel begegnet war, wobei der eine das Talent des andern im Iahen über die Maßen rühmte. Die ganze Geschichte wurde bald in den umliegenden Orten bekannt und verbreitet; und da der Teufel, der nie schläft, seine Freude daran hat, Hader und Zwietracht zu säen und auszustreuen, wo es nur immer geht, und zu diesem Zwecke bösartigen Klatsch ohne Sinn und die größten Händel um nichts und wieder nichts aufrührt, so trieb er die Leute aus den andern Ortschaften an, wenn sie einen aus unsrem Dorf zu Gesicht bekamen, iah zu schreien, als wollten sie ihnen das Iahen unsrer Gemeinderäte unter die Nase reiben. Auch die Gassenbuben fingen es auf, und das hieß allen bösen Geistern der Hölle in die Hände und in die Mäuler geraten; das Eselsgeschrei griff um sich von Dorf zu Dorf, so daß die aus dem Iaher-Dorf Gebürtigen nunmehr überall kenntlich sind, wie Neger kenntlich sind unter Weißen. Ja, diese unselige Spötterei hat endlich dahin geführt, daß oftmals mit bewaffneter Hand und geschlossener Schar die Verspotteten gegen die Spötter auszogen, um einander Schlachten zu liefern, ohne daß König oder Königin, Furcht oder Scham es hindern konnten. Ich glaube, morgen oder nächster Tage werden die von meinem Dorf, das heißt die Leute, bei denen das Iahen angefangen hat, gegen ein andres Dorf zu Felde ziehen, welches zwei Meilen vom unsrigen entfernt ist und zu denen gehört, die uns am ärgsten verfolgen; und weil sie wohlgerüstet ausziehen wollen, habe ich die Spieße und Hellebarden gekauft und hergebracht, die Ihr gesehen habt. Dies also sind die Wunderdinge, die ich, wie ich gesagt, Euch zu erzählen hatte; und wenn sie Euch nicht so wundersam vorkommen, ich weiß keine andern weiter."

Hiermit schloß der wackere Bursche seine Erzählung. Gleichzeitig trat zur Tür der Schenke ein Mann herein, der ganz in Gemsleder gekleidet war, Strümpfe wie Hosen und Wams; mit lauter Stimme sprach er: „Herr Wirt, gibt's Quartier? Hier kommt der wahrsagende Affe und das Puppenspiel von der Befreiung der Melisendra."

„Potztausend!" sagte der Wirt; „da kommt ja Meister Pedro; heut steht uns ein herrlicher Abend bevor."

Ich vergaß zu bemerken, daß Meister Pedro das linke Auge und fast die halbe Wange mit einem Pflaster von grünem Taft bedeckt hatte, ein Zeichen, daß diese ganze Seite an einem Schaden litt.

Der Wirt fuhr fort: „Euer Gnaden sei willkommen, Meister

Pedro. Wo ist der Affe und das Puppentheater, daß ich sie nicht sehe?"

„Sie sind schon ganz nahe", antwortete der Gemslederne; „ich bin nur vorausgegangen, um zu hören, ob es Quartier gibt."

„Das würde ich sogar dem Herzog von Alba wegnehmen, um es Meister Pedro zu geben", erwiderte der Wirt; „laßt nur den Affen und das Puppentheater kommen, es sind diese Nacht Leute im Wirtshaus, die dafür zahlen werden, das Theater und die Künste des Affen zu sehen."

„Sehr gut", entgegnete der mit dem Pflaster; „ich werde den Preis ermäßigen und will mit meinen Unkosten allein schon ganz zufrieden sein. Ich will nur noch einmal zurück und machen, daß der Karren mit dem Affen und dem Puppentheater bald kommt."

Und sofort eilte er wieder aus der Schenke hinaus. Don Quijote fragte sogleich den Wirt, was für ein Meister Pedro das sei und was für ein Puppentheater und was für einen Affen er bei sich führe.

Der Wirt antwortete: „Der Mann ist ein ausgezeichneter Puppenspieler, der seit vielen Tagen in unsrer aragonesischen Mancha umherzieht und das Puppenspiel von Melisendra sehen läßt, wie sie durch den ruhmvollen Don Gaiféros befreit wird, eine der schönsten und am besten dargestellten Geschichten, die man seit langen Jahren in unsrem Königreich gesehen hat. Er hat auch einen Affen bei sich, der besitzt die seltenste Geschicklichkeit, die man jemals unter Affen gefunden hat oder die ein Mensch sich überhaupt vorstellen kann; denn wenn man ihn etwas fragt, horcht er auf die Frage, springt sogleich seinem Herrn auf die Schultern und dicht ans Ohr und sagt ihm die Antwort auf das Gefragte, und Meister Pedro tut sie sogleich den Zuhörern kund. Von vergangenen Dingen sagt er mehr als von zukünftigen; und obschon er nicht immer in allen Sachen das Richtige trifft, so geht er doch bei den meisten nicht fehl, so daß man glauben möchte, er habe den Teufel im Leibe. Zwei Realen nimmt Meister Pedro für jede Frage, wenn nämlich der Affe eine Antwort gibt, ich meine, wenn der Herr für ihn antwortet, nachdem der Affe ihm was ins Ohr gesagt. Daher glaubt man auch, daß der Meister Pedro steinreich ist; auch ist er ein galantuomo und buon compagno, wie man in Italien sagt, und lebt herrlich und in Freuden; er schwatzt mehr als ihrer sechse und trinkt mehr als ihrer zwölfe, und alles das verdient ihm seine Zunge, sein Affe und sein Puppentheater."

Indem kehrte Meister Pedro zurück, und auf einem Karren kam auch das Puppentheater und der Affe, groß und ohne Schwanz, das Gesäß wie von Filz, das Gesicht aber sah nicht übel aus.

Kaum hatte ihn Don Quijote erblickt, als er ihn fragte: „Sagt mir doch, Herr Wahrsager, che pesce pigliamo? Was steht uns bevor? Hier habt Ihr meine zwei Realen."

Sogleich befahl er Sancho, dem Meister Pedro das Geld zu geben. Der aber antwortete für den Affen: „Señor, über zukünftige Dinge gibt das Tier weder Antwort noch Auskunft; auf vergangene versteht es sich einigermaßen und auf gegenwärtige ein wenig."

„Bei Gott!" sagte Sancho, „dafür gäb ich keinen Pfifferling, daß man mir sagt, was mit mir vorgegangen ist; denn wer kann das besser wissen als ich selbst? Und daß ich dafür zahle, daß man mir sagt, was ich weiß, wäre eine große Dummheit. Aber da er sich auf die gegenwärtigen Dinge versteht, hier sind meine zwei Realen, der Herr Wunderaffe soll mir sagen: Was macht jetzt meine Frau Teresa Pansa und womit beschäftigt sie sich?"

Meister Pedro wollte das Geld nicht nehmen und sprach: „Ich mag die Bezahlung nicht im voraus nehmen, sondern die Dienstleistung muß vorangehen."

Und wie er sich nun mit der rechten Hand zweimal auf die linke Schulter schlug, sprang der Affe mit einem Satz hinauf, hielt das Maul an Pedros Ohr, klappte mit den Zähnen hastig aufeinander, und nachdem er dies Spiel, etwa so lang man ein Kredo betet, getrieben hatte, sprang er wieder mit einem Satz auf den Boden, und im Augenblick warf sich Meister Pedro mit größter Hast auf die Knie vor Don Quijote, umfaßte dessen Beine und sprach: „Um diese Beine schling ich meine Arme, grade als ob ich die beiden Säulen des Herkules umfaßte, o du erlauchter Auferwecker des schon in Vergessenheit geratenen Rittertums! O du nimmer nach Gebühr gepriesener Ritter Don Quijote von der Mancha, du Stütze der Fallenden, Arm der Gefallenen, Stab und Trost aller Unglücklichen!"

Don Quijote war starr, Sancho außer sich, der Vetter in Staunen versunken, der Diener schier entsetzt, der Mann aus dem Iaher-Dorf stand mit offnem Maule und der Wirt ganz verdutzt; kurz, alle schraken zusammen, die des Puppenspielers Worte gehört.

Der aber fuhr folgendermaßen fort: „Und du, o wackerer Sancho Pansa, du, der beste Schildknappe des besten Ritters auf

Erden! Freudig vernimm, daß es deinem guten Weibe Teresa gut ergeht; zur Stunde hechelt sie ein Pfund Flachs, und zum Wahrzeichen hat sie zu ihrer Linken einen Krug mit zerbrochenem Halse stehen, der einen tüchtigen Schluck Wein faßt; womit sie sich bei ihrer Arbeit erheitert."

„Das glaub ich wohl", entgegnete Sancho, „denn sie ist ein kreuzbraves Weib, und wäre sie nicht eifersüchtig, so würde ich sie nicht gegen die Riesin Andandona tauschen, die nach meines Herrn Bericht ein äußerst rechtschaffenes Frauenzimmer war; meine Teresa aber gehört zu jenen Weibern, die sich nichts abgehn lassen, und sollt es auch auf Kosten ihrer Erben geschehen."

„Jetzt muß ich sagen", fiel hier Don Quijote ein, „wer viel liest und viel reist, sieht vieles und erfährt vieles. Ja, das sag ich, denn welche Überredung hätte genügt, mich zu überreden, daß es Affen auf der Welt gibt, die wahrsagen können, wie ich es jetzt mit meinen eigenen Augen gesehen? Bin ich doch der nämliche Don Quijote von der Mancha, den dies wackere Tier genannt hat, obschon es etwas zu freigebig mit meinem Lob gewesen; aber wer und wie ich auch immer sein möge, ich danke dem Himmel, der mich mit einem weichen und mitfühlenden Gemüte begabt hat, das stets geneigt ist, jedermann Gutes und keinem Böses zu tun."

„Wenn ich Geld hätte", sagte der Diener, „würde ich den Herrn Affen fragen, wie es mir auf der Wanderschaft gehen wird, die ich vorhabe."

Darauf antwortete Meister Pedro, der sich von dem Fußfall vor Don Quijote bereits wieder erhoben hatte: „Ich habe schon gesagt, daß dies Tierchen über Zukünftiges keine Antwort erteilt; wenn es sie erteilte, so käme es darauf nicht an, daß einer Geld hat, denn um dem allhier gegenwärtigen Señor Don Quijote gefällig zu sein, würde ich jeden Geldvorteil auf Erden beiseite setzen. Jetzt nun, weil ich es ihm schuldig bin und weil ich ihm Vergnügungen machen will, werde ich mein Puppentheater aufstellen und allen in der Schenke Anwesenden eine Freude bereiten, und zwar ohne alle Bezahlung."

Als der Wirt dies hörte, freute er sich über die Maßen und wies einen Platz an, wo das Theater aufgestellt werden konnte, und es war dies in einem Augenblick geschehen. Don Quijote war mit der Wahrsagerei des Affen nicht zufrieden, weil es ihm unziemlich erschien, daß ein Affe wahrsagen sollte, gleichviel, ob Zukünftiges oder Vergangenes. Daher zog er sich, während Meister Pedro sein Puppentheater in Ordnung brachte, mit Sancho in einen Winkel des Stalles zurück und sagte zu diesem, ohne dort von jemandem belauscht zu werden: „Höre, Sancho, ich habe mir die außerordentliche Geschicklichkeit dieses Affen überlegt, und ich halte dafür, daß dieser Meister Pedro, sein Herr, einen stillschweigenden oder ausdrücklichen Pakt mit dem Teufel geschlossen haben muß."

„Wenn das Paket ausgedrückt und vom Teufel verschlossen ist", sprach Sancho, „so muß es ganz gewiß ein gar schmutziges Paket sein. Aber was hat der Meister Pedro davon, daß er solche Pakete hat?"

„Du verstehst mich nicht, Sancho", erwiderte Don Quijote. „Ich will nur so viel sagen, daß er ein Übereinkommen mit dem Teufel getroffen haben muß, damit dieser dem Affen jene Geschicklichkeit eingebe, mit welcher der Pedro sein Brot verdienen will, und wenn er dann reich geworden, muß er dem Teufel seine Seele zu eigen geben; denn das ist es eben, was dieser Feind der Menschheit begehrt. Was mich zu diesem Glauben bringt, ist, daß dieser Affe nur über Vergangenes oder Gegenwärtiges Antwort erteilt, und auf ein mehreres kann sich des Teufels Wissenschaft nicht erstrecken. Das Künftige weiß er nicht, außer etwa durch Vermutung, und das nicht immer; denn Gott allein ist es vorbehalten, die Zeiten und die Augenblicke zu kennen, und für ihn gibt es weder Vergangenheit noch Zukunft, alles ist ihm gegenwärtig. Und wenn dies seine Richtigkeit hat, wie es unzweifelhaft der Fall ist, so ist es klar, daß dieser Affe durch des Teufels Kunst spricht, und ich wundre mich, daß man ihn nicht vor dem heiligen Gericht der Inquisition angeklagt und verhört und gründlich aus ihm herausgebracht hat, kraft welchen Geistes er wahrsagt; denn es ist gewiß, daß dieser Affe sich nicht auf Sterndeuterei versteht und daß weder sein Herr noch er selbst jene Figuren zu ziehen verstehen, die man Horoskope nennt, was heutzutage in Spanien so allgemein gemacht wird, daß es kein altes Weib, keinen Hausdiener, keinen Schuhflicker gibt, der sich nicht herausnimmt, ein Horoskop zu stellen, so leichthin, als zöge er den Buben aus einem Kartenspiel; wobei sie dann durch ihre Lügen und ihre Unwissenheit die wunderbare Wahrheit der astrologischen Wissenschaft zugrunde richten. Mir ist von einer vornehmen Dame bekannt, daß sie einen dieser Horoskopsteller fragte, ob ihr kleines Schoßhündchen trächtig werden und Junge werfen würde und wie viele und von welcher Farbe die Welpen sein würden. Der Sterndeuter stellte das Horoskop und antwortete, das Hündchen werde trächtig werden und drei Junge werfen, das eine grün, das andre rosig, das dritte gescheckt; allein nur unter dem Beding, daß besagte Hündin zwischen elf und zwölf Uhr bei Tage oder bei Nacht belegt würde, und zwar am Montag oder am Samstag. Und was dann geschah, war, daß zwei Tage nachher die Hündin einging, weil sie sich überfressen hatte; aber der Herr Horoskopsteller galt am Orte nach wie vor für den kundigsten Sterndeuter, wie alle oder die meisten Horoskopsteller dafür gelten."

„Trotz alledem wünschte ich", sprach Sancho, „daß Euer Gnaden den Meister Pedro beauftragte, seinen Affen zu fragen, ob auf Wahrheit beruhe, was Euch in der Höhle des Montesinos begegnet ist; denn ich meinesteils glaube, daß, mit Euer Gnaden Verlaub, alles nur Lug und Trug oder zum mindesten Traumgebilde war."

„Alles ist möglich", entgegnete Don Quijote; „indessen will ich tun, was du mir anrätst, wenn ich dabei auch noch immer, ich weiß nicht welche Bedenken habe."

Als sie so weit waren, kam Meister Pedro, um Don Quijote zu holen und ihm zu sagen, daß das Puppentheater bereits aufgeschlagen sei; Seine Gnaden möchte kommen, es zu sehen, denn das sei es wirklich wert. Don Quijote teilte ihm seinen Wunsch mit und bat ihn, seinen Affen sogleich zu fragen, damit er ihm Auskunft gebe, ob gewisse Dinge, die er in der Höhle des Montesinos erlebt habe, Traum oder Wirklichkeit seien; ihn wenigstens bedünke es, sie hätten was von beidem.

Meister Pedro hierauf, ohne eine Silbe zu antworten, brachte seinen Affen wieder herbei, stellte ihn vor Don Quijote und Sancho hin und sagte: „Sieh, lieber Affe, dieser Ritter begehrt zu wissen, ob gewisse Dinge, die ihm in einer Höhle begegnet sind, welche des Montesinos Höhle heißt, falsch oder wahr sind."

Hiermit gab er ihm das gewöhnliche Zeichen; der Affe sprang ihm auf die linke Schulter und tat, als ob er ihm etwas ins Ohr flüsterte, und Meister Pedro sprach sogleich: „Der Affe sagt, was Euer Gnaden in besagter Höhle gesehen oder erlebt hat, ist teilweise falsch und teilweise wahrscheinlich; er sagt ferner, dies und nichts andres wisse er in betreff dieser Frage, und wenn Euer Gnaden mehr zu erfahren wünsche, so werde er den nächsten Freitag all Eure Fragen beantworten; für jetzt sei es mit der Kraft seiner Begabung vorbei, welche ihm erst am Freitag wiederkommen wird, wie er bereits gesagt."

„Sagte ich's nicht", fiel Sancho ein, „daß mir nicht eingehen wolle, was Euer Gnaden über die Vorkommnisse in der Höhle gesagt hat, sei auch nur zur Hälfte wahr?"

„Der Erfolg wird's lehren", erwiderte Don Quijote; „die Zeit, die Offenbarerin aller Dinge, bringt jegliches ans Licht der Sonnen, und wäre es auch tief im Schoß der Erden verborgen. Für jetzt sei es hiermit genug, und gehen wir und sehen uns das Puppenspiel des wackeren Meisters Pedro an, das gewiß, glaube ich, manches Neue bieten wird."

„Wieso manches?" entgegnete Meister Pedro; „sechzigtausend neue Sachen enthält dies mein Puppentheater. Ich sage Euer Gnaden, mein hochverehrter Señor Don Quijote, es ist eine der größten Sehenswürdigkeiten, die heutzutage die Welt aufzuweisen hat, und operibus credite, et non verbis; und Hand ans Werk, denn es wird spät, und wir haben viel zu tun und zu sagen und zu zeigen!"

Don Quijote und Sancho gehorchten und verfügten sich an den Platz, wo das Puppentheater schon aufgeschlagen und geöffnet war, ringsher voll angezündeter Wachslichter, die ihm ein prächtiges, glänzendes Aussehen gaben. Meister Pedro nahm alsbald seinen Platz hinter der Bühne, denn er war es, der die Figuren zu lenken hatte, und vor ihr stellte sich ein Bursche auf, Meister Pedros Diener, um als Dolmetsch und Erklärer der Geheimnisse des Puppenspiels zu wirken; er hielt ein Stäbchen in der Hand, mit dem er die auftretenden Figuren zeigte und benannte.

Nachdem sich alles, was im Wirtshause war, vor das Puppentheater niedergesetzt oder gestellt hatte und Don Quijote, Sancho, der Diener und der Vetter auf den besten Plätzen untergebracht waren, begann der Dolmetsch vorzutragen, was jeglicher hören und sehen wird, der ihm zuhören oder das folgende Kapitel lesen will.

26. KAPITEL

Wo das anmutige Abenteuer mit dem Puppenspiel fortgesetzt wird, nebst andern in Wirklichkeit äußerst schönen Geschichten

> Still war's, und jedes Ohr hing an Äneens Munde;

ich will sagen, alle, die dem Puppenspiel zuschauten, hingen am Munde des Erklärers von dessen Wunderdingen, als man hinter der Puppenbühne hervor eine Menge Pauken und Trompeten erschallen und zahlreiche Geschütze feuern hörte. Dieser Lärm ging rasch vorüber, und sogleich erhob der Bursche seine Stimme und sprach: „Diese wahrhafte Geschichte, die hier den Herrschaften vorgeführt wird, ist buchstäblich aus den französischen Chroniken entnommen sowie aus den spanischen Romanzen, die im Munde der Männer und Jünglinge weit und breit auf den Gassen umgehen. Sie zeigt, wie der Señor Don Gaiféros seine Gattin Melisendra befreite, welche da gefangensaß in Spanien in der Gewalt der Mohren, zu Sansueña, denn so hieß damals die Stadt, die heutzutage Zaragoza heißt. Schaut her, meine Herrschaften, wie der Don Gaiféros beim Brettspiel sitzt, genauso, wie es im Liede heißt:

> Beim Brettspiel sitzt der Ritter Don Gaiféros,
> Und Melisendra hat er längst vergessen.

Und die Person, die hier auftritt, mit der Krone auf dem Haupt und dem Zepter in Händen, ist der Kaiser Karl der Große, der als Vater selbiger Melisendra gilt; ärgerlich ob des müßigen Treibens und der Lässigkeit seines Schwiegersohnes, kommt er, um ihn zu zanken; und schaut nur, mit welchem Ungestüm und Nachdruck er ihn schilt! so daß er gerade aussieht, als wollte er ihm mit dem Zepter ein halb Dutzend Kopfnüsse geben; ja es gibt Schriftsteller, die da sagen, er habe sie ihm gegeben, und zwar ganz tüchtig gegeben. Und nachdem er ihm vieles darüber gesagt, welche Gefahr seine Ehre laufe, wenn er nicht für die Befreiung seiner Gattin Sorge trage, sagte er zu ihm, wie erzählt wird:

> Nun sagt ich genug; bedenkt es.

Schaut nun auch, meine Herrschaften, wie der Kaiser ihm den Rücken kehrt und den Don Gaiféros ganz verdrossen stehenläßt; seht, wie der, außer sich vor Zorn, das Spielbrett und die Steine weit von sich wegwirft und eilig seine Waffen begehrt und von seinem Vetter Don Roldán dessen Schwert Durindana geliehen haben will und wie Don Roldán es ihm nicht leihen will, hingegen ihm seine Begleitung bei dem schwierigen Unternehmen anbietet, das er vorhat. Er aber, der Mannhafte und Zürnende, will sie nicht annehmen; vielmehr sagt er, er allein sei schon Manns genug, seine Gemahlin dem Kerker zu entreißen, wenn sie selbst im tiefsten Mittelpunkt der Erde gefangensäße; und hiermit geht er ab, sich zu wappnen, um sich unverzüglich auf den Weg zu begeben.

Wendet nun die Augen, meine Herrschaften, zu jenem Turm, der sich dorten zeigt; es wird angenommen, daß es einer von den Türmen der Burg von Zaragoza ist, welche man heutzutage die Aljafería heißt; und jene Dame, die auf dem Söller dort in Mohrentracht erscheint, ist die unvergleichliche Melisendra, die von dort aus gar viele Male nach dem Wege gen Frankreich ausgeschaut und sich in ihrer Gefangenschaft damit getröstet hat, daß sie ihre Gedanken fleißig nach Paris und zu ihrem Gatten wandern ließ. Jetzt aber werdet ihr ein neues Ereignis sehen, das vielleicht noch nie erschaut worden. Seht ihr nicht jenen Mohren, der ganz still und sachte, Schritt für Schritt, den Finger auf dem Munde, hinter der schönen Melisendra herankommt? Nun schaut, wie er ihr einen Kuß mitten auf die Lippen gibt und wie eilig sie dann ausspuckt und sich mit ihrem weißen Hemdärmel den Mund abwischt und wie sie jammert und aus Verzweiflung sich ihre schönen Haare ausrauft, als trügen sie die Schuld an dem Frevel. Schauet ferner, wie jener andere würdige Mohr dort auf dem offenen Gange steht; es ist der König Marsilius von Sansueña, der die Frechheit jenes Mohren gesehen und deshalb, wiewohl es ein Verwandter und großer Günstling von ihm ist, sogleich befiehlt, ihn zu greifen und ihn mit zweihundert Hieben auf den Rücken durch die hierzu bräuchlichen Straßen der Stadt zu schleppen,

> Mit Ausrufern voraus
> Und der Büttel Piken hinterdrein.

Seht hier, wie sie den Spruch vollführen, obwohl das Verbrechen kaum vollführt worden, denn bei den Mohren gibt es keine Zustellung an die Parteien, keine Beweisaufnahme, keinen Vollstreckungsbefehl wie bei unsereinem."

„Kind, Kind", fiel hier Don Quijote mit lauter Stimme ein, „verfolge deine Geschichte in gerader Linie und laß dich nicht auf Quersprünge ein; denn um einen Tatbestand klarzustellen, sind zu viel Beweise und Gegenbeweise erforderlich."

Auch Meister Pedro sprach von innen: „Junge, laß dich auf keine Weitschweifigkeiten ein, sondern tu, was hier der Herr dir befiehlt, das wird am richtigsten sein; bleibe du bei deinem einfachen Lied und laß dich nicht auf kontrapunktische Figuren ein, die gewöhnlich vor lauter Künstlichkeit in die Brüche gehen."

„Das will ich tun", gab der Bursche zur Antwort und fuhr folgendermaßen fort: „Diese Figur, die hier zu Pferde erscheint in einem Gaskognermantel, ist Don Gaiféros in eigner Person, den seine Gattin erwartet; nachdem die Dreistigkeit des verliebten Mohren gesühnt ist, hat sie sich mit fröhlicherem und schon beruhigterem Antlitz auf den Erker des Turmes gestellt und spricht mit ihrem Gatten, in der Meinung, es sei irgendein Wandersmann, und mit dem hält sie nun all die Besprechungen und Unterredungen aus den Romanzen, wo es heißt:

Ritter, so Ihr zieht gen Frankreich,
O so fraget nach Gaiféros.

Davon will ich aber hier nichts weiter hersagen, weil die Weitschweifigkeit meistens Überdruß erzeugt. Genug, daß ihr seht, wie Don Gaiféros sich entdeckt und wie Melisendra durch ihr freudiges Gebaren uns zeigt, daß sie ihn erkannt hat; jetzt sehen wir sogar, wie sie sich vom Söller herabläßt, um sich dem Gaul ihres wackeren Gemahls auf die Kruppe zu setzen. Aber ach! die Unglückliche! Ein Zipfel ihres Unterrocks hat sich in einer Eisenstange des Söllers verfangen, und sie hängt in der Luft, ohne zum Boden herabgelangen zu können. Aber ihr seht, wie der barmherzige Himmel in den größten Nöten Hilfe bringt; denn Don Gaiféros eilt herbei, und ohne darauf zu achten, ob das prächtige Unterröcklein zerreißt oder nicht, zieht er sie zum Boden herunter und hebt sie mit einem Schwung seinem Pferde auf die Kruppe, daß sie rittlings sitzt wie ein Mann, und er heißt sie sich festhalten und die Arme von hintenher um ihn schließen, so daß sie ihm diese auf der Brust kreuzt, um nicht zu fallen, denn die Prinzessin Melisendra war solcherlei Reitens nicht gewohnt. Ihr seht ferner, wie der Gaul wiehert und damit deutlich zeigt, daß er sich der tapferen und schönen Bürde freut, die er an seinem Herrn und seiner Herrin trägt. Ihr seht, wie sie den Rücken wenden und sich aus der Stadt entfernen und heiter und seelenvergnügt den Weg nach Paris einschlagen. Ziehe in Frieden, du edles Liebespaar, du Paar, wie ein andres nicht zu finden! Möget ihr sicher und wohlbehalten in eurem ersehnten Vaterlande anlangen, ohne daß das Schicksal jemals eurer glückhaften Fahrt ein Hindernis in den Weg lege! Mögen die Augen eurer Freunde und Anverwandten euch in stillem Frieden die Tage genießen sehen, die euch das Leben noch übrigläßt und deren so viele sein mögen als diejenigen Nestors."

Hier erhub Meister Pedro seine Stimme abermals und rief: „Bleib in der Ebene, Junge, und versteige dich nicht zu hoch, das gezierte Wesen mißfällt immer."

Der Dolmetsch gab keine Antwort, sondern fuhr folgendermaßen fort: „Es fehlte nicht an müßigen Augen, die alles zu sehen pflegen, es war nicht möglich, daß sie das Heruntergleiten und Aufsitzen Melisendras nicht gesehen hätten; sie gaben dem König Marsilius davon Kunde, der dann sogleich Lärm schlagen ließ; und schauet nur, wie eilig! Denn beinahe versinkt die ganze Stadt in den Boden vom Geläute der Glocken, die auf allen Türmen der Moscheen erschallen."

„Das nicht!" fiel hier Don Quijote ein; „in betreff der Glocken begeht Meister Pedro einen ganz groben Irrtum; denn bei den Mauren gibt es keine Glocken, sondern nur Pauken und eine Art von Holzflöten, ähnlich unsern Schalmeien; und das Glockenläuten in Sansueña ist jedenfalls eine große Verkehrtheit."

Als Meister Pedro dies vernahm, hörte er gleich mit seinem Läuten auf und sprach: „Euer Gnaden sollte nicht auf solche Kleinigkeiten sehen, Señor Don Quijote; treibt doch nicht alles so auf die Spitze, daß zuletzt keine mehr da ist. Führt man nicht hierzulande tausend Komödien auf, voll von tausend Ungehörigkeiten und Verkehrtheiten, und trotz alledem machen sie ihren Weg mit größtem Erfolg und werden nicht nur mit Beifall angehört, sondern mit Bewunderung und allem möglichen? Fahr fort, Junge, und laß reden; denn wenn ich nur meinen Geldbeutel fülle, führe ich meinetwegen mehr Verkehrtheiten auf, als es Sonnenstäubchen gibt."

„Das ist ganz wahr", versetzte Don Quijote.

Der Bursche aber sprach weiter: „Schauet nur, wie viele und wie glänzende Reiterei zur Verfolgung dieses edlen Liebespaares aus der Stadt zieht, wieviel Trompeten blasen, wieviel Flöten schallen und wieviel Pauken und Trommeln schlagen! Ich fürchte, man wird sie einholen und, an den Schweif ihres eignen Rosses gebunden, zurückschleppen, was ein grausiges Schauspiel sein würde."

Als nun Don Quijote so viel Mohrenvolk sah und so viel brausenden Lärm hörte, bedünkte es ihn wohlgetan, dem fliehenden Paar Hilfe zu gewähren; er stand auf und rief mit mächtiger Stimme: „Nie würde ich gestatten, daß während meiner Lebenstage und in meiner Gegenwart einem so ruhmvollen Ritter und so kühnen Liebeshelden wie Don Gaiféros so von der Übermacht mitgespielt werde. Haltet an, gemeines Gesindel, keinen Schritt weiter, sonst seid ihr in Fehde mit mir!"

Ein Mann, ein Wort! Schon zog er das Schwert, sprang in einem Satze dicht vor das Puppentheater und begann mit rascher, beispielloser Wut auf das Mohrenpuppenvolk Hiebe niederregnen zu lassen, schlug die einen nieder, säbelte den andern den Kopf ab, hieb den einen zum Krüppel, den andern in Stücke, und unter viel andern Hieben zog er eine so gewaltige Prime, daß er, wenn Meister Pedro sich nicht gebückt, die Glieder eingezogen und sich vorsichtig geduckt, ihm den Kopf abgehackt hätte, als wäre er von Marzipan. Meister Pedro schrie: „Haltet ein, gnädiger Herr Don Quijote! Bedenkt doch, was Ihr da niederwerft, in Stücke schlagt und umbringt, das sind keine wirklichen Mauren, sondern Püppchen aus Pappe; bedenkt, Gott sei mir armen Sünder gnädig! All mein Hab und Gut zerstört Ihr und richtet mir's zugrunde!"

Aber Don Quijote ließ darum nicht ab und wiederholte seine Hiebe, doppelhändige Schwertschläge, Quarten und Terzen, als ob sie geregnet kämen. In einem Wort, in kürzerer Zeit, als man zwei Kredos betet, hatte er das ganze Puppentheater zu Boden geschlagen, die ganze Maschinerie und alle Puppen kurz und klein gehauen, den König Marsilius schwer verwundet und Kaiser Karl dem Großen Krone und Kopf in zwei Stücke zerspalten. Das zuhörende Publikum geriet in Aufruhr, der Affe flüchtete über das Dach des Wirtshauses, der Vetter geriet in Angst, der Diener in Schrecken; ja Sancho selbst empfand eine ganz gewaltige Furcht; denn nachdem das Unwetter vorübergegangen, schwur er, seinen Herrn niemals in einem so wahnsinnigen Zorn gesehen zu haben.

Nachdem nun die allgemeine Zerstörung des Puppentheaters vollbracht war, beruhigte sich Don Quijote ein wenig und sprach: „Jetzt möchte ich alle jene hier vor mir haben, die nicht glauben noch sich überzeugen lassen wollen, wie großen Nutzen die fahrenden Ritter der Welt bringen. Bedenket, wenn ich mich hier nicht zugegen befände, was aus dem wackeren Don Gaiféros und der schönen Melisendra geworden wäre; ganz gewiß wäre schon die Stunde da, wo diese Hunde sie eingeholt und ihnen irgendwelche Unbill angetan hätten. Mit einem Wort, hoch lebe das fahrende Rittertum, hoch über allem, was heutzutage auf Erden lebt!"

„Möge es denn in Gottes Namen hochleben!" sprach Meister Pedro mit kläglicher Stimme, „und möge ich elendiglich sterben, da ich so im Unglück bin, daß ich mit König Rodrigo sagen kann:

> Gestern war ich Herr von Spanien;
> Heut hab ich nicht eine Zinne,
> Die ich mein noch heißen könnte.

Es ist noch nicht eine halbe Stunde her, ja nicht einen halben Augenblick, da sah ich mich als Herrn von Königen und Kaisern, meine Ställe und Kasten und Säcke voll unzähliger Pferde und unendlichen Staates, und jetzt seh ich mich zugrunde gerichtet und niedergeschlagen, ein armer Mann und Bettler und obendrein noch ohne meinen Affen, denn wahrlich, ehe ich den wieder in meine Gewalt bringe, werde ich Blut schwitzen müssen. Und all das durch die unbedachte Wut dieses Herrn Ritters, von dem man rühmt, er beschütze die Waisen, steuere dem Unrecht und tue noch andre Liebeswerke; und bei mir allein ist sein edelmütiges Wollen in die Brüche gegangen: Lob und Preis dafür dem Himmel in seinen höchsten Regionen! Es ist einmal nicht anders, der Ritter von der traurigen Gestalt war dazu bestimmt, meine Puppen zu den traurigsten Gestalten zu verunstalten."

Sancho Pansa gingen Meister Pedros Worte zu Herzen, und er sagte zu ihm: „Weine doch nicht, Meister Pedro, und jammere nicht so, du brichst mir das Herz; ich sage dir, mein Herr Don Quijote ist ein echter und gewissenhafter Christ, und wenn er zur Einsicht kommt, daß er dir ein Unrecht getan hat, wird er schon die rechte Weise finden und gern erbötig sein, dich zu bezahlen und zufriedenzustellen, und wird dir noch viel drauflegen."

„Sofern der Herr Don Quijote einen Teil der Kulissen und Figuren, die er zerstört hat, mir bezahlen wollte, so wäre ich zufriedengestellt, und Seine Gnaden würde sein Gewissen beruhigen, denn keiner kann selig werden, der sich fremdes Gut gegen den Willen des Besitzers anmaßt und es nicht zurückerstattet."

„Das ist wahr", versetzte Don Quijote, „aber bis jetzt ist mir nicht bewußt, daß ich mir etwas von Eurem Besitz angemaßt hätte, Meister Pedro."

„Nicht bewußt?" entgegnete Meister Pedro, „und diese Leichenreste, die hier auf diesem harten dürren Boden umherliegen, wer anders hat sie zerstreut und zerstört als die unbesiegliche Kraft dieses gewaltigen Armes? Und wem gehörten ihre Körper als mir? Und womit ernährte ich mich als mit ihnen?"

„Jetzt muß ich vollends glauben", erwiderte hier Don Quijote, „was ich schon so oft vermutet: daß nämlich jene Zauberer, die mich verfolgen, mir beständig die Gestalten, wie sie wirklich sind, vor Augen stellen und sie mir dann gleich in alles, was ihnen einfällt, verwandeln. Wirklich und wahr, sag ich euch Herren, die ihr mich anhört, ist mir alles, was hier geschehen, so vorgekommen, als wenn es buchstäblich so geschähe und Melisendra wäre Melisendra und Don Gaiféros wäre Don Gaiféros und Marsilius wäre Marsilius und Karl der Große wäre Karl der Große. Deshalb ist mein Zorn entbrannt, und um meinen Beruf als fahrender Ritter zu erfüllen, wollte ich dem fliehenden Paar Hilfe und Beistand gewähren, und in dieser guten Absicht hab ich getan, was ihr gesehen habt. Ist es verkehrt ausgeschlagen, so ist es nicht meine Schuld, sondern die der bösen Geschöpfe, die mich verfolgen. Nichtsdestominder will ich für diesen meinen Irrtum, obschon er nicht aus Böswilligkeit entsprungen, mich selbst zu den Kosten verurteilen. Überlegt, Meister Pedro, was Ihr für die zerschlagenen Puppen haben wollt; ich erbiete mich, es Euch sofort in gutem und gangbarem spanischem Gelde zu bezahlen."

Meister Pedro verbeugte sich vor ihm und sagte: „Nichts Geringeres erwartete ich von dem beispiellosen christlichen Sinn des mannhaften Don Quijote von der Mancha, des wahren Helfers und Beschützers aller notbedrängten und hilfsbedürftigen Landfahrer; und hier sollen der Herr Wirt und der große Sancho zwischen Euer Gnaden und mir Vermittler und Abschätzer des Wertes sein, den die nun einmal zerschlagenen Puppen haben oder haben konnten."

Der Wirt und Sancho erklärten sich dazu bereit, und sogleich hob Meister Pedro den König Marsilius von Zaragoza, dem der Kopf fehlte, vom Boden auf und sagte: „Ihr seht, wie unmöglich es ist, diesen König wieder in seinen früheren Zustand zu versetzen, und daher bedünkt es mich, besserem Ermessen unvorgreiflich, daß mir für seinen Tod, Hintritt und Untergang vier und ein halber Real zu verabreichen sind."

„Weiter", sprach Don Quijote.

„Sodann für diese klaffende Wunde von oben bis unten", fuhr Meister Pedro fort, indem er den entzweigehauenen Kaiser Karl den Großen zu Handen nahm, „wäre nicht zuviel, wenn ich fünf und ein viertel Realen verlangte."

„Das ist nicht zuwenig", fiel Sancho ein.

„Auch nicht zuviel", erklärte der Wirt; „wir wollen den Posten halbieren und fünf Realen dafür auswerfen."

„Gebt ihm die fünf und ein viertel ganz", versetzte Don Quijote; „denn bei dem Ersatz für ein so bedeutendes Unglück kommt es nicht auf einen Viertelreal mehr oder weniger an. Meister Pedro soll aber rasch zu Ende kommen, denn es wird Essenszeit, und es kommen mir gewisse Anwandlungen von Hunger."

„Für diese Puppe", sprach Meister Pedro, „die keine Nase hat und der ein Auge fehlt, es ist die der schönen Melisendra, will ich, und ich halte mich dabei an den richtigen Preis, zwei Realen und zwölf Maravedís."

„Ei, das wäre der Teufel", fiel Don Quijote ein, „wenn die Melisendra mit ihrem Gatten nicht wenigstens schon an der französischen Grenze wäre, denn das Roß, auf dem sie ritten, schien mir eher zu fliegen als zu laufen; und sonach ist mir nicht zuzumuten, daß ich die Katze für einen Hasen kaufe und mir hier eine Melisendra ohne Nase und Augen vorweisen lasse, während die wahre soeben jetzt in Frankreich dabei ist, sorglos mit ihrem Gatten der Muße zu pflegen. Gott gesegne einem jeden das Seinige, Herr Meister Pedro! Ziehen wir unsres Weges mit ruhigem Schritte und redlicher Gesinnung! Und nun fahret fort!"

Da Meister Pedro sah, daß Don Quijote wieder linksum machte und in seine früheren Einbildungen zurückfiel, wollte er sich den guten Kunden nicht entgehen lassen und sprach daher zu ihm: „Das muß nicht Melisendra sein, sondern eins von den Fräulein, die sie bedienten, und sonach, wenn man mir sechzig Maravedís für sie gibt, bin ich zufrieden und wohlbezahlt."

Auf diese Weise setzte er noch für viele andre zertrümmerte Puppen den Preis an, den dann die beiden Schiedsrichter ermäßigten, zur Zufriedenheit beider Teile, welche so bis zum Betrag von vierzig und dreiviertel Realen gelangten. Außer diesem Gelde, das Sancho auf der Stelle hergab, verlangte Meister Pedro zwei Realen für die Mühe, den Affen einzufangen.

„Gib sie ihm" sprach Don Quijote, „nicht um den Affen einzufangen, sondern damit Ihr einen Affen oder auch einen Spitz nach Hause bringt. Aber zweihundert gäb ich jetzo Trinkgeld, wer mir mit Gewißheit sagen könnte, ob die Señora Doña Melisendra und der Señor Don Gaiféros schon in Frankreich und bei den Ihrigen sind."

„Keiner könnte es uns besser sagen als mein Affe", sagte Meister Pedro; „aber kein Teufel vermöchte ihn jetzo einzufangen, wiewohl ich denke, seine Anhänglichkeit und sein Hunger werden ihn heut abend noch zwingen, mich aufzusuchen. Nun, Gott wird morgen Tag werden lassen, da werden wir schon sehn."

So ging denn das Unwetter, das sich ob des Puppentheaters erhoben, zu Ende, und alle verzehrten ihr Abendessen in Frieden und Freundschaft und auf Kosten Don Quijotes, der über die Maßen freigebig war. Ehe noch der Morgen anbrach, zog der Mann mit den Speeren und Hellebarden von dannen; und nachdem es Tag geworden, nahmen der Vetter und der junge Diener Abschied von Don Quijote, der erste, um nach seinem Heimatort zurückzukehren, der andre, um seine Reise fortzusetzen, und zur Beihilfe für diese spendete Don Quijote ein Dutzend Realen. Meister Pedro wollte sich nicht abermals mit Don Quijote, den er nun zur Genüge kannte, in Hin- und Herreden einlassen; er stand daher früh vor der Sonne auf, nahm die Überbleibsel seines Puppentheaters und seinen Affen und ging ebenfalls auf die Suche nach seinen eignen Abenteuern.

Den Wirt, der Don Quijote nicht kannte, setzten dessen Narreteien ebensosehr in Verwunderung wie dessen Freigebigkeit. Zum Schlusse bezahlte ihn Sancho sehr reichlich, nach seines Herrn Befehl; sie nahmen Abschied von ihm, verließen etwa um acht Uhr morgens die Schenke und begaben sich auf den Weg, wo wir sie hinziehen lassen wollen, damit wir Zeit für die Erzählung andrer Dinge gewinnen, die zum Verständnis dieser fürtrefflichen Geschichte gehören.

27. KAPITEL

Wo berichtet wird, wer Meister Pedro und sein Affe gewesen, benebst dem Mißerfolge Don Quijotes bei dem Abenteuer mit den Iah-Schreiern, welches er nicht so zu Ende führte, wie er gewollt und gedacht hatte

Sidi Hamét, der Chronist dieser merkwürdigen Geschichte, beginnt dies Kapitel mit den Worten: Ich schwöre als ein katholischer Christ ... Hierzu bemerkt der Übersetzer, daß, wenn Sidi Hamét als ein katholischer Christ schwur, während er doch unzweifelhaft Maure war, dies nichts andres bedeute als: geradeso wie der katholische Christ die Wahrheit schwört oder beschwören soll und gelobt, sie in jeder Beziehung zu sagen, ebenso werde auch er die Wahrheit, wie wenn er als katholischer Christ den Eid geleistet hätte, in allen Dingen sagen, die er über Don Quijote schreiben wolle, insbesondere in seinem Bericht, wer Meister Pedro gewesen und wer der wahrsagende Affe, der all jene Ortschaften mit seinen Angaben in Verwunderung gesetzt habe.

Nun sagt er, wer den ersten Teil dieser Geschichte gelesen habe, werde sich noch jenes Ginés von Pasamonte erinnern, dem mit andern Galeerensklaven Don Quijote in der Sierra Morena die Freiheit gegeben, eine Wohltat, die ihm nachher von diesem schlechten und argen Pack übel gedankt und noch übler gelohnt wurde. Dieser Ginés von Pasamonte, den Don Quijote Gineselchen von Parapilla hieß, war derselbe, der unsrem Sancho Pansa seinen Grauen gestohlen hatte; und weil im ersten Teil durch Verschulden der Drucker das Wann und Wie nicht beigebracht worden, hat das vielen Leuten Anlaß zu allerhand Bedenken gegeben, indem sie den Fehler der Druckerei der Vergeßlichkeit des Verfassers zur Last legten. Allein, kurz gesagt, Ginés stahl ihn, während Sancho Pansa schlafend auf ihm saß, indem er die List und das gleiche Verfahren anwandte wie Brunell, als er dem Sakripant vor Albraca das Roß zwischen den Beinen wegstahl; späterhin erlangte Sancho seinen Esel wieder, wie berichtet worden.

Dieser Ginés also, in der Angst, von der Polizei aufgespürt zu werden, die ihn suchte, um ihn für seine unzähligen Schelmenstreiche und Verbrechen zu bestrafen – welche so zahlreich und so eigenartig waren, daß er selbst ein dickes Buch mit deren Beschreibung gefüllt hat –, beschloß, nach dem Königreich Aragon hinüberzuwandern, sich das linke Auge zu verdecken und sich dem Geschäft eines Puppenspielers zu widmen; denn darauf und auf die Taschenspielerei verstand er sich hervorragend. Es geschah nun, daß er von einigen freigelassenen Christen, die aus der Berberei kamen, jenen Affen kaufte, den er lehrte, jedesmal, wenn er ihm ein gewisses Zeichen gab, ihm auf die Schulter zu springen und ihm etwas ins Ohr zu flüstern oder doch so zu tun. Nachdem ihm dies gelungen, pflegte er jedesmal, ehe er den Ort, den er gerade besuchen wollte, mit seinem Puppentheater und Affen betrat, sich in dem nächstgelegenen Dorf, oder bei wem es sonst am leichtesten anging, zu erkundigen, was für besondere Ereignisse in dem fraglichen Ort vorgefallen und welchen Personen dieselben begegnet seien, und prägte sie seinem Gedächtnisse gut ein. Das erste, was er dann tat, war, daß er sein Puppenspiel sehen ließ, welches einmal die eine, ein andermal die andre Geschichte, aber stets eine heitere und ergötzliche und allbekannte zum besten gab. War die Vorstellung zu Ende, so sprach er von den Künsten seines Affen und sagte dem Volk, dieser errate alles Vergangene und Gegenwärtige, aber auf das Zukünftige lasse er sich nicht ein. Für die Antwort auf jede einzelne Frage verlangte er zwei Realen; für einige tat er es auch billiger, je nachdem es ihm angemessen schien, wenn er den Fragern an den Puls fühlte. Manchmal kam er auch in ein Haus, von dessen Bewohnern er die Lebensgeschichte kannte, und auch wenn man ihn nichts fragte, weil man ihm nichts zahlen wollte, gab er seinem Affen das Zeichen und erklärte sogleich, der Affe habe ihm dies und jenes gesagt, was mit den wirklichen Vorgängen gänzlich übereinstimmte. Hierdurch gewann er unsägliches Vertrauen und Ansehn bei den Leuten, und alles lief ihm nach. Andre Male wieder antwortete der Schlauberger so, daß die Antwort auf jede Frage paßte, und da niemand ihm näher auf den Grund ging oder ihn drängte zu erklären, warum alles von seinem Affen erraten werde, wußte er jedermann zu äffen und füllte seinen Lederbeutel.

Gleich wie er ins Wirtshaus trat, erkannte er Don Quijote und Sancho, und so fiel es ihm leicht, Don Quijote und Sancho Pansa und alle in der Schenke Anwesenden in Verwunderung zu setzen; aber es wäre ihm teuer zu stehen gekommen, wenn Don Quijote mit der Hand etwas tiefer herabgefahren wäre, als er dem König Marsilius den Kopf abschlug und dessen ganze Reiterei vernichtete, wie im vorhergehenden Kapitel gesagt worden.

Dies ist es, was von Meister Pedro und seinem Affen zu berichten ist. Nun kehre ich zu Don Quijote von der Mancha zurück und sage, daß er nach dem Abschied von der Schenke beschloß, zuerst die Ufer des Flusses Ebro und die ganze Umgegend zu besuchen, bevor er in die Stadt Zaragoza einzöge, da bis zum Turnier ihm Zeit genug zu allem blieb. In dieser Absicht zog er seines Weges weiter und verfolgte ihn zwei Tage lang, ohne daß ihm etwas begegnete, was des Niederschreibens wert wäre, bis er am dritten beim Hinaufreiten auf einen Hügel ein großes Gelärm von Trommeln, Trompeten und Musketen hörte. Im Anfang glaubte er, ein Fähnlein Kriegsleute ziehe in der Nähe vorüber, und um sie zu sehen, ritt er den Hügel ganz hinauf; als er aber auf dem Gipfel hielt, erblickte er unten an dessen Fuß einen Haufen, nach seiner Schätzung mehr als zweihundert Leute, mit verschiedenartigen Waffen gerüstet, sagen wir mit Spießen, Armbrüsten, Partisanen, Hellebarden, Piken, einigen Musketen und vielen Rundschilden. Er ritt von der Anhöhe wieder herunter und näher auf die Schar zu, bis er die Banner deutlich unterscheiden, sich über die Farben Rechenschaft geben und sich die Sinnbilder mit Wahlsprüchen merken konnte; namentlich fiel ihm eines auf, das auf einer Standarte oder Reiterfahne von weißem Atlas zu sehen war und das einen Esel, ähnlich einem kleinen sardinischen Langohr, ganz naturgetreu darstellte, mit emporgerecktem Kopf, offenem Maul und heraushangender Zunge, in der Bewegung und Stellung, als ob er im Iah-Schreien begriffen wäre; rings um das Tier standen mit großen Buchstaben diese zwei Verse geschrieben:

> Nicht vergeblich iahten sie im Walde,
> Der eine und der andere Alkalde.

Aus diesem Wahrzeichen entnahm Don Quijote, daß dies das Volk aus dem Iaher-Dorf sein müsse, und sagte dies seinem Sancho, wobei er ihm auseinandersetzte, was auf der Standarte geschrieben stand. Er sagte ihm auch, der Mann, der ihm diese Geschichte berichtet, habe sich mit der Angabe geirrt, daß es zwei Gemeinderäte gewesen, die das Iah-Geschrei hören ließen, denn nach den Versen auf der Standarte seien es vielmehr zwei Bürgermeister gewesen.

Darauf entgegnete Sancho: „Señor, daran dürft Ihr Euch nicht stoßen; es kann ja sein, daß die Gemeinderäte, die damals iah schrien, mit der Zeit Bürgermeister ihres Orts geworden sind, und daher kann man sie mit beiden Titeln benennen. Zumal es auch für die Wahrheit der Geschichte nichts ausmacht, ob die Iah-Schreier nun Gemeinderäte sind oder Bürgermeister, sofern sie nur ganz gewiß iah geschrien haben; denn ein Bürgermeister kann es schließlich so gut wie ein Gemeinderat."

Zuletzt ersahen und erfuhren sie, daß das in Zorn entflammte Dorf jetzt auszog, um mit dem andern zu kämpfen, das jenes zum Zorn zu reizen pflegte, mehr, als recht war, und mehr, als sich für die gute Nachbarschaft ziemte. Don Quijote ritt näher zu ihnen hin, zu nicht geringer Bekümmernis Sanchos, der nie ein Freund davon war, solchen Fehden beizuwohnen. Die Leute von dem kriegerischen Trupp nahmen ihn in ihre Mitte, da sie glaubten, es sei einer von ihrer Partei. Don Quijote schlug das Visier auf und ritt mit adliger Entschlossenheit und Haltung bis zur Eselsstandarte, und dort stellten sich die Vornehmsten des Heeres rings um ihn her, um ihn anzuschauen mit jenem Staunen, in das jeder verfiel, der ihn zum erstenmal sah. Als Don Quijote die gespannte Aufmerksamkeit bemerkte, mit der sie ihn betrachteten, wollte er dies Stillschweigen benutzen, erhob die Stimme und sprach: „Liebe Herren, so inständig ich's vermag, bitte ich euch, die Ansprache, die ich an euch richten will, nicht zu unterbrechen, bis ihr etwa findet, daß sie euch widerwärtig und langweilig ist; sobald aber dies der Fall ist, werde ich bei dem allerkleinsten Zeichen, das ihr gebet, ein Siegel auf meinen Mund drücken und meiner Zunge einen Zaum anlegen."

Alle baten ihn zu sagen, was ihm gut dünke, sie würden ihm gerne zuhören.

Auf diese Erlaubnis hin fuhr Don Quijote folgendermaßen fort: „Ich, meine Herren, bin ein fahrender Ritter, dessen Beruf der des Waffenwerks ist und dessen Amt es ist, die Schutzbedürftigen zu schützen und den Notbedrängten zu Hilfe zu kommen. Es ist einige Tage her, seit ich euer Mißgeschick erfahren sowie den Grund, der euch veranlaßt, jeden Augenblick die Waffen zu ergreifen, um euch an euren Feinden zu rächen; und nachdem ich ein und viele Male in meinem Geiste über euren Handel nachgedacht, finde ich, den Gesetzen des Zweikampfs gemäß, daß ihr im Irrtum seid, wenn ihr eure Ehre für gekränkt haltet; denn kein einzelner kann eine ganze Ortschaft an der Ehre kränken, wenn er sie nicht etwa in ihrer Gesamtheit als Verräter anklagt und herausfordert, weil er nicht weiß, welcher einzelne die Verräterei begangen hat, ob deren seine Anklage und Forderung ergeht. Ein Beispiel hiervon haben wir in Don Diego Ordoñez de Lara, der gegen die ganze Stadt Zamora

Anklage und Herausforderung ergehn ließ, weil er nicht wußte, daß Bellido Dolfos allein den Verrat begangen hatte, seinen König zu erschlagen; daher beschuldigte und forderte er alle, und die Rache und die Zurückweisung der Anklage war nun die Sache aller. Indessen ist es zweifellos, daß Señor Don Diego die Grenzen der Ausforderung zu weit überschritt; denn er hatte keinen Grund zur Anklage und Forderung gegen die Toten noch gegen das Wasser oder Brot noch gegen die noch Ungebornen noch gegen all den andern Kram, wie dorten berichtet wird. Aber das mag hingehn; denn wird der Zorn so heiß, daß er die eigne Mutter nicht schont, dann hat die Zunge keinen Vater, der sie zur Schonung anhält, und duldet weder Zuchtmeister noch Zaum.

Da es nun an dem ist, daß ein einzelner niemals ein Königreich, eine Landschaft, eine Stadt, ein Gemeinwesen oder eine ganze Einwohnerschaft an der Ehre kränken kann, so ist es klar, daß kein Anlaß vorliegt, Rache zu suchen für die Herausforderung oder Ehrenkränkung, da eine solche Kränkung nicht vorhanden ist. Es wäre wahrlich eine schöne Geschichte, wenn die Leute aus dem Orte, der Uhrenheim gescholten wird, oder jene, die zum Spotte Topfgucker oder Apfelmusfresser, junge Walfische, Seifensieder genannt oder mit andern Spitznamen und Titeln belegt werden, welche Gassenbuben und geringes Volk immer im Munde führen – eine schöne Geschichte wär es wahrlich, wenn all diese hochberufenen Städter sich ärgern und rächen und die Schwerter beständig wie Posaunen ziehen wollten, um sich in jeden beliebigen Streit zu stürzen, wie bedeutungslos er auch sein möge. Nein, nein, das gestatte und wolle Gott nicht. Männer von Einsicht, wie jedes wohlgeordnete Gemeinwesen, haben nur aus vier Gründen die Waffen zu ergreifen, die Schwerter zu ziehen und sich selbst und ihr Leben und Vermögen aufs Spiel zu setzen. Der erste Grund ist, den katholischen Glauben zu verteidigen; der zweite, sein Leben zu verteidigen, was göttlichen und menschlichen Rechtes ist; der dritte, zur Verteidigung seiner Ehre, seiner Familie und Habe; der vierte, zum Dienste seines Königs in gerechtem Kriege; und wenn wir einen fünften hinzufügen wollten – der eigentlich an zweiter Stelle genannt werden kann –, so wär es zur Verteidigung seines Vaterlands. Zu diesen fünf Gründen als den wichtigsten kann man etliche andre beifügen, die gerecht und vernünftig sein mögen und uns zwingen können, die Waffen zu ergreifen; aber die Waffen für Kindereien zu ergreifen und wegen Dingen, die eher zum Lachen sind als zur Ehrenkränkung, da scheint es doch, daß, wer es tut, jeder vernünftigen Überlegung bar ist; besonders, sintemal eine ungerechte Rache – und eine gerechte kann es überhaupt nicht geben – geradeswegs wider die heilige Lehre geht, die wir bekennen und durch welche uns geboten wird, unsern Feinden Gutes zu tun und die zu lieben, die uns hassen, ein Gebot, das zwar etwas schwer zu erfüllen scheint, aber nur für diejenigen, die weniger von Gott als von der Welt und mehr vom Fleisch als vom Geist in sich haben. Denn Jesus Christus, der wahrhafte Gott und Mensch, der niemals gelogen hat noch lügen konnte noch kann, hat als unser Gesetzgeber gesagt, sein Joch sei sanft und seine Last leicht; und daher konnte er uns nichts befehlen, was zu erfüllen unmöglich wäre. Mithin, meine Herren, seid ihr nach menschlichen und göttlichen Gesetzen gehalten, eure Gemüter zum Frieden zu stimmen."

„Soll mich der Teufel holen", sagte hier Sancho für sich, „wenn dieser mein Herr nicht ein Tolloge ist; und wenn er es nicht ist, so gleicht er doch einem wie ein Ei dem andern."

Don Quijote schöpfte einen Augenblick Atem, und da er bemerkte, daß die Leute ihm noch immer schweigend zuhörten, wollte er mit seiner Rede fortfahren, und er hätte auch fortgefahren, wenn nicht Sanchos Gescheitheit dazwischengefahren wäre; denn als er sah, daß sein Herr noch zögerte, nahm er das Wort für ihn und sprach: „Mein Herr Don Quijote von der Mancha, der sich eine Zeitlang der Ritter von der traurigen Gestalt nannte und sich jetzt der Löwenritter nennt, ist ein Junker von großer Überlegung, der Latein und Spanisch versteht wie ein Baccalaur und in allem, was er vornimmt und was er anrät, wie ein höchst wackerer Kriegsmann handelt und alle Gesetze und Ordnung dessen, was man Zweikampf heißt, bis aufs Tüpfelchen versteht; und daher ist weiter nichts zu tun, als sich von ihm und seinen Worten leiten zu lassen, und auf mein Haupt soll die Schuld kommen, wenn man dabei jemals fehlgeht; zumal es nun ausgemacht ist, daß es eine Dummheit ist, wenn man sich schon über ein Eselsgeschrei ärgert. Ich erinnere mich, daß ich, als ich noch ein Knabe war, iah schrie, wann und wie oft ich Lust hatte, ohne daß jemand mir's wehrte, und zwar tat ich es so manierlich und natürlich, daß, wenn ich iahte, alle Esel des Dorfs iahten, und deshalb blieb ich doch immer meiner Eltern Sohn, die höchst ehrsame Leute waren; und wiewohl ich wegen dieses Talents von mehr als einem Halbdutzend der hochnäsigsten Leute in meinem Dorf beneidet wurde, gab ich nicht einen Deut darum. Und damit ihr seht, daß ich die Wahrheit sage, wartet einmal und hört zu, denn diese Kunst ist wie das Schwimmen: hat man es einmal gelernt, vergißt man es nie wieder."

Und sofort hielt er die Hand an die Nase und begann so kräftig zu iahen, daß alle umliegenden Täler widerhallten. Aber einer von denen, die um ihn herstanden, in der Meinung, der Schildknappe treibe seinen Spott mit ihnen, erhob einen langen Stecken, den er in der Hand hatte, und gab ihm damit einen solchen Schlag, daß er den biedern Sancho Pansa, der nicht imstande war, dagegen aufzukommen, kopfüber zu Boden streckte.

Als Don Quijote seinen Sancho so übel zugerichtet sah, sprengte er mit eingelegtem Speer auf den Mann los, der den Schlag geführt, aber es waren ihrer so viele, die sich dazwischenwarfen, daß es nicht möglich war, ihn zu rächen; ja, im Gegenteil, als er sah, daß eine Wetterwolke von Steinen über ihn herregnete und tausend zielende Armbrüste und eine nicht geringere Zahl Musketen ihn bedräuten, wendete er Rosinante und jagte, so schnell dieser vermochte, aus dem Gedränge von dannen, wobei er sich Gott von ganzem Herzen anbefahl, daß er ihn aus dieser Gefahr befreien möge. Bei jedem Schritt fürchtete er, eine Kugel könnte ihm zum Rücken hinein- und zur Brust wieder herausfahren, und jeden Augenblick holte er aus tiefer Brust den Atem hervor, um zu sehen, ob er ihm nicht schon ausgehe. Aber die Leute begnügten sich damit, ihn fliehen zu sehn, ohne daß sie auf ihn schossen. Sancho setzten sie auf seinen Esel, nachdem er kaum wieder zu sich gekommen, und ließen ihn seinem Herrn nachreiten; nicht als wäre er imstande gewesen, sein Tier zu lenken, aber der Graue folgte den Spuren Rosinantes, von dem er keinen Augenblick ließ.

Als nun Don Quijote sich eine tüchtige Strecke entfernt hatte, blickte er sich um und sah Sancho kommen und erwartete ihn, da er bemerkte, daß keiner ihn verfolgte. Die Bauern verweilten dort bis zur Nacht, und weil ihre Gegner sich nicht zum Kampfe gestellt, kehrten sie fröhlich und guter Dinge in ihr Dorf zurück. Hätten sie die alte Sitte der Griechen gekannt, so hätten sie dort an Ort und Stelle ein Siegesmal aufgerichtet.

28. KAPITEL

Von allerlei Dingen, die, wie Benengelí anmerkt, der Leser erfahren wird, so er sie mit Achtsamkeit lieset

Wenn der Tapfere flieht, ist des Feindes Kriegslist und Übermacht offenbar geworden, und es ist die Art fürsichtiger Männer, sich für eine bessere Angelegenheit aufzusparen. Diese Wahrheit bestätigte sich an Don Quijote, welcher, der Wut des Landvolks und den bösen Absichten jenes erregten Bauernhaufens weichend, sich aus dem Staube machte und, ohne an Sancho oder die Gefahr, in der er ihn zurückließ, zu denken, sich so weit entfernte, als ihm für seine Sicherheit hinreichend schien. Ihm folgte Sancho, quer auf seinem Esel liegend, wie schon berichtet. Als er endlich anlangte, war er wieder zu sich gekommen; er ließ sich von seinem Grauen herab und sank zu Rosinantes Füßen nieder, ganz voller Ängste, ganz zerdroschen und ganz zerprügelt. Don Quijote stieg ab, seine Wunden zu untersuchen, aber als er ihn von Kopf bis zu Füßen heil und gesund fand, sprach er mit nicht geringem Zorn zu ihm: „Zu gar unglücklicher Stunde hat Er zu iahen verstanden, Sancho! Wo hat Er denn gelesen, daß es nützlich sei, im Hause des Gehenkten vom Strick zu reden? Was für eine Begleitung paßte wohl zu Seiner Eselsmusik als die von Stockprügeln? Danke Er noch Gott dafür, daß man Ihn nur mit einem Stecken gesegnet und Ihm nicht das Zeichen des Kreuzes mit einem Säbel geschlagen hat."

„Ich kann Euch nicht antworten", antwortete Sancho, „denn mir ist, als spräche mein Rücken statt meiner. Steigen, wir auf und entfernen wir uns von hier, ich werde künftig mein Iahen aufstecken, aber niemals aufhören zu sagen, daß die fahrenden Ritter fliehen und ihre braven Schildknappen, zu Brei und Staub zermalmt, in den Händen ihrer Feinde lassen."

„Wer sich zurückzieht, flieht nicht", entgegnete Don Quijote; „denn du mußt wissen, Sancho, die Tapferkeit, die nicht auf der Grundlage der Vorsicht ruht, heißt Vermessenheit, und die Heldentaten des Vermessenen werden weit mehr der Gunst des Glückes als seinem Mute zugeschrieben. Daher bekenne ich wohl, daß ich mich zurückgezogen, nicht aber, daß ich geflohen bin; und darin bin ich vielen Tapfern gefolgt, die sich für bessere Zeiten aufgespart haben, und hiervon sind die Geschichtsbücher voll, von denen ich dir aber, weil es dir nicht zum Nutzen und mir nicht zum Vergnügen gereicht, jetzo nichts berichten will."

Inzwischen war Sancho mit Don Quijotes Beistand schon aufgestiegen; dieser schwang sich ebenfalls auf seinen Rosinante, und so ritten sie Schritt vor Schritt voran, um sich in einem Wäldchen zu bergen, das sich etwa eine Viertelmeile von dort zeigte. Von Zeit zu Zeit stieß Sancho ein klägliches Ach! und gar schmerzliche Seufzer aus, und auf Don Quijotes Frage nach der Ursache so bittern Leides antwortete er, von dem Ende des Rückgrats bis zum Genick hinauf habe er so arge Schmerzen, daß er fast von Sinnen komme.

„Die Ursache dieses Schmerzes muß gewißlich die sein", versetzte Don Quijote, „daß der Stecken, mit dem du geschlagen wurdest, breit und lang war und dir mithin über den ganzen Rücken reichte, zu dem die Stellen alle gehören, die dir weh tun; und hätte der Stecken noch weiter gereicht, so würde dir noch mehr weh tun."

„Bei Gott!" erwiderte Sancho, „da hat mich Euer Gnaden aus einer großen Ungewißheit gerissen und hat mich mit den hübschesten Ausdrücken darüber aufgeklärt. Ei, zum Kuckuck, war denn die Ursache meines Schmerzes so verborgen, daß man mich erst belehren mußte, es schmerze mich all das, was der Stecken getroffen hat? Wenn mir die Knöchel am Fuß weh täten, da könnte man allenfalls herumraten, weshalb sie mir weh tun; aber daß mir weh tut, was Prügel gespürt hat, das zu erraten ist keine Kunst. Wahrlich, mein werter Dienstherr, fremdes Leid hängt einem am Haar und schüttelt sich leicht ab. Jeden Tag entdecke ich aufs neue, wie wenig ich von der Kameradschaft mit Euch zu erwarten habe; denn wenn Ihr mich diesmal habt prügeln lassen, werden wir noch einmal und noch hundertmal zu dem Wippen von damals wiederkommen und zu andern Gassenbübereien, und habe ich diese diesmal auf dem Rücken verspürt, so werde ich sie künftig über die Augen kriegen. Weit besser tät ich – nur bin ich leider ein Esel und werde in meinem ganzen Leben nichts Gescheites tun! –, weit besser tät ich, sag ich nochmals, wenn ich zu meinem Hause und meiner Frau und meinen Kindern heimkehrte und täte mit dem, was mir Gott in seiner Gnade beschert, meine Frau ernähren und meine Kinder erziehen und nicht mit Euch herumziehen auf weglosen Wegen, auf Pfaden und Bahnen, wo weder Pfad noch Bahn ist, und das bei schlechtem Trunk und noch schlechterem Essen. Und dann erst das Schlafen! Zähle, mein lieber Knappe, sieben Fuß Erdboden ab, und wünschest du mehr, nimm noch einmal soviel, denn es steht bei dir, darüber frei zu verfügen, und strecke dich ganz nach deinem Belieben aus. O daß ich doch den auf dem Scheiterhaufen und zu Staub verbrannt sähe, der sich zuerst auf das fahrende Rittertum geworfen, oder wenigstens den ersten, der sich zum Schildknappen hergegeben solcher tollen Kerle, wie es die bisherigen fahrenden Ritter alle gewesen sein müssen! Von den heutigen sage ich nichts; denn weil Euer Gnaden einer von ihnen ist, so hab ich Respekt vor ihnen und insbesondere, weil ich weiß, daß Ihr in allem, was Ihr redet und denkt, dem Teufel selbst an Gescheitheit immer um einen Schritt voraus seid."

„Ich möchte eine ordentliche Wette mit Ihm anstellen, Sancho", erklärte Don Quijote, „daß jetzt, wo Er in einem fort schwatzt, ohne daß jemand ihm dazwischenfährt, ihm an Seinem ganzen Leibe nichts weh tut. Rede Er, mein Sohn, was Ihm nur in den Sinn und auf die Lippen kommt; denn sofern Ihn nur nichts mehr schmerzet, will ich mir dafür die Langeweile, die mir Sein ungereimtes Zeug verursacht, zum Vergnügen gereichen lassen. Und wenn Er sich so sehr nach Hause zu Weib und Kindern sehnt, so wolle Gott nicht, daß ich Ihn daran hindere; Er hat ja Geld von mir bei sich, überlege Er sich, wie lang es her ist, seit wir dies dritte Mal aus unsrem Dorf auszogen, überlege Er, wieviel Er jeden Monat verdient haben kann und muß, und mache Er sich selbst bezahlt."

„Als ich", erwiderte Sancho, „bei Tomé Carrasco, dem Vater des Baccalaur Sansón Carrasco, diente, den Euer Gnaden gut kennt, verdiente ich zwei Taler den Monat außer dem Essen. Was ich bei Euer Gnaden verdienen soll, weiß ich nicht, obzwar ich weiß, daß der Knappe des fahrenden Ritters sich mehr abplagen muß, als wer bei einem Bauersmann dient. Denn wirklich, wer bei Bauern arbeitet, mag noch soviel bei Tag schaffen müssen, er hat doch schlimmstenfalls zur Nacht seine Fleischsuppe zu essen und ein Bett zum Schlafen; in einem solchen aber hab ich nicht geschlafen, seit ich Euer Gnaden diene, ausgenommen die kurze Zeit, wo wir im Hause des Don Diego de Miranda verweilten; und ferner den Schmaus mit den guten Sachen, die ich aus Camachos Fleischtöpfen abschöpfte, und ferner, was ich in Basilios Haus genossen habe an Essen, Trinken und Schlafen. Die ganze übrige Zeit hab ich auf harter Erde unter freiem Himmel geschlafen, allem preisgegeben, was man die Ungunst des Wetters nennt, und habe mich von ein paar Schnitzeln Käse und Brotkrumen genährt und Wasser getrunken, bald aus den Bächen, bald aus den Quellen, wie wir sie in den unwegsamen Gegenden finden, durch die wir unsern Weg nehmen."

„Ich gebe zu", sagte Don Quijote, „alles, was du sagst, mag wahr sein; wieviel, meint Er, soll ich Ihm mehr geben, als Tomé Carrasco Ihm gab?"

„Meiner Meinung nach", sprach Sancho, „da würde ich mit zwei Realen, die mir Euer Gnaden jeden Monat drauflegte, mich für gut bezahlt erachten, das heißt, soviel den Lohn angeht. Aber sofern es sich um die Abfindung handelt für Euer Wort und Versprechen, mir die Statthalterschaft einer Insul zu verleihen, da wäre es recht und billig, daß Ihr mir noch weitere sechs Realen drauflegtet, und das würde im ganzen dreißig Realen ausmachen."

„Gut", versetzte Don Quijote, „und nach diesem Lohne, den Er sich selber ausgeworfen hat, fünfundzwanzig Tage ist's her, seit wir aus unsrem Dorf ausgezogen, rechne Er es nach Verhältnis aus, Sancho, und sehe Er zu, was ich Ihm schulde, und mache Er sich, wie gesagt, mit eigenen Händen bezahlt."

„Ei, der Kuckuck", sprach Sancho, „Euer Gnaden geht ganz fehl in Dero Rechnung, denn bei dem Versprechen der Insul muß von dem Tag an gerechnet werden, wo Euer Gnaden sie mir versprach, bis zur gegenwärtigen Stunde, darin wir leben."

„Wie? Ist es denn so lang her, Sancho, daß ich sie Ihm versprach?" sagte Don Quijote.

„Wenn ich mich recht entsinne", antwortete Sancho, „muß es mehr als zwanzig Jahre her sein, drei Tage mehr oder minder."

Don Quijote schlug sich mit aller Macht vor die Stirn, brach in herzliches Lachen aus und sprach: „Bin ich doch in der Sierra Morena und im ganzen Verlauf unsrer Fahrten höchstens kaum zwei Monate umhergezogen, und du behauptest, Sancho, es sei zwanzig Jahre her, daß ich dir die Insul versprochen? Da seh ich allerdings, du willst, daß das Geld, das du von mir hast, gänzlich für deinen Lohn draufgeht; und wenn das so ist und du Lust dazu hast, so schenke ich dir's gleich auf der Stelle, und wohl bekomm es dir! Denn um nur eines so schlechten Schildknappen ledig zu sein, will ich mit Vergnügen arm und ohne einen Pfennig bleiben. Aber sage mir, du Übertreter aller schildknapplichen Gesetze des fahrenden Rittertums, wo hast du gehört oder gelesen, daß jemals eines fahrenden Ritters Schildknappe sich mit seinem Herrn auf solches Feilschen eingelassen hat: soundso viel mehr müßt Ihr mir geben, damit ich Euch diene? Forsche doch, forsche doch, du Bösewicht, du elender Feigling, du Scheusal, denn wie all dieses kommst du mir vor, forsche doch die Flut ihrer Geschichten durch, und so du findest, daß jemals ein Schildknappe gesagt oder nur gedacht hat, was du jetzt sagst, so sollst du es mir auf die Stirne nageln und als Zugabe mit vier Nasenstüber ins Gesicht zeichnen. Wende deinem Grautier die Zügel oder vielmehr das Halfter und kehre heim zu deinem Hause, denn nicht einen winzigen Schritt mehr sollst du von heut an mit mir ziehen. O welch schlechter Dank für mein Brot! O übel angebrachte Versprechungen! O du, der mehr von einer Bestie als von einem Menschen an sich hat! Jetzt, wo ich dachte, dich zu Würden zu bringen, und zwar zu solchen, daß man dich, deiner Frau zum Trotz, Euer Herrlichkeit nennen müßte, jetzt willst du mich verlassen? Jetzt gehst du, wo ich des festen und der Ausführung sichern Vorsatzes lebte, dich zum Herrn der besten Insul der Welt zu machen? Aber in Wahrheit, wie du schon früher etlichemal gesagt hast, der Honig ist nicht da für des Esels Maul. Ein Esel bist du, und ein Esel wirst du bleiben, und als Esel wirst du enden, wann du einst deinen Lebenslauf abschließest; denn ich bin überzeugt, dein Leben wird eher sein letztes Ziel erreichen, ehe du merkst und einsiehst, daß du ein dummes Vieh bist."

Während Don Quijote ihn mit solchen Scheltworten überhäufte, schaute Sancho seinen Herrn starren, unverwandten Blickes an, und es kam eine solche Zerknirschung über ihn, daß ihm Tränen in die Augen traten und er endlich mit schmerzbewegter und wehleidiger Stimme zu ihm sagte: „Herre mein, ich gesteh es zu, zum vollständigen Esel fehlt mir nur der Schwanz; will Euer Gnaden mir den ansetzen, so will ich gerne sagen, der Schwanz gehöre mir von Rechts wegen zu, und will Euch zum Esel dienen alle meine noch übrigen Lebtage. Verzeihet mir, habt Mitleid mit meiner Jugend und bedenket, daß ich gar unwissend bin und daß, wenn ich viel rede, das mehr von Schwäche als von Bosheit kommt; doch: Wer fehlt und sich Besserung vorgenommen, darf hoffen, vor Gottes Thron zu kommen."

„Ich hätte mich gewundert, Sancho, wenn du nicht wieder ein Sprüchlein in deine Rede eingestreut hättest. Nun gut, ich verzeihe dir, mit dem Beding, daß du dich besserst und daß du von jetzt an nicht mehr so an deinen Vorteil denkst, sondern daß du dich bestrebst, dein Herz weit zu machen, und Mut und Zuversicht fassest, die Erfüllung meiner Zusagen abzuwarten; denn wenn es sich auch verzögert, so wird es darum nicht unmöglich."

Sancho versprach, er würde demgemäß handeln, wenn er auch den Mut dazu nur aus seiner Schwäche schöpfen könnte.

Hiermit begaben sie sich in das Wäldchen, und Don Quijote

lagerte sich am Fuß einer Ulme, Sancho am Fuß einer Buche; denn diese Bäume und andre ihresgleichen haben immer nur Füße und niemals Hände. Sancho verbrachte die Nacht unter Schmerzen, denn der lange Stecken machte sich bei der nächtlichen Kühle stärker bemerklich; Don Quijote verbrachte sie unter seinen üblichen beständigen Erinnerungen. Aber trotz alledem gaben beide ihre Augen dem Schlummer hin, und beim Anbrechen der Morgenröte setzten sie ihren Weg fort, um die Gestade des Ebro aufzusuchen, wobei ihnen begegnete, was im kommenden Kapitel erzählt werden soll.

29. Kapitel

Von dem merkwürdigen Abenteuer mit dem verzauberten Nachen

Auf den hergebrachten – oder noch nicht hergebrachten – Wegen erreichten Don Quijote und Sancho – zwei Tage, nachdem sie das Wäldchen verlassen hatten – den Fluß Ebro, und Don Quijote freute sich sehr seines Anblicks. Er betrachtete lange die Lieblichkeit seiner Gestade, die Klarheit seiner Gewässer, die ernste Ruhe seiner Strömung, die Fülle seiner flüssigen Kristalle; und dieser heitre Anblick erneute in seiner Erinnerung tausend Liebesgedanken. Vorzugsweise aber kam ihm in Sinn und Gedanken, was er in der Höhle des Montesinos gesehen; denn wenn auch Meister Pedros Affe ihm gesagt hatte, ein Teil jener Geschichten sei Wahrheit, ein Teil aber Lüge, so hielt er sich mehr an die wahrhaften, ganz im Gegensatze zu Sancho, der sie sämtlich für die Lüge selbst hielt.

Indem er nun in solchen Gedanken dahinzog, fiel ihm ein kleiner Nachen ohne Ruder in die Augen, der an einen Baumstamm am Ufer angebunden war. Don Quijote blickte sich nach allen Seiten um und sah niemanden, und ohne weiteres stieg er von Rosinante ab und befahl Sancho, gleichfalls von seinem Grauen abzusitzen und beide Tiere zusammen an den Stamm einer dort stehenden Pappel oder Weide fest anzubinden.

Sancho fragte ihn nach der Ursache dieses unerwarteten Beginnens. Don Quijote antwortete: „Du mußt wissen, Sancho, der Nachen hier ist dazu da, und anders kann es nicht sein, mich zu rufen und aufzufordern, daß ich hineinsteige und darin fortschiffe, um Beistand zu leisten irgendeinem Ritter oder sonst einer hilfsbedürftigen vornehmen Persönlichkeit, die gewißlich von großen Nöten bedrängt sein muß; denn so pflegt es in den Ritterbüchern zu sein und bei den Zauberern, die mit solchen Geschichten zu tun haben; wenn ein Ritter sich in einer Drangsal befindet und aus selbiger nur durch eines andern Ritters Hand erlöst werden kann, obgleich sie zwei- oder dreitausend Meilen, ja noch weiter voneinander entfernt sind, da entführen sie ihn gewaltsam in einer Wolke oder bieten ihm einen Nachen dar, damit er dareinsteige, und in kürzerer Zeit, als man die Augen öffnet und schließt, führen sie ihn davon, sei es durch die Lüfte, sei es das Meer hindurch, wie es ihnen beliebt und wo sein Beistand notwendig ist. Sonach, o Sancho, befindet sich dieser Nachen zum nämlichen Zwecke hier; und dies ist so sicher, wie der Tag jetzo scheinet, und ehe denn derselbe vorübergehe, binde den Grauen und Rosinante zusammen an; und nun in Gottes Namen, möge Er uns geleiten! Denn ich werde von meiner Einschiffung nicht abstehen, und kämen selbst Barfüßermönche und bäten mich darum."

„Wenn es denn einmal so ist", entgegnete Sancho, „und Euer Gnaden verfällt mit aller Gewalt bei jedem Schritt auf solcherlei, ich weiß nicht, soll ich sagen Unsinn, so bleibt nichts übrig, als zu schweigen und den Kopf zu neigen nach dem Sprichwort: Tu, was dein Herr gebeut, und setze dich mit ihm zu Tische. Aber trotzdem will ich, da ich mein Gewissen von Schuld frei halten will, Euer Gnaden ernstlich sagen, mir wenigstens kommt es so vor, dieser Nachen gehört nicht zu den verzauberten, sondern gehört irgendwelchen Fischern hier am Flusse, in dem die besten Elsen auf der Welt gefangen werden."

So sprach Sancho, während er die Tiere anband, die er mit großem Seelenschmerz dem Schutz und Schirm der Zauberer überlassen mußte. Don Quijote ermahnte ihn, ob der Tiere unbekümmert zu sein, denn der, welcher sie selbst in fernsten Distanzen über Pfade und Lande führen werde, der werde auch Sorge tragen, sie zu nähren.

„Was ist das für ein Tanz, der Dißtanz?" sagte Sancho; „ich verstehe das nicht, habe ein solches Wort all mein Lebtag nicht gehört."

„Distanz heißt Entfernung", erwiderte Don Quijote, „und es ist kein Wunder, daß du es nicht verstehst, denn du bist nicht verpflichtet, Latein zu können wie so manche, die so tun, als könnten sie es, und doch nichts davon verstehen."

„Jetzt wären sie also angebunden", fiel Sancho ein; „was haben wir nun zu tun?"

„Was?" antwortete Don Quijote; „ein Kreuz schlagen und den Anker lichten, ich meine uns einschiffen und das Tau kappen, womit dieser Nachen vor Ufer festliegt."

Und mit einem Sprung schwang er sich hinein, Sancho folgte ihm, er schnitt das Seil durch, und der Nachen entfernte sich allmählich vom Ufer. Als sich aber Sancho ungefähr zwei Ellen weit im Gewässer des Flusses sah, begann er zu zittern und sein Verderben zu fürchten; aber nichts machte ihm so viel Kummer, als daß er seinen Esel iahen hörte und sah, wie sich Rosinante abarbeitete, um loszukommen. Da sprach er zu seinem Herrn: „Mein Grauer schreit iah im Schmerz ob unsrer Entfernung, und Rosinante müht sich, loszukommen, um sich uns nachzustürzen. O liebste Freunde, bleibt in Frieden allhier, und möge auf die Torheit, die uns von euch fortführt, die Enttäuschung bald folgen und uns dann zum holden Zusammensein mit euch zurückbringen!"

Und hiermit begann er so bitterlich zu weinen, daß Don Quijote ärgerlich und auffahrend zu ihm sagte: „Was fürchtest du, feiges Geschöpf? Worüber weinst du, Butterherz? Wer verfolgt dich, wer bedrängt dich, du Maus, die sich im Loche duckt? Oder was geht dir ab, und darbst du etwa im Schoße des Überflusses? Pilgerst du etwa zu Fuß und barfüßig über die Rhypäischen Gebirge, oder sitzest du nicht vielmehr hier, wo eine breite Planke dir einen Sitz gewährt wie einem Erzherzog, auf der geruhsamen Strömung dieses lieblichen Flusses, von wo wir nach kurzer Weile in das weite Meer hinausfahren werden? Aber schon müssen wir hinausgekommen und mindestens sieben- oder achthundert Meilen weit gefahren sein, und wenn ich ein Astrolabium hier hätte, um die Polhöhe damit zu bestimmen, würde ich dir sagen, wie viele der Meilen wir gefahren sind; indessen, ich verstehe entweder nicht viel davon, oder wir haben die Linie der Nachtgleiche, die die beiden entgegengesetzten Pole teilt und sich in gleichem Abstande von ihnen hinzieht, bereits durchschnitten oder werden sie bald durchschneiden."

„Und wann wir zu diesem Linchen mit dem Nachtleibchen kommen", fragte Sancho, „wieviel haben wir dann zurückgelegt?"

„Viel", antwortete Don Quijote, „denn von den dreihundertsechzig Graden, welche die aus Erde und Wasser zusammengesetzte Kugel enthält nach der Kalkulation und Berechnung des Ptolemäus, jenes größten Kosmographen, den man kennt, werden wir die Hälfte zurückgelegt haben, sobald wir an die erwähnte Linie kommen."

„Bei Gott", sprach Sancho, „da bringt Ihr mir zum Zeugen Eurer Angaben einen schönen Kerl daher, einen, der Kalk im Latz hat, einen Polen, der mäh sagt, und dazu einen Possengrafen, den man kennt."

Don Quijote lachte laut auf über die Auslegung, die Sancho der Kalkulation und dem Ptolemäus und dem Kosmographen gegeben, und sagte ihm: „Du mußt wissen, Sancho, wenn die Spanier und überhaupt die Reisenden sich in Cádiz nach Ostindien einschiffen, so haben sie ihre Merkzeichen, woran sie erkennen, daß sie über die Linie der Nachtgleiche, von der ich dir sagte, hinausgekommen sind, und eines davon besteht darin, daß bei allen Leuten im Schiffe die Läuse absterben, ohne daß eine einzige übrigbleibt, und im ganzen Schiff würde man keine finden, wenn man sie auch mit Gold aufwiegen wollte. Sonach, Sancho, magst du dir nur mit der Hand über den Schenkel fahren, und falls du eine am Leben findest, so sind wir gleich aus dem Zweifel; wenn aber nicht, so sind wir über die Linie hinaus."

„Ich glaube nichts von alledem", entgegnete Sancho; „aber doch will ich tun, was Euer Gnaden mir befiehlt. Zwar weiß ich nicht, wozu wir solche Proben anstellen sollen, da ich mit meinen eignen Augen sehe, daß wir uns noch keine fünf Ellen weit vom Ufer entfernt haben, ja, wir sind nicht einmal zwei Ellen von dem Ort weg, wo unsre Tiere stehen, denn dorten stehen Rosinante und mein Grauer am gleichen Fleck, wo wir sie gelassen, und wenn ich den Augenpunkt nehme, wie ich es jetzt tue, so schwör ich's bei dem und jenem, wir bewegen uns überhaupt nicht, wir kommen nicht einmal so geschwind vom Fleck wie eine Ameise."

„Mach nur die Probe, die ich dir angegeben habe, Sancho", befahl Don Quijote, „kümmere dich um keine andre, denn du weißt nicht, was Koluren und Linien sind, Parallelen und Tierkreise, Ekliptik und Pol, Sonnenwende und Nachtgleiche, Planeten, Sternbilder, die Punkte und Grade, nach denen die Himmels- und die Erdkugel eingeteilt wird; denn wenn du dies oder auch nur einen Teil davon wüßtest, so würdest du deutlich sehen, wieviel Parallelkreise wir durchschnitten, wieviel Himmelszeichen wir erblickt, wieviel Sternbilder wir hinter uns gelassen haben und noch hinter uns lassen werden. Und nochmals sage ich dir, du sollst dich befühlen und Jagd machen, denn ich bin überzeugt, du bist jetzt sauberer als ein Bogen glattes weißes Papier."

Sancho befühlte sich, griff mit der Hand sachte und vorsichtig an die linke Hüfte, hob den Kopf, sah seinen Herrn starr an und sagte: „Entweder taugt die Probe nicht, oder wir sind noch nicht dahin gelangt, wo Euer Gnaden meint, ja auf viele Meilen nicht."

„Wie denn?" fragte Don Quijote, „hast du etwas gefunden?"

„Sogar mehr als etwas", antwortete Sancho. Er schüttelte die Finger ab und wusch sich die ganze Hand im Flusse, auf dem der Nachen sanft dahinglitt, ohne daß ihn eine geheime Kraft oder ein verborgener Zauberer in Bewegung setzte außer des Wassers eigener Strömung, die jetzt still und freundlich hinwallte.

Indem wurden sie mitten im Flusse Wassermühlen gewahr, und kaum hatte Don Quijote sie erblickt, als er mit lauter Stimme zu Sancho sprach: „Siehst du dort, o mein Freund, da tritt hervor die Stadt, Burg oder Feste, worin irgendein schwerbedrückter Rittersmann oder eine mißhandelte Königin, Infantin oder Prinzessin gefangenliegen muß, und zu deren Beistand bin ich hierhergeführt worden."

„Was, zum Teufel, für Stadt, Feste oder Burg meint Euer Gnaden, Señor?" fragte Sancho Pansa. „Seht Ihr denn nicht, daß es Wassermühlen im Flusse sind, wo das Getreide gemahlen wird?"

„Schweig, Sancho", sagte Don Quijote; „denn wenn sie auch wie Wassermühlen aussehen, so sind es doch keine. Ich habe dir ja schon gesagt, daß Zauberei alles verwandelt und aus seinem angebornen Wesen zu einem andern umgestaltet; damit will ich nicht sagen, daß sie das eine zum andern wirklich umgestaltet, sondern es scheint nur äußerlich so. Das hat die Erfahrung uns gezeigt in der Verwandlung meiner Dulcinea, dieser einzigen Zuflucht meiner Hoffnungen."

Unterdessen war der Nachen mitten in die Strömung geraten und begann rascher zu treiben als bisher. Als die Leute auf den Wassermühlen sahen, wie der Nachen auf dem Flusse herankam und nahe daran war, gerade in den Wassersturz des Mühlkanals hineinzutreiben, sprangen viele von ihnen eiligst mit langen Stangen heraus, um ihn aufzuhalten, und da sie ganz weiß aussahen und ihre Gesichter und Kleider mit Mehl bestäubt waren, so boten sie einen unangenehmen Anblick. Sie stießen ein großes Geschrei aus und riefen: „Ihr verdammten Kerle, wohin wollt ihr? Seid ihr lebensmüde? Was? Wollt ihr zwischen den Rädern ersaufen und zerschellen?"

„Sagte ich dir nicht, Sancho", sagte Don Quijote jetzt, „daß wir die Stelle erreicht haben, wo ich zeigen soll, wie weit die Kraft meines Armes reicht? Schau hin, wieviel Wegelagerer und feige Schurken sich mir entgegenwerfen; schau hin, wieviel Scheusale mir Widerpart halten; schau hin, wieviel häßliche Fratzen einherkommen und uns Gesichter schneiden. Aber gleich sollt ihr es erfahren, Schelmengezücht!"

Und er stellte sich im Nachen aufrecht, begann mit mächtiger Stimme die Müller zu bedräuen und rief: „Schlechtgesinntes und noch schlechter beratenes Lumpenpack, laßt in Freiheit, laßt ungehindert über sich selbst verfügen die Person, die ihr in eurer Feste oder Zwingburg geknechtet haltet, ob sie hoch oder niedrig, welchen Standes oder Ranges sie sein möge; denn ich bin Don Quijote von der Mancha, der Löwenritter genannt, welchem durch des hohen Himmels Gebot es vorbehalten ist, dies Abenteuer zu glücklichem Ende zu führen!"

Und mit diesen Worten griff er zum Schwerte und begann damit Lufthiebe gegen die Müller zu führen; diese aber, die die Narreteien wohl hörten, aber nicht verstanden, mühten sich, mit ihren Stangen den Nachen aufzuhalten, der schon im Begriff war, in den Strudel des Mühlkanals hineinzutreiben. Sancho warf sich auf die Knie und betete andächtig zum Himmel, ihn aus einer so offenbaren Gefahr zu erlösen, und der Himmel tat es auch vermittels der Geschicklichkeit und Behendigkeit der Müller, die sich mit ihren Stangen wider den Nachen stemmten und ihn zurückhielten, jedoch nicht verhindern konnten, daß der Nachen umschlug und der Ritter und sein Schildknappe kopfüber ins Wasser stürzten. Indessen ging es für Don Quijote gut aus, da er schwimmen konnte wie ein Gänserich, obwohl das Gewicht der Rüstung ihn zweimal auf den Grund hinunterzog; und wären die Müller nicht gewesen, die sich ins Wasser stürzten und sie herauszogen, so wäre für beide hier ein Troja gewesen.

Als sie nun ans Land gebracht und freilich mehr durchnäßt als durstig waren, warf sich Sancho auf die Knie, faltete die Hände, heftete die Blicke gen Himmel und flehte zu Gott in langem andächtigem Gebete, ihn fürderhin von den tollkühnen Anschlägen und Wagnissen seines Herrn zu erlösen. Inzwischen kamen die Fischer herbei, die Eigentümer des Nachens, welchen die Mühlräder in Trümmer zerschlagen hatten; und da sie ihn zerschellt sahen, gingen sie sofort daran, Sancho die Kleider auszuziehen und zugleich von Don Quijote Schadenersatz zu fordern. Der Ritter aber, mit größter Gemütsruhe, als ob er an der ganzen Sache unbeteiligt wäre, versicherte den Müllern und Fischern, er werde den Nachen mit Vergnügen bezahlen, wenn man ihm die Person oder die Personen, die in dieser ihrer Burg gefangenlägen, frei und sonder hinterhaltige Tücke herausgebe.

„Was für Personen oder was für eine Burg meint Ihr, närrischer Mensch?" entgegnete einer von den Müllern. „Wollt Ihr vielleicht die Personen mitschleppen, die in unsre Mühlen kommen, um ihr Getreide zu mahlen?"

„Jetzt genug", sprach Don Quijote zu sich selber; „da wär ich ein Prediger in der Wüste, wollte ich dieses Gesindel dazu bewegen, für gute Worte eine gute Tat zu tun. Bei diesem Abenteuer müssen zwei mächtige Zauberer aufeinandergestoßen sein, und der eine hindert, was der andre plant; der eine bescherte mir den Nachen, der andre ließ mich scheitern. Gott besser's! Besteht doch diese ganze Welt nur aus Anschlägen und geheimen Plänen, von denen einer immer dem andern feindlich entgegenwirkt. Mehr kann ich nicht tun."

Hierauf erhob er seine Stimme und fuhr in seiner Rede fort, indem er die Mühlen ins Auge faßte: „Freunde ihr, wer ihr auch sein möget, die ihr in diesem Kerker eingesperrt weilet, vergebt mir! Um meines Mißgeschicks willen und zu eurem Unglück kann ich euch nicht aus euren Nöten lösen; für einen andern Ritter muß dies Abenteuer vorbehalten und aufbewahrt sein."

Und dann verglich er sich auch gleich mit den Fischern und bezahlte für den Nachen fünfzig Realen, welche Sancho gar ungern hergab, wobei er sagte: „Bei zwei Kahnfahrten wie dieser würde unser ganzes Hab und Gut scheitern gehen."

Den Fischern erschien es als ein seltsam Schauspiel, wie diese zwei Gestalten so ganz anders als alle andern Menschen in ihrer Erscheinung waren, und sie konnten mit Don Quijotes Reden und Fragen nicht das geringste anfangen; und da sie beide für verrückt hielten, ließen sie sie stehen und kehrten heim, die einen zu ihren Mühlen, die Fischer zu ihren Hütten.

Don Quijote und Sancho aber kehrten zurück zu ihren Tieren, um selber dumme Tiere zu bleiben, und so endete das Abenteuer mit dem verzauberten Nachen.

30. Kapitel

Von dem, was Don Quijote mit einer schönen Jägerin begegnete

Recht schwermütig und mißlaunisch kehrten Ritter und Knappe zu ihren Tieren zurück, insbesondere Sancho, dem es ans Herz griff, den Geldvorrat anzugreifen; denn alles, was daraus entnommen wurde, schien ihm von seinem Fleisch und Blut genommen. Und wortlos setzten sie sich alsbald in den Sattel und entfernten sich von dem vielgerühmten Flusse, Don Quijote in Gedanken an seine Liebe versunken, Sancho in Gedanken an sein Emporkommen; dieses schien ihm jetzt weiter entfernt zu sein denn je. Denn so einfältig er auch war, sah er doch ein, daß die Handlungen seines Herrn, insgesamt oder doch größtenteils, widersinniges Zeug waren, und er suchte nach einer Gelegenheit, wo er eines Tages, ohne Abrechnung oder Verabschiedung, sich aus seines Herrn Klauen losmachen und heimkehren könnte. Allein das Schicksal lenkte die Dinge gerade zum Gegenteil dessen, was er befürchtete.

Es geschah nämlich, daß am nächsten Tage beim Sonnenuntergang, als sie eben aus einem Walde herauskamen, Don Quijote seine Blicke über eine grünende Flur schweifen ließ und an deren äußerstem Rand Leute erblickte, in denen er beim Näherkommen Falkenjäger erkannte. Er ritt noch näher heran und sah unter ihnen eine stattliche Dame auf einem schneeweißen Zelter oder Damenpferd, das in grünem Reitzeug prangte und einen silbernen Frauensattel trug. Die Dame war ebenfalls in grüne Tracht gekleidet, so reich und glanzvoll, daß es schien, die Pracht selber habe sich in ihre Gestalt verwandelt. Auf ihrer linken Hand trug sie einen Jagdfalken, woran Don Quijote erkannte, sie sei eine höchst vornehme Dame und müsse die Gebieterin des ganzen Jagdgefolges sein; und dies war wirklich der Fall. Daher sprach er zu Sancho: „Eile, mein Sohn Sancho, und sag jener Dame auf dem Zelter mit dem Falken auf der Hand, ich, der Löwenritter, küsse ihrer hohen Schönheit die Hände, und wenn Ihre Hoheit es gestatte, so würde ich mich ihr zum Handkuß bieten und würde ihr in allem zu Diensten sein, was meine Kräfte leisten könnten und Ihre Hoheit mir gebieten wollte. Und bedenke wohl, Sancho, wie du dich ausdrückst, und sei darauf bedacht, in deine Botschaft keines von deinen üblichen Sprichwörtern hineinzuflicken."

„Jawohl, da habt Ihr den rechten Flickschneider gefunden",

erwiderte Sancho; „kommt mir nur nicht mit so etwas! Wahrlich, es ist nicht das erstemal in meinem Leben, daß ich Botschaften an hochgeborne und hochgewachsene Frauenzimmer überbracht habe."

„Außer der, so du dem Fräulein Dulcinea ausgerichtet", versetzte Don Quijote, „wüßte ich nicht, daß du eine andre ausgerichtet, wenigstens nicht in meinen Diensten."

„Das ist wahr", entgegnete Sancho, „aber dem guten Zahler tut's um kein Pfand leid, und in vollem Haus ist bald gericht' der Schmaus; ich meine, man braucht mir nichts zu sagen und mich auf nichts aufmerksam zu machen; denn ich hab von allem etwas, und ich versteh ein wenig von allem."

„Das glaub ich, Sancho", sprach Don Quijote; „geh hin zu guter Stunde, und Gott geleite dich."

Sancho flog im gestreckten Galopp davon, nachdem er den Grauen aus seinem gewöhnlichen Schritt getrieben, und kam zur Stelle, wo die schöne Jägerin hielt; er stieg ab, warf sich vor ihr auf die Knie und redete sie so an: „Schöne Dame, jener Ritter, der sich dorten zeigt und der Löwenritter heißt, ist mein Herr, und ich bin ein Schildknappe in seinem Dienste, den man in seiner Heimat Sancho Pansa benamset. Der besagte Löwenritter, der sich noch vor kurzem der Ritter von der traurigen Gestalt nannte, sendet her und läßt Eurer großmögenden Herrlichkeit sagen, Ihr möchtet geruhen, ihm zu gestatten, daß er mit Dero Willen, Gutheißen und Zustimmung sein Begehren ins Werk setzen dürfe, welches kein andres ist, wie er selber sagt und ich glaube, als Eurer erhabenen Falkenier-Hoheit und Huldseligkeit dienstbar zu sein; und so Eure Herrlichkeit ihm solches erlaubt, da werden Hochdieselben tun, was zu Hochdero Bestem gereichet, und er wird sich dadurch mit hochansehnlichster Gunst und Herzensfreude begnadet sehen."

„Wahrlich, mein wackerer Schildknappe", entgegnete die Dame, „Ihr habt Eure Botschaft mit all jenen Umständlichkeiten ausgerichtet, welche bei solchen Botschaften erforderlich sind. Erhebt Euch vom Boden; der Schildknappe eines so ausgezeichneten Ritters, wie es Der von der traurigen Gestalt ist, von dem wir hierzulande schon vieles vernommen, darf gebührendermaßen nicht auf den Knien liegen; steht auf, werter Freund, und sagt Eurem Herrn, er möge kommen, es sei uns dieses sehr erwünscht, und möge meine und meines Gemahls, des Herzogs, Gastfreundschaft freundlichst annehmen in dem Lustschloß, das wir hier besitzen."

Sancho stand auf, höchlich verwundert über die Schönheit der freundlichen Dame wie über ihre so äußerst feine und höfliche Art, noch mehr aber darüber, daß sie ihm gesagt, sie habe von seinem Herrn, dem Ritter von der traurigen Gestalt, vernommen; und wenn sie ihn nicht den Löwenritter genannt habe, so müsse der Grund wohl sein, daß er sich diesen Namen erst kürzlich beigelegt.

Die Herzogin, deren Stammsitz und Namen man bis jetzt noch nicht in Erfahrung gebracht hat, fragte ihn nun: „Lieber Schildknappe, sagt mir doch, ist dieser Euer Herr nicht jener, von dem eine *Geschichte,* die sich nennt die *des sinnreichen Junkers Don Quijote von der Mancha,* im Druck umläuft und der zur Gebieterin seines Herzens eine gewisse Dulcinea von Toboso erkoren hat?"

„Ganz derselbe ist es, Señora", antwortete Sancho, „und jener Schildknappe, der in besagter Geschichte vorkommt oder vorkommen sollte und der Sancho Pansa heißt, bin ich, wenn man mich nicht etwa in der Wiege verwechselt hat, ich meine, wenn man mich nicht im Druck verwechselt hat."

„Über all das bin ich hocherfreut", sprach die Herzogin. „Geht, Freund Pansa, und sagt Euerm Herrn, er würde auf meinem Grund und Boden willkommen und wohlaufgenommen sein, und nichts könnte mir begegnen, das mir größeres Vergnügen bereiten würde."

Mit einem so erwünschten Bescheid kehrte Sancho in höchster Freude zu seinem Herrn zurück und berichtete diesem alles, was ihm die vornehme Dame gesagt, wobei er mit seinen gewohnten bäurischen Ausdrücken ihre große Schönheit, Liebenswürdigkeit und leutselige Art bis in den Himmel erhob. Da brüstete sich Don Quijote in seinem Sattel, trat fest in die Bügel, rückte sein Visier zurecht, spornte Rosinante mit Macht und ritt mit edlem Anstand heran, um der Herzogin die Hände zu küssen.

Diese aber hatte inzwischen den Herzog, ihren Gemahl, rufen lassen und erzählte ihm, während Don Quijote sich näherte, dessen ganze Botschaft; und da beide den ersten Teil unserer Geschichte gelesen und daraus die närrischen Grillen Don Quijotes erfahren hatten, so erwarteten sie ihn mit größtem Vergnügen und mit einer wahren Sehnsucht, ihn kennenzulernen, und mit der entschiedenen Absicht, auf seine Grillen einzugehen, allem zuzustimmen, was er ihnen sagen würde, und ihn, solang er bei ihnen weile, als fahrenden Ritter zu behandeln und dabei getreulich all die Förmlichkeiten zu beobachten, wie sie bräuchlich in den Ritterbüchern, die sie gelesen hatten, ja, die sie sehr liebten.

Inzwischen nahte Don Quijote mit aufgeschlagenem Visier, und da er Miene machte, vom Pferde zu steigen, kam Sancho herbei, ihm den Bügel zu halten; aber diesem begegnete das Unglück, daß beim Absteigen von seinem Grauen ein Fuß sich ihm in einem Strick des Eselssattels verfing, so daß es ihm unmöglich war, sich loszumachen, und er mit dem Bein hängenblieb, Mund und Brust im Staube schleppend. Don Quijote, der nicht gewohnt war abzusteigen, ohne daß man ihm den Bügel hielt, glaubte, Sancho stehe schon da, um ihm diesen zu halten, schwang sich mit ganzem Körper auf einmal hernieder und riß Rosinantes Sattel mit sich, der offenbar nicht fest genug gegürtet war, und Sattel und Mann stürzten zu Boden, nicht ohne daß sich der Ritter herzlich schämte und leise für sich eine Masse von Flüchen gegen den Unglücksmenschen von Sancho ausstieß, der noch immer den Fuß in der Schlinge hatte. Der Herzog befahl seinen Jägern, dem Ritter und dem Knappen zu Hilfe zu eilen; sie hoben Don Quijote auf, dem der Fall übel mitgespielt hatte und der, so gut es eben anging, herbeihinkte, um sich vor dem erlauchten Paar auf die Knie zu werfen. Allein der Herzog ließ dies durchaus nicht zu, stieg vielmehr von seinem Pferde, eilte auf Don Quijote zu, umarmte ihn und sprach zu ihm: „Es tut mir leid, Herr Ritter von der traurigen Gestalt, daß die erste Gestalt, in der sich Euer Gnaden auf meinem Grund und Boden gezeigt hat, eine so traurige war, wie wir eben gesehen; aber die Nachlässigkeit der Schildknappen ist häufig schuld an noch schlimmeren Zufällen."

„Der Zufall, der mir vergönnte, Euch zu sehen, hochherziger Fürst", entgegnete Don Quijote, „kann unmöglich ein schlimmer sein, und wäre selbst mein Sturz so tief gewesen, daß er erst an dem Schlunde des Abgrunds haltgemacht hätte; denn auch von da würde das stolze Bewußtsein, Euch gesehen zu haben, mich wieder emporheben und heraufholen. Mein Schildknappe, den Gott verdamme, versteht sich besser darauf, den Zügel der Zunge zu losen Reden loszubinden, als den Sattel so zu schnallen, daß er einen sicheren Sitz beut; aber in welcher Lage ich mich auch befinden möge, gefallen oder aufrechtstehend, zu Fuß oder zu Rosse, werde ich immer Euch zu Diensten sein, wie auch meiner gnädigen Frau Herzogin, Eurer würdigen Gemahlin, der würdigen Herrin der Schönheit und allwaltenden Fürstin der edlen Sitte."

„Sachte, mein verehrter Señor Don Quijote", sprach der Herzog; „solange mein gnädiges Fräulein Dulcinea von Toboso da ist, mag es nicht gebührend sein, die Schönheit anderer zu preisen."

Inzwischen war Sancho Pansa bereits aus der Schlinge befreit, und da er in der Nähe stand, so sprach er, ehe noch sein Herr antworten konnte: „Es ist nicht zu leugnen, vielmehr zu behaupten, daß unser Fräulein Dulcinea von Toboso ausbündig schön ist; aber wo man sich's am wenigsten versieht, springt der Hase aus dem Kraut. Ich habe sagen hören, was man Natur nennt, ist wie ein Töpfer, der Gefäße aus Ton macht, und wer ein schönes Gefäß macht, kann auch zwei und auch drei und auch hundert machen. Damit will ich sagen, daß unsere gnädige Frau Herzogin keineswegs meiner Gebieterin, dem Fräulein Dulcinea von Toboso, nachsteht."

Don Quijote wandte sich zur Herzogin und sprach zu ihr: „Eure Hoheit möge mir glauben, daß kein fahrender Ritter jemals auf Erden einen größeren Schwätzer und Lustigmacher zum Schildknappen gehabt hat als ich, und er wird dartun, daß ich hierin die Wahrheit rede, wenn es Euer erhabenen Herrlichkeit beliebt, einige Tage lang meine Dienste anzunehmen."

Darauf erwiderte die Herzogin: „Daß der wackere Sancho ein Lustigmacher ist, das schätze ich hoch, denn es ist ein Zeichen seines Verstandes; Scherz und Witz, Señor Don Quijote, wie Euer Gnaden wohl weiß, kehren nicht bei stumpfen Geistern ein; und da der wackere Sancho ein lustiger und witziger Kopf ist, so erkläre ich ihn von vornherein auch für einen gescheiten Kopf."

„Und für einen Vielschwätzer", fügte Don Quijote bei.

„Desto besser", sagte der Herzog; „denn sind's der Späße viele, so lassen sie sich nicht mit wenigen Worten sagen. Aber mit solchen Worten wollen wir nicht die Zeit verlieren; darum komme der Ritter von der traurigen Gestalt..."

„Der Löwenritter, muß Euer Hoheit sagen", sprach Sancho; „es gibt keine traurige Gestalt noch Ungestalt mehr."

„Also der Löwenritter", fuhr der Herzog fort. „Ich sage denn: es komme der Herr Löwenritter nach dem Schlosse, das ich hier in der Nähe habe, allwo ihm die Aufnahme werden soll, wie sie einer so hohen Persönlichkeit von Rechts wegen gebührt und wie ich und die Herzogin sie stets allen Rittern zuteil werden lassen, die unser Schloß beehren."

Mittlerweile hatte Sancho Rosinantes Sattel wieder in Ordnung gebracht und den Gurt festgeschnallt; Don Quijote bestieg seinen Gaul und der Herzog ein prächtiges Roß, sie nahmen die Herzogin in die Mitte und ritten den Weg zum Schloß. Die Herzogin befahl Sancho, neben ihr zu reiten, weil sie unendliches Vergnügen an seinen gescheiten Einfällen hatte. Sancho ließ sich nicht lange bitten; er mischte sich unter die Gesellschaft und gab den vierten Mann bei der Unterhaltung ab, zum großen Ergötzen der Herzogin und des Herzogs, die es für ein großes Glück hielten, einen solchen fahrenden Ritter und einen solchen erfahrenen Schildknappen in ihrem Schlosse aufnehmen zu können.

31. KAPITEL

Welches von vielen und wichtigen Dingen handelt

Unsäglich groß war die Freude, die Sancho in seinem Herzen trug, als er sich seiner Meinung nach in hoher Gunst bei der Herzogin sah; denn alsbald kam ihm der Gedanke, er werde in ihrem Schlosse dasselbe finden, was er in Don Diegos und in Basilios Hause gefunden, wie er denn stets aufs Wohlleben erpicht war; und daher ergriff er die Gelegenheit, sich gütlich zu tun, beim Schopfe, wann und wo sie sich ihm darbot.

Hier erzählt die Geschichte, daß, ehe sie zu dem Lusthaus oder Schloß kamen, der Herzog vorausritt und seiner gesamten Dienerschaft Befehl erteilte, auf welche Art und Weise sie Don Quijote behandeln sollten. Als dieser nun mit der Herzogin an der Pforte des Schlosses anlangte, traten im Augenblick zwei Lakaien oder Reitknechte heraus, gekleidet in prächtige bis auf die Füße herabfallende Röcke, sogenannte Hausröcke vom feinsten karmesinroten Atlas, und ehe Don Quijote sie nur recht gesehen oder gehört hatte, hoben sie ihn in ihren Armen vom Pferde und sagten ihm: „Wolle Euer Herrlichkeit sich bemühen, unserer gnädigen Frau Herzogin absteigen zu helfen."

Don Quijote tat also, und es gab große Höflichkeitsbezeigungen von beiden Seiten über den Gegenstand; aber zuletzt siegte die Beharrlichkeit der Herzogin, die nur in den Armen des Herzogs von ihrem Zelter steigen oder sich herabheben lassen wollte, indem sie sagte, sie finde sich nicht würdig, einen so hohen Ritter mit so unnützer Beschwer zu belästigen. Der Herzog erschien denn endlich, um ihr herabzuhelfen, und beim

Eintritt in den großen Innenhof nahten zwei schöne Jungfrauen und warfen dem Ritter einen weiten Mantel aus feinstem Scharlach über die Schultern; und im Nu füllten sich alle Galerien um den Hof her mit Dienern und Dienerinnen des herzoglichen Paares, die mit lauter Stimme riefen: „Willkommen sei die Blume und Perle der fahrenden Ritter!" Und gleichzeitig gossen sie wohlriechendes Wasser über Don Quijote und das herzogliche Paar. Über alles dies war Don Quijote höchlich verwundert, und es war dies der erste Tag, wo er ganz und gar an sich glaubte und erkannte, daß er in Wirklichkeit und nicht bloß in der Einbildung ein fahrender Ritter sei, da er sich ganz auf dieselbe Art behandelt sah, wie er es von den besagten Rittern in vergangenen Zeiten gelesen hatte.

Sancho ließ seinen Esel im Stich und hing sich an die Herzogin, er trat in das Schloß ein, und da er doch Gewissensbisse empfand, daß er seinen Grauen allein gelassen, wandte er sich an eine ehrwürdige Kammerfrau, die mit den anderen zur Begrüßung der Herzogin herausgekommen, und sagte zu ihr leise: „Señora González oder wie sonst Euer Gnaden Name lautet..."

„Doña Rodríguez de Grijalba heiße ich", antwortete die Kammerfrau; „was wünschet Ihr, guter Freund?"

Sancho antwortete: „Ich wünschte, Euer Gnaden erwiese mir die Gnade, sich vors Tor des Schlosses zu verfügen, wo Ihr einen mir gehörigen grauen Esel finden werdet; Euer Gnaden geliebe, ihn in den Stall bringen zu lassen oder hineinzubringen, denn das arme Tierchen ist ein wenig furchtsam und wird sich unter keiner Bedingung darein finden, allein zu bleiben."

„Wenn der Herr so anständig ist wie der Diener", antwortete die Kammerfrau, „so sind wir gut daran! Geht selber, guter Freund, geht zum Henker, Ihr und der Euch hergebracht hat! Geht und sorgt für Euren Esel; wir Kammerfrauen in diesem Hause sind dergleichen Verrichtungen nicht gewohnt."

„Aber wirklich", entgegnete Sancho, „ich habe von meinem Herrn gehört, der hat alle Geschichten mit der Wünschelrute aufgespürt, wie er die Geschichte von Lanzelot erzählte, da sagte er, daß,

> Als er herkam aus Britannien,
> Edeldamen seiner pflagen,
> Kammerfrauen seines Rosses;

und was insbesondere mein Grautier betrifft, würde ich's nicht gegen das Roß des Señor Lanzelot tauschen."

„Guter Freund, seid Ihr von Beruf ein Possenreißer", entgegnete die Kammerfrau, „so hebt Eure Witze für Gelegenheiten auf, wo man sie für Witze hält und sie Euch bezahlt; bei mir könnt Ihr nichts weiter gewinnen als Verachtung."

„Wahrhaftig, Euer Gnaden", erwiderte Sancho, „bei Euern Jahren hat das Spiel nicht viel Punkte mehr zu vergeben."

„Du Hurensohn", rief die Kammerfrau zornentbrannt, „ob ich alt bin oder nicht, darüber habe ich meine Rechnung mit dem Himmel zu machen, aber nicht mit dir, Schelm, Knoblauchfresser!"

Sie schrie das so laut, daß die Herzogin es hörte; und als sie sich umwendete und die Kammerfrau so aufgeregt sah, die Augen mit Blut unterlaufen, fragte sie, mit wem sie's habe.

„Mit dem da", antwortete die Kammerfrau, „mit dem sauberen Burschen, der mit aller Gewalt von mir verlangt hat, ich solle seinen Esel, der da vor dem Schloßtor steht, in den Stall bringen, und mir als Beispiel aufstellt, daß es schon einmal so vorgekommen wäre, ich weiß nicht wo, und daß Edeldamen einen gewissen Lanzelot und Kammerfrauen sein Roß gepflegt hätten, und obendrein hat er mich in seiner Höflichkeit eine alte Person geheißen."

„Das würde ich für eine Beleidigung halten", versetzte die Herzogin, „ärger als jede andere, die man gegen mich ausstoßen könnte."

Und das Wort an Sancho richtend, sagte sie: „Merkt Euch, Freund Sancho, daß Doña Rodríguez noch sehr jung ist und daß sie ihre Haube mehr um ihrer Würde willen und dem Herkommen zuliebe trägt als ihrer Jahre wegen."

„Meine eigenen Jahre, soviel ich noch zu leben habe", entgegnete Sancho, „sollen lauter Unglück sein, wenn ich es darum gesagt habe; ich hab's nur gesagt, weil ich meinen Esel so gern habe, daß es mich bedünkte, ich könnte ihn keiner barmherzigeren Person anvertrauen als der Señora Doña Rodríguez."

Don Quijote, der allem zugehört hatte, sprach zu ihm: „Sind das Äußerungen für diesen Ort, Sancho?"

„Señor", antwortete Sancho, „jeder muß seine Not da klagen, wo er sich gerade befindet; hier ist mir mein Esel in den Sinn gekommen, und hier hab ich von ihm gesprochen; und wenn ich im Stall an ihn gedacht hätte, so hätte ich im Stall von ihm gesprochen."

Darauf sagte der Herzog: „Sancho hat vollkommen recht, und es ist kein Grund, ihm irgendeinen Vorwurf zu machen. Der Esel soll sein Futter nach Herzenslust bekommen, und Sancho soll nur außer Sorge sein, man wird den Esel behandeln wie ihn selber."

Unter diesen Gesprächen, die allen ergötzlich waren, nur nicht dem Ritter, langte man im oberen Geschoß an und führte Don Quijote in einen mit den reichsten Gold- und Brokatstoffen geschmückten Saal. Sechs Fräulein nahmen ihm Wehr und Waffen ab und dienten ihm als Edelknaben, alle vom Herzog und der Herzogin unterwiesen, was sie zu tun hatten und wie sie Don Quijote behandeln sollten, damit er glaube und sehe, daß man ihn als fahrenden Ritter behandelte.

Nachdem ihm die Waffen abgenommen waren, stand Don Quijote in seinen engen Kniehosen da und in seinem gemsledernen Wams, hager, lang und dürr, mit Backenknochen, die von innen einander zu küssen schienen – eine Gestalt, daß die Mädchen, die ihn bedienten, wenn sie sich nicht ganz gehörig in acht genommen hätten, um das Lachen zu verbeißen – was eine der ausdrücklichen Vorschriften war, die ihre Herrschaft ihnen erteilt hatte –, vor Lachen gewiß hätten bersten müssen. Sie baten ihn, sich entkleiden zu lassen, um ihm ein Hemd anzulegen; allein dies wollte er nun und nimmer zugeben, indem er sagte, Sittsamkeit stehe den fahrenden Rittern ebenso wohl an wie Tapferkeit. Jedoch ersuchte er sie, das Hemd Sancho zu überreichen; dann schloß er sich mit diesem in ein Gemach ein, wo ein prachtvolles Bett stand, entkleidete sich und zog das Hemd an. Und da er sich nun mit Sancho allein sah, sprach er zu ihm: "Sage mir, du neugebackener Hofnarr und altbackener Lümmel, dünkt es dich wohlgetan, eine so ehrwürdige und achtungswerte Kammerdame wie jene an ihrer Ehre anzugreifen und zu beleidigen? War es etwa Zeit, dich deines Esels zu erinnern? Oder sind dies Herrschaften, von denen anzunehmen ist, sie werden die Tiere Not leiden lassen, nachdem sie deren Besitzer mit so feiner Art behandelt haben? Um Gottes willen, Sancho, nimm dich zusammen und laß nicht die Fäden an dir sehen, damit die Leute nicht dahinterkommen, aus wie gemeinem grobem Stoffe du gewebt bist. Bedenke, du Sündenmensch, daß der Herr um so höher gewertet wird, je ehrsamer und anständiger seine Diener sind, und daß es einer der größten Vorzüge ist, welche fürstliche Personen vor andern voraushaben, daß sie Diener um sich haben, die so trefflich sind wie sie selber. Siehst du denn nicht ein, o du beschränkter Kopf! o ich vom Glück Verfolgter! daß, wenn du wie ein grober Bauer oder ein possenreißender Dummerjan auftrittst, sie mich für einen Windbeutel halten müssen oder einen

Schmarotzer, der mit dem Rittertum wuchern will? Nein, nein, Freund Sancho, laß ab von solchen Unzuträglichkeiten; denn wer als Schwätzer und Witzmacher herumstolpert, fällt beim ersten falschen Tritt zu Boden und wird zum verhöhnten Allerweltsnarren. Zügle deine Zunge; jedes Wort mußt du überlegen und wiederkäuen, bevor es dir über die Lippen kommt, und bedenke, daß wir in eine Umgebung gelangt sind, aus der wir durch Gottes Beistand und meines Armes Kraft mit dem größtmöglichen Erbteil an Ruhm, sowie bereichert an Hab und Gut scheiden sollen."

Sancho versprach ihm eifrig, sich lieber den Mund zu vernähen oder sich in die Zunge zu beißen, als ein Wort zu sagen, das nicht passend und wohlerwogen wäre, wie er es ihm geboten habe; der Ritter möge deswegen ganz ohne Sorge sein, denn durch ihn werde es niemals herauskommen, wer sie seien.

Don Quijote kleidete sich an, legte sich sein Wehrgehänge mit dem Schwert um die Schulter, warf den weiten Scharlachmantel um, setzte sich eine Jagdmütze von grünem Atlas auf, welche die Jungfräulein ihm gegeben, und verfügte sich in diesem Staat nach dem großen Saal, wo er die Fräulein in zwei gleich langen Reihen aufgestellt fand, alle mit dem Erforderlichen versehen, um ihm Wasser über die Hände zu gießen, was sie denn auch mit vielen Verbeugungen und Förmlichkeiten taten. Sofort traten zwölf Edelknaben mit dem Haushofmeister herzu, um ihn zur Tafel zu führen, da die Herrschaften ihn schon erwarteten. Sie nahmen ihn in die Mitte und geleiteten ihn mit feierlichem Pomp und majestätischer Würde in einen andern Saal, wo ein prachtvoller Tisch mit nur vier Gedecken bereitstand. Die Herzogin und der Herzog gingen ihm bis zur Tür des Saals entgegen, um ihn zu empfangen, und mit ihnen ein Geistlicher von ernstem Aussehen, einer von jenen, die in fürstlichen Häusern das Regiment führen; einer von jenen, welche, da sie nicht selbst als Fürsten geboren sind, es nimmer lernen, diejenigen, die es sind, anzuweisen, wie sie es sein sollen; einer von jenen, die begehren, daß die Großen das Maß ihrer Größe von der Kleinlichkeit ihres Geistes abnehmen sollen; von jenen, welche die Großen, die sie unter ihrer Leitung halten, lehren wollen, sich einzuschränken, sie aber in Wirklichkeit zu Knauserern machen. Zu diesen, sage ich, mochte wohl der ernst aussehende Geistliche gehören, der mit dem herzoglichen Paar dem Ritter zur Begrüßung entgegenging.

Sie wechselten tausend Höflichkeiten und artige Reden miteinander, und dann nahmen sie ihn in die Mitte und führten ihn zur Tafel, um Platz zu nehmen. Der Herzog lud Don Quijote auf den Ehrensitz am oberen Ende des Tisches, und obschon er es ablehnte, drang der Herzog so in ihn, daß er den Sitz annehmen mußte. Der Geistliche setzte sich gegenüber und Herzog und Herzogin zu beiden Seiten der Tafel. Sancho war bei allem zugegen und sperrte Mund und Nase auf vor Erstaunen ob all der Ehren, die diese fürstlichen Personen seinem Herrn erwiesen; als er aber die vielen Förmlichkeiten und Bitten sah, die zwischen dem Herzog und dem Ritter hin und her gingen, um diesen an den Ehrenplatz am oberen Ende der Tafel zu nötigen, da sagte er: „Wenn Euer Gnaden es mir erlaubt, so will ich Euch eine Geschichte erzählen, die sich wegen der Plätze bei Tisch in meinem Dorf zugetragen hat."

Kaum hatte Sancho dies gesagt, als Don Quijote von Zittern befallen wurde, da er fürchtete, Sancho werde ohne allen Zweifel irgendwelche Albernheit sagen. Sancho blickte ihn an, verstand ihn wohl und sprach: „Euer Gnaden braucht nicht zu fürchten, Herre mein, daß ich mich vergesse oder etwas Unrechtes sage; die guten Lehren sind mir noch unvergessen, die mir Euer Gnaden über das Wenig oder Viel, das Gut- oder Schlechtsprechen gegeben hat."

„Ich entsinne mich nichts dergleichen, Sancho", entgegnete Don Quijote; „sag, was du willst, aber mach es kurz."

„Was ich also sagen will", sprach Sancho, „ist so vollkommene Wahrheit, daß mein Herr Don Quijote, der hier zugegen ist, mich nicht Lügen strafen wird."

„Meinetwegen lüge du, soviel du Lust hast", versetzte Don Quijote, „ich werde dich nicht daran hindern; aber bedenke wohl, was du sagen willst."

„Ich hab es so bedacht und wieder bedacht, daß der wenig zu tun hat, der dran mäkeln will, wie sich sogleich zeigen soll."

„Es wäre geraten", sprach Don Quijote, „Eure Hoheiten ließen diesen Toren hinauswerfen, der Blödsinn ohne Ende vorbringen wird."

„Bei des Herzogs Leben", sprach die Herzogin, „Sancho soll mir nicht einen Augenblick von der Seite kommen; ich mag ihn wohl leiden, denn ich weiß, er ist ein Mann von heiterem Witz."

„Heitere Tage möge Euer Herrlichkeit verleben", sprach Sancho, „weil ich bei Euch in so gutem Ruf stehe, wenn ich auch selber gar keinen habe. Meine Geschichte aber ist folgende: Ein Junker aus meinem Dorfe, ein sehr reicher und angesehener Mann, denn er stammte von den Alamos aus Medina del Campo und war verheiratet mit Doña Mencía de Quiñones, welche eine Tochter war von Don Alonso de Marañón, einem Ritter des Ordens von Santiago, der im Hafen La Herradura ertrank, von dessentwegen in unsrem Dorf vor Jahren jene Schlägerei stattgefunden, an welcher, wie ich meine, auch mein Herr Don Quijote teilgenommen hat, bei welcher der kleine Lausbub Tomasillo eine Wunde davongetragen hat, der Sohn von Balbastro dem Schmied ... ist das nicht alles wahr, werter Herr und Gebieter? So wahr ich lebe, Ihr müßt es sagen, damit die Herrschaften mich nicht für einen lügenhaften Schwätzer halten."

„Bis jetzt", fiel der Geistliche ein, „halte ich Euch mehr für einen Schwätzer als für einen Lügner; aber wofür ich Euch fernerhin halten werde, weiß ich noch nicht."

„Du bringst so viele Zeugen bei, Sancho", erklärte Don Quijote, „und so viele Merkzeichen, daß ich dir das Zugeständnis nicht versagen kann, daß du sicher die Wahrheit sagen wirst. Fahre fort und kürze die Erzählung ab, denn es sieht geradeso aus, als solltest du in ein paar Tagen nicht fertigwerden."

„Er soll seine Geschichte keineswegs abkürzen, um mir etwa gefällig zu sein", sprach die Herzogin; „vielmehr soll er sie so erzählen, wie er es eben versteht, wenn er auch in ganzen sechs Tagen nicht zu Ende käme; und falls es wirklich der Tage so viele würden, so hätte ich gewiß keine angenehmeren in meinem ganzen Leben verbracht."

„So sag ich denn, meine Herrschaften", fuhr Sancho fort, „daß dieser besagte Junker, denn ich kenne ihn wie hier meine Hand, denn es ist von meinem Haus zu seinem keinen Flintenschuß weit, einen armen, aber ehrbaren Bauersmann zu Tische lud ..."

„Vorwärts, Freund", fiel hier der Geistliche ein, „denn es sieht so aus, als wolltet Ihr mit Eurer Erzählung erst in der andern Welt zum Ziele kommen."

„Weniger als halbwegs dahin werde ich zum Ziele kommen, so Gott will", entgegnete Sancho. „Ich sage also, wie der besagte Bauersmann ins Haus des erwähnten Junkers eingeladen hinkam, Gott hab ihn selig, sintemal er schon tot ist, ja zum genaueren Wahrzeichen sagt man, er sei heilig wie ein Engel gestorben, denn ich war nicht dabei, denn ich war zur selben Zeit nach Tembleque ins Heu gegangen ..."

„So lieb Euch Euer Leben ist, mein Sohn", sprach hier der Geistliche, „kehrt schleunigst von Tembleque zurück, und ohne den Junker zu begraben, bringt Eure Erzählung zu Ende, wenn Ihr nicht noch mehr Leichenbegängnisse halten wollt."

„Die Sache ist nun die", versetzte Sancho, „daß die beiden sich gerade zu Tisch setzen wollten, ich meine, ich sehe sie lebendiger vor mir als je..."

Das herzogliche Paar hatte großes Vergnügen an dem Mißvergnügen, das der biedere Geistliche über die Umschweife und Unterbrechungen bezeigte, mit welchen Sancho seine Geschichte erzählte und worüber Don Quijote sich schier in Grimm und Wut verzehrte.

„Ich sage also", fuhr Sancho fort, „daß, wie die beiden im Begriff waren, sich zu Tisch zu setzen, der Bauer hartnäckig darauf bestand, der Junker müsse sich obenan setzen, und der Junker bestand in gleicher Weise darauf, der Bauer müsse sich dahin setzen, weil in seinem Hause stets geschehen müsse, was er befehle; jedoch der Bauer, der als höflich und wohlgesittet gelten wollte, gab einfach nicht nach, bis der Junker ärgerlich ihm beide Hände auf die Schultern legte, ihn mit Gewalt auf den Stuhl niedersetzte und zu ihm sagte: ‚Setz dich, du Lümmel, denn wo ich sitze, ist immer oben.' Und das ist meine Geschichte, und wahrlich, ich glaube, ich habe sie hier nicht unschicklich beigebracht."

Don Quijotes Gesicht überzog sich mit tausend wechselnden Farben, die seine braune Haut mit Flecken bedeckten und auf dem dunklen Grunde deutlich hervortraten. Herzog und Herzogin verbissen sich das Lachen, damit Don Quijotes Zorn nicht noch höher steige, da er Sanchos Bosheit wohl verstanden hatte; und um dem Gespräch eine andre Wendung zu geben, fragte die Herzogin den Ritter, was für Nachrichten er von Fräulein Dulcinea habe und ob er ihr dieser Tage etwelche Geschenke an Riesen oder Wegelagerern zugesendet habe; denn es könne doch nicht fehlen, daß er deren viele besiegt habe.

Darauf antwortete Don Quijote: „Herrin mein, meine Mißgeschicke hatten zwar einen Anfang, aber ein Ende werden sie nimmer haben. Riesen habe ich besiegt, und feige Schelme und Wegelagerer habe ich ihr zugesendet; aber wo, wo sollten sie sie finden, wenn sie doch verzaubert und in die scheußlichste Bäuerin verwandelt ist, die man sich vorstellen kann?"

„Ich weiß nicht", fiel Sancho Pansa ein, „mir doch scheint sie das schönste Geschöpf auf der Welt; wenigstens in der Leichtigkeit und im Springen, weiß ich, steht sie keinem Seiltänzer nach. Wahr und wahrhaftig, Frau Herzogin, sie springt vom Boden auf einen Esel hinauf, als wär sie eine Katze!"

„Und habt Ihr sie verzaubert gesehen, Sancho?" fragte der Herzog.

„Ob ich sie gesehen habe!" antwortete Sancho; „wer, zum Teufel, anders als ich ist denn der erste gewesen, der hinter die Geschichte mit der Verzauberei gekommen ist? Sie ist geradeso verzaubert wie mein Vater selig."

Der Geistliche, der von Riesen, feigen Schelmen und Verzauberungen reden hörte, kam jetzt darauf, daß dies Don Quijote von der Mancha sein müsse, dessen Geschichte der Herzog tagtäglich las, worüber er ihm öfters Vorwürfe gemacht hatte, indem er ihm sagte, es sei ein Unsinn, solchen Unsinn zu lesen. Als er sich nun überzeugte, daß sein Verdacht vollkommen richtig war, sprach er in vollem Zorn zu dem Herzog: „Gnädiger Herr, Euer Durchlaucht hat dereinst unsrem Gott und Herrn Rechenschaft zu geben für das Tun und Lassen dieses armen Menschen. Dieser Don Quijote, oder Don Hans Narr oder wie er heißen mag, ist meiner Meinung nach noch nicht bis zu dem Punkte verrückt, auf dem ihn Euer Durchlaucht gern sehen möchte, und darum gebt Ihr ihm Gelegenheit, seine Narreteien und Tollheiten immer noch weiter zu spinnen."

Und das Wort an Don Quijote richtend, sprach er zu diesem: „Und Ihr, Ihr liebe Einfalt, wer hat Euch in den Kopf gesetzt, daß Ihr ein fahrender Ritter seid, Riesen besiegt und Wegelagerer aufgreift? Geht in Gottes Namen, und in Gottes Namen laßt Euch gesagt sein: kehrt heim zu Eurem Hause und erzieht Eure Kinder, wenn Ihr deren habt, und sorgt für Euer Hab und Gut und laßt ab davon, in der Welt herumzustrolchen, Maulaffen feilzuhalten und jedem, der Euch kennt und nicht kennt, etwas zum Lachen zu geben. Wo, zum Henker! habt Ihr gefunden, daß es fahrende Ritter gegeben hat oder heutzutage noch gibt? Wo gibt es in Spanien Riesen oder Wegelagerer in der Mancha oder verzauberte Dulcineas oder die ganze Masse von Albernheiten, die man von Euch erzählt?"

Don Quijote horchte aufmerksam auf die Worte des ehrwürdigen Mannes, und als er sah, daß dieser nunmehr schwieg, stand er von seinem Stuhle auf, und ohne die gebührende Rücksicht auf das herzogliche Paar zu nehmen, sprach er mit zornerfülltem Antlitz und drohender Miene: ... allein seine Antwort verdient ein besonderes Kapitel.

32. KAPITEL

Von der Antwort, die Don Quijote seinem Tadler erteilte, benebst anderen ernsten und lustigen Begebenheiten

Als nun Don Quijote sich erhoben hatte, sprach er, vom Kopf bis zu den Füßen zitternd, als hätte er Quecksilber im Leibe, mit hastiger, unsicherer Stimme: „Der Ort, wo ich weile, und die Persönlichkeiten, vor denen ich stehe, und die Achtung, die ich von jeher vor dem Stand hegte und hege, dem Ihr angehört, dies alles hält und fesselt meinem gerechten Ingrimm die Hände; und sowohl aus diesen Gründen als auch darum, weil ich weiß, was alle wissen, daß die Waffen der Träger des Bürgergewandes dieselben sind wie die des Weibes, nämlich die Zunge, so will ich mit der meinigen mich in einen gleichen Kampf einlassen mit Euch, von dem man eher weise Lehren erwarten sollte als ruchlose Schmähungen. Frommer und wohlmeinender Tadel würde eine andre Umgebung und andre Formen erheischen; so viel aber ist sicher: mich öffentlich und in so herber Weise zu tadeln, dies hat alle Grenzen eines ehrlichen Tadels überschritten. Denn der erste Tadel, den jemand ausspricht, stützt sich schicklicher auf Milde als auf Härte, und es ist nicht wohlgetan, wenn man, ohne die Natur des Fehlers, den man tadelt, näher zu kennen, den Sünder ohne weiteres einen Verrückten und Hans Narren heißt. Oder saget mir doch: ob welcher von all den Verrücktheiten, die Ihr bei mir gefunden habt, verurteilt und schmäht Ihr mich und heißt mich heimgehen und für mein Hausregiment und mein Weib und meine Kinder sorgen, ohne daß Ihr wißt, ob ich solche besitze oder nicht? Braucht man weiter nichts, als sich auf schiefen und krummen Wegen in fremde Häuser einzudrängen, um da über die Herrschaft das Regiment zu führen und sich herauszunehmen, während mancher in der beengten Dürftigkeit eines Kosthauses aufgewachsen ist, ohne mehr von der Welt gesehen zu haben, als in zwanzig, dreißig Meilen Umgegend zu finden ist, als sich herauszunehmen, sag ich, mit dreister Unerfahrenheit der Ritterschaft Gesetze vorzuschreiben und über die fahrenden Ritter Urteile zu fällen? Ist es vielleicht ein eitles Beginnen, oder ist es Zeitverschwendung, wenn man die Welt durchwandert, nicht um deren Genüsse aufzusuchen, sondern ihre harte Mühsal, durch welche die Edlen zum Sitze der Unsterblichkeit emporgehoben werden? Wenn mich die Ritter, die Erlauchten, die Hochgebornen für einen Hans Narren hielten, so würde ich das für eine nie wieder gutzumachende Beschimpfung halten; wenn aber studierte Leute, die den Pfaden des Rittertums nie genaht, geschweige denn sie betreten haben, mich für einfältig halten, darum geb ich keinen Deut. Ein Ritter bin ich, als Ritter werde ich sterben, wenn es dem Höchsten gefällt. Etliche suchen ihren Weg auf dem weiten Felde der hochmütigen Ehrsucht, andre auf dem Felde niedriger Speichelleckerei, andre auf dem trügerischer Scheinheiligkeit, andre auf dem der wahren Gottesfurcht; jedoch ich, von meinem Stern geleitet, wandle den schmalen Pfad des fahrenden Rittertums, und um dieser Aufgabe willen verschmähe und veracht ich Hab und Gut, aber nicht die Ehre. Ich habe der Unbill gesteuert, Unrecht wieder zurechtgebracht, Übermut gezüchtigt, Riesen besiegt, Ungeheuer niedergeworfen. Ich bin verliebt, aber aus keinem andern Grund, als weil jeder fahrende Ritter es notwendig sein muß; und indem ich es bin, gehör ich doch nicht zu denen, die sinnlich lieben, sondern zu den enthaltsamen Platonikern. Meine Absichten richte ich stets auf tugendsame Zwecke, welche darin bestehen, jedem Gutes und keinem Böses zu tun; und wenn, wer solches beabsichtigt, wenn, wer solches ins Werk setzt, ein Narr genannt zu werden verdient, so mögen es Eure Hoheiten aussprechen, edler Herzog und edle Herzogin."

„Bei Gott, sehr gut!" fiel Sancho ein; „sagt kein Wort mehr zu Euren Gunsten, mein Herr und Gebieter; denn es läßt sich auf der ganzen weiten Welt nichts Besseres drüber sagen und nichts Besseres erdenken und nichts Besseres tun, als dabei zu bleiben. Und wenn der Herr da leugnet, wie er's denn wirklich geleugnet hat, daß es auf der Welt fahrende Ritter gegeben hat und gibt, was Wunder, daß er von allem, was er gesagt hat, auch nicht das geringste versteht?"

„Seid Ihr vielleicht, guter Freund", fragte der Geistliche, „jener Sancho Pansa, von dem es heißt, sein Herr habe ihm eine Insul versprochen?"

„Freilich bin ich der", antwortete Sancho, „und ich verdiene sie ebensogut wie irgendein andrer. Ich bin der Mann, der sagt: Sollst dir gute Gesellen wählen, wirst bald selbst zu den Guten zählen; und ich gehöre zu denen, von denen es heißt: Frag nicht, wo seine Wiege steht, frag, mit wem er zur Atzung geht; und zu denen, die da sagen: Wer unter guten Baum sich streckt, der wird von gutem Schatten gedeckt. Ich habe mich unter den Schatten eines guten Herrn gestreckt, und es ist viele Monate her, seit ich bei ihm bin, und ich will werden wie er selber, wenn es Gott gefällt und er am Leben bleibt und ich am Leben bleibe; und ihm wird's weder an Kaisertümern zum Herrschen fehlen noch mir an Insuln zum Statthalter."

„Gewiß nicht, Freund Sancho", fiel hier der Herzog ein; „denn ich, im Namen des Señor Don Quijote, befehle Euch die Statthalterschaft einer mir gehörigen und gerade nicht vergebenen Insul von nicht geringer Bedeutung."

„Wirf dich auf die Knie nieder, Sancho", sprach Don Quijote, „und küsse Seiner Durchlaucht die Füße für die Gnade, so er dir erwiesen."

Sancho tat es; als aber der Geistliche das sah, stand er voll Empörung von der Tafel auf und sagte: „Bei dem Ordenskleide, das ich trage, beinahe möchte ich sagen, Euer Durchlaucht ist geradeso einfältig wie diese Sünder hier. Bedenkt nur, müssen sie nicht zu Narren werden, wenn ihre Narrheiten von den Verständigen heiliggesprochen werden? Halte Euer Durchlaucht nur immer Gesellschaft mit ihnen; solange sie hier hausen, werde ich dort in meiner Zelle hausen, und ich werde mich enthalten, meine Mißbilligung über Dinge auszusprechen, die ich nicht bessern kann."

Ohne ein Wort weiter zu sagen und einen Bissen weiter zu essen, ging er von dannen, ohne daß die Bitten des Herzogs und der Herzogin ihn zurückzuhalten vermochten; allerdings sagte der Herzog nicht viel, denn er erstickte schier an dem Lachen, zu dem der ungebührliche Zorn des Geistlichen ihn gereizt hatte. Als er sich endlich satt gelacht, sprach er zu Don Quijote: „Herr Löwenritter, Ihr habt so großartig für Euch geantwortet, daß Euch nichts mehr zu tun bleibt zur Abwehr dieser scheinbaren Beleidigung, die in Wirklichkeit gar keine ist, denn so wenig ein Weib beleidigen kann, so wenig kann es ein Geistlicher, wie Euer Gnaden am besten weiß."

„So ist es", entgegnete Don Quijote, „und zwar weil der, welcher selbst nicht beleidigt werden kann, keinen beleidigen kann. Weil Frauen, Kinder und Geistliche sich nicht gegen Beleidigungen verteidigen können, so kann ihre Ehre nicht gekränkt werden; denn zwischen Beleidigung und Ehrenkränkung ist dies der Unterschied, wie Euer Durchlaucht wissen. Die Ehrenkränkung kommt von jemandem, der sie zu begehen vermag, sie begeht und dem Gekränkten die Stirn bietet; die Beleidigung kann von jedem Beliebigen kommen, ohne daß sie die Ehre kränkt. Zum Beispiel: es steht jemand achtlos auf der Straße, es kommen zehn mit gewaffneter Hand und geben ihm Stockprügel, er zieht das

Schwert und tut seine Schuldigkeit, aber die Überzahl der Feinde tritt ihm entgegen und macht es ihm unmöglich, sein Vorhaben durchzusetzen, das heißt, sich zu rächen; der Betreffende ist nun zwar beleidigt, aber nicht an seiner Ehre gekränkt. Ein andres Beispiel wird dies mehr bekräftigen: es steht jemand da und hat den Rücken gewendet, es kommt ein andrer und gibt ihm Stockprügel, und im Augenblick darauf flieht er davon und stellt sich dem andern nicht, und der andre eilt ihm nach und holt ihn nicht ein: der Mann, der die Prügel empfing, hat eine Beleidigung empfangen, aber keine Ehrenkränkung; denn bei der Ehrenkränkung muß man dem Gekränkten sofort die Stirne bieten. Wenn derjenige, der die Prügel gegeben, wiewohl er sie ihm hinterrücks im Überfall gegeben, das Schwert zöge und ruhig wartend dastünde, seinem Gegner die Stirn zu bieten, dann wäre der Geprügelte zugleich beleidigt und an seiner Ehre gekränkt: beleidigt, weil er hinterrücks geprügelt worden; an der Ehre gekränkt, weil, der ihm die Prügel gab, den Rücken nicht wendete, festen Mutes aushielt und Stirn gegen Stirn für seine Tat einstand.

So kann ich denn nach den Gesetzen des fluchwürdigen Zweikampfs mich beleidigt fühlen, aber nicht an meiner Ehre gekränkt; denn Kinder und Frauen haben kein Gefühl dafür, können nicht fliehen und haben auch keinen Grund, dem Gegner standzuhalten; und ebenso ist's mit denen, die sich dem Dienst der heiligen Kirche gewidmet haben, weil es diesen drei Klassen von Menschen an Waffen zu Schutz und Trutz fehlt und sie daher, obwohl von der Natur darauf angewiesen, sich zu verteidigen, keineswegs gehalten sind, irgend jemand anzugreifen. Und obschon ich eben erst gesagt habe, ich könnte mich möglichenfalls beleidigt fühlen, so sag ich jetzt: nein, in keinem Falle; denn wer nicht an seiner eignen Ehre gekränkt werden kann, der kann noch weniger einen andern an der Ehre kränken. Aus diesen Gründen darf ich die Kränkungen, die jener wackere Mann mir mit seinen Worten angetan, nicht empfinden und empfinde sie wirklich nicht. Nur hätte ich gewünscht, er wäre noch ein wenig dageblieben, um ihn des Irrtums zu überführen, in dem er sich befindet, wenn er meint und sagt, fahrende Ritter habe es in der Welt weder gegeben noch gebe es solche anjetzt; denn wenn Amadís das gehört hätte oder einer der unzähligen aus seiner Nachkommenschaft, so weiß ich, es wäre Seiner Gnaden nicht gut bekommen."

„Darauf schwör ich selber ganz gewiß", sprach Sancho; „einen

Schwerthieb hätten sie ihm versetzt, daß sie ihn von oben bis unten auseinandergehauen hätten wie einen Granatapfel oder wie eine überreife Melone. Ja, die waren die Rechten, um sich so etwas gefallen zu lassen! Beim heiligen Kreuzeszeichen, ich bin sicher, hätte Rinald von Montalbán solche Redensarten von dem Männlein gehört, so hätte er ihm das Maul mit einem Streich gestopft, daß er in drei Jahren kein Wort mehr geschwatzt hätte; ja, er hätte nur mit ihnen anbinden sollen, und da hätte er sehen mögen, wie er aus ihren Händen losgekommen wäre!"

Die Herzogin wollte schier vor Lachen sterben, als sie Sancho so reden hörte, und innerlich hielt sie ihn für kurzweiliger und verrückter als seinen Herrn; und es gab zu jener Zeit nicht wenige, die ebenso urteilten.

Don Quijote beruhigte sich endlich, und die Mahlzeit kam zu Ende. Während der Tisch abgedeckt wurde, traten vier Mägdlein herzu, die eine mit einem silbernen Becken, die andre mit einer ebenfalls silbernen Kanne, die andre mit zwei schneeweißen reichverzierten Handtüchern über der Schulter, und die vierte, ihre Arme bis zum Ellenbogen entblößt, hielt in ihren weißen Händen – denn weiß waren sie selbstverständlich! – eine neapolitanische Seifenkugel. Die Zofe mit dem Waschbecken trat heran und hielt dieses mit edlem Anstand und höchst unbefangen unter Don Quijotes Bart, und der Ritter, ohne ein Wort zu sagen, verwundert ob einer derartigen Förmlichkeit, war des Glaubens, es müßte in diesen Landen der Brauch sein, statt der Hände den Bart zu waschen, und somit streckte er den seinigen, so tief er nur konnte, ins Becken. Sogleich begann die andre Zofe, Wasser mit der Kanne einzugießen, und die Zofe mit der Seife beeilte sich, ihm den Bart einzureiben, und überzog mit Schneeflocken – denn nicht minder weiß war der Seifenschaum – nicht nur den Bart, sondern das ganze Gesicht des gehorsamen Ritters samt den Augen, so daß der Schaum ihn mit Gewalt nötigte, sie zu schließen.

Der Herzog und die Herzogin, die von alledem nichts gewußt hatten, standen erwartend da, wo eine so ungewöhnliche Abwaschung hinauswolle. Als das Bartputzermägdlein ihn mit einem faustdicken Seifenschaum dasitzen hatte, stellte sie sich an, als sei ihr das Wasser ausgegangen, und hieß die Kannenträgerin frisches holen; Señor Don Quijote werde sich so lange gedulden. Sie tat es, und Don Quijote saß nun da mit dem seltsamsten und lächerlichsten Aussehen, das man sich nur denken kann. Alle Anwesenden, und deren waren viele, starrten ihn an, und wie sie ihn so mit seinem ellenlangen und ungewöhnlich braunen Halse sahen, die Augen geschlossen, den Bart voll Seife, da war es ein großes Wunder und eine seltene Selbstüberwindung, daß sie das Lachen zu verbeißen vermochten. Die Veranstalterinnen der Posse hielten ihre Augen niedergeschlagen und wagten ihre Herr-

schaft nicht anzusehen; dem herrschaftlichen Paare zuckte bald Zorn, bald Lachlust durch den ganzen Körper, und beide wußten nicht, welchem Drang sie nachgeben sollten, ob sie das dreiste Unterfangen der Mädchen bestrafen oder sie belohnen sollten für das Vergnügen, Don Quijote in solchem Zustande zu sehn. Endlich kam die Zofe mit der Kanne, Don Quijotes Abwaschung wurde beendet, und sofort kam das Mädchen mit den Handtüchern, ihn ernst und gelassen zu reinigen und abzutrocknen.

Dann machten ihm alle vier zugleich eine tiefe und lange Verbeugung und wollten gehen; aber der Herzog, damit Don Quijote den ihm gespielten Streich nicht merke, rief die Zofe mit dem Becken herbei und sagte zu ihr: „Kommet her und waschet auch mich, gebt aber acht, daß euch das Wasser nicht ausgeht."

Das Mädchen, gescheit und gewandt, trat herzu und hielt dem Herzog das Becken unter wie zuerst dem Ritter; sie machten sich eilig daran, ihn recht tüchtig zu waschen und einzuseifen, und nachdem sie ihn gereinigt und abgetrocknet, machten sie ihre Verbeugungen und gingen von dannen. Später hat man erfahren, der Herzog habe geschworen, wenn sie ihn nicht ganz ebenso waschen würden wie Don Quijote, so würde er ihre Keckheit strafen; sie machten dieses aber auf klügliche Weise wieder gut, indem sie ihn selbst ebenfalls einseiften.

Sancho sah den Förmlichkeiten der Abwaschung aufmerksam zu und sagte zu sich selber: Gott steh mir bei! Vielleicht ist es hierzulande der Brauch, den Schildknappen den Bart zu waschen wie den Rittern? Denn bei Gott und meiner armen Seele, ich hab es sehr nötig; ja, wenn sie mir ihn mit dem Schermesser kürzen täten, das würde ich mir für eine noch größere Wohltat erachten.

„Was redet Ihr so für Euch, Sancho?" fragte die Herzogin.

„Ich sage, Señora", antwortete er, „daß an andern Fürstenhöfen, wie ich habe sagen hören, beim Abdecken Wasser für die Hände gereicht wird, aber nicht Seifenwasser für den Bart. Darum ist's gut, wenn man lang lebt, dann erlebt man viel; zwar heißt es auch: wer viele Jahre lebt, hat viel Böses durchzumachen, aber eine solche Abwaschung ist doch eher ein Vergnügen als eine Mühsal."

„Macht Euch darum keinen Kummer, Freund Sancho", sagte die Herzogin; „ich will's schon machen, daß meine Zofen Euch waschen, ja Euch mit Haut und Haaren einweichen, wenn es nötig ist."

„Mit dem Barte bin ich schon zufrieden", erwiderte Sancho, „wenigstens für jetzt; was weiter werden soll, dafür wird Gott schon sorgen."

„Merkt Euch, Haushofmeister", sprach die Herzogin, „was der wackere Sancho wünscht, und erfüllt buchstäblich sein Begehr."

Der Haushofmeister antwortete, man werde dem Herrn Sancho in allem zu Diensten sein; und hiermit entfernte er sich, um seine Mahlzeit zu halten, und nahm Sancho mit, während Herzog und Herzogin mit Don Quijote bei der Tafel sitzen blieben und sich über viele und verschiedenartige Dinge unterhielten, die sich jedoch alle auf das Waffenwerk und das fahrende Rittertum bezogen. Die Herzogin ersuchte Don Quijote, da er doch ein gutes Gedächtnis zu besitzen scheine, so möge er ihr die Schönheit und die Gesichtszüge des Fräuleins Dulcinea von Toboso zeichnen und beschreiben; denn nach dem, was der Ruf von ihren Reizen verkünde, müsse sie das schönste Geschöpf auf dem Erdkreise und sogar in der ganzen Mancha sein.

Don Quijote seufzte, als er den Wunsch der Herzogin vernahm, und sprach: „Könnte ich mir das Herz herausreißen und es hier auf diesem Tische in einer Schüssel Euer Hoheit vor Augen legen, dann würde ich meine Zunge der Mühe überheben, zu sagen, was kaum der Gedanke fassen kann; denn Euer Durchlaucht würden in meinem Herzen sie getreu abgebildet erblicken. Aber wie soll ich jetzo, Punkt für Punkt und Zug für Zug, die Schönheit der unvergleichlichen Dulcinea zeichnen und beschreiben? Da dies eine Bürde ist, für andre Schultern geeigneter als für die meinen, eine Aufgabe, mit der sich der Pinsel eines Parrhasios, eines Timanthes und eines Apelles und der Meißel eines Lysippos beschäftigen sollte, um sie auf Leinwand, in Marmor oder in Erz zu malen und einzugraben, und die Ciceronische und Demosthenische Redekunst, um sie zu preisen."

„Was bedeutet demosthenisch, Señor Don Quijote?" fragte die Herzogin; „das ist ein Wort, das ich all meiner Lebtage nicht gehört habe."

„Demosthenische Redekunst", antwortete Don Quijote, „bedeutet dasselbe wie Redekunst des Demosthenes, gerade wie Ciceronische die des Cicero, und beide waren die zwei größten Redner der Welt."

„So ist's", sagte der Herzog, „und Ihr habt einen argen Fehler gemacht, daß Ihr das gefragt habt. Aber trotz alledem würde uns Señor Don Quijote ein großes Vergnügen machen, wenn er uns ihre Züge malen wollte; und wenn er es auch nur mit flüchtigen Strichen und Umrissen täte, so würde ihr Bild doch so hervortreten, daß die schönsten Damen sie beneiden müßten."

„Gewiß würde ich es tun", erwiderte Don Quijote, „hätte das Unglück, das ihr vor kurzem widerfuhr, sie nicht aus meiner Erinnerung gelöscht, und dieses Unglück ist von solcher Art, daß ich sie eher beweinen als beschreiben möchte. Denn Eure Hoheiten müssen wissen: als ich in den letzten Tagen mich aufmachte, ihr die Hände zu küssen und von ihr Segen, Gutheißung und Urlaub zu dieser dritten Ausfahrt zu empfahen, fand ich in ihr eine ganz andere, als die ich suchte. Ich fand sie verzaubert und aus einer Prinzessin in eine Bauerndirne verwandelt, aus einer schönen Jungfrau in eine häßliche, aus einem Engel in eine Teufelin, aus einer wohlduftenden in eine verpestete, aus einer wohlredenden in eine bäurisch polternde, aus einer würdig ernsten in eine Luftspringerin, aus Licht in Finsternis, in einem Wort: aus Dulcinea von Toboso in eine Dorfbewohnerin aus Sayago."

„Hilf Himmel!" rief hier der Herzog mit einem lauten Aufschrei; „wer war es, der der Welt soviel Böses angetan hat? Wer hat dem Erdenkreise die Schönheit geraubt, die ihm Freude schuf, die geistreiche Anmut, die ihm Stoff zu heiterer Unterhaltung gab, die Sittsamkeit, die ihm Ehre und Ruhm war?"

„Wer?" antwortete Don Quijote; „wer kann es sein als irgendein boshafter Zauberer aus der Zahl der vielen Neidharte, die mich verfolgen? Diese gottverfluchte Sippschaft, zur Welt geboren, um die Taten der Guten zu verdunkeln und zunichte zu machen und die Handlungen der Schlechten ins Licht zu stellen und zu erhöhen. Verfolgt haben mich die Zauberer, Zauberer verfolgen mich, und Zauberer werden mich verfolgen, bis sie mich und meine hohen Rittertaten in den tiefen Abgrund der Vergessenheit hinabgestoßen haben; und gerade an jener Stelle tun sie mir weh und verwunden sie mich, wo sie wissen, daß ich es am schmerzlichsten empfinde, denn einem fahrenden Ritter die Dame seines Herzens entreißen heißt ihm die Augen rauben, mit denen er sieht, und die Sonne, von der er Licht empfahet, und den Lebensunterhalt, mit dem er sein Dasein fristet. Schon oftmalen hab ich es gesaget, und anitzo sage ich es aufs neue: der fahrende Ritter ohne eine Dame seines Herzens ist wie ein Baum ohne Blätter, ein Gebäude ohne Grundmauer, ein Schatten ohne den Körper, der ihn wirft."

„Weiter bedarf es keiner Worte", sprach die Herzogin; „wenn wir jedoch der Geschichte von den Taten des Señor Don Quijote Glauben schenken sollen, die erst wenige Tage vor unserem Zusammentreffen unter großem Beifall des Publikums ans Licht der Welt getreten ist, so geht daraus hervor, wenn ich mich recht entsinne, daß Euer Gnaden das Fräulein Dulcinea niemals gesehen hat und daß ein solches Fräulein gar nicht auf der Welt vorhanden, sondern daß es eine erträumte Dame ist, die Ihr in Eurem Geiste erzeugt und geboren und mit allen den Reizen und Vollkommenheiten ausgemalt habt, die Euch beliebten."

„Darüber läßt sich viel sagen", entgegnete Don Quijote; „Gott allein weiß, ob es eine Dulcinea in der Welt gibt oder nicht, oder ob sie ein Traumbild ist oder nicht; dies gehört nicht zu den Dingen, deren Ergründung man bis zum letzten Punkte durchführen darf. Ich habe meine Herzensgebieterin weder erzeugt noch geboren, wiewohl ich mir sie so vorstelle, wie eine Dame sein muß, die in sich alle Eigenschaften vereinigt, welche sie in allen Landen der Welt berühmt machen könnten, wie zum Beispiel: schön ohne Makel, würdevoll ohne Hochmut, liebefühlend mit Züchtigkeit, dankbar, weil sie fein gesittet ist, fein gesittet weil wohlerzogen, und endlich hochgestellt durch Abstammung, denn über adligem Blute strahlt und waltet die Schönheit mit höherem Grade von Vollkommenheit als bei den Schönen von niedriger Abkunft."

„Das ist richtig", sagte der Herzog; „allein Señor Don Quijote muß mir gestatten zu bemerken, was das Buch von seinen Taten mich zu sagen nötigt. Es ist daraus nämlich zu entnehmen: wenn man auch zugeben will, es habe in oder außerhalb Toboso eine Dulcinea gelebt und sie habe den höchsten Grad der Schönheit besessen, den Euer Gnaden uns schildert, so kommt sie doch im Punkte der hohen Geburt den Orianen, den Alastrajareas, den Madásimas nicht gleich, noch andern von solcherlei Sippschaft, von denen die Geschichtsbücher voll sind, die Euer Gnaden wohl kennt."

„Hierauf kann ich entgegnen", sagte Don Quijote, „daß Dulcinea die Tochter ihrer Taten ist und daß Tugenden das Blut veredeln und daß der Niedriggeborene, wenn tugendhaft, mehr zu schätzen und höherzuhalten ist als der Lasterhafte von hoher Stellung. Und dies gilt hier um so mehr, als Dulcinea einen Zierat besitzt, der sie einst zur Königin mit Krone und Zepter erheben kann, denn das Verdienst eines schönen und tugendsamen Weibes reicht so weit, daß es noch größere Wunder vollbringen kann, und wenn auch noch nicht in der Wirklichkeit, doch der inneren Berechtigung nach trägt sie in sich die Gewißheit weit größerer Glücksgaben."

„Ich muß sagen, Señor Don Quijote", versetzte die Herzogin, „in allem, was Ihr sprecht, geht Ihr so vorsichtig zu Werke, als trügt Ihr Blei an den Füßen und als hättet Ihr, wie die Seeleute sagen, das Senkblei in der Hand, und von nun an werde ich glauben und werde allen Leuten meines Hauses und nötigenfalls selbst dem Herzog, meinem Gemahl, den Glauben beibringen, daß es eine Dulcinea von Toboso gibt und daß sie heutigentags lebt und schön ist und von vornehmer Geburt und es verdient, daß ein solcher Ritter wie der Señor Don Quijote ihr in Liebe dient; dies ist das Höchste, was ich von ihr zu rühmen vermag und weiß. Dennoch kann ich nicht umhin, einen Zweifel auszusprechen und ich weiß nicht was für einen kleinen Groll gegen Sancho Pansa zu hegen. Der Zweifel ist, daß die erwähnte Geschichte berichtet, besagter Sancho Pansa habe das besagte Fräulein Dulcinea, als er ihr einen Brief von Euch brachte, gefunden, wie sie einen Sack Weizen siebte, und zu besonderem Wahrzeichen erzählt die Geschichte, es sei gemeiner gelber Weizen gewesen; und dies ist etwas, das mich an ihrer hohen Geburt zweifeln läßt."

Darauf gab Don Quijote zur Antwort: „Herrin mein, Eure Hoheit muß wissen, daß alles oder beinahe alles, was mir begegnet, sich ganz außerhalb des gewöhnlichen Verlaufs der Dinge hält, die den andern fahrenden Rittern begegnen; ob es nun durch den unerforschlichen Willen des Schicksals so gelenkt wird oder durch die Bosheit irgendeines mißgünstigen Zauberers. Nun ist es eine erwiesene Tatsache, daß alle oder die meisten fahrenden Ritter von Ruf einesteils die Himmelsgabe hatten, nicht verzaubert werden zu können, andernteils eine so undurchdringliche Haut besaßen, daß sie nicht verwundet werden konnten, wie das der Fall war mit dem berühmten Roldán, einem der zwölf Pairs von Frankreich, von dem man erzählt, daß er nur an der Sohle des linken Fußes verwundet werden konnte, und auch das nur mit der Spitze einer großen Stecknadel und durchaus mit keiner andern Waffe; weshalb ihn denn Bernardo del Carpio, als er ihn in Roncesvalles umbringen wollte und sah, daß er ihn nicht mittels des Eisens verwunden konnte, vom Boden aufhob und erwürgte, indem er sich daran erinnerte, wie Herkules den Antäus getötet hatte, jenen Riesen, den man für einen Sohn der Erde ausgibt. Aus dem Gesagten will ich folgern, daß ich wohl möglicherweise eine solche Himmelsgabe besitzen könnte; keineswegs zwar die, nicht verwundet werden zu können, weil mir die Erfahrung oftmalen bewiesen, daß ich eine zarte und durchaus nicht undurchdringliche Haut habe; ebensowenig die, nicht verzaubert werden zu können, denn ich habe mich bereits einmal in einem Käfig gefangen gesehen, worein die ganze Welt mich einzusperren nicht vermocht hätte, wenn es nicht durch Zauberkraft geschehen wäre. Jedoch, da ich mich aus dieser Verzauberung befreit habe, will ich gerne glauben, daß mich keine andre auf Erden künftig mehr schädigen kann; und da so jene Zauberer sehen, daß ihre argen Tücken mir nichts anhaben können, so rächen sie sich an den Wesen, die mir die liebsten sind, und um mir das Leben zu nehmen, quälen und entstellen sie das Leben Dulcineas, durch die allein ich Leben habe. Mithin glaube ich, als mein Schildknappe ihr meine Botschaft überbrachte, verwandelten sie sie in eine Bauernmagd, die mit so niedriger Arbeit beschäftigt war, wie es das Weizensieben ist. Aber ich habe schon seinerzeit gesagt, jener Weizen war weder vom gemeinen gelben noch war es überhaupt Weizen, sondern es waren Perlen aus dem Morgenland; und zum Erweis dieser Tatsache will ich Euern Durchlauchtigkeiten sagen, daß ich vor kurzem, als ich durch Toboso kam, Dulcineas Palast nirgends finden konnte und daß am andern Tage, während mein Schildknappe Sancho sie in ihrer eignen Gestalt, der schönsten des Erdkreises, erblickte, sie mir wie eine grobe häßliche Bäuerin vorkam, und zwar eine durchaus nicht verständig redende, während sie doch der Inbegriff aller Verständigkeit ist.

Da ich nun nicht verzaubert bin und nach menschlichem Ermessen nicht verzaubert werden kann, so ist sie die Verzauberte, die schwer Geschädigte, die Verwandelte, die Verwechselte und Vertauschte, und an ihrer Person haben meine Feinde ihre Rache gegen mich geübt, und um ihretwillen werde ich in unaufhörlichen Tränen dahinleben, bis ich sie wieder in ihrem vorigen Zustande sehe. Das alles hab ich gesagt, damit sich niemand daran stoße, was Sancho vom Sieben und vom Fegen Dulcineas erzählt hat; denn wenn sie sie mir umgestaltet haben, ist's kein Wunder, daß sie sie auch ihm verwandelt haben. Dulcinea ist eine angesehene Dame von guter Geburt und stammt von den adligen Geschlechtern in Toboso, deren es viele alte und sehr gute gibt. Ganz gewiß ist ihr Heimatort ihr nicht wenig Dank schuldig, da er durch sie berühmt und in künftigen Zeitaltern viel genannt werden wird, wie es Troja durch Helena und Spanien durch die Cava geworden ist, obzwar Toboso aus besserem Anlaß und mit höherem Ruhm.

Andererseits wünsche ich auch Euern Herrlichkeiten klarzumachen, daß Sancho Pansa einer der kurzweiligsten Schildknappen ist, der jemals in eines fahrenden Ritters Diensten gestanden. Er äußert manchmal so scharfsinnige Albernheiten, daß das Nachdenken darüber, ob er albern oder scharfsinnig ist, nicht geringes Vergnügen macht; er hat Tücke in sich, daß man ihn als einen Schelmen verurteilen müßte, und kommt dann wieder mit so gedankenlosen Verkehrtheiten, daß das Urteil über ihn als einen Hausnarren aufs neue Bestätigung erhält; er zweifelt an allem und glaubt alles, und wenn ich meine, er wird vor lauter Dummheit in den Abgrund hinunterstürzen, so bricht er plötzlich mit den verständigsten Äußerungen hervor, die ihn zum Himmel hinaufheben. Kurz, ich würde ihn für keinen andern Schildknappen hergeben, und wenn man mir noch eine große Stadt darauf herausgäbe; und daher bin ich im Zweifel, ob es recht getan sein wird, ihn zu der Statthalterschaft zu entsenden, mit welcher Euer Hoheit ihn beehrt hat, wiewohl ich in ihm eine gewisse Tauglichkeit für das Statthalteramt finde; wenn man seinem Geiste die Auswüchse ein klein wenig beschneidet, wird er mit jeder beliebigen Statthalterschaft so gut wie der König mit seinem Steuerwesen fertigwerden. Zudem wissen wir bereits aus vielfacher Erfahrung, daß es weder großer Geschicklichkeit noch großer Kenntnisse bedarf, um Statthalter zu sein, denn es gibt hierzulande an die hundert, die kaum lesen können und doch scharf auf ihre Amtsgeschäfte sehen wie ein Jagdfalke. Der Punkt, auf den es ankommt, ist, das Gute zu wollen und in allen Dingen nach dem Rechten und Richtigen zu streben; denn es wird ihm nie an jemandem fehlen, der ihm Rat und Anleitung für seine Obliegenheiten erteilt, wie das bei Statthaltern der Fall ist, welche als Ritter erzogen und nicht Studierte sind und welche daher mit Hilfe eines Beisitzers Recht sprechen. Ich würde ihm raten: Laß dir nichts schenken, laß das Recht nicht kränken; und andere Sächelchen mehr, die ich noch auf dem Herzen habe und die seinerzeit zum Vorschein kommen sollen, zum Nutzen für Sancho und zum Besten der Insul, die er etwa zum Statthaltern bekommen würde."

So weit waren der Herzog, die Herzogin und Don Quijote in ihrer Unterhaltung gekommen, als sie großes Geschrei und großes Gelärm im Palaste hörten; plötzlich stürzte Sancho in den Saal, in großen Ängsten, einen Scheuerlappen als Barbiertuch vor dem Halse, und hinter ihm her eine Menge Diener oder, richtiger gesagt, Küchenschlingel und anderes geringes Hausgesinde, und einer davon hatte einen kleinen Kübel voll Wasser, dem man an der Färbung und Unsauberkeit ansah, daß es Spülwasser war. Der mit dem Kübel folgte und verfolgte ihn und gab sich die größte Mühe, ihm das Gefäß unter dem Barte festzuhalten und anzubinden, und ein anderer Küchenjunge machte Miene, ihm den Bart zu waschen.

„Was ist das, Kinder?" fragte die Herzogin; „was ist das? Was wollt ihr mit diesem wackern Mann? Wie? Bedenkt ihr nicht, daß ihr in ihm einen erwählten Statthalter vor euch habt?"

Darauf antwortete der den Barbier spielende Küchenjunge:

„Dieser Herr will sich nicht waschen lassen, wie es der Brauch ist und wie sich unser gnädiger Herr, der Herzog, und sein eigener Herr haben waschen lassen."

„Freilich will ich's", entgegnete Sancho in höchstem Zorn, „aber ich verlangte, daß es mit reinlicheren Handtüchern geschehen sollte und hellerem Waschwasser und mit nicht so schmutzigen Händen; denn so groß ist der Unterschied nicht zwischen mir und meinem Herrn, daß man ihn mit Engelswasser und mich mit Teufelslauge waschen muß. Die Bräuche in den Landen und Palästen der Großen sind ja insoweit ganz gut, als sie einem nicht lästig werden, aber die Art, wie hier der Bart gewaschen wird, ist ärger, als wie sich die Büßer bei Wallfahrten den Rücken kitzeln. Ich hab einen sauberen Bart und habe derlei Abkühlungen nicht nötig, und wer da herkommt und will mich waschen oder will mir nur ein Haar anrühren auf meinem Kopf, ich meine an meinem Bart, dem will ich, mit Respekt zu sagen, einen derartigen Schlag mit meiner Faust versetzen, daß sie ihm im Hirnkasten steckenbleiben soll. Denn all diese Ziermonjen und Einseifungen sehen eher aus, als wollte man die Gäste foppen, nicht aber mit Artigkeiten erfreuen."

Die Herzogin starb schier vor Lachen, als sie Sanchos Ingrimm sah und seine Äußerungen hörte. Don Quijote jedoch war nicht sehr entzückt, ihn mit dem schmutzigen Handtuch so übel aufgeputzt und von so vielen Küchengehilfen umringt zu sehen; und daher machte er eine tiefe Verbeugung vor den herzoglichen Ehegatten, als ob er sie um Erlaubnis bäte zu reden, und sprach mit gelassener ernster Stimme zu dem Küchenvolk: „Holla, edle Herren, wollet mir den Burschen in Ruhe lassen und hingehen, wo ihr hergekommen seid, oder meinetwegen anderswohin, wenn ihr Lust habt; mein Schildknappe ist so sauber wie irgendeiner, und die Kübel da sind für ihn zu kleine und zu enghalsige Krüglein. Nehmt meinen Rat an und laßt ihn in Ruhe, denn er und ich verstehen keinen Spaß."

Sancho nahm ihm das Wort aus dem Munde und fuhr statt seiner also fort: „Nein doch, kommt nur her und treibt euern Spaß mit dem Landstreicher, und ihr sollt sehen, ich laß es mir so wenig gefallen, als es jetzt nachtschlafende Zeit ist. Bringt einen Kamm her, oder was ihr sonst wollt, und striegelt mir meinen Bart, und wenn ihr etwas daraus hervorholt, was der Reinlichkeit zuwider ist, so könnt ihr mir ihn kreuzweise verschneiden."

Jetzt sprach die Herzogin, ohne daß sie darum zu lachen aufhörte: „Sancho Pansa hat recht mit allem, was er gesagt hat, und wird in allem recht haben, was er sagen wird; er ist sauber und hat, wie er sagt, das Waschen nicht nötig, und wenn unser Brauch ihm nicht gefällt: wohl, des Menschen Wille ist sein Himmelreich; zumal da ihr, die Fürsorger der Reinlichkeit, so über alles Maß nachlässig und leichtsinnig, ich will nicht sagen vermessen waret, für eine solche Persönlichkeit und einen solchen Bart anstatt Becken und Kamm von reinem Gold und statt deutscher Leintücher Kübel und Näpfe von Holz zu bringen und Wischlappen für einen Schenktisch. Aber ihr seid nun einmal schlechte, ungezogene Burschen, und ihr könnt es nicht lassen, ihr Schlingel, euren Groll gegen die Schildknappen fahrender Ritter zu zeigen."

Die schelmischen Diener und selbst der Haushofmeister, der mit ihnen gekommen war, glaubten, die Herzogin habe im Ernste gesprochen; sie nahmen daher Sancho den Scheuerlappen von der Brust weg, gingen ganz bestürzt und beinahe beschämt von dannen und ließen ihn stehen. Als Sancho sich dieser Gefahr entledigt sah, die nach seiner Meinung eine außerordentlich große war, warf er sich vor der Herzogin auf die Knie und sagte: „Von großen Damen erwartet man große Gnaden; diese, so mir Euer Gnaden heut erzeigt hat, kann gar nicht anders vergolten werden als mit dem Wunsche, daß ich zum fahrenden Ritter geschlagen werde, um alle Tage meines Lebens hinfort dem Dienste einer so hohen Frau zu widmen. Ich bin ein Bauer, Sancho Pansa heiße ich, ich bin verheiratet, habe Kinder und diene als Schildknappe; wenn ich mit irgendwas hiervon Euer Hoheit dienen kann, so werde ich kürzere Zeit mit dem Gehorchen zögern als Eure Herrlichkeit mit dem Befehlen."

„Wohl sieht man, Sancho", erwiderte die Herzogin, „höflich zu sein habt Ihr in der Schule der Höflichkeit selbst gelernt; wohl sieht man, will ich damit sagen, Ihr seid am Busen des Señor Don Quijote großgezogen, welcher gewiß die Perle aller Höflichkeiten ist und die Blume aller Zeremonien, oder Ziermonjen, wie Ihr sagt. Heil einem solchen Herrn und einem solchen Diener, dem einen als dem Polarstern der fahrenden Ritterschaft, dem andern als dem Leitstern schildknapplicher Treue! Steht auf, Freund Sancho, ich will Euer höfliches Benehmen damit vergelten, daß ich den Herzog, meinen Gemahl, veranlasse, so schnell, als er es vermag, Euch die gnädige Zusage einer Statthalterschaft zu erfüllen."

Hiermit endigte das Gespräch; Don Quijote ging, seine Mittagsruhe zu halten, und die Herzogin ersuchte Sancho, falls er nicht allzu große Lust zu schlafen habe, möchte er den Nachmittag mit ihr und ihren Zofen in einem ganz kühlen Saale verbringen. Sancho antwortete darauf, obschon er wirklich die Gewohnheit habe, im Sommer vier oder fünf Stunden lang einen Mittagsschlaf zu halten, so werde er doch, um ihrer Güte sich gefällig zu erweisen, mit all seinen Kräften sich bemühen, heute gar nicht zu schlafen, und ihrem Befehl gehorsamen. Damit ging er von dannen. Der Herzog gab aufs neue Anweisungen, Don Quijote als fahrenden Ritter zu behandeln, ohne im allergeringsten von der Art abzuweichen, wie, nach den vorliegenden Berichten, die alten Ritter behandelt wurden.

33. KAPITEL

Von dem ergötzlichen Gespräche, so von der Herzogin und ihren Jungfräulein mit Sancho Pansa geführt worden und das wohl wert ist, daß man es lesen und sich merken soll

Wie nun die Geschichte erzählt, hielt Sancho diesmal keinen Mittagsschlaf, sondern begab sich, um sein Versprechen zu erfüllen, nach seinem Essen zur Herzogin; und diese, weil sie großes Vergnügen daran hatte, ihm zuzuhören, hieß ihn auf einem niedrigen Stuhle neben sich niedersitzen, obwohl Sancho aus lauter Höflichkeit sich nicht setzen wollte. Allein die Herzogin sagte ihm, er solle als Statthalter Platz nehmen und als Schildknappe sprechen, wiewohl schon jedes einzelne dieser beiden Ämter ihn würdig mache, selbst den Stuhl des Cid Ruy Díaz, des großen Kämpen, einzunehmen. Sancho zog demütig den Kopf zwischen die Schultern und setzte sich, und alle Mägdlein und Frauen der Herzogin umringten ihn, tief schweigend und gespannt, zu vernehmen, was er sagen würde; aber die Herzogin ergriff als erste das Wort und sprach: „Jetzt, da wir allein sind und keiner uns hier hört, wünschte ich, daß der Herr Statthalter mir einige Zweifel lösen möchte, die in mir beim Lesen der Geschichte entstanden sind, welche von dem großen Don Quijote bereits im Druck verbreitet ist. Einer von diesen Zweifeln ist folgender: Da der wackere Sancho die Dulcinea, ich will sagen, das Fräulein Dulcinea von Toboso nie gesehen und ihr auch den Brief des Señor Don Quijote nie gebracht hat, weil dieser in der Sierra Morena im Taschenbuch zurückblieb, wie konnte er wagen, die

Antwort zu erfinden, nebst dem Geschichtchen, daß er sie beim Weizensieben angetroffen habe, während doch alles nur ein Possenstreich und eine Lüge und dem guten Rufe der unvergleichlichen Dulcinea so äußerst nachteilig war, alles Dinge, die nicht zur Stellung und Treue eines braven Schildknappen stimmen?"

Ohne auf diese Worte eine Silbe zu erwidern, erhob sich Sancho vom Stuhle und ging sachten Schrittes mit vorgebeugtem Körper, den Daumen auf die Lippen gelegt, im ganzen Zimmer umher, wobei er die Vorhangteppiche einen nach dem andern in die Höhe hob, setzte sich dann wieder und sprach: „Jetzt, Herrin mein, da ich gesehen habe, daß außer den Anwesenden keiner da ist, uns aus dem Hinterhalt zuzuhören, will ich ohne Furcht und Scheu beantworten, was ich bin gefragt worden und was ich etwa noch weiter gefragt werde. Das erste, was ich zu sagen habe, ist, daß ich meinen Herrn Don Quijote für einen unheilbaren Narren halte, wiewohl er manchmal Dinge sagt, die nach meiner Meinung und auch nach der Meinung aller, die ihm zuhören, so gescheit sind und in so richtigem Geleise gehen, daß der Satan selber sie nicht besser äußern könnte; aber trotz alledem steht es vollständig und einwandfrei bei mir fest, daß er verrückt ist. Weil ich nun diese Überzeugung habe, so nehme ich mir heraus, ihm Dinge weiszumachen, die weder Hand noch Fuß haben, wie jene Geschichte mit der Antwort auf den Brief und jene von vor sechs oder acht Tagen, die noch nicht in einem Buch steht, nämlich die Geschichte mit der Verzauberung unseres Fräuleins Doña Dulcinea. Denn ich hab ihm den Glauben beigebracht, sie sei verzaubert, was geradeso wahr ist, wie daß das Wasser den Berg hinaufläuft."

Die Herzogin bat ihn, ihr diese Verzauberung oder Posse zu erzählen, und Sancho berichtete ihr alles genauso, wie es geschehen war, woran die Zuhörer sich nicht wenig ergötzten. Dann fuhr die Herzogin in ihren Fragen folgendermaßen fort: „Über das, was der wackere Sancho erzählt hat, habe ich ein Bedenken, das mir im Geiste hin und her hüpft, und es flüstert mir was ins Ohr und sagt mir: Da Don Quijote von der Mancha toll und blödsinnig und verrückt ist und Sancho Pansa, sein Schildknappe, es weiß und trotzdem ihm dient und nachläuft und fortwährend auf seine eitlen Versprechungen baut, so muß er ohne allen Zweifel noch toller und dümmer als sein Herr sein; und da dies wirklich so ist, so wird es dir übel angerechnet werden, Frau Herzogin, wenn du dem nämlichen Sancho Pansa eine Insul gibst, um sie als Statthalter zu regieren; denn wer nicht den

Verstand hat, sich selbst zu führen und zu beaufsichtigen, wie kann der die Führung und Aufsicht über andre üben?"

„Bei Gott, Señora", erwiderte Sancho, „diese Bedenklichkeit ist keine Fehlgeburt; aber befehlt ihr nur, deutlich, oder wie sie sonst will zu reden; denn ich sehe es wohl ein, sie redet wahr, und wär ich gescheit, so hätte ich schon längst meinen Herrn im Stiche lassen müssen. Aber das ist einmal mein Schicksal, das ist einmal mein Pech: ich kann nicht anders, ich muß ihm überallhin folgen; wir sind aus demselben Ort, ich habe sein Brot gegessen, ich habe ihn lieb, er ist dankbar, er hat mir seine Esel geschenkt; und vor allem, ich bin treu, und sonach ist es ausgeschlossen, daß uns je etwas anderes trennen könnte als Schaufel und Spaten. Und wenn Eure Hochmütigkeit keine Lust hat, mir die versprochene Statthalterschaft geben zu lassen – mir auch recht, denn aus Staub hat mich Gott geschaffen, und, möglicherweise, wenn man mir sie nicht gibt, könnte dies meiner Seele zum Heil gereichen; denn bin ich auch ein Dummkopf, verstehe ich doch jenes Sprichwort: Der Ameise sind zu ihrem Unglück Flügel gewachsen; es wäre ja auch möglich, daß Sancho der Schildknappe geschwinder in den Himmel kommt als Sancho der Statthalter. Man backt hier geradeso gutes Brot wie in Frankreich, und bei Nacht sind alle Katzen grau; und der Mensch hat Pech zur Genüge, der nachmittags um zwei noch kein Frühstück bekommen hat; kein Magen ist eine Spanne größer als der andre, so daß man ihn, wie es im Sprichwort heißt, nur mit Heu und Stroh stopfen kann; und die Vöglein auf dem Felde haben Gott zum Versorger und Ernährer; und vier Ellen grobes Tuch von Cuenca halten wärmer als vier Ellen hochfeines Tuch von Segovia; und wenn wir von dieser Welt scheiden und uns hinunter in die Erde legen, da muß der Fürst über einen ebenso engen Pfad wie der Taglöhner; und des Papstes Leichnam braucht nicht mehr Raum als des Küsters, obwohl jener soviel höher steht als dieser; und wenn wir in die Grube fahren, da drücken wir uns alle zusammen und ziehen die Glieder ein, oder andre drücken und ziehen uns zusammen, ob wir nun wollen oder nicht, und dann gute Nacht. Und ich sage nochmals, wenn Euer Herrlichkeit keinen Insuln-Statthalter aus mir machen will, weil ich zu dumm bin, so bin ich gescheit genug, mir nichts daraus zu machen. Und ich habe immer sagen hören, hinter dem Kreuze steckt der Teufel, und es ist nicht alles Gold, was gleißt, und hinter den Stieren, dem Pflug und dem Ochsenjoch haben sie den Bauern Wamba hervorgeholt, um König von Spanien zu werden, und mitten aus seinen Goldstoffen, Lustbarkeiten und Reichtümern haben sie den Rodrigo herausgerissen, um ihn den Schlangen vorzuwerfen, falls nämlich die alten Romanzen nicht lügen."

„Ganz sicher lügen sie nicht!" fiel hier Doña Rodríguez ein, die Kammerfrau, die unter den Zuhörerinnen war; „denn es gibt eine Romanze, die sagt, sie haben den König lebendig in eine Grube voll Kröten, Schlangen und Eidechsen geworfen, und der König hat noch zwei Tage lang in der Grube mit kläglicher schwacher Stimme gesungen:

> Ach, sie fressen schon, sie fressen,
> Womit am meisten ich gesündigt!

Und darum hat der Herr sehr recht, wenn er sagt, er wolle lieber ein Bauer als ein König sein, wenn er vom Gewürm gefressen werden soll."

Die Herzogin konnte sich des Lachens nicht erwehren, als sie die Einfalt ihrer Kammerfrau hörte, so wie sie auch nicht umhinkonnte, sich über Sanchos Reden und Sprichwörter zu verwundern, und sie sprach zu diesem: „Der wackere Sancho weiß ja, daß, was ein Ritter einmal versprochen hat, er zu erfüllen bestrebt ist, und sollte es ihn auch das Leben kosten. Der Herzog, mein Herr Gemahl, gehört zwar nicht zu den fahrenden, aber nichtsdestoweniger ist er ein Ritter und wird darum sein Wort betreffs der versprochenen Insul erfüllen, aller Mißgunst und Bosheit der Welt zum Trotz. Seid nur guten Mutes, Sancho; ehe Ihr Euch's verseht, werdet Ihr auf dem Thron Eurer Insul und Herrschaft sitzen und den Zepter Eurer Statthalterschaft in Händen haben, welche Ihr gegen eine andre von eitel Gold und Juwelen nicht hergeben würdet. Was ich Euch aber anrate, ist, daß Ihr Euch wohl überlegt, wie Ihr als Statthalter Eure Untertanen regieren sollt."

„In betreff des Gutregierens", antwortete Sancho, „brauche ich keinen Rat, denn ich bin schon von mir aus gutherzig und habe Mitleid mit den Armen; wer sich mit Kochen und Backen muß quälen, dem sollst du seinen Laib Brot nicht stehlen. Aber beim heiligen Kreuzeszeichen, mir darf man nicht mit falschen Würfeln spielen; ich bin ein alter Jagdhund und verstehe mich auf jedes Hussah-heh! und reibe mir auch zu rechter Zeit den Schlaf aus den Augen und lasse mir keinen blauen Dunst vormachen, denn ich weiß, wo mich der Schuh drückt. Das sag ich von dessentwegen, weil ich für die Guten zugänglich und bei der Hand sein will und die Schlechten bei mir keinen Schritt und keinen

Fuß hereinsetzen sollen. Und mir scheint, bei dem Statthaltern und Regieren kommt alles auf den Anfang an, und es wäre möglich, daß nach vierzehn Tagen Statthalterschaft ich mir aus lauter Vergnügen daran die Finger nach dem Amt lecken täte und mehr davon verstünde als von der Feldarbeit, bei der ich aufgewachsen bin."

„Ihr habt recht, Sancho", sagte die Herzogin; „es fällt kein Meister vom Himmel, und aus Menschen macht man Bischöfe und nicht aus Steinen. Aber um wieder auf unser voriges Gespräch zurückzukommen, nämlich über die Verzauberung des Fräulein Dulcinea, so halte ich für sicher und mehr als erwiesen, daß jener Einfall Sanchos, seinen Herrn zum besten zu haben und ihm weiszumachen, die Bäuerin sei Dulcinea, und wenn er sie nicht erkenne, so müsse sie verzaubert sein – daß dieser Einfall in der Tat eine Erfindung der Zauberer war, die den Señor Don Quijote verfolgen. Denn tatsächlich weiß ich aus guter Quelle, daß jene Bäuerin, die den Sprung auf ihre Eselin tat, Dulcinea von Toboso war und ist und daß der wackere Sancho, während er meinte, der Betrüger zu sein, der Betrogene ist; und an dieser Tatsache ist so wenig zu zweifeln wie an alledem, was wir nie mit Augen gesehen. Ja, der Señor Sancho Pansa soll wissen, daß wir auch hierzulande Zauberer haben, die uns wohlgesinnt sind und uns glatt und einfach, ohne Arglist und Ränke sagen, was in der Welt vorgeht; und Ihr könnt mir glauben, Sancho, daß die eselspringerische Bauerndirne wirklich Dulcinea von Toboso war und ist und geradeso verzaubert ist wie ihre Mutter, die sie zur Welt geboren; und dereinst, wann wir es uns am wenigsten versehen, werden wir sie sicherlich in ihrer wahren Gestalt erblicken, und dann wird Sancho von dem Irrtum frei werden, in dem er sich jetzo befindet."

„Alles das kann wohl sein", entgegnete Sancho Pansa, „und jetzt will ich auch glauben, was mein Herr von den Merkwürdigkeiten erzählt hat, die er in der Höhle des Montesinos gesehen, wo er nach seinen Worten das Fräulein Dulcinea von Toboso in derselben Tracht und Kleidung erblickte, wie ich angab sie gesehen zu haben, als ich lediglich zu meinem persönlichen Vergnügen sie verzauberte. Gerade das Gegenteil davon muß wahr gewesen sein. Denn von meinem armseligen Verstand kann und darf man nicht annehmen, daß er eine so spitzfindige Schelmerei im Nu ausgeheckt hätte. Auch halte ich meinen Herrn nicht für so verrückt, als daß er auf eine so dürftige und magere Versicherung wie die meinige etwas glauben würde, das wider alle menschliche Vernunft ist. Indessen, Señora, wäre es darum doch nicht recht, wenn Hochdero Gütigkeit mich darum für einen böswilligen Menschen halten wollte; denn ein Klotzkopf wie ich ist nicht gehalten, die Gedanken und Bosheiten der abscheulichen Zauberer zu kennen. Ich habe die Geschichte ersonnen, um dem Schelten meines Herrn Don Quijote zu entgehen, und nicht in der Absicht, ihm weh zu tun; und wenn es umgekehrt ausgefallen ist, so lebt ein Gott im Himmel, der Herzen und Nieren prüft."

„So ist's in Wahrheit", sprach die Herzogin. „Aber sagt mir jetzt, Sancho, was ist es denn eigentlich mit der Höhle des Montesinos? Es wäre mir angenehm, das zu wissen."

Darauf erzählte ihr Sancho Punkt für Punkt, was über dies Abenteuer berichtet worden; und als die Herzogin es vernommen, sagte sie: „Aus diesem Vorgang läßt sich schließen: weil der große Don Quijote sagt, er habe dort die nämliche Bäuerin gesehen wie Sancho am Ausgang von Toboso, so unterliegt es keinem Zweifel, daß es Dulcinea ist und daß die Zauberer hier in der Gegend sehr rührig sind und alles und jedes mit größter Aufmerksamkeit verfolgen."

„Das sag ich auch", versetzte Sancho Pansa; „wenn unser Fräulein Dulcinea von Toboso verzaubert ist, so ist's ihr eigner Schaden; ich aber, ich will nicht mit den Feinden meines Herrn anbinden, sie müssen allzu zahlreich und bösartig sein. Wahr bleibt es, die ich gesehen habe, war eine Bäuerin, und für eine Bäuerin hab ich sie gehalten, und für eine Bäuerin, wie gesagt, hab ich sie erkannt; und wenn sie dennoch Dulcinea war, so geht das nicht auf meine Rechnung und darf mir nicht zu Lasten geschrieben werden; oder wer's tut, soll mir schwer davon zu tragen haben. Aber das ist die alte Leier: Sancho hat's gesagt, Sancho hat's getan, Sancho ist hinüber, Sancho ist herüber – als ob Sancho so der erste beste wäre und nicht derselbe Sancho, der bereits in Büchern weit und breit durch die Welt geht, wie mir Sansón Carrasco gesagt hat, der nichts Geringeres ist als ein gelehrtes Haus, ein Mann, den sie in Salamanca selbst zum Baccalaur gemacht haben; und solche Personen können nicht lügen, höchstens wenn sie gerade Lust dazu haben oder es ihnen ganz besonders dient. Also braucht keiner mit mir anzubinden, und da ich einen guten Leumund habe und ein guter Name, wie ich von meinem Herrn gehört habe, mehr wert ist als großer Reichtum, so mache man mir nur immer die Statthalterschaft einstweilen zurecht, und man wird sein blaues Wunder sehen; denn wer ein guter Schildknappe gewesen ist, wird auch ein guter Statthalter sein."

„Alles, was der wackere Sancho da gesagt hat", sprach die Herzogin, „sind lauter Catonische Denksprüche oder, zum wenigsten, dem Michael Verino, *florentibus occidit annis,* aus der Seele gesprochen. Wirklich, wirklich, um nach seiner Art zu reden, unter einem schlechten Mantel steckt in der Regel ein guter Trinker."

„Wahrlich, Señora", entgegnete Sancho, „ich hab in meinem ganzen Leben niemals aus bösem Vorsatz getrunken; aus Durst, ja, das wäre möglich, denn ich habe nichts vom Heuchler an mir; ich trinke, wann ich Lust habe, und wann ich keine Lust habe und man mir zu trinken gibt, damit ich nicht zimperlich oder unmanierlich aussehe; denn wenn ein Freund dir zutrinkt, welch ein Herz ist so steinern, nicht Bescheid zu tun? Hosen, die zieh ich an, aber mache sie nicht schmutzig; trinken tu ich, aber nicht saufen, zumal die Schildknappen der fahrenden Ritter für gewöhnlich nur Wasser trinken, dieweil sie stets durch Forsten, Wälder und Felder, über Berge und Felsklippen ziehen, ohne nur einen barmherzigen Tropfen Wein zu bekommen, und wenn sie ein Auge darum geben wollten."

„Das glaube ich wohl", sagte die Herzogin darauf, „und für jetzt mag Sancho schlafen gehen; später wollen wir weiter miteinander reden und Anordnung treffen, daß ihm die bewußte Statthalterschaft schleunigst zurechtgemacht werde, wie er sich ausdrückt."

Abermals küßte Sancho der Herzogin die Hände und bat sie, ihm die Gnade zu erweisen, daß für seinen Grauen gut gesorgt werde, denn der sei sein Herz und seine Seele und das Licht seiner Augen.

„Was ist das für ein Grauer?" fragte die Herzogin.

„Mein Esel", antwortete Sancho; „um ihn nicht mit diesem Namen zu nennen, heiße ich ihn gewöhnlich meinen Grauen. Die Frau Kammerfrau da hab ich gebeten, als ich hier ins Schloß kam, sie möchte für ihn sorgen, und sie ward darob so entrüstet, als ob ich ihr gesagt hätte, sie sei eine häßliche oder alte Jungfer, während es doch viel passender und natürlicher für Kammerfrauen sein muß, den Eseln ihr Futter zu geben, als in den Schloßzimmern vornehm zu tun. Gott soll's wissen, wie hat sich einmal ein Junker in meinem Dorf mit diesen Damen so schlimm gestanden!"

„Das muß wohl ein gemeiner Bauer gewesen sein", versetzte

Doña Rodríguez, die Kammerfrau; „wär er ein Junker gewesen und edel von Geburt, so hätte er sie bis über die Hörner des Monds und die Sterne erhoben."

„Schon gut, nicht weiter!" sprach die Herzogin; „Doña Rodríguez soll schweigen, und Señor Pansa soll sich zufriedengeben, und die Verpflegung des Grauen soll *meine* Sorge sein; denn da er Sanchos Kleinod ist, will ich ihn wie meinen Augapfel hüten und auf den Händen tragen."

„Wofern er nur im Stalle steht, so ist das schon genug", entgegnete Sancho; „denn auf Euer Hoheit Händen sind weder er noch ich wert einen Augenblick getragen zu werden, und das würde ich ebensowenig erlauben, als daß mir einer Dolchstöße versetzte; denn wenn auch mein Herr sagt, daß man in betreff der Höflichkeiten eher durch eine Karte zuwenig als zuviel das Spiel verliert, so muß man doch, wenn es Esel und andere Langohren betrifft, stets die Richtschnur an der Hand haben und maßhalten."

„Sancho soll ihn mit zur Statthalterschaft befördern", sprach die Herzogin, „dort kann er ihn pflegen, wie er will, ja auch ihn in den Ruhestand versetzen."

„Frau Herzogin", sprach Sancho, „Euer Gnaden braucht nicht zu denken, Ihr hättet da zuviel gesagt; ich habe wohl schon zwei Esel und noch mehr zu Statthalterschaften kommen sehen, und daß ich den meinigen dazu beförderte, wäre gerade nichts Neues."

Sanchos Worte weckten aufs neue bei der Herzogin soviel Lachen wie Vergnügen; sie schickte ihn zur Ruhe und ging zum Herzog, um ihm zu erzählen, wie sie sich mit Sancho unterhalten. Beide verabredeten unter sich einen Plan und alle Vorbereitungen, um Don Quijote einen Possen zu spielen, der ganz ausgezeichnet und der Manier der Ritterbücher wohl angepaßt sein sollte, einer Manier, in der sie ihm noch andere Streiche spielten, alle so sachgemäß und so gescheit angelegt, daß es die besten Abenteuer sind, die in dieser großen Geschichte vorkommen.

34. KAPITEL

*Welches berichtet, wie man Kunde erhielt, auf welche Weise
die unvergleichliche Dulcinea solle entzaubert werden, eine
der preisenswertesten Aventüren in diesem Buche*

Groß war das Vergnügen, das der Herzog und die Herzogin an der Unterhaltung mit Don Quijote und Sancho Pansa fanden; sie wurden dadurch in ihrem Vorhaben bestärkt, die beiden mit ein paar lustigen Streichen anzuführen, die ganz wie Abenteuer aussähen und wirkten, und was ihnen Sancho Pansa von der Höhle des Montesinos erzählt hatte, diente ihnen als Ausgangspunkt, um dem fahrenden Paar einen Possen von ganz besondrer Art zu spielen. Worüber sich indessen die Herzogin am meisten wunderte, war, daß Sanchos Einfalt so weit ging, zuletzt an Dulcineas Verzauberung als eine unfehlbare Wahrheit zu glauben, während er doch selbst bei dieser Sache der Zauberkünstler und der Anstifter gewesen.

Nachdem sie nun ihren Dienern Anweisung erteilt hatten, was sie alles tun sollten, führten sie Don Quijote sechs Tage später zu einer Treibjagd mit einem solchen Gefolge von Jägern und Schützen, wie es nur ein gekrönter König hätte mitführen können. Sie gaben Don Quijote einen Jagdanzug und Sancho gleichfalls einen solchen von feinstem grünem Tuch; allein Don Quijote wollte ihn nicht anlegen, weil er nächster Tage zum rauhen Waffenhandwerk zurückkehren müsse und keinen Kleiderkasten noch Schränke mitnehmen könne. Sancho jedoch nahm den ihm geschenkten an in der Absicht, ihn bei der ersten besten Gelegenheit zu verkaufen.

Als nun der erwartete Tag herangekommen war, legte Don Quijote seine Rüstung an, Sancho aber sein Jagdkleid, und auf seinem Grauen, von dem er sich, obschon man ihm ein Pferd gab, nicht trennen wollte, mischte er sich unter die Schar der Jäger. Die Herzogin erschien in prächtigem Aufzug, und Don Quijote führte aus lauter Höflichkeit und feiner Sitte ihren Zelter am Zügel, obwohl der Herzog es nicht zugeben wollte. Endlich kamen sie zu einem Gehölz zwischen zwei sehr hohen Bergen, wo, nachdem die Jagdstände besetzt und die Treiber ordentlich verteilt waren, die Jagd mit großem Hallo, Rufen und Schreien begann, so daß einer den andern vor lauter Hundegebell und dem Schall der Hifthörner nicht hören konnte. Die Herzogin stieg ab. Einen scharfen Jagdspieß in der Hand, stellte sie sich an einem Punkt auf, wo sie wußte, daß Wildsauen zu wechseln pflegten. Auch der Herzog und Don Quijote stiegen ab und stellten sich ihr zur Seite. Sancho nahm seinen Posten hinter ihnen allen, ohne von seinem Grauen abzusteigen, den er nicht unbeschützt zu lassen wagte, damit ihm nichts zustieße.

Kaum hatten sie Posten gefaßt und sich mit zahlreichen Dienern im Flügel aufgestellt, als ein ungeheurer Keiler, von den Hunden gehetzt und von den Jägern verfolgt, gegen sie heranstürzte, die Zähne und Hauer wetzend und Schaum aus dem Rachen sprühend. Sobald Don Quijote ihn erblickte, nahm er den Schild in den Arm, zog das Schwert und trat vor, um ihn anrennen zu lassen, und das nämliche tat der Herzog mit seinem Jagdspieß. Allen aber wäre die Herzogin zuvorgekommen, wenn der Herzog sie nicht daran gehindert hätte. Nur Sancho, als er das gewaltige Tier zu Gesicht bekam, ließ seinen Grauen im Stich, rannte aus Leibeskräften davon und wollte auf eine hohe Eiche klettern, aber es gelang ihm nicht; vielmehr, als er schon bis zur Mitte des Baumes gestiegen war und, einen Ast ergreifend, sich abarbeitete, um auf den Gipfel zu gelangen, da sah er sich so vom Glück verlassen und so vom Mißgeschick heimgesucht, daß der Ast brach und er beim Herabfallen an einem Aststummel hängenblieb, ohne zum Boden hinabgelangen zu können. Wie er sich nun in solcher Lage sah, den grünen Jagdrock zerrissen, und es ihn deuchte, wenn das grimme Tier bis zu dieser Stelle käme, so könnte es zu ihm hinaufreichen, begann er so durchdringend zu schreien und so gewaltig um Hilfe zu rufen, daß alle, die ihn hörten und ihn nicht sahen, glaubten, er stecke einer wilden Bestie zwischen den Zähnen. Doch der Keiler mit den mächtigen Hauern wurde endlich durchbohrt vom Eisen zahlreicher Jagdspieße, die man ihm entgegenstreckte; und als Don Quijote seine Augen nach Sanchos Geschrei hinwendete, sah er ihn mit dem Kopf nach unten an der Eiche hangen, und bei ihm stand der Graue, der ihn in seinem Unglück nicht im Stiche lassen wollte. Auch sagt Sidi Hamét, er habe gar selten Sancho Pansa ohne den Esel und den Esel ohne Sancho Pansa gesehen; so große Freundschaft und Treue bewahrten sie einander.

Don Quijote kam herbei und holte Sancho vom Baume herunter, und als dieser sich frei und auf dem sicheren Boden sah, betrachtete er die Risse in seinem Jagdrock, und es tat ihm in der Seele weh, denn er meinte, er besitze in dem Rock ein Rittergut.

Indem brachte man den gewaltigen Keiler, auf einem Saumtier querüber liegend und mit Büscheln Rosmarin und

Myrtenzweigen bedeckt, als Siegesbeute nach einem großen Jagdzelt, das mitten im Gehölze aufgeschlagen war. Hier fand man die Tische schon in Ordnung und das Mahl bereit, so kostbar und großartig, daß man daran wohl die hohe Würde und Prachtliebe des Gastgebers erkennen konnte. Sancho zeigte der Herzogin die offenen Wunden seines zerrissenen Kleides und sagte: „Wäre dies eine Jagd auf Hasen oder Kleingeflügel gewesen, dann wäre mein Rock vor solchen Nöten sicher geblieben. Ich weiß wirklich nicht, was man für Vergnügen daran haben kann, zu warten, bis so eine Bestie herankommt, die, wenn sie euch mit einem Hauer trifft, euch das Leben nehmen kann. Ich erinnere mich, ich habe einmal eine alte Romanze singen hören, in der es heißt:

>Mögen dich die Bären fressen,
>Gleich wie Fávila den Hehren."

„Dieser Fávila war ein gotischer König", sagte Don Quijote, „den ein Bär auffraß, als er jagen ging."

„Das sag ich ja gerade", versetzte Sancho; „ich kann es nicht leiden, wenn sich die Fürsten und Könige in dergleichen Gefahren begeben, einem Vergnügen zuliebe, das meiner Meinung nach keines sein sollte, da es darin besteht, ein Tier umzubringen, das gar nichts Böses getan hat."

„Im Gegenteil, Ihr seid im Irrtum, Sancho", entgegnete der Herzog; „denn die hohe Jagd ist eine körperliche Übung, die für Könige und Fürsten notwendiger ist als irgendeine. Die Jagd ist ein Abbild des Kriegs, bei ihr haben wir gar manche Kriegslist, manchen schlauen Anschlag und Hinterhalt, um den Feind ohne Gefahr zu besiegen; bei ihr erduldet man die strengste Kälte und unerträgliche Hitze und vergißt Schlaf und Müßiggang; die Kräfte werden gestärkt und die Glieder geschmeidig gemacht – kurz, es ist eine Leibesübung, die vielen Vergnügen macht und keinem schadet; und das beste daran ist, daß sie nicht für jedermann ist, wie es die übrigen Arten der Jagd sind, ausgenommen die Falkenjagd, die auch nur für Könige und große Herren ist. Also, werter Sancho, ändert Eure Ansicht, und wenn Ihr einmal Statthalter seid, beschäftigt Euch mit der Jagd, und Ihr werdet sehen, für einen ausgelegten Groschen trägt sie Euch hundert ein."

„Das nicht", entgegnete Sancho. „Was ein guter Statthalter ist, bleibt daheim, mag nicht hinaus, bricht lieber das Bein und bleibt zu Haus. Das wär nicht übel, wenn die Geschäftsleute zu ihm kämen, ganz müde vom Weg, und er wäre im Wald, sich zu erlusten; da ging's mit dem Statthaltern schön bergab! Meiner Treu, Jagd und sonstiger Zeitvertreib sind gewiß eher für Tagediebe da als für Statthalter. Womit ich mich aber zu unterhalten gedenke, das ist das Trumpfspiel an den vier hohen Festtagen und Kegelschieben an Sonn- und kleinen Feiertagen, denn all das Jagen widersteht meinem Sinn und geht mir wider das Gewissen."

„Gott gebe, daß es sich so bewähre, Sancho", meinte der Herzog, „denn vom Gesagt zum Getan ist's eine lange Bahn."

„Mag sie so lang sein, wie sie mag", versetzte Sancho; „den guten Zahler drückt kein Pfand, und besser schafft, wem Gott beisteht, als wer noch so früh aufsteht; und der Bauch ernährt die Füße, nicht aber die Füße den Bauch. Damit will ich sagen: wenn Gott mir beisteht und ich tue nach Wissen und Gewissen meine Pflicht, so werde ich gewiß beim Regieren meinen Weg besser finden als ein Jagdfalke. Oder es soll mir einer einmal auf den Zahn fühlen, und da kann er sehen, ob ich zubeiße oder nicht!"

„Vermaledeit sollst du sein von Gott und all seinen Heiligen, vermaledeiter Sancho", sprach Don Quijote. „Wann wird einmal der Tag kommen, wie ich dir schon so oft gesagt habe, wo ich dich einen glatten zusammenhängenden Satz ohne Sprichwörter sagen höre? Wollen doch Eure Hoheiten diesen Toren gehen lassen, verehrte Herrschaften; er wird Euren Geist wie zwischen Mühlsteinen nicht zwischen zwei, sondern zwischen zweitausend Sprichwörtern zerreiben, die er so passend und so im richtigen Augenblick beibringen wird, so wahr Gott ihm Gesundheit verleihen möge – oder mir, wenn ich sie anhören wollte."

„Sancho Pansas Sprichwörter", bemerkte die Herzogin, „sind zwar zahlreicher als die des griechischen Komturs, aber darum nicht weniger zu schätzen wegen der Kürze ihres kernigen Ausdrucks. Von mir wenigstens kann ich sagen, daß sie mir mehr Vergnügen machen als andere, auch wenn diese passender beigebracht und schicklicher angewendet würden."

Unter diesen und andern unterhaltenden Gesprächen begaben sie sich aus dem Zelte in den Wald, und mit dem Absuchen verschiedener Jagdstände verging ihnen der Tag, und es brach die Dunkelheit über sie herein. Jedoch war der Abend nicht so hell und nicht so ruhig, wie es die Jahreszeit erheischte – es war nämlich um die Mitte des Sommers –, vielmehr herrschte ein gewisses Helldunkel, das dem Vorhaben des herzoglichen Paares äußerst dienlich war. Kurz vor der Dämmerung schien nämlich mit einemmal der Wald auf allen vier Seiten in Brand zu stehen, und plötzlich hörte man hier und dort, hüben und drüben, unzählige Schlachthörner und andres Kriegsgetöne, als ob zahlreiche Reiterscharen den Wald durchzögen. Der Schein des Feuers, der Klang der kriegerischen Instrumente blendete und betäubte Augen und Ohren der Umstehenden, ja aller, die sich im Walde befanden.

Alsbald hörte man tausendfaches La-Illáh-il-Alláh nach Art der Mauren, wenn sie in die Schlacht ziehen; es erschollen Trompeten und Zinken, wirbelten Trommeln, erklangen Pfeifen, alle fast auf einmal, so anhaltend und so stürmisch, daß man nicht hätte bei Sinnen sein müssen, um nicht von Sinnen zu kommen bei dem wirren Zusammenklang so vieler Instrumente. Der Herzog war ganz außer sich, die Herzogin war starr, Don Quijote in großer Verwunderung, Sancho zitterte, ja selbst die Mitwisser erschraken. Mit der Furcht, die sie packte, kam über sie eine tiefe Stille, und zugleich ritt ein Postillon in der Tracht eines Dämons vor sie hin, der ein ungeheures ausgehöhltes Ochsenhorn blies, das einen heiser schnarrenden entsetzlichen Ton von sich gab.

„Holla, Freund Kurier", rief der Herzog, „wer seid Ihr, und wohin wollt Ihr?"

Darauf antwortete der Kurier mit grausiger und wilder Stimme: „Ich bin der Teufel; ich suche den Don Quijote von der Mancha. Die Leute, die da heranziehen, sind sechs Scharen Zauberer, welche auf einem Triumphwagen die unvergleichliche Dulcinea von Toboso mit sich führen; sie kommt verzaubert daher mit dem tapferen Franzosen Montesinos, um Don Quijote anzuweisen, wie besagtes Fräulein zu entzaubern sei."

„Wenn Ihr der Teufel wäret, wie Ihr sagt und wie Euer Aussehen zeigt", sprach der Herzog, „hättet Ihr bereits den Ritter Don Quijote von der Mancha erkannt, da Ihr ihn vor Euch habt."

„Bei Gott und meinem Gewissen", antwortete der Teufel, „ich habe nicht darauf achtgegeben, denn ich muß meine Gedanken nach allen Seiten auf so vielerlei Sachen richten, daß mir die Hauptsache, derentwegen ich herkam, in Vergessenheit geraten ist."

„Ganz gewiß", sprach Sancho, „muß dieser Teufel ein braver Kerl und frommer Christ sein, sonst tät er nicht bei Gott und seinem Gewissen schwören. Jetzt bin ich überzeugt, daß es sogar in der Hölle brave Leute gibt."

Alsbald wandte der Teufel sein Antlitz dem Ritter Don Quijote zu und sprach, ohne abzusteigen: „Zu dir, dem Löwenritter – könnte ich dich doch in den Klauen der Löwen sehen! –, sendet mich der unglückselige, aber tapfere Ritter Montesinos und läßt dir in seinem Namen sagen, just an dem Orte, wo ich dich finden würde, sollest du ihn erwarten, dieweil er die Dame mit sich führt, die man Dulcinea von Toboso benennet, auf daß er dir die Weisung erteile, wie ihre Entzauberung zu bewerkstelligen ist. Und weil mein Kommen weiter keinen Zweck hat, ist meines Bleibens länger nicht. Dich mögen Teufel geleiten wie ich, gute Engel aber diese Herrschaften!"

Darauf blies er wieder sein ungeheuerliches Horn, wendete den Rücken und zog von dannen, ohne eine Antwort abzuwarten. In neues Erstaunen gerieten hier alle, besonders Sancho und Don Quijote: Sancho, weil er sah, daß der Wahrheit zum Trotz Dulcinea verzaubert sein sollte; Don Quijote, weil er noch immer nicht zur Gewißheit kommen konnte, ob seine Erlebnisse in der Höhle des Montesinos Wirklichkeit seien oder nicht. Während er noch immer in diesen Gedanken verzückt war, fragte ihn der Herzog: „Gedenket Euer Gnaden zu warten, Señor Don Quijote?"

„Warum nicht?" antwortete er; „hier will ich unverzagt und starkmütig warten, und käm auch die ganze Hölle, mich anzufallen."

„Ich aber", sagte Sancho, „wenn ich wieder einen Teufel zu sehen und ein Horn zu hören bekomme wie vorhin, dann warte ich hier am Ort so gewiß, als ich jetzt draußen bei den Truppen in Flandern stehe."

Unterdessen war die Nacht tiefer hereingebrochen, und es begannen zahlreiche Lichter durch den Wald zu irren, geradeso wie am Himmel die trockenen Ausdünstungen der Erde umherschweifen, welche unsern Augen wie fallende Sterne erscheinen. Zugleich vernahm man ein grausiges Gepolter, ähnlich dem jener schweren Balkenräder, die man an Ochsenkarren sieht und vor deren fortwährendem heftigem Stoßen und Knarren, wie man sagt, die Wölfe und Bären flüchten, wenn es solche da gibt, wo diese Karren vorüberfahren. Zu diesem ganzen Unwetter kam noch eines, das alles andre übertobte: es schien nämlich geradeso, als ob auf allen vier Seiten des Waldes zugleich vier Treffen oder Schlachten geliefert würden, denn an einer Seite erscholl das mächtige Donnern furchtbarer Geschütze, anderwärts wurde aus unzähligen Musketen gefeuert, schier dicht dabei erschollen die Rufe der kämpfenden Krieger, weiterhin hörte man aufs neue das La-Illáh-il-Alláh der Söhne Hagárs. Kurz, die Jagd- und Waldhörner, die Ochsenhörner, die Trompeten, die Oboen und Zinken, die Trommeln, das Geschütz, die Musketen und vor allem das erschreckliche Knarren und Dröhnen der Karren, das alles zusammen bildete ein so wirres, so grausiges Gelärm, daß Don Quijote all seine Herzhaftigkeit zu Hilfe nehmen mußte, um es auszuhalten. Aber Sanchos Mut sank danieder, er fiel ohnmächtig der Herzogin gerade in die Schöße ihres Gewandes; sie fing ihn darin auf und befahl eiligst, ihm Wasser ins Gesicht zu spritzen.

Das geschah, und er kam wieder zu sich, im Augenblick, wo gerade einer der Karren mit den knarrenden Rädern dort bei dem Jagdstand anlangte. Es zogen ihn vier langsam schreitende Ochsen, alle prächtig mit schwarzen Schabracken behangen; an jedem Horn trugen sie eine brennende Wachsfackel festgebunden, und oben auf dem Karren war ein hoher Sitz angebracht, auf dem ein ehrwürdiger Greis saß mit einem Barte, weißer als Schnee und so lang, daß er ihm bis unter den Gürtel reichte; bekleidet war er mit einem langen Mantel von schwarzem Barchent. Da der Karren mit zahllosen Lichtern besteckt war, konnte man alles darauf Befindliche erkennen und unterscheiden. Den Karren führten vier scheußliche Teufel, in den nämlichen Barchent gekleidet, mit so scheußlichen Gesichtern, daß Sancho, nachdem er sie einmal angeblickt, die Augen schloß, um sie nicht noch einmal zu sehen. Als nun der Karren ganz herangekommen war, erhob sich der ehrwürdige Greis von seinem Sitze, stellte sich aufrecht und rief mit mächtiger Stimme: „Ich bin der Zauberer Lirgandéo"; und der Karren zog fürbaß, ohne daß der Greis ein Wort hinzugefügt hätte.

Diesem Karren folgte ein andrer von gleicher Art, auf dem wieder ein Greis thronend saß; dieser ließ den Karren halten und sprach mit nicht minder feierlichem Ton: „Ich bin der Zauberer Alquife, der vertraute Freund Urgandas der Unerkannten." – Und er zog fürbaß.

Alsbald kam ein dritter Karren, von außen und innen wie der vorige; aber auf dem Throne saß kein Greis wie die andern, sondern ein kräftiger Mann von bösartigem Aussehen, der, als er herannahte, wie die andern aufstand und mit einer noch rauheren, teuflischeren Stimme sprach: „Ich bin Arkalaus der Zauberer, der Todfeind des Amadís von Gallien und seiner ganzen Sippschaft." – Und er zog fürbaß.

Nicht weit von da machten die drei Karren halt, das widerwärtige Gelärm ihrer Räder hörte auf, und man vernahm dafür ein andres, nicht Gelärm, sondern Getöne, von einer süßen und wohlklingenden Musik herrührend. Darob ward Sancho froh und hielt es für ein gutes Zeichen, und er sprach daher zur Herzogin, von der er sich keinen Augenblick und keinen Schritt weit entfernte: „Señora, wo Musik ist, da kann nichts Böses sein."

„Auch wo Licht und Helle ist", erwiderte die Herzogin.

Darauf entgegnete aber Sancho: „Licht gibt auch das Feuer und Helle der Scheiterhaufen, wie wir es an den Flammen sehen, die uns umringen, und es wäre wohl möglich, daß sie uns verbrennen; aber die Musik ist immer ein Zeichen der Freuden und Festlichkeiten."

„Das wird sich finden", sagte Don Quijote, der alles mit angehört hatte; und er sagte wahr, wie sich in folgendem Kapitel zeigen wird.

35. KAPITEL

Wo über die Weisung, die Don Quijote betreffs der Entzauberung Dulcineas erhielt, weiter berichtet wird, nebst anderen staunenswerten Begebnissen

Nach dem Takte der lieblichen Musik kam ein Karren oder Wagen auf sie zu, einer von der Art, die man Triumphwagen nennt, von sechs grauen Maultieren gezogen, die mit weißem Linnen behangen waren. Auf jeglichem saß ein Kerl, aussehend wie einer, der zur Kirchenbuße geführt wird, das heißt ebenfalls weißgekleidet und mit einer großen brennenden Wachsfackel in der Hand. Der Karren war zwei- oder auch dreimal so groß als die vorigen, und an den Seiten, sowie oben darauf, befanden sich noch zwölf solcher Bußbrüder in schneeweißen Kitteln, alle mit brennenden Fackeln, ein Anblick, der ebenso wunderbar wie schauerlich war; und auf einem hohen Throne saß eine Maid, gehüllt in zahllose Schleier aus Silberflor, durch welche allwärts zahllose Goldflitter hindurchglitzerten, so daß ihr Gewand wenn nicht reich, so doch blendend war. Ihr Angesicht war in einen feinen durchsichtigen Schleier gehüllt, dessen Gewebe nicht hinderte, daß man ein wunderschönes Mädchengesicht erblickte, und die vielen Lichter gestatteten es, dessen Schönheit und Alter zu erkennen, das zwischen zwanzig und siebzehn Jahren zu liegen schien. Neben ihr saß eine Gestalt, in ein langes Schleppkleid bis über die Füße gehüllt, den Kopf mit einem schwarzen Schleier bedeckt. Im Augenblick aber, wo der Wagen dem herzoglichen Paare und Don Quijote gegenüber hielt, schwiegen die Oboen und gleich darauf die Harfen und Lauten, die auf dem Karren erklangen, und die Gestalt im Schleppkleide erhob sich, schlug das Gewand nach beiden Seiten auseinander, nahm den Schleier vom Kopf und zeigte sich allen Augen als die leibhaftige Gestalt des Todes, des häßlichen Gerippes. Darüber empfand Don Quijote Mißbehagen, Sancho zitterte vor Furcht, und auch Herzog und Herzogin zeigten sich ein wenig ängstlich.

Dieser lebendige Tod erhob sich, stellte sich aufrecht und begann mit einer Stimme, die ziemlich schläfrig, und einer Sprache, die gerade nicht sehr aufgeweckt war, folgendermaßen zu reden:

> „Ich bin Merlin, der, wie in den Geschichten
> Es heißt, den Teufel selbst zum Vater hatte;
> 's ist Lüge, die allmählich Glauben fand.
> Ich bin der Fürst der Zauberkunst, der König
> Und Inbegriff von Zoroasters Weisheit,
> Im Kampf stets mit der Feindschaft der Jahrhunderte,
> Die zu verdunkeln trachtet die gewaltgen
> Großtaten der beherzten fahrenden Ritter,
> Die ich in Liebe stets gehegt und hege.
>
> Und wenn auch allezeit die weisen Zaubrer,
> Die Magier oder Magiker, die schlauen,
> Hart von Gemüte sind und rauh und strenge,
> Das meine doch ist weich und mild und liebreich,
> Und allem Volke wohlzutun geneiget.
>
> Es drang zu Plutos traurig dunkeln Höhlen
> (Wo meine Seele sich damit vergnügte,
> Zu ziehn gewisse Linien und Figuren)
> Der Schmerzensruf der Jungfrau ohnegleichen,
> Der schönen Dulcinea von Toboso.
>
> Ihr Unglück samt Verzauberung vernahm ich,
> Und die Verwandelung aus edler Dame
> Zu einer Bäuerin vom Dorf; mich schmerzt' es,
> Und ich durchblättert' hunderttausend Bücher,

Die meine teuflisch argen Künste lehren,
Und sperrte meinen Geist dann in den hohlen
Raum dieses grimmen schrecklichen Gerippes
Und komme nun, das Rettungsmittel spendend,
Das hilfreich solchem Schmerz und solchem Wehe.

Du aber, Ruhm und Ehr all derer, welche
Sich kleiden ins Gewand von Stahl und Demant,
Du Licht und Leuchte, Leitstern, Pfad und Führer
All jener, die, sich dumpfem Schlaf entreißend
Und trägen Daunen, eifrig sich bereiten,
Das unerträglich harte Werk zu üben
Der blutigen und drückend schweren Waffen:

Dir sag ich, edler Mann, du nie so würdig,
Wie dir gebührt, gepriesner, du mannhafter
Zugleich und hochverständiger Don Quijote,
O du, der Mancha Glanz, der Stern Hispaniens:
Damit sie ihren früheren Zustand wieder
Erlangen möge, sie, die ohnegleichen,
Die hohe Dulcinea von Toboso,
Ist's nötig, daß sich selbst dein Knappe Sancho
Dreitausend Hiebe und dreihundert gebe
Hier auf sein mächtig Paar Sitzteile, beide
Den Lüften ganz entblößt, und zwar so kräftig,
Daß ihn die Hiebe brennen, schmerzen, ärgern.
Dies ist Beschluß all jener Zaubrer, deren
Gewalt die Maid mit solchem Gram beschwerte,
Und dies ist meines Kommens Zweck, Verehrte."

„Hol mich der und jener!" rief Sancho; „dreitausend Hiebe? Auch nur drei gebe ich mir ebensowenig wie drei Dolchstöße. Hol der Teufel diese Entzauberungs-Manier; ich weiß nicht, was meine Sitzteile mit den Zaubersachen zu tun haben. Bei Gott, wenn der Herr Merlin keine andre Manier gefunden hat, das Fräulein Dulcinea von Toboso zu entzaubern, kann sie verzaubert in die Grube fahren."

„Wahrlich, ich will Ihn fassen", rief Don Quijote, „Er Bauernlümmel, Er Knoblauchfresser, und will Ihn an einen Baum anbinden, nackt und bloß, wie Er aus dem Mutterleib gekommen, und will Ihm, ich sage nicht dreitausenddreihundert, sondern sechstausendsechshundert Hiebe aufmessen, und die sollen so gut sitzen, daß Er sich dreitausenddreihundertmal schütteln kann und schüttelt sie nicht ab; und sag Er mir kein Wort, oder ich reiße Ihm die Seele aus dem Leib!"

Als Merlin das hörte, sagte er: „Nein, so darf es nicht sein, denn die Hiebe, die er empfangen soll, darf er nur aus freiem Willen und nicht mit Gewalt bekommen und nur dann, wann er es will, da ihm keine Frist dazu gesetzt ist. Jedoch wenn er die ihm auferlegte Pön mit der Hälfte dieser Prügel abkaufen will, darf er sie sich von fremder Hand geben lassen, wenn es auch eine etwas schwere Hand sein sollte."

„Weder fremde noch eigene Hand, weder eine schwere noch eine beschwerte", entgegnete Sancho; „mich soll keine Hand berühren. Hab ich vielleicht das Fräulein Dulcinea von Toboso auf die Welt gesetzt, daß meine Sitzteile büßen sollen, was ihre Augen gesündigt haben? Mein Herr, der Ritter, ist der Mann dazu, denn sie ist ein Teil von ihm selbst; da er sie auf Schritt und Tritt ‚mein Leben' und ‚meine Seele' nennt, seine Stütze und seinen Stab, so kann und soll er sich die Hiebe für sie aufstreichen und alle erforderlichen Maßregeln zu ihrer Entzauberung vornehmen; aber ich mir Hiebe versetzen? Da sei Gott für!"

Kaum hatte Sancho ausgesprochen, als die Maid im Silbergewand, die bei Merlins Geist saß, sich erhob, den dünnen Schleier zurückschlug und ein Antlitz zeigte, das allen mehr als allzu reizend erschien; dann aber wendete sie sich mit der dreistesten Unbefangenheit eines Mannes geradeswegs an Sancho und sprach mit einer nicht gerade weiblichen Stimme: „O du unglückseliger Schildknappe, du Waschlappenseele, du Herz von Eichenholz, du Gemüt von Kiesel und Feuerstein! Wenn man dir geböte, du Schelm, du frecher Geselle, du solltest dich von einem hohen Turme herabstürzen; wenn man von dir verlangte, du Feind des Menschengeschlechts, du solltest ein Dutzend Kröten, zwei Dutzend Eidechsen und drei Dutzend Schlangen aufessen; wenn man dir zumuten wollte, du solltest dein Weib und deine Kinder mit einem grausigen scharfen Mohrensäbel morden, da wär's kein Wunder, wenn du dich sträubtest und wehrtest. Aber aus dreitausenddreihundert Hieben sich was zu machen, die doch der nichtsnutzigste Schulknabe allmonatlich bekommt, das erstaunt, erschüttert, entsetzt die erbarmungsreichen Herzen derer, so es anhören, ja all jener, die einst im Verlauf der Zeiten dessen Kunde erlangen werden. Wende, o du elende und herzverhärtete Bestie, wende, sag ich, diese deine scheuen Eulenaugen, wende sie auf die Pupillen meiner Äuglein hier, die vergleichbar funkelnden Sternen, und du wirst sehen, wie sie Tränen vergießen, Tropfen um Tropfen und Bäche auf Bäche, die da Furchen und Pfade und Wege eingraben auf den holden Fluren meiner Wangen. Erbarme dich, du böswilliges Ungetüm, meines blühenden Alters, das die Zwanzig noch nicht erreicht hat, denn ich zähle erst neunzehn Jahre, und das sich verzehren und welken muß unter der Rinde einer Bauerndirne, die ackert und pflügt; und wenn ich anitzo nicht als solche erscheine, so ist's eine besondere Gnade, die mir der hier gegenwärtige Señor Merlin nur deshalb erwiesen hat, damit meine Reize dich erweichen mögen; können doch die Tränen einer schmerzbedrückten Schönheit Felsen in Baumwollflocken und Tiger in Lämmer verwandeln. Haue dir, haue dir auf dein strotzendes Fleisch, du ungezähmtes Untier, und reiß aus seiner Trägheit heraus deinen Mut, der dich bis jetzt nur zum Essen und immer Essen antreibt, und setze in Freiheit die Glätte meiner Haut, die Zartheit meiner Gestaltung und die Reize meines Angesichts. Und willst du dich nicht um meinetwillen erweichen und zur Vernunft bringen lassen, so tu es um dieses armen Ritters willen, den du hier dir zur Seite siehst; um deines Freundes willen, sag ich, denn ich sehe seine Seele ihm schon quer in der Kehle stecken, keine zehn Zoll weit von den Lippen, und sie wartet nur auf deine grausame oder freundliche Antwort, um entweder zum Munde herauszufahren oder wieder in den Magen zurückzukehren."

Als Don Quijote das hörte, fühlte er sich an die Kehle und sagte, zum Herzog gewendet: „Bei Gott, Señor, Dulcinea hat wahr geredet; hier hab ich die Seele quer in der Kehle sitzen wie die Nuß an der Armbrust."

„Was sagt Ihr aber dazu, Sancho?" fragte die Herzogin.

„Ich sage, Señora", antwortete Sancho, „was die Hiebe angeht: Da sei Gott für!"

„Da sei Gott *vor*, müßt Ihr sagen, Sancho, und nicht so, wie Ihr Euch ausdrückt", sprach der Herzog.

„Laßt mich, bitt ich Eure Hoheit", entgegnete Sancho; „ich bin jetzt nicht in der Stimmung, auf Spitzfindigkeiten zu sehen oder auf einen Buchstaben mehr oder weniger, denn ich bin so verstört über die Hiebe, die ich bekommen oder mir selber aufmessen soll, daß ich nicht weiß, was ich sage und was ich tue. Aber ich möchte wohl von meinem gnädigen Fräulein, dem Fräulein Dulcinea von Toboso, hören, wo sie ihre besondere Manier zu bitten gelernt hat. Sie kommt und verlangt von mir, ich soll mir die Haut mit Hieben zerfetzen, und heißt mich eine

Waschlappenseele und ein ungezähmtes Untier nebst einem ganzen Haufen von ähnlichen Schimpfnamen, der Teufel mag sie sich gefallen lassen. Hab ich etwa Haut und Fleisch von Erz? Oder steht bei *mir* etwas auf dem Spiel, ob sie entzaubert oder nicht entzaubert wird? Was für einen Korb mit Weißzeug, Hemden, Kopftüchern und Socken, obgleich ich dergleichen nicht trage, bringt sie mir her, um mich freundlich zu stimmen? Nichts als ein Schimpfwort über das andere, während sie doch das Sprichwort kennt, das hierzulande bräuchlich ist: Ein Esel mit Gold beladen klettert leicht über den Berg, und Geschenke sprengen Felsen, und auf Gott sollst du vertrauen und mit der Keule hauen; und ein Hab-ich ist mehr wert als zwei Hätt-ich. Und hier der Señor, mein Dienstherr, der mir gütlich über den Berg helfen sollte, und sollte mich hätscheln, damit ich weich würde wie Wolle und gekrempelte Baumwolle, der sagt, wenn er mich zu fassen kriegt, will er mich nackt und bloß an einen Baum anbinden und mir doppelt so viele Hiebe geben. Und doch hätten diese Herrschaften in ihrem großen Mitleid bedenken sollen, daß sie nicht nur einem Schildknappen, sondern einem Statthalter zumuten, sich durchzuhauen; wie man zum Durstigen sagt: Trinke mit Sauerkirschen! Ihr sollt lernen, Schwerenot! Ihr sollt erst lernen, wie man zu bitten hat und wie man zu verlangen hat und wie man sich höflich benimmt; denn eine Zeit ist nicht wie die andere, und die Menschen sind nicht immer bei guter Laune. Jetzt im Augenblick möcht ich bersten vor Leid, weil ich meinen grünen Rock zerfetzt an mir sehe, und da kommen sie und verlangen von mir, ich soll mich aus freiem Willen hauen, während mein freier Wille so wenig damit zu tun hat, als daß ich ein Kazike werde."

„Nun dann, Freund Sancho", sprach der Herzog, „wenn Ihr nicht doch noch weich werdet wie eine reife Feige, wahrlich, da sollt Ihr die Statthalterschaft nicht bekommen. Das wäre nicht übel, daß ich meinen Insulanern einen Statthalter schickte, der grausam und steinernen Herzens ist und den weder die Tränen bedrängter Jungfrauen rühren noch die Bitten verständiger, hochgebietender und alterfahrener Zauberer und Weiser. Mit einem Wort, Sancho, entweder Ihr müßt Euch Eure Hiebe aufzählen oder sie aufgezählt bekommen, oder Ihr könnt kein Statthalter werden."

„Señor", entgegnete Sancho, „könnte ich nicht zwei Tage Frist bekommen, um zu bedenken, was für mich am besten ist?"

„Nein, unter keiner Bedingung", fiel Merlin jetzt ein; „hier auf der Stelle muß festgesetzt werden, was aus diesem Handel werden soll. Entweder kehrt Dulcinea in die Höhle des Montesinos und in ihren vorigen Zustand als Bäuerin zurück, oder aber sie wird in ihrer gegenwärtigen Gestalt in die elysäischen Gefilde entrückt, wo sie weilen und erwarten wird, daß die Zahl der Hiebe erfüllt werde."

„Auf, guter Sancho", sprach die Herzogin, „zeigt guten Mut und ein gutes Herz und Dankbarkeit für das Brot, das Ihr bei Eurem Herrn Don Quijote gegessen habt, dem wir alle zu Diensten und gefällig sein müssen für seine guten Eigenschaften und seine hohen Rittertaten. Gebt Euer Jawort, lieber Junge, zu dieser Prügelsuppe, und mag der Teufel zum Teufel fahren und die Furcht zu den Hasenfüßen, denn guter Mut überwindet böses Geschick, wie Ihr wohl wisset."

Auf diese Ansprache antwortete Sancho mit einer ganz abwegigen Frage, die er an Merlin richtete: „Sagt mir doch, Señor Merlin, wie der Teufel als Kurier herkam, brachte er meinem Herrn eine Meldung vom Señor Montesinos, nämlich er trug ihm in dessen Namen auf, ihn hier zu erwarten, weil er zur Entzauberung des Fräuleins Dulcinea Anstalt treffen solle; bis jetzt aber haben wir weder den Montesinos gesehen noch irgend etwas, das ihm ähnlich sieht."

Darauf antwortete Merlin: „Der Teufel, Freund Sancho, ist ein dummer Kerl und der allergrößte Spitzbube. Ich habe ihn ausgeschickt, um Euern Herrn aufzusuchen; aber nicht mit einer Meldung von Montesinos, sondern von mir; denn Montesinos weilt ruhig in seiner Höhle, wo er auf seine Entzauberung bedacht ist oder, richtiger gesagt, auf sie wartet; denn es fehlt nur noch der Schwanz, so ist ihm die ganze Haut abgezogen. Ist er Euch etwas schuldig oder habt Ihr ein Geschäft mit ihm, so will ich ihn Euch dahin schaffen und zur Stelle bringen, wohin Ihr ihn nur immer haben wollt. Für jetzt aber gebt endlich das Jawort zu Eurer Geißelung und glaubt mir, sie wird Euch zu großem Heil gereichen, sowohl für die Seele als auch für den Leib: für die Seele um der Nächstenliebe willen, mit der Ihr sie verrichten werdet; für den Leib, weil ich weiß, Ihr seid vollblütig von Natur, und es kann Euch keinen Schaden tun, Euch ein wenig Blut abzuzapfen."

„Es gibt viel Ärzte auf der Welt, selbst die Zauberer sind Ärzte", versetzte Sancho. „Aber da alle mir dasselbe sagen, wiewohl ich meinesteils es nicht einsehe, so sag ich denn, ich bin's zufrieden, mir die dreitausenddreihundert Hiebe zu geben unter der Bedingung, daß ich sie mir geben darf, wann und wo ich will, und daß man mir keine Vorschriften macht von wegen bestimmter Tage und Fristen; und alsdann will ich danach trachten, meine Schuld so bald als möglich loszuwerden, auf daß die Welt endlich die Schönheit des Fräuleins Dulcinea von Toboso zu genießen bekomme, sintemal sie ja nun offenbar und ganz entgegen meiner eigenen früheren Ansicht wirklich schön ist. Eine weitere Bedingung ist, daß ich nicht gehalten bin, die Geißel so zu brauchen, daß Blut fließt und daß, wenn auch einmal ein paar Hiebe leicht fallen wie beim Mückenscheuchen, sie mir doch in Anrechnung zu bringen sind. Item, wenn ich mich verzählen sollte, so muß der Señor Merlin, der ja alles weiß, das Zählen selber übernehmen und mich benachrichtigen, ob etliche fehlen oder ob etliche zuviel sind."

„Über das Zuviel wird es keiner Benachrichtigung bedürfen", entgegnete Merlin; „denn sobald die Zahl voll ist, so wird im Nu und ohne daß man sich's versieht, das Fräulein Dulcinea entzaubert sein und voll Erkenntlichkeit den biedern Sancho aufsuchen und ihm Dank und auch Belohnung für das gute Werk spenden. Also braucht Ihr Euch nicht um das Zuviel oder Zuwenig zu sorgen, und Gott verhüte, daß ich jemanden betröge, wär es auch nur um ein Haar seines Hauptes."

„Nun wohlan, in Gottes Namen", sagte Sancho; „ich willige in mein eigen Unglück ein; ich erkläre, ich nehme die Buße an unter den festgesetzten Bedingungen."

Kaum hatte Sancho diese letzten Worte gesprochen, so begann aufs neue die Musik der Oboen zu ertönen, abermals begannen unzählige Musketen zu feuern, und Don Quijote fiel um Sanchos Hals und gab ihm tausend Küsse auf Stirn und Wangen. Die Herzogin und der Herzog und alle Umstehenden bezeigten große Freude; der Karren setzte sich in Bewegung, und beim Vorüberfahren neigte die schöne Dulcinea ihr Haupt vor dem herzoglichen Paare und machte vor Sancho eine tiefe Verbeugung.

Und jetzt kam schon eiligen Schrittes die heiter lächelnde Morgenröte; die Blümlein des Feldes erschlossen sich und reckten die Köpfchen empor, und die flüssigen Kristalle der Bächlein, zwischen weißen und grauen Kieseln hinmurmelnd, eilten hinab, um den ihnen entgegenharrenden Strömen ihren Zoll zu entrichten; die Erde so freudig, der Himmel so hell, die Luft so rein, das Licht so heiter, jedes für sich allein und alles vereint deutete mit voller Gewißheit darauf, daß der Tag, der bereits auf Aurorens Schleppe trat, nicht minder hell und heiter sein würde. Die herzoglichen Gatten aber, zufrieden mit ihrer Jagd und vergnügt über die geschickte und geglückte Ausführung ihres Planes, kehrten zu ihrem Schlosse zurück mit dem Vorsatz, noch mehr solcher lustiger Streiche zu spielen. Denn es gab für sie nichts Ernstes, das ihnen größere Ergötzlichkeit schaffen konnte als diese Scherze.

36. KAPITEL

Darin das seltsamliche und bis heut unerhörte Abenteuer mit der Kammerfrau Schmerzenreich, sonst auch Gräfin Trifaldi geheißen, berichtet wird, benebst einem Brief, welchen Sancho Pansa an seine Frau Teresa Pansa geschrieben

Der Herzog hatte einen Haushofmeister, der große Lust an Scherzen hatte und stets heiterer Laune war. Er war es, der die Rolle des Merlin gespielt und alle Vorkehrungen zum vorigen Abenteuer getroffen, die Verse verfaßt und einen Edelknaben die Rolle der Dulcinea hatte spielen lassen. Jetzt, unter Mitwirkung seiner Herrschaft, traf er nun Anstalt zu einem andern Abenteuer von so komischer und kunstvoller Erfindung, wie man sich nur denken kann.

Am folgenden Tage richtete die Herzogin an Sancho die Frage, ob er das Werk der Buße schon begonnen habe, das er für Dulcineas Entzauberung vollbringen solle. Er bejahte dies und erklärte, er habe sich diese Nacht schon fünf Hiebe gegeben. Die Herzogin fragte: „Womit denn?" Er antwortete: „Mit der Hand."

„Das", sagte die Herzogin, „heißt eher sich mit der Hand klatschen als sich Hiebe aufmessen. Ich glaube, mit einem so gelinden Verfahren wird sich der weise Merlin nicht zufriedengeben. Es wird erforderlich sein, daß der wackere Sancho etwa eine Stachel- oder Knotengeißel anwendet, die man gehörig fühlt; denn sollen die Buchstaben fest sitzen, muß der Buckel Blut schwitzen, und so billig ist die Erlösung einer hohen Dame wie Dulcinea nicht zu haben und nicht um so geringen Preis. Auch möge Sancho bedenken, daß gute Werke, wenn sie schlaff und lau verrichtet werden, unverdienstlich und wertlos sind."

Sancho entgegnete darauf: „Wolle mir Eure Herrlichkeit eine richtige Geißel oder einen Strick geben, dann will ich mir damit

Hiebe aufzählen, wenn es mir nur nicht allzu weh tut; denn ich tue Euer Gnaden zu wissen, wenn ich auch ein Bauer bin, hat meine Haut doch mehr von Baumwolle an sich als von Esparto, und es wäre nicht recht, mich für einen andern gar zu zerfleischen."

„Ganz recht", versetzte die Herzogin, „ich will Euch morgen eine Geißel geben, die für Euch gerade wie gemacht ist und die sich mit der Zartheit Eurer Haut so gut vertragen soll, als wären es leibliche Geschwister."

Hierauf sagte Sancho: „Liebste Herzens-Herzogin, Eure Hoheit muß auch wissen, daß ich meiner Frau Teresa Pansa einen Brief geschrieben habe, der ihr alles kundtut, was mir begegnet ist, seit ich von ihr Abschied genommen. Hier hab ich ihn vorn auf der Brust, es fehlt weiter nichts daran als die Aufschrift. Ich wünschte, Euer Wohlverständigkeit möchte ihn lesen, weil ich meine, er stimmt völlig zum Statthalterwesen, ich meine, zu der Art, wie Statthalter schreiben müssen."

„Und wer hat ihn denn aufgesetzt?" fragte die Herzogin.

„Wer sollte ihn denn aufgesetzt haben als ich armer Sündenmensch?" antwortete Sancho.

„Habt Ihr ihn denn auch selber geschrieben?" sagte die Herzogin.

„Da ist kein Gedanke daran", antwortete Sancho, „denn ich kann weder lesen noch schreiben, wenn ich auch meinen Namen unterzeichnen kann."

„Wir wollen ihn ansehen", versetzte die Herzogin; „ganz gewiß habt Ihr in dem Briefe die Eigentümlichkeit und Tüchtigkeit Eurer Geistesgaben an den Tag gelegt."

Sancho zog einen offenen Brief aus dem Busen hervor; die Herzogin nahm ihn und las folgendes:

Brief Sancho Pansas an seine Frau Teresa Pansa

Kriegt ich Hiebe schwer und mächtig, ritt ich auch einher gar prächtig; hab ich eine schöne Statthalterschaft, so kostet's mich auch schöne Geißelhiebe. Das, meine Teresa, wirst du für jetzt nicht verstehen; ein andermal sollst du's erfahren. Du mußt wissen, Teresa, daß ich mich entschlossen habe, du sollst in der Kutsche fahren, das ist die Hauptsache, denn jede andre Art fortzukommen ist gerade, als wenn man auf allen vieren kriecht. Du bist eines Statthalters Frau; sieh, ob jemand wagen wird, dich in die Ferse zu beißen. Hier schicke ich dir ein grünes Jägerkleid, meine gnädige Frau Herzogin hat mir's geschenkt; mach es zurecht, daß es Rock und Leibchen für unsre Tochter gibt. Don Quijote, mein Dienstherr, ich hab hierzulande sagen hören, er wäre ein Narr voller Gescheitheit und ein Tollhäusler voll hübscher Einfälle und ich stünde nicht hinter ihm zurück. Wir sind in der Höhle des Montesinos gewesen, und der weise Zauberer Merlin hat ein Auge auf mich geworfen behufs Entzauberung der Dulcinea von Toboso, die dorten bei Euch Aldonza Lorenzo heißt. Mit dreitausenddreihundert Geißelhieben weniger fünf, die ich mir geben soll, soll sie aus aller Verzauberung sein, so wie ihre leibliche Mutter gewesen. Sag aber niemandem etwas davon, denn willst du um Rat deine Nachbarn fragen, wird einer weiß, der andre schwarz sagen. Heut über etliche Tage will ich nach meiner Statthalterei abgehen, und ich hab die allergrößte Lust, mir ein tüchtiges Stück Geld zu machen, denn es ist mir gesagt worden, jeder neue Statthalter geht mit demselben Verlangen hin. Ich will der Statthalterei den Puls fühlen und dir dann Nachricht geben, ob du kommen und bei mir bleiben sollst oder nicht. Unser Grauer befindet sich wohl und schickt dir viele Grüße, und ich gedenke ihn nicht von mir zu lassen, und wenn man mich zum Großtürken machen wollte. Die Herzogin, meine Gebieterin, küßt dir die Hände tausendmal, schick ihr dafür zweitausend Handküsse zurück; es gibt ja nichts, was weniger kostet und mehr einträgt als höfliche Manieren, wie mein Herr sagt. Es hat Gott nicht gefallen, mir abermals einen Mantelsack mit abermals hundert Goldstücken zu bescheren wie den von dazumal; aber das braucht dir keinen Kummer zu machen, Teresa mein, denn wer im Turme Sturm läutet, ist sicher vor der Gefahr draußen, und im letzten Aufwasch findet sich alles bei der Statthalterei. Aber es hat mir große Sorge gemacht, daß die Leute mir sagen, wenn ich sie einmal geschmeckt habe, würde ich mir danach alle Finger aufessen; und wenn das der Fall wäre, würde sie mich nicht billig zu stehen kommen. Zwar stehen sich die Lahmen und die Krüppel mit dem, was sie erbetteln, nicht schlechter als die Domherren mit ihrer Pfründe. Mithin wirst du sicher auf die eine oder die andre Art reich werden und im Glück sitzen. Solches Glück wolle Gott dir verleihen und mir Leben und Gesundheit zu deinem Besten.

Gegeben auf diesem Schlosse, am 20. Julius 1614
Dein Mann, der Statthalter
Sancho Pansa

Als die Herzogin den Brief zu Ende gelesen, sprach sie zu Sancho: „In zwei Punkten ist der wackere Statthalter ein wenig irregegangen. Erstens, wenn er sagt oder zu verstehen gibt, diese Statthalterschaft sei ihm für die Geißelhiebe gegeben worden, die er sich aufmessen soll, während er doch weiß und es nicht leugnen kann, daß, als der Herzog, mein Gemahl, sie ihm versprach, man noch nicht einmal im Traum daran dachte, daß es Geißelhiebe auf der Welt gäbe. Der andre Punkt ist, daß er sich in dem Brief sehr habgierig zeigt, und ich möchte nicht, daß er sich in den Finger schneidet; Habsucht zerreißt den Sack, und unter einem habgierigen Statthalter kann das Recht nicht seine rechte Statt finden."

„So hab ich das nicht gemeint, Señora", entgegnete Sancho; „und wenn Euer Gnaden meint, selbiger Brief wäre nicht so, wie er sein soll, so braucht's nichts weiter, als ihn zu zerreißen und einen andern zu schreiben, und da wär's möglich, er würde noch schlechter, wenn's meinem eignen Hirnkasten überlassen bleibt."

„Nein, nein", versetzte die Herzogin, „der Brief ist gut so, und der Herzog soll ihn auch lesen."

Hiermit begaben sie sich in den Garten, wo man diesen Tag die Tafel halten wollte. Die Herzogin zeigte dem Herzog Sanchos Brief, der ihm den größten Spaß machte. Es wurde gespeist, und nachdem abgedeckt war und die Gastgeber sich geraume Zeit an Sanchos gewürzter Unterhaltung ergötzt hatten, vernahm man plötzlich den schwermütig klagenden Ton einer Querpfeife und den Schall einer heiseren gedämpften Trommel. In allen Gesichtern zeigte sich der Ausdruck der Bestürzung ob dieser mißtönigen kriegerischen und trübseligen Musik; am meisten bei Don Quijote, der es vor lauter Unruhe nicht auf seinem Stuhl aushalten konnte. Von Sancho braucht man nichts weiter zu sagen, als daß die große Angst ihn zu seiner gewöhnlichen Zufluchtsstätte trieb, nämlich in die nächste Nähe oder hinter die Rockschöße der Herzogin; denn das Getön, das sich hören ließ, war wirklich und wahrhaftig höchst kläglich und wehmütig. Als sie nun alle so in gespannter Erwartung dastanden, sahen sie, wie zwei Männer in den Garten traten und näher kamen, beide in Trauergewändern, so lang und tief herunterfallend, daß sie ihnen auf dem Boden nachschleiften, und diese Männer schlugen zwei große Trommeln, die ebenfalls schwarz verhängt waren. Ihnen zur Seite schritt der Pfeifer, raben- und pechschwarz wie die andern beiden. Auf diese dreie folgte ein

Mann von riesenhafter Gestalt, in einen gleichfalls dunkelschwarzen Talar nicht sowohl gekleidet als auch vielmehr vermummt, dessen Schleppe wie bei den andern vor Länge ganz ungeheuerlich aussah. Über dem Talar ging ihm rings um die Hüften und quer über die Brust ein Wehrgehenk, ebenfalls schwarz, von dem ein übermäßig langer und breiter Pallasch herabhing, daran das Gefäß und die Beschläge und die Scheide schwarz waren. Er trug das Gesicht mit einem durchsichtigen schwarzen Schleier bedeckt, durch den ein ungewöhnlich langer schneeweißer Bart hindurchschimmerte. Seine Schritte bewegten sich nach dem Schall der Trommeln mit ernster Würde und Gelassenheit. Alles in allem war die Größe seiner Gestalt, sein gemessener Schritt, seine schwarze Tracht und sein Geleite ganz dazu angetan, jeden ängstlich zu machen, und machte wirklich jeden ängstlich, der ihn ansah und nicht kannte.

Mit diesem langsamen Gange und gelassenen Gebaren näherte er sich und warf sich auf die Knie vor dem Herzog, der ihn mit den andern Anwesenden stehend erwartete. Allein der Herzog wollte ihm durchaus nicht eher zu reden gestatten, bis er sich vom Boden erhöbe. Die riesige Schreckgestalt tat also, und sobald er sich aufgerichtet, hob er den Schleier von seinem Angesicht und ließ den greulichsten, längsten, weißesten, dichtesten Bart sehen, den bis jetzt Menschenaugen erschaut hatten, und sofort aus seiner breiten gewaltigen Brust eine tiefe klangvolle Stimme heraufholend und herauspressend und die Augen auf den Herzog heftend, sprach er: „Erhabenster und großmächtiger Herr, man nennt mich Trifaldin den Weißbart; ich bin Kammerjunker bei der Gräfin Trifaldi, die auch den Namen die Kammerfrau Schmerzenreich trägt; und von dieser bringe ich Euer Hoheit eine Botschaft, nämlich daß Euer Herrlichkeit geruhen möchte, ihr Vergunst und Urlaub zu gewähren, daß sie nahen dürfe, Euch ihr Leid und Weh kundzutun, welches wohl das unerhörteste und wundersamste Leid und Weh ist, so die leidvollste Phantasie auf Erden sich erdenken kann. Und zuvörderst begehrt sie zu vernehmen, ob in diesem Eurem Schlosse der mannhafte und nie besiegte Ritter Don Quijote von der Mancha weilt; denn sie ist auf der Suche nach ihm, zu Fuße und mit nüchternem Magen, vom Königreich Candaya bis zu diesem Eurem Herzogtum, was man für ein Wunder oder für ein Werk der Zauberei halten kann und muß. Sie harret an der Pforte dieser Feste oder dieses Lustschlosses und erwartet, um einzutreten, nur Eure Gutheißung. Ich habe gesprochen."

Hierauf räusperte er sich, strich sich den Bart von oben bis unten mit beiden Händen und blieb in Ruhe und Schweigsamkeit der Antwort des Herzogs gewärtig, welche also lautete: „Bereits, mein wackerer Kammerjunker Trifaldin Weißbart, ist's viele Tage her, seit wir Kunde von dem Mißgeschick unsrer Frau Gräfin Trifaldi haben, welche die Zauberer mit dem Namen Kammerfrau Schmerzenreich belegt haben. Allerdings könnt Ihr, staunenswerter Kammerjunker, ihr sagen, sie möge eintreten, und es befinde sich hier der mannhafte Ritter Don Quijote von der Mancha, von dessen großherzigem Sinne sie sich mit vollster Zuversicht jeden Schutz und jede Hilfe versprechen darf; und imgleichen könnt Ihr auch in meinem Namen ihr sagen, wenn sie meines Beistandes bedürfen sollte, so solle er ihr nicht fehlen; denn ihr ihn zu gewähren, bin ich schon darum verpflichtet, weil ich ein Ritter bin, in dessen Beruf es liegt und dem es zukommt, aller Art Frauen zu beschirmen, insbesondere würdige Damen, so verwitwet und an Ehre oder Gut geschädigt und schmerzenreich sind, wie es Hochdero Gnaden zweifelsohne sein muß."

Trifaldin, da er solches vernommen, bog die Knie bis zum Boden, gab dem Pfeifer nebst den Trommlern ein Zeichen, aufzuspielen, ging unter derselben Musik und mit demselben Schritt, wie er hereingekommen, wieder zum Garten hinaus und ließ alle Anwesenden voller Verwunderung zurück ob seines Aussehens und seines Gebarens. Jetzt wendete sich der Herzog zu Don Quijote und sagte ihm: „Auf die Dauer, ruhmvoller Ritter, können die Finsternisse der Bosheit und Unwissenheit doch das Licht der Tapferkeit und Tugend nicht verdecken und verdunkeln. Ich sage dies, dieweil es kaum sechs Tage her ist, seit Eure Fürtrefflichkeit in diesem Schlosse weilt, und schon aus fernen und entlegenen Landen, nicht in Staatswagen oder auf Dromedaren, sondern zu Fuß und nüchternen Magens, kommen die Mühseligen und Beladenen, Euch aufzusuchen, voll Zuversicht, in diesem mächtigen Arme Hilfe zu finden für ihre Nöte und Drangsale; also ist's dank Euren hohen Heldentaten, deren Ruhm über alle bis heute entdeckten Erdstriche verbreitet ist."

„Ich möchte wohl, Herr Herzog", entgegnete Don Quijote, „jener heilige Mann, der Geistliche, der neulich bei der Tafel so bösen Willen und so argen Groll gegen die fahrende Ritterschaft an den Tag legte, wäre hier zugegen, auf daß er mit seinen eignen Augen sähe, ob solche Ritter in der Welt nötig sind; jetzt könnte er mit Händen greifen, daß die, so in außergewöhnlichem Grade bedrängt und des Trostes bar sind, ihre Zuflucht in hochwichtigen Fällen und im schlimmsten Unglück nicht in den Häusern der Studierten noch der Dorfküster suchen noch bei dem Ritter, der es nie über die Gemarkung seines Dorfes hinausgebracht, noch bei dem müßigen Hofmann, der sich lieber nach Neuigkeiten umtut, um sie zu erzählen und zu verbreiten, als selber Werke und Taten zu verrichten, damit andre sie erzählen und niederschreiben. Zuflucht in Nöten, Hilfe in Bedrängnissen, Beschirmung der Jungfrauen, Trost der Witwen, das findet sich bei keinerlei Art von Menschen besser als bei den fahrenden Rittern; und daß ich es bin, dafür sag ich dem Himmel unendlichen Dank, und für hohen Gewinn erachte ich jegliche Widerwärtigkeit und Drangsal, die mich in diesem so ehrenvollen Berufe treffen könnte. So komme denn diese Kammerfrau und begehre, was ihr beliebt; ich biete ihr Hilfe und Rettung in der Kraft meines Arms und in der furchtlosen Entschlossenheit meines kampfbegierigen Geistes."

37. KAPITEL

Allwo die fürtreffliche Aventüre mit der Kammerfrau Schmerzenreich fortgesetzt wird

Hocherfreut waren der Herzog und die Herzogin, zu sehen, wie bereitwillig Don Quijote auf ihren Plan einging. Sancho aber sagte dazu: „Ich möchte nicht, daß diese geehrte Kammerfrau meiner versprochenen Statthalterschaft einen Stein in den Weg legt; denn ich habe einen Toledaner Apotheker, der wie ein Starmatz schwatzte, sagen hören, wo Zofen und Kammerfrauen dabei seien, da könne nichts Gutes herauskommen. Gott steh mir bei, wie übel war selbiger Apotheker auf die Kammerfrauen zu sprechen! Woraus ich denn entnehme, sintemal alle Kammerfrauen lästig und unangenehm sind, wes Ranges und Standes sie sein mögen: was werden erst die schmerzenreichen sein, welches diese Gräfin mit den drei Falten oder den drei Schleppen sein soll? Denn bei mir zulande ist Falten und Schleppe, Schleppe und Falten alles einerlei."

„Schweige, Freund Sancho", fiel Don Quijote ein; „denn sintemal diese geehrte Kammerfrau von so fernen Landen kommt, um mich aufzusuchen, wird sie wohl nicht zu denen gehören, die der Apotheker in seinem Register hatte, und dies um so gewisser, als diese eine Gräfin ist, und wenn Gräfinnen als Kammerfrauen dienen, so kann dies sicher nur bei einer Königin oder Kaiserin sein, und in ihrem eignen Hause sind sie höchste Gebieterinnen und lassen sich selbst von Kammerfrauen bedienen."

Darauf versetzte Doña Rodríguez, die zugegen war: „Meine gnädige Frau Herzogin hat Kammerfrauen in ihren Diensten, die Herzoginnen sein könnten, wenn das Glück es nur wollte; aber wohin des Königs Wille geht, dahin wird das Gesetz gedreht; und keiner soll den Kammerfrauen was Böses nachsagen, vorab den alten und den unverheirateten. Denn wiewohl ich beides nicht bin, kann ich's doch begreifen und habe doch eine Vorstellung davon, wieviel eine noch unverheiratete Kammerdame vor einer verwitweten voraushat; wer uns aber zwakken und scheren will, dem bricht und sticht die Schere in Hand und Finger."

„Nichtsdestoweniger gibt es bei den Kammerfrauen viel zu scheren", entgegnete Sancho, „nach dem, was mein Barbier sagt, gerade wie es besser ist, den Reis nicht umzurühren, wenn er sich auch unten am Topf ansetzen will."

„Die Schildknappen", entgegnete Doña Rodríguez, „sind uns beständig so feind, daß sie, da sie stets in den Vorzimmern als Kobolde herumgeistern und uns auf Schritt und Tritt zu Gesicht bekommen, all die Augenblicke, wo sie nicht beten – und dieser Augenblicke sind viele! –, darauf verwenden, uns zu lästern, uns bis auf die Haut auszuziehen und unsern guten Ruf ins Grab zu legen. Aber diesen Holzklötzen auf zwei Beinen, denen sag ich ernstlich: Mag es sie noch so sehr ärgern, so werden wir nach wie vor auf der Welt sein und in vornehmen Häusern leben, und sollten wir auch vor Hunger sterben und unsre zarten oder nicht zarten Glieder mit einem schwarzen Nonnenrock bedecken müssen, wie man am Tag einer Prozession einen Misthaufen mit einem Teppich zudeckt. Wahrhaftig, wenn es mir nur gestattet wäre oder die Gelegenheit es erheischte, würde ich nicht nur den Anwesenden, sondern der ganzen Welt klarmachen, daß es keine gute Eigenschaft gibt, die sich nicht bei einer Kammerfrau findet."

„Ich glaube", sagte die Herzogin, „meine brave Doña Rodríguez hat recht und sehr recht; aber sie wartet wohl am besten eine gelegene Zeit ab, um ihre und der andern Kammerfrauen Sache zu führen, die üble Meinung jenes bösen Apothekers zuschanden zu machen und auch diejenige, die der große Sancho Pansa in seinem Busen hegt, mit der Wurzel herauszureißen."

Darauf entgegnete Sancho: „Seit ich mit Statthalteraussichten schwanger gehe, ist mir der Schildknappenschwindel vergangen, und ich gebe für alle Kammerfrauen unter der Sonne nicht einen Holzapfel."

Sie hätten das Kammerfrauengespräch noch weiter fortgesetzt, wenn sie nicht abermals den Pfeifer und die Trommler gehört hätten, woraus sie denn entnahmen, daß die Kammerfrau Schmerzenreich im Anzug sei. Die Herzogin fragte den Herzog, ob es sich wohl schicke, ihr zur Begrüßung entgegenzugehen, da sie doch eine Gräfin und vornehme Person sei.

„Soweit sie was von einer Gräfin an sich hat", entgegnete Sancho, ehe noch der Herzog antworten konnte, „da halte ich zwar für gut, wenn von dessentwegen Eure Hoheiten ihr entgegengehen; aber von wegen der Kammerfrau, da bin ich der Meinung, Ihr dürft nicht einen einzigen Schritt gehen."

„Wer heißt dich, Sancho, dich da hineinzumischen?" sagte Don Quijote.

„Wer, Señor?" antwortete Sancho; „ich, ich mische mich hinein, und ich darf mich wohl hineinmischen als ein Schildknappe, der die Regeln der Höflichkeit in Euer Gnaden Schule gelernt hat; denn Euer Gnaden ist der höflichste und wohlgesittetste Ritter in der ganzen Höflichkeitswelt. Auch pflegt man ja in derlei Dingen, wie ich aus Euer Gnaden Mund gehört, mit einer Karte zuviel ebensoleicht zu verlieren als mit einer Karte zuwenig; und Gelehrten ist gut predigen."

„Es ist ganz so, wie Sancho sagt", versetzte der Herzog; „wir wollen abwarten, wie die Gräfin aussieht, und danach wollen wir bemessen, wieviel Höflichkeit ihr gebührt."

Indem schritten die Trommler und der Pfeifer herein wie das erstemal. Und hiermit beschließt der Verfasser dieses kurze Kapitel und fängt das folgende an, worin er dasselbe Abenteuer fortsetzt, welches eines der bemerkenswertesten in dem ganzen Buche ist.

38. KAPITEL

Allwo Bericht gegeben wird vom Berichte, welchen die Kammerfrau Schmerzenreich über ihr eigenes Mißgeschick erstattet hat

Hinter den trübseligen Musikern schritten nun in den Garten herein etwa zwölf Kammerfrauen, in zwei Reihen verteilt, alle in weite Nonnenkleider gehüllt, die dem Anscheine nach von gewalktem Wollstoff waren, mit weißen Schleiern von dünnem Musselin, so lang, daß sie bloß den untern Saum des Kleides sehen ließen. Hinter ihnen kam die Gräfin Trifaldi einher, die der Kammerjunker Trifaldin Weißbart an der Hand führte; gekleidet war sie in feinsten schwarzen Zwilch, der nicht gekrempelt war, und wär er das schon gewesen, so hätte sich jede Flocke an dem Zeug so dick wie eine Kichererbse gezeigt, und zwar wie eine jener großen Kichererbsen aus Martos; die Schleppe – oder Falte oder Schoß oder wie man es nennen will – lief in drei Spitzen aus, die von den Händen dreier ebenfalls in Trauer gekleideter Edelknaben getragen wurden; diese drei Spitzen, welche spitze Winkel bildeten, stellten eine in die Augen fallende geometrische Figur dar. Und daraus schlossen alle, welche die drei spitzwinkligen Rockfalten oder Schöße betrachteten, sie müsse deshalb die Gräfin Trifaldi heißen; das ist ungefähr, als wenn wir sagten: die Gräfin mit den drei Falten. Und Benengelí bemerkt, dies ist in der Tat der Fall gewesen und sie habe mit ihrem wirklichen Namen Gräfin Lobuna, Wolfhausen, geheißen, und zwar aus dem Grunde, weil in ihrer Grafschaft viele lobos, das ist Wölfe, hausten; und wenn anstatt der Wölfe es Füchse, zorros, gewesen wären, so würde man sie Gräfin Zorruna, Fuchshausen, geheißen haben, weil es dortzulande der Brauch ist, daß die Herrschaften ihre Namen von den Dingen entlehnen, woran ihre Güter besonders reich sind. Indessen hat diese Gräfin, um der neuen Mode ihrer Falte oder Schleppe Eingang zu verschaffen, den Namen Lobuna oder Wolfhausen aufgegeben und den Namen Trifaldi oder Dreischlepp angenommen.

Die zwölf Kammerfrauen und die Gräfin kamen in feierlichem Prozessionsschritt einher, die Gesichter mit Schleiern bedeckt, die schwarz, aber nicht wie der des Trifaldin durchsichtig waren, sondern so dicht, daß man nicht hindurchsehen konnte. Sobald die kammerfrauliche Truppe aufmarschiert war, standen der Herzog, die Herzogin und Don Quijote auf und ebenso die andern alle, die dem langsam schreitenden Aufzug zusahen. Die zwölf Kammerfrauen machten halt und bildeten ein Spalier, durch welches die Schmerzenreich hinschritt, ohne daß Trifaldin sie von der Hand ließ. Als der Herzog, die Herzogin und Don Quijote dies sahen, gingen sie ihr etwa zwölf Schritte weit entgegen, um sie zu begrüßen. Sie warf sich jetzt auf die Knie nieder und sprach mit einer Stimme, die eher grob und rauh als fein und zart war: „Eure Hoheiten wollen geruhen, diesem Eurem Diener, ich will sagen dieser Eurer Dienerin, nicht so große Höflichkeit zu erweisen, denn sintemal ich so schmerzenreich bin, würde ich nicht imstande sein, meiner Schuldigkeit zu genügen, dieweil mein nie erhörtes und nie geschautes Mißgeschick mir meinen Verstand, ich weiß nicht wohin, entführt hat, jedenfalls sehr weithin, denn je mehr ich ihn suche, desto weniger kann ich ihn wiederfinden."

„Ohne Verstand wäre der, Frau Gräfin", entgegnete der Herzog, „der nicht aus Eurem ganzen Wesen Euren großen Wert ersähe, welcher, auch ohne daß man mehr von Euch erblickt, würdig ist, alle Perlen der Höflichkeit und alle Blüte wohlgezogenster und feinster Förmlichkeiten zu empfangen."

Alsbald zog er sie an der Hand empor und führte sie zu einem Sitze neben der Herzogin, welche sie ebenfalls mit großer Höflichkeit begrüßte. Don Quijote schwieg, und Sancho starb schier vor Begierde, das Gesicht der Trifaldi und irgendeiner ihrer vielen Kammerfrauen zu sehn; allein dies war nicht möglich, bis sie später aus eigenem Antrieb und freiem Willen sich entschleierten.

Als nun alles ruhig geworden und tiefes Schweigen beobachtete, in Erwartung, wer dasselbe zuerst brechen würde, da war es die Kammerfrau Schmerzenreich, die das Gespräch mit folgenden Worten eröffnete: „Ich hege die Zuversicht, allermächtigster Herr und allerschönste Herrin und ihr, allerverständigste Anwesende, daß meine Allerbedrängtestheit in Euren alleredelsten Herzen einen nicht weniger freundlichen als großsinnigen und schmerzenreichen Empfang finden wird: denn selbige ist solcher Art, daß sie ausreicht, zu rühren Marmelsteine, zu schmelzen Demanten und den Stahl der allerhärtesten Herzen von der Welt. Doch bevor sie in den Bereich Eures Gehörs, um nicht zu sagen Eurer Ohren dringt, möchte ich wohl, daß Ihr mich wissend machet, ob in diesem Verein, Kreis und geselligem Zirkel der allerseelenreinste Ritter Don Quijote von der allergemanschtesten

Mancha anwesend ist, imgleichen sein allerschildknapplichster Sancho Pansa."

„Der Pansa ist hier", sagte Sancho, eh noch ein andrer antworten konnte, „und der Don Allerquijotischste ebenfalls; und mithin, allerschmerzenreichste kammerfraulichste Dame, könnt Ihr sagen, was Euch allerbeliebtest; wir alle sind eifrigst und allerbereitest, Euch aufs allerdienerischste allergefälligst zu sein."

Jetzt erhob sich Don Quijote, und sich zur schmerzenreichen Kammerfrau wendend, sprach er: „Wenn Eure Bedrängnisse, hochbedrängte Dame, sich irgendwelche Hoffnung der Abhilfe versprechen können von irgendwelcher Tapferkeit oder Heldenhaftigkeit irgendwelchen fahrenden Ritters – allhie ist die meinige, die, obschon schwach und gering, ganz Euren Diensten geweiht werden soll. Ich bin Don Quijote von der Mancha, dessen Aufgabe es ist, aller Art von Hilfsbedürftigen beizustehn, und so habt Ihr nicht nötig, Señora, um jemandes Wohlwollen zu werben oder erst nach Vorreden zu suchen, sondern nur, ganz einfach und ohne Umschweife, Eure Leiden zu erzählen, denn Euch hören die Ohren solcher, die, wenn sie ihnen nicht abzuhelfen vermögen, doch sie schmerzlich mitfühlen werden."

Als dies die schmerzenreiche Kammerfrau hörte, machte sie Miene, sich zu Don Quijotes Füßen werfen zu wollen, ja sie warf sich wirklich vor sie hin, gab sich alle Mühe, sie mit den Armen zu umschlingen, und sagte: „Vor diese Füße und Beine werfe ich mich hin, o unbesiegter Ritter, denn sie sind die Träger und Säulen der fahrenden Ritterschaft; diese Füße will ich küssen, an deren Schritten die Rettung aus meinem Unglück hängt und geknüpft ist. O fahrender Held, dessen wirkliche und wahre Kampfestaten jene fabelhaften der Amadíse, Esplandiane und Belianíse hinter sich lassen und verdunkeln!"

Jetzt wandte sie sich von Don Quijote hinweg zu Sancho Pansa, ergriff seine Hände und sprach zu ihm: „O du, redlichster Schildknappe, so jemals in gegenwärtigen oder in vergangenen Jahrhunderten fahrenden Rittern bedienstet gewesen, du, dessen Vortrefflichkeit größer ist als der Bart Trifaldins, meines Geleiters, der allhier zugegen ist! Wohl magst du dich rühmen, daß du, indem du dem großen Don Quijote dienst, dem Inbegriff der gesamten Ritterwelt dienest, welche jemals auf Erden das Waffenwerk hat betrieben. Ich beschwöre dich bei allem, was du deiner eignen allergetreusten Vortrefflichkeit schuldest, daß du mir ein trefflicher Fürbitter bei deinem Dienstherrn seiest, auf daß er sofort einer allerdemütigsten und allerunglücklichsten Gräfin wie mir seine Hilfe zuwenden wolle."

Sancho entgegnete hierauf: „Ob meine Vortrefflichkeit, Herrin mein, so groß und umfänglich ist wie der Bart Eures Kammerjunkers, da liegt mir entsetzlich wenig dran; wenn dereinst meine Seele aus diesem Leben scheidet, dann möge sie in Kinn- und Knebelbart stolzieren, denn das ist von Wichtigkeit; aber um die Bärte im Diesseits kümmre ich mich nicht. Allein auch ohne diesen ganzen Schwindel und ohne dieses demütige Flehen bitte ich meinen Herrn – der mich, ich weiß es, sehr lieb und mich gerade zu einem gewissen Handel sehr nötig hat –, daß er Euer Gnaden in allem, was er vermag, helfen und beistehen möge. Also wolle Euer Gnaden Dero Bedrängnis auspacken und sie uns erzählen und uns nur gewähren lassen, wir werden uns schon alle miteinander verständigen."

Über all dieses wollten Herzog und Herzogin schier vor Lachen bersten, da sie ja selbst um das Geheimnis dieses Abenteuers wußten, und sie lobten im stillen den Witz und die Verstellungskunst der Trifaldi. Diese aber setzte sich wieder und sprach: „In dem weitberühmten Königreich Candaya, das zwischen dem großen Trapobana und dem Südmeer liegt, zwei Meilen jenseits des Kap Comorin, führte die Herrschaft die Königin Doña Maguncia, die Witwe des Königs Archipél, ihres Herrn und Gemahls. In dieser Ehe bekamen und erzeugten sie die Infantin Antonomásia, die Erbin des Reiches, welche Infantin Antonomásia unter meiner Leitung und Lehre erzogen wurde und heranwuchs, dieweil ich die älteste und vornehmste unter den Kammerfrauen ihrer Mutter war. Es fügte sich nun, wie die Tage kamen und gingen und das Kindlein Antonomásia das Alter von vierzehn Jahren erreichte, daß es eine so vollkommene Schönheit besaß, daß die Natur sie nicht auf eine noch vollkommenere Stufe zu erheben vermochte. Wollen wir nun sagen, daß ihr Verstand noch etwas feuchtnasig war? Nein, sie war so verständig wie schön; ja sie war die Allerschönste auf Erden und ist es noch, wenn nicht etwa die mißgünstigen Schicksalsgötter ihres Lebens Faden schon abgeschnitten haben. Jedoch sie werden es nicht getan haben; der Himmel wird nicht zugeben, daß der Erde so großes Leid geschehe, wie es geschähe, wenn von der schönsten Rebe auf Erden die Traube unreif abgepflückt würde.

In diese Schönheit, in diese von meiner unbeholfenen Zunge nie nach Gebühr gepriesene Schönheit verliebten sich eine unendliche Anzahl Prinzen, sowohl einheimische als auch fremde, und unter ihnen wagte auch ein schlichter Edelmann am Hofe seine Gedanken zum Himmel so hoher Huldseligkeit emporzuheben, im Vertrauen auf seine Jugendblüte und seine Stattlichkeit, auf seine großen Talente und seine Liebenswürdigkeit, die Gewandtheit und die glücklichen Anlagen seines Geistes; denn ich tue Euern Hoheiten kund – wenn es Hochdenselben nicht unangenehm ist –, daß er die Gitarre spielte, als wenn er ihr Sprache verliehe, und daß er ferner ein Poet und ein ausgezeichneter Tänzer war und Vogelkäfige so schön zu fertigen verstand, daß er damit sein Brot hätte verdienen können, wenn er in Not geraten wäre: lauter Eigenschaften und Vorzüge, die ausgereicht hätten, einen Berg zu erschüttern, geschweige denn ein zartes Mägdlein.

Indessen hätten all seine Artigkeiten und gewinnende Anmut, seine ganze Liebenswürdigkeit und seine Talente ihm wenig oder nichts geholfen, die Festung meiner kleinen Prinzessin zu erobern, wenn der unverschämte Spitzbube sich nicht des Mittels bedient hätte, zuerst mich selber zu erobern. Der Räuber und gewissenlose Strolch wollte zuerst meine Neigung gewinnen und meinen Sinn bestechen, damit ich als ein schlechter Burgvogt ihm die Schlüssel der Burg ausliefern sollte, die ich hütete. Kurz, er beschmeichelte meinen Geist und eroberte meine Zuneigung mit, ich weiß nicht was für Spielsächelchen und Flittern, die er mir schenkte. Was mich aber ganz besonders dahin brachte, mich vor ihm zu beugen und daniederzuwerfen, das waren die Verse, die ich ihn eines Abends vor meinem Fenstergitter singen hörte, das auf ein Gäßchen hinausging, wo er harrend stand; und wenn ich mich recht entsinne, lauteten sie folgendermaßen:

> Tiefe Wunden mir geschlagen
> Hat die süße Feindin mein,
> Und zu mehren meine Pein,
> Soll ich dulden und nicht klagen.

Dieses Lied schien mir ein wahres Juwel und seine Stimme Honigseim, und seit ich gesehen, in welches tiefe Weh ich durch diese und ähnliche Verse gefallen, habe ich mir überlegt, daß aus jedem rechten wohlgeordneten Gemeinwesen die Dichter verbannt werden müßten, wie schon Plato angeraten, zum mindesten die lüsternen, weil sie Verse schreiben, nicht wie die vom Markgrafen von Mantua, welche die Kinder und Weiber ergötzen und zum Weinen bringen, sondern Spitzfindigkeiten, die wie ein sacht ins Fleisch gleitender Dorn sich Euch durch die Seele bohren und sie wie ein Blitzstrahl versehren und nur das äußere Gewand unversehrt lassen. Ein andermal wieder sang er:

> Komm, o Tod, schweb leis hernieder,
> Daß dein Nahn mir unbewußt,
> Denn des Sterbens süße Lust
> Gibt mir sonst das Leben wieder.

Und noch andere Verschen und Lieder solcher Art, die, wenn die Männer sie uns singen, ins Herze dringen, und wenn sie sie uns schreiben, uns die Seele aufregen. Wie aber erst, wenn sie sich so tief vor uns demütigen, eine gewisse Art von Versen zu dichten, die in Candaya damals üblich waren und welchen sie den Namen Seguidillas gaben? Da hüpften die Herzen, da spürte man Kitzel, zu lachen, da zappelten die Glieder ohne Aufhören, da befiel quecksilbriges Zittern alle Sinne. Und deshalb sage ich, meine Herrschaften, solche Minnesänger sollte man von Rechts wegen auf die Eidechseninseln verbannen. Aber sie selbst tragen nicht die Schuld, sondern die Einfaltspinsel, die ihnen Lob spenden, und die Närrinnen, die ihnen Glauben schenken.

Wäre ich die redliche Aufseherin gewesen, die ich hätte sein sollen, so hätte sein hohles Wortgedrechsel mein Herz nicht rühren dürfen, ich hätte es nicht für Wahrheit halten dürfen, wenn er zu mir sagte: ‚Ich lebe in stetem Sterben, ich brenne im Frost, in Feuersglut friere ich, ich hoffe sonder Hoffnung, ich scheide und bleibe zugleich‘, nebst andern Unmöglichkeiten derselben Gattung, von denen ihre Schriften voll sind. Und vollends, wenn sie uns den Phönix Arabiens, die Krone Ariadnes, die Pferde des Sonnengottes, des Südens Perlen, Tíbars Gold und den Balsam von Pancaya verheißen! Da lassen sie erst recht ihrer Feder freien Lauf, weil es sie gar wenig kostet zu versprechen, was sie zu halten weder gedenken noch vermögen.

Aber wohin verirre ich mich? Weh mir Unglücklichen! Welche Torheit, welcher Wahnsinn reißt mich hin, fremde Sünden zu erzählen, wo ich soviel von den meinigen zu sagen habe? O ich aber- und abermal Unglückselige! Nicht die Verse haben mich besiegt, sondern meine eigne Einfalt; nicht seine Lieder haben mich schwach werden lassen, sondern mein eigner Leichtsinn; meine zu große Unerfahrenheit und meine zu geringe Überlegung haben den Schritten Don Clavijos, dies ist der Name des besagten Ritters, den Weg geöffnet und den Pfad gebahnt. Und so ward ich die Vermittlerin, daß er einmal, ja vielmals im Gemach der durch mich, nicht durch ihn betrogenen Antonomásia als ihr rechtmäßig erklärter Gatte weilen durfte; denn bin ich auch eine Sünderin, so hätte ich doch nie zugegeben, daß er, ohne ihr Ehegemahl zu sein, ihr nur bis an den Rand ihrer Schuhsohlen nahe gekommen wäre. Nein, nein, das nicht; bei allen Händeln solcher Art, wenn ich mich damit befassen soll, muß die Heirat vorangehn. Bei diesem Handel war nur ein böser Umstand, nämlich die Ungleichheit des Standes; denn Don Clavijo war ein einfacher Edelmann, die Infantin Antonomásia aber die Erbin des Königreichs, wie ich schon gesagt habe. Eine Zeitlang blieb dieser gefährliche Handel verborgen und mit dem Mantel meiner schlauen Vorsicht bedeckt, bis es mir vorkam, als müsse ihn doch, ich weiß nicht was für ein Anschwellen von Antonomásias Leibe sehr bald aller Welt offenbaren. Diese Besorgnis veranlaßte uns drei zu einer geheimen Beratung, und wir beschlossen, noch ehe der schlimme Handel ans Licht käme, solle Don Clavijo bei dem geistlichen Gericht Antonomásia zur Ehefrau begehren, gestützt auf ein Eheversprechen, das die Infantin ihm ausgestellt hatte; mein schlauer Geist hatte es so bündig und fest aufgesetzt, daß selbst Simsons Stärke es nicht hätte zerreißen können. Die Schritte bei Amt wurden getan, der Vikar beim geistlichen Gericht prüfte das Eheversprechen; besagter Vikar nahm der Prinzessin die Beichte ab, sie beichtete ohne alle Umstände, er ließ sie im Hause eines hochgeachteten Hofrichters in Verwahr halten."

Hier fiel Sancho ein: „Auch in Candaya gibt es Hofrichter, Poeten und Seguidillas? Sonach kann ich drauf schwören, daß die Welt überall ein und dieselbe ist. Aber Señora Trifaldi, Euer Gnaden wolle sich was sputen, denn es wird spät, und ich kann's nicht länger aushalten, daß ich den Ausgang der gar so langen Geschichte erfahre."

„Ich will mich sputen", antwortete die Gräfin.

39. KAPITEL

Wo die Trifaldi ihre erstaunliche und denkwürdige Geschichte fortsetzt

An jedem Worte, das Sancho sprach, hatte die Herzogin ebensoviel Vergnügen als Don Quijote Ärger; er gebot ihm Schweigen, und die Schmerzenreich fuhr fort und sprach: „Endlich, nach vielen Fragen und Aussagen, da die Infantin beständig auf ihrem Kopfe blieb, ohne von ihrer gleich von vornherein gegebenen Erklärung abzugehn, fällte das geistliche Gericht seinen Spruch zugunsten Don Clavijos und überantwortete sie ihm zu seiner rechtmäßigen Gemahlin, worüber die Königin Doña Maguncia so großen Verdruß empfand, daß wir sie begruben, eh drei Tage vorüber waren."

„Da mußte sie wohl gestorben sein?" bemerkte Sancho.

„Das ist klar", entgegnete Trifaldin; „in Candaya werden nicht die Lebendigen begraben, sondern die Toten."

„Man hat's schon erlebt, Herr Kammerjunker", versetzte Sancho, „daß einer, der in Ohnmacht lag, begraben wurde, weil man glaubte, er wäre tot; und ich meine, die Königin hätte lieber in Ohnmacht fallen sollen als sterben; denn solange einer noch lebt, kann zu vielen Dingen Rat werden, und der verrückte Streich der Infantin war doch nicht so arg, daß man ihn sich so tief zu Herzen nehmen mußte. Hätte sich das Fräulein mit einem Pagen oder sonst mit einem Diener an ihrem Hofe verheiratet, was schon oft vorgekommen ist, wie ich mir hab sagen lassen, dann freilich war das Unglück nicht mehr gutzumachen; aber daß sie sich mit einem Ritter verheiratet hat, der von so feiner, vornehmer Art und so verständig, wie er uns eben geschildert worden – wahrhaftig, wahrhaftig, obzwar es eine Dummheit war, so war sie doch nicht so groß, wie man sich's denkt. Denn nach den Regeln meines Herrn, der hier zugegen ist und mir keine Lüge erlauben würde, so wie aus Studenten Bischöfe werden, so können Ritter, zumal die fahrenden, Könige und Kaiser werden."

„Du hast recht, Sancho", sprach Don Quijote; „denn ein fahrender Ritter, wenn er nur ein paar Fingerbreit Glück hat, besitzt in seinem inneren Werte die nächsten Ansprüche, der höchste Herr auf der Welt zu werden. Aber das Fräulein Schmerzenreich wolle gefälligst fortfahren, denn mir schwant, es bleibt ihr noch das Bittere zu erzählen von dieser bis hierhin süßen Geschichte."

„Und ob!" erwiderte die Gräfin; „und ob noch das Bittere erübrigt! Und zwar so bitter, daß im Vergleich damit Koloquinten süß und Oleanderblätter wohlschmeckend sind. Nachdem die Königin gestorben, also nicht in Ohnmacht gefallen war, begruben wir sie, und kaum hatten wir sie mit Erde bedeckt und kaum ihr das letzte Lebewohl gesagt, ach!

Quis talia fando temperet a lacrimis?

da, auf einem hölzernen Pferde sitzend, erschien über der Grabstätte der Königin der Riese Malambruno, Maguncias leiblicher Vetter, der nicht nur ein grausamer Mensch, sondern auch noch ein Zauberer ist; und um Don Clavijo für seine Vermessenheit zu strafen sowie aus Ärger über Antonomásias Maß- und Zuchtlosigkeit verzauberte er beide auf der Grabstätte selbst und bannte sie da fest, sie in einen Affen aus Erz verwandelt und ihn in ein scheußliches Krokodil aus einem unbekannten Metall; und zwischen beiden ein Gedenkmal, ebenfalls aus Metall; mit einer Inschrift in syrischer Sprache, die, auf candayisch und jetzt auf spanisch wiedergegeben, folgenden Spruch enthält:

> Nicht eher wird dies vermessene Liebespaar
> seine frühere Gestalt wiedererlangen, bis der
> kriegsmutige Manchaner sich mit mir im
> Einzelkampfe misset, denn seiner
> Heldenhaftigkeit allein will das Geschick dies
> nie noch dagewesene Abenteuer vorbehalten.

Dies vollbracht, zog er seinen breiten ungeheuren Säbel aus der Scheide, packte mich an den Haaren und machte Miene, als wolle er mir die Gurgel durchschneiden und mir, Rumpf und Stumpf, den Kopf abhauen. Ich erstarrte vor Angst, die Zunge klebte mir am Gaumen, ich war außer mir; aber dabei nahm ich dennoch alle Kraft zusammen und beschwor ihn mit zitternder, kläglicher Stimme so, daß er die Vollziehung einer so strengen Strafe einstweilen vertagte. Endlich hieß er sämtliche Kammerfrauen des Palastes vor sich bringen, es waren dies die hier anwesenden, und nachdem er uns unsere Schuld mit großer Übertreibung zu Gemüte geführt und die Sinnesart der Kammerfrauen, ihre argen Ränke und noch ärgeren Anschläge tüchtig gescholten und allen die Schuld aufgebürdet hatte, die doch nur die meinige war, sagte er, er wolle uns nicht mit der Todesstrafe büßen lassen, sondern mit andern lang wirksamen Strafen, die uns für immer bürgerlich tot machen sollten. Und im Nu und im nämlichen Augenblick, als das letzte Wort gesprochen, fühlten wir alle, wie sich uns die Poren im Antlitz öffneten und wie es uns im ganzen Gesicht wie mit Nadelspitzen stach. Sogleich fuhren wir mit den Händen über Kinn und Wangen und fanden uns in dem Zustande, welchen ihr jetzt sehen sollt."

Und die Schmerzenreich und die andern Kammerfrauen hoben sofort die Schleier, in die sie bisher verhüllt waren, und ließen ihre Gesichter, ganz mit Bärten bewachsen, sehen, hier mit blonden, dort mit schwarzen, hier mit weißen, dort mit grauen. Über diesen Anblick zeigten sich der Herzog und die Herzogin höchlich verwundert, Don Quijote und Sancho starr vor Erstaunen und alle anderen Anwesenden außer sich vor Überraschung.

Und die Trifaldi fuhr fort: „Solchergestalt hat uns der feige Bösewicht, der Schelm von Malambruno, mißhandelt, hat die Zartheit und schwellende Weichheit unsrer Angesichter mit der struppigen Rauheit dieser Borsten überdeckt. O wollte der Himmel, er hätte uns lieber mit seinem ungeheuren Säbel die Hirnschale eingeschlagen, als daß er das Licht unserer Wangen mit diesem üblen Werg überschattet hätte, das uns nun umhüllt! Denn, meine Herrschaften, wenn wir uns die Sache recht überlegen – und was ich anitzo sagen will, da möchte ich, daß bei meinen Worten meine Augen zu lebendigen Bronnen würden; allein die ständige Betrachtung unseres Unglücks und all die Meere von Tränen, die diese Augen bisher schon herniedergeregnet haben, die haben ihnen alles Naß entzogen und sie so trocken gemacht wie Stroh, und mithin will ich es ohne Tränen sagen –, so sag ich denn: wohin soll eine Kammerfrau mit Bart sich wenden? Welchen Vater oder welche Mutter wird es ihrer erbarmen? Wer wird ihr Hilfe spenden? Denn sogar wenn sie eine glatte Haut hat und selbige mit tausenderlei Salben und Pomaden martert, findet sie kaum einen, der sie mag; was aber soll sie anfangen, wenn sie ein Gesicht aufweist, das zum Buschwald geworden? O werte Kammerfrauen und Gefährtinnen! In einem unseligen Augenblicke sind wir zur Welt geboren, zu unglücklicher Stunde haben unsre Väter uns gezeugt!"

Und bei diesen Worten war es, als wolle sie in Ohnmacht fallen.

40. Kapitel

*Von allerhand, was diese Aventüre und denkwürdige
Geschichte angeht und betrifft*

In Wahrheit und Wirklichkeit muß ein jeglicher, der an solcherlei Geschichten wie dieser Gefallen findet, dem Sidi Hamét, ihrem ursprünglichen Verfasser, dankbar sein ob der Sorgsamkeit, mit der er selbst die kleinsten Sechzehntelnoten von ihrer Melodie uns hören läßt und auch am Geringfügigsten nicht vorbeigeht, ohne es klar ans Licht zu ziehen. Er zeigt uns die Gedanken, zieht den Vorhang von den Gebilden der Phantasie, antwortet auf die stillen Einwürfe des Lesers, hellt die Zweifel auf, entscheidet im Streit der Meinungen und Behauptungen und läßt selbst den wißbegierigsten Menschen die Atome des Gewünschten deutlich erschauen. O berühmter Schriftsteller! O beglückter Don Quijote! O ruhmreiche Dulcinea! O Sancho, du witziger Kopf! Ihr alle miteinander, und jeder für sich, möchtet ihr unzählige Jahrhunderte leben zum Vergnügen und allgemeinen Zeitvertreib aller Lebenden!

Es sagt nun die Geschichte, daß Sancho, wie er die Schmerzenreich in Ohnmacht sinken sah, ausrief: „Bei meiner Ehre als ehrlicher Mann und bei der Seel und Seligkeit all meiner Vorvordern, der Pansas, schwör ich, ein Abenteuer wie dieses hab ich nie gehört noch gesehen, noch ist dergleichen mir von meinem Herrn je erzählt worden noch ihm jemals in den Sinn gekommen. Daß doch, denn ich will dir nicht fluchen, tausend Teufel dich holten, du Zauberer und Riese Malambruno! Hast du denn für diese armen Sünderinnen keine andre Art Bestrafung gefunden, als sie zu bebarten? Ei, wär es nicht besser und für sie viel passender gewesen, ihnen die Nase von unten bis oben zu schlitzen, wenn sie auch nachher beim Sprechen genäselt hätten, als ihnen Bärte anzusetzen? Ich will wetten, sie haben nicht einmal Geld, um einen Bartscherer zu bezahlen."

„So ist es in der Tat, Señor", antwortete eine von den zwölfen, „wir haben kein Geld, um uns den Bart putzen zu lassen; und darum sind etliche von uns aus Sparsamkeit auf gepichtes Linnen oder Pechpflaster gekommen, das wir fest ans Gesicht drücken; und wenn wir es dann mit einem Ruck abreißen, so sind wir auf der Stelle sauber und glatt wie der Boden eines steinernen Mörsers. Obschon es in Candaya Weiber gibt, die von Haus zu Haus gehen, um die Härchen aus der Haut zu zupfen und die Augenbrauen zu glätten und allerhand Salben, wie Frauen sie brauchen, zu besorgen, so haben doch wir, die Kammerfrauen unsrer Prinzessin, ihnen nie Zutritt ins Schloß gestatten mögen; denn meist sind es herabgekommene Weiber, die zu uns heraufkommen wollten, sie bieten allerhand Mittel feil und sind feile Vermittlerinnen. Wenn uns vom Señor Don Quijote nicht Hilfe wird, so wird man uns mit Bärten zu Grabe tragen."

„Ich will mir den meinigen", versetzte Don Quijote, „im Maurenlande ausraufen lassen, wenn ich euch nicht von den eurigen helfe."

In diesem Augenblick kam die Trifaldi aus ihrer Ohnmacht wieder zu sich und sagte: „Das liebliche Geläut dieser Verheißung, mannhafter Ritter, ist mitten in meiner Ohnmacht mir ins Ohr gedrungen und hat bewirkt, daß ich wieder zu mir kam und all meiner Sinne mächtig wurde; und so flehe ich Euch abermals an, o ruhmbekränzter Fahrender, o unbezähmbarer Mann, Euer gnadenreiches Versprechen zur Tat zu machen."

„An mir soll es nicht fehlen", erwiderte Don Quijote; „sagt mir, Señora, was ich tun soll; der Geist ist willig und gleich bereit, Euch zu dienen."

„Die Sache ist die", antwortete die Schmerzenreich, „daß es von hier bis zum Königreich Candaya, wenn man zu Lande reist, fünftausend Meilen weit ist, etwa zwei mehr oder weniger, wenn man aber durch die Luft und in gerader Linie reist, so sind es dreitausendzweihundertundsiebenundzwanzig. Auch ist noch zu bemerken, daß Malambruno mir sagte, wenn das Schicksal mir den Ritter, unsern Befreier, bescheren würde, so wolle er ihm einen besonderen Reitgaul schicken, einen weit tüchtigeren und nicht so bösartigen, als sonst die Mietgäule sind, denn es soll jenes nämliche hölzerne Pferd sein, auf welchem der tapfere Peter die schöne Magelone entführte, welches Pferd mittels eines Zapfens gelenkt wird, den es auf der Stirn hat und der als Zaum dient, und es fliegt mit solcher Geschwindigkeit durch die Lüfte, daß es aussieht, als ob der Teufel selber es holte. Dieses besagte Pferd ist nach der alten Sage von dem Zauberer Merlin angefertigt. Er lieh es dem Peter, der sein Freund war, und der machte auf ihm große Reisen und raubte, wie gesagt, die schöne Magelone; er führte sie auf der Kruppe durch die Lüfte, und alle, die ihm vom Erdboden aus nachsahen, sperrten Mund und Nase auf. Aber er lieh das Pferd nur, wem er hold war oder wer ihn am besten bezahlte, und seit dem großen Peter haben wir bis heute von keinem vernommen, der das

Pferd bestiegen hätte. Aus Merlins Besitz hat Malambruno es mit seinen Künsten entführt und hat es jetzt in seiner Gewalt und bedient sich seiner auf den Reisen, die er alle Augenblicke durch verschiedene Teile der Welt unternimmt; heut ist er hier und morgen in Frankreich und nächsten Tages in Potosí. Und das Gute dabei ist, daß das besagte Pferd weder frißt noch schläft noch beschlagen werden muß; und es geht ohne Flügel einen solchen Paßgang in den Lüften, daß der Reiter, den es trägt, eine Tasse Wasser in der Hand halten kann, ohne einen Tropfen zu verschütten, so sachte und ruhig zieht es seines Weges; weshalb auch die schöne Magelone soviel Vergnügen daran fand, auf ihm zu reiten."

Hier fiel Sancho ein: „Was den ruhigen Gang anbetrifft, geht nichts über meinen Esel. Zwar geht er nicht durch die Lüfte, aber auf dem Erdboden, da will ich ihn mit jedem Paßgänger in der Welt um die Wette gehen lassen."

Alles brach in Lachen aus, und die Schmerzenreich fuhr fort: „Und dies besagte Pferd wird, sofern Malambruno wirklich unser Unglück zu beenden gewillt ist, spätestens eine halbe Stunde nach Anbruch der Dunkelheit vor unsern Augen dastehen; denn er hat mir bedeutet, zum Zeichen, daß ich den von mir gesuchten Ritter gefunden habe, wolle er mir so rasch als möglich das Pferd dahin senden, wo dieser Ritter sich befinde."

„Und wie viele haben auf dem Pferd Platz?" fragte Sancho.

Die Schmerzenreich antwortete: „Zwei Personen, eine auf dem Sattel und eine auf der Kruppe, und meistenteils sind diese zwei Personen Ritter und Schildknappe, falls es kein Fräulein zu entführen gilt."

„Da möchte ich wohl wissen, Señora Schmerzenreich", sagte Sancho, „wie das Pferd heißt."

„Es heißt nicht Pegasus wie das Roß des Bellerophon", antwortete die Schmerzenreich, „auch nicht Bukephalus wie das Pferd Alexanders des Großen oder Brigliadoro wie das des rasenden Roldán; auch nicht Bajardo wie das des Rinald von Montalbán oder Frontino wie das von Rüdiger; noch Bootes oder Peritoa wie die Rosse des Sonnengottes oder Orelia wie das Roß, auf welchem der unglückliche Don Rodrigo, der letzte Gotenkönig, in die Schlacht zog, wo er Leben und Thron verlor."

„Ich will wetten", sprach Sancho, „wenn man ihm keinen von den berühmten Namen jener weltbekannten Gäule gegeben hat, so heißt es auch sicher nicht wie meines Herrn Pferd Rosinante, das für sich allein alle bei weitem übertrifft, die Ihr genannt habt."

„So ist's", entgegnete die Gräfin im Barte; „aber immerhin paßt sein Name sehr gut, denn es heißt Holzzapferich der Geflügelte, und dieser Name stimmt dazu, daß es von Holz ist, und auch zu dem Zapfen, den es auf der Stirn trägt, und zu der Leichtigkeit, mit der es von dannen fährt; und daher kann es, soviel den Namen betrifft, sich wohl mit dem berühmten Rosinante messen."

„Der Name gefällt mir nicht schlecht", versetzte Sancho; „aber mit was für einem Zaum oder was für einem Halfterstrick wird das Pferd gelenkt?"

„Ich habe es schon gesagt", antwortete die Trifaldi, „mit dem Zapfen; je nachdem diesen der Ritter, der darauf reitet, nach der einen oder andern Seite dreht, muß das Pferd hin, wo er will, sei es hoch in den Lüften, sei es nah an der Erde, gewissermaßen den Boden fegend, sei es zwischen beidem in der richtigen Mitte, die man ja bei jedem wohlüberlegten Vorhaben suchen und einhalten muß."

„Das möcht ich wohl mit ansehen", entgegnete Sancho; „aber wenn einer meint, ich würde hinaufsteigen in den Sattel oder auf die Kruppe, da könnte er ebensogut Birnen vom Ulmenbaum holen wollen. Das wäre schön! Wenn ich mich kaum auf meinem Grauen halten kann, auf meinem Sattel, der weicher ist als Seide, und da sollten sie jetzt verlangen, ich soll mich auf einer bretternen Kruppe oben halten, ohne Kissen und Polster! Gott's Blitz, es fällt mir gar nicht ein, mich rädern zu lassen, um jemandem seinen Bart abzunehmen, wer's auch sei! Jeder soll sich den Bart scheren lassen, wie's ihm am besten paßt, ich aber denke nicht dran, meinen Herrn auf einer so weiten Reise zu begleiten; zumal ich doch für das Abscheren dieser Bärte sicherlich nicht so nötig bin wie zur Entzauberung unsres Fräuleins Dulcinea."

„Freilich seid Ihr es, Freund", entgegnete die Trifaldi, „und so sehr, daß wir ohne Euch bestimmt nichts ausrichten würden."

„Zu Hilfe, ihr Leute des Königs!" rief Sancho. „Was gehen die Abenteuer der Ritter die Schildknappen an? Wenn die Ritter solche glücklich bestehen, sollen sie den Ruhm davontragen, und wir, wir sollen die Mühsal tragen? Herrgott im Himmelreich! Ja, wenn es noch wenigstens bei den Geschichtsschreibern hieße: Der und jener Ritter hat dies und jenes Abenteuer glücklich bestanden, aber mit Hilfe des N. N., seines Schildknappen, ohne den er es nicht zu bestehen vermocht hätte! Aber was soll man sagen, wenn sie ganz kurz hinschreiben: ‚Don Paralipómenon von den drei Sternen bestand glücklich das Abenteuer mit den sechs Ungeheuern', ohne daß die Person seines Schildknappen, der bei allem zugegen war, auch nur genannt wird, gerade als wäre er gar nicht auf der Welt gewesen! Jetzt, werte Herrschaften, sag ich noch einmal, mein Herr mag allein hinziehen, und wohl bekomm es ihm; ich aber bleibe hier bei meiner gnädigen Frau Herzogin. Auch wäre es ja möglich, daß er bei seiner Rückkehr die Angelegenheit des Fräulein Dulcinea ums Drittel oder ums Fünftel gebessert fände; denn ich gedenke, wenn ich Zeit und nichts zu tun habe, mir eine Tracht Hiebe zu geben, daß kein Härchen mehr auf der Haut wachsen soll."

„Trotz alledem müßt Ihr ihn begleiten, wenn es nötig sein sollte, biederer Sancho", erklärte die Herzogin, „weil Euch Biedermänner darum bitten werden. Wegen Eurer törichten Angst dürfen die Gesichter dieser Damen nicht so behaart bleiben; das wäre wirklich ein übler Kasus."

„Hier sag ich nochmals: Zu Hilfe, ihr Leute des Königs!" entgegnete Sancho. „Wenn dieses Liebeswerk für züchtige Fräulein oder für Mädchen aus der Waisenschule getan werden sollte, könnte sich der Mensch auf jederlei Mühsal einlassen; aber um diesen Kammerfrauen den Bart wegzuschaffen, das ist zu stark! Säh ich sie doch lieber alle mit Bärten, alle, von der größten bis zur kleinsten, von der verzwicktesten Zimperliese bis zur aufgedonnertsten Madam!"

„Ihr steht Euch schlecht mit den Kammerfrauen, Freund Sancho", sagte die Herzogin; „Ihr haltet es allzusehr mit dem Apotheker von Toledo. Ihr habt wahrlich nicht recht; es sind Kammerfrauen in meinem Hause, die ein Muster aller Kammerfrauen sein können, und hier ist meine Doña Rodríguez, die mir gewiß nicht die Möglichkeit lassen wird, was andres zu sagen."

„Mag Euer Exzellenz immerhin was andres sagen", versetzte die Rodríguez, „Gott weiß von allem das Wahre; und mögen wir Kammerfrauen nun gut oder böse, bärtig oder glatthäutig sein, auch uns haben unsre Mütter zur Welt geboren wie alle andern Weiber; und da Gott uns auf die Welt gesetzt hat, so weiß er schon warum, und an seine Barmherzigkeit halte ich mich und an niemandes Bart."

„Nun gut, Señora Rodríguez und Señora Trifaldi nebst Gesellschaft", sprach Don Quijote, „ich hoffe zum Himmel, er wird mit erbarmendem Auge auf Euer Leid herabsehen und Sancho wird tun, was ich ihm gebiete. Käme nur der Holzzapferich! Sähe ich mich schon dem Malambruno gegenüber! Ich weiß, es gibt kein Schermesser auf Erden, das Eure Herrlichkeiten leichter scheren könnte als mein Schwert dem Malambruno seinen Kopf von den Schultern. Gott duldet die Bösen, aber nicht ewig."

„Ach!" sagte jetzt die Schmerzenreich, „mögen alle Sterne in den Himmelskreisen auf Eure Hoheit, mutbeseelter Ritter, mit gnädigen Augen herabsehen und in Euer Gemüt alles Heil und alle Tapferkeit eingießen, auf daß Ihr Schild und Schirm seiet des kammerfraulichen Geschlechtes, des vielgeschmähten und niedergedrückten, des von Apothekern verabscheuten, des von Schildknappen gelästerten, des von jugendlichen Hausdienern verhöhnten! Wehe der Schelmin, die in der Blüte ihres Alters nicht lieber eine Nonne werden wollte als eine Kammerfrau! Wir unglückliches Kammergesinde! Wenn wir auch in gerader Linie von Hektor dem Trojaner herkommen, so werden unsre Herrschaften doch nie aufhören, uns Worte wie ‚will Sie wohl!' ins Gesicht zu schleudern, gerade als dächten sie, durch so etwas Königinnen zu werden. O du Riese Malambruno, der du, wenn auch ein Zauberer, doch in deinen Versprechungen höchst zuverlässig bist, sende uns alsbald den unvergleichlichen Holzzapferich, damit unser Unglück ein Ende nehme; denn wenn die Hitze hereinbricht und diese unsere Bärte noch stehen, weh dann unserm Geschicke!"

Die Trifaldi sagte das mit so schmerzlichem Ausdruck, daß sie allen Anwesenden Tränen aus den Augen entlockte und selbst diejenigen Sanchos mit Naß füllte; und er nahm sich in seinem Herzen vor, seinen Herrn bis an das äußerste Ende der Welt zu begleiten, falls es wirklich hierauf ankäme, um diese ehrwürdigen Angesichter von ihrem Werg zu erlösen.

41. KAPITEL

*Von der Ankunft des Holzzapferich, benebst dem Ausgang
dieser weitläufigen Aventüre*

Mittlerweilen kam die Nacht heran und mit ihr der vorbestimmte Augenblick, wo das berühmte Pferd Holzzapferich anlangen sollte, dessen langes Ausbleiben Don Quijote schon beunruhigte; denn es deuchte ihn, da Malambruno mit dessen Zusendung zögerte, so sei entweder er nicht der Ritter, dem dies Abenteuer vorbehalten sei, oder aber Malambruno wage nicht, sich mit ihm auf einen Zweikampf einzulassen. Aber siehe, da traten urplötzlich vier wilde Männer in den Garten, sämtlich mit grünem Efeu bekleidet, und auf ihren Schultern trugen sie ein großes hölzernes Pferd. Sie stellten es aufrecht auf den Boden, und einer von den wilden Männern sprach: „Auf dieses Holzgerüste steige der Ritter, der Mut dazu hat."

„Also steige ich nicht darauf", sagte Sancho, „denn ich habe keinen Mut und bin kein Ritter."

Der wilde Mann fuhr fort: „Und auf die Kruppe setze sich der Schildknappe, sofern der Ritter einen hat, und er vertraue dem mannhaften Malambruno, denn wenn nicht von seinem Schwerte, wird er von keinem andern gefährdet werden, ebensowenig wie von sonst irgendwelcher Bosheit. Er braucht nur diesen Zapfen, den das Pferd auf seinem Nacken hat, zu drehen, und es wird sie beide durch die Lüfte hintragen, wo Malambruno sie erwartet; aber damit ihnen der Aufstieg und die Höhe des Weges keinen Schwindel verursachen, müssen sie sich die Augen verbinden, bis das Pferd wiehert; das wird das Zeichen sein, daß sie ihre Reise vollendet haben."

Mit diesen Worten ließen die viere den Holzzapferich stehen und kehrten mit höflichem Gebaren zurück des Weges, woher sie gekommen. Als die Schmerzenreich das Pferd erblickte, sprach sie unter Tränen zu Don Quijote: „Heldenhafter Ritter, Malambruno hat Wort gehalten, das Pferd ist zur Stelle, unsre Bärte wachsen noch immer, und eine jegliche von uns, mit jedem Haar in unsern Bärten flehen wir zu dir, sie uns zu scheren und zu schneiden, da du nun ja nichts weiter zu tun hast, als mit deinem Knappen das Pferd zu besteigen und diese Reise von so neuer Art glücklich zu beginnen."

„Das werde ich tun, Frau Gräfin Trifaldi", sprach Don Quijote, „und zwar mit großer Bereitwilligkeit und noch größerer

Freudigkeit, ohne daß ich mich erst damit aufhalte, ein Kissen zu nehmen oder Sporen anzuschnallen, weil ich mich nicht aufhalten mag; so großen Drang fühl ich, Euch, Señora, und diese sämtlichen Kammerfrauen glattgeschoren und mit sauberm Kinn zu sehen."

„Ich aber werde das nicht tun", versetzte Sancho, „weder mit großer noch mit kleiner Bereitwilligkeit, in keinerlei Weise; und wenn wirklich diese Schererei nicht vor sich gehen kann, ohne daß ich mich auf die Kruppe setze, so mag mein Herr sich nur nach einem andern Schildknappen als Begleiter umtun und diese Damen nach einer andren Manier, sich die Gesichter glattzuputzen. Ich bin kein Hexenmeister, der sein Vergnügen daran hat, in den Lüften herumzufahren. Und was werden meine Insulaner sagen, wenn sie erfahren, daß ihr Statthalter droben in den Lüften spazierenfährt? Und dann noch mehr, nämlich da es dreitausend und soviel mehr Meilen von hier bis Candaya sind, so wird es, wenn das Pferd müde oder der Riese ärgerlich wird, länger als ein halb Dutzend Jahre dauern, bis wir heimkehren, und da wird es keine Insuln und keine Insulten mehr in der Welt geben, die etwas von mir wissen wollen. Und sintemalen man gemeiniglich sagt: Wer zaudert, der scheitert, und: Schenkt dir einer die Kuh, lauf mit dem Strick herzu, so bitt ich die Bärte dieser Damen, mich zu entschuldigen. In Rom ist es dem heiligen Petrus am wohlsten; ich meine, mir ist es am wohlsten in diesem Hause, wo man mir soviel Gnaden erweist und von dessen Herrn ich das hohe Glück erhoffe, Statthalter zu werden."

Darauf sagte der Herzog: „Freund Sancho, die Insul, die ich Euch versprochen habe, läuft oder schwimmt Euch nicht davon, sie hat so tiefe Wurzeln in die Abgründe der Erde getrieben, daß man sie mit aller erdenklichen Anstrengung nicht herausreißen oder an eine andre Stelle bringen kann. Und da Ihr wohl wißt, daß ich weiß, wie es unter den höheren Ämtern keines gibt, das man nicht gewissermaßen mittels einer Art von Bestechung erlangt, bei dem einen mit mehr, bei dem andern mit weniger, so besteht diejenige, die ich mir für Eure Statthalterschaft geben lassen will, darin, daß Ihr mit Eurem Herrn Don Quijote hinzieht, um dies denkwürdige Abenteuer zum Ende und Ziel zu führen. Und ob Ihr nun auf dem Holzzapferich in der kurzen Frist zurückkehrt, die seine Schnelligkeit verheißt, oder ob Euch Euer feindseliges Geschick zu Fuße zurückführt, als Pilger von Herberge zu Herberge und von Schenke zu Schenke ziehend, stets findet Ihr, wann auch Eure Rückkehr stattfinde, Eure Insul da, wo Ihr sie gelassen habt, und Eure Insulaner vom nämlichen Wunsche beseelt, den sie immer gehegt, Euch als ihren Statthalter zu begrüßen, und mein Wille wird der nämliche bleiben; und setzet keinen Zweifel in diese Versicherung, denn Ihr würdet sonst meinem Wunsch, Euch gefällig zu sein, damit zu nahe treten."

„Nicht weiter, Señor", sprach Sancho; „ich bin ein armer Schildknappe, und meine Schultern können soviel Freundlichkeit nicht tragen. So mag denn mein Herr aufsitzen, so mag man mir meine Augen verbinden und mich Gott dem Herrn befehlen; auch möge man mich wissen lassen, ob ich, wann wir in jenen Vogelflughöhen dahinziehen, mich Gott unsrem Herrn anbefehlen oder die Engel anrufen darf, mir beizustehen."

Hierauf antwortete die Trifaldi: „Sancho, freilich dürft Ihr Euch Gott befehlen oder wem Ihr möget, denn Malambruno, obschon ein Zauberer, ist ein Christ und betreibt seine Zaubersachen mit vielem Verständnis und großer Einsicht, ohne sich mit jemandem zu überwerfen."

„Wohlauf denn", sagte Sancho, „Gott steh mir bei und die Heilige Dreifaltigkeit von Gaeta."

„Seit der denkwürdigen Aventüre mit den Walkmühlen", sprach Don Quijote, „hab ich Sancho nie in solcher Angst gesehen wie jetzt, und wenn ich so an Vorbedeutungen glaubte wie andre, würde mir sein Kleinmut allerhand Bedenklichkeit in den Kopf setzen. Aber komm Er einmal hierher, Sancho; mit Erlaubnis dieser Herrschaften habe ich Ihm ein paar Worte unter uns zu sagen."

Damit führte er Sancho beiseite in ein Gebüsch des Gartens, ergriff seine beiden Hände und sagte zu ihm: „Du siehst nun, Freund Sancho, welch ferne Reise unser wartet, und Gott weiß, wann wir von ihr zurückkehren oder welche Gelegenheit und Zeit uns dieses Unternehmen lassen wird. Darum möchte ich, du zögest dich jetzt in dein Gemach zurück, als ob du etwas für die Reise Nötiges holen wolltest, und gäbst dir da im Handumdrehen auf Rechnung der dreitausenddreihundert Hiebe, zu denen du dich verpflichtet hast, mindestens fünfhundert; die hast du dann schon einmal hinter dir, und frisch gewagt ist halb gewonnen."

„Bei Gott", entgegnete Sancho, „Euer Gnaden ist wohl nicht recht bei Troste. Das klingt gerade, wie man gemeiniglich sagt: ‚Du siehst, ich bin in Eile, und verlangst von mir die Jungfernschaft!' Jetzt, wo ich auf einem bloßen Brett reiten soll, will

Euer Gnaden, ich soll meine Sitzteile erst verdonnern? Wahrlich, wahrlich, Euer Gnaden ist nicht bei Verstand. Ziehen wir jetzt hin, diese Kammerfrauen zu scheren, und bei der Rückkehr, das versprech ich Euer Gnaden als Ehrenmann, will ich meine Verpflichtung so schnell abdienen, daß Euer Gnaden zufrieden sein wird, und mehr brauche ich Euch nicht zu sagen."

Don Quijote erwiderte: „Nun denn, mit diesem Versprechen, mein guter Sancho, will ich mich zufriedengeben; ich glaube, du wirst es erfüllen, denn wenn auch dein Witz oft gar dürr ist, so bleibt doch deine Wahrheitsliebe immer grün."

„Ich bin nicht grün", entgegnete Sancho, „sondern braun; wäre ich aber auch gescheckt, so würde ich doch mein Wort halten."

Und hiermit gingen sie zurück zur Gesellschaft, um den Holzzapferich zu besteigen; und beim Aufsteigen sprach Don Quijote: „Verbinde Er sich die Augen, Sancho, und steige Er auf, Sancho; denn wer aus so fernen Landen nach uns sendet, der tut es nicht, um uns zu hintergehen, schon um des geringen Ruhmes willen, der ihm daraus erwachsen kann, jemanden zu hintergehen, der ihm vertraut. Wenn aber auch alles ganz gegen meine Erwartung ausfallen sollte, so kann der Ruhm, dies Heldenstück unternommen zu haben, durch keine Bosheit je verdunkelt werden."

„Auf denn, Señor!" sprach Sancho; „die Bärte und Tränen dieser Damen sitzen mir tief im Herzen, und kein Bissen wird mir schmecken, bis ich sie wieder in ihrer ursprünglichen glatten Haut sehe. Sitzt auf, gnädiger Herr, und verbindet Euch zuerst die Augen, denn wenn ich auf der Kruppe sitzen soll, so ist klar, daß der zuerst aufsteigen muß, der in den Sattel kommt."

„So ist es in der Tat", erwiderte Don Quijote. Darauf nahm er ein Schnupftuch aus der Tasche und bat die Schmerzenreich, ihm die Augen gut zu verbinden. Nachdem sie jedoch dies getan, band er es sich wieder auf und sagte: „Wenn ich mich recht entsinne, habe ich im Vergil die Geschichte vom trojanischen Palladium gelesen, einem hölzernen Roß, das die Griechen der Göttin Pallas zur Opfergabe darbrachten und dessen Bauch mit gewaffneten Rittern angefüllt war, die nachher Troja den Untergang brachten; und so wird es geraten sein, erst einmal nachzusehen, was der Holzzapferich in seinem Magen hat."

„Das ist nicht nötig", versetzte die Schmerzenreich; „ich bürge für ihn und ich weiß, daß Malambruno nichts vom Heimtücker oder vom Verräter an sich hat. Steigt nur ohne die geringste

Furcht auf, und wenn Euch etwas geschieht, so komme alles Böse auf mein Haupt."

Don Quijote hatte das Gefühl, wenn er noch irgend etwas in betreff seiner persönlichen Sicherheit sagen würde, so könnte dies seinen Heldenmut in übles Licht stellen, und daher stieg er ohne weitere Worte auf den Holzzapferich und befühlte den Zapfen, der sich leicht herumdrehen ließ; da er keine Steigbügel hatte und ihm die Beine herunterhingen, sah er geradeso aus wie eine Figur aus einem römischen Triumphzug auf einem flämischen Teppich. Sehr widerwillig und zögernd kam Sancho zum Aufsteigen herbei, und als er sich so gut wie möglich auf der Kruppe zurechtgesetzt, fand er sie ziemlich hart, wenigstens sicherlich nicht weich, und bat den Herzog, man möchte ihn womöglich mit einem Kissen oder einem Polster versorgen, und wenn es auch vom Staatssessel der Frau Herzogin oder aus dem Bett eines Hausdieners wäre, denn die Kruppe dieses Pferdes scheine eher von Marmelstein als von Holz.

Hierauf entgegnete die Trifaldi, Holzzapferich leide kein Sattelzeug und keinerlei Zierat auf sich; was er aber tun könnte, sei, nach Weiberart aufzusitzen, da werde er die Härte des Holzes nicht so sehr spüren.

Sancho tat also, sagte Lebewohl und ließ sich die Augen verbinden, band sie sich aber gleich wieder auf, schaute alle im Garten Anwesenden gerührt und mit Tränen an und bat sie, ihm in diesem gefahrvollen Augenblick mit etlichen Vaterunser und Avemarias beizuspringen, auf daß Gott auch ihnen jemanden sende, der diese Gebete für sie hersage, wenn sie dereinst in ähnliche Gefahr kämen.

Da sprach Don Quijote: „Du Erzdieb, stehst du etwa unter dem Galgen oder nah dem Ende deines Lebens, daß du solche flehentlichen Bitten gebrauchst? Sitzest du nicht, feiges Geschöpf, auf demselben Platz, den die schöne Magelone eingenommen hat und von welchem sie abstieg, nicht um ins Grab zu kommen, sondern um Königin von Frankreich zu werden, wenn die Geschichtsbücher nicht lügen? Und ich, der ich dir zur Seite sitze, kann ich mich nicht dem streitbaren Peter an die Seite stellen, der einst am selben Platz gesessen hat wie ich? Umhülle dir die Augen, umhülle sie dir, mutlose Bestie, und laß deine Furchtsamkeit nicht auf deine Lippen heraustreten, wenigstens nicht in meiner Gegenwart."

„Verbindet mir also die Augen", entgegnete Sancho, „und da man nicht will, daß ich mich Gott befehle oder ihm von andern anbefohlen werde, was Wunder, wenn ich fürchte, daß ein ganzes Heer von Teufeln hier umgeht und uns nach Peralvillo schleppen will?"

So ließen sie sich denn die Augen verbinden, und sobald Don Quijote spürte, daß er richtig saß, fühlte er an den Zapfen, und kaum hatte er die Finger an ihn gelegt, da erhoben die sämtlichen Kammerfrauen und anderen Anwesenden ihre Stimmen und riefen: „Gott sei dein Führer, heldenhafter Ritter! Gott sei mit dir, tapferer Knappe! Schon, schon zieht ihr in jenen Lüften hin und durchschifft sie rascher beflügelt als ein Pfeil; schon beginnt ihr Staunen und Verwunderung bei allen zu erregen, die euch von der Erde aus mit ihren Blicken folgen. Halte dich fest, heldenkühner Sancho, du beginnst zu wanken; gib acht, daß du nicht fällst, denn dein Fall wäre schrecklicher als der jenes vermessenen Knaben, der den Wagen des Sonnengottes, seines Vaters, lenken wollte."

Sancho vernahm die Zurufe und drückte sich fest an seinen Herrn, umschlang ihn mit den Armen und sprach zu ihm: „Señor, wie können die dort sagen, daß wir so hoch hinziehen, wenn doch ihre Worte bis hierher schallen und es sich nicht anders anhört, als ob sie dicht neben uns sprächen?"

„Stoße dich nicht daran, Sancho", erwiderte Don Quijote, „denn da all dieses und diese ganze Luftreise außerhalb des gewöhnlichen Laufs der Dinge liegen, wirst du tausend Meilen weit sehen und hören, was du nur immer willst. Drücke mich auch nicht so stark, du wirfst mich hinab; und ich weiß in der Tat nicht, worüber du dich so ängstigst und entsetzest, denn ich kann beschwören, ich habe all meiner Lebtag kein Tier von ruhigerem Gang bestiegen; es ist gerade, als ob wir uns nicht von der Stelle bewegten. Verbanne, Freund, die Furcht; denn die Sache geht aufs beste, und wir haben den Wind im Rücken."

„Das ist wahr", erwiderte Sancho; „von dieser Seite her weht ein so starker Wind, daß es geradeso ist, als bliesen mir tausend Blasebälge ins Gesicht."

Und so war es wirklich; es wurde ihnen aus großen Blasebälgen Luft zugeweht. Dies Abenteuer war vom Herzog und der Herzogin und vom Haushofmeister so gut angelegt worden, daß nicht das geringste Erfordernis zu seiner Vollständigkeit fehlte.

Als nun Don Quijote sich vom Winde heftig angeweht spürte, sagte er: „Ohne Zweifel, Sancho, müssen wir schon in die zweite Luftregion gekommen sein, wo der Hagel und der Schnee erzeugt werden. Der Donner, Blitz und Wetterstrahl entstehen in der dritten Region, und wenn wir auf diese rasche Weise immer höher steigen, so müssen wir baldigst in die Region des Feuers gelangen, und ich weiß nicht, wie ich die Kraft dieses Zapfens mäßigen soll, damit wir nicht zu einer Höhe steigen, wo wir verbrennen."

Jetzt hielt man ihnen von weitem an einem Stabe Flocken Werg entgegen, die leicht anzuzünden und auszulöschen waren, und machte ihnen die Gesichter damit heiß. Sancho spürte die Hitze und schrie: „Ich will mich totschlagen lassen, wenn wir nicht schon in der Gegend des Feuers oder ganz nahe daran sind, denn ein groß Stück vom Bart ist mir schon angebrannt. Ich möchte mir am liebsten das Schnupftuch herunterreißen, um zu sehen, wo wir sind!"

„Tu das nicht", versetzte Don Quijote, „und denk an die wahre Geschichte vom Lizentiaten Torralva, den die Teufel im Flug auf einem Rohrstab reitend und mit geschlossenen Augen durch die Luft führten, und in zwölf Stunden gelangte er nach Rom und stieg an der Torre di Nona hernieder, was eine Straße der Stadt ist, und da sah er all das Getümmel und den Sturm und den Tod des Konnetabel von Bourbon, und am Morgen war er schon wieder in Madrid zurück, wo er alles erzählte, was er gesehen hatte; er sagte auch, daß ihn beim Reiten durch die Luft der Teufel die Augen öffnen hieß, und er öffnete sie wirklich und sah sich nach seiner Meinung so nahe bei der Mondscheibe, daß er sie hätte greifen können und daß er nicht nach der Erde zu blicken wagte, um nicht schwindlig zu werden. Sonach, Sancho, ist gar kein Grund, unsre Binde abzunehmen; jener, der die Sorge für uns übernommen hat, hat die Verantwortung für uns zu tragen. Vielleicht auch machen wir jetzt Vorstöße in die Luft und steigen in die Höhe, um dann mit einem Male auf das Königreich Candaya hinabzustoßen, wie die Jagdfalken oder Habichte auf den Reiher herabstoßen, um ihn zu packen, wenn er auch noch so hoch in die Lüfte steigen will. Und wiewohl es uns so vorkommt, als seien wir noch keine halbe Stunde vom Garten weggeflogen, so müssen wir dennoch, glaube ich, einen weiten Weg zurückgelegt haben."

„Mag das sein, wie es will", entgegnete Sancho Pansa; „ich kann nur so viel sagen, wenn das Fräulein Magellan oder Magelone mit diesem Sitz auf der Kruppe zufrieden war, so muß sie nicht gar so zart von Gliedern gewesen sein."

Diesem ganzen Gespräch der beiden Tapfern hörten der Herzog und die Herzogin zu sowie die andern im Garten Anwesenden, und alle hatten das größte Vergnügen daran, und da man jetzt das seltsame und trefflich angelegte Abenteuer zu Ende bringen wollte, so legte man mittels einiger Flocken Werg Feuer an den Schwanz des Holzzapferich, und da das Pferd mit prasselnden Raketen angefüllt war, so flog es mit gewaltigem Krachen in die Luft und warf Don Quijote und Sancho halb versengt zu Boden. Inzwischen war bereits die bärtige Schar der Kammerfrauen und die Trifaldi und alles aus dem Garten verschwunden, und die andern im Garten noch Weilenden lagen wie ohnmächtig auf der Erde hingestreckt. Don Quijote und Sancho erhoben sich in übler Verfassung vom Boden, schauten sich nach allen Seiten um und wurden von Bestürzung erfaßt, als sie so viele Leute auf der platten Erde liegen sahen; aber ihr Erstaunen stieg noch höher, als sie seitwärts auf einer Stelle des Gartens einen Speer im Boden und an ihm ein glänzend weißes Pergament an zwei grünseidenen Schnüren hängen sahen, worauf mit großen goldenen Buchstaben das Folgende geschrieben stand:

> Der ruhmstrahlende Ritter Don Quijote von der Mancha hat die Aventüre mit der Gräfin Trifaldi, sonst auch genannt die Kammerfrau Schmerzenreich, und Genossen glücklich bestanden und schon dadurch zu Ende geführt, daß er sich vorgenommen, sie zu vollenden. Malambruno erklärt sich für befriedigt, und alles sei ganz nach seinem Wunsche erledigt, und die Gesichter der Kammerfrauen sind bereits wieder glatt und sauber, und das Königspaar Don Clavijo und Antonomásia befindet sich in seinem früheren Zustand. Und sobald die Geißelung des Schildknappen vollbracht ist, wird sich die weiße Taube von den pesthauchenden Jagdfalken, die sie verfolgen, befreit und in den geliebten Armen ihres girrenden Täuberichs sehen. Denn also ist es verordnet durch den gelahrten Merlin, den obersten Zaubermeister aller Zauberkünstler.

Als nun Don Quijote die Inschrift des Pergaments gelesen hatte, begriff er sofort, daß hier von Dulcineas Entzauberung die Rede war; und nachdem er dem Himmel vielfach dafür gedankt, daß er mit so wenig Gefahr ein so großes Heldenwerk vollbracht und den Gesichtern der ehrwürdigen Kammerfrauen – die bereits nicht mehr zu sehen waren – ihre frühere Glätte wiedergegeben, schritt er zu der Stelle hin, wo der Herzog und die Herzogin noch in tiefer Ohnmacht lagen, ergriff den Herzog bei der Hand und sprach zu ihm: „Frischauf, mein trefflicher Fürst, guten Mut, guten Mut! Denn alles ist nichts! Das Abenteuer ist schon beendet ohne jemandes Schaden, wie es deutlich die Schrift zeigt, die dort an der Stange hängt."

Der Herzog kam allmählich, wie noch in schwerem Traum befangen, wieder zu sich, und auf dieselbe Art und Weise die Herzogin, und ebenso alle anderen, die im Garten hingestreckt lagen, mit so lebhaften Zeichen des Erstaunens, ja des Entsetzens, daß man schier meinte, es sei ihnen das im Ernste begegnet, was sie so gut im Scherz zu spielen wußten.

Der Herzog las den Zettel mit halb geschlossenen Augen, eilte sogleich mit offenen Armen auf Don Quijote zu, ihn zu begrüßen, und sagte ihm, er sei der beste Ritter, der je auf Erden gelebt habe. Sancho suchte mit den Augen ringsherum nach der Schmerzenreich, um zu sehen, wie ihr Gesicht sich ohne Bart ausnehme und ob sie ohne diesen wirklich so schön sei, wie ihr ganzes stattliches Wesen verhieß; man sagte ihm aber, als der Holzzapferich brennend aus der Luft herabgefahren und auf den Erdboden gestürzt sei, da sei der Trupp Kammerfrauen mit der Trifaldi verschwunden und sie seien nun bereits glattgeschoren und ohne Stoppeln.

Die Herzogin fragte Sancho, wie es ihm auf der weiten Reise ergangen sei. Sancho antwortete: „Ich, Señora, spürte, daß wir, wie mein Herr mir sagte, durch die Region des Feuers flogen, und da wollte ich mir die Augen ein wenig aufbinden; aber mein Herr, den ich um Erlaubnis dazu bat, gab es nicht zu. Ich indessen, der ich in mir, ich weiß nicht was für ein paar Körnlein Neugier und Wissensdrang habe, gerade das zu erfahren, was man mir verwehrt und verbietet, ich habe mir ganz sachte, und ohne daß einer es sehen konnte, das Tüchlein dicht an der Nase ein klein bißchen von den Augen geschoben und nach der Erde hinuntergeblickt, und da kam es mir vor, daß die ganze Erde nicht größer war als ein Senfkorn und die Leute, die sich auf ihr herumtrieben, wenig größer als eine Haselnuß, woraus man sehen kann, wie hoch wir damals geflogen sein mußten."

Darauf sprach die Herzogin: „Freund Sancho, überlegt Euch, was Ihr sagt; wie es mich bedünkt, habt Ihr die Erde nicht gesehen, sondern nur die Menschen, die sich auf ihr bewegten; und es ist klar, wenn die Erde Euch wie ein Senfkorn vorkam und jeder Mensch wie eine Haselnuß, so mußte ja ein Mensch allein schon die ganze Erde bedecken."

„Das ist wahr", erwiderte Sancho, „aber trotzdem habe ich ein Eckchen von ihr erblickt und habe sie ganz gesehen."

„Bedenket, Sancho", entgegnete die Herzogin, „wer ein Eckchen von etwas erblickt, sieht nicht das Ganze von dem, was er betrachtet."

„Von derlei Betrachtungen verstehe ich nichts", versetzte Sancho; „ich weiß nur, daß es gut wäre, wenn Eure Herrlichkeit im Sinn hielte, daß wir mittels Zauberei geflogen sind und ich also mittels Zauberei ganz wohl die ganze Erde sehen konnte und die Menschen alle, von wo aus ich dieselben auch betrachtet haben mag. Und wenn mir das nicht geglaubt wird, so wird mir Euer Gnaden auch nicht glauben, daß ich, als ich mir einmal das

Tuch dicht an den Augenbrauen wegschob, mich so nah beim Himmel gesehen habe, daß es von mir bis zu ihm anderthalb Spannen weit war, und ich kann's beschwören, Señora, er ist groß über alle Maßen. Nun trug es sich auch zu, daß wir in die Gegend kamen, wo sich die sieben Zicklein befinden, und bei Gott und meiner Seelen Seligkeit, sowie ich sie sah, denn als Kind bin ich in meiner Heimat ein Ziegenhüter gewesen, befiel mich die Lust, mich eine Weile mit ihnen zu unterhalten, und hätte ich dem nicht nachgegeben, so glaub ich, es hätte mir das Herz abgedrückt. Ich mach mich also dran und drauflos, und was tu ich? Ohne jemandem ein Wort zu sagen, auch meinem Herrn nicht, bin ich sachte und still vom Holzzapferich abgestiegen und hab mich mit den Zicklein unterhalten. Das sind wahre Goldveigelein, wahre Blumen an Schönheit! Beinahe dreiviertel Stunden, und der Holzzapferich rührte sich nicht von der Stelle und tat keinen Schritt vorwärts."

„Und während der wackere Sancho sich mit den Ziegen unterhielt", fragte der Herzog, „womit unterhielt sich der Señor Don Quijote?"

Darauf antwortete Don Quijote: „Da all diese Dinge und die Vorgänge solcher Art außerhalb der natürlichen Ordnung der Dinge sind, so ist es nicht besonders zu verwundern, wenn Sancho sagt, was er sagt; von mir aber muß ich sagen, daß ich mir das Tuch weder nach oben noch nach unten wegschob und weder Himmel noch Erde, weder Meer noch Ufer erblickt habe. Allerdings spürte ich, daß ich durch die Region der Luft schwebte und sogar der des Feuers nahe kam; aber daß wir über diese hinausgekommen wären, das kann ich nicht glauben. Denn da die Region des Feuers zwischen dem Mondhimmel und der letzten Luftregion ist, so konnten wir zu dem Himmel, wo sich die sieben Zicklein befinden, nicht hingelangen, ohne zu verbrennen; und da wir nicht angebrannt sind, so hat Sancho entweder gelogen oder geträumt."

„Ich lüge nicht und träume nicht", entgegnete Sancho; „oder aber fragt mich nur nach den Merkzeichen der besagten Zicklein, und ihr werdet erkennen, ob ich die Wahrheit sage oder nicht."

„So sagt die Merkzeichen, Sancho", sprach die Herzogin.

„Zwei von ihnen", erwiderte Sancho, „sind grün, zwei rot, zwei blau, und eines ist buntgefleckt."

„Das ist eine neue Art Ziegen", bemerkte der Herzog, „und auf dieser unserer Erde kommen solche Farben nicht vor, ich meine Ziegen von solchen Farben."

„Das ist sehr klar", sagte Sancho; „es muß doch ein Unterschied sein zwischen den himmlischen und denen auf Erden."

„Sagt mir, Sancho", fragte der Herzog, „habt Ihr dort unter jenen Ziegen auch einen Geißbock gesehen?"

„Nein, Señor", antwortete Sancho; „aber ich habe sagen hören, es komme kein Bock über die Hörner des Mondes hinaus."

Man mochte ihn nicht weiter über seine Reise ausfragen, denn es kam ihnen vor, als hätte Sancho einen hinreichend langen Faden gesponnen, um daran durch alle Himmel hindurchzuspazieren und von allem, was dort vorging, Bericht zu geben, ohne einen Fuß aus dem Garten gesetzt zu haben.

Genug, dies war das Ende des Abenteuers mit der Kammerfrau Schmerzenreich, das dem herzoglichen Paare nicht nur für jetzt, sondern für ihr ganzes Leben Stoff zum Lachen gab und Sancho Stoff, jahrhundertelang zu erzählen, wenn er so lang gelebt hätte. Don Quijote aber trat dicht an Sancho heran und flüsterte ihm ins Ohr: „Sancho, da Er will, ich soll Ihm glauben, was Er im Himmel gesehen hat, so will ich, Er soll mir glauben, was ich in der Höhle des Montesinos gesehen. Mehr sag ich Ihm nicht."

42. KAPITEL

Von den guten Lehren, so Don Quijote seinem Sancho Pansa gab, nebst andern wohlerwogenen Dingen

Der Herzog und die Herzogin fanden solches Vergnügen an dem Ausgang des Abenteuers mit der Schmerzenreich, daß sie sich vornahmen, noch mehr Possenstreiche zu spielen; sie sahen, daß sie die rechten Leute dazu hatten, die Späße für Ernst zu nehmen. Nachdem sie daher ihren Plan entworfen sowie Anweisungen ihren Dienern und Untertanen erteilt hatten, wie sie sich gegenüber Sancho bei dessen Statthalterschaft über die versprochene Insul verhalten sollten, sagte der Herzog zu Sancho am Tage nach der Luftfahrt des Holzzapferich, er möge sich zurechtmachen und herrichten, um die Reise zu seinem Statthalterposten anzutreten, denn seine Insulaner erwarteten ihn bereits sehnlich wie einen Maienregen.

Sancho verbeugte sich tief und sagte: „Seit ich vom Himmel herabgefahren bin und seit ich von dessen hohem Dach die Erde betrachtet und sie so klein gesehen habe, seitdem hat sich meine früher so große Lust, Statthalter zu werden, einigermaßen abgekühlt; denn was ist's schon für eine hohe Stellung, auf einem Senfkorn den Befehl zu führen, oder was für eine Würde und Herrschaft, ein halb Dutzend Menschen von der Größe einer Haselnuß zu regieren? Denn eine größere Anzahl schien mir auf der ganzen Erde nicht vorhanden. Wenn Euere Herrlichkeit geruhen wollte, mir so ein ganz klein Teilchen vom Himmel zu schenken, wenn's auch nicht größer wär als eine halbe Meile, ich nähm es bei weitem lieber als die größte Insul auf der Welt."

„Bedenkt, Freund Sancho", entgegnete der Herzog, „ich kann keinem ein Teil vom Himmel geben, wäre es auch nicht größer als eines Nagels Breite; dem lieben Gott allein ist die Spendung solcher Gnaden und Hulden vorbehalten. Was ich zu geben vermag, geb ich Euch, nämlich eine echte rechte Insul, rund und gesund und in schönster Ordnung und über die Maßen fruchtbar und ergiebig, allwo Ihr, wenn Ihr es am rechten Ende anzufangen wißt, nebst den Schätzen der Erde die des Himmels einheimsen könnt."

„Wohlan", versetzte Sancho, „so mag denn die Insul nur herankommen; ich will mir alle Mühe geben, ein solcher Statthalter zu sein, daß ich allen Schelmen zu Trotz in den Himmel gelange; und dies tue ich nicht aus Gierde, meinen niederen Stand zu verlassen oder mich zu höherer Stufe zu erheben, sondern weil ich einmal versuchen möchte, wie es schmeckt, Statthalter zu sein."

„Wenn Ihr es einmal gekostet habt, Sancho", sprach der Herzog, „so werdet Ihr Euch alle Finger nach dem Statthaltertum lecken, weil es eine gar süße Sache ist, zu befehlen und gehorcht zu bekommen. Ganz gewiß, sobald Euer Herr einmal Kaiser wird – und nach dem Gange, den seine Angelegenheiten gehen, wird er das ohne Zweifel –, dann wahrlich wird ihm das keiner mehr nach Belieben entreißen, und es wird ihm in der Seele schmerzen und weh tun, daß er so lange Zeit hingehen ließ, bis er es geworden."

„Señor", entgegnete Sancho, „ich denke mir, es ist was Schönes, zu befehlen, wäre es auch nur über eine Herde Schafe."

„Mit Euch will ich leben und sterben, Sancho, Ihr versteht von allem etwas", sagte der Herzog darauf. „Ich hoffe, Ihr werdet ein solcher Statthalter, wie Euer Verstand verheißt; und lassen wir es dabei bewenden und merkt Euch, daß Ihr morgen die Statthalterschaft auf der Insul übernehmen sollt; und heut nachmittag wird man Euch mit der schicklichen Kleidung versehen, die Ihr tragen sollt, sowie mit allem anderen, was zu Eurer Reise nötig."

„Möge man mich kleiden, wie man will", sagte Sancho; „wie ich auch angezogen bin, werde ich immer Sancho Pansa bleiben."

„Ganz richtig", versetzte der Herzog. „Allein die Kleidung muß sich nach dem Amt oder Stande richten, dem man angehört; es wäre nicht passend, wenn ein Rechtsgelehrter sich wie ein Soldat trüge oder ein Soldat wie ein Priester. Ihr, Sancho, sollt halb als studierter Beamter, halb als Kriegshauptmann gekleidet gehen, weil auf der Insul, die ich Euch verleihe, die Waffen so notwendig sind wie die Wissenschaft und die Wissenschaft wie die Waffen."

„Wissenschaft", entgegnete Sancho, „deren hab ich gar wenig, denn ich kann nicht einmal das Abc; aber es ist mir schon genug, das Kruzifix vorn im Abc-Buch im Gedächtnis zu haben, um ein guter Statthalter zu sein. Was die Waffen angeht, will ich die führen, die man mir in die Hand gibt, bis ich tot hinfalle, und Gottes Wille sei vor allem!"

„Mit einem so guten Gedächtnis", sagte der Herzog, „kann Sancho niemals fehlgehen."

Hier kam Don Quijote herzu, und als er hörte, was vorging und wie schleunig Sancho nach seiner Statthalterschaft abgehen solle, nahm er ihn mit des Herzogs Erlaubnis bei der Hand und ging mit ihm in sein Zimmer, da er ihm Rat erteilen wollte, wie er sich in seinem Amte zu verhalten habe. Als sie nun eingetreten, schloß er die Tür hinter sich zu, zwang Sancho beinahe mit Gewalt, sich neben ihn zu setzen, und sprach zu ihm mit gemessener Stimme: „Unendlichen Dank sage ich dem Himmel, Freund Sancho, daß, ehe und bevor ich auf meinen Wegen irgendein glückliches Los gefunden, dir das glückliche Los entgegengekommen ist, um dich zu grüßen und aufzusuchen. Ich, der ich zu Zeiten meines Wohlergehens dir den Lohn deiner Dienste angewiesen hatte, sehe mich erst in den Anfängen des Emporkommens, du aber siehst vor der Zeit und gegen das Gesetz der Vernunft deine Wünsche mit Erfüllung gekrönt. Andre bestechen, überlaufen die Leute, bewerben sich, stehen früh auf, bitten, drängen beharrlich und erreichen nicht, wonach sie streben; und da kommt ein anderer, und ohne zu wissen, wann und wie, hat er unversehens Stelle und Amt, wonach soviel andre getrachtet. Hier paßt es wohl, wenn man sagt: Nur Glück oder Unglück entscheiden bei Bewerbungen. Du, der du meiner Meinung nach ein Schafskopf bist, der weder früh aufsteht noch die Nächte durchwacht noch irgend Fleiß und Mühe an irgend etwas wendet – bloß weil dich der Hauch des fahrenden Rittertums berührt hat, wachst du eines Morgens auf als der Statthalter einer Insul, gerade als ob das nur ein Pfifferling wäre. Dies alles sag ich dir, mein Sancho, auf daß du die empfangene Gnade nicht deinen Verdiensten zuschreibest, sondern dem Himmel Dank sagest, der alles so milde fügt, und Dank auch sagest dem hohen Range, den der Beruf des fahrenden Rittertums einnimmt. Wenn du sonach dein Gemüt geneigt hast, meinen Worten gläubig zu horchen, so sei, o mein Sohn, achtsam auf mich, deinen Cato, der dich beraten und dir Polarstern und Führer sein will, um dich zu leiten und herauszuführen zu sicherem Hafen aus diesem stürmischen Meere, in dessen Weite jetzt dein Schifflein hinaussegeln will; denn Ämter und hohe Stellen sind nichts anderes als ein tiefes Meer der Wirrsale.

Zum ersten, o mein Sohn, mußt du Gott fürchten, denn in Gottesfurcht besteht alle Weisheit, und bist du weise, so kannst du in nichts fehlgehen.

Zum zweiten mußt du im Auge behalten, wer du bist, und solchergestalt bestrebt sein, dich selbst zu erkennen, was die schwerste Kenntnis ist, die sich denken läßt. Aus der Kenntnis deiner selbst folgt sofort, daß du dich nicht aufblasen sollst wie der Frosch, der dem Ochsen an Größe gleich sein wollte; denn tätest du das, so würde die Erinnerung, daß du daheim die Schweine gehütet hast, dir das häßliche Füßepaar sein zum Pfauenrad deiner Torheit."

„Das ist wahr", entgegnete Sancho; „aber da war ich noch ein Junge; nachher, als ich beinah schon ein Männlein geworden, hab ich Gänse gehütet, nicht Schweine. Aber ich glaube, das gehört nicht hierher, denn nicht alle, die regieren oder statthaltern, kommen aus königlichem Geschlecht."

„Ganz richtig", versetzte Don Quijote; „deshalb müssen Leute von nicht edlem Ursprung zu der ernsten Würde des Amtes, das sie ausüben, eine milde Freundlichkeit gesellen, damit diese, von Klugheit geleitet, die hämische Nachrede von ihnen fernhalte, welcher kein Stand leicht entgeht.

Zeige dich stolz, Sancho, auf deine niedere Herkunft und halte es nicht für unter deiner Würde, zu sagen, daß du von Bauern stammst; wenn man sieht, daß du dich dessen nicht schämst, wird es keinem einfallen, dich damit beschämen zu wollen, und sei lieber als Niedriggeborener ein braver Mann denn in Hochmut ein Sünder. Zahllos sind die Männer von einfacher Herkunft, die zur höchsten, der päpstlichen oder kaiserlichen Würde emporgestiegen sind, und von dieser allbekannten Tatsache könnte ich dir so viele Beispiele anführen, daß sie dich ermüden würden.

Sieh, Sancho, wenn du die Tugend zur Richtschnur deines Handelns nimmst und deinen Ruhm darin suchst, tugendsame Taten zu verrichten, brauchst du die nicht zu beneiden, die statt solcher Taten nur Fürsten und Herren zu Ahnen haben; denn das Blut wird ererbt, und die Tugend wird erworben, und die Tugend hat ihren Wert für sich allein, das Blut für sich allein hat jedoch keinen.

Da dem nun so ist, sage ich: falls dich etwa auf der Insel einer deiner Verwandten besuchen sollte, darfst du ihn nicht abweisen oder beschämen, vielmehr mußt du ihn willkommen heißen, gut aufnehmen und freundlich behandeln; damit gehorchst du den Geboten des Himmels, der nicht will, daß jemand etwas verachte, was er geschaffen hat, und wirst dem genügen, was du der weisen Ordnung der Natur schuldig bist.

Wenn du deine Frau mit dir nimmst – denn es ist nicht gut, daß, wer einem Regierungsamt vorsteht, lange Zeit ohne sein eigenes Weib lebe –, so belehre sie, unterweise sie und schleife ihr ihre anfängliche Roheit ab, denn soviel ein verständiger Statthalter vor sich zu bringen weiß, das alles verdirbt und verbringt ein rohes dummes Weib.

Würdest du etwa Witwer – was ja immerhin möglich ist – und wolltest mit dem höheren Amte auch bei der Wahl einer Lebensgefährtin höher gehen, nimm keine solche, die du als Köder und Angelrute und zu jener Heuchelrede benutzest: Ich nehme nichts, ich will nichts, aber werft mir's in die Kapuze! Denn wahrlich, ich sage dir, für alles, was eines Richters Frau annimmt, muß dereinst der Mann Rechenschaft geben bei der allgemeinen Rechnungslegung, wo er im Tode die Rechnungen vierfach zahlen muß, die er im Leben nicht auf seinen eigenen Beutel übernommen hat.

Nie leite dich das Gesetz der eigenen Willkür, welchem gewöhnlich die Dummen folgen, die sich für gescheit halten.

Die Tränen des Armen sollen bei dir mehr Mitleid, aber nicht mehr Gerechtigkeit finden als die Beweisgründe des Reichen.

Suche die Wahrheit unter den Versprechungen und Geschenken des Reichen herauszufinden ebenso wie unter dem Schluchzen und dem aufdringlichen Bitten des Armen.

Wo die Billigkeit walten kann und darf, da belaste den Verbrecher nicht mit der ganzen Strenge des Gesetzes; der Ruf des strengen Richters ist keineswegs besser als der des mitleidigen.

Solltest du jemals den Stab der Gerechtigkeit beugen, so beuge ihn nicht unter dem Gewicht eines Geschenkes, sondern unter dem der Barmherzigkeit.

Solltest du einmal in der Rechtssache eines Feindes von dir ein Urteil fällen müssen, so halte deine Gedanken fern von dem dir zugefügten Unrecht und richte sie einzig und allein auf die wahren Umstände des Falls.

Nie soll dich deine eigne Leidenschaft blind machen in einer fremden Sache; für die Fehler, die du in ihr begehen würdest, gibt es keine Abhilfe, und wenn es eine solche gäbe, so doch nur auf Kosten deines Ansehens und sogar deines Geldbeutels.

Wenn ein schönes Weib kommt und verlangt Gerechtigkeit von dir, wende die Augen ab von ihren Tränen und die Ohren von ihren Seufzern und erwäge mit Ruhe und Muße den sachlichen Inhalt ihres Gesuches, wenn du nicht willst, daß deine Vernunft in ihren Tränen ertrinke und deine Rechtlichkeit in ihren Seufzern.

Wen du mit Werken strafen mußt, den mißhandle nicht mit Worten; denn für den Unglücklichen ist die körperliche Strafe schon genug ohne die Zugabe harter Worte.

Den Angeklagten, den du verurteilen mußt, betrachte als einen Unglücklichen, der den Bedingungen unsrer verderbten Natur unterworfen ist, und in allem, was von dir aus geschehen kann, ohne der Sache des Gegners Unrecht zu tun, zeige dich ihm mildherzig und erbarmend; denn obschon Gottes Eigenschaften alle gleich groß sind, so ist's doch nach unsrer Anschauung die Barmherzigkeit, die mehr glänzt und hervorstrahlt als die Gerechtigkeit.

Wenn du diese Vorschriften und diese Lehren befolgst, dann, Sancho, werden deiner Tage viele sein, dein guter Name wird ewig, dein Lohn in erwünschter Fülle, deine Glückseligkeit unsäglich sein; du wirst deine Kinder nach Wunsch verheiraten, sie und deine Enkel werden Adelsrang und Güter besitzen; du wirst leben in Frieden, den Menschen ein Wohlgefallen, und bei den letzten Schritten auf deiner Lebensbahn wird dich der nahende Schritt des Todes in freundlichem und ausgereiftem Alter treffen, und es werden die zarten lieben Hände deiner Urenkelchen dir die Augen schließen.

Was ich dir bis jetzt gesagt habe, sind Lehren, die deiner Seele zur Zierde gereichen sollen; höre nun die, so zur Zier deines Körpers dienen sollen."

43. KAPITEL

Von den guten Lehren, welche Don Quijote seinem Sancho Pansa noch ferner erteilte

Wer die vorigen Reden Don Quijotes gehört, hätte der ihn nicht für einen Mann von gutem Verstande und noch bessrem Herzen halten müssen? Allein wie es oftmals im Verlauf dieser Geschichte gesagt worden, er verfiel in Unsinn nur, wenn man bei ihm an das Ritterwesen rührte, und in all seinen Reden zeigte er einen hellen, offenen Kopf, so daß bei jeder Gelegenheit seine Taten seinen Verstand und sein Verstand seine Taten Lügen strafte. Aber in dieser seiner neuesten Tat, nämlich der Fortsetzung seiner Weisheitslehren, zeigte er liebenswürdigste Anmut und trieb seine Klugheit wie seine Narrheit auf den höchsten Grad. Mit gespannter Aufmerksamkeit hörte ihm Sancho zu und gab sich Mühe, seine Lehren im Gedächtnis festzuhalten als redlicher Schüler, der gewillt war, sie zu befolgen und, da er jetzt mit seiner Statthalterschaft schwanger ging, durch ihre Hilfe mit einer glücklichen Geburt gesegnet zu werden. Don Quijote fuhr also fort und sprach: „Was die Frage betrifft, wie du dich und dein Haus regieren sollst, so ist das erste, was ich dir rate, reinlich zu sein und dir die Nägel zu schneiden, nicht aber sie wachsen zu lassen, wie etliche tun, die in ihrer Ungebildetheit meinen, lange Nägel verschönern die Hände, als wenn dieser Auswuchs, dies Anhängsel, das sie wegzuschneiden verschmähen, wirklich Fingernägel wären, wo es doch vielmehr Krallen eines eidechsenfangenden Aasgeiers sind: eine schlechte Gewohnheit, schweinisch und unerhört widerwärtig.

Gehe nicht mit losem Gurt und schlampig einher, denn ein unordentlicher Anzug verrät immer einen schlaffen Geist, wenn nicht etwa solche Unordentlichkeit und Nachlässigkeit zu den Mitteln schlauer Verstellung gehört, wie man sie Julius Cäsar nachsagt.

Fühle deinem Amte mit Überlegung den Puls, was es abwerfen kann, und wenn es dir gestattet, deinen Dienern Livree zu geben, so gib sie ihnen lieber anständig und dauerhaft als in die Augen fallend und prunkvoll, und teile sie zwischen deiner Dienerschaft und den Armen; ich will damit sagen, wenn du sechs Hausdiener kleiden kannst, so kleide ihrer drei und dazu drei Arme; so wirst du Diener im Himmel und auf Erden haben.

Aber für diese neue Art, Livree zu geben, wird eitlen Prahlern immer das Verständnis fehlen.

Iß weder Knoblauch noch Zwiebeln, damit die Leute nicht am Geruch deine niedrige Herkunft erkennen. Geh mit langsamen Schritten, sprich mit ruhiger Gelassenheit, aber nicht so, daß es aussieht, als wolltest du dir selbst zuhören, denn alle Ziererei ist vom Übel.

Iß wenig zu Mittag und noch weniger zu Abend, denn die Gesundheit des ganzen Leibes wird in der Werkstätte des Magens bereitet.

Sei mäßig im Trinken und bedenke, daß Wein im Übermaß weder Geheimnisse bewahrt noch Wort hält.

Hüte dich, mit beiden Backen zugleich zu kauen und vor anderen Leuten zu eruktieren."

„Das Ding mit dem Eruktieren, das versteh ich nicht", sagte Sancho.

Don Quijote entgegnete: „Eruktieren, Sancho, heißt rülpsen. Dies Wort ist zwar sehr bezeichnend, jedoch eines der unschicklichsten Wörter in unserer Sprache; und darum haben die Leute, die auf feinen Ausdruck halten, ihre Zuflucht zum Latein genommen und sagen eruktieren für rülpsen und statt Rülpser Eruktation. Und wenn auch der und jener diese Ausdrücke nicht verstehen sollte, so macht das wenig aus; der Gebrauch wird sie mit der Zeit allmählich einführen, bis sie mit Leichtigkeit verstanden werden; und dies heißt die Sprache bereichern, über welche die gemeine Menge und der Gebrauch alle Macht haben."

„Wahrhaftig, Señor", sagte Sancho, „eine Eurer Ermahnungen und Belehrungen, die ich ernstlich im Gedächtnis behalten will, wird die sein, nicht zu rülpsen, denn ich pflege das häufig zu tun."

„Eruktieren, nicht rülpsen", fiel Don Quijote ein.

„Eruktieren will ich von nun an sagen", entgegnete Sancho, „und wahrlich, ich werde es nicht vergessen."

„Ferner, Sancho, sollst du in deine Rede nicht die Menge Sprichwörter einmischen, wie du zu tun pflegst. Sprichwörter sind zwar gute Sinnsprüche, ziehst du sie aber öfter bei den Haaren herbei, scheinen sie eher Ungereimtheiten als Sinnsprüche."

„Da kann nur Gott helfen", erwiderte Sancho; „denn ich weiß mehr Sprichwörter, als im Buch stehen; und wenn ich rede, kommen mir so viele auf einmal in den Mund, daß sie sich stoßen und drängen, um miteinander herauszukommen; aber die Zunge stößt eben diejenigen hinaus, die ihr zuerst in den Weg kommen, wenn sie auch nicht zur Sache passen. Ich will aber von jetzt an aufpassen, daß ich nur diejenigen herauslasse, die sich zur Würde meines Amtes schicken. In vollem Haus ist bald gerüstet der Schmaus, und wer die Karten abhebt, der hat nicht zu mischen; und wer Sturm läutet, ist sicher vor der Gefahr; und: Gib's aus der Hand und behalt's in der Hand, zu beidem brauchst du Verstand."

„Immer drauf, Sancho!" fiel Don Quijote ein. „Nur immer Sprichwörter zusammengebracht, aneinandergeflickt, auf eine Schnur gezogen! Keiner wehrt es dir. Meine Mutter zankt mich, und ich tanze ihr auf der Nase herum! Eben erst sage ich dir, du sollst die Sprichwörter beiseite lassen, und im gleichen Augenblick gibst du wieder eine ganze Litanei davon zum besten, die zu dem Gegenstand unsrer Besprechung geradeso passen wie die Faust aufs Auge. Sieh, Sancho, ich sage ja nicht, daß ein am rechten Ort angewendetes Sprichwort sich übel ausnimmt; aber wenn man Sprichwörter kreuz und quer aufeinanderhäuft und aneinanderreiht, wird die Rede niedrig und gemein.

Wenn du reitest, lehne den Körper nicht auf den hinteren Sattelbogen zurück und halte die Beine nicht steif ausgestreckt und vom Bauch des Pferdes weg; hänge aber auch nicht so auf dem Sattel, daß es aussieht, als säßest du auf deinem Grauen, denn am Reiten zeigt es sich, ob einer ein Ritter oder ein Stallknecht ist.

Halte maß im Schlafen, denn wer nicht früh mit der Sonne aufsteht, genießt den Tag nicht; und merke dir, Sancho, Fleiß ist der Vater des Glücks, und Trägheit, seine Feindin, erreicht nie das Ziel redlichen Willens.

Die letzte Lehre, die ich dir jetzt geben will, hat zwar nichts mit der Anständigkeit der äußeren Erscheinung zu tun; du sollst sie aber doch wohl im Gedächtnis behalten, denn ich glaube, sie wird dir von nicht minderem Nutzen sein, als die ich dir bisher gegeben. Es ist nämlich folgende: Laß dich niemals darauf ein, über die Herkunft der Familien zu streiten, wenigstens nicht so, daß du sie miteinander vergleichst; denn unter den verglichenen muß notwendig eine die vornehmere sein, und die, welche du niedriger stellst, wird dich gründlich hassen, und die, welche du höher stellst, wird dir es nicht im geringsten lohnen.

Deine Kleidung sei eine lange Hose, ein weiter Leibrock und ein noch etwas weiterer Mantel; kurze Hosen unter keiner Bedingung, denn sie passen weder für Ritter noch für Statthalter.

Dies ist's, was mir vorderhand an guten Lehren für dich in

den Sinn gekommen ist; mit der Zeit wird sich andres finden, und ich werde dann nicht verfehlen, dir weitere Ratschläge zukommen zu lassen, ja nachdem du daran denken wirst, mich von deinen Umständen in Kenntnis zu setzen."

„Señor", entgegnete Sancho, „ich sehe wohl ein, was Euer Gnaden mir gesagt hat, ist alles gut und fromm und nützlich; aber wozu soll mir's helfen, wenn ich mich an nichts von alledem erinnere? Es mag sein, daß die Geschichte mit den Nägeln, die ich mir nicht wachsen lassen soll, und mit dem Wiederverheiraten, wenn sich die Gelegenheit bietet, mir nicht aus dem Sinn kommen wird; was aber den übrigen Krimskrams und all den närrischen Schnickschnack angeht, darauf besinn ich mich nicht mehr und werde auch künftig mich ebensowenig darauf besinnen können wie auf die Wolken vom vorigen Jahr, und darum müßt Ihr sie mir schriftlich geben; wenn ich auch nicht lesen und schreiben kann, ich werde sie meinem Beichtvater geben, damit er sie mir einprägt und wieder ins Gedächtnis bringt, wo's nötig ist."

„Gott verzeih mir meine Sünden!" versetzte Don Quijote; „wie schlecht steht es um einen Statthalter, der nicht lesen noch schreiben kann! Denn du mußt wissen, mein Sancho, wenn ein Mensch nicht lesen kann oder linkshändig ist, so beweist das zweierlei: daß entweder seine Eltern zu arm und zu gering waren oder er so verkehrt und schlecht geartet, daß er nicht imstande war, gute Sitte und gute Lehre anzunehmen. Das ist ein großer Mangel an dir, und ich wünschte daher, daß du wenigstens unterschreiben lerntest."

„Meinen Namen kann ich schon unterschreiben", erwiderte Sancho; „denn als ich Einnehmer in meinem Dorfe war, lernte ich ein paar Buchstaben malen, wie man sie auf Warenballen macht, und die Leute sagten, die bedeuteten meinen Namen. Außerdem kann ich tun, als hätte ich die Gicht an der rechten Hand, und einen andern für mich unterzeichnen lassen; es gibt für alles ein Kraut, nur nicht für den Tod. Und wenn ich einmal den Befehl und den Stab in Händen habe, kann ich tun, was mir gut dünkt; zudem, wenn einer den Schultheiß zum Vater hat... Und wenn ich Statthalter bin, was doch mehr als Schultheiß ist, da sollen sie mir nur kommen, sie sollen schon sehen! Oder sie sollen mich einmal schief ansehen und mir nachreden! Aber, aber, da gehen sie nach Wolle aus und kommen geschoren nach Haus. Und wen Gott liebhat, dem merkt es alle Welt an; und des Reichen dumme Redensarten gelten in der Welt für Sprüche Salomonis; und da ich reich sein werde, wenn ich Statthalter bin, und dazu freigebig sein will, so wird kein Fehler an mir zu sehen sein. Nein, macht euch nur zu Honig, so fressen euch die Fliegen; du giltst soviel, wie du hast, sagte meine Großmutter, und wer ein Rittergut hat und adlig Geschlecht, denk nicht, daß einer an dem dich rächt."

„O daß dich Gott verdamme, Sancho!" fiel hier Don Quijote ein, „daß sechzigtausend Teufel dich und deine Sprichwörter holten! Schon seit einer Stunde häufst du eins aufs andre und trichterst sie mir ein wie Wasser auf der Folter. Ich versichere dir, diese Sprichwörter bringen dich noch eines Tages an den Galgen; um ihretwillen nehmen dir deine Untertanen die Statthalterschaft, oder es bilden sich Bündnisse unter den Ortschaften gegen dich. Sage mir nur, wo du sie her hast, du unwissender Mensch? Oder wie du sie anwendest, du Einfaltspinsel? Ich, wenn ich nur eines beibringen und richtig anwenden will, ich schwitze und mühe mich ab, als wäre ich ein Schatzgräber."

„Um Gottes willen, lieber Herr und Gebieter", antwortete Sancho, „wie regt sich Euer Gnaden doch über gar geringe Dinge auf! Was, zum Teufel, macht es Euch aus, wenn ich mein Eigentum ausnütze? Ich habe ja kein andres und weiter kein Vermögen als Sprichwörter und immer wieder Sprichwörter. Und jetzt eben kommen mir ihrer vier in den Sinn, die aufs Härchen hierhergehören wie Birnen in den Obstkorb; aber ich gebe sie nicht her, denn das Schweigen zur rechten Zeit ist ein großer Heiliger."

„Dieser Heilige bist du nicht", sagte Don Quijote, „denn das Schweigen zu rechter Zeit ist deine Sache nicht, wohl aber das Reden und immerfort Reden zu unrechter Zeit. Aber trotzdem möchte ich wohl wissen, welche vier Sprichwörter dir jetzt in den Sinn gekommen sind, die hierher passen sollten; ich wenigstens, der ich ein gutes Gedächtnis habe, suche überall darin herum, und kein passendes Sprichwort will mir einfallen."

„Was kann es für bessere geben", sagte Sancho, „als die: Man soll den Daumen nie zwischen die Backenzähne stecken, und: Auf ein ‚Pack dich aus meinem Hause!' und ‚Was willst du mit meinem Weib?' läßt sich nichts antworten; und: Ob Krug wider Stein oder Stein wider Krug, der Krug ist der Verlierer. Alle diese passen aufs Härchen. Mit dem Statthalter soll niemand anbinden, überhaupt mit keinem, der ihm zu befehlen hat, denn er wird den Schaden davon haben, gerade wie der, der den Finger zwischen die Backenzähne hinten steckt; und wenn sie auch nicht hinten sind, falls es nur Backenzähne sind, 's ist kein Unterschied.

Und gegen das, was der Statthalter sagt, darauf läßt sich nichts antworten, so wenig wie auf das ‚Pack dich!' und ‚mein Weib laß ungeschoren!' Und was das mit dem Stein wider Krug betrifft, das kann ja ein Blinder sehen. Demnach muß notwendig, wer den Splitter im fremden Auge sieht, den Balken im seinigen sehen, damit man nicht von ihm sagt: Eine Gestorbene ist arg erschrocken, als sie eine Geköpfte zu sehen bekam. Auch weiß Euer Gnaden ja: Der Dummkopf weiß in seinem Hause mehr als der gescheite Kopf im fremden."

„Das ist nicht so, Sancho", entgegnete Don Quijote; „der Dummkopf, in seinem Haus wie im fremden, weiß nichts, weil auf der Grundmauer der Dummheit kein vernünftiges Gebäude stehen kann. Aber lassen wir das hier auf sich beruhen, Sancho. Wenn du ein schlechter Statthalter wirst, so hast du die Schuld und ich die Schande davon; aber ich tröste mich damit, daß ich meine Schuldigkeit getan, da ich so ernstlich und vernünftig, als ich vermochte, dir meinen guten Rat erteilt habe; und damit habe ich meine Pflicht und mein Versprechen gelöst. Gott geleite dich, Sancho, und regiere dich bei deiner Regierung, mich aber befreie er von der Angst, die ich im Gewissen fühle, du möchtest auf der ganzen Insul das Oberste zuunterst kehren, was ich hätte verhindern können, wenn ich dem Herzog offenbart hätte, was du für ein Mensch bist, und ihm gesagt hätte, daß dein ganzer Dickwanst und deine ganze zwerghafte Person weiter nichts als ein Sack voller Sprichwörter und Tücken ist."

„Señor", erwiderte Sancho, „wenn Euer Gnaden der Meinung ist, daß ich für selbige Statthalterschaft nicht tauge, so laß ich sie auf der Stelle fahren; denn von meiner Seele ist mir das Schwarze am Fingernagel schon allein weit lieber als mein ganzer Leib, und ich kann als Sancho von Brot und Zwiebeln ebensogut leben wie als Statthalter von Rebhühnern und Kapaunen; zumal die Menschen im Schlaf alle gleich sind, Große und Kleine, Arme und Reiche. Und wenn Euer Gnaden es recht bedenkt, werdet Ihr sehen, Ihr allein habt mich zum Statthaltern gebracht, denn ich versteh den Geier davon, wie man Statthalter über Insuln ist; und wenn Ihr glaubt, daß mich, wenn ich Statthalter werde, der Teufel holt, da will ich lieber als Sancho in den Himmel denn als Statthalter in die Hölle kommen."

„Bei Gott, Sancho", sprach Don Quijote hierauf, „ob dieser letzten Worte, die du geredet, erachte ich, daß du verdienst, über tausend Insuln Statthalter zu sein. Du hast ein gutes Herz, ohne das keinerlei Wissen Wert hat, befiehl dich Gott dem Herrn und trachte von Anfang an, bei deinen Vorsätzen nicht fehlzugehen; ich meine, du sollst stets die Absicht und den festen Vorsatz haben, bei allen Angelegenheiten, die dir vorkommen, das Rechte zu tun, denn der Himmel ist stets dem guten Wollen günstig. Jetzt aber gehen wir zum Mittagsmahl; ich glaube, die Herrschaften erwarten uns schon."

44. KAPITEL

Wie Sancho Pansa zu seiner Statthalterschaft gesendet wurde, und von dem merkwürdigen Abenteuer, das Don Quijote im Schlosse begegnete

Es heißt, daß in der eigentlichen Urschrift dieser Geschichte, da wo Sidi Hamét an die Abfassung dieses Kapitels kommt – welches sein Übersetzer nicht so wiedergegeben, wie er es geschrieben hatte –, daß da eine Art von Bedauern zum Ausdruck kam, das der maurische Verfasser über sich selbst empfunden, weil er eine Geschichte wie die des Don Quijote unter die Hände genommen, die so trocken und in so enge Grenzen gebannt sei, da er immer, wie es ihn bedünke, nur von dem Ritter und von Sancho sprechen müsse, ohne daß er wagen dürfe, sich in sonstigen Abschweifungen und Einschaltungen ernsteren und auch unterhaltenderen Inhalts zu verlieren. Er fügte bei, wenn Geist, Hand und Feder beständig daran gebunden seien, von einem einzigen Gegenstande zu schreiben und durch den Mund weniger Personen zu sprechen, so sei dies eine unerträgliche Mühsal, deren Ergebnis ohne Ergebnis für des Verfassers Ruhm bleibe, und um diesen Mißstand zu vermeiden, habe er sich im ersten Teile des Kunstgriffs bedient, etliche Novellen einzuflechten, wie die vom törichten Vorwitz und die vom Hauptmann in der Sklaverei, welche von der eigentlichen Geschichte so gut wie unabhängig sind, während die übrigen dort berichteten Vorgänge dem Ritter selbst begegnet sind, also unbedingt erzählt werden mußten. Allein er dachte sich auch, wie er sagt, daß viele Leser, hingerissen von der Teilnahme, welche Don Quijotes Heldentaten in Anspruch nehmen, den Novellen keine widmen und flüchtig oder widerwillig über sie hinweggehen würden, ohne die feine Arbeit und Kunst in ihnen zu beachten, die man klar erkennen müßte, sobald sie für sich allein, ohne die Narreteien

Don Quijotes und Sanchos Einfältigkeiten, ans Licht getreten wären. Daher wollte er in diesen zweiten Teil weder selbständige noch in die Geschichte verflochtene Novellen einfügen, sondern nur einige Episoden, die sich sofort als solche erkennen lassen und die aus den Begebenheiten selbst, wie sie unsre Geschichte darbietet, hervorgegangen sind; und auch diese nur in beschränktem Maße und ohne größeren Aufwand an Worten, als gerade genügt, um sie vorzutragen. Da er sich mithin in den engen Grenzen seiner Erzählung hält, während er doch Geschick, hinlängliche Fähigkeit und Verstand hat, um über das ganze Weltall zu schreiben, so bittet er, man solle seine Arbeit nicht mißachten, vielmehr ihm Lob spenden, nicht für das, was er schreibt, sondern für das, was er zu schreiben unterlassen hat.

Und hierauf fährt er fort und sagt, daß Don Quijote, als er Sancho die Lehren erteilt hatte, ihm diese nach dem Essen noch am nämlichen Nachmittag schriftlich übergab, damit er jemanden suchen könne, der sie ihm vorlese. Aber kaum hatte er sie ihm gegeben, so verlor dieser sie wieder, und sie gelangten in die Hände des Herzogs, der sie der Herzogin mitteilte; und beide verwunderten sich aufs neue über Don Quijotes Verrücktheit und Verstand. Sie fuhren daher mit ihren lustigen Streichen fort und sandten noch denselben Abend Sancho mit zahlreicher Begleitung nach der Ortschaft, die für ihn eine Insul sein sollte.

Es traf sich nun, daß derjenige, dem Sanchos Überwachung aufgetragen worden, ein Haushofmeister des Herzogs, ein sehr gescheiter und witziger Mann war – denn es gibt keinen Witz ohne Gescheitheit –, derselbe, welcher die Rolle der Gräfin Trifaldi mit so vieler Laune gespielt hatte, wie berichtet; und mit diesen Geistesgaben und mit Anweisungen, die ihm seine Herrschaft darüber erteilt hatte, wie er sich Sancho gegenüber zu verhalten habe, gelang es ihm, den Plan wunderbar auszuführen.

Als nun Sancho diesen Haushofmeister erblickte, fiel ihm sofort das Gesicht der Trifaldi ein, und er wendete sich zu seinem Herrn und sprach: „Señor, entweder soll mich der Teufel auf dieser Stelle holen, so wahr ich ein gerechter und rechtgläubiger Mensch bin, oder Euer Gnaden muß mir zugestehen, daß das Gesicht dieses herzoglichen Haushofmeisters da vor uns das Gesicht der Schmerzenreich selber ist."

Don Quijote betrachtete den Haushofmeister aufmerksam und sagte sodann zu Sancho: „Es ist kein Grund, daß dich der Teufel hole, weder als gerechten noch als rechtgläubigen Menschen – ich weiß zwar nicht, was du damit meinst –: das Gesicht der Schmerzenreich ist das des Haushofmeisters; aber der Haushofmeister ist darum noch nicht die Schmerzenreich. Wäre er es, so wäre das doch recht widersinnig, und es ist jetzt nicht Zeit, eine gründliche Untersuchung darüber anzustellen, denn das würde uns in ein verworrenes Labyrinth führen. Glaube mir, Freund, es tut uns not, inbrünstig zu Gott dem Herrn zu beten, daß er uns beide von bösen Hexenmeistern und Zauberern erlöse."

„Es ist wirklich kein Spaß, Señor", versetzte Sancho; „sondern ich hab ihn gerade sprechen hören, und es war genauso, als ob die Stimme der Trifaldi mir in die Ohren klänge. Nun gut, ich will für jetzt still sein; aber ich will künftighin doch genau Obacht geben, ob ich nicht noch ein Merkmal entdecke, das meinen Verdacht bestätigt oder gänzlich beseitigt."

„Das mußt du tun, Sancho", sprach Don Quijote, „und mir von allem Nachricht geben, was du in dieser Sache etwa entdecken magst, sowie von allem, was dir in deiner Statthalterschaft begegnet."

Sancho reiste endlich ab, von großem Gefolge begleitet, in der Tracht eines richterlichen Beamten, darüber einen weiten Mantel von hellbraunem gewässertem Kamelott, mit einer Mütze von demselben Stoff. Er ritt auf einem Maulesel mit kurzgeschnallten Bügeln, und hinter ihm zog auf Befehl des Herzogs sein Grautier einher mit Eselsgeschirr und Aufputz, alles von Seide und hell erglänzend. Von Zeit zu Zeit wandte sich Sancho nach seinem Esel um und schaute ihn an und ritt in dessen Gesellschaft so vergnügt dahin, daß er nicht mit dem deutschen Kaiser getauscht hätte. Beim Abschied vom Herzog und von der Herzogin küßte er ihnen die Hände und bat seinen Herrn um seinen Segen; dieser gab ihn unter Tränen, und Sancho empfing ihn mit Flennen.

Laß nun, freundlicher Leser, den wackern Sancho in Frieden und in Gottes Namen ziehen und mache dich auf zwei Scheffel Gelächter gefaßt, welches die Kunde davon, wie er sich in seinem Amte benahm, bei dir sicherlich hervorrufen wird; inzwischen aber vernimm mit Bedacht, was seinem Herrn in dieser Nacht widerfuhr, und wenn du darüber nicht in helles Lachen ausbrichst, wirst du wenigstens den Mund zur spöttischen Miene eines Affen verziehen; denn Don Quijotes Erlebnisse müssen entweder mit Bewunderung oder mit Gelächter begrüßt werden.

Es wird also erzählt, daß Sancho kaum abgereist war, als Don Quijote schon sich einsam fühlte, und wäre es ihm möglich gewesen, die Bestallung widerrufen zu lassen und ihm die

Statthalterschaft wieder abzunehmen, so hätte er es sicherlich getan. Die Herzogin bemerkte seinen Trübsinn und fragte ihn, weshalb er traurig sei; wenn es wegen Sanchos Abwesenheit wäre, so gäbe es Schildknappen, Kammerfrauen und Zofen in ihrem Hause, die ihn ganz seinem Wunsch entsprechend bedienen würden.

„Es ist wahr, Herrin mein", antwortete Don Quijote, „daß ich Sanchos Abwesenheit schmerzlich fühle; aber dies ist nicht der Hauptgrund, daß ich niedergeschlagen aussehe, und von den vielen Anerbietungen, mit denen Euer Exzellenz mich beehrt, nehme ich nur eine an, nämlich die huldvolle Gesinnung, von der sie ausgehen, und im übrigen bitte ich Euer Exzellenz dringend, zu gestatten und zu erlauben, daß innerhalb meines Gemaches ich mich selbst bediene."

„Wahrlich, Señor Don Quijote, das darf nicht sein; vier meiner Fräulein sollen Euch bedienen, alle vier schön wie die Blumen."

„Mir wären sie nicht wie Blumen", entgegnete Don Quijote, „sondern wie Dornen, die mir in die Seele stechen würden. Weder sie noch irgend jemand ihresgleichen soll in mein Zimmer kommen, geradesowenig, wie sie hineinfliegen können. Sofern Euer Hoheit fortfahren will, mir Gnade zu erweisen, wenn ich sie auch nicht verdiene, so gestattet, daß ich allein in meinem Zimmer bleibe und mich selbst bediene, auf daß ich eine Mauer ziehe zwischen meiner Begehrlichkeit und meiner Sittsamkeit, und ich will von dieser meiner Gewohnheit nicht abgehn um der hochherzigen Güte willen, die Euer Hoheit mir erzeigen will. Mit einem Wort, ich will lieber in meinen Kleidern schlafen als gestatten, daß mich jemand entkleidet."

„Nicht weiter, nicht weiter, Señor Don Quijote", erwiderte die Herzogin; „jetzt sage ich meinesteils, ich werde anordnen, daß nicht einmal eine Fliege in Euer Gemach kommt, geschweige eine Jungfrau. Ich bin nicht die Frau, durch deren Schuld die Züchtigkeit des Señor Don Quijote die mindeste Beeinträchtigung erleiden soll; denn wie es mich schier bedünken will, steht unter seinen vielen Tugenden die der Keuschheit obenan. Ihr mögt Euch ganz allein und nach Eurer gewohnten Weise auskleiden und anziehn, wie und wann Ihr's wollet; niemand wird Euch daran hindern, und Ihr sollt in Eurem Gemache die Gefäße finden, deren einer bedarf, der bei verschlossenen Türen schläft, damit kein natürliches Bedürfnis Euch zwinge, sie zu öffnen. Es lebe die erhabene Dulcinea von Toboso tausend Jahrhunderte lang, und es verbreite sich ihr Name über das ganze Erdenrund, da sie würdig war, von einem so mannhaften und so keuschen Ritter geliebt zu werden; und möge der gütige Himmel dem Herzen Sancho Pansas, unsres Statthalters, das innige Verlangen einflößen, seine Geißelung baldigst zu vollenden, damit die Welt endlich der Schönheit einer so hohen Dame aufs neue genießen möge."

Darauf sagte Don Quijote: „Eure Hoheit hat gesprochen als die würdige Herrin, die Ihr seid, denn von einer edlen Frau kann keine unedle in den Mund genommen werden; und Dulcinea wird durch das Lob Eurer Hoheit glücklicher und berühmter in der Welt werden als durch alle Lobpreisungen der größten Meister der Beredsamkeit."

„Nun gut, Señor Don Quijote", versetzte die Herzogin; „die Stunde des Abendessens naht heran, und der Herzog wird wohl schon warten; kommt, wir wollen das Abendmahl halten. Auch werdet Ihr Euch wohl zeitig niederlegen; Eure gestrige Reise nach Candaya war nicht so kurz, daß sie Euch nicht einigermaßen ermüdet hätte."

„Ich fühle keine Müdigkeit, Señora", erwiderte Don Quijote; „denn ich kann Euer Hoheit schwören, in meinem ganzen Leben hab ich kein ruhigeres und sanfter gehendes Tier geritten als den Holzzapferich, und ich weiß nicht, was den Malambruno bewogen haben kann, sich eines so leichten, sanften Gaules zu berauben und ihn so mir nichts, dir nichts zu verbrennen."

„Vielleicht kann man annehmen", antwortete die Herzogin, „daß er aus Reue ob des Bösen, das er der Trifaldi und ihren Genossen und andern Personen angetan, und ob der Missetaten, die er als Hexenmeister und Zauberer jedenfalls verübt haben muß, alle Werkzeuge seines bisherigen Treibens vernichten wollte; und als das hauptsächlichste, das, weil es von Land zu Land schweifte, ihn am meisten in Unruhe versetzte, hat er den Holzzapferich verbrannt. Durch dessen glühende Asche und durch das Siegeszeichen jener Inschrift aber lebt für alle Zeiten fort die Heldenkühnheit des großen Don Quijote von der Mancha."

Aufs neue sprach Don Quijote der Herzogin seinen Dank aus, und nachdem er zu Abend gespeist, zog er sich allein in sein Gemach zurück, ohne jemandem den Eintritt zu seiner Bedienung zu gestatten; so sehr fürchtete er, daß eine etwaige Gelegenheit ihn verführen könnte, die treue Sittsamkeit einzubüßen, die er seiner Herrin Dulcinea um so mehr bewahrte, als die Tugend des Amadís, der fahrenden Ritter Blume und Spiegel, in seiner Vorstellung stets lebendig war. Er schloß die Tür hinter sich zu, zog sich beim Lichte zweier Wachskerzen aus, und als er sich seiner Fußbekleidung entledigte, o Mißgeschick, unwürdig einer solchen Persönlichkeit! da lösten sich ihm nicht Seufzer aus seinem Innern noch irgend etwas andres, das die Säuberlichkeit seiner feinen Lebensart hätte verdächtigen können, sondern es lösten sich ihm an einem Strumpfe zwei Dutzend Maschen auf, und der Strumpf wurde zu einem Fenstergitter. Das betrübte den wackern Herrn über die Maßen, und er hätte eine Unze Silber darum gegeben, ein Quentchen grüne Seide an Ort und Stelle zu haben, ich sage grüne Seide, denn die Strümpfe waren grün.

Hier hat Benengelí ausgerufen und geschrieben: „O Armut! Armut! Ich weiß nicht, aus welchem Grunde der große Dichter aus Córdoba dich nannte:

       Heilige, unbedankte Himmelsgabe!

Ich, wiewohl ein Maure, weiß von meinem Umgang mit Christen her, daß die Heiligkeit in Liebe, Demut, Glaube, Gehorsam und Armut besteht; aber trotzdem sage ich, der muß viele Gnade von Gott haben, der freudig in Armut lebt, wenn es nicht eine Armut jener Art ist, von welcher einer ihrer größten Heiligen sagt: ‚Brauchet aller Dinge, als ob ihr ihrer nicht brauchet‘, und das nennt man die Armut im Geiste. Aber du andre Armut – von dir nämlich rede ich –, warum hängst du dich immer lieber an die Junker und Edelgebornen als an andere Leute? Warum nötigst du sie, die Löcher an ihren Schuhen schwarz zu überstreichen und an ihren Röcken Knöpfe zu haben, von denen die einen von Seide, die andern von Roßhaar und andre von Glas sind? Warum müssen meistens ihre Halskragen platt aufliegen mit unordentlichen Falten vom Waschen her und nicht frei stehn als gesteifte Krausen, denen mit dem Brenneisen die Hohlfalten gerundet wurden?"

Und hieraus ist zu ersehen, daß der Gebrauch der Stärke und der Kragen mit runden Hohlfalten schon alt ist.

Dann fährt er fort: „Oh, elend ist der Mann von guter Geburt, der seiner Ehre ein Krankentränklein eingibt, indem er bei verschlossener Tür ein schlechtes Mahl verzehrt und den Zahnstocher zum Heuchler macht, mit dem er auf die Straße hinausgeht, ohne daß er etwas gegessen hätte, das ihn nötigte, sich in den Zähnen zu stochern! Elend ist er, sage ich, der ein scheues, zaghaftes Ehrgefühl hat und immer meint, man sähe eine Meile weit die Flikken an seinen Schuhen, die durchgeschwitzten Stellen an seinem

Hut, das Fadenscheinige an seinem Mantel und den Hunger in seinem Magen."

All dieses trat auch vor Don Quijotes Seele, als ihm seine Maschen aufgingen; aber er schöpfte Trost, als er sah, daß Sancho ein Paar Reisestiefel zurückgelassen hatte, und diese gedachte er am nächsten Tage anzuziehen.

Endlich legte er sich nieder, nachdenklich und bekümmert, sowohl weil er Sancho entbehren mußte als auch wegen des unheilbaren Mißgeschicks seiner Strümpfe, deren Maschen er gern wieder aufgenommen hätte, wenn auch mit Seide von andrer Farbe, was doch eines der deutlichsten Zeichen von Elend ist, die ein Edelmann im Verlauf einer langwährenden Dürftigkeit von sich geben kann. Er löschte die Kerzen aus, aber es war heiß, und er konnte nicht schlafen; er erhob sich vom Bette und öffnete das Gitterfenster, das auf einen herrlichen Garten hinausging. Beim Öffnen aber hörte er, daß Leute sich im Garten bewegten und miteinander sprachen. Er horchte aufmerksam; die Stimmen von unten wurden lauter, so daß er folgende Worte vernehmen konnte: „Dringe nicht weiter in mich, o Emerencia, daß ich singen soll; du weißt ja, seit dieser Fremde in unser Schloß gekommen ist und meine Augen ihn erblickt haben, kann ich nicht mehr singen, sondern nur weinen, zumal der Schlaf unsrer Herzogin eher leicht als schwer ist und ich um alle Schätze der Welt nicht möchte, daß sie uns hier fände. Und gesetzt den Fall, sie schliefe fest und würde nicht wach, so wäre dennoch mein Gesang vergeblich, wenn er doch schläft und ihn nicht hört, dieser mein Äneas, der in meine Lande gekommen, um mich zu verhöhnen und zu verlassen."

„Laß dir doch so was nicht einfallen, Freundin Altisidora", wurde geantwortet. „Ganz gewiß schläft die Herzogin jetzt und das ganze übrige Haus, ausgenommen der Gebieter und Auferwecker deines Herzens; denn eben habe ich bemerkt, daß er das Fenster seines Zimmers geöffnet hat, und er muß ganz gewiß wach sein; singe, mein armes Kind, mit leisem süßem Tone zum Klang deiner Harfe, und sollte die Herzogin uns hören, so geben wir der Hitze dieser Nacht die Schuld."

„Darin liegt mein Bedenken nicht, o Emerencia", gab Altisidora zur Antwort, „sondern darin, daß ich nicht möchte, daß mein Gesang mein Herz verriete und ich von denen, die Amors gewaltige Macht nicht kennen, für ein lüsternes und leichtfertiges Mägdlein gehalten würde. Aber komme, was kommen mag, besser ist Schamröte im Gesicht als eine Wunde im Herzen."

Hiermit begann sie die Harfe in süßesten Tönen zu spielen. Als Don Quijote dies hörte, geriet er vor Staunen ganz außer sich, denn im Augenblick fielen ihm die zahllosen ähnlichen Abenteuer von Fenstern, Gittern und Gärten, Ständchen, Liebesgetändel und ähnlichen Narrheiten ein, die er in seinen törichten Ritterbüchern gelesen hatte. Sogleich stellte er sich vor, irgendein Fräulein der Herzogin sei in ihn verliebt und ihre Sittsamkeit zwinge sie, ihre Neigung geheimzuhalten. Er fürchtete, sie möchte ihn besiegen, und nahm sich in seinen Gedanken vor, sich nicht bezwingen zu lassen; und indem er aus vollem Herzen und mit den besten Vorsätzen sich seiner Herrin Dulcinea von Toboso anbefahl, beschloß er, der Musik zu lauschen; und damit man merke, daß er da sei, tat er, als müsse er niesen, worüber sich die Mädchen nicht wenig freuten, da sie nichts andres wünschten, als daß Don Quijote ihnen lausche.

Als nun die Harfe gestimmt und geprobt war, begann Altisidora folgende Romanze:

> O du, der du dort auf feinstem
> Linnen ohne Sorg und Plage
> Schläfst mit ausgestreckten Beinen
> All die Nacht bis hell am Tage;
>
> Du, der kühnste aller Ritter,
> Die zur Welt die Mancha sandte,
> Du, geehrt mehr und gesegnet
> Als das Gold aus Yemens Lande;
>
> Hör ein Mägdlein an aus gutem
> Hause, dem es schlecht ergangen,
> Das am Lichte deiner beiden
> Sonnen Feuer hat gefangen.
>
> Schlagen willst du dich mit Rittern
> Und hast Herzen wund geschlagen,
> Und wen du verwundest, schnöde
> Willst du Heilung ihm versagen.
>
> Sag mir, heldenhafter Jüngling,
> Dem Gott heile seine Plagen,
> Ob in Libyen du geboren,
> Ob, wo Jacas Berge ragen?

Sag, ob Schlangen dich gesäugt?
Sage, war wohl deine Amme
Waldes Schauer und das Grausen
Hoch auf des Gebirges Kamme?

Preisen darf sich Dulcinea,
Maid von vollen derben Wangen,
Daß sie eines Tigers, eines
Wilden Untiers Herz gefangen.

Darum wird ihr Ruhm ertönen
Vom Jarama zum Henares,
Vom Pisuerga zum Arlanza,
Vom Tajo zum Manzanares.

Gerne möcht ich mit ihr tauschen,
Gäb mein Wams, geschmückt mit Spangen,
Ihr noch gern heraus, das schönste,
Daran goldne Fransen hangen.

Oh, ruht' ich in deinen Armen,
Mindstens auf dem lieben Platze
Vor dem Bett, daß ich den Kopf dir
Und vom Haar die Schuppen kratze!

Viel begehr ich, und ich bin doch
Unwert solcher Gnadengaben;
Nur, und dies genügt mir Armen,
Möcht ich dir die Füße schaben.

Oh, wieviel Nachtmützen gäb ich,
Socken dir von feinstem Baste,
Mäntel aus holländschem Linnen,
Strümpf und Hosen von Damaste!

Und mit Perlen, wie Galläpfel
Dick, wollt ich dich gern begaben,
Die man Solitaire nennt,
Weil sie keinesgleichen haben.

Schau nicht vom Tarpeja auf mich,
Denn in Glut brech ich zusammen;

Größter Nero aus der Mancha,
Fache nicht noch mehr die Flammen.

Ich, ein Kind, ein zartes Mägdlein,
Zähle noch nicht fünfzehn Jahre;
Vierzehn zähl ich und drei Monde,
So wahr Gott mich fromm bewahre!

Bin nicht lahm und nicht verkrüppelt,
Frisch und schön bin ich vor allen;
Meine Haare Lilienstengel,
Die bis auf den Boden wallen.

Meine Schönheit preist den Schöpfer,
Ob auch etwas platt die Nase;
Ist mein Mund wie Adlers Schnabel,
Sind die Zähne doch Topase.

Meine Stimme, wie du hörest,
Ist vom allersüßten Klange;
Unter Mittelgröße bin ich,
Fein von Wuchs und stolz von Gange.

Diese Reize sind zur Beute
Deinem Köcher jetzt gefallen,
Und ich heiß Altisidora,
Dien als Zof in diesen Hallen.

Hier endete der Gesang der herzenswunden Altisidora und begann das Entsetzen des liebesumworbenen Don Quijote, welcher mächtig aufseufzend zu sich selber sagte: Was muß ich doch für ein unseliger fahrender Ritter sein, daß es kein Fräulein geben kann, das sich nicht gleich in mich verliebt! Wie glückverlassen muß doch die unvergleichliche Dulcinea von Toboso sein, daß man sie meine Treue ohnegleichen nicht allein genießen lassen will! Was wollt ihr von ihr, o Königinnen? Zu welchem Zweck verfolgt ihr sie, ihr Kaiserinnen? Warum bedrängt ihr sie, ihr Mägdlein von vierzehn bis fünfzehn Jahren? Lasset doch, lasset doch die Arme triumphieren, sich erfreuen und stolz sein ob des Loses, das Amor ihr zuteilen wollte, indem er ihr mein Herz unterwarf und ihr meine Seele dahingab. Bedenke, o verliebte Schar, ich bin nur für Dulcinea von Teig und Zuckerkuchen und für alle andern von Marmelstein. Für sie bin ich Honig und für euch Wermut; für mich ist Dulcinea allein die Schöne, die Verständige, die Züchtige, die Edelgeborne, und die andern all sind die Häßlichen, die Dummen, die Leichtfertigen, die von niedrigster Geburt. Für sie, für keine andere hat mich die Natur auf die Welt geschleudert, ob nun Altisidora weine oder singe, ob nun die Dame verzweifle, um derentwillen man mich in der Burg des verzauberten Mohren durchgeprügelt hat; möge man mich kochen oder braten, ich gehöre Dulcinea an, stets lauter, adelig und keusch, trotz allen Zaubermächten auf Erden.

Hiermit schlug er das Fenster zu und legte sich mißmutig und gramvoll, als sei ihm ein großes Unglück begegnet, in sein Bett, wo wir ihn für jetzt lassen werden; denn bereits ruft uns der große Sancho Pansa, der gerade seine gepriesene Statthalterschaft antreten will.

45. KAPITEL

Wie der große Sancho Pansa Besitz von seiner Insul ergriff und wie er zu statthaltern angefangen

O du, der du ständig die Gegenfüßler heimsuchst, Fackel der Welt, Auge des Himmels, du lieblicher Hin- und Herbeweger der Kühlgefäße! Thymbräer hier genannt, Phöbos dort, als Bogenschütze an jenem Ort verehrt, als Arzt an diesem! Vater der Poesie, Erfinder der Musik, du, der du immer aufgehst und, wenn es auch anders scheint, niemals untergehst! Dich rufe ich an, o Sonne, mit deren Beistand der Mensch den Menschen erzeugt, dich flehe ich an, mir hilfreich zu sein und das Dunkel meines Geistes zu erleuchten, damit ich die Erzählung von der Statthalterschaft des großen Sancho Pansa Punkt für Punkt vortragen kann; ohne dich fühle ich mich schwach, matt und voller Verwirrung.

Ich sage also, daß Sancho mit seiner ganzen Begleitung nach einem Orte von etwa tausend Bürgern kam, einem der ansehnlichsten, die der Herzog besaß. Man gab ihm an, es sei dies die Insul Baratária, entweder weil der Ort wirklich Baratária hieß oder weil er so wohlfeilen Kaufes, was in der Landessprache barato heißt, die Statthalterschaft bekommen hatte. Bei der Ankunft vor den Toren des Städtchens, das von Mauern umgeben war, kam ihm der Gemeinderat entgegen; die Glocken läuteten, die gesamte Einwohnerschaft erging sich in Freudenbezeigungen und führte ihn mit großem Pomp zur Hauptkirche, um Gott zu danken; und alsbald übergab man ihm unter wunderlichen Förmlichkeiten die Schlüssel der Stadt und erkannte ihn als immerwährenden Statthalter der Insel Barataria an. Der Anzug, der Bart, die dicke und kleine Gestalt des neuen Statthalters versetzte die Leute alle, die nicht wußten, wo die Sache ihren Knoten hatte, in große Verwunderung, ja auch alle, die es wußten, und deren waren viele.

Sodann führte man ihn aus der Kirche zum Richterstuhl, setzte ihn darauf, und der Haushofmeister des Herzogs sagte zu ihm: „Es ist alter Brauch auf dieser Insul, Herr Statthalter, daß der, so von dieser gepriesenen Insul Besitz ergreift, gehalten ist, eine Frage zu beantworten, die man ihm stellt und die einigermaßen verwickelt und schwierig sein muß; mittels selbiger Antwort fühlt die Stadt dem neuen Statthalter den Puls und kann sich mithin ob seines Hierherkommens freuen oder betrüben."

Während dieser Worte des Haushofmeisters betrachtete Sancho eine Anzahl großer Buchstaben, die an die Wand gegenüber seinem Stuhl geschrieben waren, und da er nicht lesen konnte, fragte er, was die Malereien auf der Wand dort bedeuten sollten.

Man gab ihm zur Antwort: „Señor, dort steht der Tag geschrieben und verzeichnet, an welchem Euer Gnaden von dieser Insul Besitz ergriffen hat, und die Inschrift besagt: *Heute, am soundsovielten in dem und dem Monat und dem und dem Jahr, hat Besitz von dieser Insul ergriffen der Señor Don Sancho Pansa, welcher sie lange Jahre beherrschen möge.*"

„Und wen nennt man Don Sancho Pansa?" fragte Sancho.

„Euer Gnaden", antwortete der Haushofmeister; „diese Insul hat kein andrer Pansa betreten als der, welcher auf diesem Stuhle sitzt."

„So merkt Euch denn, Freund", sprach Sancho, „daß ich kein Don führe und es in meiner ganzen Familie niemals einen Don gegeben hat; Sancho Pansa heiße ich kurzweg, und Sancho hieß mein Vater und Sancho mein Großvater, und sie alle waren Pansas ohne Hinzufügung von Dons oder Doñas, und mir scheint, auf dieser Insul gibt es mehr Dons als Kieselsteine. Aber genug damit, Gott versteht mich, und es kann geschehen, daß ich, wenn die Statthalterschaft nur vier Tage in meinen Händen bleibt, diese Dons ausjäte, die ob ihrer Menge so lästig fallen müssen wie die Stechfliegen. Der Herr Haushofmeister wolle nun mit seiner Frage kommen; ich will so gut antworten, wie ich nur immer kann, ob sich nun die Stadt darüber betrüben oder nicht betrüben wird."

In diesem Augenblick traten zwei Männer in die Gerichtsstube, der eine in der Tracht eines Bauern, der andre in der eines Schneiders – er hatte nämlich eine große Schere in der Hand –; und der Schneider sprach: "Herr Statthalter, ich und dieser Bauersmann erscheinen deshalb vor Euer Gnaden, weil dieser wackre Mann gestern in meine Bude kam – ich bin nämlich, mit Verlaub der geehrten Gesellschaft, Gott sei Dank! ein gelernter und geprüfter Schneider – und mir ein Stück Tuch in die Hand gab und mich fragte: ‚Señor, ist das wohl genug Tuch, um mir eine Mütze zu machen?' Ich überschlug, wieviel Tuch es wäre, und antwortete mit Ja. Er mußte nun wohl meinen, wie ich meine – und ich habe ganz richtig gemeint –, ich wolle ihm sicher ein Stück von dem Tuche stehlen, und darauf brachte ihn nur seine eigne Schlechtigkeit und der arge Ruf, in dem die Schneider stehen; so erwiderte er mir, ich möchte doch sehen, ob es nicht für zwei Mützen reiche. Ich erriet seine Gedanken und sagte ihm ja; er aber, der das Steckenpferd seines verwünschten ersten Argwohns ritt, legte eine Mütze nach der andern zu, und ich legte ein Ja nach dem andern zu, bis wir auf fünf Mützen kamen. Eben jetzt hat er sie abholen wollen, ich gebe sie ihm, und er will mir den Macherlohn nicht zahlen, verlangt vielmehr, ich soll ihm sein Tuch zahlen oder zurückgeben."

"Verhält sich dies alles so, Freund?" fragte Sancho.

"Ja, Señor", antwortete der Mann; "aber laßt Euch nur einmal die fünf Mützen zeigen, die er mir gemacht hat."

"Sehr gern", erwiderte der Schneider. Und sofort zog er die Hand unter dem Mantel hervor, wies an ihr die fünf Mützen, die auf den fünf Fingerspitzen saßen, und sagte: "Hier sind die fünf Mützen, die dieser wackere Mann bei mir bestellt hat, und bei Gott und meiner armen Seele, es ist mir nichts von dem Tuch übriggeblieben, und ich bin bereit, die Sache den Geschworenen des Handwerks zur Untersuchung vorzulegen."

Alle Anwesenden lachten über die Menge der Mützen und über diesen neuartigen Rechtsstreit. Sancho überlegte sich die Sache eine kurze Weile und sprach dann: "Mich dünkt, in diesem Rechtsstreit braucht es keines langen Verzuges, sondern es kann ein sofortiger Spruch nach redlichem Gutbefinden erfolgen; und sonach ergeht mein Urteil dahin: der Schneider verliert seinen Macherlohn und der Bauer sein Tuch, und die Mützen sollen an die Sträflinge im Gefängnis abgegeben werden, und damit abgemacht."

Wenn der Urteilsspruch, den er späterhin in betreff der Börse des Herdenbesitzers fällte, bei den Zuhörern Bewunderung erregte, so reizte dieser Spruch sie zum Lachen; aber zuletzt wurde des Statthalters Spruch doch vollzogen.

Jetzt erschienen vor ihm zwei alte Männer; der eine trug einen Rohrstock, und der ohne Stock sprach: „Señor, diesem wackern Mann habe ich vor manchen Tagen zehn Goldtaler geliehen, um ihm einen Gefallen und ein gutes Werk zu tun, unter der Bedingung, daß er sie mir wiedergebe, sobald ich sie von ihm verlangen würde. Nun sind viele Tage vergangen, ohne daß ich sie von ihm verlangte, weil ich ihn durch das Wiedergeben nicht in eine noch größere Not bringen wollte, als die er zu der Zeit erlitt, wo ich sie ihm lieh. Aber weil es mir vorkam, als denke er überhaupt nicht ans Zahlen, habe ich sie einmal und dann vielmals von ihm verlangt; aber er gibt sie mir nicht nur nicht wieder, sondern er leugnet sie mir ab und sagt, ich hätte ihm niemals zehn Goldtaler geliehen, und wenn ich sie ihm doch geliehen, so habe er sie mir bereits wiedergegeben. Zeugen habe ich keine, weder für das Darlehen noch für die Rückzahlung, weil er sie mir nicht wiedergegeben hat. Ich möchte nun, daß Euer Gnaden ihn unter Eid vernähme, und falls er schwören sollte, daß er mir sie wiedergegeben, so will ich, hier und vor Gottes Angesicht, sie ihm erlassen."

„Was sagt Ihr dazu, Ihr braver Alter mit dem Stock?" sprach Sancho.

Darauf sagte der Alte: „Ich, Señor, bekenne, daß er sie mir geliehen hat; aber wollet nur Euern Richterstab senken, und da er es auf einen Eid stellt, so will ich schwören, daß ich sie ihm wahr und wirklich wiedergegeben und bezahlt habe."

Der Statthalter senkte seinen Richterstab, und der Alte mit dem Stock gab diesen inzwischen dem andern, ihn während des Schwörens zu halten, als ob er ihm hinderlich wäre; dann legte er die Hand auf das Kreuz am Griff des Stabes und erklärte, es sei wahr, die geforderten zehn Goldtaler seien ihm geliehen worden, aber er habe sie dem andern mit eigner Hand in die seinige zurückgegeben, und weil jener nicht daran denke, fordere er sie immer aufs neue von ihm zurück.

Als der hohe Statthalter dies vernahm, fragte er den Gläubiger, was er auf die Behauptung seines Gegners zu antworten habe. Dieser erklärte, sein Schuldner werde jedenfalls die Wahrheit geredet haben, da er ihn für einen braven Mann und guten Christen halte; er müsse also vergessen haben, wie und wann jener das Geld ihm zurückerstattet habe, und er werde jetzt nie mehr etwas von ihm fordern. Der Schuldner nahm seinen Stock wieder, verbeugte sich und verließ die Gerichtsstube.

Als Sancho dies sah und bemerkte, wie der Beklagte ohne weiteres sich entfernte und der Kläger so geduldig und gelassen dastand, neigte er das Haupt auf die Brust, legte den Zeigefinger der rechten Hand an Augenbrauen und Nase, saß eine kurze Weile wie nachdenkend da, erhob dann den Kopf und gebot, man solle ihm den Alten mit dem Stock rufen, der sich schon entfernt hatte. Man brachte ihn herbei, und als Sancho ihn erblickte, sagte er zu ihm: „Guter Freund, gebt mir Euren Stock, ich brauche ihn."

„Sehr gern", antwortete der Alte; „hier ist er, Señor." Und er gab ihn ihm in die Hand.

Sancho nahm den Stock, reichte ihn dem andern Alten und sagte zu diesem: „Geht mit Gott, Ihr seid nunmehr bezahlt."

„Ich, Señor?" entgegnete der Alte; „ist denn dies Rohr zehn Goldtaler wert?"

„Allerdings", sagte der Statthalter; „oder wenn nicht, so bin ich der größte Tölpel von der Welt. Jetzt soll's zutage kommen, ob ich Grütze genug habe, ein ganzes Königreich zu regieren."

Und sogleich befahl er, das Rohr vor aller Augen entzweizubrechen und aufzuspalten. Es geschah, und im Hohlraum des Stocks fand man zehn Taler in Gold. Alle staunten voll Bewunderung und hielten ihren Statthalter für einen neuen Salomo. Man fragte ihn, woraus er geschlossen habe, daß die zehn Goldtaler sich in dem Stocke befänden, und er antwortete: Weil er gesehen, wie der Alte seinem Gegner den Stock übergab, während er den Eid leistete und schwur, er habe die geliehenen Taler wahr und wirklich zurückgegeben, und nach der Eidesleistung den Stock von ihm zurückforderte, so sei es ihm deswegen in den Sinn gekommen, daß in dem Stock der geforderte Betrag sein müsse. Daraus könne man denn ersehen, daß Leute, die da regieren, auch wenn sie Dummköpfe sind, manchmal bei ihren Urteilssprüchen von Gott selbst geleitet werden. Außerdem habe er den Pfarrer seines Dorfs einen ähnlichen Fall wie diesen erzählen hören, und er habe ein so gutes Gedächtnis, daß, wenn er nicht gerade all das vergäße, was er behalten möchte, kein so gutes Gedächtnis auf der ganzen Insel zu finden sein würde.

Genug, die beiden Alten gingen von dannen, der eine

beschämt, der andre bezahlt; die Anwesenden waren voll Verwunderung, und der Schreiber, der Sanchos Worte, Taten und ganzes Gebaren zu verzeichnen hatte, konnte nicht mit sich einig werden, ob er ihn unter die dummen oder gescheiten Köpfe rechnen und einschreiben sollte.

Kaum war dieser Rechtsstreit zu Ende, so trat in die Gerichtsstube ein Weib, das einen Mann in der Tracht eines reichen Viehzüchters am Arme festhielt und laut schreiend rief: „Gerechtigkeit, Herr Statthalter, Gerechtigkeit! Und wenn ich sie auf Erden nicht finde, so will ich sie droben im Himmel suchen. Lieber Herr Herzens-Statthalter, dieser schlechte Mensch hat mich mitten im Felde dort gepackt und hat meinen Körper gebraucht, als wär es ein ungewaschener Lumpen, und, o ich Unglückliche, er hat mir geraubt, was ich seit mehr als dreiundzwanzig Jahren gehütet habe und hab es gegen Heiden und Christen, gegen Einheimische und Fremde verteidigt, und war immer hart wie eine Korkeiche und erhielt mich rein und unberührt wie der Salamander im Feuer oder wie die Wolle in den Dornen, damit jetzt der Kerl da kommt und mich mit seinen saubern Händen betastet!"

„Das ist erst noch festzustellen", sagte Sancho, „ob der feine Junge saubere Hände hat oder nicht."

Und sich zu dem Manne wendend, fragte er ihn, was er auf die Klage dieses Weibes zu antworten habe. Der aber entgegnete voller Bestürzung: „Meine Herren, ich bin ein unglücklicher Züchter von Borstenvieh, und heut morgen ging ich hier aus der Stadt, wo ich vier, mit Respekt zu vermelden, Schweine verkauft hatte, die mir für Viehzoll und Steuern kaum weniger Geld wegnahmen, als sie eingetragen hatten. Ich kehrte in mein Dorf zurück, traf unterwegs diese alte Schachtel, und der Teufel, der immer das Oberste zuunterst kehrt und bei allem die Hand im Spiel hat, der hat's so gemacht, daß wir uns zusammen erlusteten; ich zahlte ihr, was sich gehört, sie aber war nicht zufrieden damit und packte mich und ließ mich nicht los, bis sie mich hierher vors Amt geschleppt hat. Sie sagt, ich hätte sie mit Gewalt geschwächt, und das lügt sie, bei dem Eid, den ich leiste oder zu leisten willens bin, und dies ist die ganze Wahrheit, ohne daß ein Deut daran fehlt."

Nun fragte ihn der Statthalter, ob er etwas Silbergeld bei sich habe; er antwortete, er habe gegen zwanzig Taler in einem ledernen Beutel im Busen stecken. Sancho befahl ihm, den Beutel hervorzuholen und ihn, so wie er sei, der Klägerin zu übergeben. Er tat es mit Zittern; das Weib nahm ihn, machte allen ringsum tausend Bücklinge, bat Gott, den Herrn Statthalter bei Leben und Gesundheit zu erhalten, der so sehr für bedrängte jungfräuliche Waisen sorge, und ging hiermit zur Gerichtsstube hinaus; den Beutel hielt sie mit beiden Händen fest, doch nicht ohne erst nachzusehen, ob das Geld darin wirklich Silbermünze sei.

Kaum war sie draußen, da sagte Sancho zu dem Viehzüchter, dem schon die Tränen hervordrangen und Augen und Herz dem Beutel nachfolgten: „Guter Freund, geht dem Weibsstück nach und nehmt ihr den Beutel weg, wenn sie sich auch noch so sehr sträubt, und kommt mit ihm wieder hierher."

Das hieß nicht tauben Ohren predigen, wie sich sogleich zeigte, denn der Mann eilte wie der Blitz hinaus und machte sich an die Ausführung des Befehls. Alle Anwesenden waren gespannt auf den Ausgang dieses Rechtsstreits, und kurz darauf kam der Mann mit dem Weibe zurück, beide fester aneinanderhängend und zusammengekettet als das erstemal; sie, mit aufgerafftem Rock, hielt den Beutel im Schoß, während der Mann sich aufs äußerste abmühte, ihn ihr zu entreißen. Aber dies gelang ihm nicht, so gut wußte sie den Beutel zu verteidigen, und heftig schreiend stieß sie die Worte aus: „Gerechtigkeit vor Gott und der Welt! Seht, Herr Statthalter, wie wenig der Bösewicht Scham und Furcht hat, denn mitten im Ort und mitten auf der Straße hat er mir den Beutel wegnehmen wollen, den Euer Gnaden mir zugesprochen hat!"

„Und hat er ihn Euch weggenommen?" fragte der Statthalter.

„Was heißt wegnehmen?" antwortete das Weib. „Eher ließ ich mir das Leben nehmen als den Beutel! Jawohl, so ein gutmütig Kind sollt ich sein! Da müßten mir ganz andre Katzen ins Gesicht springen als so ein jämmerlicher schmutziger Kerl! Da wären Zangen und Hämmer, Schlägel und Meißel nicht genug, um ihn mir aus den Krallen zu reißen, ja nicht einmal die Tatzen eines Löwen; eher meine Seele mitten aus dem Leibe heraus!"

„Sie hat recht", sagte der Mann; „ich gebe mich überwunden; ich habe nicht Kraft genug und bekenne, daß die meinige nicht ausreicht, um ihr den Beutel zu nehmen."

Und hiermit ließ er sie los.

Da sagte der Statthalter zu dem Weibe: „Zeigt einmal den Beutel her, züchtiges, tapferes Weib."

Sie reichte ihm denselben sogleich, und der Statthalter gab ihn dem Manne zurück und sagte zu der so gewaltig Starken, aber keineswegs gewaltsam Geschwächten: „Werte Frau, wenn Ihr ebensoviel Mut und Tapferkeit, wie Ihr bei Verteidigung dieses Beutels bewiesen habt, ja auch nur die Hälfte davon bei Verteidigung Eures Körpers bewiesen hättet, so hätte alle Gewalt des Herkules Euch keine Gewalt antun können. Geht mit Gott oder zu allen Teufeln und kommt mir nicht mehr auf die Insul hierher noch auf sechs Meilen im Umkreis, bei Strafe von zweihundert Geißelhieben; packt Euch auf der Stelle, sag ich, Lügenmaul, unverschämte Person, Betrügerin."

Das Weib schrak zusammen, ließ den Kopf hängen und entfernte sich höchst mißvergnügt; der Statthalter aber sagte zu dem Manne: „So, mein Lieber, geht in Gottes Namen nach Eurem Dorfe heim mit Eurem Gelde, und künftig, wenn Ihr es nicht einbüßen wollt, laßt Euch nicht wieder in den Sinn kommen, Euch mit jemandem zu erlusten."

Der Mann dankte ihm so unbeholfen, als er nur konnte, und

ging; und die Zuhörer standen abermals voll Bewunderung der Urteile und Sprüche ihres neuen Statthalters. Alles dies wurde von seinem Chronisten aufgezeichnet und dem Herzog schriftlich mitgeteilt, der mit großer Ungeduld darauf wartete. Hier verlassen wir nun den guten Sancho, denn es treibt uns mit großer Eile zu seinem von Altisidoras Ständchen freudig aufgeregten Herrn und Meister.

46. KAPITEL

Von dem furchtbaren Schellen- und Katzenstreit, welchen Don Quijote im Verlauf des Liebeshandels der verliebten Altisidora ausstund

Wir verließen den großen Don Quijote in den Gedanken befangen, die das Ständchen des verliebten Fräuleins in ihm erweckt hatte. Er legte sich mit ihnen zu Bett, und wie wenn es Flöhe wären, ließen sie ihn keinen Augenblick schlafen noch zur Ruhe kommen, und dazu kamen noch die Maschen, die ihm an seinen Strümpfen fehlten. Aber da die Zeit flüchtig ist und nirgends ein tiefer Einschnitt auf ihrem Wege sie hemmt, so eilte sie von dannen wie auf den Stunden dahinreitend, und die Stunde des Morgens kam schleunigst heran. Als Don Quijote dies gewahrte, verließ er die weichen Federn, kleidete sich, nimmer lässig, in seine lederne Kleidung und legte seine Reisestiefel an, weil er das Mißgeschick seiner Strümpfe gerne verbergen mochte. Er warf seinen Scharlachmantel um, setzte auf sein Haupt eine Jägermütze von grünem Samt, mit silbernen Borten besetzt; er hing das Wehrgehenk über seine Schultern, mit seinem guten scharfen Schwert; er ergriff einen großen Rosenkranz, den er beständig bei sich führte, und schritt in großer Haltung und steifer Feierlichkeit nach dem Vorsaal, wo sich der Herzog und die Herzogin befanden, bereits angekleidet und wie in Erwartung des Ritters. Auf seinem Wege, der durch eine Galerie führte, hatten sich Altisidora und die andre Zofe, ihre Freundin, aufgestellt, um sein zu harren, und sobald Altisidora den Ritter erblickte, tat sie, als fiele sie in Ohnmacht; ihre Freundin fing sie in den Schößen ihres Gewandes auf und wollte ihr eiligst den Busen aufschnüren. Don Quijote sah dies, näherte sich ihnen und sagte: „Ich weiß schon, woher diese Zufälle kommen."

„Ich aber weiß es nicht", antwortete die Freundin, „Altisidora ist das gesündeste Mädchen im Hause, und ich habe nie ein Ach von ihr gehört all die Zeit, seit ich sie kenne. Daß doch des Himmels Strafe all die fahrenden Ritter treffe, die es auf Erden gibt! Das heißt, wenn sie alle undankbaren Herzens sind. Geht nur, Señor Don Quijote, denn das arme Kind kommt nicht wieder zu sich, solang Euer Gnaden hierbleibt."

Darauf entgegnete Don Quijote: „Señora, laßt mir diese Nacht eine Laute in mein Zimmer legen, ich will diesem bekümmerten Fräulein Trost spenden, so gut ich es vermag; im Anfang einer Leidenschaft des Herzens ist unverzügliche Enttäuschung ein bewährtes Heilmittel."

Mit diesen Worten entfernte er sich, damit er nicht von denen, die ihn etwa dort sähen, üble Nachrede zu erleiden hätte. Er hatte sich noch nicht weit entfernt, da kam die ohnmächtige Altisidora wieder zu sich und sagte zu ihrer Gefährtin: „Unbedingt muß man ihm die Laute hinlegen; ohne Zweifel will uns Don Quijote ein Ständchen bringen, und das kann nicht schlecht ausfallen, da es von ihm kommt."

Sofort gingen sie zur Herzogin und meldeten ihr das Vorgefallene und Don Quijotes Verlangen nach einer Laute; sie freute sich darob über die Maßen und verabredete mit dem Herzog und ihren Zofen, ihm einen Possen zu spielen, der jedoch mehr zum Lachen als jemandem zum Schaden sein sollte. In heiterster Stimmung erwarteten sie die Nacht, die ebenso schnell kam, als der Tag gekommen war, welchen das herzogliche Paar in behaglichen Gesprächen mit Don Quijote verbrachte.

An dem nämlichen Tage sandte die Herzogin in Wahrheit und Wirklichkeit einen ihrer Edelknaben, denselben, der im Wald die Rolle der verzauberten Dulcinea gespielt hatte, zu Teresa Pansa mit dem Briefe ihres Mannes Sancho Pansa und dem Bündel Kleidungsstücke, die er dagelassen hatte, damit man sie ihr übersende, und mit dem Auftrag, ausführlichen Bericht über alles zurückzubringen, was zwischen ihm und ihr vorfallen werde.

Als dies geschehen und es elf Uhr nachts geworden, fand Don Quijote eine Gitarre in seinem Gemach; er stimmte sie, öffnete das Gitterfenster und bemerkte, daß Leute im Garten waren; nachdem er über die Saiten gefahren und die Gitarre so rein als möglich gestimmt hatte, räusperte er sich, machte sich die Kehle frei und begann alsbald mit einer etwas rauhen, aber doch rein klingenden Stimme folgende Romanze zu singen, die er selbst an diesem nämlichen Tage gedichtet hatte:

Aus den Angeln hebt den Geist oft
Die Gewalt des Liebesdranges,
Nimmt dabei zu ihrem Werkzeug
Süßigkeit des Müßigganges.

Nähn und weben und der Arbeit
Den Tribut allstündlich zahlen
Ist das beste Gegenmittel
Für das Gift der Liebesqualen.

Mägdlein, still und eingezogen,
Sehnt sich's nach dem Ehebande,
So ist Züchtigkeit die Mitgift,
Die man preist im ganzen Lande.

Ritter, ob sie abenteuern
Oder Dienst am Hofe nahmen,
Liebeln mit den leichtgesinnten,
Freien nur die züchtgen Damen.

Oft geht morgens auf die Liebe,
Rasch, daß sie dem Gast behage,
Und am Abend geht sie unter,
Endet mit des Scheidens Tage.

Flüchtge Liebschaft, heut gekommen
Und dann morgen schon gegangen,
Läßt im Geist kein dauernd Bildnis
Und im Herzen kein Verlangen.

Malst ein Bild du auf das andre,
Wird's verschwimmen und verflachen;
Macht die erste Schönheit Stiche,
Kann die zweite keine machen.

Dulcinea von Toboso
Steht im Herzen mein gemalet
Auf noch nie berührter Tafel,
Und nie löscht, was dorten strahlet.

Denn bei einem Liebespaare
Schätzt man feste Treu vor allen;
Für dies Paar tut Amor Wunder,
Hebt es zu des Ruhmes Hallen.

So weit war Don Quijote mit seinem Gesange gekommen, dem der Herzog und die Herzogin, Altisidora und fast alle Leute im Schloß zuhörten, als unversehens von einem Altan senkrecht über Don Quijotes Fenster ein Seil heruntergelassen wurde, an welchem über hundert Schellen befestigt waren, und gleich darauf ward ein Sack voll Katzen ausgeschüttet, denen ebenfalls Schellen, aber kleinere, an die Schwänze gebunden waren. So gewaltig erscholl das Gerassel der Schellen und das Miauen der Katzen, daß das herzogliche Paar, das doch selbst den Spaß ausgedacht hatte, darüber in Schrecken geriet und Don Quijote vor Entsetzen schier von Sinnen kam; und das Schicksal fügte es, daß zwei oder drei Katzen durchs Fenster in sein Zimmer hineinsprangen, hier von einer Ecke zur andern jagten, und es war, als ob ein ganzes Lager voll Teufel im Zimmer umginge; sie verlöschten die Kerzen, die im Gemache brannten, fuhren hin und her und suchten, wo sie entwischen könnten. Das Seil mit den großen Schellen wurde inzwischen unaufhörlich hinaufgezogen und herabgelassen; die meisten von den Leuten im Schlosse, die den wahren Sachverhalt nicht kannten, gerieten vor Erstaunen und Verwunderung ganz außer sich. Don Quijote fuhr in die Höhe, zog das Schwert und begann zum Fenster hinaus Stiche mit seiner Klinge auszuteilen und gewaltig laut zu rufen: „Fort mit euch, ihr boshaften Zauberer! Fort, du hexenmeisterlich Gesindel! Ich bin Don Quijote von der Mancha, gegen den euer böser Wille nichts vermag und sonder Gewalt ist!"

Jetzt wandte er sich gegen die Katzen, die in seinem Gemach umhertobten, und führte zahllose Schwerthiebe nach ihnen; sie liefen zum Fenster und sprangen hinaus. Eine aber, die sich von Don Quijotes Schwertstreichen arg in die Klemme gebracht sah, sprang ihm ins Gesicht, packte ihn mit Krallen und Zähnen an der Nase, und Don Quijote begann vor Schmerz darüber aus Leibeskräften zu schreien. Als der Herzog und die Herzogin das hörten, konnten sie sich wohl denken, was geschehen war; sie eilten mit größter Schnelligkeit nach seinem Zimmer, öffneten es mit dem Hauptschlüssel und erblickten den armen Ritter, wie er aus allen Kräften sich mühte, die Katze von seinem Gesicht loszureißen. Sie traten mit Lichtern hinein und sahen den ungleichen Kampf; der Herzog sprang hinzu, um die Gegner auseinanderzubringen; aber Don Quijote rief: „Keiner soll ihn von mir wegreißen! Laßt mich Mann gegen Mann mit diesem Teufel fertigwerden, mit diesem Hexenmeister, diesem Zauberer! Ich will ihn lehren, ich allein gegen ihn, wer Don Quijote von der Mancha ist!"

Aber die Katze kümmerte sich nicht um diese Drohungen, sondern fauchte und krallte sich fester an. Doch der Herzog riß sie endlich los und warf sie zum Fenster hinaus. Don Quijote stand da, das Gesicht zerkratzt und zerlöchert wie ein Sieb und die Nase nicht im besten Zustand, und dennoch sehr ärgerlich, weil man ihn den Kampf nicht zu Ende führen ließ, in welchen er mit jenem schurkischen Zauberer so eng verstrickt war.
Man ließ heilendes Wundöl bringen, und Altisidora selbst legte mit ihren schneeweißen Händen einen Verband auf jede verletzte Stelle, und beim Auflegen der Binden sagte sie ihm mit leiser Stimme: „All diese Widerwärtigkeiten begegnen dir, Ritter mit dem steinernen Busen, ob der Sünde deiner Hartherzigkeit und deines Starrsinns; wollte Gott, daß Sancho, dein Schildknappe, nimmer daran dächte, sich zu geißeln, damit deine so heißgeliebte Dulcinea niemals ihrer Verzauberung ledig werde und du ihrer weder genießest noch das Ehebett mit ihr besteigest, wenigstens solange ich lebe, die ich dich anbete."
Auf all dies gab Don Quijote weiter keine Antwort als einen tiefen Seufzer, und alsbald streckte er sich auf sein Bett und dankte dem herzoglichen Paar für die erwiesene Gnade, nicht als ob er vor jenem katzenhaften Zauberer- und Schellenklingelgesindel sich gefürchtet, sondern weil er die freundliche Gesinnung erkannt habe, mit der sie ihm zu Hilfe gekommen. Herzog und Herzogin überließen ihn nun seiner Ruhe und entfernten sich, bekümmert über den schlechten Ausgang des gespielten Streiches. Sie hatten nicht gedacht, diese Aventüre werde ihn so schlimm und so teuer zu stehen kommen, und nun kostete sie ihn fünf Tage Haft in Zimmer und Bett; aber hierbei begegnete ihm ein anderes Abenteuer, das vergnüglicher war als das vorige und welches sein Geschichtsschreiber für jetzt nicht erzählen will, um sich nach Sancho Pansa umzusehen, der sich in seiner Statthalterschaft sehr tätig und sehr launig zeigte.

47. KAPITEL

*Wo weitererzählt wird, wie sich Sancho Pansa in seiner
Statthalterschaft benommen*

Es erzählt die Geschichte, daß Sancho Pansa aus der Gerichtsstube zu einem prachtvollen Palast geführt wurde, wo in einem weiten Saale eine königlich besetzte Tafel aufs feinste hergerichtet war. Sobald Sancho in den Saal trat, ertönte Oboenklang und erschienen vier jugendliche Diener, ihm Wasser für die Hände zu reichen, was Sancho mit großer Würde entgegennahm. Die Musik hörte auf, und Sancho setzte sich auf den Ehrenplatz an der Tafel, weil kein anderer Sitz und auf dem ganzen Tisch kein andres Gedeck vorhanden war. Ihm zur Seite stellte sich ein Mann, der sich nachher als Arzt zu erkennen gab, mit einem Fischbeinstäbchen in der Hand. Das reichgestickte weiße Leintuch wurde weggenommen, mit welchem das Obst und eine große Auswahl von Schüsseln mit mannigfachen Gerichten zugedeckt war. Einer, der wie ein studierter Mann aussah, sprach den Segen, und ein Hausdiener legte Sancho ein spitzenbesetztes Vorstecktuch um; ein anderer, der das Amt des Truchsessen versah, setzte eine Platte mit Obst vor ihn hin; aber kaum hatte er einen Bissen verzehrt, da berührte der Mann neben ihm die Platte mit dem Stäbchen, worauf sie mit größter Geschwindigkeit abgetragen wurde. Indes setzte der Truchseß dem Statthalter von einem andern Gerichte vor; Sancho machte sich daran, es zu versuchen; allein ehe er noch zur Schüssel gelangte oder sie versuchte, hatte das Stäbchen sie schon berührt und ein Diener sie ebenso schnell wie den Teller mit Obst abgetragen.

Als Sancho dies sah, war er starr vor Staunen, schaute einem nach dem andern ins Gesicht und fragte, ob dies Mahl in ähnlicher Weise verzehrt werden solle, wie bei der Taschenspielerei die Kügelchen verschwinden. Der mit dem Stäbchen antwortete: „Hier darf nicht anders gespeist werden, als wie es Brauch und Sitte auf allen andern Insuln ist, wo Statthalter regieren. Ich, Señor, bin Arzt und werde auf dieser Insul besoldet, um deren Statthalter ärztlich zu behandeln, und auf deren Gesundheit bin ich weit mehr bedacht als auf die meinige. Zu diesem Zweck studiere ich Tag und Nacht und erforsche und ergrüble die Leibesbeschaffenheit des Statthalters, um ihn in richtiger Weise zu behandeln, wenn er in Krankheit verfallen sollte; und meine Haupttätigkeit besteht darin, daß ich seinen Mittags- und

Abendmahlzeiten beiwohne, um ihn von den Speisen genießen zu lassen, die ihm nach meiner Meinung heilsam sind, und ihm das wegzunehmen, was ich für ihn und seinen Magen als nachteilig und schädlich erachte. Deshalb auch habe ich die Platte mit Obst wegnehmen lassen, weil Obst allzuviel Feuchtigkeit enthält, und ebenso die Schüssel mit dem andern Gericht, weil es allzu heiß war und viel Gewürze enthielt, die den Durst mehren, und wer zuviel trinkt, der vernichtet und zerstört jene Urfeuchtigkeit, die der Grundstoff des Lebens ist."

„Dann wird jene Schüssel mit Rebhühnern, die dort gebraten zu sehn und meines Erachtens trefflich zubereitet sind, mir gewiß nicht schaden", meinte Sancho.

Rasch entgegnete der Arzt: „Die soll der Herr Statthalter nicht zu essen bekommen, solange ich am Leben bin."

„Aber warum?" fragte Sancho.

Der Arzt antwortete: „Weil unser aller Meister Hippokrates, der Leitstern und das Licht der Heilkunst, in einem seiner Lehrsprüche sagt: Omnis saturatio mala, perdices autem pessima; das heißt: Jede Sättigung ist schädlich, die Sättigung mit Rebhühnern aber am schädlichsten."

„Wenn dem so ist", versetzte Sancho, „so seht zu, Herr Doktor, welches unter all den Gerichten auf diesem Tische mir am zuträglichsten und welches mir am wenigsten schädlich ist, und laßt mich davon essen und schlagt mir mit Euerm Stecken nicht darauf, denn so wahr ich Statthalter bin und so wahr mein Leben mir von Gott noch lange soll erhalten bleiben, ich sterbe vor Hunger. Wenn man mich aber am Essen hindert, dann – und da mag der Herr Doktor sagen, was er will – raubt man mir eher das Leben, als es zu verlängern."

„Euer Gnaden hat recht, Herr Statthalter", entgegnete der Arzt, „und sonach halte ich dafür, daß Euer Gnaden nicht von dem Kaninchen-Ragout dort essen darf, denn es ist ein Gericht, in dem man leicht ein Haar findet. Von dem Kalbfleisch hier könntet Ihr schon was versuchen, wenn es nicht ein gedämpftes wäre; so aber darf es nicht sein."

Und Sancho sprach: „Die große Schüssel, die dort vorne dampft, scheint mir Olla podrida zu sein, und da sich eine so große Mannigfaltigkeit von Eßbarem in derlei Ollas podridas findet, so kann mir's ja nicht fehlen, daß ich irgendwas drin finde, das mir schmeckt und zuträglich ist."

„Auf keinen Fall!" sagte der Arzt; „fern von uns bleibe ein so böser Gedanke; es gibt nichts in der Welt, das schwerer verdaulich wäre! Das ist recht für Domherren oder für Schulrektoren oder für Bauernhochzeiten, aber nichts für Statthalter, wo nur das Allerbeste und Allerleckerste hinkommen darf; und zwar deshalb, weil stets einfache Heilmittel den zusammengesetzten vorzuziehen sind; denn bei den einfachen kann man sich nicht irren, wohl aber bei den zusammengesetzten, indem man Gewicht und Menge der Bestandteile nicht richtig einhält. Indessen was nach meiner Erfahrung der Herr Statthalter essen soll, um seine Gesundheit zu erhalten und zu stärken, das ist ein Hundert Waffelröhrchen nebst dünnen Scheiben Quittenfleisch, die Euch den Magen in Ordnung bringen und die Verdauung befördern."

Als Sancho das hörte, stemmte er seinen Rücken gegen die Lehne des Sessels, sah dem so trefflichen Arzt starr und unverwandt ins Gesicht und fragte ihn mit ernstem strengem Ton, wie er heiße und wo er studiert habe.

Er antwortete: „Ich, Herr Statthalter, heiße Doktor Peter Stark von Deutungen, bin gebürtig aus Machdichfort, einem Dorf, das zwischen Caracuel und Almodóvar del Campo zur rechten Hand liegt, und habe promoviert an der Universität Osuna."

Da sprach Sancho, ganz von Zorn entbrannt: „Also denn, Herr Doktor Peter Stark von bösen Deutungen, gebürtig aus Machdichfort, einem Dorf, das zwischen Caracuel und Almodóvar del Campo zur rechten Hand liegt, der Ihr in Osuna promoviert habt, verschwindet auf der Stelle; andernfalls schwör ich beim Licht der Sonne, ich nehm einen Prügel und treibe zuerst Euch und dann alle anderen Ärzte mit Stockprügeln hinaus, daß mir keiner auf der Insul bleiben soll, wenigstens keiner von denen, welche ich als Dummköpfe erfinde, die nichts verstehen; die gelehrten, einsichtigen und verständigen Ärzte aber, vor denen will ich mein Haupt in Demut neigen und sie als göttliche Männer verehren. Und nun sag ich nochmals, Peter Stark soll verschwinden, sonst nehm ich den Sessel hier, auf dem ich sitze, und schlag ihn an seinem Kopf in tausend Stücke; und wenn meine Amtsführung zur Untersuchung kommt, mag man dafür Rechenschaft von mir fordern, da werde ich erklären, ich hätte Gott einen Dienst damit getan, daß ich einen schlechten Arzt, einen Henkersknecht und Verderber des Gemeinwesens aus der Welt geschafft habe. Aber nun gebt mir zu essen, andernfalls nehmt meine Statthalterschaft wieder an Euch; ein Amt, das seinen Mann nicht nährt, ist keine Bohne wert."

Der Doktor geriet in Angst, als er den Statthalter so zornig sah, und wollte eben das Machdichfort aus dem Saal spielen, wenn nicht im nämlichen Augenblick ein Posthorn auf der Straße geblasen hätte; der Truchseß sah zum Fenster hinaus und wandte sich mit den Worten ins Zimmer zurück: „Da kömmt ein Eilbote von meinem Herrn, dem Herzog; er muß eine Meldung von Wichtigkeit bringen."

Der Eilbote trat schwitzend und ängstlich in den Saal, nahm einen verschlossenen Brief aus dem Busen und überreichte ihn dem Statthalter; Sancho übergab ihn dem Haushofmeister und hieß ihn die Aufschrift lesen, welche lautete: *An Don Sancho Pansa, Statthalter der Insul Baratária, zu eigenen Händen oder zu denen seines Geheimschreibers.*

Als Sancho dies hörte, fragte er: „Wer ist hier mein Geheimschreiber?"

Einer der Anwesenden antwortete: „Ich, Señor, denn ich kann lesen und schreiben und bin ein Biskayer."

„Damit könntet Ihr auch beim Kaiser selber Geheimschreiber sein", sagte Sancho. „Öffnet den Brief und seht nach, was er besagt."

Der neugebackene Geheimschreiber tat so, und nachdem er den Inhalt gelesen, bemerkte er, es sei eine Angelegenheit, die unter vier Augen verhandelt werden müsse.

Sancho befahl, den Saal zu räumen; es solle niemand als der Haushofmeister und der Truchseß dableiben. Die andern entfernten sich, auch der Arzt; und sofort las der Geheimschreiber den Brief vor, welcher folgendermaßen lautete:

Es ist zu meiner Kenntnis gekommen, Señor Don Sancho Pansa, daß Feinde von mir und Eurer Insul einen schweren Angriff auf sie unternehmen wollen, ich weiß nicht in welcher Nacht; es gilt also, wachsam und auf der Hut zu sein, damit sie Euch nicht unvorbereitet überfallen. Ich erfahre auch durch zuverlässige Kundschafter, daß vier Leute verkleidet in Eure Stadt gekommen sind, um Euch das Leben zu rauben, weil sie sich vor Eurer geistigen Überlegenheit fürchten; haltet die Augen offen und beobachtet scharf, wer Euch zu sprechen kommt, und eßt von nichts, was man Euch vorsetzt. Ich werde darauf bedacht sein, Euch zu Hilfe zu kommen, wenn Ihr Euch in Nöten seht; Ihr aber werdet in allem handeln, wie von Eurer Einsicht zu erwarten steht.

Gegeben dahier, am sechzehnten August, um vier Uhr morgens.

Euer Freund, der Herzog

Sancho geriet in großen Schrecken, und die Umstehenden zeigten die gleiche Bestürzung. Er wandte sich zum Haushofmeister und sagte ihm: „Was jetzo zu tun ist, muß auf der Stelle geschehen: der Doktor Stark muß in ein Kerkerloch geworfen werden, denn wenn irgendeiner mich tot haben will, so ist er es sicherlich, und zwar mit dem langsamsten, ärgsten Tod, nämlich dem Hungertod."

„Auch ich bin der Meinung", sagte der Truchseß, „daß Euer Gnaden nichts von alldem essen soll, was hier auf der Tafel steht, denn Nonnen haben es hergeschickt, und wie man zu sagen pflegt, hinter dem Kreuze steht der Teufel auf der Lauer."

„Das kann ich nicht leugnen", erwiderte Sancho; „so gebt mir für jetzt ein Stück Brot und etwa vier Pfund Trauben, in denen kann kein Gift stecken; denn wahrlich, ich kann's nicht aushalten, ohne was zu essen. Und wenn wir uns wirklich für die bewußten Schlachten bereithalten sollen, die uns dräuen, so müssen wir notwendigerweise gehörig genährt sein, denn der Magen hält das Herz aufrecht und nicht das Herz den Magen. Ihr aber, Geheimschreiber, verfaßt eine Antwort an den Herzog, meinen Herrn, und sagt ihm, es soll alles ausgeführt werden, was er befiehlt und wie er es befiehlt, ohne daß ein Tüpfelchen daran fehlt. Gebt auch der Herzogin, meiner gnädigen Frau, einen Handkuß von mir, und ich lasse sie bitten, sie möge nicht vergessen, meinen Brief und mein Bündel mit einem besonderen Boten an meine Frau Teresa Pansa zu senden; sie würde mir dadurch eine große Gnade erweisen, und ich würde mich bemühen, ihr in allem, was meine Kräfte vermögen, zu dienen. Ihr könnt auch einen Handkuß für meinen Herrn Don Quijote einflicken, damit er sieht, daß ich für sein Brot dankbar bin. Und als ein guter Geheimschreiber und ein guter Biskayer könnt Ihr noch beifügen, soviel Ihr Lust habt und was sich am besten schickt. Jetzt aber deckt ab oder gebt mir was zu essen, und ich meinesteils will schon mit allen Kundschaftern und Mördern und Zauberern fertigwerden, die etwa mich und meine Insul angreifen wollen."

Indem trat ein Hausdiener ein und sagte: „Es ist ein Bauer da, der ein Anliegen hat, und er will über das Anliegen, das, wie er sagt, sehr wichtig ist, mit Euer Gnaden sprechen."

„Das ist ein seltsam Ding mit den Leuten, die ein Anliegen haben", sprach Sancho; „können sie so dumm sein und nicht einsehen, daß derlei Stunden wie die jetzige nicht die Zeit sind, wo man kommt und über ein Anliegen verhandelt? Sind vielleicht wir Statthalter, wir Richter nicht auch Menschen von Fleisch und Blut? Kann man uns denn nicht so lange ausruhen lassen, als unser Bedürfnis erfordert? Sollen wir denn aus Marmelstein sein? Bei Gott und meiner armen Seele, wenn meine Statthalterschaft länger dauert – sie wird aber nicht dauern, wie ich schon merke –, so will ich mehr als einen von denen, die mit Anliegen kommen, gehörig vornehmen. Jetzt sagt dem Menschen, er soll eintreten; aber man soll vorher achthaben, daß er nicht einer von den Kundschaftern ist oder gar mein Mörder."

„Gewiß nicht, Señor", antwortete der Diener, „denn er sieht aus wie einer, der das Pulver nicht erfunden hat, und ich müßte mich nicht drauf verstehen, wenn er nicht so unschuldig ist wie das liebe Brot."

„Es ist nichts zu fürchten", sagte der Haushofmeister, „wir sind ja alle hier zur Hand."

„Ginge es nicht an, Truchseß", sprach Sancho, „daß ich jetzt, wo der Doktor Stark nicht da ist, etwas Tüchtiges und Nahrhaftes zu mir nähme, wäre es auch nur ein Stück Brot und eine Zwiebel?"

„Diesen Abend beim Nachtmahl soll die Entbehrung des Mittagessens wiedergutgemacht und soll Euer Gnaden zufriedengestellt und schadlos gehalten werden", sagte der Truchseß.

„Das gebe Gott", entgegnete Sancho.

Indem trat der Bauer ein; er sah ganz anständig aus, und man konnte ihm auf tausend Meilen die Ehrlichkeit und Gutmütigkeit aus dem Gesichte lesen. Das erste, was er sagte, war: „Wer ist hier der Herr Statthalter?"

„Wer soll es sein", antwortete der Geheimschreiber, „als der Herr, der auf dem Sessel sitzt!"

„Dann bücke ich mich in Ehrerbietung vor ihm", sagte der Bauer, warf sich auf die Knie und erbat sich seine Hand, um sie zu küssen. Sancho verweigerte sie ihm und hieß ihn aufstehen und sagen, was er wolle. Der Bauer tat also und sprach sodann: „Ich, Señor, bin ein Bauer aus Miguel Turra, einem Ort zwei Meilen von Ciudad Real."

„Haben wir schon wieder ein Machdichfort?" entgegnete Sancho. „Redet nur zu, mein Lieber; ich kann Euch sagen, daß ich Miguel Turra sehr gut kenne und daß es nicht weit von meinem Dorf ist."

„Die Sache ist die, Señor", fuhr der Bauer fort, „daß ich durch Gottes Barmherzigkeit mich seinerzeit im Licht und Angesicht der heiligen römisch-katholischen Kirche verheiratet habe; ich habe zwei Söhne, die studieren, und der jüngere studiert auf den Baccalaureus und der ältere auf den Lizentiaten. Ich bin Witwer, denn meine Frau ist gestorben, oder richtiger gesagt, ein schlechter Arzt hat sie mir umgebracht, indem er ihr etwas zum Abführen eingab, während sie schwanger war, und wäre es Gottes Wille gewesen, daß das Kind richtig zur Welt gekommen wäre, und es wäre ein Knabe gewesen, so hätt ich ihn auf den Doktor studieren lassen, damit er auf seine Brüder, den Baccalaur und den Lizentiaten, keinen Neid zu haben brauchte."

„Demnach", sagte Sancho, „wäre Eure Frau nicht ums Leben gekommen oder ums Leben gebracht worden, so wäret Ihr anitzo kein Witwer."

„Nein, Señor, gewiß nicht", antwortete der Bauer.

„Hiermit also wären wir im reinen", versetzte Sancho. „Weiter, mein Lieber, es ist jetzt eher Zeit zum Schlafen, als derlei Anliegen zu erledigen."

„Ich sage also", sprach der Bauer, „daß mein Sohn, derjenige, der Baccalaur werden soll, sich in ein Mädchen in derselben Stadt verliebt hat namens Clara Perlerina, die Tochter des Andrés Perlerino, eines sehr reichen Bauern; und diesen Namen Perlerino haben sie nicht ihrer Abstammung oder sonst ihrer Familie wegen, sondern weil alle aus diesem Hause perlatisch, das heißt gichtbrüchig sind, und damit der Name besser klingt, heißt man sie nicht Perlatische, sondern Perlerins. Allerdings ist auch das Mädchen, wenn man die Wahrheit sagen soll, wie eine Perle vom Morgenland, und wenn man sie auf der rechten Seite anschaut, sieht sie aus wie eine Blume im Feld; aber auf der linken ist's nicht ganz so, denn es fehlt ihr das linke Auge, das ist ihr von den Blattern ausgelaufen. Und wiewohl die Pockennarben in ihrem Gesicht zahlreich und groß sind, so sagen doch die Leute, die die Clara liebhaben, es wären keine Narben, sondern Gräber, darin die Herzen ihrer Liebhaber begraben werden. Sie liebt die Reinlichkeit so sehr, daß sie, um ihr Gesicht nicht zu verunreinigen, die Nase sozusagen aufgestülpt trägt, so daß es ganz den Anschein hat, als wollte die Nase vor dem Mund davonlaufen. Trotz alledem sieht sie ausnehmend schön aus, denn sie hat einen großen Mund, und wenn nicht darin zehn oder zwölf Vorder- und Backenzähne fehlten, könnte der Mund unter den schönstgeformten mitgehen, ja sich hervortun. Von den Lippen habe ich nichts zu sagen, denn sie sind so dünn und fein, daß, wenn es der Brauch wäre, Lippen aufzuhaspeln, man sie zu einem Strang Zwirn brauchen könnte; doch da ihre Farbe verschieden von der sonst bei Lippen gewöhnlichen ist, so sehen sie gar wunderbar aus, blau und grün und violett gesprenkelt. Aber verzeiht mir, Herr Statthalter, wenn ich so ins einzelne die Züge des Mädchens male, das am Ende doch immerhin meine Tochter werden soll; ich habe sie sehr lieb, und sie mißfällt mir gar nicht."

„Malt, was Ihr Lust habt", entgegnete Sancho; „ich habe meine Freude an Eurem Gemälde, und wenn ich nur gegessen hätte, so gäb's keinen bessern Nachtisch für mich als Eure Konterfeiung."

„Dafür muß ich ergebensten Dank sagen", erwiderte der Bauer; „aber was nicht ist, kann noch werden. Und ich sage Euch, Señor, wenn ich ihr liebreizendes Wesen und ihren hohen Wuchs malen könnte, so wäre es etwas Wunderbares; aber ich kann's nicht, weil sie bucklig ist und der Hals ihr in den Schultern steckt und ihre Knie zum Mund heraufgezogen sind, und bei alledem kann man wohl sehen, daß sie, wenn sie sich aufrichten könnte, mit dem Kopf ans Dach stoßen würde. Auch würde sie meinem Baccalaur schon längst die Hand zur Ehe gereicht haben, nur daß sie sie nicht ausstrecken kann, weil sie lauter Knollen an den Gelenken hat; aber trotzdem sieht man an ihren breiten gerieften Nägeln, daß sie vom echten Schlag und von guter Art ist."

„Gut jetzt", fiel Sancho ein, „und bedenkt, daß Ihr sie bereits von Kopf zu Fuß abgeschildert habt. Was wollt Ihr eigentlich? Kommt zur Sache ohne Umwege und Nebenwege, ohne Lappalien und Anhängsel."

„Ich wünschte, Señor", erwiderte der Bauer, „Euer Gnaden möchte mir die Gnade erweisen, mir einen Empfehlungsbrief an meinen Gegenschwäher mitzugeben und ihn zu bitten, er möchte die Gewogenheit haben und in diese Heirat willigen, da wir an Gütern des Glücks und der Natur nicht ungleich sind; denn die Wahrheit zu sagen, Herr Statthalter, mein Sohn ist vom Teufel besessen, und es vergeht kein Tag, wo ihn die bösen Geister nicht drei- oder viermal heimsuchen. Und weil er einmal ins Feuer gefallen ist, davon hat er das Gesicht verrunzelt wie Pergament, und die Augen tränen und fließen ihm ein wenig. Aber er hat ein Gemüt wie ein Engel, und wenn er sich nicht manchmal selbst zerprügelte und sich Faustschläge gäbe, wäre er ein gottseliger Junge."

„Wünscht Ihr sonst noch was, braver Mann?" sprach Sancho dagegen.

„Ich wünschte wohl noch was", antwortete der Bauer, „nur wage ich es nicht zu sagen; indessen heraus damit, denn zuletzt soll mir's doch nicht im Leibe verfaulen, mag's nun glücken oder mißglücken. Ich sage also, Señor, ich wünschte, Euer Gnaden gäbe mir dreihundert oder sechshundert Taler für die Ausstattung meines Baccalaur, ich meine für die Einrichtung seines Hauses, denn am Ende müssen sie doch selbständig für sich leben, ohne den bösen Launen der Schwiegereltern ausgesetzt zu sein."

„Überlegt Euch, ob Ihr sonst noch was wollt", sagte Sancho, „und laßt Euch nicht etwa durch Blödigkeit oder Verschämtheit abhalten, es zu sagen."

„Nein, gewiß nicht", antwortete der Bauer.

Und kaum hatte er das gesagt, als der Statthalter auf beide Füße sprang, den Sessel ergriff, auf dem er gesessen hatte, und ausrief: „Ich schwör's bei dem und jenem, Er Klumpfuß, Er

Bauernlümmel, Er Esel, wenn Er mir nicht gleich aus den Augen geht und verschwindet, so will ich Ihm mit diesem Stuhl den Kopf zerschlagen und entzweispalten! Du Schelm von einem Hurensohn, du Hofmaler beim Teufel selber! Jetzt kommst du und verlangst sechshundert Taler von mir? Wo soll ich sie denn hernehmen, du Rotzbub? Und warum soll ich sie dir geben, selbst wenn ich sie hätte, du Gauner, du hirnverbrannter Kerl? Was liegt mir an Miguel Turra und der ganzen Sippschaft der Perlerins? Fort mit dir, sag ich; oder, beim Leben des Herzogs, meines Herrn, ich tue, was ich gesagt. Du bist sicher nicht aus Miguel Turra, sondern bist so ein Spitzbube, den die Hölle hergeschickt hat, um mich zu versuchen. Sag mir doch, Verruchter, es ist noch nicht einmal anderthalb Tage her, seit ich Statthalter bin, und du willst, ich soll schon sechshundert Taler haben?"

Der Truchseß winkte dem Bauern, er solle den Saal verlassen; der ließ den Kopf hängen und ging, scheinbar voller Furcht, der Statthalter möchte seine Drohung ausführen; der arge Schelm wußte seine Rolle aufs beste zu spielen.

Aber lassen wir Sancho jetzt mit seinem Zorn, lassen wir Frieden im Kreise dort walten und kehren wir zurück zu Don Quijote, den wir mit verbundenem Gesicht verlassen haben, der Heilung seiner Kratzwunden obliegend, von welchen er in acht Tagen noch nicht völlig hergestellt war. An einem dieser acht Krankentage begegnete ihm etwas, was Sidi Hamét mit derselben Genauigkeit und Wahrheitsliebe zu erzählen verspricht, wie er alle Umstände in dieser Geschichte zu erzählen pflegt, so geringfügig sie auch seien.

48. KAPITEL

Von der Begebenheit zwischen Don Quijote und Doña Rodríguez, der Kammerfrau der Herzogin, nebst andern Ereignissen, so des Niederschreibens und ewigen Gedächtnisses würdig sind

Äußerst traurig und niedergeschlagen saß der sehr wunde Don Quijote da; sein Gesicht war verbunden und nicht von Gottes Hand, sondern von Katzenkrallen gezeichnet; ein Mißgeschick solcher Art, wie es eben dem fahrenden Rittertum anhängt. Sechs Tage verbrachte er, ohne unter die Leute zu gehen. Während dieser Zeit lag er einmal eines Nachts wach und ruhelos und dachte an sein Unglück und an Altisidoras Verfolgungen; da hörte er, wie die Tür seines Gemaches mit einem Schlüssel geöffnet wurde, und sogleich kam er auf die Vermutung, das verliebte Fräulein nahe sich, um einen Sturm auf seine Keuschheit zu unternehmen und ihn in eine Lage zu bringen, daß er die Treue brechen müsse, die er seiner Herrin Dulcinea von Toboso schuldete.

„Nein", sagte er, bereits fest glaubend, was seine Einbildung ihm vorspiegelte – und er sagte es so laut, daß man es draußen hören konnte –, „nicht die größte Schönheit auf Erden soll die Macht haben, daß ich die anzubeten aufhöre, die ich in meines Herzens Mitte und an der verborgensten Stelle meines Innern eingegraben und eingezeichnet trage; ob du nun, meine geliebte Herrin, in eine zwiebelrunde Bäuerin verwandelt seiest oder in eine Nymphe des goldenen Tajo, die da aus Gold und Seide Gewebe webt, oder ob Merlin oder Montesinos dich an einem Ort festgebannt halten, wo es sie gelüstet, denn allerorten, wo du sein magst, bist du mein, und allwärts, wo ich sein mag, bleibe ich der Deine."

Im gleichen Augenblick, da er diese Worte zu Ende sprach, sah er die Tür aufgehen. Er stellte sich auf seinem Bette aufrecht, von oben bis unten in eine Decke von gelbem Atlas eingehüllt, ein Nachtkäppchen auf dem Kopf, das Gesicht und den Schnurrbart verbunden: das Gesicht wegen der Schrammen von den Katzenkrallen, den Schnurrbart, damit er sich nicht in Unordnung auflöse und herabfalle. In diesem Aufzug sah er aus wie der seltsamste Spuk, der sich erdenken läßt. Er heftete die Augen starr auf die Tür, und als er schon erwartete, die ihrem Sieger hingegebene liebeskranke Altisidora werde hereinschreiten, sah er eine äußerst ehrwürdige Kammerfrau eintreten, in einer weißen Haube mit so breiten und langen Säumen, daß sie damit von Kopf zu Füßen umhüllt und umschleiert war. In den Fingern der linken Hand hielt sie ein brennendes Kerzenstümpfchen, und mit der rechten beschattete sie ihr Gesicht, damit ihr das Licht nicht in die Augen schien, vor welchen sie eine große Brille trug. Sie schritt leise einher und setzte ihre Füße sachte auf.

Don Quijote schaute von seiner Warte auf sie hernieder, und als er ihren Aufzug sah und ihr Stillschweigen gewahrte, glaubte er, es komme eine Hexe oder Zauberin daher, um an ihm etwelche arge Freveltat zu verüben, und begann in aller Hast sich zu bekreuzen. Die Erscheinung trat näher, und als sie bis zur Mitte des Zimmers gekommen, erhob sie die Augen und sah, wie hastig Don Quijote sich bekreuzte; und wenn er erschrocken war, eine solche Gestalt zu sehen, so war sie ganz entsetzt, die seinige zu erblicken; und als sie ihn so hochgestreckt und so gelb von Gesicht sah, mit der Bettdecke und dem Verband, der ihn entstellte, schrie sie laut auf und rief: „Jesus! Was seh ich?"

Vor Schreck fiel ihr die Kerze aus der Hand, und als sie sich im Dunkeln fand, wendete sie den Rücken, um davonzulaufen, stolperte vor lauter Bestürzung über ihre Schleppe und tat einen schweren Fall. Don Quijote fing vor Angst zu schreien an: „Ich beschwöre dich, Gespenst, oder was du sein magst, sag mir, wer du bist, und sag mir, was du von mir willst. Bist du eine Seele aus dem Fegefeuer, so sage mir's, ich will für dich tun, soviel meine Kräfte vermögen, denn ich bin ein katholischer Christ und tue gern Gutes an jedermann, und darum hab ich mir den Orden der fahrenden Ritterschaft erkoren, zu dem ich mich bekenne und dessen Amt sich selbst darauf erstreckt, den Seelen im Fegfeuer wohlzutun."

Die von ihrem Fall gequetschte Kammerfrau, die sich also beschwören hörte, schloß aus ihrer Furcht auf die Don Quijotes und antwortete ihm mit schmerzlichem leisem Tone: „Señor Don Quijote – sofern etwa Euer Gnaden wirklich Don Quijote ist –, ich bin kein Gespenst und keine Erscheinung und keine Seele aus dem Fegefeuer, sondern Doña Rodríguez, die Ehrendame der gnädigen Frau Herzogin, und will in einer von jenen Nöten, denen Ihr Abhilfe zu schaffen pflegt, mich an Euer Gnaden wenden."

„Sagt mir, Señora Doña Rodríguez", sprach Don Quijote, „kommt Ihr vielleicht in der Absicht, hier eine Kuppelei zu versuchen? Denn ich tu Euch zu wissen, ich bin für niemand nütze, dank der unvergleichlichen Schönheit meiner Gebieterin Dulcinea von Toboso. Ich sag Euch also, Señora Doña Rodríguez, sofern Ihr jede Liebesbotschaft vermeidet und beiseite laßt, könnt Ihr Eure Kerze wieder anzünden, und dann kommt wieder, und dann wollen wir über alles sprechen, was Ihr mir auftragen wollt und wozu Ihr Lust habt, doch jede aufregende Süßrednerei ausgenommen."

„Ich von jemandem Liebesbotschaft, verehrter Herr?" entgegnete die Kammerfrau. „Da kennt mich Euer Gnaden schlecht. Jawohl, noch bin ich nicht so alt, daß ich mich auf solche Kindereien einlassen sollte; Gott sei Dank habe ich noch meinen vollen Verstand im Leibe und habe all meine Vorder- und Backenzähne im Mund, ausgenommen etliche wenige, um die mich ein böses Flußfieber schändlich gebracht hat, wie es in unsrem aragonischen

Lande so häufig vorkommt. Aber wartet ein wenig, Herr Ritter, ich geh hinaus und zünde eine Kerze an und komme in einem Augenblick zurück, um Euch meine Bekümmernisse zu klagen, als dem Manne, der allen Bekümmernissen auf der Welt Abhilfe schafft.«

Ohne auf eine Antwort zu warten, verließ sie das Gemach, während Don Quijote dortblieb und sie geruhsam und nachdenklich erwartete. Aber bald bestürmten ihn tausend Gedanken ob dieses neuen Abenteuers; es schien ihm, er habe nicht recht gehandelt und noch weniger es recht bedacht, daß er sich in die Gefahr begebe, seiner Gebieterin die verheißene Treue zu brechen, und er sprach zu sich selbst: Wer weiß, ob nicht der Teufel, der schlau und voller Tücken ist, mich jetzt mit einer Kammerfrau berücken will, was er mit Kaiserinnen, Königinnen, Herzoginnen, Markgräfinnen und Gräfinnen nicht vermocht hat? Oftmals habe ich, und zwar von vielen einsichtsvollen Leuten, sagen hören, wenn er es nur irgendwie vermag, hat er dich lieber mit einer stumpfen Nase als mit einer Adlernase zum besten; und wer weiß, ob nicht diese Einsamkeit, diese Gelegenheit, diese Stille meine schlummernden Begierden aufwecken und bewirken werden, daß ich am Ende meiner Jahre da falle, wo ich noch nie gestrauchelt bin? In dergleichen Fällen ist fliehen besser als den Kampf erwarten. Doch ich muß wohl nicht recht bei Verstande sein, da ich solchen Unsinn sage und denke. Es ist nicht möglich, daß eine alte, weißbehaubte, lange und bebrillte Kammerfrau einen lüsternen Gedanken auch nur in dem ruchlosesten Herzen auf Erden erregen oder aufjagen kann. Gibt es vielleicht eine Kammerfrau auf dem weiten Erdenkreis, die anders als widerwärtig, sauertöpfisch und zieräffisch wäre? Fort also, du kammerfrauliche Sippschaft, untauglich zu jedem frohen Genuß der Menschheit! O wie recht hat jene Dame getan, von der man sagte, sie habe zwei alte Kammerfrauen, nämlich Puppen mit Lappen ausgestopft, mit ihren Brillen und Nähkissen neben ihrem Sessel stehen, gerade als ob sie Handarbeiten verrichteten, und diese Puppen hätten ihr für die Erhaltung der Hausordnung ganz dieselben Dienste geleistet wie leibhaftige Kammerfrauen.

Mit diesen Worten sprang er aus dem Bett, um die Tür abzuschließen und die Frau Rodríguez nicht hereinzulassen; aber gerade als er beim Zuschließen war, da kehrte schon Frau Rodríguez mit einer brennenden Kerze von weißem Wachs zurück, und als sie Don Quijote nun von nahem sah, eingewickelt in seine Bettdecke, mit seinem Verbande und seinem Nachtkäppchen oder

Mützchen mit Ohrlappen, bekam sie abermals Furcht, zog sich etwa zwei Schritte zurück und sagte: „Sind wir Damen hier sicher, Herr Ritter? Denn ich erachte es nicht für ein Zeichen besonderer Züchtigkeit, daß Euer Gnaden vom Bett aufgestanden ist."

„Das nämliche habe auch ich Anlaß zu fragen, Señora", antwortete Don Quijote; „und sonach frage ich, ob ich sicher davor bin, daß ich nicht angefallen und mir Gewalt angetan werde."

„Gegen wen oder von wem verlangt Ihr, Herr Ritter, diese Sicherheit?" entgegnete die Alte.

„Von Euch und gegen Euch verlange ich sie", antwortete Don Quijote, „denn ich bin weder von Marmelstein, noch seid Ihr von Erz; und jetzt ist auch nicht zehn Uhr morgens, sondern Mitternacht und sogar noch was darüber, wie ich meine; und wir befinden uns in einem fester verschlossenen und heimlicheren Raum, als es jene Höhle sein mochte, wo der verräterische, vermessene Äneas die Liebe der schönen frommen Dido genoß. Aber reicht mir die Hand, Señora; ich will keine größere Sicherheit als die, so meine Enthaltsamkeit und Keuschheit und Eure höchst ehrwürdige Haube mir gewähren."

Mit diesen Worten küßte er ihr die rechte Hand und bot ihr die seinige, und sie reichte ihm die ihre mit den nämlichen Umständlichkeiten.

Hier schaltet Sidi Hamét eine Äußerung zwischen Klammern ein; nämlich er versichert beim Mohammed, um die zwei, so innig Hand in Hand verschlungen, miteinander von der Tür nach dem Bett gehen zu sehen, würde er den besten Kaftan hergeben von den zweien, die er besitze.

Don Quijote legte sich alsdann in sein Bett, und Doña Rodríguez setzte sich etwas entfernt davon auf einen Stuhl, ohne die Brille oder die Kerze wegzulegen. Don Quijote kauerte sich zusammen, zog die Decke ganz über sich und ließ nichts weiter als das Gesicht frei. Nachdem beide sich nun völlig beruhigt, brach Don Quijote zuerst das Schweigen mit diesen Worten: „Meine verehrte Doña Rodríguez, Ihr könnt Euch jetzt offenbaren und alles von Euch geben, was Ihr auf Eurem bekümmerten Herzen und in Eurem betrübten Gemüte habt, und Ihr sollt von mir mit keuschen Ohren angehört und mit Werken der Barmherzigkeit unterstützt und errettet werden."

„Das glaube ich gerne", versetzte die alte Kammerfrau, „denn von dem edlen und freundlichen Aussehen Euer Gnaden ließ sich nur eine so christliche Erwiderung erwarten. Es ist die Sache nun die: Wiewohl mich Euer Gnaden auf diesem Stuhle, mitten im Königreich Aragon, in der Tracht einer demütigen und tiefbekümmerten Kammerfrau sieht, so bin ich doch aus der asturischen Landschaft Oviedo gebürtig und stamme von einem Geschlechte, mit welchem viele von den Vornehmsten jener Landschaft versippt sind; aber mein Unglück und die Lässigkeit meiner Eltern, welche vor der Zeit verarmten, ohne zu wissen wann und wie, führten mich in die Residenz nach Madrid, wo, in der allerbesten Absicht und um größeres Unheil zu verhüten, meine Eltern mich bei einer vornehmen Dame unterbrachten, um da als Haus- und Nähmädchen zu dienen. Und ich muß Euer Gnaden zu wissen tun, im Hohlsäumen und im Weißnähen hat es mir in meinem ganzen Leben nie eine andre zuvorgetan. Meine Eltern ließen mich im Dienst und kehrten nach ihrer Heimat zurück, und wenige Jahre nachher sind sie hingeschieden und gewiß in den Himmel eingegangen, denn sie waren gute katholische Christen. Ich war nun verwaist und mußte mit dem elenden Lohn auskommen und den erbärmlichen Geschenken, die man dergleichen Dienerinnen in einem vornehmen Hause zu geben pflegt.

Um diese Zeit, ohne daß ich Anlaß dazu gegeben hätte, verliebte sich einer unsrer Kammerjunker in mich, ein Mann schon bei Jahren, mit hübschem Bart und stattlichem Aussehen, insbesondere aber von so gutem Adel wie der König, denn er stammte aus dem Gebirge. Unser Liebesverhältnis blieb nicht so geheim, daß es nicht zur Kenntnis meiner gnädigen Frau hätte kommen müssen, und diese, um allem Geschwätz und Gerede vorzubeugen, verheiratete uns mit Zustimmung und angesichts unsrer hl. Mutter, der römisch-katholischen Kirche. Aus dieser Ehe entsproßte eine Tochter, um all meinem Glück, wenn ich je glücklich gewesen, den Todesstoß zu versetzen; nicht als ob ich an der Geburt des Kindes gestorben wäre, denn ich bekam es ganz in der Ordnung und zu rechter Zeit, sondern weil kurz nachher mein Gatte an einem gewissen Schreck, den er hatte, starb, und wäre es jetzt an der Zeit, den Vorfall zu erzählen, so weiß ich, Euer Gnaden würde sich höchlich wundern."

Hierbei begann sie kläglich zu weinen und fuhr folgendermaßen fort: „Señor Don Quijote, Euer Gnaden wolle mich entschuldigen, ich kann nicht länger an mich halten, denn jedesmal, wenn ich an meinen unglücklichen Verstorbenen denke, füllen sich meine Augen mit Tränen. So wahr mir Gott helfe, wie vornehm sah er aus, wenn er meine gnädige Frau geleitete und sie hinter ihm auf der Kruppe eines mächtigen Maultieres ritt, das schwarz war wie Ebenholz. Damals gab es weder Kutschen noch Tragsessel, wie sie jetzt bräuchlich sein sollen, und die Damen ritten auf der Kruppe hinter ihren Kammerjunkern. Aber dies wenigstens kann ich nicht umhin Euch zu erzählen, damit Ihr seht, welch feine Lebensart mein guter Mann hatte und wie peinlich er in allem auf Anstand hielt. Beim Einbiegen in die Santiagostraße zu Madrid, die etwas eng ist, kam ihm ein Oberhofrichter mit zwei Gerichtsdienern entgegen, und sobald mein lieber Kammerjunker ihn erblickte, wendete er, so daß man sah, er wolle dem Herrn das Geleite geben. Meine Gebieterin, die auf der Kruppe ritt, sagte leise zu ihm: ‚Was tut Ihr, einfältiger Mensch? Wißt Ihr nicht etwa, daß ich da bin?' Der Hofrichter hielt als höflicher Mann sein Pferd an und sprach zu ihm: ‚Reitet nur Eures Weges weiter, Señor; mir kommt es zu, meiner gnädigen Frau Doña Casildéa' – so hieß meine Dienstherrin – ‚das Geleite zu geben.' Trotzdem bestand mein Mann darauf, seine Mütze in der Hand, dem Hofrichter das Geleite zu geben. Als meine Gnädige das sah, zog sie voll Zorn und Ärger eine große Stecknadel, oder, ich glaub, es war eine Ahle, aus ihrem Besteck und stach sie ihm in die Lenden, so daß mein Mann laut aufschrie und sich so winden und krümmen mußte, daß er seine Gebieterin zu Boden warf. Zwei ihrer Lakaien eilten herbei, um sie aufzuheben, und dasselbe tat der Hofrichter mit den Gerichtsdienern. Das ganze Guadalajar-Tor geriet in Aufruhr, ich meine das müßige Volk, das sich dort umhertrieb. Meine Gebieterin ging zu Fuß nach Hause, und mein Mann lief zu einem Barbier und klagte, ihm seien die Eingeweide durch und durch gestochen. Das höfliche Benehmen meines Mannes wurde bekannt, und zwar so allgemein, daß ihm die Jungen auf den Gassen nachliefen, und deshalb, und weil er kurzsichtig war, hat ihn meine Gebieterin verabschiedet; und von dem Kummer darüber, glaub ich ganz gewiß, ist ihm seine tödliche Krankheit gekommen.

Ich war nun Witwe, ohne Beschützer und mit einer Tochter auf dem Hals, die an Schönheit ständig zunahm wie der Schaum im Meer. Zuletzt, da ich im Ruf der vorzüglichsten Näherin stand, geruhte meine gnädige Frau, die Herzogin, die mit dem Herzog, meinem Herrn, erst kürzlich vermählt war, mich hierher in das Königreich Aragonien mitzunehmen, ja meine Tochter auch. Und wie die Tage kamen und gingen, wuchs meine Tochter heran und in ihr alle Reize der Welt; sie singt wie eine Lerche, tanzt, springt im Reigen wie der Gedanke so flüchtig und tanzt jeden

Kunstreigen wie besessen; sie liest und schreibt wie ein Schulmeister und rechnet wie ein Geizhals; wie sie sich sauberhält, davon will ich gar nichts sagen, das fließende Wasser ist nicht sauberer; sie muß jetzt, wenn ich mich recht entsinne, sechzehn Jahre, fünf Monate und drei Tage alt sein, einen vielleicht mehr oder weniger. Kurz, in diese meine Tochter hat sich der Sohn eines sehr reichen Bauern verliebt; er wohnt in einem Dorf, nicht weit von hier, das dem Herzog, meinem Herrn, gehört. Zuletzt, ich weiß nicht wann noch wie, sind sie zusammengekommen, und mit einem Eheversprechen hat er dann meine Tochter betrogen und will ihr das Versprechen nicht halten. Und wiewohl der Herzog, mein Herr, es weiß, denn ich habe mich bei ihm nicht einmal, sondern oftmals beschwert und ihn gebeten, dem Bauern zu befehlen, daß er meine Tochter heiratet, so hat er für mich Ohren wie ein Handelsmann, dem man von seinen Schulden spricht; er hört mich kaum an, und der Grund ist, weil der Vater des Verführers so reich ist und ihm Geld leiht und ihm jeden Augenblick als Bürge einsteht für seine leichtsinnigen Schulden, so will er ihn nicht verärgern und ihm keine Unannehmlichkeiten bereiten.

Ich wünschte also, verehrter Herr, Ihr möchtet es auf Euch nehmen, diese Ungebühr abzustellen, sei es mittels Bitten, sei es mittels der Waffen, da, wie die ganze Welt sagt, Euer Gnaden zur Welt gekommen, um Ungebührlichkeiten abzustellen, Unrecht wieder zurechtbringen und die im Elend liegen zu schirmen. Stelle sich Euer Gnaden die Verwaistheit meiner Tochter vor, ihr reizendes Wesen, ihre Jugend und all ihre guten Eigenschaften, wie ich gesagt; ja bei Gott und meiner armen Seele, von allen Fräulein, die meine gnädige Frau hat, ist keine einzige, die ihr nur bis an die Schuhsohlen reicht. Da ist eine namens Altisidora, die sie für die aufgeweckteste und allerliebste halten, aber meiner Tochter kann sie sich nicht auf zwei Meilen nähern, denn Ihr müßt wissen, verehrter Herr, es ist nicht alles Gold, was gleißt, und diese Altisidora hat mehr Selbstüberhebung als Schönheit und ist mehr dreist als sittsam. Außerdem ist sie auch nicht recht gesund und hat so einen widerlichen Atem, daß man es keinen Augenblick bei ihr aushalten kann. Ja, auch meine gnädige Frau, die Herzogin ... Aber ich will schweigen, denn, wie man zu sagen pflegt, die Wände haben Ohren."

„Woran denn hapert es bei der Frau Herzogin? Bei meinem Leben beschwör ich Euch, Señora Doña Rodríguez?!" fragte Don Quijote.

„Nach solcher Beschwörung", antwortete die Kammerfrau,

„kann ich nicht umhin, auf die mir gestellte Frage nach voller Wahrheit zu antworten. Seht Ihr, Señor Don Quijote, die Schönheit meiner gnädigen Frau Herzogin? Den zarten Schmelz ihres Gesichts, der geradeso aussieht wie der Glanz eines geschliffenen polierten Schwertes? Die beiden Wangen von Milch und Blut, deren eine strahlt wie die Sonne und die andre wie der Mond? Und den lieblichen Anstand, mit dem sie über den Boden schreitet, ja ihn zu betreten verschmäht, so daß es aussieht, als gieße sie Gesundheit aus auf jede Stelle, über die sie hinwandelt? Nun, so hört denn, daß sie es zunächst zwar Gott zu danken hat, sodann aber zwei Fontänen, die sie an beiden Beinen hat und aus denen all die bösen Säfte abfließen, deren sie voll ist, wie die Ärzte sagen."

„Heilige Maria!" sprach Don Quijote; „ist es möglich, daß die gnädige Frau Herzogin solche Abflußkanäle hat? Ich hätte es niemals geglaubt, selbst wenn es mir die Barfüßermönche gesagt hätten; allein wenn Señora Doña Rodríguez es sagt, so muß es wahr sein. Jedoch müssen solche Fontänen an solcher Stelle nicht böse Säfte, sondern flüssiges Ambra ausgießen. Wahrlich, jetzt erst bin ich völlig überzeugt, daß der Besitz solcher Quellflüsse von hoher Wichtigkeit für die Gesundheit ist."

Kaum hatte Don Quijote seinen Satz zu Ende gesprochen, als die Türen des Gemaches mit einem kräftigen Ruck aufgerissen wurden; vor plötzlichem Schreck fiel der Doña Rodríguez die Kerze aus der Hand, und es wurde so finster im Zimmer wie in einem Wolfsrachen, wie man zu sagen pflegt. Gleich darauf fühlte die arme Kammerfrau, wie jemand sie mit beiden Händen so fest an der Kehle packte, daß sie nicht einmal keuchen konnte, und wie eine andre Person mit größter Geschwindigkeit, ohne ein Wort zu reden, ihr den Rock aufhob und mit einem Ding, das ein Pantoffel schien, ihr alsbald so viel Hiebe aufzählte, daß es zum Erbarmen war. Und wiewohl Don Quijote dies Erbarmen wirklich mit ihr fühlte, rührte er sich nicht aus seinem Bette und blieb ruhig und still, ja sogar voller Furcht, es werde ein voll gerüttelt und geschüttelt Maß Prügel nun auch ihm zugute kommen.

Und seine Furcht war nicht vergebens; denn sobald die schweigsamen Peiniger die Kammerfrau, die nicht einmal zu jammern wagte, genugsam zerbleut hatten, machten sie sich an Don Quijote, wickelten ihn aus dem Bettlaken und der Decke heraus und kneipten ihn so unablässig und so stark, daß er nicht anders konnte, er mußte sich mit Faustschlägen verteidigen, und all dies in wunderbarem Schweigen. Der Kampf dauerte etwa eine halbe Stunde; die Spukgestalten entfernten sich; Doña Rodríguez nahm ihre Röcke zusammen und ging, ihr Mißgeschick beseufzend, zur Tür hinaus, ohne ein Wort zu Don Quijote zu sagen. Dieser aber, schmerzensreich und wohlgekneipt, in Unklarheit über alles und in tiefem Nachdenken, blieb allein zurück; und da wollen wir ihn lassen mit seinem sehnlichen Verlangen, zu erfahren, wer der verruchte Zauberer gewesen, der ihn so zugerichtet.

Aber dies wird sich seinerzeit schon finden; Sancho Pansa ruft uns, wie es der Zusammenhang der Geschichte verlangt.

49. Kapitel

Von dem, was unserm Sancho Pansa begegnete, da er auf seiner Insul die Runde machte

Wir verließen den großen Statthalter ärgerlich und aufgebracht über den verschmitzten Bauern, der so schön zu konterfeien wußte. Er war von dem Haushofmeister angeleitet, wie dieser von dem Herzog, um Sancho zum besten zu haben; aber dieser, obschon einfältig, plump und derb, war Manns genug gegen all und jeden. Er sprach zu den Umstehenden – auch zum Doktor Peter Stark, der, nachdem man mit dem Geheimnis im Brief des Herzogs fertiggeworden, wieder in den Saal gekommen war: „Jetzt sehe ich es in der Tat ein, daß Richter und Statthalter von Erz sein oder werden müssen, um nicht die Zudringlichkeit der Leute zu empfinden, die ein Anliegen haben und verlangen, daß man sie zu jeder Stunde und zu jeder Zeit anhören und abfertigen und sich bloß mit ihrem Anliegen beschäftigen soll, mag dazwischenkommen, was mag; und wenn der arme Kerl von Richter sie nicht anhört und abfertigt, entweder weil er nicht kann oder weil er gerade keine Sprechstunde hat, gleich verwünschen sie ihn und murren über ihn und zerreißen ihn bis auf die Knochen, ja sie hecheln sogar seine Familie durch. Du dummer Mensch mit deinem Anliegen! Hab doch nicht solche Eile, warte Zeit und Gelegenheit ab, um deine Sache zu betreiben! Komm doch nicht zur Essenszeit und nicht zur Schlafenszeit; die Richter sind auch von Fleisch und Blut und müssen der Natur den Zoll entrichten, den sie von ihnen nach dem

Naturgesetz verlangt; ausgenommen ich, der ich meiner Natur nichts zu essen gebe, dank dem Herrn Doktor Peter Stark aus Machdichfort, der da vor mir steht und der mich Hungers sterben lassen will und behauptet, solch ein Sterben sei Leben. So gebe ihm Gott ein solches Leben, ihm und allen denen von seiner Sippschaft! Ich meine die Sippschaft der schlechten Ärzte, denn die guten verdienen Palmen und Lorbeer."

Alle, die Sancho Pansa kannten, waren voll Verwunderung, ihn so gebildet reden zu hören, und wußten nicht, welchem Umstande dies zuzuschreiben, wenn nicht dem, daß wichtige Ämter und Dienstpflichten den Verstand schärfen, falls sie ihn nicht gänzlich lähmen. Zuletzt versprach der Doktor Peter Stark von Deutungen aus Machdichfort, ihm diesen Abend ein Nachtessen zu verabreichen, obwohl er damit alle Lehrsätze des Hippokrates übertrete.

Hiermit gab sich der Statthalter zufrieden und wartete mit großer Sehnsucht auf den Anbruch der Nacht und die Stunde des Abendessens; und obschon es ihm vorkam, als stünde die Zeit still und bewegte sich nicht von der Stelle, so kam doch endlich die ersehnte Stunde; er bekam gehacktes Rindfleisch mit Zwiebeln und ein paar gedämpfte Kalbfüße, die schon etwas bei Jahren waren. Er machte sich über all dieses mit größerem Genusse her, als wenn man ihm Mailänder Haselhühner, römische Fasanen, Kalbfleisch von Sorrent, Rebhühner von Morón oder Gänse von Lavajos vorgesetzt hätte; und während des Essens wandte er sich an den Doktor und sagte zu ihm: „Merkt Euch, Herr Doktor, gebt Euch künftig keine Mühe, mir kostbare Sachen und ausgesuchte Gerichte zum Essen bringen zu lassen, denn damit würdet Ihr meinen Magen aus seinem Geleise bringen, da er an Ziegen- oder Rindfleisch, an Speck und Dörrfleisch, an Rüben und Zwiebeln gewöhnt ist, und vielleicht, wenn man ihm herrschaftliche Gerichte bietet, nimmt er sie mit Widerwillen zu sich, ja zuweilen mit Ekel. Was der Truchseß tun kann, ist, daß er mir öfter eine Olla podrida vorsetzt, wo alles wie Kraut und Rüben untereinander ist, und je ärger das Untereinander, desto besser schmeckt es, und er kann alles, was er will, wenn es nur was zu essen ist, hineintun und daruntermengen, und ich werd es ihm schon einmal danken und vergelten. Auch soll keiner sich unterstehen, mich zum Narren zu halten, denn entweder wir sind da oder wir sind nicht da. So wollen wir denn alle in Frieden und Freundschaft miteinander leben, denn wenn Gott die Sonne aufgehen läßt, so geht sie für jedermann auf. Ich will in dieser Insul als Statthalter regieren und lasse das Recht nicht brechen und mich nicht bestechen; und jedermänniglich soll die Augen auftun und Achtung geben, daß ihn keiner zum Hanswurst macht, denn ich sag ihm, bei mir sind alle Teufel los, und wenn man mich reizt, so soll man sein blaues Wunder erleben. Ja freilich, macht euch nur zu Honig, so fressen euch die Fliegen!"

„Gewiß, Herr Statthalter", sagte der Truchseß, „Euer Gnaden hat vollkommen recht mit allem, was Ihr sagt; und im Namen aller Insulaner auf dieser Insul, die Euch aufs pünktlichste zu dienen stets bereit sind, biete ich Euch Liebe und Freundschaft dar; denn Eure milde Regierungsweise in diesen Anfängen Eurer Statthalterschaft läßt ihnen keine Möglichkeit, irgend etwas zu tun oder zu wollen, das gegen Euer Gnaden Bestes wäre."

„Das glaub ich wohl", entgegnete Sancho, „und sie wären Narren, wenn sie was anderes täten oder wollten; und ich wiederhole, man soll auf meinen Unterhalt wohl bedacht sein wie auch auf den meines Grauen, was bei diesem ganzen Handel das Wichtigste ist und worauf es am allermeisten ankommt. Sobald es aber Zeit ist, wollen wir die Runde machen; es ist meine Absicht, diese Insul von allem Unrat und von landstreicherischem, faulem und sittenlosem Gesindel zu säubern; denn ihr müßt wissen, Freunde, das unnütze träge Volk ist im Gemeinwesen ganz das nämliche wie die Drohnen im Bienenstock, die den Honig verzehren, den die Arbeitsbienen bereiten. Ich gedenke den Bauern aufzuhelfen, den Edelleuten ihre Vorrechte zu wahren, die Tugendhaften zu belohnen und vor allem die Religion und die Würde der Geistlichen in Ehren zu halten. Was meint ihr dazu, Freunde? Habe ich recht, oder habe ich Stroh im Hirn?"

„Euer Gnaden hat so sehr recht, Herr Statthalter", antwortete der Haushofmeister, „daß ich erstaunt bin, wie ein Mann so ganz ohne Schulbildung wie Ihr – denn soviel ich glaube, habt Ihr gar keine – solches und so vieles sagen kann, was voller Kernsprüche und Belehrung ist, während dies doch so fernab liegt von allem, was diejenigen von Euer Gnaden Geistesgaben erwartet haben, welche uns hierhergesendet, und ebenso wir, die wir hierhergekommen sind. Jeden Tag erlebt man Neues auf der Welt; Spott und Scherz wird zu Ernst, und die Spötter werden am Ende selbst zum Spott."

Es kam die Nacht, und der Statthalter hatte sich gesättigt, mit Erlaubnis des Herrn Doktor Stark. Man versah sich nun mit allem Erforderlichen zur Runde; Sancho verließ seine Wohnung mit dem Haushofmeister, dem Geheimschreiber und dem Truchseß, mit dem Chronisten, dem es oblag, Sanchos Taten zum steten Gedächtnis aufzuzeichnen, und mit so viel Häschern und Gerichtsschreibern, daß sie schon einen hübschen Trupp ausmachen konnten. Sancho ging in der Mitte mit seinem Richterstab; man konnte nichts Stattlicheres sehen. Nachdem sie einige Straßen durchzogen hatten, hörten sie Schwertergeklirr; sie eilten hinzu und fanden zwei Männer, die miteinander fochten. Als diese aber die Gerichtsbeamten kommen sahen, hielten sie inne, und einer von ihnen rief: „Hierher, in Gottes und des Königs Namen! Was, soll man es ertragen, daß mitten unter Menschen in dieser Stadt Raub getrieben wird und daß man mitten auf der Straße wie Wegelagerer die Leute anfällt?"

„Beruhigt Euch, braver Mann", sprach Sancho, „und erzählt mir, warum Ihr Euch schlagt; ich bin der Statthalter."

Der andre der zwei Streitenden sprach: „Herr Statthalter, ich will es Euch in kurzen Worten sagen. Euer Gnaden soll erfahren, daß dieser Biedermann soeben in dem Spielhause dort drüben über tausend Realen gewonnen hat, Gott weiß wie; ich war dabei und habe mehr als einen zweifelhaften Wurf mit meinem Schiedsspruch zu seinen Gunsten entschieden, gegen das Gebot meines eigenen Gewissens. Er stand mit seinem Gewinn auf, und während ich erwartete, er würde mir wenigstens so ein paar Tälerchen Gewinstanteil verehren, wie das Sitte und Brauch ist gegenüber angesehenen Leuten wie mir, die wir für alle Fälle, für gute wie böse, dem Spiele beiwohnen, um ungerechte Ansprüche zu unterstützen und Streitigkeiten zu verhüten, sackte er sein Geld ein und entfernte sich aus dem Hause. Aufgebracht lief ich ihm nach und bat ihn mit freundlichen und höflichen Worten, mir wenigstens acht Realen zu geben, da er weiß, daß ich ein Ehrenmann bin und zum Leben weder ein Gewerbe noch ein Vermögen habe, denn jenes haben meine Eltern mich nicht gelehrt und dieses mir nicht hinterlassen; und der Spitzbube, der als Dieb nicht hinter Kakus zurücksteht und als Falschspieler nicht hinter Andradilla, wollte mir nicht mehr als vier Realen geben, woraus Ihr, Herr Statthalter, ersehen könnt, wie der Mensch keine Scham und kein Gewissen hat. Aber wahrlich, wäre Euer Gnaden nicht dazugekommen, so hätte er mir seinen Gewinn schon wieder herauswürgen und lernen sollen, wieviel Gewicht nötig ist, damit das Züngelin der Waage einspielt."

„Was sagt Ihr dazu?" fragte Sancho.

Der andre antwortete, es sei alles wahr, was sein Gegner

gesagt habe, und er habe ihm nur vier Realen geben wollen, weil er ihm häufig soviel verabreiche; und die Leute, die auf einen Gewinnanteil ausgehen, müssen höflich sein und mit vergnügtem Gesicht annehmen, was man ihnen gibt, wenn sie nicht etwa bestimmt wissen, daß es Falschspieler sind, die ihren Gewinn auf unrechte Weise gemacht haben. Er aber sei ein ehrlicher Mann und keineswegs ein Dieb, wie jener sage, und dafür gebe es keinen besseren Beweis, als daß er ihm nichts habe geben wollen, während die Falschspieler immer den gewohnheitsmäßigen Zusehern, die sie kennen, zinspflichtig sind.

„Das ist richtig", sagte der Haushofmeister; „wollet nun erwägen, Herr Statthalter, was mit diesen Leuten geschehen soll."

„Was geschehen soll", antwortete Sancho, „ist dies: Ihr, der Ihr gewonnen habt, ob auf rechtliche oder unrechtliche oder einerlei was für Weise, gebt auf der Stelle dem Angreifer hundert Realen von Eurem Geld, und außerdem habt Ihr für die armen Leute im Gefängnis dreißig Realen herauszurücken; Ihr aber, der Ihr ohne Gewerbe und Vermögen seid und als Faulenzer auf dieser Insul herumlungert, nehmt auf der Stelle die hundert Realen, und morgen habt Ihr den ganzen Tag Zeit, um von der Insul zu verschwinden, und seid auf zehn Jahre verbannt, bei Strafe, daß Ihr, wenn Ihr das Gebot brecht, die zehn Jahre in der andern Welt abmachen sollt, denn ich will Euch an einen hohen Galgen hängen, oder vielmehr der Henker soll es auf meinen Befehl tun. Und keiner soll mir was dagegensagen, sonst laß ich ihn meine Hand fühlen."

Der eine zahlte, der andre sackte ein; dieser verließ die Insul, jener begab sich nach Hause, und der Statthalter blieb noch stehen und sagte: „Jetzt denke ich, entweder hab ich dazu nicht Macht genug, oder ich schaffe diese Spielhäuser ab, denn wie ich sehe, sind sie höchst verderblich."

„Dies Spielhaus jedoch", sprach ein Amtsschreiber, „wird Euer Gnaden nicht aufheben können, denn es wird von einem vornehmen Herrn gehalten, und er verliert ohne allen Vergleich jährlich mehr, als er aus den Karten an Einnahme zieht. Gegen andre Spielbuden geringerer Art kann Euer Gnaden Dero Macht zeigen, die schaden auch am meisten und bergen am meisten Unfug; in den Häusern ansehnlicher Edelleute und großer Herren wagen die Falschspieler nicht, von ihren Kniffen Gebrauch zu machen. Und da das Laster des Spiels zur allgemeinen Gewohnheit geworden, so ist es besser, wenn in einem vornehmen Hause gespielt wird als in dem irgendeines Handwerksmannes, wo sie einen Pechvogel nach Mitternacht und noch später einfangen und bei lebendigem Leibe schinden."

„Allerdings, Gerichtsschreiber", entgegnete Sancho, „ich weiß, darüber läßt sich viel sagen."

Indem kam ein Nachtwächter herzu, der einen jungen Menschen gefangen führte, und sagte: „Herr Statthalter, dieser Bursche kam gerade auf uns zu, als er aber die Obrigkeit gewahrte, nahm er Reißaus und lief davon wie ein Wiesel, woraus zu ersehen, daß es ein Übeltäter sein muß. Ich war eilig hinter ihm her, wäre er aber nicht gestolpert und gefallen, so hätte ich ihn nie eingeholt."

„Warum bist du weggelaufen, Mensch?" fragte Sancho.

Der junge Mann antwortete: „Señor, um den vielen Fragen zu entgehen, welche die Herren vom Gericht immer stellen."

„Was hast du für ein Handwerk?"

„Weber."

„Und was webst du?"

„Lanzenspitzen, mit Euer Gnaden Verlaub."

„Du willst den Hanswurst spielen, willst den Possenreißer machen? Gut; aber wo wolltest du jetzt eben hin?"

„Ich wollte frische Luft schöpfen, Señor."

„Und wo schöpft man frische Luft auf dieser Insul?"

„Wo sie weht."

„Schön, Eure Antworten sind sehr treffend; Ihr habt Kopf, junger Mann; aber jetzt nehmt einmal an, ich sei die frische Luft und wehe Euch im Rücken an und treibe Euch voran bis ins Gefängnis. Greift ihn, holla, und führt ihn hin! Dort will ich ihn diese Nacht ohne frische Luft schlafen lassen."

„Bei Gott", sprach der junge Mann, „Ihr könnt es geradesowenig fertigbringen, mich im Gefängnis schlafen zu lassen, wie mich zum König zu machen."

„Warum denn sollte ich es nicht fertigbringen, dich im Gefängnis schlafen zu lassen?" entgegnete Sancho. „Habe ich nicht die Macht, dich gefangenzunehmen und wieder loszulassen, wann und wie oft ich es will?"

„Mag Euer Gnaden auch noch soviel Macht haben", sagte der junge Mann, „so werdet Ihr es doch niemals fertigbringen, mich im Gefängnis schlafen zu lassen."

„Warum nicht?" versetzte Sancho; „führt ihn sogleich hin, er soll dort mit seinen eigenen Augen sehen, daß er sich geirrt hat, wenn auch der Gefängnisaufseher noch so gern seine übliche eigennützige Nachsicht gegen ihn zeigen möchte; dem setze ich eine Strafe von zweitausend Talern an, wenn er dir erlaubt, einen Schritt aus dem Gefängnis zu tun."

„Alles das ist ja zum Lachen", entgegnete der junge Mann, „die Sache ist die, daß alle Menschen insgesamt, soviel ihrer heute auf Erden leben, es nicht fertigbringen können, mich im Gefängnis schlafen zu lassen."

„Sag mir, Teufelskerl", sprach Sancho, „hast du einen Engel, der dich herausholt und dir die Handschellen abnimmt, die ich dir will anlegen lassen?"

„Nun, Herr Statthalter", antwortete der junge Mann voll liebenswürdigster Laune, „wir wollen uns jetzt einmal verständigen und zu dem Punkte kommen, auf den es ankommt. Nehme Euer Gnaden einmal an, Ihr befehlt, mich ins Gefängnis zu setzen, und da legt man mir Handschellen und Ketten an und wirft mich in ein tiefes Loch, und dem Gefängnisaufseher werden schwere Strafen angesetzt, wenn er mich herausläßt, und er tut alles genau, wie ihm befohlen: trotz alledem, wenn ich nicht schlafen will und will die ganze Nacht wachbleiben, ohne ein Auge zuzutun, wird Euer Gnaden mit all Eurer Macht es fertigbringen, daß ich schlafe, wenn ich nicht will?"

„Gewiß nicht", sagte der Geheimschreiber, „und der Mann hat seine Behauptung erwiesen."

„Hiernach", fiel Sancho ein, „würdest du dich aus keinem andern Grund Schlafens enthalten, als weil du einmal den Willen dazu hast, und nicht, weil du meinem Willen entgegenzuhandeln beabsichtigst?"

„Nein, Señor", antwortete der Jüngling, „daran denke ich nicht im entferntesten."

„So geht denn mit Gott", sprach Sancho; „geht nach Hause und schlaft dorten, und Gott verleihe Euch einen gesunden Schlummer, ich will ihn Euch nicht rauben. Aber ich rate Euch, künftighin treibt keinen Spaß mehr mit dem Gericht; Ihr könntet einmal auf ein Gericht stoßen, das Euch den Spaß auf Euren Hirnschädel fallen ließe."

Der Jüngling entfernte sich, und der Statthalter setzte seine Runde fort. Gleich darauf kamen zwei Häscher, die einen Mann herbeiführten und sagten: „Herr Statthalter, dies hier scheint ein Mann, ist es aber nicht, sondern ein Weib, und zwar kein häßliches, das sich als Mann verkleidet hat."

Sie hielten ihr zwei oder drei Laternen unter die Augen, bei deren Schein man das Antlitz eines Mädchens erblickte, das sechzehn Jahre oder wenig mehr zählen mochte, die Haare in ein Netz von Gold und grüner Seide zurückgebunden, schön wie die Maienblumen. Man betrachtete sie von oben bis unten und sah, daß sie Strümpfe von rosa Seide trug mit Kniebändern von weißem Taft und Fransen von Gold mit kleinen Perlchen; die Pluderhosen waren von golddurchwirktem grünem Stoff, der Überwurf von demselben Zeug war offen, und darunter trug sie ein Wams vom feinsten Zeug, weiß mit Gold; als Fußbekleidung trug sie weiße Männerschuhe. Sie hatte kein Schwert umgegürtet, sondern einen reichverzierten Dolch, und an den Fingern trug sie viele und wertvolle Ringe.

Kurz, das Mädchen gefiel allen wohl, und es kannte sie keiner von allen, die sie sahen; auch die Leute aus dem Ort erklärten, sie hätten keine Ahnung, wer es sein könne. Die Mitwisser bei den Possenstreichen, die man mit Sancho vorhatte, fanden sich gerade am meisten überrascht, denn dieser Vorfall und die Festnahme dieses Mädchens war kein von ihnen angelegter Plan, und so standen sie in Ungewißheit da und in zweifelnder Erwartung, worauf die Sache hinauslaufen würde. Sancho war ganz außer sich ob der Schönheit des Mädchens und fragte sie, wer sie sei, wohin sie wolle und welcher Grund sie bewogen habe, diese Tracht anzulegen.

Mit niedergeschlagenen Augen und voll züchtiger Verschämtheit antwortete sie: „Señor, ich kann das nicht so öffentlich sagen, was mir so wichtig wäre geheimzuhalten. Eines jedoch wünsche ich Euch von vornherein zu bemerken, nämlich daß ich weder ein Dieb noch ein Missetäter bin, sondern ein unglückliches Mädchen, das sich von der Macht der Eifersucht gezwungen gesehen, die Schicklichkeit zu verletzen, welche die Sittsamkeit uns sonst auferlegt."

Als der Haushofmeister dies hörte, sagte er: „Herr Statthalter, lasset die Leute beiseite treten, damit diese Dame sich nicht so in Verlegenheit finde, Euch mitzuteilen, was sie auf dem Herzen hat."

Der Statthalter erteilte den Befehl dazu; alle traten beiseite außer dem Haushofmeister, dem Truchseß und dem Geheimschreiber. Als sie sich nun allein sahen, fuhr das Mädchen folgendermaßen fort: „Ich, meine Herren, bin die Tochter von Pedro Perez Mazorca, dem Schafwollpächter hier, der häufig in meines Vaters Haus zu kommen pflegt."

„Das kann nicht richtig sein, Señorita", sagte der Haushofmeister; „ich kenne den Pedro Perez sehr gut und weiß, daß er kein Kind hat, weder Sohn noch Tochter. Zudem sagt Ihr, er sei

Euer Vater, und setzt gleich hinzu, daß er häufig in Eures Vaters Haus zu kommen pflegt."

„Das ist mir auch aufgefallen", sprach Sancho.

„Jetzt, meine Herren", erwiderte das Mädchen, „bin ich so verwirrt, daß ich nicht weiß, was ich sage; aber die Wahrheit ist, daß ich die Tochter des Diego de la Llana bin, den Euer Gnaden wohl alle kennen."

„Das allerdings kann richtig sein", entgegnete der Haushofmeister. „Ich kenne den Diego de la Llana und weiß, daß er ein vornehmer und reicher Junker ist und einen Sohn und eine Tochter hat und daß keiner in der ganzen Stadt, seit er Witwer geworden, sagen kann, er habe jemals seine Tochter von Angesicht gesehen; er hält sie so abgeschlossen, daß er nicht einmal der Sonne ihren Anblick verstattet; aber trotz alledem rühmt das Gerücht sie als eine außerordentliche Schönheit."

„Es ist wahr", antwortete das Mädchen, „und diese Tochter bin ich, und ob in betreff meiner Schönheit der Ruf lügt oder nicht, darüber werdet Ihr jetzt bereits enttäuscht sein, da Ihr mich gesehen habt."

Hier begann sie bitterlich zu weinen. Als der Geheimschreiber dies sah, trat er näher zu dem Truchseß heran und sagte ihm ganz leise ins Ohr: „Ohne Zweifel muß dem armen Mädchen etwas Besonderes zugestoßen sein, da sie in solchem Aufzug und zu solcher Stunde aus dem Hause läuft, wo sie aus so guter Familie ist."

„Daran ist nicht zu zweifeln", versetzte der Truchseß, „besonders da ihre Tränen Eure Vermutung bestärken."

Sancho sprach ihr Trost zu mit den bestmöglichen Worten, die er finden konnte, und bat sie, ihnen ohne alle Scheu zu sagen, was ihr zugestoßen sei; sie alle würden bestrebt sein, ihr aufrichtig und auf jede mögliche Weise zu helfen.

„Die Sache ist die, meine Herren", antwortete sie, „daß mein Vater mich seit zehn Jahren von aller Welt abgeschlossen hält, also seit meine Mutter im Grab liegt. Zu Hause wird in einem reichgeschmückten Betsaal Messe gelesen; und während dieser ganzen Zeit habe ich bei Tag nur die Sonne und bei Nacht nur den Mond und die Sterne gesehen. Ich weiß nicht, was Straßen, Plätze und Kirchen sind, nicht einmal, was Männer sind, ausgenommen meinen Vater und meinen Bruder und Pedro Perez den Pächter; und weil dieser so häufig in unser Haus kommt, kam ich auf den Gedanken, ihn für meinen Vater auszugeben, um den wirklichen nicht nennen zu müssen. Diese Einkerkerung, dieses Verbot jedes Gangs aus dem Hause und selbst zur Kirche macht mich seit vielen Tagen und Monden ganz untröstlich; ich wollte die Welt sehen oder wenigstens die Stadt, wo ich geboren bin, und es bedünkte mich, daß dieses Verlangen nicht gegen die gute Sitte und Schicklichkeit sei, die zu wahren ein Fräulein von Stande sich selbst schuldig ist. Als ich von Stiergefechten, Ringelrennen und Komödien hörte, bat ich meinen Bruder, der ein Jahr jünger ist als ich, mir zu sagen, was das für Dinge seien und ebenso noch vieles andere, was ich noch nie gesehen hatte; er setzte mir es auseinander, so gut er konnte, aber dies alles fachte nur meine Begierde, es selber zu sehen, noch heftiger an. Zuletzt, um die Erzählung von meinem Verderben abzukürzen, zuletzt, bekenne ich, verlangte und erbat ich von meinem Bruder... O hätte ich nie so etwas verlangt, nie so etwas erbeten!"

Hier begann sie aufs neue zu weinen. Der Haushofmeister sagte zu ihr: „Fahrt fort, Señorita, und erzählt uns alles zu Ende, was Euch begegnet ist; nach Euren Worten und Euren Tränen sind wir alle in gespannter Erwartung."

„Wenige Worte habe ich noch zu sagen", antwortete das Fräulein, „aber viele Tränen zu weinen, denn wenn Wünsche auf ein schlechtes Ziel gerichtet sind, so können sie nur arge Enttäuschungen wie diese nach sich ziehen."

Die Schönheit des Mädchens war dem Truchseß tief ins Herz gedrungen; er hielt noch einmal seine Laterne näher hin, und es deuchte ihn, es seien nicht Tränen, die sie weinte, sondern Perlenstaub oder Tau von den Wiesen – ja, er hielt diese Tränen für noch Höheres und stellte sie Perlen aus dem Morgenlande gleich und wünschte beständig, ihr Unglück möchte doch nicht so groß sein, als ihre Tränen und Seufzer es anzudeuten schienen. Der Statthalter verzweifelte schier darüber, wie das Mädchen seine Erzählung immer weiter hinauszog, und sagte ihr, sie möchte endlich aufhören, sie noch länger in Spannung zu halten; es sei schon spät und noch ein großer Teil der Stadt übrig, wo er die Runde zu machen habe.

Stets von Schluchzen unterbrochen und unter halberstickten Seufzern sprach sie: „Mein Unglück ist kein andres, mein Mißgeschick ist kein andres, als daß ich meinen Bruder bat, er solle mich mit einem seiner Anzüge als Mann verkleiden und mich eines Nachts mit aus dem Hause nehmen, um den ganzen Ort zu sehen, während unser Vater schliefe. Von meinen Bitten gedrängt, gab er endlich meinen Wünschen nach; ich zog diese Kleidung an, er legte eine von mir an, die ihm paßt wie

923

angegossen, denn er hat kein Härchen Bart und sieht aus wie ein wunderschönes Mädchen; und diese Nacht, es mag eine Stunde her sein, kaum mehr oder weniger, schlüpften wir aus dem Hause, und von unsrem kindlichen und unbesonnenen Vorhaben weitergeführt, sind wir durch die ganze Stadt gestreift. Als wir aber wieder nach Hause wollten, sahen wir einen großen Trupp Leute kommen, und mein Bruder sagte zu mir: ‚Schwester, das wird die Runde sein; beschleunige deine Schritte und leg ihnen Flügel an und laufe eilig hinter mir her, damit man uns nicht erkenne, denn sonst ergeht es uns übel.'

Mit diesen Worten wandte er den Rücken und fing an, ich sage nicht: zu laufen, sondern zu fliegen; ich, nach kaum sechs Schritten, falle vor Schreck zu Boden, und da kommt der Gerichtsdiener und bringt mich hierher vor euch Herren, wo ich vor so vielen Leuten in Schande stehe, als ob ich ein ungeratenes leichtfertiges Ding wäre."

„Sonach, Señorita", sprach Sancho, „hat Euch sonst keine Widerwärtigkeit betroffen und hat Euch auch keine Eifersucht, wie Ihr zu Anfang Eurer Erzählung gesagt, aus Eurem Hause hinausgetrieben?"

„Nichts hat mich betroffen, und nicht Eifersucht hat mich herausgetrieben, sondern nur das Verlangen, die Welt zu sehen, und auch nicht mehr als die Straßen dieser Stadt."

Daß die Angaben des Mädchens auf Wahrheit beruhten, wurde vollends dadurch bestätigt, daß die Häscher nun auch mit ihrem inzwischen eingefangenen Bruder kamen, den einer von ihnen eingeholt, als er von seiner Schwester geflüchtet war. Er trug nur einen kostbaren Rock und einen Überwurf aus blauem Damast mit Tressen von feinstem Gold, den Kopf ohne Schleiertuch, mit nichts andrem geschmückt als mit seinen eigenen Haaren, die goldne Ringe schienen, so blond und gelockt waren sie. Der Statthalter, der Haushofmeister und der Truchseß gingen mit ihm beiseite und fragten ihn, ohne daß seine Schwester es hören konnte, warum er in dieser Tracht gehe, und er, mit nicht geringerer Scham und Verlegenheit als vorher sie, erzählte dasselbe wie seine Schwester, was dem verliebten Truchseß gar großes Vergnügen machte. Der Statthalter aber sagte zu ihnen: „Ganz gewiß, ihr jungen Leute, war dies alles eine große Kinderei, und um so einen törichten Streich zu erzählen, waren nicht so viele Weitläufigkeiten nötig und nicht so viele Tränen und Seufzer; denn hättet Ihr bloß gesagt, wir sind der und die und haben uns dieses Kunstgriffs bedient, um aus dem elterlichen

Hause zu kommen und herumzuspazieren, bloß aus Neugier, ohne sonst einen Zweck, so wäre die Mär damit fertig gewesen ohne Seufzerei und Geflenn."

„Das ist wahr", entgegnete das Mädchen; „aber ihr müßt wissen, meine Herren, meine Verwirrung war so groß, daß sie mir gar nicht erlaubte, mich so zu benehmen, wie ich hätte sollen."

„Das macht nichts", versetzte Sancho; „wir wollen gehen und von euch beiden, sobald ihr im Hause eures Vaters seid, Abschied nehmen; vielleicht hat er euch noch nicht vermißt. Künftig aber benehmt euch nicht so kindisch und seid nicht so neugierig darauf, die Welt zu sehen; denn ein brav Mägdlein mag nicht hinaus, bricht lieber das Bein und bleibt zu Haus; und: Streichen sie draußen vor den Toren, ist ein Weib und ein Huhn gar bald verloren; und: Die es gelüstet zu sehen, die gelüstet's auch, gesehen zu werden. Mehr sag ich nicht."

Der Jüngling dankte dem Statthalter, daß er ihnen die Gnade erweisen wolle, sie wieder nach Hause zu bringen, und so nahmen sie ihren Weg dahin; es war nicht sehr weit. Als sie ankamen, warf der Bruder einen kleinen Kiesel gegen ein Fenstergitter, und alsbald kam eine Dienerin herunter, die auf sie gewartet hatte und ihnen die Tür öffnete; sie traten ein und ließen die ganze Gesellschaft in Verwunderung über ihre anmutige Art und ihre Schönheit wie über ihr Verlangen, die Welt zu sehen, und zwar bei Nacht und ohne aus der Stadt hinauszukommen. Indessen schrieben sie dies alles auf Rechnung ihres jugendlichen Alters.

Der Truchseß fühlte sich mitten ins Herz getroffen und nahm sich auf der Stelle vor, am nächsten Tage bei ihrem Vater um ihre Hand anzuhalten, da er es für sicher hielt, er würde sie ihm als einem Manne in des Herzogs Diensten nicht abschlagen. Ja auch in Sancho entstanden Wünsche und Pläne in unklaren Umrissen, den jungen Mann mit seiner Tochter Sanchica zu verheiraten, und er beschloß, dies seinerzeit zur Sprache zu bringen, da er nicht zweifelte, daß man einer Statthalterstochter keinen Gatten abschlagen könne.

Hiermit ging die Runde dieser Nacht zu Ende und ein paar Tage später auch die ganze Statthalterschaft, womit all seine Pläne über den Haufen geworfen und ausgelöscht wurden, wie man nachher ersehen wird.

50. KAPITEL

Worin dargelegt wird, wer die Zauberer und Peiniger waren, so die Kammerfrau pantoffelierten und Don Quijote kneipten und kratzten, nebst den Erlebnissen des Edelknaben, der den Brief an Teresa Pansa, die Hausfrau Sancho Pansas, überbrachte

Es sagt Sidi Hamét, der überaus gründliche Erforscher jedes kleinsten Pünktchens in unserer Geschichte, daß damals, als Doña Rodríguez sich aus ihrem Gemach entfernte, um sich in Don Quijotes Zimmer zu begeben, eine andere Zofe, die mit ihr zusammen schlief, es gewahr wurde; und wie nun denn alle Zofen gar gern alles hören, sehen und riechen, so schlich sie ihr so leise nach, daß die biedere Doña Rodríguez es nicht merkte; sobald sie jene in Don Quijotes Zimmer eintreten sah, lief sie augenblicks, getreu dem allgemeinen Brauch der Zofen, die Klatschbasen zu spielen, zu ihrer gnädigen Frau, der Herzogin, um ihr zu hinterbringen, daß Doña Rodríguez sich im Gemach Don Quijotes befinde. Die Herzogin sagte es dem Herzog und bat ihn um die Erlaubnis, mit Altisidora hinzugehen, um festzustellen, was die Kammerfrau bei Don Quijote wolle. Der Herzog war einverstanden, und beide schlichen sich vorsichtig und leise bis vor die Türe des Gemaches und stellten sich so dicht daran, daß sie alles vernahmen, was drinnen gesprochen wurde.

Als nun die Herzogin hörte, wie die Rodríguez das reichquellende Aranjuez ihrer Fontänen an die große Glocke hing, konnte sie es nicht länger aushalten, und Altisidora ebensowenig; zornerfüllt und rachedürstend stießen sie die Tür auf, stürzten ins Zimmer, peinigten Don Quijote und zerbleuten die Kammerfrau auf die bereits erzählte Weise; denn Beleidigungen, die geradewegs gegen die Schönheit und Eitelkeit der Weiber gerichtet sind, erwecken einen besonderen Ingrimm und entzünden Rachgier in ihnen. Die Herzogin berichtete sodann dem Herzog, was vorgefallen, worüber er großes Vernügen empfand; und da sie Don Quijote noch immer weiter zum besten haben und sich die Zeit mit ihm vertreiben wollte, so sandte sie den Edelknaben, der die Rolle der Dulcinea bei dem wohlgeplanten Schauspiel von ihrer Entzauberung gespielt – welches Sancho Pansa über seinen Statthalterschaftssorgen gründlich vergessen hatte –, zu Teresa Pansa, seiner Frau, mit dem Brief ihres Mannes und mit einem andern von ihr selbst nebst einer wertvollen großen Korallenkette als Geschenk.

Die Geschichte berichtet nun, daß der Edelknabe ein sehr gescheiter, witziger Kopf war, und mit dem lebhaften Wunsche, seiner Herrschaft einen Dienst zu erweisen, ritt er gern und bereitwillig nach Sanchos Dorf. Vor dessen Eingang sah er eine Anzahl Weiber am Bache mit Waschen beschäftigt und fragte sie, ob vielleicht an diesem Ort eine Frau namens Teresa Pansa wohne, die Frau eines gewissen Sancho Pansa, welcher Schildknappe eines Ritters namens Don Quijote von der Mancha sei. Auf diese Frage sprang ein junges Mädchen auf, die ebenfalls beim Waschen war, und sagte: „Die Teresa Pansa ist meine Mutter, und der besagte Sancho Pansa ist mein Vater und der besagte Ritter unser Dienstherr."

„So kommt denn, Jungfrau", sprach der Edelknabe, „und laßt mich Eure Mutter sehen, denn ich bringe ihr einen Brief und ein Geschenk von Eurem besagten Vater."

„Das tu ich mit großem Vergnügen, Herre mein", erwiderte das Mädchen, das dem Aussehen nach etwa vierzehn Jahre alt sein mochte. Sie überließ ihre Wäsche einer Freundin, und ohne die Haare aufzubinden oder Schuhe anzuziehen – denn ihre Beine und Füße waren bloß, und ihre Haare hingen wirr um sie herum –, sprang sie vor dem Pferde des Edelknaben her und sagte: „Kommt, gnädiger Herr, gleich beim Eingang des Dorfes ist unser Haus, und meine Mutter ist daheim in großen Sorgen, weil sie seit langer Zeit nichts von meinem Herrn Vater gehört hat."

„Nun, ich bringe ihr so gute Nachrichten", sagte der Edelknabe, „daß sie Gott recht sehr dafür zu danken hat."

Allgemach kam das Mädchen, springend, laufend, hüpfend, zum Dorfe, und noch ehe sie ins Haus trat, rief sie schon an der Türe mit lauter Stimme: „Kommt heraus, Mutter Teresa, kommt, kommt heraus! Hier kommt ein Herr, der bringt Briefe und noch anderes von meinem guten Vater."

Auf diesen Ruf kam ihre Mutter Teresa heraus; sie spann Werg an einem Rocken und hatte einen dunkelgrauen Rock an, so kurz, als wäre er am Sitz der Scham abgeschnitten. Dazu trug sie ein Leibchen, ebenfalls dunkelgrau, mit einem oben ausgeschnittenen Hemd; sie war noch nicht sehr alt, obschon sie über vierzig Jahre aussah, aber stark, derb, nervig und untersetzt. Als sie ihre Tochter erblickte mit dem Edelknaben zu Pferd, fragte sie: „Was ist das, Kind? Wer ist der Herr da?"

„Das ist ein Diener seiner gnädigen Frau Doña Teresa Pansa", antwortete der Edelknabe.

Und den Worten folgte die Tat; er sprang rasch vom Pferde, warf sich gar demütiglich vor der gnädigen Frau Teresa auf die Knie und sprach: „Reicht mir die Hände zum Kuß, Doña Teresa, meine gnädige Herrin, denn das seid Ihr als die rechtmäßige und ihm allein eigene Gattin des Señor Don Sancho Pansa, wirklichen Statthalters der Insul Baratária."

„Ach, ach, Herre mein, steht doch auf von da, laßt das doch", entgegnete Teresa; „ich bin nicht in Schlössern daheim, sondern eine arme Bäuerin, die Tochter eines Feldarbeiters und die Frau eines fahrenden Schildknappen und gewiß keines Statthalters."

„Euer Gnaden", antwortete der Edelknabe, „ist die würdigste Gemahlin eines über alle Würdigkeit würdigen Statthalters; und zum Erweis der Wahrheit meiner Worte wolle Euer Gnaden diesen Brief und dies Geschenk entgegennehmen."

Und augenblicklich zog er eine Korallenschnur mit goldenen Schließen aus der Tasche, legte sie ihr um den Hals und sagte: „Dieser Brief ist vom Herrn Statthalter, und diese Korallen sind von meiner gnädigen Frau, der Herzogin, welche mich zu Euer Gnaden sendet."

Teresa war starr vor Staunen und ihre Tochter nicht mehr noch minder. Das Mädchen sagte: „Ich will des Todes sein, wenn nicht unser Herr Don Quijote dahintersteckt; er hat ganz gewiß dem Vater die Statthalterschaft oder Grafschaft gegeben, die er ihm so oft versprochen hat."

„So ist es allerdings", versetzte der Edelknabe, „denn aus Rücksicht auf den Señor Don Quijote ist Señor Sancho nunmehr Statthalter der Insul Baratária geworden, wie aus diesem Brief erhellen wird."

„Lest mir ihn vor, Herr Edelmann", sagte Teresa, „denn ich kann zwar spinnen, aber kein Sterbenswörtchen lesen."

„Auch ich nicht", fügte Sanchica bei; „aber wartet hier auf mich, ich will jemand rufen, der ihn liest, entweder den Pfarrer selbst oder den Baccalaur Sansón Carrasco; die kommen gewiß sehr gern, weil sie Nachricht von meinem Vater hören wollen."

„Es ist nicht nötig, jemand zu rufen", erwiderte der Edelknabe; „ich kann zwar nicht spinnen, aber ich kann lesen, und ich will ihn euch gern vorlesen."

Er las ihn nun von Anfang bis zu Ende; aber weil er schon früher mitgeteilt worden, so wird er hier nicht wiederholt. Sofort zog er dann den andern heraus, der von der Herzogin war und folgendermaßen lautete:

Freundin Teresa,
die guten Eigenschaften, die Euer Mann Sancho in seinem trefflichen Charakter und in seiner geistigen Tüchtigkeit besitzt, haben mich bewogen und es mir zur Pflicht gemacht, meinen Gemahl, den Herzog, zu bitten, ihm über eine seiner vielen Insuln die Statthalterschaft zu verleihen. Es ward mir die Kunde, daß er in derselben regiert wie ein königlicher Aar, was mir viel Vergnügen macht und folglich auch dem Herzog, meinem Gemahl; und deshalb danke ich dem Himmel vielmals, daß ich mich nicht getäuscht habe, als ich ihn zu besagter Statthalterschaft erkor. Denn ich tue Frau Teresa kund, daß ein guter Statthalter gar schwer auf Erden zu finden ist, und Gott möge es mit mir so gut meinen, wie Sancho regiert!
Hier schicke ich Euch, liebe Freundin, eine Korallenschnur

mit goldenen Schließen; ich wollte, es wären Perlen aus dem Morgenland; aber wer dir auch nur einen Knochen gibt, zeigt damit schon, daß er dich nicht Hungers sterben lassen will. Es wird schon die Zeit kommen, wo wir uns kennenlernen und miteinander umgehen werden, und Gott allein weiß, was dereinst alles geschehen wird. Empfehlt mich Eurer Tochter Sanchica und sagt ihr, ich würde sie vornehm verheiraten, wenn sie sich dessen am wenigsten versieht. Ich höre, in Eurem Dorf gibt es große süße Eicheln, schickt mir etwa zwei Dutzend davon; sie werden mir von besonderem Werte sein, da sie von Eurer Hand kommen. Schreibt mir auch recht ausführlich und gebt mir Nachricht von Eurer Gesundheit und Eurem Wohlbefinden; und wenn Ihr was nötig habt, so braucht es nicht mehr, als den Mund aufzutun, und Ihr bekommt, soviel hineingeht. Gott erhalte Euch mir noch lange.

Gegeben an diesem Ort. Eure Euch herzlich liebende Freundin,
die Herzogin

„Ach je!" sagte Teresa, als sie den Brief hörte, „was für eine gute, einfache, herablassende Herrschaft! So eine Herrschaft will ich mir bis ins Grab gefallen lassen, aber nicht die adligen Weiber, wie wir sie in unserm Dorfe haben, die da meinen, weil sie adlig sind, dürfe kein Lüftchen an sie rühren, und die so hochmütig zur Kirche gehen, als wären sie die Königin selber, daß es geradeso aussieht, als hielten sie es für eine Unehre, sich nach einer Bäuerin umzuschauen. Aber sieh mir einer da die gute Herrschaft an; wiewohl sie eine Herzogin ist, heißt sie mich ihre Freundin und behandelt mich, als wär ich ihresgleichen. Oh, ich wollte, ich sähe sie so hochstehend wie den höchsten Glockenturm in der ganzen Mancha! Was aber die Eicheln betrifft, Herre mein, so will ich Ihro Gnaden einen Scheffel voll schicken, die sollen so dick sein, daß die Leute herbeikommen, um sie anzustaunen.

Für jetzt aber, Sanchica, sorg dafür, daß der Herr sich gütlich tut; versorge sein Pferd, hole Eier aus dem Stall und schneide ein groß Stück Speck; er soll zu essen bekommen wie ein Prinz; die guten Nachrichten, die er uns gebracht hat, und sein freundliches Gesicht sind es wert. Währenddessen will ich ausgehen und unsren Nachbarinnen unser Glück erzählen, auch dem Pater Pfarrer und Meister Nikolas, dem Barbier, die mit deinem Vater von jeher so gut Freund gewesen sind."

„Das will ich tun, Mutter", erwiderte Sanchica; „aber bedenkt, daß Ihr mir die Hälfte von der Schnur da geben müßt, ich halte unsre gnädige Frau Herzogin nicht für so dumm, daß sie sie ganz für Euch allein schicken sollte."

„Sie gehört dir ganz, Kind", antwortete Teresa, „aber laß mich sie ein paar Tage um den Hals tragen, denn es kommt mir vor, als mache sie mir das Herz froh."

„Ihr werdet Euch ebenfalls freuen", sagte der Edelknabe, „wenn Ihr das Bündel seht, das sich in dem Mantelsack hier befindet; es ist ein Anzug vom feinsten Tuch, den der Herr Statthalter ein einziges Mal auf der Jagd trug, und alles das schickt er für Fräulein Sanchica."

„Tausend Jahre soll er mir am Leben bleiben!" sprach Sanchica hierauf, „und der Überbringer nicht minder, ja meinetwegen zweitausend, wenn's not täte!"

Jetzo eilte Teresa aus dem Hause, mit den Briefen und mit der Schnur um den Hals, und dabei trommelte sie auf den Briefen, als schlüge sie das Tamburin, und als sie zufällig dem Pfarrer und Sansón Carrasco begegnete, tanzte sie umher und sprach: „Wahrlich, jetzt gibt's keine Armut mehr in der Verwandtschaft! Wir haben sie, unsere allerliebste Statthalterschaft! Nein, jetzt soll einmal die hochnasigste Edelfrau kommen und sich mit mir messen, ich will ihr den Hochmut ausziehen."

„Was ist das, Teresa Pansa?" fragte der Pfarrer, „was sind das für Narreteien? Was sind das für Papiere?"

„Das ist weiter keine Narretei, als daß dies hier Briefe von Herzoginnen und Statthaltern sind", erklärte Teresa, „und was ich da um den Hals trage, sind echte Korallen; die Avemarias daran und die Paternosters daran sind von geschlagenem Gold, und ich bin eine Statthaltersfrau."

„Bei Gott und seinen Heerscharen, wir verstehen Euch nicht", sagte der Baccalaureus, „und wir wissen nicht, was Ihr damit sagen wollt."

„Hier könnt ihr es sehen", antwortete Teresa und reichte ihnen die Briefe hin. Der Pfarrer las sie so laut, daß Sansón Carrasco zuhören konnte, und Sansón und der Pfarrer sahen einander an, als ob sie nicht begriffen, was sie gelesen hatten, und der Baccalaureus fragte, wer die Briefe gebracht habe. Teresa antwortete, sie möchten mit ihr nach Hause kommen, da würden sie den Boten sehen, es sei ein junger Mann, ein wahrer Goldmensch, und er bringe ihr noch ein Geschenk, das mehr als ebensoviel wert sei.

Der Pfarrer nahm ihr die Korallen vom Hals, sah sie an und sah sie wieder an, und da er sich überzeugte, daß sie echt waren, wunderte er sich aufs neue und sprach: „Bei dem Priestergewand, das ich trage, ich weiß nicht, was ich sagen, noch was ich von diesen Briefen und diesen Korallen denken soll; einerseits seh ich und greife ich mit Händen, daß die Korallen hier echt sind, und andrerseits lese ich, daß eine Herzogin sich brieflich zwei Dutzend Eicheln ausbittet."

„Das soll mir der Kuckuck zusammenreimen", sprach jetzt Carrasco. „Nun gut, wir wollen gehen und uns den Überbringer dieses Papiers ansehen; er soll uns diese Rätsel aufklären."

Sie taten also, und Teresa kehrte mit ihnen zurück. Sie fanden den Edelknaben damit beschäftigt, etwas Gerste für sein Pferd zu sieben, und Sanchica damit, eine geräucherte Speckseite zu zerlegen, um Eier darüberzuschlagen und dem Edelknaben zu essen zu rüsten, dessen Aussehen und feiner Anzug den beiden Besuchern wohl gefielen. Nachdem sie ihn und er sie höflich begrüßt, fragte ihn Sansón nach Don Quijote wie auch nach Sancho Pansa, denn wenn sie auch die Briefe Sanchos und der Frau Herzogin gelesen hätten, so seien sie doch noch im unklaren und könnten nicht begreifen, was es mit Sanchos Statthalterschaft auf sich habe, zumal über eine Insul, da doch alle oder die meisten im Mittelländischen Meer Seiner Majestät gehörten.

Der Edelknabe gab zur Antwort: „Daß Herr Sancho Pansa Statthalter ist, daran ist nicht zu zweifeln; ob es eine Insul ist oder nicht, über die er die Statthalterschaft führt, darauf lasse ich mich nicht ein; genug, es ist ein Ort von mehr als tausend Bürgern. Und was die Eicheln betrifft, sag ich Euch, daß meine gnädige Frau, die Herzogin, so einfach und herablassend ist, daß sie nicht nur eine Bäuerin um Eicheln bittet; sie hat schon wegen eines Kamms zu einer Nachbarin geschickt. Denn Euer Gnaden müssen wissen, daß die Edeldamen in Aragón, wenn auch so hohen Ranges, nicht so förmlich und hochnäsig sind wie die kastilischen Edelfrauen; sie gehen mit den Leuten viel einfacher und zutraulicher um."

Während sie mitten in diesem Gespräche waren, kam Sanchica mit einer Schürze voll Eier hereingesprungen und fragte den Edelknaben: „Sagt mir, Señor, trägt mein Vater vielleicht feine Strumpfhosen, seit er Statthalter ist?"

„Darauf habe ich nicht achtgegeben", antwortete der Edelknabe; „aber wahrscheinlich wird er wohl solche tragen."

„O du lieber Gott!" versetzte Sanchica; „wie herrlich muß mein Vater in auswattierten Strumpfhosen aussehen! Ist das nicht hübsch, daß ich von Geburt an immer den Wunsch hatte, meinen Vater in Strumpfhosen zu sehen?"

„In dergleichen Kleidungsstücken wird Euer Gnaden ihn sehen, wenn Ihr's erlebt", entgegnete der Edelknabe. „Bei Gott, er wird womöglich mit einer Reisemaske gegen Wind und Wetter umhergehen, wenn seine Statthalterschaft nur noch zwei Monate dauert."

Der Pfarrer und der Baccalaureus merkten wohl, daß der Edelknabe nur aus Spott und Schelmerei so sprach, aber die echten Korallen und der Jagdanzug, den Sancho schickte – Teresa hatte ihnen das Kleid bereits gezeigt –, schlugen alle ihre Überlegungen wieder aus dem Felde. Sie konnten indessen nicht umhin, über Sanchicas Wunsch laut zu lachen; und noch lauter, als Teresa sagte: „Herr Pfarrer, seht Euch doch im Dorf um, ob einer etwa nach Madrid oder nach Toledo reist, er soll mir einen runden Wulst für unter den Rock kaufen, einen echten und rechten nach der Mode, einen von den allerbesten, die zu finden sind; denn wahrlich, wahrlich, ich will in allem, wozu ich imstande bin, der Statthalterschaft meines Mannes Ehre machen; ja sogar, wenn ich bös werde, bin ich imstand und geh in die Residenz und schaffe mir Kutsche und Pferde an wie alle die Damen; wer einen Statthalter zum Mann hat, kann so was schon halten und behalten."

„Ei, freilich, Mutter", sagte Sanchica; „wollte Gott, es wäre lieber heut als morgen, und mögen die Leute auch immer sagen, wenn sie mich mit meiner Frau Mutter in der Kutsche sitzen sehen: ,Seht nur einmal die Dingsda, die Tochter von dem Knoblauchfresser, wie sitzt sie da und streckt sich da in der Kutsche, gerade als ob sie dem Papst seine Frau wäre!' Aber sie mögen nur immerzu im Dreck patschen, ich will in meiner Kutsche fahren und die Füße hoch über dem Boden haben. Hol der Kuckuck alle Lastermäuler, soviel es auf der Welt gibt! Sitz ich warm und wohlgeborgen, macht mir der Leute Spott keine Sorgen. Hab ich recht, Mutter mein?"

„Und ob du recht hast, Kind!" antwortete Teresa. „All diese Glücksumstände, und noch größere, hat mir mein lieber Sancho proffenzeit, und du wirst sehen, Kind, daß er nicht stehenbleibt, bis er mich zur Gräfin gemacht hat, denn um glücklich zu werden, ist der Anfang alles, und ich hab oft von deinem Vater das Sprichwort gehört, und geradeso wie er dein Vater ist, so ist er auch der Sprichwörter Vater: Schenkt dir einer die Kuh, lauf mit dem Strick herzu. Schenkt dir einer eine Statthalterschaft, so halt sie fest! Schenkt dir einer eine Grafschaft, so greife mit allen Fingern zu; und hält dir einer ein gutes Geschenk hin und lockt dich mit ‚hierher, hierher!' so sacke es in deinen Ranzen ein. Nein, wahrhaftig, schlafe nur und rufe nicht ‚Herein!' wenn Glück und Zufalls Gunst an deiner Haustür pochen!"

„Und was liegt mir denn daran", fuhr Sanchica fort, „daß irgendein Beliebiger sagt, wenn er mich in Stolz und Pracht einhergehen sieht: Dem Hunde zog man an seinen Beinen Hosen an von blankem Leinen, und so weiter."

Als der Pfarrer dies hörte, sagte er: „Ich kann nicht anders glauben, als daß die vom Geschlechte der Pansas sämtlich mit einem Sack voll Sprichwörter im Leibe auf die Welt gekommen sind; ich habe nie einen von ihnen gesehen, der nicht zu jeder Stunde und bei jeder Unterhaltung damit um sich wirft."

„Das ist wahr", versetzte der Edelknabe; „der Herr Statthalter Sancho gibt sie bei jeder Gelegenheit her, und wenn auch viele nicht zur Sache passen, so machen sie doch Vergnügen, und meine gnädige Frau, die Herzogin, und der Herzog haben ihre große Freude daran."

„Wie? Ihr bleibt noch immer dabei, lieber Herr", sprach der Baccalaureus, „daß die Geschichte mit Sanchos Statthalterschaft auf Wahrheit beruht und daß es eine Herzogin auf Erden gibt, die ihm Geschenke schickt und ihm schreibt? Denn wir, obschon wir die Geschenke mit Händen greifen und die Briefe gelesen haben, wir glauben es nicht und meinen, es ist eine von den Geschichten unsres Landsmannes Don Quijote, die alle seiner Meinung nach mit Zauberei zugehen; und daher möchte ich beinahe sagen, ich will Euch befühlen und betasten, um zu sehen, ob Ihr das Schattenbild von einem Abgesandten oder ein Mensch von Fleisch und Bein seid."

„Meine Herren", versetzte der Edelknabe, „aus eigener Kenntnis weiß ich nichts weiter, als daß ich ein wirklicher Abgesandter bin und der Herr Sancho Pansa in aller Wahrheit ein Statthalter ist und daß meine Herrschaft, der Herzog und die Herzogin, die besagte Statthalterschaft verleihen können und verliehen haben; auch daß ich vernommen habe, daß der mehrerwähnte Sancho Pansa sich in seinem Amte aufs allertüchtigste benimmt. Ob Zauberkunst dabei im Spiel ist oder nicht, darüber mögt ihr Herren unter euch streiten; ich meinesteils weiß nichts andres, bei dem einzigen Eid, den ich schwöre, nämlich beim Leben meiner Eltern, die beide noch am Leben sind und die ich herzlich liebe und verehre."

„Das kann alles sein", versetzte der Baccalaureus; „jedoch dubitat Augustinus."

„Mag zweifeln, wer Lust hat", entgegnete der Edelknabe; „die Wahrheit ist so, wie ich gesagt, und die wird immer über der Lüge oben bleiben wie Öl über dem Wasser. Andernfalls operibus credite, et non verbis. Möge einer von euch mit mir heimreisen, und ihr werdet mit euren Augen sehen, was ihr mit euren Ohren nicht glauben wollt."

„Diese Reise ist meine Sache", sprach Sanchica; „nehmt mich, Señor, auf die Kruppe Eures Gauls, ich möchte gar gern meinen Herrn Vater besuchen."

„Töchter von Statthaltern dürfen nicht allein über Land reisen", erwiderte der Edelknabe, „sondern nur in Begleitung von Kutschen und Sänften und zahlreicher Dienerschaft."

„Bei Gott", entgegnete Sanchica, „ich komme ebensogut auf einer Eselin fort wie in einer Kutsche; solch eine Ziererei wäre das Rechte für mich!"

„Schweig, Mädchen", sprach Teresa, „du weißt nicht, was du redest; der Herr hat ganz recht, denn andre Zeit, andrer Sinn; war er Sancho, warst du Sancha, ist er Statthalter, bist du ein Fräulein; aber ich weiß nicht, wenn ich so rede, ob ich rede, was recht ist."

„Frau Teresa spricht da noch weit richtiger, als sie glaubt", sagte der Edelknabe. „Aber gebt mir was zu essen und fertigt mich baldigst ab, denn ich will noch diesen Nachmittag heimkehren."

Hier sagte der Pfarrer: „Euer Gnaden wird wohl kommen und bei mir die Fastenspeise annehmen, denn Frau Teresa hat mehr guten Willen als Vorrat im Hause, um einen so trefflichen Gast zu bewirten."

Der Edelknabe lehnte ab, aber zuletzt mußte er zu seinem eignen Besten nachgeben, und der Pfarrer nahm ihn sehr gern mit, um ihn bei dieser Gelegenheit mit Muße über Don Quijote und seine Taten auszufragen. Der Baccalaureus bot Teresa an, für sie die Briefe zur Antwort zu schreiben; aber sie wollte nicht, daß er sich in ihre Angelegenheiten mischen sollte, weil sie ihn für einen Spottvogel hielt; und daher gab sie einem Chorknaben, der schreiben konnte, eine Semmel und zwei Eier, um für sie zwei Briefe zu schreiben, einen an ihren Mann und einen an die Herzogin; er verfaßte sie ganz nach den Eingebungen ihres Hirns, und sie sind nicht die schlechtesten, die in dieser großen Geschichte vorkommen, wie man nachher sehen wird.

51. KAPITEL

Vom Fortgang der Statthalterschaft Sancho Pansas, nebst andern Begebnissen, die ebenfalls so aussehen, als wären sie nicht übel

Es kam der Morgen nach jener Nacht, wo der Statthalter die Runde gemacht hatte. Der Truchseß hatte sie schlaflos zugebracht, denn seine Gedanken waren völlig mit dem Angesicht, der jugendlichen Frische und der Schönheit des verkleideten Mädchens beschäftigt. Der Haushofmeister hatte den noch übrigen Teil der Nacht dazu verwendet, seiner Herrschaft zu schreiben, was Sancho Pansa tue und rede, über seine Taten ebenso verwundert wie über seine Reden, denn in seinen Worten und Handlungen waren Züge von Verstand und Albernheit stets untereinandergemischt. Endlich stand der Herr Statthalter vom Bette auf, und auf Anordnung des Herrn Doktor Peter Stark ließ man ihn mit ein wenig Eingemachtem und vier Schluck frischen Wassers frühstücken, was alles Sancho gern mit einem Stück Brot und einer Weintraube vertauscht hätte. Aber da er sah, daß hier mehr Zwang als Willensfreiheit herrschte, ließ er es über sich ergehen, seinem Gemüte zum großen Schmerz und seinem Magen zum Verdruß, wiewohl Peter Stark ihm einreden wollte, daß wenige und leichte Gerichte den Geist kräftigen, und das sei gerade für Personen, die in bedeutenden Ämtern und Würden stehen, besonders wichtig, da sie in diesen nicht sowohl die Kräfte des Körpers als auch die des Geistes zu gebrauchen hätten. Bei solchen Spitzfindigkeiten hatte Sancho Hunger zu leiden, und so argen Hunger, daß er die Statthalterschaft, ja auch den, der sie ihm verliehen, in seinem Innern verwünschte. Aber mit seinem Hunger und mit seinem Eingemachten ging er dennoch dieses Tages hin und saß zu Gericht.

Das erste, was er zu hören bekam, war eine Frage, die ein Fremder in Anwesenheit des Haushofmeisters und der übrigen Mithelfer bei ihm vorbrachte und die folgendermaßen lautete: „Señor, ein wasserreicher Fluß trennte die zwei Hälften einer und derselben Herrschaft. Euer Gnaden wolle wohl aufmerken, denn der Fall ist von Wichtigkeit und einigermaßen schwierig. Ich sage also, über diesen Fluß führte eine Brücke, und am Ende dieser stand ein Galgen und eine Art Gerichtshaus, in dem für gewöhnlich vier Richter ihren Sitz hatten und Recht sprachen nach dem Gesetz, das der Herr des Flusses, der Brücke und der Herrschaft gegeben hatte. Dies Gesetz lautete: Wenn einer über diese Brücke vom einen Ufer zum andern hinübergeht, muß er erst eidlich erklären, wohin und zu welchem Zwecke er dahin geht, und wenn er die Wahrheit sagt, so sollen sie ihn hinüberlassen, und wenn er lügt, soll er dafür an dem Galgen, der allda vor aller Augen steht, ohne alle Gnade hängen und sterben. Nachdem nun dies Gesetz und dessen strenge Verfügungen bekanntgeworden, gingen viele hinüber, und man konnte sogleich an dem, was sie beeideten, ersehen, daß sie die Wahrheit sagten, und die Richter ließen sie unbehelligt hinübergehen.

Nun geschah es einmal, daß ein Mann bei der Eidesleistung erklärte, er gehe hinüber, um an dem Galgen dort zu sterben, und zu keinem andern Zweck. Die Richter stutzten bei diesem Eidschwur und sagten: ‚Lassen wir diesen Mann frei hinüber, so hat er einen Meineid geschworen und muß gemäß dem Gesetze sterben; hängen wir ihn aber, so hat er geschworen, er gehe hinüber, um an diesem Galgen zu sterben, und da er also die Wahrheit gesagt hat, muß er nach dem nämlichen Gesetz frei ausgehen.' Nun verlangt man von Euer Gnaden zu wissen, Herr Statthalter, was sollen die Richter mit diesem Manne anfangen? Denn bis jetzt sind sie noch immer in Zweifeln befangen und unentschieden. Da sie aber von dem hohen und scharfen Verstande Euer Gnaden gehört, so haben sie mich hergesendet, um Euch in ihrem Namen zu bitten, Ihr möchtet Euer Gutachten in einem so verwickelten und zweifelhaften Falle erteilen."

Sancho gab hierauf zur Antwort: „Wahrlich, Eure Herren Richter, die Euch an mich senden, hätten das wohl unterlassen dürfen, denn ich bin ein Mann, der eher schwer von Begriff als scharfsinnig ist. Aber wiederholt mir den Handel immerhin noch einmal, so daß ich's verstehen kann; vielleicht ist es doch möglich, daß ich ins Schwarze schieße."

Der Fragesteller setzte wiederum und zum drittenmal auseinander, was er zuvor gesagt hatte, und Sancho sprach: „Meines Erachtens läßt sich der ganze Handel im Handumdrehen ins klare bringen. Die Sache ist nämlich die: Der bewußte Mann hat geschworen, daß er hinübergeht, um am Galgen zu sterben. Und wenn er am Galgen stirbt, hat er die Wahrheit geschworen und ist kraft des Gesetzes berechtigt, frei zu bleiben und über die Brücke zu gehen. Und wenn er nicht gehängt wird, hat er falsch geschworen und verdient kraft desselben Gesetzes, gehängt zu werden?"

„Genauso ist es, wie der Herr Statthalter sagt", bemerkte der Bote, „und was die Vollständigkeit und das Verständnis des

Falles betrifft, so läßt sich nicht mehr verlangen und ist weiter kein Zweifel möglich."

„Nun, so sag ich jetzt", versetzte Sancho, „man soll diejenige Hälfte von dem Manne, die wahr geschworen hat, hinübergehen lassen und die Hälfte, die gelogen hat, an den Galgen hängen; und auf diese Weise wird das Gesetz buchstäblich erfüllt."

„Herr Statthalter", entgegnete der Fragesteller, „da muß aber der bewußte Mensch in zwei Hälften zerteilt werden, in eine lügnerische und eine wahrhaftige, und wenn man ihn zerteilt, muß er unbedingt sterben; und dann geht nichts von all dem in Erfüllung, was das Gesetz verlangt, und es ist doch durchaus unerläßlich, daß dasselbe erfüllt werde."

„Kommt einmal her, wackerer Herr", entgegnete Sancho. „Entweder bin ich ein Klotzkopf, oder für Euren Brückengänger ist ebensoviel Grund vorhanden zu sterben, als zu leben und über die Brücke zu gehen; denn wenn die Wahrheit ihn errettet, so verurteilt ihn die Lüge gleicherweise. Und daher müßt Ihr meiner Meinung nach den Herren, die Euch zu mir geschickt haben, sagen: Da in betreff der Gründe, ihn zu verurteilen oder ihn freizusprechen, das Zünglein der Waage mitten inne steht, sollen sie ihn frei hinüberlassen, sintemal Gutes tun mehr als Böses gepriesen wird; und das würde ich ihnen schriftlich mit meines Namens Unterschrift geben, wenn ich schreiben könnte. Das ist aber nicht meine eigene Weisheit, sondern mir ist eine Lehre eingefallen, die hat mir unter vielen andern mein Herr Don Quijote gegeben am Abend, eh ich hierherkam, um Statthalter auf dieser Insel zu werden, und sie lautete: Wenn Recht und Richter in Zweifel sind, solle ich ein Stückchen nachgeben und mich zur Barmherzigkeit halten; und Gott hat es so gefügt, daß mir das jetzt eben eingefallen ist, weil es auf diesen Fall paßt, als wär es dafür gemacht."

„Ganz richtig", bemerkte der Haushofmeister, „und ich bin überzeugt, daß Lykurgus selbst, der Gesetzgeber der Lakedämonier, keine bessere Entscheidung hätte fällen können als die des großen Sancho Pansa. Hiermit aber mag die Sitzung des heutigen Morgens zu Ende sein, und ich will anordnen, daß der Herr Statthalter ein Mahl ganz nach seinem Belieben erhält."

„Das will ich ja haben, und ehrlich Spiel!" sagte Sancho. „Gebt mir zu essen, und dann mögen Rechtsfälle auf mich niederregnen und dunkle Rechtsfragen kommen, ich will ihnen mit einem Griff den Docht schneuzen!"

Der Haushofmeister hielt Wort, da es sein Gewissen gedrückt

hätte, einen so verständigen Statthalter verhungern zu lassen. Zudem hatte er vor, noch in dieser Nacht mit ihm ein Ende zu machen, indem er ihm einen letzten Possen spielen wollte, wozu er den förmlichen Auftrag erhalten hatte.

Nachdem nun Sancho diesen Tag gegen die Regeln und Lehrsprüche des Doktors Machdichfort gespeist hatte, trat während des Abdeckens ein Eilbote herein und brachte einen Brief Don Quijotes an den Statthalter. Sancho befahl dem Geheimschreiber, ihn für sich zu lesen, und wenn sich nichts darin fände, was geheimzuhalten wäre, so solle er ihn laut vorlesen. Der Geheimschreiber gehorchte, und nachdem er den Brief durchgesehen, sagte er: „Ganz gut kann der Brief laut vorgelesen werden, denn was Señor Don Quijote an Euer Gnaden schreibt, verdient mit goldenen Buchstaben gedruckt und geschrieben zu werden."

Brief Don Quijotes von der Mancha an Sancho Pansa, Statthalter der Insul Baratária

Während ich erwartete, von deinen Unbesonnenheiten und Mißgriffen Nachricht zu erhalten, Freund Sancho, erhielt ich solche von deinem verständigen Benehmen, wofür ich dem Himmel ganz besondern Dank sage, der die Armen aus dem Mist emporhebt und Dummköpfe zu verständigen Leuten schafft. Ich höre, daß du regierst, wie wenn du ein Mensch wärest, und daß du ein Mensch bist, wie wenn du ein niederes Tier wärst, so groß ist die Demut, mit der du dich benimmst; du sollst dir aber merken, Sancho, daß es in vielen Fällen angemessen und für das amtliche Ansehen unentbehrlich ist, der Demut des eignen Herzens entgegenzutreten, denn die äußere Erscheinung eines Mannes, der einem wichtigen Amte vorsteht, muß diesem entsprechen, nicht aber dem Maßstabe dessen, wozu sein demütiger Sinn ihn hinneigt. Kleide dich gut; ein Stück Holz, wenn schön angezogen, sieht nicht wie ein Stück Holz aus. Ich sage nicht, du sollst in Flitterschmuck und Staat einhergehen, sollst auch nicht Soldatentracht anlegen, da du doch ein Richter bist, sondern du sollst dich mit der Tracht schmücken, die dein Amt erheischt, und sie reinlich und gut halten.

Um die Zuneigung der Leute zu gewinnen, über die du Statthalter bist, hast du unter andrem zweierlei zu tun: erstens, gegen jedermann höflichen Anstand zu beobachten, was ich dir indessen schon einmal gesagt habe; und zweitens, für reichlichen Vorrat an Lebensmitteln zu sorgen, da nichts den Armen so reizt wie Hunger und Teuerung.

Gib nicht viele Gesetze, und wenn du ihrer gibst, so sorge dafür, daß es gute Gesetze sind, besonders aber, daß sie gehalten und befolgt werden; denn Gesetze, die nicht gehalten werden, sind geradeso, als wären sie nicht vorhanden; ja sogar erwecken sie die Meinung, daß der Fürst, der die Einsicht und Befugnis hatte, die Gesetze zu erlassen, nicht die Macht besaß, ihre Befolgung durchzusetzen. Gesetze aber, welche drohen und nicht zur Ausführung kommen, werden am Ende gleich dem Klotz, dem Froschkönig: anfangs setzte er die Frösche in Schrecken, und mit der Zeit verachteten sie ihn und sprangen auf ihm herum.

Sei ein Vater der Tugenden und den Lastern ein Stiefvater. Sei nicht immer streng und nicht immer mild und suche dir die Mitte zwischen diesen zwei Gegensätzen; darin beruhen Anfang und Ende der Weisheit. Besuche die Gefängnisse, die Fleischbänke und die Marktplätze, denn die Anwesenheit des Statthalters ist an solchen Orten von großer Wichtigkeit. Sprich den Gefangenen Trost zu, welche die baldige Entscheidung ihres Loses erhoffen. Sei ein Popanz den Fleischern, und diese werden alsdann richtiges Gewicht halten; und aus demselben Grunde sei der Schrecken der Marktweiber. Zeige dich nicht – wenn du es auch vielleicht wärest, was ich nicht glaube – als ein Habgieriger, als ein Weiberjäger, als ein Vielfraß; denn sobald das Volk und seine Umgebung an dir einen bestimmten Hang ausfindig machen, werden sie von dieser Seite her ihre Geschütze gegen dich spielen lassen, bis sie dich in den Abgrund des Verderbens hinabgeschleudert haben.

Die Ratschläge und Belehrungen, die ich dir schriftlich gegeben, ehe du zu deiner Statthalterschaft aufbrachst, erwäge sie und erwäge sie wieder, gehe sie durch und gehe sie immer wieder durch, und da wirst du sehen, wie du in ihnen, wenn du sie treulich beobachtest, ein Hilfsmittel finden wirst, das dir die Drangsale und Schwierigkeiten erleichtert, denen ein Statthalter bei jedem Schritt begegnet.

Schreibe deiner Herrschaft und zeige dich ihr dankbar; die Undankbarkeit ist die Tochter des Hochmuts und eine der größten Sünden, die wir kennen. Wer aber denen dankbar ist, die ihm Gutes getan, der zeigt damit, daß er auch Gott dankbar sein wird, der ihm soviel Gutes getan hat und fortwährend tut.

Die Frau Herzogin hat einen besonderen Boten mit deinem Anzug und noch einem Geschenk an deine Frau Teresa Pansa abgehen lassen; wir erwarten jeden Augenblick Antwort. Ich war etwas unwohl infolge einer gewissen Katzbalgerei, die sich mit mir, nicht sehr zum Besten meiner Nase, zugetragen hat; aber es war am Ende doch nichts, denn wenn es Zauberer gibt, die mich mißhandeln, gibt es ihrer auch solche, die mich beschützen. Benachrichtige mich, ob der Haushofmeister, der sich bei dir befindet, mit dem Tun und Lassen der Trifaldi etwas zu schaffen hatte, wie du geargwöhnt hast. Überhaupt wirst du mir stets von allem, was dir begegnet, Nachricht geben, sintemal der Weg so kurz ist; übrigens gedenke ich das müßige Leben, das ich führe, bald aufzugeben, da ich für ein solches nicht geboren bin.

Ich bin in eine Angelegenheit verwickelt worden, die mich, wie ich glaube, bei den Herrschaften hier in Ungnade bringen wird; aber wenn mir auch viel daran liegt, so liegt mir eigentlich gar nichts daran. Denn zuletzt und am Ende muß ich eher die Pflichten meines Berufs als ihr Belieben zur Richtschnur nehmen, gemäß dem oft gehörten Spruche: Amicus Plato, sed magis amica veritas. Ich sage dir diesen Spruch aus dem Lateinischen, weil ich mir denke, seit du Statthalter bist, wirst du es gelernt haben. Und nun Gott befohlen; er behüte dich davor, daß jemand jemals Mitleid mit dir haben müsse.

Dein Freund Don Quijote von der Mancha

Sancho hörte mit größter Aufmerksamkeit den Brief an, welcher von allen Hörern gepriesen und als hochverständig erachtet wurde. Sancho aber erhob sich sofort vom Tische, rief den Geheimschreiber und schloß sich mit ihm in sein Zimmer ein; er wollte nämlich auf der Stelle seinem Herrn Don Quijote antworten. Er befahl dem Geheimschreiber, alles, was er ihm vorsagen werde, genau niederzuschreiben, ohne etwas hinzuzufügen oder wegzulassen; jener gehorchte, und das Antwortschreiben bekam folgenden Inhalt:

Brief Sancho Pansas an Don Quijote von der Mancha

Ich habe so viel mit meinen Geschäften zu tun, daß ich keine Zeit habe, mir den Kopf zu kratzen, ja nicht einmal, mir die Nägel zu schneiden, und daher habe ich sie so lang, daß Gott erbarm. Ich sage das, allerliebster Herre mein, damit Ihr nicht erschreckt, wenn ich bis jetzt noch keine Nachricht von meinem Wohl- oder Übelergehen in der Statthalterschaft dahier gegeben habe, in der ich mehr Hunger leide, als da wir beide durch Wälder und Wüsteneien zogen.

Der Herzog, mein Herr, hat mir neulich geschrieben und Nachricht gegeben, es seien gewisse Kundschafter in meine Insul gekommen, um mich umzubringen; bis jetzt aber hab ich noch keinen andern entdeckt als einen gewissen Doktor, der hier am Orte besoldet wird, um alle Statthalter, die herkommen, umzubringen; er heißt Doktor Peter Stark und ist gebürtig aus Machdichfort; aus diesem Namen möge Euer Gnaden ersehen, daß man wirklich Angst haben kann, durch diesen Mann vom Leben zum Tode gebracht zu werden. Dieser genannte Doktor sagt selbst von sich, daß er keine Krankheiten heilt, wenn sie da sind, sondern daß er ihnen zuvorkommt, damit sie nicht kommen, und die Heilmittel, die er anwendet, sind wenig essen und immer weniger essen, bis daß er den Leuten nichts weiter als die puren Knochen gelassen hat, als ob die Auszehrung nicht ein größer Übel wäre als das Fieber. Zuletzt wird er mich Hungers sterben lassen, und zuletzt werde ich vor Ärger des Todes sein; denn während ich dachte, ich käme an die Statthalterschaft hier, um warm zu essen und kühl zu trinken und meinen Leib auf Bettlaken von feinem Linnen und auf Federpfühlen zu pflegen, bin ich hierhergekommen, um mit Fasten Buße zu tun, gerade als wär ich ein Einsiedler, und da ich die Buße nicht aus eignem Willen tue, so meine ich, am Ende und zu guter Letzt holt mich noch der Teufel.

Bis jetzt hab ich weder etwas an Gebühren eingestrichen noch auf Nebenwegen erschlichen, und ich weiß nicht, woran das liegt, denn ich habe mir hier sagen lassen, daß die Statthalter, die auf diese Insul zu kommen pflegen, bevor sie selbige noch betreten, von den Leuten in der Stadt viel Geld geschenkt oder geliehen bekommen und daß dies gewöhnlicher Brauch ist bei allen andern, die zu Statthaltereien kommen, und nicht bloß bei dieser hier.

Vorige Nacht, als ich die Runde machte, traf ich ein sehr schönes Mädchen in Mannstracht und einen Bruder von ihr in Weiberkleidern; in das Mädchen hat sich mein Truchseß verliebt und sie in seinen Gedanken zu seiner Frau erkoren, wie er sagte, ich aber habe den jungen Burschen zu meinem Schwiegersohn erwählt. Noch heute wollen wir beide unsre Absichten bei dem Vater der zwei zur Sprache bringen; er ist ein gewisser Diego de la Llana, ein Junker und ein so alter Christ, wie man sich nur wünschen kann.

Ich besuche die Marktplätze, wie es Euer Gnaden mir anrät, und gestern habe ich ein Marktweib gefunden, das heurige Haselnüsse verkauft; ich habe aber herausgefunden, daß sie unter einen Scheffel heurige Haselnüsse einen Scheffel alte gemengt hat, die taub und schimmelig waren. Ich habe sie sämtlich den Schülern der Armenschule gegeben, die schon die guten von den schlechten sondern werden, und das Weib darf zur Strafe vierzehn Tage lang nicht auf den Markt. Mir ist gesagt worden, ich hätte da tapfer zugegriffen. Ich muß hierbei Euer Gnaden sagen, daß es in dieser Stadt allgemein heißt, es gebe kein schlimmeres Volk als die Marktweiber; denn sie sind alle unverschämt, gewissenlos und frech; und ich glaube es wohl nach dem, was ich an andern Orten gesehen habe.

Daß die gnädige Frau Herzogin meiner Frau Teresa Pansa geschrieben hat und hat ihr das Geschenk geschickt, wovon Euer Gnaden spricht, das ist mir sehr angenehm, und ich will mich bestreben, mich ihr seinerzeit dankbar zu erweisen. Küßt ihr von meinetwegen die Hände und sagt ihr, ich sage, sie hat es nicht in einen Sack mit Löchern geworfen, und dies soll ihr durch die Tat bewiesen werden.

Ich möchte nicht, daß Ihr in verdrießliche Hängereien mit meiner Herrschaft dorten kämt; denn wenn Ihr mit ihr böse werdet, so muß es offenbar mir zum Schaden ausschlagen. Auch wäre es nicht recht, da *mir* die Lehre gegeben wird, ich solle dankbar sein, wenn Euer Gnaden es nicht wäre gegen Personen, die Euch so viele Gunst erwiesen haben, und Ihr seid in ihrem Schloß so köstlich und glänzend aufgenommen worden.

Die Geschichte mit der Katzbalgerei verstehe ich nicht, aber ich denke mir, es wird wieder eine von den schändlichen Untaten sein, wie sie die Zauberer gegen Euer Gnaden zu verüben pflegen; ich werde es erfahren, sobald wir uns wiedersehen.

Ich möchte Euch gern etwas schicken, aber ich weiß nicht, was ich schicken soll, wenn nicht etwa ein paar Röhrchen zu Klistierspritzen; die macht man auf dieser Insul sehr hübsch für an Schweinsblasen zu befestigen. Indessen wenn mein Amt mir eine Zeitlang bleibt, will ich suchen, was ich von Rechts wegen oder von Unrechts wegen bekomme, davon etwas zu schicken.

Falls mir meine Frau Teresa Pansa schreiben sollte, so wolle Euer Gnaden das Postgeld bezahlen und mir den Brief schikken; ich habe das allergrößte Verlangen, zu erfahren, wie es bei mir zu Hause steht, bei meiner Frau und bei meinen Kindern.

Und hiermit bitte ich Gott, Euer Gnaden von schlechtgesinnten Zauberern zu befreien und mich froh und friedlich dieser Statthalterschaft zu entledigen, woran ich zweifle, denn ich meine, ich werde aus ihr nur mit dem Leben scheiden, so behandelt mich der Doktor Peter Stark. –

Euer Gnaden Diener,
Sancho Pansa, Statthalter

Der Geheimschreiber versiegelte den Brief und fertigte sogleich den Boten ab.

Dann traten die Personen zusammen, die ihr Spiel mit Sancho Pansa trieben, und verabredeten unter sich, wie sie seiner Statthalterschaft ein Ende machen sollten. Den Nachmittag verbrachte Sancho mit dem Erlaß einiger Verordnungen in betreff der guten Verwaltung seiner vermeintlichen Insul. Er verordnete, es sollten Auf- und Wiederverkäufer von Lebensmitteln im Gemeinwesen nicht geduldet werden; Wein sollte man einführen dürfen, woher man wolle, doch unter der Bedingung, daß der Ort angegeben werden müsse, woher er sei, damit man seinen Preis nach seinem veranschlagten Wert, seiner Güte und seinem Ruf festsetzte, und wer ihn mit Wasser vermische oder ihn unter anderem Namen ausbiete, solle das mit dem Leben büßen. Er setzte den Preis aller Fußbekleidung herab, besonders den der Schuhe, weil er ihm übermäßig hoch schien. Für die Dienstbotenlöhne stellte er einen Tarif auf, da diese sich jetzt auf den Wegen groben Eigennutzes zügellos ergingen. Er verhängte sehr strenge Strafen über diejenigen, die bei Tag oder bei Nacht schlüpfrige oder unziemliche Lieder sängen. Er verbot jedem Blinden, Lieder von Wundern zu singen, wenn er nicht ein glaubhaftes Zeugnis bei sich habe, daß das Wunder echt und wahr sei; denn es bedünkte ihn, daß die meisten Wunder von denen, welche Wunder singen, erfunden seien und den wahren Wundern Abbruch tun. Er schuf und besetzte die Stelle eines Armenvogts, nicht damit er die Armen verfolgen solle, sondern damit er untersuche, ob sie wirklich arm seien, denn unter dem Deckmantel erdichteter Verkrüppelung und vorgeblicher Wunden werden die Arme und Hände zu Dieben und die Gesundheit zur Trunksucht.

Kurz, er erließ so treffliche Verordnungen, daß sie bis zum heutigen Tage an jenem Orte beobachtet werden und den Namen tragen: *Verordnungen des großen Statthalters Sancho Pansa.*

52. KAPITEL

Wo das Abenteuer mit der zweiten Kammerfrau Schmerzenreich oder Vielbedrängt berichtet wird, welche sonst auch den Namen Doña Rodríguez führt

Sidi Hamét erzählt: Sobald Don Quijote von seinen Schrammen im Gesicht wieder geheilt war, schien ihm das Leben, das er in diesem Schlosse führte, völlig unverträglich mit dem Ritterorden, zu dem er sich bekenne. Er beschloß daher, sich von dem herzoglichen Paar Urlaub zu erbitten, um nach der Stadt Zaragoza abzureisen, deren Festspiele schon herannahten, wo er den Harnisch zu erringen dachte, der bei diesen Festlichkeiten dem Sieger zuteil wird. Als er nun eines Tages mit Herzog und Herzogin zu Tisch saß und gerade im Begriff war, sein Vorhaben ins Werk zu setzen und den Urlaub zu erbitten, siehe, da traten unversehens zur Tür des großen Saals zwei Frauen herein, von Kopf zu Füßen in Trauer gehüllt; eine derselben näherte sich dem Ritter, warf sich, so lang sie war, auf den Boden vor ihm und preßte den Mund auf Don Quijotes Füße und stieß so klägliche, so tiefe, so schmerzliche Seufzer aus, daß alle, die sie hörten und anschauten, wie ganz verwirrt dastanden. Wiewohl der Herzog und die Herzogin dachten, es sei dies nur ein Possen, den ihre Diener dem Ritter spielen wollten, so blieben sie doch in Zweifel und Spannung, als sie sahen, mit welcher Leidenschaftlichkeit die Frau stöhnte und weinte, bis endlich Don Quijote voll Mitleids sie vom Boden emporhob und sie hieß, sich zu enthüllen und den Schleier von dem tränenreichen Antlitze abzunehmen. Sie tat es und ließ die Anwesenden sehen, was sie nimmer erwartet hätten, denn sie entschleierte das Gesicht der Doña Rodríguez, der Kammerfrau vom Hause; und die andre in Trauer war ihre Tochter, das von dem Sohne des reichen Bauern betrogene Mägdlein.

Alle, die sie kannten, verwunderten sich höchlich und der Herzog und die Herzogin mehr als alle; denn sie hielten sie zwar für dumm und albern, aber doch nicht so sehr, daß sie sich bis zu förmlichen Narrenstreichen versteigen sollte. Endlich **sprach**

Doña Rodríguez, zu den Herrschaften gewendet: „Geruhen Eure Exzellenzen zu gestatten, daß ich mit dem Ritter hier mich ein weniges bespreche; denn also ist's unerläßlich, um mich glücklich aus einer Verwicklung zu ziehen, in welche mich die Frechheit eines nichtswürdigen Buben gebracht hat."

Der Herzog gewährte ihr die Erlaubnis, mit dem Señor Don Quijote zu besprechen, soviel sie nur Lust habe.

Sie richtete nun ihre Rede und ihre Blicke auf Don Quijote und sprach: „Etliche Tage ist es her, tapferer Ritter, seit ich Euch von dem Unrecht und Treubruch berichtet habe, so ein schlechter Bauer gegen mein sehr teures und hochgeliebtes Töchterlein verübt; es ist die Unglückselige, so hier gegenwärtig ist; Ihr nun habt mir verheißen, Euch ihrer anzunehmen und das Unrecht wieder zurechtzubringen, so man ihr angetan. Jetzt aber ist mir zu Ohren gekommen, daß Ihr dieses Schloß verlassen wollt, um auf glückliche Abenteuer auszugehen, welche Gott Euch bescheren wolle. So bitte ich Euch denn, ehe Ihr auf ferne Pfade hinausziehet, daß Ihr selbiges Ungetüm von einem Bauern zum Kampfe fordert und ihn dazu zwingt, daß er meine Tochter ehelicht und so das Eheversprechen einlöst, das er ihr gegeben hat, bevor und ehe er sich mit ihr erlustete. Denn zu glauben, der Herzog, mein Herr, werde mir zu meinem Recht verhelfen, hieße Birnen vom Ulmenbaum brechen wollen, eben aus dem Grunde und Anlaß, den ich Euer Gnaden in aller Heimlichkeit dargelegt. Und hiermit bitte ich zu Gott, daß er Euch Gesundheit zur Genüge verleihe, wir aber seines Schutzes nimmer verlustig gehen mögen."

Auf diese Worte entgegnete Don Quijote mit würdigem Ernst und Selbstgefühl: „Treffliche Kammerdame, mindert Eure Tränen, oder besser gesagt, trocknet sie und spart Eure Seufzer; ich nehme es auf mich, Eurer Tochter zu helfen. Zwar wäre es besser für sie gewesen, wenn sie sich nicht so leicht und rasch dem Glauben an verliebter Jünglinge Versprechungen hingegeben hätte, denn diese werden schneller hingesagt als erfüllt. Sonach werde ich, mit Erlaubnis des Herzogs, meines Herrn, sofort auf die Suche nach diesem ruchlosen Jüngling ausziehen und werde ihn finden und werde ihn zum Kampfe fordern und werde ihn erschlagen, sofern und sobald er Winkelzüge macht und der Erfüllung seines gegebenen Wortes ausweichen will. Ist ja doch der fürnehmste Zweck meines Berufs, die Demütigen zu schonen und die Hochmütigen zu strafen; ich meine, den von Elend Bedrängten beizuspringen und die Bedränger zu vernichten."

„Es ist nicht nötig", entgegnete der Herzog, „daß Euer Gnaden sich die Mühe auferlege, den Bauern zu suchen, über den diese wackere Kammerfrau Klage führt; auch braucht Ihr von mir keine Erlaubnis, ihn herauszufordern, vielmehr sehe ich ihn als bereits gefordert an und mache mich dafür verbindlich, daß diese Forderung zu seiner Kenntnis kommt und er sie annimmt und, um sich zu verantworten, hierher zu diesem Schlosse kommt, allwo ich beiden freies und sicheres Feld zum Kampf gewähren werde, unter Beobachtung aller bei solchen Fällen üblichen Regeln, wobei ich auch jedem gleiches Recht wahren werde; wie das zu wahren all jene Fürsten verpflichtet sind, welche denen freies Kampffeld gewähren, die innerhalb der Grenzen ihres herrschaftlichen Gebietes sich schlagen."

„Unter dieser Zusicherung also und mit freundwilligem Urlaub Eurer Hoheit", versetzte Don Quijote, „erkläre ich, daß ich mich für diesmal meines Adelsstands entäußere, mich zum niedren Stand des Übeltäters herablasse und selbigem Stand mich anbequeme, mich zu seinesgleichen mache und ihn in den Stand setze, mit mir zu kämpfen. Und so, ob er auch abwesend, fordere ich ihn und heische ihn zur Verantwortung darum, daß er übel daran getan, diese arme Person, so eine Jungfrau war und jetzo durch sein Verschulden nicht mehr ist, zu betrügen, und daß er die Zusage, ihr rechtmäßiger Ehegemahl zu werden, halten oder durch meine Hand sterben muß."

Und sogleich zog er einen Handschuh aus und warf ihn mitten in den Saal; der Herzog hob ihn auf und erklärte, wie schon gesagt, nehme er die besagte Forderung im Namen seines Untertans an; er bestimme den sechsten Tag nach dem heutigen für den Kampf und als Kampfplatz den großen Hof des Schlosses, als Waffen die gewöhnlichen der Ritter, Speer und Schild und Harnisch mit Panzerringen, nebst allen andern Bewaffnungsstücken, die sonder Trug noch Falsch, ohne Hinterlist oder Zaubermittel, von den Kampfrichtern untersucht und richtig befunden würden.

„Jedoch vor allen Dingen", fuhr der Herzog fort, „müssen diese brave Kammerfrau und diese nicht brave Maid ihre Sache ganz in die Hände des Señor Don Quijote legen; andernfalls läßt sich nichts tun, noch kann diese Forderung zu gebührender Ausführung gelangen."

„Gewiß lege ich es in seine Hände", erwiderte die Kammerfrau.

„Ich auch", fügte die Tochter hinzu, ganz in Tränen zerfließend, voller Beschämung und in gar übler Verfassung.

Nachdem nun diese Bestimmungen getroffen worden und der Herzog sich ausgedacht hatte, was zu tun sei, gingen die beiden im Trauergewand von dannen, und die Herzogin ordnete an, sie sollten fernerhin nicht als ihre Dienerinnen behandelt werden, sondern als abenteuernde Damen, die zu ihrem Schlosse gekommen seien, um ihr Recht zu suchen. Es wurde ihnen also ein besonderes Zimmer angewiesen, und sie wurden wie Fremde bedient, zu nicht geringem Erstaunen der übrigen Dienerinnen, die nicht wußten, was es mit der Einfältigkeit und Dreistigkeit der Doña Rodríguez und ihrer trotz dem fahrenden Ritter so übel fahrenden Tochter für ein Ende nehmen sollte.

Wie man so weit war, um das Fest in noch höherem Maße zu erheitern und dem Mahl ein fröhliches Ende zu bereiten, trat der Edelknabe zum Saal herein, der die Briefe und Geschenke an Teresa Pansa, die Frau des Statthalters Sancho Pansa, überbracht hatte. Über seine Ankunft waren Herzog und Herzogin hochvergnügt, da sie begierig waren zu erfahren, was ihm auf seiner Reise begegnet sei; aber als sie ihn danach fragten, antwortete er, er könne dies nicht so öffentlich und auch nicht mit wenigen Worten sagen; Ihre Exzellenzen möchten sich gedulden, bis er sie allein sprechen könne, einstweilen aber möchten sie sich mit diesen Briefen unterhalten. Darauf holte er zwei Briefe hervor und überreichte sie zu Händen der Herzogin. Der eine trug die Aufschrift: „Brief an meine gnädige Frau, die Herzogin N. N., wohnhaft wo weiß ich nicht", und der andre: „An meinen Mann Sancho Pansa, Statthalter der Insul Baratária, welchem Gott mehr glückliche Jahre schenke als mir."

Der Herzogin ließ es keine Ruhe, bis sie ihren Brief lesen konnte; sie öffnete ihn, und nachdem sie ihn für sich durchgegangen und gefunden, daß er sich zum Vorlesen vor dem Herzog und den Umstehenden eigne, trug sie ihn laut vor. Er lautete folgendermaßen:

Brief von Teresa Pansa an die Herzogin

Viel Vergnügen hat mir, o Herrin, der Brief gemacht, den Euer Hoheit mir geschrieben; ich hatte wirklich groß Verlangen danach. Die Korallenschnur ist sehr schön, und der Jagdanzug meines Mannes steht nicht hinter ihr zurück. Daß Euer Hoheit meinen Gatten Sancho zum Statthalter gemacht hat, darüber ist das ganze Dorf sehr vergnügt, wiewohl es kein Mensch glaubt, vor allem der Pfarrer und Meister Nikolas der

Barbier und Sansón Carrasco der Baccalaur nicht; aber ich gebe keinen Deut darum; wenn es so ist – und es ist wirklich so –, da mag jeder sagen, was er Lust hat. Freilich, ohne die Korallen und den Anzug täte ich es auch nicht glauben, denn hier im Dorf hält jeder meinen Mann für einen einfältigen Tropf, und nachdem er eben erst eines Gutsherrn Statthalter über eine Herde Ziegen gewesen, können sie sich nicht denken, zu was für einer anderen Statthalterschaft er gut sein soll. Gott gebe ihm seinen Segen und leite seine Schritte so, wie er es für seine Kinder nötig hält.

Ich, liebe Frau Herzens-Herzogin, bin mit Verlaub von Euer Gnaden entschlossen, mir das gute Glück zunutze zu machen; ich will in die Residenz gehen und mich da in einer Kutsche ausstrecken, damit den tausend Neidhämmeln, die ich schon habe, die Augen aus dem Kopf springen. Daher bitte ich Euer Exzellenz, meinem Mann zu befehlen, er soll mir ein wenig Geld schicken; es muß aber was Rechtes sein, denn in der Residenz sind die Ausgaben groß; das Brot kostet einen Real und Fleisch das Pfund dreißig Maravedís, daß es ein wahrer Jammer ist. Will er aber, daß ich nicht hingehe, so soll er mich beizeiten in Kenntnis setzen, denn es kribbelt mir schon in den Füßen vor lauter Lust, mich auf den Weg zu machen. Auch sagen mir meine Freundinnen und Nachbarinnen, wenn ich und meine Tochter in Pracht und Prunk in der Residenz herumsteigen, da muß am Ende mein Mann durch mich bekannt werden, mehr als ich durch ihn, dieweil notwendigerweise viele Leute fragen werden: Wer sind die Damen in dieser Kutsche? Und da wird einer von meiner Dienerschaft antworten: die Frau und die Tochter von Sancho Pansa, dem Statthalter der Insul Baratária. Und auf die Art wird Sancho bekannt, ich aber geehrt werden, und – was dein Herze gelüstet, geh nach Rom, da findest du's.

Es tut mir leid, sosehr mir was leid tun kann, daß es dies Jahr in unserm Dorf keine Eicheln gegeben hat; trotzdem schicke ich Euer Hoheit fast ein halb Viertel, die bin ich selbst in den Wald gegangen aufzulesen und auszulesen, habe sie aber nicht größer gefunden. Ich wünschte gern, sie wären wie Straußeneier.

Euer Oberherrlichkeit wollen nicht vergessen, mir zu schreiben, ich will schon auf die Antwort bedacht sein und Euch über mein Wohlbefinden berichten und über alles, was aus unsrem Dorf zu berichten ist, allwo ich beständig zu Gott bitte,

Euer Hoheit in Obhut zu nehmen und meiner nicht zu vergessen.

Es empfiehlt sich diejenige, die mehr Lust hat, Euer Herrlichkeit zu sehen, als brieflich zu begrüßen:
Eure Dienerin Teresa Pansa

Groß war das Vergnügen, das die Hörer alle über Teresa Pansas Brief empfanden, vor allen der Herzog und die Herzogin. Die letztere bat Don Quijote um seine Ansicht darüber, ob man wohl auch den für den Statthalter gekommenen Brief öffnen dürfe, der nach ihrer Meinung ganz vortrefflich sein müsse. Don Quijote erwiderte, er wolle ihn öffnen, um ihnen Vergnügen zu machen; er tat also und fand, daß der Brief folgendermaßen lautete:

Brief von Teresa Pansa an ihren Ehemann Sancho Pansa

Ich habe deinen Brief erhalten, herzlieber Sancho, und ich versichere und schwör dir's als eine katholische Christin, daß nicht zwei Finger breit dran fehlten, so wär ich vor Vergnügen verrückt geworden. Siehst du, lieber Freund, als ich zu hören bekam, daß du Statthalter bist, meinte ich vor lauter Seligkeit tot hinzufallen; du weißt, was man sagt, plötzliche Freude bringt die Leute ebenso um wie großer Schmerz. Deine Tochter Sanchica ließ vor lauter Vergnügen das Wasser unter sich gehen, ohne es zu merken. Den Anzug, den du mir geschickt hast, hatte ich vor Augen, und die Korallen, die mir die gnädige Frau Herzogin schickte, hatte ich um den Hals und die Briefe in Händen, und den Überbringer derselben hatte ich da vor mir stehen, und bei alledem glaubte und dachte ich, es sei alles nur ein Traum, was ich sah und mit Händen griff; denn wer konnte denken, daß ein Ziegenhirt es so weit bringen sollte, ein Statthalter über Inseln zu werden? Du weißt ja, lieber Freund, meine Mutter hat gesagt: Wer lang lebt, erlebt viel. Ich sage das, weil ich noch mehr zu erleben gedenke, wenn ich noch mehr Jahre lebe, denn es läßt mir keine Ruhe, bis ich dich als Pächter oder Steuereinnehmer sehe. Das sind Stellen, wobei einen freilich der Teufel holt, wenn man sie zu schlechten Zwecken benutzt, wobei man aber zuletzt doch immer Geld hat und mit Geld umgeht.

Meine gnädige Frau Herzogin wird dir sagen, daß ich den Wunsch habe, nach der Residenz zu kommen; überlege dir das und sage mir, was du haben willst; ich will bestrebt sein, dir dort Ehre zu machen, weil ich in der Kutsche fahren will.

Der Pfarrer, der Barbier, der Baccalaur, ja auch der Küster können nicht glauben, daß du Statthalter bist, und sagen, alles sei Betrug oder Zauberergeschichten, wie es alle die Geschichten deines Dienstherrn Don Quijote sind; und Sansón sagt, er will hingehen und dich aufsuchen und dir die Statthalterschaft aus dem Kopf und dem Don Quijote die Narretei aus dem Hirn treiben. Ich aber tue weiter nichts als sie auslachen und meine Schnur ansehen und überlegen, wie ich aus deinem Anzug einen für unsre Tochter zurechtmachen kann.

Ich habe meiner gnädigen Frau Herzogin Eicheln geschickt, ich wollte, sie wären von Gold gewesen. Schicke du mir Perlenschnüre, wenn man sie auf deiner Insul trägt.

Das Neueste aus unserm Dorf ist, daß die Berrueca ihre Tochter mit einem Maler verheiratet hat, der nichts kann; der ist hierhergekommen, um zu malen, was eben vorkäme. Der Gemeinderat hat ihn beauftragt, das Wappen Seiner Majestät über die Tür des Rathauses zu malen; er verlangte zwei Taler, und man hat sie ihm im voraus gegeben; er hat acht Tage daran gearbeitet, und als sie herum waren, hatte er nichts gemalt und sagte, er könne es nicht über sich gewinnen, soviel geringfügigen Plunder zu malen; er hat das Geld zurückgegeben, und trotzdem, auf den Grund seiner Tüchtigkeit als Handwerksmann, hat er sich verheiratet. Freilich hat er den Pinsel beiseite gelegt und die Hacke zur Hand genommen und geht aufs Feld als ein recht braver Kerl. Der Sohn von Pedro de Lobo hat die niederen Weihen genommen und die Tonsur dazu, in der Absicht, geistlich zu werden; das hat Minguilla erfahren, die Enkelin von Mingo Silvato, und hat eine Klage gegen ihn angestellt, weil er ihr die Ehe versprochen hat. Böse Zungen wollen wissen, sie sei von ihm in andern Umständen, er aber leugnet es Stein und Bein. Heuer gibt es keine Oliven, auch findet sich kein Tropfen Essig im ganzen Dorf. Eine Kompanie Soldaten ist hier durchgekommen, sie haben auf ihrem Marsch drei Mädchen aus unserm Dorf mitgenommen. Ich will dir nicht sagen, wer sie sind; vielleicht, daß sie wiederkommen, und da wird's auch nicht an Männern fehlen, die sie heiraten mit den guten oder bösen Flecken auf ihrem Ruf.

Sanchica klöppelt jetzt Spitzen von Leinenzwirn, verdient täglich ihre acht Maravedís über die Kosten und legt sie in eine Sparbüchse als Beisteuer für ihre Ausstattung; aber jetzt, wo sie eines Statthalters Tochter ist, wirst du ihr schon die Mitgift stellen, ohne daß sie dafür arbeitet.

Der Brunnen auf dem Markt ist versiegt. Der Blitz hat in den Galgen geschlagen, aber es liegt mir den Kuckuck dran.

Ich erwarte auf Gegenwärtiges Antwort und Bescheid über meine Reise nach der Residenz. Und hiermit bitte ich Gott, dir längeres Leben als mir zu gewähren oder ein ebenso langes, denn ich möchte dich nicht ohne mich in dieser Welt zurücklassen.

Deine Frau Teresa Pansa

Die Briefe wurden hoch gefeiert und belacht, gepriesen und bewundert, und um das letzte Siegel auf die Freude zu drücken, kam auch noch der Eilbote, der den Brief Sanchos an Don Quijote überbrachte. Dieser Brief wurde ebenfalls öffentlich verlesen und erweckte Zweifel an der Einfältigkeit des Statthalters.

Die Herzogin zog sich zurück, um von dem Edelknaben zu hören, was in Sanchos Dorf vorgegangen; er berichtete es ihr ganz ausführlich, ohne den geringsten Umstand unerwähnt zu lassen; er überreichte ihr die Eicheln und dazu einen Käse, den ihm Teresa mitgegeben, weil er noch besser sei als der Käse von Tronchón. Die Herzogin empfing alles mit dem größten Vergnügen, und dabei wollen wir sie lassen, um zu erzählen, welch ein Ende die Statthalterschaft des großen Sancho Pansa genommen, der die Blume und der Spiegel war aller insulanischen Statthalter.

53. KAPITEL

Von dem trübseligen Ausgang und Ende, so Sancho Pansas Statthalterschaft genommen

Wer da glaubt, daß hienieden die Dinge dieser Welt immer in demselben Zustande bleiben werden, der lebt in einem großen Irrtum. Im Gegenteil scheint es, daß alles hienieden stets im Kreise geht, ich meine, sich rundum dreht. Dem Frühling folgt der Sommer, dem Sommer der Hochsommer, dem Hochsommer der Herbst, dem Herbst der Winter und dem Winter der Frühling, und so dreht sich die Zeit fort und fort in diesem ewigen Kreislauf. Nur das menschliche Leben eilt zu seinem Ende flüchtiger als die Zeit, ohne die Hoffnung, sich wieder zu erneuern, außer in jenem Leben, das keine Schranken kennt, die es begrenzen.

Also spricht Sidi Hamét, der mohammedanische Weise, denn die Erkenntnis von der Flüchtigkeit und dem Unbestande des irdischen Lebens und der Dauer des ewigen, das wir erhoffen, haben viele gehabt ohne die Leuchte des Glaubens und es lediglich am Lichte der Natur erkannt. Hier aber sagt es unser Autor nur aus Anlaß der kurzen Zeit, die Sanchos Statthalterschaft brauchte, um zu Ende zu gehen, zu zerfallen, sich aufzulösen und wie Schatten und Rauch zu entschwinden.

Sancho lag zu Bett, es war in den Tagen seiner Statthalterschaft die siebente Nacht; er war satt, nicht von Brot und Wein, sondern vom Gerichthalten und vom Erteilen von Gutachten und vom Erlassen neuer Gesetze und Verordnungen; und wie endlich der Schlaf, unerachtet und trotz des Hungers, ihm die Augen zu schließen begann, da hörte er großes Gelärm von Glocken und schreienden Stimmen, als wollte die ganze Insul in den Erdboden versinken. Er setzte sich im Bette aufrecht und horchte, um herauszufinden, was die Ursache eines so großen Aufruhrs sein könnte; aber nicht nur erriet er es nicht, sondern da dem Geschrei und Glockengeläute sich noch der Schall unzähliger Trompeten und Trommeln beigesellte, so wuchs seine Verwirrung noch mehr als seine Angst und sein Entsetzen; er sprang auf die Beine, zog sich wegen der Feuchtigkeit des Bodens Pantoffeln an, und ohne einen Schlafrock oder etwas dergleichen umzuwerfen, lief er zur Tür seines Zimmers; da sah er mit einem Male zwanzig und mehr Leute mit brennenden Fackeln in der Hand und bloßen Schwertern über die Gänge herlaufen, und die schrien überlaut: „Zu den Waffen, zu den Waffen, Herr Statthalter! Auf zu den Waffen! Feinde ohne Zahl sind in die Insul eingedrungen, und wir sind verloren, wenn Eure Vorkehrungen und Eure Tapferkeit uns nicht retten!"

Unter solchem Lärmen, Wüten und Toben drangen sie zur Tür, wo Sancho in Betäubung dastand und in Entsetzen über alles, was er sah und hörte; und als sie ihn erblickten, sprach einer zu ihm: „Euer Gnaden muß sich auf der Stelle waffnen, wenn Ihr nicht verloren sein wollt und nicht die ganze Insul verloren sein soll."

„Wie, ich soll mich waffnen?" entgegnete Sancho; „aber was weiß ich von Waffen oder von Retten? Solche Sachen überläßt man am besten meinem Herrn Don Quijote, der sie im Handumdrehen in Ordnung bringen wird; ich aber, ich Sünder vor Gott und den Menschen, ich verstehe gar nichts von dergleichen Fechtereien."

„Oho, Herr Statthalter", schrie ein andrer, „was soll diese Weichmütigkeit? Euer Gnaden wolle sich sofort waffnen; hier bringen wir Euch Waffen zu Schutz und Trutz, kommt heraus auf den Marktplatz dort, seid unser Führer und unser Hauptmann, denn das gehört sich für Euch als unsern Statthalter."

„So waffnet mich denn in Gottes Namen", versetzte Sancho.

Und sogleich brachten sie ihm zwei große Schilde herbei, mit denen sie sich zum voraus versehen hatten, und schnürten sie ihm über das Hemd, ohne ihn erst ein andres Kleidungsstück anziehen zu lassen, einen Schild vorn und einen hinten, zogen ihm die Arme durch ein paar runde Löcher, die sie bereits angebracht hatten, und banden ihn ringsum mit Stricken so fest, daß er eingemauert und in Bretter eingeklemmt dastand, steif und gerade in die Höhe wie eine Spindel, ohne die Knie biegen oder nur einen Schritt tun zu können. Sie gaben ihm einen Speer in die Hand, auf den er sich stützte, um sich nur auf den Füßen halten zu können. Als sie ihn nun so hergerichtet hatten, sagten sie ihm, er solle gehen und sie führen und alle zu Mut entflammen, und da er ihr leuchtendes Merkziel, ihre Laterne und ihr Morgenstern sei, so würden ihre Angelegenheiten gewiß zu gutem Ende kommen.

„Wie soll ich gehen, ich Unglückseliger", erwiderte Sancho, „wo ich nicht mal die Kniescheiben bewegen kann? Denn daran hindern mich diese Bretter, die mir so dicht ans Fleisch geschnürt sind. Das einzige, was ihr tun könnt, ist: ihr nehmt mich auf die Arme und gebt mir meinen Platz, querliegend oder aufrecht stehend, an irgendeinem Torweg, und den will ich verteidigen, entweder mit diesem Speer oder mit meinem Leibe."

„Geht doch, Herr Statthalter!" sagte ein dritter, „die Furcht hindert Euch mehr am Gehen als die Bretter; macht fort und rührt Euch, es ist spät, und die Zahl der Feinde wächst, das Geschrei wird stärker, und die Gefahr drängt."

Auf dies Zureden und diese Vorwürfe versuchte der arme Statthalter, sich zu bewegen, und stürzte alsbald mit einem so gewaltigen Schlag zu Boden, daß er glaubte, er habe sich alle Glieder entzweigebrochen. Er lag da wie eine Schildkröte, die von ihren Schalen umschlossen und überdeckt, oder wie ein Stück Speck, zwischen zwei Mulden eingeklemmt, oder wie ein Kahn, der umgeschlagen im Sande des Ufers liegt. Aber diese Sippschaft, die nur auf Schimpf und Spott ausging, hatte, als sie ihn hinstürzen sah, darum noch kein Erbarmen mit ihm; vielmehr löschten sie die Fackeln aus und erhoben aufs neue ein Geschrei, gewaltiger als zuvor, wiederholten den Ruf „Zu den Waffen!" in stürmischerer Hast, stampften über den armen Sancho weg und führten unzählige Schwerthiebe auf die Schilde, und wenn er nicht die Glieder eingezogen und den Kopf tief zwischen die Schilde gesteckt hätte, so wäre es dem armen Statthalter sehr übel ergangen, der in dieser Enge zusammengekauert schwitzte, ja in Schweiß zerfloß und sich von ganzem Herzen Gott dem Herrn befahl, daß er ihn aus dieser Gefahr erlöse. Etliche strauchelten über ihn, andre fielen auf ihn; ja einer stellte sich eine geraume Weile auf ihn und lenkte von da wie von einer Warte herab die Heere und rief mit lauter Stimme: „Hierher, wer zu den Unsern gehört! Von dieser Seite her drängen die Feinde am heftigsten heran! Die schwache Stelle dort wohl gehütet! Dieses Tor rasch verschlossen! Die Treppen dort verrammelt! Herbei mit Granaten, mit Pech und Harz in Kesseln siedenden Öles! Versperrt die Straßen mit Bettpfühlen!" Kurz, er nannte in wütender Hast allen Plunder und alle Gerätschaften und Werkzeuge des Kriegs, womit man den Sturm auf eine Stadt abzuwehren pflegt, und der arme zerquetschte Sancho, der alles anhörte und aushalten mußte, sagte zu sich selbst: O wollte doch mein Herrgott, diese Insul wäre endlich vollständig verloren und ich wär entweder tot oder aus dieser großen Not erlöst!

Der Himmel hörte sein Flehen, und als er es am wenigsten zu hoffen wagte, hörte er plötzlich ringsher rufen: „Sieg, Sieg! Die Feinde, geschlagen, ziehen ab! Auf, Herr Statthalter, Euer Gnaden wolle sich erheben und sich des Sieges freuen und die Beute verteilen, die durch die Heldenhaftigkeit dieses unbesiegbaren Armes den Feinden abgenommen worden."

„Hebt mich auf", sagte mit schmerzlich zitternder Stimme der schmerzensreiche Sancho.

Sie halfen ihm auf, und als er auf seinen Füßen stand, sagte er: „Der Feind, den ich besiegt haben soll, den soll man mir meinetwegen auf die Stirne nageln. Ich will nicht Beute von Feinden verteilen, sondern einen Freund, sofern ich einen habe, bitten und anflehen, mir einen Schluck Wein zu geben, denn ich verschmachte, und mir den Schweiß abzutrocknen, denn ich zerfließe zu Wasser."

Sie trockneten ihn ab, brachten ihm den Wein, banden ihm die Schilde ab; er setzte sich auf sein Bett und wurde ohnmächtig von der Angst, dem Schrecken und der erlittenen Drangsal. Den

Anstiftern der bösen Posse tat es schon leid, sie bis zu einem so bitteren Ernste getrieben zu haben; aber seine sofortige Rückkehr zur Besinnung mäßigte das unerquickliche Gefühl, das seine Ohnmacht bei ihnen hervorgerufen hatte. Er fragte, wieviel Uhr es sei; sie antworteten ihm, der Morgen breche schon an. Er schwieg, und ohne weiter ein Wort zu sagen, begann er sich anzukleiden, in tiefe Stille versenkt, und alle schauten ihm gespannt zu, voll Erwartung, was sein eilfertiges Ankleiden bedeuten möge.

Endlich war er fertig, und Schritt für Schritt, denn er war ganz gerädert und vermochte nicht schnell zu gehn, begab er sich nach dem Stalle, und alle folgten ihm dahin. Er ging zu seinem Grauen, umarmte ihn, gab ihm einen Friedenskuß auf die Stirn und sprach zu ihm, nicht ohne Tränen in den Augen: „Komm du her, du mein Kamerad, mein Freund und Miterdulder meiner Drangsale und Leiden. Als ich mit dir eines Sinnes hinlebte und keine anderen Gedanken hatte, als daß ich dafür sorgen müßte, dein Geschirr zu flicken und dein Bäuchlein zu pflegen, da waren meine Stunden, meine Tage und meine Jahre glückselig; aber seit ich dich verlassen und auf die Turmhöhe des Ehrgeizes und Hochmutes gestiegen, seitdem sind mir tausend Quälereien, tausend Drangsale und zehntausend Kümmernisse in die Seele gedrungen."

Während er diese Worte sprach, sattelte er zugleich seinen Esel, ohne daß jemand ein Wort sagte; und sobald der Sattel aufgelegt war, stieg er mit großen Schmerzen und Beschwerden auf seinen Grauen, wandte sich zu dem Haushofmeister, dem Geheimschreiber, zu dem Truchseß und zu Peter Stark, dem Doktor, und zu den andern, die in großer Zahl zugegen waren, und sprach: „Macht Platz, meine Herren, und laßt mich zu meiner alten Freiheit zurückkehren; laßt mich wieder mein vergangenes Leben aufsuchen, damit ich auferstehe aus diesem jetzigen Tode. Ich bin nicht geboren, ein Statthalter zu sein, noch Insuln oder Städte zu verteidigen gegen die Feinde, die sie angreifen wollen. Besser verstehe ich mich darauf, zu ackern und zu graben, Reben zu beschneiden und zu stocken, als Gesetze zu geben oder Länder und Königreiche zu verteidigen. Am wohlsten ist es dem heiligen Petrus in Rom; ich meine, jedem ist es am wohlsten, wenn er das Gewerbe treibt, für das er geboren ist. Eine Sichel steht mir besser zur Hand als eines Statthalters Zepter; lieber will ich mich an einer Krautsuppe satt essen als mich der Quälerei eines aufdringlichen Arztes unterwerfen, der mich durch Hunger umbringen will; und lieber will ich mich sommers in dem Schatten einer Eiche zur Rast legen und winters mich in einen abgeschabten Schafpelz wickeln und dabei in meiner Freiheit bleiben, als in der Knechtschaft einer Statthalterei unter Bettlaken von feinem Linnen liegen und mich in Zobelpelz kleiden. Gott sei mit euch, ihr Herren, und sagt meinem gnädigen Herzog: Nackt bin ich heut, nackt ward ich geboren, hab nichts gewonnen und nichts verloren; ich meine, ich bin ohne einen Pfennig in diese Statthalterschaft gekommen, und ohne einen Pfennig verlasse ich sie wieder, ganz gegen die Gewohnheit anderer Statthalter, wenn sie aus anderen Insuln scheiden. Jetzt tretet beiseite und laßt mich gehen, ich will mir Pflaster auflegen; ich glaube, alle meine Rippen sind mir zerquetscht dank den Feinden, die heute nacht auf mir herumspaziert sind."

„Nein, das darf nicht sein, Herr Statthalter", sagte der Doktor Stark; „ich will Euer Gnaden ein Tränklein geben, das gegen die Schmerzen vom Fall und gegen die Quetschungen hilft und

Euch sofort in Eurer vorigen Gesundheit und Kraft wiederherstellt. Was aber das Essen betrifft, so verspreche ich Euer Gnaden, mich zu bessern und Euch in Fülle essen zu lassen, worauf Ihr nur Lust habt."

„Zu spät", antwortete Sancho; „ebenso sicher verzichte ich aufs Fortgehen, wie ich ein Türke werde. Solche Späße erträgt man nicht zweimal. Bei Gott, ebensowenig bleibe ich bei dieser Statthalterschaft oder nehme eine andre an, und wenn man sie mir auf dem Präsentierteller reichte, als ich ohne Flügel gen Himmel fliege. Ich bin aus dem Geschlecht der Pansas, die alle einen harten Kopf haben, und wenn sie einmal ungerade sagen, so bleibt's bei ungerade, wenn auch gerade geworfen ist, der ganzen Welt zu Trotz. In diesem Stalle sollen die Flügel abfallen, die mir, der Ameise, gewachsen waren und mich in die Luft emportrugen, um von den Schwalben und andren Vögeln gefressen zu werden; wir wollen wiederum unten auf ebnem Boden die Füße aufsetzen, und wenn auch diese Füße nicht mehr in verzierten Schuhen von Korduan prangen, so wird es ihnen doch nicht an Bauernlatschen aus Hanfschnüren fehlen; jeder geselle sich zu seinesgleichen, jeder strecke sich nach der Decke. Jetzt aber laßt mich fort, es wird mir schon zu spät."

Darauf sagte der Haushofmeister: „Herr Statthalter, wir wollen Euer Gnaden recht gern ziehen lassen, sosehr es auch uns leid tun wird, Euch zu verlieren; denn ob Eurer Talente und Eures wahrhaft christlichen Verfahrens willen müssen wir notwendig Euer Bleiben wünschen. Allein es ist bekannt, daß jeder Statthalter verpflichtet ist, ehe er von dem Sitze seiner Statthalterschaft scheidet, vorher Rechenschaft abzulegen. Legt Rechenschaft ab über die zehn Tage, die Ihr das Amt innegehabt, und dann mögt Ihr mit Gott in Frieden hinziehen."

„Keiner kann Rechenschaft von mir fordern", entgegnete Sancho, „außer wen der Herzog, mein Herr, dazu verordnen will; ich will eben zu ihm gehen, und ihm werde ich sie aufs allerbeste ablegen. Zudem, wenn ich so nackt aus dem Amt gehe, wie ich es tue, so bedarf es keines andren Beweises, daß ich regiert habe wie die lieben Engelein."

„Bei Gott, der große Sancho hat recht", sagte der Doktor Stark, „und ich bin der Meinung, wir lassen ihn ziehen, denn der Herzog wird unendlich erfreut sein, ihn wiederzusehen."

Alle waren damit einverstanden und ließen ihn gehen, nachdem sie ihm ihre Begleitung angeboten sowie alles sonstige, was er zur Pflege seiner Person und zur Bequemlichkeit seiner Reise wünschen möchte. Sancho antwortete, er wünsche nichts weiter als ein wenig Gerste für seinen Grauen und einen halben Käse und ein halbes Brot für sich; denn da der Weg so kurz sei, so habe er keinen größern noch bessern Speisevorrat nötig. Sie umarmten ihn alle, und auch er umarmte sie alle unter Tränen und ließ sie voll Verwunderung zurück, sowohl über seine Äußerungen als über seinen so festen und so verständigen Entschluß.

54. Kapitel

Welches von Dingen handelt, so diese Geschichte und keine andere betreffen

Der Herzog und die Herzogin beschlossen, der Herausforderung, welche Don Quijote aus dem bereits erwähnten Anlaß gegen ihren Untertan gerichtet hatte, ihren Lauf zu lassen. Da jedoch der junge Mann sich in Flandern befand, wohin er geflüchtet war, um Doña Rodríguez nicht zur Schwiegermutter zu bekommen, so ordneten sie an, daß an seine Stelle ein Lakai aus der Gaskogne treten sollte, namens Tosílos, dem sie vorher genaue Anweisung erteilten, wie er sich zu benehmen habe.

Nach zwei Tagen sagte der Herzog zu Don Quijote, sein Gegner werde in vier Tagen kommen, sich in voller Rüstung auf dem Kampfplatz stellen und mannlich verfechten, daß die Maid in ihren halben Bart, ja in ihren ganzen Bart hineinlüge, wenn sie auf ihrer Behauptung bestehe, daß er ihr die Ehe versprochen habe. Don Quijote freute sich höchlich ob dieser Zeitung; er versprach sich selber, bei dieser Gelegenheit Wunder der Tapferkeit zu verrichten, und er betrachtete es als großen Glücksfall, daß sich ihm eine Gelegenheit darbot, diesen Herrschaften zu zeigen, wie weit sich die Kraft seines gewaltigen Armes erstrecke. Und so wartete er in froher Aufregung und vergnügter Stimmung die vier Tage ab, die in der Rechnung seiner Sehnsucht vierhundert Jahrhunderte ausmachten.

Wir wollen sie vorübergehen lassen, wie wir schon soviel andres haben vorübergehen lassen, und wollen Sancho begleiten, der halb vergnügt, halb traurig auf seinem Grautier dahinzog, seinen Herrn zu suchen, dessen Gesellschaft ihm besser behagte als die Statthalterschaft über alle Insuln der Welt. Es begab sich nun, als er sich noch nicht sehr weit von seiner Statthalterinsul entfernt hatte – es war ihm nämlich nie eingefallen, sich zu erkundigen, ob er eine Insel, eine Stadt, ein Städtchen oder Dorf bestatthalterte –, daß er dort auf seinem Wege sechs Pilger mit ihren Wanderstäben einherkommen sah, die zu jenen Ausländern gehörten, welche mit Gesang um Almosen bitten. Als sie näher kamen, stellten sie sich in eine Reihe, erhoben alle zusammen ihre Stimmen und begannen in ihrer Sprache zu singen, was Sancho nicht verstehen konnte, ausgenommen ein Wort, das deutlich ‚Almosen‘ lautete; daraus wurde ihm denn klar, daß es eben ein Almosen war, um was sie in ihrem Gesang baten. Da er nun, wie Sidi Hamét sagt, über die Maßen mildherzig war, so zog er aus seinem Zwerchsack das halbe Brot und den halben Käse, womit er sich versehen hatte, und reichte es ihnen hin, wobei er ihnen durch Zeichen zu verstehen gab, daß er sonst nichts für sie habe. Sie nahmen es sehr gern und sagten in deutscher Sprache: „Geld, Geld."

„Ich verstehe nicht, was ihr von mir wollt, liebe Leute", antwortete Sancho.

Da zog einer von ihnen einen Geldbeutel aus dem Busen und wies ihn Sancho hin, woraus diesem klarwurde, daß sie Geld von ihm verlangten; er aber legte den Daumen an die Kehle, hielt die Hand in die Höhe und streckte die Finger aus, womit er ihnen zu verstehen gab, daß er nicht die Spur von Geld habe, spornte seinen Esel und ritt durch sie hindurch. Als er indessen beim Vorüberreiten einen von ihnen aufmerksamer ansah, stürzte dieser auf ihn los, warf ihm die Arme um die Brust und rief laut in gut kastilianischer Sprache: „Gott steh mir bei! Was seh ich? Ist's möglich, daß ich meinen lieben Freund, meinen braven Nachbarn Sancho Pansa in den Armen halte? Ja, er ist's ohne Zweifel; ich liege ja nicht im Schlafe und bin jetzt nicht betrunken."

Sancho war erstaunt, als er von dem ausländischen Pilger bei Namen genannt und gar umarmt wurde; er sah ihn lange an, ohne ein Wort zu reden, mit größter Aufmerksamkeit, und konnte ihn dennoch nimmer erkennen. Als der Pilger ihn so verlegen sah, sprach er zu ihm: „Wie? Ist's möglich, Sancho Pansa, du alter Freund, daß du deinen Nachbarn Ricote nicht kennst, den Morisken, den Krämer in deinem Dorfe?"

Jetzt betrachtete ihn Sancho mit noch größerer Aufmerksamkeit, stellte sich seine Gesichtszüge aufs neue vor und erkannte ihn zuletzt ganz und gar; und ohne von seinem Tier abzusteigen, warf er ihm die Arme um den Hals und sagte: „Wer zum

Teufel hätte dich erkennen sollen, Ricote, in dieser Fastnachtstracht, die du trägst? Sage, wer hat dich zum Franzmann gemacht, und wie traust du dich denn wieder nach Spanien hinein, wo es dir sehr schlecht ergehen wird, wenn sie dich ertappen und erkennen?"

„Wenn *du* mich nicht verrätst, Sancho", antwortete der Pilger, „bin ich sicher; in dieser Tracht wird niemand mich erkennen. Aber gehen wir etwas abseits vom Wege nach jenem Wäldchen dort drüben; da wollen meine Kameraden essen und rasten, und dort sollst du mit ihnen essen; es sind sehr freundliche Leute. Da kann ich dir dann auch erzählen, was mir begegnet ist, seit ich unser Dorf verlassen habe, um dem Ausweisungsbefehl Seiner Majestät zu gehorchen, der die unglücklichen Angehörigen meines Volkes mit solcher Strenge bedroht, wie du gehört hast."

Sancho tat also, Ricote sprach mit den übrigen Pilgern, und diese gingen zu dem Wäldchen hin, das sich vor ihnen zeigte, und entfernten sich ziemlich weit von der Heerstraße. Sie warfen ihre Stäbe hin, legten ihre weiten Kragen oder Pilgermäntel ab und standen nun in ihren Unterkleidern da; alle waren junge, hübsche Leute, außer Ricote, der schon bei Jahren war. Alle hatten Zwerchsäcke bei sich, welche dem Anscheine nach sämtlich wohlgefüllt waren, wenigstens mit solchen Dingen, die die Kehle reizen und den Durst auf zwei Meilen weit herbeirufen. Sie lagerten sich auf dem Boden, machten das Gras zum Tischtuch und legten darauf Brot, Salz, Messer, Nüsse, Stückchen Käse, saubre Schinkenbeine, an denen zwar nichts zu beißen war, an denen sich aber saugen ließ. Sie stellten auch ein schwarzes Gericht auf, das sie Kaviar benannten und das aus Eiern von Fischen besteht – ein großer Dursterwecker! Es fehlte auch nicht an Oliven, die zwar getrocknet und ohne Brühe, doch wohlschmeckend und lecker waren; aber was am herrlichsten war bei all der Herrlichkeit dieses Festmahls, das waren sechs Lederflaschen voll Wein, sechs, denn jeder holte die seinige aus seinem Zwerchsack hervor; und auch der wackre Ricote, der sich aus einem Morisken in einen Deutschen oder Niederländer verwandelt hatte, holte die seinige heraus, die es an Größe mit allen fünfen aufnehmen konnte. Sie begannen nun mit dem größten Behagen und sehr gemächlich zu essen und labten sich so recht an jedem Bissen, den sie nur mit der Messerspitze nahmen, und zwar von jedem Gericht ganz wenig, und dann hoben alle zugleich wie ein Mann die Arme und die Lederflaschen in die Höhe, und jeder legte seinen Mund an den Mund seiner

Flasche und blickte starr nach dem Himmel empor, gerade als ob sie nach ihm zielen wollten; und in dieser Stellung, mit den Köpfen nach links und rechts wackelnd zum Zeichen, wieviel Vergnügen ihnen das machte, verharrten sie eine geraume Weile und leerten das Herzblut der Flaschen in ihre Mägen hinunter.

Sancho saß und schaut' es alles; nichts von allem tät ihn schmerzen – im Gegenteil, um dem Sprichwort zu folgen, das er so gut kannte: Kommst du nach Rom, sieh zu, was die andern tun, das tue du, bat er Ricote um die Lederflasche und nahm den Zielpunkt im Himmel wie die andren und mit nicht geringerem Vergnügen als sie. Viermal hielten es die Flaschen aus, daß man sie an den Mund setzte, aber zum fünftenmal war es nicht mehr möglich, denn bereits waren sie dürrer und trockner als Stroh, und das verwandelte die Heiterkeit, die sie bisher an den Tag gelegt, in eine gar trübe Stimmung. Von Zeit zu Zeit legte einer seine rechte Hand in diejenige Sanchos und sagte: »Spanisch und deutsch all eins, gut Kamerad.« Und Sancho antwortete: »Gut Kamerad, schwör Gott!« und brach in ein Lachen aus, das eine Stunde dauerte, und dachte an nichts mehr von allem, was ihm in seiner Statthalterschaft begegnet war; denn über die Zeit, während gegessen und getrunken wird, haben die Sorgen stets nur geringe Gewalt. Das Ende ihres Weinvorrats wurde nun der Anfang eines Schlummers, der sie alle überwältigte, sie schliefen ein auf ihren Tischen und Tischtüchern; nur Ricote und Sancho blieben wach, denn sie hatten mehr gegessen und weniger getrunken.

Ricote führte Sancho abseits, sie setzten sich unter eine Buche nieder und ließen die Pilger in süßen Schlaf versenkt liegen; und Ricote sprach in reinem Kastilianisch, ohne daß er dabei irgendwie über seine Moriskensprache gestolpert wäre, die folgenden Worte: »Wohl weißt du, Sancho Pansa, mein Nachbar und Freund, wie der allgemeine Erlaß und Bannbefehl, den Seine Majestät gegen die Angehörigen meines Volkes verkündigen ließ, alle mit Furcht und Schrecken erfüllte; ich wenigstens war in solcher Angst, daß es mich jetzt bedünkt, ich habe schon *vor* der Frist, die man uns zur Auswanderung aus Spanien gewährte, die harte Strafe an mir und meinen Kindern selbst vollstreckt. Ich traf nämlich die Anordnung – meiner Meinung nach als vorsorgender Mann, ich meine, als einer, der wohl weiß, daß man ihm in einer bestimmten Zeit das Haus, in dem er lebt, wegnehmen wird, und der daher für ein andres sorgt, um dahin überzusiedeln –, ich richtete es so ein, sage ich, daß ich allein, ohne meine Familie, mein Dorf verließ, um einen Ort zu suchen, wohin ich sie mit Bequemlichkeit bringen könnte, ohne die Übereilung, mit welcher die andern auswanderten. Denn ich sah wohl ein, und ebenso unsre Ältesten, daß diese Erlasse nicht bloß Drohungen waren, wie mancher behauptete, sondern ernstgemeinte Gesetze, die in ihrer bestimmten Frist zur Vollziehung gelangen würden; und dies für wahr zu halten nötigte mich selbst der Umstand, daß ich die verderblichen unsinnigen Anschläge der Unsrigen kannte, die derart waren, daß es mich bedünkt, eine wahrhaft göttliche Eingebung habe Seine Majestät bewogen, einen so mutigen Entschluß in Ausführung zu bringen; nicht weil wir etwa alle schuldig gewesen wären, denn es gab unter uns manchen standhaften wahren Christen, aber ihrer waren so wenige, daß sie denen nicht entgegentreten konnten, die es *nicht* waren, und es wäre nicht vernünftig gewesen, die Schlange an seinem Busen zu nähren, ich meine, die Feinde im eignen Hause zu behalten.

Kurz, aus gerechten Gründen wurden wir mit der Strafe der Landesverweisung gezüchtigt, die manchen mild und gelinde, uns aber die schrecklichste dünkte, die man uns auferlegen konnte. Wo immer wir sind, weinen wir um Spanien, denn am Ende sind wir doch hier geboren; es ist unser angestammtes Vaterland. Nirgends finden wir die Aufnahme, die unser Unglück verlangen darf, und in der Berberei und in allen Landschaften Afrikas, wo wir hofften, wohlaufgenommen, willkommen geheißen und freundlichst behandelt zu werden, dort kränkt und mißhandelt man uns am meisten. Wir haben unser Glück nicht eher erkannt, als bis wir es verloren hatten, und die Sehnsucht nach Spanien ist bei fast allen den Unsrigen so groß, daß die meisten – und ihrer sind viele –, die die Sprache wie ich verstehen, hierher zurückkehren und ihre Frauen und Kinder schutzlos in der Ferne lassen. So mächtig ist die Liebe, die sie zu Spanien fühlen! Und jetzt erst erkenne ich und erfahre ich an mir die Wahrheit des Spruches: Süß ist die Liebe zum Vaterland.

Ich zog fort, wie gesagt, aus unsrem Dorfe, ging nach Frankreich, und wiewohl man uns dort gut aufnahm, wollte ich mich doch überall umsehen. Ich ging nach Italien, kam nach Deutschland, und dort, kam es mir vor, könne man mit größerer Freiheit weilen, weil die Bewohner des Landes es mit vielen Dingen nicht so genau nehmen; jeder lebt, wie es ihm behagt, denn in dem größten Teile des Landes herrscht Gewissensfreiheit. Nachdem ich zuerst in einem Dorfe nahe bei Augsburg feste Wohnung genommen, schloß ich mich diesen Pilgern an, von denen viele nach ihrer Gewohnheit jährlich nach Spanien ziehen, um die Heiligtümer des Landes zu besuchen, die sie als ihr Indien und als ihr sicherstes Erwerbsmittel und zweifellosen Geschäftsgewinn betrachten. Sie durchwandern fast das ganze Land, und es gibt kein Dorf, aus welchem sie nicht ‚gegessen und getrunken‘, wie die Redensart lautet, und mindestens mit einem Real baren Geldes scheiden, und am Ende ihrer Reise ziehen sie mit mehr als hundert Talern Überschuß von dannen; dieses Geld wechseln sie in Gold um, schleppen es aus dem Königreich mit fort, entweder in ihren ausgehöhlten Stäben oder unter den Flicklappen ihrer Pilgermäntel, oder wie sonst ihre List es sie lehrt, und nehmen es in ihre Heimat mit, trotz den Wachen in den Grenzplätzen und Häfen, wo sie durchsucht werden.

Jetzt ist es meine Absicht, Sancho, den Schatz zu holen, den ich vergraben zurückließ; da er außerhalb des Dorfes liegt, kann ich es ohne Gefahr tun. Dann will ich von Valencia aus an meine Tochter und meine Frau, die, wie ich weiß, in Algier sind, schreiben oder zu ihnen hinreisen und ein Mittel aussinnen, wie ich sie nach einem französischen Hafen bringen und von dort nach Deutschland führen kann, wo wir abwarten wollen, was Gott über uns verhängen wird. Denn im Grunde, Sancho, weiß ich doch ganz sicher, daß die Ricota, meine Tochter, und Franziska Ricota, meine Frau, gut katholische Christinnen sind; und wenn ich es auch nicht so völlig bin wie sie, so bin ich doch mehr Christ als Maure und bitte beständig zu Gott, mir die Augen meines Verstandes zu öffnen und mir die Erkenntnis zu geben, wie ich ihm dienen soll. Was mich aber wundert: ich weiß gar nicht, warum meine Frau und meine Tochter lieber nach der Berberei gegangen sind als nach Frankreich, wo sie als Christinnen hätten leben können.‟

Sancho entgegnete hierauf: „Bedenke, Ricote, das mochte wohl nicht von ihnen abhängen; denn wer sie mitgenommen hat, war Juan Tiopiéyo, der Bruder deiner Frau, und da er wohl ein echter Moslem ist, so ist er dahin gegangen, wo es ihm am angenehmsten schien. Ich kann dir aber noch etwas andres sagen. Ich glaube nämlich, daß du vergeblich suchen willst, was du vergraben hast, denn wir haben erfahren, daß man deinem Schwager und deiner Frau viele Perlen und große Summen in Gold abgenommen hat, die sie heimlich hatten fortschleppen wollen.‟

„Das kann wohl sein‟, versetzte Ricote; „aber ich weiß, Sancho, sie haben an mein Vergrabenes nicht gerührt, denn ich habe ihnen nicht verraten, wo es sich befand, weil ich irgendeinen Unfall fürchtete. Wenn du also mit mir gehen und mir helfen willst, es auszugraben und es zu verbergen, so gebe ich dir zweihundert Goldtaler, womit du deiner Not abhelfen kannst; denn du weißt ja, ich weiß, daß die bei dir nicht gering ist."

„Ich würde es schon tun", erwiderte Sancho, „aber ich bin durchaus nicht habgierig; wäre ich es, so hätte ich nicht heute morgen ein Amt aufgegeben, wo ich die Wände meines Hauses vergolden und vor Ablauf von sechs Monaten von silbernen Tellern hätte essen können. Darum also, und auch weil es mir wie ein Verrat an meinem Könige vorkäme, wenn ich seinen Feinden hülfe, darum will ich nicht mit dir gehen, und wenn du mir auch statt der versprochenen zweihundert Goldtaler vierhundert bar in die Hände gäbst."

„Und was für ein Amt hast du denn aufgegeben, Sancho?" fragte Ricote.

„Die Statthalterschaft über eine Insul", antwortete Sancho, „und zwar über eine, daß man wahrlich in der Welt nicht so leicht eine andre finden könnte wie sie."

„Und wo ist diese Insul?" fragte Ricote.

„Wo?" antwortete Sancho; „zwei Meilen von hier, und sie heist die Insul Baratária."

„Schweig nur still, Sancho", sagte Ricote. „Die Insuln liegen weit draußen mitten im Meer, es gibt keine Insuln auf dem festen Land."

„Was heißt keine?" entgegnete Sancho; „ich sage dir, Freund Ricote, diesen Morgen bin ich aus ihr fort, und gestern hab ich in ihr als Statthalter regiert nach meinem Belieben wie ein Bogenschütz. Aber trotzdem habe ich sie aufgegeben, weil mir das Statthaltern gefährlich vorkam."

„Und was hat dir die Statthalterschaft eingetragen?" fragte Ricote.

„Sie hat mir eingetragen", antwortete Sancho, „daß ich zur Einsicht gekommen bin, daß ich zum Regieren nicht tauge, außer etwa über eine Schafherde, und daß die Reichtümer, die man bei solchen Statthaltereien erwirbt, einen die Ruhe und den Schlaf, ja sogar das tägliche Brot kosten, denn auf den Insuln dürfen die Statthalter nur wenig essen, besonders wenn sie einen Arzt haben, der auf ihre Gesundheit sieht."

„Ich verstehe dich nicht, Sancho", sagte Ricote; „aber mir scheint, du schwätzst lauter Unsinn. Wer hätte dir Insuln zu regieren geben sollen? Gibt es denn auf der Welt keine geschickteren

Leute als dich, um einen Statthalter daraus zu machen? Schweig, Sancho, und komme wieder zu dir und überlege dir, ob du mit mir kommen willst, wie ich dir gesagt, um mir meinen versteckten Schatz heben zu helfen; wahrlich, er ist so groß, daß man ihn wirklich einen Schatz nennen kann, und ich will dir so viel geben, daß du davon leben kannst, wie gesagt."

„Ich habe dir schon gesagt, Ricote", versetzte Sancho, „ich will nicht; sei zufrieden, daß ich dich nicht verrate, und setze in Gottes Namen deinen Weg fort und laß mich den meinen verfolgen; ich weiß, rechtmäßiger Erwerb *kann* verlorengehen, unrechtmäßiger aber *geht* verloren und der Besitzer mit."

„Ich will nicht weiter in dich dringen, Sancho", sagte Ricote; „aber sage mir, warst du in unsrem Dorf anwesend, als meine Frau, meine Tochter und mein Schwager wegzogen?"

„Freilich war ich anwesend", antwortete Sancho, „und ich kann dir sagen, als deine Tochter von dannen ging, war sie so schön, daß alles im Dorfe aus den Häusern lief, um sie zu sehen, und jeder sagte, es sei das reizendste Geschöpf von der Welt. Sie ging unter Tränen, umarmte alle ihre Freundinnen und Bekannten und jeden, der da kam, sie zu sehen; und sie bat alle, sie Gott und Unsrer Lieben Frau, seiner Mutter, zu befehlen, und tat das mit so rührendem Ausdruck, daß sie sogar mich zum Weinen brachte, der ich doch sonst nicht so leicht weine. Und wahrhaftig, viele hatten Lust, sie zu verstecken, und wollten ihr nach, um sie unterwegs zu entführen; nur die Furcht, dem Befehl des Königs zuwiderzuhandeln, hielt sie zurück. Besonders Don Gaspár Gregorio zeigte sich höchst leidenschaftlich, jener junge und reiche Majoratsherr, den du kennst, der sie sehr liebhatte, wie die Leute sagen. Seit sie fort ist, hat er sich nimmer in unsrem Dorfe sehen lassen, und wir alle meinten, er sei ihr nach, um sie zu entführen; aber bis jetzt hat man nichts erfahren."

„Ich hatte immer den Verdacht", sagte Ricote, „dieser Edelmann sei in meine Tochter verliebt; aber ich vertraue auf die Bravheit meiner Ricota, und es machte mir niemals Kummer, daß er sie liebhatte. Du wirst ja schon gehört haben, Sancho, daß die Moriskinnen sich selten oder nie in Liebeshändel mit Altchristen einlassen, und meine Tochter, die, wie ich glaube, mehr ihr Christentum als die Liebe im Kopfe hatte, würde sich gewiß nie um die Werbungen dieses Majoratsherrn gekümmert haben."

„Das gebe Gott", versetzte Sancho, „denn sonst würde es für beide schlimm sein. Jetzt aber laß mich gehen, Freund Ricote; ich will noch heute abend zu meinem Herrn Don Quijote."

„Gott sei mit dir, Freund Sancho", sprach Ricote; „meine Kameraden rühren sich schon, und es ist wirklich Zeit, auch unsren Weg fortzusetzen."

Nun umarmten sich die beiden, Sancho stieg auf seinen Grauen, Ricote nahm seinen Pilgerstab, und so schieden sie voneinander.

55. Kapitel

Von allerlei Dingen, die Sancho unterwegs begegneten, nebst etlichen andern solcher Art, daß man sich nichts Wundersameres erdenken kann

Der Umstand, daß Sancho sich so lange mit Ricote aufgehalten, gestattete ihm nicht, an diesem Tage das Schloß des Herzogs zu erreichen, wenn er auch so weit gelangte, daß er nur noch eine halbe Meile davon entfernt war; da aber überraschte ihn die Nacht, und es wurde rasch stockfinster. Da es indessen Sommer war, machte das ihm keinen großen Kummer, und so wendete er sich abseits vom Weg in der Absicht, den Morgen zu erwarten. Da fügte es sein unglückliches, mißgünstiges Geschick, daß er, während er gerade eine Stelle suchte, wo er es sich bequem machen könnte, mit seinem Esel in eine tiefe, ganz dunkle Grube fiel, die sich zwischen sehr alten Bauten befand. Im Hinunterfallen befahl er sich Gott von ganzem Herzen, da er dachte, er würde im Stürzen erst in der tiefsten Unterwelt haltmachen. Aber so war es doch nicht, denn in drei Mannslängen Tiefe kam der Esel auf den Grund, und Sancho saß noch auf ihm, ohne die geringste Verletzung oder Schädigung erlitten zu haben. Er befühlte sich am ganzen Körper und hielt den Atem an, um zu sehen, ob er unversehrt oder ob ihm irgendein Loch in den Körper geschlagen sei; da er sich aber heil und ganz fand und völlig gesund am Leibe, so konnte er gar nicht fertigwerden, Gott dem Herrn zu danken für die Gnade, die er ihm erwiesen, denn er hatte wirklich gemeint, er sei in tausend Stücke zerschlagen. Dann tastete er mit den Händen an den Wänden der Grube herum, um festzustellen, ob es möglich wäre, ohne fremde Hilfe herauszukommen; aber er fand sie überall glatt und ohne irgendeine Stelle, um sich daran festzuhalten, worüber er sehr betrübt war, besonders als er den Grauen jammervoll und schmerzlich klagen hörte; und das war kein Wunder, und er jammerte nicht aus Übermut, denn wirklich war er ziemlich übel zugerichtet.

„Ach!" rief jetzt Sancho Pansa aus, „wie ganz ungeahnte Ereignisse begegnen doch bei jedem Schritt denen, so auf dieser elenden Welt leben! Wer hätte gedacht, daß der Mann, der gestern als Statthalter einer Insul thronte und seinen Dienern und Untertanen gebot, sich heute in einer Grube begraben sehen würde, ohne einen Menschen zu haben, der ihm beistünde, oder einen Diener oder Untertan, der ihm zu Hilfe käme? Hier werden wir vor Hunger umkommen müssen, ich und mein Esel, wenn wir nicht vorher sterben, er, weil zermalmt und zerschlagen, und ich, weil voll Herzeleid. Jedenfalls werde ich nicht soviel Glück haben wie mein Herr Don Quijote von der Mancha, als er in die Höhle jenes verzauberten Montesinos hinabstieg und eindrang, wo er Leute fand, die ihn besser pflegten als in seinem Hause, so daß es gerade aussah, als wäre er an einen gedeckten Tisch und in ein gemachtes Bett gekommen. Dort sah er schöne und liebliche Erscheinungen, und ich, wie ich glaube, bekomme hier nur Kröten und Schlangen zu sehen. Ich Unglückseliger, welch ein Ende haben meine Narreteien und Hirngespinste gefunden! Aus dieser Stätte, wenn es dereinst dem Himmel beliebt, mich hier auffinden zu lassen, wird man meine Gebeine sauber, gebleicht und abgenagt heraufholen und mit ihnen die meines Esels, und daran werden wir vielleicht erkannt werden, zum mindesten von denen, die gehört haben, daß Sancho Pansa sich nie von seinem Esel und sein Esel sich nie von Sancho Pansa getrennt hat. Nochmals sag ich: O wie elend sind wir, daß unser mißgünstiges Geschick uns nicht vergönnt hat, in unsrer Heimat und inmitten der Unsrigen zu sterben! Und wenn auch dort unser Unglück keine Abhilfe fände, so hätte es doch nicht an einem Freunde gefehlt, der teilnehmenden Schmerz empfunden und uns in der letzten Stunde unsres Bewußtseins die Augen zugedrückt hätte. O mein Kamerad und Freund, welch schlechten Lohn habe ich dir für deine treuen Dienste gezahlt! Vergib mir und bitte das Schicksal, so gut du eben kannst, uns aus den jämmerlichen Drangsalen zu erlösen, darin wir uns beide befinden, und ich verspreche, dir eine Lorbeerkrone aufs Haupt zu setzen, daß du geradeso aussehen sollst wie ein gekrönter Poet, und dir doppeltes Futter zu reichen."

So wehklagte Sancho, und sein Esel hörte ihm zu, ohne ein Wort zu erwidern; so groß war die Trübsal und Bedrängnis, in der sich das arme Tier befand.

Endlich, nachdem er die ganze Nacht unter erbärmlichem Weheklagen und Jammern verbracht, kam der Tag, bei dessen

Licht und Glanz Sancho erkannte, es sei das Unmöglichste unter allen Unmöglichkeiten, ohne Beihilfe aus diesem tiefen Loch herauszukommen. Jetzt begann er aufs neue zu jammern und laut zu schreien, um zu versuchen, ob ihn jemand höre; aber all sein Schreien war die Stimme des Predigers in der Wüste, denn es war in der ganzen Gegend niemand, der ihn hätte hören können, und nun hielt er sich wirklich für tot und begraben. Der Graue lag auf dem Rücken da, und Sancho brachte ihn endlich wieder auf die Beine; er konnte sich aber kaum aufrecht halten. Sancho nahm aus dem Zwerchsack, welcher das Schicksal des Sturzes mit ihm geteilt hatte, ein Stück Brot, gab es seinem Esel, dem es nicht schlecht schmeckte, und sprach zu ihm, als ob er es verstünde: „Jegliche Not erträgt sich mit Brot."

Jetzt entdeckte er an einer Seite der Grube ein Loch, groß genug, daß ein Mann darin Raum fand, wenn er sich duckte und zusammenkauerte. Sancho Pansa machte sich sogleich an die Stelle, bückte sich und kroch hinein und sah, daß die Höhlung geräumig und weit war; und er konnte das sehen, weil durch die Decke derselben – wenn man es so nennen konnte – ein Sonnenstrahl hereinfiel, der alles deutlich zeigte. Er sah auch, daß sie sich nach einer andern geräumigen Höhlung hin ausdehnte und erweiterte, und als er dies bemerkte, kehrte er wieder zu seinem Esel zurück und begann mit einem Steine die Erde im Loch abzugraben, so daß er in kurzer Zeit Raum genug schaffte, daß sein Esel mit Leichtigkeit hineinkommen konnte, wie er es denn auch tat. Sancho nahm den Esel am Halfter und begann in dieser Höhle voranzuschreiten, um zu sehen, ob er an einer andern Stelle einen Ausweg fände; manchmal tappte er im Dunkeln, manchmal ohne Licht zu sehen, aber niemals ohne Furcht.

So wahr helfe mir Gott, der Allmächtige! sagte er zu sich selber, hier habe ich Pech ganz ungeheuer, und hier hätte mein Herr ein prächtig Abenteuer. Er wahrlich, er würde diesen Abgrund, dies Kerkerloch für einen blühenden Garten und für Galianas Palast halten und nicht zweifeln, daß er aus dieser Finsternis und Bedrängnis sich zu einem blumenreichen Gefilde hinausfinden würde; aber ich, der ohne Glück ist, dem guter Rat fehlt und rechter Mut abgeht, ich denke, bei jedem Schritt wird sich unter meinen Füßen ein neuer Abgrund, tiefer als der vorige, auftun und mich ganz hinunterschlingen. Sei willkommen, Unglück, wenn du allein kommst.

So und mit diesen Gedanken war er wenig über eine halbe Meile, wie ihm schien, fortgewandert, nach deren Zurücklegung er eine dämmernde Helle erblickte, die schon das Tageslicht zu sein schien und die durch irgendeine Öffnung hereinfiel, die ihm zeigte, daß dieser Weg, den er für den Pfad ins andre Leben hielt, doch irgendwo zutage ausgehen müsse.

Hier verläßt ihn Sidi Hamét Benengelí und kehrt in seiner Erzählung zu Don Quijote zurück, welcher freudig bewegt und selbstzufrieden den festgesetzten Tag des Kampfes erwartete, den er mit dem Räuber der Ehre der Tochter von Doña Rodríguez ausfechten sollte, da er gedachte, dieser Maid die Unbill und das Unrecht zurechtzubringen, das ihr angetan worden. Als er nun eines Morgens ausritt, um sich in dem zu üben und zu versuchen, was ihm in der Kampfesnot obliegen werde, die ihm bevorstand, und indem er Rosinante in kurzen Galopp setzte und ihn springen lassen wollte, setzte das Pferd seine Füße so dicht an den Rand einer Höhlung, daß es unfehlbar hineingestürzt wäre, wenn der Ritter es nicht mit aller Gewalt zurückgerissen hätte. Jedoch gelang es ihm, das Pferd zu parieren, es fiel nicht, und indem er dann sich etwas näherte, um die Höhlung zu betrachten, ohne abzusteigen, hörte er von innen lautes Schreien; er horchte aufmerksam, so daß er hören und verstehen konnte, wie jemand rief: „Hallo da oben! Ist denn kein Christenmensch da, der mich hört? Kein barmherziger Rittersmann, der Mitleid hat mit einem lebendig begrabenen Sünder, mit einem unglücklichen Statthalter, der ausgestatthaltert hat?"

Don Quijote kam es vor, als hörte er Sancho Pansas Stimme, und darüber in Staunen und Bestürzung, rief er: „Wer ist dort unten? Wer jammert so?"

„Wer kann hier unten sein, wer soll hier so jammern", war die Antwort, „als Sancho Pansa, der auf unbekannten Wegen verirrte, von wegen seiner Sünden und seines Pechs Statthalter der Insul Baratária, gewesener Schildknappe des ruhmvollen Ritters Don Quijote von der Mancha?"

Als Don Quijote dies hörte, verdoppelte sich seine Verwunderung, und seine Bestürzung wuchs mehr und mehr, da es ihm in den Sinn kam, Sancho Pansa müsse tot sein und seine Seele erleide an diesem Orte die Qualen des Fegefeuers; und von diesem Wahn überwältigt, rief er: „Ich beschwöre dich bei allem, wobei ich als katholischer Christ dich beschwören kann, sage mir, wer du bist! Und wenn du eine Seele in Fegefeuers Qualen bist, sage mir, was für dich zu tun du von mir begehrest; denn dieweil es meines Berufes ist, den Bedrängten in dieser Welt beizustehen und zu helfen, so will ich auch den Hilfsbedürftigen aus der andern Welt beistehen und zu Hilfe eilen, die sich mit eigner Kraft nicht helfen können."

„Hiernach", kam die Antwort herauf, „müßt Ihr, der Ihr mit mir sprecht, mein Herr Don Quijote von der Mancha sein, und auch nach dem Ton der Stimme ist es sicherlich kein andrer."

„Ich bin Don Quijote", versetzte der Ritter, „ich bin's, dessen Beruf es ist, männiglich in seinen Bedrängnissen hilfreich zu sein und Beistand zu leisten, so den Lebendigen wie den Toten. Darum sage mir, wer du bist, der du mich in Bestürzung versetzest; denn bist du mein Schildknappe Sancho Pansa und bist gestorben und es hat dich der Teufel nicht geholt und du weilest durch Gottes Barmherzigkeit im Fegefeuer, so hat unsre heilige Mutter, die römisch-katholische Kirche, Gnadenmittel genug, um dich aus deinen Qualen zu erlösen, und ich meinesteils will ihre Hilfe für dich in Anspruch nehmen, soweit meine Habe reicht. Darum künde mir alles und sage mir, wer du bist."

„Ich schwör's bei dem und jenem", erscholl es von unten, „ich schwör's bei der Geburt von ... nun, von wem Euer Gnaden will, ich schwör es, Señor Don Quijote von der Mancha, daß ich Euer Schildknappe Sancho Pansa bin und daß ich all meiner Lebtage noch nicht gestorben bin; vielmehr habe ich meine Statthalterschaft aufgegeben wegen allerhand Sachen und Ursachen, deren Erzählung längere Zeit erfordern würde, und bin dann in diesen Abgrund gefallen, in dem ich liege und der Graue mit mir, der mich nicht Lügen strafen wird, denn zum weiteren Wahrzeichen steht er selber hier bei mir."

Ja, noch mehr; es schien, als ob der Esel verstünde, was Sancho gesagt, denn augenblicklich begann er so kräftig zu iahen, daß die ganze Höhle widerhallte.

„Ein prächtiger Zeuge!" sprach Don Quijote; „das Iahen kenne ich, als ob ich ihn selbst erzeugt hätte, und ich höre auch deine Stimme, Sancho mein, warte eine kurze Weile, ich reite ins Schloß des Herzogs, das hier in der Nähe ist, und bringe Leute herbei, um dich aus dieser Grube zu ziehen, in die dich deine Sünden gestürzt haben müssen."

„Reitet zu, gnädiger Herr", sprach Sancho, „und kehrt um Gott des Einzigen willen bald zurück; ich kann's nicht mehr aushalten, hier lebendig begraben zu sein, und ich sterbe schier vor Angst."

Don Quijote verließ ihn und eilte nach dem Schlosse, um dem herzoglichen Paar den Unfall Sancho Pansas zu erzählen, worüber sie sich nicht wenig wunderten, wiewohl es ihnen sofort klar war, daß er in einen Ausläufer jener Höhle gefallen sein müsse, die vor undenklichen Zeiten dort gegraben worden; aber sie konnten sich nicht vorstellen, wie er seine Statthalterschaft verlassen habe, ohne daß sie Nachricht von seiner Ankunft erhielten. Endlich holte man, wie man im Scherze sagt, Stricke und Galgenstricke herbei, und mit vieler Hände Hilfe und mit schwerer Mühsal zog man den Esel und Sancho Pansa aus den Finsternissen dort unten ans Licht der Sonne herauf.

Ein Student sah das mit an und sagte: „Auf solche Weise sollten alle schlechten Statthalter aus ihren Statthaltereien heimkehren wie dieser Sünder aus den Tiefen des Abgrunds, halbtot vor Hunger, ganz blaß, und ohne einen blassen Pfennig in der Tasche, wie mir es vorkommt."

Sancho hörte es und sprach: „Acht oder zehn Tage sind's her, Freund Lästermaul, seit ich die Statthalterschaft über die mir verliehene Insul antrat, und während all dieser Tage habe ich mich keine Stunde auch nur an Brot satt gegessen. Während dieser Zeit haben Ärzte mich verfolgt und Feinde mir die Knochen zusammengetreten; ich habe keine Nebenverdienste erhascht und keine Gebühren in die Taschen gesteckt, zu alledem hatte ich keine Gelegenheit. Und da dies so ist, habe ich meiner Meinung nach keineswegs verdient, auf solche Weise vom Amte zu kommen. Aber der Mensch denkt, und Gott lenkt, und Gott weiß, was das Beste ist und was einem jeden gut ist; und in die Zeit muß man sich schicken; und keiner darf sagen: Von dem Wasser werd ich nimmer trinken, denn glaubst du, im Haus gäb's Speck die Mengen, gibt's nicht mal Stangen, ihn dranzuhängen; und Gott versteht mich, und damit genug, und mehr sage ich nicht, wenn ich es auch könnte."

„Ärgere dich nicht, Sancho", erwiderte Don Quijote, „laß dich nicht kränken, was du auch hören magst, denn sonst würdest du nie fertig. Lebe du weiter mit deinem guten Gewissen und laß die Leute sagen, was sie sagen wollen, und wenn man den Leuten die Zunge anbinden will, ist's gerade, als wollte man das freie Feld mit Türen zuschließen. Wenn der Statthalter in Reichtum aus seiner Statthalterschaft scheidet, so sagen sie ihm nach, er sei ein Dieb gewesen, und wenn er in Armut scheidet, er sei ein Tunichtgut und ein einfältiger Mensch gewesen."

„Wahrlich", entgegnete Sancho, „diesmal werden sie mich eher für einen Dummkopf als für einen Dieb halten müssen."

Unter solcherlei Gesprächen gelangten sie, von Gassenjungen und viel andrem Volk umringt, zu dem Schlosse, wo der Herzog und die Herzogin bereits auf einer Galerie standen und Don Quijote und Sancho erwarteten; dieser aber wollte nicht eher hinaufgehen, um den Herzog zu begrüßen, ehe er den Grauen im Stall untergebracht hatte; denn er sagte, sein Tier habe eine gar schlechte Nacht in seiner Herberge verbracht. Dann erst ging er hinauf, sich den Herrschaften vorzustellen, kniete vor ihnen nieder und sagte: „Ich, meine Gnädigsten, bin hingegangen, weil es Eure Hoheit so gewollt, ohne daß ich es verdient hätte, Statthalter zu werden auf Eurer Insul Baratária; nackt und bloß zog ich ein, war nackt und bloß geboren, so hab ich nichts gewonnen, nichts verloren. Ob ich schlecht oder gut regiert habe, dafür hab ich Zeugen um mich gehabt, die mögen sagen, was ihnen gutdünkt. Ich habe Zweifelsfragen gelöst, Prozesse entschieden, und immer bin ich vor Hunger fast gestorben, denn so wollte es der Doktor Peter Stark, gebürtig aus Machdichfort, der insulanische und statthalterische Leibarzt. Der Feind hat uns bei Nacht überfallen, und nachdem er uns in große Bedrängnis gebracht, sagten die Leute von der Insul, sie hätten durch die Kraft meines Armes Befreiung und Sieg errungen; Gott schenke ihnen ebenso ein gesundes Leben, wie sie die Wahrheit sagen. Schließlich habe ich im Verlauf dieser Zeit die Lasten und Pflichten erwogen, die das Regieren mit sich bringt, und habe für mein Teil gefunden, daß meine Schultern sie nicht tragen können, daß es keine Bürden für meinen Rücken und keine Pfeile für meinen Köcher sind; und darum, ehe die Statthalterschaft mich über Bord werfen sollte, hab ich die Statthalterschaft über Bord geworfen und habe gestern morgen die Insul verlassen, wie ich sie gefunden, mit den nämlichen Gassen, Häusern und Dächern, wie sie sie bei meiner Ankunft hatte. Ich habe von niemandem was geborgt und mich auf keine Erwerbsgeschäfte eingelassen. Zwar gedachte ich ein paar nützliche Verordnungen zu erlassen, habe aber keine erlassen, aus Besorgnis, sie würden nicht befolgt werden, wo es dann dasselbe wäre, sie zu erlassen oder sie nicht zu erlassen. Ich habe die Insul, wie gesagt, ohne eine andre Begleitung verlassen als die meines Grauen; ich fiel in einen tiefen Graben und tappte in ihm weiter, bis ich diesen Morgen mit dem Licht der Sonne den Ausgang sah, der aber nicht so leicht war; und hätte mir der Himmel nicht meinen Herrn Don Quijote gesendet, so wäre ich bis zum Ende der Welt dort unten geblieben. Mithin, Herr Herzog und Frau Herzogin Gnaden, steht hier Dero Statthalter vor Euch, der schon in den wenigen zehn Tagen seiner Regierung die Erkenntnis sich erworben, daß es keinen Wert für ihn hat, Statthalter zu sein, ich sage nicht bloß über eine Insul, sondern über die ganze Welt. Und mit dieser Erklärung küsse ich Euer Gnaden die Füße und mach es wie die Knaben bei ihrem Spiel, wenn sie sagen: Spring du aus der Reih und laß mich hinein! Geradeso spring ich aus der Statthalterei heraus und trete wieder in den Dienst meines Herrn Don Quijote, wo ich zwar mein Brot mit Angst und Schrecken esse, aber mich doch wenigstens satt esse; und mir, wenn ich nur satt bin, mir ist's einerlei, ob von Rüben oder von Rebhühnern."

Hiermit beschloß Sancho seine langatmige Rede, wobei Don Quijote beständig in Angst war, er würde sie mit tausend Ungereimtheiten vollpfropfen; als er aber sah, daß er sie mit so wenigen zu Ende führte, dankte er dem Himmel in seinem Herzen. Der Herzog umarmte Sancho und sagte ihm, es tue ihm in der Seele weh, daß er die Statthalterschaft so rasch aufgegeben, aber er würde es schon so einrichten, daß ihm ein Amt von geringerer Beschwer und größerem Erträgnis zuteil werde. Auch die Herzogin umarmte ihn und befahl, ihn gut zu pflegen; denn man sah es ihm an, er hatte unter arger Mißhandlung und noch ärgerer Verpflegung zu leiden gehabt.

56. Kapitel

Von dem ungeheuerlichen und unerhörten Kampfe, den Don Quijote von der Mancha mit dem Lakaien Tosílos bestand, um einzustehen für die Ehre der Tochter von Doña Rodríguez, der Kammerfrau

Der Herzog und die Herzogin bereuten keineswegs den Streich, den sie Sancho Pansa mit der ihm verliehenen Statthalterschaft gespielt hatten, zumal noch am nämlichen Tage ihr Haushofmeister ankam und ihnen so ziemlich alle Äußerungen und Handlungen Punkt für Punkt erzählte, die Sancho während jener Tage getan und vorgenommen hatte; und zuletzt hob er ganz besonders den Sturm auf die Insul hervor sowie Sanchos Angst und seinen Abschied vom Amte, was ihnen nicht wenig Vergnügen bereitete.

Hierauf, so erzählt die Geschichte, nahte der Tag des anberaumten Kampfes, und nachdem der Herzog nicht einmal, sondern sehr viele Male seinen Lakaien Tosílos unterwiesen hatte, wie er sich gegen Don Quijote benehmen müsse, um ihn zu besiegen, ohne ihn zu töten oder auch nur zu verwunden, befahl er, die eisernen Spitzen von den Lanzen abzunehmen, wobei er dem Ritter erklärte, die christliche Lehre, die er sich doch zur Richtschnur nehme, gestatte nicht, daß bei diesem Kampf das Leben so aufs Spiel gesetzt und gefährdet werde, und er möge damit zufrieden sein, daß er ihm auf seinem Gebiet freies Feld zum Gefecht gewähre, obwohl er damit gegen die Satzung des heiligen Tridentinischen Konzils handle, welches dergleichen Zweikämpfe verbiete; er möge also eine so bedrohliche Fehde nicht bis aufs Äußerste treiben.

Don Quijote entgegnete, Seine Exzellenz möge die Einzelheiten dieses Handels so bestimmen, wie es ihm genehm sei; er würde ihm in allem gehorsamen.

Als nun der furchtbare Tag erschienen und der Herzog auf dem Platze vor dem Schloß eine geräumige Bühne hatte aufschlagen lassen, wo die Kampfrichter und die beiden Klägerinnen, Mutter und Tochter, ihren Sitz nehmen sollten, da war aus allen benachbarten Dörfern und Weilern eine zahllose Menge Volks herbeigeströmt, um das neue Schauspiel dieses Kampfes mit anzuschauen, dessengleichen in jener Gegend die Lebenden und auch die Verstorbenen nie ersehen noch erhört hatten.

Der erste, welcher auf den Kampfplatz und in die Schranken trat, war der Turnierwart, der das Feld untersuchte und es ganz durchschritt, auf daß daselbst keinerlei Gefährde sei noch etwas Verstecktes, um darüber zu stolpern oder zu fallen. Sodann erschienen die zwei Frauen und nahmen ihre Sitze ein, in Schleier gehüllt bis über die Augen, ja bis zum Busen herab; sie verrieten nicht geringe Gemütsbewegung, da Don Quijote bereits in den Schranken hielt. Kurz darauf erschien unter dem Geleite zahlreicher Trompeter von der andern Seite des Schloßplatzes her auf einem gewaltigen Roß, das den ganzen Platz zerstampfte, der hochgewachsene Lakai Tosílos mit heruntergeschlagenem Visier, ganz umschanzt mit starken und glänzenden Waffen. Das Roß war dem Aussehen nach ein Friesländer, mit breiter Brust, ein Schwarzschimmel, und an jedem Vorder- und Hinterfuß hing ihm schier ein Viertelzentner wolliges Haar herab. Der streitbare Kämpe war, wie gesagt, vom Herzog genau unterrichtet, was er dem streitbaren Don Quijote von der Mancha gegenüber zu tun habe; er war also angewiesen, ihn unter keiner Bedingung zu töten, sondern er solle bestrebt sein, dem ersten Zusammenstoß auszuweichen, damit der Ritter der Gefahr des Todes entginge, die zweifellos war, wenn Tosílos ihn Speer gegen Speer anrennen würde. Er ritt über den Kampfplatz, und als er an die Stelle kam, wo die Frauen saßen, hielt er eine Zeitlang und betrachtete das Mädchen, das ihn zum Gatten begehrte. Der Turnierwart rief Don Quijote auf, der sich bereits auf der Bahn eingestellt hatte, und richtete gemeinsam mit Tosílos die Frage an die beiden Frauen, ob sie damit einverstanden seien, daß Don Quijote für ihr Recht eintrete. Sie bejahten dies; alles, was er in der Sache tun werde, erklärten sie für wohlgetan, unverbrüchlich und rechtsgültig.

Inzwischen hatten der Herzog und die Herzogin auf einer Galerie Platz genommen, die auf die Schranken hinausging, welche ringsum von zahllosem Volk umkränzt waren, das den furchtbaren Ausgang des nie geschauten Kampfes erwartete. Unter den beiden Kämpen war ausbedungen, wenn Don Quijote siege, so müsse sein Gegner sich mit der Tochter der Doña Rodríguez vermählen, und wenn er besiegt werde, so sei der Widersacher frei und ledig des Eheversprechens, dessentwegen man gegen ihn klagte, ohne irgendeine weitere Genugtuung zu geben. Der Turnierwart teilte Sonne und Wind zwischen ihnen und wies jedem von beiden den Platz an, wo er halten sollte. Die Trommeln wirbelten, Trompetenschall erfüllte die Luft, die Erde bebte unter den Füßen, die Herzen der zuschauenden Menge bangten vor gespannter Erwartung; die einen fürchteten, die andern hofften den guten oder schlimmen Ausgang dieses Handels.

Don Quijote befahl sich jetzt von ganzem Herzen Gott unserm Herrn und dem Fräulein Dulcinea von Toboso und wartete auf das Zeichen zum Angriff. Aber unser Lakai hatte ganz andre Gedanken, und was er dachte, werde ich sogleich erzählen.

Als er nämlich seine Gegnerin aufmerksam betrachtete, erschien sie ihm offenbar als das schönste Weib, das er in seinem Leben gesehen hatte, und der blinde Knabe, den man weit und breit Amor zu nennen pflegt, wollte die ihm hier gebotene Gelegenheit sich nicht entgehen lassen, über eine Lakaienseele zu triumphieren und sie in die Zahl seiner Trophäen aufzunehmen; er näherte sich ihm sachte, leise, ungesehen von allen, und jagte dem armen Lakaien in die linke Seite einen ellenlangen Pfeil, der ihm durch das Herz von einer Seite zur andern hindurchfuhr. Freilich konnte er dies ungefährdet tun, denn Amor ist unsichtbar und geht aus und ein, wo er will, ohne daß jemand Rechenschaft für seine Taten von ihm fordert.

So sage ich denn: als das Zeichen zum Angriff gegeben ward,

saß unser Lakai ganz verzückt auf seinem Gaul und träumte von der Schönheit der Maid, die er bereits zur Herrin seines freien Willens gemacht, und daher achtete er nicht auf den Schall der Trompete, wie seinerseits Don Quijote es tat, welcher sie kaum gehört hatte, als er schon zum Angriff stürmte und in so raschem Lauf, als Rosinanten möglich war, auf seinen Feind lossprengte. Als sein wackerer Knappe Sancho ihn ansprengen sah, rief er überlaut: »Gott geleite dich, du Blume und Perle der fahrenden Ritter! Gott verleihe dir den Sieg, denn du hast das Recht auf deiner Seite.«

Wiewohl nun Tosílos Don Quijotes Angriff sah, rührte er sich doch keinen Schritt von seinem Platze, sondern rief dem Turnierwart mit lauter Stimme zu, und als dieser gekommen, um nach seinem Begehr zu fragen, sprach er zu ihm: »Señor, geschieht dieser Kampf nicht zu dem Zwecke, daß ich dieses Fräulein heirate oder nicht heirate?«

»So ist es«, wurde ihm zur Antwort.

»Nun denn«, sagte der Lakai, »ich bin ängstlich in meinem Gewissen und würde dasselbe sehr beschweren, wenn ich in diesem Kampfe weiter ginge; und somit erkläre ich mich für besiegt und bin bereit, dieses Fräulein auf der Stelle zu heiraten.«

Diese Worte des Tosílos setzten den Turnierwart in Erstaunen, und da er einer der Mitwisser des ganzen Anschlages war, wußte er gar nicht, was er ihm antworten sollte. Don Quijote blieb mitten in seinem Ansturm halten, da er sah, daß sein Feind ihm nicht entgegensprengte. Der Herzog wußte nicht, warum es mit dem Kampfe nicht vorwärts wollte, bis der Turnierwart kam und ihm mitteilte, was Tosílos gesagt, worüber er sehr in Verwunderung und Zorn geriet. Indem näherte sich Tosílos dem Sitze der Doña Rodríguez und sprach mit schallender Stimme: »Ich, Señora, will Eure Tochter heiraten und will nicht erst durch Kampf erlangen, was ich in Frieden und ohne Todesgefahr erlangen kann.«

Das hörte der streitbare Don Quijote und sprach: »Da dem nun also ist, so gehe ich meines Versprechens frei und ledig; verheiratet Euch in Gottes Namen, und da Gott unser Herr sie Euch gegeben, so mag Sankt Peter sie Euch gesegnen.«

Der Herzog war inzwischen auf den Schloßplatz heruntergekommen; er trat zu Tosílos und sagte zu ihm: »Ist es wahr, Ritter, daß Ihr Euch für besiegt erklärt und daß Ihr, von Eurem ängstlichen Gewissen getrieben, Euch mit diesem Fräulein vermählen wollt?«

„Ja, Señor", antwortete Tosílos.

„Daran tut er sehr wohl", fiel hier Sancho Pansa ein, „denn was du der Maus geben mußt, gib's lieber der Katze, und die wird dir die Hausplage vom Halse schaffen."

Tosílos mühte sich, den Helm abzuschnallen, und bat um eilige Hilfe, denn der Atem gehe ihm bald aus und sein Kopf könne nicht so lange in diesem engen Gehäuse eingesperrt bleiben. Man nahm ihm eilends den Helm ab, und unbedeckt und allen offenbar zeigte sich sein Lakaiengesicht. Bei diesem Anblick schrien Doña Rodríguez und ihre Tochter laut auf: „Betrug, Betrug! Man hat uns Tosílos, den Lakaien unsres gnädigen Herzogs, anstatt des wahren Bräutigams untergeschoben; von Gott und dem König heischen wir Recht gegen solche Bosheit, um nicht zu sagen Schurkerei!"

„Habt keine Sorge, meine edlen Frauen", sprach Don Quijote; „dies ist weder Bosheit noch Schurkerei; und wenn es das wäre, so trägt nicht der Herzog die Schuld, sondern die bösartigen Zauberer, die mich verfolgen und die aus Neid darüber, daß ich die Gloria dieses Sieges erringen würde, das Angesicht Eures Bräutigams in das jenes Mannes verwandelt haben, den Ihr als den Lakaien des Herzogs bezeichnet. Nehmt meinen Rat an und der Bosheit meiner Feinde zum Trutz heiratet ihn, denn ohne allen Zweifel ist er der nämliche, den Ihr zum Gemahl zu erhalten begehret."

Als der Herzog dies hörte, war er nahe daran, seinen ganzen Zorn in Lachen auszuschütten, und sprach: „So außerordentlich ist alles, was dem Señor Don Quijote begegnet, daß ich beinah glaube, dieser Lakai sei nicht mein Lakai. Wir wollen indessen eine List, einen Kunstgriff anwenden, nämlich die Heirat um vierzehn Tage verschieben, wenn es euch recht ist, und diesen Menschen, der uns in Ungewißheit hält, so lange eingesperrt halten, da er ja möglicherweise binnen dieser Zeit seine frühere Gestalt wiedererlangen kann; denn so lange kann doch der Groll nicht dauern, den die Zauberer gegen den Señor Don Quijote hegen, zumal ihnen gar nicht viel daran liegen kann, sich solcher Ränke und Verwandlungen zu bedienen."

„O Señor", sagte Sancho, „dieses Gezücht hat eben einmal zu Brauch und Gewohnheit, alles, was meinen Herrn angeht, zu verwandeln. Sie haben ihm einen Ritter, den er letzter Tage überwand, er hieß der Spiegelritter, in die Gestalt des Baccalaur Sansón Carrasco verwandelt, der aus unserm Dorfe und ein naher Freund von uns ist, und unser Fräulein Dulcinea von Toboso haben sie in eine Bäurin vom Ackerfeld verwandelt; und demnach meine ich, dieser Lakai wird all seiner Lebtage als Lakai leben und sterben."

Hierauf sagte die Tochter der Doña Rodríguez: „Sei er, wer er wolle, der mich zur Ehe begehrt, ich bin ihm dankbar dafür, denn ich will lieber die rechtmäßige Frau eines Lakaien sein als die betrogene Geliebte eines Ritters, obschon der Mann, der mich betrogen hat, kein Ritter ist."

Indessen kam all dies Gerede und Getue zu dem Schluß, daß Tosílos eingesponnen wurde, bis man sehen würde, was für ein Ende es mit seiner Verwandlung nehme. Alle riefen Don Quijote als Sieger aus, doch die meisten waren betrübt und mißmutig, daß die zwei so sehnlich erwarteten Kämpen sich nicht in Stücke gehauen hatten, geradeso wie die Gassenbuben ärgerlich werden, wenn der arme Sünder, der an den Galgen soll, nicht hinausgeführt wird, weil ihm die Gegenpartei oder die Justiz Gnade zuteil werden ließ. Die Menge zerstreute sich, der Herzog und Don Quijote kehrten ins Schloß zurück, Tosílos wurde eingesperrt, Doña Rodríguez und ihre Tochter waren seelenglücklich, daß der Fall mit einer Hochzeit ausgehen sollte, und Tosílos hoffte nichts andres.

57. Kapitel

Welches davon handelt, daß und wie Don Quijote von dem Herzog Abschied nahm, auch was ihm begegnete mit der klugen und leichtfertigen Altisidora, dem Fräulein der Herzogin

Lange schon dünkte es Don Quijote rätlich, aus so müßigem Leben endlich zu scheiden, wie er es auf diesem Schlosse führte; er war der Meinung, daß man seine Person allerorten schmerzlich vermisse, wenn er sich so abgeschlossen und müßig bei den zahllosen Festen und Ergötzlichkeiten zurückhalten lasse, mit welchen diese Herrschaften ihn als einen fahrenden Ritter beehrten; und er dachte sich, er würde dereinst dem Himmel strenge Rechenschaft ablegen müssen für dieses tatenlose zurückgezogene Leben. Somit erbat er sich eines Tages Urlaub von dem herzoglichen Paar, um von dannen zu ziehen. Sie gewährten ihm diesen unter Bezeigungen des größten Leidwesens, daß er sie verlasse. Die Herzogin übergab Sancho Pansa die Briefe seiner Frau, und Sancho weinte über sie und sagte: „Wer hätte denken sollen, daß so große Hoffnungen, wie sie die Nachricht von meiner Statthalterschaft im Busen meiner Frau Teresa Pansa erweckt hatte, damit enden würden, daß ich jetzt wieder zu den mühseligen Abenteuern meines Herrn Don Quijote von der Mancha zurückkehre? Bei alledem freut es mich zu sehen, daß meine Teresa sich so benommen hat, wie es einer Person wie ihr zukommt; ich meine, daß sie der Herzogin die Eicheln geschickt hat; hätte sie sie nicht geschickt, so hätte ich großen Verdruß gehabt und sie sich undankbar erwiesen. Was mich tröstet, ist, daß man dieses Geschenk nicht eine Bestechung nennen kann, denn ich war ja schon Statthalter, als sie die Eicheln schickte; auch ist es ganz natürlich, daß einer, dem man eine Wohltat erweist, sich dafür dankbar bezeigt, wenn auch nur mit Kleinigkeiten. Ich aber, ich bin nackt und bloß in die Statthalterschaft gekommen, und nackt und bloß scheide ich aus ihr, und so kann ich mit ruhigem Gewissen sagen, was nicht wenig heißen will: Nackt bin ich heut, nackt war ich geboren, hab nichts gewonnen und nichts verloren."

So sprach Sancho zu sich selber am Tage der Abreise, und Don Quijote, nachdem er am Abend vorher von dem herzoglichen Paare Abschied genommen, erschien morgens früh in seiner Rüstung auf dem Schloßplatz. Aus den Galerien blickten ihm alle Leute des Schlosses nach, und auch der Herzog und die Herzogin erschienen, um ihn zu begrüßen. Sancho saß auf seinem Esel, mit seinem Zwerchsack, Felleisen und Reisevorrat, höchst vergnügt, weil der Haushofmeister des Herzogs, derselbe, der die Rolle der Trifaldi gespielt, ihm ein Beutelchen mit zweihundert Goldtalern zugesteckt hatte, um die Bedürfnisse der Reise zu bestreiten, wovon jedoch Don Quijote nichts wußte. Während nun, wie gesagt, alle auf ihn blickten, da plötzlich, unter den andern Frauen und Fräulein der Herzogin, die da zuschauten, erhob ihre Stimme die leichtfertige und kluge Altisidora und rief in klagendem Tone:

> Hör und halt die Zügel an,
> Ritter, der du arg mich kränkest;
> Drücke nicht so fest die Weichen
> Deines Gauls, den schlecht du lenkest!
> 's ist ja keine Natter, die du
> Fliehst, untreuster Mensch auf Erden;
> Nein, ein Lämmchen ist's, das lange
> Zeit noch hat, ein Schaf zu werden.

Unhold, muß von dir verhöhnt die
Schönste Maid im Schmerz vergehen,
Die man in Dianas Wald je,
Je in Venus' Hain gesehen!

Du fliehender Äneas, du grausamer Birén!
Fahr hin mit Barrabas! Magst du zum Henker gehn!

Ha, du raubst – o ruchlos' Rauben! –
Mit den Krallen deiner Hände
Dieses Herz, das dir in Demut
Weihte seines Liebens Spende.
Hast geraubt mir drei Nachthäubchen
Und ein Strumpfband – eines Beines,
Das dem reinen Marmor gleich ist,
Glatt und glänzend –, weiß und schwarz.
Raubtest mir zweitausend Seufzer,
Die, wenn sie von Feuer wären
Und es gäb zweitausend Trojas,
Würden all' in Brand verzehren.

Du fliehender Äneas, du grausamer Birén!
Fahr hin mit Barrabas! Magst du zum Henker gehn!

Hart sei deines Knappen Sancho
Herz, sein Ohr taub deinem Flehen,
Daß aus der Verzaubrung nimmer
Er erlöse Dulcineen.
Deines Frevels Straf erleide
Sie umstrickt von Zaubermächten –
Wie bei mir zu Land oft büßen
Für die Sünder die Gerechten. –
Deiner Abenteuer schönstes
Soll mit Pech der Himmel tränken;
Zum Vergessen werde deine
Treu, zum schnöden Traum dein Denken.

Du fliehender Äneas, du grausamer Birén!
Fahr hin mit Barrabas! Magst du zum Henker gehn!

Falscher Mann: so nenne jeder
Von Guadalquivirs Stromrändern
Bis Sevilla dich, von London

Hin bis zu den Engelländern.
Spielst du Skat, Piquet und L'hombre,
Sollen dir den Rücken drehen
Die vier Kön'ge, bei dir seien
As und Sieben nie zu sehen.
Schneidst du dir die Hühneraugen,
Soll vom Schnitt ein Blutstrom gehen;
Wenn du einen Zahn dir ausziehst,
Bleibe stets die Wurzel stehen.

Du fliehender Äneas, du grausamer Birén!
Fahr hin mit Barrabas! Magst du zum Henker gehn!

Während die tiefbetrübte Altisidora solchergestalt jammerte, sah Don Quijote sie beständig an; dann, ohne ihr ein Wort zu erwidern, wendete er sich zu Sancho und sagte: „Bei der ewigen Seligkeit deiner Ahnen, Sancho mein, beschwöre ich dich, mir die Wahrheit zu bekennen. Sage mir, hast du vielleicht die drei Häubchen und die Strumpfbänder mitgenommen, von denen dieses verliebte Fräulein spricht?"

Sancho antwortete: „Die drei Häubchen habe ich allerdings mitgenommen; aber die Strumpfbänder? Nicht um die Welt!"

Die Herzogin war über Altisidoras Mutwillen höchlich verwundert, denn wenn sie sie auch für keck, lustig und übermütig hielt, so doch nicht bis zu dem Grade, daß sie sich solche Leichtfertigkeiten erlauben würde; und da sie von diesem Possenstreich nicht vorher unterrichtet worden, so wuchs ihr Erstaunen um so mehr. Der Herzog wollte den Scherz noch weiter treiben und sprach: „Es scheint mir nicht recht, Herr Ritter, daß Ihr, nach der freundlichen Aufnahme, die Ihr in meinem Schloß erhalten, Euch erkühnt, drei Häubchen mindestens und wohl noch ein mehreres, nämlich die Strumpfbänder meines Fräuleins, mitzunehmen. Das sind Zeichen eines bösen Gemüts, das sind Handlungen, die Eurem Rufe nicht entsprechen. Gebt ihr die Strumpfbänder zurück; wo nicht, fordre ich Euch zum Kampf auf Leben und Tod und fürchte keineswegs, daß schurkische Zauberer mein Gesicht verändern und umgestalten, wie sie es mit dem Gesicht meines Lakaien Tosílos getan, des Mannes, der mit Euch in den Kampf ging."

„Das wolle Gott nicht", entgegnete Don Quijote, „daß ich mein Schwert gegen Eure erlauchte Person ziehe, von welcher ich so viele Gnaden empfangen habe. Die Hauben werde ich zurückgeben, da Sancho sagt, er habe sie; die Strumpfbänder aber, das ist unmöglich, denn weder ich habe sie bekommen noch er; und wenn Euer Hoffräulein ihre geheimen Schubfächer nachsieht, so wird sie dieselben ganz gewiß finden. Ich, Herr Herzog, bin nie ein Dieb gewesen, gedenke auch meiner Lebtage keiner zu werden, wenn Gott seine Hand nicht von mir abzieht. Dieses Fräulein, wie sie selber sagt, spricht als Verliebte, woran ich keine Schuld habe, und daher habe ich auch keinen Grund, sie um Verzeihung zu bitten, weder sie noch Euer Exzellenz. Euch flehe ich aber an, eine bessere Meinung von mir zu haben und mir aufs neue Urlaub zu gewähren, daß ich meine Ritterfahrt antrete."

„Gott beschere Euch eine so gute Fahrt, Señor Don Quijote", sprach die Herzogin, „daß wir immer gute Nachricht von Euren Heldentaten bekommen, und geht mit Gott; denn je länger Ihr zögert, desto stärker facht Ihr das Feuer an in der Brust der Jungfrauen, die Euch anschauen. Mein Hoffräulein aber werde ich so bestrafen, daß sie sich künftiglich mit keinem Blick, viel weniger mit Worten ungebührlich aufführen soll."

„Nur ein einziges Wort von mir und nicht mehr sollst du anhören, du streitbarer Don Quijote", sagte jetzt Altisidora, „nämlich dies: Ich bitte dich um Verzeihung wegen des Strumpfbänderdiebstahls, denn bei Gott und meiner armen Seele, ich habe sie umgebunden, und ich war so zerstreut wie jener, der den Esel suchte und auf ihm ritt."

„Hab ich's nicht gesagt?" sprach Sancho; „ich bin der Rechte, um einen Diebstahl zu verhehlen! Hätte ich stehlen wollen, so hätte ich jeden Tag Gelegenheit dazu gehabt in meiner Statthalterschaft."

Don Quijote neigte sein Haupt und verbeugte sich vor dem herzoglichen Paar und allen Umstehenden; dann wendete er Rosinante, Sancho folgte ihm auf seinem Grauen, und so schied er aus dem Schloß und schlug den Weg nach Zaragoza ein.

58. KAPITEL

Welches berichtet, wie so viel Abenteuer auf Don Quijote einstürmten, daß eines dem andern gar keinen Raum ließ

Als Don Quijote sich in freiem Felde sah, ledig und erlöst von den Liebeswerbungen Altisidoras, fühlte er sich ganz in seinem Elemente, als wenn all seine Lebensgeister sich in ihm erneuten, um aufs neue dem Berufe seines Rittertums nachzugehen. Er wendete sich zu Sancho und sprach zu ihm: „Die Freiheit, Sancho, ist eine der köstlichsten Gaben, die der Himmel dem Menschen verliehen; mit ihr können sich nicht die Schätze vergleichen, welche die Erde in sich schließt noch die das Meer bedeckt. Für die Freiheit wie für die Ehre darf und muß man das Leben wagen; Gefangenschaft dagegen ist das größte Unglück, das den Menschen treffen kann. Dies sage ich, Sancho, weil du wohl gesehen hast, welche Gastlichkeit, welchen Überfluß wir in diesem Schloß gefunden haben, das wir jetzt verlassen; und dennoch: bei all jenen üppigen Festmahlen und jenen in Schnee gekühlten Getränken war mir geradeso zumute, als säße ich mitten in den Bedrängnissen des Hungers, denn ich genoß es nicht mit der Freiheit, mit der ich es genossen hätte, wenn alles mein Eigentum gewesen wäre. Die Verpflichtungen, die uns empfangene Wohltaten und Gunstbezeigungen auferlegen, sind Fesseln, die den Geist nicht frei walten lassen. Glücklich, wem der Himmel ein Stück Brot gegeben, ohne daß ihm die Verpflichtung obliegt, einem andern als dem Himmel selbst dafür zu danken."

„Bei alldem, was Euer Gnaden mir da gesagt hat", meinte Sancho, „wäre es doch nicht recht, wenn die zweihundert Goldtaler ohne Dank unsrerseits blieben, welche der Haushofmeister des Herzogs mir gegeben und die ich als Magenpflaster und Stärkungsmittel für vorkommende Fälle auf dem Herzen trage; denn wir werden nicht immer Schlösser finden, wo man uns gastlich pflegt; manchmal werden wir auch Schenken antreffen, wo man uns mit Prügeln bewirtet."

Unter diesen und andern Gesprächen zog der fahrende Ritter mit dem fahrenden Knappen dahin, und sie hatten wenig mehr als eine Meile zurückgelegt, als sie auf dem Gras eines grünen Angers ein Dutzend Männer in Bauerntracht erblickten, die auf ihren Mänteln saßen und speisten. Neben sich hatten sie weiße Leintücher, mit denen etwas zugedeckt war; die Tücher lagen hier aufgebauscht, dort flach ausgebreitet. Don Quijote näherte sich der tafelnden Gesellschaft, und nachdem er sie höflich gegrüßt, fragte er sie, was unter diesen Leintüchern verdeckt liege. Einer aus der Gesellschaft antwortete: „Unter diesen Tüchern haben wir Bildwerke in erhabener und geschnitzter Arbeit; sie sind für einen Altar bestimmt, den wir in unserem Dorfe errichten. Wir tragen sie verdeckt, damit sie ihre Frische nicht verlieren, und auf den Schultern, damit sie nicht zerbrechen."

„Wenn es euch gefällig ist", entgegnete Don Quijote, „würde ich mich freuen, sie zu sehen; denn Bilder, die man mit so großer Vorsicht befördert, müssen gewiß vortrefflich sein."

„Ob sie es sind!" sagte ein andrer; „jedenfalls spricht ihr Preis dafür, denn wahrlich, es ist keines dabei, das nicht auf mehr als fünfzig Taler zu stehen kommt. Damit Euer Gnaden sehen kann, wie wahr dies ist, wartet einen Augenblick, und Ihr sollt mit Euren eignen Augen darüber urteilen."

Er stand vom Essen auf, nahm die Decke von dem ersten Bilde, und es zeigte sich, daß es den heiligen Georg zu Pferde vorstellte, mit einem Lindwurm, der zu seinen Füßen den Schweif ringelte und dem er mit dem grimmigen Mute, wie man es gewöhnlich darstellt, den Speer in den Rachen stieß. Das ganze Bildwerk war einem goldschimmernden Kleinod zu vergleichen.

Don Quijote betrachtete es und sagte: „Dies war einer der trefflichsten unter den fahrenden Rittern der himmlischen Heerschar; er hieß Sankt Georg und war überdies ein Verteidiger der Jungfrauen. Laßt nun das andre hier sehen."

Der Mann deckte es auf, und es zeigte sich, daß es der heilige Martin zu Pferde war, wie er seinen Mantel mit einem Armen teilte. Kaum hatte Don Quijote das Bild gesehen, als er sagte: „Auch dieser Ritter gehörte zu den frommen Christen, die auf Abenteuer auszogen, und ich glaube, seine Freigebigkeit war noch größer als seine Tapferkeit, wie du daran sehen kannst, Sancho, daß er seinen Mantel mit dem Armen teilt; er gibt ihm die Hälfte, und es muß damals Winter gewesen sein, sonst hätte er ihm den ganzen Mantel gegeben, so mildtätig war er."

„Das wird nicht der Grund gewesen sein", sagte Sancho, „sondern er wird sich an das Sprichwort gehalten haben: Beim Geben wie beim Behalten, Verstand muß da schalten und walten."

Don Quijote lachte und bat die Leute, auch noch das andre Tuch wegzunehmen; unter diesem kam das Bild des Schutzheiligen Spaniens zum Vorschein, der hoch zu Rosse saß, das Schwert blutig gefärbt und über Schädeln hinreitend. Don Quijote sprach bei dem Anblick: „Auch dieser ist ein Ritter, einer von Christi Heerscharen, er heißt Don Santiago der Maurentöter, einer der streitbarsten Heiligen und Ritter, welche die Welt besessen hat und der Himmel jetzt besitzt."

Alsbald deckten sie wieder ein andres Tuch auf, unter dem der Sturz des heiligen Paulus von seinem Pferde zu sehen war, nebst allen Umständen, mit denen man auf den Altartafeln seine Bekehrung darzustellen pflegt. Als Don Quijote ihn so lebensstreu abgebildet sah, daß man hätte sagen mögen, Christus rede mit ihm und Paulus antworte, da sprach er: „Dieser war der größte Feind, den die Kirche Gottes unsres Herrn seinerzeit hatte, und der größte Verteidiger, den sie jemals haben wird; für den Glauben war er ein fahrender Ritter im Leben, ein heiliger Streiter festen Fußes im Tode; ein unermüdlicher Arbeiter im Weinberg des Herrn, der Lehrer der Heiden, der zur hohen Schule den Himmel, zum Lehrer und Meister Jesum Christum selber hatte."

Da keine weiteren Bilder da waren, bat Don Quijote, sie alle wieder zuzudecken, und sagte zu den Trägern: „Für ein gutes Vorzeichen habe ich es gehalten, meine Freunde, daß ich gesehen habe, was ihr mir gezeigt habt; denn diese Heiligen und Ritter haben sich demselben Werk gewidmet wie ich, nämlich dem Waffenwerk; nur mit dem Unterschied, daß sie Heilige waren und in göttlicher Weise kämpften, ich aber ein Sünder bin und auf menschliche Weise kämpfe. Sie errangen den Himmel durch ihrer Arme Gewalt; denn der Himmel erschließt sich zuweilen der Gewalt, ich aber weiß bis jetzt nicht, was ich durch die Gewalt meiner mühseligen Taten gewinne; doch wenn Dulcinea von ihren Leiden erlöst würde, dann würde mein Schicksal sich erfreulicher gestalten und mein Verstand so aufgehellt werden, daß ich vielleicht meine Schritte einen besseren Weg leiten könnte, als den ich jetzt gehe."

„Möge Gott das hören und der Vater der Sünden taub sein!" fiel hier Sancho ein.

Die Landleute wunderten sich sehr über Don Quijotes Aussehen wie über seine Äußerungen, deren Sinn sie nicht zur Hälfte verstanden; sie beendeten ihr Mahl, luden ihre Bilder auf, nahmen Abschied von Don Quijote und zogen ihres Weges. Sancho stand da, als hätte er seinen Herrn nie gekannt, abermals staunend, daß er so vieles wisse, und es kam ihm vor, als könnte es keine Geschichte und keinen Vorgang auf der Welt geben, den er nicht an den Fingern herzählen könne und im Gedächtnis habe.

Er sagte zu ihm: „Wahrlich, guter, lieber Herr, wenn man das, was uns heute begegnet ist, ein Abenteuer nennen kann, so war es eines von den angenehmsten und allerliebsten, die uns im ganzen Verlauf unserer Pilgerschaft begegnet sind; aus diesem Abenteuer sind wir ohne Prügel und Angst davongekommen, haben keine Hand ans Schwert gelegt, haben den Boden nicht mit unsren Leibern gemessen und keinen Hunger leiden müssen. Gelobt sei Gott, der mich so etwas mit meinen eignen Augen hat sehen lassen!"

„Wohl gesprochen, Sancho", erwiderte Don Quijote; „aber du mußt im Auge behalten, daß die Zeiten nicht alle gleich sind und nicht ein Tag ist wie der andere. Was der gemeine Mann gewöhnlich Vorzeichen nennt, die nicht auf natürlichen Vernunftgründen beruhen, die müssen von den Verständigen für Glücksfälle gehalten und als solche beurteilt werden. Einer von jenen abergläubischen Menschen steht morgens früh auf, ihm begegnet ein Bruder vom Orden des heiligen Franziskus, und gerade als wäre ihm ein Vogel Greif entgegengeflogen, wendet er den Rücken und kehrt nach Hause zurück. Ein anderer, ein zweiter Mendoza, verschüttet das Salz auf dem Tische, und gleich überschüttet ihm Trübsinn das ganze Herz, als wenn die Natur die Aufgabe hätte, künftiges Unglück mittels so unbedeutender Dinge wie der erwähnten im voraus anzuzeigen. Ein verständiger Mann und ein Christ hat nicht zu grübeln und nachzusinnen, was der Himmel beschlossen hat. Scipio landet in Afrika, er strauchelt, als er ans Land springt; seine Soldaten halten es für ein schlimmes Vorzeichen; er aber faßt den Boden mit den Händen und ruft: ‚Du kannst mir nimmer entgehen, Afrika, denn ich halte dich umfaßt mit meinen Armen.' So ist es für mich also nur ein höchst glücklicher Zufall, daß ich diese Bilder auf meinem Weg getroffen habe, Sancho."

„Das glaube ich auch", entgegnete Sancho; „aber ich wünschte von Euch zu erfahren, aus welchem Grunde die Spanier, wenn sie in die Schlacht gehen, den Santiago, den Maurentöter, mit den Worten anrufen: ‚Santiago, und halte fest, Spanien!' Ist Spanien vielleicht so schwach auf den Beinen, daß man es festhalten muß? Oder was ist das für ein seltsamer Brauch?"

„Du bist gar zu einfältig, Sancho", antwortete Don Quijote. „Bedenke, diesen mächtigen Ritter vom roten Kreuze hat Gott unsrem Spanien als Schutzheiligen gegeben, zumal in den harten Kampfesnöten, die die Spanier mit den Mauren bestanden; und darum rufen sie ihn an und schreien zu ihm als ihrem Verteidiger in allen Schlachten, die sie schlagen, in denen man ihn oft mit Augen gesehen, wie er die Heerhaufen der Araber niederwarf, zu Boden trat, vernichtete und in den Tod schickte; hierfür könnte ich dir viele Beispiele beibringen, die in zuverlässigen spanischen Geschichtsbüchern erzählt werden."

Sancho gab dem Gespräch eine andere Wendung, indem er zu seinem Herrn sagte: „Ich bin erstaunt, Señor, über die Keckheit Altisidoras, des Hoffräuleins der Herzogin. Der Bursche, den sie Amor heißen, muß sie doch tüchtig verwundet und durchbohrt haben; die Leute sagen, er sei ein blindes Jüngelchen, und obzwar er den Star oder, richtiger gesagt, überhaupt keine Augen hat, wenn er ein Herz, sei es auch noch so ein winziges, zum Ziel nimmt, so trifft er es und schießt es mit seinen Pfeilen durch und durch. Ich habe mir auch sagen lassen, an der Verschämtheit und Zurückhaltung der Jungfrauen täten die Liebespfeile ihre Spitze brechen und stumpf werden; aber an dieser Altisidora scheinen sie eher spitziger als stumpfer zu werden."

„Du mußt eben bedenken, Sancho", sprach Don Quijote, „daß die Liebe keine Rücksichten kennt noch sich in vernünftigen Grenzen hält und daß sie genau von derselben Art ist wie der Tod, der über die hohen Burgen der Könige ebenso herfällt wie über die demütigen Hütten der Schäfer. Wenn sie von einem Herzen völlig Besitz ergriffen hat, so ist das erste, was sie tut, daß sie ihm die Scheu und die Scham benimmt, und darum hat ohne Scham Altisidora ihren Wünschen Worte geliehen, die in meinem Busen eher Unmut als schmerzliches Mitgefühl erregten."

„Das ist ja offenbare Grausamkeit", sprach Sancho, „eine Undankbarkeit ohnegleichen! Von mir muß ich sagen, mich hätte das kleinste Liebeswort von ihr besiegt und unterworfen. O zum Kuckuck, was für ein Herz von Marmelstein, was für ein Gemüt von Erz, was für eine Seele von grobem Mörtel! Jedoch ich kann mir gar nicht vorstellen, was denn eigentlich das Fräulein an Eurer Person gefunden hat, daß Ihr sie so besiegt und Euch unterworfen habt. Was für ein stattliches Aussehen, was für Jugendglanz, was für Lieblichkeit, was für ein Gesicht, welcher von all diesen Reizen für sich, oder waren es alle zusammen, hat sie verliebt gemacht? Wahrlich, wahrlich, gar oft steh ich da und betrachte Euer Gnaden von der Fußspitze bis zum letzten Haar am Kopfe und sehe immer mehr Dinge zum Abschrecken als zum Verliebtmachen; und da ich auch gehört habe, Schönheit sei die erste und hauptsächlichste Eigenschaft, die verliebt macht, und da Euer Gnaden keine besitzt, so kann ich nicht herausbringen, worein das arme Ding sich verliebt hat."

„Merke dir, Sancho", entgegnete Don Quijote, „daß es zweierlei Schönheiten gibt, die der Seele und die des Körpers. Die der Seele waltet und erscheint im Geiste, in der Sittsamkeit, im edlen Benehmen, in der Freigebigkeit, in der feinen Bildung, lauter Eigenschaften, die sich auch in einem häßlichen Manne finden können; und wenn der Blick sich auf diese Schönheit und nicht auf die des Körpers richtet, pflegen diese Eigenschaften die Liebe mit Ungestüm und größerer Macht als sonst zu entfachen. Ich, Sancho, sehe wohl, daß ich nicht schön bin, aber ich weiß auch, daß ich nicht mißgestaltet bin; und für einen braven Mann, wenn er nur die Gaben der Seele besitzt, die ich aufgezählt habe, genügt es schon, daß er kein Ungeheuer ist, um von Herzen geliebt zu werden."

Unter solchen Reden und Gegenreden kamen sie in einen Wald abseits vom Wege; und plötzlich, und ohne daß er sich versah, fand sich Don Quijote in ein Netz von grünen Fäden verwickelt, die von einem Baum zum andern ausgespannt waren. Er konnte sich nicht vorstellen, was das sein sollte, und sagte zu Sancho: „Mich bedünkt, die Sache mit diesem Netz muß eines der unerhörtesten Abenteuer sein, die ich mir denken kann. Ich will des Todes sein, wenn die Zauberer, die mich verfolgen, mich nicht darein verwickeln und meinen Weg hemmen wollen, wie zur Rache für den harten Sinn, den ich gegen Altisidora bewiesen; aber ich tue ihnen zu wissen: wenn auch dieses Netz, so wie es aus grünen Fäden geschlungen ist, aus härtestem Demant oder stärker wäre als jenes, womit der eifersüchtige Gott der Schmiede Venus und Mars umstrickt hielt, so würde ich es doch zerreißen, als wäre es aus Seegras oder aus Baumwollfäden."

Und als er nun vordringen und alles zerreißen wollte, da boten sich plötzlich seinen Blicken, zwischen den Bäumen hervortretend, zwei wunderschöne Schäferinnen; wenigstens waren sie als Schäferinnen gekleidet, nur was sonst Schäferpelze und Bauernröcke sind, das war alles vom feinsten Brokat, und der ganze Anzug bestand aus golddurchwirktem Taft. Ihre Haare hingen ihnen aufgelöst über die Schultern herab und konnten in blondem Schimmer mit den Strahlen der Sonne wetteifern; sie waren bekränzt mit Gewinden aus grünem Lorbeer und rotem Amarant und schienen nicht jünger als fünfzehn und nicht älter als achtzehn Jahre zu sein. Es war ein Anblick, der Sancho in Verwunderung setzte, Don Quijote mit Staunen erfüllte und die Sonne zum Stillstehen zwang, um die beiden Jungfrauen zu schauen; und alle vier standen in wundersamem Schweigen gefesselt.

Wer endlich zuerst zu sprechen begann, das war eine der beiden Hirtinnen, die Don Quijote so anredete: „Hemmt Euren Schritt, Herr Ritter, und zerreißt die Netze nicht, die nicht zu Eurem Schaden, sondern zu unserm Zeitvertreib hier ausgespannt sind; und da ich im voraus weiß, Ihr werdet uns fragen, zu welchem Zwecke wir sie ausgelegt haben und wer wir sind, so will ich es Euch in kurzen Worten sagen. In einem Dorfe, etwa zwei Meilen von hier, wo viele vornehme Familien und viele Junker und reiche Leute wohnen, ist unter einer Anzahl Freunden und Verwandten verabredet worden, mit Söhnen, Frauen und Töchtern, Nachbarn und Bekannten hierherzukommen, um an diesem Orte, der einer der angenehmsten in dieser ganzen Gegend ist, uns dadurch zu erlustigen, daß wir alle zusammen ein neues schäferliches Arkadien schaffen. Wir Mädchen kleiden uns alle als Schäferinnen, die jungen Männer als Hirten; wir haben zwei Schäferspiele einstudiert, das eine von dem weitgepriesenen Dichter Garcilaso, das andere von dem vortrefflichen Camoëns in seiner eigenen portugiesischen Sprache; wir haben sie aber bis jetzt noch nicht aufgeführt. Gestern sind wir hier eingetroffen; wir haben unter diesen Zweigen am Ufer eines wasserreichen Baches, der all diese Wiesen befruchtet, Zelte aufgeschlagen von der Art, die man Reisezelte nennt. In der verflossenen Nacht haben wir hier an den Bäumen diese Netze ausgespannt, um die einfältigen Vöglein zu berücken, damit sie, von unsrem Lärmen aufgeschreckt, hineinfliegen. Ist es Euch angenehm, unser Gast zu sein, Señor, so sollt Ihr freundlich und höflich aufgenommen werden; denn jetzt darf an diesem Ort weder Kummer noch Trübsinn Einlaß finden."

Hiermit endete sie und schwieg. Don Quijote gab ihr zur Antwort: „Gewiß, schönstes Fräulein, größer konnten das Staunen und die Bewunderung Aktäons nicht sein, da er plötzlich Diana sich in den Fluten baden sah, als meine Überraschung war bei dem Anblick Eurer Reize. Ich lobe die Absicht, Euch hier so zu unterhalten, und für Euer Anerbieten danke ich Euch höflich. Wenn ich Euch dienen kann, so dürft Ihr nur befehlen und könnt sicher sein, Gehorsam zu finden; denn mein Beruf ist kein anderer, als mich dankbar und wohltätig zu erweisen gegen Leute aller Art, zumal gegen so hochgestellte, wie Ihr es offenbar seid. Wenn diese Netze, die wohl nur einen kleinen Raum umfassen können, das ganze Erdenrund umspannten, so würde ich neue

Welten aufsuchen, um durch sie mir einen Weg zu bahnen, damit ich Eure Netze nicht zerreißen müßte. Damit Ihr aber meinen hochtönenden Äußerungen einigen Glauben schenket, so beachtet wohl, der Euch dieses verheißt, ist kein Geringerer als Don Quijote von der Mancha, wenn vielleicht dieser Name zu Euren Ohren gedrungen ist."

„O Herzensfreundin", sagte hier die andere Schäferin, „welch großes Heil ist uns widerfahren! Siehst du diesen Herrn, den wir vor unsern Augen haben? Wohl denn, so wisse, er ist der tapferste, der verliebteste, der höflichste Ritter von der Welt, wenn anders die Geschichte uns nicht belügt und betrügt, die von seinen Großtaten im Druck verbreitet ist und die ich gelesen habe. Ich will wetten, der wackere Mann, der ihn begleitet, ist ein gewisser Sancho Pansa, sein Schildknappe, mit dessen kurzweiliger Art sich nichts auf der Welt vergleichen läßt."

„Freilich ist es so", sprach Sancho; „ich bin der kurzweilige Geselle, der Schildknappe, von dem Euer Gnaden spricht, und dieser Ritter ist mein Dienstherr, derselbige Don Quijote von der Mancha, von dem in Geschichten und Berichten gesagt wird."

„Ach, liebe Freundin", rief die andere, „wir wollen ihn bitten zu bleiben, unsere Eltern und Brüder werden sich unendlich darüber freuen. Auch ich habe von seiner Tapferkeit und Liebenswürdigkeit dasselbe gehört, was du sagst, und insbesondere erzählt man von ihm, er sei der treueste und beständigste Liebhaber, den man kennt, und seine Dame sei eine gewisse Dulcinea von Toboso, der man in ganz Spanien die Palme der Schönheit zuerkennt."

„Mit Recht erkennt man sie ihr zu", versetzte Don Quijote, „wenn nicht etwa Eure unvergleichliche Schönheit es in Frage stellt. Bemüht euch nicht, meine Fräulein, mich aufzuhalten, denn die ausdrücklichen Vorschriften meines Berufes gestatten mir an keinerlei Stätte zu rasten."

Inzwischen näherte sich ihnen der Bruder einer der beiden Schäferinnen, ebenfalls als Schäfer und mit einer Pracht und einem Reichtum gekleidet, welcher dem der Schäferinnen gleichkam. Sie erzählten ihm, daß der Mann bei ihnen der mannhafte Don Quijote von der Mancha und der andere sein Schildknappe Sancho sei, von denen er schon gehört habe, da er ihre Geschichte gelesen. Der stattliche Hirt erbot sich ihm zu allen Diensten und bat ihn, mit zu ihren Zelten zu kommen; Don Quijote mußte nachgeben und kam mit. Indem begannen die Jagdgehilfen auf die Büsche zu schlagen, die Netze füllten sich mit mannigfaltigen

Vögelein, die, durch die Farbe der Netze getäuscht, sich in die Gefahr stürzten, vor der sie fliehen wollten. Mehr als dreißig Personen kamen nach und nach zusammen, alle prachtvoll als Schäfer und Schäferinnen gekleidet, und augenblicklich waren sie alle in Kenntnis gesetzt, wer Don Quijote und sein Schildknappe seien, und sie waren darob nicht wenig erfreut, da sie schon durch seine Geschichte von ihm erfahren hatten. Alles begab sich nun nach den Zelten; man fand die Tafeln gedeckt und reich, üppig und zierlich besetzt; man erwies Don Quijote alle Ehre, indem man ihm den obersten Platz an der Tafel gab; aller Augen waren auf ihn gerichtet, und alle wunderten sich über ihn.

Als sodann abgedeckt worden, erhob Don Quijote ernst und gelassen seine Stimme und sprach: „Unter den schwersten Sünden, die die Menschen begehen, bezeichnen etliche den Hochmut als die ärgste; ich aber sage, es ist die Undankbarkeit, und ich halte mich dabei an den üblichen Spruch, daß der Undankbaren die Hölle voll ist. Diese Sünde habe ich, soviel an mir lag, immer möglichst zu vermeiden gestrebt von dem Augenblicke an, wo mir der Gebrauch der Vernunft geworden, und wenn ich die guten Werke, die man mir erweist, nicht auch mit guten Werken vergelten kann, so setze ich an deren Stelle den innigen Wunsch, sie zu vollbringen; und wenn dies nicht genügt, so mache ich sie öffentlich bekannt; denn wer die Wohltaten, die er empfängt, öffentlich erzählt und verkündiget, der würde sie auch mit seinen Wohltaten vergelten, wenn er es vermöchte, denn großenteils stehen die, welche empfangen, weit unter denen, welche geben; und so ist Gott über allen, weil er allen der Geber ist, und die Gaben des Menschen können denen Gottes nimmer gleichkommen, da ein unendlicher Abstand dazwischen ist. Aber dieses Unvermögen, diese Armut wird gewissermaßen durch die Dankbarkeit ersetzt. Ich nun, der ich dankbar bin für die Gunst, die man mir hier erwies, und sie nicht im selben Maße vergelten kann, ich halte mich in den engen Grenzen meines Könnens und biete an, was ich vermag und was auf meinem eigenen Felde gewachsen ist; und somit erkläre ich, daß ich zwei Tage, vom Morgen zum Abend, mitten auf dieser Landstraße, die nach Zaragoza führt, gegen männiglich behaupten und verfechten werde, daß diese als Schäferinnen verkleideten Fräulein, die allhier weilen, die schönsten und feinsten Jungfräulein sind, so auf Erden zu finden, ausgenommen nur die unvergleichliche Dulcinea von Toboso, die alleinige Herrin meiner Gedanken; das sage ich mit Gunst und Verlaub aller Ritter und Damen, so mich hören."

Sancho, der seinem Herrn mit größter Aufmerksamkeit zugehört hatte, schrie bei diesen Worten plötzlich auf und sagte: „Ist's denn möglich, daß jemand auf der Welt sich erfrechen kann, zu sagen und zu beschwören, dieser mein Herr sei ein Narr? Sagt mir, ihr gnädigen Herren Schäfer, gibt's einen Dorfpfarrer, und sei er auch noch so gescheit und studiert, der so reden könnte, wie mein Herr eben geredet hat? Oder gibt es einen fahrenden Ritter, mag er auch noch so sehr im Ruf eines Helden stehen, der so etwas anbieten könnte, was mein Herr eben hier geboten hat?"

Don Quijote wendete sich zu Sancho und sprach mit zornglühendem Gesicht: „Ha, Sancho, kann auf dem ganzen Erdenrund ein Mensch leugnen, daß du ein Dummkopf bist, mit Dummheit ausgefüttert und verbrämt mit allerhand Bosheit und Spitzbüberei? Wer heißt dich an meine Angelegenheiten rühren und erörtern, ob ich gescheit oder verrückt bin? ... Schweig und antworte mir nicht, sondern sattle Rosinante, wenn er abgesattelt ist; wir wollen mein Anerbieten in Ausführung bringen, und da das Recht auf meiner Seite ist, so kannst du jeglichen, der dasselbe zu bestreiten wagen würde, zum voraus als besiegt ansehen."

In stürmischer Wut und mit allen Zeichen der Entrüstung sprang er von seinem Sitze auf, daß alle Umstehenden staunten und in Zweifel gerieten, ob sie ihn für einen Narren oder für einen verständigen Menschen halten sollten. Indessen wollten sie ihm zureden, doch nicht auf ein derartiges Unternehmen auszuziehen; sie nähmen ja seine dankbare Gesinnung als völlig bekannt an, und es bedürfe keiner neuen Beweise für seinen streitbaren Mut, da diejenigen schon genügten, die in der Geschichte seiner Taten erzählt seien. Aber all dessen unerachtet beharrte er auf der Ausführung seines Vorhabens; er bestieg Rosinante, faßte seinen Schild in den Arm, ergriff seinen Speer und stellte sich mitten auf der Heerstraße hin, die nicht weit von der Flur vorbeiführte. Sancho folgte ihm auf seinem Esel und mit ihm die ganze schäferliche Sippschaft, alle begierig, zu sehen, was es mit seinem kühnen und unerhörten Anerbieten werden sollte.

Don Quijote also, wie gesagt, mitten auf dem Wege haltend, ließ die Lüfte von folgenden Worten widerhallen: „O ihr Wanderer und Wegefahrer, Ritter, Schildknappen, Leute zu Fuß und zu Roß, die ihr dieses Weges kommt oder in den zwei nächsten Tagen kommen werdet! Wisset, daß Don Quijote von der Mancha, ein fahrender Ritter, hier auf dieser Stelle hält, um seine

Behauptung zu verfechten, daß alle Schönheit und Liebenswürdigkeit der Welt übertroffen wird von derjenigen, so an den Nymphen glänzet, welche diese Gefilde und Haine bewohnen, ausgenommen allein die holde Dulcinea von Toboso, die Gebieterin meines Herzens. Darum und von dessentwegen, wer entgegengesetzten Sinnes ist, der komme her, hier bin ich seiner gewärtig."

Zweimal wiederholte er diese nämlichen Worte, und beide Male wurden sie von keinem abenteuernden Ritter vernommen. Jedoch das Schicksal, welches seine Angelegenheiten vom Guten zum Besseren lenken wollte, fügte es so, daß sich gleich nachher auf der Landstraße eine Menge Leute zu Pferd sehen ließen; viele von ihnen mit Speeren in den Händen, ritten sie alle in einem dichten Haufen und in größter Eile dahin. Kaum hatten Don Quijotes Begleiter jene erblickt, als sie die Flucht ergriffen und sich weit von der Straße entfernten; denn sie sahen wohl, daß sie sich einer großen Gefahr aussetzten, wenn sie zögerten. Nur Don Quijote hielt stand mit unerschrockenem Herzen, Sancho aber deckte sich mit Rosinantens Kruppe wie mit einem Schild. Der Trupp der Speerträger kam näher, und einer von ihnen, der voranritt, rief Don Quijote mit lauter Stimme zu: „Mach dich aus dem Wege, du Teufelskerl, sonst werden dich die Stiere dort in Stücke zerstampfen!"

„Ha, Gesindel!" erwiderte Don Quijote, „was gehen mich eure Stiere an, und wären es auch die wildesten, die der Jarama an seinen Ufern züchtet. Bekennet, ihr Schurken, jetzt gleich, bekennet alle auf einen Schlag, daß Wahrheit ist, was ich hier verkündet habe; wo nicht, so sage ich euch Fehde an."

Der Ochsentreiber fand keine Zeit, zu antworten, und Don Quijote keine, um vom Wege zu weichen, wenn er auch gewollt hätte, und die ganze Herde der wilden Stiere und der zahmen Leitochsen, nebst der Menge von Treibern und andern Leuten, welche die Tiere an den Ort führen wollten, wo am nächsten Tage ein Stiergefecht sein sollte, überrannten Don Quijote und Rosinante, Sancho und den Esel und warfen sie alle zu Boden, daß sie über das Feld hinkugelten. Sancho war wie gerädert, Don Quijote von Entsetzen betäubt, der Esel zerschlagen und Rosinante nicht im besten Zustand; doch endlich rafften sie sich alle wieder auf, und Don Quijote begann in großer Hast, bald stolpernd und bald zu Boden stürzend, der Ochsenherde nachzulaufen und laut zu schreien: „Haltet stand und wartet, schurkisches Gesindel! Ein Ritter allein stellt sich euch, und der ist nicht so geartet und nicht so gesinnt wie die Leute, die da sagen: Man muß dem fliehenden Feind eine goldene Brücke bauen!"

Aber die eilig hinstürmenden Treiber ließen sich dadurch nicht aufhalten und machten sich aus seinen Drohungen nicht mehr als aus den Wolken vom vorigen Jahr. Die Ermattung zwang endlich Don Quijote zurückzubleiben, und vom Laufen geschwächt, jedoch nicht gerächt, setzte er sich am Wege nieder und wartete, bis Sancho, Rosinante und der Graue kamen. Und sie kamen; Herr und Diener stiegen wieder auf, und ohne erst umzukehren, um von dem nachgeahmten oder nachgeäfften Arkadien Abschied zu nehmen, und mehr beschämt als vergnügt, zogen sie ihres Weges weiter.

59. Kapitel

Worin der außerordentliche Vorfall erzählt wird, welcher Don Quijote begegnete und den man wohl für ein Abenteuer halten darf

Gegen den Staub und die Erschöpfung, welche Don Quijote und Sancho von der unhöflichen Behandlung der Stiere davontrugen, bot ein reiner klarer Quell ihnen Hilfe, den sie in einem kühlen Wäldchen fanden. An dessen Rande setzten sich die beiden Wegemüden, Herr und Diener, und ließen den Grauen und Rosinante frei laufen ohne Halfter und Zügel. Sancho machte sich an den Proviant in seinem Zwerchsack und nahm daraus „etwas Beikost", wie er es zu nennen pflegte; er spülte sich den Mund aus, und Don Quijote wusch sich das Gesicht, und durch diese Abkühlung gewannen ihre entkräfteten Lebensgeister neue Kraft. Aber Don Quijote mochte vor lauter Verdruß nicht essen, und Sancho wagte aus lauter Höflichkeit nicht, an die Speisen zu rühren, die er vor sich hatte, und hoffte, sein Herr werde durch eigenes Zugreifen ihm das Zeichen zum Essen geben; aber als er sah, daß jener, in seinen Träumereien befangen, gar nicht daran dachte, das Brot zum Munde zu führen, tat er den Mund auf, aber nicht zum Reden, sondern er warf alle gute Lebensart beiseite und begann seinen Vorrat an Brot und Käse in den Magen einzusacken.

„Iß, Freund Sancho", sprach Don Quijote; „friste das Leben, das dir mehr gilt als mir, mich aber laß sterben unter dem Ansturm meiner Gedanken und der feindlichen Gewalt meines

Unglücks. Ich, Sancho, bin geboren, um beständig sterbend zu leben, und du, um essend zu sterben; und daß du erkennst, wie wahr ich rede, sieh mich in Geschichtsbüchern gedruckt, weitberufen im Waffenwerk, voll Anstands in meinem Tun, von Fürsten geehrt, von Jungfrauen umworben, und zuletzt, zuletzt, da ich Palmen, Triumphe und Siegeskränze erhoffte, die meine mannhaften Taten errangen und verdienten, habe ich mich heute morgen niedergetreten und zerstoßen und zermalmt gesehen von den Füßen schmutziger, unflätiger Tiere. Diese Betrachtung stumpft mir die Zähne, lähmt mir die Kinnladen, entkräftet mir die Hände und raubt mir ganz und gar die Lust zu essen, so daß ich gedenke, mich vom Hunger töten zu lassen, die grausamste unter allen Todesarten."

„Demnach", sagte Sancho, ohne mit seinem hastigen Kauen aufzuhören, „wird Euer Gnaden mit jenem Sprichwort nicht übereinstimmen: Wenn's gestorben sein soll, eß ich mich erst voll. Ich für mein Teil gedenke mich bestimmt nicht umzubringen, sondern ich mache es lieber wie der Schuster, der mit den Zähnen am Leder zieht, bis er es so lang hat, als er es haben will. Ich will mein Leben mit Essen so lang hinziehen, bis es so weit gelangt, wie der Himmel ihm bestimmt hat. Laßt Euch sagen, Señor, es gibt keine größere Narretei als eine, die freiwillig aufs Verzweifeln ausgeht, wie Euer Gnaden tun will. Folgt mir, erst etwas gegessen, und dann legt Euch ein wenig schlafen auf den grünen Pfuhl des Grases hier, und Ihr sollt sehen, beim Erwachen werdet Ihr Euch nicht wenig erquickt fühlen."

Don Quijote tat nach dem Rat, da es ihn bedünkte, Sanchos Worte seien eher die eines Weisen als eines Dummkopfs, und er sprach zu ihm: „Wenn du, mein Sancho, für mich tun wolltest, was ich dir jetzt sagen will, dann würde meine Erquickung um so gewisser und mein Kummer nicht so schwer sein; und zwar solltest du, während ich, deinem Rate folgend, schlafe, ein wenig abseits von hier gehen, deinen Leib den Lüften zur Schau stellen und dir auf selbigen mit Rosinantes Zügeln drei- oder vierhundert Geißelhiebe geben, auf Abrechnung der dreitausend und soundso viel, die du dir zur Entzauberung Dulcineas aufmessen sollst; wahrlich, es ist kein geringer Jammer, daß dies arme Fräulein durch deine Saumseligkeit und Vernachlässigung verzaubert bleiben muß."

„Darüber läßt sich viel sagen", versetzte Sancho; „für jetzt wollen wir zwei beide schlafen, und nachher steht's bei Gott, was kommen wird. Euer Gnaden muß bedenken, daß es keine Kleinigkeit ist, wenn sich ein Mensch bei kaltem Blute geißeln soll, besonders wenn die Hiebe auf einen schlecht gepflegten und noch schlechter genährten Körper fallen. Unser Fräulein Dulcinea soll Geduld haben, und wenn sie sich's am wenigsten versieht, wird sie's erleben, daß meine Haut vor lauter Hieben zu einem Sieb geworden ist, und solang einer nicht gestorben ist, so lange hat er's Leben; ich meine, auch ich habe noch das Leben nebst dem Wunsche, mein Versprechen zu halten."

Don Quijote sagte ihm Dank dafür, aß ein wenig und Sancho viel, beide legten sich schlafen und ließen die zwei beständigen Kameraden und Freunde, Rosinante und den Grauen, nach ihrem freien Willen und ohne bestimmte Anweisung auf dem üppigen Grase weiden, das reichlich auf der Wiese wuchs. Sie erwachten etwas spät, stiegen wieder auf, setzten ihren Weg fort und eilten vorwärts, um eine Schenke zu erreichen, die dem Anscheine nach eine Meile von da entfernt sich zeigte; ich sage, es war eine Schenke, denn Don Quijote nannte sie so, ganz gegen seine Gewohnheit, alle Schenken Burgen zu nennen. So kamen sie denn zu der Schenke und fragten den Wirt, ob er sie aufnehmen könne. Dieser bejahte und versicherte sie aller Bequemlichkeit und Pflege, die sie in Zaragoza selbst finden würden. Sie stiegen ab, und Sancho schaffte seinen Proviantsack in ein Zimmer, zu dem ihm der Wirt den Schlüssel gab. Er führte die Tiere in den Stall, gab ihnen ihr Futter, ging dann, um Don Quijote, der auf einer Steinbank saß, nach seinen Befehlen zu fragen, und sagte dem Himmel besonderen Dank dafür, daß sein Herr diese Schenke nicht wieder für eine Burg gehalten habe.

Es kam die Stunde des Abendessens, sie zogen sich auf ihre Zimmer zurück; Sancho fragte den Wirt, was er ihnen zu essen geben könne. Der Wirt antwortete, sie würden nach Herzenslust bedient werden; er möge also nur bestellen, was er wolle, seine Schenke sei versehen mit den Vöglein aus den Lüften, mit dem Geflügel der Erde und mit den Fischen des Meeres.

„Soviel ist nicht nötig", antwortete Sancho; „mit einem Paar zartgebratener Hähnchen haben wir genug, denn mein Herr ist ein bißchen wählerisch und mag nicht viel essen, und ich bin auch kein so arger Fresser."

Der Wirt erwiderte, Hähnchen habe er nicht, die Hühnergeier hätten sie geraubt.

„Dann lasse der Herr Wirt ein Huhn braten", sagte Sancho, „aber zart muß es sein."

„Ein Huhn? O du meine Güte!" antwortete der Wirt.

„Wahrhaftig, wahrhaftig, gestern habe ich mehr als fünfzig zum Verkauf in die Stadt geschickt, aber außer Hühnern kann Euer Gnaden bestellen, was Ihr wollt."

„Dann wird's nicht an Kalb- und Ziegenfleisch fehlen", meinte Sancho.

„Im Hause habe ich jetzt keines", entgegnete der Wirt, „denn es ist ausgegangen; aber die nächste Woche wird übergenug dasein."

„Damit kommen wir weit!" entgegnete Sancho; „ich will aber wetten, all dieser Mangel wird am Ende zum Überfluß an Schinken und Eiern, der doch dasein muß."

„Bei Gott", rief der Wirt, „es ist ein guter Witz, den mein Gast da macht! Wenn ich Euch gesagt habe, daß ich weder Hühner noch Hähnchen habe, wollt Ihr, ich soll Eier bringen? Denkt, ich bitt Euch, auf andre Leckerbissen und fragt nicht mehr nach Hühnern."

„So kommt doch in Henkers Namen zur Sache", schrie Sancho, „und sagt mir endlich, was Ihr habt, und laßt die Redensarten."

„Herr Gast", sagte der Wirt, „was ich wahr und wirklich habe, das sind ein paar Ochsenfüße, die wie Kalbsfüße aussehen, oder auch zwei Kalbsfüße, die wie Ochsenfüße aussehen; sie sind gekocht mit ihren zugehörigen Kichererbsen, Zwiebeln und Speck, und jetzt im Augenblick rufen sie beständig: Iß mich auf! Iß mich auf!"

„Die stemple ich auf der Stelle zu meinem Eigentum", sagte Sancho, „und keiner rühre sie mir an! Ich zahle sie besser als jeder andre, denn für mich wüßte ich nichts, was besser schmeckte, und ich gebe keinen Deut darum, ob es Kalbs- oder Ochsenfüße sind, wenn's nur Klauen sind."

„Keiner wird daran rühren", sagte der Wirt; „denn meine andern Gäste führen als vornehme Leute ihren Koch, Vorschneider und Speisevorrat mit sich."

„Wenn es sich ums Vornehmsein handelt", versetzte Sancho, „so ist keiner vornehmer als mein Herr; allein der Beruf, dem er obliegt, erlaubt weder Küche noch Keller mitzuführen; wir lagern auf grünem Anger und essen uns satt an Eicheln oder Mispeln."

So besprach sich Sancho mit dem Wirt; er wollte ihm aber nicht weiter antworten, als der Wirt ihn fragte, welches denn das Amt oder der Beruf seines Herrn sei.

Nun kam die Stunde des Abendessens, Don Quijote zog sich auf sein Zimmer zurück, der Wirt brachte das Gericht, wie er es beschrieben, und setzte sich, um allen Ernstes mitzuessen. Nun geschah es, daß im Zimmer nebenan, welches von dem Don Quijotes nur durch eine dünne Wand von Fachwerk getrennt war, der Ritter folgendes sagen hörte: „Ich bitte Euch um alles, Señor Don Gerónimo, bis man uns das Essen bringt, wollen wir noch ein Kapitel im zweiten Teil des Don Quijote von der Mancha lesen."

Kaum hörte Don Quijote seinen Namen, als er aufsprang und aufmerksamen Ohres horchte, was von ihm gesprochen werde; und er hörte den erwähnten Don Gerónimo antworten: „Warum wollt Ihr, Señor Don Juan, daß wir den Unsinn lesen, da doch ganz unmöglich, wer den ersten Teil der Geschichte des *Don Quijote von der Mancha* gelesen hat, Vergnügen daran finden kann, diesen zweiten zu lesen."

„Trotzdem mag es nützlich sein, ihn zu lesen", sagte der Herr, der Don Juan genannt wurde; „denn kein Buch ist so schlecht, daß nicht etwas Gutes darin wäre. Was mir aber in diesem Buche am meisten mißfällt, ist, daß es uns den Don Quijote schildert als einen Mann, der sich seiner Liebe zu Dulcinea von Toboso bereits entschlagen hat."

Als Don Quijote das hörte, erhob er voll Zorn und Ingrimm seine Stimme und rief: „Wer da auch immer sagt, Don Quijote habe Dulcinea von Toboso vergessen oder könne sie vergessen, dem will ich Schwert gegen Schwert beweisen, daß er weit von der Wahrheit abweicht; denn weder kann die unvergleichliche Dulcinea von Toboso vergessen werden, noch kann in Don Quijotes Busen Vergessenheit Raum finden. Sein Wahlspruch ist die Beständigkeit, und sein Beruf ist, sie zu wahren, mit Freudigkeit, und ohne sich Zwang anzutun."

„Wer spricht da mit uns?" rief man aus dem andern Zimmer.

„Wer wird's sein", antwortete Sancho, „als Don Quijote von der Mancha selber, der für alles einstehen wird, was er gesagt hat und auch was er noch künftig sagen wird, denn den guten Zahler drückt kein Pfand."

Kaum hatte Sancho dies gesprochen, als zwei Edelleute, denn nach ihrem Aussehen mußten es solche sein, zur Tür des Zimmers eintraten; und einer von ihnen schlang die Arme um Don Quijotes Hals und sprach zu ihm: „Euer Aussehen kann Euren Namen nicht Lügen strafen, und Euer Name kann nicht verfehlen, Eurem Aussehen die rechte Bedeutung zu geben. Ihr, Señor, seid ohne Zweifel der wahre Don Quijote von der Mancha, der Polar- und Morgenstern des fahrenden Rittertums, jenem zu

Trutz und Ärger, der sich Euren Namen anmaßen und Eure Taten zunichte machen wollte, wie es der Verfasser dieses Buches getan, welches ich Euch hier überreiche."

Er gab ihm ein Buch in die Hand, das sein Gefährte bei sich hatte; Don Quijote nahm es, und ohne ein Wort zu entgegnen, begann er es durchzublättern; nach kurzer Weile gab er es ihm zurück mit den Worten: „In dem wenigen, was ich hier gesehen, habe ich drei Dinge gefunden, in denen dieser Schriftsteller Tadel verdient. Das erste sind einige Worte, die ich in der Vorrede gelesen; das andre, daß die Sprache Aragonesisch ist, da er manchmal die Artikel ausläßt; und das dritte, was ihn am meisten als unwissenden Menschen kennzeichnet, daß er in dem wichtigsten Punkte der Geschichte irrt und von der Wahrheit abweicht; denn er sagt hier, die Frau meines Schildknappen Sancho Pansa heiße Marí-Gutiérrez, während sie doch Teresa Pansa heißt; und wer in einem solchen Hauptpunkt irrt, von dem kann man auch wohl besorgen, daß er in allen übrigen Punkten der Geschichte irrt."

Hier fiel Sancho ein: „Ein schöner Kerl von einem Geschichtsschreiber, wahrhaftig! Der muß gut in unsren Erlebnissen zu Hause sein, da er Teresa Pansa, meine Frau, Marí-Gutiérrez nennt. Nehmt das Buch noch einmal, Señor, und seht nach, ob auch ich darin vorkomme und ob er meinen Namen verändert hat."

„Nach dem, was ich hier eben gehört habe, guter Freund", sprach Don Gerónimo, „müßt Ihr sicherlich Sancho Pansa sein, der Schildknappe des Señor Don Quijote."

„Freilich bin ich's", antwortete Sancho, „und bin stolz darauf."

„Nun wahrhaftig", sagte der Edelmann, „dieser neue Schriftsteller behandelt Euch nicht so manierlich, wie Ihr Euch selber zeigt; er schildert Euch als Vielfraß, als einfältigen und keineswegs kurzweiligen Menschen und ganz anders als den Sancho, der im ersten Teil der Geschichte Eures Herrn beschrieben wird."

„Gott verzeih es ihm", entgegnete Sancho; „er hätte mich in meinem Winkel sitzen lassen sollen, ohne meiner zu gedenken; denn nur wer Musik kann, soll aufspielen, und Sankt Peter fühlt sich nirgends wohler als in Rom."

Die beiden Edelleute luden Don Quijote ein, auf ihr Zimmer zu kommen und das Abendessen mit ihnen einzunehmen, denn sie wüßten, daß es in dieser Schenke nichts gebe, was sich für ihn zu essen schicke.

Don Quijote, stets höflich, fügte sich ihrer Bitte und speiste mit ihnen; Sancho blieb zurück als unumschränkter Herrscher über sein kälbernes Gericht, setzte sich am Tisch obenan und neben ihn der Wirt, der nicht weniger als Sancho ein Liebhaber seiner Kalbsfüße oder Ochsenklauen war.

Während des Mahles fragte Don Juan unsern Don Quijote, welche Kunde er von dem Fräulein Dulcinea von Toboso habe, ob sie verheiratet sei und schon Kinder habe oder erst in gesegneten Umständen sei oder ob sie sich noch im Stand einer reinen Jungfrau befinde und unter Wahrung ihrer Keuschheit und guten Sitte der Liebessehnsucht des Señor Don Quijote gedenke.

Darauf antwortete er: „Dulcinea ist Jungfrau und meine Liebe beständiger denn je, unser Gedankenaustausch so spärlich wie immer, ihre Schönheit in die einer unsaubern Bäuerin verwandelt."

Und sofort erzählte er ihnen Punkt für Punkt die Verzauberung des Fräuleins Dulcinea, sein Abenteuer in der Höhle des Montesinos nebst der Anweisung, die ihm der weise Merlin gegeben, um sie zu entzaubern, nämlich der Anweisung an Sancho, sich zu geißeln. Die beiden Edelleute fanden das höchste Vergnügen daran, Don Quijote die seltsamen Begebnisse seiner Geschichte erzählen zu hören, und sie staunten ebensosehr über seine Narreteien wie über die feingebildete Art, wie er sie erzählte. Bald hielten sie ihn für einen verständigen Menschen, bald sank er vor ihren Augen bis zur Verrücktheit herab, und sie konnten sich nicht entscheiden, welche Stufe sie ihm zwischen Gescheitheit und Tollheit zuweisen sollten.

Als Sancho mit seinem Essen fertig war, verließ er den Wirt, der nur noch torkelte, begab sich zu seinem Herrn aufs Zimmer und sprach beim Eintreten: „Ich will mich totschlagen lassen, meine Herren, wenn der Verfasser dieses Buches, das Euer Gnaden da haben, nicht will, daß wir ein Hühnchen zusammen rupfen sollen. Wenn er mich nun doch einmal einen Vielfraß nennt, wie Euer Gnaden sagen, so möchte ich doch wenigstens, daß er mich nicht auch noch einen Trunkenbold hieße."

„Doch, er heißt Euch so", sagte Don Gerónimo; „aber ich erinnere mich nicht mehr genau, mit welchen Ausdrücken er das tut, wenn ich auch ganz genau weiß, daß seine Äußerungen gar schlecht lauten und zudem lügenhaft sind, wie ich das an den Gesichtszügen des wackern Sancho hier deutlich erkenne."

„Euer Gnaden können mir glauben", erklärte Sancho, „der Sancho und der Don Quijote in dieser Geschichte müssen ganz andere sein, als die in dem Buche vorkommen, das Sidi Hamét

Benengelí verfaßt hat; die letzteren sind wir nämlich selbst: mein Herr, tapfer, verständig und verliebt; und ich, einfältigen Gemüts, kurzweilig und weder ein Fresser noch ein Trunkenbold."

„Ja, das glaube ich", sagte Don Juan, „und wenn es möglich wäre, müßte eine Verordnung ergehen, daß niemand sich erdreisten dürfe, über den großen Don Quijote und alles, was ihn betrifft, zu schreiben, außer Sidi Hamét Benengelí, sein erster Geschichtsschreiber, geradeso wie Alexander anordnete, daß keiner sich erkühnen solle, ihn zu malen, außer Apelles."

„Malen mag mich, wer da will", bemerkte Don Quijote, „aber mißhandeln lasse ich mich nicht; denn gar manchmal bricht die Geduld danieder, wenn man sie mit Beleidigungen überlastet."

„Keine Beleidigung", erwiderte Don Juan, „kann man dem Señor Don Quijote zufügen, die er nicht zu rächen wüßte, falls er sie nicht mit dem Schilde seiner Geduld abwehrt, der meines Dafürhaltens stark und groß ist."

Unter diesen und andern Gesprächen verging ein großer Teil der Nacht, und obwohl Don Juan wünschte, daß Don Quijote noch mehr in dem Buche lese, um zu sehen, wie er sich darüber auslassen würde, konnte man ihn doch nicht dazu bewegen; er sagte, er nähme es als gelesen an, und erklärte es wiederholt für ein durchaus albernes Buch; er wünsche nicht, daß der Verfasser, wenn er vielleicht erführe, daß er es in Händen gehabt, in der Vorstellung schwelge, daß er es gelesen, weil von unzüchtigen und schändlichen Dingen die Gedanken sich abwenden müßten, wieviel mehr die Augen.

Die beiden fragten ihn, wohin er seine Fahrt zu richten beschlossen habe. Er antwortete, nach Zaragoza, weil er dem Turnier um den Siegespreis des Harnischs beiwohnen wolle, welches in jener Stadt jedes Jahr abgehalten wird. Don Juan machte ihn darauf aufmerksam, diese neue Geschichte erzähle, daß Don Quijote, möge er nun sein, wer er wolle, dort bei einem Ringelrennen zugegen gewesen, dessen Beschreibung ohne alle Erfindungsgabe sei, dürftig an Wappensprüchen, höchst ärmlich an Rittertrachten, doch reich an Albernheiten.

„In diesem Falle", entgegnete Don Quijote, „werde ich keinen Fuß in die Stadt Zaragoza setzen und auf solche Weise vor der ganzen Welt die Lüge dieses neuen Geschichtsschreibers offenbar machen; dann sollen die Leute sehen, daß ich nicht der Don Quijote bin, von dem jener spricht."

„Daran werdet Ihr sehr wohl tun", sagte Don Gerónimo; „es

gibt ja auch ein Turnier in Barcelona, bei welchem der Señor Don Quijote seine Tapferkeit wird zeigen können."

„So gedenke ich zu tun", sprach Don Quijote; „und nun, weil es Zeit ist, wollet mir Urlaub geben, zu Bette zu gehen, und nehmt mich auf unter die Zahl Eurer ergebensten Freunde und Diener."

„Mich auch", sagte Sancho; „vielleicht bin ich künftig einmal auch zu etwas gut."

Hiermit schieden sie voneinander; Don Quijote und Sancho zogen sich auf ihr Zimmer zurück und ließen Don Juan und Don Gerónimo in großer Verwunderung über die Vermischung von Verstand und Torheit, die der Ritter gezeigt. Jetzt waren sie fest überzeugt, daß dies der echte Don Quijote und der echte Sancho waren, nicht aber jene, die ihr aragonischer Erfinder beschreibt.

Don Quijote stand früh am Morgen auf, klopfte an die Wand des nachbarlichen Zimmers und verabschiedete sich von den Herren, die ihn bewirtet. Sancho bezahlte den Gastwirt reichlich und riet ihm, den Speisevorrat seiner Schenke weniger zu rühmen oder sie mit besserem Vorrat zu versorgen.

60. KAPITEL

Von dem, was dem Ritter Don Quijote begegnete, da er gen Barcelona zog

Der Morgen war kühl und ließ zum voraus erkennen, nicht minder kühl werde dieser Tag sein, an welchem Don Quijote aus dem Wirtshause schied. Er hatte sich vorher erkundigt, welches der nächste Weg nach Barcelona sei, ohne Zaragoza zu berühren; so sehr drängte es ihn, den neuen Geschichtsschreiber Lügen zu strafen, der, wie man ihm sagte, ihn so tief herabsetzte.

Es fügte sich nun, daß in mehr als sechs Tagen ihm nichts begegnete, was des Niederschreibens wert wäre. Am Abend des sechsten Tages, als er gerade abseits von der Landstraße dahinritt, überraschte ihn die Nacht unter dicht verwachsenen Eichen, oder waren es Korkbäume; hierin eben beobachtet Sidi Hamét nicht die Genauigkeit, die er bei andern Dingen einzuhalten pflegt. Herr und Diener stiegen ab und machten sich die Baumstämme zu Kopfkissen; Sancho, der an diesem Tage ein Vesperbrot eingenommen hatte, ging ohne weiteres zu den Pforten des

Schlummers ein; aber Don Quijote, den seine Phantasien mehr als der Hunger wachhielten, konnte die Augen nicht schließen, und er schweifte mit seinen Gedanken an tausend verschiedenen Orten hin und her. Bald kam es ihm vor, als befände er sich in der Höhle des Montesinos; bald, als sehe er die in eine Bäuerin verwandelte Dulcinea umherhüpfen und auf ihre Eselin springen; bald, als tönten ihm ins Ohr die Worte des weisen Merlin, die ihm die Bedingungen und Bemühungen verkündeten, welche man zur Entzauberung Dulcineas erfüllen und beharrlich einhalten müsse. Er verzweifelte schier über die Lässigkeit seines Knappen Sancho und über dessen Mangel an Nächstenliebe, da dieser sich seines Wissens nur fünf Hiebe versetzt hatte, eine unschickliche und geringe Zahl im Verhältnis zu der großen Menge Hiebe, die noch fehlten; und hierüber betrübte und ärgerte er sich so sehr, daß er zu folgenden Erwägungen kam: Wenn Alexander der Große den gordischen Knoten mit den Worten durchgehauen hat: „Zerhauen ist ebensogut wie Aufknoten", und darum dennoch Herr von ganz Asien wurde, so könnte es jetzt bei der Entzauberung Dulcineas ebensogut gehen, wenn ich selber Sancho wider seinen Willen die Hiebe gäbe; denn wenn diese Erlösung davon abhängt, daß Sancho die dreitausend und soundso viel Streiche bekommt, was liegt daran, ob er sie sich selbst gibt oder ob sie ihm ein andrer aufzählt, da doch das Wesentliche ist, daß er sie bekommt, woher sie auch kommen mögen?

Nach dieser Überlegung nahm er Rosinantes Zügel, legte sie sich so zurecht, daß er bequem damit hauen konnte, trat dann zu Sancho heran und begann ihm die Leibriemen zu lösen, wiewohl man allgemein sagt, daß Sancho nur einen hatte, nämlich den, der ihm die Hosen hinaufhielt. Doch kaum war Don Quijote ihm nahe gekommen, als Sancho zu vollem Bewußtsein erwachte und rief: „Was ist das? Wer rührt mich an und macht mir den Riemen auf?"

„Ich bin's", antwortete Don Quijote; „ich will deine Unterlassungssünde wiedergutmachen und meinen Drangsalen Abhilfe schaffen; ich will dich geißeln und dich von der Schuld, die du übernommen, wenigstens zum Teil entlasten. Dulcinea vergeht in Elend, du lebst unbekümmert, ich sterbe vor Sehnsucht; also löse deinen Hosenriemen aus eignem freiem Willen, denn ich bin gewillt, dir an diesem einsamen Orte mindestens zweitausend Geißelhiebe zu geben."

„Daraus wird nichts, Euer Gnaden", sagte Sancho; „haltet Ruh, sonst, bei dem wahrhaftigen Gott, schlage ich einen Lärm, daß Taube uns hören sollen. Die Hiebe, zu denen ich mich verpflichtet habe, müssen freiwillig und nicht erzwungen sein, und ich habe jetzt keine Lust, mich zu geißeln; genug, daß ich Euer Gnaden mein Wort gebe, mich zu hauen und mir das Fell zu gerben, sobald mir die Lust dazu kommt."

„Dies deiner Dienstwilligkeit zu überlassen geht nicht an, Sancho", erklärte Don Quijote, „denn du bist harten Herzens, und obwohl ein Bauer, hast du gar empfindliches Fleisch."

Nun mühte er sich und rang mit ihm, um ihm den Hosenriemen aufzuschnallen; als aber Sancho diese Absicht merkte, sprang er auf die Füße, fiel über seinen Herrn her, faßte ihn um den Leib, stellte ihm ein Bein und warf ihn nieder, daß er den Mund gen Himmel aufsperrte; er setzte ihm das rechte Knie auf die Brust und hielt ihm die Hände mit seinen Händen, daß er sich weder rühren noch atmen konnte. Don Quijote aber rief: „Wie, du Bösewicht, gegen deinen Gebieter und angebornen Herrn lehnst du dich auf? Der dir sein Brot gibt, an dem vergreifst du dich?"

„Ich setze keinen König ab und setzte keinen König ein", antwortete Sancho, „ich wehre mich nur meiner Haut, über die ich doch der angeborne Herr bin. Versprecht mir, daß Ihr Ruhe halten und für jetzt nicht darauf ausgehen wollt, mich zu hauen, dann lasse ich Euch frei und ledig; wo nicht:

>Hier sollst du, Verräter, sterben,
>Du der Feind von Doña Sancha!"

Don Quijote versprach es ihm und schwur beim Leben der Herrin seiner Gedanken, an kein Fädchen seines Kleides zu rühren und es gänzlich seinem Belieben und freien Willen zu überlassen, wann er sich geißeln wolle. Sancho erhob sich, ging eine gute Strecke von der Stelle weg und wollte sich an einen andern Baum anlehnen, da fühlte er, daß ihm etwas den Kopf berührte, er streckte die Hände empor und ergriff zwei Menschenfüße mit Schuhen und Strümpfen. Er zitterte vor Schreck, lief an einen andern Baum, wo ihm dasselbe widerfuhr; da rief er mit lauter Stimme Don Quijote zu Hilfe. Don Quijote kam, und als er fragte, was ihm zugestoßen sei und wovor er solche Angst habe, antwortete ihm Sancho, alle diese Bäume hingen voller Füße und Beine von Menschen. Don Quijote griff hinauf, erriet sogleich, was es sein müsse, und sagte zu Sancho: „Du brauchst keine Angst zu haben, denn diese Füße und Beine, die du berührst und nicht siehst, gehören sicherlich Buschkleppern und Räubern, die an diesen Bäumen aufgehängt sind; hier im Walde pflegt die Gerechtigkeit sie, wenn sie sie ergreift, zu zwanzigen oder dreißigen zu hängen, und daraus schließe ich, daß wir nahe bei Barcelona sein müssen."

Es war auch in der Tat so, wie er vermutet hatte; als die Morgenröte erschien, erhoben sie ihre Augen und sahen, daß die Früchte jener Bäume wirklich Leichname von Räubern waren. Indem wurde es voller Tag, und wenn die Toten sie in Schrecken gesetzt hatten, so gerieten sie in nicht mindere Bestürzung bei dem Anblick von mehr als vierzig lebendigen Räubern, die plötzlich sie umringten und ihnen auf katalonisch zuriefen, stillzuhalten und zu warten, bis ihr Hauptmann käme. Don Quijote war zu Fuß, sein Roß nicht aufgezäumt, sein Speer war an einen Baum gelehnt und er, in einem Wort, wehrlos; und daher fand er es geraten, die Arme zu kreuzen und sein Haupt zu beugen, um sich für beßre Zeit und Gelegenheit aufzusparen. Die Räuber machten sich über den Grauen her und suchten ihn durch und ließen ihm nichts von allem, was er im Zwerchsack und im Felleisen trug, und es war ein Glück für Sancho, daß er die Goldtaler des Herzogs sowie die von Hause mitgebrachten in einer Katze um den Leib trug; aber trotzdem hätte die wackere Sippschaft ihn noch gründlicher durchsucht und sogar nachgesehen, was er etwa zwischen Haut und Fleisch verborgen trage, wenn nicht gerade jetzt ihr Hauptmann gekommen wäre. Dem Aussehen nach mochte es ein Mann von etwa vierunddreißig Jahren sein; er war kräftig gebaut, von mehr als mittlerer Größe, ernsten Blickes und braun von Gesichtsfarbe. Er ritt auf einem mächtigen Gaul, trug ein stählernes Panzerhemd und zu beiden Seiten vier Pistolen, die man in jener Gegend Stutzen nennt. Er sah, daß seine Knappen, denn so heißt man die Leute dieses Gewerbes, im Begriffe waren, Sancho Pansa auszuplündern; er befahl ihnen, es zu unterlassen, es wurde ihm sofort gehorcht, und so schlüpfte die Geldkatze durch. Er wunderte sich, den Speer an den Baum gelehnt zu sehen, den Schild auf dem Boden und Don Quijote in Rüstung und in tiefem Nachsinnen, mit dem traurigsten und schwermütigsten Gesicht, das leibhaftige Bild der Traurigkeit. Er näherte sich ihm und sagte: "Seid nicht so bekümmert, guter Freund; Ihr seid nicht in die Hände eines grausamen Busiris gefallen, sondern in die des Roque Guinart, in denen mehr das Mitleid als die Strenge waltet."

"Nicht deshalb bin ich voll Kümmernis", entgegnete Don Quijote, "weil ich in deine Gewalt gefallen bin, o tapferer Roque, dessen Ruhm auf Erden keine Grenzen hat, sondern weil meine Sorglosigkeit so groß gewesen, daß deine Leute mich überraschen konnten, ohne daß mein Pferd aufgezäumt war, während ich doch gemäß dem Orden der fahrenden Ritterschaft, zu dem ich mich bekenne, verpflichtet bin, stets auf der Hut und zu jeder Stunde meine eigene Schildwache zu sein. Denn ich tue dir zu wissen, o großer Roque, wenn sie mich auf meinem Rosse mit meinem Speer und meinem Schild angetroffen hätten, so wäre es ihnen nicht sehr leicht geworden, über mich zu siegen, dieweil ich Don Quijote von der Mancha bin, der Mann, der mit seinen Großtaten das ganze Erdenrund erfüllt hat."

Roque Guinart merkte sofort, daß Don Quijotes schwache Seite weit mehr die Narrheit als die Tapferkeit war, und obwohl er schon manchmal von ihm gehört, so hatte er doch seine Taten nie für Wirklichkeit gehalten und konnte sich nicht überreden, daß eine so verrückte Liebhaberei wirklich in der Seele eines Mannes herrschen könne; nun aber freute er sich außerordentlich, ihm begegnet zu sein, um mit den Händen zu greifen, was er bisher nur aus der Ferne über ihn vernommen hatte.

Daher sagte er zu ihm: „Tapferer Ritter, seid nicht unmutig und haltet das Los, das Euch zugefallen, nicht für ein unglückliches; denn wohl möchte es geschehen, daß gerade, wenn Euer Fuß hier strauchelt, der krumme Pfad Eures Geschickes sich wieder geraderichtete, sintemalen auf Umwegen, die oft gar seltsam und von Menschen noch nimmer erschaut und nimmer geahnt worden, der Himmel die Gefallenen zu erheben und die Armen reich zu machen pflegt."

Don Quijote war schon im Begriff, ihm seinen Dank auszusprechen, als sie hinter sich ein Stampfen hörten wie von einem ganzen Trupp Pferde; es war jedoch nur ein einziges, auf welchem ein Jüngling in rasendem Sturm einhergejagt kam. Er schien gegen zwanzig Jahre alt zu sein, war in grünen Damast mit goldenen Tressen gekleidet, trug enge Beinkleider und einen Schiffermantel, einen Hut auf wallonische Art mit geschweiften Krempen, knapp anliegende gewichste Stiefel, Sporen, Dolch und Degen vergoldet, eine Stutzbüchse in der Hand und ein Paar Pistolen im Gürtel. Bei dem Pferdegestampf wandte Roque den Kopf und erblickte diese reizende Gestalt, die beim Näherkommen ihn so anredete: „Ich kam hierher, dich aufzusuchen, o tapferer Roque, um bei dir, wenn nicht Hilfe, doch Erleichterung meines Elends zu finden; und um dich nicht in Ungewißheit zu lassen, weil ich weiß, du hast mich nicht erkannt, will ich dir sagen, wer ich bin. Ich bin Claudia Gerónima, die Tochter von Simón Forte, der stets dein inniger Freund war und zugleich ein Todfeind von Clauquel Torrellas, der auch dein Feind ist, da er zu deiner Gegenpartei gehört; du weißt auch, daß dieser Torrellas einen Sohn hat, der Don Vicente Torrellas heißt oder wenigstens vor noch nicht zwei Stunden so hieß. Dieser nun – um die Erzählung meines Unglücks kurz zu fassen, will ich dir in wenigen Worten sagen, welches Leid er mir zugefügt hat. Er sah mich, er machte mir den Hof, ich hörte ihn an, ich verliebte mich hinter dem Rücken meines Vaters, denn es gibt kein Weib, so behutsam und zurückhaltend es auch sei, das nicht mehr als genug Zeit dazu fände, seine stürmischen Wünsche zur Tat werden zu lassen. Kurz, er versprach mir die Ehe, ich gab ihm darauf das Wort, ihm zu gehören, jedoch ohne daß wir weiter gingen. Gestern erfuhr ich, daß er, vergessend, was er mir schuldet, sich mit einer andren vermählen und heute morgen sich trauen lassen wollte, eine Nachricht, die mir die Besinnung und meine Geduld raubte; und da mein Vater nicht zu Hause war, so legte ich rasch die Tracht an, die du siehst, bestieg mein Pferd und trieb es zur Eile, erreichte Don Vicente ungefähr eine Meile von hier, und ohne mich damit aufzuhalten, Klagen auszustoßen und Entschuldigungen anzuhören, schoß ich diese Büchse auf ihn ab und obendrein diese zwei Pistolen, und ich glaube, ich habe ihm mehr Kugeln als nötig in den Leib gejagt und an seiner Brust Pforten geöffnet, aus denen, von seinem Blut umgossen, meine Ehre gerächt hervorging. Dort ließ ich ihn nun unter den Händen seiner Diener, die an seine Verteidigung zu denken weder wagten noch vermochten; ich komme zu dir, damit du mich hinüber nach Frankreich bringst, wo ich Verwandte habe, bei denen ich leben kann, und bitte dich zugleich, meines Vaters Verteidigung zu übernehmen, damit die zahlreichen Freunde Don Vicentes es nicht wagen, an ihm eine frevelhafte Rache zu üben."

Roque, voll Verwunderung ob des Mutes, der glänzenden Tracht, der schönen Gestalt und der Schicksale der reizenden Claudia, sprach zu ihr: „Komm, Señora, wir wollen sehen, ob dein Feind tot ist, und dann wollen wir erwägen, was dir am meisten frommt."

Don Quijote, der aufmerksam zugehört hatte, was Claudia gesagt und was Roque Guinart antwortete, sprach: „Niemand braucht sich mit der Verteidigung dieses Fräuleins zu bemühen, ich nehme sie auf mich; man gebe mir mein Roß und meine Waffen und erwarte mich hier; ich will jenen Ritter aufsuchen und will ihn tot oder lebendig zur Erfüllung des Wortes zwingen, das er einer so großen Schönheit gegeben."

„Daran darf keiner zweifeln", sprach Sancho, „denn mein Herr hat eine sehr glückliche Hand als Ehevermittler. Hat er doch vor wenigen Tagen erst einen andren zur Heirat gezwungen, der ebenfalls einer Jungfrau sein Wort nicht halten wollte; und wären nicht die Zauberer, die ihn verfolgen, gekommen und hätten dessen wahre Gestalt in die eines Lakaien verwandelt, so wäre schon jetzt die besagte Jungfrau keine solche mehr."

Roque, dessen Gedanken sich mehr mit den Geschicken der schönen Claudia beschäftigten als mit dem Gerede des Herrn und des Dieners, hörte es nicht einmal, und nachdem er seinen Knappen befohlen, Sancho alles wiederzugeben, was sie vom Gepäck des Esels genommen, und sie angewiesen, an den Ort zurückzukehren, wo sie vergangene Nacht gelagert hatten, entfernte er sich in aller Eile mit Claudia, um den verwundeten oder toten Don Vicente aufzusuchen. Sie kamen an die Stelle, wo Claudia ihn angetroffen, und fanden dort nichts als frisch vergossenes Blut; aber als sie ihre Blicke nach allen Seiten hin aussendeten, entdeckten sie oben auf einem Hügel einige Leute und vermuteten, wie es auch wirklich der Fall war, es müsse Don Vicente sein, den seine Diener tot oder lebendig fortschafften, entweder um ihn verbinden zu lassen oder um ihn zu begraben. Sie beeilten sich, die Leute einzuholen, und da diese einen sehr langsamen Schritt einhielten, so konnte dies leicht geschehen. Sie fanden Don Vicente in den Armen seiner Diener, die er mit matter, schwacher Stimme bat, sie möchten ihn dort sterben lassen, weil der Schmerz der Wunden es ihm unmöglich mache weiterzukommen. Claudia und Roque sprangen von ihren Pferden und eilten zu ihm hin; die Diener erschraken vor Roques Anblick, und Claudia war über denjenigen Don Vicentes entsetzt; und halb zärtlich und halb ergrimmt trat sie ihm zur Seite, ergriff seine Hand und sagte: „Hättest du mir diese gereicht, unsrer Abrede gemäß, so wäre es nie so weit gekommen."

Der verwundete Edelmann öffnete die halbgeschlossenen Augen, und als er Claudia erkannte, sprach er: „Wohl seh ich's, meine schöne, meine betrogene Geliebte, du warst es, die mich getötet; du hast mir gelohnt, wie es mein liebendes Herz nimmer verdient und wie es ihm nie gebührte, denn weder mit Gedanken noch Taten habe ich dich je gekränkt oder dich kränken können."

„Also ist es nicht wahr", fragte Claudia, „daß du dich heut

morgen mit Leonora vermählen wolltest, der Tochter des reichen Balbastro?"

„Wahrlich nicht", antwortete Don Vicente; „mein Unstern muß dir eine solche Nachricht zugebracht haben, damit du mir aus Eifersucht das Leben rauben solltest, und dennoch preise ich mich glücklich, da ich dies Leben von deiner Hand, da ich es in deinen Armen verliere. Und willst du dich überzeugen, wie ernst und wahr meine Worte, so drücke mir die Hand und nimm mich als deinen Gatten an, falls du es wünschest; eine größere Genugtuung kann ich dir für die Kränkung nicht geben, die du wähnst von mir erlitten zu haben."

Claudia drückte ihm die Hand, und so heftig krampfte sich ihr hierbei das Herz zusammen, daß sie über Don Vicentes blutende Brust ohnmächtig hinsank, und ihn überkam ein Anfall tödlichen Krampfes. Roque war bestürzt und wußte nicht, was tun. Die Diener eilten, Wasser zu holen, um es ihnen ins Gesicht zu spritzen; sie brachten es herbei und besprengten sie damit, Claudia kam aus ihrer Ohnmacht wieder zu sich, aber nicht Don Vicente von seinem Anfall; sein Leben war zu Ende. Als Claudia dies sah, als sie sich überzeugt hatte, daß ihr teurer Gatte nicht mehr lebe, erschütterte sie die Luft mit ihren Seufzern, ließ sie den Himmel von ihrem Jammer widerhallen, raufte sich die Haare und gab sie den Winden preis, zerfleischte ihr Gesicht mit ihren eignen Händen und ließ allen Schmerz und alles Weh schauen, wie man es von einem gequälten Herzen sich nur erdenken kann. „O du grausames, unbesonnenes Weib!" rief sie; „wie so leicht ließest du dich hinreißen, einem so argen Gedanken die Tat folgen zu lassen! O wahnsinnige Gewalt der Eifersucht, zu welch verzweiflungsvollem Ziele führst du den, der dir Einlaß in seinen Busen verstattet! O mein Gemahl, den sein Unglück, weil er der Geliebte meines Herzens war, vom Brautbett ins Grab gestürzt hat!"

So innig, so schmerzlich war Claudias Jammerklage, daß sie Tränen aus Roques Augen entlockte, die nicht gewohnt waren, sie um irgendeines Anlasses willen zu vergießen. Auch die Diener weinten, Claudia wurde immer von neuem ohnmächtig, und der ganze Umkreis schien ein Feld der Trauer und eine Stätte des Unheils.

Endlich gebot Roque Guinart den Dienern Don Vicentes, dessen Leiche zu dem nahen Wohnort des Vaters zu tragen, um ihn der Gruft zu übergeben. Claudia erklärte dem Roque, sie wolle in ein Kloster gehen, wo eine Tante von ihr Äbtissin sei, und dort gedenke sie ihr Leben an der Hand eines besseren, der Sterblichkeit nicht so unterworfenen Bräutigams zu beschließen; Roque pries ihren frommen Entschluß und erbot sich, sie zu begleiten, wohin sie auch wolle, und ihren Vater gegen die Verwandten Don Vicentes, ja gegen die ganze Welt zu verteidigen, wenn man ihn antasten wolle. Claudia wollte indes seine Begleitung unter keiner Bedingung annehmen, dankte ihm mit den herzlichsten Worten für sein Anerbieten und nahm unter Tränen von ihm Abschied. Die Diener Don Vicentes trugen seinen Leichnam von dannen, und Roque kehrte zu den Seinigen zurück.

So endete das Liebesabenteuer der Claudia Gerónima. Aber wie konnte es anders sein, da die Fäden ihrer jammervollen Geschichte von der unbesiegbaren und grausamen Gewalt ihrer Eifersucht gesponnen waren!

Roque Guinart fand seine Knappen, wohin er sie beschieden hatte, und den Ritter Don Quijote bei ihnen; er saß auf seinem Rosinante und hielt eine Ansprache an sie, um sie zu überreden, sie möchten von ihrer Lebensweise lassen, die so gefährlich für die Seele wie für den Körper sei. Aber da die meisten von ihnen Gaskogner waren, rohes, liederliches Gesindel, so ging ihnen Don Quijotes Rede nicht sehr zu Herzen.

Gleich nach seiner Ankunft fragte Roque den Schildknappen Sancho, ob seine Leute die Kostbarkeiten und Wertsachen, die sie dem Esel abgenommen, ihm wiedergegeben und zurückerstattet hätten. Sancho antwortete mit Ja, nur fehlten ihm drei Nachthauben, die soviel wert seien wie drei große Städte.

„Was sagst du, Bursche?" sagte einer der Anwesenden; „ich habe sie, und sie sind keine drei Realen wert."

„Das ist allerdings wahr", sagte Don Quijote: „aber mein Schildknappe schätzt sie so hoch, wie er gesagt hat, und zwar um des Gebers willen, dem ich sie verdanke."

Roque Guinart befahl, sie ihm auf der Stelle wiederzugeben; dann ließ er die Seinigen sich in einer Reihe aufstellen und sämtliche Kleidungsstücke, Kostbarkeiten und baren Gelder sowie alles, was sie seit der letzten Teilung erbeutet, vor aller Augen an Ort und Stelle bringen. Er nahm kurzerhand eine Schätzung vor; was sich nicht teilen ließ, rechnete er in Geld um und verteilte das Ganze unter seine sämtlichen Kameraden so gerecht und einsichtig, daß er das Gesetz der austeilenden Gerechtigkeit nicht in einem Punkte verletzte. Nachdem dies geschehen und alle einverstanden, zufriedengestellt und ausbezahlt waren, sagte Roque zu Don Quijote: „Wenn man es mit diesen Leuten nicht genau nähme, so könnte man nimmer mit ihnen auskommen."

Hierauf bemerkte Sancho: „Wie ich sehe, ist die Gerechtigkeit so was Gutes, daß sie selbst unter Spitzbuben geübt werden muß."

Dieses hörte einer der Knappen, hob den Flintenkolben und hätte ganz sicher Sanchos Schädel damit zerschmettert, wenn Roque Guinart ihm nicht zugeschrien hätte, einzuhalten. Sancho wurde fast ohnmächtig vor Schrecken und nahm sich vor, den Mund nicht mehr aufzutun, solange er sich unter dieser Sippschaft befinde.

In diesem Augenblick kamen einer oder einige von den Knappen, die als Feldwachen auf den Wegen aufgestellt waren, um zu erspähen, was für Leute vorüberzogen, und ihrem Hauptmann alles zu melden. Der Kundschafter sagte: „Señor, nicht weit von hier auf der Straße, die nach Barcelona führt, kommt ein großer Trupp Leute."

Roque erwiderte: „Hast du gesehen, ob sie zu den Leuten gehören, die uns suchen, oder zu denen, die wir suchen?"

„Nur zu denen, die wir suchen", antwortete der Knappe.

„Dann zieht alle hin", versetzte Roque, „und bringt mir sie sogleich hierher und lasset keinen entwischen!"

Sie taten wie befohlen. Don Quijote, Sancho und Roque blieben allein zurück und erwarteten, was für Gefangene die Knappen bringen würden. In der Zwischenzeit sprach Roque zu Don Quijote: „Unsre Lebensweise, Señor Don Quijote, muß Euch als eine ganz neue vorkommen, neu unsre Abenteuer, neu unsre Erlebnisse, alle aber gefahrvoll, und ich wundere mich nicht, wenn es Euch so vorkommt, denn ich gestehe, es gibt tatsächlich kein unruhigeres und aufgeregteres Leben. Zu ihm hat mich einst irgendein Drang nach Rache verlockt, ein Drang, dessen Macht das ruhigste Gemüt in Wallung bringen kann. Ich bin von Natur mitleidig und hege die besten Absichten; allein, wie gesagt, der Durst nach Rache für eine mir angetane Beleidigung wirft meine besseren Triebe so völlig danieder, daß ich meiner besseren Einsicht zum Trotz bei dieser Lebensweise verharre; und so wie ein Abgrund zum andern führt und eine Sünde die andre nachzieht, so haben sich die Ringe an der Kette meiner Rachetaten so aneinandergefügt, daß ich nicht nur Rache für mich selbst, sondern auch Rache für dritte Personen auf mich nehme. Allein Gott ist so gnädig, daß ich, wiewohl mitten im Labyrinth meiner Verirrungen, doch nicht die Hoffnung aufgebe, aus ihm dereinst in einen sicheren Hafen zu gelangen."

Don Quijote war höchlich verwundert, Roque so fromm und verständig reden zu hören, denn er hatte bei sich gedacht, daß unter den Leuten, die das Geschäft des Stehlens und Raubens und Mordens betreiben, keiner sein könnte, bei dem vernünftige Überlegung Raum fände. Er entgegnete ihm: „Señor Roque, der Anfang der Genesung besteht darin, daß die Krankheit erkannt wird und daß der Kranke die Heilmittel willig einnimmt, die der Arzt ihm verordnet. Ihr seid krank, Ihr kennt Euer Leiden, und der Himmel, oder richtiger gesagt Gott, der unser aller Arzt ist, wird bei Euch ärztliche Mittel anwenden, die Euch heilen, die aber in der Regel nur allmählich Heilung bringen, nicht mit einemmal auf wunderbare Weise. Zudem sind die einsichtigen Sünder der Besserung viel näher als die einfältigen; und da Ihr in Euern Äußerungen Euern verständigen Geist gezeigt habt, so braucht Ihr nur mutige Zuversicht zu hegen und fest auf Besserung der Krankheit Eures Gewissens zu hoffen. Wollt Ihr aber Euern Weg abkürzen und mühelos den Weg Eures Seelenheils einschlagen, so folget mir nach; ich will Euch lehren, ein fahrender Ritter zu werden, ein Beruf, den so viele Drangsale und Mißgeschicke heimsuchen, daß sie, wenn Ihr sie als Bußübung hinnehmt, Euch im Handumdrehen in den Himmel versetzen werden."

Roque lachte hellauf über Don Quijotes guten Rat, und um dem Gespräch eine andre Wendung zu geben, erzählte er ihm den traurigen Vorgang mit Claudia Gerónima, worüber Sancho sich herzlich betrübte, denn die Schönheit, Entschlossenheit und Kühnheit des Mädchens hatten es ihm angetan.

Mittlerweile kamen die Knappen mit ihrem Fang; sie brachten zwei Edelleute zu Pferde, zwei Pilger zu Fuß und eine Kutsche mit Frauenzimmern nebst etwa einem Halbdutzend Dienern, welche die Damen teils zu Fuß, teils zu Pferde begleiteten; dann noch zwei Maultiertreiber, die zu den Edelleuten gehörten. Die Knappen hatten sie in die Mitte genommen, und Sieger und Besiegte beobachteten tiefes Schweigen und erwarteten, daß der große Roque Guinart das Wort nehme. Dieser fragte zuerst die Edelleute, wer sie seien, wohin sie reisten und wieviel Geld sie bei sich hätten. Einer von ihnen antwortete ihm: „Señor, wir sind Hauptleute vom spanischen Fußvolk, haben unsre Kompanien in Neapel und wollen uns auf einer von den vier Galeeren einschiffen, die in Barcelona liegen sollen, um nach Sizilien zu fahren; wir haben etwa zwei- bis dreihundert Goldtaler bei uns, womit wir uns reich und glücklich schätzen, denn der Soldat ist bei seinem dürftigen Sold keine größeren Schätze gewohnt."

Roque fragte nun die Pilger das nämliche wie die Hauptleute; sie antworteten ihm, sie seien im Begriff, sich nach Rom einzuschiffen, und hätten beide zusammen etwa sechzig Realen bei sich. Jetzt wollte er auch hören, wer sich in der Kutsche befinde, wohin sie wollten und wieviel Geld sie mit sich führten. Einer von den Begleitern zu Pferd antwortete: „Meine gnädige Frau Doña Guiomar de Quiñones, die Gemahlin des Präsidenten am Gerichtshofe zu Neapel, nebst einem Töchterchen, einer Zofe und einer Kammerfrau sind in dieser Kutsche; wir sechs Diener begleiten sie, und wir haben sechshundert Goldtaler bei uns."

„Demnach haben wir hier schon neunhundert Goldtaler und sechzig Realen", sagte Roque Guinart; „meiner Leute werden etwa siebzig sein; seht, wieviel auf einen jeden kommt, denn ich bin ein schlechter Rechner."

Bei diesen Worten erhoben die Räuber ihre Stimmen und riefen: „Tausend Jahre möge Roque Guinart leben, den schofeln Kerlen zum Trutz, die auf sein Verderben ausgehen."

Die beiden Hauptleute zeigten große Betrübnis, die Frau Präsidentin war sehr niedergeschlagen, und die Pilger waren auch nicht besonders vergnügt, als sie sahen, daß ihr Vermögen beschlagnahmt werden sollte. Roque hielt sie einen Augenblick so in der Angst; er wollte aber ihre Betrübnis, die man ihnen auf Büchsenschußweite ansehen konnte, nicht länger dauern lassen und sprach, zu den Hauptleuten gewendet: „Meine Herren Hauptleute, wollet so freundlich sein, mir sechzig Goldtaler zu leihen, und die Frau Präsidentin achtzig, damit ich meine Leute zufriedenstellen kann, denn wovon soll der Pfaff essen, wenn nicht von der Messen? Dann könnt ihr frei und ledig eurer Wege ziehen. Ich werde euch einen Geleitbrief geben, damit man euch nichts Böses zufüge, wenn ihr auf einen andern von meinen Haufen stoßt, die ich in der ganzen Gegend verteilt habe; denn ich habe nicht vor, Soldaten zu kränken oder Frauen, zumal solche von Stande."

Mit vielen und beredten Worten dankten die Hauptleute für Roques freundliche Art und Freigebigkeit; denn als solche betrachteten sie es, daß er ihnen ihr eignes Geld ließ. Die Señora Doña Guiomar de Quiñones wollte aus dem Wagen herausstürzen, um dem großen Roque Hände und Füße zu küssen, aber er ließ es nicht zu, bat sie vielmehr um Verzeihung für die ihr zugefügte Unbill, zu der er durch die strengen Obliegenheiten seines argen Berufes genötigt sei. Die Frau Präsidentin befahl einem ihrer Diener, sofort die achtzig Goldtaler herzugeben, die auf ihren Teil kamen, und die Hauptleute hatten bereits ihre sechzig abgeliefert. Die Pilger wollten eben ihr ganzes bißchen Armut hergeben, da sagte ihnen Roque, sie sollten es nur gut sein lassen. Hierauf wendete er sich zu den Seinigen und sagte ihnen: „Von diesen Goldtalern kommen zwei auf jeden von euch, bleiben zwanzig übrig, davon sollen zehn den Pilgern hier gegeben werden und die andern zehn diesem wackern Schildknappen, damit er diesem Abenteuer Gutes nachsagen kann."

Man brachte ihm Schreibzeug, das er immer mit sich führte, und er schrieb ihnen einen Geleitbrief für die Führer seiner Räuberhaufen. Dann nahm er Abschied von ihnen und entließ sie in Freiheit und in Bewunderung seines edlen Anstands, seines feinen Benehmens und seines eigentümlichen Verfahrens, ob dessen sie ihn eher für einen Alexander von Mazedonien als für einen ausgemachten Straßenräuber hielten.

Einer von den Knappen aber sagte in seiner halb gaskognischen, halb katalanischen Mundart: „Unser Hauptmann da, der paßt besser zum Klosterpfaffen als zum Räuber; wenn er künftig den Freigebigen spielen will, dann soll er es mit seinem Gelde tun und nicht mit dem unsrigen."

Der Unglückliche hatte dies nicht so leise gesagt, daß es Roques Ohr entgangen wäre; dieser zog sein Schwert und spaltete ihm den Kopf fast in zwei Hälften mit den Worten: „So züchtige ich freche böse Mäuler."

Alle fuhren vor Schreck zusammen, und keiner wagte ein Wort zu sagen, so sehr wußte er sie in Zucht zu halten. Roque ging dann beiseite und schrieb einen Brief an einen seiner Freunde in Barcelona, worin er ihm mitteilte, der berühmte Don Quijote von der Mancha befinde sich bei ihm; es sei der kurzweiligste und verständigste Mensch von der Welt, und nach vier Tagen, auf Sankt Johannis, werde er ihn auf den Strand vor die Stadt bringen, in voller Wehr, auf seinem Rosse Rosinante, und zugleich auch seinen Knappen Sancho auf seinem Esel; er möge seine Freunde, die Niarros, davon in Kenntnis setzen, damit sie sich an ihm erlustigten; es wäre ihm zwar lieber, wenn seine Feinde, die Cadells, um dies Vergnügen kämen, aber dies sei unmöglich, weil Don Quijotes Narretei und Gescheitheit und die witzigen Einfälle seines Knappen Sancho Pansa jedenfalls der ganzen Welt Vergnügen machen müßten. Diesen Brief schickte er durch einen seiner Knappen ab, der die Tracht eines Räubers gegen die eines Bauern vertauschte, nach Barcelona kam und den Brief richtig dem Manne ablieferte, an den er gerichtet war.

61. KAPITEL

Von den Erlebnissen Don Quijotes beim Einzug in Barcelona, nebst mancherlei, worin mehr Wahres als Gescheites enthalten

Drei Tage und drei Nächte verweilte Don Quijote bei Roque, und wenn er dreihundert Jahre verweilt hätte, so hätte er an dessen Lebensweise immer mehr als genug zu beobachten und zu bewundern gefunden. An einem Orte erwarteten sie den Sonnenaufgang, an dem andern aßen sie zu Mittag; einmal flohen sie, ohne zu wissen wovor, ein andermal harrten sie lange, ohne zu wissen worauf. Sie schliefen stehend, dann unterbrachen sie ihren Schlummer, um von einem Orte zum andern zu ziehen. Beständig galt es, Kundschafter aufzustellen, Schildwachen abzuhören, die Lunten ihrer Büchsen anzublasen, obschon sie deren nicht viel hatten, da sie Stutzen mit Feuersteinschlössern benützten. Roque verbrachte die Nächte getrennt von den Seinigen an Orten, die sie nicht erraten konnten; denn die vielen Achtserklärungen, die der Vizekönig in Barcelona gegen ihn erlassen hatte, hielten ihn in beständiger Unruhe und Besorgnis; er wagte sich niemandem anzuvertrauen und fürchtete, daß seine eignen Leute ihn entweder umbringen oder der Gerechtigkeit überliefern würden: gewiß ein elendes, qualvolles Leben.

Endlich zogen Roque, Don Quijote und Sancho mit sechs von den Knappen auf unbetretenen Wegen, auf Nebenpfaden und verborgenen Stegen nach Barcelona. Sie kamen in der Nacht vor dem Johannisfeste am Strande an, Roque umarmte Don Quijote und Sancho, gab letzterem die zehn versprochenen Goldtaler, die er ihm bis jetzt noch nicht ausgehändigt hatte, und verließ sie unter tausend gegenseitigen Höflichkeitsbezeigungen und Freundschaftsversicherungen.

Roque ritt zurück, Don Quijote erwartete so zu Pferde, wie er gekommen, den Tag, und in der Tat dauerte es nicht lange, bis von den Balkonen des Ostens her das Gesicht der hellen Morgenröte sich entschleierte, die Kräuter und Blumen erfreuend, aber freilich nicht das Gehör der Menschen. Indessen bekamen im nämlichen Augenblick die Ohren doch genug des Genusses am Getöse zahlreicher Schalmeien und Mohrentrommeln, man hörte Schellen klingen und das Trapp-Trapp, das „Macht-Platz! Macht Platz!" der Reiter, die offensichtlich aus der Stadt kamen. Die Morgenröte wich der Sonne, die mit einem Angesicht, größer als das Rund eines Schildes, vom tiefsten Horizont allmählich emporstieg. Don Quijote und Sancho ließen ihre Blicke nach allen Seiten schweifen, sie erblickten das Meer, das von ihnen noch nie erschaut worden, und es schien ihnen weit, unermeßlich zu sein, viel größer als die Teiche der Ruidera, die sie in der Mancha gesehen hatten. Sie erblickten die Galeeren, die am Strande vor Anker lagen, ihre Schirmdächer herabließen und sich dann mit Wimpeln und Fähnchen bedeckt zeigten, die im Winde flatterten und die Wogen streiften und küßten; im Innern ertönten Oboen, Trompeten und Schalmeien, welche die Luft nah und fern mit lieblichen und kriegerischen Klängen erfüllten. Die Schiffe begannen sich in Bewegung zu setzen und eine Art von Seegefecht auf den ruhigen Gewässern aufzuführen, und schier ein Seitenstück dazu führten die zahllosen Reiter auf, die auf schönen Rossen und in glänzenden Trachten aus der Stadt herausgeritten kamen. Die Soldaten auf den Galeeren feuerten zahlloses Geschütz ab, worauf die Mannschaften auf den Mauern und Schanzen der Stadt antworteten; das schwere Geschütz krachte mit furchtbarem Donner durch die Lüfte, und ihm antworteten die Kanonen auf dem Verdeck der Galeeren. Das ruhig heitere Meer, das froh bewegte Gestade, die reine Luft, die nur zuweilen durch den Rauch des Geschützes getrübt wurde, schienen aller Welt plötzlich eine freudige Stimmung einzuflößen und neu zu wecken. Sancho konnte nicht begreifen, wie diese mächtigen Körper, die sich im Meere hinbewegten, so viele Füße haben konnten.

Mittlerweile kamen die Männer in Rittertracht mit wildem Rufen, Schlachtgeschrei und Jauchzen herangesprengt bis zu der Stelle, wo Don Quijote voll Staunen und Verwunderung hielt, und einer von ihnen, derselbe, dem Roque die Nachricht hatte zukommen lassen, rief Don Quijote mit lauter Stimme an: „Willkommen sei er in unsrer Stadt, der Spiegel, der Leuchtturm, die Sonne, der Leitstern der gesamten fahrenden Ritterschaft, wie es andern Ortes ausführlicher geschrieben steht! Willkommen sei, sag ich, der streitbare Don Quijote von der Mancha! Nicht der unechte, der gefälschte, der untergeschobene, welchen man uns dieser Tage in erlogenen Geschichten vorgeführt hat, sondern der wahre, rechtmäßige und echte, den uns Sidi Hamét Benengelí beschrieben hat, die Blume aller Geschichtsschreiber."

Don Quijote erwiderte kein Wort, auch warteten die Reiter nicht auf eine Antwort, sondern sie ritten mit ihrem Gefolge in allerhand Wendungen hin und wider und tummelten sich im Kreise rings um Don Quijote; und dieser wendete sich zu Sancho und sprach: „Diese Herren haben uns richtig erkannt; ich wette, sie haben unsre Geschichte gelesen, ja auch die kürzlich gedruckte des Aragonesen."

Der Reiter, welcher Don Quijote angeredet hatte, kehrte wieder zu ihm zurück und sagte: „Señor Don Quijote, seid so freundlich, mit uns zu kommen, wir sind insgesamt Eure Diener und nah befreundet mit Roque Guinart."

Don Quijote antwortete: „Wenn feine Lebensart wiederum feine Lebensart erzeugt, so ist die Eure, Herr Ritter, eine Tochter oder nahe Verwandte derjenigen des großen Roque. Führt mich, wohin es Euch beliebt; ich habe keinen andern Willen als den Eurigen, zumal wenn Ihr ihn für Eure Dienste in Anspruch nehmen wollt."

Mit nicht weniger höflichen Worten antwortete ihm der Edelmann; dann nahmen sie alle Don Quijote in die Mitte und ritten beim Klange der Schalmeien und Mohrentrommeln mit ihm nach der Stadt. Beim Einzug aber in dieselbe trieb der Böse sein Spiel, der alles Böse anstiftet, im Verein mit den Gassenbuben, die noch böser sind als der Böse; zwei derselben, mutwillig und frech, drängten sich durch die Menge hindurch, einer von ihnen hob dem Esel und der andre dem Rosinante den Schwanz in die Höhe, und sie schoben und befestigten darunter ein paar Büschel Stachelginster. Die armen Tiere spürten diese neue Art von Sporen, und da sie die Schwänze fest andrückten, steigerten sie selbst ihren Schmerz, so daß sie sich bäumten und mit tausend Seitensprüngen ihre Reiter abwarfen. Don Quijote, erzürnt und beschämt, eilte, den Federbusch unter dem Schwanz seiner Mähre hervorzureißen, und ebenso Sancho unter dem seines Grautiers. Don Quijotes Begleiter wollten die Frechheit der Gassenbuben bestrafen, aber das war nicht möglich, da es diesen leicht gelang, sich inmitten von mehr als tausend ihresgleichen, die ihnen nachliefen, zu verbergen. Don Quijote und Sancho stiegen wieder auf, und unter denselben Jubelrufen und Klängen der Musik gelangten sie zum Hause ihres Führers, dem man an seiner Größe und Schönheit ansah, daß es einem reichen Edelmann gehörte. Hier wollen wir ihn für jetzt lassen, da Sidi Hamét es so will.

62. KAPITEL

Das von dem Abenteuer mit dem Zauberkopf und von anderen Kindereien handelt, die unbedingt hier berichtet werden müssen

Don Antonio Moreno hieß der gastliche Wirt Don Quijotes, ein reicher und geistvoller Edelmann und ein Freund eines anständigen und harmlosen Spaßes. Als er jetzt Don Quijote in seinem Hause sah, sann er auf Mittel, dessen Narreteien ans Licht des Tages zu ziehen, ohne ihm jedoch damit zu schaden; denn Possenstreiche hören auf, es zu sein, wenn sie weh tun, und kein Zeitvertreib ist statthaft, wenn er einem Dritten zum Nachteil gereicht.

Das erste, was er tat, war, daß er Don Quijote die Rüstung abnehmen ließ und ihn in seiner engen gemslederen Kleidung, wie wir ihn schon manchmal beschrieben und geschildert haben, auf einen Balkon hinausführte, der auf eine der Hauptstraßen der Stadt ging, so daß er allen Leuten und den Gassenbuben zur Schau stand, die ihn anstarrten wie einen Affen. Die Herren in Rittertracht hielten aufs neue ihr Rennen vor ihm, als hätten sie sich allein für ihn so geschmückt und nicht, um den festlichen Tag froh zu begehen. Sancho aber war höchst vergnügt, weil er glaubte, er habe, ohne zu wissen wann und wie, wieder eine Hochzeit des Camacho gefunden, wieder ein Haus wie das des Don Diego de Miranda und wieder ein Schloß wie das des Herzogs. An diesem Tage speisten bei Don Antonio einige seiner Freunde, und alle behandelten und ehrten Don Quijote als einen fahrenden Ritter, worüber er, eitel und aufgeblasen, vor lauter Vergnügen schier aus dem Häuschen war. Sanchos spaßhafte Einfälle ergossen sich so reichlich, daß die Diener des Hauses an seinem Munde hingen wie alle, die ihn hörten.

Während sie noch bei Tische saßen, begann Don Antonio zu Sancho: „Wir haben hier gehört, mein wackrer Sancho, Ihr seid ein so großer Freund von gehackten Hühnerbrüsten und Fleischklößchen, daß Ihr, wenn Euch welche übrigbleiben, sie für den andern Tag im Busen aufhebt."

„Nein, Señor, das ist nicht wahr", entgegnete Sancho; „ich halte auf Reinlichkeit mehr als aufs gute Essen, und mein Herr Don Quijote, den Ihr hier vor Euch seht, weiß, daß wir beide oft acht Tage mit einer Handvoll Eicheln oder Nüssen aushalten. Freilich trägt es sich einmal zu, und schenkt man mir die Kuh, lauf ich mit dem Strick herzu; ich meine, ich esse, was man mir vorsetzt, und benutze Zeit und Gelegenheit, wie ich sie finde. Wer aber auch immer erzählt haben mag, ich sei ein ganz besonderer und dazu unsauberer Fresser, der mag sich's gesagt sein lassen, er hat nicht das Rechte getroffen; und das würde ich noch ganz anders ausdrücken, wenn ich nicht vor den ehrenwerten Herren im Bart da am Tisch zuviel Achtung hätte."

„Gewiß", sagte Don Quijote, „die Genügsamkeit und Reinlichkeit, die Sancho beim Essen beobachtet, darf man auf eherne Tafeln schreiben und eingraben, damit sie zu ewigem Gedächtnis bleiben in den kommenden Jahrhunderten. Allerdings, wenn er Hunger hat, sieht's aus, als schlucke er große Bissen hinunter, denn alsdann ißt er eilig und kaut mit beiden Backen; aber er hält immer die Reinlichkeit hoch, und zur Zeit, wo er Statthalter war, lernte er sogar auf gezierte Manier essen, dergestalt, daß er die Trauben und selbst die Granatkerne mit der Gabel aß."

„Wie", fragte Don Antonio, „Statthalter ist Sancho gewesen?"

„Freilich", antwortete Sancho, „und zwar über eine Insul des Namens Baratária. Zehn Tage habe ich sie regiert, so trefflich, Herz, was begehrst du; dazumalen habe ich meine Ruhe verloren und habe gelernt, alle Statthalterschaften der Welt zu verachten. Ich habe mich von dort geflüchtet, bin in eine Höhle gefallen und habe mich da schon für tot gehalten, bin aber durch ein Wunder wieder lebendig herausgekommen."

Don Quijote erzählte nun in allen Einzelheiten die ganze Geschichte von Sanchos Statthalterschaft, woran sich die Zuhörer höchlichst ergötzten.

Nachdem abgedeckt war, nahm Don Antonio den Ritter Don Quijote an der Hand und begab sich mit ihm in ein abgelegenes Zimmer, welches mit nichts anderem ausgestattet war als einem Tische, dem Aussehen nach von Jaspis, der auf einem Fuße von demselben Stein ruhte; darauf stand eine Büste nach Art der Brustbilder der römischen Kaiser, welche von Erz zu sein schien. Don Antonio ging mit Don Quijote im ganzen Zimmer hin und her und öfters um den Tisch herum, worauf er sagte: „Jetzt, Señor Don Quijote, wo ich sicher bin, daß uns keiner hört und belauscht und die Tür verschlossen ist, will ich Euer Gnaden eines der seltsamsten Abenteuer oder vielmehr eines der unerhörtesten Wunder zeigen, die man sich vorstellen kann, unter der Bedingung, daß Ihr, was ich Euch sagen werde, in die tiefste Gruft des Geheimnisses verschließt."

„Das schwör ich", entgegnete Don Quijote, „ja zu größerer

Sicherheit will ich noch eine Steinplatte auf diese Gruft legen; denn ich muß Euch sagen, Señor Don Antonio" – er wußte nämlich schon seinen Namen –, „daß Ihr mit einem Manne redet, der zwar Ohren hat, zu hören, aber keine Zunge, zu sprechen; und daher könnt Ihr mit voller Sicherheit, was Ihr in Eurer Brust hegt, der meinigen anvertrauen und darauf zählen, daß Ihr es in den Abgrund des Stillschweigens versenkt habt."

„Im Vertrauen auf diese Zusage", versetzte Don Antonio, „will ich Euch Dinge sehen und hören lassen, die Euch in Verwunderung setzen werden, und will mir zu gleicher Zeit das unangenehme Gefühl erleichtern, daß ich niemanden habe, dem ich meine Geheimnisse mitteilen könnte, da diese nicht derart sind, daß man sie jedem anvertrauen möchte."

Don Quijote war höchst gespannt, wohin so viele Einleitungen hinauswollten. Indem ergriff Antonio seine Hand und führte sie über den ehernen Kopf, über den ganzen Tisch und über dessen Fuß von Jaspis und sagte dann: „Dieser Kopf, Señor Don Quijote, ist die Arbeit eines der größten Zauberer und Hexenmeister, den die Welt je gekannt; er war, glaub ich, ein Pole und ein Schüler des berühmten Escotillo, von dem so viele Wunder erzählt werden; er war bei mir in meinem Hause, und um den Preis von tausend Goldtalern, die ich ihm gab, verfertigte er diesen Kopf, der die Eigenschaft und Kraft besitzt, auf alle Fragen Antwort zu geben, die man ihm ins Ohr sagt. Der Künstler beobachtete die Richtungen des Windes, zeichnete Zauberfiguren, studierte die Gestirne, beobachtete astrologische Punkte, und nach alledem brachte er das Werk fertig mit der Vollkommenheit, die wir morgen sehen werden, denn freitags ist er stumm, und heute, wo Freitag ist, wird er uns bis morgen warten lassen. Bis dahin könnt Ihr Euch vorbereiten, was Ihr ihn fragen wollt, denn ich weiß aus Erfahrung, daß er bei all seinen Antworten die Wahrheit sagt."

Don Quijote staunte ob der zauberischen Kraft und Eigenschaft des Kopfes, und beinahe hätte er Don Antonio keinen Glauben geschenkt; aber da er bedachte, wie wenig Zeit nur noch fehle, um den Versuch anzustellen, wollte er ihm nichts weiter sagen, als daß er ihm dafür danke, ein so großes Geheimnis ihm entdeckt zu haben. Sie verließen das Gemach, Don Antonio schloß die Tür mit dem Schlüssel ab, und sie begaben sich nach dem Saal, wo die andern Edelleute sich befanden. Diesen hatte Sancho inzwischen viel von den Abenteuern und Begebnissen erzählt, die seinem Herrn zugestoßen waren.

Am Nachmittag nahmen sie Don Quijote zu einem Spazierritt mit, nicht in Rüstung, sondern im bürgerlichen Straßenanzug, mit einem weiten Überrock von hellbraunem Tuch, der in dieser Jahreszeit den Frost selber zum Schwitzen gebracht hätte. Sie wiesen ihre Diener an, Sancho zu unterhalten und ihn nicht aus dem Hause zu lassen.

Don Quijote ritt nicht auf Rosinante, sondern auf einem hochbeinigen, glänzend aufgeputzten Maulesel mit sanftem Gang. Als sie dem Ritter den Überrock anzogen, hefteten sie ihm, ohne daß er es bemerkte, auf den Rücken ein Pergament, auf das sie mit großen Buchstaben geschrieben hatten: „Dies ist Don Quijote von der Mancha." Gleich beim Beginn des Rittes zog der Zettel die Augen aller Vorübergehenden auf sich, und da sie die Inschrift lasen, war Don Quijote in beständiger Verwunderung, daß alle, die ihn ansahen, ihn kannten und nannten. Er wendete sich zu Don Antonio, der ihm zur Seite ritt, und sprach: „Groß ist doch der Vorzug des fahrenden Rittertums, daß es den, welcher sich ihm widmet, in allen Landen des Erdenrundes bekannt und berühmt macht. Seht doch nur, Señor Don Antonio, selbst die Gassenjungen in dieser Stadt kennen mich, ohne mich je gesehen zu haben."

„So ist es, Señor Don Quijote", erwiderte Don Antonio; „wie das Feuer nicht verborgen und verschlossen bleiben kann, so kann es nicht fehlen, daß die Tugend allbekannt ist, und die Tugend, die sich im Dienste der Waffen bewährt hat, strahlt und thront über allen andern."

Während nun Don Quijote unter dem ständigen Jubelrufen einherritt, begab es sich, daß ein Kastilianer, der die Inschrift auf dem Rücken gelesen, seine Stimme erhob und rief: „Hol dich der Teufel, wenn du doch Don Quijote von der Mancha bist! Wie hast du nur bis hierher kommen können, ohne daß dich die zahllosen Prügel umgebracht haben, die du auf dem Buckel trägst? Du bist ein Narr, und wärst du es für dich allein und bliebst an der heimatlichen Wohnstätte deiner Narrheit, so wär es noch nicht so arg; aber du hast die Eigentümlichkeit, alle andern, die mit dir umgehen und verkehren, auch zu Narren und zu Verrückten zu machen. Man sehe sich doch nur einmal die Herren an, die neben dir herziehen! Geh heim, verrückter Kerl, zu deinem Hause und kümmre dich um dein Hab und Gut, dein Weib und deine Kinder und laß diese albernen Possen, die dir das Gehirn anfressen und den Rahm von deinem Verstand abschöpfen!"

„Guter Freund", sagte Don Antonio, „geht Eurer Wege und gebt keinem Euren Rat, der ihn nicht von Euch verlangt. Der Señor Don Quijote von der Mancha ist durchaus verständig, und wir, die wir ihn begleiten, sind auch keine Narren. Man muß das Verdienst ehren, wo es sich findet; und nun geht zum Teufel! Und wo man Euch nicht hinruft, da steckt die Nase nicht hinein."

„So wahr mir Gott helfe! Euer Gnaden hat recht", antwortete der Kastilianer; „diesem Biedermann einen Rat geben heißt wider den Stachel löcken. Aber trotz alledem tut mir es leid, daß der klare Verstand, den dieser Narr, wie man sagt, in allen andern Dingen zeigt, durch den Kanal seines fahrenden Rittertums abfließt und versickert, und ich und alle meine Nachkommen mögen nach Eurem Wunsche zum Teufel gehen, wenn ich künftig wieder, und würde ich älter als Methusalem, irgendeinem einen Rat gebe, selbst wenn er es von mir verlangt."

Der Ratgeber zog ab, der Spazierritt nahm seinen weiteren Verlauf; aber der Andrang der Gassenjungen und des andern Volks, um den Zettel zu lesen, war so groß, daß Don Antonio sich genötigt sah, ihn Don Quijote unvermerkt, als wäre es sonst etwas andres, wieder abzunehmen.

Der Abend kam, sie kehrten nach Hause; dort gab es einen Ball, da Don Antonios Gattin, eine feingebildete, heitere, schöne und kluge Dame, ihre Freundinnen eingeladen hatte, um ihrem Gast Ehre zu erweisen und sich an seinen noch nie erlebten Narreteien zu belustigen. Verschiedene von ihnen waren erschienen, es gab ein prachtvolles Abendessen, und etwa um zehn Uhr begann der Ball. Unter den Damen waren zwei, die Scherz und Witz liebten und, obschon von sittsamstem Charakter, sich manchmal einige Freiheiten gestatteten, um dem Scherze Raum zu geben und heitere Stimmung ohne Überdruß zu verbreiten. Diese Damen waren so unablässig bemüht, Don Quijote zum Tanze zu holen, daß er sich zuletzt nicht nur körperlich, sondern auch geistig ganz zerschlagen fühlte. Es war der Mühe wert, Don Quijotes Gestalt zu sehen, lang, ausgestreckt, schlotternd, blaßgelb, eingezwängt in seine Kleidung, linkisch und vor allem nichts weniger als leichtfüßig. Die Dämchen warfen ihm verstohlene Liebesblicke zu, und er zeigte ihnen ebenfalls verstohlen seine Ablehnung; als er sich aber von Zärtlichkeiten zu sehr bedrängt sah, erhob er die Stimme und rief: „Fugite, partes adversae! Laßt mich in Ruhe, ihr argen Gedanken; macht euch von dannen, holde Damen, mit euren Wünschen, denn sie, die meiner Wünsche Königin ist, die unvergleichliche Dulcinea von

Toboso, duldet nicht, daß andre als die ihrigen mich unterjochen und knechten."

Mit diesen Worten setzte er sich mitten im Saal zu Boden, zermalmt und zerschlagen von so unendlicher Tanzübung. Don Antonio hieß ihn aufheben und in sein Bett tragen, und der erste, der Hand anlegte, war Sancho, der zu ihm sprach: „In des Kuckucks Namen, allerliebster Herr, nun habt Ihr mal getanzt! Meint Ihr, alle Helden seien Tänzer und alle fahrenden Ritter Luftspringer? Ich sage Euch, wenn Ihr das denkt, so seid Ihr im Irrtum; mancher mag es wagen, einen Riesen umzubringen, ehe er nur einen Bocksprung macht. Hättet Ihr den Bauerntanz zu tanzen gehabt, da hätte ich für Euch eintreten können, denn den tanze ich wie ein Böcklein; aber was das Balltanzen anbelangt, da laß ich mich nicht drauf ein."

Mit diesen und ähnlichen Äußerungen brachte Sancho die Ballgäste zum Lachen und seinen Herrn ins Bett; er deckte ihn zu, damit er die Erkältung nach seinem Tanz ausschwitzte.

Am nächsten Tage schien es Don Antonio angemessen, den Versuch mit dem verzauberten Kopf anzustellen, und so schloß er sich denn mit Don Quijote, Sancho und noch zwei Freunden nebst den beiden Damen, welche den Ritter so müde getanzt hatten und diese Nacht bei Don Antonios Gemahlin geblieben waren, in das Zimmer ein, wo der verzauberte Kopf stand. Er erzählte ihnen, welche Eigenschaft der Kopf besitze, erlegte ihnen Stillschweigen auf und bemerkte ihnen, dies sei das erstemal, daß die Kraft des Zauberkopfes erprobt werden solle. Mit Ausnahme der beiden Freunde Don Antonios kannte niemand sonst das Geheimnis dieser Zauberkunst; und hätte Don Antonio es ihnen nicht vorher entdeckt, so wären sie unbedingt in dasselbe Staunen geraten wie die andern, mit solcher Kunst und solchem Geschick war der Kopf eingerichtet.

Der erste, der sich dem Ohr des ehernen Kopfes näherte, war Don Antonio selbst; er fragte ihn mit gedämpfter Stimme, doch so, daß er von allen vernommen werden konnte: „Sage mir, Kopf, vermöge der Kraft, die in dir verborgen ist, welche Gedanken habe ich jetzt?"

Und der Kopf antwortete, ohne die Lippen zu bewegen, mit heller, deutlicher Stimme, so daß seine Worte von allen vernommen wurden: „Über Gedanken habe ich kein Urteil."

Alle Hörer waren starr vor Erstaunen, zumal sie sahen, daß in dem ganzen Zimmer und rings um den Tisch kein menschliches Wesen war, das hätte antworten können.

„Wieviel sind unser hier?" fragte wiederum Don Antonio, und die Antwort kam ebenso leise: „Hier bist du und deine Frau, mit zwei Freunden von dir und zwei Freundinnen von ihr, und ein weltberühmter Ritter, namens Don Quijote von der Mancha, und ein Schildknappe von ihm, der den Namen Sancho Pansa führt."

Jetzt begann das Staunen aufs neue; jetzt standen vor Schreck allen die Haare zu Berge. Don Antonio trat von dem Kopfe zurück und sagte: „Dies genügt, um mich zu überzeugen, daß ich von dem Manne nicht betrogen worden bin, der dich mir verkaufte, du weiser Kopf, du redekundiger, orakelspendender, du bewundernswerter Kopf. Jetzt wolle ein andrer hierhertreten und ihn fragen, was er Lust hat."

Und da die Frauen gewöhnlich alles gern möglichst geschwind wissen möchten, so näherte sich nun zuerst eine der beiden Freundinnen von Don Antonios Gemahlin und fragte: „Sage mir, Kopf, was soll ich tun, um recht schön zu sein?"

„Sei recht sittsam", lautete die Antwort.

„Ich werde dich nicht wieder fragen", sagte die Fragerin.

Sofort trat ihre Begleiterin herzu und sprach: „Ich möchte wissen, Kopf, ob mein Gemahl mich liebhat oder nicht."

Und es kam ihr die Antwort: „Gib acht, wie er sich gegen dich benimmt, dann weißt du es."

Die junge Frau trat zurück und sagte: „Zu einer solchen Antwort bedurfte es keiner Frage, denn in der Tat erkennen wir die Gesinnung des Menschen an seinem Benehmen gegen uns."

Hierauf trat einer von Don Antonios zwei Freunden heran und fragte: „Wer bin ich?"

Und es wurde ihm geantwortet: „Du weißt es."

„Das frage ich dich nicht", antwortete der Edelmann, „sondern du sollst mir sagen, ob du mich kennst."

„Allerdings kenne ich dich", wurde ihm geantwortet, „du bist Don Pedro Noriz."

„Mehr will ich nicht wissen", erwiderte Don Pedro, „weil dies mir schon genügt, um einzusehen, o Kopf, daß du alles weißt."

Er trat beiseite; der andre Freund näherte sich und fragte: „Sage mir, Kopf, was für Wünsche hegt mein Sohn, der Majoratserbe?"

„Ich habe schon gesagt", wurde ihm geantwortet, „daß ich über Wünsche kein Urteil habe; indessen kann ich dir doch sagen, die deines Sohnes gehen dahin, dich ins Grab zu legen."

„Das sehe ich mit den Augen und greife es mit den Händen", sagte der Edelmann, „ich frage nichts weiter."

Nun trat Don Antonios Gemahlin heran und sagte: „Ich weiß nicht, Kopf, was ich dich fragen soll; nur möchte ich von dir wissen, ob ich mich noch viele Jahre meines guten Mannes erfreuen werde."

Und es wurde ihr geantwortet: „Ja, du wirst es, denn seine Gesundheit und seine mäßige Lebensweise versprechen ihm ein langes Leben, während viele es durch ihre Unmäßigkeit verkürzen."

Jetzt trat Don Quijote herzu und sprach: „Sage mir, der du auf alles antwortest, war es Wahrheit oder Traum, was ich von meinen Erlebnissen in der Höhle des Montesinos erzählt habe? Werden die Geißelhiebe meines Schildknappen Sancho zur Wahrheit werden? Wird Dulcineas Entzauberung erfolgen?"

„Über die Geschichte mit der Höhle", antwortete der Kopf, „läßt sich viel sagen, es ist von allem was daran; mit Sanchos Hieben wird es langsam gehen; Dulcineas Entzauberung wird zu gebührender Vollendung kommen."

„Mehr will ich nicht wissen", sagte Don Quijote; „wenn ich nur Dulcinea entzaubert sehe, so ist es mir, als käme auf einen Schlag alles Glück, das ich nur wünschen kann."

Der letzte Frager war Sancho, und er fragte folgendes: „Bekomme ich, o Kopf, vielleicht noch eine Statthalterschaft zu regieren? Werde ich jemals die Schindereien des Knappenstandes loswerden? Werde ich Weib und Kinder wiedersehen?"

Darauf wurde geantwortet: „Regieren wirst du in deinem Hause, und wenn du heimkehrst, wirst du Frau und Kinder wiedersehen, und wenn du aus deinem Dienste trittst, wirst du des Knappenstandes ledig sein."

„Sehr gut, beim Himmel!" sagte Sancho Pansa; „das hätte ich mir selber auch sagen können; besser hätte es der Prophet Perogrullo auch nicht gesagt."

„Dummer Kerl", sagte Don Quijote, „was willst du denn geantwortet haben? Ist's nicht genug, daß die Antworten, die dieser Kopf gibt, auf die Fragen passen, die man ihm stellt?"

„Freilich ist es genug", antwortete Sancho; „indessen wollte ich doch, er hätte sich deutlicher erklärt und mir mehr gesagt."

Hiermit hatten die Fragen und Antworten ein Ende, nicht aber die Bewunderung, die sich aller bemächtigt hatte, ausgenommen die beiden Freunde Don Antonios, die das Geheimnis kannten. Dieses hat Sidi Hamét Benengelí auch sogleich erklären wollen, um die Welt nicht in Spannung und in dem Glauben zu erhalten, daß der Kopf irgendein zauberhaftes und außerordentliches Geheimnis in sich berge. Er sagt daher, daß Don Antonio Moreno nach dem Muster eines andern von einem Holzschnitzer angefertigten Kopfes, den er in Madrid gesehen, diesen in seinem Hause hatte machen lassen, um sich damit zu unterhalten und die Uneingeweihten in Staunen zu setzen. Die Vorrichtung war folgende: die Tischplatte war von Holz, wie Jaspis gemalt und gefirnißt, und ebenso das Fußgestell, an welchem vier Adlerklauen hervorsprangen, um die Last besser zu tragen. Der Kopf, der einer Schaumünze oder vielmehr der Büste eines römischen Kaisers glich und die Farbe des Erzes trug, war hohl, ebenso wie die Tischplatte, in die der Kopf so fest eingelassen war, daß man keine Spur einer Fuge bemerkte. Der Tischfuß war ebenfalls hohl und hing mit Brust und Hals des Kopfes zusammen; und das Ganze stand in Verbindung mit einem andern Gemach, das sich gerade unter dem Zimmer mit dem Kopf befand. Durch diese ganze Höhlung von Fußgestell und Tisch, von Brust und Hals der erwähnten Büste lief eine Blechröhre, die so genau eingefügt war, daß niemand sie bemerken konnte. In dem unteren Zimmer, das mit dem obern in Verbindung stand, befand sich derjenige, der die Antworten zu geben hatte, und hielt den Mund dicht an die Röhre, so daß wie durch ein Sprachrohr die Stimme von oben nach unten und von unten nach oben drang und deutlich vernehmbare Worte mitteilte; auf diese Art war es nicht möglich, hinter die Täuschung zu kommen. Ein Neffe Don Antonios, ein gescheiter und geistreicher Student, gab die Antworten, und da sein Herr Oheim ihn in Kenntnis gesetzt hatte, wer an diesem Tage mit ihm das Zimmer mit dem Kopf besuchen würde, so war es ihm leicht, auf die erste Frage geschwind und richtig zu antworten; die andern beantwortete er mit Hilfe von Vermutungen und als ein kluger Mann auf kluge Weise.

Sidi Hamét sagt ferner, daß dieses wunderbare Kunstwerk etwa zehn oder zwölf Tage lang befragt wurde; nachher aber habe es sich in der Stadt verbreitet, Don Antonio besitze in seinem Haus einen verzauberten Kopf, der jedem auf seine Fragen antworte, und da habe er gefürchtet, die Sache könnte zu den Ohren der wachsamen Hüter unseres Glaubens gelangen. Nachdem er hierauf den Herren Inquisitoren den Sachverhalt dargelegt, geboten sie ihm, den Kopf zu zerstören und sich nicht weiter damit zu befassen, damit die unwissende Menge nicht

Ärgernis daran nähme. Aber für Don Quijote und Sancho Pansa blieb der Kopf ein Zauberwerk und Orakelspender; nur war Don Quijote zufriedener mit ihm als Sancho Pansa.

Um Don Antonio gefällig zu sein und um Don Quijote zu ehren, aber auch um diesem Gelegenheit zu geben, seine Torheiten an den Tag zu legen, beschlossen die Edelleute in der Stadt, nach sechs Tagen ein Ringelrennen zu veranstalten; es fand jedoch nicht statt, aus einem Grunde, der später erzählt werden wird.

Don Quijote bekam Lust, die Stadt in einfacher Kleidung und zu Fuße zu durchwandern, da er befürchtete, wenn er zu Pferde käme, würden ihn die Gassenjungen verfolgen; und so ging er denn mit Sancho und zwei Dienern spazieren, die ihm Antonio mitgab. Da geschah es nun, daß er, beim Durchwandern einer Straße zufällig in die Höhe blickend, über einer Tür mit sehr großen Buchstaben angeschrieben sah: „Hier werden Bücher gedruckt." Darob freute er sich sehr, denn er hatte bis dahin noch nie eine Druckerei gesehen und wollte gern wissen, wie es darin zuging. Er begab sich mit seiner ganzen Begleitung hinein, sah an einer Stelle Druckbogen abziehen, an einer andern korrigieren, hier setzen, dort den Satz verbessern, kurz, die ganze Einrichtung einer großen Druckerei. Don Quijote trat zu einem Setzkasten und fragte, was denn eigentlich hier vorgenommen werde. Die Gehilfen gaben ihm Auskunft; er war voller Bewunderung und ging weiter. Dann trat er zu einem andern Gehilfen und fragte ihn, was er tue; dieser antwortete: „Señor, der Herr hier" – und er zeigte ihm einen Mann von schöner Gestalt und feinem Aussehen und zugleich von würdiger Haltung – „hat ein italienisches Buch in unsre kastilianische Sprache übertragen, und ich setze es für ihn, um es zur Presse zu geben."

„Welchen Titel hat das Buch?" fragte Don Quijote.

Der Schriftsteller antwortete: „Señor, das Buch heißt auf italienisch *Le bagatelle*."

„Und was bedeutet ‚Le bagatelle' in unsrer Sprache?" fragte Don Quijote.

„‚Le bagatelle'", sagte der Schriftsteller, „heißt in unsrer Sprache soviel wie ‚Kleinigkeiten' oder ‚Spielereien'; und obwohl dieses Buch so bescheiden in seinem Namen ist, so enthält und bietet es doch sehr gute Dinge von wesentlichem Wert."

„Ich verstehe ein wenig Italienisch", sagte Don Quijote, „und bin stolz darauf, einige Stanzen aus dem Ariost singen zu können. Aber sagt mir doch, mein verehrter Herr – und ich frage das nicht, um Euer Talent auf die Probe zu stellen, sondern nur aus Neugierde –, habt Ihr in Eurem Buch ein oder das andremal das Wort ‚pignata' gefunden?"

„Gewiß, mehrmals", antwortete der Schriftsteller.

„Und wie übersetzt Ihr es in unsre Sprache?" fragte Don Quijote.

„Wie soll ich es übersetzen", entgegnete der Schriftsteller, „als mit ‚Topf'?"

„Nun, beim Himmel droben", sagte Don Quijote, „wie weit habt Ihr's doch im Italienischen gebracht! Ich wette um etwas ganz Erkleckliches, wo es im Italienischen ‚piace' heißt, da sagt Ihr in unsrer Sprache ‚es gefällt', und wo es ‚piu' heißt, da sagt Ihr ‚mehr', und das ‚su' übersetzt Ihr mit ‚hinauf' und das ‚giu' mit ‚hinab'."

„Ganz gewiß übersetze ich es so", sagte der Schriftsteller, „denn das sind die entsprechenden Ausdrücke."

„Ich wollte drauf schwören", sagte Don Quijote, „daß Euch die Welt gar nicht kennt, die sich immer dagegen sträubt, talentvolle Köpfe und preiswürdige Arbeiten zu belohnen. Wie viele Talente gehen weit und breit verloren! wie viele gute Köpfe bleiben im Winkel verborgen! wie viele schöne Gaben werden verkannt! Und trotz alledem scheint es mir, daß es sich mit dem Übersetzen von einer Sprache in die andre – es wäre denn aus den Königinnen unter den Sprachen, der griechischen und lateinischen – so verhält, wie wenn einer flandrische Tapeten von der Rückseite betrachtet; man sieht zwar die Figuren, aber sie werden durch die Menge von Fäden ganz entstellt, und man sieht sie nicht in der Glätte und Farbenfrische der Vorderseite. Das Übersetzen aus nah verwandten Sprachen beweist weder Geist noch Sprachgewandtheit, sowenig wie das Übertragen oder Abschreiben von einem Papier auf das andre. Ich will aber aus dem Gesagten nicht die Schlußfolgerung ziehen, daß die Arbeit des Übersetzens keine löbliche sei, denn der Mensch könnte sich mit noch schlechteren Dingen beschäftigen und mit solchen, die ihm weniger Nutzen bringen. Davon muß man aber die beiden berühmten Übersetzer ausnehmen, nämlich den Doktor Cristóbal de Figueroa mit seinem *Pastor Fido* und den andern, Don Juan de Jauregui mit seinem *Aminta,* deren glücklich gelungene Arbeiten zweifeln lassen, was die Übersetzung ist und was die Urschrift. Aber sagt mir, werter Herr, wird dies Buch auf Eure

Kosten gedruckt, oder habt Ihr das Verlagsrecht bereits an einen Buchhändler verkauft?"

„Ich lasse es auf meine Kosten drucken", antwortete der Schriftsteller, „und denke wenigstens tausend Taler bei dieser ersten Auflage zu verdienen; sie wird aus zweitausend Stücken bestehen, die, zu sechs Realen ein jedes, im Handumdrehen verkauft werden müssen."

„Ihr versteht Euch vortrefflich auf dies Geschäft!" entgegnete Don Quijote; „man sieht wohl, daß Ihr nicht wißt, was die Buchdrucker Euch ankreiden werden und in welchem Verkehr sie miteinander stehen. Ich sage Euch zum voraus, wenn Ihr Eure zweitausend Stücke auf dem Halse habt, wird Euch das den Hals so zusammenschnüren, daß Ihr von Sinnen kommt, zumal wenn das Buch ein bißchen trocken ist und nichts hat, um die Neugierde zu reizen."

„Wie denn, verehrter Herr?" sagte der Schriftsteller; „wollt Ihr, ich soll es einem Buchhändler geben, damit er mir für das Verlagsrecht drei Maravedís bezahlt und noch meint, er erweise mir dadurch eine große Gnade? Ich lasse meine Bücher nicht drucken, um Ruhm in der Welt zu erlangen, ich bin ihr schon durch meine Werke bekannt; Nutzen will ich haben, denn ohne den ist der Ruhm nicht einen Pfennig wert."

„Gott gebe, daß Ihr eine glückliche Hand dabei habt", entgegnete Don Quijote und ging weiter zu einem andern Setzkasten, wo er einen Bogen eines andern Buches korrigieren sah, das den Titel *Licht der Seele* trug. „Das sind die Bücher", sagte er, „obwohl es schon viele dieser Art gibt, die man drucken soll; denn der Sünder sind auch gar viele, die heutzutage leben, und für so viele, die in der Finsternis wandeln, bedarf es unendlicher Erleuchtung."

Er ging weiter und sah, daß man eben noch ein andres Buch korrigierte; auf seine Frage nach dem Titel antwortete man ihm, es heiße *Der zweite Teil des sinnreichen Junkers Don Quijote von der Mancha,* verfaßt von einem Gewissen, wohnhaft zu Tordesillas. „Von diesem Buche habe ich schon gehört", sagte Don Quijote; „und wahrlich, ich sage es aus voller Überzeugung, ich glaubte, dies ungereimte Zeug wäre längst verbrannt und zu Staub zermahlen. Aber sein Sankt-Martins-Tag wird ihm kommen wie jedem Schwein. Erdichtete Erzählungen sind insoweit gut und ergötzlich, als sie sich der Wahrheit oder der Wahrscheinlichkeit nähern, und die wahren sind um so besser, je wahrer sie sind."

Mit diesen Worten verließ er die Druckerei, nicht ohne einigen Ärger an den Tag zu legen.

Noch am nämlichen Tage traf Don Antonio Anstalt, ihn zur Besichtigung der Galeeren zu führen, die am Strande vor Anker lagen, und Sancho freute sich sehr hierüber, weil er in seinem Leben noch keine gesehen. Don Antonio benachrichtigte den Oberbefehlshaber der Galeeren, er werde an diesem Nachmittage seinen Gast hinführen, den berühmten Don Quijote von der Mancha, von dem der Befehlshaber sowie alle Bewohner der Stadt schon gehört hatten. Was ihm auf den Galeeren begegnete, wird im folgenden Kapitel erzählt werden.

63. KAPITEL

Von der Unannehmlichkeit, die Sancho Pansa bei dem Besuch der Galeeren erlitt, und von dem sonderlichen Abenteuer mit der schönen Moriskin

Über die Antwort des verzauberten Kopfes stellte Don Quijote vielfache Betrachtungen an, aber mit keiner von allen kam er hinter den Betrug, und alle fanden ihren Abschluß in der Verheißung, die er für untrüglich hielt, Dulcinea werde entzaubert werden. Darum drehten sich alle seine Gedanken, und darüber freute er sich in seinem Herzen, weil er hoffte, die Erfüllung baldigst zu sehen. Sancho aber, sosehr er, wie gesagt, einen Abscheu davor hatte, Statthalter zu sein, wünschte doch wieder zu befehlen und Gehorsam zu finden; – das ist die unheilvolle Folge der Macht, mag sie auch nur eine scheinbare sein.

Indessen begaben sich an demselben Nachmittag Don Antonio Moreno, sein Wirt, und dessen beide Freunde mit Don Quijote und Sancho zu den Galeeren. Der Oberbefehlshaber, von ihrer Ankunft benachrichtigt, freute sich sehr, die beiden so berühmten Männer Quijote und Sancho kennenzulernen; und kaum waren sie am Hafen angelangt, als alle Galeeren ihre Sonnenzelte einzogen und die Schiffsmusik ertönte. Sogleich wurde das Boot ausgesetzt, es war mit reichen Teppichen und Kissen von karmesinrotem Samt belegt; und sobald Don Quijote den Fuß daraufsetzte, feuerte die Admiralsgaleere ihr Vordergeschütz ab, und die andern Galeeren taten dasselbe. Als er die Treppe am Steuerbord hinaufstieg, begrüßte ihn die ganze Rudermannschaft mit dem dreimaligen Rufe Hu! Hu! Hu! wie es Brauch ist, wenn eine vornehme Person an Bord kommt. Der General – so wollen wir ihn nennen –, ein vornehmer valencianischer Edelmann, umarmte Don Quijote und sprach: „Diesen Tag werde ich mit einem roten Strich im Kalender bezeichnen als einen der schönsten, die ich wohl je erleben werde, da ich heute den Señor Don Quijote von der Mancha gesehen, den Mann, in dem aller Glanz des fahrenden Rittertums enthalten und inbegriffen ist."

In nicht weniger höflichen Ausdrücken antwortete ihm Don Quijote, über die Maßen vergnügt, sich so ganz als großen Herrn behandelt zu sehen. Nun begaben sich alle nach dem Achterdeck der Galeere, das schön geschmückt war, und nahmen auf den Seitenbänken Platz; der Galeerenvogt ging durch den Mittelgang nach der Vorderschanze und gab mit der Pfeife der Rudermannschaft das Zeichen, die Kleider abzulegen, was in einem Augenblick geschehen war. Sancho war starr vor Staunen, soviel pudelnackte Burschen zu sehen, und staunte noch mehr, als er die Sonnenzelte mit solcher Geschwindigkeit aufziehn sah, daß er meinte, es hätten alle Teufel dabei geholfen. Aber alles dieses war nur Zuckerbrot gegen andres, was ich jetzt erzählen will.

Sancho saß ganz still auf der Laufplanke neben dem Vormann auf der Steuerbordseite, als dieser, von seiner Rolle bereits unterrichtet, Sancho um den Leib faßte und ihn mit den Armen in die Höhe schwang; das ganze Rudervolk war auf den Beinen und auf der Lauer und schwang und warf ihn, auf der Steuerbordseite anfangend, von Ruderbank zu Ruderbank, mit solcher Geschwindigkeit, daß es dem armen Sancho vor den Augen nebelte und er glaubte, die Teufel in eigner Person führten ihn von dannen; die Ruderleute aber machten nicht eher halt, bis sie ihn die ganze Backbordseite entlang zurückgeschleudert und auf dem Achterdeck säuberlich hingesetzt hatten. Der arme Mensch war ganz zerschlagen; er keuchte und schwitzte und wußte überhaupt nicht, wie ihm geschehen war.

Als Don Quijote seinen Sancho ohne Flügel so fliegen sah, fragte er den General, ob das die Begrüßung sei, die jedem zuteil werde, der zum erstenmal die Galeeren besuche; denn wenn dies der Fall wäre, so wolle er seinesteils, da er nicht beabsichtige, sich dem Schiffsdienste zu widmen, keineswegs derlei Übungen mitmachen, und er schwöre zu Gott, wenn jemand ihn anfassen wolle, um Fangball mit ihm zu spielen, so werde er ihm mit Fußtritten die Seele aus dem Leib herausstampfen. Mit diesen Worten stand er auf und legte die Hand ans Schwert. In diesem

Augenblick zog man die Sonnenzelte wieder ein und ließ mit ungeheurem Krach die Hauptrah von hoch oben herunterfallen. Sancho meinte, der Himmel ginge aus den Angeln und stürze ihm gerade auf seinen Kopf; vor Angst duckte er sich und steckte den Kopf zwischen die Beine. Auch Don Quijote behielt seine Fassung nicht völlig; auch er entsetzte sich, zog den Kopf zwischen die Schultern und verlor alle Farbe aus dem Gesicht. Die Mannschaft hißte die Rahe mit demselben Hasten und Tosen auf, wie sie sie eingezogen hatte, und alles das in tiefem Schweigen, als ob die Leute weder Stimme noch Atem hätten. Der Schiffsvogt gab das Zeichen, den Anker zu lichten, sprang dann mitten in den Gang zwischen den Bänken mit seinem Farrenschwanz, der Sklavengeißel, und begann damit über die Rücken der Ruderknechte hinzufahren, und die Galeere stach langsam in die See.

Als Sancho so viele rotbemalte Füße, denn dafür hielt er die Ruder, sich auf einmal in Bewegung setzen sah, sagte er zu sich selber: Das sind wirklich Zaubergeschichten, nicht aber, was mein Herr für solche ausgibt. Was haben diese Unglücklichen getan, daß man sie so peitscht? Und wie kann dieser Mensch ganz allein, der da umhergeht und pfeift, die Frechheit haben, so viele Leute durchzuhauen? Da sag ich wahrlich, das ist die Hölle oder wenigstens das Fegfeuer.

Don Quijote, der sah, mit welcher Aufmerksamkeit Sancho den Vorgang betrachtete, sprach zu ihm: „Ha, Freund Sancho, wie geschwind und mit wie wenig Mühe könntest du, wenn du wolltest, deinen Oberkörper entkleiden und dich mit unter diese Herrschaften setzen und auf diese Weise Dulcineas Entzauberung vollenden! Denn bei dem Leid und Schmerz so vieler würdest du das deine nicht sonderlich spüren; und zumal könnt es auch sein, daß der weise Merlin jeden von diesen Hieben, da sie von so kräftiger Hand ausgeteilt werden, für zehn von denen anrechnete, die du dir doch am Ende aufzählen mußt."

Der General wollte gerade fragen, was das für Hiebe seien und was es mit der Entzauberung Dulcineas auf sich habe, als der wachhabende Matrose rief: „Festung Monjuich meldet ein Ruderschiff an der Küste westwärts in Sicht."

Bei diesen Worten sprang der General auf die Laufplanke und rief: „Drauflos, Kinder! daß es uns nicht entkommt! Es muß eine Brigantine von algerischen Korsaren sein, die uns der Wartturm meldet."

Sogleich steuerten die andren drei Galeeren zum Admiralsschiff heran, um Befehle einzuholen. Der General befahl, zwei von ihnen sollten in See stechen; er selbst wolle mit der dritten die Küste entlangfahren, da ihnen auf solche Weise das Schiff nicht entkommen könne. Das Schiffsvolk schlug die Ruder mächtig ins Wasser und trieb die Galeeren mit solcher Gewalt vorwärts, daß sie zu fliegen schienen. Die beiden, die in See gestochen waren, entdeckten auf ungefähr zwei Meilen Entfernung ein Schiff, das sie dem Augenmaß nach auf ein Fahrzeug von etwa vierzehn bis fünfzehn Ruderbänken schätzten, wie es auch wirklich der Fall war; sobald das Schiff die Galeeren gewahr wurde, setzte es alle Ruder bei, in der Absicht und Hoffnung, durch seine Leichtigkeit zu entkommen. Aber dies geriet ihm schlecht, denn die Admiralsgaleere war eines der leichtesten Fahrzeuge auf See und bedrängte es so, daß die Leute auf der Brigantine einsahen, daß an ein Entrinnen nicht zu denken war. Ihr Schiffshauptmann oder Arráez wollte daher, sie sollten die Ruder fallen lassen und sich ergeben, um den Befehlshaber unsrer Galeere nicht zu reizen; allein das Schicksal hatte es anders beschlossen, und als die Admiralsgaleere schon so nah war, daß die Leute auf dem Schiff die Stimmen hören konnten, die ihnen zuriefen, sich zu ergeben, da geschah es, daß zwei Torakis, was ungefähr soviel bedeutet wie zwei besoffene Türken, die mit zwölf andren die Besatzung der Brigantine bildeten, ihre Büchsen abfeuerten und mit ihren Schüssen zwei Soldaten auf unserem Vordersteven töteten. Bei diesem Anblick schwur der General, keinen von allen, die er auf dem Schiffe fangen würde, am Leben zu lassen; er griff mit höchster Wut an, aber das Schiff entschlüpfte ihm unter den Rudern weg. Indessen überholte die Galeere es bald um eine tüchtige Strecke, und die Leute im Schiff sahen sich verloren; noch setzten sie alle Segel, während die Galeere wendete, und taten abermals ihr Äußerstes mit Segeln und Rudern, aber alle ihre Anstrengung half ihnen nicht soviel, als ihre Verwegenheit ihnen schadete, denn die Admiralsgaleere holte sie eine halbe Meile später ein, warf die Enterhaken aus und machte die ganze Besatzung lebendig zu Gefangenen. Inzwischen waren die zwei andern Galeeren herangekommen, und alle vier kehrten mit dem genommenen Schiff nach dem Strande zurück, wo eine unzählige Menge Volkes sie erwartete, begierig zu sehen, was sie mitbrächten.

Der General ging nah am Land vor Anker, wo er erfuhr, daß der Vizekönig von Barcelona am Hafenplatz anwesend war. Er ließ das Boot aussetzen, um ihn an Bord zu holen, und befahl, die Rah herunterzulassen, um auf der Stelle den Arráez und die übrigen Türken, die er auf dem Schiff gefangengenommen, zu hängen; es mochten ihrer gegen sechsunddreißig Mann sein, alles rüstige Leute und meistens türkische Scharfschützen. Der General fragte, wer der Arráez auf der Brigantine sei, und einer der Gefangenen, der nachher als ein spanischer Renegat erkannt wurde, antwortete ihm auf kastilianisch: „Der junge Mann hier ist unser Arráez, Señor." Und hierbei zeigte er auf einen Jüngling, einen der schönsten und stattlichsten, die die menschliche Phantasie sich nur hätte malen können. Seinem Aussehen nach war er noch keine zwanzig Jahre alt. Der General fragte ihn: „Sag mir, frecher Hund, was bewog dich, mir meine Soldaten zu töten, da du doch sahst, daß es unmöglich war zu entkommen? Ist das die Achtung, die man einer Admiralsgaleere schuldet? Weißt du nicht, daß Tollkühnheit keine Tapferkeit ist? Zweifelhafte Aussichten dürfen den Menschen kühn, aber nicht tollkühn machen."

Der Arráez wollte antworten, aber der General konnte ihn für den Augenblick nicht anhören, weil er dem Vizekönig zur Begrüßung entgegengehen mußte, der soeben mit mehreren Dienern und einigen Personen aus der Stadt an Bord gestiegen war.

„Die Beute war gut, Herr General", sagte der Vizekönig.

„Wie gut sie war", antwortete der General, „werden Euer Exzellenz sogleich sehen, wenn sie an dieser Rah hängt."

„Warum das?" fragte der Vizekönig.

„Weil sie mir", antwortete der General, „gegen alles Recht und gegen Vernunft und Kriegsbrauch zwei von den besten Soldaten umgebracht haben, die ich auf diesen Galeeren hatte, und ich habe geschworen, alle Gefangenen aufzuknüpfen, besonders diesen Burschen, welcher der Arráez der Brigantine ist."

Hierbei zeigte er ihm den jungen Mann, der schon die Hände gebunden und den Strick um die Kehle hatte und den Tod erwartete. Der Vizekönig betrachtete ihn, und da er ihn so schön und so stattlich und so demütig dastehen sah und seine Schönheit ihm in diesem Augenblick höchster Gefahr einen Empfehlungsbrief gab, so stieg in dem Vizekönig der Wunsch auf, ihn dem Tod zu entreißen; er fragte ihn daher: „Sag mir, Arráez, bist du ein Türke oder ein Maure oder ein Renegat?"

Darauf antwortete der Jüngling, ebenfalls auf kastilianisch: „Ich bin weder ein Türke noch ein Maure noch ein Renegat."

„Was bist du denn dann?" entgegnete der Vizekönig.

„Ein Weib, eine Christin", antwortete der Jüngling.

„Ein Weib, eine Christin, und in solcher Tracht und in solcher

Lage? Über so etwas kann man sich eher wundern als es glauben."

„Verschiebt, o liebe Herren, die Vollstreckung meines Todesurteils", sagte der Jüngling; „es kann nicht viel verlorengehen, wenn Eure Rache so lange zögert, bis ich Euch meine Lebensgeschichte erzählt habe."

Wer wäre so harten Herzens gewesen, daß er sich durch diese Worte nicht hätte erweichen lassen oder wenigstens hätte anhören wollen, was der betrübte und kummervolle Jüngling zu sagen wünschte? Der General gestattete ihm vorzubringen, was er zu sagen habe; er möge aber nicht hoffen, Vergebung für seine erwiesene Schuld zu erlangen. Der Jüngling benutzte diese Erlaubnis zu folgender Erzählung: „Ich stamme von jenem Volke, dessen Unglück größer ist als seine Besonnenheit und auf welches in diesen Tagen ein Meer des Unheils herabgeströmt ist; meine Eltern sind Morisken. Im Verlauf ihres unglücklichen Geschickes wurde ich von zweien meiner Oheime nach der Berberei gebracht, ohne daß es mir etwas half, als ich ihnen erklärte, daß ich eine Christin sei, wie ich es wirklich bin, und zwar keine Scheinchristin, sondern eine wahre und echte. Bei den Beamten, die unsre jammervolle Austreibung zu überwachen hatten, half es mir nichts, dieses wahrhafte Bekenntnis abzulegen, und ebensowenig wollten ihm meine Oheime Glauben schenken; vielmehr hielten sie es für eine Lüge, erfunden zu dem Zwecke, daß ich in dem Lande meiner Geburt bleiben könnte; und so schleppten sie mich mit Gewalt fort. Ich hatte eine Christin zur Mutter und einen Vater, der verständig und nicht minder dem Christentum ergeben war; ich sog den katholischen Glauben mit der Muttermilch ein und war im sittlichen Wandel erzogen, und weder hierin, wie ich glaube, noch in der Sprache verriet ich jemals die Moriskin. Mit diesen Tugenden – denn ich glaube, daß es solche sind – hielten meine Reize, wenn ich einige besitze, gleichen Schritt und wuchsen mit ihnen, und obwohl mein Leben gewiß ein sehr sittsames und eingezogenes war, so genügte meine Zurückgezogenheit doch wohl nicht, um einem jungen Edelmann namens Don Gaspár Gregorio die Gelegenheit zu versagen, mich zu sehen. Er war der Sohn und Majoratserbe eines Herrn, der nah bei unsrem Dorfe seinen Edelsitz hatte. Wie er dazu gelangte, mich zu sehen und mich zu sprechen, wie er sich sterblich in mich verliebte und wie ich mich dennoch nicht ganz von ihm gewinnen ließ, das wäre zu weitläufig zu erzählen, zumal in einem Augenblick, wo ich fürchten muß, daß der grausame Strick, der mich bedroht, sich mir zwischen Zunge und Kehle zusammenschnüren wird; und so will ich nur sagen, daß Don Gaspár mich bei unsrer Auswanderung begleiten wollte. Er mischte sich unter die Morisken, die aus andern Orten auszogen, da er deren Sprache sehr gut verstand, und während der Reise schloß er Freundschaft mit meinen beiden Oheimen, die mich mitgenommen hatten; denn mein Vater, ein kluger und vorsichtiger Mann, hatte bereits nach der ersten Bekanntmachung des Ausweisungsbefehls unser Dorf verlassen und suchte in fremden Landen, wer uns aufnehmen möchte. Er hatte an einer Stelle, die ich allein kenne, viele Perlen und Steine von hohem Wert nebst einigem Barvorrat an goldenen Cruzados und Dublonen vergraben und verborgen zurückgelassen. Er gebot mir, unter keiner Bedingung jemals an diesen Schatz zu rühren, wenn man uns etwa vor seiner Rückkehr vertreiben sollte. Ich gehorchte und zog, wie gesagt, mit meinen Oheimen und andren Verwandten und Bekannten nach der Berberei, und der Ort, wo wir uns niederließen, war Algier; es war, als wären wir in die Hölle gekommen.

Der König erhielt von meiner Schönheit unverzüglich Nachricht, und der Ruf gab sie ihm auch von meinen Reichtümern, was teilweise mir zum Glück ausschlug. Er berief mich zu sich und fragte mich, aus welcher Gegend von Spanien ich sei und was für Geld und Kleinodien ich mitbrächte. Ich nannte ihm das Dorf und fügte bei, Geld und Kleinodien seien dort vergraben; sie seien aber mit Leichtigkeit in Besitz zu nehmen, wenn ich selber zurückkehrte, sie zu holen. Alles dieses sagte ich ihm aus Furcht, daß meine Schönheit, und in der Absicht, daß vielmehr seine Habsucht ihn verblenden möchte. Während er sich so mit mir unterhielt, meldete man ihm, mit mir zusammen sei einer der stattlichsten und schönsten Jünglinge gekommen, die man sich denken könne. Es war mir sogleich klar, daß damit Don Gaspár Gregorio gemeint sei, dessen Schönheit in der Tat die herrlichste und gepriesenste übertrifft. Ich geriet in Bestürzung, da ich die Gefahr erwog, in welcher Don Gaspár schwebte; denn unter jenen türkischen Barbaren wird ein schöner Knabe oder Jüngling höher gehalten und geschätzt als ein Weib, und wenn es noch so reizend wäre. Der König befahl sogleich, den Jüngling herbeizuführen, um ihn zu sehen, und fragte mich, ob es wahr sei, was man von dem jungen Mann sage. Ich nun, als hätte ich plötzlich vom Himmel eine Eingebung erhalten, sagte, es sei allerdings so, aber ich müsse ihm mitteilen, er sei kein Mann, sondern ein Weib wie ich, und ich bäte ihn, mir zu gestatten, daß ich ihm die Kleidung seines Geschlechts anlege, damit seine Schönheit sich in ihrem vollen Glanze zeigen und er ohne Verlegenheit vor seinen Augen erscheinen könne. Er antwortete mir, ich möchte nur immer hingehen und dies tun, und am nächsten Tage wollten wir besprechen, wie man es anfangen solle, daß ich nach Spanien zurückkehren könne, um den verborgenen Schatz zu heben. Ich sprach mit Don Gaspár, erzählte ihm die Gefahr, die ihm drohe, wenn er sich als Mann zeige, kleidete ihn in die Tracht einer Maurin und führte ihn noch an dem nämlichen Nachmittag vor den König, welcher das vermeinte Mädchen voll Bewunderung sah und sich vornahm, es als Geschenk für den Großherrn zu behalten. Da er die Gefahr vermeiden wollte, die ihr im Serail seiner Frauen drohen konnte, und da er sich vor sich selbst fürchtete, befahl er, sie zu vornehmen maurischen Damen zu bringen, welche sie bewachen und bedienen sollten, und so geschah es unverzüglich. Was wir beide empfanden – denn ich leugne nicht, daß ich ihn liebe –, mögen diejenigen würdigen, welche voneinander scheiden mußten, wenn sie sich von Herzen liebten.

Der König befahl sogleich, ich solle auf dieser Brigantine nach Spanien zurückkehren, begleitet von zwei seiner türkischen Soldaten; es waren dieselben, die Eure Soldaten erschossen haben. Auch fuhr dieser spanische Renegat mit mir herüber" – und hierbei deutete sie auf den, welcher zuerst gesprochen hatte –; „ich kenne ihn als einen heimlichen Christen, der weit lieber in Spanien bleiben als nach der Berberei zurückkehren möchte. Die übrige Mannschaft der Brigantine besteht aus Mauren und Türken, die nur zum Rudern zu gebrauchen sind. Die beiden Türken, habgierige und freche Leute, wollten dem Befehl nicht Folge leisten, mich und diesen Renegaten an der nächsten spanischen Küste in der Tracht von Christen, mit welcher wir versehen sind, an Land zu setzen; vielmehr beabsichtigten sie, erst an dieser Küste auf Kaperei zu kreuzen und womöglich irgendein Schiff zu erbeuten. Sie fürchteten, wenn sie uns vorher ans Land setzten, so könnten wir zwei durch irgendeinen Zufall verraten, daß die Brigantine noch auf See kreuze, und wenn etwa Galeeren an der Küste wären, würden diese das Schiff aufbringen. In letzter Nacht kam uns der Strand hier in Sicht, und ohne diese vier Galeeren zu bemerken, wurden wir von ihnen aufgespürt, und dann geschah, was Ihr gesehen habt. Es ist mithin so gekommen, daß Don Gaspár Gregorio in Frauenkleidern unter Frauen weilt, in augenscheinlicher Gefahr, ins Verderben zu geraten, und daß ich hier mit gebundenen Händen stehe, in der Erwartung, mein Leben zu verlieren, welches mir ohnehin schon zur Last wird. Dies ist, meine Herren, das Ende meiner traurigen Geschichte, die ebenso wahr als traurig ist. Ich bitte Euch: laßt mich als Christin sterben; denn, wie ich schon gesagt, in keinem Punkt war ich mitschuldig an der Schuld, in welche die Angehörigen meines Volkes gefallen sind."

Hier schwieg sie, ihre Augen füllten sich mit schmerzlichen Tränen, und viele von den Anwesenden weinten mit ihr. Der Vizekönig, gerührt und voll Mitleid, trat zu ihr hin, ohne ein Wort zu sagen, und löste mit seinen eignen Händen den Strick von den schönen Händen der Maurin, der sie zusammengebunden hielt.

Während aber die christliche Moriskin ihre merkwürdige Geschichte erzählte, hielt ein alter Pilger, der zugleich mit dem Vizekönig an Bord der Galeere gekommen, die Augen auf sie geheftet, und kaum hatte die Moriskin ihre Rede beendet, als er sich vor ihr niederwarf, ihre Füße mit den Armen umfaßte und, von Schluchzen und Seufzen tausendmal unterbrochen, zu ihr sprach: „O Ana Felix, meine unglückliche Tochter, ich bin dein Vater Ricote, der zurückgekehrt ist, um dich aufzusuchen, weil ich ohne dich nicht leben kann, die du meine Seele bist!"

Bei diesen Worten riß Sancho seine Augen weit auf und hob den Kopf in die Höhe, den er im Nachsinnen über das Mißgeschick seiner Luftfahrt bisher gesenkt hielt, sah den Pilger aufmerksam an, erkannte in ihm denselben Ricote, den er an dem Tage angetroffen, wo er seine Statthalterschaft verließ, und erkannte nun auch seine Tochter, welche, jetzt ihrer Bande ledig, ihren Vater umarmte und ihre Tränen mit den seinigen mischte.

Ricote sprach zu dem General und dem Vizekönig: „Dies, verehrte Herren, ist meine Tochter, die minder glücklich in ihren Schicksalen als in ihrem Namen ist. Ana Felix heißt sie, mit dem Familiennamen Ricote, und war weitbekannt um ihrer Schönheit wie um meines Reichtums willen. Ich habe mein Vaterland verlassen, um in fremden Reichen zu suchen, wer uns Herberge und Aufnahme gewähren wolle, und als ich dies in Deutschland gefunden, kehrte ich in dieser Pilgertracht in Gesellschaft andrer Deutscher zurück, meine Tochter zu suchen und die großen Reichtümer auszugraben, die ich versteckt zurückgelassen hatte. Meine Tochter fand ich nicht, ich fand nur den Schatz, den ich bei mir habe, und jetzt, auf dem seltsamen Umweg, den Ihr mit angesehen, habe ich den Schatz gefunden, der mich am reichsten macht, meine geliebte Tochter. Wenn unsre Schuldlosigkeit und ihre Tränen und die meinigen in Eurem strengen Gerechtigkeitsgefühle dem Erbarmen eine Pforte zu öffnen vermögen, so lasset es uns zuteil werden, die wir niemals daran gedacht haben, Euch zu beleidigen, und niemals an den Anschlägen der Unsrigen teilgenommen, die mit Recht des Landes verwiesen wurden."

Hier fiel Sancho ein: „Ich kenne den Ricote ganz gut und weiß, daß er die Wahrheit sagt in betreff dessen, daß Ana Felix seine Tochter ist; was aber die anderen Lappalien betrifft mit dem Fortreisen und Wiederkommen, mit den guten und bösen Anschlägen, das geht mich nichts an."

Alle Anwesenden waren über den merkwürdigen Fall hocherstaunt, und der General sagte: „Ganz gewiß hindern mich Eure Tränen an der Erfüllung meines Schwures; lebet, schöne Ana Felix, soviel Lebensjahre Euch der Himmel beschieden hat. Aber jene zwei frechen, zuchtlosen Kerle sollen das Verbrechen büßen, das sie begangen haben."

Sogleich befahl er, die beiden Türken, die seine Soldaten erschossen hatten, an der höchsten Rah aufzuknüpfen, aber der Vizekönig bat ihn inständig, sie nicht hängen zu lassen, da ihre Tat eher von Verrücktheit als von Rauflust zeuge. Der General erfüllte den Wunsch des Vizekönigs, denn Rache wird selten bei kaltem Blute geübt.

Dann beriet man, auf welche Weise Don Gaspár Gregorio aus der Gefahr, in der er schwebte, gerettet werden könnte. Ricote bot dafür eine Summe von über zweitausend Talern an, die er in Perlen und Kostbarkeiten bei sich hatte. Man ersann mancherlei Anschläge, aber keiner erschien so zweckmäßig wie der, welchen der vorher erwähnte spanische Renegat angab. Dieser erbot sich nämlich, in einer kleinen Barke von etwa sechs Ruderbänken mit christlichen Ruderern nach Algier zu fahren, da er wisse, wo, wie und wann er landen könne und müsse; auch sei ihm das Haus wohlbekannt, in dem Don Gaspár sich aufhalte. Der General und der Vizekönig hatten Bedenken, sich auf den Renegaten zu verlassen und ihm die Christen anzuvertrauen, welche die Ruder führen sollten, aber Ana Felix verbürgte sich für ihn, und ihr Vater Ricote erklärte, er werde das Lösegeld für die Christen bezahlen, falls ihnen etwa ein Unglück begegnen sollte. Nachdem sie sich für diesen Plan entschlossen hatten, fuhr der Vizekönig wieder an Land, und Don Antonio Moreno nahm die Moriskin und ihren Vater mit nach seinem Hause, wobei der Vizekönig ihm auftrug, sie nach bestem Vermögen zu bewirten und liebevoll zu pflegen, und ihm seinerseits alles anbot, was sich zu diesem Zwecke in seinem eigenen Hause finden würde. So groß war das Wohlwollen und das Mitgefühl, das die Schönheit der Ana Felix in seiner Brust erweckt hatte.

64. Kapitel

Welches von dem Abenteuer handelt, das von allen, die Don Quijote bisher erlebt, ihm am meisten Kummer machte

Don Antonio Morenos Gemahlin, so erzählt die Geschichte, war hocherfreut, Ana Felix in ihrem Hause zu sehen. Sie nahm sie mit großer Freundlichkeit auf und verliebte sich schier in ihre Schönheit sowie in ihren Verstand, denn mit beidem war die Moriskin ungewöhnlich von der Natur begünstigt, und alle Leute aus der Stadt, als hätte man sie mit Glocken herbeigeläutet, kamen, um sie zu sehen.

Don Quijote äußerte gegen Don Antonio, das Mittel, das man zur Befreiung Don Gaspár Gregorios gewählt habe, sei nicht das richtige, denn es sei mehr gefährlich als zweckmäßig; am besten wäre es, wenn man ihn mit seinen Waffen hoch zu Roß nach der Berberei brächte; er würde ihn dem ganzen Maurenvolke zum Trotz der Gefangenschaft entreißen, wie Don Gaiféros seine Gattin Melisendra befreit habe.

„Bedenket, Euer Gnaden", sagte Sancho, als er dies hörte, „daß der Señor Don Gaiféros seine Gattin auf festem Lande befreite und sie auf dem festen Lande nach Frankreich brachte; aber hier, wenn wir vielleicht den Don Gaspár Gregorio befreien, wie sollen wir ihn nach Spanien bringen, wo doch die See dazwischenliegt?"

„Für alles gibt es ein Mittel außer gegen den Tod", entgegnete Don Quijote; „denn wenn nur die Barke zum Strande gelangt, können wir uns darin einschiffen, und wollte auch die ganze Welt es verwehren."

„Euer Gnaden malt sich dies gut aus und macht sich's leicht", sagte Sancho; „aber zwischen gesagt und getan streckt sich eine lange Bahn, und ich halte es mit dem Renegaten; der scheint mir ein anständiger und guter Mann zu sein."

Don Antonio bemerkte, wenn der Renegat mit der Sache nicht fertigwerde, so könne man ja immer noch das Auskunftsmittel ergreifen, den großen Don Quijote nach der Berberei hinübergehen zu lassen.

Zwei Tage später schiffte sich der Renegat auf einer leichten Barke mit sechs Ruderbänken an jeder Seite ein, die mit dem tapfersten Schiffsvolk bemannt war; und wieder zwei Tage später fuhren die Galeeren nach der Levante ab, nachdem der General den Vizekönig ersucht hatte, ihn freundlichst von der Befreiung des Don Gaspár Gregorio und allen weiteren Schicksalen der Ana Felix zu benachrichtigen. Der Vizekönig versprach, diesen Wunsch zu erfüllen.

Eines Morgens ritt Don Quijote am Strande spazieren, vollständig gerüstet und gewappnet, denn, wie er häufig sagte: Meine Zierde sind die Waffen, und mein Ausruhn ist der Kampf; und daher ging er keinen Augenblick ohne Rüstung aus. Da sah er einen ebenfalls von Kopf bis Fuß gewaffneten Ritter auf sich zukommen, der einen hellglänzenden Mond im Schilde führte; und als dieser nah genug war, daß man ihn hören konnte, rief er mit lauter Stimme, seine Worte an Don Quijote richtend: „Erlauchter Ritter und nie nach Gebühr gepriesener Don Quijote von der Mancha, ich bin der Ritter vom weißen Monde, dessen unerhörte Heldentaten dir diesen Namen vielleicht ins Gedächtnis zurückgerufen haben. Ich komme, mit dir zu kämpfen und die Kraft deiner Arme zu erproben, damit du erkennest und gestehest, daß meine Dame, wer sie auch immer sei, ohne allen Vergleich schöner ist als deine Dulcinea von Toboso. Wenn du diese zweifellose Tatsache ohne viel Umstände bekennest, so wirst du dir den Tod ersparen und mir die Mühsal, dir den Tod zu geben; wenn du aber kämpfen willst und ich dich besiege, so verlange ich keine andere Genugtuung, als daß du ein volles Jahr hindurch die Waffen ablegst, dich enthältst, auf die Suche nach Abenteuern zu gehen, dich in dein Dorf heimbegibst und zurückziehst, wo du leben sollst, ohne Hand ans Schwert zu legen, in stillem Frieden und ersprießlicher Ruhe, denn also wird es dir gut sein zur Mehrung von Hab und Gut und zum Heil deiner Seele. Wenn du jedoch mich besiegst, so sollst du über mein Leben verfügen, und meine Waffen und mein Roß sollen deine Beute sein, und der Ruhm meiner Taten soll auf dich und deinen Ruhm übergehen. Nun erwäge, was dir am besten scheint, und antworte mir alsbald; diesen ganzen heutigen Tag habe ich mir zur Frist gesetzt, um diesen Handel zu Ende zu führen."

Don Quijote war betroffen und staunte höchlich, sowohl ob der Vermessenheit des Ritters vom weißen Mond als auch ob des

Grundes dieser Herausforderung; und mit Gelassenheit und strenger Miene gab er ihm zur Antwort: „Ritter vom weißen Monde, dessen Großtaten mir bis jetzt noch nicht zur Kenntnis gelangt sind, ich werde Euch schon zum Eidschwur zwingen, daß Ihr die erlauchte Dulcinea niemals gesehen habt. Wenn Ihr sie gesehen hättet, so weiß ich, Ihr würdet Euch hüten, Euch in eine solche Fehde einzulassen, denn ihr Anblick würde Euch der Selbsttäuschung entreißen und Euch belehren, daß es nie eine Schönheit gegeben hat noch geben kann, die da vermöchte, sich mit der ihrigen zu vergleichen. Und indem ich Euch sonach sage, nicht daß Ihr lüget, sondern daß Ihr in Eurem Vorhaben fehlgeht, nehme ich Eure Forderung an unter den Bedingungen, die Ihr dargelegt habt, und zwar auf der Stelle, damit der Tag, den Ihr dazu bestimmt habt, nicht vorübergehe; von Euren Bedingungen aber nehme ich nur die aus, daß der Ruhm Eurer Heldentaten auf mich übergehen soll, denn ich weiß nicht, worin sie bestehen und welcher Art sie sind; ich bin mit den meinigen begnügt, wie sie nun auch sein mögen. Nehmt also soviel Feld zum Anrennen, als Ihr wünschet, ich werde dasselbe tun, und wem es Gott verleiht, dem gebe Sankt Peter seinen Segen dazu."

Man hatte von der Stadt aus den Ritter vom weißen Mond bemerkt und dem Vizekönig mitgeteilt, daß er mit Don Quijote von der Mancha Zwiesprache halte. Der Vizekönig glaubte, es sei irgendein neues Abenteuer, das Don Antonio Moreno oder sonst ein Edelmann aus der Stadt ausgeheckt habe, begab sich sogleich mit Don Antonio und mehreren andern Edelleuten seines Gefolges nach dem Strande und kam eben an, als Don Quijote Rosinante umwendete, um den nötigen Anlauf zu nehmen. Als nun der Vizekönig sah, daß die beiden Miene machten, zu wenden und aufeinander anzurennen, warf er sich dazwischen und fragte sie nach dem Grunde, der sie so unversehens zum Kampfe veranlasse. Der Ritter vom weißen Monde antwortete, es handle sich um den Vorrang der Schönheit, und wiederholte ihm in kurzen Worten, was er Don Quijote gesagt, nebst der Annahme der von beiden Teilen aufgestellten Bedingungen der Herausforderung. Der Vizekönig näherte sich Don Antonio und fragte ihn leise, ob er wisse, wer dieser Ritter vom weißen Monde sei, oder ob es eine Posse sei, die man Don Quijote spielen wolle. Don Antonio antwortete ihm, er wisse weder, wer er sei, noch ob die Forderung zum Scherz oder ernst gemeint sei.

Diese Antwort brachte den Vizekönig in Verlegenheit; er wußte nicht, ob er den Kampf vor sich gehen lassen sollte oder nicht. Da er jedoch unmöglich annehmen konnte, daß es etwas andres als Scherz sei, entfernte er sich mit den Worten: „Meine Herren Ritter, wenn es hier kein andres Mittel gibt, als zu bekennen oder zu sterben, und der Señor Don Quijote auf seinem Sinn und Ihr, Ritter vom weißen Mond, auf Eurem Unsinn beharrt, dann sei es so in Gottes Namen, und drauflos!"

Der vom weißen Mond dankte mit höflichen und verständigen Worten dem Vizekönig für die ihnen gewährte Erlaubnis, und Don Quijote tat desgleichen. Der letztere befahl sich von ganzem Herzen dem Himmel und seiner Dulcinea, wie er beim Beginn jedes sich ihm darbietenden Kampfes gewohnt war, nahm hierauf noch etwas mehr Feld zum Anrennen, weil er sah, daß sein Gegner das nämliche tat, und ohne daß eine Trompete oder ein andres kriegerisches Instrument erklang, um ihnen das Zeichen zum Angriff zu geben, wandten sie beide in ein und demselben Augenblick ihre Rosse, und da das des Mondritters schneller war, traf er bei zwei Dritteilen der Kampfbahn mit Don Quijote zusammen und rannte ihn mit so gewaltiger Kraft an, daß er, ohne ihn mit dem Speer zu berühren, welchen er anscheinend absichtlich in die Höhe hielt, Rosinante samt Don Quijote in gefährlichem Fall zu Boden warf. Sogleich stürzte er über ihn her, setzte ihm den Speer auf das Visier und sagte: „Ihr seid besiegt, Ritter; ja Ihr seid des Todes, wenn Ihr nicht bekennet gemäß den Bedingungen unsrer Herausforderung."

Don Quijote, zerschlagen und betäubt, sprach mit schwacher, kraftloser Stimme, welche, da er das Visier nicht hob, wie aus einem Grabe hervorklang: „Dulcinea von Toboso ist das schönste Weib auf der Welt, und ich bin der unglücklichste Ritter auf Erden, und es wäre nicht recht, wenn diese Wahrheit durch meine Schwäche Eintrag erlitte, stoß zu, Ritter, mit deinem Speer und nimm mir das Leben, da du mir die Ehre genommen."

„Das werde ich sicherlich nicht tun", sagte Der vom weißen Mond; „es lebe, es lebe in seinem ungeschmälerten Glanze der Ruhm der Schönheit des Fräuleins Dulcinea von Toboso! Ich begnüge mich schon damit, daß der große Don Quijote sich auf ein Jahr oder bis zu der Frist, die ich ihm setzen werde, auf sein Dorf zurückziehe, wie wir übereingekommen, bevor wir uns in diesen Kampf begaben."

Der Vizekönig und Don Antonio und viele andere, die zugegen waren, vernahmen dies alles und hörten auch Don Quijote antworten, wenn er nichts von ihm begehre, was zu Dulcineas

Nachteil gereiche, so werde er alles andre erfüllen als gewissenhafter und rechter Ritter.

Nach dieser Zusicherung wendete Der vom weißen Mond sein Pferd, verbeugte sich vor dem Vizekönig und ritt in kurzem Galopp in die Stadt. Der Vizekönig befahl Don Antonio, ihm nachzueilen und unter jeder Bedingung zu erforschen, wer er sei. Man hob Don Quijote auf, löste ihm das Visier vom Gesicht und fand ihn bleich und in Schweiß zerfließend. Rosinante war so übel zugerichtet, daß er sich für jetzt nicht rühren konnte. Sancho, tief betrübt und von Kummer ganz niedergedrückt, wußte nicht, was er sagen noch was er tun sollte. Es war ihm, als sei dieses ganze Begebnis im Traum an ihm vorübergegangen und dies ganze Schauspiel nur ein wüster Spuk. Er sah seinen Herrn besiegt und verpflichtet, ein Jahr lang die Waffen nicht anzurühren. Das Ruhmeslicht seiner Heldentaten erschien ihm verdunkelt, die Hoffnung auf seine neuen Versprechungen zu nichts geworden, wie der Rauch im Winde in nichts verweht. Er war in ängstlichen Zweifeln, ob Rosinante lahm bleiben würde oder nicht und ob man seinem Herrn die verdrehten Glieder je wieder einrenken könnte – wiewohl es ein rechtes Glück gewesen wäre, wenn man ihm nur den verdrehten Kopf wieder einrichten könnte.

Endlich wurde Don Quijote in einer Sänfte, die der Vizekönig herbeiholen ließ, nach der Stadt gebracht, und der Vizekönig kehrte ebenfalls dahin zurück, voll Begierde, zu erfahren, wer der Ritter vom weißen Mond sei, der Don Quijote so übel mitgespielt hatte.

65. KAPITEL

Wo berichtet wird, wer der Ritter vom weißen Mond gewesen, wie auch Don Gaspár Gregorios Befreiung, nebst andern Begebnissen

Don Antonio Moreno folgte dem Ritter vom weißen Monde nach, und ebenso folgten ihm, ja verfolgten ihn viele Gassenjungen bis zu einem Wirtshaus in der Stadt, wo sie ihn förmlich belagerten. Don Antonio ging hinein, um ihn kennenzulernen. Ein Schildknappe kam dem Ritter entgegen, um ihn zu begrüßen und ihm die Rüstung abzunehmen; er zog sich in ein Zimmer des Erdgeschosses zurück, und mit ihm Don Antonio, der sich vor Neugier nicht lassen konnte, zu erfahren, wer er sei. Da nun Der vom weißen Monde sah, daß der Edelmann nicht von ihm weichen wollte, sagte er zu ihm: „Ich weiß wohl, Señor, warum Ihr kommt; Ihr wollt wissen, wer ich bin; und da kein Grund vorhanden ist, Euch Euren Wunsch zu versagen, so will ich, während mir mein Diener die Rüstung abnimmt, Euch die Geschichte erzählen, ohne von den Tatsachen nur einen Punkt auszulassen. Wisset, Señor, ich bin der Baccalaureus Sansón Carrasco. Ich bin aus dem gleichen Dorf wie Don Quijote von der Mancha, dessen Verrücktheit und Albernheit uns alle, die wir ihn kennen, tief bekümmert. Unter denen, die ihn am meisten bedauerten, war ich, und da ich glaubte, seine Genesung hänge davon ab, daß er sich ruhig verhalte und in seiner Heimat und zu Hause bleibe, so entwarf ich einen Anschlag, um ihn dazu zu zwingen. So mag es nun drei Monate her sein, daß ich ihm auf seinem Wege entgegentrat, als fahrender Ritter unter dem angenommenen Namen des Spiegelritters, um mit ihm zu kämpfen und ihn zu besiegen, ohne ihm einen Schaden zuzufügen, wobei ich als Bedingung unsres Kampfes bestimmte, daß der Besiegte dem freien Willen des Siegers anheimfallen solle; und was ich im Sinn hatte von ihm zu verlangen – denn ich hielt ihn bereits für besiegt –, war, daß er nach seinem Dorfe zurückkehren und es während eines ganzen Jahres nicht verlassen sollte, da er in dieser Frist geheilt werden könnte. Aber das Schicksal fügte es anders, denn er besiegte mich und warf mich vom Pferde, und so blieb mein Plan unausgeführt. Er setzte seinen Weg fort, und ich kehrte heim, besiegt, beschämt und zerschlagen von meinem Fall, der höchst gefährlich war; aber darum erlosch in mir keineswegs der Wunsch, ihn abermals aufzusuchen und zu besiegen, wie heute geschehen. Und da er so gewissenhaft in der Beobachtung aller Vorschriften des fahrenden Rittertums ist, so wird er ohne den geringsten Zweifel, um sein Wort zu erfüllen, auch diejenigen befolgen, die ich ihm gegeben habe. Dieses ist, Señor, der Verlauf der Sache, ohne daß ich sonst noch etwas beizufügen hätte. Ich bitte Euch dringend, verratet mich nicht und sagt Don Quijote nicht, wer ich bin, damit meine gute Absicht erreicht wird und ein Mann wieder in den Besitz seiner Geistesgaben gelangt, der einen so ausgezeichneten Verstand hat, sobald die Torheiten des Rittertums von ihm weichen."

„O Señor!" sprach Don Antonio, „Gott verzeihe Euch die Unbill, die Ihr der ganzen Welt antut, wenn Ihr den kurzweiligsten Narren, den sie besitzt, wieder zu Verstand bringen wollt! Seht Ihr denn nicht, Señor, daß aller Nutzen, den Don Quijotes Verstand stiften würde, niemals an das Vergnügen heranreichen kann, das er mit seinen Narreteien der Welt verschafft? Aber ich glaube, daß alle Kunst und Mühe des Herrn Baccalaureus nicht ausreichen werden, um einen so durch und durch verrückten Menschen wieder gescheit zu machen, und wenn es nicht gegen die Nächstenliebe wäre, so würde ich sagen, niemals möge Don Quijote wieder genesen! Denn durch seine Gesundheit verlieren wir nicht allein seine ergötzlichen Possen, sondern auch die seines Knappen Sancho Pansa, von denen eine jede die Schwermut selber fröhlich stimmen könnte. Trotz alledem werde ich schweigen und ihm nichts sagen, damit ich sehe, ob meine Vermutung richtig war, daß das von dem Señor Carrasco gebrauchte Mittel ohne Erfolg bleiben wird."

Dieser meinte, sicherlich sei das Unternehmen bereits in gutem Fortgang, und er hoffe auf dessen glücklichen Erfolg.

Nachdem Don Antonio ihm angeboten, alle seine etwaigen Aufträge auszuführen, verabschiedete sich Carrasco von ihm, ließ seine Waffen auf einen Maulesel binden, bestieg unverzüglich das Pferd, auf dem er zu dem Kampfe geritten, verließ die Stadt noch am nämlichen Tage und kehrte nach seiner Heimat zurück, ohne daß ihm etwas begegnete, was uns veranlassen könnte, es in dieser wahrhaften Geschichte zu berichten.

Don Antonio erzählte dem Vizekönig alles, was Carrasco ihm mitgeteilt hatte, und der Vizekönig freute sich nicht sonderlich darüber, denn durch Don Quijotes Abschließung von der Welt gehe all das Vergnügen verloren, das jetzt ein jeder genießen könne, der von seinen Narreteien vernehme.

Sechs Tage lang lag Don Quijote zu Bett, niedergeschlagen, betrübt, in tiefem Nachsinnen und in übler Stimmung, und ließ seine Gedanken beständig in der Betrachtung seiner unglückseligen Niederlage hin und her schweifen. Sancho sprach ihm Trost zu und sagte ihm unter andrem: „Herre mein, haltet doch den Kopf hoch und heitert Euch auf und sagt dem Himmel Dank, denn hat er Euch auch zu Boden geworfen, so habt Ihr doch keine Rippe gebrochen, und Ihr wißt ja, wer ausgibt, nimmt auch ein, und wo's Haken gibt und Stangen, fehlt oft der Speck, ihn dranzuhangen. So schlaget dem Arzt ein Schnippchen, sintemal Ihr ihn nicht nötig habt, um Euch von dieser Krankheit zu heilen. Wir wollen nach Hause zurück und wollen das Abenteuersuchen sein lassen in Ländern und Gegenden, die wir nicht kennen. Wenn man es aber recht überlegt, bin ich's, der am meisten dabei verliert, wenn Ihr auch dabei am schlimmsten seid zugerichtet worden. Ich, der ich mit der Statthalterschaft den Wunsch aufgesteckt habe, nochmals ein Statthalter zu werden, habe keineswegs der Lust entsagt, ein Graf zu werden, aber die Lust wird niemals ihr Ziel erreichen, wenn Euer Gnaden zugleich mit dem Aufgeben Eures ritterlichen Berufs es aufgibt, ein König zu werden. Und sonach gehen jetzt meine Hoffnungen in Rauch auf."

„Schweig, Sancho", erwiderte Don Quijote, „sintemal du siehst, daß meine Abschließung und Zurückgezogenheit von der Welt ein Jahr nicht überschreiten wird; und gleich nachher werde ich mich wieder zu meinem ehrenvollen Beruf wenden, und da wird es mir nicht an Königreichen fehlen und an einer Grafschaft für dich."

„Das möge Gott hören und der Vater der Sünde dabei taub sein!" sprach Sancho; „ich habe immer sagen hören, ein gutes Hätt-ich ist besser als ein schlechtes Hab-ich."

So weit waren sie in ihrem Gespräche gekommen, als Don Antonio eintrat und mit freudigstem Gesichte sagte: „Gebt mir Botenlohn, Señor Don Quijote; Don Gaspár Gregorio und der Renegat, der ausgesendet worden, ihn zu holen, sind schon am Strande angelangt; was sage ich am Strande? Sie sind schon im Hause des Vizekönigs und werden im Augenblick hier sein."

Don Quijotes Gesicht heiterte sich ein wenig auf, und er sprach: „Wahrlich, ich möchte beinahe sagen, ich würde mich gefreut haben, wenn alles schlecht gegangen wäre, weil das mich gezwungen hätte, nach der Berberei zu ziehen, wo ich durch die Kraft meines Armes nicht nur Don Gaspár Gregorio, sondern allen Christensklaven in der Berberei die Freiheit verschafft hätte. Aber was sage ich Elender? Bin ich nicht der Besiegte? Bin ich nicht der, welcher ein ganzes Jahr lang an keine Waffe rühren darf? Was verspreche ich also? Wessen rühme ich mich, da es mir eher ziemt, mit dem Spinnrocken umzugehen als mit dem Schwerte?"

„Laßt das doch, Señor", sprach Sancho. „Die Henne soll hochleben, auch wenn sie den Pips hat; heute dir, morgen mir. Bei solchen Gefechten und Balgereien weiß man nie, wie sie ausgehen; denn wer heute fällt, kann morgen aufstehen, wenn er nicht im Bett bleiben will, ich meine, wenn er sich seiner Schwäche hingeben will und keinen neuen Mut zu neuen Kämpfen faßt. Jetzt aber muß Euer Gnaden aufstehen und Don Gaspár Gregorio empfangen, denn mich dünkt, die Leute sind alle in Aufruhr, und er muß schon hier im Hause sein."

Und so war es auch in der Tat, denn Don Gaspár und

der Renegat hatten dem Vizekönig bereits über die Hinreise und die Rückkehr Bericht erstattet, und Gregorio, in seiner Sehnsucht, Ana Felix zu sehen, war mit dem Renegaten in Don Antonios Haus geeilt. Obwohl Gregorio, als er von Algier weggebracht wurde, noch in Frauentracht ging, so hatte er sie auf dem Schiffe mit den Kleidern eines Sklaven vertauscht, der zugleich mit ihm entflohen war. Indessen, in welcher Tracht er auch erschienen wäre, so hätte man ihm stets den Menschen angesehen, der geboren war, um Liebe, bereitwilliges Entgegenkommen und Achtung bei allen zu finden, denn er war über die Maßen schön und sein Alter anscheinend nicht höher als siebzehn bis achtzehn Jahre. Ricote und seine Tochter eilten zu ihm hinaus, um ihn zu begrüßen, der Vater mit Tränen und die Tochter mit züchtiger Scheu. Sie umarmten einander nicht, denn wo große Liebe ist, da pflegt man sich nicht leicht große Freiheiten herauszunehmen. Als diese beiden, Gregorio und Ana Felix, in ihrer Schönheit beisammenstanden, erregten sie die Bewunderung aller Anwesenden. Hier war es nur das Schweigen, das für die beiden Liebenden redete, und die Augen allein waren die Dolmetscher ihrer freudigen und reinen Gedanken.

Der Renegat erzählte die Künste und Mittel, die er zur Befreiung Gregorios angewendet. Gregorio berichtete von den Gefahren und Bedrängnissen, von denen er sich unter den Frauen, bei welchen er weilen mußte, bedroht gesehen; er erzählte sie nicht in ausführlicher Darlegung, sondern mit kurzen Worten, die bewiesen, daß sein Verstand seinen Jahren weit voraus war.

Ricote bezahlte nun und belohnte freigebig sowohl den Renegaten als auch die Leute, die auf den Bänken das Ruder geführt hatten. Der Renegat wurde der Kirche wiedergegeben und ihr aufs neue einverleibt, und aus einem kranken und faulen Gliede wurde er ein reines und gesundes durch Buße und Reue.

Zwei Tage darauf besprach sich der Vizekönig mit Don Antonio über die Frage, auf welche Weise sie bewirken könnten, daß Ana Felix und ihr Vater in Spanien bleiben dürften, da es nach ihrer Meinung keinen Nachteil mit sich brächte, wenn eine so gut christliche Jungfrau mit ihrem dem Anscheine nach so wohlgesinnten Vater auch fernerhin im Lande verweilte. Don Antonio erbot sich, nach der Residenz zu gehen, um darüber zu verhandeln, da er ohnehin wegen andrer Geschäfte notwendig dahin müßte, und er deutete an, daß dort durch Gunst und Geschenke viele schwierige Angelegenheiten glücklich zu Ende geführt würden.

„Nein", sagte Ricote, der bei dieser Unterredung zugegen war, „auf Gunst und Geschenke ist nicht zu bauen; denn bei dem großen Don Bernardino de Velasco, Grafen von Salazár, welchem Seine Majestät unsre Austreibung aufgetragen hat, helfen weder Bitten noch Versprechungen noch Geschenke noch Wehklagen; und wenn er auch zwar Barmherzigkeit mit Gerechtigkeit vereint, so sieht er doch, daß der ganze Körper unsres Volkes angesteckt und angefault ist, und er behandelt ihn lieber mit dem glühenden Eisen, das ausbrennt, als mit der Salbe, die aufweicht und lindert; und so hat er mit Klugheit, mit Einsicht, mit Tätigkeit, mit der Furcht, die er den Schlechten einflößt, die Last dieses großen Unternehmens auf seinen starken Schultern zu tragen gewußt, bis er seinen Auftrag zur gebührenden Ausführung gebracht, ohne daß unsre Anschläge, Künste, Bitten und Betrügereien seine Argusaugen blenden konnten, die er immer wachsam hält, damit keiner von den Unsern zurückbleiben oder sich vor ihm verstecken könne, um als verborgene Wurzel künftig neu auszuschlagen und giftige Früchte in Spanien hervorzubringen, das jetzt gereinigt und von der Furcht erlöst ist, in der unsre große Anzahl es lange Zeit hielt. Ein heldenmütiger Entschluß des großen Philipp des Dritten! Und außergewöhnlich weise, daß er mit der Ausführung diesen Don Bernardino de Velasco beauftragt hat."

„Jedenfalls werde ich", sagte Don Antonio, „wenn ich einmal dort bin, alle möglichen Schritte tun, und dann mag der Himmel es fügen, wie er es für am besten hält. Don Gaspár soll mit mir gehen, um seinen Eltern Trost zu bringen nach dem Kummer, den seine Abwesenheit ihnen bereitet hat; Ana Felix soll bei meiner Frau in meinem Hause oder in einem Kloster leben, und ich bin überzeugt, der Herr Vizekönig wird es gern sehen, daß der brave Ricote in seinem Hause bleibt, bis wir sehen, ob ich mit Glück unterhandle."

Der Vizekönig war mit allen diesen Vorschlägen einverstanden, aber als Don Gaspár Gregorio erfuhr, was im Werk war, erklärte er, er könne oder wolle unter keiner Bedingung Doña Ana Felix verlassen. Da er indessen die Absicht hatte, seine Eltern zu besuchen und dann Vorkehrungen zu treffen, Ana nachzuholen, so willigte er zuletzt in den vereinbarten Plan. Ana Felix blieb bei Don Antonios Gemahlin und Ricote im Hause des Vizekönigs.

Es kam der Tag der Abreise Don Antonios und zwei Tage später der Don Quijotes und Sanchos; der Sturz mit dem Pferde erlaubte dem Ritter nicht, sich früher auf den Weg zu begeben. Es gab Tränen, es gab Seufzer, Ohnmachten und Schluchzen, als Don Gaspár von Ana Felix Abschied nahm. Ricote bot ihm tausend Goldtaler an, wenn er sie wünsche, aber er nahm nichts von ihm, sondern nur fünf, die ihm Don Antonio lieh und deren Rückzahlung in der Residenz er versprach. Und so reisten denn die beiden ab und später, wie gesagt, Don Quijote und Sancho, Don Quijote ohne Wehr und Waffen und in Reisekleidern, Sancho zu Fuß, weil der Esel mit Wehr und Waffen beladen war.

66. KAPITEL

Welches von Dingen handelt, die der ersehen wird, der sie lieset, oder hören wird, der sie sich vorlesen läßt

Als Don Quijote von Barcelona schied, betrachtete er sich noch einmal die Stelle, wo er gestürzt war, und sagte: „Hier stand einst Troja; hier hat mein Unglück und nicht meine Feigheit mir den erworbenen Ruhm entrissen, hier hat das Glück seinen Wankelmut an mir erwiesen; hier wurden meine Heldentaten mit Dunkel umzogen; hier, mit einem Wort, stürzte mein Glück zusammen, um sich nie mehr zu erheben."

Als Sancho diese Wehklage hörte, sagte er: „Tapferen Herzen, Herre mein, ist es ebenso eigen, Geduld im Unglück zu haben wie Freudigkeit im Glücke. Das kann ich an mir selbst erkennen; wenn ich mich vergnügt fühlte, als ich Statthalter war, so bin ich jetzt, wo ich Schildknappe zu Fuß bin, darum nicht traurig; denn ich habe sagen hören, was man in der Welt Fortuna nennt, das sei ein betrunkenes und launisches und obendrein blindes Weib und sehe darum nicht, was es tut, und wisse nicht, wen es niederwirft und wen es erhebt."

„Du bist ja ein ganzer Philosoph, Sancho", entgegnete Don Quijote, „du sprichst wie ein vernünftiger Mensch; ich weiß nicht, wer dich das lehrt. Ich muß dir aber sagen, daß es keine Fortuna auf der Welt gibt und daß alles, was auf Erden geschieht, mag es böse oder gut sein, nicht durch Zufall kommt, sondern durch besondere Schickung des Himmels; und darum pflegt man auch zu sagen: jeder ist seines Glückes Schmied. Ich bin des meinigen Schmied gewesen, aber nicht mit der nötigen Vorsicht, und so ist mich mein Dünkel teuer zu stehen gekommen, da ich hätte bedenken müssen, daß der gewaltigen Größe des Rosses, das den Ritter vom weißen Mond trug, die Schwächlichkeit Rosinantes nicht widerstehen konnte. Ich wagte es dennoch, ich tat, was ich vermochte, ich ward niedergeworfen, und habe ich auch die Ehre eingebüßt, so habe ich doch die Tugend des Worthaltens nicht eingebüßt und kann sie nicht einbüßen. Als ich ein fahrender Ritter, ein kühner und mannhafter, war, habe ich mit meinen Werken und mit meiner Hände Kraft den Wert meiner Taten erwiesen; und jetzt, wo ich ein fußwandernder Knappe bin, werde ich den Wert meiner Worte erweisen durch die Erfüllung des Versprechens, das ich gegeben. Wandere demnach fürbaß, Freund Sancho; wir wollen in unsrer Heimat das Probejahr aushalten und werden durch die Abgeschlossenheit unsres Lebens neue Kraft gewinnen, um dann zu dem Waffenhandwerk zurückzukehren, das ich nie aufgeben werde."

„Señor", versetzte Sancho, „zu Fuße wandern ist kein so vergnügliches Ding, daß es mich bewegen und anreizen sollte, große Tagereisen zu machen. Lassen wir diese Wehr und Waffen an einem Baume hängen wie einen zum Strick Verurteilten; und wenn ich alsdann wieder auf dem Rücken meines Grauen sitze und die Beine nicht auf die Erde setzen muß, da wollen wir lange Tagereisen machen, so lang, als Ihr sie begehren und abmessen wollt. Wenn Ihr aber glaubt, daß ich zu Fuß gehen und große Tagereisen machen werde, das heißt das Unglaubliche glauben."

„Wohlgesprochen, Sancho", entgegnete Don Quijote. „Meine Waffen sollen als Siegesmal aufgehängt werden, und unter ihnen oder rings um sie her wollen wir in die Bäume eingraben, was am Waffenmal Roldáns geschrieben stand:

> Es rühre keiner diese Waffen an,
> Der nicht Roldán im Streit bestehen kann."

„Alles das scheint mir wunderschön", versetzte Sancho, „und wenn's nicht deshalb wäre, weil uns Rosinante für die Reise fehlen würde, so wäre es gut, auch ihn mit aufzuhängen."

„Nein, weder ihn noch die Waffen will ich aufhängen lassen", entgegnete Don Quijote, „damit man nicht sage: für gute Dienste schlechter Lohn."

„Euer Gnaden hat sehr wohl gesprochen", versetzte Sancho, „denn gescheite Leute sagen, man soll des Esels Schuld nicht auf den Sattel schieben; und da Euer Gnaden die Schuld an diesem Vorfall hat, so mögt Ihr Euch immerhin selbst bestrafen und

Euern Zorn nicht an den ohnehin schon zerbrochenen und blutigen Rüstungsstücken noch an Rosinantes Sanftmütigkeit auslassen noch an der Weichheit meiner Füße, wenn Ihr verlangt, daß sie mehr, als recht ist, wandern sollen."

Unter solchen Gesprächen und Unterhaltungen verging ihnen dieser ganze Tag und so noch vier andre, ohne daß ihnen etwas begegnete, was ihre Reise aufgehalten hätte. Am fünften Tage aber fanden sie beim Einzug in ein Dorf vor der Tür eines Wirtshauses eine Menge Leute, die sich da, weil es Festtag im Orte war, die Zeit vertrieben. Als Don Quijote sich ihnen näherte, erhob ein Bauer die Stimme und sagte: „Einer von diesen beiden Herren, die da kommen, da sie die Parteien nicht kennen, soll sagen, was bei unsrer Wette anzufangen ist."

„Gewiß will ich das sagen", entgegnete Don Quijote, „und zwar ganz nach dem Rechte, falls ich nur imstande bin, eure Wette richtig zu verstehen."

„Der Fall ist der", erklärte der Bauer, „mein guter Herr, daß ein Einwohner dieses Ortes, der so dick ist, daß er fast drei Zentner wiegt, einen andern, der nicht mehr als eineinviertel Zentner wiegt, zum Wettlauf herausgefordert hat. Bedingung war, daß sie einen Weg von hundert Schritten mit gleichem Gewichte laufen sollten; und als man den Herausforderer fragte, wie das Gewicht ausgeglichen werden solle, sagte er: der Herausgeforderte, der nur einhundertfünfundzwanzig Pfund wiegt, solle sich einhundertfünfundsiebzig Pfund Eisen aufladen, dann seien die drei Zentner des Dicken ausgeglichen."

„Nichts da", fiel hier Sancho ein, ehe noch Don Quijote eine Antwort geben konnte; „mir, der ich erst vor wenigen Tagen aus Statthalterschaft und Richteramt geschieden bin, wie die ganze Welt weiß, mir kommt es zu, derlei Zweifelsfragen auf den Grund zu kommen und bei jedem Prozeß den Spruch zu fällen."

„Antworte denn in Gottes Namen, Freund Sancho", sagte Don Quijote; „ich bin jetzt nicht imstande, einen Hund hinter dem Ofen hervorzulocken, so zerrüttet und verdreht ist mir der Kopf."

Auf diese Erlaubnis hin sprach Sancho zu den Bauern, deren viele mit offenem Munde um ihn herumstanden und aus seinem Munde den Spruch erwarteten: „Freunde, was der Dicke verlangt, hat keinen Sinn und nicht den geringsten Schatten von Recht; denn wenn es wahr ist, daß der Herausgeforderte die Waffen wählen kann, so darf der Herausforderer keine solchen wählen, die den andern hindern oder gänzlich abhalten, als Sieger aus dem Kampfe hervorzugehen. Und sonach ist mein Urteil dieses: daß der dicke Forderer sich ausputzen, säubern, abreiben, striegeln und abschaben und solcherweise einhundertfünfundsiebzig Pfund seines Fleisches wegnehmen soll von dieser oder jener Stelle seines Körpers, wie es ihm am besten dünkt oder am besten ist; und da ihm so ein Gewicht von einhundertfünfundzwanzig Pfund übrigbleibt, wird er den einhundertfünfundzwanzig Pfund seines Gegners gleichkommen, und so werden sie unter gleichen Bedingungen miteinander laufen."

„Hol mich der und jener", sprach da ein Bauer, der Sanchos Spruch zugehört hatte, „der Herr hat geredet wie ein Heiliger und geurteilt wie ein Domherr. Aber gewiß wird der Dicke sich nicht zwei Lot von seinem Fleische wegnehmen wollen, geschweige denn einhundertfünfundsiebzig Pfund."

„Das beste ist, wenn sie gar nicht laufen", meinte ein andrer, „damit der Magere sich nicht mit dem Gewicht überlastet und der Dicke nicht nötig hat, sich zu zerfleischen. Die Hälfte der Wette soll auf Wein verwendet werden, und wir wollen diese Herren in die Schenke mitnehmen, wo man den Guten schenkt, und solltet ihr dabei beregnet werden, so werft *mir* 'nen Mantel um."

„Ich meinesteils, meine Herren", antwortete Don Quijote, „muß dafür danken; ich kann mich keinen Augenblick aufhalten, denn Gedanken und Erlebnisse schmerzlicher Art zwingen mich, unhöflich zu erscheinen und rascher als gewöhnlich zu reisen."

Hiermit gab er Rosinante die Sporen und ritt weiter, und sie alle blieben verwundert stehen über sein seltsames Aussehen und über die Gescheitheit seines Dieners, denn dafür hielten sie Sancho. Und ein andrer von den Bauern sagte: „Wenn ein Diener so gescheit ist, wie muß erst der Herr sein? Ich will wetten, wenn sie nach Salamanca studieren gehen, so werden sie im Handumdrehen Oberhofrichter; denn alles ist Narretei, außer studieren und immer wieder studieren und Gunst und Glück haben, und ehe einer sich's versieht, steht er da mit einem Richterstab in der Hand oder mit einer Bischofsmütze auf dem Kopf."

Diese Nacht verbrachten Herr und Diener mitten auf dem Felde unter freiem sternhellem Himmel. Als sie am nächsten Tage ihren Weg fortsetzten, sahen sie einen Mann zu Fuß ihnen entgegenkommen, einen Zwerchsack am Halse hängend und eine Pike oder einen kleinen Spieß in der Hand, ganz nach der Art eines Eilboten zu Fuß. Dieser, als er Don Quijote von weitem erblickte, beschleunigte seine Schritte, eilte halb laufend auf ihn zu, schlang ihm den Arm um den rechten Schenkel, denn höher hinauf reichte er nicht, und sprach zu ihm mit Bezeigungen lebhaftester Freude: „O Señor Don Quijote von der Mancha, wie große Freude wird meinem Herrn, dem Herzog, ins Gemüt einziehen, wenn er erfährt, daß Euer Gnaden nach seinem Schlosse zurückkehrt, denn dort verweilt er noch immer mit der gnädigen Frau Herzogin."

„Ich kenne Euch nicht, Freund", antwortete Don Quijote, „und weiß nicht, wer Ihr seid, wenn Ihr es mir nicht sagt."

„Ich, Señor Don Quijote", antwortete der Eilbote, „bin Tosílos, der Lakai unsres gnädigen Herzogs, derselbe, der mit Euer Gnaden nicht kämpfen wollte von wegen der Heirat mit der Tochter der Doña Rodríguez."

„Gott steh mir bei!" sagte Don Quijote, „ist's möglich, daß Ihr derselbe seid, den die mir feindlichen Zauberer in jenen Lakaien verwandelt haben, den Ihr nennt, um mich um die Ehre jenes Kampfes zu betrügen?"

„Schweigt mir doch, lieber Herr", entgegnete der Bote; „es hat gar keine Verzauberung stattgefunden, gar keine Verwandlung der Gesichter; ich bin geradeso als Lakai Tosílos in die Schranken geritten, wie ich als Tosílos der Lakai aus ihnen herauskam. Ich dachte, ich könnte mich verheiraten, ohne zu kämpfen, weil mir das Mädchen wohl gefallen hatte, aber es ging mir ganz anders, als ich erwartet hatte; denn sobald Euer Gnaden aus unsrem Schloß abgereist war, ließ mir der Herzog, mein Herr, hundert Prügel aufzählen, weil ich den Befehlen zuwiderhandelte, die er mir vor Beginn des Kampfes erteilt hatte; und das Ganze ist damit zum Abschluß gekommen, daß das Mädchen jetzt eine Nonne und Doña Rodríguez nach Kastilien zurückgekehrt ist; und ich gehe jetzt nach Barcelona, um dem Vizekönig ein Päckchen Briefe zu überbringen, die mein Herr ihm sendet. Wenn Euer Gnaden ein Schlückchen nehmen will, zwar etwas warm, aber rein, so habe ich hier eine Kürbisflasche vom Besten, nebst ich weiß nicht wieviel Schnittchen Käse von Tronchón, die dazu dienlich sind, den Durst zu reizen und zu wecken, wenn er vielleicht noch schläft."

„Die Einladung laß ich mir gefallen", sagte Sancho, „setzt alles, was Euch von Höflichkeit noch übrig, guter Tosílos, und schenket ein, zum Trotz und Ärger allen den Zauberern, soviel es ihrer nur in Westindien geben mag."

„Du bist doch der größte Schlemmer auf der Welt, Sancho",

sprach Don Quijote, „und der größte Dummkopf auf Erden, weil du nicht einsiehst, daß dieser Bote verzaubert und dieser Tosílos unecht ist. Bleibe du bei ihm und iß dich voll; ich will langsam vorausreiten und warten, bis du nachkommst."

Der Lakai lachte, zog seine Kürbisflasche, holte die Käseschnittchen aus dem Zwerchsack, nahm ein kleines Brot hervor und setzte sich mit Sancho ins grüne Gras, und beide verzehrten in Frieden und Kameradschaft den ganzen Vorrat des Zwerchsackes und leerten ihn bis auf den Grund, und zwar mit so gesundem Appetit, daß sie sogar das Päckchen mit den Briefen ableckten, bloß weil es nach Käse roch. Tosílos sprach zu Sancho: „Dein Herr da, Freund Sancho, macht sich gar vieler Narrheiten schuldig."

„Was heißt schuldig?" entgegnete Sancho; „er ist keinem was schuldig, er bezahlt alles, besonders wenn die Münze in Narretei besteht. Ich sehe das wahrlich ein und sage es ihm wahrlich auch; aber was nützt es? Zumal jetzt, wo es ganz mit ihm aus ist, weil er von dem Ritter vom weißen Mond besiegt worden ist."

Tosílos bat, ihm zu erzählen, was es mit dem Ritter auf sich habe, aber Sancho meinte, es sei unhöflich, seinen Herrn warten zu lassen; ein andermal, wenn sie einander wieder begegnen sollten, würde noch Zeit dafür sein.

Damit stand er auf, schüttelte seinen Rock aus und die Krumen aus dem Barte, trieb den Esel vor sich her, sagte Lebewohl, schied von Tosílos und holte seinen Herrn ein, der im Schatten eines Baumes hielt, um ihn zu erwarten.

67. KAPITEL

Von dem Entschlusse Don Quijotes, Schäfer zu werden und sich dem Landleben zu widmen, bis das Jahr seines Gelübdes um sein würde, nebst andern wahrhaft ergötzlichen und fürtrefflichen Dingen

Wenn gar viele Gedanken Don Quijote quälten, schon ehe er mit dem Pferde gestürzt war, so waren es ihrer noch viel mehr nach seinem Fall. Er hielt, wie gesagt, im Schatten des Baumes, und dort überfielen ihn all die Gedanken wie Fliegen den Honig. Die einen waren auf Dulcineas Entzauberung gerichtet, die andern auf die Frage, welches Leben er bei seiner erzwungenen

Zurückgezogenheit führen sollte. Sancho kam hinzu und rühmte ihm den freigebigen Sinn des Lakaien Tosílos. „Meinst du denn wirklich, Sancho", sagte Don Quijote zu ihm, „das sei der wirkliche Lakai? Du hast wohl vergessen, daß du Dulcinea in eine Bäuerin verwandelt gesehen hast und den Spiegelritter in den Baccalaureus Carrasco; alles das Werk der Zauberer, die mich verfolgen. Aber sage mir jetzt, hast du diesen Tosílos, den du nennst, gefragt, was der Himmel über Altisidora verhängt hat? Ob sie meine Abwesenheit beweint oder die Liebesgedanken, die sie in meiner Gegenwart quälten, schon in den Händen der Vergessenheit gelassen hat?"

Sancho antwortete: „Meine Gedanken waren nicht derart, daß sie mir Zeit gelassen hätten, nach so einfältigen Kindereien zu fragen. Herr Gott Sapperment, Señor! Was treibt Euer Gnaden, Euch jetzt nach fremden und gar nach verliebten Gedanken zu erkundigen?"

„Bedenke, Sancho", versetzte Don Quijote, „es ist ein großer Unterschied zwischen den Werken, die aus Liebe, und denen, die aus Dankbarkeit vollbracht werden. Dem Anscheine nach liebte mich Altisidora, sie gab mir die drei Hauben, von denen du weißt; sie weinte bei meiner Abreise, sie verwünschte mich, schmähte mich und beklagte sich über mich öffentlich, aller Schamhaftigkeit zum Trotz; alles deutliche Zeichen, daß sie mich anbetete, denn das Zürnen der Liebenden äußert sich immer zuletzt in Verwünschungen. Ich hatte keine Hoffnungen ihr zu gewähren, keine Schätze ihr zu bieten, denn meine Hoffnungen habe ich sämtlich Dulcineen anheimgestellt, und die Schätze der fahrenden Ritter sind, wie die der Kobolde, nur Schein und Trug. Ich kann ihr nichts geben als dies mein Andenken an sie, unbeschadet jedoch meines Andenkens an Dulcinea, welche du schwer kränkst durch die Lässigkeit in deiner Selbstgeißelung und in der Züchtigung dieses deines Fleisches – o säh ich doch die Wölfe es fressen! –, das lieber für die Würmer aufgespart werden will als für die Rettung dieses armen Fräuleins."

„Señor", entgegnete Sancho, „wenn ich die Wahrheit sagen soll, so kann ich mir nicht einreden, daß das Geißeln meiner Sitzteile etwas mit der Entzauberung verzauberter Personen zu tun haben kann; das ist gerade, als sagten wir: wenn dir der Kopf weh tut, so reib dir die Knie mit Salben ein. Mindestenfalls wollte ich darauf schwören, daß Ihr in all den Geschichten, die Ihr von fahrender Ritterschaft gelesen, nie einen gefunden habt, der durch Geißelhiebe entzaubert worden wäre. Indessen, es mag sein, wie es will, ich werde sie mir geben, wann ich Lust habe, und zu einer Zeit, wo es mir gerade paßt, mich zu prügeln."

„Das gebe Gott!" entgegnete Don Quijote, „und der Himmel verleihe dir seine Gnade, daß du zur Einsicht kommst und die Verpflichtung erkennst, die dir obliegt, meiner Gebieterin zu helfen, die auch die deinige ist, da ich dein Herr bin."

Unter diesen Gesprächen zogen sie ihres Weges weiter, bis sie zu der nämlichen Gegend und Stelle kamen, wo sie von den Stieren überrannt worden waren. Don Quijote erkannte den Ort und sprach zu Sancho: „Dies ist das Gefilde, wo wir die reizenden Schäferinnen und die stattlichen Schäfer fanden, die hier das arkadische Hirtenleben nachahmen und erneuen wollten, ein ebenso wundersamer wie kluger Gedanke; und nach diesem Vorbild möchte ich, Sancho, wenn du damit einverstanden bist, daß wir uns in Schäfer verwandelten, wenigstens so lange Zeit, als ich zurückgezogen leben muß. Ich will etliche Schafe kaufen nebst allem andern, was zum Hirtenleben nötig ist; dann nenne ich mich Schäfer Quijotiz und dich Schäfer Pansino, und wir durchziehen die Waldberge, die Haine und die Wiesen, hier singend, dort wehklagend und trinkend von den flüssigen Kristallen der Quellen oder auch der klaren Bächlein oder der wasserreichen Ströme. Mit reichgefüllten Händen bieten uns dann die Eichen ihre süße Frucht, einen Sitz die Stämme der harten Korkbäume, Schatten die Weiden am Bach, Wohlgeruch die Rosen, Teppiche in tausend Farben schillernd die weitgedehnten Wiesen; die Lüfte ihren heiteren reinen Atem, Mond und Sterne ihr Licht, wenn auch die Dunkelheit der Nacht es wehren möchte; freudigen Genuß gibt der Gesang, heitere Stimmung fließt aus unsern Tränen, Apollo wird uns Verse eingeben und die Liebe geistreiche Gedanken, mit denen wir uns unsterblichen Ruhm erwerben, nicht nur in den jetzigen Zeiten, sondern auch für alle zukünftigen."

„So mir Gott helfe!" sagte Sancho, „solch eine Lebensweise kommt mir zupaß und zu Spaß; um so mehr, als ich gedenke, sobald sie der Baccalaur Sansón Carrasco und Meister Nikolas der Barbier einmal mit angesehen haben, so werden sie sie gleich mitmachen und mit uns Schäfer werden wollen; ja, Gott gebe, daß es dem Pfarrer nicht einfällt, auch in den Pferch zu kommen, da er so heiter gelaunt ist und sich so gern erlustigt."

„Sehr gut gesprochen", sagte Don Quijote, „und wenn der Baccalaureus sich in den Schoß des Schäfertums begibt, wie er es ohne Zweifel tun wird, so kann er sich den Schäfer Sansonino nennen oder den Schäfer Carrascón; der Barbier Nikolas kann sich Niculoso heißen, wie schon der alte Boscán sich Nemoroso nannte; für den Pfarrer weiß ich keinen Namen, wenn nicht etwa eine Ableitung von seinem Amtstitel als Curat, so daß wir ihn den Schäfer Curiambro nennen. Die Schäferinnen, in die wir verliebt sein müssen, für sie können wir Namen zu Dutzenden auslesen wie Birnen vom Baum, und da der Name meiner Geliebten für eine Schäferin ebensogut paßt wie für eine Prinzessin, so brauche ich mich nicht zu bemühen, um einen besseren für sie zu finden. Du, Sancho, kannst die deinige nennen, wie du Lust hast."

„Ich gedenke ihr keinen andern zu geben", entgegnete Sancho, „als Teresarunda, der gut zu ihrem runden Körper paßt sowie zu dem Namen, den sie schon trägt, da sie Teresa heißt. Und zudem, wenn ich sie in meinen Versen preise, darf ich meine keuschen Wünsche an den Tag legen, da ich nicht erst in fremde Häuser nach feineren Semmeln gehe. Der Pfarrer aber, das gehört sich nicht, daß er eine Schäferin hat, weil er ein gutes Beispiel geben muß; und will der Baccalaur eine haben, so mag er sehen, wie er mit seinem Gewissen fertigwird."

„Weiß Gott", sagte Don Quijote, „welch ein Leben werden wir führen, Freund Sancho! Wieviel Schalmeien werden wir vernehmen, wieviel zamoranische Mandolinen, wieviel Tamburine, wieviel Schellentrommeln, wieviel Fiedeln! Und wie erst, wenn unter dieser Mannigfaltigkeit von Tönen der Musik auch noch die der Alboguen erschallt? Dann wird man schier alle schäferlichen Instrumente dort zusammen sehen."

„Was sind Alboguen?" fragte Sancho; „ich habe sie noch niemals nennen gehört und in meinem ganzen Leben nie gesehen."

„Alboguen", antwortete Don Quijote, „sind Becken nach Art messingner Leuchterfüße. Wenn man sie mit der hohlen Seite aneinanderschlägt, so geben sie einen Ton von sich, der, wenn auch nicht besonders wohllautend oder harmonisch, so doch nicht unangenehm ist und gut zu der bäurischen Art der Mandoline und des Tamburins paßt. Dieses Wort Alboguen ist maurisch wie alle, die in unsrer kastilianischen Sprache mit Al anfangen, zum Beispiel almohaza der Striegel, almorzar frühstücken, alhombra der Teppich, alguacil der Gerichtsdiener, alhucema der Lavendel, almacén das Magazin, alcancía die irdene Sparbüchse, und andre ähnliche Worte; es werden ihrer nicht viel mehr sein. Nur drei hat unsre Sprache, die maurisch sind und auf i endigen; es sind borceguí der Halbstiefel, zaquizamí der Dachboden, und maravedí. Alhelí die Levkoje und alfaquí der maurische Priester lassen sich sowohl durch das voranstehende Al als auch durch das i, womit sie endigen, als ebenfalls arabisch erkennen. Dies habe ich dir im Vorbeigehen gesagt, weil der Umstand, daß ich Alboguen erwähnte, es mir wieder ins Gedächtnis rief. Was uns aber viel dabei helfen wird, unsern neuen Beruf in höchster Vollkommenheit zu üben, das ist, daß ich, wie du weißt, ein wenig Dichter bin und daß der Baccalaureus Sansón Carrasco es in vorzüglicher Weise ist. Vom Pfarrer sage ich nichts, aber ich wette, daß er gewiß nicht wenig vom Dichter an sich hat; und daß es mit Meister Nikolas ebenso ist, daran zweifle ich nicht, denn alle oder die meisten Barbiere klimpern die Gitarre und schmieden ihre Reime. Ich werde Klagelieder über die Abwesenheit der Geliebten singen, du wirst dich als einen treu Liebenden preisen; der Schäfer Carrascón sich als einen Verschmähten und der Pfarrer Curiambro als das, was ihn am passendsten dünkt; und auf solche Weise wird die Sache gehen, daß man es sich nicht besser wünschen kann."

Darauf entgegnete Sancho: „Ich, Señor, habe so viel Unglück, daß ich fürchte, nie wird der Tag kommen, an dem ich mich solchem Beruf hingeben kann. Oh, wie niedliche Löffel will ich schnitzen, wenn ich nur erst ein Schäfer bin! Wieviel gute Bröckchen, wieviel Rahm will ich bereiten, wieviel Laubgewinde, wieviel schäferliche Kindereien! Wenn mir dies alles auch nicht den Ruf eines gescheiten Menschen eintragen sollte, so muß es mir doch auf alle Fälle den eines sinnreichen Kopfes verschaffen. Sanchica, meine Tochter, soll uns das Essen auf den Weideplatz bringen. Doch halt! Sie sieht ganz hübsch aus, und es gibt Schäfer, die weit eher Schelme als einfältig sind; und ich möchte nicht, sie ging' nach Wolle aus und käm' geschoren nach Haus. Es pflegen ja auch Liebeshändel und arge Gelüste auf dem Land daheim zu sein wie in den Städten, in den schäferlichen Hütten wie in königlichen Palästen; und schließt man der Gelegenheit die Tür, so schließt man der Sünde die Tür; und sieht das Auge nicht, bricht das Herz nicht; und besser ein Buschklepper in Wald und Auen, als auf barmherzige Fürbitter bauen."

„Keine Sprichwörter mehr, Sancho", sagte Don Quijote; „denn schon eines von denen, die du vorgebracht hast, genügt, um deine Gedanken verständlich zu machen. Oft schon habe ich dir geraten, du solltest nicht so verschwenderisch mit Sprichwörtern und bei ihrem Gebrauche zurückhaltend sein. Aber mich dünkt, es ist die Stimme des Predigers in der Wüste, und meine Mutter zankt mich, und ich tanze ihr auf der Nase herum."

„Es kommt mir vor", entgegnete Sancho, „Ihr seid gerade, wie es im Sprichwort heißt: Die Pfanne sagt zum Kessel, hebe dich weg, Schwarzmaul! Ihr scheltet mich, ich soll keine Sprichwörter sagen, und Ihr reihet sie paarweise aneinander."

„Ja sieh, Sancho", entgegnete Don Quijote, „ich bringe die Sprichwörter sachgemäß an, und wenn ich sie zum besten gebe, passen sie wie der Ring an den Finger; aber du ziehst sie an den Haaren herbei, du bringst sie nicht vor, sondern zerrst sie herbei. Wenn ich mich recht entsinne, so habe ich dir schon einmal gesagt, die Sprichwörter sind kurzgefaßte Denksprüche, der Erfahrung und dem Nachdenken unsrer alten Weisen entnommen, und ein Sprichwort am falschen Platz ist eher ein Unsinn als ein Sinnspruch. Aber lassen wir das und gehen wir von der Landstraße ein wenig abseits, um irgendwo die Nacht zu verbringen; was morgen kommt, weiß Gott allein."

Sie zogen sich seitwärts und speisten spät und schlecht, sehr gegen den Wunsch Sanchos, welchem sich aufs neue das ärmliche Leben des fahrenden Rittertums vergegenwärtigte, wie es im Walde und Gebirge üblich, wenn auch manchmal in Schlössern und Häusern die Hülle und Fülle zum Vorschein kam, wie bei Don Diego de Miranda, bei der Hochzeit des reichen Camacho und bei Don Antonio Moreno. Allein er bedachte, daß es nicht immer Tag und nicht immer Nacht sein könne, und so verbrachte er diese Nacht schlafend, während sein Herr wachte.

68. KAPITEL

Von dem borstigen Abenteuer, welches Don Quijote begegnete

Die Nacht war ziemlich finster, obgleich der Mond am Himmel stand, freilich nicht an einer Stelle, wo man ihn sehen konnte; denn manchmal geht Frau Diana bei den Gegenfüßlern spazieren und läßt die Waldberge schwarz und die Täler dunkel. Don Quijote entrichtete der Natur seinen Zoll, indem er dem ersten Schlummer unterlag, aber den zweiten gestattete er sich nicht; ganz im Gegensatze zu Sancho, der einen zweiten Schlaf nicht kannte, weil bei ihm der erste vom Abend bis zum Morgen dauerte, worin sich seine kräftige Gesundheit und sein Mangel an Sorgen zeigte. Don Quijote aber hatte Sorgen, die ihn so hellwach hielten, daß er zuletzt Sancho aufweckte und ihm sagte: „Ich wundere mich über die Gleichgültigkeit deines Gemüts. Ich glaube wirklich, du bist aus Marmor oder hartem Erz geschaffen, welchem Bewegung und Gefühl gänzlich abgeht. Ich wache, wenn du schläfst; ich weine, wenn du singst; ich werde schier ohnmächtig vom Fasten, während du vor Übersättigung träge und ohne Atem dastehst. Es ist aber die Art redlicher Diener, den Kummer ihrer Herren mitzutragen, und ihre Schmerzen sollen sie mitschmerzen, und wäre es auch nur um des guten Scheines willen. Sieh die Heiterkeit dieser Nacht, die Einsamkeit, in der wir uns befinden und die uns einlädt, unsern Schlaf durch einiges Wachen zu unterbrechen. Ich beschwöre dich bei deinem Leben, steh auf und entferne dich eine kleine Strecke von hier und gib dir mit frischem Mute und dankenswerter Entschlossenheit drei- bis vierhundert Hiebe auf Abschlag der für Dulcineas Entzauberung erforderlichen; darum bitte ich dich inständig, denn ich will nicht wieder handgemein mit dir werden wie neulich, weil ich weiß, daß deine Hände schwer auf den Gegner fallen. Wenn du dich gehauen hast, alsdann wollen wir den Rest der Nacht damit verbringen, daß ich die Schmerzen der Trennung, du deine feste Treue besingst, und wollen also auf der Stelle mit dem Schäferleben einen Anfang machen, wie wir es in unsrem Dorfe führen werden."

„Señor", entgegnete Sancho, „ich bin kein Klosterbruder, um mich mitten aus meinem Schlafe herauszureißen und mich zu geißeln; auch will es mir nicht in den Kopf, daß man von dem Schmerz der Hiebe plötzlich zur Musik, von einem Äußersten zum andern übergehen kann. Euer Gnaden soll mich schlafen lassen und mich nicht mit der Selbstgeißelung drängen, oder Ihr bringt mich noch zu dem Eidschwur, daß ich nie an ein Härchen von meinem Rock, geschweige von meinem Fleisch rühren werde."

„O verhärtete Seele du!" rief Don Quijote. „O Schildknappe sonder Mitleid! O mein mit Undank gegessenes Brot! O wie unüberlegt waren die Gnaden, die ich dir erwiesen und die ich dir noch zu erweisen vorhabe! Durch mich bist du Statthalter geworden, durch mich hast du die Aussicht, bald Graf zu werden oder einen andren gleichwertigen Adelsstand zu erlangen, und die Erfüllung dieser Hoffnung wird sich nicht länger verzögern als der Ablauf dieses Jahres: post tenebras spero lucem."

„Das verstehe ich nicht", versetzte Sancho; „ich verstehe nur, daß ich, solange ich schlafe, weder Furcht noch Hoffnung, weder Mühseligkeit noch Wonnen habe. Heil dem, der den Schlaf erfunden hat, diesen Mantel, der alle menschlichen Gedanken deckt, dies Gericht, das den Hunger vertreibt, dies Wasser, das den Durst in die Flucht schlägt, dies Feuer, das die Kälte erwärmt, diese Kälte, die die Hitze mäßigt, kurz die allgemeine Münze, für welche man alles kaufen kann, Waage und Gewicht, womit der Hirte und der König, der Einfältige und der gescheite Kopf gleich abgewogen und gleich schwer befunden werden. Nur eins hat der Schlaf, was vom Übel ist, wie ich habe sagen hören, nämlich daß er dem Tode ähnlich sieht, weil zwischen einem Schlafenden und einem Gestorbenen sehr wenig Unterschied ist."

„Noch nie habe ich dich in so gewählten Worten reden hören, Sancho", sprach Don Quijote, „und daran erkenne ich die Wahrheit des Sprichwortes, das du manchmal anführst: Frag nicht, wo seine Wiege steht, frag nur, wo er zur Atzung geht."

„Ei zum Henker", entgegnete Sancho, „lieber, guter Herr, jetzt bin's nicht ich, der Sprichwörter aneinanderflickt, sondern Euch fallen sie paarweise von den Lippen, besser als mir; nur wird jedenfalls zwischen den meinigen und den Eurigen dieser Unterschied sein: die Eurigen werden immer zur rechten Zeit kommen und die meinigen zur Unzeit, aber am Ende sind es immer nur Sprichwörter."

So weit waren sie, als sie ein dumpfes Brausen und ein rauhes Getöse vernahmen, welches sich über alle die Täler hinzog. Don Quijote sprang auf und griff zum Schwert, und Sancho versteckte sich hinter dem Esel und deckte sich auf beiden Seiten mit dem Waffenbündel und mit dem Sattel seines Tieres; er zitterte vor Furcht, während Don Quijote vor Bestürzung starr war. Von Minute zu Minute nahm das Getöse zu und kam näher heran zu den beiden angstbeklemmten Männern oder, richtiger gesagt, zu dem einen, denn von dem andren weiß man ja, wie mutig er war. Die Sache war nun die, daß etliche Leute einen Haufen von über sechshundert Schweinen zum Verkauf nach dem Markte trieben und mit diesen gerade jetzt des Weges zogen; und das Lärmen und Tosen, das Grunzen und Schnauben war so heftig, daß Don Quijote und Sancho ganz taub davon wurden und gar nicht wußten, was es nur sein könnte. Die riesige Herde der Grunzer kam in gedrängter Schar heran, und ohne der Würde Don Quijotes oder Sanchos die geringste Beachtung zu schenken, stürzten die Tiere über beide hinweg, zerstörten Sanchos Verschanzungen und warfen nicht nur Don Quijote zu Boden, sondern gaben ihm auch noch Rosinante zur Begleitung. Die dichtgedrängte Masse, das Grunzen, der Sturmschritt, in dem die unsaubern Bestien heranstürzten, warf den Eselssattel, die Rüstungsstücke, den Grauen, Rosinante, Sancho und Don Quijote unter- und übereinander, hierhin und dorthin aufs Feld. Sancho stand wieder auf, so gut er es vermochte, bat seinen Herrn um das Schwert und sagte ihm, er wolle ein halbes Dutzend von diesen Herren und ihren unverschämten Schweinen umbringen, denn jetzt war ihm klargeworden, was für eine Art von Tieren es war. Don Quijote sprach zu ihm: „Laß sie laufen, Freund, diese Schmach ist die Strafe meiner Sünden, es ist eine gerechte Züchtigung des Himmels, daß einen fahrenden Ritter, der besiegt worden, die Schakale fressen, die Wespen stechen und die Schweine mit Füßen treten."

„Dann muß es auch eine Züchtigung des Himmels sein", versetzte Sancho, „daß die Schildknappen besiegter Ritter von Mücken gestochen, von Läusen gefressen und von Hunger angefallen werden. Wenn wir Schildknappen die Söhne der Ritter wären, denen wir dienen, oder doch sehr nahe Verwandte, dann wäre es nicht zu verwundern, daß wir für ihre Sünden büßen müssen bis ins vierte Geschlecht. Aber was haben die Pansas mit den Quijotes gemein? Nun gut, jetzt wollen wir es uns wieder bequem machen und wollen das wenige, was von der Nacht übrig ist, schlafen. Gott wird es Morgen werden lassen, und es wird uns schon wieder gut gehen."

„Schlafe du nur, Sancho", erwiderte Don Quijote, „du bist zum Schlafen geboren; ich aber, geboren, um zu wachen, will bis zum Morgengrauen meinen Gedanken die Zügel schießen lassen und ihnen in einem kleinen Madrigal Luft machen, welches ich, ohne daß du es bemerktest, diese Nacht im Kopfe entworfen habe."

„Mir kommt es so vor", versetzte Sancho, „als ob Gedanken, die einem gestatten, Verse zu machen, nicht so arg und schwer sein können; verselt Ihr, soviel Ihr wollt, ich will schlafen, soviel ich kann."

Und sogleich nahm sich Sancho so viel Raum auf dem Erdboden, als er Lust hatte, kauerte sich zusammen und schlief einen festen Schlaf, ohne daß ihn Bürgschaften oder Schulden oder sonst irgendein Kummer darin störten. Don Quijote, an den Stamm einer Buche oder Korkeiche gelehnt – Sidi Hamét Benengelí gibt die Art des Baumes nicht genau an –, sang zur Musik seiner eigenen Seufzer folgendes Lied:

> O Liebe, wenn ich denke,
> Wie du mich triffst mit grimmen Schicksalsschlägen,
> Eil ich dem Tod entgegen,
> Daß ich mein endlos Leid ins Nichts versenke.
>
> Doch nah ich schon der Stunde,
> Dem Hafen, wo der Qual ich bald entronnen,
> Fühl ich so hohe Wonnen,
> Daß neugestärkt zum Leben ich gesunde.
>
> So will der Tod mir geben
> Das Leben, Tod sich mir in Leben wandeln.
> Wie seltsam an mir handeln,
> Bald feindlich und bald freundlich, Tod und Leben.

Jeden dieser Verse begleitete er mit vielen Seufzern und mit nicht wenigen Tränen, als ein Mann, dessen Herz ganz zerrissen war vom Schmerz über seine Niederlage und die Abwesenheit Dulcineas. Inzwischen kam der Tag, die Sonne schien mit ihren Strahlen dem braven Sancho in die Augen; er erwachte, dehnte sich, schüttelte sich und streckte seine trägen Glieder; er betrachtete die Zerstörung, die die Schweine in seinem Speisevorrat angerichtet hatten, und verfluchte die ganze Herde – und noch anderes dazu. Endlich setzten die beiden ihre Reise fort, und als der Abend herabsank, sahen sie etwa zehn Männer zu Pferd und vier oder fünf zu Fuß ihnen entgegenkommen. Dem Ritter pochte das Herz vor Überraschung und dem Knappen das seinige vor Schrecken. Denn die Leute, die sich ihnen näherten, trugen Speere und Rundschilde und schienen ganz zum Kriege gerüstet. Don Quijote wendete sich zu Sancho und sagte: „Dürfte ich meine Waffen brauchen, Sancho, und hätte mir mein Versprechen nicht die Arme gebunden, so würde ich den ganzen feindlichen Zug, der da kommt, über uns herzufallen, für Kuchen und Zuckerbrot erachten; indessen möglicherweise ist es auch etwas anderes, als wir besorgen."

Indem kamen die Reiter heran, legten ihre Lanzen ein, umringten ohne ein Wort Don Quijote und setzten ihm mit Todesdrohungen die Speere auf Rücken und Brust. Einer von den Leuten zu Fuß legte den Finger auf den Mund zum Zeichen, daß

Don Quijote schweigen solle, ergriff Rosinante am Zügel und führte ihn abseits von der Landstraße; die andern Leute zu Fuß trieben Sancho und den Grauen vor sich her, und sämtlich, unter Beobachtung eines wundersamen Stillschweigens, folgten sie den Schritten dessen, der Don Quijote führte. Dieser wollte zwei- oder dreimal fragen, wohin sie ihn führten oder was ihr Begehr wäre, aber kaum begann er die Lippen zu bewegen, als man sie ihm auch schon wieder mit den Lanzenspitzen verschloß. Unsrem Sancho widerfuhr das nämliche, denn kaum machte er Miene, reden zu wollen, so stach ihn einer der Leute zu Fuß mit einem eisernen Stachel, und den Esel nicht minder, gerade als hätte er auch reden wollen. Die Nacht brach herein, sie beschleunigten ihre Schritte, in den beiden Gefangenen wuchs die Furcht, besonders als sie hörten, daß man ihnen von Zeit zu Zeit zurief: „Vorwärts, ihr Troglodyten! Schweigt, ihr Barbaren! Büßet, ihr Kannibalen! Beschwert euch nicht, ihr Szythen! Und öffnet die Augen nicht, ihr mörderischen Polypheme, ihr blutdürstigen Löwen!" – und andere Unnamen ähnlicher Art, womit sie die Ohren des unglücklichen Herrn und Dieners peinigten.

Sancho sprach derweilen vor sich hin: „Was, wir sollen ein Trog voll Düten sein? Barbiere? Hannibale? Bin ich etwa ein Karren, daß man ruft: zieht ihn, zieht ihn? All die Unnamen gefallen mir gar nicht, es bläst ein böser Wind für uns; alles Pech kommt uns auf einmal auf den Buckel wie dem Hund die Prügel; wenn es doch allein mit Prügeln ausginge, was uns droht bei diesem Abenteuer; das kommt uns gewiß heut abend teuer!"

Don Quijote war schier von Sinnen, ohne daß er mit all seinem Nachdenken herausbekommen konnte, was diese Schimpfnamen bedeuten sollten, die man ihnen beilegte und aus denen ihm nur so viel klarwurde, daß hier nichts Gutes zu hoffen, aber viel Böses zu fürchten sei.

Indessen kamen sie etwa um ein Uhr in der Nacht vor einem Schlosse an, das Don Quijote alsbald als das des Herzogs erkannte, wo sie erst vor kurzem geweilt hatten. „So helfe mir Gott!" sagte er, als er den Herrensitz erkannte, „was soll das geben? Freilich, in diesem Hause ist alles Höflichkeit und freundliches Benehmen; aber für die Besiegten wandelt sich das Gute in Schlimmes und das Schlimme in Schlimmeres."

Sie zogen in den großen Hof des Schlosses ein und sahen ihn so hergerichtet und aufgeputzt, daß es ihr Erstaunen vermehrte und ihre Furcht verdoppelte, wie man im folgenden Kapitel sehen wird.

69. KAPITEL

Von dem wundersamsten und unerhörtesten Vorfall, den im ganzen Verlauf dieser großen Geschichte Don Quijote erlebt hat

Die Berittenen stiegen ab, und zusammen mit denen zu Fuße packten sie mit Ungestüm Sancho und Don Quijote und trugen sie in den Hof. Ringsherum brannten an die hundert Fackeln auf ihren Ständern und in den Bogengängen um den Hof mehr als fünfhundert Lampen, so daß, der Nacht zum Trotze, die ziemlich finster war, man den Mangel der Tageshelle nicht bemerkte. Mitten in dem Hof erhob sich ein Katafalk wohl zwei Ellen hoch vom Boden; darüber war ein mächtig großer Baldachin von schwarzem Samt ausgebreitet, und ringsherum auf den Stufen brannten Kerzen von weißem Wachs auf mehr als hundert silbernen Leuchtern. Auf der Bühne lag der Leichnam einer Jungfrau von so reizendem Aussehen, daß sie durch ihre Schönheit den Tod selber schön erscheinen ließ. Ihr Haupt lag auf einem Kissen von Brokat und war bekrönt mit einem Kranze von mannigfachen duftigen Blumen; ihre Hände waren über der Brust gekreuzt und hielten einen Zweig der gelblichen Siegespalme. An einer Seite des Hofes stand eine Zuschauertribüne, und dort saßen auf zwei Sesseln zwei Männer, welche, da sie Kronen auf dem Kopfe und Zepter in den Händen hielten, deutlich erkennen ließen, daß sie entweder wirkliche Könige waren oder solche vorstellen sollten. Oben an der einen Seite dieser Tribüne, zu der man einige Stufen hinaufstieg, standen noch zwei Sessel, auf welche die Leute, die Don Quijote und Sancho gefangen herbeigebracht, diese niedersetzten, wobei sie in tiefem Schweigen verharrten und den beiden durch Zeichen zu verstehen gaben, daß auch sie schweigen sollten. Aber auch ohne diese Weisung hätten sie geschwiegen, denn das Erstaunen über das Schauspiel, das sich ihnen bot, lähmte ihnen die Zunge. Jetzt stiegen zwei vornehme Personen mit zahlreichem Gefolge auf die Tribüne, und Don Quijote erkannte sie sogleich als seine Wirte, den Herzog und die Herzogin; sie setzten sich auf zwei reichgeschmückte Sessel neben die zwei Männer, die wie Könige aussahen. Wer hätte sich nicht darob verwundern müssen, zumal hierzu noch kam, daß Don Quijote in dem Leichnam auf dem Katafalk die schöne Altisidora erkannte!

Als der Herzog und die Herzogin die Tribüne bestiegen, erhoben sich Don Quijote und Sancho und machten ihnen eine tiefe

Verbeugung, und das herzogliche Paar erwiderte die Begrüßung mit einem leichten Neigen des Kopfes. Indem trat ein Diener hervor, und quer über die Tribüne schreitend, näherte er sich dem biederen Sancho und warf ihm ein Überkleid von schwarzem Barchent über, das ganz mit Flammenzungen bemalt war; dann nahm er ihm seine Mütze ab und setzte ihm einen hohen spitzen Hut auf, wie diejenigen ihn tragen, die vom heiligen Gericht verurteilt worden; dabei sagte er ihm ins Ohr, er solle die Lippen nicht öffnen, sonst würde man ihm einen Knebel in den Mund stecken oder ihm gar das Leben nehmen. Sancho betrachtete sich von oben bis unten und sah sich von Flammen umgeben, aber da sie ihn nicht brannten, so machte er sich keinen Deut daraus. Er nahm sich den spitzen Hut ab, sah ihn mit Teufeln bemalt, setzte ihn wieder auf und sagte für sich: Meinetwegen! Der Hut brennt mich nicht, und die Teufel werden mich nicht holen.

Don Quijote betrachtete ihn ebenfalls, und obschon die Furcht ihm die Sinne ganz benommen hatte, so konnte er sich doch nicht enthalten, über Sanchos Aussehen zu lächeln. In diesem Augenblick ließ sich, scheinbar unter dem Katafalk hervor, ein sanfter angenehmer Flötenton hören, der, da keine menschliche Stimme störend dazwischenklang – denn an diesem Orte mußte das Stillschweigen selbst Stillschweigen beobachten –, süß und liebeswarm in die Ohren drang. Jetzt erschien unversehens nahe dem Ruhekissen der scheinbaren Leiche ein schöner Jüngling, der zum Klang einer Harfe, die er selbst spielte, mit lieblicher und heller Stimme folgende Stanzen sang:

> Bis wieder zu sich kommt Altisidora,
> Die hinschied, weil zu grausam Don Quijote;
> Solang die Damen gehn im schlechtsten Flore
> In diesem Schloß, wo haust der Zaubrer Rotte;
> Solang die Herzogin der Zofen Chore
> Grobwollne Kleidung gibt, so lang, bei Gotte!
> Sing ich ihr Unglück, ihre Reiz und Grazien,
> Weit besser als der Sänger einst aus Thrazien.
>
> Nicht nur, dieweil ich Lebenshauch genieße,
> Gebührt dir meines Liedes treue Weise;
> Von toter Zung aus kaltem Mund noch fließe
> Das Loblied, das ich schulde deinem Preise.
> Wenn meine Seel aus ihrem Burgverliese

Sich löst und hinschwebt durch die stygschen Kreise,
Wird sie dich feiern noch und Töne singen,
Die des Vergessens Strom zum Lauschen zwingen.

„Nicht weiter", sagte jetzt einer der beiden, die wie Könige aussahen; „nicht weiter, göttlicher Sänger; es wäre ein Bemühen ohne Ende, uns jetzt den Tod und die Reize der schönen Altisidora zu schildern, die nicht tot ist, wie die unverständige Welt meint, sondern lebt auf den Zungen des Ruhmes und in den Martern, die Sancho Pansa, der allhier zugegen ist, erdulden muß, um sie dem verlorenen Lebenslichte wieder zuzuführen. So sprich denn du, Rhadamanthus, der du mit mir in den düstern Höhlen des Hades richtest und alles weißt, was über die Frage, ob diese Jungfrau wieder ins Leben zurückkehren wird, im Buche des unerforschlichen Schicksals beschlossen steht: sage und verkünde es sogleich, damit das Glück uns nicht verzögert werde, das wir von ihrer Rückkehr ins Dasein hoffen."

Kaum hatte Minos, der Richter und Rhadamanthus' Genosse, dies gesprochen, als Rhadamanthus sich erhob und sagte: „Frisch auf, ihr Diener dieses Hauses, hohe und niedre, große und kleine, kommt herbei, einer nach dem andern, und zeichnet Sanchos Gesicht mit vierundzwanzig Nasenstübern, gebt ihm zwölf Kniffe und sechs Nadelstiche in die Arme und Hüften, denn von dieser feierlichen Handlung hängt das Heil Altisidoras ab."

Als Sancho Pansa dies hörte, brach er das Stillschweigen und rief: „Hol mich der und jener, ebensowenig lasse ich mir das Gesicht zeichnen oder meine Backen anrühren, als ich ein Türke werde! Herrgott sackerment! Mir im Gesicht herumfahren, was hat das mit der Auferstehung dieser Jungfrau zu tun? Wo der Bär Honig geleckt hat, kommt er immer wieder! Die Zauberer verhexten Dulcinea, und mich prügeln sie, damit sie entzaubert wird; Altisidora stirbt an einem Leiden, das Gott ihr geschickt hat, und was soll sie wieder aufwecken? Daß ich vierundzwanzig Nasenstüber bekommen soll, daß mir der Leib mit Nadelstichen zerlöchert wird und daß mir mit Zwicken und Kneipen blaue Mäler auf die Arme gezeichnet werden! Mit solchen Späßen geht mir zum Schwager Simpel; ich bin ein alter Hund, ich lasse mich nicht auf den Stier hetzen."

„Du bist des Todes!" sprach Rhadamanthus mit schrecklicher Stimme; „sänftige dein Gemüt, du Tiger! Demütige dich, stolzer Nimrod! Und dulde und schweig, da man von dir nichts

Unmögliches verlangt, und gib dich nicht damit ab, die Schwierigkeiten dieses Handels ergründen zu wollen; genasenstübert mußt du werden, wie ein Sieb zerstochen sollst du sein, Zwicken sollst du seufzend erdulden. Auf, sage ich, ihr Diener, folgt meinem Befehl; so wahr ich ein ehrlicher Mann bin, ihr sollt sehen, wozu ihr auf der Welt seid!"

Jetzt erschienen etwa ein Halbdutzend Kammerfrauen; sie schritten über den Hof, eine hinter der andern, in feierlichem Zug, vier von ihnen mit Brillen vor den Augen; alle hielten die rechte Hand empor, so daß das Handgelenk etliche Finger breit aus dem Ärmel hervorsah, damit nach heutiger Mode die Hände länger schienen. Kaum hatte Sancho sie erblickt, als er wie ein Stier brüllend schrie: „Ich will mir von aller Welt im Gesicht herumfahren lassen, aber zugeben, daß mich alte Schachteln von Kammerfrauen anrühren, das nie! Man mag mir das Gesicht mit Katzenkrallen zerkratzen, wie es meinem Herrn in diesem selben Schlosse geschehen ist; man mag mir den Leib mit scharfen Dolchen durchbohren, man mag mir die Arme mit feurigen Zangen zwicken, das will ich mit Geduld ertragen, oder ich will es diesen Herrschaften zu Gefallen tun; aber daß mich Kammerfrauen anrühren, das leide ich nicht, und sollte mich auch der Teufel holen."

Nun brach auch Don Quijote das Schweigen und sprach zu Sancho: „Hab Geduld, mein Sohn, mache diesen Herrschaften eine Freude und sage dem Himmel tausendmal Dank, daß er solche Wunderkraft in deinen Leib gelegt hat, daß du mit dessen Marterung die Verzauberten entzaubern und die Toten auferwecken kannst."

Schon waren die Kammerfrauen an Sancho herangetreten, als er, endlich fügsamer und gläubiger geworden, sich auf seinem Sessel zurechtsetzte und Gesicht und Bart der ersten hingab, die ihm mit einem ganz gehörigen Stüber die Nase siegelte und sich hierauf tief vor ihm verbeugte.

„Weniger Höflichkeit und weniger Schminke, Jungfer Zofe", sprach Sancho, „denn bei Gott, Eure Hände riechen stark nach Essigschmiere."

Genug, alle Kammerfrauen verabfolgten ihm Nasenstüber, und eine Menge Diener des Hauses zwickten ihn ins Fleisch; aber was er gar nicht aushalten konnte, das war das Stechen mit den Nadeln, und daher sprang er voll Wut vom Sessel auf, ergriff eine neben ihm brennende Fackel, schlug damit auf die Kammerfrauen und alle seine Peiniger und schrie: „Hinaus mit euch, ihr Diener der Hölle! Ich bin nicht von Erz, daß ich so ungeheure Martern nicht fühlen sollte!"

Altisidora war es jetzt wohl müde, so lange auf dem Rücken zu liegen, und drehte sich auf die andre Seite. Sobald die Umstehenden das bemerkten, riefen sie alle wie aus einem Munde: „Altisidora lebt! Altisidora ist wieder am Leben!" Rhadamanthus gebot Sancho, seinen Zorn zu bändigen, da der beabsichtigte Zweck jetzt bereits erreicht sei. Sobald aber Don Quijote gewahr ward, daß Altisidora sich bewegte, warf er sich auf die Knie vor Sancho und sagte zu ihm: „Jetzt ist es Zeit, du Sohn meines Herzens, du jetzt nicht mehr mein Schildknappe, dir einige von den Geißelhieben aufzumessen, die du dir für Dulcineas Entzauberung zu geben verpflichtet bist. Jetzt, sage ich, ist die Zeit, wo deine Wunderkraft auf ihrer Höhe steht, so daß sie das Heil, das man von dir erhofft, mit völliger Wirksamkeit erzielen kann."

Da sprach Sancho: „Das kommt mir vor wie Pech auf Pech und nicht wie Honig auf Waffeln. Das wäre nicht übel, wenn jetzt nach dem Zwicken, den Nasenstübern und Nadelstichen auch noch die Hiebe kommen sollten! Da könnt ihr ja schließlich vollends einen großen Stein nehmen, mir ihn um den Hals binden und mich in einen Brunnen werfen; und das wäre mir nicht einmal sehr leid, wenn ich doch, um fremdes Leid zu heilen, immer den Prügeljungen für jedermann abgeben soll. Laßt mich in Ruh! Sonst, bei Gott, schmeiße ich alles hin und übergeb es dem Teufel, wenn er es auch nicht nehmen mag."

Inzwischen hatte sich Altisidora bereits auf ihrem Lager aufgerichtet, und im nämlichen Augenblick ertönten die Schalmeien, in deren Klänge die Flöten und die Rufe aller einstimmten: „Es lebe Altisidora, Altisidora lebe!" Der Herzog und die Herzogin und die Könige Minos und Rhadamanthus und mit ihnen allen Don Quijote und Sancho gingen hin, Altisidora zu begrüßen und ihr von ihrem Lager herabzuhelfen. Sie spielte noch die Kraftlose und Matte, verneigte sich vor dem herzoglichen Paar und den zwei Königen, blickte Don Quijote unwillig an und sprach: „Gott vergebe es dir, du Ritter ohne Herz, durch dessen Grausamkeit ich länger als ein Jahrtausend, wie mir scheint, in der andern Welt gewesen bin! Dir aber, o du barmherzigster Schildknappe, den die Welt je gesehen, dir danke ich das Leben, das ich besitze. Von heut an, Freund Sancho, verfüge über sechs meiner Hemden, die ich dir überlasse, damit du ihrer sechs für dich daraus machen kannst, und sind sie auch nicht alle heil und ganz, so sind sie wenigstens alle sauber."

Sancho küßte ihr dafür die Hände, in den seinigen den hohen spitzen Hut und die Knie auf dem Boden. Der Herzog befahl, den Hut ihm abzunehmen und ihm seine Mütze wiederzugeben, auch ihm seinen Rock wieder anzuziehen und das Überkleid mit den Flammen abzunehmen. Sancho bat jedoch den Herzog, ihm das Kleid und den spitzen Hut zu lassen; er wolle beides mit heimnehmen zum Wahrzeichen und Denkmal dieses unerhörten Abenteuers. Die Herzogin antwortete, man werde es ihm gerne lassen, er wisse ja, wie sie ihm gewogen sei. Der Herzog befahl, den Hof auszuräumen; alle sollten sich alsbald nach ihren Zimmern begeben, Don Quijote und Sancho aber sollte man nach den Gemächern geleiten, die ja für sie bestimmt seien.

70. KAPITEL

Welches auf das neunundsechzigste folgt und von Dingen handelt, so für das Verständnis dieser Geschichte unentbehrlich sind

Sancho schlief diese Nacht auf einem Feldbette, und zwar in demselben Zimmer mit Don Quijote, was er gern vermieden hätte; denn er wußte wohl, sein Herr würde ihn vor lauter Fragen und Antworten nicht schlafen lassen, und er war nicht aufgelegt, viel zu reden, weil der Schmerz ihm die erlittenen Martern stets gegenwärtig erhielt und seiner Zunge die gewohnte Freiheit nicht verstattete. Er hätte lieber allein in einer Strohhütte geschlafen als in diesem prächtigen Zimmer in Gesellschaft. Seine Besorgnis erwies sich als so begründet und seine Vermutung als so richtig, daß sein Herr kaum ins Bett gestiegen war, als er ihm sagte: „Sancho, was hältst du von den Begebnissen dieses Abends? Groß und gewaltig ist die Kraft verschmähter Liebe, wie du ja mit deinen eignen Augen Altisidora tot gesehen hast, tot nicht durch Pfeile, nicht durch das Schwert oder durch ein andres Werkzeug des Krieges, nicht durch tödliches Gift, sondern nur durch die Wirkung der Härte und Mißachtung, mit der ich sie immer behandelt habe."

„Wäre sie doch in Gottes Namen gestorben, wann sie wollte und wie sie wollte", entgegnete Sancho, „und hätte mich in Ruhe gelassen, denn ich hab sie in meinem Leben nicht verliebt gemacht und nicht verschmäht. Ich verstehe einfach nicht, was das Heil und Leben der Altisidora, einer Jungfer mit mehr Launen als Verstand, mit der Marterung Sancho Pansas zu tun haben soll, wie ich schon früher gesagt habe. Freilich sehe ich jetzt endlich klar und deutlich, daß es Zauberer und Verzauberungen in der Welt gibt; und vor denen möge mich Gott behüten, da ich mich vor ihnen nicht hüten kann. Aber bei alledem bitte ich Euer Gnaden, mich schlafen zu lassen und mich nichts mehr zu fragen, wenn Ihr nicht wollt, daß ich mich zum Fenster hinausstürze."

„Schlafe, Freund Sancho", antwortete Don Quijote, „wenn es dir die empfangenen Nadelstiche und die blauen Male vom Zwicken und die Nasenstüber erlauben."

„Keinen Schmerz", entgegnete Sancho, „habe ich so gefühlt wie den Schimpf von den Nasenstübern, aus keinem andern Grunde, als weil sie mir von Kammerfrauen gegeben wurden, möge Gott sie verdammen! Und nochmals bitte ich Euer Gnaden, mich schlafen zu lassen, denn der Schlummer ist all denen eine Linderung des Elends, deren Leiden wach bleiben."

„Mag es denn so sein", sagte Don Quijote, „und Gott sei mit dir."

Die beiden schliefen nun, und währenddessen wollte Sidi Hamét, der Verfasser dieser großen Geschichte, niederschreiben und berichten, was den Herzog und seine Gemahlin bewogen hatte, den künstlichen Bau dieses ganzen Unternehmens aufzurichten. Er sagt nämlich, daß der Baccalaureus Sansón Carrasco – weil er nicht vergessen hatte, daß der Spiegelritter von Don Quijote besiegt und niedergeworfen worden war, welcher Unfall und Sturz all seine Pläne auslöschte und zunichte machte – noch einmal sein Glück versuchen wollte und jetzt einen besseren Erfolg als den vorigen hoffte. Er erkundigte sich daher bei dem Edelknaben, der den Brief und das Geschenk an Sanchos Weib Teresa Pansa überbrachte, wo Don Quijote sich aufhalte; dann schaffte er sich neue Wehr und Waffen an und ein andres Pferd, setzte den weißen Mond auf seinen Schild und führte alles auf einem Maulesel mit sich, den diesmal ein Bauer am Zügel leitete, und zwar nicht sein früherer Schildknappe Tomé Cécial, damit er weder von Sancho noch von Don Quijote erkannt würde. So kam er zum Schloß des Herzogs, der ihm den Weg und die Richtung angab, die Don Quijote eingeschlagen hatte, um sich beim Turnier von Zaragoza einzufinden.

Der Herzog erzählte ihm ferner, was für Possen man ihm mit der Erfindung von Dulcineas Entzauberung gespielt habe, welche auf Kosten von Sanchos Sitzteilen geschehen sollte. Endlich erzählte er ihm auch, welchen Streich Sancho seinem Herrn gespielt hatte, als er ihm weismachte, Dulcinea sei verzaubert und in eine Bäuerin verwandelt, und wie dann die Herzogin, seine Gemahlin, Sancho den Glauben beibrachte, er im Gegenteil sei es, der sich getäuscht habe, weil Dulcinea wirklich verzaubert sei. Darüber lachte und staunte der Baccalaureus nicht wenig, indem er sich Sanchos Witz und Einfalt und zugleich das Übermaß von Don Quijotes Narrheit lebhaft vorstellte. Der Herzog bat ihn, wenn er ihn finde und ihn besiege oder auch nicht, so möge er wieder über hier zurückkehren, um ihm von dem Erfolge zu berichten. Der Baccalaureus tat also; er brach auf, um den Ritter zu suchen, fand ihn nicht in Zaragoza, zog weiter, und es begegnete ihm, was bereits berichtet worden. Er nahm seinen Rückweg über das Schloß des Herzogs und erzählte ihm den ganzen Hergang nebst den Bedingungen des Kampfes. Don Quijote kehre bereits zurück, um als ein redlicher fahrender Ritter sein gegebenes Wort zu erfüllen und sich auf ein Jahr nach seinem Dorfe zurückzuziehen. In dieser Zeit, sagte der Baccalaureus, könne möglicherweise der Ritter von seiner Verrücktheit genesen, denn nur dieser Zweck habe ihn bewogen, all die Verkleidungen vorzunehmen, da es ein wahrer Jammer sei, daß ein Junker von so klarem Verstande wie Don Quijote verrückt sei. Hierauf verabschiedete er sich von dem Herzog, kehrte nach seinem Dorfe zurück und erwartete hier Don Quijote, der ihm nachfolgte.

Dies brachte nun den Herzog auf den Einfall, ihm jenen Possen zu spielen – soviel Vergnügen fand er am Tun und Treiben Sanchos und Don Quijotes! –, er ließ nämlich die Wege nah und fern vom Schlosse, überall, wo er annahm, daß Don Quijote vorüberkommen könne, mit vielen seiner Diener zu Fuß und zu Pferd besetzen, damit sie, wenn sie ihn fänden, ihn mit Gewalt oder in Güte nach dem Schlosse brächten. Sie fanden ihn; sie gaben dem Herzog Nachricht, und dieser, der schon alles vorbereitet hatte, ließ beim Empfang der Nachricht von seiner Ankunft sogleich die Fackeln und Lampen im Hofe anzünden, Altisidora auf den Katafalk legen und das ganze bereits erzählte Schauspiel herrichten, alles so natürlich und so gut angeordnet, daß zwischen dem Scherz und der Wahrheit nur ein äußerst geringer Unterschied war. Sidi Hamét sagt auch noch weiter, er sei der Meinung, daß die Anstifter der Fopperei ebensolche Narren seien wie die Gefoppten und der Herzog und die Herzogin seien selbst keine zwei Finger breit von der Grenze der Verrücktheit entfernt gewesen, da sie so viel Mühe darauf verwandten, ein paar Verrückte zum besten zu haben.

Von diesen beiden schlief jetzt der eine tief und fest, und der andre wachte in frei umherschweifenden Gedanken; so befiel sie der Morgen und die Lust aufzustehen, denn weder besiegt noch als Sieger fand Don Quijote jemals Vergnügen am trägen Bette.

Da nahte sich Altisidora, die nach seiner Meinung vom Tod auferstanden, um die Possenstreiche ihrer Herrschaft weiterzuspinnen. Bekrönt mit demselben Kranze, den sie auf dem Katafalk getragen, bekleidet mit einem Gewand von weißem Taft, das mit goldnen Blumen übersät war, die Haare aufgelöst über den Rücken wallend, gestützt auf einen Stab vom feinsten schwarzen Ebenholz, trat sie ins Gemach Don Quijotes, der, ob ihrer Anwesenheit bestürzt und verwirrt, sich fast ganz in die Laken und Decken des Bettes verkroch und versteckte; seine Zunge blieb stumm, ohne daß er es vermocht hätte, das Fräulein auch nur mit der geringsten Höflichkeit zu begrüßen.

Altisidora setzte sich auf einen Stuhl neben dem Kopfende seines Bettes, stieß einen tiefen Seufzer aus und sprach mit zärtlicher schwacher Stimme zu ihm: »Wenn hochgestellte Frauen und schüchterne Mägdlein das Gesetz der Ehre mit Füßen treten und der Zunge gestatten, mit öffentlicher Kundgebung der Geheimnisse, die ihr Herz in sich birgt, ins Gebiet des Unschicklichen einzubrechen, so geschieht dies nur in bitterer Herzensnot. Ich, Señor Don Quijote von der Mancha, ich bin eines von diesen Mägdelein, bedrängt, besiegt und voll Liebe; aber bei alledem still duldend und keusch, und zwar in so hohem Grade, daß mir das Herz brach über meinem Schweigen und ich das Leben verlor. Zwei Tage ist's her, seit durch das ständige Grübeln über die Härte, mit der du mich behandelt hast, o du, härter als Marmor bei meinen Klagen! felsenherziger Ritter! ich dem Tode anheimgefallen oder wenigstens von denen, die mich sahen, für tot gehalten wurde. Und hätte nicht Amor sich meiner erbarmt und das Mittel zu meiner Rettung in die Martern dieses guten Schildknappen gelegt, so wäre ich dort in jener andern Welt geblieben.«

»Der Amor«, sagte Sancho, »hätte das Mittel ganz gut in die Marterung meines Esels legen können, ich wäre ihm dankbar dafür gewesen. Aber sagt mir, Fräulein, so wahr Euch der Himmel mit einem weichherzigern Liebhaber als meinem Herrn versehen möge, was habt Ihr denn eigentlich in der andern Welt gesehen?

Wie sieht's in der Hölle aus? Denn dahin muß doch sicherlich kommen, wer aus Verzweiflung stirbt."

„Soll ich Euch die Wahrheit sagen", antwortete Altisidora, „so muß ich wohl nicht vollständig tot gewesen sein, denn ich bin nicht in die Hölle gekommen; wär ich da hineingekommen, so hätte ich sicherlich nicht mehr heraus gekonnt, wenn ich auch gewollt hätte. In Wirklichkeit bin ich nur bis zur Pforte gekommen, wo ungefähr ein Dutzend Teufel Pelota spielten, alle in Hosen und Wams, um den Hals flachanliegende Kragen mit flämischen Spitzen, mit Aufschlägen von den nämlichen Spitzen, die sie statt der Handkrausen trugen, so daß etwa vier Finger breit vom Arme freiblieben, damit die Hände länger schienen, in welchen sie feurige Ballschläger, sogenannte Raketen, hielten. Was mich am meisten wunderte, war, daß ihnen als Bälle Bücher dienten, die dem Anschein nach voll Windes und grober Wollflocken waren, etwas Wunderbares, das noch nicht dagewesen. Aber noch mehr als dies wunderte mich, daß sie bei diesem Spiel alle ärgerlich knurrten, alle zankten, alle sich verwünschten, während es sonst bei Spielern bräuchlich ist, daß die Gewinner vergnügt und nur die Verlierer traurig sind."

„Das ist kein Wunder", entgegnete Sancho, „denn die Teufel, ob sie nun spielen oder nicht, ob sie gewinnen oder nicht gewinnen, können niemals vergnügt sein."

„So muß es wohl sein", versetzte Altisidora; „aber noch etwas anderes setzt mich in Staunen, ich will sagen, setzte mich damals in Staunen, nämlich daß jeder Ball gleich beim ersten Wurf in Stücke ging, so daß er nicht noch einmal gebraucht werden konnte, und daher gab es immer wieder in Menge neue und alte Bücher, daß es ein Wunder war. Einem der Bücher, einem frischen, funkelnagelneuen und gut gebundenen, gaben sie einen tüchtigen Puff, so daß sie ihm die Eingeweide herausschlugen und die Blätter weit herumstreuten. Ein Teufel sagte zu einem andern: ‚Seht, was für ein Buch das ist?' Und der Teufel antwortete: ‚Es ist der zweite Teil der Geschichte des Don Quijote von der Mancha, nicht von dem ursprünglichen Verfasser Sidi Hamét geschrieben, sondern von einem Aragonesen, der selber angibt, er sei aus Tordesillas gebürtig.'

‚Weg mit ihm!' schrie der andre Teufel darauf; ‚werft ihn in die Abgründe der Hölle, damit meine Augen ihn nicht wieder erblicken!'

‚Ist das Buch denn so schlecht?' fragte der andre.

‚So schlecht', antwortete der erste, ‚daß ich selbst mit der größten Mühe kein schlechteres fertigbringen würde.'

Sie setzten ihr Spiel fort und spielten Pelota mit noch andern Büchern; ich aber, weil ich Don Quijote nennen hörte, den ich so sehr liebe und im Herzen trage, habe mir die Mühe gegeben, dieses Traumgesicht im Gedächtnis zu behalten."

„Ein Traumgesicht muß es sicherlich gewesen sein", sprach Don Quijote, „denn es gibt kein andres Ich in der Welt. Bereits wandert diese neue Geschichte von einer Hand zur andern, bleibt aber in keiner, denn alle treten sie mit Füßen. Ich ärgere mich nicht, zu hören, daß ich wie ein gespenstisches Wesen in den Finsternissen des Abgrundes oder im Lichte der Erdenwelt umherziehe, denn ich bin nicht der, von welchem jene Geschichte spricht. Wäre sie gut, getreu und wahr, so würde sie Jahrhunderte leben; ist sie aber schlecht, so wird der Weg von ihrer Geburt bis zum Grabe nicht lang sein."

Altisidora wollte mit ihren Klagen über Don Quijote fortfahren, als dieser zu ihr sagte: „Oftmals habe ich Euch erklärt, Fräulein, wie leid mir es tut, daß Ihr Eure Gedanken auf mich gerichtet habt, da sie von den meinigen nur Dankbarkeit und nicht Heilung erlangen können. Ich bin dazu geboren, dem Fräulein Dulcinea von Toboso anzugehören, und die Schicksalsgöttinnen, wenn es solche gäbe, haben mich für sie allein bestimmt; und glauben, daß eine andre Schönheit jemals den Platz einnähme, den sie in meiner Seele behauptet, heißt das Unmögliche glauben. Diese Erklärung muß Euch genügen, damit Ihr Euch in die Grenzen Eurer Züchtigkeit zurückziehet, da niemand sich zu Unmöglichem verpflichten kann."

Als Altisidora dies hörte, schien sie sich mächtig zu erbosen und zu erzürnen und sagte: „So wahr Gott lebt, Herr Stockfisch, der Ihr statt des Herzens einen ehernen Mörser habt! Ihr harter Dattelkern! zäher und störrischer als ein Bauer, den man um etwas bittet, wenn er sich etwas andres vorgenommen hat! Wenn ich über Euch herfalle, werd ich Euch die Augen ausreißen. Meint Er vielleicht, Er nie unbesiegter Jämmerling, Er Prügeljunge, ich bin Seinetwegen gestorben? Alles, was Ihr diese Nacht gesehen habt, war nur ein Possenspiel; ich bin kein Weib, das sich für ein solches Kamel nur das Schwarze am Nagel weh tun ließe, geschweige, daß sie sterben sollte."

„Das glaub ich gern", sagte Sancho, „denn mit dem Sterben der Verliebten, das ist nur eine Geschichte zum Lachen; sie mögen's wohl sagen, aber es tun? Das mag der Judas glauben."

Während dieses Gespräches trat der Musiker ein, der als Sänger und Dichter die beiden erwähnten Stanzen gesungen hatte; er machte vor Don Quijote eine tiefe Verbeugung und sagte: „Euer Gnaden, Herr Ritter, wollen mich unter die Zahl Eurer ergebensten Diener rechnen und als solchen annehmen; denn seit vielen Tagen bin ich Euch zugetan, sowohl um Eures Rufes als auch um Eurer Taten willen."

Don Quijote entgegnete: „Euer Gnaden wolle mir sagen, wer Ihr seid, damit meine Höflichkeit Euren Verdiensten entsprechen möge."

Der Jüngling antwortete, er sei der Musiker und Lobredner vom letzten Abend.

„Gewiß", versetzte Don Quijote, „Ihr habt eine vortreffliche Stimme; aber was Ihr gesungen habt, scheint mir nicht am Platze gewesen zu sein, denn was haben die Stanzen des Garcilaso mit dem Tode dieses Fräuleins zu schaffen?"

„Wundert Euch nicht darüber", antwortete der Musiker, „denn unter den dichterischen Gelbschnäbeln unsrer Zeit ist es bräuchlich, daß ein jeder schreibt, wie er Lust hat, und stiehlt, von wem er Lust hat, mag es nun zu seinem Gegenstand passen oder nicht; und sie singen oder schreiben keine Dummheit, ohne deren Berechtigung mittels der angeblichen dichterischen Freiheit zu behaupten."

Don Quijote wollte antworten, aber er wurde daran durch den Herzog und die Herzogin verhindert, die kamen, ihn zu besuchen. Es entspann sich nun zwischen ihnen ein langes und vergnügliches Gespräch, bei welchem Sancho so viel Witz und so viel Stachelreden zum besten gab, daß er das herzogliche Paar aufs neue in Erstaunen setzte, sowohl ob seiner Einfalt als auch ob seines Scharfsinns. Don Quijote bat um die Erlaubnis, noch an diesem nämlichen Tage abreisen zu dürfen, weil es besiegten Rittern wie ihm eher gezieme, in einem schmutzigen Stall als in königlichen Palästen zu wohnen. Sie gaben die Erlaubnis gern und freundlich, und die Herzogin fragte ihn, ob Altisidora bei ihm in Gunst stehe. Er antwortete ihr: „Verehrte Gebieterin, Eure Herrlichkeit muß wissen, daß das ganze Leiden dieses Fräuleins aus Müßiggang entsteht, und das Mittel dagegen ist ehrbare und anhaltende Beschäftigung. Hier an dieser Stelle hat sie mir gesagt, in der Hölle würden Spitzen getragen, und da sie ohne Zweifel solche anzufertigen versteht, so sollte sie solche Arbeit nie aus der Hand lassen; denn wenn sie beschäftigt ist, die Klöppel in Bewegung zu halten, wird das Bild oder werden die Bilder dessen, was sie liebt, ihre Phantasie nicht in Bewegung setzen können. Dies ist die Wahrheit, dies ist meine Meinung, dies ist mein Rat."

„Auch der meinige", fügte Sancho hinzu, „denn ich habe in meinem ganzen Leben keine Spitzenklöpplerin gesehen, die vor Liebe gestorben wäre; Mädchen, die tätig sind, richten ihre Gedanken mehr auf die Vollendung der ihnen obliegenden Arbeit als auf ihre Liebesgeschichten. Das sage ich aus eigner Erfahrung, denn wenn ich beim Graben und Schaufeln bin, denke ich nicht an meine Hausehre, ich meine an meine Teresa Pansa, die ich doch lieber habe als meine Augenwimpern."

„Sehr richtig gesprochen, Sancho", sagte die Herzogin, „und ich will dafür sorgen, daß meine Altisidora sich künftig mit Weißnäherei beschäftigt, worauf sie sich vortrefflich versteht."

„Es ist gar nicht nötig, Señora", versetzte Altisidora, „dies Heilmittel anzuwenden, denn der Gedanke an die Grausamkeit, mit der dieser stumpfsinnige Landstreicher mich behandelt hat, wird ihn ohne ein andres Hilfsmittel aus meinem Gedächtnisse auslöschen. Mit Erlaubnis Eurer Durchlaucht will ich mich jetzt von hinnen begeben; nicht sehen will ich mehr vor meinen Augen, ich will nicht sagen seine traurige Gestalt, sondern vielmehr sein häßliches, abscheuliches Gerippe."

„Das kommt mir vor", sagte der Herzog, „wie es im Liede heißt:

> Daß wer heftig schmäht –
> Bereit schon ist er zu vergeben."

Altisidora tat, als ob sie sich die Tränen mit einem Tüchlein abtrocknete, und ging mit einer Verbeugung vor ihrer Herrschaft aus dem Zimmer.

„Ich sage dir, armes Mädchen", sprach Sancho, „ich sage dir, es wird dir bös ergehen; denn du hast es mit einer Seele von Dünengras, mit einem Herzen von Eichenholz zu tun gehabt. Wahrhaftig, hättest du mit mir zu tun, so hättest du ein andres Vögelchen pfeifen hören."

Die Unterredung ging zu Ende; Don Quijote kleidete sich an, speiste mit dem herzoglichen Paare und begab sich noch am nämlichen Nachmittag auf den Weg.

71. KAPITEL

Von dem, was sich zwischen Don Quijote und seinem Knappen Sancho zutrug, da sie nach ihrem Dorfe zogen

Der besiegte und schwer bekümmerte Don Quijote zog seines Weges, einerseits überaus nachdenklich, andrerseits sehr vergnügt. Sein Trübsinn war veranlaßt durch seine Niederlage, seine Heiterkeit durch den Gedanken an die Wundertätigkeit Sanchos, wie er sie durch Altisidoras Auferweckung gezeigt hatte, wiewohl es ihm doch einigermaßen schwerfiel zu glauben, daß das verliebte Mädchen wirklich tot gewesen. Sancho hingegen wanderte keineswegs mit frohem Sinne dahin; es verdroß ihn gewaltig, daß Altisidora ihr Versprechen, ihm die Hemden zu schenken, nicht gehalten hatte. Dies ging ihm beständig im Kopfe herum, und er sagte zu seinem Herrn: „Wahrhaftig, Señor, ich bin gewiß der unglücklichste Arzt, der auf der Welt zu finden ist. Es gibt Doktoren auf Erden, die, wenn sie auch ihre Kranken umbringen, dennoch bezahlt werden wollen für ihre Arbeit, die doch in nichts andrem besteht, als daß sie ein Zettelchen mit etlichen Arzneien darauf vollschreiben, die sie nicht einmal selber machen, sondern der Apotheker, und wupp dich! da haben sie ihren Profit weg. Mir aber, den die Heilung anderer Leute Blutstropfen, Nasenstüber, blaue Mäler, Nadelstiche und Geißelhiebe kostet, mir gibt man keinen Heller. Aber hol mich der und jener, ich schwör's: bekomm ich noch einmal einen Kranken unter die Hände, so soll man mir sie tüchtig schmieren, bevor ich ihn heile; denn wovon soll der Pfaff essen, wenn nicht von der Messen? Und ich mag nicht glauben, daß mir der Himmel die Wunderkraft, die ich besitze, gegeben hat, damit ich sie für nichts und wieder nichts zum Besten Dritter verwende."

„Du hast recht, Freund Sancho", erwiderte ihm Don Quijote, „und Altisidora hat sehr unrecht getan, daß sie dir die versprochenen Hemden nicht gegeben; und wiewohl deine Kraft gratis data ist, denn sie hat dich keinerlei Studium gekostet, so ist's doch mehr als Studium, wenn du Martern an deinem eigenen Leibe erduldest. Was mich betrifft, so kann ich dir sagen, wenn du für die Geißelhiebe zur Entzauberung Dulcineas Bezahlung verlangt hättest, so hätte ich dir sie längst zu deiner vollen Zufriedenheit gegeben; aber ich weiß nicht, ob die Zahlung sich mit der Kur verträgt, und ich möchte nicht, daß die Belohnung der Wirkung der Arznei hinderlich wäre. Trotzdem dünkt es mich, es kann nicht viel dabei verloren sein, wenn man es versucht. Überlege dir, Sancho, wieviel du verlangst, und geißle dich auf der Stelle, und mach dich dafür mit eigner Hand bezahlt, denn du hast ja Geld von mir in Verwahr."

Bei diesem Anerbieten riß Sancho Augen und Ohren sperrangelweit auf und war es in seinem Herzen sogleich zufrieden, sich freiwillig zu geißeln, und sprach zu seinem Herrn: „Wohlan denn, Señor, ich bin bereit, Eure Wünsche zu erfüllen, wenn ich einen Vorteil dabei habe; die Liebe zu meinen Kindern und zu meiner Frau zwingt mich, eigennützig zu erscheinen. Sagt mir, gnädiger Herr, wieviel wollt Ihr mir geben für jeden Hieb, den ich mir gebe?"

„Wenn ich dich im Verhältnis zu der Wichtigkeit und der eigentümlichen Art dieses Heilmittels bezahlen sollte, Sancho", erwiderte Don Quijote, „so würden der Staatsschatz von Venedig und die Goldgruben von Potosí nicht hinreichen, um dich zu bezahlen. Überschlage du, wieviel Geld du von mir bei dir hast, und setze den Preis für jeden Geißelhieb an."

„Deren sind dreitausenddreihundert und soundso viel", entgegnete Sancho; „von denen habe ich mir etwa fünf gegeben, bleiben noch die andren übrig. Wir wollen diese fünf zu den soundso viel rechnen und auf die dreitausend und dreihundert kommen; jeden zu einem Viertelreal gerechnet – denn weniger nehme ich nicht, und wenn's die ganze Welt mir befehlen wollte –, macht dreitausenddreihundert Viertelrealen; die dreitausend sind fünfzehnhundert halbe Realen, die machen siebenhundertfünfzig Realen; und die dreihundert machen fünfundsiebzig Realen, und schlagen wir diese zu den siebenhundertfünfzig, so sind es im ganzen achthundertfünfundzwanzig Realen. Dies will ich abziehen von dem Geld, das ich für Euer Gnaden in Verwahr habe, und dann komme ich reich und zufrieden nach Hause, wenn auch tüchtig zerprügelt, denn man fängt keine Forellen ohne ... weiter sag ich nichts."

„O du gebenedeiter Sancho! O du liebenswürdiger Sancho!" rief Don Quijote; „wie sehr werden Dulcinea und ich dir zu jedem Gegendienst verpflichtet sein, solange uns der Himmel Leben vergönnen wird! Wenn sie wieder sein wird, was sie gewesen, und es ist unmöglich, daß sie nicht wieder so werde, dann wird ihr Unglück ein Glück und meine Niederlage ein wonnevoller Triumph gewesen sein. Denke aber nach, Sancho, wann du deine Geißelung anfangen willst; und damit du sie beschleunigst, lege ich dir hundert Realen zu."

„Wann?" versetzte Sancho; „diese Nacht noch unfehlbar. Sorge Euer Gnaden nur dafür, daß wir sie draußen unter freiem Himmel zubringen, so will ich mir schon meinen Leib wund schlagen."

Es kam endlich die Nacht, welche Don Quijote mit größter Ungeduld erwartet hatte, da es ihm vorkam, als seien die Räder an Apollos Wagen gebrochen und der Tag ziehe sich länger als gewöhnlich hin, gerade wie es den Verliebten geht, die die Rechnung ihrer Wünsche nie richtig zu stellen vermögen. Sie begaben sich nun in ein anmutiges Wäldchen, etwas abseits vom Wege, entlasteten die Sättel Rosinantes und des Esels, streckten sich ins grüne Gras und speisten von Sanchos Reisevorrat. Sancho machte aus der Halfter und dem Strick des Grauen eine starke geschmeidige Geißel und zog sich etwa zwanzig Schritte von seinem Herrn unter Buchen zurück, die dort standen. Don Quijote, der ihn so voll Entschlossenheit und Mut sah, sagte zu ihm: „Hab acht, Freund, daß du dich nicht in Stücke haust; laß dir Zeit, so daß jeder Schlag auf den andern warten muß; übereile dich nicht so sehr auf deiner Bahn, daß etwa in ihrer Mitte dir der Atem ausginge; ich meine, geißle dich nicht so gewaltig, daß du das Leben einbüßest, ehe du die gewünschte Anzahl erreicht hast; und damit du nicht durch eine Karte zuviel oder zuwenig das Spiel verlierst, will ich hier stehenbleiben und die Hiebe, die du dir gibst, an meinem Rosenkranz abzählen. Der Himmel stehe dir bei, wie es dein guter Vorsatz verdient."

„Den guten Zahler drückt kein Pfand", entgegnete Sancho; „ich will mich so hauen, daß es mich nicht umbringt, aber mir weh tut, denn davon hängt ja wohl dieses Wunder ab."

Er entblößte sich sogleich vom Gürtel bis zum Nacken, schwang seinen Strick und fing an, sich zu geißeln, und Don Quijote fing an, die Hiebe zu zählen. Sancho mochte sich etwa sechs oder acht gegeben haben, als ihm der Spaß doch zu beschwerlich und der Preis gar zu gering erschien; er hielt ein wenig inne und sagte zu seinem Herrn, er müsse wegen Übervorteilung Berufung einlegen, denn jeder dieser Hiebe sei es wert, mit einem halben Realen, nicht mit einem Viertel bezahlt zu werden.

„Mach nur weiter, Freund Sancho, und laß den Mut nicht sinken", sagte Don Quijote, „ich verdopple den Lohn."

„Auf die Art", versetzte Sancho, „mag's in Gottes Namen sein, und es soll Hiebe regnen."

Allein der Schelm gab sie sich bald nicht mehr auf den Rücken, sondern schlug auf die Bäume und stöhnte von Zeit zu Zeit so gewaltig, als risse er sich bei jedem Hieb die Seele aus dem

Leib. Don Quijotes Herz aber wurde weich, und in der Besorgnis, er möchte sich dabei ums Leben bringen und er selbst könnte alsdann durch Sanchos Unvorsichtigkeit das Ziel seiner Wünsche nicht erreichen, rief er ihm zu: „Bei deinem Leben, Freund, laß es jetzt gut sein, denn diese Arznei scheint mir sehr bitter; das Beste ist Eile mit Weile, Rom ist nicht in einem Tage erbaut. Mehr als tausend Hiebe, wenn ich mich nicht verrechnet habe, hast du dir schon gegeben, die mögen für jetzt genügen; der Esel, wenn ich mich eines rohen Volksausdrucks bedienen soll, der Esel trägt die Ladung, doch nicht die Überladung."

„Nein, nein, Señor", antwortete Sancho, „von mir soll es nicht heißen: Hat er das Geld heimgetragen, hat er nicht Lust, sich weiterzuplagen. Geht wieder ein wenig beiseite und laßt mich mir mindestens noch einmal tausend Hiebe aufstreichen; denn wenn wir in diesem Gefecht noch zwei Gänge tun, so haben wir die ganze Partie gewonnen, und es bleibt uns gar noch ein Überschuß."

„Da du so gut im Zeuge bist", sprach Don Quijote, „so möge dir der Himmel beistehen; prügle dich immer zu! Ich gehe beiseite."

Sancho kehrte zu seiner Aufgabe mit so mutigem Eifer zurück, daß er im Nu vielen Bäumen die Rinde abgeschlagen hatte; mit solcher Härte geißelte er sich! Einmal, wie er einen ungeheuren Hieb auf eine Buche führte, erhob er seine Stimme und rief: „Hier soll Simson sterben und alle Philister mit ihm verderben!"

Bei diesem kläglichen Schrei und beim Schall des grausamen Hiebes eilte Don Quijote herbei, ergriff die zusammengedrehte Halfter, die Sancho als Geißel brauchte, und sprach zu ihm: „Gott verhüte, Freund Sancho, daß du mir zulieb das Leben einbüßest, welches dir dazu dienen soll, Weib und Kinder zu ernähren. Mag Dulcinea eine bessere Gelegenheit abwarten; ich will mich in den Grenzen einer bereits nahe gerückten Hoffnung halten und harren, bis du neue Kräfte gewinnst, damit dieser Handel zu aller Zufriedenheit zu Ende geführt werde."

„Weil Euer Gnaden es so will", erwiderte Sancho, „so mag es meinetwegen so geschehen. Werft mir aber Euren Mantel um die Schultern, ich bin im Schweiß und möchte mich nicht gern erkälten, denn ein Neuling im Geißeln ist solcher Gefahr ausgesetzt."

Don Quijote tat also und blieb im Unterkleid; er deckte Sancho zu, welcher schlief, bis die Sonne ihn aufweckte. Hierauf setzten sie ihre Reise wieder fort und beschlossen sie an diesem Tage in einem Dorfe, das drei Meilen von ihrem letzten Rastort entfernt lag. Sie stiegen in einem Wirtshause ab, denn für ein solches erkannte es Don Quijote, und nicht für eine Burg mit tiefem Graben, Türmen, Fallgitter und Zugbrücke. Überhaupt, seit er besiegt worden, sah er alle Dinge viel richtiger an, wie sogleich erzählt werden soll.

Man brachte sie in einem Zimmer zu ebener Erde unter, welches statt mit gepreßten Ledertapeten mit altem bemaltem Wollenzeug behangen war, wie es in Dörfern bräuchlich ist. Auf einer dieser Tapeten war von geschicktester Hand der Raub der Helena gemalt, wie der freche Gast sie dem Menelaus entführte; und auf einer andern zeigte sich die Geschichte von Dido und Äneas, sie auf einem hohen Turme, wie sie mit einem halben Bettlaken dem fliehenden Gaste Zeichen machte, der auf einer Fregatte oder Brigantine über das Meer enteilte. Der Betrachter erkannte bei den zwei Bildern, daß Helena gar nicht ungern entfloh, denn sie lachte verstohlen und schelmisch; aber die schöne Dido sah man Tränen vergießen, so dick wie Nüsse. Don Quijote sprach bei diesem Anblick: „Diese beiden Damen waren höchst unglücklich, daß sie nicht zu unsrer Zeit geboren wurden; und ich bin unglücklich über alle Ritter, daß ich nicht zu ihrer Zeit geboren wurde. Denn hätte ich diese Herren feindlich angerannt, so wäre Troja nicht verbrannt und Karthago nicht zerstört worden; denn schon dadurch, daß ich den Paris getötet hätte, wäre all dies große Unglück vermieden worden."

„Ich will wetten", sagte Sancho, „es vergeht nicht viel Zeit, so wird es keine Weinstube, keine Schenke, kein Wirtshaus und keine Barbierstube geben, wo nicht die Geschichte unsrer Taten gemalt zu sehen ist; nur möchte ich wünschen, daß die Hände eines besseren Malers sie malten als die des Schmierfinks, der diese hier abgebildet hat."

„Du hast recht, Sancho", sagte Don Quijote, „denn dieser Maler ist wie Orbaneja, jener Maler in Ubeda, der, wenn man ihn fragte, was er male, stets antwortete: ‚Was eben daraus werden wird.' Wenn er einmal einen Hahn malte, so schrieb er darunter: ‚Dies ist ein Hahn', damit man nicht meinen möchte, es sei ein Fuchs. Von dieser Art, Sancho, muß wohl der Maler oder Schriftsteller sein – denn beides ist ganz einerlei –, der die Geschichte jenes neuen Don Quijote ans Licht gezogen hat; auch hat er auf gut Glück drauflosgemalt oder -geschrieben. Er kann auch jenem Dichter namens Mauleón geglichen haben, der sich in den letzten Jahren in der Residenz herumtrieb und jede Frage auf der Stelle beantwortete; und als ihn einer fragte: ‚Was bedeutet

Deum de deo', antwortete er: ‚Dreh um oder ich drehe.' Doch lassen wir dies beiseite und sage mir, ob du gedenkst, dir diese Nacht wieder eine Tracht aufzuzählen, und ob du es lieber unter Dach und Fach oder unter freiem Himmel tun willst."

„Ei, du lieber Gott, Señor", antwortete Sancho, „bei dem, was ich mir aufzuzählen gedenke, ist mir's einerlei, ob ich im Haus oder im freien Felde bin; indessen möchte ich trotzdem, daß es unter Bäumen geschehe, denn es kommt mir vor, als leisteten sie mir Gesellschaft und hülfen mir wunderbar, meine Drangsal zu tragen."

„Aber so soll es nicht sein, Freund Sancho", erwiderte Don Quijote; „sondern damit du neue Kräfte sammelst, wollen wir es für unser Dorf aufheben, da wir spätestens übermorgen dort ankommen werden."

Sancho erklärte, der Ritter möge nach Belieben handeln, er aber wolle dies Geschäft in aller Kürze abmachen, solang das Blut noch warm und die Mühlsteine noch scharf seien; „denn im Verzug liegt meistenteils die Gefahr; und auf Gott sollst du vertrauen und mit der Keule dreinhauen. Besser ein Hab-ich als zwei Hätt-ich, besser ein Spatz in der Hand als eine Taube auf dem Dach."

„Keine Sprichwörter mehr, Sancho, beim alleinigen Gott!" rief Don Quijote; „es scheint, du kehrst zurück zu dem sicut erat. Sprich einfach und glatt und verirre dich nicht ins Hundertste und Tausendste, wie ich dir schon öfters gesagt habe, und du wirst sehen, wie du hundert- und tausendmal besser fährst."

„Ich weiß nicht, warum ich immer das Unglück habe", entgegnete Sancho, „daß ich keinen vernünftigen Satz sprechen kann ohne ein Sprichwort, und kein Sprichwort, das mir nicht ein vernünftiger Satz scheint; aber ich will mich bessern, wenn ich kann."

Und hiermit endigte für diesmal ihr Gespräch.

72. KAPITEL

Wie Don Quijote und Sancho nach ihrem Dorfe kamen

Diesen ganzen Tag verweilten Don Quijote und Sancho Pansa in diesem Dorfe und in diesem Wirtshause und warteten den Abend ab, der eine, um in freiem Felde seine Tracht Geißelhiebe vollends abzumachen, der andre, um diese Geißelung und mit ihr seine Wünsche am Ziel zu sehen.

Inzwischen kam ein Reisender zu Pferde mit drei oder vier Dienern im Gasthaus an, und einer von ihnen sagte zu dem Reiter, der ihr Herr zu sein schien: „Hier kann Euer Gnaden, Señor Don Álvaro Tarfe, heute Mittagsruhe halten; das Gasthaus scheint sauber und kühl zu sein."

Bei diesen Worten sprach Don Quijote zu Sancho: „Siehe, Sancho, als ich jenes Buch durchblätterte, das den zweiten Teil meiner Geschichte enthalten soll, bin ich, wie ich meine, zufällig auf diesen Namen Don Álvaro Tarfe gestoßen."

„Das kann wohl sein", entgegnete Sancho; „lassen wir ihn absteigen, nachher wollen wir ihn danach fragen."

Der Ritter stieg ab, und die Wirtin gab ihm ein Zimmer im Erdgeschoß gegenüber dem Gemache Don Quijotes; es war ebenfalls mit bemaltem Stoff behangen wie das Zimmer Don Quijotes. Der neu angekommene Edelmann kleidete sich sommerlich um, und nachdem er sich in die Vorhalle des Wirtshauses begeben, die geräumig und kühl war und in welcher Don Quijote auf und ab ging, fragte er diesen: „Wo reist Euer Gnaden hin, edler Junker?"

Don Quijote antwortete: „Nach einem Dorfe hier in der Nähe, wo ich geboren bin; und wo geht Euer Gnaden hin?"

„Ich gehe nach meiner Vaterstadt Granada", antwortete der Edelmann.

„Eine treffliche Vaterstadt", versetzte Don Quijote. „Aber Euer Gnaden wolle mir den Gefallen tun, Euren Namen zu nennen; denn es scheint mir weit wichtiger, ihn zu erfahren, als ich füglich sagen kann."

„Mein Name ist Don Álvaro Tarfe", antwortete der Fremde.

Darauf versetzte Don Quijote: „Dann sind Euer Gnaden gewiß jener Don Álvaro Tarfe, dessen Name gedruckt zu lesen ist im zweiten Teil der *Geschichte des Don Quijote von der Mancha,* der von einem neuen Schriftsteller in Druck gegeben und ans Licht der Welt gebracht worden ist."

„Ebendieser bin ich", antwortete der Edelmann, „und der erwähnte Don Quijote, die Hauptperson in der besagten Geschichte, war ein sehr guter Freund von mir, und ich war es, der ihn aus seiner Heimat fortführte oder wenigstens ihn bewog, zu einem Turnier nach Zaragoza zu kommen, wohin ich selber reiste; und wahrlich, wahrlich, ich habe ihm viele Freundschaftsdienste erwiesen und ihn davor bewahrt, daß ihm der Henker den Buckel strich, weil er über alles Maß frech gewesen."

„So sagt mir doch auch, Señor Don Álvaro", fragte darauf

Don Quijote, „gleiche ich irgendwie jenem Don Quijote, von welchem Euer Gnaden spricht?"

„Nein, gewiß nicht", antwortete der Fremde, „nicht im geringsten."

„Und jener Don Quijote", fragte der unsrige, „hatte er einen Schildknappen bei sich namens Sancho Pansa?"

„Allerdings hatte er ihn", antwortete Don Álvaro, „und wiewohl dieser als witziger Spaßmacher galt, so habe ich doch nie einen Witz von ihm gehört, der witzig gewesen wäre."

„Das will ich wohl glauben", fiel hier Sancho Pansa ein; „denn witzige Späße sind nicht jedermanns Sache, und jener Sancho, von dem Euer Gnaden spricht, Herr Junker, muß ein großer Schurke und zugleich ein Dummkopf und Spitzbube gewesen sein; denn der wahre Sancho Pansa bin ich, und witzige Einfälle regnet es nur so bei mir. Macht nur einmal die Probe und zieht hinter mir her, wenigstens ein Jahr lang, und Ihr werdet sehen, daß sie mir auf Schritt und Tritt von den Lippen fallen, und zwar von solcher Art und in solcher Zahl, daß ich, während ich in den meisten Fällen gar nicht weiß, was ich sage, jeden zum Lachen bringe, der mich hört. Und der wahre Don Quijote von der Mancha, der berühmte, der heldenhafte und scharfsinnige, der verliebte, der Abhelfer aller Ungebühr, der Fürsprecher der Unmündigen und Waisen, der Beschützer der Witwen, der Herzensmörder aller Jungfrauen, der die unvergleichliche Dulcinea von Toboso zur einzigen Gebieterin hat, das ist dieser Herr, der hier vor Euren Augen steht und der mein Dienstherr ist. Jedweder andre Don Quijote und jeder andre Sancho Pansa ist nichts als Humbug und Spiegelfechterei."

„Bei Gott, ich glaube es", antwortete Don Álvaro; „denn in den paar Worten, die Ihr gesagt habt, lieber Freund, habt Ihr mehr Kurzweiliges vorgebracht als jener andre Sancho Pansa in sämtlichen Äußerungen, die ich von ihm gehört, und deren waren gar viele. Er hatte mehr vom Fresser an sich als vom witzigen Spaßmacher und mehr vom Dummkopf als vom kurzweiligen Menschen, und ich halte es für ausgemacht, daß die Zauberer, die den guten Don Quijote verfolgen, mich mit dem schlechten Don Quijote haben verfolgen wollen. Aber ich weiß eigentlich nicht, was ich sagen soll, denn ich kann es schwören, ich habe ihn zu Toledo im Tollhaus eingesperrt verlassen, wo man ihn heilen will, und jetzt kommt hier ein andrer Don Quijote zum Vorschein, der gänzlich anders ist als der meinige."

„Ich", sagte Don Quijote, „ich weiß nicht, ob ich gut bin; aber ich darf sagen, daß ich nicht der schlechte bin. Zum Beweis dafür sollt Ihr wissen, Señor Don Álvaro Tarfe, daß ich in meinem ganzen Leben nie in Zaragoza gewesen bin; vielmehr, gerade weil man mir sagte, jener angebliche Don Quijote sei bei dem Turnier in jener Stadt gewesen, wollte ich sie gar nicht betreten, um ihn angesichts der ganzen Welt Lügen zu strafen; und daher zog ich geradewegs nach Barcelona. Das ist der Wohnsitz der feinen Sitte, die Herberge der Fremden, die Zuflucht der Armen, die Heimat der Helden, der Rächer der Gekränkten, das anmutige Stelldichein treuer Freundschaften und ganz einzig durch seine Lage und Schönheit. Und wiewohl meine dortigen Erlebnisse nicht sehr freudig, sondern recht trauriger Art waren, so ertrage ich sie doch ohne Betrübnis, nur weil ich Barcelona gesehen habe. Kurz, Señor Don Álvaro Tarfe, ich bin Don Quijote von der Mancha, derselbe, von dem man spricht, und nicht jener Elende, der sich meinen Namen anmaßen und mit meinen Gedanken prunken wollte. Ich bitte Euer Gnaden, bei alledem, was Ihr dem Vorzuge, ein Ritter zu sein, schuldet, geruhet, vor dem Bürgermeister dieses Dorfes eine Erklärung abzugeben, daß Ihr mich noch nie in Eurem Leben gesehen habt und daß ich nicht der im zweiten Teil gedruckte Don Quijote bin, ebensowenig wie dieser Sancho Pansa, mein Schildknappe, derselbe ist, den Ihr gekannt habt."

„Das will ich sehr gerne tun", antwortete Don Álvaro, „obgleich es höchst wunderbar ist, zwei Don Quijotes und zwei Sancho Pansas zu gleicher Zeit zu sehen, die im Namen ebenso miteinander übereinstimmen, wie sie in ihren Handlungen sich unterscheiden; und nochmals sage ich's und bleibe fest dabei, ich habe nicht gesehen, was ich gesehen, und was vor meinen Augen geschehen, ist nicht geschehen."

„Ganz gewiß", sagte Sancho, „muß Euer Gnaden ebenso verzaubert sein wie unser Fräulein Dulcinea von Toboso; und wollte der Himmel, Ihr könntet dadurch entzaubert werden, daß ich mir noch einmal dreitausend und soundso viele Hiebe gäbe, wie ich mir sie für Dulcinea aufmesse; ich gäbe sie mir, ohne den geringsten Vorteil dafür zu verlangen."

„Ich verstehe nicht, was das mit den Hieben heißen soll", sagte Don Álvaro.

Und Sancho antwortete ihm, das wäre zu weitläufig zu erzählen; er würde es ihm aber mitteilen, wenn sie vielleicht desselben Weges zögen.

Inzwischen kam die Essensstunde; Don Quijote und Don

Álvaro speisten zusammen. Zufällig kam der Bürgermeister des Ortes mit einem Aktuar ins Gasthaus, und vor besagtem Bürgermeister stellte Don Quijote einen förmlichen Antrag nebst Gesuch: wie sein Recht es erheische, daß Don Álvaro Tarfe, nämlich der Edelmann, der hier zugegen sei, vor Seiner Gnaden dem Herrn Bürgermeister erklärt, daß er den gleichfalls hier anwesenden Don Quijote von der Mancha durchaus nicht kenne und daß dieser nicht derselbe sei, der geschildert werde in einer im Druck erschienenen Geschichte unter dem Titel *Zweiter Teil des Don Quijote von der Mancha,* verfaßt von einem gewissen de Avellaneda aus Tordesillas. Hierauf erledigte der Bürgermeister die Sache nach Recht und Gesetz; die Erklärung wurde ordnungsgemäß ausgestellt, wie in solchen Fällen erforderlich, worüber Don Quijote und Sancho sehr vergnügt waren, gerade als ob eine solche Erklärung von Wichtigkeit wäre und als ob der Unterschied zwischen den beiden Don Quijotes und den beiden Sanchos sich nicht schon deutlich genug in ihren Worten und Werken zeigte.

Zwischen Don Álvaro und Don Quijote wurden viele Höflichkeitsbezeigungen und freundschaftliche Anerbietungen ausgetauscht, wobei der große Manchaner seinen Verstand in so hellem Lichte zeigte, daß er Don Álvaro Tarfe seinen Irrtum gänzlich benahm und dieser wirklich glaubte, er müsse verzaubert sein, da er zwei einander so entgegengesetzte Don Quijotes mit Händen griff.

Der Abend kam heran, sie schieden von diesem Orte, und ungefähr eine halbe Meile von da trennten sich die verschiedenen Straßen; die eine führte nach Don Quijotes Dorf, während Don Álvaro die andere einschlagen mußte. Auf diesem kurzen Wege erzählte ihm Don Quijote das Unglück seiner Niederlage und die Verzauberung Dulcineas sowie die Art ihrer Heilung. Alles dieses setzte Don Álvaro aufs neue in Verwunderung; er umarmte Don Quijote und Sancho und setzte seinen Weg fort, so wie Don Quijote den seinigen.

Der Ritter verbrachte diese Nacht wiederum in einem Gehölz, um Sancho Gelegenheit zur Vollendung seiner Geißelung zu geben, und Sancho tat das auch auf dieselbe Weise wie in der vergangenen Nacht, mehr auf Kosten der Rinde der dort stehenden Buchen als auf Kosten seines Rückens, den er so sorgsam schonte, daß die Hiebe ihm nicht einmal eine Mücke von der Haut fortgescheucht hätten, falls eine solche darauf gesessen hätte. Der betrogene Don Quijote ließ keinen Hieb in seiner Rechnung verlorengehen und fand, daß es mit denen der vergangenen Nacht dreitausendneunundzwanzig waren. Die Sonne schien absichtlich früher aufgestanden zu sein, um das Opfer mit anzusehen, und bei ihrem Lichte setzten sie ihren Weg wieder fort, wobei sie von dem Irrtum Don Álvaros sprachen und wie wohl sie daran getan hätten, daß sie seine Aussage vor Gericht hätten feststellen lassen, und zwar auf so beweiskräftige Weise.

Diesen Tag und diese Nacht zogen sie weiter, ohne daß ihnen etwas Erzählenswertes begegnet wäre, außer, daß in der Nacht Sancho seine Aufgabe vollendete, worüber Don Quijote über alle Maßen glücklich war, so daß er den Tag kaum erwarten konnte, um zu sehen, ob er unterwegs seine nun entzauberte Gebieterin Dulcinea treffen werde. Wirklich begegnete ihm bei Fortsetzung seiner Reise kein Frauenzimmer, dem er nicht entgegenging, um herauszufinden, ob es Dulcinea von Toboso sei, da er fest auf Merlins Verheißungen baute.

Unter solchen Gedanken und voll von diesen Wünschen stiegen sie eine Anhöhe hinan, von welcher aus sie ihr Dorf erblickten. Bei diesem Anblick warf Sancho sich auf die Knie und sagte: „Öffne die Augen, ersehnte Heimat, und sieh Sancho Pansa, deinen Sohn, zu dir zurückkehren, wenn nicht mit vielen Reichtümern, doch mit vielen Prügeln beladen. Öffne die Arme und empfange auch deinen Sohn Don Quijote, den zwar fremde Arme besiegt haben, der aber als Sieger über sich selbst einherzieht, was, wie er selber mir gesagt hat, der größte Sieg ist, den man erringen kann. Geld bringe ich mit; aber kriegt ich Hiebe schwer und mächtig, ritt ich doch einher gar prächtig."

„Hör auf mit diesem Blödsinn", sagte Don Quijote, „wir wollen in unser Dorf einziehen mit dem rechten Fuß voran; dort wollen wir auf Mittel sinnen, wie wir unsre poetischen Gedanken zur Tat werden lassen, und wollen den Plan zu dem Schäferleben ausarbeiten, dem wir uns zu widmen gedenken."

Hiermit stiegen sie den Hügel hinab und zogen nach ihrem Dorfe.

73. KAPITEL

*Von den Vorzeichen, welche Don Quijote beim Einzug in sein
Dorf bemerkte, nebst andern Begebnissen, so dieser großen
Geschichte zu besonderer Zierde und höherem Wert gereichen*

Am Eingang des Dorfes, so berichtet Sidi Hamét, sah Don Quijote, wie zwei Jungen auf den Tennen des Ortes miteinander Streit hatten, und der eine sagte zum andern: „Gib dir keine Mühe, Periquillo, du wirst sie in deinem Leben nie wiedersehen."

Dies hörte Don Quijote und sprach zu Sancho: „Hast du beachtet, Freund, was jener Junge gesagt hat: du wirst sie in deinem Leben nie wiedersehen?"

„Nun denn", antwortete Sancho, „was kümmert es uns, daß der Junge das gesagt hat?"

„Was es uns kümmert?" entgegnete Don Quijote; „siehst du denn nicht, daß das, wenn man dieses Wort auf meine Wünsche anwendet, bedeutet, daß ich Dulcinea nicht wiedersehen werde?"

Sancho wollte ihm antworten, als seine Aufmerksamkeit durch den Anblick eines Hasen abgelenkt wurde, der fliehend über das Feld rannte, von vielen Hunden und Jägern verfolgt, und sich ängstlich unter die Beine des Esels flüchtete und dort niederduckte. Sancho ergriff ihn mit der bloßen Hand und reichte ihn Don Quijote hin; dieser aber sprach: *„Malum signum, malum signum!* Ein Hase flieht, Hunde verfolgen ihn, Dulcinea läßt sich nicht sehen."

„Euer Gnaden ist gar wunderlich", sagte Sancho. „Wir wollen annehmen, dieser Hase ist Dulcinea von Toboso, diese Hunde, die ihn verfolgen, sind die schurkischen Zauberer, die sie in eine Bäuerin verwandelt haben; sie flieht, ich ergreife sie und bringe sie in Eure Gewalt, Ihr habt sie in Euren Armen und hegt und herzet sie; was ist das für ein böses Zeichen, oder welch böse Vorbedeutung kann man daraus entnehmen?"

Die beiden Jungen, die miteinander gestritten, kamen herbei, um den Hasen zu sehen, und Sancho fragte den einen, worüber sie sich gezankt hätten. Derjenige, der gesagt hatte: ‚Du wirst sie in deinem Leben nie wiedersehen', antwortete ihm, er habe dem andern Jungen einen Käfig mit Grashüpfern weggenommen und gedenke ihm den seiner Lebtage nicht wiederzugeben. Sancho nahm vier Viertelrealen aus seiner Tasche, gab sie dem Jungen für den Käfig und überreichte diesen Don Quijote mit den Worten: „Hier, Señor, seht hier Eure Vorzeichen über den

Haufen geworfen; ohnehin haben sie mit unsern Erlebnissen, wie ich als dummer Kerl meine, ebensowenig zu schaffen wie mit den Wolken vom vorigen Jahr. Auch habe ich meines Wissens den Pfarrer unsres Dorfes sagen hören, es gezieme sich nicht für Christen und vernünftige Leute, auf solche Kindereien zu achten; ja Euer Gnaden selbst hat es mir in den letzten Tagen gesagt und mich belehrt, daß alle Christen, die auf Vorzeichen etwas geben, dumme Kerle seien. Also brauchen wir uns nicht darauf zu versteifen, sondern wollen darüber hinweggehen und in unser Dorf einziehen."

Die Jäger kamen herzu und verlangten ihren Hasen, Don Quijote gab ihn ihnen. Dann setzten sie ihren Weg fort und trafen auf einem Rasenplätzchen den Pfarrer und den Baccalaureus Carrasco in ihrem Brevier lesend. Nun muß man wissen, daß Sancho Pansa über seinen Grauen und über das Bündel mit den Rüstungsstücken als Reisedecke den mit Flammen bemalten Überwurf von Wollenzeug gebreitet hatte, mit dem er im Schlosse des Herzogs an jenem Abend bekleidet war, wo Altisidora wieder ins Leben zurückkehrte. Auch hatte er den spitzen Hut dem Tiere auf den Kopf gestülpt, jedenfalls die unerhörteste Verkleidung und Ausschmückung, in der man je auf Erden einen Esel gesehen. Die beiden wurden sogleich von dem Pfarrer und dem Baccalaureus erkannt, welche ihnen mit offenen Armen entgegenkamen. Don Quijote stieg ab und preßte sie innig in die Arme. Die Gassenjungen, die wie Luchse sind, denen man nicht entgehen kann, bemerkten den spitzen Hut des Esels, rannten herbei, ihn anzusehen, und riefen einander zu: „Kommt, Jungen, da könnt ihr Sanchos Esel sehen, schöner als ein Pfingstochse, und Don Quijotes Gaul, noch magerer als am ersten Tag."

So zogen sie im Dorfe ein, von Gassenjungen umringt, vom Pfarrer und Baccalaureus begleitet, begaben sich nach dem Hause Don Quijotes und fanden an dessen Tür die Haushälterin und die Nichte, zu welchen die Nachricht von der Ankunft des Ritters schon gedrungen war. Dieselbe Kunde hatte man auch schon Teresa Pansa, der Ehefrau Sanchos, gebracht; mit unordentlich herumhängendem Haar und halbbekleidet, ihre Tochter Sanchica an der Hand führend, lief sie herbei, um ihren Mann zu sehen; und als sie ihn nicht so fein angezogen fand, wie ihrer Meinung nach ein Statthalter sein müßte, sprach sie zu ihm: „Wie kommst du daher, Mann? Du kommst ja zu Fuß mit Blasen an den Sohlen und siehst eher aus wie ein Stadtnarr als wie ein Statthalter!"

„Schweig, Teresa!" antwortete Sancho. „Gar oft sind da

Haken und Stangen, und es tut kein Speck dranhangen. Laß uns nach Hause gehen, da wirst du Wunder hören. Geld bringe ich mit, das ist die Hauptsache, ich habe es im Schweiß meines Angesichts verdient und ohne jemandes Schaden."

„Bring du nur Geld mit, lieber Mann", sagte Teresa, „ob du es nun hier am Ort oder da und dort verdient hast, ja, du magst es verdient haben, wie du willst, so hast du sicher damit keine neue Mode in der Welt aufgebracht."

Sanchica umarmte ihren Vater und fragte ihn, ob er ihr etwas mitgebracht habe, sie habe auf ihn gewartet wie auf einen Maienregen. Sie faßte ihn am Gürtel, sein Weib ergriff seine Hand, das Mädchen zog den Esel hinter sich her, und so gingen sie nach ihrem Hause und ließen Don Quijote in dem seinigen unter den Händen seiner Nichte und seiner Haushälterin und in der Gesellschaft des Pfarrers und des Baccalaureus.

Don Quijote, ohne die geeignete Frist und Stunde abwarten zu wollen, ging auf der Stelle mit dem Baccalaureus und dem Pfarrer beiseite und erzählte ihnen in kurzen Worten seine Niederlage und die von ihm übernommene Verpflichtung, sein Dorf ein ganzes Jahr lang nicht zu verlassen, was er buchstäblich einhalten wolle, schlecht und recht als fahrender Ritter handelnd und dazu verbunden durch die strenge Pflicht und Vorschrift des fahrenden Rittertums. Er habe den Gedanken gefaßt, während dieses Jahres als Schäfer zu leben und in der Einsamkeit der Gefilde seine Zeit zuzubringen, wo er seinen Liebesgedanken freien Lauf lassen und sich in dem tugendsamen schäferlichen Berufe üben könne; er bitte sie, wenn sie nicht zuviel zu tun hätten und nicht mit wichtigeren Angelegenheiten beschäftigt seien, ihm Gesellschaft leisten zu wollen; er würde Schafe kaufen, eine Herde, die groß genug sei, daß sie sich den Namen Schäfer beilegen dürften. Übrigens tue er ihnen zu wissen, daß die Hauptsache schon getan sei, denn er habe ihnen bereits ihre Namen zugedacht, die ihnen passen würden wie angegossen.

Der Pfarrer bat, sie ihnen mitzuteilen. Don Quijote antwortete, er werde der Schäfer Quijoti heißen, der Baccalaureus Schäfer Carrascón, der Pfarrer Schäfer Curiambro und Sancho Pansa Schäfer Pansino.

Alle waren starr über Don Quijotes neue Narrheit, aber aus Angst, er könnte noch einmal aus dem Dorf zu neuen Rittertaten ausziehen, und in der Hoffnung, er könne wohl während dieses Jahres geheilt werden, stimmten sie seinem neuen Plane zu, ließen seine Torheit als Gescheitheit gelten und erboten sich, ihm in seinem neuen Berufe Gesellschaft zu leisten.

„Dazu kommt noch", sagte Sansón Carrasco, „daß ich, wie die ganze Welt ja weiß, ein hochberühmter Dichter bin; ich werde also bei jeder Gelegenheit Gedichte verfassen, schäferliche oder höfische, oder wie es mir sonst am besten paßt, damit wir in jenen Wildnissen, wo wir umherwandern werden, uns gut unterhalten. Was aber am nötigsten ist, meine Herren, ein jeder muß sich einen Namen für die Schäferin wählen, die er in seinen Versen zu feiern gedenkt, und es darf kein Baum übrigbleiben, wenn er auch noch so hart ist, wo er nicht ihren Namen eingraben soll, wie es Brauch und Sitte ist bei den verliebten Schäfern."

„So ist's recht", bemerkte Don Quijote, „obwohl ich selbst der Mühe überhoben bin, den Namen einer erdichteten Schäferin aufzusuchen, denn es ist ja die unvergleichliche Dulcinea von Toboso da, der Stolz dieser Gestade, der Schmuck dieser Gefilde, die Lebensquelle der Schönheit, die Blume der Anmut, kurz ein Wesen, für welches keine Lobpreisung zuviel ist, mag sie noch so übertrieben scheinen."

„Das ist wahr", sagte der Pfarrer; „aber auch wir werden hierherum die richtigen Schäferinnen finden, und wollen wir bessere besitzen, so lassen wir sie uns schnitzen."

Sansón Carrasco fügte hinzu: „Und wenn es uns an Namen fehlen sollte, so werden wir ihnen die gedruckten Namen aus Büchern geben, von denen die Welt voll ist, Fílida, Amarilis, Diana, Flérida, Galatea, Belisarda; denn da diese auf den Märkten verkauft werden, können auch wir sie kaufen und sie uns aneignen. Wenn meine Dame, oder richtiger gesagt, meine Schäferin zufällig Ana heißen sollte, werde ich sie unter dem Namen Anarda feiern, und wenn Franziska, nenne ich sie Franzenia, und wenn Lucía, Lucinda, denn das ist alles einerlei; und Sancho Pansa, sofern er in unsre Brüderschaft eintreten sollte, kann sein Weib Teresa Pansa unter dem Namen Teresaína feiern."

Don Quijote lachte sehr über diese Verwendung der Namen, und der Pfarrer lobte über alles Maß seinen ehrbaren und tugendsamen Entschluß und erbot sich aufs neue, ihm während der ganzen Zeit, die ihm von seinen pflichtmäßigen Beschäftigungen frei bleiben würde, Gesellschaft zu leisten. Hiermit nahmen sie Abschied von ihm mit der Bitte und dem guten Rat, für seine Gesundheit zu sorgen und seiner mit allem Guten zu pflegen.

Das Schicksal wollte es, daß seine Nichte und die Haushälterin die Unterhaltung der drei mit anhörten, und sobald die beiden sich entfernt hatten, traten sie in Don Quijotes Zimmer, und die Nichte sprach zu ihm: „Was ist das, Herr Oheim? Jetzt, wo wir dachten, Euer Gnaden werde sich wieder auf Euer Haus beschränken und in ihm ein ruhiges und ehrbares Leben führen, wollt Ihr Euch auf neue Irrwege einlassen und das Schäferlein spielen:

> Schäferlein, wo kommst du her?
> Schäferlein, wo gehst du hin?

Wahrhaftig, das Rohr ist schon zu dürr, um Pfeifchen daraus zu schneiden."

Die Haushälterin fügte hinzu: „Und kann denn Euer Gnaden auf freiem Felde die Mittagsstunden des Sommers, die kalten Nächte des Winters und das Geheul der Wölfe aushalten? Gewiß nicht, denn das ist ein Geschäft und Amt für handfeste, abgehärtete Leute, die von den Windeln und Wickelbändern an für einen solchen Beruf sind erzogen worden. Wenn denn zwischen zwei Übeln die Wahl sein muß, so ist es immer noch besser, ein fahrender Ritter sein als ein Schäfer. Überlegt es Euch, Señor, nehmt meinen Rat an, ich gebe ihn Euch nicht etwa von Wein und Brot übersättigt, sondern ganz nüchtern, und weil ich fünfzig Jahre alt bin: Bleibt in Eurem Hause, sorgt für Euer Hab und Gut, geht häufig zur Beichte, tut den Armen Gutes, und es soll auf meine Seele kommen, wenn Ihr dabei schlecht fahrt."

„Schweigt, Kinder", antwortete ihnen Don Quijote, „ich weiß ganz wohl, was ich zu tun habe. Bringt mich zu Bett, ich glaube, ich bin nicht recht wohl. Und im übrigen seid überzeugt, daß ich, ob ich nun als fahrender Ritter lebe oder als Schäfer herumfahre, nie unterlassen werde, für eure Bedürfnisse zu sorgen, wie ihr aus meinen Handlungen erkennen werdet."

Die guten Mädchen, denn das waren Haushälterin und Nichte ohne Zweifel, brachten ihn zu Bett, wo sie ihm zu essen gaben und ihn bestmöglich verpflegten.

74. Kapitel

Wie Don Quijote krank wurde, sein Testament machte und starb

Da die menschlichen Dinge nicht von ewiger Dauer sind und es von ihrem Beginn an mit ihnen immer abwärtsgeht, bis sie zu ihrem letzten Ende gelangen, besonders aber das menschliche Leben, und da Don Quijotes Leben nicht das Vorrecht vom Himmel besaß, in seinem Laufe stillezustehen, so kam sein Ende und Ziel, als er sich dessen am wenigsten versah. Sei es nun von dem Gram über seine erlittene Niederlage oder durch Fügung des Himmels, der es so angeordnet, kurz, es nistete sich bei ihm ein Fieber ein, das ihn sechs Tage lang ans Bett fesselte. Während dieser Zeit wurde er häufig von seinen Freunden, dem Pfarrer, dem Baccalaureus und dem Barbier, besucht, und Sancho Pansa, sein braver Schildknappe, wich nicht vom Kopfende seines Bettes. Da sie alle glaubten, der Kummer darüber, daß er sich besiegt und seine Sehnsucht nach Dulcineas Erlösung und Entzauberung nicht erfüllt sah, hätte ihn in diesen Zustand versetzt, so suchten sie auf jede mögliche Weise ihn aufzuheitern, und der Baccalaureus ermahnte ihn, Mut zu fassen und aufzustehen, um ihr Schäferleben zu beginnen, für welches er schon ein Hirtengedicht verfaßt habe, das alle Gedichte von Sanazáro in den Schatten stelle. Er habe auch schon für sein eigenes Geld zwei kostbare Hunde gekauft, um die Herde zu hüten; der eine heiße Barcino und der andre Butrón, ein Herdenbesitzer in Quintanar habe sie ihm verkauft. Aber trotz alledem blieb Don Quijote in seinem Trübsinn befangen. Seine Freunde riefen den Arzt, der ihm den Puls fühlte und gar nicht zufrieden damit war und ihm riet, er möge auf jeden guten und schlechten Fall hin für das Heil seiner Seele sorgen, da seines Körpers Heil in Gefahr stehe.

Don Quijote hörte dies mit ruhiger Ergebung an; aber nicht also seine Haushälterin, seine Nichte und sein Schildknappe, die bitterlich zu weinen anfingen, als sähen sie ihn schon tot vor ihren Augen liegen. Der Arzt äußerte die Vermutung, daß Schwermut und Kummer sein Ende herbeiführten. Don Quijote bat, man möge ihn allein lassen, weil er ein wenig schlafen wolle; sie taten es, und er schlief in einem Zuge, wie man zu sagen pflegt, über sechs Stunden, so daß Haushälterin und Nichte schon fürchteten, er würde aus dem Schlafe nicht wieder zum Leben kommen. Indessen erwachte er nach Verlauf der erwähnten Zeit und sprach laut aufschreiend: „Gelobt sei der allmächtige Gott, der mir eine so große Wohltat erwiesen! Wahrlich, seine Barmherzigkeit hat keine Grenzen, und die Sünden der Menschen mindern und hemmen sie nimmer."

Die Nichte horchte aufmerksam auf die Worte des Oheims, und sie schienen ihr vernünftiger zu sein, als er sie, wenigstens in dieser Krankheit, zu äußern pflegte. Sie fragte ihn: „Was denn meint Euer Gnaden, Señor? Haben wir was Neues? Was meint Ihr mit dieser Barmherzigkeit und mit den Sünden der Menschen?"

„Die Barmherzigkeit, die ich meine, liebe Nichte", antwortete Don Quijote, „ist die, welche Gott in diesem Augenblicke an mir bewiesen hat, Gott, welchen meine Sünden, wie ich sagte, nicht abhalten, sie an mir zu üben. Mein Verstand ist jetzt wieder klar und hell, frei von allen umnebelnden Schatten der Unvernunft, mit welchen das beständige, das verwünschte Lesen der abscheulichen Ritterbücher meinen Geist umzogen hatte. Jetzt erkenne ich ihren Unsinn und ihren Trug, und ich fühle mich nur deshalb voll Leides, weil diese Erkenntnis meines Irrtums so spät gekommen ist, daß ich keine Zeit mehr habe, ihn einigermaßen wiedergutzumachen und andre Bücher zu lesen, um meine Seele zu erleuchten. Ich fühle mich, liebe Nichte, dem Tode nahe, ich möchte gerne so sterben, daß ich bewiese, mein Leben sei nicht so arg gewesen, um den Namen eines Narren zu hinterlassen; wenn ich es auch gewesen bin, so möchte ich dies doch nicht auch noch mit meinem Tode bekräftigen. Rufe mir, meine Liebe, meine guten Freunde, den Pfarrer, den Baccalaureus Sansón Carrasco und Meister Nikolas den Barbier; ich will beichten und mein Testament machen."

Durch den Eintritt der genannten drei Personen wurde die Nichte dieser Mühe überhoben. Kaum erblickte Don Quijote sie, so rief er ihnen entgegen: „Wünscht mir Glück, meine lieben Herren, daß ich nicht mehr Don Quijote von der Mancha bin, sondern Alonso Quijano der Gute, wie ich um meines Lebenswandels willen genannt wurde. Jetzo bin ich ein Feind des Amadís von Gallien und der unzähligen Schar seiner Sippschaft; jetzt sind mir all die gottverlassenen Geschichten vom fahrenden Rittertum verhaßt; jetzt erkenne ich meine Torheit und die Gefahr, in die mich das Lesen dieser Bücher gestürzt hat; jetzt bin ich nach Gottes Barmherzigkeit durch eignen Schaden klug geworden und verabscheue sie."

Als die drei ihn so reden hörten, hielten sie es für zweifellos, daß ihn eine neue Narrheit befallen habe, und Sancho sprach zu ihm: „Jetzt, Señor Don Quijote, wo wir Nachricht haben, daß das Fräulein Dulcinea entzaubert ist, kommt Euer Gnaden mit solchen Sachen? Und jetzt, wo wir so drauf und dran sind, Schäfer zu werden, um unser Leben unter lauter Gesang zuzubringen wie die Prinzen, jetzt will Euer Gnaden unter die Einsiedler

gehen? So wahr Ihr Euer Leben von Gott habt, schweigt still, kommt wieder zu Euch und gebt Euch nicht mit Fabeleien ab."

„Die bisherigen Fabeleien", erwiderte Don Quijote, „sind zu meinem Schaden wahre Geschichten gewesen, aber mein Tod wird sie mit des Himmels Hilfe zu meinem Frommen wenden. Ich fühle, meine Herren, daß mein letztes Stündlein rasch naht; laßt mir die Possen beiseite und holt mir einen Beichtvater, der mir die Beichte abnimmt, und einen Gerichtsschreiber, der mein Testament macht; denn in so dringenden Augenblicken wie diesem darf der Mensch mit seinem Seelenheil keinen Spaß machen.

Ich bitte euch also, während der Herr Pfarrer meine Beichte abnimmt, geht nach dem Gerichtsschreiber."

Die Anwesenden sahen einander an, ganz verwundert über Don Quijotes Äußerungen, und obschon sie noch zweifelten, waren sie doch geneigt, ihm Glauben zu schenken, und sie hielten es für ein Zeichen seines nahenden Todes, daß er sich so rasch aus einem Verrückten in einen gescheiten Menschen verwandelt habe. Zu den bereits erwähnten Äußerungen fügte er noch andre, die so klar, so voll christlichen Sinnes und so vernünftig waren, daß ihnen zuletzt jeder Zweifel verging und sie überzeugt waren, daß er wieder völlig bei klarem Verstande sei.

Der Pfarrer ließ alle hinausgehen, blieb mit ihm allein und nahm ihm die Beichte ab. Der Baccalaureus war gegangen, den Gerichtsschreiber zu holen, und kehrte in kurzer Zeit mit diesem und Sancho Pansa zurück. Als der letztere, der schon von dem Baccalaureus gehört hatte, in welchem Zustande sein Herr sei, die Haushälterin und die Nichte in Tränen fand, fing er an, das Gesicht zu verziehen und gleichfalls Tränen zu vergießen. Die Beichte war vorüber, der Pfarrer trat heraus und sagte: „Wirklich, er stirbt, und wirklich ist Alonso Quijano der Gute wieder bei Verstand; wir können jetzt alle hineingehen, damit er sein Testament machen kann."

Diese Nachricht gab den angeschwollenen Augen der Haushälterin, der Nichte und des redlichen Schildknappen Sancho Pansa einen so gewaltigen Stoß, daß ihnen dichte Tränen aus den Wimpern und tausend tiefe Seufzer aus der Brust hervorbrachen; denn es war wirklich so, wie schon manchmal gesagt worden: solange Don Quijote schlechtweg Alonso Quijano der Gute war, und ebenso während er Don Quijote von der Mancha war, stets war er von freundlicher Gemütsart und angenehm im Umgang und deshalb nicht nur von den Leuten seines Hauses, sondern von allen, die ihn kannten, geliebt und wohlgelitten.

Der Gerichtsschreiber trat mit den andern ein, und nachdem Don Quijote den Eingang des Testamentes verfaßt und seine Seele Gott befohlen, auch allen hierbei üblichen christlichen Bräuchen genügt hatte, sagte er, als er an die Vermächtnisse kam: „Item ist mein Wille: sintemalen Sancho Pansa, den ich in meiner Verrücktheit zu meinem Schildknappen machte, gewisse Gelder von mir in Händen hat und zwischen ihm und mir gewisse Rechnungen und verdrießliche Händel stattgefunden haben, so will ich, daß man die Gelder ihm nicht zu Lasten schreibe, auch keine Abrechnung von ihm verlange, sondern wenn etwas übrigbleibt, nachdem er sich für meine Schulden an ihnen bezahlt gemacht hat, so soll der Rest, der nicht groß sein wird, ihm gehören und zum Nutzen gereichen; und wenn ebenso, wie ich zur Zeit meiner Verrücktheit Veranlassung war, ihm die Regierung der Insul zu übergeben, ich jetzt, wo ich bei Verstand bin, ihm die eines Königreichs verleihen könnte, so würde ich sie ihm verleihen, weil die Einfalt seines Gemütes und die Treue seiner Handlungsweise es verdienen."

Hier wendete er sich zu Sancho und sprach zu ihm: „Vergib mir, Freund, daß ich dir Anlaß gegeben, verrückt zu scheinen, wie ich es selbst war, und dich zu demselben Irrtum verleitet, in den ich gefallen war, nämlich daß es fahrende Ritter auf Erden gegeben hat oder gibt."

„Ach", rief Sancho unter Tränen, „sterbt doch nicht, mein lieber gnädiger Herr, sondern nehmt meinen Rat an und lebt noch lange Jahre; denn die größte Narrheit, die ein Mensch in diesem Leben begehen kann, ist, sich mir nichts, dir nichts ins Grab zu legen, ohne daß einer ihn umbringt und ohne daß eine andere Macht als die der Schwermut sein Ende herbeiführt. Macht nur, daß Ihr nicht so träge seid, sondern von Eurem Bett aufsteht, und dann wollen wir hinaus ins Freie, in Schäfertracht, wie wir verabredet haben; vielleicht finden wir hinter einem Busche hierherum Señora Doña Dulcinea so entzaubert, daß man nichts Herrlicheres sehen kann. Kommt Euch der Tod aber vom Verdruß über Eure Niederlage, so schiebt die Schuld auf mich und sagt, weil ich dem Rosinante den Gurt schlecht umgeschnallt habe, deshalb wäret Ihr geworfen worden; außerdem werdet Ihr in Euren Ritterbüchern gelesen haben, wie ganz gewöhnlich es ist, daß ein Ritter den andren niederwirft und wer heute besiegt ist, morgen der Sieger sein kann."

„So ist es", sagte Sansón; „der wackere Sancho Pansa hat vollkommen das Richtige getroffen."

„Gemach, meine Herren, gemach, meine Herren", sprach Don Quijote; „das Nest ist leer in diesem Jahr, das vorig Jahr voll Vöglein war. Ich war verrückt, und jetzt bin ich bei Verstand; ich war Don Quijote von der Mancha, und jetzt bin ich, wie gesagt, Alonso Quijano der Gute. Möchte doch bei Euch meine Reue und meine Aufrichtigkeit mich wieder in die Achtung zurückbringen, die man sonst für mich empfand! Jetzt wolle der Herr Gerichtsschreiber fortfahren.

Item: ich vermache all mein Hab und Gut, und zwar unter Ausschluß aller anderen Personen, meiner Nichte, der hier gegenwärtigen Antonia Quijana, nachdem sie zuvor, aus den flüssigen Mitteln meines Vermögens, soviel entnommen, als nötig ist, um meine Vermächtnisse zu bestreiten; und als erste Auszahlung soll meine Haushälterin den Lohn erhalten, den ich ihr für die Zeit schulde, die sie bei mir gedient hat, und ferner noch zwanzig Taler für ein Kleid.

Zu meinen Testamentsvollstreckern ernenne ich den Herrn Pfarrer und den Herrn Baccalaureus Sansón Carrasco, beide hier zugegen. Item ist mein Wille: wenn meine Nichte Antonia Quijana sich verheiraten will, so soll sie nur einen solchen Mann ehelichen, von dem man vorher festgestellt hat, daß er nicht einmal weiß, was Ritterbücher sind, und falls er es weiß und meine Nichte sich trotzdem mit ihm verheiratet, so soll sie alles dessen verlustig gehen, was ich ihr vermacht habe, und meine Testamentsvollstrecker können es nach ihrem Belieben zu frommen Werken verwenden.

Item bitte ich meine Herren Testamentsvollstrecker, wenn sie das Glück haben sollten, den Schriftsteller kennenzulernen, der eine Geschichte geschrieben haben soll, die unter dem Titel *Zweiter Teil der Geschichte des Don Quijote von der Mancha* in der Welt umläuft, so mögen sie ihn in meinem Namen so inständig als möglich um Verzeihung bitten, daß ich ihm unwissentlich den Anlaß gegeben, so vielen und großen Unsinn zu schreiben, wie er da aufgehäuft hat, denn ich scheide aus diesem Leben mit Gewissensbissen, daß ich ihm Gelegenheit zu solchen Albernheiten gegeben."

Hiermit schloß das Testament; Don Quijote fiel bald darauf in eine Ohnmacht und streckte sich der Länge nach im Bett aus. Alle gerieten in Schrecken und bemühten sich, ihm beizustehen, und während der drei Tage, die er nach Errichtung seines Testaments noch lebte, befielen ihn solche Ohnmachten noch sehr häufig. Das Haus war fortwährend in Angst und Schrecken, aber trotzdem speiste die Nichte, trank die Haushälterin und war Sancho Pansa guter Dinge, denn die sichere Aussicht auf ein Erbe tilgt oder mildert wenigstens bei dem Erben das Gefühl des Schmerzes, den der Verstorbene billigermaßen bei den Seinigen zurücklassen muß.

Endlich kam die letzte Stunde Don Quijotes, nachdem er alle Sakramente empfangen und nachdem er mit vielen nachdrücklichen Worten seinen Abscheu vor den Ritterbüchern ausgesprochen. Der Gerichtsschreiber war dabei zugegen und erklärte, er habe nie in einem Ritterbuche gelesen, daß ein fahrender Ritter jemals so ruhig und so christlich in seinem Bette gestorben wie Don Quijote, welcher unter Wehklagen und Tränen der Anwesenden seine Seele dahingab – ich will sagen: er starb.

Sobald der Pfarrer sah, daß er verschieden war, bat er den Gerichtsschreiber, eine Urkunde aufzusetzen, daß Alonso Quijano der Gute, gemeiniglich Don Quijote von der Mancha genannt, aus diesem zeitlichen Leben geschieden und eines natürlichen Todes gestorben sei; er verlange, sagte er, dieses Zeugnis, um die Möglichkeit zu beseitigen, daß irgendein anderer Schriftsteller als Sidi Hamét Benengelí ihn fälschlich von den Toten auferwecke und Geschichten ohne Ende von seinen Taten schreibe.

Dieses Ende nahm der sinnreiche Junker von der Mancha, dessen Geburtsort Sidi Hamét nicht genau angeben wollte, um allen Städten und Dörfern der Mancha den Wettstreit darüber zu ermöglichen, welcher Ort ihn als seinen Sohn beanspruchen und unter die Seinigen zählen dürfe, so wie einst jene sieben Städte Griechenlands sich um Homer gestritten.

Wir schildern nicht die Wehklagen Sanchos noch die der Nichte und Haushälterin Don Quijotes noch die merkwürdigen Inschriften seines Grabsteins, außer derjenigen, die ihm Sansón Carrasco in folgenden Versen gesetzt:

> Hier ruht der vielkühne Junker,
> Der ein Held von hohem Streben,
> Dessen Ruhm zur Sonne fliegt;
> Und der Tod selbst hat sein Leben
> Nicht durch seinen Tod besiegt.
>
> Auf ein Weltall höhnisch zückt' er
> Schwert und Speer, den Feind zerstückt' er
> Als ein Popanz, ein unbändiger;
> Keiner war im Tod verständiger
> Noch im Leben je verrückter.

Und der hochweise Sidi Hamét sprach zu seiner Feder: Hier an diesem Schlüsselbrett sollst du von diesem Kupferdraht herabhängen, meine liebe Feder, ob du nun gut geschnitten oder schlecht gespitzt warst, und da sollst du lange Jahrhunderte ruhen, falls anmaßliche und räuberische Geschichtsschreiber dich nicht herabnehmen, dich zu entweihen. Aber ehe sie dir nahe kommen, kannst du sie warnen und ihnen so nachdrücklich, als du vermagst, zurufen:

Weg da, weg da, schlecht Gesindel!
Wage keiner, dran zu rühren!
Denn dies Werk war mir, mein König,
Vorbehalten zu vollführen.

Für mich allein ist Don Quijote geboren und ich für ihn; er wußte Taten zu vollbringen und ich sie zu schreiben; wir beide allein sind bestimmt, zusammen ein Ganzes zu bilden, zum Trutz und Ärger des sogenannten Schriftstellers aus Tordesíllas, der sich vermaß oder sich künftig noch vermessen wird, mit einer groben, ungeschlachten Straußenfeder die Taten meines mannhaften Ritters niederzuschreiben; denn das ist keine Last für seine Schultern, kein Gegenstand für seinen matten Geist. Wenn du ihn vielleicht einmal kennenlernst, so sage ihm, er soll die müden und modernden Gebeine Don Quijotes im Grabe ruhen lassen und ihn nicht, allen Satzungen des Todes zuwider, nach Altkastilien führen und ihn zu diesem Zwecke aus der Gruft reißen, wo er wahr und wirklich der Länge nach ausgestreckt liegt und in die Unmöglichkeit versetzt ist, eine dritte Reise und neue Ausfahrt zu unternehmen. Denn um die vielen Fahrten lächerlich zu machen, die so viele fahrende Ritter unternommen, genügen schon die zwei, die er zum Vergnügen und Wohlgefallen all derer unternommen, die in unseren wie in fremden Reichen davon Kunde erlangt haben.

Und hiermit wirst du, lieber Leser, deine Christenpflicht erfüllen, indem du guten Rat dem erteilst, der dir übelwill; und ich werde zufrieden und stolz sein, daß ich der erste gewesen, der die Früchte von Sidi Haméts Schriften vollkommen so gepflückt hat, wie er selber es gewollt. Meine Absicht war keine andere, als den Abscheu aller Menschen gegen die fabelhaften und abgeschmackten Geschichten der Ritterbücher zu wecken, welche durch die meines wahren Don Quijote bereits ins Straucheln geraten und ohne Zweifel ganz zu Falle kommen werden. Lebe wohl!

NACHWORT

Es ist eine alte, wiederholt vermerkte Erfahrung, daß geschichtlich gewordene Werke der Literatur, neu gedruckt und in einem Gewande dargeboten, das den heutigen Erwartungen gegenüber einem Buch entspricht, eine ursprüngliche Ausdrücklichkeit, eine überraschende Gegenwärtigkeit erhalten. Sie begegnen frisch, mit einer unvermuteten Unmittelbarkeit. Der Don Quijote des Miguel de Cervantes scheint nun allerdings ein längst bekanntes, urvertrautes Buch zu sein. Aber ist er es denn wirklich? Kennt man ihn in der Mehrzahl nicht zumeist nur in verstümmelnden Fragmenten, die einzelne Reize und Pointen herauslesen? Kennt man diesen so närrischen wie edlen, diesen so weltfremden wie welterobernden, so lächerlichen wie weisen Ritter nicht weit mehr als eine Figur, die sich mit etwas formelhaft allgemeinen Zügen längst derart verselbständigt hat, daß sie jenseits der ästhetischen Wirklichkeit dieses Buches ihr eigenes Leben führt? Sicherlich ist dies das Höchste, was man zum Lobe der schöpferischen Erfindung des Cervantes zu sagen vermag: der Ritter von der traurigen Gestalt, dieser Narr und Träumer, dieser Idealist des Humanen, ist in die kleine Reihe jener Gestalten eingetreten, die – man erlaube das große Wort – zu dem mythischen Selbstbewußtsein Europas gehören. Achilles und Odysseus, vielleicht auch Ödipus gehören aus der griechischen Frühzeit unserer Kultur dazu, sicherlich Hamlet, Don Juan in der Gestaltung seit Mozart, dann Faust: Gestalten, die dank des Lebensüberschusses, den ihre Dichter ihnen geben konnten, über ihre künstlerische Figuration hinausgewachsen sind, eigenständig wurden, zeitlos, Allgemeinbesitz der nachschaffenden Phantasie. Sie haben immer neue Verbindungen, Umformungen, Deutungen erfahren, denn sie lassen den Geist, der nach Symbolen des Selbstverständnisses, des Lebensverständnisses sucht, nicht frei.

Diese großen Gestalten haben, so scheint es, auf eine unerschöpfliche Weise an den Grundformen teil, in denen sich das europäische Selbstbewußtsein in seiner Tiefe erfährt: sie sind ruhelose Wanderer, der Freiheit bedürftig, an das Wahnhafte gebunden, dem Tragischen nahe und dennoch überlegen und unerreichbar im letzten und geistigsten Sinne. Sie sind Menschen, die von Charakter und Schicksal auf das Unbedingte, Grenzenlose angelegt erscheinen, die leiden müssen und dennoch im Schmerzlichen verwirklichen, was der Mensch im Adel, in der Würde dieser Menschlichkeit zu sein vermag. In ihnen hat der europäische Geist Tiefstes über sich ausgesagt, Dauerndes – daher ihre symbolische Unerschöpflichkeit, ihre Anziehungskraft von Generation zu Generation, ihre innere Erneuerungsbereitschaft, welche immer wieder zwingt, an ihnen gewandelte Aspekte, unerwartete Erkenntnisse zu erfahren, sie fortzuspinnen; je aus Erfahrungen, die in neu bewegter Sicht an das gleiche anknüpfen. Aber es erweist sich auch, daß dieses fortzeugende Leben in der Phantasie der Zeiten eine Verarmung durch Begriffe und Formeln gegenüber der Fülle bedeuten kann, die in ihrer ursprünglichen Gestaltung angelegt ist; daß also die Gewalt ihrer Erscheinung sich erst dann wieder voll erschließt, wenn man zu ihrer ersten Entfaltung im Gewebe des künstlerischen Werkes zurückkehrt, das ihre Geburt bedeutet hat. Indem man im Bewußtsein trägt, was die Figur des Don Quijote für die Geschichte des europäischen Selbstverständnisses geleistet hat, erschließt sich dieses zur Geschichte gewordene Werk in einer Tiefe, die seinen ersten Lesern noch nicht gegenwärtig sein konnte, vielleicht, wie einige meinen, nicht einmal seinem Autor gegenwärtig gewesen ist. Der spanische Dichter Unamuno hat gewagt zu behaupten: „Es unterliegt mir keinem Zweifel, daß Cervantes ein typischer Fall eines unendlich tief unter seinem Werk stehenden, ein unter seinem Quijote stehender Schriftsteller ist... Ich gehe sogar noch weiter: ich hege nämlich den Verdacht, daß Cervantes starb, ohne die ganze Tragweite seines Quijote erfaßt, ja vielleicht ohne ihn überhaupt richtig verstanden zu haben."

Aber hat man diesen Roman richtig verstanden, wenn man ihn auf Ideen, wie sie das 19. Jahrhundert seit Hegel liebte, auf die Begriffsantithetik von Idealismus und Realismus, auf eine weltanschauliche Systematik und Symbolik festlegt? Und läßt sich ein episches Genie denken, das ein so gewaltiges Erzählgebilde nur aus der Intuition, aus dem schöpferisch Unbewußten aufbaut? Der Roman als Kunstwerk, zumal in dieser Form überaus vielschichtiger Spiegelungen, setzt stets die Souveränität eines hohen Welt- und Kunstverstandes voraus. Der Humor ist nicht ohne die überlegene Spielkraft des Geistes zu denken, der, mit allen Strömungen seiner Zeit verwachsen, bis in das Unbewußte versenkt, zugleich weit über die Zeit, über das nur Menschliche hinausblickt. Sehr viele Deutungen haben sich an den Don Quijote angeschlossen; ihre Geschichte ist bereits ein Stück Geistesgeschichte des neueren Europa geworden. Daß sie mit allen ihren Widersprüchen sich aus dem gleichen Werk zu entfalten vermochten, erweist dessen innere Unendlichkeit, eine Größe, welche die Symbolkraft gewonnen hat, die dem Mythos eigen zu sein pflegt. Aus einem sehr persönlichen Leben, das der Spiegel eines scharf geprägten, eigenwilligen, an inneren Spannungen und Gegensätzen reichen Charakters ist, ist dieses Buch entstanden – sehr persönlich in seinem Einsatz, von menschlicher Universalität als Dichtung, zugleich eines der größten Muster dessen, was ein Roman als Kunstwerk zu sein und zu leisten vermag.

Was offenbar anfangs nur als eine literarische Parodie geplant war, hat seinen Schöpfer so mitgerissen, daß er an ihm zur Größe gewachsen ist. Thomas Mann, der in seiner „Meerfahrt mit Don Quijote" aus dem Jahre 1934 mit der Sensibilität des großen Erzählers für den Meister des Erzählens, mit einer tief bewegten Bezüglichkeit auf die eigene innere Existenz Cervantes huldigt, hat dies schärfer als Unamuno erkannt: „Seine Achtung vor dem Geschöpf seiner eigenen komischen Erfindung ist während der Erzählung ständig im Wachsen – dieser Prozeß ist vielleicht das Fesselndste am ganzen Roman, ja, er ist ein Roman für sich, und er fällt zusammen mit der wachsenden Achtung vor dem Werk selbst, das, bescheiden, als derber, satirischer Spaß konzipiert war, ohne Vorstellung davon, in welchen symbolisch-menschlichen Rang die Figur des Helden hineinzuwachsen bestimmt war." Das Genie des erzählenden Dichters weist auf das Leben zurück, aus dem sich das Werk in der Fülle seiner Erfahrungen und Erkenntnisse erschlossen hat; das Werk läßt zugleich rückspiegelnd in dem Leben die gleiche innere Struktur, das gleiche Wesensgesetz als die dem Dichter mitgegebene Urform erkennen. Weil Leben und Werk so dicht aufeinander verweisen, gehört zum rechten Verstehen des Don Quijote die Biographie des Cervantes. Denn dieses Werk ist auch ein Bekenntnis – nicht nur in der Figur des Hidalgo, auch in der Figur des Sancho Pansa. Es ist das Dokument einer großen Besinnung, die ein Leben voraussetzt, das sich selbst als Reichtum innerer Gegensätze erfuhr, sich selbst in Gegensätzen erkannte. Vergleicht man die vorausgehenden Romane der Zeit, ihre Ritter- und Knappentypen, so ermißt man erst, welche elementare Kraft der vollen Menschengestaltung in Cervantes begonnen hat, wie sich in ihm große Phantasie mit starkem Leben und einer in sich problematischen und dennoch einigen Seele verband.

Als der Don Quijote Erster Teil im Jahre 1605 zum Druck kam, fand er großen Beifall, raschen Ruhm. Zahlreiche Ausgaben sind in Spanien, Portugal, Italien, den südlichen Niederlanden schon bei Lebzeiten Cervantes' erschienen, französische Übersetzungen folgten, und schon zu Beginn des 17. Jahrhunderts ist der Don Quijote in Deutschland bekannt. Bereits die Handschrift muß gewandert sein; Lope de Vega erwähnt den Roman brieflich im Jahre 1604. Aber es läßt doch über das Mißverständnis, das in diesem Erfolg lag, nachdenklich werden, wenn möglich wurde, daß ein Plagiator einen Zweiten Teil herausbrachte, der nur mit den billigsten Wirkungen des Grob-Komischen arbeitete: doch wohl ein Zeichen, was diesen Beifall ausgelöst hatte. Man verstand den Roman offenbar zuerst nur recht platt, vordergründig, allein im Stofflichen befangen. Der Züricher Pfarrer Gotthard Heidegger nennt Cervantes 1698 einen Possenreißer; man bleibt zunächst im Verständnis bei der Satire und fühlt sich in der seriösen Ablehnung der Amadís-Romane durch ihn bestätigt. Gerade große Bücher brauchen Zeit, um zur Reife ihrer Wirkung zu gelangen; so wie umgekehrt auch die Generationen nur langsam heranreifen, die voll in ihre Tiefen dringen. Erst im 18. Jahrhundert beginnt man allmählich außerhalb Spaniens, zuerst in Frankreich, die weltliterarische Bedeutsamkeit dieser Schöpfung zu ermessen. In Deutschland war zwar schon 1648 der „Don Kichote" durch Joachim Caesar übersetzt worden, aber er wird zum Paten des neueren deutschen romanhaften Erzählens erst durch Christoph Martin Wieland, der 1764 „Die Abenteuer des Don Sylvio von Rosalva" erscheinen läßt: im Stil des Rokoko eine heitere Feen- und Narrengeschichte, die von der menschlichen Tiefe des Don Quijote noch wenig berührt ist, wenn sie auch den Kampf zwischen Schwärmerei und Natur, Verzauberung und Desillusion aufnimmt. Von dieser Tiefe haben die Engländer schon mehr gespürt: Henry Fielding und Lawrence Sterne. Die Geschichte des neueren europäischen Romans ist jedenfalls ohne das Werk von Cervantes nicht denkbar, erschloß er doch in einer so glorreichen wie umfassenden Weise, was der Roman als Dichtungsform zu sein vermochte. Zu Beginn des 19. Jahrhunderts beginnt die Zeit des großen Ruhmes. „Princeps Scriptorum Hispaniae" – so heißt die Inschrift am Denkmal in Madrid. Von dem „hohen Cervantes" spricht Friedrich Schlegel, der diesen Roman als das romantische Universalkunstwerk schlechthin begriff. Und in der Tat sind die Romanformen der deutschen Romantik an den Don Quijote tief verschuldet. Seine Übersetzung durch Ludwig Tieck machte ihn zum literarischen Allgemeinbesitz.

Es geht in diesem „Meer von Erzählung", wie Thomas Mann es einmal genannt hat, auch um eine Urform des großen Erzählens, um eine geradezu urbildliche Erfüllung des Romans als Kunstwerk, um die Entdeckung und Erprobung von Geheimnissen, Listen und Spielen der epischen Bauform, die bis heute ihren ästhetischen Rang bewahrt haben. So gehört das Werk des Cervantes im doppelten Sinne zur Weltliteratur: durch die symbolische, humane Ausstrahlungskraft seines Helden und dessen Begleiters Sancho Pansa einerseits, durch die Entwicklung und Dokumentation dessen, was überhaupt der Roman als Großform des Erzählens in der Prosa ästhetisch zu leisten vermag, andererseits. Er bedeutet die Stimme Spaniens in dem Gespräch, das die großen Dichter miteinander führen – die Stimme Spaniens aus der offenbar größten Zeit, die ihm bisher die Geschichte gegönnt hat, und aus der vielschichtigen Innerlichkeit seiner Volksseele. Denn der Aufstieg dieses Romans in den allerobersten Rang der Weltliteratur wurde nicht zuletzt dadurch möglich, daß dieses Exemplarische, Zeitlose, Menschheitliche paradox genug ganz aus einem bestimmten historischen Raum erwächst, an eine einzigartige geschichtliche Lage gebunden und von der durchaus originären Persönlichkeit des Dichters wie ein Bekenntnis bis zum Rande gefüllt.

Der Roman als Kunstform ist stets darauf verwiesen, eine große Fülle historisch-aktueller Wirklichkeiten in sich aufzunehmen, das Zeithafte in sich einzusaugen, das ihm eine bewegte Weite, einen kraftvollen sozialen Gehalt, die bunte Mannigfaltigkeit des Weltstoffs, der verschärften Konflikte und Spannungen mitteilt. Die großen Romane der Weltliteratur sind auch durchweg Zeugnisse aus einer bewegten Geschichtszeit; sie entstanden meist im Zusammenhang mit starken Auseinandersetzungen und Wandlungen innerhalb des politischen, sozialen, sittlichen Allgemeinlebens. In dem Roman verdichtet sich die Geschichte zu einer Entscheidungsfülle innerer Art. Denn immer wurden die großen Romane geheime Biographien ihrer

Zeitalter. Das Spanien des Miguel de Cervantes befand sich in einer Zeit von Bewegungen weltgeschichtlichen Ausmaßes. Das Reich Karls V. und Philipps II. war ein Brennpunkt der europäischen Entwicklung, eine politische Großmacht, in der sich die Gegensätzlichkeit der mittelalterlichen Epoche und der Neuzeit der Renaissance, des Humanismus mit besonderer Intensität auswirkte. Ein monarchischer, feudaler und klerikaler Konservativismus wurde von gänzlich neuen Mächten überflutet, die er nicht mehr bewältigte. Spanien hatte sich einen großen Teil der bekannten Erde unterworfen, ein Kolonialreich bis nach Jamaika, Mexiko, Peru hin geschaffen. Die Zeit der großen Weltreisenden war gekommen: Vasco da Gama, Magelhaes, die bis nach Indien gelangten. Die alten sozialen Ordnungen kamen ins Gleiten. Im Norden breiteten sich die Wirkungen der Reformation aus, welche die Glaubenseinheit, die kirchliche Ordnung des Mittelalters mit dem Ruf nach der Freiheit des Christenmenschen aufriß und das menschliche Ich zur Begegnung mit sich selbst nötigte. In Italien, wo die Quellen der griechischen und lateinischen Bildung, der Freude am Schönen flossen, schritt die heiter-starke Weltlichkeit der Renaissance schon der Überreife des Barock entgegen. Die Zeit der Wende brachte alles und jedes in Unruhe, löste aber auch viele gewaltige Energien aus. Nur daran sei erinnert, daß Cervantes und Shakespeare Zeitgenossen waren, im gleichen Jahre 1616 gestorben sind. In Deutschland wird um ein Jahr früher als Cervantes Johann Fischart geboren, auch er ein satirischer, kulturkritischer, sehr unruhiger und sprachgewaltiger Humorist aus humanistischer Bildung. Der Humor findet in solchen Krisenzeiten, in denen die Inhalte der Geschichte problematisch werden, freien Spielraum. Denn er schwebt zwischen Verzicht und Sehnsucht, zwischen Melancholie des Abschieds und Freiheit des Aufbruchs.

Cervantes hat diese Bewegungen der Zeit offenbar sehr bewußt in sich aufgenommen; er hat sie mit Leib und Seele miterlebt. Er stellt sie nicht dar, aber sie bilden den Hintergrund, eine innere Stimme seines Romans. Und vor allem gelangt man nicht zu dessen vollem Verstehen, wenn man nicht das Abenteuer seines Lebens einbezieht, das schwere Leiden, Enttäuschungen, Mißgeschicke aller Art auf ihn häufte und das ihn wahrscheinlich dennoch allein befähigt hat, zu dieser Größe aufzusteigen. Von Leidenschaft, raschem Zorn, treibender Unruhe, von Abenteuerlust und Kampfsinn zeugt dieses Leben, von einem gläubigen und oft schwer verwundeten Idealismus; von zäher Tapferkeit, Ausdauer, ritterlichem Edelmut, aber auch von dem träumerischen Leichtsinn des Künstlers und von der Sorge um das Täglich-Banale, vom Wissen darum, daß auch Essen und Geld notwendige Dinge sind. Don Quijote und Sancho Pansa – beides sind Bekenntnisse des Cervantes, in das Typische objektiviert. Beide sind seine innere paradoxe Wahrheit und zugleich seine Irrtümer. Denn was sich in ihnen antithetisch spaltet, gehört doch zur widersprüchlichen, dialektischen Einheit zusammen. Sie sind Brüder im Gegensatz. Er lernte die Menschen in allen Schichten, auf den Straßen, den Meeren und in den Gassen kennen, er fühlte die Ketten der Armut und der Sklaverei am eigenen Leibe, auch er war ein Gehetzter und Getriebener, vielleicht in vielen Augen und auch vor sich selbst in den vielen Stunden hoffnungsloser Desillusion ein Verblendeter und ein Narr gewesen. Er hatte wie der Ritter von der traurigen Gestalt gekämpft, Feinde geweckt und gereizt, um jeden Preis die Ehre und die Treue verteidigt, sich selbst zum Opfer gebracht, groß in der Sehnsucht des Hoffens, des Verlangens, immer wieder scheiternd. Auch er war der Einsame gewesen, der darbend seinem Ziel sich hingab, unbeirrbar, armselig, verkrüppelt, dennoch ein Held, dessen geistige Widerstände und dessen innerer Adel mit dem Darben wuchsen. Er war ein Genie unter kleinen Menschen, und er glaubte in einer korrumpierten Gesellschaft an den Adel und an die Würde der Menschlichkeit. Er mag sich als ein letzter Ritter gefühlt haben, obwohl er wußte, daß dieses Rittertum nur noch der Traum eines Toren war, nur noch eine Sehnsucht, die zur Lächerlichkeit zu führen schien. Und es erscheint uns noch immer wie ein Wunder, daß aus diesem zerplagten, mühsamen, immer wieder in das Nichts zurückgeworfenen Leben eine solche Fülle von Menschlichkeit, von Weisheit, von weltüberlegenem Humor aufsteigen konnte, dieser Reichtum an Güte und Versöhnungskraft, diese Unerschütterlichkeit des Glaubens, diese Frömmigkeit des Christen.

Miguel de Cervantes war der Sprößling einer verarmten Adelsfamilie (Hidalgo), einer Schicht also, die von Natur aus um den verlorenen Glanz trauern mußte. Die wirtschaftlichen Grundlagen waren eingebüßt; was blieb, unvermindert ausdauerte, war der Adel der Seele, ein tathaftes, kampffreudiges Rittertum, das zugleich kriegerischer und geistiger Art war, ein Stolz der Selbstbewahrung, der sich in Pflichten bejahte, die unabdingbare Erfüllung forderten. 1547 ist er geboren, viertes Kind unter wahrscheinlich sieben Geschwistern. Am 9. Oktober wurde er in Alcala de Henares getauft. Der Vater war offenbar Arzt, der ein unruhiges, wenig erfolgreiches Wanderleben geführt haben muß, ein Trieb, der sich sichtlich auf den Sohn vererbte. 1568 läßt sich Cervantes in Madrid als ein durch Begabung und frühe dichterische Übungen ausgezeichneter Schüler nachweisen. Ein Madrider Schulrektor, Juan López de Hoyos, gab einen Krankheits- und Todesbericht der Königin, der dritten Gemahlin Philipps II., jener aus Schillers „Don Carlos" bekannten Valois, heraus, in dem sich rhetorisch-panegyrische Gedichte von Cervantes finden, der „nuestro amado discipulo" genannt wird. Auch ein Schäfergedicht „Filena", wie es literarische Mode war, ist aus dieser frühen Zeit bekannt. Er wird, wohl in Salamanca und Madrid, Theologie, schöne Wissenschaften studiert, also eine humanistisch-literarische Laufbahn erstrebt haben. Schon ein Jahr danach findet er sich in Italien als Kammerdiener eines Kardinals. Italien war das Land der großen neuen Bildung, der großen neuen Literatur, die später thematisch und sprachlich, in ihren Stoffen und Formen den Don Quijote befruchtet hat. Man vermutet, daß der lern- und lebensbegierige Jüngling von dem römischen Kardinal Giulio Acquaviva, der 1568 sich in päpstlicher Mission in Madrid aufgehalten hat, mitgenommen worden war. Dies deutet darauf, daß er auffiel, sich ausgezeichnet hatte, daß schon früh jener Zauber der Persönlichkeit von ihm ausging, den man später an ihm rühmte.

Eine Urkunde von 1569 zeigt aber auch einen anderen Grund an: sie enthält einen königlichen Haftbefehl gegen Miguel de Cervantes, dem der Verlust der rechten Hand und zehnjährige Verbannung, also sehr schwere Strafen, angedroht werden, da er einen Antonio de Sigura schwer verletzt habe. Es handelte sich offenbar um einen Ehrenhandel, einen Zweikampf, der Cervantes zur Flucht zwang und aus der ursprünglich erstrebten Lebensbahn warf. Es liegt nahe, an die zornigen, aufbrausend kühnen und besinnungslosen Zweikämpfe des Don Quijote zu denken. Die Stellung bei dem Italiener muß bescheiden sein. Ein Flüchtiger hatte wenig Rechte. Sie erinnert auch etwas an jene Dienstbarkeit, in welcher der Held des spanischen Pikaroromans die Großen und Mächtigen der Erde beobachtet und betrügt. Offenbar hielt des Cervantes freie, wagemutige Seele diese Abhängigkeit nicht lange aus. 1570 ist er Soldat im spanischen Heer. Freiheitsdrang, Lust am Abenteuer, am wilden und schönen Leben, ritterliche Tatenfreude, auch die Armut und der selbstbewußt-ehrgeizige Wille zum Aufstieg, zu Erfolg und Ruhm mögen ihn dazu veranlaßt haben, vielleicht auch spanische Staatstreue und christliche Frömmigkeit, die ihm mitgegeben waren und sich später mehr und mehr vertieft haben. Er war ein gläubiger Katholik, wie er ein treuer Spanier gewesen sein muß, der sein Volk liebte und deshalb tief in seine Seele eingedrungen ist. Die Erprobung ließ nicht lange auf sich warten. Spanien kämpfte zur See gegen die Türken um die Herrschaft auf dem Mittelmeer – wie ein Ausklang der Kreuzzüge mutet dieses Ringen an. In der berühmten Seeschlacht von Lepanto am 7. Oktober 1571, die unter dem Befehl von Don Juan d'Austria gegen die Türken unter Selim II. stattfand, hat Cervantes auf dem linken Flügel der christlichen Flotte mit großer Tapferkeit trotz Fieber und Krankheit mitgekämpft. Er wurde schwer verwundet, die linke Hand wurde verstümmelt. Wahrscheinlich hat er lange Zeit im Lazarett von Messina verbracht. Aber er verzichtete nicht auf den militärischen Beruf. 1572 ist er in Neapel unter dem Befehl des Don Manuel Ponce de Léon, und 1573 nimmt er an einer militärischen Unternehmung teil, die bis nach Afrika, nach Tunis, führt. Danach kehrt er in die Garnison nach Sardinien zurück. Aber er scheint es dennoch militärisch trotz wegen Tapferkeit erhöhter Löhnung nicht weit gebracht zu haben; vielleicht hinderten die Verwundungen den Aufstieg zu höheren Chargen. Er muß dies bitter empfunden haben, denn geistige Energie und ritterliche Tatkraft müssen sich bei ihm zur Einheit durchdrungen haben, wie Don Quijote sie in närrischer Erscheinung groß und würdig verwirklicht. Er schreibt in dem fragmentarisch gebliebenen Spätroman „Persiles und Sigismunda", „daß es keine besseren Kriegsleute gibt als diejenigen, welche aus dem Reich der Wissenschaften in die Gefilde des Krieges versetzt werden, und daß niemals ein Gelehrter Soldat geworden ist, der nicht ein guter und tapferer gewesen wäre". Da spricht er wie so oft von sich selbst. Mit Empfehlungsbriefen an den König Philipp, die ihm Don Juan d'Austria und der Vizekönig von Neapel, der Herzog von Sessa, ausgestellt hatten, schiffte sich Cervantes 1575 mit seinem Bruder zusammen ein, um nach Spanien zurückzukehren.

Da aber schlug von neuem ein boshaftes Schicksal zu. Am 26. September wurden sie während der Fahrt von einem türkischen Schiff gekapert; die Brüder wurden als Gefangene nach

Algier gebracht. Fünf Jahre der Sklaverei begannen, Jahre des Leidens, das noch dadurch vergrößert wurde, daß Cervantes' Wille sich immer wieder gegen es aufbäumte. Was alles er erlitt, ist in Umrissen überliefert. Jene Stelle in dem großen Roman, wo Don Quijote dem Zug der verketteten Galeerensträflinge begegnet und sie befreit, ist aus eigenem Wissen um das Schicksal solcher Gefangenschaft geschrieben. „Denn es scheint mir ein hartes Ding, die zu Sklaven zu machen, die Gott und die Natur frei erschufen." In dieser Not scheint Cervantes Zuflucht im Glauben gesucht zu haben. Es ist von einem Mitgefangenen berichtet worden, daß er damals religiöse Gedichte geschrieben hat. Was ihn aufrechterhielt, war der Wille. An der eben erwähnten Stelle liest man: „Zwar weiß ich wohl, es gibt keine Hexenkünste auf Erden, die den Willen zu lenken und ihm Gewalt anzutun vermögend wären, wie etliche einfältige Leute glauben; ich weiß, daß unser Wille frei ist und daß es weder Kräuter noch Zaubereien gibt, die ihn zu irgend etwas zwingen können." Es ist „unmöglich, dem Willen Gewalt anzutun" – die Wahrheit dieses Satzes hat Cervantes während dieser Knechtschaft erwiesen. Wiederholt, nicht weniger als viermal, versuchte er trotz Ketten, Mißhandlungen, schweren Strafen zu flüchten. Das Lösegeld, das für diesen Gefangenen gefordert wurde, war sehr hoch angesetzt; der Familie war es nicht möglich, das Geld aufzubringen. Es reichte nur aus, den Bruder zu geringerem Preis 1577 freizubekommen. Diese Höhe der Summe deutet darauf, daß man glaubte, in Cervantes einen besonders wertvollen Fang gemacht zu haben. Es wird berichtet, daß er nicht nur seine persönliche Befreiung, sondern wiederholt, trotz des Mißlingens, hartnäckig eine sehr klug ausgedachte Befreiung einer großen Zahl von vornehmeren christlichen Sklaven plante, doch wurden die Verschwörungen kurz vor dem guten Ende aufgedeckt. „Die größte Sünde ist die Verzweiflung" – auch dieser Satz stammt von Cervantes. Um das Unheil von den anderen abzuwenden, bekannte er sich furchtlos, im Stolz und Edelmut seiner Ritterlichkeit, einer tödlichen Strafe gewiß, als der allein Schuldige. Er war bereit, für alle das Urteil zum Galgen, zum Verlust von Nase und Ohren auf sich zu nehmen. Denn nichts anderes konnte erwartet werden. Aber es geschah geradezu ein Wunder: der Bei von Tunis, Hassan Pascha, kaufte diesen ungewöhnlichen Sklaven und brachte ihn in einen strengen Gewahrsam. Gleichwohl gab Cervantes nicht nach. Es folgten neue, immer kühnere, groß angelegte und vorbereitete Fluchtversuche. Fünf Monate legte man ihn in eiserne Ketten, um seinen Willen zu brechen. Es wird berichtet, Cervantes habe die Absicht gehabt, sich an die Spitze von fünfundzwanzigtausend Christensklaven zu setzen, Algier zum Aufruhr zu bringen und so die Stadt dem spanischen König zu übergeben. Und Hassan Pascha soll geäußert haben, er hätte Stadt, Gefangene und Flotte nur in Sicherheit, wenn dieser verstümmelte Spanier in festem Gefängnis sei. Willenskraft, Selbstbewußtsein, Klugheit, Freiheitssehnsucht, Tatkraft, Ritterlichkeit und Ausdauer müssen sich in ihm mit außerordentlicher Leidenschaft, zugleich einem tiefen Verantwortungsgefühl für alle geplagten Mitgefangenen, mit dem Bewußtsein der Verpflichtung zu Schutz und Hilfe vereinigt haben. Dieser Mann trug das Heldentum in sich, das er später dem Don Quijote gab; und er war schon jetzt unter Leiden und Strafen ein Märtyrer gewesen.

Erst 1580 kam die Stunde der Befreiung; der Familie und Mönchen des Trinitarierordens war es endlich geglückt, die Geldsumme aufzubringen, die ihm jetzt die Rückkehr nach Madrid erlaubte. Aber er stand fast vor dem Nichts. Dem verabschiedeten Soldaten konnte der Literat wenig helfen. Es war wohl die Not, die Cervantes wiederum in den Kriegsdienst getrieben hat, der ihn jetzt zum König nach Portugal und auf die Azoren führte. Eine einmalige Abfindung von hundert Dukaten – mehr gab die klägliche königliche Gnade ihm nicht. Die Jahre des Leidens hatten seine Energie nicht zerstört, wohl aber den geistigen Menschen, den Dichter in ihm reifen lassen, der sich jetzt endlich seiner inneren Bestimmung zuwenden will. Ab 1583 ist er wieder in Madrid. Verdienst bot allein das Theater; Cervantes schrieb Schauspiele, von denen sich jedoch nur wenige erhalten haben und die nicht nur kaum über den Durchschnitt hinausragen, sondern auch zeigen, wie unselbständig er sich, offenbar um raschen Erfolg bemüht, der literarischen Tradition anschloß. Im Jahre 1584 erschien sein erster Roman in Prosa, „La primera parte de la Galatea", der sich in jener schäferlichen Thematik, in jenem Kostüm des Pastoralen, in jener Sentimentalität bewegt, die dem Zeitgeschmack entsprach. Offenbar glaubte er jetzt den endgültigen Beruf gefunden zu haben, auch seßhaft und behaust werden zu können.

Bereits Vater eines unehelichen Kindes – die Mutter war vielleicht eine Schauspielerin, was auf eine niedrige soziale Stellung deutet –, hat er 1584 auf einem Dorf bei Madrid geheiratet.

Es scheint, daß die Ehe wenig glücklich wurde. Und die schriftstellerische Existenz brachte zuwenig ein, zumal er auch für einen weiteren Familienkreis zu sorgen hatte. So beginnt eine Kette neuer Versuche. Er wird Agent, Kaufmann, gewinnt schließlich in Sevilla auf dem wohl üblichen Wege durch Protektion einen Beamtenposten und erscheint als Getreidekommissar, als Ölaufkäufer für die spanische Kriegsflotte, die Armada. Man weiß von mancherlei Bewerbungen: er bittet beim königlichen Hofe, ihn nach Kolumbien zu schicken, da man dort zu Geld kommen könne, er bittet um das Amt eines Rechnungsführers bei den Galeeren in Cartagena. Seine Geistigkeit konnte das Soldatentum sich einverleiben, als ein ritterliches Tun sinnvoll machen. Als Kaufmann oder Beamter, der die Bauern zu erpressen hatte, mußte er offenbar scheitern; seine Genialität und seine freie Menschlichkeit konnten sich nicht in den Zwang des fiskalisch-ökonomischen Denkens fügen. Konflikte mit den Strafgesetzen stellten sich ein. Als er Getreide der Kirchengüter von Sevilla beschlagnahmen mußte, bestrafte ihn die um den Verlust ihres Hab und Gutes erzürnte Kirche mit Exkommunikation. Cervantes wurde in den stillen, aber erbitterten sozialen Kampf zwischen Königswille, Kirche und Volk hineingezwungen. Geldsummen fehlten, vor allem, als er Einkassierer von Geldern, wohl Steuergeldern in Andalusien, in der Gegend von Granada war. Cervantes wird 1597 in Sevilla zu einer Gefängnisstrafe von drei Monaten verurteilt; dies scheint sich 1602 wiederholt zu haben.

Aber diese Gefangenschaft bedeutete Freiheit für den Dichter: damals schrieb er an seinem großen Roman, und es sagt viel über die Persönlichkeit von Cervantes aus, daß er nach diesen Fehlschlägen die Kraft zum großen Humor, zu dieser Weltüberlegenheit, zu dieser Humanität fand. Ironie und Wahrheit sind beide in jenen Sätzen gegenwärtig, in denen die Vorrede auf das Gefängnis weist, „wo jede Unbequemlichkeit ihren Sitz hat, jedes triste Gelärm zu Hause ist". Was sich lange in ihm aufgestaut hatte, Frucht ebenso ausgedehnter wie kritischer Lektüre und einer scharfsichtigen Menschen- und Weltbeobachtung, einer ausgedehnten Erfahrung im Umgang mit dem Volk auf dem Lande, eines nicht länger gebändigten Triebes zum Fabulieren, zum unbegrenzten und heiteren Spiel der Phantasie, fand jetzt endlich den freien Auslauf.

Es ist ersichtlich, daß der Roman zuerst weit enger im Thematischen geplant war, mehr als ein Buch komischer Erfindungen, die dann jedoch über sich selbst hinauswuchsen, Tiefe gewannen, Symbolgehalt erhielten, die ganze Fülle seiner Menschlichkeit in sich aufnahmen und über diese Menschlichkeit noch weit hinaus aufstiegen – bis in die Sphäre des Zeitlosen hinein. Aus dem, was als Spaß und Satire begann, wurde ein leuchtender Ernst. Der erste Teil des Romans wurde 1605 mit der Hilfe eines Herzogs von Bejar veröffentlicht; der Erfolg war groß, aber der einfließende Gewinn blieb in den Händen des Verlegers, der Nachdrucker. Die Armut ließ den Dichter nicht frei, die Kette unheilvoller Verwicklungen riß nicht ab. Er konnte sich nicht in das einpassen, was man die Ordnungen dieser politisch-bürgerlichen Welt nannte, und er wurde immer wieder das Opfer seiner eigenen Träume, seiner eigenen Ritterlichkeit. In Valladolid, wo Cervantes seit 1604 wohnte, wurde vor seinem Hause ein adliger Mann im Streit tödlich verwundet. Cervantes nahm den Sterbenden, wohl vom Mitleid bewegt, in sein Haus auf; das Ergebnis waren eine Anklage wegen Mordverdacht oder wenigstens Mitwisserschaft um den Mord und neue Gefangenschaft. Und durch Jahre belasteten ihn unbezahlte Schulden aus seiner Zeit als Beamter. Dennoch fand er die Kraft, den Don Quijote fortzusetzen, die Geduld, den langen epischen Faden mit unerschöpflicher Phantasie, mit immer neuen Einfällen des Humors fortzuspinnen. 1613 erschien ein zweites erzählerisches Werk von epochalem Rang, die Neuschöpfung der Novelle nach dem von Boccaccio entwickelten Novellentypus, die „Novelas ejemplares", die dem Grafen von Lemos, Vizekönig in Neapel, gewidmet sind, der ihm wohl finanzielle Hilfe zukommen ließ. Denn der Schriftsteller war auf Mäzene angewiesen, die ihm die Freiheit zur Arbeit verschafften, und man weiß, mit wie wenig Erfolg Cervantes nach solchen Gönnern gesucht hat. Denn er war ein nicht eben bequemer Mann und hatte viele Feinde und Rivalen. Er schrieb einen Roman für die ganze Welt – aber er mußte zu den Vornehmen bitten gehen, um das Leben zu fristen.

Und als 1614 der Zweite Teil des Don Quijote beendet war, kam im gleichen Jahre eine Fortsetzung von einem literarischen Räuber heraus, der den Erfolg für sich gewinnen wollte und nebenbei den legitimen Autor auf niederträchtige Weise angriff und denunzierte. Die Vorrede von 1615, dem Druckjahr des Zweiten Teils, bezeugt die Empörung des Dichters. Nebenbei lief die Produktion von Schauspielen, die sich jetzt von dem anfänglichen Klassizismus fortgewendet hatten und sich dem

Stil des Lope de Vega anschlossen, zu dem Cervantes nähere, wenn auch nicht eben glückliche Beziehungen hatte. Aber er war kein Dramatiker; seine Genialität lag allein und mit voller Größe im Epischen. Ein zweiter großer Reiseroman, „Los Trabajos de Persiles y Sigismunda", wurde durch den Tod abgebrochen. In dem Widmungsschreiben an den Grafen von Lemos, 1616, den 19. April, heißt es: „Die Zeit ist kurz bemessen, die Beklemmung steigt, die Hoffnung sinkt, und dennoch trage ich das Leben in dem Wunsch zu leben..." Was sich im Zweiten Teil des Don Quijote bemerkbar macht und seinem Schluß die Rundung zum Erhabenen in der Versöhnung von Mensch, Welt und Gott gibt, bestätigt das Alter von Cervantes. Er öffnete sich, wohl stets ein getreuer Katholik, noch mehr dem Glauben. Von seinem Grabe sind keine Spuren geblieben.

Gewiß setzt dieser Roman ein sehr vielfältiges, bereits künstlerisch zu durchgebildeten Formen entwickeltes Erzählgut voraus. Der Humanist Cervantes hat viel gelesen. Den Ausgangspunkt bildete die Parodie der überaus verbreiteten Ritterromane, die das feudale Leben des Mittelalters, angereichert durch Märchen und steigende illusionistische Fabeleien, in die Romantik der Phantasie verwandelt hatten. Die alte Welt war untergegangen, sie hatte sich in eine ästhetische Bücherwelt geflüchtet, die gerade in ihrer Abenteuerlichkeit, in ihren Steigerungen die Einbildungskraft faszinierte. Berichte haben sich erhalten: ein Priester habe die Amadís-Geschichten für die reine Wahrheit gehalten, ein Student sei über der Lektüre der Ritterbücher wahnsinnig geworden, ein sonst als friedlich bezeugter Mann sei plötzlich ausgezogen, um die Taten des „Rasenden Roland" nachzuahmen. Der große italienische Epiker Ariost hatte in diesem Epos den farbigen, wunderreichen Glanz der alten Ritterlichkeit mit verführerischer Bildkraft gezeichnet, sie mit idyllischen und empfindsamen Zügen durchwebt, zugleich aber in eine heitere Ironie aufgelöst, als Spiele des Märchenhaften entzaubert und entlarvt. Cervantes hat das Epos des Ariost gut gekannt – bis zu wörtlichen Anklängen läßt sich dies nachweisen. Ariost rief, Idylliker und ästhetischer Romantiker, eine Welt des schönen Scheines hervor, aber er löste sie, Skeptiker und Humorist, zugleich wieder auf. Er entzauberte die Magie einer Wunderwelt durch die Ironie, die genau um die Wirklichkeiten weiß. Damit war eine neue Möglichkeit des souveränen epischen Fabulierens, der frei spielenden Subjektivität des Erzählers, der Verwebung von Satire und Utopie, von Realität und Märchen, von Spannung und Freiheit gefunden worden. Die Gegensätze stoßen aufeinander, aber sie werden im Schweben gehalten: nicht zuletzt durch den musikalischen Lyrismus der Ariostschen Stanzen.

Cervantes hat die Prosa gewählt, die Sprache einer stärker desillusionierten, kritischer gewordenen, reflektierenden und subjektiven Lebensstimmung. Sein Roman läßt sich, aus den härteren Lebenserfahrungen des Autors gezeugt, tiefer in die Wirklichkeiten des irdischen Lebens bis zu seinen Niederungen, tiefer in die Realität und Problematik des inneren Menschen ein. Er verschärft die Spannungen, er vermannigfaltigt die Erzählschichten und verdankt der Elastizität dieser Prosa, die sich vom Derben und Gezierten, vom Scherzhaften bis zu geistiger Objektivität und bis zum fliegenden Schwung des Idealischen verwandeln kann, ein Universum an Prosa, das der Universalität seiner Erzählthemen, der geschilderten äußeren und inneren Welt entspricht. Daß ein großes Erzählertum immer auch aus der Faszination durch den Reichtum der Sprache, aus einem geradezu schwelgerischen Verfügen über die Sprache erwächst, erweist dieser Roman. Und dennoch wuchert diese Sprache nicht in das Grenzenlose; sie bleibt genau in der Verschwendung, maßvoll in der Fülle ihres Aufgebotes. Cervantes erhöht ihre innere Spannung noch durch den Wechsel von direktem und indirektem Stil, durch die Vervielfältigung der Erzählstimmen. Denn es gehört zu seinen Kunstmitteln, wie er den Leser bald mitten in die Situation zieht, bald in der Distanzierung des Berichts Abstand, Überschau, kritische Besinnung gewinnen läßt, also die ganze Polyphonie der Erzähltechnik einsetzt, deren sich der Roman bis heute zu bedienen weiß und aus der heraus er sich immer wieder erneuert. Und dies alles bewahrt hier das Ursprüngliche des frühen Fundes. Mit ihm beginnen der Subjektivismus und der Realismus des Romans, zugleich das Raffinement seiner formalen Kunst, wenn man dies nur weit genug verstehen will.

Cervantes hat seinen Menschen erdhafte Bodenständigkeit, naturhafte Atmosphäre, reale Existenz und ein Schicksal mitten in den irdischen Bindungen dieses Lebens gegeben. Sie sind im Denken und Tun seine Zeitgenossen, wie er sie täglich zu treffen, zu sprechen vermochte. Er sah das Typische in der individuellen Wirklichkeit, das Typische in der Gesellschaft, im Volke; er sah die Spanier in ihren Leidenschaften und Sonderlichkeiten. Er hat auch den Schelmenroman als Anregung benutzt, der in Spanien im 16. Jahrhundert, zuerst im „Lazarillo de Tormes", 1554, entstanden ist. Er schildert, auf Typen aufgebaut, die Lebensgeschichte eines Wanderers und Abenteurers, der sich arm und geplagt durch das Leben treiben läßt, bis in alle Niederungen hinein, oft getäuscht, aber zuletzt doch immer überlegen. In ihm war im Widerspiel zu dem heldisch-höfischen, erotisch-galanten Abenteurerstil der Stil eines ironisch-kreatürlichen und gesellschaftlichen Naturalismus geschaffen worden, die Perspektive von unten – eine Perspektive der sittlichen, sozialen und ästhetischen Entlarvungen. Beide Formtypen weisen auf eine bestimmte soziologische Konstellation, wie denn der Roman seit seinem Ursprung eng mit gesellschaftlichen Bewegungen verbunden ist: sei es als Überhöhung, sei es als Entzauberung. Diese Dialektik formt auch den Don Quijote. Cervantes hat weiterhin die italienischen Liebesnovellen genau gekannt, die seit Boccaccio einen neuen Erzähltypus begründet hatten und deren Reiz nicht nur in der Pointierung der Situationen, sondern auch in den Ansätzen zu einer erotischen Psychologie lag. Seine Erzählleidenschaft verrät sich in den für ihn typischen antithetisch gebauten Verdoppelungen und Häufungen solcher Motive. Denn daß man alle Dinge von mehreren Seiten sehen kann, daß sie immer in Relationen sich darstellen, daß alles Leben ungeheuer vieldeutig ist – dies ist seine große Entdeckung; eine Entdeckung, die die Hierarchik des mittelalterlichen Denkens in die relativierende Vielstimmigkeit der modernen Existenz verwandelt. Er denkt in Umkehrungen, die sich in sich selbst vermannigfaltigen.

Er ist frei von dem späteren Purismus der einlinigen Erzählführung; seine Lust am epischen Fabulieren, die jedoch nie zur Willkür ausartet, sondern, mit antithetischen und komplementären Bezügen arbeitend, genau den klaren Ablauf im übersichtlichen Nacheinander festhält, schafft eigene Kreisbildungen im Gesamtkreis des Romans. Sie ist auch eine Lust an der Sprache, die ebenso Elemente der spanischen Mystik wie der lateinischen Rhetorik und der Dialogkunst des spanischen Dramas in sich aufgenommen hat und die einen eigenen Stil der Sprachkomik entwickelt. Er liebt, für den ungeduldigen Leser zunächst verwirrend, den Einschub eigener Novellen, Anekdoten, die dennoch zum Gesamtthema im genauen Bezug bleiben und es vielseitig spiegeln. Denn das Erzählen hieß hier, in die ganze Weltfülle hineinzugreifen, sie in ihrer Mannigfaltigkeit auszuschöpfen. Dieses Erzählen in Anekdoten und

Pointen, in komischen Situationen hatte die Schwankerzählung seit dem Mittelalter ausgebildet, die mit geschickten Steigerungen Geschichte an Geschichte reihte und auf alles Geeignete aus dem Volksgut und aus gelehrter Tradition zurückgriff. Wiederum ist in ihr eine fruchtbare Anknüpfungsquelle für Cervantes zu vermerken. Und da er, was er erzählte, verstärkend als verbürgte, gesicherte Wahrheit, als ein wirkliches Leben hinstellen wollte, um so bereits in den Vorgang des Erzählens das ironisch-humoristische Spiel hinter dem Antlitz des sorgsamen, gewissenhaft-prüfenden Chronisten hereinzunehmen, da er im Spaß des Erzählens zugleich der ernsthafte Gelehrte sein will, der alle Urkunden geprüft hat, da er endlich sich aber zugleich durch diese Distanzierung in der Spielfreiheit der Fiktion bewahren wollte, griff er die Einkleidungsformen des gelehrten Romans auf, der nun auch seinerseits verspottet wird. Er erfindet den arabischen Gewährsmann Sidi Hamét Benengelí, der ihn selbst vor den Verantwortungen schützt und die fiktive Bürgschaft der Wahrheit ist. Und natürlich ging Cervantes nicht an dem zeitgenössischen Schäferroman vorbei, an seiner erotischen Empfindsamkeit, seiner Idyllik der Gefühle, seinem romantischen Maskenzauber, seiner inneren Welt an Leidenschaften, Sehnsucht, Schwermut, Glück und Entsagung. Dies alles bot bis in die Sprache hinein reichlich Stoff und Formen und gab dem Roman bereits einen universalen Gehalt, die Kraft der literarischen Repräsentation eines ganzen Zeitalters.

Aber die künstlerische Größe von Cervantes liegt darin, daß er das Vielfältige mittels der einen Gestalt, des närrischen und weisen Ritters Don Quijote, zu einem einheitlichen Erzählgewebe zusammenfaßte, das seinen festen Mittelpunkt hat, aus dem sich in vielen Spiegelungen, Kontrastfiguren und Kontrastsituationen, in immer neuen Brechungen und Umkehrungen ein großes Thema entfaltet; daß er dieses Thema in der inneren Unerschöpflichkeit einer menschlichen Figur die Offenheit zur Totalität des menschlichen Daseins überhaupt gewinnen ließ. Er entzauberte durch die Narrheit des Ritters von der traurigen Gestalt die falsche Romantik der Zeitgenossen und ließ ihn zur komischen Figur werden, die, eingebildeten Idealen und Werten mit einer geradezu ekstatischen Monomanie nachjagend, von dem verlockt, was er sich selbst erträumte, Spiegelfechter in einer illusionären Welt, in der Irrealität einer grenzenlosen und hartnäckigen Einbildungskraft verfangen, das Trügerische der Phantasie im lächerlichen und schmerzhaften, boshaften und gerechten Zusammenstoß mit der handfesten Wirklichkeit erweist. Aber er stellt in diesem Törichten, der gänzlich auf sich selbst, auf seine Wahngebilde konzentriert ist, Paradigma in sich kreisender auswegloser Narrheit, zugleich und nun ganz gegenwendig einen Aristokraten der Phantasie dar, einen kühnen und beharrlichen Helden des Traumes. Denn ungeachtet der ihn beständig widerlegenden und höhnenden Wirklichkeit hält er am Flug des Idealischen fest; unbeirrbar, mit einer Tapferkeit der Hand und des Herzens, die von einem echten Rittertum, von Mut, Adel, Stolz, von der rührenden Einfalt und der stolzen Ehre einer männlich starken Seele zeugt.

Nicht nur Don Quijote wächst während des Laufes der Erzählung in eine immer größere Menschlichkeit hinein, die sich am Schluß ganz rein verwirklicht. Auch Sancho Pansa, zuerst nur die possenhafte Kontrastfigur, welche das Recht der niederen Wirklichkeit mit allen ihren kreatürlichen Ansprüchen darstellt und doch zugleich diese Wirklichkeit parodiert, wird von dieser Ausstrahlungskraft des Ritters ergriffen. Er macht sein inneres Reifen mit, wird sein Freund, sein getreuer Gefolgsmann und gewinnt so das sich vertiefende Profil. Im Narrentum erweist sich die Positivität der echten Ritterlichkeit, und in das Lachen mischt sich die Liebe – jene Liebe zu seinem Helden, die Cervantes wohl den langen Atem, die große Geduld zu diesem epischen Werk gab. Es stellt sich heraus, daß der so hilflos Unterlegene, den die guten, verständigen und doch so platten Freunde zur kleinen Vernunft des Alltages zurückzubringen suchen, in Wahrheit der Überlegene ist, der sich über alle Widerstände hinweg die innere Treue zu sich selbst, die Freiheit zu seiner Phantasie bewahrt und der damit heroische Züge im Komischen, seelische Größe im Lächerlichen erhält. Denn die tiefernste, geradezu pathetische Illusion des Wahnes erscheint, trotz allem Betrüblich-Ergötzlichen, was sie herausfordert, als das Edlere, als eine höhere Stufe des inneren Daseins.

Don Quijote ist eine deutliche Kritik an den Zeitgenossen. Cervantes häuft in lockerer Komposition die Szenen, in denen er sich als ein scharfblickender Kritiker der ihn umgebenden Gesellschaft ausspricht – genau durch die Existenz dieses Ritters hindurch. Er war ein großer Psychologe aus der Fülle seiner bewegten Lebenserfahrungen heraus, als der er sich nicht nur in der inneren Vielfalt seiner Gestalten, im Durchblick bis in das Unbewußte, nicht nur in ihren Taten und Worten, dieser oft ungemein tiefdringenden Weisheit, sondern bis in ihre Gebärden hinein erweist. Er schafft aus der Fülle des lebhaft Gesehenen; alles wird bildhaft, in bewegten Szenen, in Dialogen vorgeführt, als Bildsituation körperhaft sichtbar. Es ist kein Zufall, daß dieser Roman so oft und ergebnisreich die Zeichner und Maler aufgerufen hat. Die Schilderung führt von außen nach innen, sie bleibt in der sichtbaren Welt, aber spricht durch sie hindurch.

Ein Armer, Gedemütigter wird geschildert, der aus einer Not in die andere stürzt, durch sich selbst in sie verführt, und der nicht nur viele groteske Prügel, sondern an das Herz greifende Enttäuschungen erntet. Aber Cervantes gibt ihm zugleich einen Adel der Seele, eine Großmut des Herzens, welche die Ideale des echten Rittertums verwirklichen; deshalb muß er der Einsame, der Heimatlose sein, denn er ist ein Fremdling in dieser Welt, ein Opfer und ein Held. Er zieht aus, ausgerechnet er, um die Armen, Verfolgten, Bedrängten zu schützen; er, der Narr, tut, was doch alle tun sollten und niemand wagt. Und vernimmt man nicht auch die Stimme des künstlerischen Menschen, der, aus bitteren Erfahrungen um die Hoffnungslosigkeit der Träume und Ideale wissend und diese Bitterkeit in einer fast übermenschlichen Distanzierung von sich selbst überwindend, ironisch und skeptisch sich selbst gegenüber, den Idealismus der Phantasie schildert, der sich im Narrentum verstecken kann, so daß hinter dem Humor die Tragik aufscheint – die Erfahrung, daß das Lächerliche nur die andere Seite des Schmerzes ist? Spürt man die tiefe Melancholie dieses dennoch so lebensheiteren Humors? Spürt man das Mitleid der Liebe im Grotesken? Das Humane im Verrückten? Und man geht wohl nicht fehl, Cervantes selbst zu vernehmen, wenn aus dem Don Quijote so oft eine klare, stille und überlegene Weisheit, eine ungewöhnliche Höhe über dem Treiben dieses Lebens spricht.

Denn er zeigt ja einen hellen und klaren Verstand, Gescheitheit und Rechtschaffenheit, wo es um anderes geht als seinen Ritterwahn, seine Romantik des Idealen. Ebenso, wenn plötzlich eine Leidenschaft, die Kraft des Zornes, selbst des Hasses in ihm aufsteigt. Der Geist schafft hier seine Welt, der Geist bewahrt in allen Erniedrigungen die sittliche Würde. Eine von inneren Spannungen überbürdete, romantische und enttäuschte, zugleich in sich sehr männlich gefaßte und sehr ironische überlegene Seele hat diese mythische Gestalt geschaffen. Selbst Sancho Pansa hat an dieser großen Menschlichkeit teil und wird mit seinem Herrn immer inniger zusammengeführt. Die wirkliche Welt sinkt immer tiefer in die Niederungen, in das Belanglose ab. Das Lachen verwandelt sich in ein Mitleid, in die Güte der humanen Liebe, das Närrische wird zur Weisheit, zum Zeichen der wahren Humanität. Was sich zunächst und immer wieder als Antithese, als Groteske und Bosheit der Gegensätze anbietet, gelangt so doch zur Milde der Versöhnung. Die Widersprüche, die Cervantes aufgerissen hat, bleiben nicht ungelöst. Denn dieser Humor gelingt nur, wenn über ihnen die große Kraft zum Ausgleich, zur Beschwichtigung bewahrt wird. Man darf die Weisheit eines schweren und vollen, in seinem Lebensgrunde sich selbst getreuen Daseins in dem Schluß dieses Romans erkennen, der den Don Quijote zur Erkenntnis seines Wahns, zur innigen Ruhe des stillen Todes führt. Aus christlichem Glauben ist des Cervantes Fähigkeit zum heiteren Lachen entstanden; es ist das siegende Lachen der letzten Versöhnung. Es ist das Lachen aus einer Wahrheit, die aus der Ganzheit des Lebens in der Einheit seiner Widersprüche gewonnen wurde und so zugleich eine Wahrheit über dem Leben ist, auch wenn sie sich nur im Andrang seiner Wirklichkeit erweist. Cervantes läßt es selbst seinen Helden im Zweiten Teil im Gespräch mit dem Baccalaureus sagen, als dieser ihm von seiner Biographie berichtet. „In der Tat, Herr Baccalaureus, soviel ich davon verstehe, um ein Geschichtswerk oder überhaupt ein Buch, welcher Art es auch sei, zu schreiben, bedarf es gesunden Verstandes und reifen Urteils; mit Anmut zu scherzen und witzig zu schreiben ist die Sache hochbegabter Männer. Die geistvollste Rolle in der Komödie ist die des dummdreisten Narren; denn diese Eigenschaft darf der nicht haben, der den Einfältigen vorstellen soll. Die Geschichte ist wie ein Heiligtum, denn sie muß wahr sein, und wo die Wahrheit ist, da ist Gott – insoweit es Wahrheit betrifft." Die Wahrheit gibt dem Humor den Stil der Größe. In der Ironie bewahrt sich dennoch ein zartes und mitleidiges Gemüt, das allen Menschen das Gute zuzufügen gestimmt ist; in dem Besessenen lebt ein Heiliger, in dem Narren ein Gerechter. Das Rittertum der Torheit ist das Symbol des Dichters, der sich selbst verstanden hat.

Fritz Martini

ANMERKUNGEN

Die von Ludwig Braunfels in Fußnoten beigefügten Erläuterungen wurden benutzt und an Hand der neuesten kritischen Cervantes-Ausgaben, insbesondere der spanischen Kommentare, bearbeitet und ergänzt.

Die Ziffern beziehen sich auf die Seiten, die *kursiv* gesetzten Stichworte weisen auf die betreffenden Textstellen hin.

7 *im Gefängnis erzeugt* – Abgesehen von seiner Sklaverei in Algier (von Sept. 1575 bis Sept. 1580) war Cervantes wiederholt eingekerkert. Zuerst 1597 in dem großen Gefängnis in Sevilla. (Er hatte, in seiner Eigenschaft als Kommissar der Marineverwaltung, einkassierte königliche Gelder bei einer Bank in Lima deponiert, die dann ihre Zahlungen einstellte. Die Summen waren von ihm auf dem damals üblichen Wege in Wechseln nach Madrid abgeliefert worden, und als die Wechsel von der Bank nicht mehr eingelöst wurden, mußte Cervantes für die Beträge einstehen und sie allmählich abtragen.) In der gleichen Sache war er 1602 nochmals in Sevilla inhaftiert. Auch in einem Dorf in der Mancha, Argamasilla de Alba, wurde lange ein Haus gezeigt, in dem er 1605 eingesperrt gewesen sein soll. Es wird vermutet, daß zumindest die Idee, vielleicht auch einige Teile des Don Quijote im Gefängnis in Sevilla entstanden; andererseits weisen die Andeutungen mehr auf die primitiven Verhältnisse einer Gefangenschaft in dem kleinen Gefängnis in Argamasilla hin. – *wie andre tun* – Diese und die meisten der folgenden ähnlichen Polemiken sind gegen Lope de Vega gerichtet. – *den König umbringen* – debajo de mi manto, al rey mato, ein spanisches Sprichwort, ähnlich unserem: Eine Faust im Sacke machen.

8 *all meinen Jahren* – Cervantes schrieb diese Vorrede 1604, mit siebenundfünfzig Jahren. In den vorhergehenden zwanzig Jahren hatte er nichts veröffentlicht. – *Zitate ... Notate* – weist ebenfalls auf Lope de Vega, der die pedantische Zitier- und Kommentier-Mode der Zeit besonders übertrieb (in seinem Roman El Peregrino en su patria und in seinem epischen Gedicht Isidro de Madrid bringt er sogar alphabetische Aufstellungen der von ihm zitierten antiken Autoren etc.).

9 *an Sonetten* – auf Lope de Vega anspielend, der seinen Büchern eine Menge von Widmungssonetten an die darin auftretenden Personen vorausschickt. Wir übergehen im folgenden solche Stellen, es sei hier nur zum näheren Verständnis auf diese Zusammenhänge hingewiesen.

10 *Non bene* – Für alles Gold tut man nicht gut daran, die Freiheit zu verkaufen. Der Vers ist aber nicht von Horaz. Cervantes hat ihn den Äsopischen Fabeln eines Anonymus entnommen; er findet sich auch in der Fabel De cane et lupo von Walter Anglicus. – *Pallida mors* – Der bleiche Tod pocht mit gleichem Fuß an die Hütten der Armen wie an die Burgen der Könige (Horaz).

11 *Ego autem* – Ich aber sage euch: Liebet eure Feinde (Matth. 5, 44). – *De corde* – Aus dem Herzen kommen die bösen Gedanken (Matth. 15, 19). – *Donec eris* – Solange du glücklich bist, wirst du viele Freunde zählen; werden die Zeiten umwölkt, so wirst du allein sein. Die Stelle ist nicht aus Cato, sondern aus Ovid. Solche Ungenauigkeiten des aus dem Gedächtnis zitierenden Cervantes finden sich vielfach. – *Der Riese Golías* – Lope de Vega, Isidro. – *Der Fluß Tajo* – eine für Lope de Vega charakteristische „wissenschaftliche" Anmerkung aus dem Peregrino. – *Cacus* – ein von Herkules erschlagener feuerspeiender Riese. – *Bischof von Mondoñedo* – Antonio de Guevra, Chronist Karls V. Seine Werke wurden im 16. Jahrhundert viel übersetzt. In seinen Epistolas familiares erzählt er das (erdichtete) Leben der Lamia, Lais und Flora, „welche die drei schönsten und berühmtesten Dirnen gewesen".

12 *Leone Ebreo* – Juda Abarbanel (1460 bis 1521), bei der Judenvertreibung 1492 aus Spanien ausgewiesen. Seine Dialoghi d'amore, aus dem Ideenkreis des Neuplatonismus, 1535 in Rom erschienen, waren eines der beliebtesten Bücher des 16. Jahrhunderts, dessen Einflüsse sich auch in Cervantes' Galatea zeigen. – *Fonseca* – Christobal de Fonseca. Augustinermönch. Sein Tradato del Amor de Dios, 1592 erschienen, ebenfalls von neuplatonischen Ideen ausgehend, hatte zu Cervantes' Zeit großes Ansehen.

14 *Urganda* – Zauberin aus dem Ritterroman Amadís von Gallien (s. Anm. zu S. 54), die hilfreiche Gönnerin des Helden, die in verschiedenen Gestalten erscheint und deshalb „nicht erkannt" wird. – Diese scherzhaften Reimspiele nannten sich versos de cabo roto (Verse mit abgebrochenen Enden) oder versos cortados (abgeschnittene Verse). Die Zeilen reimten sich auf der letzten betonten Silbe und schnitten den (von Braunfels zugefügten) Rest ganz ab. – Die nachfolgenden Strophen fanden verschiedene Deutungsversuche, auf die wir in diesem Rahmen nicht eingehen können.

16 *Amadís von Gallien* – Held des gleichnamigen Ritterromans, Muster aller treuverliebten Ritter. Siehe Anm. zu S. 54. – *Armutsfelsen* – der Felsen, auf dem Amadís sich verborgen hielt und in Seelenqualen und Kasteiungen verzehrte, weil seine Geliebte,

Oriana, ihm zürnte. – *Don Belianís* – bramarbasierender Held des seinerzeit berühmten gleichnamigen Ritterromans von Jerónimo Fernandez, erschienen 1547 in Burgos.
17 *Oriana* – Die Geliebte Amadís' huldigt hier der Geliebten Don Quijotes. Oriana, die Tochter des Königs Lisuarte von Britannien, besaß ein Lustschloß Miraflores; „höhere Achtung aber in der Welt besaß Toboso". – *mit keuschem Sinn* – Orianas Liebe ermangelte der kirchlichen Legitimierung.
18 *Allerhand* – ungeklärt, welcher Schriftsteller hier gemeint ist. – *Villadiego* – Der Name ist nur aus der spanischen Redensart bekannt: die Hosen des Villadiego nehmen (davonlaufen). – *Celestina* – eine berühmte Novelle in Dialogen, zwischen 1480 und 1490 von Fernando de Rojas verfaßt, ältestes Muster klassischer Prosa in Spanien. – *Babieca* – Schlachtroß des Cid (s. Anm. zu S. 23). – *Lazarillo* – der älteste Schelmenroman der spanischen Sprache, Lazarillo de Tormes, von Diego de Mendoza, dem berühmten Staatsmann, etwa 1525 erschienen. – *Der rasende Roland* – Cervantes verwendet verschiedentlich die italienische Form Orlando, die wir in die deutsche Bezeichnung Roland übersetzt haben. Wo im Original der spanische Name Roldán steht, haben wir diesen unverändert übernommen.
19 *Der Sonnenritter* – Held eines vielgelesenen Ritterromans von Diego Ortuñez, 1562 erschienen, von späteren Autoren fortgesetzt. – *Claridiana* – die Geliebte des Sonnenritters. Tochter des Königs von Trapezunt und der Königin der Amazonen. – *echter Gote* – Der spanische Adel rühmte sich gerne seiner gotischen Abstammung. – *Solisdan* – Gestalt aus Amadís von Gallien.
21 *nicht erinnern will* – Argamasilla de Alba. Vgl. Anm. zu S. 7. – *Junker* – span. hidalgo, der Edle, der spanische Kleinadel. Ursprünglich die Reconquistadores, die Eroberer, die Spanien von den Mauren befreiten. Später meist als kleine Grundbesitzer verarmt. Allmählich verbreitete sich dieser niedere Adel durch akademischen und Beamten- (wohl auch für Reichgewordene käuflichen) Adel, doch geht die in der Literatur des 16. und 17. Jahrhunderts auftretende tragikomische Gestalt des Hidalgo auf die verarmten Nachkommen der alten Eroberer zurück, die sie vielfach noch rein verkörperten. – *Tartsche* – Rundschild aus Leder (s. Anm. zu S. 31).
22 *Feliciaño de Silva* – 1492 bis 1560, Autor zahlreicher Ritterromane. Seinen Florisel de Niquea erwähnt noch Madame de Sévigné als zu ihrer Zeit allgemein bekannt. Seine Zweite Celestina ist eine Fortsetzung des berühmten Werks de Rojas' (siehe Anm. zu S. 18). Cervantes' Polemik trifft in de Silva den für die Zeit typischen Geschmack. – *unbeendbaren Abenteuers* – Don Belianís endet damit, daß der weise Zauberer Fristón die letzten Kapitel der Handschrift auf einer Reise verloren hat und der Autor erklärt, er lasse deshalb das Buch einstweilen ohne Schluß erscheinen. Cervantes

zitiert aus dem Gedächtnis etwas ungenau. – *Palmerín von England* – Held des gleichnamigen Ritterromans von Luis Hurtado aus Toledo, 1547 erschienen.

23 *Cid Ruy Diaz* – Der spanische Nationalheld Cid lebt im Bewußtsein des Volkes in einer Reihe von Romanzen. Das Epos, um 1140 entstanden, geht auf historische Begebenheiten während der Kämpfe gegen die Araber im 11. Jahrhundert zurück. – *Ritter vom flammenden Schwert* – Amadís von Griechenland, der Urenkel des Amadís von Gallien. Der Roman Amadís de Grecia bildet das neunte Buch der Amadísromane. Von de Silva (s. Anm. zu S. 22), 1535. – *Bernardo del Carpio* – Sagenheld aus dem spanischen Romanzenkreis, unterstützte die Mauren. Lope de Vega machte ihn zum Helden eines seiner Dramen. – *Riese Morgante* – Held eines spanischen Ritterromans. Berührungen mit der Rolandsage. Luigi Pulci (1431 bis 1487) behandelt ihn in seinem epischen Gedicht Il Morgante maggiore. – *Rinald von Montalbán* – der tapferste der Söhne des Grafen Haimon von Dordogne (die vier Haimonskinder, französ. Epos des 12. Jahrhunderts). – *Ganelon* – verriet das Heer des Kaisers und Roland bei Roncesvalles.

24 *Tapferkeit seines Armes* – In den Ritterromanen werden die Helden durch die Kraft ihres Armes Kaiser von Konstantinopel oder Trapezunt usw. – *Pferd Gonellas* – Pietro Gonella, Hofnarr des Herzogs Borso von Ferrara (1450 bis 1471), hatte mit seinem Herrn gewettet, daß sein bresthafter Gaul weiter springe als das Leibpferd des Herzogs. Darauf ließ er seinen Klepper von einem hohen Erker herunterspringen, während der Herzog diesen Todessprung für sein Lieblingspferd nicht wagte. – *tantum pellis* – das nur Haut und Knochen war.

25 *Rosinante* – von Rocin, Gaul, und antes, vorher bzw. vorhergehend. Also hat das Wort die Doppelbedeutung: (vorher) ein gewöhnlicher Gaul, (jetzt) allen Gäulen vorangehend. – *Quijote* – = Beinharnisch, Quijada = Kinnlade, Quesada = Käsekuchen. Quesada ist ein häufig vorkommender Familienname. – *auf einen Riesen stoße* – Die Riesen treten in den Ritterbüchern ständig auf. Ihre Wohnsitze sind Inseln, Felsen, Berge, Seen. Sie werden von den Rittern meist besiegt und müssen sich dann der Geliebten des Ritters zu Diensten stellen.

26 *Dulcinea von Toboso* – Toboso, ein Dorf in der Mancha, der mittelspanischen Steppe, südöstlich von Aranjuez. Der Sage nach soll Cervantes aus Argamasilla (s. Anm. zu S. 7) nach Toboso geflüchtet sein und dort bei dem Bauern Lorenzo gewohnt haben, dessen Tochter Aldonza hieß. Eine andere Version weist auf das Haus des Juristen Estéban Manuel Zarco de Morales hin, dessen Schwester Anna das eigentliche Urbild der Dulcinea gewesen sein soll, deren Name aus dulce Ana (süße, liebliche, sanfte Anna) gebildet sei.

28 *weiße Rüstung* – Die jungen angehenden Ritter hatten eine weiße Rüstung zu tragen. – *Montiel* – Hauptstadt des Bezirks Montiel in der Mancha. „Weitbekannt" ist die Stadt durch die Schlacht vom 14. März 1369, in welcher Don Pedro der Grausame von seinem Bruder Heinrich von Trastamare geschlagen wurde. Neun Tage später erdolchte ihn Heinrich vor dem Schlosse Montiel und folgte ihm als Heinrich II. auf dem Königsstuhl.

31 *schlecht zusammenpassende Rüstungsstücke* – Koller und Tartsche trugen die nach maurischer Art (à la gineta) Reitenden; wer nach Ritterart den Zügel (brida) führte, trug Eisenschild, Harnisch und Speer. Dem Wirt fällt also auf, daß Quijotes Koller und Tartsche nicht zu Zügel und Speer passen. – *Meine Zierat* – aus einer alten Romanze. Diese Romanzen waren im Volke so geläufig, daß der Wirt das Zitat ganz selbstverständlich weiterführt: Euer Bette harter Felsen ... Wir gehen im einzelnen nicht mehr auf diese häufigen Zitate ein, die charakteristisch sind für die Zeit, in der Cervantes schrieb. – *ehrlichen Kastilianer* – in der Gaunersprache: Los sanos de Castilla. – *Sanlúcar* – alte andalusische Hafenstadt, von der Kolumbus seine dritte Reise und Magalhaes seine Reise um die Welt antraten. Der Strand von Sanlúcar wird öfters als Sammelplatz von Abenteurern und Gaunern erwähnt.

32 *Niemals ward* – aus einer Romanze über Lanzelot.

34 *Waffenwacht* – Teil aus der genau festgelegten Ritualfolge der Ritterweihe. Das Wesentliche bei der Ritterweihe ist der Schlag auf die Schulter, das Symbol, daß sich der Ritter zum letztenmal eine solche Demütigung gefallen läßt. In allen solchen Schilderungen werden die zeitgenössischen Ritterromane bis ins kleinste nachgeahmt.

35 *Kneipen von Toledo* – Alle die aufgeführten Plätze waren bekannt als Sammelorte der herumziehenden Gauner.

44 *als eine Eidechse* – wortwörtlich aus Olivante de Laura. Dies Beispiel aus vielen sei nur erwähnt als Hinweis, wie streng sich Cervantes, allerdings meist parodistisch, an die Ritterromane hält.

49 *Baldovinos* – Neffe des Markgrafen in der Romanze Der Markgraf von Mantua. Baldovinos' Frau war die Infantin Sevilla. Carloto (der böse Scharlot in Wielands Oberon), der Sohn Kaiser Karls, schlägt den Baldovinos meuchlings nieder, weil er die Gunst Sevillas zu erzwingen sucht. Zu Tode verwundet klagt Baldovinos seinem Onkel, der ihn im Walde gefunden hat, sein Unglück.

50 *Quijano* – Ob die verschiedene Schreibweise (s. auch Anm. zu S. 25) auf die bekannte Lässigkeit Cervantes' oder auf Druckfehler zurückgeht, ist nicht geklärt. – *Der Mohr Abindarráez* – eine berühmte Episode, die in verschiedenen Romanen und Romanzen verarbeitet ist: Die Abencerrajen, das vornehmste maurische Geschlecht im Königreich Granada, hatten sich 1428 vor der Verfolgung durch den König von Granada nach Kastilien geflüchtet. Ein Knabe war vom König zurückgehalten worden, Abindarráez. Dem

Befehlshaber der Stadt Cártama zur Erziehung übergeben, lernte er dessen Tochter kennen, Jarifa, und zwischen den beiden entspann sich ein Liebesverhältnis. Als der Befehlshaber nach der Festung Coin versetzt wurde, reiste Abindarráez ihm nach, um Jarifa zu sehen. Unterwegs wurde er von Rodrigo Narváez gefangengenommen, der ihn auf seine Bitte drei Tage aus der Haft entließ, damit er ein Rendezvous mit Jarifa nicht versäumte. Abindarráez löste sein Versprechen ein und kehrte nach drei Tagen zurück, von Jarifa begleitet. Narváez gab ihnen darauf die Freiheit und versöhnte beide mit dem Vater Jarifas.

51 *Pairs von Frankreich* – Die sechs vornehmsten Lehensfürsten und die sechs mächtigsten Bischöfe Frankreichs bildeten die zwölf Pairs, die dem Könige an Rang gleich waren. Es sei auf den Sagenkreis um Karl den Großen verwiesen – *die neun Söhne des Ruhms* – drei Juden: Josua, David, Judas Makkabäus; drei Heiden: Hektor, Alexander, Cäsar; drei Christen: König Artus, Karl der Große, Gottfried von Bouillon. Titel eines Romans. – *Lizentiat* – der, besonders bei Theologen und Juristen, verbreitetste der drei akademischen Grade: Baccalaureus, Lizentiat, Doktor. – *Barrabas* – der Verbrecher, dessen Freilassung statt Christus die Juden von Pilatus forderten; als Prototyp der Verdammten erscheint er neben Satanas.

54 *Amadís von Gallien* – der berühmteste aller Ritterromane. Die Urheberschaft ist unbekannt. Zuerst in Frankreich verbreitet, dann in Spanien in einer Reihe von dreizehn Büchern weiterentwickelt. Die ursprünglichen drei Bücher von Amadís wurden um 1470 von Garcia Ordóñez de Montalvo durch ein viertes Buch erweitert. Auf diese bezieht sich obige Stelle. Lange Zeit haben die Amadísromane als das beste Unterhaltungsbuch und als Muster der edlen Sitte gegolten und durch drei Jahrhunderte einen kaum zu ermessenden Einfluß auf alle gesellschaftlichen Schichten ausgeübt. (Siehe auch Anm. zu S. 22 de Silva. Sein weitverbreiteter Roman Florisel bildet das zehnte Buch der Amadísromane.) – *Geschichten von Espandián* – das fünfte Buch der Amadísromane. – *Amadís von Griechenland* – s. Anm. zu S. 23 Ritter vom flammenden Schwert.

55 *Königin Pintiquiniestra* – aus de Silvas Romanen. – *Schäfer Darinel* – aus de Silvas Amadís von Griechenland. Hier tritt zum erstenmal in der spanischen Literatur das schäferliche Element auf, das de Silva mit dem Ritterroman zu verschmelzen sucht. In der übrigen Literatur hatte es sich bereits seit Sannazaros La Arcadia verbreitet, das 1504 erschien. – *Don Olivante de Laura* – von Antonio de Torquemada, 1564 in Barcelona erschienen. Sein *Blumengarten,* halb anekdotischen, halb enzyklopädischen Charakters, veranlaßt Cervantes zu der scharfen Kritik. – *Florismarte von Hyrkanien* – von Melchor Ortega, 1556 in Valladolid erschienen. Der Name des Helden ist eigentlich Felixmarte. – *Ritter*

Platir – Eine ähnliche Romanserie wie die Amadísromane bilden die von Palmerín. Der erste davon war Palmerín de Oliva, 1511 unter einem Pseudonym erschienen, der vierte Der Ritter Platir, 1533, Verfasser unbekannt; u. a. folgte 1547 Palmerín von England (s. Anm. zu S. 22). – *Der Ritter vom Kreuz* – in zwei Teilen erschienen: der erste mit dem Titel: ... Lepolemo, Sohn des Kaisers von Deutschland, 1521 in Valencia, der zweite Teil, Der Ritter vom Kreuz, Toledo 1526, Verfasser unbekannt.

56 *Spiegel des Rittertums* – in drei oder vier Teilen seit 1533 erschienen, von mehreren Verfassern. Der Roman behandelt die Taten Rolands und Rinaldos und war sehr geschätzt. – *Turpin* – Erzbischof von Reims, gest. 800, dem eine lügenhafte Chronik Karls des Großen zugeschrieben wurde. – *Mateo Bojardo* – 1430 bis 1494, Verfasser des Orlando innamorato, den Ariosto in seinem Rasenden Roland benutzte. – *Bernardo del Carpio* – s. Anm. zu S. 23. Welches Buch hier gemeint ist, bleibt unklar, die Kommentatoren vermuten: Bernardo del Carpio, ein Heldengedicht von Augustín Alonso, Toledo 1585. – *Roncesvalles* – ein Gedicht über den Untergang Rolands von Francisco Carrido Villena, 1555.

57 *Palmerín de Oliva* und *Palmerín von England* – s. Anm. zu S. 55.

58 *Ritter Tirante* – Romanreihe in vier Büchern. Das Lob, das der Ritter Tirante findet, geht auf seine, von den sonstigen Ritterromanen abweichende, realistischere Schilderung zurück. Er soll deshalb nur auf die Galeeren kommen, statt den Flammen überliefert zu werden.

59 *Die Diana* – La Diana von Montemayor, Gedichte und Erzählungen im Charakter des Schäferromans, erschien 1559. Eine Fortsetzung verfaßte Alonso Perez aus Salamanca, die 1564 erschien, gleichzeitig mit der Diana enamorada von *Gil Polo*, einem Freunde Cervantes'. Der Roman war auch außerhalb Spaniens weit verbreitet.

60 *Die zehen Bücher von den Schicksalen der Liebe* – ein Schäferroman in Prosa und Versen, 1573 in Barcelona erschienen. – *Der Schäfer von Iberien, Die Nymphen und Hirten ..., Die Genesung von der Eifersucht* – Schäferromane ohne literarische Bedeutung. – *Fílidas Schäfer* – von Luiz Gálvez de Montalvo, einem Freund Cervantes', 1582 in Madrid erschienen, gehörte zu den bedeutendsten Schäferromanen der Zeit. – *Schatz von Gedichten* – eine Anthologie, die auch literaturgeschichtlich wertvoll ist. – *Das Liederbuch* – eine Sammlung der Gedichte von López Maldonado, eines Freundes von Cervantes, in Madrid erschienen 1586.

61 *Die Galatea* – das Erstlingswerk Cervantes', ein Schäferroman im Stil der Zeit. Verfaßt 1580, veröffentlicht 1585 in Alcalá. Verwandt mit der Diana und ähnlichen Romanen und wie diese unvollendet geblieben, der angekündigte zweite Teil ist nie erschienen. – *Die Araucana* – von Alonso de Ercilla, berühmtes spanisches Heldenepos, schildert den Krieg gegen die Bewohner von

Arauco im Süden Chiles (Madrid 1569). – *Die Austriada* – von Juan Rufo, 1584 in Madrid erschienen. Behandelt den Sieg Juan d'Austrias über die Türken in der Seeschlacht von Lepanto 1571, an der Rufo und Cervantes teilnahmen. Gedicht in 24 Gesängen – *Der Monserrate* – von Cristóbal de Virués, 1588 in Madrid erschienen. Besingt die Gründung des Klosters Monserrate. – *Die Tränen der Angelika* – von Luis Barahona de Soto, einem Freunde Cervantes' (Granada 1586), behandelt die Geschichte Angelikas aus Ariosts Rasendem Roland.

62 *Die Carolea* – Heldengedicht auf Kaiser Karl V. von Jerónimo Sempere (1560). – *León der Löwe* – Pedro de la Vecilla Castellanos besingt die Geschichte der Stadt León (1586). – *Taten des Kaisers* – Cervantes meint den Carlos famoso von Luis Zapata, erschienen 1566 in Valencia, eine Geschichte Karls V., ohne literarischen oder wissenschaftlichen Wert.

64 *Fristón* – der Zauberer, der die Geschichte des Don Belianís geschrieben haben soll (s. auch Anm. zu S. 16 u. S. 22).

65 *Sancho Pansa* – Pansa bedeutet Wanst, Sancho, ursprünglich baskisch, hatte einen Beigeschmack von bäurischem Wesen. Sancho Pansa war übrigens ein Spottname, der dem Dominikanermönch Luis de Aliaga anhing, einem Freunde Lope de Vegas, auf welchen eine der Vermutungen über den von Cervantes heftig angegriffenen Verfasser der unter dem Pseudonym Avellaneda erschienenen Nachahmung des Quijote hinwies (in dem Sonett Gandalins an Sancho Pansa, S. 17, glaubt Braunfels diese Zusammenhänge angedeutet zu finden. Der spanische Ovid = Lope de Vega). Siehe auch Vorwort zum zweiten Teil. Von solchen Deutungsversuchen aber abgesehen ist die reine Wortbildung *Sancho Pansa* charakteristisch für die äußere Gestalt des Schildknappen, wie sie die Dichtung zeichnet.

66 *Johanna Gutiérrez* – Mit der Namensgebung für die Frau Pansas ist Cervantes in einige Widersprüche geraten. Im zweiten Teil heißt sie Teresa Pansa, und sie selbst sagt, daß sie eigentlich, nach ihrem Vater, Teresa Cacajo heißen müßte. Im Original wird sie außerdem auch Mari Gutiérrez genannt. Diese Vergeßlichkeit spielt dem Autor zudem den Streich, daß er den anonymen Verfasser des Pseudo-Quijote auch deshalb angreift, weil dieser Pansas Frau Mari Gutiérrez benenne, während sie doch in Wirklichkeit Teresa Pansa heiße.

68 *Riese Briareus* – hundertarmiger Titan, der gegen die Götter kämpfte. S. Vergils Äneas.

69 *Machuca* – Die Anekdote geht auf ein historisch beglaubigtes Ereignis zurück, das in der spanischen Poesie öfters gefeiert wird, auch von Lope de Vega.

71 *auf Dromedaren* – Anklang an die Ritterromane, in denen die kriegerischen Frauen, die Riesen usw. auf Dromedaren, Einhörnern, Bären und Schlangen einherreiten.

72 *Herr Ritter ...* – wörtlich aus dem Lepolemo (s. Anm. zu S. 55). Wir erinnern nochmals an diese Zusammenhänge mit den Ritterbüchern (vgl. Anm. zu S. 44). Zum Beispiel ist die Schilderung der einzelnen Phasen und Gebärden des Kampfes mit dem Biskayer sozusagen eine Kompilierung aus verschiedenen Ritterromanen (bis in solche Einzelheiten wie S. 74 letzter Absatz: *Dies sagen und das Schwert fest fassen*, das wörtlich aus Historia caballeresca de Carlo Magno, von Nicolás de Piamonte, stammt).

74 *Bach durch Katze* – Die durch den (zwischen der baskischen und der kastilischen Sprache radebrechenden) Biskayer verdrehte spanische Redensart lautet: Die Katze zum Bach schleifen, womit etwas schwer Auszuführendes bezeichnet wird. – *Agrages* – eine stehende Redensart von Agrages, dem kaltblütigen Vetter und Freund des Amadís.

75 *Es ist jammerschade* – ein ebenfalls aus den Ritterbüchern (der Parodie halber?) entlehntes dichterisches Mittel, die Spannung zu erhöhen.

76 *die, wie die Leute sagen* – Verse aus dem Triunfos von Petrarka, übersetzt von Alvar Gólmez de Ciudad Real. Auf *ihre* Abenteuer: im Sinne von: ihre ihnen vorbestimmten Abenteuer, auf die die Bestimmung ihres ihnen auferlegten fahrenden Rittertums sie auszuziehen zwingt. – *Platir* – s. Anm. zu S. 55.

78 *Sidi Hamét Benengelí* – Auch die Erdichtung des „arabischen Geschichtsschreibers" bleibt im Rahmen der üblichen „Legitimierungen" der Ritterbücher. Sidi = Herr, Hamét = arabisch Hamid, Benengelí = Sohn des Hirsches. Man hat aus Benengelí kombiniert, daß Cervantes (von ciervo = Hirsch) sich damit selbst bezeichnen wollte, doch ist diese Deutung kaum haltbar. Der Name dürfte auf berenjena hindeuten, damals eine bevorzugte (Apfel-)Speise der Araber.

79 *Sancho de Azpeitia* – Azpeitia: baskische Stadt. Die Basken werden vielfach, nach der größten baskischen Provinz Biskaya, Biskayer genannt. – *Sancho Zancas* – In Cervantes' Vorstellung hatte Sancho offensichtlich zu seinem dicken Bauch (s. Anm. zu S. 65) dünne, schiefstehende Beine, worauf hier Zancas (Bein eines Vogels) hinweist.

80 *Übersetzung* – Fast alle Ritterromane geben sich als Übersetzungen aus, dem Arabischen, Griechischen, Ungarischen oder Englischen entnommen. S. auch Anm. zu S. 78.

82 *Heilige Brüderschaft* – Die Santa Hermandad, aus ritterlichen und bürgerlichen Selbsthilfeverbänden in den spanischen Städten seit dem 13. Jahrhundert entstanden, war vom Könige privilegiert und hatte eine beschränkte eigne Gerichtsbarkeit.

83 *Balsam des Fierabrás* – Fiérabras, König von Alexandria, hatte den Balsam erbeutet, mit dem der Leichnam Christi einbalsamiert worden war. Er führte ihn an seinem Sattelbogen bei sich. Auch

der Ritter Don Belianís besaß etwas von diesem Wunderbalsam. Im Carlo Magno (s. Anm. zu S. 72) wird darüber berichtet.

84 *Markgraf von Mantua* – s. Anm. zu S. 49. – *Helm des Mambrín* – Ariosto, im Rasenden Roland, berichtet, wie Rinaldo den verzauberten Helm des Königs Mambrín erbeutete, als er diesen erschlug. Aber nicht Sakripant, sondern Dardinell kam dieser Helm *so teuer zu stehen,* als er denselben zu zerhauen suchte. Er wurde von Rinaldo, der den Helm trug, erschlagen.

85 *Albraca* – eine Festung im Königreich Katai, wo die schöne Angelika von Agrikan, dem König der Tartarei, belagert wurde mit einem Heer von veintidós centenares de millares de caballeros (zwei Millionen zweihunderttausend Rittern). S. Bojardo, Der verliebte Roland. Dazu auch Anm. zu S. 56. – *Soliadisa* – (in den späteren Ausgaben Sobradisa) ein phantastisches Königreich aus den Ritterromanen. Die Königreiche Dinamarca und Soliadisa (Sobradisa) sind auch im Amadís erwähnt.

86 *Ausübung des Besitzrechtes* – also eine Handlung, die den Besitzer als solchen legitimiert. Hier ist die Ausübung eines Amtes gemeint, das nur der Adlige bekleiden kann, dessen tatsächliche Ausübung also zugleich den Adel des Handelnden beweist. Deshalb meint Quijote, wenn ihm geschieht, was seinen Romanrittern geschehen (die ebenfalls unter freiem Himmel schlafen mußten), so offenbare sich darin der Beweis seines Rittertums.

88 *glückliches Zeitalter* – Das Goldene Zeitalter, der paradiesische Zustand des ältesten Menschengeschlechts (dann auch das Zeitalter des Augustus), erscheint seit Ovid und Vergil in der Literatur aller Zeiten. Cervantes stellt die Schilderung dieses idealen Zustandes den Verhältnissen seiner Zeit gegenüber.

90 *Fiedel* – span. rabel, die alte dreisaitige Stockgeige.

91 *Lied* – Im Original steht el romance. Im Spanischen ist dieser Begriff mehrdeutig und deckt sich nicht mit unserem Begriff Romanze. S. auch Anm. zu S. 31. Hier dürfte die Übersetzung Lied am deutlichsten sein.

95 *Hirtenlieder* – villancicos: Weihnachtslieder, Nachahmung der Lieder, die von den Hirten in Bethlehem gesungen wurden. Später verband sich der Begriff auch mit Liedern weltlichen Inhalts. – *Fronleichnamsstücke* – dramatische Stücke zur Weihnacht (Autos al nascimiento) und insbesondere zu Fronleichnam (Autos sacramentales). Letztere sind hier gemeint, im Original steht Autos para el dia de Dios, womit der Fronleichnamstag bezeichnet wird. Sie waren im Volke sehr beliebt.

96 *Methusalem* – Solche Wortspiele sind natürlich selten in der Übersetzung wiederzugeben. Hier steht im Original sarna (Krätze), und Quijote berichtigt Sara (die Frau Abrahams). Sancho verteidigt sich: Nun, die Krätze lebt auch lang genug. Wir führen dieses Bei-

spiel der Braunfelsschen Übersetzung zum Vergleich an, ohne weiter auf ähnliche Stellen eingehen zu können.

101 *König Artus* – Die Sage wird als bekannt vorausgesetzt. Der folgende Hinweis auf die *Raben* geht auf ein walisisches Gesetz zurück, das die Tötung dieses Vogels verbot.

102 *Lanzelot* – Die Sage von Lanzelot, einem Ritter von Artus' Tafelrunde, der *Ginevra*, Artus' Gemahlin, liebte, aus britischen Quellen in die französische Epik übergegangen, verbreitete sich schon im 13. Jahrhundert auch in Spanien, wo sie in zahlreichen Romanzen behandelt wird, s. auch Anm. zu S. 31. – *Die Dame Quintañona* – aus der bereits Anm. zu S. 32 erwähnten Lanzelot-Romanze: Jene Dame Quintañona / Hat dem Ritter Wein kredenzet / Und die Königin Ginevra / Ließ ihn ruhn an ihrer Seite. – *Felixmarte von Hyrkanien* – s. Anm. zu S. 55. – *Tirante der Weiße* – s. Anm. zu S. 58. – *Don Belianís* – s. Anm. zu S. 16.

105 *süße Feindin* – in den Ritterromanen sehr beliebte Anrede, aus dem altfranzösischen Epos von Tristan und Isolde, aber wohl noch älteren Ursprungs.

106 *Zerbin* – ein Held aus Ariosts Rasendem Roland. – *Cachopines von Laredo* – Cachopines hat den Beigeschmack von bluffen; im spanischen Nordamerika wurden die bettelhaften spanischen Neuankömmlinge so genannt, die sich leichten Gewinn erhofften und entsprechend auftraten. Laredo: eine alte kastilische Hafenstadt. Cachopines von Laredo nannte man die reichgewordenen Geadelten niederer Herkunft.

108 *der göttliche Mantuaner* – Vergil, der in seinem Testament anordnete, daß seine Äneis verbrannt werde.

111 *Bätis* – der Guadalquivir.

120 *Yanguesen* – die Bewohner von Yanguas in der kastilischen Provinz Segovia, die seit alter Zeit das Säumergeschäft betrieben.

126 *mächtig Ritterschwert* – Im Original heißt es mi tizona. Die Tizona war eines der beiden Schlachtschwerter des Cid. Von Sancho scherzhaft gemeint, er trug nur ein Messer. – *Silen* – der Erzieher des Dionysos und Lehrer des Weinbaus. Die *hunderttorige Stadt* bezieht sich irrtümlich auf Theben in Ägypten, während Theben in Böotien gemeint ist, das die Stadt der sieben Tore hieß.

131 *Adel* – Maritornes war als Asturierin auf ihren Adel stolz. Denn die Bewohner der nordspanischen Provinzen waren von der Vermischung mit Mauren und Juden frei geblieben und hatten ihr Blut rein erhalten, weshalb sie sich alle für adelig hielten.

132 *Tablante de Ricamonte* – Ritterroman, erschienen Toledo 1513, auf französischen Chroniken beruhend. – *Grafen Tomillas* – Gestalt aus dem 1498 in Sevilla erschienenen Buch Enrique fi de Oliva.

135 *Landreiter* – Die cuadrillero waren berittene Mitglieder der schon sehr alten städtischen Brüderschaft von Toledo. S. Anm. zu S. 82.

147 *von Brechhausen nach Pechhausen* – Braunfels übersetzt hier

ziemlich frei. Im Original heißt es: Von Ceka nach Mekka und vom hölzernen Schuh in den Holzschuh. Ceca (Münzhaus) wurde von den Christen die große maurische Moschee (jetzt Domkirche) in Córdoba genannt, ein vielbesuchter Wallfahrtsort der Moslim, die von hier aus zu dem andern Wallfahrtsort wanderten, nach Mekka. Das Sprichwort bezeichnet das zwecklose Hin- und Herwandern.

149 *Kaiser Alifanfarón* – Ali fanfarrón = Prahlhans. Diese und die folgenden phantastischen, meist parodierenden Namen haben viele Deutungen veranlaßt, auf die wir hier nicht eingehen können. – *Die Insel Trapobana* – Ceylon.

150 *Dies Geschwader* – Hier treten die Namen von Landschaften und Flüssen der östlichen Mittelmeerländer auf, während *jener andern Schar* spanische Flüsse und Landschaften zugeordnet sind: Bätis = Guadalquivir, Genil = ein Fluß in Andalusien, Tartessische Fluren = von Tartassos, einer alten phönizischen Siedlung in der Gegend des heutigen Cadiz.

155 *Dioskórides* – Andréas Laguna, Arzt bei Karl V., übersetzte Dioskórides (griech. Arzt, 1. Jahrh. n. Chr.) und kommentierte ihn.

163 *juxta illud ...* – laut jener Stelle: Wenn jemand, durch den Teufel verführt ... (sich an einem Kleriker oder Mönch vergeht, wird er mit Kirchenbann belegt).

164 *Cid Ruy Dias* – Der Vorgang entstammt einer Romanze und entbehrt eines geschichtlichen Hintergrunds. Rodrigo (Ruy) de Vivar lautete der geschichtliche Name des Cid. S. Anm. zu S. 23.

166 *hohen Mondgebirge* – Im Mittelalter verlegte man den Ursprung des Nil auf ein hohes Gebirge in Äthiopien, die Mondberge, worauf Don Quijote, als belesener Ritter, anspielt.

178 *more turquesco* – nach türkischer Art (aus der Kochkunst entnommen).

184 *mutatio capparum* – Umtausch der Mäntel: die römischen Kardinäle und päpstlichen Hausprälaten wechselten zu Ostern ihre pelzgefütterten Mäntel und Kapuzen gegen Umhänge, die mit roter Seide gefüttert waren.

189 *fünfhundert Dukaten* – Die Geldbuße für eine Beleidigung richtete sich nach der Höhe des Standes; fünfhundert Dukaten war die höchste Buße, dies weist also auf den Adel Quijotes.

191 *der war sehr klein* – der Herzog von Osuna, einer der vornehmsten Adeligen Spaniens.

192 *Autor aus der Mancha* – Als die Mauren 1569 aus dem Königreich Granada vertrieben wurden, siedelte sich ein Teil in der Mancha an. Der arabische Autor Benengelí wird deshalb als Manchaner bezeichnet. – *Galeerensklaven* – Sträflinge, die zur Zwangsarbeit in der königlichen Marine verurteilt waren. Diese Strafe konnte nur gegen Angeklagte aus den niedrigsten Volksschichten ausgesprochen werden.

198 *Lazarillo de Tormes* – s. Anm. zu S. 18.

200 *da es an andern Personen nicht mangeln wird* – Bei dem Ausbau der spanischen Flotte entstand ein Mangel an Ruderern, weshalb die Gerichte unter König Philipp II. die Prozesse, in denen Galeerensklaven in Betracht kamen, beschleunigen mußten. Quijote geht also hier an der Wirklichkeit vorbei.

205 *Wie der Ritter nun* – Unsere Ausgabe folgt dem Text der ersten Auflage. In der im gleichen Jahre 1605 erschienenen zweiten Auflage geht diesem Absatz eine Einschaltung voraus, die einige Widersprüche beseitigt, wenn auch noch verschiedene Unklarheiten bestehenbleiben, die offenbar auf Cervantes' Vergeßlichkeit zurückzuführen sind. Es ist nicht geklärt, ob diese Einschaltung von Cervantes stammt. Der Ansicht, daß er selbst für die zweite Auflage diese Einschaltung nachgeliefert hat, stehen die Ausführungen im 4. Kapitel des zweiten Buches entgegen, die zu der Vermutung führen könnten, daß die Einschaltung dem Autor bei Niederschrift des zweiten Buches unbekannt (oder in Vergessenheit geraten) war. Die Einschaltung lautet:
Diese Nacht gelangten sie mitten ins Innere der Sierra Morena, wo Sancho es für gut erachtete, die Nacht, ja noch etliche Tage länger zu verbringen, wenigstens solange der mitgebrachte Mundvorrat dauern würde; und so hielten sie denn Rast zwischen zwei Felsen unter zahlreichen Korkeichen. Aber das Verhängnis, welches nach Meinung der Leute, die nicht das Licht des wahren Glaubens haben, alles lenkt, anordnet und nach seinem Belieben bestimmt, fügte es, daß Ginés de Pasamonte, der berüchtigte Gauner und Dieb, der durch Don Quijotes Mannhaftigkeit und Verrücktheit von der Kette losgekommen war, getrieben von seiner Furcht wegen der Heiligen Brüderschaft, vor der er mit gutem Grund Angst hatte, gleichfalls auf den Gedanken gekommen war, sich in diesem Gebirge zu verstecken, und Schicksal und Furcht führten ihn an denselben Ort, wohin sie Don Quijote und Sancho Pansa geführt hatten, und zwar zu einer Stunde, wo er die beiden in der Dämmerung noch zu erkennen vermochte, und gerade zur rechten Zeit, daß er sie erst einschlafen lassen konnte. Und da schlechte Menschen stets undankbar sind und Not stets der Anlaß ist zu tun, was man nicht tun sollte, und die Abhilfe für das augenblickliche Bedürfnis den Gedanken an die Zukunft nicht aufkommen läßt, so beschloß Ginés, der weder dankbar noch wohlgesinnt war, dem Sancho seinen Esel zu stehlen; um Rosinante kümmerte er sich nicht, da der Gaul zum Versetzen wie zum Verkaufen zu wertlos war. Während Sancho Pansa schlief, stahl er ihm sein Tier, und ehe es Morgen wurde, war er schon zu weit, um noch aufgefunden zu werden.
Das Frührot trat hervor und brachte dem Erdenkreis Freude und dem armen Sancho Pansa Betrübnis, denn er vermißte seinen Grauen. Als er seines Verlustes bewußt ward, brach er in die trübseligsten und schmerzlichsten Klagen aus, so laut, daß Don Quijote

bei dem Geschrei erwachte und hörte, wie er jammernd rief: „O du mein Herzenssohn, geboren in meinem eigenen Hause, du Kleinod meiner Kinder, meines Weibes Wonne, meiner Nachbarn Neid, Erleichterung meiner Bürden, du Ernährer der Hälfte meines Ich, denn mit sechsundzwanzig Maravedís, die du täglich verdient hast, konnte ich die Hälfte meiner Ausgaben bestreiten!"
Als Don Quijote die Klagen hörte und die Ursache vernahm, sprach er Sancho mit den bestmöglichen Gründen Trost zu, bat ihn, sich zu gedulden, und versprach ihm einen Wechselbrief, auf den er drei Esel von den fünf, die er zu Hause gelassen, erhalten sollte. Damit getröstete sich Sancho, wischte sich die Tränen aus den Augen, unterdrückte sein Schluchzen und sagte Don Quijote Dank für die erwiesene Gnade.

219 *in meiner Vaterstadt* – Córdoba, das wegen seiner Pferdezucht berühmt war.

221 *Rüdiger von Griechenland* – Hauptfigur des Romans Rogel de Grecia von Feliciano de Silva, s. Anm. zu S. 22.

222 *Meister Elisabat* – und die Königin *Madásima:* Gestalten aus dem Amadís von Gallien.

224 *Isopeter* – der spanische Name für Äsop.

232 *Hippogryph Astolfo* – König Astolfo und Rinaldos Schwester *Bradamante:* aus Ariostos Rasendem Roland.

251 *König Wambas Zeiten* – Wamba, König der Westgoten 672–680.

254 Diese Gedichtform nannte sich ovillejo.

258 *Bellido* – Bellido Dolfos ermordete den König Sancho von Kastilien (1065–1072), nachdem er ihn heuchlerisch in einen Hinterhalt gelockt hatte. – *Graf Julian* – aus dem Romanzenkreis über den letzten Westgotenkönig Rodrigo. Dieser hatte sich an Caba, der Tochter des Grafen Julian, vergangen.

299 *Tinakrio der Weise* – aus dem Roman Der Sonnenritter, s. Anm. z. S. 19.

305 *Während die beiden* – Diesem Absatz geht in der zweiten Auflage wiederum eine Einschaltung voraus, für deren Autorschaft wir auf die Anmerkung zu Seite 205 verweisen. Die Einschaltung, die in der ersten Auflage fehlt, lautet:
Während dies vorging, sahen sie auf dem Wege, den sie zogen, einen Mann auf einem Esel reiten, und als er ihnen nahe war, kam er ihnen wie ein Zigeuner vor. Aber Sancho Pansa, dem, wo immer er einen Esel sah, Herz und Augen gleich durchgingen, hatte kaum den Mann erblickt, als er Ginés von Pasamonte erkannte, und wie man am Faden den Knäuel aufzieht, so zog er aus dem Zigeuner den Schluß auf seinen Esel. Und so verhielt es sich wirklich; denn es war Sanchos Grauer, auf welchem Pasamonte daherritt. Dieser hatte, um nicht erkannt zu werden und um den Esel zu verkaufen, sich als Zigeuner verkleidet, deren Sprache, wie noch manche andre, er so gut redete, als wenn es seine Muttersprache wäre.

Sancho sah ihn und erkannte ihn, und kaum hatte er ihn gesehen und erkannt, als er ihn mit gewaltiger Stimme anschrie: „Ha, du Spitzbube Gineselchen, gib mir mein Kleinod her, gib mein Leben her, du sollst dich nicht bereichern mit meinem Lebensglück! Laß mir meinen Esel, laß mir meine Wonne! Weh, du Schandbube, pack dich, du Räuber, und gib heraus, was nicht dein ist!"
Soviel Geschrei und Geschimpfe war indessen gar nicht nötig; denn schon beim ersten Wort sprang Ginés herab und davon, seine Füße schlugen einen Trab ein, der wie ein Galopp war, und in einem Augenblick war er fort und allen aus den Augen. Sancho eilte zu seinem Grauen, umarmte ihn und sprach zu ihm: „Wie ist es dir denn ergangen, mein Teuerster, mein Herzensesel, mein treuer Geselle?" Und damit küßte und liebkoste er ihn, als wär er ein Mensch. Der Esel schwieg still, ließ sich von Sancho küssen und liebkosen und erwiderte kein Wort.

Alle kamen nun herbei und wünschten ihm Glück, daß er seinen Grauen wiedergefunden, vor allen Don Quijote, der ihm erklärte, daß er deshalb die Anweisung auf die drei Esel keineswegs zurücknehme. Sancho sagte ihm Dank dafür.

311 *Zigeunereseł mit Quecksilber* – der bekannte Zigeunertrick, den Käufer eines Esels zu täuschen.

320 *Geschichte des Großen Feldhauptmanns* – Chronik aus dem Jahre 1580. Der Große Feldhauptmann gehörte zu den berühmtesten Feldherrn der damaligen Zeit. – *Diego García de Paredes* – die Memoiren des durch seine Körperkräfte bekannt gewesenen Offiziers des Großen Feldhauptmanns.

321 *Don Cirongilio von Thrazien* – Ritterroman von Bernardo de Vargas, 1545. – *Felixmarte von Hyrkanien* – s. Anm. zu S. 55.

329 *usque ad aras* – bis zum Altar.

332 *Ludwig Tansillo* – Seine berühmten Tränen des heiligen Petrus sind von Montalvo (s. Anm. zu S. 60) 1587 ins Spanische übersetzt worden – *Probe mit dem Becher* – In Ariostos Rasendem Roland wird dem Rinaldo ein Becher gereicht, der dem Trinkenden anzeigt, ob sein Weib treu ist. Diese Probe wollte Rinaldo nicht eingehen.

351 *die vier S* – Diese vier Voraussetzungen für den rechten Liebhaber finden sich oft in der zeitgenössischen spanischen Literatur: sabio, solo, solícito, secreto.

374 *in einer Schlacht* – Schlacht bei Cerignola, in der 1503 der Große Feldhauptmann die Franzosen besiegte.

381 *damit dieser ihn nicht erkenne* – eine charakteristische Flüchtigkeit Cervantes'. Er hat übersehen, daß Don Fernando den Cardenio bereits erkannt hatte (S. 378).

400 *der Sklave aus Algier* – Die Geschichte des Freigelassenen geht auf Cervantes' eigene Erlebnisse während seiner algerischen Gefangenschaft zurück. Siehe Anm. zu S. 7.

402 *Indien* – die nach der Entdeckung Amerikas von den Spaniern eroberten Teile dieses Kontinents.

403 *Fähnrich* – etwa dem heutigen Oberleutnant entsprechend. – *Diego de Urbina* – Unter diesem Offizier nahm Cervantes selbst an der Seeschlacht von Lepanto teil.

405 *Barbarossa* – ein zeitgenössischer berüchtigter Pirat. – *Alvaro de Bazán* – spanischer Admiral, unter dem auch Cervantes diente.

410 *Klosterpfäfflein* – Jácomo Paleario, Ingenieur unter Karl V. und Philipp II., der u. a. auch die Befestigungen von Gibraltar ausbaute.

412 *de Saavedra* – Cervantes selbst.

428 *Bagarinos* – freie, im Lohn stehende Ruderknechte, im Gegensatz zu den Rudersklaven.

434 *Caba rumia* – Kap zwischen Algier und Dschirgeli (S. 422: Sargel). Der Name geht auf die Tochter des Grafen Julian zurück (s. Anm. zu S. 258), der die Araber nach Spanien rief, was zum Untergang des westgotischen Reiches führte.

439 *Strandreiter* – eine Art Küstenpolizei.

441 *was die Bilder bedeuteten* – Da die Mohammedaner keine Bilder haben, war die Bilderverehrung Zoraida etwas ganz Fremdes, sie mußte erst zwischen Bild und Realität unterscheiden lernen.

450 *Palinurus* – Steuermann des Äneas (Vergil).

473 *Agramant* – In Ariostos Rasendem Roland hatte der Erzengel Michael unter den Rittern des heidnischen Königs Agramant Zwietracht gestiftet.

489 *Zoroaster* – Dem altpersischen König (im Avesta: Zarathustra), vermutlich 7. Jahrhundert v. Chr., wird nach antiken Autoren der Ursprung der Magie zugeschrieben.

490 *Novelle von Rinconete und Cortadillo* – von Cervantes, enthalten in den Novelas ejemplares, 1613, acht Jahre nach dem Erscheinen des ersten Teils des Quijote, publiziert.

491 *Summulae des Villalpando* – das offizielle Lehrbuch der Dialektik an der Universität von Alcalá, von dem Theologieprofessor Gaspar Cardillo de Villalpando, 1557 erschienen.

494 *Milesische Märchen* – Nach den dekadenten Erzählungen des Aristeides von Milet (auch von Wieland übers.) nannte man milesias jenen Typ verweichlichter sentimentaler Novellen wahrscheinlich orientalischen Ursprungs, die Cervantes hier als unwahrhaftig verurteilt.

496 *Sinons Verräterei* – Der Grieche Sinon hatte die Trojaner überredet, das hölzerne Pferd in die Stadt hereinzuholen. In Calderons Troya abrasada ist Sinon ein Trojaner im Dienste der Griechen, der seine Vaterstadt verrät. – *Euryalus* – ein trojanischer Krieger, berühmt durch seine Freundschaft mit Nisus (Vergils Äneis). – *Zopirus* – rettete durch eine List dem Perserkönig Darius den Besitz Babylons bei einem Aufstand der Babylonier.

498 *die heutzutage aufgeführten Lustspiele* – gegen Lope de Vega und andere Vielschreiber (s. Anm. zu S. 501). Avellaneda verteidigt Lope de Vega jedoch in seinem Pseudo-Quijote mit Bezug auf diese Stelle, s. Anm. zu S. 543. – *Schneider von Campillo* – eine in Spanien sprichwörtliche Gestalt. El sastre del Campillo (oder del cantillo) que hacía la obra de balde y ponía el hilo.

499 *Isabela, Phyllis, Alexandra* – Tragödien von Lupercio Leonardo de Argensola (1562 bis 1613). – *Für Undank Rache* – Schauspiel Lope de Vegas. – *Numancia* – Drama von Cervantes, eines seiner frühen Werke. – *Kaufmann als Liebhaber* – Komödie von Gaspar de Aguilar (1561 bis 1623). – *Freundliche Feindin* – Komödie des Kanonikus Francisco Agustín Tárrega (gest. 1602).

501 *Einer der reichstbegabten Geister* – Lope de Vega, der fünfzehnhundert Stücke geschrieben zu haben behauptete.

509 *Viriatus* – rettete 148 v. Chr. Portugal (Lusitanien) vor der Eroberung durch die Römer. – *Fernán Gonzáles* – begründete die Unabhängigkeit Kastiliens (10. Jahrhundert), Held vieler Romanzen. – *Gonzalo Fernández* – der Große Feldhauptmann, s. Anm. zu S. 320. – *Diego García de Parédes* – s. Anm. zu S. 320. – *Garcí-Pérez de Vargas* – im 8. Kapitel ist von seiner Heldentat berichtet, s. auch Anm. zu S. 69. – *Garcilaso* – berühmter Ritter unter Ferdinand und Isabella, dessen Taten während der Eroberung Granadas (1492) im spanischen Romanzenkreis besungen werden. – *Don Manuel de León* – In Schillers Gedicht Der Handschuh ist eine seiner berühmten Taten behandelt.

511 *Floripes* – und die folgenden Gestalten: aus La historia del emperador Carlomagno y los doce pares de Francia, Alcalá 1589. Die *Brücke von Mantible* wurde von dem Riesen Falafre verteidigt; Calderon behandelt das Thema in einem seiner Stücke. – *Guarino Mezquino* – Held aus einem italienischen Ritterbuch, schon im 13. Jahrhundert ins Spanische übersetzt unter dem Titel Corónica del noble caballero Guarino Mezquino, von Juan de Valdés in seinem berühmten Diálogo de la lengua angeprangert, da es noch lügnerischer sei als Esplandián, Felixmarte usw. (s. Anm. zu S. 54 u. 55). – *Quintañona* – s. Anm. zu S. 102. – *Peter und Magelona* – provenzalische Novelle des 12. Jahrhunderts. 1519 erschien die spanische Übersetzung Historia de la linda Magelona, hija del rey de Nápoles, y de Pierres, hijo del conde de Provenza. Vgl. II. Buch Kap. 40. – *Babieca* – s. Anm. zu S. 18. – *die, wie die Leute sagen* – s. Anm. zu S. 76.

512 *Juan de Merlo* – kastilianischer Ritter portugiesischer Abstammung, unter Juan II. von Kastilien (1406 bis 1454). Juan de Mena behandelt die erwähnten Vorgänge in Las Trescientas. – Über die spanischen Ritter *Pedro Barba, Gutierre Quijada, Fernando de Guevara, Suero de Quiñones, Luis de Falces* und *Gonzalo de Guzmán* berichtet die Crónica de Juan II. Suero de Quiñones,

el Paso Honoroso, war der gefeiertste Sieger in dem berühmten Turnier von 1434, das von achtundsechzig erlesenen spanischen, portugiesischen, italienischen und französischen Rittern ausgetragen wurde. – *Turpin* – s. Anm. zu S. 56.

523 *Gante und Luna* – nicht feststellbar, vielleicht beim ersten Druck falsch aus dem Manuskript wiedergegeben.

532 *demütig gegen die Hochmütigen* – Sancho meint natürlich das Gegenteil, ohne daß sein beschränkter Geist ganz erfaßt, welcher Widersinn in seiner Verwechslung liegt.

534 *Hanne Pansa* – über die Namensgebung für Sanchos Frau s. Anm. zu S. 66.

536 *Schwarzaffe* – im Original Monicongo. So nannten sich die Bewohner des Kongo. Hier wie die folgenden fiktiven Titel humoristisch gemeint. Siehe auch Lope de Vega La inocente sangre: „soy el pastor Monicongo." – *Katai* – China.

537 *Schwarzgebirg* – Sierra Morena.

539 *Forse altri ...* – im Original: Forsi altro canterà con miglior plectio. Aus Ariostos Rasendem Roland: Das singt ein andrer wohl in besserem Tone. Vgl. auch Anm. zu S. 558.

543 *des zweiten Don Quijote* – Kurz bevor Cervantes den zweiten Teil seines Quijote veröffentlichte, war zu Tarragona ein falscher zweiter Teil erschienen unter dem Pseudonym „Lizentiat Alonso Fernandez de Avellaneda, gebürtig aus Tordesillas". S. Anm. zu S. 65. – *Beleidigungen:* In der Vorrede zu diesem Pseudo-Quijote heißt es u. a.: „Meine Vorrede ist nicht so großsprecherisch und für die Leser beleidigend wie die des Cervantes zum ersten Teil seines Don Quijote. Sie ist bescheidener als die Vorrede zu seinen Novellen, welche lehrreich heißen, jedoch mehr satirisch, wiewohl äußerst geistreich sind ... Er redet über jedermann, und als ein Soldat, der so alt an Jahren wie jugendlich an Frechheit ist, ist er mehr mit Zunge als mit Händen versehen. So möge er sich denn über mich beschweren, weil ich ihm den Gewinst wegnehme, den er sich von seinem zweiten Teil erhofft ... Er hat es sich zur Aufgabe gesetzt, mich und besonders jenen Mann zu beleidigen [Lope de Vega], den die fremdesten Nationen mit Recht bewundern und der von Jahr zu Jahr die spanischen Bühnen mit staunenswerten und zahllosen Komödien bereichert, alle nach den strengen Regeln der Kunst, welche die Welt verlangt, alle so sittenrein, wie man es von einem Dichter der heiligen Inquisition erwartet hatte ... Da Miguel de Cervantes schon so alt ist wie die Burg Sankt Cervantes und durch den Einfluß des Alters so schwer zu befriedigen ist, daß alles und alle ihm langweilig werden, so ist er deshalb ganz ohne Freunde ... [vom Neide besessen,] der aus der Freude am Unglücke des Nächsten, aus dem Ärger über gelungene Werke Dritter entsteht ..." Cervantes' Polemik gegen die verfälschende Darstellung der Gestalt Quijotes durch Avellaneda geht durch das ganze zweite Buch. – *bei dem erhabensten*

Begegnis – Seeschlacht von Lepanto, in der Cervantes drei Wunden erhielt, die eine Hand unbrauchbar machten.

544 *irgendein Priester* – Lope de Vega hatte sich zum Priester weihen lassen und wurde Familiar (Vertrauensmann) der Inquisition. Avellaneda schreibt in seiner Vorrede zum Pseudo-Quijote: „Wolle Gott, daß Cervantes den Schriftsteller, dem er Böses nachredet, jetzt, wo dieser sich der Kirche gewidmet hat, in Ruhe ließe." Zu Cervantes' im folgenden zum Ausdruck kommenden Ironie vgl. Anm. zu S. 8 u. 9 u. ff.

546 *Perendenga* – Das entremés, italien. intermezzo, spielte damals eine große Rolle. Solche Zwischenspiele wurden zwischen den Akten eingeschaltet, meist ohne jeden Zusammenhang mit dem Hauptstück. Auch Cervantes schrieb mehrere solche entremés. Von dem so gerühmten Perendenga ist nichts mehr bekannt. – *sorgt unser Herr Jesus* – häufig vorkommende spanische sprichwörtliche Redensart. – *Graf von Lemos* – Vizekönig von Neapel, als Förderer der Literatur bekannt, dem der zweite Teil des Quijote gewidmet ist. – *Bernardo de Sandoval y Rojas* – Kardinal, Erzbischof von Toledo, bekannt als Beschützer von Cervantes und anderen Dichtern. – *Mingo Revulgo* – Gedicht von 32 siebenzeiligen Coplas (Strophen von vierfüßigen Versen) aus der Zeit König Heinrichs IV. (1454 bis 1474). Dialog zwischen dem Schäfer Mingo und dem Hirten Gil Arribato, dem „Warner", in der derben Sprache des Volkes satirisch die schlimmen Zustände der Zeit glossierend.

549 *weder König, weder Bauer* – im Original: Ni rey ni roque, weder König noch Turm, wegen der Alliteration. – *Romanze vom Pfarrer* – zu Cervantes' Zeit sehr volkstümliche Romanze, heute nur noch wenig bekannt.

550 *Osuna* – Die kleine Universität in der Provinz Sevilla besteht heute nicht mehr. Die von ihr erteilten Grade wurden gering angesehen und gegenüber den Diplomen des weltberühmten Salamanca, dem Hauptsitz spanischer Gelehrsamkeit, verspottet.

553 *diesen Leidensweg* – im Spanischen „die Stationen gehen": von den in katholischen Ländern häufigen Kreuzwegstationen, die den Leidensweg Christi darstellen.

558 *Und wie sie* – die Verse stammen aus Ariosts Rasendem Roland. Roland wurde rasend, als er von der Liebe Angelikas (s. Anm. zu S. 85) zu dem unbedeutenden Jüngling Medoro erfuhr, nachdem sie ihn und viele bedeutende Männer abgewiesen hatte. – *Der berühmte andalusische Dichter* – de Soto, s. Anm. zu S. 61. – *kastilischer Dichter* – Lope de Vega, La Hermosura de Angelica, in zwanzig Gesängen, Madrid 1602.

560 *Quando caput dolet ...* – ... cetera membra dolent: Schmerzt der Kopf, so schmerzen auch die andern Glieder.

562 *ein Don vorgesetzt* – Im Gegensatz zum heutigen Gebrauch war ursprünglich Don die Ehrenbezeichnung vor dem Vornamen der

Könige und weniger Großer. Später nahm auch der hohe Adel den Titel an, jedoch nicht der niedere Adel. Cervantes nannte sich noch nicht Don Miguel, aber schon zu seiner Zeit verbreitete sich der Titel auf weitere Kreise. Heute ist in Spanien jeder ein Don, der nicht zu der allerniedrigsten Schicht gehört.

565 *zu Antwerpen unter der Presse* – Cervantes verwechselt Antwerpen mit Brüssel, wo von Don Quijote 1607 und 1611 Nachdrucke erschienen.

570 *Tostado* – Don Alonso Tostado aus Madrigal, Bischof von Avilla, als der größte Gelehrte seiner Zeit bezeichnet, verfaßte eine große Anzahl von Werken in spanischer und lateinischer Sprache.

571 *aliquando bonus dormitat Homerus* – auch der gute Homer schläft zuweilen (Horaz). – *stultorum infinitus est numerus* – die Zahl der Toren ist unendlich (Ecclesiastes I, 15). – *der wird dort nicht genannt* – s. Buch I Kap. 23.

573 *der Dieb Brunell* – Episode aus dem Rasenden Roland.

575 *Santiago und Spanien, drauflos* – der alte spanische Schlachtruf: Santiago y cierra España! Der heilige Jakob (Santiago) ist der Schutzpatron Spaniens.

583 *Doña Urraca* – Sancho hat hier eine sehr bekannte alte Romanze im Sinn. Soweit sie historische Unterlagen hat, geht sie auf das Testament Don Fernandos des Heiligen zurück (11. Jahrhundert), das Kastilien, Galizien und León seinen Söhnen vermachte, während seine Töchter Urraca und Elvira mit den Städten Zamora und Toro abgefunden wurden. Am Sterbebett des Vaters klagte Urraca: Mich, weil ich ein Weib bin, laßt Ihr / Erblos, mich allein von allen. / Wohl, so will ich all die Lande / Wie ein buhlend Weib durchwallen, / Und will meinen Leib hingeben / Jedem, der mir mag gefallen, / Nur um Gold den Mohrenrittern, / Christen nur aus Gunst und Gnaden; / Mein Erwerb für fromme Werke, / Eure Seele zu begnaden.

590 *der große kastilianische Dichter* – Garcilaso de la Vega, 1503 bis 1536, bedeutender Lyriker, führte die italienischen Versarten in die spanische Dichtung ein.

594 *bene quidem* – dann ist's gut.

600 *Verse unsers Dichters* – s. Anm. zu S. 590.

602 *den berühmten Rundbau* – das Pantheon in Rom, unter Augustus errichtet.

605 *die große Stadt Toboso* – ein kleines Städtchen von etwa 1500 Einwohnern.

606 *Mitternacht war's auf den Punkt* – Anfangsvers der alten Romanze vom Grafen Claros, dem Sohne Rinaldos, der in der betreffenden Szene ebenfalls auf dem Wege zu seiner Liebsten ist.

607 *das Kind nicht mit dem Bade ausschütten* – als Beispiel für die Umsetzung spanischer sprichwörtlicher Redensarten in im Deutschen gebräuchliche durch Braunfels: im Original heißt es: echar la soga tras el caldero, das Seil dem Eimer nachwerfen. Beim

Wasserholen fiel jemand der Eimer in den Brunnen hinunter, und er warf aus Ärger das Seil nach, statt damit den Eimer heraufzuholen.

608 *Schlimm geriet sie euch* – aus einer sehr alten Romanze des karolingischen Sagenkreises. – *die Romanze von Calaínos* – Calaínos, ein maurischer Ritter, der von Roland getötet wurde, ebenfalls zum Sagenkreis von den karolingischen Helden gehörend.

612 *Nur als Bote* – sprichwörtlich gewordene Verse aus verschiedenen alten Romanzen.

613 *Mariechen in Ravenna* – der Name Mariechen war in Ravenna von sprichwörtlicher Häufigkeit, ebenso wie die *Doktoren in Salamanca*.

616 *meines Leids noch nicht ersättigt* – Es sei daran erinnert, daß viele solche Stellen der zeitgenössischen Literatur entstammen; hier aus Garcilaso de la Vega (s. Anm. zu S. 590).

623 *Angúlos des Bösen* – so hieß der sehr bekannte Direktor einer reisenden Schauspielergruppe. – *Reichstag des Todes* – Las Cortes de la Muerte, ein zu Cervantes' Zeiten berühmt gewesenes Fronleichnamsspiel (s. Anm. zu S. 95), dem Lope de Vega zugeschrieben, aber von ihm wohl nur in seinem gleichnamigen Stück aus älteren Quellen bearbeitet. Diese Stücke wurden bereits nicht mehr in der Kirche, sondern auf Straßen und Plätzen von einem oder mehreren Wagen herab gespielt. Ein solcher Wagen begegnet in diesem Kapitel Quijote.

629 *Keinen Freund ...* – das Lied vom Bürgerkrieg von Granada, von Ginés Perez de Hita, 1595 zuerst erschienen. Der erste der Verse ist sprichwörtlich geworden, der Dramatiker Zorilla hat ihn zum Titel eines seiner Schauspiele benützt. – *Vom Freund ...* – Refrain aus einem alten Lied. Im Spanischen setzt der Freund dem Freunde die Wanze „ins Auge", Braunfels übersetzt: Der Freund setzt dem Freunde die Wanze ins Bett. Wir bringen den Text nach dem Original, das abbricht, weil es den Text als allgemein bekannt voraussetzen kann.

632 *Tartessier* – Bewohner der Tartessischen Fluren, s. Anm. zu S. 150.

640 *Vandalien* – Andalusien, wo sich die germanischen Vandalen niederließen. – *Giralda* – die Statue des Glaubens auf dem Turm der Domkirche zu Sevilla, wonach der Turm selbst, das Wahrzeichen Sevillas, den Namen erhalten hat. Die Statue ist zugleich Wetterfahne. – *die steinernen Stiere zu Guisando* – uralte, fast unkenntlich gewordene Skulpturen aus Granit in einem Klostergarten in Guisando, einem kastilischen Städtchen.

641 *Schlund von Cabra* – ein Erdloch bei Cabra in der Provinz Córdoba, die Sima de Cabra, „grande y profunda". – *So höher* – aus dem Epos La Araucana, s. Anm. zu S. 61.

661 *eine Glosse* – auch in Deutschland während der Romantik geschätzte poetische Form. Die Glosse nimmt den Grundgedanken eines kürzeren Gedichts als Thema auf und führt ihn weiter aus.

Bei den justa poética, dem poetischen Turnier, das in Spanien während des 17. Jahrhunderts ziemlich häufig war, mußte jeder Teilnehmer eine Glosse zu einem aufgegebenen Thema dichten. – *pro pane lucrando* – sein Brot zu verdienen.

663 *Est deus in nobis* – Es ist ein Gott in uns (Ovid). – *Inseln des Pontus* – es ist Ovid gemeint, der aber aus anderen Gründen verbannt war, und zwar nach Tomi, einer kleinen Hafenstadt am Schwarzen Meer.

669 *Don Manuel de León* – s. Anm. zu S. 509. Sein Name soll auf der Szene beruhen, die Schiller in seinem Gedicht Der Handschuh behandelt.

675 *O süße Pfänder* ... – aus einem Sonett von Garcilaso de la Vega, s. Anm. zu S. 590.

678 *drei theologalen Tugenden* – Glaube, Hoffnung und Liebe. – *vier Kardinaltugenden* – Weisheit, Mäßigkeit, Tapferkeit, Gerechtigkeit. – *Cola Pesce* – Nikolaus der Fisch, ein berühmter sizilianischer Schwimmer und Taucher im 15. Jahrhundert, das Urbild zu Schillers Taucher.

683 *die Höhle des Montesinos* – in der Mancha gelegen.

685 *Pantoffeltanz* – Zapateado, ein Bauerntanz, sehr ähnlich dem Schuhplattler, dem bayrischen Volkstanz. Der Tänzer heißt Zapateador.

688 *Bauern aus Sayago* – Landstrich in der Provinz Zamora, dessen Bewohner eines rauhen, bäurischen Dialekts bezichtigt werden, während die Aussprache der Toledaner als die beste galt. – *Zocodover* – Marktplatz in Toledo. – *Majalahonda* – Majadahonda, ein kleines armes Dorf zwischen Madrid und dem Escorial.

693 *Graf Dirlos* – Gestalt aus dem karolingischen Sagenkreis.

694 *zwanzig Maß* – im Spanischen dos (zwei) arrobas. Die Arroba mißt etwa 18 Flaschen Inhalt. Als Gewicht verwendet, ist sie soviel wie etwa ein Viertelzentner.

701 *Sandbank von Flandern* – Der Ausdruck ist doppelsinnig. Los bancos de Flandes waren bei den Spaniern wegen der Gefahren für die Schiffahrt berüchtigt. Mit bancos wird aber zugleich auf das Bettgestell hingedeutet, bancos de cama, aus Fichtenholz, das aus Flandern eingeführt wurde, de Flandes. Sancho meint also in Wirklichkeit die Brautnacht.

712 *der Engel der Magdalena* – ein als Wetterfahne dienender Engel auf dem Turm der Pfarrkirche zu Salamanca. – *der Graben von Vecinguerra* – ein übelriechender Abwassergraben zum Guadalquivier. – *Leganitos und Lavapiés* – damals Erholungsorte bei Madrid, heute Straßenzüge der Stadt. – *Läusebrunnen, goldenen Brunnen und den der Prior*in – Brunnen im jetzigen Prado und im Schloßgarten. – *Polydorus Vergilius* – Polidoro Vergilio aus Urbino (1470 bis 1550), ein zu seiner Zeit berühmter Gelehrter. Sein bekanntestes Werk: De inventoribus rerum, Von den Erfindern der Dinge.

715 *vom Frankenfels* – La Peña de Francia in der Provinz Salamanca, wo ein Dominikanerkloster am Fundort eines wundertätigen Marienbildes errichtet worden war, ein vielbesuchter Wallfahrtsort. Tirso de Molino benutzte die Sage in seiner Komödie La Peña de Francia. – *von Gaeta* – von den Seefahrern verehrte Klosterkirche zu Gaeta in Unteritalien. Das Kloster war von Ferdinand von Aragón gegründet.
718 *Mailänder Barett* – Gorra de Milán. Man trug die Mütze bei Besuchen. Philipp II. hatte sie bei Audienzen auf und ist meist damit abgebildet. – *Rosenkranz* – auch Männer trugen ihn auf der Straße. – *Montesinos* – Sohn des Grafen Grimaltos, des Schwiegersohns Karls des Großen. Vom Kaiser auf Grund einer Verleumdung durch den Grafen Tomillas verbannt, zog Grimaltos mit seiner Gemahlin Rosaflorida zu Fuß nach Spanien, wo ihm diese in einem Waldgebirge einen Sohn gebar, den er Montesinos nannte (von Bergwald). Später lebte er auf der Burg Rochafrida, nahe der Höhle des Montesinos in der Mancha. – *Durandarte* – Freund und Vetter des Montesinos. In der Schlacht zu Roncesvalles zu Tode verwundet, wird er von Montesinos gefunden, dem er den Auftrag gibt, sein Herz zu Belerma zu bringen. Eine Reihe von Romanzen berichtet darüber.
719 *Merlin* – Cervantes nennt ihn einen Franzosen, obwohl die Heimat Merlins Wales ist. Offenbar war er ihm nur aus französischen Romanen bekannt.
725 *Als er aus Britannien* – s. Anm. zu S. 102.
726 *Fugger* – im Spanischen Fúcar. Das Augsburger Fuggergeschlecht war durch Jahrhunderte der Inbegriff des Reichtums auch in Spanien.
727 *Markgraf von Mantua* – s. Anm. zu S. 49.
728 *mit Pfeilschüssen* – asaetar, mit Pfeilen totschießen: bis zu Ferdinand und Isabella die Hinrichtungsart der Santa Hermandad.
733 *spilorceria* – italienisch: Knauserei.
738 *Befreiung der Melisendra* – Melisendra, eine Tochter Karls des Großen, wurde von ihrem Geliebten Gaiféros aus maurischer Gefangenschaft befreit.
740 *che pesce pigliamo* – italienisch: was für Fische fangen wir?
741 *Riesin Andandona* – aus Amadís von Gallien (s. Anm. zu S. 54).
744 *operibus credite* – Glaubt den Werken und nicht den Worten, Joh. 10, 38.
745 *Still war's* – aus Vergil Aeneis, hier nach der Schillerschen Übersetzung. – *Beim Brettspiel* – aus einem alten Gedicht. – *Nun sagt ich* – aus der Romanze von Miguel Sanchez, einem damals berühmten Zeitgenossen Cervantes'. Seine Romanze von der Geschichte Gaiféros' und Melisendras ist die späteste Behandlung des Stoffes innerhalb des Romanzenkreises um die beiden Gestalten und war sehr geschätzt.
746 *Mit Ausrufern* – aus einer Romanze von Quevedo.

747 *Ritter, so Ihr zieht* – aus einer in Durán, Romancero general, enthaltenen Romanze.
750 *Gestern war ich* – aus einer alten Romanze, a. a. O.
754 *Ginés von Pasamonte* – s. Seite 197. – *Verschulden der Drucker* – Offensichtlich liegt ein Teil der Schuld an den verschiedenen Widersprüchen des Textes auch daran, daß nachträgliche Änderungen Cervantes' übersehen wurden. S. auch Anm. zu S. 205. Doch hat Cervantes auch in der Auflage von 1608 nur zum Teil verbessert. – *Brunell* – s. Anm. zu S. 573.
757 *Diego Ordoñez de Lara* – bezieht sich auf eine Romanze über den Erbstreit der Kinder König Fernandos des Heiligen, s. Anm. zu S. 583. Der Bruder Urracas, Sancho II. von Kastilien, wollte ihr auch Zamora entreißen, wurde aber bei der Belagerung der Stadt ermordet.
758 *Uhrenheim, Topfgucker etc.* – Spottnamen, die an einzelnen Städten hafteten. *Apfelmusfresser* wurden die Toledaner gehöhnt.
775 *Die Herzogin* – Es wird vermutet, daß Cervantes Doña Maria de Aragón als Urbild benutzte, eine damals gefeierte Schönheit, die Gemahlin des Herzogs Carlos de Borja. Deren Lustschloß (Buenavia) lag in der Nähe des Ebro, auf dem Weg nach Zaragoza.
779 *Innenhof* – der Patio. Noch heute typisch für die spanische Bauweise, aus der Grundidee des altrömischen Atrium hervorgegangen. Die Wohnräume gehen auf Galerien, die den Patio umgeben. – *Als er herkam* – s. Anm. zu S. 102.
780 *das Spiel* – dem Kartenspiel entnommener Ausdruck, auf das im Quijote vielfach solche Ausdrücke zurückgehen.
794 *Parrhasios, Timanthes, Apelles* – bekannte griechische Maler des Altertums. – *Lysippos* – bedeutender griechischer Bildhauer des 4. Jahrhunderts v. Chr.
795 *aus Sayago* – s. Anm. zu S. 688.
796 *Orianen* – s. Anm. zu S. 17. – *Alastrajareas* – Fürstin aus den Amadísromanen (s. Anm. zu S. 54). – *Madásimas* – s. Anm. zu S. 222.
804 *Wamba* – s. Anm. zu S. 251.
805 *Rodrigo* – König Rodrigo war der Nachfolger König Wambas und der letzte gotische König, s. Anm. zu S. 258. Die nachfolgenden Verse sind aus einer alten Romanze, enthalten in Durán, Romancero general.
808 *Michael Verino* – „starb in der Blüte seiner Jahre": Anfangsvers eines Gedichtes von Angelo Poliziano auf Michael Verrini, Verfasser eines lateinischen Spruchbuches, das neben den Catonischen Denksprüchen als Schulbuch diente.
812 *Fávila* – Nach dem Untergang des gotischen Reichs hielten sich Reste der westgotischen Krieger in den Gebirgen Nordspaniens unter Pelayos und seinem Sohn Fávila. Die Verse sind aus einer Romanze über den Tod Fávilas auf der Bärenjagd.

813 *griechischen Komturs* – Fernán Nuñez de Guzmán (gest. 1553), Professor in Alcalá, war Komtur des Ordens von Santiago und galt als der bedeutendste Kenner des Griechischen. Seine von seinen Schülern nach seinem Tode herausgegebene Sprichwörtersammlung erschien 1555.
815 *fallende Sterne* – die zeitgenössische Erklärung der Sternschnuppen.
816 *Söhne Hagárs* – wurden die Araber in der poetischen Sprache genannt (nach der Nebenfrau Abrahams). – *Lirgandéo, Alquife, Arkalaus* – Zauberer aus den Ritterromanen.
818 *Merlin* – s. auch Anm. zu S. 719, Zauberer aus dem Sagenkreis um Artus, Sohn des Teufels und einer Jungfrau. Vgl. Drama Immermanns usw.
822 *Trinke mit Sauerkirschen* – dem Sinne nach: doppelt den Durst löschen; zuviel auf einmal.
825 *daß gute Werke* – Wir folgen der ersten Auflage. In den späteren Ausgaben wurde dieser Satz (wohl auf Verfügung der Inquisition, als zu protestantisch) weggelassen.
829 *Trifaldin* – aus der altitalienischen commedia dell'arte: Truffaldino. (In Schillers Bearbeitung der Turandot von Gozzi: Truffaldin.) – *Candaya* – in Indien.
837 *Trapobana* – s. Anm. zu S. 149. – *Cap Comorin* – südlichste Spitze von Vorderindien. – *Maguncia* – Dieser (von Moguntiacum, Mainz, entlehnt) und die folgenden Namen sind possenhafte Bezeichnungen.
838 *Tiefe Wunden* – Verse des italien. Dichters Serafino dell'Aquilano (1466–1500).
839 *Komm, o Tod* – Verse des Komturs Escrivá, 1511 im Cancionero general, dem „Allgemeinen Liederbuch" veröffentlicht. – *Seguidillas* – Die Seguidilla hat in der Regel sieben Verse, von denen vier und drei zusammengehören, der zweite und vierte sowie der fünfte und siebte Vers assonieren (Gleichklang der Vokale in den zwei letzten Silben des Verses). Die Seguidillas waren in Spanien Bestandteil des alltäglichen Volksliederschatzes. – *Tibar, Pancaya* – Phantasielandschaften.
842 *Quis talia* – Aeneas (bei Vergil) bei seiner Erzählung vom Untergang Trojas: Wer könnte, solches erzählend, sich der Tränen enthalten? – *Malambruno* – aus verschiedenen Ritterromanen. – *Nicht eher* – aus älteren Ritterbüchern.
855 *Peralvillo* – ein sprichwörtlich gewordener Ort in der Provinz Toledo, wo die Santa Hermandad die Verbrecher aus den umliegenden Bezirken auf die hergebrachte Weise tötete, s. Anm. zu S. 728.
857 *Lizentiaten Torralva* – Er wurde wegen dieser Behauptungen am 6. Mai 1531, durch die Inquisition verurteilt, verbrannt. Solche Geschichten gehörten jedoch zum allgemeinen Volksglauben.
860 *die sieben Zicklein* – die Plejaden, das Siebengestirn. In der griech. Mythologie die an den Himmel versetzten sieben Töchter des Atlas.
871 *ein großer Heiliger* – Al buen callar llaman Sancho: Das richtige

Schweigen nennt man Sancho (ein Wortspiel: Sancho für Santo, Heiliger).
878 *der große Dichter* – Juan de Mena (1411–1456, s. auch Anm. zu S. 512). In seinem Laberinto del amor (Las Trescientas) feiert er die Armut. – *einer ihrer größten Heiligen* – Paulus an die Korinther I 7,31.
880 *Jacas Berge* – in den Pyrenäen.
881 *vom Tarpeja* – aus der Romanze Mira Nerón de Tarpeya.
883 *die Dame verzweifle* – bezieht sich auf die Szene mit der „Dame" Maritornes I. Buch Kap. 16. – *der Mensch den Menschen erzeugt* – aus Aristoteles, Physik II, 2.
884 *Dons oder Doñas* – Zu Cervantes' Zeit begann bereits die Umwandlung des Adelstitels Don. S. auch Anm. zu S. 562.
898 *Omnis saturatio* – bei Hippokrates steht statt perdices (Rebhühner) „mit Brot". – *Olla podrida* – Eintopfgericht aus Gemüsesuppe, Wurst, Schinken, Geflügel.
899 *Machdichfort* – Tirteafuera. Der Ort existiert.
900 *bin ein Biskayer* – bei den spanischen Habsburgern waren die Geheimsekretäre meist Biskayer (Basken).
902 *schon wieder ein Machdichfort* – Miguel Turra, ein Städtchen in der Nähe von Ciudad Real. Der Name bedeutet etwa: Michel röstet, hat also für den Spanier eine ebenso komische Note wie Tirteafuera, s. Anm. zu S. 899.
910 *aus der asturischen Landschaft* – ist also, als Asturierin, adlig, s. auch Anm. zu S. 131. – *aus dem Gebirge* – aus Asturien.
926 *Aranjuez* – das Lustschloß Aranjuez war berühmt durch die Fülle seiner Wasserkünste.
927 *am Sitz der Scham* – galt als Schimpf. Kommt in den span. Romanzen als Drohung oder vollzogene Schandtat vor. Vgl. dazu auch Halbsuters Lied über die Schlacht bei Sempach: Welch frowen si begriffen / namend si zu der hand, / hand inen abgeschnitten / wol ob dem gürtel ir gwand, / he! – und ließends so schmählich ston: / Do batends got von himmel, / er welts nit ungerochen lon. Im germanischen Recht kommt die Rockkürzung auch als Strafart vor.
930 *süße Eicheln* – eine eßbare Art. Siehe auch Seite 88.
931 *Avemarias* – Sie spricht von der Korallenkette wie von einem Rosenkranz, bei dem die größeren Kugeln da eingereiht sind, wo im Rosenkranzgebet ein Avemaria und Vaterunser zu beten ist.
934 *und so weiter* – Das Sprichwort schließt: ... und gleich wollt er keinen mehr ansehn von den Seinen.
935 *dubitat Augustinus* – Augustinus zweifelt. Im Mittelalter geläufige Formel in gelehrten Auseinandersetzungen. – *operibus credite* – s. Anm. zu S. 744.
941 *Amicus Plato* – Plato ist mir lieb, aber lieber ist mir die Wahrheit.
948 *keine Ruhe* – No se le cocia el pan: das Brot buck ihr nicht gar. Vgl. Anm. zu S. 607.

952 *Tronchón* – Kleinstadt in der aragonischen Provinz Teruel.
959 *in Flandern* – Die jahrelangen Kriege zwischen Spanien und den Niederlanden brachten es mit sich, daß viele, denen aus irgendeinem Grund in der Heimat der Boden zu heiß wurde, in diese spanischen Provinzen flüchteten, um Unterschlupf oder ihr Glück zu suchen.
960 *in ihrem Gesang* – Aus Deutschland und Frankreich kamen alljährlich Pilgerscharen (besonders nach Santiago de Compostella; in Frankfurt z. B. hieß ein Pilgerhaus „Compostell"), die mit Gesang bettelten. – *Geld, Geld* – steht auch im Original in deutsch: Guelte, Guelte.
961 *Ausweisungsbefehl* – Die in Spanien noch verbliebenen Mauren, die seit der vollständigen Besiegung ihrer letzten spanischen Herrschaften vielfach gezwungen worden waren, zum Christentum überzutreten, wurden unter Philipp III. in den Jahren 1609–11 und 1613 nach und nach aus allen spanischen Provinzen ausgetrieben, obwohl diese Moriskenaustreibung, wie früher die Judenaustreibung, Spanien große wirtschaftliche Verluste brachte. Zum Teil waren religiöse Gründe dafür maßgebend, da die Zwangskonversionen die Beziehungen zum Mohammedanismus nicht aufgehoben hatten.
962 *Sancho saß* – scherzhafte Anspielung auf die Romanze, vgl. Anm. zu S. 881: Vom Tarpejerfels schaut Nero, / Sah die große Roma brennen; / Schmerzlich schreien Kinder, Greise, / Nichts von allem tät ihn schmerzen.
969 *Galianas Palast* – Galiana war nach der Sage die Tochter des maurischen Königs Galafré, sie wurde die Gemahlin Karls des Großen. Die Ruinen eines römischen Gebäudes in Toledo tragen den Namen Galianas Palast, sie soll hier gewohnt haben. – *Sei willkommen...* – Ein Stück von Calderón ist nach diesem Sprichwort betitelt, das dem deutschen „Ein Unglück kommt selten allein" entspricht.
972 *Stricke und Galgenstricke* – Sogas y maromas bedeutet Stricke und Taue. Maromas hat aber die Nebenbedeutung „ein böser Handel", „eine arge Verstrickung", daher die scherzhafte Redensart.
975 *Tridentinischen Konzils* – Das gegenreformatorische Konzil von 1545 bis 1563 enthielt in Kanon 19 dies Verbot.
981 *Birén* – In Ariosts Rasendem Roland läßt Birén, der Herzog von Seeland, seine Geliebte Olympia auf einer wüsten Insel zurück. – *Von Guadalquivirs Stromrändern* – Der Guadalquivir fließt durch Sevilla! – *Barrabas* – der statt Jesu freigelassene Mörder.
987 *ein zweiter Mendoza* – In dem berühmten Geschlecht der Mendoza soll der Aberglaube erblich gewesen sein. – *Santiago* – vgl. auch Anm. zu S. 575, offensichtlich ein Wortspiel Sanchos, cierra hat auch die Bedeutung von verschließen. – *Ritter vom roten Kreuz* – Der Ritterorden von Santiago hatte ein rotes Kreuz auf Brust und Mantel.

994 *Jarama* – fließt in der Nähe von Aranjuez in den Tajo.
1000 *einige Worte in der Vorrede* – der Verfasser des Pseudo-Quijote macht Cervantes seine Kriegsverstümmelung zum Vorwurf, vgl. Anm. zu S. 543. – *die Frau meines Schildknappen* – vgl. Anm. zu S. 66.
1005 *Ich setze keinen König* – alte Redensart, die auf eine Episode zurückgeht, von der die Romanzen erzählen. Der Verräter Bertrand sagt, als sein König von dessen Bruder ermordet wird (23. März 1369): Ich setze keinen König ab und keinen ein, ich helfe nur meinem Herrn. – *Hier sollst du* – Verse aus einer Romanze über die vielbesungene Geschichte von den sieben Infanten. Mit diesen Worten rächt der Bastardo Mudarra den von Doña Lambra angestifteten Mord an den sieben Söhnen der Doña Sancha.
1006 *bei Barcelona* – Katalonien war damals der Sitz großer Räuberbanden, die sich in der Nähe der Hauptstadt der unruhigen Provinz konzentrierten. – *Busiris* – sagenhafter König Ägyptens, der die Fremden im Tempel schlachten ließ. – *Roque Guinart* – Anführer einer der katalonischen Räuberbanden, historische Gestalt. Aus altem Adel(?), sammelte er 1607, mit 25 Jahren, über zweihundert Räuber um sich. Nach vierjährigem Räuberleben, vom Volk wegen seiner Großmut gefeiert, wurde er für alle Taten amnestiert und später Hauptmann im spanischen Neapel. Schiller hat in ihm das Urbild seines Karl Moor in den „Räubern" gefunden. Sein eigentlicher Name war Pedro Rochaguinarda.
1011 *Gaskogner* – Aus der Gaskogne kam damals viel Gesindel nach Spanien, weshalb der Begriff berüchtigt wurde.
1021 *Escotillo* – Es ist offenbar Miguel Escoto gemeint, gest. etwa 1232, Aristoteliker. Mit dem gleichen Namen werden jedoch viele Zauberer und Astrologen bezeichnet.
1023 *Fugite, partes adversae* – Flieht, ihr Widersacher!
1024 *Bauerntanz* – Im Original steht Zapadeado, vgl. Anm. zu S. 685.
1026 *Perogrullo* – der „Monsieur de la Palisse" der Franzosen. Die Einfalt des Perogrullo behauptet Dinge, die sich von selbst verstehen (wenn es morgen schön ist, regnet es nicht).
1029 *im Italienischen* – Cervantes' Spott auf die Geistlosigkeit der Übersetzer. – *Christóbal de Figueroa* – Kritiker. Übersetzer des *Pastor Fido* von Baptista Guarini. 1571 bis 1639. – *Juan de Jauregui* – Schriftsteller, Kritiker und Maler, 1583 bis 1641. Seine Nachdichtung von Tassos „Aminta" zählt zu den klassischen Werken der spanischen Literatur.
1030 *Licht der Seele* – Felipe de Meneses, Luz del alma cristiana contra la ceguedad en lo que pertenece a la Fe y ley de Dios y de la Iglesia, erschienen Valladolid 1554, ein Lehrbuch der Religion, von Erasmus beeinflußt.
1033 *Monjuich* – Bergfestung bei Barcelona.
1034 *Brigantine* – italien. Schiff zu Kaperfahrten.

1035 *Arráez* – arabischer Schiffseigentümer oder Kapitän.
1036 *eine wahre und echte* – vgl. S. 966.
1041 *Don Gaiféros* – s. Anm. zu S. 745 u. 738.
1050 *Don Bernardino de Velasco, Graf von Salazár* – Unter Philipp II. und Philipp III. war er, wegen seiner Härte gehaßt, Günstling der beiden Könige.
1052 *Es rühre keiner* – vgl. S. 106.
1055 *setzt alles* – Viele span. Redensarten stammen aus dem Kartenspiel. Echar el resto: den Rest setzen. Auch die *Einladung* ist hier das Invite aus dem Kartenspiel.
1058 *zupaß und zu Spaß* – Wortspiel, vgl. u. a. auch Anm. zu S. 96; cuadrado, y aun esquinado: quadrado = passend, aber auch viereckig, daran knüpft esquinado = eckig. Also sprachliche Klangspielereien ohne tiefere Bedeutung.
1059 *Boscán* – berühmter Dichter, 1499 bis 1542, übersetzte u. a. Il Cortegiano von Castiglione in klassische spanische Prosa. – *mit seinem Gewissen fertigwird* – Er ist theolog. Baccalaureus, also angehender Geistlicher. – *zamoranische Mandolinen* – gaitas zamoranas, ähnlich der italien. Mandoline, mit Tasten zum Anschlagen und einem Rädchen, das an die Saiten schlägt.
1062 *post tenebras* – nach der Finsternis erhoffe ich das Licht.
1068 *Bis wieder* – aus der zweiten Ekloge Garcilasos de la Vega, s. Anm. zu S. 590. – *Der Sänger aus Thrazien* – Orpheus.
1069 *Rhadamanthus* – Sohn Jupiters und der Europa, mit Pluto Richter der Unterwelt. – *Wo der Bär Honig geleckt hat* – Regostóse la vieja á los bledos, die Alte macht sich immer wieder an den Mangold. Die Braunfelssche Übertragung gibt das sinnverwandteste deutsche Sprichwort.
1080 *gratis data* – unentgeltlich dir gegeben (ohne dein Verdienst).
1081 *Staatsschatz von Venedig* – Der Reichtum Venedigs war sprichwörtlich. – *Potosi* – in Bolivien, hat nur noch Silbergruben. Zu Pizarros Zeit wurde gediegenes Gold gefunden. – *keine Forellen ohne* – ohne sich die Hosen naß zu machen.
1083 *Rom ist nicht in einem Tag* – im Original: no se ganó Zamora en una hora, Zamora ist nicht in einer Stunde gewonnen worden (es wurde von den Arabern 712, 813, 939, 963, 984 und 986 erobert und von den Spaniern immer wieder zurückerobert). – *alle Philister* – Meine Seele sterbe mit den Philistern, Buch der Richter 16, 30.
1085 *Deum de deo* – (Christus ist) Gott von Gott (gezeugt). Aus dem Glaubensbekenntnis. Von Mauleón ist nichts bekannt. – *sicut erat* – wie es war. Aus der Meßliturgie.
1090 *ritt ich doch einher* – vgl. auch S. 826. Aus einem alten Schelmenlied, wo ein Gauner, sich rühmend, beschreibt, wie er auf einem Esel durch die Straßen geführt und gestäupt wird. – *mit dem rechten Fuß* – pie derecho. Vgl. die deutsche Redensart: mit dem linken Fuß aus dem Bett steigen.

1091 *Malum signum* – Ein böses Zeichen!
1094 *besitzen – schnitzen* – im Original: Si no nos cuadraren, nos esquinem. Vgl. Anm. zu S. 1058.
1095 *als fahrender Ritter lebe* – im Original: Caballero andante, ó pastor por andar, vgl. Anm. zu S. 1058.
1096 *Sanazáro* – Jacopo Sannázaro, italienischer Dichter aus spanischer Familie (im Italien. liegt der Ton auf dem letzten a), 1458 bis 1530. Seine Arcadia wurde zum Vorbild aller Hirtengedichte in den romanischen Sprachen und beeinflußte auch den Schäferroman. – *Barcino* – ein Hundename. Dagegen ist Butrón der Name eines spanischen Adelsgeschlechts. Die Zusammenhänge sind nicht mehr festzustellen, doch liegen auch hier Anspielungen zugrunde, wie dies für Cervantes (und für das zeitgenössische Schrifttum überhaupt) charakteristisch ist.
1102 *Geschichten ohne Ende* – der Verfasser des Pseudo-Quijote hatte am Ende seines Buches eine Fortsetzung angedeutet.
1103 *nach Altkastilien führen* – bezieht sich ebenfalls auf Avellaneda, der am Schluß berichtet, daß Quijote geheilt aus dem Narrenhaus zu Toledo entlassen und nach Altkastilien gegangen sei, „was wohl eine geübtere Feder dereinst beschreiben werde".

Zeittafel

1547   29. September: Miguel de Cervantes Saavedra wird als Sohn des Wundarztes Rodrigo de Cervantes und dessen Frau Doña Leonor in Alcalá de Henares geboren.
1566–70 Besuch der Madrider Städtischen Studienanstalt.
1568   Erste dichterische Versuche.
1569   Im Dienst des Kardinals Acquaviva am päpstlichen Hof in Italien.
1570   Soldat im spanischen Heer.
1571   Teilnahme an der Schlacht bei Lepanto. Cervantes wird schwer verwundet, seine linke Hand bleibt gelähmt.
1573   Teilnahme am tunesischen Feldzug.
1575   Auf der Rückfahrt nach Spanien gerät Cervantes in Gefangenschaft. Mehrere erfolglose Fluchtversuche.
1580   Freikauf durch Vermittlung des Trinitarierordens.
1581   Wieder im Kriegsdienst. Im selben Jahr Ende der militärisch-politischen Laufbahn.
1583   Schreibt in Madrid sein erstes Theaterstück: *El trato de Argel* (*Das Treiben in Algier*).
1584   Heirat mit der neunzehnjährigen Catalina de Palacios; bringt ein uneheliches Kind (Isabel) mit in die Ehe. Sein erster Prosaroman erscheint: *La primera parte de la Galatea* (*Erster Teil der Galatea*), ein Schäferroman. Arbeitet u. a. als Agent, Kaufmann und königlicher Beamter.
1587–93 Proviantkommissar für die Flotte in Andalusien. Exkommunikation wegen Beschlagnahme kirchlicher Güter.
1597   Verurteilung wegen verwirtschafteter Staatsgelder.
1601–02 Gefängnisaufenthalt.
1605   Der erste Teil des *Don Quijote* erscheint: *El ingenioso hidalgo Don Quixote de la Mancha*.
1613   Sein zweites Hauptwerk, die *Novelas ejemplares* (*Exemplarische Novellen*), erscheint.
1614   Eine Fortsetzung des *Don Quijote* von Alonso Fernandez de Avellaneda erscheint. Veröffentlichung der *Viaje del Parnaso* (*Die Reise zum Parnaß*).
1615   Cervantes veröffentlicht die eigene Fortsetzung des *Don*

	Quijote: Segunda parte del ingenioso caballero Don Quixote de la Mancha. Außerdem erscheint ein Komödienband (*Ocho comedias y ocho entremeses nuevos, nunca representados*).
1616	23. April: Miguel de Cervantes stirbt in Madrid.
1617	Posthum erscheint: *Los trabajos de Persiles y Sigismunda* (*Die Mühen und Leiden des Persiles und der Sigismunda*).

Literaturhinweise

Bibliographien

Grismer, Raymond L.: Cervantes: A Bibiliography. 2 Bde. New York 1971.
Drake, Dana B.: Don Quijote. (1894–1970). A selective annoted bibliography. Bd. 1. Chapel Hill 1974.
Andrés Murillo, Luis: Don Quijote de la Mancha. Bibliografía fundamental. III. Madrid 1978.
Anales Cervantinos. Madrid 1951 ff.

Ausgaben

El ingenioso hidalgo Don Quixote de la Mancha. Madrid 1605.
Segunda parte del ingenioso caballero Don Quixote de la Mancha. Madrid 1615.
El ingenioso hidalgo Don Quijote de la Mancha. Hrsg. von Francisco Rodríguez Marín. 10 Bde. Madrid 1947–1949. [Kommentierte Ausgabe].
Don Quijote de la Mancha. Hrsg. von Martín de Riquer. Madrid 1975, ²1977.
Übersetzungen:
Don Kichote de la Mantzscha. Das ist: Juncker Harnisch aus Fleckenland. Üb. von Pahsch Bastel von der Sohle. Frankfurt 1669. [Dt. Erstausgabe].
Leben und Taten des scharfsinnigen Edlen Don Quixote von la Mancha. Üb. von Ludwig Tieck. 4 Bde. Berlin 1799–1801. Neuausg. hrsg. von H. Rheinfelder. Düsseldorf 1951.
Miguel de Cervantes. Sämtliche Werke. Üb. und hrsg. von Anton M. Rothbauer. 4 Bde. Stuttgart 1963.

Zu Leben und Werk

Castro, Américo: El pensamiento de Cervantes. [1925]. Erw. Neuaufl. Madrid-Barcelona 1972.
Ders.: Hacia Cervantes. Madrid 1957, ³1967.

Schürr, Friedrich: Cervantes. Leben und Werk des großen Humoristen. Bern-München 1963.

Krauss, Werner: Miguel de Cervantes. Leben und Werk. Neuwied-Berlin 1966.

Cervantes Sonderheft. Vortr. und Disk. des intern. Kolloq. der Dt. Akad. d. Wiss. zu Berlin über ‚Das literarische Werk von Miguel de Cervantes'. (29. 9.–1. 10. 1966). Berlin 1967.

Riley, Edward C.: Cervantes' Theory of the Novel. London 1968.

Nelson, Lowry jr. (Hrsg.): Cervantes. A Collection of Critical Essays. Englewood Cliffs, New Jersey 1969.

Forcione, Alban K.: Cervantes, Aristotle and the ‚Persiles'. Princeton 1970.

Baader, Horst: Typologie und Geschichte des spanischen Romans im „Goldenen Zeitalter". In: Neues Handbuch der Literaturwissenschaft. Bd. 10. Hrsg. von Klaus v. See. Frankfurt 1972, S. 82–144.

Zum Roman

Ortega y Gasset, José: Meditationen über ‚Don Quijote'. [Span. 1914]. Stuttgart 1959.

Madariaga, Salvador de: Über ‚Don Quijote'. [Span. 1925]. Wien-München 1965.

Hatzfeld, Helmut: ‚Don Quijote' als Wortkunstwerk. Leipzig 1927.

Meier, Harri: Zur Entwicklung der europäischen ‚Quijote'-Deutung. In: Romanische Forschungen 34, 1940, S. 227–264.

Casalduero, Joaquín: Sentido y forma del ‚Quijote'. Madrid 1949, ²1966.

Brüggemann, Werner: Cervantes und die Figur des Don Quijote in Kunstanschauung und Dichtung der deutschen Romantik. Münster 1958.

Riquer, Martín de: Aproximación al Quijote. Barcelona 1960, ³1970.

Neuschäfer, Hans-Jörg: Der Sinn der Parodie im ‚Don Quijote'. Heidelberg 1963.

Hatzfeld, Helmut (Hrsg.): ‚Don Quijote'. Forschung und Kritik. Darmstadt 1968.

Allen, John J.: Don Quijote, hero or fool? A study in narrative technique. Gainesville 1969.

Stegmann, Tilbert Diego: Cervantes' Musterroman „Persiles". Epentheorie und Romanpraxis um 1600. (El Pinciano, Heliodor, „Don Quijote"). Hamburg 1971.

al-Saffar, Ruth: Distance and control in Don Quijote. A study in narrative technique. Chapel Hill 1975.

Verfilmungen

Frankreich 1905.
Emile Cohl, Frankreich 1909.
Edward Dillon, USA 1916.
Maurice Elvey, Großbritannien 1923.
Lau Lauritzen, Dänemark 1926.
G. W. Pabst, Großbritannien/Frankreich 1933/34.
Rafael Gil, Spanien 1947.
Grigorij Kosinzew, UdSSR 1957.
Vlado Kristl, Jugoslawien 1961.
Eino Ruutsalo, Finnland 1962.

Vertonungen

Henry Purcell: Comical History of Don Quixote. 1694/95.
Georg Philipp Telemann: Don Quichotte der Löwenritter. 1761.
Richard Strauss: Don Quixote. 1898.
Manuel de Falla: Retablo de Maese Pedro. 1923.
Maurice Ravel: Don Quichotte à Dulcinée. 1932.
Mitch Leigh/Dale Wassermann: The man of la Mancha. 1965. (Musical).

INHALT

Erstes Buch 5
Vorrede 7
1. Kapitel Welches vom Stand und der Lebensweise des berühmten Junkers Don Quijote von der Mancha handelt . . . 21
2. Kapitel Welches von der ersten Ausfahrt handelt, die der sinnreiche Don Quijote aus seiner Heimat tat 26
3. Kapitel Wo die anmutige Art und Weise erzählt wird, wie Don Quijote zum Ritter geschlagen wurde 34
4. Kapitel Von dem, was unserm Ritter begegnete, als er aus der Schenke schied 40
5. Kapitel Wo die Erzählung vom Mißgeschick unseres Ritters fortgesetzt wird 49
6. Kapitel Von der heiteren und gründlichen Untersuchung, welche der Pfarrer und der Barbier in der Bücherei unsres sinnreichen Junkers anstellten 53
7. Kapitel Von der zweiten Ausfahrt unsres trefflichen Ritters Don Quijote von der Mancha 62
8. Kapitel Von dem glücklichen Erfolg, den der mannhafte Don Quijote bei dem erschrecklichen und nie erhörten Kampf mit den Windmühlen davontrug, nebst andern Begebnissen, die eines ewigen Gedenkens würdig sind 67
9. Kapitel Worin der erschreckliche Kampf zwischen dem tapferen Biskayer und dem mannhaften Manchaner beschlossen und beendet wird 76
10. Kapitel Von den anmutigen Gesprächen, die zwischen Don Quijote und seinem Schildknappen Sancho Pansa stattfanden 81

11. Kapitel Von dem, was Don Quijote mit den Ziegenhirten begegnete 87

12. Kapitel Von dem, was ein Ziegenhirt der Tischgesellschaft Don Quijotes erzählte 94

13. Kapitel Worin die Geschichte der Schäferin Marcela beschlossen wird, nebst andern Begebenheiten 100

14. Kapitel Welches Grisóstomos Gesang der Verzweiflung enthält, nebst andern unerwarteten Ereignissen 110

15. Kapitel Worin das unglückliche Abenteuer erzählt wird, welches Don Quijote begegnete, als er den ruchlosen Yanguesen begegnete 120

16. Kapitel Was dem sinnreichen Junker in der Schenke begegnete, die er für eine Burg hielt 128

17. Kapitel Weiterer Verlauf der unzähligen Drangsale, die der mannhafte Don Quijote und sein wackerer Schildknappe in der Schenke zu bestehen hatten, die der Ritter zu seinem Unglück für eine Burg ansah 136

18. Kapitel Worin die Unterredung berichtet wird, welche Sancho Pansa mit seinem Herrn Don Quijote hatte, nebst anderen erzählenswerten Dingen 146

19. Kapitel Handelt von dem verständigen Gespräche, das Sancho mit seinem Herrn führte, und von dem Abenteuer, so dem Ritter mit einer Leiche begegnet, nebst andern großartigen Ereignissen 157

20. Kapitel Von dem noch nie erhörten und noch nie gesehenen Abenteuer, welches selbst der allervortrefflichste Ritter auf Erden nicht mit so wenig Gefahr bestanden hätte als der mannhafte Don Quijote von der Mancha 165

21. Kapitel Welches von dem großartigen Abenteuer mit dem Helme Mambrins handelt und wie derselbige zur reichen Beute gewonnen ward, benebst anderem, was unserm unbesieglichen Ritter zustieß 179

22. Kapitel Von der Befreiung, die Don Quijote vielen Unglücklichen zuteil werden ließ, welche man wider ihren Willen dahin führte, wohin sie lieber nicht wollten 192

23. Kapitel Von dem, was dem ruhmreichen Ritter Don Quijote in der Sierra Morena zustieß; was eines der rarsten Abenteuer gewesen, so in dieser wahrheitsgetreuen Geschichte erzählt werden 203

24. Kapitel Worin das Abenteuer in der Sierra Morena fortgesetzt wird 215

25. Kapitel Welches von den merkwürdigen Dingen handelt, die dem mannhaften Ritter von der Mancha in der Sierra Morena begegneten, und wie er die Buße des Dunkelschön nachahmte 224

26. Kapitel Worin die auserlesenen Absonderlichkeiten, die Don Quijote aus purer Verliebtheit in der Sierra Morena verrichtete, fortgesetzt werden 242

27. Kapitel Wie der Pfarrer und der Barbier ihr Vorhaben ins Werk setzten, nebst anderen Ereignissen, würdig, in dieser großen Geschichte erzählt zu werden 251

28. Kapitel Welches von dem neuen und lieblichen Abenteuer handelt, das dem Pfarrer und dem Barbier in dem nämlichen Gebirge begegnete 269

29. Kapitel Welches von dem anmutigen Kunstgriff und schlauen Mittel handelt, so angewendet ward, um unsern verliebten Ritter aus der gar harten Buße zu erlösen, die er sich auferlegt hatte 284

30. Kapitel Welches von der Klugheit der schönen Dorotea handelt, nebst andern sehr ergötzlichen und unterhaltenden Dingen 297

31. Kapitel Von der ergötzlichen Zwiesprache, die Don Quijote und sein Schildknappe Sancho Pansa miteinander hielten, nebst andern Begebnissen 307

32. Kapitel Welches berichtet, wie es der gesamten Gefolgschaft Don Quijotes in der Schenke erging 317

33. Kapitel Worin die Novelle vom törichten Vorwitz erzählt wird 324

34. Kapitel Worin die Novelle vom törichten Vorwitz fortgesetzt wird 345

35. Kapitel Welches von dem erschrecklichen und ungeheuerlichen Kampf handelt, den Don Quijote gegen Schläuche roten Weines bestand, und wo ferner die Novelle vom törichten Vorwitz beendet wird 365

36. Kapitel Welches von andern merkwürdigen Begebnissen handelt, so sich in der Schenke begaben 375

37. Kapitel Worin die Geschichte der weitberufenen Prinzessin Mikomikona fortgesetzt wird, nebst andern ergötzlichen Abenteuern 385

38. Kapitel Welches von der merkwürdigen Rede handelt, die Don Quijote über die Waffen und die Wissenschaften hält 396

39. Kapitel Worin der Sklave aus Algier sein Leben und seine Schicksale erzählt 400

40. Kapitel Worin die Geschichte des Sklaven fortgesetzt wird 409

41. Kapitel Worin der Sklave seine Geschichte fortsetzt ... 422

42. Kapitel Welches berichtet, was noch weiter in der Schenke vorging, und auch von viel andern wissenswürdigen Dingen handelt 442

43. Kapitel Wo die anmutige Geschichte des jungen Maultiertreibers erzählt wird, nebst andern merkwürdigen Vorfällen, so sich in der Schenke zutrugen 450

44. Kapitel Worin von den unerhörten Ereignissen in der Schenke des weiteren berichtet wird 460

45. Kapitel Worin der Zweifel über Mambrins Helm und den Eselssattel gründlich und in voller Wahrheit aufgehellt wird, nebst andern Abenteuern, so sich zugetragen 469

46. Kapitel Von dem denkwürdigen Abenteuer mit den Landreitern, auch von dem unbändigen Ingrimm unseres wackern Ritters Don Quijote 478

47. Kapitel Von der seltsamen Art, wie Don Quijote verzaubert wurde, nebst andern denkwürdigen Begebnissen .. 487

48. Kapitel Wo der Domherr mit der Besprechung der Ritterbücher fortfährt, nebst andern Dingen, so des geistvollen Herrn würdig sind 497

49. Kapitel Worin von der verständigen Zwiesprache berichtet wird, welche Sancho Pansa mit seinem Herrn Don Quijote hielt 506

50. Kapitel Von dem scharfsinnigen Meinungsstreit zwischen Don Quijote und dem Domherrn, nebst andern Begebnissen 513

51. Kapitel Welches berichtet, was der Ziegenhirt der ganzen Gesellschaft erzählte, die den Ritter Don Quijote von dannen führte 521

52. Kapitel Von dem Kampfe, so Don Quijote mit dem Ziegenhirten bestand, nebst dem ungewöhnlichen Abenteuer mit den Pilgern auf der Bußfahrt, das er im Schweiße seines Angesichts zu Ende führte 526

Zweites Buch 541

Vorrede 543

1. Kapitel Wie sich der Pfarrer und der Barbier mit Don Quijote über dessen geistige Krankheit besprachen 547

2. Kapitel Welches von dem denkwürdigen Streite zwischen Sancho Pansa und Don Quijotes Nichte und Haushälterin handelt, nebst andern anmutigen Begebenheiten 559

3. Kapitel Von der heiteren Unterhaltung zwischen Don Quijote, Sancho Panso und dem Baccalaureus Sansón Carrasco 564

4. Kapitel Wo Sancho Pansa dem Baccalaureus auf seine Zweifel und Fragen Auskunft erteilt, benebst andern Begebnissen, so wissens- und erzählenswert sind 572

5. Kapitel Von der verständigen und kurzweiligen Zwiesprach, die zwischen Sancho Pansa und seinem Weib Teresa Pansa geschehen, benebst andern Vorgängen, so eines seligen Gedächtnisses würdig sind 578

6. Kapitel Von den Begebenheiten zwischen Don Quijote und seiner Nichte und Haushälterin; eins der wichtigsten Kapitel in dieser ganzen Geschichte 585

7. Kapitel Von der Zwiesprach zwischen Don Quijote und

seinem Schildknappen, nebst andern hochwichtigen Begebenheiten 591

8. Kapitel Worin berichtet wird, was Don Quijote begegnete, da er hinzog, seine Herrin Dulcinea von Toboso zu erschauen 598

9. Kapitel Worin berichtet wird, was darin zu finden ist . . 606

10. Kapitel Worin Sanchos List erzählt wird, deren er sich bediente, um das Fräulein Dulcinea zu verzaubern. Auch von andern Begebnissen, sämtlich ebenso kurzweilig wie wahrhaft 610

11. Kapitel Von dem seltsamen Abenteuer, das dem mannhaften Don Quijote mit dem Wagen oder Karren begegnete, worauf des Todes Reichstag über Land fuhr 619

12. Kapitel Von dem seltsamlichen Abenteuer, so dem mannhaften Don Quijote mit dem kühnen Spiegelritter begegnete 627

13. Kapitel Wo das Abenteuer mit dem Ritter vom Walde fortgesetzt wird, benebst der gescheiten, noch nicht dagewesenen lieblichen Zwiesprach, so zwischen den beiden Schildknappen geschah 634

14. Kapitel Wo das Abenteuer mit dem Waldritter sich weiterentwickelt 640

15. Kapitel Wo erzählt und nachgewiesen wird, wer der Spiegelritter und sein Schildknappe gewesen 652

16. Kapitel Von der Begegnung Don Quijotes mit einem verständigen Edelmann aus der Mancha 654

17. Kapitel Wo der höchste Punkt und Gipfel geschildert wird, allwohin Don Quijotes unerhörter Heldenmut sich verstieg und sich versteigen konnte; benebst dem glücklich bestandenen Abenteuer mit dem Löwen 664

18. Kapitel Von den Begebnissen, so dem Ritter Don Quijote in der Burg oder Behausung des Ritters vom grünen Mantel zustießen, nebst andern ungeheuerlichen Dingen . . 675

19. Kapitel Worin das Abenteuer vom verliebten Schäfer und manch andere wirklich ergötzliche Begebnisse erzählt werden 684

20. Kapitel Worin die Hochzeit Camachos des Reichen erzählt wird, nebst den Begebnissen mit Basilio dem Armen 691

21. Kapitel Wo die Hochzeitsfeier Camachos weitererzählt wird, nebst andern annehmlichen Begebnissen 701

22. Kapitel Woselbst Bericht erstattet wird über das Abenteuer in der Höhle des Montesinos, welche sich im tiefsten Innern der Mancha befindet, und wie der mannhafte Don Quijote von der Mancha selbiges Abenteuer zu glückhaftem Ende geführt 708

23. Kapitel Von den wundersamen Dingen, die der allerfürtrefflichste Don Quijote nach seinem Bericht in der tiefen Höhle des Montesinos gesehen hat, die jedoch so unmöglich und ungeheuerlich sind, daß dies für untergeschoben gehalten wird 717

24. Kapitel Wo tausenderlei Kleinigkeiten erzählt werden, sämtlich ebenso bedeutungslos als wichtig für das Verständnis dieser großen Geschichte 728

25. Kapitel Wo das Abenteuer vom Eselsgeschrei berührt wird, auch das gar kurzweilige von dem Puppenspieler, benebst den denkwürdigen Offenbarungen des wahrsagenden Affen 735

26. Kapitel Wo das anmutige Abenteuer mit dem Puppenspiel fortgesetzt wird, nebst andern in Wirklichkeit äußerst schönen Geschichten 745

27. Kapitel Wo berichtet wird, wer Meister Pedro und sein Affe gewesen, benebst dem Mißerfolge Don Quijotes bei dem Abenteuer mit den Iah-Schreiern, welches er nicht so zu Ende führte, wie er gewollt und gedacht hatte 754

28. Kapitel Von allerlei Dingen, die, wie Benengelí anmerkt, der Leser erfahren wird, so er sie mit Achtsamkeit lieset 761

29. Kapitel Von dem merkwürdigen Abenteuer mit dem verzauberten Nachen 766

30. Kapitel Von dem, was Don Quijote mit einer schönen Jägerin begegnete 773

31. Kapitel Welches von vielen und wichtigen Dingen handelt 778

32. Kapitel Von der Antwort, die Don Quijote seinem Tadler erteilte, benebst anderen ernsten und lustigen Begebenheiten 787

33. Kapitel Von dem ergötzlichen Gespräche, so von der Herzogin und ihren Jungfräulein mit Sancho Pansa geführt worden und das wohl wert ist, daß man es lesen und sich merken soll 802

34. Kapitel Welches berichtet, wie man Kunde erhielt, auf welche Weise die unvergleichliche Dulcinea solle entzaubert werden, eine der preisenswertesten Aventüren in diesem Buche 810

35. Kapitel Wo über die Weisung, die Don Quijote betreffs der Entzauberung Dulcineas erhielt, weiter berichtet wird, nebst anderen staunenswerten Begebnissen 817

36. Kapitel Darin das seltsamliche und bis heut unerhörte Abenteuer mit der Kammerfrau Schmerzenreich, sonst auch Gräfin Trifaldi geheißen, berichtet wird, benebst einem Brief, welchen Sancho Pansa an seine Frau Teresa Pansa geschrieben 825

37. Kapitel Allwo die fürtreffliche Aventüre mit der Kammerfrau Schmerzenreich fortgesetzt wird 831

38. Kapitel Allwo Bericht gegeben wird vom Berichte, welchen die Kammerfrau Schmerzenreich über ihr eigenes Mißgeschick erstattet hat 834

39. Kapitel Wo die Trifaldi ihre erstaunliche und denkwürdige Geschichte fortsetzt 841

40. Kapitel Von allerhand, was diese Aventüre und denkwürdige Geschichte angeht und betrifft 844

41. Kapitel Von der Ankunft des Holzzapferich, benebst dem Ausgang dieser weitläufigen Aventüre 850

42. Kapitel Von den guten Lehren, so Don Quijote seinem Sancho Pansa gab, nebst andern wohlerwogenen Dingen . . 861

43. Kapitel Von den guten Lehren, welche Don Quijote seinem Sancho Pansa noch ferner erteilte 867

44. Kapitel Wie Sancho Pansa zu seiner Statthalterschaft gesendet wurde, und von dem merkwürdigen Abenteuer, das Don Quijote im Schlosse begegnete 873

45. Kapitel Wie der große Sancho Pansa Besitz von seiner Insul ergriff und wie er zu statthaltern angefangen 883

46. Kapitel Von dem furchtbaren Schellen- und Katzenstreit, welchen Don Quijote im Verlauf des Liebeshandels der verliebten Altisidora ausstund 891

47. Kapitel Wo weitererzählt wird, wie sich Sancho Pansa in seiner Statthalterschaft benommen 896

48. Kapitel Von der Begebenheit zwischen Don Quijote und Doña Rodríguez, der Kammerfrau der Herzogin, nebst andern Ereignissen, so des Niederschreibens und ewigen Gedächtnisses würdig sind 905

49. Kapitel Von dem, was unserm Sancho Pansa begegnete, da er auf seiner Insul die Runde machte 914

50. Kapitel Worin dargelegt wird, wer die Zauberer und Peiniger waren, so die Kammerfrau pantoffelierten und Don Quijote kneipten und kratzten, nebst den Erlebnissen des Edelknaben, der den Brief an Teresa Pansa, die Hausfrau Sancho Pansas, überbrachte 926

51. Kapitel Vom Fortgang der Statthalterschaft Sancho Pansas, nebst andern Begebnissen, die ebenfalls so aussehen, als wären sie nicht übel 936

52. Kapitel Wo das Abenteuer mit der zweiten Kammerfrau Schmerzenreich oder Vielbedrängt berichtet wird, welche sonst auch den Namen Doña Rodríguez führt 945

53. Kapitel Von dem trübseligen Ausgang und Ende, so Sancho Pansas Statthalterschaft genommen 952

54. Kapitel Welches von Dingen handelt, so diese Geschichte und keine andere betreffen 959

55. Kapitel Von allerlei Dingen, die Sancho unterwegs begegneten, nebst etlichen andern solcher Art, daß man sich nichts Wundersameres erdenken kann 967

56. Kapitel Von dem ungeheuerlichen und unerhörten Kampfe, den Don Quijote von der Mancha mit dem

Lakaien Tosílos bestand, um einzustehen für die Ehre der
Tochter von Doña Rodríguez, der Kammerfrau 974

57. Kapitel Welches davon handelt, daß und wie Don Quijote von dem Herzog Abschied nahm, auch was ihm begegnete mit der klugen und leichtfertigen Altisidora, dem Fräulein der Herzogin 979

58. Kapitel Welches berichtet, wie so viel Abenteuer auf Don Quijote einstürmten, daß eines dem andern gar keinen Raum ließ 984

59. Kapitel Worin der außerordentliche Vorfall erzählt wird, welcher Don Quijote begegnete und den man wohl für ein Abenteuer halten darf 995

60. Kapitel Von dem, was dem Ritter Don Quijote begegnete, da er gen Barcelona zog 1003

61. Kapitel Von den Erlebnissen Don Quijotes beim Einzug in Barcelona, nebst mancherlei, worin mehr Wahres als Gescheites enthalten 1016

62. Kapitel Das von dem Abenteuer mit dem Zauberkopf und von anderen Kindereien handelt, die unbedingt hier berichtet werden müssen 1019

63. Kapitel Von der Unannehmlichkeit, die Sancho Pansa bei dem Besuch der Galeeren erlitt, und von dem sonderlichen Abenteuer mit der schönen Moriskin 1031

64. Kapitel Welches von dem Abenteuer handelt, das von allen, die Don Quijote bisher erlebt, ihm am meisten Kummer machte 1041

65. Kapitel Wo berichtet wird, wer der Ritter vom weißen Mond gewesen, wie auch Don Gaspár Gregorios Befreiung, nebst andern Begebnissen 1045

66. Kapitel Welches von Dingen handelt, die der ersehen wird, der sie lieset, oder hören wird, der sie sich vorlesen läßt 1051

67. Kapitel Von dem Entschlusse Don Quijotes, Schäfer zu werden und sich dem Landleben zu widmen, bis das Jahr seines Gelübdes um sein würde, nebst andern wahrhaft ergötzlichen und fürtrefflichen Dingen 1056

68. Kapitel Von dem borstigen Abenteuer, welches Don Quijote begegnete ... 1061

69. Kapitel Von dem wundersamsten und unerhörtesten Vorfall, den im ganzen Verlauf dieser großen Geschichte Don Quijote erlebt hat ... 1067

70. Kapitel Welches auf das neunundsechzigste folgt und von Dingen handelt, so für das Verständnis dieser Geschichte unentbehrlich sind ... 1072

71. Kapitel Von dem, was sich zwischen Don Quijote und seinem Knappen Sancho zutrug, da sie nach ihrem Dorfe zogen ... 1080

72. Kapitel Wie Don Quijote und Sancho nach ihrem Dorfe kamen ... 1085

73. Kapitel Von den Vorzeichen, welche Don Quijote beim Einzug in sein Dorf bemerkte, nebst andern Begebnissen, so dieser großen Geschichte zu besonderer Zierde und höherem Wert gereichen ... 1091

74. Kapitel Wie Don Quijote krank wurde, sein Testament machte und starb ... 1096

Nachwort ... 1105

Anmerkungen ... 1125

Zeittafel ... 1155

Literaturhinweise ... 1157

Lesen, was zu lesen lohnt: Winkler Weltliteratur

Dünndruckausgaben
Lieferbar in Leinen und Leder.

Johann Wolfgang von Goethe
Werke in sechs Bänden
Nach dem Text der Artemis-Gedenkausgabe der Werke Goethes. Neu herausgegeben, mit einem Essay zu jedem Band von Dieter Borchmeyer. Mit 48 Farbtafeln großer Meister, u. a. von Tischbein, Corinth, C. D. Friedrich. Die Ausgabe ist in Einzelbänden oder in einem farbigen Schmuckschuber lieferbar.

Heinrich Mann
Professor Unrat oder Das Ende eines Tyrannen
Die kleine Stadt
Romane. Mit Nachwort, Anmerkungen und Zeittafel von Helmut Scheuer. 664 Seiten.
Die sozialkritische Karikatur des wilhelminischen Professors, durch die Verfilmung Der blaue Engel weltberühmt geworden, und die Verherrlichung der Demokratie in Die kleine Stadt spiegeln meisterhaft die Gesinnung und literarische Kunstfertigkeit Heinrich Manns.

Elke Lasker-Schüler
Werke
Lyrik, Prosa, Dramatisches. Herausgegeben, mit Nachwort, Anmerkungen und Zeittafel von S. Bauschinger. 526 Seiten.

Frank Wedekind
Werke in zwei Bänden
– Band I: Gedichte und Lieder/Prosa/Frühlings-Erwachen und die Lulu-Dramen
– Band II: Der Marquis von Keith/Karl Hetmann/Musik/Die Zensur/Schloß Wetterstein/Franziska und andere Dramen
Herausgegeben, mit Nachwort in Band I und II. Anmerkungen und Zeittafel von E. Weidl.
Insgesamt 1664 Seiten, mit 12 Illustrationen von Alastair.

Henrik Ibsen
Dramen
Aus dem Norwegischen von Chr. Morgenstern. E. Klingenfeld, M. v. Borch u. a. Mit einem Nachwort von O. Oberholzer und C. Raspels. Revidierte Neuauflage in einem Band. 724 Seiten.

Nikolai Gogol
Die toten Seelen
Aus dem Russischen von F. Ottow. Neu herausgegeben von Barbara Conrad. Mit Nachwort, Anmerkungen, Literaturhinweisen und Zeittafel. 524 Seiten.

Giovanni Boccaccio
Das Dekameron
Aus dem Italienischen von K. Witte. Mit einem Nachwort, Zeittafel und Literaturhinweisen von W. Wehle sowie mit 10 farbigen Miniaturen einer französischen Bilderhandschrift (ca. 1414). 888 Seiten.

Artemis & Winkler Verlag, München und Zürich